华夏60年文学精品丛书①

冰峰五姑娘（上）

总主编◎祝谦　　本卷主编◎张列

新疆美术摄影出版社
新疆电子音像出版社

图书在版编目(CIP)数据

冰峰五姑娘：60年报告文学选：新疆卷：全2册 /
张列主编. -- 乌鲁木齐：新疆美术摄影出版社：新
疆电子音像出版社，2013.11
（华夏60年文学精品丛书）
ISBN 978-7-5469-4435-7

Ⅰ. ①冰… Ⅱ. ①张… Ⅲ. ①报告文学 – 中国 – 当
代 Ⅳ. ①I25

中国版本图书馆 CIP 数据核字(2013)第 247905 号

责任编辑：轩辕文慧
书籍设计：党　红
排版制作：王　芬

华夏60年文学精品丛书

冰峰五姑娘（上册）

总 主 编	祝　谦
本卷主编	张　列
出版发行	新疆美术摄影出版社
	新疆电子音像出版社
	（乌鲁木齐市经济技术开发区科技园路5号　830026）
总 经 销	新华书店
印　　刷	三河市燕春印务有限公司
开　　本	787mm×1092mm　　1/16
印　　张	50
字　　数	800 千字
版　　次	2014 年 1 月第 1 版
印　　次	2014 年 1 月第 1 次印刷
书　　号	ISBN 978-7-5469-4435-7
定　　价	198.00 元（上下册）

目 录

第一辑:历史铺陈

第二辑:社会成长

第一辑

历史铺陈

出 塞 曲

郭 鹏

本文是想反映 1949 年冬天和 1950 年春天这一段时间里,中国人民解放军第二军奉命进军新疆的一些生活和斗争的片断,因为时间过了十年,有些事情现在回忆起来难免遗忘了或现在写的与当时实际经过有出入,加之,这篇文章牵涉的面很广,特别是里面提到了我们党当时对进军新疆、有关民族团结、改造起义部队、帮助建立政权,以及参加生产的准备等各项政策的指示,由于我的水平有限,不可能在文章中如实确切地反映出来。因此,希望当时参与进军工作的同志,尤其是原来二军的同志,看了这篇文章以后,提出些意见来,以便再一次修改时,把它归纳进去,使文章更完善、真实一些,更能全面地反映出我们二军进军新疆的一段历史。

1959 年 12 月 20 日

也许有人还不知道,王震同志不仅善于指挥部队,冲锋陷阵,有时,兴之所至,还喜欢吟上几句小诗。1949 年 9 月间,我们二军的部队沿着河西走廊向西激进的时候,他曾写过这样四句:

> 白雪罩祁连,
> 乌云盖山巅;
> 草原秋风狂,
> 凯歌进新疆。

仅仅20个字,既勾勒出了河西进军的画面,又抒发了人民战士的豪情,很受我们喜爱。

说起向新疆的进军,作为一种愿望,在王司令的心中是酝酿已久的了。早在4月间,部队还没有下关中,他刚从华北参加七届二中全会回来,就和我说:"郭鹏!我想请求前委批准我们到边疆去,你看怎么样?"我说:"没问题,如果去西南,那就去西康、西藏,如果在西北,那就到青海、新疆。"他说:"对!总的思想是一个,越困难越好,越艰苦越光荣。"后来,他率领一兵团解放了青海,又代二军向前委请领了北翻祁连、直插甘北的任务,向我们提出了"乘胜迫击,直到天涯海角"的口号。二、三、六军,兼程攒进,席卷河西,没有几天,已经威逼新疆大门,不管是"天津方式"还是"北平方式",拿取最后的胜利反正没有几天了。在这种情势下,不要说王司令员要写诗,就连我这很少和诗歌打交道的人,又何尝不想吟它几句呢!只是吟不成一个名堂就是了。

在 酒 泉

9月下旬,我们进入了河西的重镇酒泉。这时,革命即将在全国取得胜利,我军已在嘉峪关外的玉门、安西、敦煌一线,一字儿摆开,新疆境内的民族革命武装也正向着国统区胜利推进。对于新疆国民党军队的负责人士来说,外有重兵压境,内有起义呼声,而各族人民又渴盼早日解放,何去何从,那是非要立下决心不可了。24日和25日,主战派的头目叶成、马呈祥等人,灰溜溜地逃出了乌鲁木齐,于是,在26日的早上,我们看到了包尔汉、陶峙岳发给毛主席的起义通电。

新疆问题到底是和平解决了!

接连几天都是忙于开会,筹划进军的工作。

30日晚上这个会,更是开得紧张,直到深夜一点才告结束。离起床时间只剩五六个小时了,人们却没有丝毫睡意,全都留在这里闲谈。可是,你越是不想睡,警卫员越是催得你勤快,最后催得我们实在没了办法,只得向他说:"哎呀,同志!你也不想想今天是什么日子,你怎么让人睡得着嘛!""告诉你,10月1日!10月1日,我们伟大的中华人民共和国今天要诞生!"他这才猛然想起,拍拍自己的脑袋:"嗨!这么大的事情怎么会忙忘了?好!这一来,我也不睡啦!"于是,我们天南地北地谈讲起来。从秋收暴动摆到了中华苏维埃共和国,从五次反"围剿"摆到了长征过草地,又从西安事变摆到日寇投降,直到三年解放战争的每一个战役,以至今天的大军西进。这样说着,想着;想着,说着,时间过得好像很快。抬头一看,窗户纸已经发白了。我喊了一声"快走",就向电台的房子跑去。推门一看,好呀,司令部的人差不多都挤到这儿来了,把房子都快挤爆了。收音机跟前,挤的人更多,他们只顾呲着牙笑,可就是不肯把好地方让给后来的人。我们静静地等着,心跳得咚咚响。毛主席呵,我们的领袖,没有见到你的面,算来已经整整三年了。还是在醴陵乡下做小孩子的时候,我就听说了党的"毛委员"的名字。就是毛委员领导的秋收起义，给我这放牛娃的心里点亮了一盏明灯，引我走上了革命的道路。十年内战锻炼了每个同志。在战争中，有成功，也有挫折，所有的一切归结到一起，使我坚定了一条信念："毛主席的路线是中国革命唯一正确的路线。遵循着它，可以从胜利走向胜利，离开了它，就要遭受挫折和失败。"可是，真正见到毛主席，那却是长征胜利以后的事情。在延安，我第一次见到这位平易近人的伟大领袖，第一次听到他那慈祥、亲切的声音。而尤其使我欢欣的是，亲自听到了他的有关中国革命战争战略问题的讲演。真是字字珠玑！人们在歌子里称他是革命的舵手，正是靠着他来掌舵，我们才冲过了多少次风险，到达了今天在雁北，在南泥湾，在华南，在中原突围的路上……在所有那些艰难困苦的斗争中，要不是按着他的教导，若想一步步走向胜利，那简直是不可想象的。记得最后一次和他见面是从中原突围回到延安以后，在马列学院的礼堂里，主席亲自来看望我们，告诉我们，蒋介石决心打内战是往他自己的脖子上套绳子，他打得越积极，他灭亡得也就越快。只要我们多打歼灭战，不出三五年，中国的革命，就会出现一个胜利的新形势。真实的发展果然如此，从 1946 年的 10 月到今天，不到三年的光景，主席的预言已经成了现实。想到这些，我真想跟着收音机里那《东方红》的歌声一起，唱一唱自己心中对于伟大领袖的敬意。可是，我又不愿放过广播员在天安门上的每一句解说，只能默默地克制着自己的激动，焦急地等候着主席的声音。终于，在一阵庄严的礼炮之后，我们听到了那熟悉而亲切的声音——在瓦窑堡、在杨家岭、在延安的飞机场上、在马列学院的礼堂里……一次又一次听到过去那声音，又从伟大的首都传来，庄严地宣告了中华人民共和国的成立。这时候，谁还按得住这颗激动的心？忽拉一声，全都跑了出去，立刻集合队，在酒泉城内，升起了第一面鲜红的、缀有五颗金星的中华人民共和国国旗。就在这样一个难忘的时刻，我们向部队宣布了进军新疆的任务。在这样的时刻宣布这样光荣的任务，还用你多说么？不等你讲完，部队那海洋一般的欢呼已经把你的声音淹没了。如果不是还有许多准备工作要做，你即使命令他们立即出发，也绝对不会再有什么问题了。

  10 月 6 日，王震同志到了酒泉。这天，他把胡子刮得精光，显得特别精神。一眼就可以看出来，今天他又是自己开的车子。没有这部车子之前，每当受领了新战斗任务，他总要兴奋地打着马向前，热汗淋淋地猛跑。自从半路出家学会了开车子，再逢到出发上阵的机会，他总要抢去司机同志的座位，由他自己驾着车子没命地乘风飞奔。尤其在长途追击敌人的途中，他的车子更是飞快，脸上的神采更是焕发，一眼就能看出他那"追到天涯海角去"的决心。像现在这样心醉的日子，像现在这样的胜利进军，他当然更不肯让司机同志"占领阵地"了。一下车，他就兴奋地告诉我们："同志！我们到边疆去的愿望就要实现了！"接着就叫人展开地图，指着天山以南的大盆地,笑道:"比南泥湾怎样?大几百倍!"听他这样一说,王恩茂同志和我由不得会心地对视了一下。我们跟司令员一起工作了一二十年,对于司令员那种革命的浪漫主义精神了解得很深。从他这句突如其来的话里,知道他对于未来已经想了很多,下定决心要我们去那里大干一番了。王恩茂同志含笑问道:"看样子,兵团的决心是让我们到南疆去。"王震同志说:"说得对!要做的工作多得很,你们到那里大有可为。毛主席指示我们,进到新疆以后,要多给各族人民办好事。既要保卫边防,巩固治安,又要改造起义部队,建立新政权,尤其重要的还是团结各民族人民,大搞建设!"王恩茂同志当即做了一个极好的概括,说:"对!应该把团结的旗帜举得高高的,这一点,对于新疆的进步,具有战略性的意义。一句话七个字,团结建设新新疆。"王震同志推敲了一下,说:"很好!很凝练!我们的口号就是:500万各族人民团结起来,建设人民民主的新新疆。"王恩茂同志问道:"目前的问题,是……"司令员接上去说:"目前最要紧的是,想尽一切办法快些开进去。由于车辆少,油料缺,你们中途可能还要走路,希望你们做好精种准备,力争这个'快'字。"王恩茂同志点头表示同意:只有快快进去,和平解放才能真正实现。然后请司令员传达了中央对于边疆政策的指示,和我们一起研究了进军的具体部署:二军目标南疆,分为两个梯队共集中汽车480辆轮番向西转运。全军的骡马在精选之后,抽派得力人员组成骡马大队,徒步西进。

对于新疆,我们是陌生的。因此,在进行准备的期间,每当见到一个去过新疆的人,我们总要怀着一颗求知若渴的心,切望听一听他们在新疆的见闻,以及有助于我们进军的意见。当然,谈得恳切的人不少,但也确有那么一些先生,不知他们是有意还是无心,从早到黑,只听他们讲说新疆的坏话;也不知道他们从那里弄来的艺术天才,竟然把新疆描画得比地狱还要可怕,而且多半出自一个模子,首先总是从那个"一出嘉峪关,两眼泪不干"开始。有人还会给你补充一个小情节,说:"嘉峪关前有一块石碑,上面写着'出十入一'四个大字,你用石头瞄准那个'入'字,只要能够投中,就准能找到回来的一天,非常灵验。"那些自以为念过几本子古书的,就给胡说几句唐诗。什么"古来征战几人回","春风不度玉门关",仿佛谁要考他的古文似的。接下来,就是大风能把汽车吹跑,戈壁滩上白骨累累之类。要说冷,那就是小便都得带棍子,要说热,那就是吐鲁番的县长坐在水缸里办公。

对于这些"关外奇谈",我们报之一笑,也就算了。谁让自己要去请他呢?可是战士们总没有请他吧,据各师反映,竟有人主动跑到战士们跟前去了,讲得话也越发没了尺寸,说民国多少多少年,有15辆汽车一块往新疆开,半路上遇见寒流,15个水箱冻了七对半,往前看,戈壁滩,往后看,鬼门关,几百号人没有活着回来一个,接着就是提出具体建议,千万不要到新疆去,即使要去,也一定要等到明年春天。老战士听得不耐烦,少不得要顶他几句:"这可真怪,你能活着,我们反倒不能呢?"新战士究竟经验差，三不信两不信，到底还是信了一些：也许冬天就是不能进军吧？

这一来，可就不能不加以重视了。

这一切说明，那些反对新疆和平解放的先生，在公开的阻挠遭到失败之后，已经动员了他们的黑帮，在我们面前布下了一道无形的战线。目前，敌人的这些活动不过是些前哨战，其目的在于动摇我们立即进疆的决心，为他们的主要阴谋争取必要的时间。

敌人的主要阴谋，自然是从根本上破坏新疆和平解放的胜利；但是，它将要通过怎样的途径，一时却是难得其详。据估计，很可能采取到处点火的办法，制造一个人心惶惶的混乱局面，而后挟持起义部队的广大官兵，举行叛变。要达到这一步，它当然必须具备许多的条件，头等重要的却只有一个，那就是从我们手中争取充充裕裕的时间。

可是，我们有一条老经验：敌人怕我向东，我偏向东，敌人怕我向西，我偏向西。这一回，也是一样，敌人又从反面教育了我们，我们不但没有动摇进军的决心，反而加强了自己的准备工作：通过会议和编印教材，在部队中展开了关于新疆实际情况和我军进疆政策的深入宣传。

也就在这几天，事实证实了我们的推断：从哈密、从焉耆、从库车、从轮台，接连传来了特务分子煽惑驻军骚动的警报。

敌人的黑手伸出来了！

消息传到部队，战士们义愤填膺，为了保卫新疆和平起义的胜利成果，为了解救各族人民于水深火热之中，为了不使祖国的边疆再遭战火的摧残，各师各团，普遍掀起了要求立即进军的热潮。

8日黄昏，马夫老刘来找我们告别，说他明天要带着牲口先走了，问我们还有什么嘱咐。我想了想，其实也没有什么可说了。还用你告诉他爱护牲口么？还用你告诉他爱护集体和同志么？看看他那满是皱纹的脸和那一双充血的眼睛，我摇摇头，说："没有什么说的，路上多爱护点自己吧！"当他答应着"是"转身要走的时候，我想起了由他照顾的那匹大青马，明天一走，恐怕要到喀什再见了。那本是四师副师长送给了我，一直跟我们走遍了西北几省，即使没有功劳，还是有些苦劳的。进疆以后搞生产，少不了还要它费点力气。我叫住老刘，问他压过马了没有，他告诉我正要去，我说："走，咱们一块儿出去走走！"

半个多月没见面，大青子出落得更漂亮了：膘儿既厚实，毛色也添了光泽。它顺过眼来认出是我，眼睛迥然一亮，仰起脖子就是一个让人抖擞精神的大响鼻。已经上了马的老刘，扭头朝我喊道："军长！大青子见不着你，都快想疯啦！"我轻轻地拍了拍马脖子，腾身上去，刚刚坐稳，放了一个快步，仿佛早知道我要和老刘攀谈似的，很快,就和老刘胯下的白马跑成了并排。

兵 车 动

12日,大军出动了。

在大军西进的路上,几十面红色的战旗迎风飞舞,几百辆汽车首尾相连,上万条歌喉,嗨呼嗨呼地欢唱……特别是离开安西的那个清早:东方才一发白,随着早起的那位号兵的第一个号音,一支支脆亮的喇叭,先先后后地加入进来,在清凉的晨风之中,从四面八方汇成了一声巨大的召唤,接着,远处近处那无数的哨子,也"吱儿,吱儿"地叫响。那黑糊糊的一片汽车,也雷鸣一般的发动了。跟在这一切之后,悬了一夜的黑色天幕才徐徐卷起,在那茫无边际的沙海之东,托出一颗大如磨盘的红球来,而人民解放军的进疆部队,这时早又在远接天边的兰新公路上高歌猛进了。原来被看做那样遥远的星星峡,很快被我们撇在了身后,到15日下午,车轮下面的土地已经叫作"哈密"了。

哈密,这是我们在新疆见到的第一块绿洲。我从来没有相信过那些对于新疆的污蔑;可是,老实说,我也没有想到新疆竟而会是这样的美妙!才跨过一道大河,爬上一个慢坡,简直像做梦一样,仿佛陡然来到一个十分熟悉的地方:过一道清渠,穿一片果园,远望黑压压的森林,近看黄澄澄的秋叶,那绿茸茸的毯子是刚刚出土的冬麦,这白花花的水塘里还倒映着巍峨的雪山。向这样的地方进军,简直是一种享受!为了得到这种享受,即使叫人们忍受十倍的风沙,我相信,人们也不会有一句怨言!

在进城之前整顿部队的时候,战士们三个一群,两个一伙地议论着。这个说:"嗨呀,这地方真不错呀!你看这土地多么肥哟!"那个说:"你再看这果木林子,瓜园,真美!在这种地方行军可真舒服,就跟游山逛水一样。"另一个插上来喊叫:"咦,楞娃,你不是还怕到新疆来吗?"那个叫楞娃的,木讷了半天,叫道:"不开玩笑!在酒泉跟咱们念贼经的那个人,绝不是好家伙!他整天瞎咕叨,不知道怎么就把我给咕叨糊涂了。"一个老战士模样的同志走过去,像大哥哥似的拉正了"楞娃"的帽子,说:"小伙子!这就叫警惕性不高呵!你也不想想,咱们中国哪有那么坏的地方呵?就是眼下不算太好,那也是地主、资产阶级、反动派搞的嘛!只要咱们一去,那地方一解放,再建设上三五年,还不都是好地方?政委给咱们作报告常说,劳动创造世界!你年纪轻轻的,又不是少爷毛子,你可怕个啥嘛!"他这一说,人们哄的一声,全笑了,吵吵嚷嚷地喊楞娃:"你听听吧,这才是咱们解放军的正理儿!别光知道游山玩水!"楞娃憨乎乎地笑了,不好意思地说:"说真的,这地方真不错。"这地方的确不错!那些人硬把它说得那么荒凉,就由他去说吧,反正红旗已经在哈密的上空飞舞了。

哈密是新疆的东部门户,总领着南北二疆的枢纽,它的城头上插白旗还是插红旗,关乎新疆全局的命运是战争还是和平。直到现在为止,敌人并没能插上白旗,以后要想再插,自然是更加没有希望了。

然而,反动派的规律就是:捣乱——失败,再捣乱——再失败。只要它还是反动派,要想让它停止捣乱,那是不可能的。

实际上,直到我们进入哈密的这一刻,敌人的捣乱活动仍在那里进行。

你且看看那场骚乱所造成的惨状吧!整整一条大街,好像刚刚经过一场激战似的,变成了一片废墟,黑烟在上面滚着,死尸在下面躺着,有些木料上的火苗子还冒着,跳着,从火里逃出来的人们也在街头挤着,哭着,叫着……实在让人惨不忍睹。

这就是那些仇视新疆和平解放的家伙给我们摆下的一局乱棋。他们希望我们发怒,并且迁怒于起义部队的全体。这样,他们就可能在起义部队与我们之间进行挑拨,从而兴风作浪,找到破坏新疆和平的机会。

在这同时,另一批以哈密专员尧乐博斯为首、受美帝国主义豢养的特务也没有休息。他一不安民,二不救火,却在那里积极地张罗着宴会、接风之类的无聊事情。表面看来,好像他很殷勤。其实,他正利用他们自己造成的民族隔阂,搬弄着一场莫须有的民族纠纷。在各民族人民的生活如此困窘的情况下,他反而火上加油,硬向人们摊派了巨量的牛羊、炊具和茶砖,并且通过他的爪牙暗地散布谣言,说这一切都是人民解放军向他提出的条件,说人民解放军也是一些汉族"黑大爷",缴不够数目绝对不会容情。因而,当我们和哈密人民见面的时候,各族群众的情结正在动荡不安。

这些花招,用心叵测,不可谓之不毒;不过,用来对付我们,却是枉费了心机!我们当时虽然还不会识破敌人的全部阴谋,可是由于我们有着一颗共产党人的赤心,忠实于党的各项政策,我们是不会让敌人得意的。早在长征路上通过西南兄弟民族地区时,我们部队就在执行党的民族政策上受过训练。在西北这许多年,不断和回民交往,对于穆斯林的规矩,更是了解得深切。新疆的民族虽多,风俗习惯也各不一样,但绝大多数是信仰伊斯兰教的,我们在酒泉准备进疆期间,也早向部队进行了教育,我们的战士不仅从行动上,而且真正从内心里尊重少数民族兄弟,确认他们和自己一样,同是祖国大家庭的一员。他们正在水深火热之中,就等于我们自己正在水深火热之中一样。当大火还在我们眼前延烧的时候,我们不认为还有比立即灭火更为重要的事情。因此,我们下车以后的头一道命令,就是:出动一切可能出动的兵力,救火安民!

战士们给自己提出了动人心魄的口号:"大火不灭,绝不休息!"顷刻之间,担水的担水,撒土的撒土,在哈密城里展开了一场激烈的灭火斗争!在烟熏火燎之中,战士们又选派了不少代表,给那些受难的人们送上了救济粮。

当烟云火雾淡淡消失之后，十字街头已经暮色苍茫了。这时，战士们才想到自己的吃住问题还需要设法解决。他们知道穆斯林最不喜欢别人动用自己的做饭家具，打扰自己的生活，言谈话语之间也有一些忌讳，因此，没有房子住就住在广场上露营，本连队的炊具不够用就等着别的连队用完再说……宁肯自己受些苦，挨些饿，也不肯给老乡们增添麻烦，说话、做事之前，先要和气地问问老乡，这样说、这样做是否有碍他们的风俗。尧乐博斯送来的那些东西，除非老乡们肯于按价收款，则根本不予接受。至于清真寺、经文学校，我们知道是穆斯林心目中的神圣所在，早在大部队进房之前，就已经派兵前去保护了。

我们政治部主任左齐同志，今天最忙。刚刚在那里拜访过全城有名的各界人士，转眼之间，又在这里召集起各机关的公务人员谈话了。不多一时，我忽然发现，他又笑容满面地出现在广场上，把一只独臂伸向群众，生动而细致地讲解着人民解放军全心全意为人民服务的道理。一阵寒风卷过，把他右边那只空荡荡的袖子吹得飘舞起来，使我猛然想起，正是1939年的这个季节，在太行山上的一次伏击战里，左齐同志为中国人民的解放事业献出了他的那条右臂，到如今，已经整整十年了。

在这同时，我们的宣传工作也早在哈密的大街小巷分布开了。提着标语桶子的，在所有显眼的高墙上刷写着维吾尔文的标语。拿着喇叭筒子的，登上所有的高地，朗朗高声地发表着热情洋溢的演说。夹着小本子的，挨家挨户地进行着亲切的访问。文工团的演员们分成几个小队，敲着锣，打着鼓，把人群召集在几个宽阔的空场上，表演着新编的活报剧……总而言之，我们的部队一到哈密，就以那样大的热情亲近着群众，使群众眼睛看的、耳朵听的、心里揣摸的，只有一个：这军队是各族人民自己的军队，这军队的领导是共产党，共产党是各族人民的救星，这军队的所作所为，是共产党的政策主张，也都是各族人民自己的要求和希望。多年以前，他们就听到说有一支为自己撑腰的军队，叫八路军，正在远方作战。他们巴望着等待着，今天他们忽然发现，这支军队已经来了！于是，跟在这一切之后，我们看到了那种实实在在的、发自内心的欢迎。

先是一个八十几岁的维吾尔族老奶奶，啼啼哭哭地找到了我们，用我们所不懂的维吾尔语数说着什么伤心的事情。当翻译把她的意思翻给我们听的时候，她就不时地抬起头来，用信任的目光看看我们，又用感谢的目光看看翻译。原来，老人家里只有两口人，除了她，还有一个五十几岁的、靠着修补皮靴过生活的儿子，然而几天前开始降临的那场大祸并没有放过这可怜的两母子，儿子被枪杀了，留下了一个孤苦伶仃的母亲。母亲说："孩子们！替我报仇吧！我活了八十几岁了，我的心告诉我，你们是靠得住的！除了你们，世上再没有我的亲人了！"我们一时找不出话来安慰这位维吾尔族老奶奶，只有噙着眼泪把她扶起来默默地，连连地向她点头。而这时，所有受尽国民党欺凌的人们成千上万,全都大声哭着围过来,抢着挤向我们的身边,抢着说他们心中那一向不敢诉说的冤屈,直把翻译忙得不知道先翻谁的才好,先听谁的才对。

像这位老奶奶一样的受苦人,不是十个、八个,而是成百成千,他们每人都有一段伤心的苦史,每段苦史都让人绞着心落着泪——反动派哪里是人?简直是禽兽不如!说实话,我们当时的确十分气愤,忍了几忍,才使自己恢复了应有的冷静,然后,派人请来了当地起义部队的最高负责人。看得出来,这不是一个十分油滑的人物。他一进门,就连声向我们表示惭愧,承认失职,说明他长期处于幕僚的地位,没有实际带兵的能力,致使兵权落入特务分子的手中,给人民造成了难以弥补的损失。为了让他安下心来,我们不厌其详地向他阐述了党的政策,希望他把过去的失职引为自己的终生教训,但不要长期挂在心上,郁闷担心。要紧的倒是从今而后。现在,人民解放军已经进驻新疆,有了替他们撑腰的人,如果继续对反动分子畏畏缩缩,那就很难再被人民所理解了。王恩茂同志责成他回去以后,立即追回赃物,赔偿群众的损失,还要尽快查明祸首,采取果断措施,予以严厉惩处。

当时由于接触到的实际情况很复杂,估计沿途的情况都和这里相差不多,王恩茂同志和我研究,认为有必要召开军党委会议,联系实际情况,把党的政策再深入地讨论一次。由于历代反动统治者在各民族之间造成的隔阂和尧乐博斯这样少数的败类破坏民族团结,在一个短暂的期间里,群众对我们会有一种疑惑心理是可以理解的。这里的情况我们看得很清楚,只要我们坚决贯彻执行党的民族政策,当好党的宣传员,走到哪里宣传到哪里,群众很快就会了解我们,拥护我们。任何地方都是一样,只要哪里还没有解放,哪里的人民就还处于水深火热之中,而水火中的人民,对于不顾艰难困苦去拯救他们的人,是不会不当做亲人的。

对于起义部队,执行党的政策同样不能有一丝一毫的动摇。以哈密的起义部队七十八旅来说,发生了骚乱是事实,民愤很大也是事实,然而,绝不是所有的人都参与了这一行动。驻在巴里坤的那个团,起义以后就没有发生任何为害人民的事情;哈密这里参加了骚乱的也只是少数几个单位(这些单位,很可能是被特务分子所控制的),就在这些单位里,也还有一部分人当时开了小差。这一切说明,骚乱只是少数不甘心新疆和平解放的特务分子干出来的勾当,和拥护起义的广大官兵是毫无关系的,因此,必须区别对待。对大多数坚持起义的人,一定要表示欢迎,加强团结,对那少数参加骚乱的人,也要分出主谋与服从,只有对那些真正是主谋的家伙才必须予以严惩。由此继续西进,还可能不止一次地碰到类似的骚乱事件,必须严加警惕,但是不问其将有多少起,我们仍然坚信,广大官兵是真心实意拥护起义;不出几个月,这七八万起义的官兵,就会成为我们很好的同志,给新疆人民作出惊人的贡献。在解放战争中这样的例子还少么？一个国民党部队的兵才补到我们连队不久，已经披红挂彩地坐在庆功大会的光荣台上了，关键在于一番阶级教育；只要他们接受改造，前途是绝对坏不了的！

几天以后，一部分抢去的东西还回了群众的手中；当然，这应该被看做一种进步的行为。为了进一步交代党对起义部队的政策，我们召开了一个起义部队全体人员参加的大会，表扬了他们的进步，给巴里坤那个团队颁发了一面奖旗，向他们指出了改造自新的光明之路。

就是这样，党的政策在哈密取得了绝对的胜利，无形战线上的敌人发动的第一个战役遭到彻底的失败。高唱凯歌的进疆大军，又继续向西急进了！

我军在哈密为老百姓撑腰的消息轰动了鄯善的城乡，在各族群众的要求下，维吾尔族县长斯马义，决心率领群众出城欢迎我军。

然而，就在我军前卫团开进鄯善之前的几小时，正当斯马义亲手往墙上粘贴欢迎标语的时候，驻在该地的一九四团三营营长丁少齐，副营长陈明，却意外地窜了出来，突然开枪打死了县长。几个维吾尔族老大爷，快马冲出城来，在半路上迎住了我军的前卫，向十二团的首长报告了这一情况。十二团上上下下心急如火，紧催兵车，直驱鄯善，像闪电一般赶到了古城之下。当时，那两个坏家伙正在洗劫全城，并且发布了拦阻我军进城的命令！

如果返回去几个世纪，一座土城，两扇铁门，也许还可以给人制造些困难吧，可现在，在我们眼里，它却不过是个比窗户纸稍微结实一点的东西，手指头虽然捅不破，山炮总是可以把它戳破的，莫说它只有不足一营的兵力，就算它是一个整营，甚至是一个整团吧，它要想堵住我们，不也是拿着鸡蛋碰石头吗？它敢于这样硬碰，其实是包藏着一个阴谋的。

原来，这两个家伙是特务分子当中的急先锋。他们听到哈密的破坏阴谋破产之后，很不甘心，然而，身单势孤，又不可能有大的作为，再三筹划，最后才想出了这样一步孤注一掷的险棋。

他们知道，起义部队的广大官兵对未来的命运是有所担心的，因此，他们企图在这里和我们硬碰一下之后，立即向西逃窜，去沿途散播我军对人们如何如何的谣言，这样一来，就可能在那些不明真相的人们中间造成轩然大波，从而挑起一场大乱。正是：可笑螳螂双臂细，狂时也敢挡大车。

对于这些违反约章与我为敌的反动派，我们当然有权予以制裁。因此，前卫团决定以高度警惕的战备姿态向城关挺进，为了不让敌人的阴谋得逞，力争不使用武力解决；假使一定要打，那就坚决把它消灭。

一切准备停当以后，部队就笔直地向着城内开去；不用说，战士手中的枪是早都上了顶膛火的。

我们一定要前进，敌人一定要拦阻我们，看来是非打不可了，然而，这场看样子非打不可的仗，竟然没有打起来。这一次，又是党的政策取得了胜利！当我军接近城门时，十二团首长唤来了守城的那个连长，晓以毛主席提出的"约法八章"，让他考虑。他回去和他的部下一研究，当时就扔掉了他们营长的那纸反动指令，开开城门欢迎我们，并且引导我们，将那些参加抢劫的部队包围起来，逮捕了以他们营长为首的四员主将。为了尊重起义部队，我们把那四个坏家伙送到乌鲁木齐，交给了陶司令，后来，到底让他们偿还了这笔血债，而那个使鄯善避免了一场战火的连队，则受到了人民的奖励。

在战士脚下

浩荡的西进兵士，开过了鄯善，开过了吐鲁番，开过了一个个古代的西域名城，到达了焉耆。

真是，不到南疆不知新疆之大呵！坐着汽车轰隆轰隆地跑了十来天，打开地图一看，原来刚才踏进南疆地区的边缘。即使以南疆的中心城市——喀什为终点，也还有千把公里要走，更不要说昆仑山下的于田和帕米尔高原的蒲犁了。算来，进军南疆的任务，才不过完成了一半。从我们的任务着想，前方的人民渴盼解放，祖国的边境亟待保卫，已经解放的地方也必须迅速巩固；从部队本身考虑，越向后拖，天气越冷，行军越不利，到达的时间越迟，大生产的准备越仓促，困难越复杂。总而言之一句话，这里的部队需要赶快向前进，后面的部队需要赶快开进来。

要按我们的心愿，巴不得让部队一下子飞到目的地去才好，可是，一无飞机，二无翅膀，心愿终归只是心愿，因此，只要有汽车，也就很能让我满足了。然而就在这紧要三关的地方，连汽车也发生了问题。

不错，从酒泉出发时，我们的确有过缴获国民党的 400 多部汽车。那都是些什么汽车呢？真是五花八门，应有尽有。雪佛莱、老羊毛，是抗战初期苏联援助中国的好车，如今可已经上了年纪。大道吉、捷米西是蒋介石卖国换来的"美援"，原来或许不坏，现在也早老得没有牙了。"一去二三里，抛锚四五回，停车六七次，八九十人推。"这是司机们编的顺口溜，可是也道出了这些"老爷车"的实际。因此，当它们用尽平生之力跑到焉耆以后，三分之一以上已经宣告寿终正寝。剩下的三分之二，为了接取第二梯队，至少又要去掉一半，能够喘息向前的，到头来只是百部有余而已。分到各团的手上，连行李、辎重也无法全部装下，为人代步更是根本没有可能。轮番往前转运自然也是个办法，可是这里又没有那么多的汽油，返回老君庙去拉吧，往返 2000 多公里,拖延了时间倒在其次,怕的是连这几部车子也要向你告老退休了。

主观愿望是:快走,客观实际是:快不了。这不能不说是一个矛盾!

军党委的决定是,立即徒步前进! 几十年来,我们一直是用两条腿走路的,而且走得不慢,难道今天就非坐车不可了! 再说,有机会踏遍祖国的青山,依我看,未始不是人生在世难得的一种幸运呢! 困难是不少的,有的找到了克服的办法,有的暂时还没有找到;但是,我们想,只要全军的思想统一、意志统一,依靠广大士兵的积极性,它要难住我们恐怕也不太可能吧。关于这一点,我们很想听一听群众的意见。于是,从党内而党外,从上而下,一次深入的政治动员工作展开了。我们分别下到各个支部去参加会议。在一个党小组会上,一位班长同志说的一段话,很朴素,很有意思。他说:"有车就坐,没车就走,反正也走不了几天啦。国家现在是咱们自己的了,再过上一两年,我就不信还会发愁没有汽车坐! 要让我看呐,到了那一天,真要让你整天坐车,你还许嫌它颠呢! 没有说的,要走就快走吧! 前边的老百姓还等着咱们呢! "在这些共产党员的倡议之下,班、排、连、营之间,还开展了轰轰烈烈的竞赛,挑战的挑战,应战的应战,纷纷保证胜利地完成这次徒步进军的伟大历史任务。有些新战士起初还担心自己会掉队,会妨害集体的荣誉,后来听到党员们、干部们、老战士们都打算替他们背枪,送他们好鞋子,他们也很快地打消了那种多余的顾虑。于是,一个合理化建议的运动,又从下而上地扩展开来。说来,我们的战士的确是活孔明。只要想到他们,你就不能不感到自豪。白天刚刚把问题提交他们讨论,晚上,意见书已经在我们桌上摞起了几十份。字体有好有坏,内容有简有繁,共同的特征却是一个:表现出了惊人的集体智慧。他们不仅估计了困难,而且在每条困难之后,或多或少,或大或小,都附有对付它的具体方案。甚至什么东西装车、什么东西人扛、车几时出发、人几时上路、掉队的怎么收容、害病的如何处理以及遇到意外的灾难用什么东西抵制……都替你安置得妥妥帖帖,其周详、其细密,简直不是任何能干的参谋处所能一一想到的。这一来,倒让我们那些参谋同志省事,只消把它们归纳到一起,再添个头尾,一道无比完善的行军命令就起草成功了。

按照预定的部署,六师的部队将要长期驻守这个地区。六师的政治委员熊晃同志也将出任党在这个地区的第一任地委书记。六师虽然是第二梯队,现在还没有开进来,可是,由张仲瀚师长率领的一个工作队已经先头抵达这里。在我们忙于走路准备的这两天,他们已经开始了自己的工作,踏荒的踏荒,组织群众的组织群众,把一座塞外古城搞得红火热闹,很有朝气。通过他们,当地群众听说我们要徒步前进,立即满怀热情地替我们找来了向导,借来了帐篷,送来了一批足够吃到轮台的蔬菜和肉食。

感谢焉耆人民的帮助。三天以后,我们的战士,背上武器、背包,背上水,毅然决然地走进了茫茫无边的大戈壁……

戈壁滩上的鹅卵石，只能给战士的脚上增添几个血泡，却不能拖住战士的脚步。尽管十几小时喝不到一滴水，尽管接连几个夜晚都得在戈壁滩上露宿，尽管寒流不断地侵袭，风沙扑打着眼睛，战士们仍然走得很快，10月26日，前军已进轮台。

到了这里，我不禁想起了人们多次提到的那位唐代诗人，据说他曾随军到过这里，并在这里写出了脍炙人口的诗章。有人向我背诵过这样两句："半夜军行戈相拨，风头如刀面如割。"可以说，十分生动地描绘了1200年前边塞行军的味道。说来令人可恼，时间已过了1200年，可以谓之长矣，谁料这里的交通条件竟依然如故，毫无改变。单单凭着这一点，已经应该把历代的反动统治者们认做罪人了，然而，更其百恶不赦的罪状，更有他们对于边疆人民的大屠杀。就拿20天前的这里来说，反动统治的末代子孙、不甘灭亡的特务分子，还在这里进行过轮台历史上最后的一次（也是最疯狂的一次）洗劫。抢去多少东西姑且不说，单是无辜死伤的维吾尔族群众，就有170多个。尤其可恶的，是把做父母的人捆绑起来，当着面，强奸他们那只有十一二岁的女儿。只是由于我军以排山倒海之势进了新疆，沿途又取得了一系列的胜利，军威远震于千里之外，那些反动分子害了怕，才乖乖地缩回了他们那罪恶的爪子。受害的维吾尔族同胞，把仇恨压在心头，把眼泪咽向肚里，等待着申冤报仇的一日。20天来，他们夜夜惊听大雁的哀鸣，天天泣求东方的红霞，一心巴望"活胡大"（胡大是维吾尔族人民信奉的神祇。当时，他们把毛主席称为"活胡大"）派来的队伍，像拯救哈密、鄯善的同胞一样，早一天赶来拯救他们。人民解放军没有辜负他们的期望，这一天，终于让他们盼到了！他们亲眼看到那些欺侮过他们的禽兽在我军面前低下了脑袋，夹起了尾巴。他们笑一阵、哭一阵、哭一阵、笑一阵，那种扬眉吐气的样子，我实在无法加以形容。

狂欢，整整进行了一夜。第二天早上，部队按照预定的计划，准备继续前进了。刚刚走到了十字路口，却突如其来地受到了意外的"阻挡"。几乎是全城的男男女女，老老少少，全都聚集到了这里。每个人都在焦急地抢着说话，每个人都想比别人的声音更高，结果是大家吵成了一片，任何人的话也没有法子听清，硬是拦住我们的队伍，一步也不准前进。最后才明白，他们是在质问我们，为什么昨天才来，今天就要走："白天盼，黑夜盼，好容易把你们盼来了，你们又想走，那怎么行！""不行！不准走！""不把那些压迫过我们的人赶跑，硬是不准你们走！"我们向大家解释，说那些国民党部队已经起义了，糟害过人民的只是其中一部分坏蛋，我们已经派人去查了，即使要调动他们，也得等到上级批准以后，现在前边还有更多的老乡们盼望着我们，我们多在这里停留一天，他们就要晚解放一天……可是，任你说破了嘴，他们还是不肯答应。"不行！不准走！""要走，我们一齐走！""你们到哪里我们跟到哪里，反正不和这些坏种待在一起！"……直到王恩茂同志赶去，发表了替他们撑腰的豪迈演说，又和他们商量好，留下一个连队保护他们，他们还要派人护送着这个连队拐回驻地，亲眼看着打开了背包，他们才欢欣鼓舞地喊着"共产党万岁！""毛主席万岁！"为我们的部队让开了一条前进的大路！

轮台人民对我们的爱戴和信任，使全军上下无比感动，进一步感到了责任的重大，因而，当走出轮台西门以后，战士们的脚步比先前迈得更大更急了。

在库车以西的阿克塔什山上，我们乘车赶上了部队。那是顺着山谷左盘右旋、缓缓爬行的一条山路。因为部队是在山谷里走的，被两边的山峦遮掩得严严实实，虽然已经爬得很高了，你不走近身边，你还是看不到他们，然而，早在几十里路之外，你就已经听到了他们的歌声："向前！向前！"，"挺进！挺进"其中还夹杂着那"嘁朋咱、嘁朋咱"的拉拉队的呼叫。这时，似乎觉得，两旁山石上那刚刚用刺刀刻出来的大字，也在对你大声呼喊："同志！加油！前进！"尽管司机同志的脚始终也没从加油板上离开，你仍然嫌车子跑得太慢：怎么还赶不上人家的两条腿呢！忽然，车子转过一个大山的山脚，还没容你拧过身来，车子已经钻到部队的中间来了。向前看，战士们刹住了脚跟，正探着身子向你打招呼。向后看，战士们有的架着小炮，有的扛着重机枪座子，全都大敞着前胸，平甩开胳臂，正热气腾腾地迈着大步；而那充满活力的歌声，在你的前前后后，越发响得带劲了。我们的司机是个爱凑热闹的同志，他笑着按动那特制的高音喇叭，"答答答"地参加了这万人大合唱。我们赶紧让他停车，交给他一个任务："收容几个走累了的战士，走到前边去。"说罢，我们就插进了战士的行列，跟战士们兴奋地竞走起来。前边恰恰是一道几十里的陡坡，走在我身旁的一个战士笑着冲我说："嘿，爬这个大坡，你就不行啦！"我说："你行吗？"他一拍胸脯，露出年轻人对于自己身体的那种骄傲神气，说："二十来岁的小伙子，再有十个这么大的坡也不够我爬呀！"我笑道："喝！好大的口气！来，咱们比赛比赛，看看谁先上去！"他说了一声"好吧"，甩开两条长腿就跑到前边去了。我吭吭哧哧地紧跟着他，终于冲上了最高的那个达坂，总算没有落后。回头向下一看，呵呀！我们不仅是站在了万山丛中，而且真正高居万山之上。在山下看到的那一座座高峰，如今全都匍匐在我们的脚下，变成起伏、拥挤的无数个土丘了。一条条乳白的云霭，正在上面缠绕。部队走动的那条九曲十八拐的盘道，恰像是被谁舞动的一条绿色彩绸，正向万山之中飘落。回头再看战士，显然是因为没有喝上水，他们的嘴角已经被心火烧焦了。只见他们不住地用舌头湿润着嘴皮，不住地咽着唾沫，而他们的头上、脸上却又不住地淌着大汗，棉袄也早被汗水浸透了。我们见车子也在这里停着，就请司机同志把他携带的那桶冷水留给战士们解渴，把他收容的战士赶紧送到今晚的宿营地，然后多装些水，再返到半路上来接我们。战士们听说有水，"哗"的一声全围了过来，及至发现只有一小桶以后，他们又都悄悄地退到了后边，让那些最渴的同志排到前面去。而那些最渴的人虽然有机会多喝一些，但为了让后面的同志都能沾到一点儿，他们舀到自己缸子里的，却连缸子底也没有全部盖着。就是那么一点儿水，他们还舍不得一下子喝干，只用两手小心翼翼地托着、看着，停一会用舌头向里边沾一沾，抬起头来欣慰地笑笑，仿佛这样真能解渴似的。有人还跑到山头上向下招呼："团长！加油呵，上边有水！"我跑过去向下一看，哈！正是他们团长。只见他扛着双枪，扶着一个掉队的战士，正气喘吁吁笑吟吟地向着我们走来。我笑问两旁的战士："你们团长的车子呢？"几个战士同时抢着说："前边开走了！让给病号了！从焉耆出发，他就没坐车啦！"一个个显得那么自豪。我又问："你们今天到黑孜宿营，还能走到吗？天可不早啦！"一个战士笑着向旁边一指，说："你看！"——啊！原来石壁上有一条用粉笔写出的大字标语：

戈壁大，大不过我们的脚掌；

天山高，高不过我们的鞋底。

我和战士们会心地对视了一会儿，不禁大笑起来。

所谓"客军"

阿克苏起义部队的首领，叫李祖唐。

我军前卫第四师进到吐鲁番的那天，曾经和他"巧遇"。当时，四师的副政委曾光明同志觉得很奇怪：库车、鄯善是他的部队，而这些部队的烧杀抢奸事件又都恰恰发生在他的巡视之后，难道是偶然的吗！曾光明同志劝他赶快回去约束一下自己的部属。他却板起面孔说，部队已经不听他的指挥了，回去也没用。曾光明想找他长谈一次，他竟急急忙忙钻进一辆过路的大卡车，径自走掉了。不久，就收到了他在阿克苏东郊准备野战演习的情报。早也不演，迟也不习，偏偏在这个时候选择此等地点演习起来，不能说不是一件怪事。看来，他是给我们准备了一个"鸿门宴"。为了去赶赴这一场盛宴，战士们的脚步迈得更快了。

当四师的副参谋长任晨同志带着前卫团进到阿克苏时，李祖唐虽已筑好工事，不知道是因为害了怕，还是因为什么，所谓的演习，却还未曾开始。李祖唐拜会任晨时，听说四师师部日内就可抵达，貌似殷勤地提出了一个欢迎方案：在东郊搞一次演习，一来表示欢迎，二来向人民解放军的首长请教。任晨当然知道，项庄舞剑，意在沛公，所以，即以其人之道，还治其人之身，也给他来了两句外交辞令"不成问题，届时一定奉陪！"李祖唐一咂滋味，挺辣，知道不好惹，又赶紧把这项建议抽了回去。然而，不知道为什么,他却从此不再露面了。后来问了他的副旅长高戎光,才知道他上了喀什,据说有要紧公事需要到那里办理。

这人可真有意思!起义这才几天的工夫,他忽而北上,忽而南下,忽而藏头,忽而露尾,忽而又想到请我们指教一下他的战术动作⋯⋯实在积极得很!活跃得很!不过,无论怎样说,这种"积极"不能被认为是正常的。

王恩茂同志当即召开军党委常委会议,研究阿克苏地区的情况。他在会上指出,六十五旅的广大官兵虽然是拥护起义、渴望和平的,但他们的旅长李祖唐,却是极少数反动人物里最为出色的一个。据当时所知,李祖唐起家于江西的"剿共",以后又成了特务组织复兴社的一个干员;有人还说他是蒋介石的干儿子,这虽无法肯定,但纵观他数十年来的所作所为,至少不失为蒋介石的一个忠实奴才。他虽曾列名于陶峙岳将军的起义通电之上,对于起义的阻挠并不弱于在逃的叶成等人,而且当叶成等人逃出乌鲁木齐后,他又在阿克苏款待过那些死心塌地的反动派,和他们秘密商议了很久。从那以后,他就南下、北上地活动起来,形迹诡秘,十分可疑。让这样一个特务分子把持住南疆的交通枢纽,是令人放心不下的。因此,军党委决定变更五师的任务,只以一个团开赴和田,主力则改驻阿克苏一带,除了巩固治安、参加生产,还要担负宣传政策、组织群众、帮助群众建立民主政权,建立共产党的组织的重大任务。

几个月以后弄清的事实,证明了这项决定的正确性。原来,李某人的北疆之行,唆使部队骚乱只是手段,终极目的则是向坚持起义的部队散布疑惧情绪,制造混乱,挑起全面的战争。当时我们虽已进至吐鲁番盆地,他却以为:位于孔雀河上的铁门关,是一座称得起"一夫当关,万夫不敌"的门户,只要把住那里,则仍可替蒋介石保住大半个新疆。然而,没有人听他这一套,阴谋没有得逞。同时,我们又以他预想不到的速度通过了铁门关,他无计可施,只好星夜驰返阿克苏,仓皇布置了这样一场穷极无聊的"野战演习"。自然,这种把戏的愚蠢性,连他自己也难以瞒过,所以,事到临头,又不得不急忙后退了一步。他之所以要抢先赶到喀什去,正如热锅上的蚂蚁,不过是乱撞乱碰、希图侥幸而已,万一能够动摇了那里的起义部队的决心,不是还可以在喀什南北与我周旋几天吗?这种妄想当然成不了事实,因而,当五师进驻阿克苏时,他已垂头丧气地跑了回来,被迫转入了"战略防御"。

当时,中国人民解放军的五师,新疆民族军的某团和起义部队的六十五旅全在阿克苏。由我们五师的李铨政委主持,请这三支部队的营以上军官参加,开了一个团结会议;目的是宣传我党我军的各项政策。李祖唐,这一回可是客气极了,开口"欢迎",闭口"荣幸",连声音也装得那么甜腻腻的。他先把解放军和民族军的历史背诵了一遍,恭维我们都是十分光荣的;可是,谈锋陡然一转,说到了他们自己,他竟那么谦虚而又委婉地认为,他们也有一段小小的光荣历史。他的结束语,更加显得客气:

"今天，三支各有光荣历史的部队同聚一堂，互相学习，我感到十二万分的荣幸。"就是这样轻轻几笔，革命与反革命之间的界线就让他涂了个一干二净，我们要他向人民解放军看齐，他要我们"互相学习"；言简而意赅，外甜而内毒，虽取守势，却有攻锋，在他自己，一定是视为得意之笔的吧。可是，跟我们要这一套，却是他瞎了眼睛。李铨同志当即拍案而起，话语虽然很婉转，实质上却是问他：库车、鄯善杀人放火的勾当，算不算他的光荣历史；是否也要我们学习这样的"光荣"行为！他理屈词穷，无言可对，只得强作镇静，左右顾盼，倒像李政委指斥的不是他，而是旁人。事后，当五师要接管阿克苏的城防时，他又以未曾接获上级指示为借口，想要婉言谢绝。他可能这样想：既然我已经挂名起义了，那么枪杆子就仍会留在我的手里，我用这种敬而远之的办法来和你分庭抗礼，你又能拿我怎样呢。可是，不管他是敬而远之也好，远而敬之也好，我们是非要枪杆子夺到手不可的。我们的事情还多得很，哪有工夫去和他保持那种若即若离的关系！

因为我中途折回乌鲁木齐请示了一次工作，迟走了一步，当我赶到阿克苏时，和李祖唐斗争的主要回合已经胜利结束了。五师抓紧时间，通过联欢会、座谈会、互相参观、友谊球赛、请看戏、赠送革命书籍等方式，已经在六十五旅散播了很好的影响，粉碎了反动分子的造谣破坏，团结了六十五旅官兵的大多数。有些中下级军官向我们反映了很多情况，甚至提出了调到老解放军部队工作的要求。

至于李祖唐，自从王恩茂同志找他长谈之后，似乎也"老实"了一些。五师又派人向他正式交涉了一次，他也基本上交出了阿克苏的城防。

据五师去交涉的同志谈，起初，李祖唐仍想支吾过去，借口是他的三点考虑：第一，他说阿克苏是个战略要点，不能潦草从事。五师的同志知道，由于这里北对三区的民族军，西有社会主义的苏联，以反苏反人民为己任的国民党反动派确实把这里看得很重要，不过，今天李祖唐还要这样讲，那就得请他进一步讲讲道理。李祖唐确是能言善辩，他强编了一个理由，说这里南连和田，西接喀什，东通哈密，紧扼三面咽喉，故此人称战略要点。及至五师的同志含笑指出这种说法不足以说明它的战略意义以后，他又托词对于战略问题缺乏研究，不过是人云亦云，也许实际上并没有战略意义。五师的同志接话接得很妙，说："站在人民的立场上，我们的确不把这里看作战略要点。因此，这一条可以不在考虑之列了。现在请谈第二。"第二，他说六十五旅是主军，五师是客军；按照惯例，主军一向没有向客军交防的必要。五师同志明知道他想用主客之分限制我们的行动，偏要请他解释一下区分主客二军所应遵循的原则。李祖唐说，在军语里，当地的驻军谓之主军，过境的行军谓之客军；据他所知，五师的驻地是前途的莎车，在这里只是暂时集结，以此具有客军的身份。五师的同志拿出陶峙岳将军的通电问他可曾看过，他大言不惭地表示，不仅看过，而且署名其上，百分之百地拥护。这位同志说："那么，请看，这两句写得很好：脱离反动政府，归向人民阵营。如果一定要区分主客，还是根据这两句话为好吧，你们说呢？"李祖唐心里虽然不同意，口头上只得满口赞成。于是，五师的同志含笑说道："因此，这一点也可以免于考虑了。何况五师的驻地也不一定非是莎车不可。"李祖唐赶紧声明，他还有第三点考虑：起义通电上还有"全军驻守原防，维持地方秩序"这样两句，他理应切实执行到底。五师的同志婉言指出，在人民解放军未到之前，切实执行是必要的，现在，人民解放军既然已经开到，并在征得陶将军的同意之后下达了由五师接防的命令，这一点还有什么考虑的必要呢！李祖唐找不出二话可说，只得再次表示："我刚才说过，城防没有交，并非不想交，而是有以上的三点考虑。既然这三点都不成为问题，那么，我保证：三天之内，全部移交过去。"口头上虽然如此爽快，事实却是至今不曾交清；然而，就其大体而言，总算已经交出来了。

根据李祖唐的思想规律，估计他的下一步斗争内容将是千方百计控制武装，阻挠民主改编的进行。既然王政委已经和他谈过不止一次，并向五师的同志交代过今后的斗争策略，而我又急于追上前面的部队，一同赶到喀什去，因此，我在阿克苏稍事停留之后，就不想再去惊动别人，一心想要动身赶路了。可是，不知李祖唐的耳朵怎样长的，竟而听到了我的消息，就在我动身的前一天下午，送来了一张帖子，请我去他家吃晚饭，同时，还有些事情想向我请教。当然，这个人是很不地道的，可是考虑到党的团结——斗争——团结的政策精神，我还是接受了他的这个邀请。为了应付他的这餐"晚饭"，我把五师的首长请来，用心地研究了一下如何"吃"好的问题。

当天晚上，我安步当车，按时走进了他家。

在当时的阿克苏来说，客厅是华丽的，衣着是阔绰的，皮鞋是贼亮的，酒菜是名贵的，连大师傅也是上乘的。一切一切都在表现出：李祖唐是很会花钱的。不过，我又不免想到，当他这样大把花钱的时候，库车老百姓却已被抢得无钱可花了，因此，虽然他们很是殷勤张罗，我却感到十分恶心，还没有拿起筷子，已经不想吃了。

在整个吃饭的时间里，我都在观察今晚这两个东道主。两人虽一丘之貉，性格却各有不同。李祖唐是狠毒险诈于言表，哪怕一句谈话，一丝笑影，都由于有意的暧昧而使人觉得阴冷，确如五师同志之介绍，是兼备着狐狸和狼的品质的。高戎光则不然，从始至终一味地拉"老乡"，"他是江西修水人，我是湖南醴陵人，既隔县，又隔省，他竟硬把我认作同乡，说改天还要为我准备一桌家乡口味的酒席。"

尽管如此令人发呕，我依然举起酒来，为六十五旅的归向人民阵营，干了一个满杯。只是当他们虚情假意地为这个那个的健康干杯的时候，我才不得不站起来说："不必了，还是请大家为中国人民的胜利来痛饮一杯吧！"喝完，我就告便离开了座位。

饭后，照例是一场闲谈。李祖唐一边为我点烟，一边就势拉过一把椅子，凑近我的身边，貌似诚恳地表白他的心迹。自称是衷心拥护起义的头一名，欢迎解放军的积极分子。说他近来如何如何的心旷神怡，以致高兴得连觉也睡不着。我心中暗想：坐卧不宁，这是事实；要说由于高兴，可是自欺欺人。听你的部下说，宣布起义之后你痛哭流涕达三日之久，难道也是一种表示高兴的独特方式！心里这样想，口里可不会这样讲，只是叹息一声说："有些人可就不像这样明白啰！他们听说起义了，简直像死了亲娘老子一样哩！"李祖唐故作惊讶地问道："真有这等人？"我点点头说："为数当然极少；就是这几个，我们也是希望他们早些觉悟过来的。"李祖唐"义"形于色地说："这种人！真是糊涂得可以！"接着表白自己说："祖唐虽然算不得明白人，一向多看了几本书，眼界究竟开阔些。民国三十年，有幸读过一本《新民主主义论》，对毛泽东先生的主张真是钦佩极了！……"我提醒他说："毛泽东同志，是我们中华人民共和国的主席。"他连连称"对"，接下去说："对于中山先生，我是衷心拥护的。依我看，毛主席的主张实际上就是中山先生的主张。"我笑问指何而言，他赶紧声明："当然是联俄、联共、扶助农工的三大政策，祖唐是一个真正的三民主义者，一向赞成国共合作，今天率部起义成功，实现了个人的初衷，由名实不符的'国民革命军'一跃而为名符其实的人民解放军，内心实在是非常高兴的。"我不禁想道："谁要是不懂得什么叫作阴险，最好来听听李祖唐的谈话。这真是'阴险'二字的活标本，瞒天过海的大魔术！本来捧的是'起义'，晃了两晃，却让他变成了'国共合作'。企图很明显，是想控制武装，阻碍改编，给他的东山再起创设条件。"为了听听他还有什么名堂，我顺手又点燃一根纸烟，问道："你们不是有些问题要向我请教吗？"高戎光干笑了一阵，说："其实没有什么，不过是借题请您过来随便谈谈。"李祖唐也说："我们的确没有什么问题。下边有些军官不明事理，见五师在我们部队里做的工作多了一些，深恐解放军方面会有强使我们离开部属的意思，曾经有过一些议论。只要兄弟用互相合作的道理予以开导，五师方面遇事多与兄弟联系，由兄弟出面进行，一定不会引起什么问题。这些细小问题，实在没有向您提出的价值。"我一听，不由得笑出了声音：哈！他怕我们在下面做工作，想和我们划清界限，束缚我们的手脚。这倒要和你谈个明白。我端起茶杯，轻轻饮了一口，说道："细小问题，不谈也罢；不过，依我看，问题倒还不算十分细小。比如，毛主席与孙中山的主张是否相同、你们的起义是否等于国共合作、从反动军队能否'一跃而为名符其实的人民军队'，这是三个很大的题目哩！"为了说明我党团结改造起义部队的政策，我再次提到了整个起义部队的功劳。他们连说："不敢当，不敢当。"我说："不，功劳属于广大的官兵，应该实事求是地加以肯定。说到你们出的这三个题目，我还想对于二位提出一些批评。在我们看来，批评是达到团结的手段。真正以人民利益为重的人，是不会拒绝批评的。"他们急忙表示欢迎，甚至说，今晚请我过来就是为了听取批评。我微微一笑，就转入了正文。关于第一题目，我不想多谈，只说："这一点，毛主席在他的文章里已经讲得很清楚，建议你们再去精读几遍。"关于第二个题目，我从历史上的两次国共合作，是由中国民主民族革命的性质、对象决定的，两党当时奋斗的目标也有一致的地方；那时候，两党的合作反映了全国各阶层人民的愿望。而现在，国民党是代表帝国主义、封建主义和官僚资本主义的彻头彻尾的反动派，早已变成了中国人民的死敌，当然这就谈不到有丝毫合作的条件和可能了。至于你们的起义，那是在中国革命即将彻底胜利、人民解放军已挺进到新疆门口、新疆民族军也已推进到玛纳斯河西岸和国民党军队中广大爱国官兵希望和平解放新疆的形势下，脱离国民党反动派，投向革命、归向人民。这种起义，只能是承认和拥护共产党的绝对领导，毫无保留地实行彻底地改造，根本就不是什么国共合作。假使有人不是这样理解，那就不是拥护起义，而是反对起义了。他们自然不愿暴露自己的真正立场，连忙表示："不不不，我们拥护的正是您说的这种起义。国共合作是历史上的事情，今天已经谈不到了，今天已经谈不到了。"我说："既然如此，起义也就不是改个名字，换个旗号的问题。从所谓的'国民革命军'到真正的人民军队，绝不可以'一跃而为'，需要从立场上首先进行一个真正彻底的改造。逃避这个改造，同样不是真心拥护起义。比如那种在起义之后痛哭三天的人，你们说该不该彻底改造呢？"他们连连点头："当然，当然；不过，我们这里倒还没有。"我笑了笑，说："就是从你们二位身上，怕也不难找到一些吧！"他们忙说："也许，也许会有。"我说："恐怕不只是也许会有吧！王政委可能和你们谈过了，比如谁是主军，谁是客军，阿克苏对谁有战略意义、对谁没有，都由于立场的不同而有不同的答案。不知你们以为如何？"他们对视了片刻，仿佛豁然贯通似的连连点头："不错，不错！""因此，我就不能不提请你们二位注意，一定要驳斥那种'起义等于国共合作，'拒绝五师援助'的口号，因为它是反动分子用来破坏我们起义，以便保存实力伺机而起的一个阴谋，真正愿意革命的人是不应该与之和平共处的。"他们齐声表示赞同，说他们一定与这种反动口号斗争到底。我看看时间已经不早，就起身告辞说："以后畅谈的机会还多，今天就谈到这里吧！有什么问题，可以多向五师的首长请示。我们人民解放军的规矩是，驻在哪里服从哪里党委的领导。目前在阿克苏，就请你们服从五师党委的领导。不要共产党的领导，是要犯大错误的。"

从他们那里出来以后，我心里觉得一阵好笑。像他们这样的人，固然坏得可恨，实在也蠢得够可怜。就拿今晚的这餐"便饭"来说，除了一无所得之外，反而更加暴露了他的反动本质，真是何苦来呢？

后来我进一步想到，他的"蠢"和"坏"，其实是紧紧相连的。为了团结改造六十五旅，党组织确曾做过很多很多的工作。李祖唐如能洗心革面，投向人民，真正一扫既往之"坏",不是同时也就不蠢了？然而,正因为他的本质太坏,结果也就太蠢。当六十五旅的广大官兵改造成为真正的人民战士时,他却抱着一颗顽固不化的脑袋,投到历史车轮的下面去了。

三 军 过 后

我们的推进已经够快了,谁料沿途各地维吾尔族人民对我军的赞颂比我们走得更快。我们这里还没有离开阿克苏,喀什那里早就展开了解放军何时可以到达的议论。

最最让人感动的,要数苏联领事馆的同志们。

解放以前,他们整天和反动政府打交道,终日受国民党特务的包围,实在是受够了闷气,因此,一听到这些议论,高兴得简直忘记了一切。他们的领事(十分可惜,我没能记住他的名字),硬要连夜前来接我们。走一站,没有;再走一站,又没有。直走到八盘水磨,到底让他把我们接到了。从他的神情和装束,我们一眼就认出是位远道而来的苏联同志,真是高兴得不知说什么才好,赶忙迎上去和他握手,请他到火堆旁边暖一暖,问喀什的朋友是否平安,责备他不该冒险,这样冷的天气,这样黑的夜晚,万一路上有个闪失,那可如何是好。直到这时,他才发现自己走得过分匆忙,忘记把翻译带来,直落得满肚子话说不出口,我们说了些什么他又弄不明白,急得他攥紧我的两手,拼命地摇晃。我看他那样着急,唯恐是喀什的苏联朋友遭到了意外,心里更是急得没有主张。只是冲着左右催问:"谁懂俄语? 谁懂俄语?"最后,还是外交官有办法,他忽然眉梢一扬,喜笑颜开,用力挑起两个大拇指,喊开了:"斯大林! 毛泽东! 乌拉! ——"然后,又突然环抱住我的脖子,把一阵狂吻送到我的脸上,就像暴雨落在脸上一样。我放了心,可又不懂得怎样应付这种外国方式的亲热,除了把他搂得更紧更紧而外,委实别无其他对策。心里一阵阵发热,直想唱几句《国际歌》,可又唱不出来,只默默地滚下几滴眼泪,打湿了他那件西装上身的右肩……

12月1日这天,我们兴高采烈地踏上了喀什噶尔的绿洲。

"绿洲"二字,在辞海里作何解释,我不知道。但是,从进军路上的亲眼所见,我自以为,凡是有河水的地方,只要有人,就一定都有最美的地方;而这些地方,就应该叫作"绿洲"。孔雀河流域是绿洲,阿克苏河流域是绿洲,喀什噶尔这里也是绿洲。没有河的地方,只要有水,像七角井东边的一碗泉,虽只有碗口粗的一股长流水,好! 那里也就成了绿洲。看来,人在中间起着决定作用。事实并不是有多大的水就有多大的绿洲,而是人越多,绿洲也就越大。我没有到塔里木河边去过,听说它是新疆最大的一条河,但是就因为人少,河两岸当时就算不得最美的地方。哈密,我是走过的。要说河水,那里并不多;可是,由于地当要冲,人口众多,因而,水不够用就修渠,地面修不成就修在地下,起个名字叫"坎儿井",结果,那里也变成了绿洲。如果生产力得到进一步的解放,新疆走上了社会主义的道路,我敢说,在这样聪明肯干的各族人民手下,一块块绿洲必将连成一片,把新疆变成祖国最大的一颗珍珠。

这样想着想着,不知不觉间,已经来到了浩罕庄。

从浩罕到喀什城,大约还有十几公里吧,我当时却以为已经走进喀什城里了。要不怎么会有这么多的人呢?房上、墙上、树杈上,到处是人。举目一望,还有更多的人正朝我们拥来,他们有的骑在淌汗的小毛驴上,有的站在溅满了泥巴的木轮大车上,显然和我们一样,也都是赶了长路的。他们脸上那种神气,不管是用"喜悦"的字眼,还是用"兴奋"的字眼,都绝对形容不出来;那种神气,只有高兴的人乘兴喝下三杯美酒以后,才会出现。老头子们一扫平素的庄重和矜持,变得和小孩子一样,拼命地往人群里挤,挤不进来,就退后边拼命地往高处跳。女人们也忘记了别人为她们制订的规矩,起初是牵起面纱来偷看,看得高兴起来,索性一把扯下那张讨厌的障碍物,把一张张挂着喜眉笑眼的红脸,大胆地公开出来。她们站得最高,看得最清楚,笑声也最响,看样子也数她们最忙:欠着脚儿看一看,弯下身去说一说,说不完又看,看不完又说,说呀,笑呀,笑得前仰后合,叽叽咯咯。我们夹在这样狭窄的人墙里,本来就寸步难移了,而一伙伙的小型歌舞班子又享有着特殊的权利,想要在哪里给我们表演,我们就必须停在哪里观看。乐师们拼命地吹喇叭,演员们拼命地打手鼓,似乎是非把这座城给抬到天上去不可。可是,我们哪里顾得上看呢? 只要一停脚,老乡们就拼命地往我们身边挤,挤得我们脚尖都离开地。他们只要一到跟前,就开始大声地向你问着什么,告诉着什么,指天的指天,指心的指心,说的说,笑的笑,好像谁也没有想到我们的战士能不能听见,能不能听懂,反正把自己心中想要表示的一切心情都表达出来也就心满意足了。当时,我最留心的是人墙外边的那位个子很矮、手中捧着个哈密瓜的老大爷。起初,他只是跑前跑后地往里挤,后来看看不可能了,只得停下来想了一想,然后,两眼一亮,拔出小刀子把瓜切成了几牙,就那样连瓤带水地举在头上,瞅准一个女人最多的地方,一边喊叫着什么,一边用头、用肩膀、用腿……努力地向前冲击。也不知女人们是被他挤疼了,还是被他撒来撒去的瓜瓤子吓跑了,反正是让他满头大汗地取得了胜利。战士们要想不吃他的瓜可不好办,他分明已经气得吹开胡子了。可是,任他是真生气了也好,假生气也好,战士们只是笑着摇头,硬是不肯伸手去接。这一来,老人家可没了办法,哆哆嗦嗦地捧着瓜,东扯西望地求援兵,两眼不住地往下淌眼泪。看来,老人家的的确确是伤心了——他穿得很破,皮帽上的羊毛快要掉光了,一双手也只剩了松懈的皮和干硬的骨头,显然是一个受了一辈子苦的穷老汉。这一个甜瓜虽小,怕也是他唯一能够拿出手来的礼物了。为了把这个瓜送到我们手上,老人家不知费了多少心,跑了多少路,到头来却遭到了拒绝,怎么可能不伤心呢!想到这里,我连忙从远处用声音和手势招呼那些战士:"收下!谢谢!谢谢!收下!"那些战士弄懂以后,又忸怩了很久,那位老人家立刻换了一副得意的样子,又是搓手,又是点头,还不住地捋胡子,冲着周围的女人挤眼睛,逗得人们拍手的拍手,喊叫的喊叫,把女人们的眼泪也给笑出来了。

在这样如醉如狂的人海里,被欢笑的风浪所激荡,我们走走停停,停停走走,直到深夜,还没能全部走进各自的营房……

进入营房,这不仅意味着长途跋涉的结束,更意味着无比艰巨的建设生活的开始。在初解放的日子里,要让上级派一整套的干部来做地方工作,是不可能的。参加地方工作,乃是我军义不容辞的任务之一。地方工作十分复杂,而万年大业第一春,则是建立各地党组织。整个南疆地区的委员会,是由我们军的党委会兼的。整个南疆地区五个专区,30多个县,机关由地委直到区委,干部由书记直到干事,全部要由部队里设法解决。此外,民族部队需要建立党委制,起义部队也需配备政治工作干部。他们将要把党的光辉带往各地,不经过严密的挑选,细致的安排,详尽地布置任务、交代政策,是不行的。成批成批的干部调走了,部队本身的工作仍然要很好地完成:守备任务不能放松,大生产的准备更不能缓行。工作在等人,形势在逼人,因此,自打我们走进营房的这一刻开始,一个"忙"字,就概括了我们全体成员的全部生活。

在百忙之中,阔别将近三月的骡马大队又来到了喀什,他们吆着几百骑骡马,徒步2500多公里,好不容易到了这里,倘不去接接他们,作为部队首长,心里是过不去的。因此,这一天虽然谁也没下通知,在喀什团以上的干部,却都挤出时间,来到了喀什噶尔的桥头。

尘土起处,骡马大队出现了!出人意料之外的是,队伍那样整齐,精神那样抖擞,像接受检阅似的大步通过我们面前,简直是一队精干的标骑兵!大青子一眼看见了我,立即奋鬃长嘶起来;老刘呢,也正咧开嘴不住地望着我笑。

我急忙迎上去,把纸烟一一递到他们手里,请他们就地坐下歇一歇再走。老刘也凑过来向我们问好。我望望他那红肿的眼圈,说:"老刘,辛苦了!"他不好意思地说:"嘿,我有啥辛苦的呵!辛苦的倒是咱们老范!"

提起老范——范绍统,那是我们的老模范了。多年和他相处,我早有了经验:要想找到他,你得先问哪里最艰苦;哪里最艰苦,哪里就准有他。这一回果然又是如此。吆牲口的确是个苦活,白天要赶站,晚上也得不到休息,铡草、喂马还是小事,单是给牲口换掌子就能把人折腾一夜。时间长了,棒小伙子也撑不住,可老范总是催着大伙快休息,自己反倒成夜成夜地去干活。有一次,一头牲口病了,不能好好地吃东西,大伙急得没办法,他可不着急,一天到晚替那头牲口嚼马料,嚼一点往马嘴里喂一点,嚼一点往马嘴里喂一点,到底把那头牲口喂好了。走到七角井,遇上了寒流,人们穿着皮大衣还打哆嗦,他反倒把皮大衣脱下来,盖到了病马的身上。——真是个铁打的好汉子!不等老刘把话说完,吴子杰同志急忙往起一站,问道:"咦!他又跑到哪里去喽?"老刘咧开嘴笑道:"当保姆呐!我们在路上添了个马娃子,骒马调皮,不让娃子噙它的奶……你看,那不是!"顺着他的手指看去,呵呀!原来老范正抱着马娃子喂奶呢!一个念头立刻闪上了我的心头:明年大生产,一定要办个牧场,一定要让他去当场长!真是太合适了!这时吴子杰同志冲他大声喊道:"辛苦啊,老范!"他抬头认出他们副师长,忙把马娃子搁下,跑过来,紧紧地握住老吴的手,上上下下地打量了一番,然后赶开了那头蹦到我们中间的马娃儿,半嗔半笑地说:"你看你,工作那么忙,你可跑来干啥嘛!"吴子杰笑了笑说:"你们辛苦啦!"他用力摆了摆手,说:"嘿!看你说的!"停了一会儿,又说:"人家到国境上去的不比我们更苦!"

他这话说得不错。苦也罢,累也罢,我们终究到达驻地了,可有不少部队,还得继续前进呢!特别是我们的西面,南起昆仑,北至天山,还有1000多公里的国境线需要迅速接管下来。国民党经常唱的高调叫"国家至上",可是,你到边境上去看看吧!祖国的这扇大门却是大敞着的。就连国民党的某些高级官员,也不能不喟然长叹:"边防,边防,有边无防啊!"

不过,让我们看,这话只对了一半。在那段与过去的英帝国主义殖民地相比邻的边界上,确是这样:美英帝国主义的间谍、走狗,想进就进,想出就出,根本没有人管;可是,对着苏联的这一段就该当别论,要不,李祖唐为什么要把阿克苏说成战略"要点"呢!

我们却和他完全相反,偏偏要一反敌人之道而行之。面向苏联的这段边境,是完全可以放心的;至于帝国主义可以随便出入的那一段,可是不能马虎。对于不久以前建立了民族主义国家的邻邦,固然应该采取和平睦邻的政策,却不等于说,可以放松我们自己的边防建设,不是我们的土地一寸不取,是我们的土地半分不让,即使是一头黄羊,一只山鹰,要想出入国境,我们也要查个明白,问个清楚;因为它不只是我们祖国的神圣疆界,而且是我们整个社会主义阵营的神圣疆界的一部分。

一支经过精心挑选的优秀部队,冒着帕米尔的狂风暴雪,走向了祖国的边疆……

没过多久,捷报接二连三地飞到了我们手中。六师的部队已经全部进驻孔雀河流域,十五团也穿过塔里木大戈壁,把红旗插到了昆仑山上。进军北疆的兄弟部队已经基本上到达驻地,并和新疆当地的民族革命武装胜利会师,接着,新疆省人民政府也在乌鲁木齐正式宣告成立。真是一个接着一个,一个比一个鼓舞人心。但是,真正让人放心不下的是边防线,全国人民所最为挂念的也是边防线,而边防线上的好消息却偏偏来得最慢。

这能怪谁呢!当时边境的道路实在太糟了。从距离边界最近的城市,到边界上的任何一点,即使在冰消雪化的夏天,快马也要走上十几天,何况当时又正是冰封雪冻的严冬呢!

慢是慢了一点,但是,并没有慢到让人心焦的程度。几个月以后,当消息传来的时候,边防战士们已经查清了通往国境的每条山口,摸熟了边界地带的每块石头,构筑了必要的防御工事,架设起高功率的无线电台,开辟着宽畅的国防道路。一句话,一道坚似钢铁的红色长城,已经在帕米尔高原上摆开了!只有到了这时,我们才可以放心地报告亲爱的祖国:您交给我们的进军任务,已经胜利完成了。从此而后,那些对我们不怀好意的先生们,如果胆敢不请自来,把他的两条腿任意伸进我们的国境,那么,我们保证,抵在他胸前的枪口,绝不会少于一个。

请相信,这绝对不是空谈。在国外,很有几位先生用自身的实践证实过我们这不折不扣的诺言;如果有必要,我们甚至可以指出他们的名字。

胜利了!在几十年的战斗岁月里,梦寐以求的这个胜利,终于掌握到了我们的手中,这是多么值得珍惜的胜利呵!为争取这个胜利,成千上万的同志,流尽了自己的热血。且不说那些众所周知的先烈吧,就以我自己的亲密战友来说:陈宗尧同志,在南下北返的一次战斗中,壮烈地倒了下去;刘亚生同志,在南京政府宣告灭亡的前夕,被敌人杀害在扬子江的江心;张振坤同志,龙云同志,……还有许多同志。只要一闭起眼睛,他们的音容就在我的面前浮现。而每当想到他们,我总要再次体会一下毛泽东同志向全党发出的警号:"夺取全国胜利,这只是万里长征走完了第一步。"如果这一步也值得骄傲,那真是何等的渺小啊!更伟大、更艰巨的事业还只是刚刚开始。我们一定要把五百万各族人民团结在毛泽东的旗帜之下,加倍努力地乘胜前进,不仅要建设一个人民民主的新新疆,还要让社会主义的新中国在我们的手下建设成功。

这就是我的保证,也是我的全体战友们的共同保证。

1959 年 12 月 28 日《新疆日报》

塔 里 木 行

郭 鹏

在 19 世纪的 90 年代初,一个名叫斯文·赫定的瑞典探险家,从中亚细亚来到了新疆的麦盖提。据说,他有着丰富的沙漠探险经验,因此,他想从麦盖提出发,横穿我们的塔里木。看来,他并不是个冒失鬼,第一步,他只想从叶城东行 300 公里,横穿塔里木的一个小角,到达和田河谷,目的是进行一次实地演习;取得了经验之后,再以和田为基地,穿越整个的塔里木。

但是,演习的结果却很不美妙;骆驼死光了,同伴死光了,他只身一人,侥幸跑到了和田。从此,塔里木吓破了他的胆,他再也不敢抱有继续探险的妄想了。几年之后回到了瑞典,当他回忆起这次丢脸的探险时,他还心有余悸地写道:"可怕!这不是生物所能插足的地方,而是死亡的大海,可怕的死亡之海!"

半个世纪以来,斯文·赫定这几句哆哆嗦嗦的低语,一直被中外资产阶级学者认为是关于塔里木的最具权威性的论断。我们的塔里木,不仅吓坏了斯文·赫定本人,且通过他,还吓坏了更多更多的资产阶级冒险家们。

真正的英雄不是他们,而是我们无产阶级的战士。

11 年前,1949 年的冬天,正当革命胜利的潮流在全中国汹涌激荡之际,我们的部队长驱万里,开进了南疆的重镇——阿克苏。隔着整个的塔里木盆地,与阿克苏遥遥相望的是另一座塞外名城——和田。当时,美帝国主义利用中国人民的无耻叛徒艾沙之流,正在国境线上煽起"泛土耳其主义"的旋风,蒋介石的忠实走狗伪专员郝登榜等人,也正在和田阴谋掀起反革命的暴乱。我军要保证祖国和平统一的彻底实现,要解脱和田各族人民的深重苦难,必须迅速进军和田。——时间,时间,最要紧的就是时间。为了争取时间,我们大胆做出了从前人们想也不敢去想的决定:直线前进,穿过塔里木!光荣与艰苦的任务交到了步兵十五团的手上,他们以无比高扬的革命英雄气概,高喊着"穿过大戈壁,长征见高低"的口号,昂然开进了这个一向被斯文·赫定叫做"死亡之海"的洪荒古漠。黄沙蔽日,无路可循,他们就借指北针的指引摸索着向前;喉咙冒火,没水解渴,他们就含上一口马尿,润一润嘴唇,接着向前走;马垮了,他们扛起小炮,背起电台,还是照样向前走;脚烂了,他们裹一块破布,咬一咬牙根,你搀上我,我扶上你的,还是一股劲地向前走。一口冷水,他们要端给最渴的那个同志去喝;一粒仁丹,他们要塞给最弱的那个同志去含。就这样,经过了连续17天的苦熬硬挺,他们终于完成了党和人民交给他们的严重使命,胜利地穿过了塔里木。

千军万马横过塔里木,在人类历史上,这还是第一遭。

那时,解放战争虽然还没有完全结束,却丝毫也不妨碍我们在党委会上部署另外一条战线上的战斗。当我们部队胜利完成各自的进军任务的时候,也可以说,他们同时也都进入了各自的新的进攻出发路线。整个地看来,那时全军就已经展开了另外的一条战线,就已经对塔里木形成几面包围的态势了。

时间过去了11年。当年进驻南疆的这几支部队,并肩作战,如今已经成为开发塔里木的主力了。在这段时间里,由于革命的分工,我和他们不在一起了。但是,从心里说,我却一天也没有和他们分开过。

如果说,我对这支部队有着一些特殊的感情,那是可以理解的。在30多年的革命生涯里,有整整20年的岁月,我都是在这个部队里度过的。我在这个部队里当过战士,当过班长、连长,后来受了党的委托,我也负责指挥过这个部队。确切地说,就是在这支部队里,党把我培养教育成人的。我熟悉这支部队从红六军团、三五九旅到第二纵队的全部历史,我更熟悉这支部队在井冈山、南泥湾、南下北返……那些艰苦斗争中锻炼出来的各种秉性、脾气。无论在什么时候,也无论发生怎样严重的情况,谁都不必妄想动摇它对党、对毛主席的无限忠诚。有时候,虽然它也不免有这样那样的一些缺点,但是,越是在处境艰难、斗争激烈的时候,它的斗志反而越昂扬,它的士气反而越高涨,它的动作反而越正确,有时候,甚至可以做出令人难以置信的突出成就。1958年,得到了它向塔里木进军的喜讯。从那以后,大跃进的锣鼓从塔里木不断传来,一声紧似一声,一阵密似一阵,于是,我的心更加被他牵动了。

听来自塔里木的战友说,很多同志都到他们那里去过。在突击造田的阶段,王震同志从北京到塔里木,亲自驾驶拖拉机,参加了他们的开荒。在麦子收割的季节,王恩茂同志从乌鲁木齐到塔里木,走遍了所有的农场,指示他们要大抓粮食,还和他们一起参加了收割。人们还说,赛福鼎同志去时,塔里木河正在发水,南北岸的交通暂时断绝了,但是他说:"我是新疆人,早就知道塔里木是个好地方,可是我还一直没有到过这里,因此,我非要过河去看看不可。"后来,他到底还是驾着一只小船冒险到南岸走了一遭。生产建设兵团陶峙岳司令员和轻工业部李烛尘部长去视察时,还给他们题了词。所有这些消息,都把我的心牵向了塔里木,使我下定决心要到塔里木看看,看看那里的新天地,还有那里的老战友。从 1958 年开始,我每到阿克苏一次,都想到塔里木走一走,但机缘总是不巧。每一次,我都没能实现自己的心愿。

现在,到底让我抓住机会,到塔里木来了。

荒 原 上

在这里,我的确看到了"海";但不是什么"死亡之海",而是欢腾的生命之海。

大清早,我们的车子向着太阳升起的地方飞奔。金黄色的沙土,反射出刺眼的、炙人的强光,虽然是 5 月初的早晨,倒像是到了三伏天的正晌午似的。热风吹送着倦意,我的眼睛也有些涩了,可是,正当我精神毫无准备的时候,我们腾身飞过一道沙梁,一个崭新的世界陡然闯到了我们的眼前。……亮闪闪的水渠,绿森森的林带,平展展的拖拉机道,三排并列,笔直通向遥远的天边。就连组成防护林的那十几行树,——沙枣也好,钻天杨也好,每一行,也都是笔一样直的,通向天边。好像一个巨人把整个的塔里木当成了一张画纸,用他那巨大的彩笔,饱蘸了银色的和绿色的油彩,通南到北,通东贯西,在纸上画出了无数条笔直的彩线,于是,就好像一张巨幅的彩色地图一般,整个的塔里木都布满了端端正正的、彩色的大方格子:真是整齐极了,好看极了。在这一块块的绿树、银渠镶框的大方格子里(每一格,总要在 1000 亩上下吧),这一格,全是油绿油绿的麦子,那一格,全是嫩绿嫩绿的棉苗。有许多大格子已经注满了亮蓝亮蓝的春水,正在等待插秧。还有许多大格子,拖拉机在里边大雁似的排开,青烟突突,马达隆隆,声势十分浩大;人们说,那是在抢播早稻。

5 月的南疆,正是沙枣开花的季节。仿佛听谁说过,沙枣花的清香是迷人的。——的确是迷人的! 它混合在早晨这微微湿润的轻风中,扑到人们的脸上,灌进人们的肺腑,使人眼明心亮,浑身舒畅,不禁有了一种飘然飞入仙境的幻觉。

就在那挂满了白花的密密的沙枣林里,闪过去一个个的居民点,一个个的新村。有人指点给我看,说:这是五队,那是六连;方才走过的是共青团农场,再向前去,就是塔里木南岸的第一座城市——幸福城了。

幸福城,她和北岸的阿拉尔隔河相望,是一对孪生的姐妹。因为她们出生不久,就是最新的地图上也还没有来得及标出她们的名字,从外边来的朋友喜欢把她们唤作塔里木的新城,这里的同志却更爱把她们叫做两个新兴的小镇。这一半是出于谦逊,一半也是因为他们已经制订了一个未来新城的规划。在那个规划完全落实之前,他们说:这不过才是那座新城的萌芽。当然,不管是她们的哪一个,如果单单作为一个市镇来要求,这市镇都不免过于完备了一点。就说阿拉尔吧,它不但有着一般市镇不一定都有的饭馆、百货公司、书店和邮电局,它还有一所几百个床位的医院,一所正规的高等学校——塔里木农垦大学,一所农林牧科学研究所,以及一座引人注目的招待大楼。

从幸福城出来再向西走,我们来到了塔里木河的最上游。河口上,人们正在平地建起一座大型的水库。

应该说,这是一片真正的汪洋大海。

一般的水库都只能叫作人工湖泊,这座水库却的的确确是一座人造的海洋。全部建成以后,塔里木河南岸的千百万亩可耕土地的用水问题就可以基本解决。对于塔里木河南岸的开发事业,显然是一个具有战略意义的巨大工程。

一般的大型水库,都是在山区修建的。环抱在它们周围的群山,就是它们的天然库壁,工程量自然减轻了很多;但在这四望无边的塔里木盆地之中,这样的一个"大海",它的堤岸,却要像修建万里长城似的,全部都要从平地筑起。现在,城楼般巍峨的放水闸门已经全部竣工,环形大坝也已经修到了可以蓄水的高度,虽然工程还在继续进行着,却已经开始蓄水、放水,为人们服务了。

一般的水库都是一平如镜的,这里的水面却是无风起浪的,波高浪险,充满了激情。登上高高的闸门,我想眺望它的对岸。如果有山峦作为屏障,那对岸也许是可以望到的吧,现在,眼前却是一片惊涛骇浪,面对着的仿佛不是初夏的塔里木,而是秋末冬初的黄海。当浪头跌落下去的时候,只是远处的湖面上绿生生的一片,好像陡然从湖底长出了一片茂密的庄稼,但是,当浪头重又腾空跳起的时候,它们就又向水下隐去,眼前仍旧还原为一片滔天的银波了。这景象新奇而袭人。因此,每当浪头跳了起来,我都等着看它跌落下去,而每当浪头落了下去,我又等着看它再一次翻腾起来。工地党委书记告诉我,那是一片胡杨林的林梢。这里和所有已经开垦出来的土地一样,原来也是一片野生植物茂密丛生的荒原。由于林木基本上成材,消除起来又需要太大的工程量,蓄水时干脆淹没在了水底。最近,库里的存水已经用得差不多了,它们才重新露出来。

这一片水下森林引起了我的兴致,我很想看看它的原来面目。于是,师长林海清同志带着我,来到了一块正待开垦的生荒地上。

这又是一片海,一片林海。头上,胡杨树梢高插入云。脚下,枯朽干柴横躺竖卧。就在这上下两层之间,各种各样的灌木、杂草拼命地争夺地盘,野麻、甘草、铃当刺、红柳、苦豆、胖姑娘……一丛一丛,既高且密,错综复杂,如网如云。拨开纠缠着的枝条向密林深处挺进,就仿佛钻进了海底一般,除了头顶上泻下来的一点微光之外,简直分不清哪是南北,哪是东西。

　　顷刻,警卫同志赶紧提枪抢在了我们前面。我笑着问他:"怎么,还有情况吗?"他回过头来严肃地说:"嗯,有野猪呢!"为了说明这里确实有野猪,他还特别告诉我:一个养畜队养了好多口母猪,附近的野公猪经常半夜闯进猪圈去和母猪交配,结果,那个养畜队的猪群里,现在添了两窝杂种猪。……正说着,前面的红柳窝里忽然发生了一阵骚动。走前一看,原来是一窝胆小的兔子,它们分头向四面八方乱跑,把它们的邻居全给惊动起来:这里的一群野鸡飞上了天,那里的一窝野兔跑乱了营。据说,就在这片密密的红柳林里,还藏着许多高角鹿。我们希望和它们见见面,可惜没有见到。那是一种机警的牲灵。它们大概早就从野兔那里听到了消息,提前把我们避开了。

　　我爬上一个土包,凭眺整个的荒原。这正像站在岛上企图眺望整个的大海一样,极目望去,我不过才看见了这大海的小小的一湾。红柳、胡杨、野麻……组成的这张绿色巨毯,从脚下向四面八方展开,一直铺到天边,近处是葱葱郁郁,远处是莽莽苍苍,让人惊讶,让人欣喜,让人不禁要问:哪里才是它的起点,哪里才是它的尽头?

　　我又俯身看这脚下的土壤,只见:焦黑焦黑,像是刚刚撒过一道粪土似的。同行的一个年轻人大概有意要炫耀他们这里的肥沃,跑着找来一把圆锹,一股劲地挖给我看。一锹下去,焦黑焦黑。又一锹下去,还是焦黑焦黑。一锹,一锹,挖下去将近一米深,全都是这样焦黑焦黑,我不禁兴奋得大笑起来。年轻人住了手,头上冒着大颗大颗的汗珠,也得意地开怀大笑了。他抡臂向东一挥,骄傲地说:"从这里向东,1000多公里长,几十公里宽,全是这样的宝地,美极了!"

　　真是美极了!

　　多少年来,在人们的印象中,新疆所有的大河两岸,都布满了城市村庄。我曾到过一个名叫一碗泉的地方,那里只有碗口粗细的一股长流水,那里居然也安下了十几户人家。可是,独有这条塔里木河流域,尽管它是新疆最大的一条内陆河,尽管它有着这样肥沃的千百万亩土地,地图上却是空白一片,实际上也是一片荒凉。事实的确如此,在这条漫长的大河上下,却仅仅散居着各族农民。

　　我从小在庄稼地里打滚,我十分了解一点,所有的农民,都爱土地。在以往那地主老财当道的旧社会里,没有土地的农民一旦来到这里,我敢说,他豁出性命不要,他会在这里努力开垦上一辈子。因此,我不能设想,维吾尔族农民对这里从来没有发生过兴趣。

　　历史资料证实了我的看法。在1000多年前的唐朝,这里的确有过城市。后来,不知发生了什么不可抗御的灾难,城市毁灭了,少数的幸存的居民逃向了外地,再也不曾回转家乡。直到20多年以前,盛世才统治了新疆的时候,才有一位共产党人来到这里。就是他，提出了开垦这片荒原的美丽理想，美丽的理想鼓舞了库车、和田、沙雅三县的农民，三县的农民组织起来，开挖了一道引水灌田的大渠。但是，工程开始不久，他们就遭到了反动派的迫害。盛世才给那位共产党人安上了煽动革命的罪名，抓进了大狱，又对那些挖渠的农民施加各种各样的压力，硬把他们逼回了封建地主的手里。连续的失败，消磨了人们的斗争意志。在大自然的面前，农民增添了迷信，塔里木河，那不是一条河，那是一匹无缰的骏马！只有顶天立地的大英雄，才能把它擒在自己的胯下！不过，他们说，这样的英雄，世界上从来不会有过，将来也是不会有的。

可是，到了1958年，事情突然发生了变化：这支生产大军在作了充分的准备之后，胜利地开到了这里，他们抓住马鬃，攀上马背，竟然把这野马制得服服帖帖的了。人民解放军来到塔里木的事实，给附近各县的维吾尔族农民壮了胆，助了威。他们发现，原来，塔里木并不是永远不可治服的。他们都说，人民解放军是他们的开路先锋。向人民解放军学习，组织起来，跟着共产党走，面前就没有战胜不了的困难。起初是几百名青壮农民报名加入了我们的队伍，和战士一起向塔里木进军，建立起来第一批国有农场，到后来，就连从前那些把塔里木比作"无缰野马"的老人们，也都纷纷上马了。1960年，沙雅县的几个人民公社又在塔里木河上开了一条大渠。据到过那里的同志说，大渠修得又宽又直，流量非常可观，农民的情绪高涨极了。

这不是一般的变化，而是大变，特变！这变化不发生在1953年，1954年，而独独发生在1958年，你能说这是偶然的吗？

林海清同志为我叙述了这一变化的大概经过。

早在步兵十五团穿过塔里木向和田进军的时候，他们就已经对塔里木河畔这块肥土沃壤发生了浓厚的兴趣。只是由于当时担负着迅速进军的任务，没有来得及对它进行深入的调查了解。1955年，在党中央"多为新疆人民办好事"的号召下，在新疆生产建设兵团总的部署下，他们开始考虑到向塔里木腹地发展的问题。一开始，他们就得到了多方面的鼓励，从中央农垦部、新疆维吾自治区党委、新疆生产建设兵团各个师，一直到当地的党政领导机关以及各族人民群众……全部大力支持了他们。为了弄清楚这块绿洲空间有多么大，上级派飞机进行航测，做出了前途远大的肯定答复。然后，又派遣大地测量队和经济考察队，绘制了详细的地图，进行了细致的地貌、地物调查，证实了这块绿洲的富储丰腴。在一整条塔里木河上，还安设了几座水电站，专门收集这里的水文资料，寻找河水变化的规律。慢慢的，人们逐渐认识到：塔里木根本不是什么不可制服的怪物，问题全在于：由谁来做，和怎样来做。总结人们以往在这里遭到失败的全部教训集中于一点，是没有共产党的领导。我们人民军队，一有共产党的坚强领导，二有为人民服务的正确方向，三有高度的组织性，正应该在这里首先发难，打开头阵。

万事俱备,只欠东风。正是 1958 年的春天,中国共产党召开了第八次代表大会的第二次会议。在那神圣的讲坛上,党中央、毛主席给我们指出了鼓足干劲、力争上游、多快好省地建设社会主义的总路线。就好像一柱照彻天地的火炬,高高举起,人们的眼睛,亮了!人们的热血,沸腾了!人们问"塔里木,要水有水,要地有地,为什么不敢开发?它是龙,我们乘龙;它是马,我们擒马;它就是铜骨水泥、铜铸铁打、金刚石垒成的一座硬碉堡,我们也要把它拿下来!"林海清同志对我说:"就在那时,我们定下了进军塔里木的决心。"

在一片密密的胡杨林里,他带我参观了他们初进塔里木时的师指挥所。看来,这建筑并不十分复杂。就和埋电线杆差不多,只要把砍倒的胡杨树一根紧靠一根地埋在地上,排成一个圆圈,再在顶上搭一层较细的椽子,就可以全部竣工了。但在当时,这就是整个塔里木的头等高级的房子。二等高级的是地窝棚。至于第三等的,现在已经看不到了。据人们介绍,那工程更是简单。反正当时每个人砍的柴火都不少,只要下工时捎一捆回来就差不多够用了。把这一堆一堆的柴火放成一个大圆圈,再在圆圈的正中心摆上一大堆,然后把它们全部点燃,这房子就算大功告成了。在这火与火之间,凡是参加"建筑"的人,就都可以得到自己应得的一席铺位。这种房子的优越性很不少,除了暖和、空气好、不怕野兽的袭击之外,还可以给晚归的同志指路。当时,由于荒原上的野生植物太高太密,夜晚迷失方向的是很多的。甚至于出去解手、放哨,都会摸不回来,而人的声音在密林之中又传不多远,要不是有这样的"火堆"做灯塔,那就只好在林海里飘零一夜了。

这就是人们初进塔里木的生活。

这很像我们初到南泥湾时的那些日子。那时,物质条件虽然困难到了极点,有了籽种没有口粮,有了口粮没有籽种,更没有牲口和农具,甚至连打造镢头的烂铁也很难找到,我们却一不怕苦,二不叫喊,三不向人伸手,凭着一颗忠于党的赤心和一双能干、肯干的手,一股劲的埋头苦干下去,最后,到底苦尽甜来,丰衣足食了。

说到了初进塔里木的艰苦生活,人们几次对我提起老红军温玉标的名字。我知道,在南泥湾时代,他就是我们部队的一位老英雄。南下北返时,他把一副油盐担子,从陕北一直挑到了广东,又从广东一直挑回了陕北。在当时,他好像就是我们中间岁数最大的一个。算起来,如今总该有六十四五了吧?有人为我找来了他的一张画像。这是一位从北京来访问的画家的作品。画得的确不错,很像,从外貌到精神,都很像我们的老温。即使是从来没有见过老温的人,看了这张油画,也不能不对老温肃然起敬。岁月不饶人,看得出来,老温的确又上了几岁年纪。30 多年来,他一直在基层管家务,风里雨里,奔波劳累,到现在,脸上的皱纹已经织成了网,两面的腮颊凹陷下去,大概牙齿也已经没有剩几颗了。但是,精神却还像从前那样旺盛。这对眼睛,黑亮黑亮,而且微微闪出一点笑意,正在对我说:"人们都说老温老了,你说说看,我到底哪一点老了? 我不是还挺结实的么? "

"我不是还挺结实的么? "——人们告诉我,这是从1957年以来老温新添的一句口头语。只要人们一谈到他的岁数或者是身体,他就必然要先端出这一句话来堵你的嘴。那一年,他年交花甲,整整60岁了。他为革命忘记了自己的一切,组织上可就要处处照顾周到。因此,组织决定让他退休,征求他的意见,他愿意到哪里去,就在哪里为他安排休养的环境。他感谢组织对他的照顾,他说:"现在还不需要,你看,我不是还挺结实的么? "任凭你怎样说,他洞天福地是一口咬定这几句老话,没办法,组织只好暂时搁了下来。第二年,部队要进塔里木之前,没想到,他却主动找到组织上来了。他说:"组织上既然让我自己挑,那就让我去塔里木吧! "组织上说:"那是让你挑个地方去休养,可现在塔里木什么休养条件也没有啊! "他说:"让我跟大家到那里去干上两年,条件不就创造出来了吗? "组织上说:"算了吧,老温! 你就不要去了。过两年有了条件,你愿意去,我们再替你安排。"他说:"我可不能等别人创造好条件自己去享受。你看,我不是还挺结实的么? 还是让我去吧! "死说活说,反正是非去不可。不答应他,他的眼睛都有点发潮了,没有法子,组织上只好点了头。当时,部队初进塔里木,正是披荆斩棘,开天辟地,大动干戈的时候,不是头顶三尺火的青壮男女硬是顶不下来,因此组织上虽然让他来了,可故意没有给他分配工作,只是对他说:"人事部门还要研究一下才能决定,你暂时先在场部住下来吧! "这一回,老温并没有表示什么不同的意思。他是个闲不住的人。塔里木这么多的肥田沃土,你不给他分配工作,他还发愁找不到事情干? 我了解他这个人,他什么也不怕,就怕你分配给他一个绊脚的工作,变相地强制他休息。你不给他分配工作,那才正合他的心意呢! 因此,每天一起床,他背起一把坎土曼,带些干粮,提上一个水壶,就不知哪里去了。直到星星出齐以后,他才出现在伙房的灶火坑旁边。要是有月亮,那就更糟,即便半夜到他的床上去摸,你仍然还是摸一场空。当他的行踪引起人们的注意时,场部附近的一块荒地,已经被他开出来二十几亩了。在塔里木开荒,这可不是一件简单事情。首先,需要把荒地上这些密密麻麻的红柳、骆驼刺、胡杨树全部挖掉。单是从这二十几亩荒地上砍伐下来的乱树杂柴,就够一个连队烧几个月的,然后,还得把这二十几亩荒地上的沙包、沙梁全部铲除。有的沙包足有一丈多高,碰上它,一天能平整出一分地来,成绩就算相当不低了。想想看,这是多么艰巨的工程! 人们这才发觉:不给他分配工作并不是一个正确的主意了。经过周密的考虑,组织上决定:还是让他到园艺队去当队长比较好。征求他的意见时,他说:"好啊! 把咱们的塔里木打扮得漂漂亮亮的,让年轻人吃上咱们这里的果子,好更加热爱咱们的塔里木。"人们让他到园艺队去原本想限制他参加重体力劳动的,本来嘛,种瓜种果又能有多大的劳动强度呢? 可是,不行,一到园艺队,他的新点子就又出来了:鼓动全队同志提出了争取粮食蔬菜全部自给的奋斗目标。这一来,他就又正大光明地投入开荒劳动中去了。园艺队多半是从河南、山东支援边疆建设来的一些女同志。头几天,工效不高,老温很发愁。恰好场党委提出了车子化的号召,他一想:对呀!车子运土当然比挑担子快啊!他立即找了几个心灵手巧的同志一起研究,画出图样,连夜赶做了四部。才开始,女同志们都不敢推。有几个胆大的试了试,车子一歪倒,大家就嘻嘻哈哈大笑一场。老温看出来是没掌握推车的要领,就亲自给大家示范。第一车,两筐土,他推到了目的地。第二车,四筐,他还是稳稳当当地推到了目的地,最后,一直增加到十筐。大家一看,说:"老队长能推,我们为什么不能?"老温又把自己才摸到的经验对大家一讲,不到半天,大家争着推起来了。他把车子迅速增加到二十四部,于是,工效猛然提高了一倍还多。他们不仅成了全场车子化最早的单位,还创造了全场平地的最高纪录,夺得了"开荒急先锋"的锦标。这一来,温玉标的名声轰动了整个塔里木。所有的男女职工全都提出了向南泥湾老英雄学习的口号。这面曾经在南泥湾飘扬的红旗,现在,又在塔里木迎风招展了。

我很兴奋。我们部队在南泥湾创造的精神财富,由我们的老同志带到了这里。我更兴奋,这种通常被人叫做"南泥湾精神"的革命传统,在这里又得到了发扬光大。

大概是因为我在国防部队工作的缘故吧,人们还特别对我提到许多转业军官和他们的妻子的情况。据说,他们在这里,也都有了长足的进步。有人给我讲了对夫妻的故事,留给我的印象最为深刻。那个男的叫张临儒,山东人,身强力壮,是典型的山东大汉。女的叫刘贵起,刚从农村出来不久,虽然也是山东人,长得却偏偏十分秀气。转业以前,张临儒在我们南疆部队里当排长;刘贵起却是一个普通的随军家属,一天到晚,不过是忙活一些家里琐事。1958年的春天,大跃进的号角刚刚奏响,开发塔里木的大业正在发端,上级批准了张临儒的申请,他们双双来到了这里。在这里,刘贵起开始和成千上万来自全国各地的青年男女一起,参加了劳动。直到这时为止,应该说,一切一切,都还是以男的一方为主的。没有多久,他们就暂时不在一起了。几个月之后,上级为了照顾他们的夫妻生活,准备把刘贵起调到她丈夫那里去。不错,调是调过去了,但是,在塔里木荒原上的这几个月,经过这几个月的磨炼、感受与思索,再加上组织上的教育,同志们的帮助,如今的刘贵起已经不再是从前的那个刘贵起了。她不是一般的参加了劳动,而是以一个社会主义主人公的态度,献出了自己的全部力量与聪明,因而,就在这几个月中间,她已经是一个穆桂英分队公认的好领导了。穆桂英分队离不开她,她也离不开穆桂英分队。因而,不过几天光景,领导上鉴于那个分队的再三请求,只好又把刘贵起调了回去。对于刘贵起的这一巨大变化,张临儒是估计不足的。他总以为,再也没有人比他自己更了解自己的老婆的了。他承认自己的老婆会进步,而且会有不小的进步,不过,你要说这进步空间怎样了不起,他可无论如何不敢相信。然而,信不信由你,事实居然是这样:上级为了照顾他们的夫妻生活,不是把老婆调到他那里去,而是把他调到老婆这里来了。出乎张临儒意料之外的是,他一回到这个连队就听得人们说,不但刘贵起自己是全连最硬的一员虎将,而且刘贵起领导的女工分队也是全连最硬的一个分队。他很有些不服气。有一次,私下里跟刘贵起开玩笑说:"别人服你,我可是不服你!"刘贵起也跟他开玩笑说:"好,那咱们就比比。"他说:"比就比!不信,咱们明天就试试。"当时,一块大田等着播种,可是田头上的水渠还没有挖好,正需要赶快修成,于是,穆桂英分队当真向全连同志提出了革命的友谊竞赛。张临儒是个说一不二的硬汉子,他也欣然接受了挑战。这样一来,夫妻比赛的话儿就传播开了。爱逗趣的人见了张临儒就问:"刘贵起可不是好惹的,比输了怎么办?"问的人多了,张临儒就随口答应一句:"输了我不姓张!"偏巧让刘贵起听见了,也凑上了句,刘贵起说:"好,不姓张,姓刘!"第二天一早,人们来到了工地,展开了友谊的劳动比赛。张临儒一向不怀疑自己的体力,他想,只要他不磨蹭,赢老婆绝对不成问题,因此,他一到工地,二话不说,就是闷着头地狠干。刘贵起可不然,在长期的劳动中,为了多出活,多贡献,她还发挥了自己的聪明才智。一般人干活都和张临儒差不多,只能是一个胳臂用力。刘贵起却是左右开弓,两条胳膊都能轮换吃力,轮换休息。这一来,当然工效就高多了。因此,她干起活来,有劳有逸,好像并不那么吃力。张临儒一旁看了,不说自己看不出门道,反倒认为他自己的胜利已经有了把握。到了该吃饭的时候,他还想抓紧时间多干几下,刘贵起却是不慌不忙,生火、烧水、烤馍馍,还给他送到手上催他吃。见他干得不得法,还给他传授经验,张临儒却根本没有听到耳朵里去。收工时,关心的人们问到底谁赢了,张临儒擦着汗,乐呵呵地说:"量嘛!一量就知道了。"量是量了,不过,比赢的并不是他,而是人家刘贵起。大家跟他开玩笑,都管他叫"刘临儒",臊得他实在没办法,只得公开宣布:服了他老婆。

在塔里木,这是流传很广的一段佳话。这段佳话,很有趣,也很有意思。大跃进的春风吹到了塔里木荒原。荒原在变,人也在变,我们的生活多么美丽!

塔里木的一切,我说,这一切,都是大跃进的产物。

河上的斗争

有人告诉塔里木的夜色是美丽的。今夜,月色很好,没有一丝云彩,正好到河上走走。

离河还很远,就听到了"哗——哗"的水声。我判断,那是有人趁着月色撒网。——人们说过,春天是塔里木的枯水期,枯水时节最好捕鱼。但是,同行的人说:夜深了,谁有那么大的兴致呢? 怕是河水又把什么地方的堤岸给拉垮了。我不由好奇地问:既然是枯水期,它怎么还有那么大的冲力呢? 他说:枯水期,只是说河水的总流量减少了,水位普遍降低了,其实,它的主流还是很凶的。因为河底都是流沙,主流不能固定在一个地方,经常到处滚动,今天在河心,明天说不定就到了岸边,一旦靠近了河岸,河岸就很难不被它拉垮。昨天你明明看见岸上还有一条挺不错的车路,今天你再到那里去找,它也许就会连影子也不见了。

转过一带黑葱葱的胡杨林,大桥的桥头一下子映入了眼帘,月光照在高高的牌坊上,隐约可见五个大字,我知道,那就是:"塔河第一桥"。从这里,已经可以看到那大河的一角,河水反射着月光,好像一张平平的大玻璃。待到登上了桥头,我这才看出了它的巨大的身姿:西望河水的来处,天水相连,烟雾漫漫。东看河水的去所,也还是烟雾漫漫,水天一片。这时,再看那两岸的密林,由于顶上罩了一层亮纱,而显得婆婆娑娑,有了一股神神秘秘的味道。凭着栏杆俯视河水,只觉得河水其实并没有流动,反倒是我们脚下的木桥正在一条水晶石铺砌的大道上飞奔。

从脚下什么地方忽然传来一声响动,打破了我的幻觉。凝神一看,我才发觉桥桩上坐着一个人,正在那里撒网捉鱼。大概是把我当成了他的熟人,他一边把网放进水去,一边操着一口标准的四川口腔问我:"带烟了么? 给一根!"直到我把烟递到他的手里,他才发觉自己认错人了,连忙不好意思地道了一声:"多谢!"我问他鱼多不多,他说:"多是多,就是不大。"我问:打到大头鱼了没有,他抬起头来仔细看了看我的穿装打扮,怀疑地反问:"你,大概是来参观的吧? "我说:"你怎么晓得呢? "他说:"一听就听出来喽。我们塔里木人没有哪个不晓得,打大头鱼得到下游去。"接着他便津津有味地介绍起塔里木的这种特产来。据他说,顶大的足有四五十斤,单是一个鱼头,就有几斤重,白水清炖,满碗是油,汤鲜肉细,味美可口……正说得有劲,突然,远处"呼隆呼隆"一声巨响,仿佛城墙倒塌了的一般,只见一棵大树四脚朝天栽进了河底,水面上腾起一团黑蒙蒙的土雾,半天半天不见消散。我知道,这又是河水造下的罪孽,不由得随口骂了一声:"好厉害家伙!"桥下的人笑着搭腔说:"这算啥子厉害? 我们才到这里的时节,那才真叫凶呦!"——看来这是一位见闻很广的人物。既然他具有一般四川老乡健于言谈的特点,我也有听他一谈的心意,经他把话头这样一提,于是,我们一个桥上,一个桥下,就这样攀谈起来。要不是我不断给他提醒,他甚至把捉鱼的事情也给忘记了。

话是从三年前说起的。

那时候,塔里木河的北岸才建起第一批国有农场群,河南岸还没有动手开发,师党委给全师下了命令继续扩大战果,直指塔河以南。很快,一场新的战斗行动就从这里开始了。当时,河上还没有这座大桥,大批的物资器材堆在北岸,全靠几十只小木船一趟一趟地往南搬运。那时候,这里可没有现在这么幽静!简直和我们以前强渡禹门口黄河天险时的情景一样,白天黑夜,小木船来往如梭,"嗨咗嗨咗"的船号子把天都吵翻了。可是,大批的物资堆在北岸,像山一样,还是不见减少。

这时,师党委做出了一个具有战略意义的决定:组织架桥突击队,突击架桥。人们知道,塔里木河的河水是由叶尔羌河、和田河、阿克苏河三条大河汇合而成的。根据水文记载,每年七八月间,三条大河必然先后涨水。洪水一到,不要说架桥,就是架好了桥也有被洪水卷走的危险。因此,大桥必须赶在洪期以前完成。具体地说,就是那年的6月1日,总共只有四十几天时间。而能否在6月1日以前架成这座大桥的关键,又在于能否在5月中旬以前打好所有的100多根桥桩。这是一个主攻任务!这个光荣的任务交给了王树德同志所在的那个连队。

王树德同志,是这个连队的中队长、党支部委员。他是一位老同志,在解放战争末期就是我们部队的一位功臣。自从受领了这个打桩任务之后,可以说,他把心都泡在这条大河里了,吃饭、睡觉,他也很少离开大河。由于他会走群众路线,经常组织大家一起研究,工程进展得十分顺利。到5月上旬,已经只剩下我们脚下的这几根桥桩了。但是,人们谁也没有想到,就在最后这几根桥桩上却出了问题:在入土两米以后,几根桥桩硬是打不下去了,……已经打了两天一夜,始终不见有什么进展。小伙子们全都铆足了劲,拼了命地出力。可是两天一夜过去了,还是没有多大进展,而时间已经相当紧迫,距离5月15日只剩下几天的时间了。

唯一的办法是组织人下水去看看。连里会水的人按说不少,可是水性都不怎样好。同时,由于连续打了几天桩,河底被淘得相当深,河水在那里形成了一个急速旋转的水涡。人们下去了几次,还没到桩根,就被漩涡扔上来了。当时连里水性最好的同志,也就是说,能在水里睁眼的人,一共有两个:一个是长在黄河边上的一位战士,一个就是长在洮河边上的王树德同志自己。王树德同志刚说自己要下去看看,还没有得到大家的同意,那个会水的战士已经脱光衣服就抢先跳下去了。他在水里停了足有一分多钟。在地面上,一分钟并不算长,在水里,那可是长得要命呵。王树德同志急得满头冒汗,唯恐出了意外。当他三下两下扒光了衣服,准备往水中跳的时候,只见水面上忽然咕嘟一声,起了一个很大的波纹,那个战士把头冒了出来。据那位同志报告:可能是多年以前泥沙淤泥的结果,一根很粗很大的大树倒卧在深深的泥沙之中,位置恰在这几根桥桩的正底下。因为大树被桥桩卡得太紧,他在下面用力搬动了几下,还是没能把它搬动。据他看,如果不把这几根桥桩提起来,要想把大树挪走,那是不太可能的。可是,河底都是泥沙,一旦提起桥桩,下面就将被泥沙淤平,必须重新再打,那样一来,不论你怎样掐算,6月1日之前也是不能竣工的。万一来了洪水,工程一停就是一年,开发南岸的战斗势必陷于停滞。因为自己没有完成任务而影响整

039

个战斗,这是战士的耻辱。这样的事情不但是王树德同志所不允许的,也是全连每个同志所不允许做的,大家讨论来讨论去,还是想不出什么顶好的办法。最后,会水的同志集体向中队长提出请求,说:"要不然,让我们全部下去吧! 就是冒多大危险,我们也要扫清这个前进的障碍!"王树德同志安慰同志们说:"用得着那么冒险吗?这样吧,天到晌午了,大家也都累了,还是先回去美美地睡上一觉再说。留一两个人在这里好好琢磨琢磨,我看更好的办法还是可以想得出来的。"大家不肯离开工地,他又好说歹说了半天,才把大家支应走了。

桥头上,只剩下他和刚刚下水回来的那个战士了。他们俩商量决定:再下水去看看,先把水下的情况彻底弄清楚以后再讲。两人又轮番下去了几次,互相把情况一摆,这才发现:这几根桥桩之中,其实只有一根桥桩和那棵大树卡得太紧,只要把这根桥桩提起来,那棵大树就不难挪动了。王树德又按照这几根桥桩和那棵大树的部位画了一张细图,翻来覆去地思摸了一阵,终于想到:如果顺着水流的方向挪动大树,借助于水的冲力,挪动起来就比较省力了。两人越想越有把握,越研究劲头越大,来不及等到下午开工,就吭哧吭哧地忙活开了。把那根桥桩提起来以后,喊了一声"预备! 下!"两人就同时扎下水去。他们鼓足气力,同时用劲猛推,第一下不见动静,第二下还是不见动静,到了第三下,那大树到底开始滚动了。他们同时浮上水面来,相视一笑,换了一口气,就又下到水底。只一下,那大树就离开了原来的位置。但是,就在这时,那个战士猛然觉得水势有些不对,断定是主流滚到这里来了,赶紧双脚踩水,浮出了水面。睁眼一看只见主流果然正以汹涌澎湃之势朝着这里滚来,水头碰到桥桩,激起一个更大更强的漩涡,而王队长,正在那漩涡中心拼命挣扎。他顾不得一切,直向王队长的身边扑去。然而,那水流力大无穷,还没容他靠近,已经把他冲出了很远很远。等他重新凫回原来的地方,王树德同志却早已踪影全无了。两天以后,桥桩顺利打到了水底,王树德同志的尸体也在下游漂出了水面。王树德同志为完成祖国交给的任务贡献了自己的生命。那根桥桩,恰恰就是我们脚下的这根桥桩。他牺牲的时间,恰恰就是三年前的今天。

讲故事的人骤然刹住了话音,哗哗哗地搬动开了渔网。网里明明有一条蹦跳的大鱼,他却并没有去捞,随手就又把网放到水里去了;好像他在这里撒网并不是为了打鱼似的。他之所以要这样搬动一下,不过是为了掩饰一下自己不平静的心绪而已。我似乎明白了,为什么他今夜会对捉鱼有这样大的兴致?

夜,静极了。只听见大鱼落网以后胡乱扑腾的声音。我们全都沉默着。各自点燃了一支烟,默默地平息着自己内心的激动。我还想听他再谈点什么,但又不知道怎样开口,待了半天,才似乎无心地问道:"从那以后,斗争总该顺利一些了吧?"他不同意地答了一声:"哪里哟!"就仰着头想开了自己的心事。烟头的红光在下面一闪一闪地亮了一会儿，最后，嘶的一声，消失在水中。我知道，他就要开口了。

他先问我："你大概到过南岸了吧？那么，你当然看到那条大渠喽。"我说："看过了。"他又问："那，老龙口呢？"——老龙口，指的是大渠进水的地方。今年，因为上游修起了那座巨大的平原水库，大渠可以不直接从塔里木河进水了，那里就成了历史的陈迹。当得到我的答复之后，他就从这个"龙口"开头，又给我摆了一段河上斗争的龙门阵。

事情原来是这样：

俗话说，"龙能吸水"。一条龙，爬到了河边，大嘴一张，河水就乖乖地流进了肚子。人们历来把大渠进水的地方叫做"龙口"，这确实是个挺不错的名字！可是，塔里木河和旁处不同，在旁处挺能吸水的龙，一到这里，可就无能为力了。

南岸大渠刚一修起来的时候，进水本来不错，可是到了正好需要放水灌地的时候，主流却突然滚走了，整个一条大渠，一下子就干得冒了烟。根据科学家们的建议，曾经试验过各种各样的引水办法。然而，什么无坝引水、一龙多口引水……一切一切全都用尽了，大渠不进水还是照样不进水。科学家们以前没有到过这里，他们还摸不透这条大河的脾气。

多少年来，维吾尔族老乡说塔里木河是个"无缰马"，指的就是河水主流这种四处乱跑的现象。无论你用什么办法，你也套不住它，刚刚以为它已经钻进你的套里来了，三来两去，它又扔开你跑远了。要不然，塔里木河两岸这么多这么好的土地，怎么会没有人来修渠开地呢？

当时，部队在南岸碰到的就是这种情况。所不同的是，人们既然来了，就根本没做回去的打算。人们说："美帝国主义都让我们打败了，我就不信，会治不住一头没有龙头的瞎马！"——这，说的是人们的信心和决心，至于治理塔里木河的具体办法，当时可还没有找到。不用说，全师的人都在为这个事情发愁。有的战士愁得没有主意，还曾经表示："只要能把河水逼上来，你就是让我死在河里，我也愿意！"

师里的首长担负着全师的命运，比起大家来，自然是更要焦心。他们白天黑夜地研究讨论，比过来比过去，除了一条最困难最大胆的想法之外，一切办法都肯定不能应用。这个大胆的想法就是："截断塔河，逼水进渠。"单从表面上看，这主意好像并不新奇。是呵，黄河上用过这个办法，洮河上用过这个办法，关内的许多许多条大河上都有人用过这个办法。可是，毛主席告诉我们：对于具体的情况必须做具体的分析。一般说来，拦河打坝必须选在河底坚硬的地方，但在这条河上，除了流沙，还是流沙，要想找一段坚硬的河床，那才真叫比登天还难。一般说来，当大坝最后合龙的一刻，必须在很短的时间之内投下巨量的混凝土大型三角鼎，但在这个塔里木，不要说什么三角鼎了，就是找拳头大的一块石头，也是妄费力气。因此，要想在塔里木河筑起一条拦河大坝,就不能不说是一个十二分新奇的问题了。即便是想出了切实可行的办法,也还不能最后解决问题,还必须从所有的指挥员之中挑选出一个恰巧适合担当这个责任的指挥员来,如果选择不当,用非其人,到头来也还是不能成功。正是由于这些问题都还没有解决,所以,师党委一时还很难下定最后的决心。

就在这时,一位姓钟的场长(也许不姓钟,而姓朱,我当时没有听得十分清楚)跑到了师指挥所,他向师首长提出了一个建议。这建议正和师首长想的一模一样:"拦河坝,断水截流",并且要求把这个任务交给他,让他去试一试。

说到这位钟场长的优点,那是很多的。雷厉风行,泼辣能干;爱护战士素有名声。可是,正像我们每个人一样,他也有他的缺点。缺点之中的一条,就是一旦领导上没有把他抓紧,做起事来,他就可能会冒冒失失,欠缺周密的考虑。虽然已经年近五十了,有时候,还不是那么百分之百的老练。对于他来说,想到这样一条大胆的路子上去,那并不奇怪;可要让他拿出稳妥办法来,那就不是那么十分容易了。就拿这个任务来说,如果他确实迷上了这个工作,又让他掌握了很周到、很可靠的办法,凭着他那种猛打猛冲的干劲,简直可以说,你再也找不到比他更合适的人选了。可是,如果不是这样,单凭这么两句白话你就交给他去做,结果如何那就很难设想。对他这些,师首长当然摸得顶透,因此,师首长开口就问他:有没有把办法想好,他说:"想好了!"师首长就让他摆出来看看:到底怎样?他的办法是用树条子绑成梢捆,一边下梢捆一边填土,从两岸逐渐向河心推进。师首长说:"这个可以。可是,你把河水全都逼到中间那个口子上去了,它的力量那么大,你用什么办法来让它断流合龙呢?"他说:"还是梢捆!我把大量的梢捆在一秒钟之内一下子扔下去,不愁它不给我断流合龙。"师首长又说:"对!你用大量的梢捆。可是我问你,你怎么能把那么多的梢捆在一秒钟之内全部扔得下去呢?"他挠了半天头皮,说不出来,只好承认:"这一点还没有完全想好。"不过,他说,他保证能想出克服这个困难的办法来。师首长说:"不行!这是个最要命的问题!在没有想出顶好的办法之前,师里不能批准你去冒险。"钟场长无奈,只好告辞了。可是,钟场长就是这么一个人,他只要迷上了什么,他就非要试试不可。因此,他走出门来三次,他回去了三次,他总说他一定能有保险的办法。师首长说:"你再磨再缠也是不行,只要没有办法,你来四次不也是白来?"按说,第四次他是不会再来的了,可是出乎意料,他竟然第四次跑到师首长那里去了。他说:他自己虽然还没有办法,但他坚决相信只要让全场的群众都来献计,最好的办法总是可以想得出来的。——说实在话,师首长并不要求他果真什么都能想得那么周全,师首长向他要的最好的办法其实就是这种坚决依靠群众的群众路线工作方法。他对这个工作这样入迷,这样坚决,在他前几次来时就已经被师首长中意了,如今他又提出了这样一条保证,师首长就更加放了心。不过,这不是一个可以马虎对待的事情,在最后交给他这个任务之前,还应该苦其心志,让他更加重视自己肩上的担子,更加坚定走群众路线的决心。所以师首长当时并没有对他点头,只是说,研究研究以后再讲。当时,师首长就估计他不会死心,不出所料,他果然又一连来了三次。直到第七次,他非常果敢地提出:完不成任务情愿接受党纪制裁的时候,师首长看出他的劲头确实已经憋足了,这才对他松了口:"好吧!你回去告诉你们政委,就说师里已经批准你们的请求了。"临走,师首长又特别叮咛他:"老钟!特别要多加考虑。"

经过这样一番周折,钟场长果然细致、稳重得多了。

群众发动得很彻底。"拦断塔河"的口号振奋着军心。整个南岸的部队都为之沸腾了。要说冲天干劲,那才真叫冲天的干劲呵!大家一讨论,钟场长那个"合龙"计划中的难关也让给突破了。人们想出来,在大坝从两岸推进到河心以后,一边开上去一部拖拉机,在两部拖拉机之间拴上几根粗绳,用船把梢捆运到准备合龙的地方,堆放在悬空的粗绳上面,合龙时,只要一声令下,两边同时砍断绳子,所有的梢捆猛然跌落下来,不是就可以一下子把那疯狂的激流切断了么?……但是,事情并不像人们想象的那么简单:连续实验了两次,连续两次都遭到了失败。任凭你一次投下多少梢捆,都招架不住那股激流的凶猛冲击,到后来,还是让那河水突围逃走了。

要让革命群众认输,那是毫无可能的。大家继续研究两次失败的教训,终于发现:问题在于敌人的力量过于集中;必须在一开始,就注意分散敌人的力量。研究的结果,人们找到了面对水流构筑弧形大坝的办法,迫使水流向两侧回旋,这样一来,河水到达我们准备合围的地点时,力量就势必大大的减弱了。——这是一个符合科学规律的计策。人们的信心,百倍地增强了!

新筑的弧形大坝迅速向前推进,又到了应当断流的时候。这一次,人们的决心是:只能成功,不能失败!为了鼓动军心,按照人们的意见,采取了我们民族的传统的示威形式:大河两岸,两面"帅"字旗当空高挂,迎风招展。两辆拖拉机开上大坝,两条粗绳在半空摇摇摆摆。粗绳下,运梢捆的小船此来彼往;粗绳上,梢捆堆慢慢加高,就像一座柴山。粗绳两端,早站好十名精壮的赤膊大汉,人人手握马刀,寒光闪闪。单等时机一到,以鸣枪三响为号,马刀手同时抡刀断绳,浩浩荡荡的塔里木河就要断流。

看来,一切都准备得挺好了,不料想偏偏发生了意外。由于梢捆加得太重,超过了 25 匹马力拖拉机的全部力量,一不小心,南边坝上的那辆拖拉机突然被粗绳拽下了大坝,跌进了河心。河水很快没过了车顶,如果不设法紧急抢救,这辆拖拉机就将要这样报销了。钟场长立即决定,调一辆 80 匹马力的拖拉机把它拖上来。可是,当时大桥还没有修起,而大型拖拉机又太大太重,小木船没有办法运载。在这紧要三关的时候,怎样才能把大型拖拉机从北岸运到南岸,非常令人揪心。钟场长叫人把两只木船并排绑在一起,命令拖拉机手把机车稳稳地开到了船上。虽然还没有把船压沉,可是,整个船帮全都吃到了水里,河水在船舷上拍拍打打,只要稍稍摆动一下,这部拖拉机就又有灭顶的危险。一辆拖拉机陷在河心已经很糟糕了,再把这辆陷进去,那可怎么得了?但是,钟场长的想法更有道理。他说:"事在人为!"既然船在岸边没有下沉,那么,只要驶船的人多加小心,动作一致,保证平稳,就是到了河心,它也一定不会下沉。当时,情况已经非常紧急,不允许再有一分一秒的拖延,空喊不行并不是解决问题的办法,身为战斗指挥员的人必须立下决心,当机立断。因此,他纵身一跳,登上船头,镇定了全场的情绪,使大河两岸一下子充满了严肃紧张的战斗气氛,然后,对驶船的水手低声发下命令:"过!"

大船仄仄歪歪地驶离了北岸。浪头拼命地向船板上翻窜。岸上人们的心随着每一个浪头的起伏而跳动。人们是多么希望那船快一点到南岸呵。可是,那船就像被什么东西绊住了似的,好半天,看不出它到底有没有向前挪动。一幅330米宽的河面,木船整整走了24分钟。整整24分钟,钟场长双手叉腰,站立船头,两眼炯炯发光,紧盯住船头前面那二尺水流。只听到驶船的人们轻轻的"嗨咗!"空气沉重极了,人们的心都快要爆炸了,终于,船头抵住了码头,拖拉机平安开上了南岸,一颗颗被它提在半空中的心,这才悠悠地放了下来。

问题解决了,一切恢复了正常。等梢捆重新在粗绳上安放停当之后,人们的目光立时全都集中到了钟场长的身上。他低头看了看表,向身旁的同志笑了一笑,掏出手枪,对着枪口吹了一口气,把它举向了头顶,人们的目光立时转到了马刀手那里,只听得三枪响过,随着一声断喝,刀光一闪,山一般的梢捆陡然降落。妙极了!河水果然在那里来了一个紧急刹车,左五右六地打过几个旋子,无可奈何地止住了吼叫,慢慢的,情绪变得低沉起来,循着人们替它安排的道路,规规矩矩地走进了大渠的龙口。

故事停止了,我兴奋地问道:"以后呢?这以后,和河水就不会再有什么太大的斗争了吧?"

他说:"不哟!塔里木河的脾气坏得很呢!每年七八月间,它都要发作一次。洪水一到,原来打好的大坝就又被洪水冲垮。洪水是穿过沙漠来到这里的,一路上带来了大量的泥沙,把大渠的龙口淤得平平的,根本没法进水。因此,每年洪水一过,就又要打坝,只是到了今年我们在上游修建了一座水库,才不再从塔里木河里直接引水了。再过几年,我们还准备在塔里木河上游的三条大河上,给它一家修上一个大水库,根本不许它再夹带着泥沙跑到塔里木河来为非作歹。那时候,你再到这里来看吧,塔里木河管保早就变成我们各个农场的一条天然的排水沟了。"

故事在这里结束了。

趁着我们这里说话,月亮已经悄悄地移到了河西。河水还在荡荡地流着,远处仍然不时响起河水拉垮堤岸的声音。我告辞了这位偶然碰到的同志,慢慢地走下桥来。

心里祝愿着河上的同志今夜多捉几条鲜美的大鱼。

在这样优美的夜色之中，他为我讲了这样壮丽动听的故事。

战 友 们

这几天，我和许多分手多年的战友又见面了。

所谓战友，那就是曾经在一个锅里吃过饭，一个炕上睡过觉，一条战壕里打过仗的最亲密的同志。在以往那些战争的日子里，他们有的深入敌人阵地捉过舌头，有的冒着枪林弹雨送过信，有的在战火纷飞的前沿上流过血……他们都为革命战争的胜利贡献过自己的力量。严酷的革命战争锻炼了我们每一个同志，在胜利后11年的今天，在生产建设的新岗位上，他们大多已经担起了比较重要的担子。在我们分开工作的这些时候，在革命向前推进的中途中，他们中间也许有人绊了一下，稍稍落后了一小步，但我仍然坚信，他们迟早总会健步如飞，赶上自己的队伍。我来到这里，原想去看看他们的，可是，时间不巧正是春播，他们委实忙得不可开交，再加上他们见老战友去了，总要费心费力地张罗一番，使我觉得实在不能安心，因此，有的地方非走不可，我走到了；有些地方比较偏远，我就没有再去打扰，只能请那些见到面的同志特别向他们转达我们的问候。

在阿拉尔，我见到了我们的王金山同志。真的，对于王金山，我熟知他的所长，我也熟知他的所短，可以说，我熟知他过去的一切。他从小生在山东，后来逃荒到了山西。扛过长工，也下过煤窑，1936年红军东渡黄河抗日，他自愿报名当了战士，不久就做了连队的指挥员。他为人直爽，有山东好汉的特点，可是脾气不好，据他自己说：那是沾染了一点军阀作风。在陕北生产的时候，他们团长为了治他这个毛病，故意把全团脾气最坏的一个排长调给了他的那个连队。他的脾气坏，那个排长的脾气更坏。他不许那个排长跟战士发脾气，他就得首先注意不许自己发脾气，因此，慢慢的，那个排长的脾气让他治好了，他的脾气也让那个排长治过来了。据他说，这就叫"一物降一物"。当然，这是很久以前的事情了。前些天听到郑昌茂同志谈起他，甚至夸他近来在爱兵方面已经有了很大的成绩。现在，他是塔里木河北岸的总场长，郑昌茂是塔里木河南岸的总场长，据说，他们这两个红军老战士之间，正在进行着一场革命的友谊竞赛。谁胜谁负，一时还没有见分晓。我欢迎他们这种竞赛，但我愿意他们两方双双获胜，谁也不要掉在后面。

我和他开玩笑，问他的脾气如今改得怎样了。我给他提意见，希望他把渠边、田头那茂密丛生的芦苇好好地整治整治。但我主要的是给他打气，鼓励他大干、狠干下去。我也说到了这几天来我内心的兴奋和激动；我是个放牛娃出身的人，来到你们这里,看到你们在这鬼不下蛋的地方创造了这么大的家业,只觉得一切都好,一切都极不容易。中国有句古话:"万事开头难"。你们已经开了头,打开了局面,这就十分了不得!这是资本主义世界所根本办不到,而只有我们共产党人才能办到的事情!这桩事办得很好,很有气魄,不愧是从井冈山下来的,毛主席亲自培养的老部队。现在你们已经在这里站稳脚了,塔里木已经把你们赶不跑了,只要坚决按照毛主席的话干下去,我相信,你们的前途肯定是了不起的。我们是老战友了。我没有别的什么可以帮助你们的。我只能给你们喝喝彩,助助威,祝你们成功,从精神上给你们打打气。

他也谈得很多:有过去,也有将来;有经验,也有教训;有喜悦,也有忧虑。说到了忧虑和喜悦,他还给我讲了一个关于培养优良品种的故事。

他说,在新疆,最宜于种植棉花的地方是吐鲁番盆地。那里具有气温高、雨量少、无霜期长等条件,不论什么棉花,全都长得很好。至于这一带地方,他说,也能种,也能收,只是霜后花较多,产量不高,质量也稍差。究其原因,是无霜期的两头(5月和10月)气温低了一些。但是,考虑到国家对棉花的要求量相当大,他们决心要用自己的努力,来为国家提供更多的棉花。因此,尽管这里的自然条件并不十分理想,他们还是自觉地服从了国家的需要,坚决多种好棉花。这样一来,一个严重的任务就落在了他们的科学研究人员的肩上,那就是:选育一种适合这里生长的、能够保质保量的棉种,首先要求它具有产量高、成熟早这两个优点。这项工作,是从1955年春天开始的。当时,他们从外地引进了许多新品种,信心很大。如果把这些种子分别种下去,从里边挑选一个合乎要求的品种,本来也不是那么顶困难。不料,正当人们把一切准备停当就要开始下种的时候,突然收到了一封万万火急的电报,电报上说:"前引棉种,未经检疫,现发现有红铃虫虫卵,必须紧急处理……"这可真是没有法子的事情!幸亏还没有播到地里,如其不然,那才真叫糟糕呢!这里原来并非红铃虫的疫区,如果任其滋生繁衍起来,那将是对国家对人民的犯罪。人们慌了手脚,立即销毁了引进来的全部种子,连所有接触过这些种子的人的衣服、鞋子也都放进开水锅里煮了几个小时。不过,人们可惜的并不是几件衣服和一两双皮鞋,而是他们那心爱的种子。从外地再引新的品种,时间已经不再许可,而选育良种的任务又不能有一丝一毫的迟疑,这可如何是好呢? 王金山同志说,虽然经过了这场意外的打击,人们可并没有气馁,并没有退却。他们决定:就是从历年种植的棉花大田里,也要选出一种合乎要求的品种来。整整一年,他们都在几千亩棉田里给一棵棵的棉花相面。但是,春天过去了,夏天又过去了,眼看秋天也所剩无几了,伏桃已经开始吐絮了,霜冻的威胁已经迫在眉睫了,事情还是没有一点眉目。所有的棉花好像都是一个模子里刻出来的:蓬蓬松松一大片,上面挂着十几二十个桃子,有的张着大嘴,有的根本不会张嘴,绝大部分在棉株被黑霜杀死以后或者会有张嘴的可能,也未可知。怎么办呢? 承认失败,那不是这支部队的作风。人们决心抓紧一年之中这最后的几天时间。他们简直是迷在棉田里了。为了多串几行棉花趟子，他们把饭都忘记吃了。人们的心血到底没有白费：一天，在一块很瘦很瘦的土地上，却是一棵其貌不扬的棉花，意外地得到了人们的重视，那是一个与众不同的怪家伙！它只需光秃秃的一根主干，没有枝丫，而桃子就直接长在那根主干上面，虽然由于后天失调，发育有些不足，只拔了九个节，挂了九个桃子，但是，因为它只有一根主干，没有乱七八糟的枝丫浪费精力，所以，这九个桃子不但显得格外大，而且全部吐出了棉絮，也就是说，全部都是上好的霜前花。显然，它是一个特异的品种。它的特点有三：一、早熟；二、没有枝丫，无须乎整枝，减少了田间管理的许多道工序，能够节省大量的劳务，三、宜于密植，有希望提高产量。人们如获至宝般的立即报告了师首长，师首长也是同样的兴高采烈，马上赶到那里，为那个怪家伙拍下了第一张照片。人们把九个棉桃全部收了回来。每个桃子三瓣，每瓣八个种子。那一根根细软无比的纤维，就分别长在那每一颗种子上面。然而，对那些种子逐一进行考核之后，人们的情绪却又一下子凉了下来。

原来，除了极少数的种子在纤维质量上考得了五分之外，绝大部分都没有及格。人们想：弄来弄去，不过是个和普通棉花差不多的东西，既然如此，还有什么必要对它进行专门的培养，专门的护理呢？问题提交到了党委。正是党，在这紧要三关的时候，给了科学研究战线上的指战员们以最有力的支持。党说：不要怕！只要它早熟，产量高，就是质量差一些，也是好的！这一来，人们的信心可就大大地提高了。人们忽然打开了思路，发现了一个不寻常的问题：既然一般的纤维质量都比较差，那么，为什么独有少数种子纤维却又能够达到要求呢？人们设想：是不是可以说，由于这株棉花长在了极其贫瘠的土地上而埋没了它本来具有的特性呢？这个假想倘使不错，那么，经过下一年的特别调治，它不就又可以逐渐恢复它的原来面目了吗？这个假想鼓舞了人们的战斗意志。第二年的春天，他们把77颗质地优良的种子播到了地里。结果到底如何，只有在棉花收获以后才能看得出来，因此，又是整整一年，人们都像一张拉满了的硬弓，绷得不能再紧。直到秋天，人们的心血才又一次得到了报偿：棉花继续保持着原来的特点，而且达到了应有的纤维质量。1957年，是气候极不正常的一年。好像长途赛跑一样，一般的棉花到达终点时都已筋疲力尽了，一般棉花都减产了，唯有这种棉花却提前早收了半个多月。就植物成熟期而言，能够提前一天都极不容易，能够提前半个月以上，这个可真是了不得的大喜讯。师党委发布决议：正式给这种棉花定名为"胜利一号"。以后又连续繁育了几年，这才根本稳定了它的全部优良特性。直到今年，才在塔里木河两岸普遍推广开来。

这就像过去打仗时攻山头时一样，进攻以前忧虑，进攻开始了喜悦；进攻受挫了忧虑，山头拿到手了喜悦，直到把这个山头彻底巩固到自己的手上。现在进军塔里木也是一样，种子播下去了，不知道能出不能出；出苗了，不知道能收不能收；直到拔节了，抽穗了，粮食登场了，心里这喜悦才慢慢增加，直到最后上交到了国库。自从毛主席命令他们到生产战线上来的那天起，他们就一心一意给祖国增产更多的粮食和棉花。来到塔里木，他们更想把这里建设成祖国重要的粮食仓库和棉花基地之一。为了达到这个目标，他们不知道做了多少斗争，看起来，那可真是千方百计、千方百计！

说到了喜悦和忧虑，他也提到了郑昌茂同志。他说："郑昌茂他们那里，一开始就是为了一个'水'。挖了渠不上水，他们发愁；打坝截流有了水，他们欢喜。年年打坝年年清淤，他们发愁，修了水库，根本解决了问题，他们高兴。我们北岸，一开始显得比他们优越，也有水的问题，可是不大。后来我们才发觉，我们北岸的敌人，主要是盐。"

盐，这是一个相当狡猾的、顽固的敌人！起初，它躲在地层很深的地方，专等人们把地种好，种上了庄稼，浇上了水，它才随着地下水位慢慢地向地面上移动，突然之间，给人们来一个猛烈的反扑。本来长得很齐整、很壮实的一片青苗，也许就在一个中午，就给你变成了"秃子头"，东一块黑，西一块白，侥幸剩下的几根庄稼也是半死不活，非常难看。尽管遭受盐害的土地是少数，带给他们的损失可也不轻。王金山给我算了一笔细账；他们一共播种了多少亩，其中有多少亩没有成活。在这些地里播了多少种子，用了多少人工，施了多少肥，灌了多少水，耗费了多少汽油，折合人民币一共是多少多少钱。单是白白扔在地里的种子这一项，就够 850 人吃三百几十天；也就是说差几天不到一年。让我吃惊的倒不在于这个数字的大小，而是：这样一大串具体细微的数字，竟然能够出自王金山这样一个又粗又壮的黑脸大汉口中！这使我产生了很大兴趣，不禁插口问他："咦！你怎么能把这些小数点以后的数字背得这样清楚呢？"

他却一点也没有感到惊异，老老实实地对我说："干的是这样一个给国家管账的工作，不记数字还行呵！我们师里杜政委的数字，那才背得清楚呢，一开口，总是小数点以后几位！"

这时，我才注意到，我们这位曾经被人叫作"青年连长"的王金山同志，额头上如今也已刻上了很深的皱纹。我记得，他原来并不是一个十分喜欢学习的同志，而现在，他却能够像中学生背诵数学公式似的把这些微观世界的东西装进了自己的脑子。不能不说，这是一个很大的变化！透过这些数字，我看到了我们老同志们的责任感，以及他们的毅力和心血。

我问他：盐害如此严重，你们是怎么对付的呢？把那些有盐的地方全部放弃了么？

他说："那怎么行？那不等于在敌人面前逃跑啦！"他对我详细讲述了他们向盐害做的斗争。他承认，起初，他们的科学知识不够，曾经干了一些傻事。他们想：土壤里有盐,我把土给你换一换,你总该变好了吧? 于是,他们挑了一块盐害最大的土地做试验,费了好大力气,挖下去一米多深,把土全部换成了好土。可是,放水以后一看:呀! 一点事不顶,盐又跑到这层好土里来了。他们又想:这盐是顺着土壤的毛细管爬上来的,我想法子把毛细管给你切断,你总该上不来了吧? 于是,他们又把土挖下去一米多层,厚厚地铺上了一层麦秸,然后又换上了好土,种上了庄稼。到了应该出苗的时候跑去一看:盐倒没有上来,可是麦草在下面发了酵,把种子给烧死了。后来,他们又发现:同样是盐害很大的土地,种了别的庄稼不长,种了水稻却是长得不错。找了一找原因,原来是稻田经常换水,土壤里的盐分永远达不到为害庄稼的浓度,所以,它就为害不成了。他们想:"这不难办,我把所有有盐的土地全部种成水稻,你总该没有办法了。"可是,他们不知道,种水稻的结果会使地下水位普遍提高,而盐是一种可以随着地下水四处游动的东西,过了一年,一检查:原来没有盐的好土,竟然也变得有盐了。这可怎么办呢?

他们开始研究土壤改良的科学书籍,聘请专家来给他们讲学,慢慢的,他们抓住了敌人的要害。原来,盐分之所以能够跑到地面上来,只是靠着地下水位的升高。只要把地下水位固定在地面三米五以下,它就永远甭想钻到地面上来了。然而,要普遍降低地下水位,必须在大田的灌溉系统之外,重新建立一套排水系统,而每一条排水沟,都至少要挖够三米五的深度。在欧美资本主义国家,这被人认为是一件难以想象的巨大工程。在他们那里,只有那些图名谋利的土壤改良专家才挖上一小块地搞搞试验,根本就没有打算把它搬到大田里去推广。他们见了这种盐渍土,只有一条办法,那就是夹起尾巴,赶快逃走。

王金山说:"我们不怕:我们要干出个样子来叫他们瞧瞧!"

我说:"好! 有骨气! 成效怎么样?"

他笑了,笑得十分爽朗,只是一股劲地建议我到伍积禅那里去看看。他说:"一看便知。"

伍积禅也是个红军老同志,木匠出身,身边经常保存着一套斧、锯、锛、凿。南泥湾生产的时候,他干的就是他的老本行,当木工班长。进疆初期搞生产,我们南疆军区成立了伐木大队。为了这个大队长的人选,干部部门曾经往我那里跑过好几次。他们提出过好几个名字,我总是觉得不合适。我告诉他们:"我们部队有这么一个当过木匠师傅的老红军,从湘鄂川黔来的,黑脸膛,大个子,看上去好像是很魁梧。一条腿负过伤,走路时爱拄一根棍子。"人们按着我说的这几条一打问,到底把他找来了。我们当时就给他分配了伐木队大队长兼木材厂厂长的职务。后来,我到他那里看过,经常见他提着个小手绢,里边包着几个馍,一跛一跛地到处跑,工作搞得很不错。我知道他后来到了塔里木,以为还是干着他的木匠活路,却原来改行搞起农业来了。

王金山告诉我："伍积禅如今在十三场当场长，今年被评成了全师的五好干部。他那个场的地，盐特别多，原来就有人不同意开。"伍积禅说："为什么不开？我们又不是到这里来找便宜的；我们是到这里来开天辟地的。我们要是丢下这块坏地让后代来开，到那时候，我们的后代不讲我们的二话才有鬼！"地是让他开出来了，可就是不给他好好打粮食，好几年，他们场总是翻不了身。不过，他可一点都不悲观，一天到晚都在琢磨治盐的办法。什么办法他都试。听说种水稻好，他种的水稻最多，结果，搞的他那里地下水位最高，把食堂都给他泡垮了。后来找到了挖排水网的科学办法，开挖排水沟，又是数他最坚决。有人问他为什么劲头这么大，他说："我们穷，穷则思变；想打翻身仗！"去年冬天，他居然帮助工程师解决了一个技术上无法解决的大问题。我问是怎么回事，王金山把大拇指一竖，兴奋地说："那老汉，真有一套！"

原来，排水网挖成以后，有很多地方都得和灌渠交叉，必须从灌渠的下面穿过。按照工程师的设计，人们在灌渠下面打了一个隧道，准备把直径一米多粗的几个涵管，送到隧道里去。涵管必须在外面接好，但是接好以后的重量足有几吨，怎样才能送得进去，工程师很是苦恼，这个工程师是一位很负责任的同志。据他说，这非得用一种什么样的大型吊车才能办到，这种吊车不要说塔里木没有，恐怕整个南疆也不会有，因此，他建议领导赶快让兵团向农垦部要求配发这种吊车。伍积禅问他："要是没有这种吊车呢？"他发愁地说："那……那恐怕不好办吧？我想了好几天都没想出旁的办法来。"老伍当时也拿不出什么办法，不过，老伍是木匠师傅出身，以前常和这样粗细的大树打交道，搜索记忆，总觉得办法是有的。因此，他建议工程师和他一起找群众去研究研究。工程师一想也对，就欣然同意了。当时，老伍把全场的木匠师傅和干过木匠的人全部邀集到现场，和他们开了一个木匠大会，先请他们看了涵管、涵道，讲清工程要求，然后，请大家发表了自己的看法。大家仔细思想，你一言我一语地一议论，都说：这个任务其实不难完成。他们七手八脚一忙活，这里架架，那里垫垫，只用几根根柴火棒棒，就把那些涵管放到了隧道里边。工程师当时高兴坏了，连说伍场长给他上了最生动、最实际的一堂好课。用他自己的话说，是"木匠师傅给我开了个向阳的窗户"。

离开塔里木的这天，我顺路来到了十三场门前。伍积禅知道我要从他这里经过，早已经和几个同志在路边等我了。老伍的岁数和我不相上下，大概也有五十好几了，呼吸的声音略嫌粗重，身体可能也不太好；但是精神却很旺。还像先前当伐木大队长的时候那样，一跛一跛的，走得挺快。他三脚两步迎过来，一定要叫我到他们的场部去。我知道他们给我做了准备，但我不愿意在这样忙的季节去麻烦他们，我说："我要到你们场里来的，不过，我现在不来，等你们的翻身仗打赢了的时候，你准备好，我一定来喝你们的喜酒。"他见我执意不愿留下来，也就没有坚持，只说："好吧，今年秋后不行,明年秋后一定行!"我说:"那好,今年秋后不来,明年秋后一定来!"

但我并没有忘记王金山的建议:去看看他们治盐的成绩。

车子开出了不远,我就又从车上跳了下来。公路边上,右边是水天一色的明光光的水田,左边却恰似一片战场,纵也是壕沟,横也是壕沟,连绵不断,一直延伸过了远处那黑压压的一条林带。我断定,这就是他们的排水网了。登上沟帮,探身向下一看:哈呀!深极了。水在里边流得很缓,看起来完全不像是水。顺着阶梯走到水边,用手蘸了一点放在舌头上,真是又苦又涩,好咸的一沟盐水。我再上岸来注意观看那大田里的棉苗,顺着棉行一直走到头,竟然没找到一小块"秃子头"、一小块缺苗断垅的地方。我又蹲下去捏起一撮土,仔细地尝了又尝,还是没有尝出一点咸盐的味道来。我于是确信不疑,这一回,伍积禅的翻身仗肯定会打赢的了。只要别的措施能够跟得上去,到了秋天,我敢断言,这里肯定会出现一个棉花产量的高纪录。——我希望这样,我非常希望这样!

重新登上高坡,我展望面前这纵横栉比的堑壕。虽然闻不到一点火药气味,也不会听到震耳欲聋的杀声,我却觉得自己又站在了那硝烟弥漫的战场上……战斗临近结束,战士们正在胜利地聚歼敌人,一串串垂头丧气的俘虏兵,被押解着,通过我的身旁,走下战场……是的,这是一个新的战场!我的老战友们并没有离开火线!他们只不过转移了一条战线,正在这条新的战线上冲锋陷阵!从他们的身上,我觉得,自己也汲取到了极大的力量!

祝福我的老战友们:革命的青春常在,战斗的光荣永继!

现在,我从塔里木回来了。临回来的时候,同志们都邀我以后再去看望他们。所有的同志,几乎都对我说到了塔里木的明天。

他们说:"那时候比现在可要美多了!到那时,塔里木河流域的千百万亩荒地全都开发出来了!春天一到,我们这里是走不尽的绿海,花海!秋天一来,到处是顶破天的金山、银山!我们再腾出一部分土地来转种牧草,既改良了土质,又可以养猪;少说也要养它上千万头。到那时,我们这里可就真正成为祖国的一个粮棉基地了。到那时,处理这么多产品的加工厂总是少不了的;有了工厂,没有电力又解决不了问题,至于文化宫、疗养院、学校、体育馆,……更是少了哪一样也不行。那时候,北岸的阿拉尔新城和南岸的幸福城全部建设成功了,我们在水库中心的疗养院里给你安排好休息的地方,你可一定要到我们这里再看看!"

他们说:那时候,我们的产品要运到外地去,外地的客人要到我们这里来,单靠一条公路就拉不开栓了。现在,从兰新铁路的枢纽站,国家已经测定了一条通向喀什噶尔的铁路干线。这条铁路线将会穿过我们的好几个新城。我们还打算使每一条干渠、水库都能通航。现在,我们已经在塔里木河边上成立了一个航运队,着手制造小型的汽艇。到那时,你再到我们这里来,可以坐火车,也可以坐汽艇。坐上汽艇,你就可以从清清的塔里木河下游一直上溯到我们这里,河里鱼虾成群,鸭鹅结队,岸上瓜菜成园,果木成林,保管你再也认不出这就是从前那个以干旱闻名的塔里木了。

不过,他们又说:那时候,我们也许不是在这里接待你了。你知道,塔里木河如今所以会有这么多的流沙,完全是由于和田河穿过了塔克拉玛干大沙漠的缘故。为了根绝流沙,变和田河的害水为益水,我们已经两次派遣综合勘测队到沙漠里去过了。我们想使它从上游改道,直接流注到大沙漠里去,固结住那里的流沙,再在水到的地方全部种上树种和草籽。也许要不了很多时间,"浩浩平平沙无垠"的塔克拉玛干,就会变成绿莹莹无边无际的大草场了。那时候,我们也许又在那里开垦着新的农场了。我们请你到我们的新农场上去看看我们在那里建设的新局面,你能不再来看看我们吗?

应该说,这是来自明天的召唤。随着战友们的描绘,我仿佛看到了、也听到了、甚至还抚摸到了明天的塔里木。这一切,是那么必然,而又那么自然,因而,我丝毫不以为这只是关于未来的一种幻想。我了解我的战友们,他们不只是纯粹的幻想家,而是实干家。既然他们说了,他们就一定能做到。自然,要达到这个明天,还需要经过斗争,它也吓不退我的这些同志,阻挡不住我的这些同志。在雪山、草地那样严酷的考验面前,我们说,我们一定要走向抗日前线、迎接革命新高潮,结果,我们经过了严峻的斗争,我们的目的果然达到了。在抗日战争相持阶段那样严酷的考验面前,我们说,我们一定要艰苦奋斗、自力更生、打败日本侵略者,结果,我们经过了严峻的斗争,我们的目的果然达到了。在蒋介石发动全面内战,大举向解放区猖狂进攻那样严酷的考验面前,我们说,我们一定要团结全国人民,打倒蒋介石,建立新中国,结果我们经过了严峻的斗争,我们的目的果然达到了。

现在我的这些战友,又给自己规定了下面一站就要到达的地方。这个目的地他们一定要达到,他们也一定能够达到。这是我确信不移的。

1961 年 9 月 8 日《新疆日报》

暗夜的星光

——维吾尔族诗人黎·穆特里夫

刘肖无

黎·穆特里夫,是维吾尔族人民优秀的儿子,是一个年轻的诗人和革命家。他曾经以充沛的爱国主义热情歌颂过抗日民族解放战争,尤其是敌后的游击战争,还和我们各兄弟民族的共同敌人国民党匪帮进行过不屈不挠的斗争。1945 年,这位维吾尔民族的天才诗人被国民党匪帮杀害了,那时他只有 23 岁,但是他的名字将永远活在我们各族人民的心里,他的作品将成为我们各族人民的宝贵财产。

一、童 年

黎·穆特里夫 1922 年生于新疆尼勒克县,父亲是个宗教职业者,贫穷,而且子女很多。

从小,黎·穆特里夫就常常跟着母亲和姐姐到地里去拾麦穗,到草滩上去放羊。在那艰苦的岁月里,他不止一次地给母亲擦干了眼泪,给姐姐包扎过被骆驼刺①刺伤了的脚踝,他也不止一次地看到过穷苦的人们怎样忍受鞭挞和凌辱。

家里虽说穷,可是父亲并没有忽视孩子的教育,该上学的时候,还是送他到一个小学去上学。

他知道家里穷,他也知道母亲太疲劳,眼看着一天比一天衰老、憔悴,他多么心疼她呀!他想,要是自己不能减轻她的操劳,至少别再给她添麻烦吧。所以,穿脏了的衣裳总是自己洗,一忙,就只好先把它藏在毡子底下。有一次,大姐回娘家,看见了,

---

① 骆驼刺:是生长在戈壁滩上的一种植物。

便悄悄把脏衣服拿回家替他洗干净。等他回家,忽然看见衣裳变干净了,他很奇怪。当他从母亲那儿知道这是怎么一回事的时候,他跑到大姐家去,向大姐道了谢,说:"大姐,请你以后再别这样做了,你家里也穷,你也没工夫。"说着,他从口袋里掏出一点钱,塞在大姐手里,说:"你买肥皂吧!"大姐笑了,说:"你看,这孩子,好容易父亲给点零花钱,快收起来吧!"谁知黎·穆特里夫摇了摇头,说:"这不是父亲给的,是报馆给的。"原来,这时,他已经开始写诗,而且登在当地的伊犁河报上。这时,他才16岁。

他的家里很穷,可是为了他上学,亲戚里倒不是没有能帮忙的。他的二姐嫁给一家富农,常常跟母亲说,要是黎·穆特里夫用点钱用点粮食什么的,跟她说,她办得了。可是他连二姐的家都不去。有一回,他放学回家,天已经黑了,走进院子,听屋里有人说话,是二姐和二姐夫的声音。他连书包都没放下,就跑到大姐家去了。坐着,坐着,天已经很晚了,还不走。大姐心里很奇怪,一再问他为什么不回家,他才说:"二姐在家里,我不愿回去。我一看见他们心里就别扭。"

他小学毕业,考入伊宁市的俄罗斯中学。在这儿,他学会了俄文,读了普希金、高尔基、马雅可夫斯基的著作,更加热爱文学了。

二、在乌鲁木齐的时候

1939年,日本法西斯的铁蹄蹂躏了我们广大的国土。中国共产党领导着敌后的人民,同日本侵略者展开了壮烈的斗争。就在这一年,黎·穆特里夫来到乌鲁木齐,考入省立师范。这是他生命的春天,是诗人的才华开放出灿烂的花朵的春天。就在这时候,他写出了《中国》《爱与恨》《五月——战斗的五月》《不灭的长虹》《为突破黑暗留下脚印的时候》《献给我们的解放战争》《在伟大斗争的怀抱里》等等诗篇,还写出了《游击队的姑娘》《奇曼与射手》《暴风后的太阳》《萨姆萨克哥哥在愤怒》等剧本。这些作品的基本主题思想是歌颂伟大祖国,歌颂祖国各兄弟民族战斗的友谊。

当时,由于中国共产党领导的抗日民族解放战争,受到了全国人民的拥护,这声势浩大的革命高潮,使盘踞新疆的盛世才不得不表示进步,允许共产党在新疆活动,于是乌鲁木齐便成了革命的政治和文化活动中心。黎·穆特里夫求学的省立师范学校校长,以及后来他工作过的新疆日报社社长,都是共产党员,从苏联回国的留学生,对青年们进行抗日教育。此外,国内的许多进步文化人士也到了新疆,进步的文化活动蓬蓬勃勃地开展起来。在这样的环境中,黎·穆特里夫的生活和工作都充满了激情。直到今天,他旧日的同学们还很容易地就回忆起他当年的生活情景:"不知道他为什么那么忙,跑出课堂,顺着楼梯走下来都嫌慢,总是跨在栏杆上,那么一溜……影儿也看不到了。要找,你只好到公共活动的场所去。哪里人多,哪里准有他。不是在讲演,就是在朗诵诗,要不,就是在唱歌。他走着路,也热情充沛地唱着抗日歌曲。"

省立师范没有毕业,他就到新疆日报社工作。这时候,皖南事变爆发了,国民党反共反人民的真面目暴露了,那些特务头子们一个接一个来到乌鲁木齐。盛世才也露出狰狞的面目,制造了一系列血腥事件。新疆大地上出现了一座又一座的兵营,一座又一座的堡垒。每个县都成立了国民党的县党部,乡里,镇里,到处都出现了苍蝇似的特务、密探。

在这乌云罩满天空,蒋匪帮加强血腥统治的时候,黎·穆特里夫以无限愤懑的心情写出了那首《给岁月的答复》。这是诗人战斗的誓言,对国民党反动派的宣战书。他向祖国宣誓,向人民宣誓,向牺牲了的他的导师和朋友们宣誓,他要坚决战斗到底,决不妥协。

> ……在斗争激烈的时候
> 我决不会衰老
> 我的诗
> 像天空繁密的星斗
> 照耀着我的前途
> 在重重战斗的山坡上
> 死亡对于我是多么渺小
> 我时时不会忘记
> 坚韧,勇敢,必定能够胜利
> 我要牵着射手们的手
> 我要紧攀住高举的旗帜
> 在前进的道路上
> 在战斗的旷野里
> 我要自始至终不显得疲惫
> 我要以克服一切的精神
> 走向更大胜利的战场
> 岁月①
> 你别得意狂笑
> 在你面前我宁肯断头
> 也不愿受你的凌辱
> 你别为了催我衰老
> 过分地枉费心机

---

① 岁月:诗人以岁月影射国民党反动统治。

我会把儿子

许给最后的决斗……

革命的火焰在燃烧,反对国民党反动派统治的革命活动在各处酝酿,尤其是天山以北,从乌鲁木齐到伊犁、到塔城、到阿勒泰,不管是城市、乡村或草原,在整个准噶尔盆地里,人们都在准备斗争。国民党统治者像坐在埋藏了火种的柴火垛上一样,他们仇视新疆各族人民,惧怕新疆各族人民。在他们心里,黎·穆特里夫当然是一个可怕的火种。于是,在1944年春天,反动统治者借口在阿克苏办报纸,将他调到了阿克苏。

三、红柳滩上

到阿克苏,黎·穆特里夫开始了一段新的生活,思想上展开了一个新的境界。这以前,他对劳动人民的理解多是从书本上得来的,这以后,他却直接投身到人民群众中间,懂得了人民的生活,理解了人民的疾苦。到阿克苏不久,他就在主编的报纸上发表了一篇短文,题目是《红柳滩上》。这篇短文写的是他从乌鲁木齐到阿克苏途中,在一片红柳滩上,汽车抛了锚,他和旅客们躺在沙堆上,望着没有一丝云影的天空,欣赏着辽阔而壮丽的大自然景色,忽然,传来一阵吱嘎吱嘎的响声,回头一看,一辆大车从公路上走来,车上装的东西并不多,可老牛累得东倒西歪喘不过气来。赶车的农民坐在车上,不慌不忙地摇晃着鞭子,不往老牛身上打,扯着干哑的嗓子唱:

去奥赛克的路呀够多么难走

满天的风雪呀够多么难受

路上的苦呀什么时候受得完

逃难的人生命能够保得住吗?

黎·穆特里夫跑到公路边上,一看,这叫什么大车呀!车轱辘像是林秸做的,七扭八歪,一点也不圆,有几根木头断了,用绳子绑着,再结实的绳子也耐不住戈壁滩上的石头磨呀,不定多会儿这辆车就会散了架,变成一堆烂柴火。吱吱嘎嘎的声音是从车轴那儿发出来的,大概是很久没上油了吧。黎·穆特里夫看着不舒服,心想,这个人为什么这么懒呀!便有意要打趣他,大声地说:

"大哥,唱得真好呀!为什么不给你的车上点油啊?为的是在路上给你拉琴吗?"赶车的苦笑了说:"先生,让我怎么说才好呢?如今没有油油我的嘴,哪还有油油我的车呀！先生,你看……"说着,举起了胳膊,把破烂的袖子捋了一下,露出那像木柴一样的瘦胳膊说:"先生,你没到阿克苏来过吧? 住长了就知道啦,谁叫阿克苏的老百姓爱唱呢,谁家的车都是会拉琴的……"

黎·穆特里夫真有点摸不清他这话的意思,紧跟着追问了一句:"那你们的油呢?""油让蝎子吃啦!"赶车的扬了下鞭子,牛要挣扎着往前走。

黎·穆特里夫一把抓住车辕,急着问:"什么? 大哥,你说什么?"

赶车的摇了摇头说:"说不清哟! 先生,长了你就知道啦!"

"那你上哪儿去呀?"

"进城,给衙门送粮去。这年头,衙门里的花销大,老百姓应该多报效……"

似乎发觉话说得太多了,赶车的将鞭子在牛身上抽了一下。公路上,又响起那吱吱嘎嘎的声音,那干哑的嗓子更加悲凉地颤抖着:

> 去奥赛克的路呀够多么难走
> 满天的风雪呀够多么难受

四、和工人们在一起

阿克苏报社有一个印刷厂,一台手摇铅印机,十几个工人。在阿克苏,这可是独一无二的工厂。当初,成立这个工厂,要用工人,挑选又穷又认字的——不穷不愿干这个,不认字这个活又干不了,亏了社长聪明,想起了孤儿院,从那里挑了十几个人,说起出身来,都一样;生活呢,也都一样——无依无靠,无家可归。社长说:"就拿这儿当家吧,我就是你们的家长。"每天,做完了工,这个给社长做饭,那个给社长太太洗衣裳。要是社长太太出去玩,半夜,还得工人打着灯笼去接。好在阿克苏只有这一家工厂,工人们想,生活大概就应该是这样吧。

黎·穆特里夫来了,工人的生活变了样。他给工人们规定了作息时间,规定了工作制度,也规定了工作以外的时间是工人自己的,谁也没权力剥夺。

下了工,黎·穆特里夫跑到院子里来,对工人们说:"一个人不能光工作,也得玩呀。"他亲自动手,削了许多小木棒,和工人们一起打"嘎拉特干"①。他把印报剩下的纸裱糊起来,做成纸牌,和工人们一块打"库特尔"②。从此,工厂里有了笑声,天一黑,工人们都跑到黎·穆特里夫家来(那时他住在一个叫米尔汗的老太太家里),说呀,笑呀,讲故事呀,唱歌呀,渴了自己去打水,吃瓜大家来凑钱。工人们很喜欢这地方。

---

①② 嘎拉特干、库特尔:均为一种游戏。

有一天,月亮挂上了树梢,夜风吹走了暑气,白杨树叶子沙沙响。黎·穆特里夫从报馆走出来,月光下看见对面走来一个人,近前一看,原来是工人乌守尔·扎衣提。他一见黎·穆特里夫,就紧皱住眉头说:"真倒霉!病了,上医院,医院也关门啦。"

黎·穆特里夫问他:"什么病呀?"

乌守尔·扎衣提说:"肚子疼。"黎·穆特里夫说:"那就不用上医院啦,我有个暖水袋子,也许管用。"

房子里漆黑,黎·穆特里夫划了根火柴去点灯。乌守尔·扎衣提眼睛一亮,看见桌子上放了一张纸,画了一个人头像。看样子,这个人很正直,也很和善,一撮浓重的胡须,两眼炯炯有神。他想了又想,想不出在哪儿见过这个人。

黎·穆特里夫见他看得出了神,便轻轻地拍了一下他的肩膀,笑着问:"你看画得好不好?我画的。"

乌守尔·扎衣提点了点头说:"好,你画这个干什么?"

黎·穆特里夫说:"这可叫我怎么说呀。好处可多啦。"他一边说着,一边拍着手里的暖水袋,思索着。"就拿你说吧,咱们这儿要有他,你就不至于生病啦。"

乌守尔·扎衣提惊愕得睁大了眼睛,看看画,看看黎·穆特里夫,好奇地问道:"他是医生吗?"

黎·穆特里夫爽朗地笑了,说:"对啊!你说得对极啦。他就是个医生,他是个把全世界的疾病、痛苦、肮脏、黑暗都要治好的医生。他要叫人类永远都生活得又健康,又美好,他要叫一切坏蛋断了种。兄弟,你说这样的医生好不好?"

乌守尔·扎衣提诚挚地点着头。

黎·穆特里夫加重了语气说:"兄弟,你记住,这个医生的名字叫斯大林。"

这时,关于黎·穆特里夫的秘密材料也转到了阿克苏警察局。阿克苏警察局内增加了几个忙人,他们的任务是不分昼夜像影子似的跟踪诗人。

五、老理发师

警察局里的几个特务紧紧盯着黎·穆特里夫。在这样的环境中,黎·穆特里夫能做些什么呢!

有一次,黎·穆特里夫到理发店去理发。说是理发店,其实只是一间低矮而潮湿的小屋子。理发师是父子两人,儿子给黎·穆特里夫理着发,父亲便坐在角落里,拨弄着都塔尔①,用低沉而忧郁的声音唱起了维吾尔族古老的民歌:

---

① 都塔尔:维吾尔族乐器。

河滩底下硬又硬

坎土曼①也砍不动

伯克②在那儿看着呢

河滩底下是泥浆

走在上面心发慌

心里发慌手打战

不讲理的伯克过来了

河里头涨水了

用托乎地③去堵住

苦命人谁敢吭一声

胡大呀!

为什么我们的命这样苦

越唱越悲凉,越唱越哽咽,唱着,唱着,老理发师唱不下去了,默默地停住了琴弦。黎·穆特里夫忘记了自己正在理发,站起来,挥着手说:"唱啊!唱啊!老伯伯,你唱啊!"老理发师叹息了一声说:"唉,不行啦!老了!没人爱听啦!"黎·穆特里夫急忙说:"不,你唱,你唱吧,我就爱听。"老人笑了,重新拿起了都塔尔说:"爱听,我就唱给你听吧。"

从此,每天晚上,黎·穆特里夫都要到这里来,请老人唱歌,唱一个,他往本子上记一个。有时候,听得入了神,他会轻轻地说一声:"欧路格来伊!"④

等到老人唱完了,他紧紧地握住老人的手说:"老伯伯,你多好呀,这才真正是诗呢!这是咱们祖先用生命给咱们写下来的诗。老伯伯,难为你能够记得这么多。"

从此,每天晚上,这儿就挤满了人。

六、演出《艾来普·莎拉木》

忽然,黎·穆特里夫的家安静起来了,他的朋友们去找他,一看,门关着,从窗口望进去,他盖着被子躺在床上呢。朋友们悄悄地说:"别打搅他,让他歇会儿吧!"第二天去一看,他还躺着。朋友们可真不放心啦,难道是病了?要不要请个医生呢?大家要进去,房东米尔汗老太太挡在门口不让进去。到底一个老太太拦不住几个年轻小

---

① 坎土曼:农具。

② 伯克:封的官名。

③ 托乎地:人名,译成汉文就是"住",像汉族人给孩子取名"栓住""锁住"一样,维吾尔族人也喜欢用"托乎地"作名字。

④ 欧路格来伊:维吾尔语"感谢"。

伙子,他们冲进去了,把被子一掀,啊!原来是假的。人呢?米尔汗说:"别吵!别吵啦!他在城外果园里正写什么呢!"

黎·穆特里夫正在写《艾来普·莎拉木》。这是个历史剧,写的是一对青年的爱情。这对青年为了爱情,反对国王的旨意,反抗父亲的命令,蔑视礼法的束缚,冲破重重困难,终于实现了他们的理想。是啊!当时当地的人民多么需要这种理想,这种叛逆的理想啊!

黎·穆特里夫准备排演一出歌颂爱情与忠贞的剧,这消息很快传遍了阿克苏的知识界。进步青年都来到黎·穆特里夫的身边。他们知道,在警察局重重禁令之下,要使戏能够演出,光他们是不行的。到底人多主意多,他们想起了一个人,这个人倒真是一面挡箭牌。这个人是清朝皇帝封的世袭温宿王帕提夏霍加,现在是阿克苏维文会①会长。维文会一年能收一万多塔哈②麦子,他和专员乔根合伙,用每塔哈 20 元的价钱买了去,再按每塔哈 200 元卖给商人。所以,在阿克苏,帕提夏霍加不但有钱,而且有势,在乔专员面前说一不二。

不久,帕提夏霍加真就向他的朋友们宣布了,他要演个戏,演个小伙子和姑娘谈情说爱的戏。王爷这么有兴趣,谁能够不赞成呢,连乔专员也直拍巴掌。

戏开始排了。这可是出乎帕提夏霍加的意料之外,阿克苏轰动了。人们吵着要看这个戏。帕提夏霍加一计算,卖票这笔收入也真不少呢。

戏正在排着。忽然,警察局来了个通知,说是局长的命令,这个戏禁演。这下把帕提夏霍加气坏了,跑到专员公署,拍着桌子大骂警察局长。乔专员说:"我的王爷,消消气吧,这不能怨他,他也为难呢。你知道城里城外有多少人想看戏啊?"

帕提夏霍加不以为然地说:"人多怕什么,人多才好呢。"

"哎呀呀!你说得好轻松,出了乱子谁负责?"

帕提夏霍加的气还是不能消,说:"我不管那些个,我花了一百多塔哈麦子,你禁演?"

到底还是乔专员有办法,和警察局局长商量好,卖票的收入,给他三成。演出的时候,警察局的人全体出动,不够,加上骑兵第五团。

就在这样弓上弦,刀出鞘的紧张状态中,《艾来普·莎拉木》继续演出了。

七、火星同盟

随后,黎·穆特里夫带着剧团到各县农村演出《艾来普·莎拉木》。

---

① 维文会:维吾尔文化促进会的简称。
② 塔哈:口袋,一塔哈是 20 公斤。

1944年11月，伊犁、塔城、阿勒泰三区各族人民联合起来反抗国民党反动统治的革命战争爆发了。国民党匪军整师整团被歼灭。民族革命军一路挺进到沙湾，一路越过冰达坂①。对于呻吟在国民党残酷统治下的阿克苏人民，这该是多么有力的鼓舞啊！

就在那些日子里，黎·穆特里夫家里，日日夜夜都聚集着阿克苏的革命青年，有维吾尔族人，有哈萨克族人，有乌孜别克族人，有柯尔克孜族人，有俄罗斯族人。其中有工人，有理发师，有皮靴匠，有烤馕②的，有赶车的，有小学教员，有学生，有医生，也有国民党县党部的小职员，骑五团的兽医……

就在那些日子里，黎·穆特里夫写了一首战斗的诗篇《幻想的追求》。他告诉人们幻想就要变成现实，国民党反动统治就要垮台，解放的曙光就要出现，他号召人民起来战斗。这首诗很快便成了阿克苏人民革命的战歌，当民族军包围了阿克苏的时候，人们就唱着这首歌参加了战斗，人们也唱着这首歌坚持到新疆解放，唱着这首歌迎接中国人民解放军。

就在那些日子里，黎·穆特里夫和他的战友们组织了"火星同盟"。在城里，在乡村，在国民党骑兵第五团，在从外县抓来的壮丁中间，展开了宣传工作。

发生了这么一件事。黎·穆特里夫写好了一张传单，三个人准备悄悄夜里赶印，谁知工人哈的尔·玉素甫不见了，等了又等，一直等到天亮，他才跟着别人一块来上班。怎么回事啊？一整天他都愁眉苦脸不理人。晚上，他去找黎·穆特里夫，一见面，就说：

"大哥！事情不好啊！"

原来，昨天晚上，他被警察抓去了，在空房子里蹲了一夜。天快亮时，来了个科长，满脸含笑，对他说：

"受惊了吧？没什么，叫你来，给我们办点事。"

办什么事呀？原来是叫他监视黎·穆特里夫，说什么，做什么，都要报告。"这不是叫我当特务吗？"哈的尔·玉素甫心中暗想："穷虽穷，可不能没志气，可不能出卖同志啊！"他只好假装糊涂说：

"官长，不行啊！人家是编辑，我是个工人，我怎能知道人家干什么？"

谁知道这话刚说完，科长狞笑了一声说：

"别装傻！忘了你和第一小学教员讲的话啦？"

可不是，前天他跟一个小学教员讲过革命的话，想不到这个教员竟是一个这么无耻的东西。

…………

---

① 冰达坂：是从伊犁到阿克苏翻越天山的一条捷径，但也是险径。当地人管山叫达坂。
② 馕：维吾尔族的烤饼。

越过冰达坂的民族军歼灭了骑五团的一个连。革命风暴一天天地迫近,火星同盟的人都跃跃欲试。战斗啊!战斗啊!

可是战斗得有武器啊!这就是黎·穆特里夫想要首先解决的一个问题。离阿克苏六个炮台①有个温宿县,县里有个警察队,长短不齐三十几条枪。恰恰这个警察局的警员比拉里·艾则孜就是火星同盟的盟员。黎·穆特里夫决定,找一个夜晚,盟员们化装成流氓,到温宿县警察局附近去打髀石②,比拉里·艾则孜带领警察队来抓赌,里应外合夺了他们的枪。然后,再到城北大山中,那儿有个古代圣人的麻扎③,这时,正是每年一次集会的日子,各县农民成千上万到这儿来。在这儿,黎·穆特里夫准备举行全阿克苏区的人民大起义。

可是万没有想到,一个阴险的特务分子艾克木奴尔已经打入他们的组织,并且窃取了秘书长的职位。这个人连夜把他们的计划和全部盟员的名单都送到警察局去了。第二天,黎·穆特里夫和他的战友全部被捕了。

八、遇　难

1945 年 9 月,民族军包围了阿克苏。

夜,没有月亮,也没有星星,伸手不见五指。

警察局监狱的院子里,站着喝得醉醺醺的警察局局长武绍斌和他的喽啰们。脚镣的声音在黑暗中响着。武绍斌疯了似的喊叫:"杀啊!杀啊!"

黎·穆特里夫、比拉里·艾则孜、哈的尔·玉素甫以及其他战友都站在城墙脚下。黎·穆特里夫大声喊道:

"杀吧!你们杀吧!会有人替我们报仇的!"

枪声响了,诗人倒下了!诗人倒在黑暗里,血流在自己的土地上。

新疆解放了。屠杀新疆各族人民的刽子手纷纷落网。1952 年春天,武绍斌在乌鲁木齐被枪决。就在当年火星同盟秘密集会的树林子旁边,召开了全阿克苏的群众大会,当场枪毙了艾克木奴尔。然后,人们举起坎土曼,拥至东门外,摧毁了国民党修建的一座堡垒,从堡垒底下挖出了黎·穆特里夫和死难烈士的遗骨,召开追悼会,进行安葬。

人们说,这是个难忘的日子,复仇的日子!

1983 年新疆人民出版社《从天山脚下开始》

---

① 炮台:新疆计算路程不说里,而说炮台,一个炮台是五公里。
② 髀石:用羊骨赌博,在新疆农村流行。
③ 麻扎:坟墓。

李 狄 三

左 齐

　　虽然没有到过藏北,但根据进藏先遣连报来的行军路线,我知道,由两水泉到他们的驻地扎麻芒保,顶多也不过一天的路程。因此,1951 年 5 月 24 日的早上,当我收到进藏主力已于 23 日抵达两水泉的消息时,不禁喜出望外。"好啊! 李狄三他们,到底坚持到了这一天! "

　　我这样高兴,不是没有原因的。

　　早在我军进驻南疆之后不久,上级就命令我们:派遣一个骑兵师,翻越昆仑,前去解放西藏阿里的人民。

　　南疆与藏北之间,横隔着一道白雪皑皑、高耸入云的昆仑山,交通极其不便,很长一个时期,行人来往稀少。关于阿里最近的具体情况,除了千奇百怪的神话和传说之外,很难找到什么稍微可信的答案。

　　军事行动当然不能依靠传说。因此,军区决定骑兵师派一个先遣连进去,首先摸清底细。他们挑选了一个很强的连队,副连长还是全军有名的战斗英雄。但是想到这个连队将是阿里人民见到的第一支我党领导的武装,工作内容势必十分复杂,他们又专门把那个团的保卫股长抽出来,让他以团党委和团首长代表的身份率领先遣连进藏。

　　这个股长,就是李狄三同志。

　　从骑兵师报来的材料上看,李狄三确是一个很不错的同志。冀中人,出身贫寒,1938 年参加八路军,不久加入中国共产党。现在是他们那个团的党委委员之一。师党委对他的鉴定是:"对革命事业忠诚、勇敢、艰苦,有克服一切困难的精神,工作细致稳重,尤其善于团结群众,有单独执行政策的能力。"虽只寥寥几句,却不难看出师里对李狄三的信任和支持。按说可以立即回电表示同意了,但因材料上说他是从某团调往骑兵师的,十年来一直在某团工作,而某团又恰恰就在我们身边,所以,我决定先去了解一下,再予批复。

几天以后,人们在我脑子里给他勾画了一个大概的轮廓。大家和他相处的时间很长,对他的印象都很好,一听我提起李狄三的名字,立时笑逐颜开,兴奋地说:"嗬!这是我们团里有名的好同志。"当我告诉他们李狄三将要受领光荣的任务时,人们全都自豪地表示:"没有问题,绝对没有问题!"可是当我请他们详细谈谈李狄三的突出事迹时,也许是由于突如其来的缘故,人们反倒有些为难了,思索了老半天,才说:"要讲李狄三同志有什么突出的地方,那就是忠诚老实。生活再艰苦,环境再复杂,他也能以身作则,教育群众,克服困难,埋头苦干,情绪总是旺盛的。很长一个时期,他在我们团里担任保卫干事。说是机关干部,一年之中却有一半时间在连队里工作。行军时给他牲口,他不肯骑,长年累月的,总是背着个小背包在连队跑,有时连队缺了指导员,就让他代理几个月,等到有了合适的人补上缺,他还是回来当他的保卫干事。每逢调他回来的时候,营里的干部少不了要和你扯皮,千方百计地找理由,再三再四地不肯放。他自己可不讲价钱,让他到哪里就立刻到哪里。自从参军的那天起,始终是勤勤恳恳、朴朴实实、干干脆脆、和和气气的劲儿。就为这个,给人的印象特别好。至于突出的事迹,一时可就很难说了。"说了这些,那位同志还在表示歉意,我却早已满意了。哈!你还说不突出?就以埋头革命十余年如一日这一点,岂是容易做到的?当然,在敌人法庭上坚贞不屈,在战斗中奋勇突击,经过血与火考验的同志,无疑都是突出的,都是刀刃上的好钢,可是,时间同样是最能考验人的,如果他没有革命到底的决心,如果他不把党的事业当做自己的终生事业,如果他在革命斗争不断发展的岁月中不曾刻苦学习,改造自己的思想,要让他具有这种坚持十余年不懈的苦干精神,是不可能的。应该说,在我们的队伍中间,像李狄三这样的同志是很多的,只要党需要他往刀刃上用,同样都是好钢,由这样的同志带领先遣连进藏,确如人们所说,是"绝对不成问题"的。

1950年8月,李狄三他们开进了昆仑山。环境的艰苦,道路的险恶,气候的变幻莫测,超出了人们的估计,沿途没有一个藏民,就凭着指北针判定方位。刚进藏北不久,一场大雪填平了所有的峡谷,通向阿里的运输线彻底断绝了。不要说他们的粮食、被服、电池……不足以维持到明春,万一发生战斗,就连弹药、医药和其他必需品也无法运送到他们手中。他们在那里究竟应该怎样办,我们除了通过电报和他们联系之外,再也帮不了他们的忙。真是让人心急如焚!幸喜后来收到诸事顺利的电文,才稍稍让人安心了一些。于是,我们让他们立即转入"过冬备战"工作,嘱咐他们坚持下去,能够坚持到开春,就是胜利。说实话,我从来没像这年冬天这样关心过大自然的变化。我甚至学着老百姓的办法画了一张"九九岁寒图",从冬至进九,每天写一笔,每九成一字,一天一天的,好容易写完"庭前垂柳珍重待春风"的"珍"字,六九到了,春打六九头嘛!然而,这里的六九却连开春的影子也找不到。七九应该是解冻的日子,河里的冰层反而更厚了。

有一天,无意中发现桃树向阳的枝干上冒出了一层光亮,当晚就听见了河冰裂开的声音。春天到底来了!可是,从这一天算起,到后续部队勉强可以进山的那天(1951年5月1日)又令人苦苦地等了一个多月。

现在,后续部队终于到了两水泉,再有半天多的光景就要和先遣连会师了。想到李狄三他们到底撑到了这一天,能让人不替他们欢欣?这将近十个月的苦日子,他们究竟是怎样斗争过来的,我虽知道得很不详细,但我相信:如果加以很好的总结,肯定是值得我们自豪的一笔精神财富!因此,我早已告诉了后续部队的指挥员安子明同志,只要一会师,就让李狄三尽快地返回新疆来,向喀什军区汇报工作。

24日这天,太阳的脚步慢得令人生厌。晚上我在办公室里坐立不安地等着译电员到来。可是当听到门外喊"报告"的时候,我反倒觉得无须乎再看他送来的那张电文了。单凭猜测,我也可以大体上了解电文的内容了。诸如:今日几时几分,后续部队进抵某处,与先遣连胜利会师……李狄三同志定于何日何时启程返新之类的字句,肯定是少不了的。我之所以还想再看一遍,不过是想再一次享受那种胜利的喜悦罢了。接到手一看,果然这天中午12时整,安子明同志和先遣连会合了,电文上分明还写着李狄三的名字。李狄三!李狄三!……怎么?

"……李狄三同志,于我到后数分钟内,不幸逝世!"

……这,这简直让人无法相信!……如果是战场牺牲,为什么这里没有一个字提到战斗?如果是病故,为什么不先不后偏偏发生在这个时候? ——这不可能,无论如何不可能!

然而,事实毕竟是事实。

不久,一个姓陈的政治干事从扎麻芒保回到了新疆。他是一直跟着李狄三做助手工作的。

从他的报告里,我了解到了先遣连进藏以后的全部情况。

初 到 藏 北

先遣连翻过界山,进入荒漠的藏北高原之后,凭着指北针侦察一段前进一段,走了很久,还没有找到一个藏民,他们组织了两个侦察组,分头出去寻找。一去十几天,都是因为吃光了携带的干粮而空返。这样一次又一次,直到十月中旬的一天,忽然,二排长杨福成飞马跑回连部报告:在距离这里一站路的地方,副连长发现了人的足迹。李狄三闻讯,立即带上翻译上马赶去。半路上,又遇到副连长派回的通信员小白,说:副连长已经发现了三个不明身份的带枪的人,正在予以严密监视。

李狄三估计,80%以上的可能是普通藏民。但是,由于他们对我们毫无了解,又有民族之间的隔阂,必然对我军怀有疑惧心理。他们带着枪,万一发生误会,就可能造成极其不良的后果。因此,他催马飞驰,当他赶到时,那三个藏民已经和副连长对峙半天了。起初,他们一发现副连长,丢下牛羊往山上就跑,后来,副连长向他们喊话,他们才停下来观望。可是,副连长捧着哈达向前走,他们就向山顶退,副连长停下,他们也停下,既不敢靠拢副连长,又不肯离开原地。看样子,是恋着他们的牛羊。副连长把牛羊收拢在一起,李狄三心想,牛羊是牧民的命根子,他们对我们的态度如何,决定于我们如何处理这些牛羊。主动送回去固然可能使他们放心地走掉,更大的可能性倒是解除了他们的疑惧,留下来和我们靠拢。即使他们在得到牛羊后仍然不肯和我们交往,甚至是走得更远,那也没有关系,因为我们到底让藏民看到了我党我军的政策纪律,给他们留下了深刻的良好印象。两相比较,与其让他们担忧害怕地与我们接近,倒不如让他们放心地走掉。因此,他下定决心,立即请翻译同志带上哈达,把牛羊给老乡们送回去。

一开始,藏民还是不敢下山,后来见我们并无恶意,是给他们送还牛羊的,这才下了山。翻译按着藏族的礼节和他们交谈,说我们是人民解放军,就是当年的红军,他们更加放心了,迎上前来,抱起心爱的羊又是笑又是亲……李狄三走近他们身边,他们也不胆怯了。李狄三向他们讲解共产党和人民解放军的政策,尤其是民族政策的道理时,他们边听边吐舌头,显得既感激又满意。据他们说,这里叫作杜猛,是改则区头人管辖的地方。李狄三于是命令全连移到这里,把帐篷和老乡的毡房并排搭在一起,并把携带的一部分礼品送给他们,开饭时,又邀他们过来做客,于是我们成了他们难得的好邻居。

凌 空 会 谈

先遣连的实际行动,团结了藏民,藏民在我军驻地周围越集越多。为了密切团结基本群众,李狄三亲自带领班、排干部,一方面调查了解他们的风俗习惯,下令部队严格遵守;一方面帮助他们放牧、打柴、拾牛粪。在共同劳动中,从放牧谈到"乌拉",由苦从何来谈到即将到来的新社会生活的美好。他们由不了解我们到对我们无话不谈。并且帮助我们寻找散居的藏民,宣传了党的民族政策和人民解放军的三大纪律八项注意。

后经一个老猎人主动替先遣连带路,与当地马本日加木、头人颂那班杰洛接了几回头。他们起初也有些疑惧,甚至集聚藏兵下达不准接近汉人的禁令,但是经过几次接头,一方面由于藏民实际上已经突破了他们的封锁,一方面由于受了我党政策的感召,因而对我们的态度逐渐好转。为了进一步加强统战工作,我们请他们向阿里藏政府致意。

不久，阿里藏政府派来了秘书长和总务主任正式和我们在峇空举行会谈。李狄三以指挥员的身份向他们说明了全国解放的形势，说明了我军进藏是为了清除帝国主义侵略势力在西藏的影响，完成祖国领土和主权的统一，保卫国防，使西藏和西藏人民获得解放，作为中华人民共和国各民族友爱合作的大家庭的一员，与国内各民族同享民族平等权利；又宣传了我党的民族政策、宗教政策，表达了愿与他们团结一致建设新西藏的愿望。并将十世班禅额尔德尼表示拥护中央人民政府的消息告诉了他们。经过一天的协商，在和睦、团结的气氛中，双方达成基本协议：驻军扎麻芒保，彼此和平相处。我们保证尊重藏族的风俗习惯，不干涉他们的行政，不要藏民一颗粮食；他们保证以兄弟的态度对待我们，建立关系，协助开展群众工作。

为了欢迎我们，他们按照藏族的习惯，在峇空地方召开了一次赛马大会。

可能他们还想看看我军的实力究竟如何吧，在赛马大会上，他们提出了与我军比武的要求。"赛马"、"比枪法"是西藏一般游牧生活集会的习惯，如果比输了，是很不光彩的。

首先比赛枪法。副连长是有名的射手，当然无所畏惧，举枪三发，弹弹命中，博得了众口一致的称赞。接着，一排长又表演了重机枪点射五发五中的绝技，惊得观众目瞪口呆。最后，有一个头人想要给自己挽回面子，一定要请我们和他们比箭。射箭与打枪不同，首先没有臂力就张不开弓，张满了弓还得讲究准头。连首长正想谢绝他们的这个邀请，李狄三灵机一动，忽然想起了那位名叫巴利祥子的蒙古族战士，巴利祥子是猎手出身，在蒙古族战士中臂力过人，让他来试一试，虽不一定有箭箭中靶的把握，总比干脆谢绝要强得多。巴利祥子当即遵命出列，让那头人先射，那头人闭目吸气，瞪眼用力，箭箭射中靶牌。巴利祥子接弓在手，请人把靶牌后移五十大步，这时大家都为他捏一把汗。但见他骑马蹲裆势站稳，左手托弓，右手搭箭引弦，两臂一张，"咔吧"一声，箭杆还没出手，弓背却断成两段。那些观看的藏民惊得张开嘴巴半天合不拢，呆了几秒钟，才像雷鸣一般的喝起彩来。头人们一看，果然了不起，于是枪也不比了，箭也不赛了，干干脆脆地举起酸酒，要和我们结盟。

先遣连于是决定：向前方的居民点扎麻芒保推进，准备过冬。

封 山 以 后

扎麻芒保，是藏语"柴草多的地方"。不过，柴是小柴，丛生多刺，砍起来扎手；草是滨草，既尖且韧，牲口不爱吃。附近水恶，必须到五里以外去背冰块；虽说是居民点，藏民却只有20余户。不过地势险要，利于攻守。

这里，一到秋后，几乎天天都要下一点雪，可是，搬到扎麻芒保的当天夜里下的那场雪却很不平常,漫天扯絮,纷纷扬扬,只不过一根烟的光景,帐篷上已经积了厚厚的一层。

还不到和新疆联络的时间,李狄三就催报务员赶快请示交通情况,可是天线干扰得硬是听不清。无可奈何,只得要求新疆明天早上提前联系一次。

大雪整整下了一夜,李狄三也整整蹲了一夜。天亮以后,雪反而下得更大了,就连近在眼前的那些山包和河谷也分不清了。人们被可能封山的预感所困扰,有的不时跑出去观望,这时李狄三却异常镇静,像在指挥战斗一样,计划过冬的一切,思谋着可能发生的困难和解决的措施。他这种无言的沉着,感染了全体同志,人人都像准备战斗一样,分头出去工作了。李狄三忙过一阵以后,又非常乐观地从怀里抽出一管短笛,吹起了一支河北秧歌调,笛声是那样欢快而跳荡,整个营地都活跃起来。当译电员送来封山消息和"立即转入过冬备战,坚持到明春"的指示时,他坦然地点了点头,并没有中断那首激奋人心的乐曲。

直到他牺牲以后,人们看了他的日记,才知道当时他心情的沉重。"……山封了,路断了,往后只能通过无线电与上级联系,马上开始过冬备战工作,首先要解决吃、住的问题,一定要坚持到明年春天。目前,同志们的情绪还好,但是,部队新成员不少,随着困难加深,难免不产生波动。必须想尽一切办法巩固部队,提高斗志,否则一旦同志们从精神意志上垮了下来,就会辜负党对我们的委托。……必须树立一种坚定不移的胜利信心和顽强的斗争意志……"

接到党的指示,他的考虑逐渐成熟,便召集支部委员们,充分研究了摆在先遣连前面的困难究竟有哪些?战胜困难的条件到底有哪些?又详细算了一下细账,从而找到了一条与困难作斗争的基本办法,就是充分发挥全体同志的积极性和创造性,立即掀起一个红火热闹的"过冬备战"竞赛运动。为了充分发动群众,又召集了一次党支部扩大会议,向全体共产党员和共青团员作了深入的动员,启发了党团员的高度责任感和荣誉感,使每个同志在艰苦斗争中考验自己、锻炼自己。然后,由全体党、团员带头,在帐篷外面的雪地里开辟出来一块相当宽绰的广场。李狄三提着铁锹满意地巡视了一遍,又亲自动手把堆在四面的积雪拍成了一道平展展、亮堂堂的围墙,用刷子沾着锅烟子,在四面雪墙上各题了几个磨盘大的黑字。左右两面,一面写:"越艰苦越光荣,困难面前出英雄",另一面写:"越团结越坚强,群众赛过诸葛亮。"地势稍高的一面算正面,写的是"革命的英雄主义万万岁";对面大书:"平地起家,藏北高原建乐园"。雪墙上这些激动人心的口号,引得战士们左看右瞧,议论纷纷,情绪十分活跃。连长一看,正好趁热打铁,立即下令吹集合号,分排分班,席地坐下,宣布全体军人大会开始。李狄三兴冲冲地快步走到队前,即没摆眼前的困难,又不提未来的艰苦,却开口讲了几个生动的革命斗争故事。他把抗日时期"扫荡"斗争中那些英雄人物的活动描述得那样细致动人,真好像他又回到那种风里爬、雨里滚、吃不上、喝不上、睡不成的战火纷飞的年代。那种吃野菜、喝凉水的生活,那种成年累月和敌人坚持斗争的情景,那种冲破黎明前黑暗的乐观主义精神,都深深地印入战士们的脑海。战士们听着他的描述,想着当前的处境,不由得精神振奋起来,再看看四面墙上那些豪迈有力的口号,正是自己行动的准则和想要向党表达的心意,李狄三的话刚讲了一大半,战士们的口号声像春雷震撼着藏北高原,从云缝中骤射出来的阳光,如万道金霞照得遍地生辉,高举铁拳的战士,人人披上了金色的铠甲!

李狄三像一颗火种,点燃了燎原的烈火!

"过冬备战"的热潮开始了!

李狄三认为,要使群众的热情持久不懈,必须让群众看到自己的工作成果,而最能立竿见影的工作,就是营房建设。因此,他自告奋勇,担任了营建的设计工作,如果有砖、有灰、有木料,再加上几个好天气,修几间聊避风雪的土平房,设计并不困难。可是,先遣连什么也没有,除了圆锹,还是圆锹,何况走遍全改则区也找不到一棵够两米高的树木。有人很失望,李狄三说:"没关系!有圆锹就好。咱们用它挖地窖!"又有人问:"盖顶子用啥呢?""帐篷不够有刺刺柴嘛!扎麻芒保的刺刺柴还不够用?""嗨呀,你别开玩笑吧!总共不够三尺长,当椽子都不够材料!""看把你难的!盖不成大的咱们盖小的呀!一间睡不下三个,咱们睡两个呀!……一小间一小间的连起来,不就都睡下啦!"

地虽冻得梆硬,经不住战士们的热情高,智谋多,挖进一米多深以后,李狄三检查了一下,发现了一些有意义的创造,如打洞推土,墙上留架子,地上留桌凳之类,既快又好,很有推广的价值。李狄三就这样边挖边研究、总结、推广,等打柴、打猎的人归来,一个班的宿舍的土工已经结束了,光剩下用刺刺树搭顶了。

李狄三同志说:"我们的房子快成功了,今晚就可以住进新房子啦!"这样一鼓动,人人一齐动手,铺柴的铺柴,压土的压土,三下五除二,就大功告成了。

一下台阶,中间是条过道,两边两排小屋,每间屋里两个人,想要学习有桌凳,想放东西有"壁橱",真是又宽绰,又舒服。大家鱼贯而入,鱼贯而出,像参观最漂亮的大厦一样,要不是炊事员催着开饭,硬是没有人肯出来。而这时,李狄三同志的心却早转到猎手们的身上去了。

和全连对照起来,猎手们的情绪不但不高,甚至还有些沮丧。出去了一天,跑了不少路,成绩可实在不大。除了蒙古族战士巴利祥子打到了三只野羊,别人连牲畜的脚印也没有发现。当别的组在那里吵吵嚷嚷地找窍门,打擂台的时候,他们却坐在火堆旁生闷气,篝火也烧得没气没力的。

李狄三凑近他们坐下,一边拨着篝火,一边安慰:"别着急,头一回出去,能打回三只羊来成绩就算不小。"射手们说:"那可是巴利祥子一个人的功劳!人家是老猎手,有经验,可我们……"李狄三同志笑道:"是啊!有这么好的师傅,咱们还发愁学不会么？我看这样,明天不要分散活动,都跟着巴利祥子走,都听他的指挥。"

当晚,李狄三同志和巴利祥子单独谈了很久,掌握了野牲口活动的两条规律,第一,野牲口也有自己习惯性的冬窝子,这种冬窝子要到深山避风的地方去找;第二,它们一早一晚必须喝水,只要能根据蹄印发现它们喝水的地方,守在那里,就一定能够把它等到。

第二天一早,李狄三同志跟着猎手们出去,先到巴利祥子昨天活动的草滩上伏击了一群野羊,收获不小。又进山搜寻了半天,没有什么发现,太阳落山时有人提议往回走,巴利祥子说:"别急,再到河边去看看。"河边有个冰洞,附近隐约可见蹄痕,估计是野物们经常喝水的地方,埋伏到天黑不见动静,刚要收兵,对面山里忽然冲起一阵雪雾,接着传来一片杂沓的马蹄声。定睛看去,影影绰绰有一百多匹野马,它们似乎发现了我们这几个猎人,气势汹汹地直扑过来。"股长,野马!"还没等李狄三同志搭腔,野马已冲到跟前。巴利祥子眼疾手快,首先开枪,一枪连中两匹,马群顿时乱成一团,众人相继击发。但是,野马来得突然,去得飘忽,每人不曾打得三发子弹,一群野马,除了重伤倒地的,早已四分五散……打倒的五匹野马,足有1000多斤肉,扛回家里,大家兴高采烈地庆贺大丰收。一总结,人人心里都摸到了一点门路。头回生,二回熟,他们除了当时吃的以外,还存下大量的肉过冬。

一个月过去以后,先遣连的吃住问题基本上解决了,战士们的情绪还是蛮高。

高 原 症

然而,事情总是一波未平一波又起。

一天半夜,一位藏族老大爷跑来报告,拉萨的噶厦派人到了噶大克,散布谣言,说他们不费一兵一卒,单凭高原的恶劣气候,就能把进驻扎麻芒保的我军,全部困死在藏北高原。

乍一听,这说法似乎不值得一提,可是,没出几天,李狄三同志感到了问题的严重性,大批病号突然出现了。

所有的症状都极其相似,几乎所有发病的人都先是感到出奇的肚饥,吃多少也不饱,接着是出奇的肚胀,几天不吃不知道饿。最后,或者是手,或者是脚,突然暴肿起来,于是,再也不能走动,再也不能干活了。

这就是可怕的高原症!在当时,我们不仅不知道应该怎样治疗,而且根本不知道世界上还有这样的一个"敌人"!当时,医生和李狄三同志都错以为这是一种传染病,因此,把清洁卫生工作放到了头等重要地位,应做的一切都做到了。对发病的同志也施行了相当严密的隔离。病号却依然在一天天增多,这就更增加了人们的不安。

经医生提议,行政上注意了严格掌握休息制度,并把体力劳动降到了最低限度,仍然制止不住发病率的增长;而马匹,也开始成批地倒毙。

唯一使人欣慰的是,连首长都还健康。李股长也显得更为精壮了。看得出来,他的手脚很利索,有时玩两下单杠、双杠也很灵活,只要他们没有问题,大家就比较安心。可是,阴影却暗暗地降到先遣连的头上。巴利祥子,那个以慓悍出名的猎手,第一个闭上了那鹰一般的眼睛。

在送葬的路上,李狄三和其他几个连首长,抬着巴利祥子的遗体走在最前面。

平平的雪地,没有一块石头,李狄三同志却忽然跌了一跤,人们扶他起来,走了几步,他又第二次跌下去,别人赶紧替换了他,继续向墓地走去,而他,却掉在了最后。当时,人们还以为他是由于伤心过度(他的确很伤心)。可是他的助手(就是向我们报告的这个陈干事),却已焦虑地注意到,他的两条腿比先前粗得多了。

当天晚上,这个年轻人追问了他,起初他还百般推脱,直到这个年轻人把证据给他揭出来,他才改换了口气,讲出许多理由,要这个年轻人替他隐瞒。这个年轻人后来十分懊悔,一再责备自己:当时怎么会轻信了他的话,以致没有向党支部报告这个应该及时报告的不幸消息。

坚 持

因为没有工作做,生活一时显得有些枯燥,干部中间不免有人发起愁来。

李狄三笑道:"这有什么可愁的?没工作就学习嘛!"人们一想,也对!可是学什么呢?一天到晚老学文化?

李狄三说:"学文化也很好,就是要好好学习文化,有了文化就能更好的研究党的政策,将来西藏全部解放,需要多少人为党做工作啊!如果我们能把全连同志的政治水平都提得很高,我们做工作就有办法了。另外,学些藏族语言、文字也很重要,如果我们能把全连的同志都培养成小翻译,将来开展工作,不就更便利了吗!"他缓了口气,又说,"不错,目前的处境很不好,疾病正威胁着我们。在这种情况下,主要是鼓舞同志们同自然斗争的勇气,消除恐惧情绪,希望同志们把眼光放远一点,精神要愉快一点,用我们的乐观情绪去感染全连!就是断了这口气,我也要笑一笑,同志们,有时候,笑,也可以算是一个任务!"可是,刚一说完,他自己也被这话逗笑了。

对于李狄三说来,这可实在不是笑话,真正清楚这一点的,在当时还只有陈干事。当李狄三颠颠顿顿地从这班到那班,分班教授《中国革命读本》的时候,只有他心里明白:为什么李狄三的腿上忽然扎起了一条臃肿的裹腿;当李狄三眉飞色舞地描绘着共产主义远景的时候,只有他心里晓得:为什么李狄三同志的鬓角上会渗出那么多的冷汗;当李狄三同志意气风发地讲述共产党人的硬骨头精神的时候,只有他心里清楚:为什么他全身似乎在隐隐地抖动。他暗暗地着急,偷偷地落泪,不止一次地向李狄三同志表示:他要揭穿这个秘密。可是,不知道怎么搞的,每次都被李狄三用恳切的言词,充分的理由打消了。

有一天,赶上了一个难得的好天气。经李狄三同志提议,全连集合在门外一个临时活动的操场上做"瞎子捉拐子"的游戏。按照规矩,充当瞎子的人应该被蒙住眼睛,左五右六地转上几个圈子,然后顺着"拐子"的掌声摸去,直到捉住为止。这种游戏的特点是,越容易捉到越乏味,越是捉不到越有趣。这天,大家越玩越高兴,全都笑得捂住了肚子。李狄三可能是受了大家这种情绪的感染,要让大家玩得更痛快一些,他竟跳到圈子里,要求亲自扮演"瞎子"这个角色,这一来可吓慌了一旁站着的陈干事,急忙伸手把他抱住,喊到:"你疯啦!看看你那两条腿……"一句话提醒了大家,呼地围过去,七手八脚挽起李狄三同志的裤腿一看,原来,他光腿扎了绑带。众人一下惊呆了:"呀!……你……你为什么要瞒着大家嘛!"

众人立即把他架回了屋子,并且通过了一条决议:限制李狄三同志的室外活动,强制进行休息。

最初的一两天,李狄三同志确像在认真地休息,其实,背地里一刻也没有闲着。他请人抱了一堆野羊毛,偷偷地捻成了一根结结实实的绳子。又逼着他的助手替他拴在各班之间,然后,他将着这条绳子,又在各班的地窖门口笑吟吟地出现了。

人们看着他,又是心疼又是崇敬,只有默默地下定决心,以崇高的共产党人标准来要求自己。

春 天 来 了

漫长的冬天在退却,暴烈的风雪在退却,太阳的热力逐渐能被人感到了。然而,李狄三同志的精力像灯油在一点一点地消耗,他已经不是两腿浮肿,而是全身浮肿了。十多个同志接连牺牲,给人们心里添了一层愁云。干部们在心里暗暗替他使劲:坚持住,股长!只要大部队一到,你就可以回新疆休养了!只要你一回新疆,你的病就快好了!

几位连首长在一起研究,必须采取强制李狄三休息的措施。他们把这个任务交给了陈干事,告诉他:无论如何,不让李狄三下床走动,还用炒盐给他热敷。这时,李狄三又给自己找到了一个新奇的工作。他吹一阵笛子,趴在铺上写一阵子,两天以后,他编出了几首十分动听的新歌:

进军藏北先遣连,不怕苦来不怕难,
寒冬将退阳春到,坚持会师边防线。

多出主意想办法,鞋袜破了兽皮扎,
衣服烂得露了棉,用条麻袋补住它。

赤胆忠心为人民,越是艰苦越光荣,
红旗一杆插藏北,春风万里度昆仑。

这几首歌子,很快就被大家学会了,而当战士们在外面迎风歌唱的时候,他就在屋里用笛子伴奏。脆亮的笛音,高昂而有力,不知道的人万万想象不出会是从一个卧床月余的病人口中吹出来的。笛声,安慰了战士,歌声,鼓舞了人们,大家对李狄三的坚强的生命力有着神奇的传说。

4月底的一天,几位藏族老大爷来看他时,他的气色特别好,还谈到了他的老家河北,说那里的麦苗这时快有半人高了,说他的儿子暑假就该升高小了……有说有笑,很有精神。老大爷们临走,他又请老大爷帮我们想想,附近的藏民有没有急需我们帮助的地方。老大爷说,主要是没有盐吃,因为盐池被雪封住了,每年这时都没有盐吃。李狄三一听,立即和连首长商议,选拔20个身强力壮的同志马上出发,想尽一切办法搞到盐巴,送到每家藏民的手里去。

背盐的人刚走,哨兵就来报告,说当地最反动的一个马本前来拜访,已经在外边下马了。

副连长和陈干事把这位马本让到了连部,问他有何见教。马本说是专来拜访,没有别的事情,后来从言谈话语间,副连长才摸到了底细:原来,拉萨的代表已经到了北京,很有可能达成协议,因此,他才变得如此殷勤起来。这个发现,让副连长十分兴奋,急盼这位客人快些告辞,好去报告股长,让股长也高兴高兴。可是,客人这次真是话多,"人好吗?马好吗?首长好吗?你好吗?"上上下下问个不休。好容易要走了,突然,一个神采焕发的人,大步大步地踱了进来,客人立刻迎上去,叫了声"指挥!"(在和藏政府办交涉时,只有李狄三使用过这个名),当时,小陈非常奇怪,马本一眼就认出了他的股长,而他自己,反倒费劲地端详了半天:股长!难道这就是刚才还在床上躺着、全身肿得厉害的股长?……仔细一看,果然不假。对于小陈,这侃侃而谈的语调,这爽朗的笑声,这背着手踱来踱去的姿态,这伸缩自如而潇洒有力的手势……在几个月以前,都是再亲切熟悉不过的了。仅仅因为这一段时间看惯了这个颠颠顿顿,抖抖索索,不拽绳索站不起来的李股长,才使以前那样熟悉的印象反而变得淡薄了。要不是有马本在旁边,小陈简直要扑上前,把他的股长抱起来,大声喊叫:

"啊哈!股长!你可好啰!"他好不容易抑制住自己这欣喜若狂的情绪,津津有味地在一旁听着股长的谈话,觉得股长的每一句话有千钧的重量:"马本先生,据说噶厦方面有人打算把我们置于死地,扬言不费一兵一卒,单靠藏北高原的恶劣气候,就能让我们全军覆灭。可是,冬天已经过去了,你看得很清楚,我们仍然健在。遇到过一些困难,但是被我们战胜了!因此,那些妄想与人民革命武装为敌的人,必须明确认识一点,人民解放军为了解放西藏,即使有天塌下来的大难,我们也是不会低一低头的——你说我这话对不对?"马本连连点头:"对!对!很对!"

马本告辞,李狄三甚至牵着他的手送出了门外,小陈因为确信股长已经神速地恢复了健康,对此并未发表异议。

只是第二天医生报告李狄三病情恶化时,人们才突然惊慌起来。跑近床前一看,李狄三鼻息十分微弱,眼睛也灰蒙蒙的,滞呆了。卫生员从药箱里取出仅剩的一支盘尼西林药液,要给他打针,他却用力地摇摇头,不让打。医生要亲自动手,他还是不让打。一旁急坏了副连长,只得给医生下命令,"坚决打!"这一来,逼得李狄三同志开了口,斩钉截铁地说:"不……不要浪……费!给……新病号……留下!"副连长从他的枕头下边取出一件干净衣服,想给他换上,可是,他沉着身子不肯起来,看样子是用了最大的精力,气喘吁吁地送出几个字来:"不,……不忙……能……坚持……"又喘了半天,又迸出一个字:"盐?"副连长大声告诉他:"送到了!藏民很高兴!你放心!"他合上了眼,喘了一阵,又说:"……开会……支部……"支委们知道,按照他不久前布置的工作,今天应该讨论几个同志的入党问题。于是赶紧答应他:"你休息吧,我们马上召集。"可是,他又睁开了眼睛,想说什么,但又说不出来,只是难受地指着自己。大家你看我,我看你,不晓得什么意思。还是陈干事猜懂了他的意思,问他:"你是不是说,在这里开会,你也想参加?"他才又合上了眼睛。大家不愿辜负他的心意,惹他着急,赶快把人集合到了这个地窖里。他合着眼睛,喘得上气不接下气,看样子是顾不得听了。可是,每当主持人宣布表决时,他却哆哆嗦嗦地伸起手臂,向着检票的同志,直到检票的同志数上了他这一票,他才落下手臂,合上眼睛,又自管喘起来。

从此以后,有好几个夜晚,医生都来报过病危。每一次大家都估计到他可能支持不到天明,可是到了早上,他却仍然强睁着眼睛,喘喘吁吁地听着译电员向他朗读师里新来的指示。

特别是收到了后续部队"五一"出发和即将到来的消息,他眼睛放出亮光,连说了两个"好"字。大家巴望着他能坚持到安子明同志的到来。

就这样,一直拖到了5月26日的中午,安子明同志走近他的身边!小陈当时特别注意他的脸,他很想笑,只是笑不出来。靠着安子明同志的帮助,他才从枕头下边拿出了他那本日记本,颤巍巍地放到了安子明同志的手里。安子明同志怕他听不清话,对着他的耳朵大声说:"老李,你已经彻底完成了党交给的任务了!和平解放西藏的协议签字了！你安心休养吧！"他似乎用心地听着,听着,脸上露出放心的笑容,用手轻轻地拍打着安子明同志手上的日记本。大家担心了一个多月,随着他这一笑,也放下心来。可就在这时候,他闭上了眼睛……

这时,会师的欢呼声在营地里喧腾起来,李狄三同志的脸上那十分放心的笑容越发明显,小陈猛然想起了他的那句话:"就是断了这口气,我也要笑上一笑。"不由得鼻子一阵发酸,转身跑了出来。

李狄三同志没有什么值钱的东西,仅有的一点点遗物,在他日记本的最后一页上也早做了安排:茶缸子留给一个班长,皮大衣送给一个战士,那身始终不肯换上的干净衣服,原来是留给一位炊事员同志的。蒙古族战士巴利祥子生前送给他的两张狐皮和他用了十多年的一支"老金星"笔,留给了他河北老家的儿子。而那个写着进藏工作总结的日记本,则是献给伟大的母亲——共产党的。

日记本上,还有一封写给师党委的信,信上说:"我们的工作没有做好,请党宽恕。"

他已安息了,可是,事情并没有就此结束,狐皮和钢笔,还要寄给他的儿子五斗。他的五斗,今年该有十几岁了吧?那么,当藏北高原上的人们一遍遍地讲述着李狄三同志的时候,五斗正在做着什么呢? 他的爷爷辈的人,让旧社会压弯了脊梁骨;和他父亲同辈的人,为了革命,有的贡献了生命,有的身受百伤;连他的母亲,也在艰苦的岁月里咬紧牙关,支援了革命,都为子孙后代美好的前程献出了一切。我很想问一问五斗,当你接到父亲这支笔——要知道,这是一支革命的笔啊! 你将如何想? 又如何做呢?

我祝福五斗和他的同辈们,拥有那无限美好的未来,那是属于年轻的一代的!

1984 年 10 月解放军出版社《绿洲之星》

献给人民共和国的厚礼

——第一野战军第一兵团进军新疆纪实

黄江海　袁志刚

　　40 年前的 10 月 1 日，离北平 2000 公里之遥的河西走廊重镇酒泉——中国人民解放军第一野战军第一兵团第二军的司令部里，黑压压挤满了军人。他们围着军部仅有的一台收音机，正聚精会神地收听北平的重要新闻。下午 3 时，当毛泽东主席站在天安门城楼用浓重的湖南口音宣告"中华人民共和国中央人民政府成立了"的时候，当 54 尊大炮同时发出 28 响礼炮的时候，当由各军（兵）种组成的方队依次通过主席台前接受共和国领袖检阅的时候，收音机旁的指战员按捺不住胸中那颗欢跳的心，呼啦一下子跳出院外，奔走相庆。

　　同干部战士一起收听广播的军长郭鹏、政委王恩茂等领导同志，对毛泽东的声音是熟悉的。在瓦窑堡，在杨家岭，在延安机场，在马列学院……他们多次聆听过毛泽东的讲话。今天，他们在挺进大西北的征程中，电波穿云破雾把那熟悉的声音传来了，他们的喜悦之情更是难以言表。

　　听完广播，按照昨晚军首长商定的部署，郭鹏下令集合部队，在酒泉城内第一次庄严地升起了第一面国旗，向部队宣布了由中国人民解放军副总司令、一野司令员兼政治委员彭德怀签署的向新疆进军的命令。

5 月 23 日，毛泽东电告彭德怀，向西北进军消灭西北地区之敌，解放并经营陕甘宁青新

　　向新疆进军是毛泽东早就制定的"向全国进军"战略部署的重要组成部分。

　　1948 年 12 月 20 日前，毛泽东部署发动的辽沈战役、淮海战役和平津战役，歼

灭和改编国民党军 154 万多人。事隔多天,他又发表《将革命进行到底》的新年献词,号召全党全军"把伟大的人民解放战争进行到底"。1949 年 4 月 21 日,他与朱德联名发布向全国进军的命令,人民解放军便开始了向江南和西北地区的大进军。5 月 23 日,他以军委的名义向彭德怀下达作战任务,向西北进军,消灭西北地区之敌,解放并经营陕、甘、宁、青、新五省。7 月 6 日,他在分析西北之敌"除用战斗力方式解决外,尚须采取政治方式去解决。""必须用政治方式,以为战斗方式的辅助"。9 月 8 日,他在北平中南海约见国民党西北行署主任、和谈代表团首席代表张治中时说,彭德怀指挥的一野已由兰州、青海分两路向新疆进军,望张劝导新疆当局以国家、民族利益为重,督促他们起义。还说,我们已派联络员邓力群到达伊宁建立电台,给陶峙岳(新疆警备总部中将总司令)、包尔汉(新疆省政府主席兼保安司令部司令)发报可让邓转。张治中听从毛泽东的忠告,于 9 月 10 日给陶峙岳、包尔汉去电说:今大局演进至此,大势已定,兰州解放,新省孤悬。劝他俩亟应表明态度,正式宣布与广州政府断绝关系,归向人民民主阵营。

1949 年,处于风雨飘摇中的国民党政府连吃败仗,一派残局。1 月 1 日,蒋介石发表元旦声明,接着于 21 日宣布"引退",桂系军阀首领李宗仁便搬进总统府,当上代总统。李一上台,就想"刷新内政,促成和谈"。其实,他的和谈蓝图是"划江而治","保住东南半壁"。此时,蒋介石虽已搬到溪口,可暗中仍控制军政大权,李宗仁锣齐鼓不齐地拼凑了和谈代表团。

4 月 1 日,国民党和谈代表团一行 19 人由南京飞抵北平,下榻六国饭店。月底,国共和谈破裂。国民党和谈代表团顾问、新疆省政府委员兼迪化市市长屈武,受周恩来的密托赶回新疆,宣传和平起义。

8 月 27 日,彭德怀在一野师团干部会议上宣布:分两路向河西进军,不给河西之敌以喘息之机

彭德怀根据毛泽东和党中央的部署,在西北战场上一连发动了陕中战役、扶眉战役、兰州战役、宁夏战役,消灭了盘踞在西北的国民党军胡宗南部主力,全歼马步芳、马鸿逵所属各部,连克西北名城西安、兰州、银川、西宁,解放了陕、甘、宁、青四省广大地区。胡宗南残部退守陕川交界的秦岭山区;从兰州退却的国民党军残部和河西原有驻军,惶惶不可终日;新疆号称十万之众的国民党军孤悬塞外漠北。其实,西北战场上战争的主动权已完全操在西北人民解放军手中。

8 月 27 日,也就是兰州解放的第二天,一野在兰州"三爱堂"召开攻兰参战部队师以上和驻兰部队团以上干部会议。会上,戎马倥偬、风尘仆仆的彭德怀,满面红光,

神采飞扬,用具体生动的事例概述了西进以来几次战役的经验,深刻地分析了西北战场的形势,高度赞扬了广大指战员英勇作战的事迹,然后提高嗓门,大声说道:"同志们,胡马匪帮经我连续打击,只剩下几万残敌流窜河西。但是,我军如不乘胜追击,就会给敌以苟延残喘之机,河西人民就会受到更大的损失。因此,我们必须连续作战,继续向河西挺进。"讲到这里,彭德怀呷了一口茶水,腾地从座椅上站起来,目光炯炯,大手一挥说:"同志们,为了全歼逃敌,我们决定兵分两路。青海方向为一路,河西方向为一路。青海方向立即出动,解放西宁后,横穿祁连山北上,截断河西逃敌退路,与河西这一路正面追击大军前后夹击敌人。进军河西这一路的部队从今天起进行短暂休整,做好准备,随时听命令出发。只要我两路大军坚决执行命令,英勇顽强作战,就一定能够把胡马残匪彻底消灭在河西走廊。"

彭德怀的讲话刚结束,会场就爆发出雷鸣般的掌声。这些跟随彭德怀打了很多恶仗的干部们,兴奋得把手掌都拍痛了。有人悄声低语:"老伙计,彭总把国民党残兵败将赶得没有地方钻啦。""没地方钻,干脆就投降呗!"

9月23日,在一野大军挺进河西,河西和新疆的国民党军政要员惶惶不安之时,陶峙岳听从张治中劝告,委派第八补给区中将司令曾振五飞抵兰州同彭德怀商谈新疆和平解放事宜。

曾振五是陶峙岳的多年旧部。抗战以来,陶峙岳、曾振五与我党有过多次接触,思想比较进步。他曾与陶晋初(新疆警备总部中将参谋长)、彭铭鼎(西北军政长官公署少将副参谋长)等人酝酿起义事宜。来兰前,他还奉命到武威、张掖、高台等地,向当地驻军将领做工作,让他们掌握部队,等待时机。

24日,彭德怀在兰州大厦会见曾振五。曾振五向彭德怀转达了陶峙岳将军的问候,介绍了国民党河西和新疆高级将领的政治态度,表示欢迎一野部队尽快到达迪化(乌鲁木齐)。

彭德怀感谢陶将军对他的问候。表示对河西和新疆的重大问题,他心里有数,还向曾振五严肃地表明了我党我军的立场。他说,第一,我军1949年冬结束西北解放战争,以便1950年进入和平建设。有人想拖延半年时间,期望爆发第三次世界大战,以维护其统治,这是不可能的。第二,过去国民党对新疆采取的所谓和平政策是骗局,新疆各族人民对国民党的和平政策已失望。第三,国民党政府及军队腐败无能,如无共产党及解放军的帮助,靠自我转变是不可能的。必须彻底改变其性质。第四,驻新疆的所有国民党军队,必须按人民解放军的制度进行整编。新疆境内,必须打倒帝国主义、封建主义、官僚资本主义。为完成上述任务,不管进军新疆如何困难,我军都是能够克服的。

6天后,彭德怀邀请在兰州的各界上层人士以及国民党陶峙岳部队在兰州休假的部分校以上军官开会,向他们了解新疆的政治、军事、经济形势,阐明我军进军新疆的重大意义,介绍我党我军有关政策和规定,反复强调和平解放新疆是毛泽东早就制定的战略部署。最后,他语重心长地说,希望新疆军政要员顺应历史潮流,多做和平解放新疆的工作,不要做愧对历史和各族人民的事情。

新疆各界上层人士聆听了彭德怀的教诲,原先赞成新疆和平解放的人,更加坚定了信心;曾经持等待观望态度的人,消除了疑虑;许多人士要求成立新疆问题研究会,为和平解放新疆争作贡献。

新疆各界爱国人士行动起来,脾气急躁的彭德怀脸上绽出了舒心的笑容。

9 月 23 日,原国民党军少将、时任我军劝降代表的刘振世向高台守敌二四六师师长沈芝生说,我庸庸半生,替蒋介石卖命。现在我看到共产党能够救中国。爱国一家,不分先后,你赶快决断,走向光明

兰州战役的枪炮声刚停,一野两路大军就日夜兼程,奋蹄疾进,席卷河西。

9 月 4 日,第二兵团(司令员许光达、政委王世泰)沿兰(州)新(疆)公路,17 天推进 700 公里,攻武威、夺永昌,轻取山丹,21 日攻占张掖。

9 月 10 日,第一兵团(司令员兼政委王震)及所属二军广大官兵,在青海省西宁市解放后的第四天,也踏上了漫漫西征路。

第一兵团西进是有思想准备的。

还是 3 月 5 日,党中央在河北省平山县西柏坡村召开七届二中全会期间,毛泽东、朱德、周恩来就向参加会议的一野代表王震谈过和平解放新疆问题。4 月间,王震开完会,兴冲冲地赶回部队,一见到二军军长郭鹏就问:"郭鹏,我想请求前委批准我们到边疆去,你看怎么样?"

时年 43 岁的郭鹏,身体虽然瘦弱单薄,但打仗是员虎将。他斩钉截铁地说:"没问题。如果去西南,那就去西康、西藏;如果去西北,那就到青海、新疆。"

王震神采飞扬,语气欢快:"对!总的思想是一个,越困难越好,越艰苦越光荣。"

随后,彭德怀把进军新疆的任务交给王震。

于是,一兵团率二军指战员跋涉 100 公里的沼泽地,9 月 14 日进入"气吞沙漠千山远,势压番戎六月寒"的祁连山区,虽冻死冻伤 200 多人,但士气仍很旺盛,没有停止前进步伐。17 日,他们连续行军 20 多个小时,行程 90 公里路,翻过祁连山,攻占甘肃民乐县城,歼敌骑兵第十五旅等部。20 日,在张掖歼敌五个团。21 日,与二兵团会师张掖城下,前卫部队已兵临高台、酒泉。

这时,逃到高台、酒泉一线的国民党第九十一军(军长黄祖勋)、第一二〇军(军长周嘉彬)、第八十二军(军长马继援)以及西北军政长官公署、第八补给区、河西警

备总司令部等单位的高级将领,分成主战派与主和派。

主战派的头面人物是刘任(西北军政长官公署副长官)、黄祖勋、周嘉彬、胡兢先(骑兵学校校长)等。这些人主张与"共军"决战,一分胜负。若果战败,就逃往新疆。可是,西逃的国民党官兵毫无战斗意志,大有不击自溃之势,加上国民党政府空运的100万银元滞留陕西汉中,官兵三个月还未关饷,更是军心涣散。主战派虽然嘴巴铁硬,然而,当我军向高台进击时,他们却乘飞机逃往重庆了。

主和派是陶峙岳、陶晋初、彭鼎铭、曾振五等。其时,陶峙岳坐镇新疆迪化,因兼河西警备总司令之职,仍可遥控甘肃河西各部。他们纵观西北战场全局,认为,坚持打,不会赢,反而招来民族仇杀。唯一办法是听从张治中将军的忠告,放下武器,和平起义。

一野大军要进军新疆,河西走廊这条"胡同"必须畅通。因此,河西和谈是关系西北战场最后胜利的一个关键环节。只有和平解决了河西问题,就可为解决新疆问题创造良好条件。彭德怀、甘泗淇、王震清醒地意识到了这一点,所以在张掖解放的当天,就委派二军五师副参谋长刘振世(原为国民党第二十九军少将参谋长,宜瓦战役中投诚。河西国民党军队不少高级将领是他同窗好友,关系较好)给酒泉的国民党一二〇军少将参谋长宋跃华打电话,告诉他张治中将军已脱离国民党政府留住北平。请他劝说军长周嘉彬顺应历史潮流,作出抉择,走向光明。刘振世还向远在迪化的陶峙岳的参谋洪涛打电话,让他转告陶将军,我军已占领张掖,希望尽快派人来张掖相商起义事宜。

曾振五奉陶峙岳之命星夜东行,"部署河西局面"。22日,他来到张掖狄威堡与二军五师师长徐国贤、政委李铨、参谋长何家产会见,请求部队暂停攻击高台。五师军政领导同志一面向在张掖的王震请示如何处置,一面派刘振世只身去高台,向守敌二四六师少将师长沈芝生做工作。行前,刘还邀请先期到达酒泉的彭鼎铭来高台相见。在高台,刘振世运用自己的现身说法,向沈芝生宣传共产党的有关政策,介绍了解放区的所见所闻。他无限感慨地说:"振世庸庸半生,替蒋介石卖命,反人民,打内战,实为千古罪人。过去虽然也感到政治黑暗,民不聊生,但总认为军人不问政治,以服从命令为天职。今天我看到共产党能够救中国,能够为老百姓谋利益,才幡然悔悟。"说到这里,他沉思良久。动情地说道:"当年黄埔军校政治部主任、现为中共副主席的周恩来,在延安对我说过这么一句话:'爱国一家。爱国不分先后'。我铭记心间,终生不忘。"他话锋一转,向沈芝生说道:"沈师长,当前解放军云集河西,你一座孤城,何能守得?你要赶快决断,归向人民民主阵营。"一席话说得沈芝生茅塞顿开,愿放弃武力,率部队起义。

彭鼎铭接了电话,乘车连夜赶到高台与刘振世会面。刚进门,他从腰里拔出手枪,放到桌上,说:"我向解放军放下武器。"刘振世眼睛一亮,接过话茬:"我代表解放军,欢迎你参加革命。"随后,他们商定,双方部队脱离接触。国民党二四六师星夜西撤酒泉附近待命,并筹集百台汽车将张掖的解放军运往酒泉。

8月20日,陶峙岳将军明确表示,新疆问题,不单纯是军事问题,需用政治方式来解决。至于我个人生死荣辱,早已置之度外

高台谈判成功,刘振世奉命赶到酒泉与曾振五、汤祖坛(河西警备总司令部少将参谋长)会谈。刘、汤原就相识,略道寒暄,话转正题,主谈起义时间问题。原计划河西和新疆起义同时宣布,因新疆的叶成(胡宗南部整编七十八师师长)、罗恕人(国民党第一七九旅长、军统特务)、马呈祥(骑兵第五军军长)等人的反对,只好推迟。

河西和新疆国民党军队起义,陶峙岳将军是尽了最大的努力,作出了特殊的贡献。解放大军西进之时,国民党代总统李宗仁命令陶峙岳率部东返,开拔关中,参加内战。陶以粮饷不足为由,拒绝成命,仍屯兵新疆。兰州解放前夕,叶成、罗恕人、马呈祥要挟陶峙岳,陶采取政治上求稳,军事上谋拖的策略,找他们三人谈话,表明自己的立场。他说,新疆问题"各有各的看法,不可干涉他人自由。但必须洞察利害,深明是非,不能感情用事。如不赞成起义,就是不需要和平。那么,和平的反面,就是战争,必须在作战上能操胜券,后勤供应有保障,方能应战,我们新疆部队虽号称十万(实际上只有7.1万多人),但只能用到点上,彼此不能支援。何况从军事上看,兰州、西宁相继不守,外援断绝,退路不通。再从基本上说,新疆的问题由于地理环境关系,由于民族的关系,决不是单纯的军事问题,所以,在我们的基本政策上,一切都需要和平方式,也就是用政治方式来解决。否则,对国家、对人民、对我们自己,都是有百害而无一利的,如果我们不采取主动,求得和平解决,将使十万官兵盲目牺牲,地方秩序混乱,人民流离失所,引起民族仇杀,都是必然结果,如果坚持战争,放弃和平,一定会弄得既不能战,又不能和的地步,进退两难,又何苦呢? 至于我个人生死荣辱,早已置之度外,请大家选择吧!"

随后,蒋介石、胡宗南知道新疆部队起义情况,来电大骂陶峙岳"投降共匪"。胡宗南还遥控新疆,密电叶成、罗恕人将新疆部队撤到南疆,如陶峙岳不走或出面阻拦,可断然处置。陶峙岳闻讯,不顾身家性命只身闯入虎穴,向叶、罗晓以利害,稳定军心。

可是,眼下河西起义条件成熟,如果拖延时日,难免不节外生枝。在关系河西前途的重大问题上,陶峙岳果断决定,由他领衔,于9月24日先一步新疆通电起义,人数共达四万。

河西起义前后,叶成、罗恕人、马呈祥携带金银财宝,离开迪化,出逃国外。25日陶峙岳、赵锡光(新疆警备总部中将副总司令)等爱国将领率部起义,通电全国。26日,新疆省政府主席兼保安司令包尔汉及新疆省政府官员刘德恩等也通电起义。28日,毛泽东、朱德在北平给陶峙岳、包尔汉去电嘉勉。电报全文是:"你们在9月25日及26日的通电收到了。我们认为你们的立场是正确的。你们声明脱离广州反动残余政府,归向人民民主阵营,接受人民政治协商会议的领导,听候中央人民政府及人民革命军委会的命令处置,此种态度符合全国人民的愿望,我们极为欣慰。希望你们团结军政人员,维持民族团结和地方秩序,并和现在准备出关的人民解放军合作,废除旧制度,为建设新新疆而奋斗。"

彭德怀也去电嘉奖起义将士:"将军等率领部队起义,脱离反动阵营,甚为欣慰,希望坚持进步,彻底改造部队,为共同建设各民族人民的新新疆而奋斗。"

25日,酒泉解放。

10月6日,王震对郭鹏、王恩茂说,到新疆去,要多给各族人民办好事,保卫边防,巩固治安,建立新政权,大搞建设

"酒泉会谈"是一野与河西、新疆起义部队将领举行的一次高级会晤。其重要作用就在于打开了向新疆进军的道路,创造了向新疆进军的条件。

10月初,彭德怀从兰州来到酒泉,邀请陶峙岳、包尔汉到酒泉来,商谈我军进疆大计。5日,陶、包到达酒泉,便去拜访彭德怀。一见面,彭德怀和陶峙岳握手言和,彭对陶说:"陶将军,今后我们在一起共事了,不要有什么顾虑,继续大胆工作,把部队带好。"

陶峙岳点头称是。

6日,人称"王胡子"的王震也由张掖来到酒泉。这天,他把胡子刮得净光,显得特别精神。一下车,就兴奋地告诉郭鹏、王恩茂:"同志们,我们到边疆去的愿望就要实现了!"接着就叫人展开地图,指着天山以南的大盆地,笑道:"比南泥湾怎样?大几百倍!"听他这样一说,王恩茂、郭鹏不由得会心地对视了一下。他俩跟王震一起工作了一二十年,对他那种革命的浪漫主义精神很了解。从他这句突如其来的话里,知道他对于未来已经想了很多,下定决心要带部队去那里大干一番了。王恩茂含笑问道:"看样子,兵团首长的决心是让我们到南疆去?"王震说:"说得对!要做的工作多得很,你们到那里大有可为。毛主席指示我们,进到新疆以后,要多给各族人民办好事。既要保卫边防,巩固治安,又要改造起义部队,建设新政权,尤其重要的是团结各族人民,大搞建设!"王恩茂概括地说:"对!应该把团结的旗帜举得高高的,这一点,对

于新疆的进步,具有战略性的意义。一句话七个字:团结建设新新疆。"王震推敲了一下,点头赞许说:"很好!目前最要紧的是,想尽一切办法快些开进去。由于车辆少,油料缺,你们中途可能还要走路,希望你们做好精神准备,和平解放才能真正实现。"同日,会谈开始。地点是酒泉银行。一野谈判代表是彭德怀、甘泗淇、张文舟(一野参谋长)、王震、许光达、黄新廷(三军军长)。河西和新疆起义将领参加会谈的成员是陶峙岳、郝家骏(新疆供应局中将局长)、彭鼎铭、曾振五。参加谈判的还有张治中将军。主要议题是:(1)人民解放军进疆的时间、线路和方式,驻地区域的划分;(2)新疆和平起义部队官兵的改编与安置。

会谈是在信任、友好的气氛中进行的。首先,陶峙岳将军向一野军政领导同志汇报了新疆的政治、军事、经济形势。接着商定了起义部队的改编方案,以及人民解放军进军新疆的时间、道路和物资供应等问题。陶峙岳应王震之邀,还向出席一兵团党委扩大会议的师团以上干部作了关于新疆情况的报告。最后,彭德怀就我军进军新疆作了四点指示。(一)对新疆各族人民表示热爱,搞好与新疆民族军的团结,坚决执行民族政策,尊重少数民族风俗习惯,团结与帮助各族人民建立自己的幸福生活,使各族人民团结在中华人民共和国友爱团结的大家庭。(二)对起义部队采取诚恳、热情的欢迎态度,帮助他们改造成为人民的军队。(三)提高革命警惕,防止帝国主义和反革命分子的破坏。加强中苏友谊,学习苏联,建设新疆。(四)发扬我军爱护人民,纪律严明的光荣传统。

8日,会谈结束,双方签发了《解放军宣言》。

9日,彭德怀乘飞机去北平,向党中央和毛泽东汇报会谈结果。

这时,中央军委已从华东汽车一团、二团,华北汽车团调拨了500多台汽车、50万银元和单独在新疆使用的人民币,并经外交途径,请调了40架苏联航空公司提供的飞机,还批准动用河西起义部队的500台汽车,为进疆部队冬季迅速入疆做好了准备。

10日,王震率一兵团及二军、六军,西出玉门关,北穿星星峡,开始气势磅礴的向新疆的大进军。他们以战斗姿态,用实际行动,向人民共和国第一个国庆节献上一份厚礼!

二军进军目标是南疆。12日,他们按四师、军部、五师、六师的行军序列,全军出动。22日,前卫师四师乘车抵达焉耆,因运力不足,步行26天,行程1140多公里,于12月1日到达喀什。五师于11月28日陆续进驻阿克苏、库车等地。5日,该师十五团横穿"死亡之海"塔克拉玛干沙漠,24日抵进新疆最远的边城和田,并平定了当地的武装叛乱。六师师部率十七团一部、十八团大部进驻焉耆,主力在玉门、安西一线过冬。1950年1月6日,该师骑兵团进驻若羌。3月3日,五师独立团从乌苏步行

420 公里,来到阿勒泰。

六军进军目标是北疆。他们空运和车运并举,向西挺进。11 月 16 日军部和十七师先遣队飞抵哈密、迪化。除炮兵外,这个师全部于 1950 年 1 月 13 日前空运至迪化。接着,乘汽车进抵呼图壁、玛纳斯、伊宁等地。十六师空运与车运相结合,大部已于 1950 年 1 月 3 日前进到达哈密、巴里坤、奇台等地。

11 月 6 日,一兵团指挥部人员由酒泉飞抵迪化。

向新疆进军,历时五个多月,总兵力达六万多人。他们克服了气候严寒、供应不足等各种困难,越高山流水,穿沙漠戈壁,长途跋涉 5000 多公里,沿途平息多起叛乱,疾速到达指定位置,在我军进军史上写下了光辉的一页,为血染的军旗增添了光彩。

1989 年 10 月 15 日《新疆日报》

杜鹏程在新疆

韩文辉

1991 年 11 月,我从喀什出差回来,走进办公室,桌上摆了封电报,打开一看,电文写着:著名作家杜鹏程于 10 月 27 日病逝,特此讣告。电报是陕西省作家协会发的,分社同志告诉我,接到电报后,分社已代我发了唁电。我凝视着电文,陷入深深的回忆里。30 多年前在新疆朝夕相处的情景,顿时浮现在眼前。他的言谈举止,音容笑貌,至今历历在目。

1950 年深冬的一天下午, 一位身着宽大棉军装、满身尘土的军人走进分社大院。早先从部队回到分社的同志,边说边笑着把他簇拥到我们的宿舍。一位同志向我介绍说:"这是老杜同志。"他中等个头,面容清瘦,显得很老气,我也以"老杜"相称,握手问好。室内温度比较低,大家都围着火墙和炉台说话。老杜卷好一支莫合烟,从炉膛夹出一块炭火点燃,一抬脚就蹲在炉台上继续跟大家交谈。他的这个举动,使我一下消除了对名记者的拘谨。第一次见面,他给我的强烈印象是随和、热情、不拘小节。交谈当中有人忽然想起他爱人没有来,问他张文彬上哪里去了。他不假思索地回答:"做人质了"。我们以为他开玩笑,他这才讲了这次回分社的一段曲折的故事。

事情是这样的。新疆分社成立时,总社决定随军进疆的一兵团分社和二军支社与分社合并。在二军支社任社长的老杜办好调动手续后,没有向他的老首长二军司令员告别,就和爱人张文彬搭乘南疆军区一辆卡车上路了。他们到达喀什郊外的浩罕庄,一辆军用吉普车追来把大卡车拦住,持枪的警卫员跳下车,凶神恶煞地命令杜鹏程下车回喀什,那种凶劲儿简直跟抓逃兵一样。老杜下车出示调令,说明自己服从组织调动,手续完备。但警卫员不听,呵斥他马上回喀什。

原来是二军司令员要把杜鹏程留下来做秘书。1948 年壶梯山战役结束后,与战士们一起拼杀的杜鹏程,含着眼泪写了一篇《壶梯山战役见闻》,满怀激情歌颂了英雄的人民战士。这篇战地通讯送审时送到了彭德怀司令员那里,彭总看后深受感动,批示广播和报纸发表,同时要新华社西北总分社对杜鹏程进行表扬。这篇战地通讯发表后在部队引起强烈反响,杜鹏程的名字也一下蜚声西北战场,成为著名的随军记者。二军领导对老杜的才华和人品十分赏识,准备这次支社撤销后把他留在身边,不料他却悄悄走了。司令员一急之下,没有说明原委,便命令警卫员把他追回来。警卫员以为出了什么问题,因而对老杜采取了粗暴态度。老杜没有计较这些,反复说明是组织调动,但还是说不通,只好提出让张文彬先回喀什,说自己到乌鲁木齐后把司令员的意见报告组织,如组织同意,他马上就回喀什。警卫员看到能追回一个,可以交差了,便同意老杜回来。听了这段经历,我们都说这是秀才遇到兵,有理说不清,并称赞老杜处理得好,要不然就回不来了。

老杜在新疆分社工作时间虽然不长,但他在业务和政治思想上的言传身教作用却难以估量。他出生在一个贫苦的农民家庭,三岁就失去父亲,从小与母亲相依为命,过着极为贫穷的生活。贫困和不幸的遭遇,迫使他过早的成熟起来。16岁就徒步到延安,投身到革命队伍。1950年回分社时,他已是一位老革命和老记者了。他对人诚恳、健谈,大家都喜欢同他在一起。他常直率地给大家讲自己的坎坷经历,讲严峻的战场生活。谈起这些时,他总是动情地说:"像我这样的穷孩子,如果不是革命,就永远没出路。"大家都在和他相处的时候受到了革命思想的熏陶。

老杜艰苦深入的采访作风,给分社同志留下了深刻印象,成为大家学习的榜样。他常说:"写不出稿子有多种原因,但多数情况是采访不深入。不是身体不深入,就是思想不深入。"有一次听说在乌鲁木齐召开的牧区工作会议上,来了个哈萨克族打狼英雄。他即刻带上翻译去采访。当时能提供材料的除本人外,再无别人,而且这位牧民很不善言谈。采写人物通讯难度很大。老杜调动一切访问手段,反复细致的提问、引导。那位憨厚的牧民被问得满头汗珠。采访结束后,给他当翻译的夏格尔同志惊讶地说:"老杜采访太细了,把过去的事问得如同亲临现场一样!"最后他写出的人物通讯《哈萨克猎手》,哈萨克族人的剽悍、勇敢、机智和为民除害的精神风貌跃然纸上,被全国报纸广泛采用,受到读者称赞。

1952年秋天,他带领两名新记者到喀什采访。他采访喀什古城变化时,选了一条解放前最穷的街。一天下午,他邀请一些居民代表开座谈会。会前他买了1个大西瓜、10个馕,代表来后,他把瓜切成小块,馕也掰成小块,递给席地而坐的每个代表。他那熟悉兄弟民族礼节的举动和诚挚的态度,使在座的居民一下消除了隔阂和拘谨,大家热烈地发言了。然后他根据会上提供的采访对象,又登门到家里去访问。几天采访中,他写了近万字的材料,最后写出1600字通讯《中国边疆一座古城——喀什噶尔》。他这种厚积薄发的采访作风,为刚走上记者岗位的同志树立了良好的榜样。

采访中他以记者眼光捕捉新闻时,又以作家视角观察人的心理状态、语言特点,因而在他的新闻通讯里,常能看到生辉的妙笔。有一次,在喀什农村采访,他看到一个骑马的农民走过去后,有一个人说了句什么,几个农民开怀大笑。他忙问翻译那人说什么。翻译说,那个农民说:"脚底下的人,如今骑在马上了。"老杜对这句话很感兴趣,当即记下来,跟着马去找那位农民采访。原来这个农民过去是一无所有的雇农,土改中分了匹马,晚上几次起来到马圈去看。后来他在《三喜临门》的通讯中把这个情节写了进去,成为一篇富有民族特色和生活气息的感人通讯。

在喀什农村采访期间,他背着自己的行装,吃、住在农民家里。白天跟农民到田里割稻、打场,夜里走家穿户同农民交朋友聊天。这个村子住几天,又转移到另一个村子。有一天他要越过一片戈壁到一个边远村子采访,村里雇不到马车,他以每头 8 元的价钱买了两头毛驴,作为交通工具。就在这次采访中,他迷失了方向。骑着毛驴慢悠悠地走,一直走到天黑还不见村庄。四面一片漆黑,看不见灯火、听不见狗叫声,脚下是寸草不生的戈壁沙滩。如果遇上狼群,会有生命危险;如果方向走错了,会走进"死亡之海"。与他同行的艾海提同志年仅 16 岁,心里不禁发怵了。老杜一边说笑,一边低下头在脚下找寻车辙和毛驴蹄印。他们东撞西冲,整整在大戈壁上转悠了一夜,直到天亮才看到了村庄。采访结束后,他把两头毛驴送给两户最穷的农民,雇了辆马车回喀什。

新疆分社报道工作经过两年艰难的摸索,1952 年出现一个飞跃,受到总社和各分社的瞩目。年底,西北总分社领导莫艾同志亲临分社看望大家并帮助总结工作。老杜是当年报道成绩突出的记者之一,莫艾同志请老杜带头谈谈心得体会。但他没有带头,却推荐别人谈。后来推辞不过,他发言了。然而他说的不是心得体会,而是检讨自己。他自责说,自己是一位老记者,分社给予厚望,但自己因文学创作未能全身心地从事报道,内心感到不安。他还说:"深入实际也有思想障碍。一是觉得采访中有时仰人鼻息而难受;二是奔波数千里采访觉得有些苦,实质上这是居功思想。"

听了他的发言,我们不禁产生一种敬意。他这样坦诚地解剖自己,如此严格地要求自己,真不愧为一个受过战火洗礼的老同志。对大家来说,这比他谈采访经验更得益。

1953 年春天,分社收到由彭德怀同志签署的调令,借调杜鹏程同志到兰州参加电影《保卫延安》的创作。但他到剧组后,因各种原因,这部电影的创作停止了。这时,总政文化部正好看完他送审的小说《保卫延安》,认为基础很不错,要借调他去北京修改。当时总社已任命老杜为新疆分社副社长,分社社长赵文节对老杜创作很支持,当即同意了这次借调。此后他脱产到北京修改小说。

1953 年深秋,我在北京参加总社召开的国内记者会议。一天深夜,正准备上床休息,老杜突然来找我。他一进门就兴高采烈地抓住我的胳膊跳起舞来,然后高兴地说:"小说通过了,冯雪峰同志对小说作了充分肯定,说《保卫延安》可以称得上一部英雄史诗。"冯雪峰同志当时是我国文艺界领导人之一、著名文学评论家,能得到他的称赞是多不容易啊!我当即高兴地说,"你总算熬出来了。"说完我拉着他往外走,"咱们找个地方喝两杯,庆贺你的成功。"我们从总社出来向西单走去。但这时街上行人已经很少,饭馆都紧闭着门。我们一直走到西单,没有找到一个开门的饭馆。我们继续往前走,看到前面一家小店铺亮着昏暗的灯光,走近一看,是个卖醪糟的。我说,看来只能拿醪糟向你祝贺了。我要了两碗醪糟煮蛋和两根麻花。我们坐在一条矮凳上边喝边谈。这天晚上他很激动,向我谈了他这些年的心情。

小说虽然还要做些修改,但毕竟是通过了,老杜自然十分高兴。这几年他为了完成这部巨著,含辛茹苦,人都苍老了许多,他是承受着沉重的精神负担和压力写作的。老杜从1949年开始写初稿到1953年去北京修改之前,脱产写作时间只几个月,绝大部分时间是在工作之余写作。从支社回到分社后,报道任务更重,他又是一位老记者,后来还压上领导的担子。新华社不论领导或记者,都要写稿,而且要带头写出好稿。老杜是位事业心和自尊心很强的人,他不愿意让人对自己的工作说三道四。然而要把两者兼顾好,实在太难了,他内心经常很矛盾。有时他想下决心丢开写作,一心一意当记者。但他怎么也下不了这个决心,因为整个解放战争时期,他都和西北战场上的指战员们战斗生活在一起。他熟悉许多干部和战士,就连他们的出身、经历、性格特点、生活习惯都一清二楚。他们的英雄行为和献身精神深深感染了他。他的笔记本上记着100多名指战员的英雄事迹,战争结束时,这些人大部分已经牺牲了,但他们的音容笑貌仍然活生生地浮现在他的脑海里。他曾经发誓要把他们的英雄事迹写出来,使同时代的人和后来者永远怀念他们,把他们作为做人的榜样。他充满深情地说:"我下不了这个决心啊,如果放弃不写,我会日夜不安,有愧于死去的和活着的战友!"那几年,他几乎每天都写到深夜,有时通宵达旦。《保卫延安》前后修改过9次,从百万多字的报告文学改为70万字的小说,然后又从70万改到40万,再从40万改到30多万。这是多么艰巨的工作量啊!如果没有超人的毅力和刻苦的精神,是很难完成的。

1954年小说《保卫延安》正式出版。老杜从此步入文坛,成为陕西省作家协会专业作家。此后我们就很少见面了。但他虽然离开了新闻工作,离开了新疆,对新疆和分社同志仍有深厚感情。他经常问及新疆的建设,新疆的朋友。年初,他听到分社简史初稿已经写出,写信要我寄一本给他。在信中,他鼓励我说:"你完成分社社史是干了一件大事,我和文彬都很高兴。但这还不够,应在这个基础上,通过自己的经历、生活、感情和成长过程,再完成一部著作如何?"他总像兄长一样鼓励我,但这个要求对我来说就是苛求了。信的落款是"老杜写于病中"。这时我才知道他病倒了。从字迹看,他写字手颤抖得厉害,但笔画仍苍劲有力。谁知这竟成为他给我的最后一封信。

老杜的生命终止了。但他光辉的作品、高尚的品德、热情诚挚的为人,将永远留在我们心间。

1992 年 2 月 9 日《新疆日报》

头屯河畔的节日

王玉胡

1952年4月，我作为王震同志身边的工作人员，受王震派遣到位于头屯河畔的八一钢铁厂帮助工作。临行之前，王震嘱咐我要及时向他报告情况，特别是即将完工的一号化铁炉出铁时，一定要向他报告，他准备亲临现场表示祝贺。另外还嘱咐我一定要去拜访一下我国著名冶金专家、该厂总工程师余铭钰，并代表他对余铭钰近日来的辛苦表示慰问。

从乌鲁木齐到头屯河畔只有30余公里，一个小时之后我们已到达八钢。厂长张劲对我们的到来极表欢迎，这除了一般的礼遇，还与张劲曾长期在王震身边工作有关，他把我们的到来看做是王震对他的工作的支持。他不但向我们详细介绍了工厂的情况，还陪同我们参观了整个厂区。

一年以前我曾到过这里，那时八钢刚刚筹备，除了少数几位干部奔波劳碌外，几乎看不到一点儿工厂的迹象。与一般平地起家的工厂相比，这里倒是有几座旧的厂房和一些附属建筑，据说这是盛世才时期由苏联帮助建设的一个飞机修配厂留下来的。但因该厂早已废弃，房屋多年失修，有的连门窗也没有，不少地方形同荒凉破败的废墟。可是现在，在短短的一年之后，呈现在眼前的却是一派崭新的生气勃勃的景象。所有的旧建筑经过修缮都焕然一新，一些新的建筑正拔地而起，尽管一号化铁炉尚未出铁，但由于提前开始了废铁炼钢，几个主要车间已开始运转。我是第一次参观现代化的钢铁厂，处处都感到新鲜。特别是当我望着那冲天炉的熊熊火焰，听着那发自鼓风机的嗡嗡之声，还有那火花飞溅的炼钢炉，那从轧钢机中轧出的如同火蛇一样急速滑动的钢材，我几乎高兴得欢呼起来。对一个现代化的钢铁厂来说，在短短的一年中竟然建设得初具规模而且部分地开始了生产，这不能不说是一个奇迹。

因为我了解一些这个厂的建设过程，面对眼前的奇迹我不由首先想到了两个人,这就是王震和余铭钰。如果不是王震的运筹帷幄和余铭钰的技术指导,出现这样的奇迹是根本不可能的。这个厂的建设进程所以如此迅速,还有一个原因,就是从上海迁来了一个名叫益华的钢铁厂(包括这个厂的全套设备及主要工程技术人员和部分工人),但这个厂所以能从上海迁来,也同样有赖于王震和余铭钰。因为正是王震通过多方奔走和交涉才要来了这个厂,而这个私营工厂的老板兼总工程师就是余铭钰——这个具有资本家和冶金专家双重身份的余铭钰,所以能献出自己的工厂并继续以总工程师的身份与工厂一同来到新疆,虽然有多方面的原因,但主要的却是王震的真诚邀请和王震那种建设新疆的雄心壮志所产生的感召力量。

想到这些,我不由想起临行前王震的嘱托,于是当张劲同志陪同我们参观完工厂以后,我便去登门拜访了余铭钰。

这是一栋靠近头屯河畔的别墅式住宅,据说也是那个飞机修配厂留下的建筑,现在经过修缮也焕然一新,就新疆解放初期的情况来说,这恐怕是当时最好的住宅了。

当我走进这栋住宅,只见余铭钰正伏案埋头写作。不久前我曾与他见过一面,当时他西装革履,一身洋气,但现在却一身纺绸裤褂,千层底圆口布鞋,完全是一位老学究的模样。这种带有中西合璧色彩的生活方式,也许正是这些曾经出国留学而又深深植根于中国传统文化土壤中的老一辈知识分子的积习吧。

望着他那埋头写作的神情,我真有些不好意思去打扰他。但他却很快发现了我,立即放下案头的工作,热情地走过来与我握手。我还没有来得及向他问候,他却笑吟吟地说:"是司令员派你来的吧,他大概对一号化铁炉按时出铁还有点不放心,其实这也难怪,别看他是'身经百战'的名将,但炼铁这门学问他毕竟还是个外行。"

我急忙解释说:"不,司令员对一号化铁炉充满信心,我这次来是帮助厂领导做些具体工作,并遵照司令员的指示,代表他对您近日来的辛苦表示慰问。"

余铭钰听了甚感欣慰,满脸堆笑地说:"这可要感谢司令员的厚意了,他事情那么多,难为他还能想到我这老头子的辛苦。是的,因一号化铁炉很快就要出铁,要做的事情很多,近日来的确忙碌一些。这不,我现在正赶写与出铁有关的操作规程,准备人手一册,要求大家必须严格遵守。炼铁工艺看来似乎简单,实际是个非常复杂的操作过程,哪一个环节配合不好,都会出问题的。"说罢,他问我准备在二厂住多长时间,我告诉他至少要住到一号化铁炉出铁之后,并告诉他司令员一再嘱咐,一号化铁炉出铁时一定要报告他,他准备亲临现场表示祝贺。

余铭钰说:"那是当然,他就是不来也得请他来,那将是一个节日,不仅仅是头屯河畔的节日,而且是整个新疆乃至整个大西北的节日,因为从这一天起将永远结束整个大西北没有现代化工艺炼铁的历史。诚然,我们现在搞的这个炉子还很小,即使很快把二号三号化铁炉搞起来,也只能日产几十吨生铁,但千里之行始于足下,只要我们迈出了这可贵的第一步,以后的事情就好办了。新疆矿产资源非常丰富,再加上有王震司令员这样好的领导,新疆的钢铁工业是大有作为的。"

说到王震的领导,余铭钰立刻活跃起来,情不自禁地向我讲述了他与王震第一次会见时的情景。

那是去年年初的一个下午, 余铭钰经过两天的航程由北京飞抵乌鲁木齐机场。王震不但亲自到机场迎接,而且亲自安排余铭钰就在他办公的新大楼下榻,随后又在小食堂为余铭钰设宴洗尘,并以极为热情的话语欢迎余铭钰的到来。王震尊重专家和知识分子,余铭钰已有所闻,但这样高的礼遇和盛情却是他不曾想到的。

盛世才时期,余铭钰曾经到过新疆,他知道新大楼是新疆最高官邸,是盛世才督办公署中最好的建筑,尽管他当时也是作为贵宾被邀请来帮助新疆筹划钢铁工业的,但他却一直没有进入过这座官邸,更不要说在这里下榻了。相形之下,余铭钰颇有感慨,觉得王震其人确实气度不凡。不过真正使余铭钰对王震有了较深的了解,而且最后下定决心到新疆工作,还是王震以无比的坦诚与他整整畅谈了一个通宵之后。

原来余铭钰是带着不少疑虑来新疆的,其中特别是资金和领导人的状况,因为钢铁工业是耗费巨资的工业,没有足够的资金将很难起步,而领导人的状况也至关重要,因为事在人为,领导人的英明与否将决定事业的成败。所以当王震与他谈话不久,他便首先提出了资金问题。

王震回答得干脆而又直率:"资金你不要担心,目前新疆近 20 万军队的军费国家仍然照发,但这些军费的绝大部分均可用来建设,因为自新疆和平解放那一天起,我们就像当年在南泥湾那样在部队中开展了大生产运动,现在许多部队都做到了生产自给或大部分自给,这样大批军费就节省下来了。动用军费进行建设是经过党中央和毛主席批准的,这实际是对新疆建设的一种特殊照顾。以 20 万军队的军费和全体指战员的生产成果作你的后盾,难道还不能建设一个钢铁厂吗? 总之,你要钱给钱,要人给人,但有一条,你必须给我炼出钢铁。"

一番话说得余铭钰顿开茅塞,忙说:"这个请你放心,你准备搞多大规模,先搞个3 吨的炉子如何?"

王震笑道:"3 吨? 这岂不成了小脚女人,3 吨不行,10 吨也不行,如果目前搞大型高炉有困难,先搞几个小的也行,但总产量不应少于日产 150 吨,如果能搞到日产250 吨当然就更好了。"

余铭钰吓了一跳,这样的数字不要说在一个省份,即使在全国来说也是很大的,不由问道:"你搞这么多钢铁何用?"

王震说:"除了一般工农业发展的需要,主要是想在全国铁路大动脉尚未到达新疆之前,就着手新疆境内的铁路建设,而且充分利用新疆与苏联接壤这个优势,争取尽快与苏联中亚地区的铁路接轨,使闭塞落后的新疆与欧亚大陆的国际通道相连接,这样一来新疆的建设局面就大不相同了。要修铁路,当然离不开铁轨,就目前的状况看,依靠国家供应肯定是不可能的,因此只能靠自力更生了。"

说到这里,王震着重向余铭钰介绍了依靠军队发展经济的情况,介绍了正在拟订的两个三年计划,最后还说到新疆是一个少数民族聚居的地区,解决民族问题的根本途径就是要帮助各少数民族发展经济和文化,特别是要尽快帮助少数民族地区建立现代工业中心,促使各少数民族自己的现代工人阶级的诞生,这将从根本上改变各少数民族的社会状况,为各少数民族的经济繁荣提供更为有力的政治保证。

王震推心置腹的谈话,深深地打动了余铭钰。他不但完全消除了来新疆之前的种种疑虑,而且唤起了他青年时代的一些理想和抱负。他年轻时留学美国,所以选了冶金专业,就是为了回国后能对祖国的钢铁工业有所作为。为了能学到真正的本领,他对硕士、博士一类学位不感兴趣,而是一头扎进冶金工厂去当学徒,再苦再累也在所不惜。可是回国以后,他虽然也曾办过几个小型钢厂,但在国民党反动统治和民族工业日益衰败的情况下,也只能惨淡经营,多次濒于破产和倒闭的边缘。几经挫折之后,青年时代的理想和抱负也就消磨殆尽了。新中国诞生后,倒是给他带来新的希望,但他的工厂却已债台高筑无法维持了。

这时恰巧王震向中央提出建设钢铁厂的要求,于是便由中央重工业部从中撮合,动员余铭钰把他的工厂迁往新疆,同时也希望他能到新疆工作。他觉得不论是工厂还是他个人这倒是一条新的出路,但由于对新疆的情况不甚了解,又引起不少疑虑,便抱了先看看情况再行决定的心情来到了新疆。经与王震一个通宵的畅谈,他的确被打动了。多少年他仿佛从来没有像今天这样激动,这样兴奋不已。他觉得王震不但有建设新疆的雄心壮志,而且有科学的谋略和计划,觉得在这样的人领导下肯定会大有作为,他青年时代的理想和抱负也可以如愿以偿了。因此当谈话即将结束,他干脆爽快地对王震说:"好了,什么也不必说了,我决心献出自己的工厂,而且决心举家西迁。我儿子余宣扬也是冶金工程师,我们父子决心为新疆的钢铁工业奉献自己的一切。"

王震听了非常高兴,紧握住余铭钰的手说:"看来你也是个爽快的人,在这一点上我二人倒是有相同之处,但愿我们今后合作得很好。"

余铭钰说罢与王震第一次会见时的情景,又说到王震对他无微不至的关怀。他举家西迁,包括不少贵重家具,均为空运而来。到新疆以后,王震又指示有关部门为他报请国家一级专家待遇,生活上给予他许多特殊照顾。新疆进口第一批苏联胜利牌卧车时,王震亲自指示分给余铭钰一辆。因当时卧车很少,一般军师厅局级干部都难以分得，一些人对此很有意见。王震得知此事，便让主管分车的同志把这些人找来说道："听说你们对分车很有意见，我批给余专家一辆是因为他能把矿石炼成钢铁，如果你们哪一位也能点石成金，我王震也送卧车一辆。我劝各位还是多学点党的政策，特别是党的知识分子政策，不要如此狭隘。"王震连挖苦带训斥地说了一通，说得这些人面红耳赤，如坐针毡。此事很快传到余铭钰那里，他听后十分感动。

王震对余铭钰不仅仅是生活上的关怀，政治上也很爱护。使余铭钰最为感动的是当他遭到有杀人罪行的不白之冤时，首先是王震以深厚的友情给了他极大的安慰和信任。

那是一个万籁俱寂的深夜，王震只身来到八钢叩响了余铭钰的房门。余铭钰从睡梦中惊醒，开门后见是王震很感意外。王震进门后直截了当问道："老余，你要给我讲实话，你杀过人没有？"余铭钰一下子惊呆了，忙说："这是从何说起？"王震说："有人检举你有此罪行，因为我们是朋友，我才先来过问一下。我们党的政策是坦白从宽，抗拒从严，如确有此事，还是坦白为好。"余铭钰说："绝无此事。"王震说："那好，如果确无此事，你也不要紧张，要相信党和政府会查清的。"说罢，王震告辞，但走出房门以后又突然返回，极为真挚恳切地说："老余，你可要想开点，可千万不敢自杀啊，那样一来，可就真的搞不清了。"面对这谆谆告诫，余铭钰感动得老泪纵横，说道："司令员你放心，我决不干这种蠢事。"事后不久，经调查搞清了此案纯系诬陷，王震特意把余铭钰请到家里吃了顿便饭，以示安慰，余铭钰再次流下了感激的热泪。

余铭钰说的这些我大半都听王震讲过，为了不占用他过多的时间，我说了几句请他保重的话，便告辞了。

4月下旬，一号化铁炉出铁的各项准备基本就绪，决定4月26日开炉点火。我问张劲和余铭钰，看何时向司令员报告为宜。他们两位的意见是先不忙报告，因为点火后还要经过多种测试，能否顺利出铁尚难预料，等整个工艺过程全部正常运转之后再报告为宜。我觉得他们考虑得很对，因为报告的主要目的是请王震前来为一号化铁炉出铁表示祝贺，没有必要在测试过程中占用他更多的时间，于是我说："好吧，你二位觉得何时为宜通知我就是了。"

4月26日早晨，天还不亮，炼铁车间已是灯火通明。按计划准备，早晨6时点火，但不到5时职工们已全部到齐，而且都站到各自的岗位上去了。我和张劲也是5时以前来到车间的。近几天来张劲一直忙得不可开交，他那有些疲惫的脸上显得既兴奋而又担心。他感叹连连地说："自去年9月17日开工以来，仅用工就五万余个，200多个日日夜夜就围绕着这个一号化铁炉，俗话说十月怀胎一朝分娩，大家盼望的就是今天，但愿它不是个难产的婴儿。"

"那很难说。"不知是谁接上了腔，我们转脸一看原来是余铭钰，我们没想到他也来得这样早。他紧接着说："炉子虽说不大，但多数工人都是第一次操作，来自上海的工人也不例外，他们过去搞的都是废铁炼钢，用矿石炼铁也不熟悉，只要一个环节配合不好，就可能是个难产的婴儿。"

看来他也是既兴奋而又担心，而且从某种意义上说，他恐怕比张劲还要担心，因为他毕竟在技术上负有全部责任，把矿石变成钢铁的许诺也出自他余铭钰之口，万一出了问题，他当然是首当其冲责无旁贷的。不过表面看来，他还是谈笑自若，充满信心。他又与我们攀谈了几句，便把车间工程师喊来，陪同他开始巡视着整个车间的各个岗位。

他首先走到一号化铁炉旁，仔细询问和察看着即将点火的准备，随后又察看着热风炉、装料升降机、水、电、吊车等附属设备，最后又回到我们身边，以玩笑的口吻对张劲说："现在是万事俱备，就等你这位厂长亲自点火了。"张劲看了看表，距点火只有几分钟了，他喊来车间主任，命他发出准备点火的信号。车间主任用尖利的哨音示意各班组各就各位，并特别示意靠近炉顶的装料工人戴好防毒面具，以防煤气中毒。这时整个车间呈现出一种庄严肃穆的气氛，每一个人都在凝神期待着那个盼望已久的时刻。当时针恰好指向 6 时，车间主任急忙把点着的火把递给了张劲，张劲随即把火把伸向风嘴，火把借助风的助力立刻点燃了炉内沾满汽油的木柴。这时只听炉内发出一种强烈的呼呼之声。从炉顶冒出的浓烟霎时笼罩了整个厂房。工人们见点火比较顺利，纷纷露出欣喜的笑脸。但没有多久，正像余铭钰曾经担心的，由于有些环节出了问题，这个一号化铁炉真的成为一个难产的婴儿了。

首先是装料工人煤气中毒，装料升降机暂时停止了运转，出现了料线下滑的情况；随后又是热风炉出了毛病，化铁炉炉温下降，已开始溶化的渣子和铁水大有变冷凝结的危险；还有水、电等配合不好，影响了整个炉子的正常运转。这一连串的问题，大都是由于技术人员和工人们不熟悉矿石炼铁而造成的。这样一来，有着实际操作经验的余铭钰就显得格外忙碌了。他最担心的是热风炉问题，因为如果化铁炉炉温继续下降，致使整个炉缸变冷凝结那就麻烦了，那就非得停工动大手术不可。他觉得无论如何要避免这种情况发生，因此一直把工作的重点放在热风炉的抢修上。

这是一种比较落后的管式热风炉，不像高贝炉那样可以轮流使用，一旦出了问题只能停火抢修。现在火是停了，但炉内的高温却无法很快消退，而时间拖得太久就肯定会出现化铁炉变冷凝结的局面。面对这种情况，余铭钰也一筹莫展了。这时，有几位刚从部队转业到钢铁厂的战士忽然站到余铭钰面前，就像在火线上请战一样要求用冷水沾湿棉衣，在高温下轮流钻进炉室，以最快的速度进行抢修。

余铭钰立刻被战士们的这种献身精神感动了，他仔细地计算了一下，如果把高温降到一定程度，这种方案并不是不可能的。于是，他和张劲等人认真地研究了一下,采纳了战士们的建议。

这种用耐火材料砌成的类似一间小房的热风炉被打开了,几名战士穿了沾湿的棉衣,戴了沾湿的棉帽,然后遵照余铭钰对每个人限定的时间,就像攻打敌人的堡垒似的依次轮流着钻进炉室,经过几十分钟的艰苦奋战,终于修复了热风炉。热风炉修复以后,化铁炉的炉温得以迅速提高,避免了一场可能发生的重大事故。

这几位转业战士的英雄气概,大大鼓舞了车间的全体职工。大家兢兢业业,同心同德,整整苦干了3个半昼夜,即到了4月29日下午,整个炉子的运转终于全部正常了。一直与大家共同战斗在第一线的张劲和余铭钰,这时也不禁长长地松了口气。我乘机问道:"现在可以报告司令员了吧?"他两人微笑着点点头,余铭钰还特别附加了一句:"明天上午9时出铁,请司令员前来观看。"

4月30日上午9时,王震准时来到八钢。他的汽车一直开到炼铁车间门前,已在门前迎候的张劲和余铭钰陪同他走进车间。他急切地直奔一号化铁炉旁,在余铭钰的细心指点下,通过窥眼观察着炉内的情况。当他看清了那如同初升的红日一样透明躁动的铁水,他立刻兴奋得几乎叫了起来。余铭钰乘机说:"你现在放心了吧。"说罢,亲自指挥炉前工打开了出铁口。

当飞溅着火花的铁水从出铁口奔流而出,然后沿着沙槽流向一个个沙模时,整个车间爆发出热烈的掌声和欢呼声。王震也情不自禁地同大家一起鼓掌欢呼,并与余铭钰、张劲以及靠近他的职工们热烈握手,接着又转向车间的全体职工,高声喊道:"祝贺同志们的胜利!同志们辛苦了!"

又是一阵热烈的掌声和欢呼声。掌声和欢呼声平息以后,王震又观看了车间的其他设备,然后走出车间,察看了整个厂区。因一号化铁炉出铁的消息已经传遍全厂,王震所到之处都洋溢着欢腾的节日般的气氛。

这令人难忘的一天距今整整41个年头了,今日的八钢已有很大发展,但人们将不会忘记建厂初期那艰苦创业的日日夜夜,不会忘记王震和余铭钰在这些日日夜夜中所付出的心血,特别是不会忘记王震那堪称典范的爱护专家和知识分子的事迹。

1993年6月13日《新疆日报》

天山举义旗

李 桦

知我者,文白将军

陶老和我的谈话,进入了他生命历程的又一个重要阶段,新疆和平起义。

曾经有不少人就这一历史业绩不断地访问陶峙岳。老将军笑曰"王老五卖瓜",总是推辞说写过了,谈过了,不再多谈什么。

陶老为文史资料撰写的回忆录,是一篇理性的概括,措词分寸极其谦谨。我也读过其他不少有关新疆起义的资料。总觉得有些关节言犹未尽。

我向陶老说明了我的一些看法。

陶老说:"新疆起义始于张治中奠定的基础,最后又成于文白将军京华传德音。我只是适遇其时,碰上了这样一个机会。"

陶老浓重的湖南口音,"京华传德音"我一时听不明白。原来是他写给张治中70寿辰的贺诗:"京华传德音,人心识所归;祖国开新运,天山揭义旗。"

于是,陶老将军就从他与张治中相识谈起……

1945年9月的一天,一架飞机降落在寂静的酒泉机场。

国民党中央军委政治部长,一级上将张治中走出机舱。

迎候在跑道近旁的陶峙岳向前几步,行过军礼,和张治中紧紧地握手。

西风古道。两位将军相逢在嘉峪关下。谁也不曾想到,中国现代史上一幕颇有声色的戏剧,也是两位将军各自生命史上绚烂夺目的一章,就从这里悄悄地拉开了帷幕。

张治中,安徽巢县人。原为上海大学学生,投笔从戎,毕业于保定军校。追随中山先生,献身于国民革命。黄埔军校创建时即任学生总队长、军官团团长,分别与蒋介石、周恩来都有很深的交往。和共产党方面一直保持着良好的关系,是国民党内著名的民主派将领。张治中字文白,社会上对他多用"文白将军"的雅称,更渲染了这位儒将的民主色彩。

1941年,陶峙岳第一次去重庆,在张治中主持的中央训练团受训。两位保定军校不同期的校友,经过几次谈话,彼此很快就发现,却原来是习相远性相近,风骨气质相投。

陶峙岳去重庆参加国民党第六次代表大会,曾与张治中相遇。当时不便深谈,虽只寥寥数语,彼此便心照不宣,主张实现国内和平,反对内战。

今天,他们重逢在酒泉。在河西警备总司令部简陋的客房里,两位政见相同,品德相似的将军,深夜长谈。

张治中是前往迪化(今乌鲁木齐)途经酒泉的。新疆伊犁、塔城、阿山三区革命惊动蒋介石,特派张治中前往调查。

陶峙岳驻守酒泉,河西走廊与新疆唇齿相依。他关切地问:"莫非要用兵新疆?"

张治中说:"目前尚不知那里的实际情况。我去调查清楚,请中央决策。就我个人意愿,希望和平解决。"稍顿,又转问陶峙岳:"你守在新疆大门口,依你之见呢?"

陶峙岳似乎早有成竹在胸,不假思索地说:"外敌入侵,抗战到底! 内部纷争,以和为贵!"

张治中笑着说:"仁兄高见。国家民族需要和平,新疆与内地都应当避免战争。我赞成以和为贵!"

翌日,陶峙岳送张治中登机西去。他目送飞机消失在云雾之中,心中默默地说:"国民党多几位张文白,和平有望矣!"

这是张治中第一次飞赴新疆途经酒泉。后来,他每次往返于重庆——迪化之间,每次必在酒泉停留,每每多与陶峙岳作彻夜晤谈。

陶峙岳十分赞佩张治中的远见卓识。据张治中考查,新疆的事变是由于历代反动统治的民族歧视所致,因此,只能按民族平等的原则和平解决,而万万不可诉诸武力。后来,张治中又进一步提出,要以三民主义的民族主义精神与文明的民主政治安定新疆;建设一个和平、统一、民主、团结的新新疆。这就是张治中当时提出并致力实行的关于新疆问题的和平政策。

陶峙岳更为张治中劳苦奔波的精神所感动。9月中旬,张治中经酒泉首次赴新,不几天便带着他对新疆问题的意见折返重庆。接着,他又为国共两党和谈谋求全国和平而奔忙,飞往延安迎接毛泽东亲赴重庆谈判。终于达成了《双十协定》,全国为之欢呼。

那一天,陶峙岳记得非常清楚——10月13日,张治中陪同毛泽东由重庆飞回延安。陶峙岳才从无线电广播里听到这一令人欣喜的消息,10月14日,张治中就又飞临酒泉,陶峙岳见他满面春风,精神清爽,一见面就连声说道:"和平有望!和平有望!"推辞不去酒泉城内,就在机场简单进餐,等飞机加油完毕,便匆匆登机飞往迪化,去新疆与三区代表举行和平谈判。

两个多月之后。1946年元旦刚过,张治中带着前一天才签字的关于新疆停战的协定飞往重庆,中途在酒泉停留。张治中给陶峙岳看过了停战协定,既不掩饰兴奋又带着思索地说:"这仅仅是和平的开端, 新疆的长治久安, 还有赖于岷毓兄你的襄助!"岷毓是陶峙岳的字,他不常用外界故知道者不多。

陶峙岳以为是张治中指河西与新疆毗连,他作为地方军事负责人当然有关系和责任,便也慨然应答:"有张部长领导,我自当效力。"

张治中回到重庆之后,立即又被指派为国民党方面的代表,和中共代表周恩来以及美国国务卿马歇尔,组成"军事调停三人小组",调处国共双方的军事纷争。

陶峙岳得悉这个消息后心中思忖:文白将军致力于全国和平,对于边陲一隅的新疆恐怕是难以顾及了。

不料,4月初的一天, 张治中又突然降落在酒泉机场。在由机场驰往城内的路上,张治中对同坐车内的陶峙岳说:"这次你得和我同往新疆!"

陶峙岳感到愕然。

原来,正当张治中和周恩来为了国内和平一起奔波于全国各地的时候,新疆三区方面通过苏联驻华使馆告知国民党中央政府,催请张治中重返新疆继续谈判解决尚未解决的问题。张治中匆匆西行。行前,中央政府任命张治中为西北行辕主任兼新疆省主席,负责新疆政务。而且,蒋介石给了尚方宝剑:新疆问题张治中可以全权处理。

张治中首先成立新疆警备总司令部,并提名陶峙岳为总司令。

到新疆不久, 张治中和陶峙岳即着手办理释放当时关押在新疆的中共人员事宜。这批中共人员是应盛世才之请前来新疆帮助工作的,盛世才为了投靠国民党,背信弃义,一夜之间,逮捕了中共在新疆的全部人员和他们的家属,秘密杀害了陈潭秋等几位领导人。

张治中坦白地告诉陶峙岳:"这次在重庆时,周恩来先生提出,要求释放中共在新疆人员。我答应一定不负周恩来先生的期望。我想,我们不但要全部释放,而且要护送他们安全地回到延安。"

陶峙岳果断地说:"兰州这面没有问题,我可以亲自布置,调派车辆,派人护送。兰州以东特别是进入陕西,你知道,那胡宗南……"

"我尽力争取蒋先生的同意。如果连这样一点诚意都没有,还谈什么和平、民主与两党联合。"张治中这样说,又对陶峙岳交代:"你先以军方名义,到各监狱查清楚关押的人数和具体名单,这事要避开特务系统,不能让他们插手。"

陶峙岳派人很快查明了被关押的中共全部人员共 129 人,多是中共方面的优秀干部,还有一些家属小孩。瞿秋白先生的夫人杨之华,毛泽民的夫人朱旦华,也在关押之中。杨之华还是张治中当年在上海大学的同学。

张治中迭次电报力陈情由,终于取得了蒋介石同意释放的答复。同时,他派当时担任迪化市长的屈武到各监狱看望慰问,改善生活条件,逐一检查身体,治疗伤病人员。张治中还亲自会见了杨之华等并设宴招待。

陶峙岳经过严密慎重的安排,选派警备总司令部交通处长刘亚哲负责护送。抽调十几辆军车组成专门车队,并配备医务、警卫、勤务人员组成特别行动队。陶峙岳向刘亚哲仔细交代,要求做到万无一失。并命令沿线驻军妥为招待,保证安全。

1946 年 6 月 10 日,这一批在迪化监狱被关押了将近四年的中共干部及其子女,分乘 10 辆大汽车,在极其周密的保护下离开迪化,踏上了东归之路。

原定刘亚哲只负责送至兰州,兰州以东易人护送。但自迪化至兰州,茫茫戈壁路,行程 10 余天,一路上刘亚哲精心安排,处处照顾,彼此相处得十分融洽,及至到了兰州彼此不忍惜别,加之前途不测,更需要机敏之人负责护送。

陶峙岳考虑到这种情况,电令刘亚哲负责到底,一直护送到延安。

果然不出所料,到达西安后车队被胡宗南多方刁难。张治中遥电胡宗南,胡被迫无奈方予放行。

7 月 11 日,这些中共人员 129 人,和新疆警备总司令部派出的护送人员上校处长刘亚哲一行终于安全抵达延安。朱德总司令当即致电张治中,表示谢意。并在延安款待了刘亚哲。

关于这件事,后来许多年里,陶峙岳将军缄口不语。解放后,这批由迪化返回延安的中共干部,大多都是党政军高级领导人,有的还重返新疆工作。也有人著书撰文,记叙这段历史。但几乎都不曾提及陶峙岳将军。我从各方面的资料中了解了这个情况,及至我终于有机会当面向他问询这件事时,陶老却轻描淡写地说:"文白将军很有政治眼光。我能做到的,就是忠实执行他在新疆的特定政策。知我者,文白将军耳。"

1946 年 6 月,新疆省联合政府正式组成。张治中为主席,三区代表阿合买提江和地方代表包尔汉为副主席。政府委员和各厅正副厅长也由各方各占一定比例的席位。在当时的中国,这是一个创举。不知是巧合,抑或是有意,张治中选定中共诞生纪念日 7 月 1 日举行中华民国新疆省联合政府宣誓就职典礼;他还请当时的中央监察院长,德高望重的于右任老先生专程前来监督。

新疆局势逐渐步入轨道。这时,张治中一方面是乐观于新疆局势已定,另一方面,是他的西北行辕公署远在兰州无人主理,需要一位适宜可靠的人替他守住兰州大本营。他便想到了稳健持重的陶峙岳。

张治中呈请蒋介石批准,陶峙岳专职任西北行辕副主任;调宋希濂接任新疆警备总司令。

张治中向陶峙岳说明原委之后,笑道:"岷毓兄!你得替我们去看家了!"

陶峙岳也开玩笑:"此等清闲差事,求之不得,听说兰州有个兴隆山,可是修身养性的好地方。"

两位将军会心地笑了。

然而,睿智的文白将军,却犯了一个不大不小的错误。

那天晚上,运筹帷幄……

1948 年 8 月。兰州。五泉山下的陶公馆。

陶峙岳自 1946 年 11 月就任西北行辕副主任之后,不过是为张治中守好这个空衔门,除了上转下达的例行公事,倒也清闲,便把家眷接来兰州,过了一段幽静的日子。

这天傍晚,陶峙岳正在家里看书等候开饭,忽报张治中到。

陶峙岳知道,张治中近来抑郁烦恼,心情非常不好,正在要求南京中央政府批准他出国。

张治中到兰州已经有半年了。他调宋希濂接替陶峙岳担任新疆警备总司令之后,又于 1948 年 5 月,建议中央政府任命维吾尔族人麦斯武德代替他担任新疆省主席。张治中想渐次脱离新疆回到中央,致力于国共两党之间的联合,实现他国内和平民主的政治抱负。张治中于 1947 年 11 月离开新疆回到南京。

这时,蒋介石已经撕毁"双十协定",由美国马歇尔出面的军事调停也已宣告失败,中共代表周恩来撤离南京,内战已全面爆发,蒋介石正在调集军队向解放区进攻。张治中在南京住了几个月,无所作为,仍以西北行辕主任身份于 1948 年 2 月到兰州理事。

张治中没有带家眷,只身住在兰州三爱堂行辕公署内,闲暇时常来陶峙岳家中论古说今漫话时事,有时就在陶家吃饭。两位将军乐得清闲,暗自庆幸能够远离内战战场。

但是不久,蒋介石发布命令,将各大区行辕改为"绥靖公署",全国进入"戡乱总动员"。张治中对此极为不满。他和陶峙岳说:"什么'绥靖',不就是打内战消灭中共嘛!当这个西北绥靖主任,必与中共作战,这与我张文白的信仰、人格相悖!"他连打电报给蒋介石,再三恳请出国考察,明显的是为躲开国共两党军事冲突的漩涡。

陶峙岳也在为此而苦闷。既不愿参与内战,又无法躲避;他追悔人生,为什么穿上了将军服!

陶峙岳听说张治中到,一面告诉家人备饭,一面出门迎接。张治中步入客厅。和往日不同,他带着那只硕大的黑色公文皮包。

陶峙岳感到他有要事相谈,征询地说:"先吃饭吧! 饭后再谈? "

张治中说:"好吧。随便吃点,要快! 准备点夜宵,今晚我和你痛饮一杯! "

匆匆饭毕,两位将军便进了小客室。

张治中开口就说:"我走不了啦! "接着,他和陶峙岳进行了这次不同寻常的谈话。

蒋介石、何应钦先后电复张治中,不准他出国,要他留在西北。西北可以不设绥靖公署,改称西北军政长官公署,由张治中任长官,陶峙岳等人任副长官。另设西安绥靖公署,由胡宗南执掌。这是对张治中极大的让步和迁就。显然,蒋介石是考虑到了张治中的政治态度以及他与中共的关系。但作此迁就,也就断了张治中推辞之路。

张治中无奈其何,他对陶峙岳说:"岷毓兄! 你我只好风雨同舟了! "

陶峙岳说:"张部长! 当此多事之秋,能和你在一起是我的幸运。何去何从,听从你的安排。"

张治中和陶峙岳一起分析内战形势:中共方面已经显示出反攻的态势。他们回顾国共两党几十年来各方的历史,展望未来,共同断言:国民党必败。张治中重复他那个时期常说的一句话:"国民党不革命,不实行三民主义,我们的敌人不是别人,正是我们自己,正是国民党本身。"陶峙岳则仍然引用古人所云:"凡战法必本于政胜。"进而引发说:"政败乃必战败。"

张治中与陶峙岳商议:"你我都没有回天之术。我想,我们能不能在西北一隅,保持相对的稳定,等待时机成熟,过渡到和平交代? "

"和平交代"! 陶峙岳当然明白,就是说在自己的管区内避免内战,移交给战争胜利的归属者——不言而喻,胜利将属于中共。

南京正在调兵遣将,加紧对解放区的进攻。这里,国民党的两位高级将领,西北甘、青、宁、新四省最高的军政长官,此时此刻却在商议"和平交代"!

张治中说:"我最关注的还是新疆。甘、青、宁将会随着战事的进程自然解决。新疆特殊而复杂,不单纯是军事问题,民族、外交、历史、地理,诸多因素交织在一起,稍有不慎,都会铸成大错。"

陶峙岳慨然接道:"是的。我们要对历史负责。"

张治中告诉陶峙岳,三区代表仍不断给他来信,希望新疆问题仍能和平解决;但对宋希濂等十分不满。张治中愠怒地说:"宋希濂这人就是不听我的,说我坚持和平是软弱。"

议及新疆军政领导人,陶峙岳一言不发,静静地听着张治中说下去。

张治中突然从沙发上直起身来,站在陶峙岳面前,说:"我已经报告南京,宋希濂内调。新疆方面,只有借重于仁兄你了! 以西北军政副长官兼新疆警备总司令。"

陶峙岳依旧端坐不动,一言不发。

陶峙岳在思考。

张治中在期待。

室内静默。墙上的挂钟嘀嗒响动。

总司令"闭心自慎"

陶峙岳第二次来到迪化重任新疆警备总司令,和他两年前离开这里时的情况大不相同。

省联合政府已经破裂,伊、塔、阿三区保持着武装割据。玛纳斯河成了"楚河汉界"。

1947年5月,又曾发生了轰动一时的"北塔山事件"。本来是中蒙间偶发的边境冲突,国民党政府却渲染为重大的国际事件,一时掀起了反苏反共的外交战,造成人们心理上和精神上的紧张,搅得新疆局势更加复杂化。

陶峙岳就是受命于这样的危难之时。好在总司令部是他两年前组建的班底,又约请曾为国防部少将高参、思想倾向进步的陶晋初来新,担任总司令部参谋长,因此,总司令部的指挥机制倒还得心应手。地方政务方面尚有省府秘书长刘孟纯、迪化市长屈武,外交特派员刘泽荣等人,都是张治中选用的可靠人物。军政配合,共同执行张治中在新疆确立的对外中苏亲善、对内和平团结的政策,新疆倒也赢得了一时的稳定。

张治中运筹千里,于1948年底撤换麦斯武德,由进步人士包尔汉先生接任省主席。陶峙岳事前接到张治中密电,对包尔汉暗中加以保护,又对麦斯武德曲尽解说,顺利完成了省主席的交替。

1949年2月,南京政府代总统李宗仁突然来电,命令新疆驻军除留一个旅驻防外,其余各师、旅悉数内调。并命陶峙岳速到南京。

这个2月电令,在新疆驻军内引起了难以止息的风波。围绕部队内调问题进行了长达半年的争持,一波未平,一波又起。把陶峙岳推向了风口浪尖。

当时,驻疆部队有三个整编师(原建制为军)下辖十个整编旅(原建制为师),以及警总直属部队;还有联勤总部所属和空军驻疆地勤部队;总兵力近十万。整编七十八师师长叶成,是胡宗南嫡系,所属三个旅分驻迪化、玛纳斯、哈密。马呈祥的整编骑一师来自青海,是马步芳的王牌军;所属两个骑兵旅分驻奇台、迪化。驻南疆的整编四十二师,由南疆警备司令赵锡光兼任师长,赵锡光同时还领有新疆警备副总司令衔,驻在喀什。所属五个旅分布在莎车、叶城、阿克苏、焉耆等地。

陶峙岳很清楚,这些部队分属不同派系,师、旅长们各受其主之命,并非总部和他这个总司令所能完全指挥。他把内调的电令暂时封锁,南京他也不去,想请示兰州张治中,谋求对策。

可是,偏偏在这个时候,张治中却离开了西北,离开了南京,离开了国民党。

全国解放战争形势发展迅猛,解放军发动的辽沈、平津、淮海三大战役胜利结束,中共中央已迁入北平,国民党政权岌岌可危。蒋介石宣告"引退",李宗仁代理总统。他们想以"和谈"稳住局面,以图半壁江山,苟延残喘。他们一而再、再而三地敦促张治中再次出马,率领国民党代表团前往北平与中共举行和平谈判。张治中推辞不了,也是为国家民族利益计,率代表团前往北平。谈判达成了和平条款,但国民党政府拒不签字,和谈破裂。张治中遂留北平,永远离开了国民党反动政府,为筹备人民政协迎接人民共和国的诞生开始了他新的政治生涯。

张治中提前到达彼岸,这里却留下了孤军无援的陶峙岳。

1949 年 4 月下旬南京解放,国民党政府迁往广州。李宗仁又接连电催陶峙岳,速将驻疆部队内调,并要陶峙岳即去广州。

陶峙岳不能不深深地思考。驻军内调,辽阔边疆谁来保卫? 此其一。其二,部队进关参加内战,于国于民有害无益;且只是充当炮灰,又何以对部属官兵! 其三,瀚海戈壁,迢迢遥遥;即使内调,谈何容易?

保国安边,大义所在,部队决不能内调。陶峙岳自己作出了决断。

然而,部队状况却是如此复杂! 没有部队内部的统一团结,难成大事。如果军队分裂,更会造成涂炭地方的灾难。能不能把部队团结在自己周围,控制局面,实现最后的"和平交代",将是对陶峙岳的胆识谋略乃至人格的考验。

陶峙岳第一次召开师、旅长会议。驻守全疆各地的将领们云集迪化。新疆举行高级军政会议的场所西大楼戒备森严,非军方高层重要人物,概莫能入。

新疆那时的情况很特殊。自 1946 年张治中入主新疆以来。凡内战消息报纸一律不登载。直到新疆和平解放,当时唯一的报纸《新疆日报》从未报道过解放战争的消息。广大群众对内地形势无从可知。后来虽有进步组织出版的地下刊物刊登一些收听广播抄录的新闻,但毕竟面很窄,消息也是一鳞半爪。此外,只有往来内地的商旅行人口传的消息。因此,军方举行高级会议,难免引起人们的注意和猜测。

陶峙岳采取了非常严格的保密措施,规定会议内容绝对不允许外传,倘有泄密,无论何人一律军法裁处。

陶峙岳在会议上宣布了李宗仁关于部队内调来电,会场一片哗然。他有意让师、旅长们自由宣泄他们的情绪,他却冷静地从旁观察,希望能从每个人的片言只语哪怕是牢骚情绪中判断每个人的态度倾向。

内调消息引起的冲击波,使这些将领们难以自制,他们不假思索地流露出自己的直接反应。有人思乡心切,立即响应内调。这是自古以来守边将士的共同心理,所谓"征人思故乡"嘛!有人既想东归,又怕打仗,思虑重重。七十八师师长叶成即属此类,似有难言之处,犹疑不定。一二九旅旅长罗恕人说:"戡乱剿匪,国家正是用兵之时,中央明令内调,自当服从。"总部参谋长陶晋初直捅捅地插了一句:"开到关内去送死啊!"骑一师师长马呈祥则直言不讳:"我们要听马长官(指马步芳)的命令。"副总司令兼南疆警备司令、四十二师师长赵锡光冷静地说:"国军都开走了,新疆交给谁?军队守土有责,爱民有责,怎么能置国家领土于不顾?"

赵锡光的一句话,使这些师、旅长们都冷静了下来。军人守土有责,关系重大。新疆的局势和特殊环境谁都明白。是啊,"新疆交给谁?"毕竟都是佩戴金星肩章的将军,无论属于何派系,谁也不能不思考。

陶峙岳一直在旁观静听,一言不发。他顺手拿起摆在桌上的纸笔,似乎有心而又无心地信手写了四个字:"保国安边"。

这时,有人提议:"请总座讲吧!"

陶峙岳虽然胸有成竹,刚才也基本上了解了各人的初步态度,但他觉得尚不宜表露自己的倾向,还需要和大家进一步交谈。他诚恳地讲道:"自从接到电报以来,我是辗转反侧,难以决断。如此重大的行动,也是非我一人之意见所能决定。特别邀请诸位聚会,共同商议。在这危难之时,我陶某人其他无能,但有一条,愿与诸位以诚相待,风雨同舟,荣辱与共。李代总统先是要我到南京,现在又要我到广州。我怎么能只顾自己,离开大家,一人而去?"

他环顾四周,稍作停顿,接着说下去:

"仰仗各位将领驻防各地,劳苦功高,难得一聚。我请大家吃饭,聊表薄意。内调一事,继续酝酿。希望大家开诚布公,各抒己见。赞成也好,反对也好,我只提请大家注意实际问题,也就是内调的开拔行动问题:你的部队怎么走?要多少汽车、汽油?你自己能不能解决?大家算算账,提出具体的开拔计划。"

这正是陶峙岳的缜密与高明。他不讲保国安边之大义,也不讲反对内战的"逆言";避开政治见解不谈,只讲实际问题,谁也不能反对,谁也得承认这一严酷的现实。各师、旅部队都是由关内千里跋涉而来,都曾饱尝行旅之苦。即是马呈祥的骑兵师由青海开进新疆也足足走了 1 个月,受尽了风餐露宿的劳苦。提起茫茫戈壁路,人人叹息,谈而生畏!

会议开了两天,众说纷纭,议而不决。

陶峙岳最后讲话:"中央电令内调,我们本当服从。各部官兵和家属,总人数有10 万之众。一声命令:开拔! 这很容易。但是,汽车在哪里? 汽油在哪里? 沿途不设兵站,吃在哪里? 住在哪里? 难道把弟兄们扔到戈壁滩上不成? 既然我是总司令,就要为全体将士及其家属的生命安危负责,不敢轻举妄动。内调,也得具备开拔的军需条件。你们向我要经费,要汽车,我哪里有? 我只能向中央要! 我们只能驻防原地,等待中央的开拔费!"

师、旅长们为总司令的赤诚所动,一致意见:请总司令依据形势的发展再作安排。

陶峙岳感觉到了师、旅长们对他的信赖和依托;他更感到责任之重大,要切实为10 万官兵的前途安危负责。

陶峙岳立即飞赴兰州,亲自制定开拔经费预算。他逐项开列,有意增大,编报了800 万元开拔费和汽车、汽油若干的预算。适逢甘肃省主席郭寄桥去广州,便托他呈交李宗仁。陶峙岳还请郭寄桥面禀李代总统,新疆情况复杂,他不敢懈怠,不能离迪赴穗,请代总统恕罪!

陶峙岳非常明白,当时的国民党中央政府根本拿不出这笔经费;面临崩溃之时,有钱也不会给远在塞外的守边将士。不给开拔经费,理所当然地开拔不了。这是陶峙岳明拖实抗的"缓兵之计"。使军队留驻新疆,安边保国;同时也避免介入内战,不当炮灰。这是为国民党驻新疆 10 万官兵的最佳选择。

但是,陶峙岳不敢掉以轻心。通过师、旅长会议,他看出明显的两种意见,两派力量。副总司令赵锡光反对内调,但他远驻喀什。马呈祥、叶成、罗恕人主张内调,他们拥有实力,控制着迪化和东疆重要城镇的防务;对他们不可强阻,只能以实际利害耐心劝导。因此,陶峙岳慎之又慎,无论言谈和情绪,绝对不流露他的真实意向,静观时局的发展。

1949 年 5 月西安解放后,西北形势日趋紧迫。陶峙岳感到新疆军队内调是可以拖下去,但对未来要开始作实际安排。他首先考虑军队首脑也就是他和赵锡光之间应该沟通,求得统一,南疆方面就能依托赵锡光而无后顾之忧了。于是,他电约赵锡光北上焉耆;他届时南下,避开迪化,在彼地会商。

赵锡光出身于云南讲武堂,是参加过北伐战争的老资格将军,但同样因为非黄埔嫡系而受尽排挤。陶峙岳在胡宗南的第一军任军长时与其相识,私谊甚笃,不意若干年后在新疆重逢。上次师、旅长会议上明确反对内调,已与陶峙岳内心相投。他深知赵锡光不甘随俗浮沉同流合污,两人声气相通,能与之密商大事,共图义举。

8月的一天,陶峙岳以检查后勤为名,由供应局长郝家俊和政工处长梁客浔相随,轻装简行到达焉耆,和赵锡光相遇。在驻军一二八旅旅长钟祖荫陪同下视察了部队,然后到该旅部休息。

陶峙岳要来一副象棋,对左右人员说:"你们都去休息,我和赵司令单独对弈,谁也不要来打扰。"

两位将军面对摆好阵势的棋盘,谁也没有举子起步。就在这间屋子里,没有任何第三者在场,两人密谈了整整半天。

事后,人们发现棋子根本未动,知道是正副总司令密商军机大事,当然有关新疆大局;但是,谈话内容谁也无从得知。梁客浔试探地问陶峙岳:"两位总座战绩如何?"陶峙岳笑答:"和局。"有人向两位总司令最贴近的侍从官洪涛和汪芬打探虚实;两人也只能回答:"我们也被禁止入内。"

从焉耆回到迪化的第二天,陶峙岳要副官张全有准备笔墨,书写了条幅:"苏世独立,横而不流。闭心自慎,终不失过。"

省主席包尔汉邀请陶峙岳入南山避暑。陶峙岳知道包尔汉先生是爱国亲苏的进步人士,主张和平团结,与三区方面尚可疏通。

前不久,社会上盛传三区民族军将东渡玛纳斯河向迪化进攻,形势出人意料地紧张了起来。

陶峙岳接到报告,一面指示驻军冷静克制,一面即向包尔汉主席建议:选派适当人物,过玛河与三区方面接触,消融误会,避免战祸。他向包尔汉说:"我们决不想诉诸武力,希望三区方面也不要盲动,共同维持境内和平,乃全省人民之大幸!"

包尔汉甚有同感,即派教育厅长陈方伯等人为代表,在绥来驻军协助下,过河与三区民族军代表会谈。陈方伯一行受到民族军副司令马尔果夫和前线团长伊敏诺夫等人的热诚接待。双方达成口头协议,不诉诸战事。

陶峙岳由焉耆归来,包尔汉即邀请同去南山,以避暑为名,商讨时局。陶峙岳对包尔汉先生一向十分尊重,深信不疑。但当此复杂形势,军方动向不可随意透露。陶峙岳只对包尔汉说:"任何时候,任何情况,我们一定保证省政府和包主席的安全。"而就军队是否内调和将来作何打算却避而不谈。

直到若干年后,陶峙岳在记叙新疆起义的经过时,才透露了1949年8月他和赵锡光焉耆密议的内容。

那次谈话,他们两人就明确决定了起义大计:由陶峙岳统筹安排相机行事,赵锡光负责南疆;事前绝对保密,届时通电宣布。他们还具体商定:第一,所有部队驻守原地,维持地方秩序;等待解放军靠近新疆时派人接触,把所有部队交给解放军。第二,他们本人洁身自好，不要任何位子；交清手续，解甲归田。当时，陶峙岳还对赵锡光说："我在长沙郊外有座橘园，仁兄不弃，同去种橘如何？"赵锡光说："叶落归根，我还是回我的云南保山县，那里真正是四季如春。"

起义以后，两位将军与共产党同心同德，放弃了"愿为黄鹄还故乡"的打算，率领起义将士为开发建设新疆而献身。赵锡光为了建设石河子新城，操劳成疾，不幸于1955年10月9日病逝。依他生前愿望，遗骨安葬在当时还是荒凉戈壁的石河子。

但在起义之前，陶峙岳与赵锡光却始终守口如瓶。

陶老啜了一口茶，接着讲："我担心我们军队内部。有几个师、旅长是坚决反共的，实力在人家手里。如果不等解放军靠近新疆就起义，或者过早地透露起义的意向，必然会引起内乱。枪声一响，就会失去控制，什么事都会发生。甚至招来外部事变，后果不堪设想。所以，必须等待解放军靠近新疆才能起义；在此之前，半点风声也不敢透露。我和赵锡光都很清楚，泄密就等于自取灭亡。对任何人，即连包尔汉主席和我的参谋长陶晋初——他是我的堂弟，也没有透露。"

许多关于新疆解放的文章，都强调解放军大军压境，迫使新疆和平起义；殊不知陶赵二将军早已商定，只盼着解放军临近新疆，有了依托，才敢于行动。

我们应该充分理解陶峙岳的良苦用心，并且钦佩他的胆识谋略和行事周密。他那闭心自慎的深沉和他以诚待人的坦荡，以及这二者和谐的统一，正是他谋大事、举大义、成大业的大将气度。

左右相逼，更显出中流砥柱

陶峙岳久久不露声色，使部属们感到高深莫测。特别是总部幕僚中有一些将校官佐，他们早就寄望于总司令率部起义，为此私下积极活动，做了大量工作。随着时局的日趋紧迫，他们更急于成事，却苦于总司令讳莫如深，按兵不动。有的人便对陶峙岳开始感到失望，甚至心生不满。

这天，参谋长陶晋初来到陶峙岳面前，毅然提出辞职。

陶峙岳接过他的辞呈，并不认真去看，似乎无动于衷地说："噢！不干了？"

陶晋初有意加重语气，希望引起这位比自己年长十岁的堂兄的重视。他说："与其困顿在这里，不如另谋出路。"

"你打算去哪里？"

"程潜已在长沙起义，回湖南老家投奔光明！"

"兰州你能过得去吗？"

陶晋初语塞，无以回答。

陶峙岳对这位堂弟是最了解不过了。他追求正义和光明，禀性耿直，原在重庆国防部任少将高参，曾经会见过周恩来、叶剑英，深受启迪；并与共产党人乔冠华有交往。他对国民党统治下的现实不满，曾上书蒋介石大胆进谏，遂遭监视。后至西安欲投延安，但在耀县被阻，愤然告假回乡闲居。陶峙岳二次出任新疆警备总司令，深知艰险任重，便约请这位堂弟前来担任参谋长。据闻，陶晋初来迪化前还专程去香港与乔冠华见面。陶峙岳对此避而不问。陶晋初和总司令部几个处长声气相通，以"聚餐会"的形式扩大联络，酝酿起义，陶峙岳亦佯装不知。一两个月前，陶晋初还向陶峙岳提出一份意见书，建议陶峙岳率部起义。陶晋初深知堂兄素以忠义为重，着意在意见书中写道："不应再有为独夫效愚忠的观念了。"陶峙岳逐字逐句地读过之后，沉思良久，最后付之一炬，再不提及。现在，陶晋初正式提出辞职，陶峙岳知道是对自己不满，心中慨叹道："唉！小弟啊！你哪里知道我的苦衷！"但他克制着自己没有流露出感情，平静地念出一首诗来：

> 征战连年发有霜，
> 嗟嗟浩劫究何将？
> 胡尘遍地疮痍甚，
> 莫向潇湘望故乡！

陶晋初心灵为之一震！这是他抗日期间为了表达自己的抗战决心而写的抒怀诗，当时书呈既是军长又是堂兄的陶峙岳，想不到堂兄依然熟记。他对这位堂兄历来十分敬重，胜过同胞。早年堂兄在湘军当营长的时候，他就随他在营中当文书。从日本留学归来后仍在堂兄陶峙岳部任职，直到沪淞抗战后才分开。这次应约来新疆担任参谋长，他确实是有意要鼓动堂兄和平起义，也确信品格高尚忧国忧民的堂兄一定会走这条路。殊不料时至今日大局已定堂兄却依然拖住军队死守一隅，陶晋初急于奔向光明，决定挂冠而去。

"莫向潇湘望故乡！"

一首旧日的诗作，勾起陶晋初许多的回忆，使他躁动的心绪趋于冷静。总司令对他的辞呈不置可否，却用这首诗句弹动他的心弦。陶晋初感觉到了堂兄深沉的感情，总司令似乎有某种难以言表的苦衷，又似乎深藏着某种韬略。

"报告！"

进来的是陶峙岳的秘书洪涛。他手捧卷宗抽出一张纸来呈交总司令。

陶峙岳瞥了一眼，嘴角露出鄙夷的笑："请参谋长过目！"

陶晋初接过来一看，禁不住有点吃惊。那是一幅技法拙劣的漫画，一具没有首级的尸体,血淋淋的脑壳滚落一旁。边上写着潦草的两行字:"谁效法程潜、陈明仁,管叫他身首异处!"

洪涛报告说:"是在总部墙报的投稿箱内发现的。"

陶晋初愤愤地说:"一定是二处那帮人干的。"

所谓"二处",就是军统特务机构。名义上是总司令部的一个处,但直接由军统局指挥。随着兰州形势日趋紧张,大量特务逃来新疆,他们和当地特务机构相勾结,暗中布置,制造谣言,蛊惑人心。夜晚四处打枪,搅得一座迪化城恐怖不安。现在又用了给总部墙报投稿的方式投来这幅漫画,分明是对陶峙岳为首的总部首脑进行恐吓,反对和阻挠起义。

陶峙岳拿起那张漫画撕得粉碎,轻蔑地说:"这是他们惯用的手段。"有意对着陶晋初,"你们做事要避开他们。也要警惕! 他们什么事都做得出来。"

陶峙岳又拿起陶晋初的辞呈,看了一会,收入卷宗,好像是了却了一件公事。他向洪涛吩咐:"你通知总部几位处长,请他们晚上来家里吃饭!"他说了几位处长的名字。洪涛应声去了。

陶晋初在旁听得明白,总司令点名请吃饭的几人,都是他私下以"聚餐会"形式联络酝酿起义的一些将校官佐。他正纳闷总司令为什么突然单独请这几人吃饭? 却听陶峙岳对他说:

"就算为你'饯行'吧!"

晚上,在陶公馆一起吃饭的有梁客浔、刘喜宠、堵立山、文升乔等几位。

陶峙岳对这几个部属素来就很随便,不讲客气。他们一边吃饭,一边聊天。陶峙岳突然问梁客浔:"听说你给下属讲什么'认庙不认神'?"

梁客浔略显紧张,避开陶峙岳询问的目光,饮了一口酒,有意放松从容地回答。他说,他是从旧书里拾人牙慧,记不得是杨增新或是新疆哪一个旧时的新疆都督说过"认庙不认神"这句话。意思是说,新疆地处边远,关山阻隔,消息迟缓,内地政局有变,甚至中原易主,新疆无能为力。他把中央政府比作一座庙,庙里的神有时变换消失,庙却永远存在。守边官吏管不了神的变换,只需认庙即可。

大家听梁客浔这么解说,禁不住哑然失笑。陶峙岳也微露笑容。

在目前局势下宣讲"认庙不认神",稍有头脑的人都会明白其所含的政治倾向。梁客浔当然知道问题的严重性,深恐陶峙岳责怪,特意补白说:"我是取他忠于国家这一层意思,随便在下面讲讲,希望稳定军心,没有向总司令报告。"

陶峙岳说:"你们职掌内的事情,不必向我报告,我只是随便问问。"

坐在一旁的陶晋初听到这样说,心里明白这是总司令明知故纵。他立刻恍然大悟,堂兄的倾向不正是深藏在这里吗?

陶峙岳知道在座的这几位观点一致,都是积极主张和平起义的择"神"认"庙"论者,他避免就此谈下去,有意把话题岔开:

"听说屈武先生被特务监视,你们知道吗?"

屈武随张治中来到新疆,担任省府委员兼迪化市长。张治中赴北平与中共和谈,特约屈武为代表团顾问。和谈达成协议,屈武和代表团其他成员回南京汇报,张治中留在北平等待回音。南京政府拒绝签字,内战又起。屈武不能再去北平,于是便来到迪化。屈武回来后,在公开讲话中以北平见闻大讲共产党的好处,谴责南京政府没有和谈诚意。屈武言行引起特务注意,特务曾组织围攻屈武先生,暗中监视屈武住宅。

陶峙岳说:"现在,特务很多,活动也很嚣张,我们拿人家奈何不得,你们都要注意,避免节外生枝。"又转对陶晋初说:"请参谋长布置一下,对包主席、刘孟纯、屈武几位,要多加保护。"

陶晋初低头不语;默然接受了指令。

这时,陶峙岳才切入正题,说出今晚请几位吃饭的用意:"参谋长要辞职。眼下这种时候,我再没有参谋长派给你们。你们自己看怎么办?"

陶晋初面对自己这位堂兄的稳健和老道,自叹弗如。席间说此及彼,堂兄是在不露声色中劝导自己和他们几个观点一致的将校官佐们谨慎从事,不要因一时之冲动而乱了大局,真是用心良苦!

就这样,所谓饯行的晚餐实则是劝导和团结幕僚的聚会。匠心独运的陶峙岳!

8月26日,兰州解放。消息传来,新疆局势更加动荡。何去何从,迫在眉睫,军政上层人物必须作出自己的抉择。

陶峙岳暗自庆幸,曙光就在眼前。他要加快起义的准备。然而,几个月以来,马呈祥、叶成、罗恕人三个师、旅长,一再要求部队内调,他们三人形成了统一战线。虽然因为种种实际困难,部队未能开拔,但他们至今仍不甘心,对陶峙岳颇为不满。

就在10多天以前,解放军开始向兰州进攻的时候,马呈祥带着马步芳的电报来见陶峙岳。马步芳急令马呈祥率部东归,驰援兰州。

陶峙岳深知马家军的家族式的内部体系。这时候要强留必会引起冲突,但若任其东归,叶成、罗恕人等部一定随之行动,新疆局势就会失去控制,也会增加解放军西进的阻力。所以,陶峙岳暗自思忖,须稳住马呈祥。

陶峙岳一面吩咐要厨房准备清真饭菜,留马呈祥一起吃饭;一面接过马步芳的电报,和蔼地对马呈祥说:"好!我们一起来想办法。"

马呈祥是马家军中的少壮派,又是马步芳的外甥。他上过中学,有一定的文化,素常也留意读书,不同于那种粗野蛮横的旧式小军阀。相反,倒比较有城府。进入新疆以后,更注意招揽人才,兴办文教事业,他既有骄纵的一面,又有冷静理智的一面;

对资深望重的陶峙岳也确实怀有几分敬意。几个月来,一方面是马步芳要他东归,另一方面是陶峙岳的恳切劝导,使得他举棋不定,进退两难,他有他自己的矛盾和痛苦。现在,解放军进攻兰州,马步芳命他驰援,事关马家军自身安危,他不能再犹疑,一定要返回河西。

陶峙岳以长者身份对他说:"我已经向你们公开通报过了,中央从6月起就停发了驻新部队军饷,仅仅拨来100万元的开拔费;马长官又扣留20万,实际拨来80万元。各师、旅平摊,各得数万元。军饷尚无着落,何言其他?常言道:兵马未动,粮草先行。你的两个骑兵旅,铁骑万乘,粮草何在?我们就那么一些破旧汽车,汽油又缺,何以成行?就算你们骑兵有战马可行,沿途食宿供给且不说,最快也得一两月方能到达,如何能解兰州燃眉之急?长途跋涉,力量耗尽,哪里还有战斗力?岂不是自取灭亡?马鸿逵在陇东溃败,已是前车之鉴。你们马家军临危相顾,这是情义所至,我很理解。但是,当今情势,切不可只凭感情用事,你不能不三思而行!"

马呈祥不能不承认,陶峙岳所言尽皆在理。他思前想后,提出先把官佐眷属送回青海,动情地对陶峙岳说:"战乱之时,我们军人倒也罢了,总不能让家属沦落异乡!"陶峙岳认为这是人之常情,也是安定军心的必要措施,同意汽车团调派汽车运送军队家属。同时对马呈祥说:"马师长家眷若要东归,目前还有飞机可乘;航班断飞,恐怕也是近期之事。"

马呈祥在迪化新娶的妻子———一名年轻的女学生,在陶峙岳的关照下,搭上了最后一班飞机,平安返回了青海。

可是,汽车运送的家属刚到酒泉,兰州即已解放,全部滞留在那里。马呈祥利用一部分运送家属的汽车,私自决定运送弹药。他想只要把弹药运出,一旦情况有变,骑兵马行也可以东返。没料想这些弹药车驶出迪化的当天就听到兰州解放的消息,赶紧命令车队半途折回。

马呈祥怨天尤人,不免埋怨陶峙岳,使他未能增援兰州,心中大有对不起马长官的愧疚。

罗恕人另有图谋,他想随马呈祥部进入青海,再经甘南去四川追随胡宗南。因此,罗恕人鼓动马呈祥:兰州已失,速返青海。

叶成却优柔寡断。已经退入四川的胡宗南,始终遥控着叶成。先是电催内调;及至兰州解放,又命叶成据守新疆。叶成更是进退维谷。

解放军的攻势却如迅雷不及掩耳。兰州解放在新疆引起的震动波尚在扩大,9月5日,忽又传来西宁解放的消息。自以为天下无敌的马家军顷刻间土崩瓦解,马步芳乘飞机仓皇逃走,连骑一师的军饷也席卷而去。马呈祥接到父亲的电报,他的家属要随马步芳同机逃亡,竟被马步芳拒绝。此后,青海全境解放,通信中断,马呈祥的家

112

属下落不明。马呈祥一扫对马步芳原来的忠诚和愧疚,如此马长官临危不能相顾,何以称阿舅!

陶峙岳的黑色小轿车,驶入老满城骑一师司令部。正当马呈祥、叶成、罗恕人激愤、忧郁、焦躁、苦闷不堪的时候,陶峙岳派人派车来接,请三位将军私寓恳谈!

从这一天开始,陶峙岳和马呈祥、叶成、罗恕人天天谈,夜夜谈。有时四人围麻将桌而坐,边打牌边谈。

陶峙岳洞悉:叶、马、罗三人的去向不解决,新疆和平难以实现,战乱会随时发生。

叶、马、罗三人明白:马步芳、胡宗南大势已去,无所依托,只有寄望陶峙岳为他们决策。

陶峙岳坦然相告:新疆只有和平起义,别无选择。

马拉松式的恳谈,在陶公馆持续了一个多星期。

马步芳、胡宗南倘若卷土重来,他们作何交代;马呈祥的家属尚且下落不明,罗恕人的太太已在香港经商立足,叶成的娇妻整天哭闹着要离开新疆。这一切纠结在一起使3人难以决断。

不知道是从哪里吹出来的一股风:有人要炮轰陶公馆。有人要劫持陶峙岳。

陶公馆加强了警卫。一个机枪连布防四周,两辆装甲车昼夜巡逻。入夜,小东门的陶公馆灯火通明。

这天晚上,已经深夜12时,陶峙岳刚刚上床就寝,副官敲门进来:"报告!叶成师长紧急求见!"

陶峙岳不问任何情由,说出一个字:"请!"立即穿衣下床。

客厅。陶峙岳和叶成对面而立。叶成先说了一句客气话:"打扰总司令!"陶峙岳屏退副官。

叶成脆弱的吴越口音,略显紧张地说明了一场即将发生的兵变。

叶、马、罗认为陶峙岳近来态度变化提出和平起义,一定是受人包围利用。马呈祥主张效法古代"清君侧"之举,三人商议决定:今夜出动部队,立即拘捕亲共主降的首要人物刘孟纯、屈武、陶晋初等,一网打尽。

叶成最后说:"部队已经集合。我提议应该让陶先生你知道。他们两人同意,推我来向总司令报告。他们和行动部队都在老满城等候,限我半小时回去。"

陶峙岳目不转睛地听叶成一口气说完,立即反问:"抓人以后怎么办?"

叶成回答:"不知道。"

陶峙岳抓起电话,命令的口吻:"接骑一师马师长!"把话筒又交给叶成:"你先对他说,我和他通话!"

113

电话已经接通。"马师长吗？我是叶成。我在陶公馆，总司令和你讲话！"

陶峙岳接过话筒："我陶峙岳。叶师长向我都说了。我很感谢你们对我这样的信任。我劝你们千万不要冲动！请你和罗旅长现在来我这里！……对！现在，马上就来！事情非同小可，万万不可唐突。你们真的对我还有一点感情，就请现在来，我们一起好好地谈谈！我向你们担保：决不透露出去；也一定保证你们的安全！"

对方静默了片刻，听筒里传出马呈祥的声音："总司令！我和罗旅长马上就来！"

陶峙岳松了一口气。放下电话，发现自己和叶成都还站着，转对叶成："请坐！真是非常的感谢你！先休息一下，等他们到了一起谈。"说完叫来副官，吩咐准备茶点，并特别叮咛："马师长和罗旅长一会儿就到。然后，再不许任何人进出！"

十余分钟后，马呈祥、罗恕人走进客厅。

陶峙岳一言直入："你们要捕人，下一步怎样办？"

三个人无言以对，面面相觑。他们确实也没有第二步打算。

陶峙岳弄明白他们是一时盲动，便声情激昂地说："枪声一响，能保地方不乱？这样，于你们有什么好处？"

三个人沉默不语。

陶峙岳渐趋平静，语气极其恳切地说下去：

"你们说我受人包围。脑壳长在我自己身上嘛！我是总司令，我要对国家做出交代，要为全体官兵负责。我有这样的责任，尽到责任，虽死不辞。"

"你们不赞同和平起义，那就是战争。时下全国和新疆的情况你们都很清楚。我们如同处在孤岛上，外援断绝，后勤空虚，何以作战？放弃和平，坚持战争，将使10万官兵盲目牺牲，人民流离失所，甚至出现民族仇杀，地方一片涂炭，其结果一定会弄得既不能战，又不能谈和，真正是死路一条。"

"我并不是单纯考虑军事问题，害怕牺牲失败，主张和平起义。如果是外国侵略者，我一定率先抗战，哪怕是剩下最后一个人，流尽最后一滴血，也要与国土共存亡！可现在是国人内战啊！打了多少年的内战，是该结束了！一边是胜利，一边是灭亡；一边是光明，一边是黑暗；我们弃暗投明，和平起义，这难道不是对十万官兵的最好选择吗？况且，新疆的地理环境，从根本上讲，只有运用和平方式，才能保国安边，这决不是一时的应变措施。"

叶、马、罗三人默默地听着，为情理所折服，并无反对的表示。罗恕人潸然泪下。

陶峙岳充满感情地说："你们的苦衷我完全理解。但必须深明是非，洞察利害，千万不可感情用事。如果你们还承认我是你们的总司令的话，就让我以冷静的头脑为你们考虑问题，寻求出路，何至于长吁短叹甚至相对而泣呢？各人有各人的看法，不应干涉他人自由。但时至今日，应不再设想部队内调那样无济于事的问题，不再设想坚持战争那样无谓牺牲的愚蠢行动。我不强迫你们接受和平起义,可以考虑你们个人离开,我一定保证你们的安全和自由。但无论如何,我们内部不能因为意见纷争而分裂,千万不能一时冲动引起祸端,甚至兵戎相见,那样乱了大局,不可收拾,对国家对人民对我们自己都有百害而无一利。"

叶、马、罗三人许久没有说话。他们也趋于冷静,面对现实,承认唐突行动无补于事,于他们个人也实在没有益处。马呈祥说:"所以想要捕人,也是一时气急。"三人一起表示,"愿意接受总司令的劝导。"告别而去。

陶峙岳凭窗远望,那嵯峨的博格达峰顶显露出一片鱼肚白。东方欲晓,天就要亮了。

一夜未眠,竟也没有倦意。想想和叶、马、罗的彻夜长谈,似有许多未尽意;他们是否完全放弃兵变计划,又觉得放心不下。

早餐过后,陶峙岳驱车前往老满城。秘书、副官要报告参谋长保护总司令的安全,被陶峙岳阻拦:"我去骑一师,不要告诉总部。他们派警卫部队,只能把事情弄糟。"说罢,只允许副官张全有一人跟随而去。

老满城。骑一师司令部。马呈祥和叶成、罗恕人还有他的幕僚们正在开会。总司令陶峙岳突然驾到,他们大吃一惊,全都从座椅上紧张地站了起来,有人还本能地把手伸向腰间的枪袋。但见陶峙岳独身一人从容地走了进来,身后只有一名随从副官留在门外,方才释然。

陶峙岳泰然自若,无事般地随便说道:"噢! 你们在开会,我可以列席吗?"

马呈祥笑着说:"总司令驾到,也不事先通知,欢迎都来不及呢。"

紧张气氛顿然消散。各自入座。

叶成诚恳地说:"总司令昨夜的谈话,一片诚意,情真意切,能为我们设身处地地着想,我们深为感动。正在一起计议,商讨我们到底应该怎么办?"

陶峙岳加入到他们的谈话中去。又进一步为他们分析是非利害,比以往谈得更深更具体,对各种行动方案加以比较,甚至对他们每个人的进退作出各种设想,供他们自己抉择。

罗恕人有些不阴不阳地说:"陶总司令要我们把部队全都交出来,是想拿此作资本去和共产党讲价钱,换取你的进取吧?"

陶峙岳感到这是对自己人格的污辱。但又想到这正是罗恕人这种人的阴暗心里的自我表露,正如常言所说以小人之心,度君子之腹。对这种不明大义之辈不必计较。值此风云际会,应以大局为重,彼此说出心里的疑团,倒也是好的征兆。于是,心平气和地对他们说:

"我和共产党没有半点瓜葛。若为个人计,南京、广州,我早已远走高飞,何必今日。今天,我把一颗赤裸裸的心摆在你们面前!我决不离开新疆,要与全省老百姓和全军将士共生存。为了新疆和平,十万官兵适得其所,确保国家领土完整,个人生死安危早已置之度外。我希望你们留下来共图起义,荣辱与共!但若你们留下部队个人离开,我也一定尽力成全,一切方便。就个人来说,愿留者留,愿走者走;道路不同,友谊长存!"

陶峙岳一席袒露胸襟的话语,使叶、马、罗诸人心存的疑虑逐渐消融,各人面露笑颜。

感情的沟通和谅解,化干戈为玉帛。

至此,用陶峙岳的话说:"满天烟云,稍露曙光。"

京华传德音,天山揭义旗

1949 年 9 月 16 日,包尔汉亲自打来电话,邀请陶峙岳单独去他家里会面。包尔汉在电话里用汉语对陶峙岳说:"有位非常重要的客人要见你,他给你带来了非常重要的信件。"

陶峙岳驱车而往。他想,可能是三区有使者来,何必如此神秘呢?

包尔汉已在门口迎候。

两人一起步入客厅。沙发上坐着一位年轻的汉族人,看上去 30 岁左右,身着西装,一派斯文。见他们两人进来,立刻从沙发上站起来,礼貌地向陶峙岳微笑致意。

包尔汉向陶峙岳介绍:"中共中央派来的联络员,邓力群先生。"

陶峙岳惊诧地望着邓力群,握住他伸出的手。

包尔汉在旁说明:"邓先生是绕道苏联而来,到达伊犁已经一个月了。昨天由伊犁来到迪化,为了保守秘密,就住在我家里。"

包尔汉的夫人拉希达由内室走出,向客人抚胸鞠躬,用维吾尔语说着欢迎和祝福的话语,将盛放着葡萄、甜瓜的果盘送到客人面前,斟满茶水,又一次抚胸鞠躬,然后退出。

显然,包尔汉不让勤务人员进来,由夫人拉希达亲自出面招待,除了礼节,更是为了保密。包尔汉说声"你们谈吧!"便也主动离去。客厅里只留下了陶、邓二人。

邓力群开始说道:"我受我党中央指示,特来拜会陶总司令,向陶将军表示慰问!我们在伊犁的电台,几天前收到张治中将军由北平发来致陶将军和包主席的电报,我来向二位当面递交。"

陶峙岳接过电报,难以抑制心中的激动,努力保持平静,迅即读完电文,唇角露出会心的笑,轻松地吁出一口气来。

这是张治中在北平根据毛泽东主席的意见发来的两份电报。

原来,在9月8日,毛泽东约见张治中,告诉他解放军即将进军新疆,考虑到新疆的特殊情况,希望能和平解放。毛泽东希望张治中向陶峙岳、包尔汉发电报予以劝导。毛泽东还告诉张治中,党中央已派邓力群在伊犁建立了电台,电报可以由邓力群收转。

新疆实现和平,本是张治中的夙愿。他立即起草了电文,呈毛主席亲自批发。

张治中在9月10日电报中说:"……为革命大义,为和平计,亦即为全省人民和全体官兵利害计,亟应及时表明态度,正式宣布与广州政府断绝关系,归向人民民主阵营……"

9月11日,张治中又单独向陶峙岳再致一电,询问西北国民党军队各部的近况,特别对马呈祥部放心不下,指示陶峙岳妥善处理。电报最后说:"深信兄对此一适应时代保全军民之革命行动,必已考虑周到,部署严密,能使稳健地顺利地完成也。"

陶峙岳看过这两份电报,不由得心中默念:"知我者,文白将军!"张治中虽然在北平早就发表公开声明脱离国民党,国民党中央也滑稽地通电"通缉张治中";但在陶峙岳心目中,张治中仍然是他的直接上司。而且,张治中身在北平,显然是在传达着共产党中央和毛泽东主席的意见。

人们有所不知,新疆筹划起义,有着特殊的艰险困难。这里没有中共地下组织,没有秘密联络的渠道。解放军虽然已抵河西,但仍有千里之遥,关山阻隔,交通断绝,不可能有使者往来。而在新疆内部,守军各属其主,且又分布天山南北的辽阔区域,通讯不畅,难以节度。另一方面,有少数民族的三区革命政府和革命武装,背靠强大的苏联,和国民党在新疆的统治相抗衡。南疆又有出境口岸,和印度相通。在这样特殊的内外环境下,稍有不慎,就会引得烽火四起,甚至国土丢失之危险。陶峙岳独力扛鼎,国土完整、人民安危之历史重任系于他一人之身。

悲夫壮哉!孤独的守边将军,此刻方知,中共中央和毛泽东主席在密切关注着新疆。陶峙岳从接到电报的这一刻起,就感到身后升起了一座稳定的高山,有了依靠,心中始有踏实感。

陶峙岳由衷地对邓力群说:"感激邓先生万里传书,为我驻新军队全体官兵带来了福音!"

邓力群说:"我人民解放军第一野战军已集中强大兵团,由兰州、青海二路向新疆进军。我党中央和毛主席极其关怀新疆人民,希望和平解放,避免流血牺牲。昨夜和包主席谈过,省府已有起义决心。不知军方陶总司令意下如何?望能认清形势,尽快组织起义,正如张文白将军电报中所说:'当机立断,排除一切困难和顾虑,果敢行动,则所保全者多,所贡献者亦大'。"

陶峙岳半年来独立塞外历尽风险所做的一切努力正与张治中来电所期望和要求的完全吻合，起义的准备已趋于成熟。他对邓力群说："新疆和平转变，乃文白将军早已确定的原则。我等在此恪尽职守，年来正是为了实现转变在作积极的准备。拖至今日而未能行动者，一是等待解放军靠近；二是驻军中有几个师旅长自恃实力反对转变，一直在做他们的工作。"陶峙岳向邓力群介绍了筹划起义的进展情况，然后说："需得把这几个人送走，方可宣布转变。否则，不可唐突。"

邓力群向陶峙岳宣讲了中共对国民党起义部队的政策，并以傅作仪、程潜等高级将领起义后受到尊重的例证，希望陶峙岳不要有任何顾虑。

陶峙岳立即表示："个人生死荣辱早已置之度外，何言顾虑。唯考虑新疆情形特殊，必得慎重行事，以保障国家领土完整，维护本省和平，避免军队无谓牺牲，选择时机，和平转变。"

邓力群告诉陶峙岳："新疆已由三区和其他民主人士组成代表团前往北平参加全国政治协商会议，意有所指地说：'新中国即将成立，希望陶总司令早日行动！'"

陶峙岳告别了邓力群和包尔汉，兴奋地驱车而返。有了中共中央的联络员，有了和北平的直接联系，原来那种孤悬塞外，身陷孤岛的感觉，像那天上的浮云正在退去。眼前一片蔚蓝色的天空。

第二天，9月17日，陶峙岳和包尔汉联名电复张治中，满怀信心地报告：和平起义的准备工作，本月内可以全部完成，于马呈祥等人离开后，即可正式宣布。陶峙岳在电报中说道："职等自信，深明革命大义和本身职责，个人对政治上绝无企求，只期全省和平获得保障，人民不受涂炭，军队不致牺牲，则对国家、对各族人民应尽之责任已达成，亦即有以负毛主席及钧座之期望也。"

9月18日，陶峙岳复至包尔汉公馆，当面交给邓力群一份《和平解决新疆问题的意见》，恳切地说："请邓先生转送贵党中央。"

邓力群当即看过了意见书问道："请问陶总司令：这个意见书是不是新疆和平转变的先决条件？"

陶峙岳果决地回答："不！不是什么先决条件。是实现转变以后，对如何解决新疆问题的一些意见。何者采纳，何者不采纳，悉听贵党中央决定。"稍顿，他加重语气强调地说："我们和平转变是无条件的。"

邓力群感到愕然。他作为党中央派来的联络员，负有和驻新军队谈判的使命。此时此地，陶峙岳完全有资格提出一定的要求和起义的条件，党中央也一定会充分考虑。已有的大小起义几乎无一不是如此。但是，陶峙岳竟然明确果断地宣称：无条件起义！

肝胆照人的陶峙岳！没有进行谈判，没有任何要求，单方面地无条件起义。如果没有对国家对人民的赤胆忠心,如果没有无私的高尚品德和刚正不阿的人格,如何能够无条件地交出十万军队,交出一个地处边疆毗连外国的重要省份!?

邓力群的出现,张治中的来电,使陶峙岳更加充满了信心。他现在可以公开地和省府方面以及自己的幕僚们共同策划起义的各项准备工作,加紧对叶、马、罗三人进行最后的劝导,促其早日交出部队离新出走。

叶、马、罗三人中,出谋划策者实为诡谲的罗恕人。罗恕人因为家眷早已在香港安家落户,没有后顾之忧,决心顽固到底,调唆马呈祥拥兵反对起义。马呈祥自马步芳出逃后失去了靠山,没有了主意,进退维谷中更受罗恕人的影响;但因家属下落不明,优柔寡断,声言要带部队回青海老家去打游击。但是,马呈祥和国民党中央没有往来,又要依赖和蒋介石、胡宗南有直接关系的叶成做主。叶成是个性格懦弱的人,缺少主见,贪财惧内,一半由太太当家,常常摇摆于马、罗之间。这三个人共同反对和平起义,一致坚持反共;但各自派系不同,个人情况不一,具体行动难以统一。虽然他们已经表示愿意出走,却又迟疑不肯交出兵权,拖着不走。

叶、马、罗一日不走,新疆局势一日难保安宁。他们是新疆驻军中实力最为雄厚者,部队西起玛纳斯,东至哈密,控制着整个东疆。罗恕人又是迪化城防司令。军政首脑机关实际上处于他们的武力范围之内。风云莫测,一旦生变,前功尽弃,和平无望。

陶峙岳考虑到三人之间的关系,若能首先打通罗恕人,可望由罗及马而叶,一通皆通。他想起和罗恕人素有交情的曾震五。曾震五是自北伐时期就跟随陶峙岳的老部下,真正是陶峙岳的亲信。现任第八补给区司令,掌握西北军队的总后勤。年来与陶峙岳密通消息,随时报告关内情势;时下已由兰州撤至酒泉,正在根据陶峙岳的指示,策划酒泉起义,迎接解放军的进疆部队。此刻,陶峙岳电召曾震五星夜赶来迪化,专以对罗恕人进行规劝和开导。

曾震五对罗恕人晓以关内战争形势,以亲身所历说明解放军之势不可挡,胡宗南、马步芳数十万兵力都纷纷溃逃,劝罗恕人等人三十六计走为上。罗恕人终于垂头丧气,再也无计可施。

马呈祥更加不知所措。他又听说了社会上对骑一师普遍不满的反映,恼羞成怒,破口大骂:"妈的!兔子逼急了也会咬人。马家的骑兵不是好惹的!逼急了我和你迪化城同归于尽!"

陶峙岳已经得知新生的中华人民共和国将于10月初正式成立,争取在此之前宣布起义,意义就大为不同。时日紧迫,不能拖延,但又不能急躁冒进,免致哗变。他和总部的幕僚们商议,希望寻找适中的人物,以私人交情去劝说马呈祥。

梁客浔满有把握地说:"我去找回文会的王孟扬。"

王孟扬是客居迪化的回族知识分子,原籍北平。马呈祥入新后,标榜延揽人才,常以"礼贤下士"的姿态对王孟扬待若上宾,并聘任为自己的上校秘书。骑一师出资兴办小学、报纸等文教事业也委托王孟扬负责。

梁客浔说:"王孟扬先生知书达理,洞察时势,素有爱国之心。请他劝说马呈祥他必愿往。"

陶峙岳说:"既是回族人,有一定的民族感情,也许马呈祥乐于接受。不过,会不会秀才遇见兵,有理说不清?"

半晌不说话的陶晋初,这时不很情愿地说:"我违心去找刘汉东吧。"

刘汉东是迪化警察局局长,和陶晋初是同窗之友。在这边城迪化,老同学重逢,本该友谊倍增;可是,倔犟的陶晋初,对这个身为特务头子的老同学却不屑一顾,素不往来。现在,为了起义大事,他只好违心相交。

陶晋初说:"刘汉东虽然坚决反共,但其人颇有头脑,极为世故。我想他能够权衡利弊,不会以卵击石。哼!这些人,"陶晋初不自觉地流露出鄙夷的语气,"什么师、旅长,什么效忠党国,树倒猢狲散,全都是好利之徒。只要满足个人利益,他们一定就范。"

陶峙岳似有所悟:"可以示意他们,只要交出部队个人出走,路费、馈赠一定从优。他们的物质要求尽量满足,礼送出境。"

大家分头活动,动员各方面的力量,加紧对马呈祥等人进行工作。

王孟扬果然是书生气。他欣然而往,直入马呈祥的密室,宣讲了一通大道理,劝其审时度势,弃暗投明。马呈祥倒是十分安静,把王孟扬的话全都听了进去,可就是不吐一个字,不置可否。王孟扬唯恐自己人微言轻,便又动员骑一师的参谋长向马呈祥进言。这个参谋长却向马呈祥报告:王孟扬鼓动降共,应当拘捕查办。马呈祥还算讲交情,单独叫来王孟扬:"谁叫你对别人乱讲一通,人家要提你!赶快回家去老实呆着,别再乱说乱跑!"

人以群分。在迪化军警高层人物中,刘汉东早就和马呈祥、罗恕人结为一党,常在一起聚会,过往甚密。两年前的某一天,马呈祥去刘汉东家做客,在巷口碰见一位女子,一见钟情,非娶不可。原来这女子是警察局一职员的女儿,名叫王士兰,是迪化女子中学的学生。当时即由刘汉东出面保媒,撮合而成。有了这一层关系,他们更加亲近。

正像陶晋初所说,刘汉东虽然是军统特务,但是头脑清醒,他知道国民党大势已去,身陷边疆,没有依靠,眼前寻找个人出路要紧。所以,当陶晋初向他说明事由之后,他竭力劝说马呈祥,乐得和马呈祥一起出走,自己也有不少方便。

恰在这时,马呈祥突然接到他父亲的电报,得悉自己的家属王士兰一行已经辗转到达香港,安全无恙,心中一块石头落地,更加坚定去志。马呈祥委托刘汉东当面禀告陶峙岳:他本人出国朝觐,骑一师由韩有文代理师长,完全服从陶峙岳指挥。并担保部队不会节外生枝,请陶总司令放心!

马呈祥等人将要出走的消息传开以后,地方上有些激进的"左派"人士极为不满。他们纷纷向邓力群反映,不该放走这些反革命,要求扣留惩办。当他们听说叶、马、罗等人已去南疆将要出国的时候,更要求由民族军派部队追赶拦截,一时呼声很高,反对陶峙岳"礼送反革命"。邓力群当时即将这些反映和意见密电请示党中央。党中央复电指示,如此阻碍和平解放的分子,应放其逃走。

然而,这件事,即"陶峙岳礼送反革命",后来对陶峙岳的批评和责难,数十年不绝于耳。直到陶峙岳逝世以后,王震还在为陶峙岳正名,说是"礼送"顾全了起义大局。

叶、马、罗交出部队决定个人出走之后,根据他们本人的要求,包尔汉指示财政厅将叶、马、罗的房屋、小汽车等一切动产、不动产,甚至他们囤积的布匹、茶叶等商品,全都作价收购,折付给黄金。因为飞机已不通航,去关内交通断绝,外交特派员刘泽荣为他们办理出国护照,经南疆边卡去印度。

9月22日,由省府秘书长刘孟纯举行送别宴会,还特意打制了三枚金质纪念章,以社会各界的名义分赠叶、马、罗三人。宴会上,马呈祥当着王孟扬的面对梁客浔说:"我走了,对孟扬请你多照颐!"又转对王孟扬:"我岳丈一家,也拜托诸位了!"梁客浔回答得很真诚:"一定、一定。请放心!"

叶成很少说话,心情显得很沉重。

罗恕人倒是很活跃,不知是故作姿态,抑或是酒醉三分,大声放肆地说:"新疆有不少俄国逃来的白俄贵族,我们今天成了白俄第二,可惜我不曾封侯不是贵族。"

似乎大局已定,只等叶、马、罗启程,宣布和平起义。

9月23日,陶峙岳忽然接到胡宗南的电报:"闻兄率部投降共匪,太糊涂了,望即明白答复。"

这是一份只有无线电呼号没有地址的来电。胡宗南早就成了不断溃逃的"游击长官",连个固定地址的司令部都没有。再说,陶峙岳自到新疆就完全脱离了胡宗南的关系。若论职务,两人同是西北军政副长官,陶峙岳兼新疆警备总司令,胡宗南兼西安绥靖主任,并无上下隶属关系。陶峙岳把胡宗南的电报鄙夷地置之一旁。

叶成、罗恕人匆匆来见陶峙岳。原来,他们也收到胡宗南的电报,命令叶成会同马呈祥部"立即肃清迪化叛逆,据守新疆。"叶成把电报交给陶峙岳,面逞难色。陶峙岳极其严肃地说:"现在,到底谁是你们的总司令?你们究竟听谁的?"说着,立即起草了给胡宗南的复电。电头特意称:

"胡长官代转蒋总统:驻新军队粮饷断绝,内外交困,十万官兵不能弃尸戈壁滩。"

陶峙岳把电稿有意交给叶成、罗恕人过目:"现今的胡官长也好,总统也好,他们现在何处? 你我都不知道。一纸电文,能解十万官兵的生死之危? "

叶、马、罗三人再度计议,不无悲伤地认为:"大势已去,难能有为。"电复胡宗南,整理行装,准备起程。

24 日上午,陶峙岳亲自到老满城为马呈祥送行,诚挚地说:"我希望你们留下来共襄大举,无奈你们不赞成。还是那句话,愿留者留,愿走者走,道路不同,友谊长存! "

马呈祥不无苦衷地说:"唉! 我们马家军早年和红军在河西交战,积仇很深,恐难宽恕。再说,我的家属已经出走,我还怎么能留下呢? 感谢陶先生一片苦心,多方照顾,将来不管走到哪里,也不会忘记! "

陶峙岳与其握别:"一路珍重,好自为之! "

24 日午后,马呈祥和罗恕人分乘大卡车离开迪化。陶峙岳派出一个警卫排,负责护送至国境线。

预定一起出走的叶成没有行动,引起人们纷纷猜测。有人去看叶成,屋子里乱七八糟,箱子零乱地摆在地上。他太太躺在沙发上哭哭啼啼,叶成颓然坐在椅子上一言不发。

莫非又有什么变故? 警备总部的将校官佐们有些不耐烦了,有人说:"他若不走就把他扣起来! "陶峙岳劝阻他们说:"再等等看吧! "

24 日夜,叶成突又来见陶峙岳,嗫嚅地说:胡宗南又来了电报,命令他把部队带到南疆坚持,中央派飞机空投支援。

陶峙岳率直地对叶成说:"你要走就走,不走就留下来,难道你还相信真的会有空援吗? "

叶成没有主见地说:"我也知道那是没有指望的, 可我内人听说有飞机就动心了,哭闹着要等飞机。"

叶成的太太原是杭州一所女中的校花。这位娇弱的西湖女子早就闹着要飞离新疆,埋怨叶成耽误了最后的航班,落得要坐汽车、骑牲口在戈壁滩上行走一两个月,本来就害怕旅途吃苦,听说胡宗南要派飞机来,转忧为喜,一定要叶成带她去南疆等候。

时已夜半。陶峙岳约了刘孟纯、陶晋初等人一起前往明德路叶成公馆,对其妻子劝说安慰一番。这位太太只知道服装首饰金银珠宝,哪晓得军事形势和党国要人的虚妄之言,胡宗南的所谓空援不过是画饼充饥罢了。

25 日凌晨,叶成夫妇终于乘车出发,追赶马呈祥一行去了。

陶峙岳立即在总司令部召集紧急会议，宣布由莫我若代叶成任七十八师师长，韩有文代马呈祥任骑一师师长，罗汝正代罗恕人任一七九旅旅长。命令各部驻守原防，维持地方秩序，不得骚扰百姓，违者军法论处。

陶峙岳请来刘孟纯，一起起草起义通电。他字斟句酌，反复推敲。他把自己一颗赤诚的心，化做 323 个汉字，铸成了一篇具有历史意义的起义通电。

上午，达坂城电话报告，证实叶成已从达坂城岔路口进入后沟往南疆而去。

陶峙岳命令电台：发出通电，宣布起义。

通电由总司令陶峙岳领衔，各师、旅长 14 位将军共同署名。通电宣称：

"新疆为中国之一行省，驻新部队为国家戍边之武力，对国家独立、自由、繁荣、昌盛之前途，自必致其热烈之期望，深愿为人民革命事业之彻底完成，尽其应尽之努力。峙岳等谨率全军将士郑重宣布：自即日起，与广州政府断绝关系……听候人民革命军事委员会及人民解放军总部之命令。"

历史记下了这个光荣的日期：1949 年 9 月 25 日。

次日，1949 年 9 月 26 日，以包尔汉为首的省府宣布起义。

新疆和平解放！

国家政权裂变，正是历史转折的重要关头，祖国六分之一的土地完整无缺，新疆各族人民免遭战火的摧毁，同是炎黄子孙的人民解放军指战员、民族军将士、国民党军队官兵，各方避免了千万人的流血牺牲。

1949 年 9 月 27 日，迪化举行庆祝新疆和平解放群众大会。大会在警备总司令部门前的广场（即今人民广场）举行，万人空巷，全城欢腾。

包尔汉主席发表长篇讲话，盛赞和平解放。中共中央联络员邓力群首次公开出现，发表了热情洋溢的讲话。

率部起义，促成新疆和平解放的第一主角陶峙岳，安坐在庆祝大会主席台上。他没有发表任何讲话。

据权威的资料记载："原定陶峙岳讲话，因故未讲。"

何故？不知其详。

但是，有一点是清楚的：陶峙岳不居功，更忌自炫。当新疆起义已经成为光荣的业绩，每一个促进和参加起义的人都在享有应有的光荣的时候，陶将军只是安坐在人群之中，保持缄默，这符合他的一贯个性。

千秋功罪，任人评说。

1994 年第 5 期《中华儿女》

永远的楼兰
——楼兰考察日记

梁　越

　　站立在这亚洲腹地纯净的天空下，一种心情伴着远古的驼铃声悠然而来。风暴、沙漠，枯死的胡杨树根，干涸的季节河，赭红色的戈壁与铅灰色的山峦所构成的世界无边无际。作为一个将心灵的创造力贯注到中亚这片土地的学者，当你不远千万里从他乡或者异国来到碧绿幽深的孔雀河畔，望着这片辽阔的天空时，仿佛有一种声音传入你的心底：

　　楼兰！——楼兰！

　　1995 年中国西域楼兰学与中亚文明国际学术讨论会结束后，部分学者组成了罗布泊楼兰考察队，考察队中方学者队员是：厉声（新疆大学历史系主任、教授）；刘迎胜（南京大学历史系教授、博士生导师）；刘为（中国社会科学院边疆史地研究中心助理研究员）；姚朔民（中国钱币博物馆副馆长、副研究员）；尚久骖（新疆话剧团一级编剧）；张平（新疆文物考古所副研究员）；梁越（新疆有色地质勘察局专业作家）。日方的学者队员是：金子民雄（东京大学教授、作家）；片山章雄（东海大学助理教授）；伊藤敏雄（大阪教育大学助理教授）。考察队配备一名向导，一名日语翻译，巴音郭楞蒙古自治州文物管理所所长何德修也随队前往。

10 月 29 日　晴
楼兰海关——奔窜的黄羊——无名泉——无泪的孔雀河

　　晨 7 时，我们都已收拾停当，早早下了楼。三辆越野车已等候着。穆舜英教授为我们送行,作为会议的发起人和这次考察活动的组织者,她的心情肯定是不平静的。15 年前那次考察,她的名字传遍世界考古界,如今她却是 63 岁的老人,已没有徒步雅丹地形的体力了。朦胧的天光中,穆教授站在深秋的风里向我们挥手,那飘动着的几许白发,那张带笑的脸庞依然是那样熟悉而亲切。

张平和刘为已随前半夜出发的拉帐篷给养的大卡车先行。按计划我们今天的行程是 400 公里,到达一个名为"前进桥"的地方宿营。越野车悄无声息驶出宾馆,天色慢慢放亮,没多久,便奔驰在戈壁荒滩上,这是一条本世纪中期由军队修的路,早已废弃不用,坑洼不平,颠簸得厉害,走在我们前面的那辆车身后卷起一股黄尘,将我们浓浓地裹在里面,深秋的风冷飕飕地从车窗缝里渗进来,一轮红日正从前方慢慢升起,大戈壁清凉如梦。我们从库尔勒沿孔雀河北岸往正东方向行走。

苍凉的罗布淖尔荒漠伴着那轮红日逐渐清晰,一种与戈壁大地浑成一色的氤氲之气从库鲁克山下铺展开来,时不时在视野中出现一座座姿态各异的雅丹,大致呈东北——西南向,与这儿每年风季的风向是大致相同的。两座雅丹正好夹在路的两旁,车子蹦跳了一下,缓缓穿过。坐在前排的向导转过身来笑着说:"这是楼兰海关,我们进入楼兰地界了。"

我们注意到,出库尔勒市向东行驶,大约 20 公里后再未见人烟。前方的路通向楼兰故城,联想到罗布泊中心曾是中国的核试验基地,更令人感到神秘莫测。

车子奔跑在一望无际的戈壁滩上,稀疏的骆驼刺,芨芨草,麻黄草丛一掠而过,偶尔惊起奔窜的黄羊。留意了一下,越野车进入库鲁克山口时,我们已不期而遇了 8 只黄羊。秋天的黄羊都很肥,总是猛地从车前 20~30 米处横过,再掉头奔去,身姿优雅绝伦。向导说,黄羊是这片戈壁荒原上的长跑冠军,它看到跑得快的东西非要从面前窜过去,显示胜利。否则它会气死的。

库鲁克山光裸的躯体局部渗出一层薄薄的白色盐碱晶粒。有的岩层被剥蚀出来,倾斜得十分明显。已是中午时分,日头高挂当空,天地间呈浅紫的色调。快出山口时,山沟一侧出现了一丛茂盛的芦苇和小胡杨树,一泓清水溢出地面。一辆车停在一旁,日方学者已在此休息好一会儿了。据向导介绍,这是库鲁克山中唯一的一口无名泉,有资料表明,这一区域,地面是死亡之海,地下却是水的天然仓库。这已经从塔里木石油开发的勘探中得到了验证。

出了山,车辆继续沿着孔雀河北岸行驶,西南方向隐约出现了一座烽火台,像个哨兵警惕地望着我们。这是汉武帝刘彻在 2000 年前为防御匈奴设置的军事封锁线。烽火台大致沿东北——西南方向分布,南至轮台、若羌,北至阳关、玉门关、内蒙。匈奴与汉帝国在这条军事分界线上发生了无数次战斗,最后汉帝国取得了胜利。

我们行驶的位置,已是孔雀河的中下游段落。此时此刻,映入我们眼帘的是枯死的树根,干裂的河道,苍凉的荒漠,1934 年,斯文·赫定曾沿孔雀河乘独木舟漂流到罗布泊,那时河流两岸植被青青,他甚至还发现了野猪等动物。一直到 20 世纪 60 年代,罗布泊还是有水的,仅仅过了十多年,一个著名的大湖就这样消失了。

越野车继续前行,地面平坦,黄尘弥漫,有的路段时速可达 90 公里。阳光渐弱,天色晦暗,然后慢慢黑了下来。晚 10 时左右,我们发现了远处戈壁的火光,营地到了。

戈壁滩上的夜,寒气逼人。月亮从东方戈壁升起,照出影影绰绰的人和帐篷的轮廓。是夜,用塑料布铺地再垫上被子,钻鸭绒睡袋而卧。

10 月 30 日 晴
营地之晨——三脚架和烽火台——故城落日——梦中的楼兰举国狂欢

当天光透进帐篷的时候,大家都开始钻出睡袋。被子衣物沾满了尘土,每个人的动作都扬起一阵烟尘,灰蒙蒙呛人鼻子。大水桶表层结着冰碴儿,用勺子一划,吱吱响。为了节约用水,大家只用卫生纸擦了擦脸。

太阳从楼兰故城方向升起,一大片密集的风蚀雅丹呈现在眼前。向导在踏勘路线时已熟记标志物。他们今年 5 月第一次进入罗布泊时未找到楼兰故城,当时体力、食物、水都已耗尽,最后四个人沿四个方向再延伸五公里,也未找到,只好鸣信号枪集合,无功而返。第二次进罗布泊终于找到了古城,于是在沿途做好标记和熟记标志物。从这个营地出发,沿正东稍稍偏南方向,徒步 10 公里可见两个大雅丹平台,从它们中间穿过,走 10 公里可见一个大的测绘三脚架,再走 10 公里可到烽火台,最后五公里可到达楼兰故城。

每人分发 10 瓶矿泉水,3 罐八宝粥,4 根火腿肠,3 个大馕,3 个香梨,3 个苹果,1 个睡袋,加上各人携带的所有防寒衣物,平均每人负重 20 公斤左右。

考察队年纪最大的要数尚久骖女士了,她今年 60 岁,倘这次顺利进出楼兰,她将成为进入罗布泊楼兰故城年纪最大的中国女性。

我和厉声教授为尚老师分背了少部分物品,这下她更信心十足了,愈发显得矍铄。向导彭戈侠擎着红旗走在前面,学者们开始徒步行进。刘和平与几位司机师傅留守大本营,随时用电台与库尔勒保持联系,以便救援。

“雅丹”,维吾尔语指由风雕塑成的一排排土墩和一沟沟凹地相间的地貌,已成为世界地理学名词。风将流沙及松动泥土刮走,剩下的多是坚硬部分。因风向、风力、地形各异,雅丹也千姿百态。有长达数百米的,有长仅几米的,高低有相差 2~3 米的,也有几十厘米的。高高低低的雅丹沟崖呈褐黄色或白色,人与人相距30米就互相见不着面。而这样的地貌包围着罗布泊,方圆几百公里,没有水源,没有生命,只有枯死的胡杨树根、梭梭柴,白昼烈日炎炎,夜晚气温降至冰点以下,沙暴来临,则漫天黄尘。

营地在我们身后退去,帐篷顶上的红旗鲜艳醒目。而楼兰故城,在前方高高低低的黄色或白色雅丹世界,在每位深深向往楼兰多年的中日学者心中似乎隐约可见。我,尚老师,姚朔民走在最后。有好几次,走着走着,前头的人和红旗都不见了,三个人的心里都很紧张,待登上一个高的雅丹时,都又发现前面不远有其他的人在或高或低处行进。天惊人的蓝,地面像海水干涸时呈现的海底世界,大自然没有一丝声响,凭你去想象。

第一个标志物"大平台"从视野中出现了。张平和厉声在"平台"下坐着等我们。按昨晚的商议,每人从各自背包里取出两瓶水放在"平台"下,供返程时饮用。

为了不和前边的人落得太远,约5分钟后我们又起身出发,尽力追赶前方队员。学者们正低头迈步,气喘吁吁的当儿,厉声的声音从一个大雅丹后传来:"快看——"。

一行禽类足迹清晰地印在沙地上,斜斜向上,拐过雅丹的脊梁。没有生命遗迹的罗布泊湖区出现了禽类足迹,看样子还是不久前留下的,这引起了学者们的很大兴趣,各操相机,纷纷拍照。从足迹判断,这是一只个儿挺大的鸟类,爪子印痕足有3厘米长。

太阳高挂当空,每个人都脱下防寒服系在背包上,一步一步向前走,太阳光越来越强烈了。

三脚架终于从刺眼的阳光中显现出来,作为国土测量标志,它立在一座大雅丹上,从二三公里外望去很醒目。看到了三脚架,意味着成功了一半。学者们陆续取出食物和水补充能量。

从三脚架到烽火台,我们用了两个半小时。烽火台高约10米,芦苇与红柳枝夹泥夯筑的形状保持完好,高耸突兀。可以想象,燃起的浓烟一定非常壮观。

日头开始偏西,地面白得晃眼,而在湛蓝的东方天际,楼兰佛塔在向我们招手。每个人体力消耗很大,几乎是一步一挪地往前走。在烽火台下大家又各自留下一些水和食物,但已感觉不到负重减轻了的愉快。

佛塔的身姿愈来愈清晰,美得令人目眩。而此时一个个雅丹就像一个个拦路的妖魔,张牙舞爪。实在迈不开步时,使用背包垫底在上躺一会儿,再继续前进,休息的次数越来越频繁。日方学者和我走在一起,金子先生低着头,灰白的头发边上沁出不少汗珠,伊藤漂亮的小白脸也红彤彤的,片山那满不在乎的神色此时也被一拐一拐的步子抖落不少。

下午6时20分,我和日方学者走到楼兰城外向导选择的营地,然后都瘫坐在沙地上,大口大口喘着气。我抓紧时间吃了些食物,以便积蓄体力考察楼兰城。不久,刘为挂着红柳,一步一拐走来了,姚先生和尚老师他们也陆续来到。何德修招呼我们一起走向楼兰故城。

　　陶片四处散落,断墙,木质横梁,土台,每一处都那么神圣而永恒。著名的三间房遗址和佛塔相距约60米,城墙在外围延伸,早已坍落,与满城遗迹沦为一体。10万平方米中的每一块陶片,每一截断墙都沉默无语,散发着思想的气息。"穿街走巷"的学者们在用探究的眼光观察这里的一切时,心灵逐渐充盈着一种厚实。

　　红日西坠,楼兰佛塔的身姿愈发迷人。寒意袭来,沉下地平线的落日与故城遗迹构成的群落焕发出一种绝美的光彩。在中国丝绸之路学与楼兰学研究史上,1995年10月30日这一天无疑是重要的,对于研究楼兰文化并卓有建树的学者们来说,它在将来产生的学术影响也许是无可估量的。

　　夜幕严严实实地裹着整个罗布泊,一轮明月升起,清冷的光与寒气一同向我们逼来。这时,我们才依依不舍走出城外,我们的向导彭戈侠已生起了一堆篝火。

　　这一大片风蚀地貌,其实就是原先孔雀河下游泛滥区,从现在枯死的胡杨树根、梭梭柴来看,当初这儿是有茂盛植被的,千余年前,楼兰绿洲是异常美丽的生命乐园。篝火熊熊,天边的明月在火光中变成了红月亮。在这个神奇、遥远的罗布泊之夜,在这20万平方公里无人区的中心,我们每个人的思绪像一大片平静的海水。彭戈侠掏出一瓶白酒,拧下瓶盖当酒杯。尚老师提议,轮到谁喝,先得说说此时此刻心中的感受。

　　火光驱赶着罗布泊荒漠的寒气,粗大的梭梭柴与胡杨树根冒出的火苗映着天边一轮弯月,楼兰国的故都隐于神秘的寂静之中。第一杯酒先递给日本友人片山章雄先生,翻译小常将尚老师的话译给他。片山先生一饮而尽,说:"在日本,我和伊藤君组织了只有我们两名成员的楼兰研究会。楼兰城的神秘废弃令人着迷,它是人类最宝贵的文化遗产,不仅属于中国,也属于全世界。我和伊藤君、金子先生不远万里来到楼兰故城,与中国同行切磋,十分荣幸。祝愿中国学者通过这次考察获取更多成果。"鼓掌,再鼓掌。学者们依次讲话,将杯中美酒一饮而尽。

　　是夜,我们选四个背风的沙洼地烧了四堆火,将火炭铺开撒上沙子,然后盖上篷布,再放上睡袋。这方法十分管用,夜里气温虽低,又是露宿星天之下,而身子底却温热异常,一天的疲劳就这样融化在热沙地里。

　　半夜我做了一个梦。楼兰国举国狂欢,孔雀河上空鸟雀欢翔,我身着锦衣,腰挎长剑,与王族贵人们在一起观赏歌舞。国王络腮胡子模样,爽朗大笑,城中的居民熙熙攘攘,不时欢呼,美丽的楼兰女子裙裾飘动,笑意盈盈,宫廷乐队钟磬齐鸣。歌声悠远而动人,浸入每根神经,极细极细,待要捕捉时,似乎遁消在大海一般的夜色里。欢乐的人们个个脸上带着神秘的表情……

10月31日 晴
楼兰故城——营地

天亮时,我睁开眼睛,不禁扑哧笑出声来。四堆人整齐地卧在沙地里,睡袋沾满了土和沙,露出的脑袋也是灰色的。乍一看,就像一片刚被考古队发掘出来的古尸。尚老师正忙不迭地选角度给我们拍照。

气温极低,摸出背包里的矿泉水时,发现已冻成冰疙瘩,手指屈伸困难。昨夜如果不是这沙土火坑起作用,真不知道被冻成什么样子。

动作敏捷麻利的向导很快生起一堆火。大伙儿围在火堆旁吃了一些食物,按计划又朝楼兰城走去。

车轴、陶片、磨盘、房屋残角、木梁、城墙、土台,1000多年前的遗迹历历在目,昔日的繁华随岁月的尘烟而去,留给后人的是一个谜。身为历史学家、考古学家、作家的学者们各自轻轻蹀步在每个角落,用考究的目光观察所有的土坎与高台,摄取自己所需的对楼兰城的感受和印证对楼兰故城的学术观点及看法,整整盘桓了两个小时,最后在向导的一再催促之下,才走出城外。宿营地的每一片废纸,每一个罐头盒,矿泉水瓶都被我们收集起来埋掉,恢复罗布荒漠的一切原貌,以待后来者。

尽管负重已减轻,可大家的体力大不如前,一直走到下午3时,才走过烽火台,到达三脚架处。每人取出昨日各自放下的食物和水,补充了午餐。这时,有微风吹来,经验丰富的何德修说,我们应尽快走出,估计下午或晚上会有沙暴。学者们按计划由三脚架处往南进约500米,顺一条沟走,考察一处遗址。该处规模较大,从残留的遗迹判断:似为一宫殿建筑。距离楼兰城正西稍偏南直线距离约11公里,陶片散落很远。刘迎胜教授在远离遗址的地方还拾到一块纹饰十分精美的陶片。遗址还露出大量方砖。在楼兰故城中,即使连西域长史府"三间房"这样的高级机构建筑遗址也未有方砖出现,此处遗址显然又是楼兰遗址圈中的千古之谜。这是这次考察中的重要发现。

学者们极度疲劳,也极振奋。队伍拉开大约有1公里。翻译小常不时登上高的雅丹顶背,用望远镜搜寻地物标志。风已明显增大,天空视线不清,如果在沙暴来临之前走不出雅丹地貌区,将有危险。

路线已偏南约500米,放置在来路雅丹平台下的矿泉水被放弃了,也许在将来它会给某个冒失闯入罗布泊的人带来生的希望。

大约下午5时,正西偏北方向有红旗晃动。当我指给身后的片山章雄先生看时,他高兴地叽里呱啦叫起来。部分学者跟着向导向南去考察另一个烽火台。此座遗址与楼兰故城边的那座烽火台直线距离约15公里,也是汉帝国军事防御线的组成部分。8时10分左右,终于走出雅丹地貌区,与接应的人员会合。刘和平和司机们已在那儿等候多时了。

晚上,在大本营里中日学者饱餐了一顿热面条,极度兴奋。刘迎胜教授取出一瓶从南京带来的古井贡酒与大家分飨,祝贺楼兰考察成功。

11月1日 晴有风能见度低
营盘子故城——甘草场

日方学者于凌晨4时起身出发,他们要提前一天赶到库尔勒市,然后直飞北京,尽快回国。

中方学者9时起身,清除营地垃圾后,开始撤离。驱车约两个小时,考察队到达营盘子故城。该处遗址包括城区和墓葬群,判定约为汉及魏晋时期。城区建筑方式与楼兰故城大相径庭。楼兰故城呈方形,而它是圆状,或许由不同风俗种族居民构建。令人痛心的是墓葬被人乱掘,尸骨乱抛,触目惊心。

考察队于下午5时到达地名为甘草场的地方。此处距离生产建设兵团35团团部约30公里,有一眼泉,以前曾有3个自流人员在此种甘草,还垒了一些房屋。但当我们从越野车里钻出来时,意外地发现有一群蓬头垢面的人朝我们走来。原来35团场打算开发这点水源,专门从下属各连队抽调50余名职工修通往甘草场的路。

晚上,我们选择两间垫干草的房间铺睡袋,虽然门窗洞开,但比起楼兰故城外的寒气和前进桥大本营的土灰来,已是十分满意。刘和平与筑路队长联系,用19瓶啤酒换了一些肉,学者们啃了几天干馕后终于美餐了一顿。

11月2日 晴
库鲁克塔格山——库尔勒

早早起身的张平已在屋外点起一堆火。大家用水箱里剩下的水洗脸漱口。我、刘迎胜、厉声、尚久骖、姚朔民、张平围在火堆旁合影,纪念我们这次考察的最后一个营地。按动快门时,红日正从小胡杨树和甘草场的房屋上冒出整个笑脸,很有情趣。

库鲁克山,维吾尔语"秃山"之意,系天山支脉,原因是整座山因土质盐碱过大,寸草不生,呈赭红色的光秃形态。

路上多次遇见奔窜的黄羊，尘土弥漫。罗布泊中心地带大概起了沙暴，天空灰蒙蒙视线不清。我们来时的车辙已被流沙埋住，全凭司机辨别路旁的石块标志。考察队于下午5时回到库尔勒巴州宾馆。穆舜英教授在一楼大厅迎接我们。

　　考察活动带给我们以无尽的回味。在遥远的罗布淖尔荒漠，似乎昨天还清晰呈现在眼前的楼兰故城又变得缥缈起来。她仍然是那么神秘地在远方静立，身姿依旧动人魂魄，仿佛你从来不曾走近她、惊醒过她的酣睡似的。楼兰情结将深深凝聚在我们心里，它飘曳盘旋在亚洲腹地的纯净天空之下，永远陪伴着那大漠风尘，沙海苍茫。

1996年1月26日《新疆日报》

废墟与沙漠

王　嵘

废墟不是沙漠。沙漠不是废墟。

在数千年的历史长河中，塔克拉玛干大沙漠边缘地区繁盛一时的三十六国，辉煌千古的龟兹文化、于田艺术、楼兰文化，以及连接丝绸之路的国度、城镇、城堡、驿站、佛塔、寺庙，像一滴滴水珠，散落和渗透在茫茫塔克拉玛干大沙漠。古代文明消失了，无数个活生生的历史变成了谜。历史缄口无言，沙海风平浪静。

然而人类对历史之谜的好奇心没有消失，人类征服大自然的理想没有泯灭。随着中外有识之士顽强不屈的默默奋斗，亚洲中心大陆上的不被认识的世界慢慢变小，许多神秘的未知数一个个被抹掉，西域文化的灯火正在被拨亮，沙埋千年的宝藏重见天日，塔克拉玛干的谜底也在揭开。

一、龟兹遗址的密码

由中国、瑞典、美国、英国、日本、新西兰 6 国 32 位学者组成的考察团，在塔克拉玛干大沙漠北缘考察的第一站是库车、拜城一带的龟兹文化遗存。

龟兹国自西汉以来就是西域 36 国中的大国，西域文化的中心。汉唐时代曾先后在这里设置西域都护府和安西都护府。据史载，地处丝绸之路要冲的龟兹国，"城有三重，外城与长安城等"。城市繁华，塔寺林立，"佛塔庙千所"，"僧众达万人"。据唐玄奘《大唐西域记》记载，龟兹城西门外大路两旁，各有一尊高达 30 余米的立佛像，每年秋分时数十日内，举国僧徒皆来会集，上自君王下至士庶均奉持斋戒，礼佛听法。各路僧众将一尊尊佛像用锦绣珍宝装饰一新，以车轿迎往会所，"行佛"多达千尊。公元 628 年(唐贞观二年)的一天,龟兹国王率群臣和僧侣至城门外欢迎中原高僧玄奘。这天正是"行佛节",龟兹城披上节日盛装,国王与王后和玄奘坐在城门上搭起的帐篷中,一座高三丈的巨大佛像立于 14 辆车上缓缓驶来,国王脱下王冠赤脚跪拜,玄奘率众僧侣合掌迎候。这时鼓乐齐鸣,笙箫、羯鼓、箜篌、琵琶演奏的乐曲响彻云霄。人们载歌载舞,表演猴子舞等情绪热烈的集体舞,宫女们跳起轻盈优美、旋转如风的胡旋舞。观赏这次龟兹乐舞,使玄奘深受感动,他在《大唐西域记》中盛赞龟兹"管弦伎乐,特善诸国。"

走在今日楼房林立车水马龙的库车城,一种蓬勃的朝气扑面而来。在库车城乡,擅长乐舞的风气一直延续到今天。古代龟兹乐舞善于把鼓乐和舞蹈融为一体边唱边舞,节奏明快,轻盈灵巧,这些在今天库车歌舞中仍然可以看到它的影子。

如今,龟兹故城遗址只留下呈方形的三面墙基,往日的建筑荡然无存,不见佛寺香火,不闻商旅驼铃,那辽远的晨钟暮鼓、笙箫箜篌之声,已随着岁月流逝了,但历史神奇的信息密码,却仍留藏在古代遗存中,等待人们去感应、破译。

我们首先寻访的古遗址是昭怙厘佛寺。该遗址位于库车城北 20 多公里雀尔格塔尔山下的苏巴什地方。铜厂河从中间流过,把佛寺分成东区和西区两个部分。玄奘在龟兹停留期间,曾到这里讲经,住了一个多月。他在《大唐西域记》中云:"龟兹荒城北四十公里,接山阿隔一河水,有二伽兰,同名昭怙厘寺,而东西随称。佛像庄饰,殆越人工,僧徒清肃,诚为勤励……"《水经注》所引道安《西域记》云:"龟兹国北四十里,山上有寺,名雀离大清净寺。"这里说的雀离寺也就是《高僧传》卷《鸠摩罗什传》中的雀黎大寺。著名高僧,一代佛经汉译大帅鸠摩罗什就在这里出生。据许多专家考证,雀黎、雀离就是昭怙厘,只是同名异译。

中外学者兴致勃勃地登上河西边遗址的高塔,随着山势起伏,整个遗址一层层铺开,参差错落,逶迤延伸。在长 700 米宽 200 米的范围内,分布着僧房、寺院、佛塔、窟群。保存完好的是靠近西河岸的一座方形大寺,内有殿堂,中央立着一座残高 9 米的佛塔。

站在高塔上举目望远,东岸佛寺佛塔遗址层层叠叠,尽收眼底。

果戈理说过:"当传说和民谣已经缄默的时候,而被称为世界年鉴的古代建筑还在说话呢。"宗教建筑是宗教哲理的物化,昭怙厘佛寺及其周围的建筑群,是龟兹文化的精神符号。一个时代的辉煌被眼前的废墟所代替。荒漠中原本隐藏着一个喧闹的城市,这里不仅出现过佛教大帅鸠摩罗什,而且出现过享誉中原的著名音乐家苏祇婆;它的文化不仅远播中原王朝,而且辐射到世界各地。它早已与世界文明接轨,又被世界文明所遗忘。它像一位不事辩解、超脱沉默的老人,给后人留下更多思考的时空,让探古访幽者去评说千秋,去寻找与历史对话的机缘。

下一个考察点是龟兹文化的集中代表——龟兹石窟。它与敦煌莫高窟、洛阳龙门石窟和大同云冈石窟并列为我国四大石窟。以克孜尔石窟（俗称千佛洞）为代表的龟兹石窟群，是一座规模巨大、建筑宏伟、体系完整、内容丰富、艺术精美、技艺高超的艺术宝库。仅编号的洞窟就有 236 个，保存壁画一万平方米，代表性极强，艺术价值极高。

走向克孜尔石窟寺的路，是一条从现代走向历史的崎岖小路。历史在一座座洞窟里浓缩，又在一座座洞窟里展开。它犹如淙淙流淌的长河，又仿佛是凝固的长廊。

我们走进克孜尔 47 窟，一下子就走进了近 2000 年前的东汉。这里有龟兹石窟普遍筑造的大像窟，露天大龛依山而开，正面原有巨大立佛。左右侧壁分别塑造和绘画佛像三至五列。宏伟的外殿高达 20 米，抬头仰望，穹形窟顶绘着伎乐飞天多身，色彩依然鲜艳，形象仍旧生动。

内殿也很高大，这里是中心柱窟，是龟兹石窟最常见的礼佛窟。前室多绘佛像、菩萨和护法神等。后室及左右甬道绘着供养菩萨、伎乐天人，后壁龛上和两侧壁绘有佛传、本生、因缘故事和飞天，或以须弥山形成的菱格图案。后室后墙的涅槃台上，有10 米长的佛祖释迦牟尼涅槃塑像，可惜已经坍毁，后壁绘有涅槃像和举哀弟子、天人、飞天、花幔等。排列在佛祖身后的举哀弟子们，一个个以 45 度向内倾斜，这不平衡的姿势大大增加了弟子对佛陀亲切而悲痛的感情强度和宗教庄严肃穆的浓重气氛。

而那些在千佛洞中随处可见的乐舞图和飞天，无不充满热烈欢快的气氛。正如杜佑《通典》所记叙的，那些乐舞形象"或踊或跃，乍动乍息，矫足弹指，撼头弄目，情发于中"的美妙舞姿，栩栩如生；乐师们或肢臂高举，玉指开合，或指滑柱间，手腕轻拨。那生动的形象可感可触，跃然墙上。盛行于龟兹的"胡旋舞"、"胡腾舞"壁画好像随时都能从墙壁中飞出来。特别是那些造型优美、千姿百态的飞天，或翱翔天宫，或奏乐欢舞，给森严的佛世界带来一派生机。

龟兹壁画中的裸体艺术形象，其数量和普遍程度，居全国各地石窟壁画之首。甚至与印度阿旃陀石窟和阿富汗巴米扬石窟相比，其丰富性和创造性也是名列前茅的。这种与佛教教义背道而驰的反常现象，反映了龟兹地区自古以来就有崇尚人体美的习尚，他们面对沙漠瀚海严酷的自然环境，通过壁画的裸体形象曲折地抵制禁欲主义，蕴含着坚持繁衍生命的顽强精神。龟兹画家创作的那些身若出壁的裸体人物形象，无论是佛陀僧尼，还是芸芸众生，始终都处在对庄严佛教的笃信和对世俗生活的向往的矛盾之中，躁动剧烈，形神不安。在所有贬斥否定饮食男女的说教中，无不透露出对人间美好事物的有意渲染，充分体现了龟兹画家的聪明和智慧。

一个个帝王朝代，一场场征战厮杀、全都灰飞烟灭，成为历史的尘埃。而千佛洞壁画生动的画面,却使青春生命,鲜活形象永驻在历史舞台。

一个个洞窟是一代代僧众信徒、工匠画师在悬崖断壁上创造的壮丽景观。他们造出的是洞穴泥胎,成就的是博大精深的文化经典,是沙漠中人类文明的足音!从这里折射出多少时代的风貌,历史的演进。从不同时期不同艺术风格的石窟建筑和壁画中,我们可以解读出迥然不同的时代特征和美学符号:狂放拙朴的北朝,华丽灿烂的隋唐,理性的宋,神秘的元……这些形象的历史揭开了祖先心灵的奥秘,激活了时代精神四溅的火花,感染着人们的情感意绪、创造活力。

历史逝去了,龟兹石窟寺的建筑和壁画长留人间。这里的色彩、线条、形象、洞窟型制,就成了历史文明的载体,就成了近似龟兹文化实体的摹本,就成了流传至今的历史精神的"文件"……

二、古貌苍然大沙漠

塔克拉玛干大沙漠是一个完整的世界,它是人类生活的缩影。美国人类学家摩尔根断言说:"塔里木河流域是世界文化的摇篮,找到这把钥匙,世界文化的大门便打开了。"因而,塔克拉玛干是一个国际性话题。

我们告别了克孜尔千佛洞,经阿克苏驱车南行,直奔沙漠前沿的最后一个据点——兵团十六团场。

在十六团场以南的渡口附近,阿克苏河、叶尔羌河、和田河交汇在一起,成为举世闻名的中国最长的内陆河流塔里木河。这些河流从古代流到今天,呈现出一副古貌苍然的样子,寂寞而寥落,只有阳光投射在波光粼粼的水面,才照出河流生动的声音和动态。

进入沙漠先要越过塔里木河。塔里木河在洪水季节宽约一公里,以汽船渡河。现在是枯水期,水道不过十几米宽。庞大的渡船载着我们的汽车硬是靠不了岸,水深只一米多,撑杆不听使唤。后来人们从对岸用缆绳拖,才把渡船拖到岸边。

塔里木河是滋养塔里木盆地古代和现代文明的乳汁,是沙漠繁衍绿色生命的母亲,是人类最早的诞生地之一。这令人神往又叫人心悸的古海,吸引了世人无数双渴望的目光。在纷至沓来的欧洲人中,要数瑞典探险家斯文·赫定对塔里木最钟情。

1899年9月,斯文·赫定开始了自叶尔羌河漂流塔里木河的壮举,他们的小船迎着狂风恶浪、急流险滩,经过一个多月的艰难航程,才到达这三河交汇的渡口。接着,又开始了更为惊心动魄的划时代的漂流塔里木河之旅。

塔里木河干流长1000公里,加上上游叶尔羌河全长达2137公里。这巨大的沙海蛟龙蜿蜒闯荡于塔克拉玛干北缘。斯文·赫定为了测绘一幅精密的塔里木河全图,驾起小舟在惊涛中前进,迎着河中的冰凌和扑面的寒气,终于在12月初赶到了杨吉湖大本营。他们开始向罗布泊进发,已是1900年春天了。于是,那个流传了一个世纪,被无数学者文人津津乐道的故事发生了……茫茫沙海看不见一点生命的痕迹,"蜗牛壳在我们脚下轧轧作响,就好像公园里的干树叶"。突然,一座立着三间残破房屋的小泥岗出现在他们面前,赫定在这里发现了古代钱币,两把铁斧和几块刻着手持三股叉的人、戴花冠的人和莲花纹饰的木板,东南方向耸立着几座土台,但因天黑来不及仔细考察。第二天他们带着采集到的文物离开这里,到达一个长着活怪柳的洼地,确信这里有水,就决定挖一口井。可是,唯一的一把铁铲丢在昨天那个三间破屋和土台的地方了。维吾尔族向导艾尔德克主动请命,折回头去找铁铲,赫定把自己的乘骑给了他。艾尔德克走后几个小时,忽然卷起一阵暴烈的黑风,刮得他抬不起头来。风停后赫定率队继续南行,来到一处高大的沙丘旁。这时艾尔德克突然出现在落日的余晖中,他骑着马,手中高高举起那把丢失的铁铲、脸上带着一种异样的神情。原来,在昨天那个土台旁奇迹般地出现了许多房屋的废墟,在沙土中发现大量图案精美的壁板。赫定看到他随手捡来的两块雕刻木板,又听说那废墟里的房屋多得像一座城市,激动得满脸通红。后来,赫定终于再次去探寻了那片废墟的秘密,获得了前所未有的巨大成功。经过瑞典著名语言学家蒙拉迪教授对这些古物和文书的研究,证明赫定在塔克拉玛干东缘沙漠中发现的故城废墟,名字叫楼兰。

10月11日傍晚,我们的车队到达和田河最北端的河口,因是枯水期,河床是一条沙子河。岸边生长着茂密的胡杨和灌木丛,一片金黄。在落日的余晖中,黄沙漫漫,大漠无垠,天地成为一体,晚霞令人陶醉。

在岸边名叫"鹅河"的地方,考察团选择了一块又干又软的沙土地安营扎寨。今天是穿越沙漠第一天,考察全程中最诱人的一幕拉开了。

无论是中国人还是外国人,也无论是满腹经纶老成持重的学者还是辛苦了一天的年轻司机,人人都兴致勃勃,挖井、拾柴、烧水、做饭、搭帐篷、吹气垫,为自己安排穿越沙漠的第一个野营之夜。

月夜当空,孤烟直升,漠风平而沙浪静。大家围着噼啪作响、熊熊燃烧的篝火,开始了不寻常的沙漠野餐。肉罐头、水果、热茶、方便面,还有啤酒助兴。三位外国女士,美国维莱斯利大学刘元珠副教授,英国牛津大学讲师劳丽,新西兰奥克兰大学讲师布丽,也都脱去臃肿的旅行外衣,穿上合体漂亮的衣裳,忙前忙后,兴高采烈。瑞典语言学家罗森教授,植物学家诺德斯坦教授,东方文化学者沃尔特斯研究员和青年汉学家西万皮特,此刻也是欢欣鼓舞,又是拍照又是摄像。

塔克拉玛干的夜,静得出奇,冷得出奇,到半夜就被冻醒了。睡袋被露水打湿,背下的气垫湿漉漉的,帐篷也似乎在滴水,这是地下水返潮所致。辗转不能入睡,索性起身到篝火旁取暖。这时已有不少人耐不住寒冷，到这里来烤火了。火不太旺，我们分头去拾柴，走出去半个钟头，当抱着柴火往回走时，明明看到篝火，就是走不到跟前。因为周围没有参照物，满目黄沙，所以转来转去，越转离营地越远。这时我想起彭加木的失踪。当年在塔克拉玛干考察时，彭加木只身离队去找水，结果一去不返，成了历史之谜。想到这里又急又怕，出了一身冷汗。

人们纷纷把捡回的柴添在火堆上，不一会火势升腾，火焰冲天。在这死亡之海的一隅，有了火就有了温暖、有了光明、有了安全、有了浓郁的生活气息。

寒冷难熬的沙漠之夜过去了，这已是 10 月 12 日的早晨。

初升的太阳把和田河东岸的胡杨、怪柳和形形色色的灌木照得一片金黄。而西岸浩渺的瀚海在我们的车轮下波滚浪涌，各种形状的沙丘如画中之物，迎面扑来，那些高大的沙丘首尾相接起伏连绵如一条条腾空巨龙，震撼人心。那一道道弯曲的小沙丘，恰似一弯弯秋日的新月，赏心悦目；那线条坚挺、尖顶塔形的沙丘，又酷似一座座巍峨的金字塔，列阵威严。远处那些造型奇特线条柔和的沙丘群落，如密集的蜂巢，如飘逸的羽毛，如片片闪光的鳞甲……造化的神工鬼斧、自然的奇异运作，使沙漠景观千姿百态，争奇斗胜。

我们的汽车常常陷进沙窝，艰于行进。人在车中就像翻滚的煤球，头晕目眩，五脏六腑都要吐出来。

正值 10 月，天公还算作美，风和日丽。如果是在夏季，沙漠就会露出野蛮的本性，常常是沙暴骤起，铺天盖地，烟云四合，道路迷失。在狂风肆虐中，飞沙走石，撕天裂地，弱小的植物枯萎飘零，动物生灵灭绝消失。沙漠拒绝生命，塔克拉玛干摆出一副与人类和一切生物势不两立的架势。难道与生命为敌的就是这些细柔洁净的小小沙粒吗？这是多么不可思议。

当一切生物都躲避风沙的时候，只有胡杨树一动不动，巍然屹立。那密集成林或三五成群或茕茕独立的胡杨，是真正的沙漠巨人，风魔面前的英雄，在沙尘弥漫的混沌世界中放射出火焰般的壮美之光。正是遍布沙漠和列阵沙漠周缘的胡杨林，孕育了人类的生命，庇护了人类的生存，成为人类进化的摇篮和人类文明的母亲。

胡杨，生一千年不死，死一千年不倒，倒一千年不朽。

还有那沙漠中令人一见倾心的红柳。无论多么恶劣的环境，无论怎样难忍的磨难，都不会使它屈服；最贫瘠的沙漠和最少的水分它都能茁壮成长，充满活力。它勇敢地在沙漠中伸展着柔韧的枝条，无私地奉献出灿若朝霞的花朵。它寸土不让，沙漠才为之却步。它对自己格外苛刻，为了不使宝贵的水分蒸发消耗，不惜把标志自己美丽青春的花朵尽可能地"浓缩"起来，这是多么崇高的自我牺牲精神。正如一位青年诗人所称颂的，它是抗击风沙的烈女子，是男性般伟岸的胡杨树的忠实伴侣。

中午，骄阳似火，气温高达 30 多摄氏度，沙漠真是个忽冷忽热反复无常的疯子。

此刻，阳光和黄沙相照耀，胡杨和红柳相辉映，天地间被明亮的金色所占据，光影眩日，如梦如幻，仿佛走进童话世界，又仿佛是几万年前古老沙漠的再现。眼前这一小片处女般的原始胡杨林，保持着天然形态和原始面貌，没有被惊动，没有遭砍伐。从森林中走出的万物之灵，谱写过文明篇章的智慧的人类，保护好这些原始森林吧，让它们永远为人类追寻历史时提供鲜活的形象物证。

三、奇迹般的"天赐湖"

10 月 13 日，这是一个不寻常的日子。按计划，今天要到达斯文·赫定当年获救并命名的"天赐湖"了。四位瑞典朋友天刚亮就忙碌起来，又是调试望远镜，又是检查照相机，摄像机，还不停地铺开地图测算距离。他们显得特别兴奋，渴望着那激动人心的时刻早点到来。

那是 1895 年春天，斯文·赫定率领当地的民伕准备从麦盖提出发穿越塔克拉玛干大沙漠，到达和田河。4 月 10 日出发的时候，麦盖提居民神情阴暗地望着这群可怜的一去回不来的人。因为他们当中早就盛传着一个阴森可怖的故事：沙漠中有一座宝城，谁要拿了那里的金银财宝就会中魔，原地打转走不出来，直到最后留下一堆白骨。斯文·赫定不但没有被可怕的传说吓住，反而被那神秘的富有刺激性的地方吸引着鼓舞着，他笑着向淳朴的乡亲们挥手告别，八峰骆驼引颈昂首，铜铃庄严地叮咚响着。一位老人悲伤地说："他们向死亡走去了……"

两天后他们进入沙漠。4 月 19 日，他们驻扎在一个湖边的胡杨丛中。当进入不毛之地的沙漠深处时，赫定回忆起这里，"就像回忆起一座人间天堂。"远山闪耀着紫辉，湖水碧波粼粼，胡杨吐着春天的嫩芽，芦苇和沙地泛出金黄的颜色，多么叫人流连的地方。后来，当他们深入黄沙漫漫的死域时，那种感情就更加强烈。但是，赫定早已抱定征服沙漠的决心，"不管从这里到达和田河多么艰苦，也绝不踏着自己的脚印退回一步。"

早在离开那个"天堂"时，他们就补充了足够的水。尽管向导约尔提说从那里到和田河只有四天的路程，但赫定还是让他们备足 10 天的水。到 4 月 24 日，他们遇上了风暴，连和田河的影子都没有看到。次日他们从风沙中醒来，赫定吃惊地发现储存的水只够两天用了。他质问约尔提为什么不按他的指令备足 10 天的水，得到的答复是快到和田河了，到了那里就有水了。赫定当即让他忠实的仆人伊司兰拜管理剩下的水，减少用量，骆驼则再也得不到一滴水了。

又走了两天，还是没有到达和田河。白天太阳灼热得像火炉，人喘出的气都是火辣辣的。驼铃疲惫地响着,这是希望之声,还是为驼队覆灭敲响的丧钟?

名叫"老者"的骆驼倒下了,眼里留着绝望的死光。后来"大黑子"骆驼也躺倒了,接着又有两头骆驼倒毙,那游动的沙丘将会把它们埋葬,为它们造成一座墓丘。

人们陷入恐怖、惊慌和绝望之中,个个渴得喉咙冒火。不能让人也像骆驼那样倒下,赫定果断地决定就地挖井。一把铁铲在大家手中传来传去,挖了三米深也不见水。一直挖到深夜,人们眼巴巴地望着井口,等待奇迹出现。

忽然,民伕卡斯木扔掉手中的铲子,哽咽地说了句"沙是干的"就跌倒了。他的这句话像是从坟墓中发出来的,无情地给全队宣判了死刑。

接着,更大的灾难到来了,沙暴在飓风助力下搅得天昏地暗,日月无光。骆驼一头头死去,驼伕买买提木沙也倒下了。赫定让伊斯兰拜去拿剩下的两小壶水,但一壶水在夜里被盗,他们出乎意料地看见向导约尔提正嘴对水壶,把水喝了个光。随之约尔提失踪。

转眼到了5月1日,最后一小壶水也已滴水不剩了。赫定倒在地上昏迷过去,感到死亡就在眼前。当他醒来时立即挣扎着站起来,伊斯兰拜说他宁愿死在这里,再也不能向前走一步了。还能站起来的卡斯木和赫定搀扶着,向这不祥的死营投去最后的一瞥,消失在沙海夜幕中。

5月5日,破晓之时,他们站在高丘上像化石般伫立不动。突然,两人同时喊出:"树林,和田河!"他们不顾一切地扑向和田河,河床是干涸的,卡斯木失望地倒在沙地上,再也不愿起来了。赫定使尽最后的力气,挣扎着向河床对面走去,岸坡上长着灌木和芦苇丛,一棵倾倒的伸出树干的胡杨树正对着他,一只水鸟拍溅着水声飞起来。瞬间,赫定在月光下看见一个幽蓝色的水潭……他立刻伏身咕嘟咕嘟喝个不停。这真是天赐琼浆,绝处逢生。赫定惊喜万分,对着这椭圆形水池呼叫:"天赐湖!"

赫定想到了卡斯木,但没有任何盛水的器具,情急之中脱下自己的靴子,灌满了水,去救活了卡斯木。然后他们就用铲柄挑着两只靴子,找到了伊斯兰拜,开始了新的跋涉。

赫定回到瑞典,找到为他制靴子的人,每年给这位靴子匠寄去一双靴子的价款,以纪念那死里逃生的日子。1992年我们去瑞典访问,在斯德哥尔摩国家民族博物馆看到了靴子匠写给赫定的回信和开出的收款收据。

1992年10月13日,我们考察团的车队沿着和田河干河床艰难跋涉,车队不时迷路,走了不少弯路。车辆不断地陷入泥潭,人们冒着被沼泽吞没的危险奋力救援,这给考察生活平添了不少探险的气氛。

走近胡杨林,和在远处观看的感觉大不一样。那落满树枝树叶的沙尘,是历史的沙尘,使人顿生一种地老天荒的苍凉感和历史感。摇动树枝,抖落下来的大约是千百年前的积尘;或许在斯文·赫定落难此地时,也不曾碰撞过这些树枝树叶……

四位瑞典朋友把地图摊在沙丘上,精细地计算了一番,我们的车队又开动了。下午2时,"天赐湖"赫然出现。我们终于看到100多年前的历史重现在面前。

"天赐湖"紧靠和田河陡立的左岸,周围灌木芦苇丛生,一棵倾倒的胡杨树枝干仍旧映照在水清如镜的湖面上。与当年赫定的文字记叙和绘制的地图以及后来瑞典科学家安博特拍摄的照片对照,湖湾及周围环境基本吻合。这次来的四位瑞典学者,把他们心驰神往的"天赐湖"一律叫做"赫定水池",这一称谓曾被许多探险家和学者使用了将近一个世纪。

赫定水池旁的气氛异常热烈,瑞典学者互相拥抱,欢呼跳跃,拍照留影,缅怀赫定博士为科学献身的精神。其他国家的学者也都兴高采烈,与瑞典学者相互祝贺。临行时,沃尔特斯灌了一瓶池水,要带回瑞典留作纪念。植物学家诺德斯坦,则不失时机地在赫定水池旁采集了许多植物标本,放进他的工作箱。

"天赐湖"——中亚探险史上永久的纪念,它是对科学探求精神的一个鼓舞,也是人类能抵达任何未知世界的一个象征。

然而,科学不依赖天赐,一切机会和成功都要凭借不畏艰险献身科学的精神勇气。

1996 年 4 月 30 日《新疆日报》

老照片的故事

杨新珠

由中国人民解放军第一野战军战史编审委员会编辑出版的《中国人民解放军第一野战军战史图集》里有一幅珍贵的照片：一队女兵身着军装英姿飒爽行进在茫茫戈壁上。近半个世纪了，照片中的女兵现在何方？

今年 8 月 9 日，在自治区建筑安装总公司活动中心会议室里，聚集了 20 多位离休女干部。她们就是当年行进在戈壁上的那队女兵，为纪念家乡解放暨中国人民解放军进军新疆 49 周年而相约聚会。

激动人心的场面

相约聚会的老大姐们陆续来了。"你们还认识不认识我？"一位大姐站在门口问。"你是杨克玉？"有人认出了她。"你是谁？我怎么想不起来？"大家互相辨认着。那激动热烈的情绪，谁见了都会被感染。

相约者到齐了。主持人提议唱首歌。一位叫许莲芳的大姐指挥大家唱起了《中国人民解放军进行曲》。"向前，向前，向前，我们的队伍向太阳，脚踏着祖国的大地……"嘹亮的歌声仿佛又将这些女兵带回了进军新疆的征途。又一首"白雪罩祁连哟，乌云盖山巅哟，草原秋风狂，凯歌进新疆"的歌声让当年的女兵们再次心潮起伏。

"想不到 49 年后我们还能在这里相会，为了这次聚会，为庆祝我们家乡解放 49 周年，庆祝我们进疆 49 周年，我为大家朗诵一首诗。"离休前任高级教师的晏宁大姐自告奋勇朗诵了她本人写的一首诗《赠战友》。

四九与君肩并肩，同赴喀什大生产。天当被子地当毡，红柳作筷馕作碗。一条扁担两只筐，咱们一同把粪捡。风卷黄沙天弥漫，打柴途中险遇难。而今回忆味无穷，心潮澎湃乐陶然。

"我也为大家献上一首诗。"一位看似饱经风霜的老大姐站了起来,她叫李映云。

人们按捺不住内心的激动,争相谈论着几十年来时时萦绕心头的感受,述说着战友们曾经经历的艰辛和青春的奉献。

"你们是最早进疆的一批女兵,个人的婚姻故事肯定很多吧?"笔者瞅空插了一句。"我们的婚姻是半包办的!"有人说。"好!谁来讲一讲我们的婚姻故事?"性格爽朗的主持人对着大家说。"她有天晚上去看别人结婚的,有人把她推到前边,说今晚的新娘子就是她。"有人指着一位皮肤白净的女同志说。"别听她胡说!"被指的那位叫任秀英的大姐立即笑着反驳。"她的婚姻真有故事。"几个人不约而同地指着王淑莹大姐。"那是她丈夫。"人们又把目光转向陪着妻子来参加聚会的仅有的三位男同志之一的魏振常。"他们在家乡时就拜了天地,到新疆后王淑莹差一点被'分配'了。""来!来!给你们补拍一张结婚照。"应邀在场的摄影师举起了照相机。几位女士站到他们两人后边凑趣。

说不完的知心话,道不尽的离别情。已霜染两鬓的女兵们无法按捺49年后再次重逢的喜悦……

摄影师的一个个镜头又扯出了女兵们对往事的一缕缕回忆。

摄影机前忆往事

一张合影中20多位与会者各具风姿。"为我们从吐鲁番步行到喀什的拍一张合影!"摄影师又一次按下照相机快门。"我们两人上学时是一个班的,给我们拍一张,""我们三人在喀什开发大草湖时是一个班的,也给我们拍一张!""我们两人在行军路上睡一个被窝,给我们拍一张!""她们两人在大草湖开荒时拍过一张拍水的照片,再给她们拍一张。"杨克玉穿起了离休前部队发给的老式军装和王淑莹照了合影。摄影师忽然想起曾见过一张一位女兵用废油桶烧开水的照片,随口问了一句"你们认识不认识一位留下了一张烧水的照片的女兵?""就是她!"众人一齐指向杨克玉。

摄影师告诉笔者:"这里边有一个人是原兵团副司令员文克孝的堂姐。"乘着拍照空隙笔者采访了文彬蔚:"我们家乡解放时我家五口人一起参了军。我从老师家里拿了一包干粮,一包梨子,把床单撕开缝成了干粮袋。没敢告诉家里,从学校直接去报了名。母亲知道后从临洮跟到兰州,叫我回家。""你说你家有五人同时报名参军,五人中也包括你堂弟文克孝吗?"年近七旬的文彬蔚大姐点了点头。笔者抽空找到了李映云:"听说你写了你们家乡解放及你们参军进疆那一段历史的书稿?""我只上过四年小学,水平不行。但我想把战友们奉献的人生记录下来。"

我感到自己像是探到了一座小小的历史富矿,准备逐个去采访。这次聚会的发起人原兵团工会女工部副部长魏玉英自告奋勇再由她召集一次小型座谈会。

故乡参军热

一星期后,座谈会在自治区建工局离休干部李树德家中召开。他们给我讲述了甘肃临洮解放,中国人民解放军第一野战军一兵团在那里动员知识青年参军、组建军政干部学校、知识青年踊跃参军以及后来进军新疆的动人情景。

临洮解放时,王淑莹、任秀英、李树德都在临洮女师附中上学,三人同班,是好朋友。听到部队招兵的消息,三人商定一起去当兵。但家长们不同意。主要是因为临洮有一所国民党步兵学校,老百姓对其很反感。再加上任秀英、李树德是独女,王淑莹是家里最小的孩子。三人都只有十五六岁,从未出过远门,家长不放心。王淑莹家里住着解放军,身挎药箱的女兵让她眼馋极了,她下决心无论如何也要去当兵。软磨硬抗,父母拗不过,提出了一个条件:如果王淑莹答应订婚,就让她去参军。"订婚就订婚",王淑莹也答应了父母的条件。父母精心为她选上魏振常。他已先于王淑莹报名参军。明摆着,老人希望魏振常在外边照顾自己的宝贝女儿。

"既然家长不愿意让子女当兵,为什么在短短的半个月时间里一个小县城竟会有1200名青年学生报名参军?"笔者提出了心中的疑问。"临洮各级党组织协助做工作,并且动员党员带头参军。那天参加聚会的魏华就是一名地下党员。"魏玉英直人快语。"临洮各界的社会贤达、有名人士、学校的校长、老师支持学生参军,也是一个重要原因。"原喀什某中学校长魏振常补充说。接着大家列举了临洮工业职业学校校长戚文波带着儿子参军,临洮女子师范学校的教导主任魏宣昭带着儿子、侄子、侄女等一家七人参军的感人事实。

1949年10月5日,临洮城街头巷尾熙熙攘攘。上级命令一兵团军政干校准备启程。经过了一个多月军事、政治训练的学员们告别亲友,收拾行装,忙得不亦乐乎。王淑莹、魏振常被家长叫回去,说是既为他们订婚,也为他们举行婚礼。17岁的魏振常和16岁的王淑莹按照父母的嘱咐先给祖先磕头,再给父母磕头。父亲给了魏振常三块银元,婆婆给了王淑莹一枚戒指、两条短裤。王淑莹至今还记得婆婆为他们布置的新房,记得那漂亮的红缎被、绿缎被。但那时她只看了一眼,连新房的门槛都没有迈一步就返回干校了。

10月6日凌晨3时,队伍集合向兰州出发。临洮的1200名优秀儿女、加上附近各县的共1500人背着背包静悄悄地离开了亲人,离开了养育他们的洮河,徒步向兰州行军。在这支浩浩荡荡的队伍中,有150名女性。

初踏行军路

部队出发这一天，恰好是农历八月十五——中秋节。临洮距兰州只有50多公里路，对一般人而言，步行两天到达并不吃力。但军政干校的学员们却经历了有生以来的第一次考验。

行军才半天，一些女学员的脚上就打了泡，汗流满面，头发像被水洗过一样，困乏得走不动了。有的就干脆把背包放在地上坐着喘气。几个十二三岁的小女兵索性倒在年龄大些的女兵怀里哭鼻子。她们一哭，有些年龄大些的也跟着哭。区队长见此情景立即到队前作动员："今天的行军才是万里长征迈开了第一步，连宿营地都没有到，算什么英雄好汉！"接着鼓励几个年岁小的："年纪小，志气大，报名参军顶呱呱，今天行军笑哈哈……"又说让大哥哥大姐姐们关心爱护她们。经队干部这么一讲，几个哭鼻子的小战士擦掉眼泪红着脸笑开了。大约半小时后，营部通讯员骑马赶来说营长指示叫几个年龄小的女战士骑马。大家七手八脚把三个小姑娘扶上马。三人骑在一匹马上，后面的抱着中间的，中间的抱着前面的，前面的拉着马缰绳，吓得吱哇乱叫。队干部鼓励她们："勇敢点，不要怕，战马很老实。万一掉下来我们再把你扶上去。"战马的确很听话，不跳也不叫。走了一段路，三位小战士露出了笑容。困难之中显真情。这件事很叫女兵们感动。休息时，开了个短会，大家纷纷说："营、连干部事事走在前面，营长身体还有残疾，爱护战士胜过自己，把马让给小战士骑，如果再哭哭啼啼就太不像话了！"大家都表示："再不哭了，克服困难，向兰州挺进。"

当天晚上，夜宿辛甸镇。镇上居民家家户户都在欢度中秋节。不知谁触景生情哭起来了，女生队里顿时又是一片哭声。也有不哭的。李映云没有哭。她15岁时被卖给一个13岁的哑巴当媳妇，好不容易才逃出火坑。杨迦莉没有哭。她因不堪忍受继母虐待领着13岁的弟弟参了军。杨克玉没有哭。在家时吃了上顿没下顿，在军政干校的一个多月里，顿顿有白面馒头，有肉菜吃。"小尕妹"魏玉英也没有哭。在这支浩浩荡荡的大部队里，有她的叔叔和五个堂兄。

女兵们哭归哭，第二天早晨行军照样精神抖擞。

第三天。翻越七道梁时，山顶锣鼓喧天红旗招展，疲惫不堪的女兵们听到响声精神大振，高唱着"向前，向前，向前，我们的队伍向太阳……"争先恐后翻过了山梁。

太阳快下山时，部队到达了西果园——兰州大学校园。女兵们又累又饿，稀里糊涂吞下一碗面条躺下就睡。朦胧中，听见了哨子声。大家极不情愿地揉着眼睛坐起来。区队长叫各班班长、副班长去伙房打水烫脚。一会儿，两个班长抬着热气腾腾的开水桶进屋了。女兵们吓得不敢出声。李映云所在队的区队长是一位四川人。她命令两位班长脱鞋袜，然后亲自抓住她俩的双脚往盆里按，吓得班长直喊"妈"。轮到战士们洗了，水已不那么烫了。班长学区队长的样，也把战士们的脚往盆里按。脚还没洗完，区队长领着卫生员来了。她手里拿着一个本子，卫生员手里端一盏点着的煤油灯，让大家把脚抬起来。女兵们不知干啥就乖乖地抬起了脚。哪知卫生员的手指缝里夹着一根针，手腕上绑着一些细麻绳。见谁的脚上有泡，就把针在油灯上一晃，动作极麻利往泡上戳一针。被戳过的地方火辣辣的。有的女兵把头蒙在被子里骂："四川女人心真狠！"有的骂班长跟她一起整人。过了一会儿，洗过的脚不疼了，感到很舒服。这才想：烫脚、排泡肯定是他们总结出来的经验。

似乎刚睡着，起床号响了。睁开眼，月亮还是那么明亮，满天的星星还在眨眼睛。问是怎么回事？区队长回答："接到紧急命令，急行军赶往兰州。赶快收拾出发！"大家整好行装，小跑步前进。男生队里听不到声音。女生队里有的喊："你踩我脚了！"有的报告说"背包散了。"领队回答："出列，收容队解决。"学员们高一脚、低一脚，上气不接下气地跑了两个多小时，好容易听到"停下"的命令。这时，天还没亮。谁都想一屁股坐在地上喘口气，但没有命令，谁都不敢坐。

"到兰州了！"学员们累得头昏眼花，躺下后就什么也不知道了。

从临洮到兰州的行军把军政干校学员们受训时的跑步、爬山等科目全派上了用场。这时候他们才明白，当初为什么要进行那样严格的军训。

兰 州 休 整

听到起床的哨音，已是早晨10时了。女兵们睡了一个痛快觉，疲劳消除了。走进食堂感觉像是进了饭馆。主食有米饭、烧饼、花卷、凉面。菜的花样就更多了，卤肉、炒菜、凉拌菜，大肉、牛肉、鸡肉，想吃什么有什么。女兵们饭量不大，吃不多，但什么都想吃。炊事班长像老妈妈一样，把饼切成小块，一人一块；把各种菜都打上一点，每人就是一大碗。他边打边说："照顾好你们这些女娃，可是咱们王胡子（王震）司令员的命令。我们一点都不敢马虎。"

早饭后，各班班长领回了服装：一套草绿色冬装、一双白布袜子、一双厚帮硬底军鞋、一副绑腿带。穿上试一试，还算凑合。可几个小女兵又遇到麻烦了，穿上最小号的棉衣还长出一大截，像件棉大衣，伸直双臂连手都看不见。区队长让往小里改一改，女兵们你看我我看你，谁也不敢动手改。李映云在家时做过针线活，见大家不敢动手，她帮着把袖子、裤脚拆开取出棉花，再把布卷上去重新缝好。长短是可以了，但太厚。她也不敢再动手改了，只好叫小女兵把棉裤腰带系紧一些，凑合着穿。

10月份的天气，早、晚已很凉了，但穿棉衣却为时过早。部队去广场开庆功会要求统一着装。女兵们脱下单衣换上了棉军装。步行到广场时，个个满头大汗，衣服沾在身上浑身不自在。就地坐下还没等喘过气，先到达部队的拉拉队就喊开了："叫你唱歌你不唱歌，我们就用大炮轰！轰！轰！军干校，来一个！"军政干校的宣传干部也不示弱，把眼镜往上一推，用袖子擦了一下额头上的汗，也组织起了拉拉队："炮兵团，来一个！"广场上红旗飘扬，歌声彼伏此起。身着统一军装的女兵们这时才感到自己真正成了一名中国人民解放军的女战士了。

在兰州休整的一星期里，又有一批知识青年参加了中国人民解放军。军政干校的女学员队伍中又增加了八名女性。

挺 进 新 疆

越往西行，天气越冷。白天乘坐搭着篷布的大卡车尚可忍耐。夜宿僻乡孤村，寒冷给女兵们留下了刻骨的印象。

她们离家时带出来的被子又薄又小，有的甚至连被子都没有。杨克玉就只有一条母亲用羊毛织成的薄毯子。为了取暖，她们几乎都是两人合伙睡在一起，铺一床被、盖一床被。部队在张掖整训时，大家都分散住在老乡家里。一天夜里，和杨克玉合睡在一起的 13 岁的小女兵尿了床。11 月底，室外气温在 –20℃，被子没处晒。加上怕羞，也没找地方晒，晚上只好又湿着铺上。

说到寒冷，给女兵们留下印象最深刻的要数夜宿星星峡。那时的星星峡，可供部队宿营的房子既少又很破陋。房子的门窗上只剩下了破框子。气温达 –30℃。北风刮得呼呼响，整夜不停，直往屋里灌。躺在被窝里就像掉进了冰窖，上牙禁不住直嗑下牙，呼出的气在眉毛、被头上结成了白霜。这怎么能入睡呢？生性活泼的魏玉英索性爬起来叫上几个平时爱唱爱跳的小姐妹，在屋里扭起了秧歌。颉芳兰说："你们还能高兴地跳呀？我都快冻僵了！""我们是在往暖和里跳呀，不信你起来试一试。"全屋的战友们都起来了，大家围成一圈，唱呀，跳呀，寒冷消除了，个个变得喜笑颜开。有的房子里生起了火，大家围着火堆坐成一圈，前胸热，后背冷。不知那时流行的"戈壁滩烤火一边热"的俏皮话是不是由此而发明的。

1949 年 12 月中旬，军政干校到达吐鲁番后奉命改编，取消建制，人员大部归属二军教导团。

徒步穿越塔里木

1950 年 2 月初，经过整编整训后的二军教导团近百名女战士跟随大部队开始了徒步横穿塔里木,向着南疆重镇库尔勒、阿克苏、喀什挺进的艰难历程。

"从吐鲁番到喀什的戈壁行军,是我们这一生中接受过的最为严峻的考验。"被采访者都这样说。"我们每天行军至少要走八九十公里路,有的时候要走 100 公里以上,甚至 150 公里。到了渺无人烟的地方就要连夜行军赶到宿营地。""穿越沙漠地段,经常遇到风沙的侵袭。狂风卷起黄沙,天空顿时一片昏暗。前面的部队走过去,就留下一行行沙坑。走的人越多,坑就越大越深。"后面的部队就得重新选路前进。沙子灌进鞋里,不一会儿脚就被磨烂了。"走得最苦的一次要数从焉耆到库尔勒的那一段路。记得那天天不亮部队就出发了,走到铁门关,天就黑了。站在铁门关上能看见库尔勒城里的灯火,感觉就在眼前。但是走啊走啊,怎么也到不了。据说是因为向导带错了路,部队就地转着圈走了几小时。人困马乏,有些年纪小体质弱的女战士最后实在走不动了,只得匍匐在地上,慢慢往前爬行。"老大姐们缓慢地叙述着那难忘的历程。

女兵们来月经没有卫生纸,就把内裤撕了缝成布袋,再把棉衣上的棉花撕一些装在里边,做成"卫生巾"。已经没有棉衣可撕的就往袋里装些沙子,做成"沙袋"。双腿内侧被磨破了,流血、化脓、溃烂,走一步疼得钻心。没有消炎药,到伙房要上一点儿牛油擦一擦。由于自然环境改变,加上营养不良,有的女兵就停经了。"就连大小便也成了我们的一道难题。茫茫戈壁滩,无遮无拦。走远了回来赶不上队伍,何况也没处可走,后边大队人马在行军。情急之中,我们想出了一个办法:离开大部队稍远点,三五个人站成一圈,双手撩起大衣,形成人造'围墙',轮流'方便'。"

一路行军如同播撒种子。从焉耆到喀什,每一站都要留下一批人,也要留下几名女性充实干部队伍。文彬蔚、魏玉英等 12 名女生被留在二军五师师部驻地阿克苏。后来魏玉英被分配去了十三团。

从吐鲁番出发,历时 48 天,行程 1500 公里,二军教导团于 3 月下旬抵达喀什疏勒县。此时,队伍中还有女性 70 余人。

开 发 荒 原

3 月下旬,当地的老百姓已基本播种完毕。为抢农时,教导团上下齐动员,向大草湖进军,开荒造田。

坎土曼震裂了虎口,鲜血染红了木把。男同志拉犁,女同志播种。当年夏天,原来的大草湖荒滩上长出了绿苗。绿色的禾苗是在怎样的境况下生长的?播种、养育它们的是怎样的一群人?"那时候新疆的物资十分匮乏,加上运输困难,生活资料也十分缺乏。兰州休整时发的那套棉军装一直穿到第二年 7 月份。有些战士的军装衣襟、裤脚烂成了布片片、布索索。男同志下地,赤裸着上身。在水田里拔草,嫌不利索,干脆连棉裤也脱了。远远看见女兵送水来了,有人喊一声,大家赶紧把破棉衣围在腰里。女兵只好整天穿着棉衣。7月天,戈壁滩上的太阳火辣辣的,头上没有任何遮挡,脸被晒得暴起了皮,像熟了的土豆一样,用手一抹,掉下一层。脚上的鞋全破了,到后来一个班就只剩下两双鞋,谁穿上算谁的。女同志受到照顾,每人有一双鞋,但都是一个尺码,晚上脱到帐篷里,分不清哪双鞋是谁的。早晨最后一个起床,怎么也找不到鞋。怕去晚了完不成定额,就光着脚往地里跑。收工回来,脚底板上扎了好多刺。"大家都回忆起那时候的事。

女兵们通常被照顾去干"轻活",取水、烧水、送水、打柴、做饭。土墩旁架个废油桶就成了供应开水的地方。柴火湿,很难点燃。趴在地上吹气助燃,忽然"轰"地一声,头发立刻被燎得卷起来,有时候不小心,连眉毛也被燎去。杨克玉在家时常帮母亲烧饭,每次轮到她做饭烧水,都能按时把饭做熟,把水烧开。后来领导就常派杨克玉烧水。一天,摄影记者来了,拍下了珍贵的镜头。

荒滩被开垦成农田,打柴越走越远。一次女兵们打柴返回时,忽然狂风大作,顿时天昏地暗,她们迷了路。大家抱着一棵树互相拉扯着。还好,没有一人被风刮走。天将微明时,派出寻找的人找到了她们,每人背上都背着一捆柴。

按说做棉衣做鞋是女人的拿手好戏,但是针线到了女兵们的手里却不肯听话。棉衣上引出的行子歪歪扭扭像蚯蚓,一不小心针就扎破了手。费了好大的劲才铺匀的棉花,翻面时,一不小心就成了一团。一回生,二回熟。1950年入冬时,部队都穿上了新棉衣。

冬季扫盲,可到了女兵们大显身手的时候。有些不识字的老干部平时虎着脸"熊"她们,这时都坐在教室里乖乖地当起了学生。不过,女兵们也不摆老师的架子,而以她们特有的细心、耐心和诚心帮助许多人摘去了文盲帽子。

"半包办"婚姻

长期征战的部队里有一批知识女性,自然就成了官兵们最注目的一群人。当时部队规定男同志必须具有10年军龄或8年党龄才允许谈恋爱。对女同志则经常上课,开会,进行教育:老同志为谁打仗负伤?老同志为什么没文化?老同志为什么没成家?还组织讨论,要求表态。

李映云是教导团女兵中第一个结婚的,一位领导同志给她"介绍"的对象是教导团供给股的一位股长。他抗战初期参加革命,曾负过伤,年长她20多岁,曾结过婚,家中已有一子一女。李映云想,难道自己婚姻的不幸是命里注定的?她曾一度想离婚,但后来发生的几件事动摇了她离婚的念头。"三反"运动时,这位股长的一位下级遭受冤屈,他挺身而出承担责任;三年自然灾害时他把家中的全部存款寄到岳父家,救了一家人性命;他支持已有 3 个孩子的她读完了中专;"文革"中她受到冲击,他从精神上鼓励,生活上关心她,帮她渡过了难关。她 66 岁时,他已 90 高龄。他病重期间含着泪对她说:"你是天底下最好的人。你对我太关心了。还关心我前面的孩子。但是我把你害苦了。"丈夫去世后,李映云作诗一首,表达怀念之情:

"四十余年风和雨,同舟共济不分离;你我友谊牢记心,只是病魔太无情;你今离我去远行,今生今世不复回;祝君一路慢慢行,家中诸事请放心。"

李映云的婚姻,不幸与幸运并存。他们最初并非情投意合,但后来却真心实意地互相关心体贴,几十年风雨同舟,患难与共。魏玉英见婚姻问题既然已提到了眼前,她暗中为自己作了打算,利用在团组织股工作手中掌握着干部花名册的"权力",为自己挑了一位 25 岁的年轻军官、十三团二营教导员祝庆江。心想如果领导动员自己找对象,就向领导汇报说愿找二营祝教导员。1951 年元旦,未满 17 岁的魏玉英和英俊威武的祝教导员举行了婚礼。一年后她就当了母亲。他们的长女祝江涛在军垦第二代里当属"大姐姐"。二军教导团政治处刘主任是一位让女兵们"怨恨"的"红娘"。不知啥时候,他为教导团组织股邸舟股长"瞄"上了任秀英。皮肤白皙性格文静的任秀英在校时被同学们称为"秀女"。这位父母的掌上明珠是背着父母偷着参军的,她打算再过几年回临洮去,供养双亲。因此她压根就不想找对象,要找也不找外籍人。不论是领导找她谈话还是邸舟本人找她"谈话",如果事先得到了消息,她就躲起来,有时躲在厕所里,有时躲进库房。此事当时成为趣闻。一次邸舟问任秀英是不是对自己有意见。任秀英说:"没有意见。"在人们眼里,邸股长无论人品、学识、年龄都无可挑剔。见他态度诚恳,任秀英说了心里话。对方当场表态:"我家兄弟四人,我愿意给你父母当儿子,养老送终没问题。"他兑现了自己的诺言,1953 年就把岳母接到身边,对老人倍加孝敬。一家人和和睦睦在一起生活了 40 多年。女兵们公认杨克玉是"最听话的人"。接受任务听话,干活儿听话,就连组织上"分配"对象也听话。她的爱人叫于光,他们结婚时,于是教导团三营教导员。姐妹们先后都成家了,部队开拔前已拜了天地的新娘子王淑莹的婚姻怎样?王淑莹在教导团 6 队,魏振常在 9 队。星期六老同志们谈恋爱时,组织上也通知魏振常与王淑莹见面。不知咋回事,他们见了面反倒不好意思起来,也像别人一样在一起坐一会儿就各自回营房。直到 1954 年,单位给分了一间房子他们才开始一起生活。任秀英、王淑莹的好朋友,女师的"校花"李树德因被一位首长"相中",就免了戈壁长途跋涉之苦,从吐鲁番乘汽车直达乌鲁木齐市。她称心如意的丈夫吴文跃同志离休前是自治区建筑安装总公司党委书记。参军时已 20 岁的文彬蔚到底比小妹妹们多长一个心眼,她与从临洮参军的史国基"私定"终身,成为军政干校学员中进疆后结成的唯一一对"同学"夫妻。

今 生 无 悔

许多往事已渐渐淡忘,但进军新疆,开发戈壁荒原的那段历史却无法忘怀。是的,怎么能忘记呢? 历时半年,行程近万里,其中有 1800 公里徒步行军。当年的大草湖如今更名"马家花园",茫茫瀚海戈壁,变成了生机盎然的绿洲。

"我们家乡为支援新疆作出了巨大贡献。我们走后县里不得不把原先的 6 所中等学校合并为 3 所。""现在我们都成为新疆人了,新疆成了我们的第二故乡。""新疆的建设成就中有我们的付出,我们把人生最美好的青春年华献给了新疆。""现在我们也像热爱家乡一样热爱新疆。"

青春献给了边疆,事业成功于边疆。子孙后代生长在边疆,临洮儿女的根扎在了边疆。浓浓边塞情,赤子报国心。火红的青春,壮丽的人生。

1998 年 12 月 5 日《新疆日报》

多情湘女满天山

李　桦

上相筹边未肯还，
湖湘子弟遍天山。
新栽杨柳三千里，
引得春风度玉关。

这是清代杨昌浚颂扬左宗棠的一首诗。诗句和左宗棠发湘军为先锋，驱逐外国入侵者，收复边疆领土，维护祖国统一的历史业绩同在，传之千古。当年的湘军屯垦戍边，无数人成了新疆的永住居民。有的地方至今还保有"湖南庄子"的村名。"湖湘子弟遍天山"，实为新疆的人文历史景观。

然而，你可曾知道：在新中国的历史上，20世纪50年代初，3000多名湖南女兵开赴新疆。从此，多情湘女满天山。她们投身保卫边疆建设边疆的行列，巾帼不让须眉。她们更奉献了女性的情和爱，灵与肉，做了军人的妻子，在荒原上生儿育女，繁衍后代。今天美丽的新疆，融汇着湘女的人生。探访天山湘女的昨天和今天，您会看到历史的光影和现实的风光。

第一章　湘女从军

白发苍苍的老将军坦言：他就是当年的"招骗团"团长

近年的一个秋天，瓜果飘香的金秋时节。

新疆南部的一个新兴城市。昔日荒原上建成的现代化宾馆，庭园里绿树葱茏，花圃里美人蕉竞相怒放。花影树丛间，传出众多女人的欢声笑语。

151

浓密的葡萄架下，一群50岁开外的妇女簇拥着一位满头银发的老翁，闲话家常。这里是清一色的湖南人，在这边塞小城，像是一次别开生面的同乡聚会，飘荡着亲切的湖南乡音。

　　老翁向左右的几位逐一询问：几个儿女？几个孙子？

　　回答各不相同。但都操着已经变调的湖南口音，有意加重乡土味：

　　"三个崽，一个女。"

　　"三女一男。"

　　"一儿一女。"

　　……

　　老翁高兴地说："噢？为边疆增加人口，贡献不小嘛！"

　　人群里飞出一句微带怨艾的话语："政委！是您把我们骗来的！"

　　即刻爆发出一阵笑声。这笑声传达出某种说不清道不明的情绪，难以分辨"骗来的"这句话，其含义究竟是怨艾抑或是感激。

　　被称作政委的老翁，也随着大笑起来，竟自承认："我就是'招骗团'团长么！"

　　这些已经50多岁的湖南女人们笑得更加热烈，仿佛回到了40年前的少女时代……

　　1950年秋冬，湖南报纸登出大号消息：为了建设祖国边疆，新疆军区特派某部政委熊晃，率招聘工作团来湘，招收大量女兵。参军进疆后，可分别入俄文学校和其他各类学校学习，或进工厂做纺织女工，驾驶拖拉机……

　　充满诱惑。能当解放军女兵，就是莫大的光荣。还能上学，学俄文；兴许还能到苏联去，新疆不是和苏联相接吗？当纺织女工，开拖拉机，在建国之初人们普遍的概念里，就是工业化、现代化的象征，几乎就是共产主义了！多么令人向往的美好前途，铺满鲜花和荣誉的人生之路。招聘团大量印发的宣传材料，更是把新疆描绘得美丽如画，似乎整个新疆就是天鹅湖、葡萄沟，神奇的仙境，富丽的天堂！

　　当几千名天真烂漫、充满幻想的潇湘女，一批批，一队队，被数十上百辆大卡车轮番分载着，万里迢迢地来到新疆，被分发到天山南北或更加遥远的地方以后，她们才发觉自己到了天尽头，面对的只是一望无际的黄沙大漠。很快，她们又被分别介绍给比自己年长许多的某位男性，做了人妻。但她们全都勇敢地接受了现实和命运的安排，没有退缩和逃避，把自己的青春理想，以及女性的情和爱，全部奉献给了边疆荒原。酸甜苦辣，人生无悔。唯将当初的招聘团，称之为"招骗团"，多少宣泄一点怨情。可那时候，有些师、团的首长们给湘妹子们讲话：讲什么怪话！骗你们来建设社会主义，有什么不好？

　　好还是不好，几十年都过来了。眼前这位白发苍苍的老翁，便是当年招聘工作团团长、原新疆军区副政委熊晃。老将军早已褪去戎装，时为全国政协常委，垂暮之年，特地来到这个小城，看望他1949年率领进疆的一支老部队。他没有忘记这里还留有一批他当年"招骗"来的湖南女兵。老将军今天邀来这些湘妹子，共叙乡情，坦然承认自己是"招骗团长"。

"不过，说'骗'也不公平。"老将军忆说往事，毫不掩饰。"确实有一部分人进了俄文学校、纺织厂和其他训练班。你们不知道，你们这些湘妹子当时有多么宝贵。全疆各部队都像盼仙女一样地盼着你们！不能只留在一个地方，要平均分配到各个师、各个团，不够分啊！具体每个人分到哪里，会遇上一个什么样的对象，这就要看每个人的运气了。看样子，你们的运气还都不错么！"

老将军稍作停顿，拉起身旁一位湘女的手，接着说下去："不过，当时是瞒了你们。现在你们都做奶奶阿婆了，我今天实话告诉你们，当时王震派我到湖南去，就是为了……"

王震向黄克诚、王首道求援："动员大批湖南妹子参军到新疆来纺纱织布，生儿育女。"

1950年，时为新疆党政军最高领导人的王震，选派他的部将熊晃去湖南招收女兵。王震向熊晃交代：

现在，部队要转入和平建设，从此安心扎根在新疆，屯垦戍边。十几万部队，除了少数团以上干部，十几万干部战士没老婆，要人家怎么安心？再说，新疆这么大，地广人稀，开发建设只靠当地少数民族力量不够。从长远和根本上讲，要从内地迁移相当数量的人来，增加人口。你回咱们湖南去招收一批女兵，咱们湖南妹子打得赤脚能吃苦。最好是女学生，有文化，来了先解决团营干部的婚姻问题。

王震给当时湖南领导人黄克诚、王首道写了一封信，让熊晃带去面交，请他们大力协助。

熊晃带领招聘工作团到达长沙，首先面见黄克诚、王首道。王首道捧读王震书信，边看边念出声来：在湖南招收大量女兵，十七八岁以上的未婚女青年，有一定文化的女学生，不论家庭出身好坏，一律欢迎。动员她们来新疆纺纱织布，生儿育女……

王首道忍俊不禁，哈哈大笑。

黄克诚笑着说："这个王胡子，实在乱弹琴！要人家黄花闺女去你新疆生儿育女，哪个还敢去哟？"

说归说，笑归笑，不得不承认王震是实话实说。招收女兵，就是要她们来安定军心。生儿育女,繁衍人口,这是人类的天职和本能。在那个特定时代特定环境,事关稳定边疆的大局,10多万守边将士需要建立家庭,就是革命事业的需要。

黄克诚、王首道当然支持,拨出一栋楼给熊晃作招聘团办事处,在报纸上不断地刊登消息报道,动员女青年参军。光荣参军,建设新疆,俄文学校,纺织女工,拖拉机手,还有文工队,全拣好的说。

消息传开,搅动了湖南妹子的心。不仅长沙,外地各县的女儿们也闻讯赶来。高初中学生,城市青年,争先恐后地报名应征。不少人是瞒着父母而来。许多十二三岁的小女孩,谎报年龄,要求参军。

招聘团的人佯装糊涂,来者不拒。条件是宽松的,程序是严格的。填表登记,逐个谈话,即为考核。录取者张榜公布,郑重其事。一时间长沙城里女学生报名参军,热闹非凡。

天真的少女们,编织着各自心中的梦

究竟是什么风和力拨动了少女们的心弦,奏响了壮丽的出塞曲? 40多年后的今天,听听这些湘女诉说她们自己当时的心声:

潘女:我家住在长沙。刚解放,看到解放军的女兵,一身军装,头戴军帽,走在大街上那么神气漂亮。15岁的我,心里非常羡慕,做梦也想穿上军装,当一名女兵。新疆招兵,我梦想成真。

张女:当时我只有13岁,刚上中学。听说还有文工队,专门唱歌跳舞。那多好啊!我就瞒着家里去报名了,就这么简单。

刘女:我生长在一个重男轻女的封建大家庭。从小就不服气,自己跑到县城上中学,当过小学教师,养成了独立自主的性格。常说好男儿志在四方。好女儿就不能志在四方吗? 新疆招兵,给了我远走高飞的机会。

陈女:我家庭出身不好。不是一般的不好,是很不好。可我自己要革命,要进步。为了摆脱家庭影响,不管多么远,多么苦,我不怕,我都要去!

湖南历朝历代是个出人物的地方。湖南是革命老区,有许多老红军,造就了许多将军。但是同样,湖南有许多大官僚地主,也有许多国民党的将领。解放以后,这些反动家庭出身的子女,要求参加革命,积极与家庭划清界限。新疆招兵不限家庭出身,给了她们机遇。参军进疆的湖南女兵中,确实有相当一部分家庭出身不好,国民党著名高级将领官僚的子女为数不少。她们积极投身革命队伍,追求光明的人生道路。

潘、张、刘、陈四位湘女的诉说,道出了当年湖南女兵参军的原始心态。假如遍访几千名天山湘女,得到的回答大体上也不外乎这四位的诉说。虽然说法有所不同,但都是那么纯真无瑕,怀着女孩子的天真热情,编织理想的花环,憧憬美好的未来,勃动着青春的活力,追求革命英雄主义。这也是那个时代的特征,赋予人们的价值观念。

从春天到冬天,从1950年到1952年,一批又一批的湖南女兵被送上由长沙北上的火车。湘女们怀着新奇兴奋的心情,像一群山林里飞出的小鸟,叽叽喳喳,说说笑笑。没有眼泪,没有离愁,甚至顾不得说一声"再见吧!妈妈!"汽笛一声长鸣,离开了岳麓青山,离开了湘江绿水,驶往未知的远方。

第二章　湘女出塞

今天,由长沙登上火车,四天行程到达乌鲁木齐。旅人们拖着疲惫的身躯,埋怨漫长的旅途。就有人改乘飞机,四小时飞越千重山,万里征程须臾间。

可是,当年的湖南女兵,从长沙到新疆,由汽车运载着,朝朝又暮暮,行行复行行,风尘颠簸,忍饥受渴,足足走了一个多月;更有远者,行期两月余,方达最后的目的地。你难以想象,几千名年龄不足20岁的潇湘女,是怎样走过这艰难的路程!

未出嘉峪关两眼泪不干

1951年早春二月。阳光明媚,岳麓秀色。火车驶离长沙站,向北驰去。满车厢的妹子们,沉浸在无可名状的兴奋之中,从未有过的轻松快乐。

这些来自三湘四水的湖南妹子,彼此本不相识,现在是同一集体,同去陌生的远方,很快就像姐妹般亲近起来。一路说笑,一路风景,长江轮渡,郑州换车,不辨东西南北的湖湘女、傻妹子,任由列车载着她们奔驰,奔往她们想象中五彩缤纷的世界。

怎么这里的山水和家乡不一样?树木越来越稀少,沉寂的黄土地,风景越来越单调乏味。湘妹子们感到疲倦,互相倚肩,做起了少女的美梦。

一觉醒来,到达西安。排成队,齐步走,一切行动听指挥——军队生活的开始。她们被告知,火车到此为止(当时陇海线仅至天水,1952年始通兰州)。女兵们住在西安城外的客店,等待新疆军区的汽车接运。

生长在南国的湘妹子,稀奇地看到一头活怪物,驮着大木桶进出客店。听说那怪物就是毛驴,专门从很远的河边把水运到客店来。妹子们围住看稀奇。毛驴突然放声高叫,一个小姑娘当场被惊吓昏倒在地,神志不清,半个多月才逐渐康复。

湘妹子们傻眼了,失去了新奇感,陌生的地域风土,令人怅惘。初时的兴奋消失了,代之而起的是惶惑。这是什么地方呀?我们的家在哪里呀?升起了莫名的思乡愁绪。女孩子眼泪多,有人就哭起来。开始是个别人偷着哭,很快就像传染病蔓延开来,集体化、公开化地哭起来。

古来走西口的人,留下两句民谚:出了嘉峪关,两眼泪不干。可是,湘女们从西安就开始哭了。西安,汉唐古都,通往西域的丝绸之路起点。由此"西去轮台万余里,故乡音貌日应疏。"哭吧!路还远着呢,让你哭个够。

几十辆汽车排成长龙。车厢底部装载货物:水泥、棉布之类。湘女们便坐在货物上,每辆车分乘二三十人。头顶盖着大篷布,遮风挡雨。十足的大篷车队。

车队出发了。那时候,大多数中国人还不知道"柏油路"这个名词。汽车行驶在黄土公路上,扬起滚滚尘埃,落满车厢。妹子们憋在篷布下,几乎变成了土老鼠。嘤嘤的啜泣声不绝于耳。哭累了就打瞌睡。

这天,车队爬上了陕甘公路有名的华家岭。适逢天阴下雨,雨点打在篷布上,嘭嘭咚咚地奏响了音乐。湘女们满心高兴,巴望汽车停下来,站在雨天里让雨水冲洗满身满脸的尘垢。她们已经许多天不曾洗澡了。这对于每天都在水里泡的湖南妹子们几乎近于惩罚,但是,没人理会她们的渴盼。汽车继续缓慢地爬行,雨水仍然敲打着篷布,更使湘女们心头发痒。

车队突然停住了。但是,传来严格的命令:禁止任何人下车。只见带队的干部和驾驶员,慌张地向前跑去。

前面传来可怕的消息——翻车了!一辆汽车从公路旁掉下山崖,翻滚着落入沟壑。车上多数人受伤。有几位湘妹子不幸遇难,永远埋葬在华家岭。后人连她们的姓名也早已遗忘。

湘女们吓呆了。一路流不完的眼泪反而凝固,哭都不敢哭,紧紧地靠拢在一起,团团缩在车厢里,似乎这样才有安全感。

夜宿戈壁滩朗诵《木兰辞》

到达兰州。看见了黄河。湘女们欣喜若狂,大洗特洗。听说在兰州要发军装。洗去一路风尘,洗去女孩儿的泪痕。她们又像一群小鸟,活蹦乱跳,欢声笑语,等待着穿上军装。

奇怪!发下来的是棉军装,还有一双笨重的从未见过的"毡筒"——羊毛毡制成的长筒靴。湖南妹子们疑惑地圆睁双眼,阳春三月,家乡该是桃花嫣红的季节,怎么发下这些冬天的衣物?她们哪里知道,"五月天山雪,无花只有寒。"这时的新疆,仍然是冰天雪地。特别是那双笨重难看的毡靴,后来在寒风凛冽中坐在大卡车上长途跋涉时,她们才感受到它的温暖,两只脚没有被冻坏。

湘女们莫晓得,在那物资匮乏,各种条件非常困难的建国之初,新疆军区为了接运她们几千名湖南女兵,在跨越几个省的漫长运输线上,设兵站,运粮秣,供应她们沿途食宿。又赶制几千套被装,真不知费了多大周折,调集了多少财力物力,凝结着多少人的心血汗水?!

湘女们穿上军装,头上闪烁着五角星八一帽徽,胸前佩戴"中国人民解放军"布制徽章,顷刻之间,她们似乎长高长大了,脱去了湘妹子的稚气,一个个自我感觉神气非凡。她们集体高唱《解放军进行曲》《三大纪律八项注意》,真正有了革命军人的意识,也开始有了自我约束力。

在兰州经过整训,穿上军装,成了名副其实的女兵,登程出发,继续西进。几十辆大卡车又排成长龙,穿行在漫长的河西走廊。

晓行夜宿,一天又一天。村庄越来越稀疏,原野越来越空旷。遇到路边有客店,停下来喝碗白开水,吃块发硬的干饼。晚上宿营,每人一碗洋芋汤,大饼就咸菜,许多天不见大米饭。湘妹子受不了,又开始哭泣,忍不住发问:哪天才能到呀?哪天才给吃米饭呀?

到了。一座鼓楼,一泓泉水——历史课上讲过的酒泉。前面就是嘉峪关。就要出关进疆了,部队停下来休整,做进入新疆前的最后准备。

出了嘉峪关,湘女们反而不哭了。车队前面的首辆车,架起了机关枪,载着全副武装的战士。车队的尾部,又有一辆满载武装部队的战士,紧紧相随。当时,正有一股土匪作乱。不久前,解放军驻哈密部队的一位副师长,单车行驶,途中遇土匪袭击,不幸牺牲。有鉴于此,军区指令,派出武装部队,保护运送湖南女兵的车队。湘女们似乎嗅到了火药味。已身着军装的女兵,不能再像孩子似的哭泣。她们虽然不曾真的遇到土匪,但一路上警惕紧张的气氛,激起了湘女出塞的英雄感。

穿过星星峡,真正进入了新疆。并不是"风吹草低见牛羊",却是"野云万里无城郭,雨雪纷纷连大漠。"偶尔,有三五人家的村舍,飘起一缕淡淡的炊烟,散失在茫茫戈壁。忽而狂风卷来,飞沙走石,分不清天和地。车队在风沙弥漫中谨慎缓慢地行驶,在凹凸不平的公路上颠簸。

入夜。宿营在戈壁滩简陋的土房里,望天边一弯残月,听大漠风吼狼嗥。念过中学的湘女们,许多人都会读《木兰辞》。不知是谁带着头,此时此地,就像在课堂上一样集体朗读起来:"……旦辞爷娘去,暮宿黄河边。不闻爷娘唤女声,但闻黄河流水鸣溅溅。旦辞黄河去,暮至黑山头。不闻爷娘唤女声,但闻燕山胡骑鸣啾啾……"

湖南女兵在这枯燥艰苦的征途上,度过几十个日日夜夜。这是历史上前所未有的宏大的湘女出塞画卷。有了湘女的先行,其后有了山东妞、河南妹数万名青年女子共赴西域,这是她们共同走过的路。更是今天新疆青年一代的母亲们的人生历程。

女兵们被分发到各团队,二三十名潇湘女面对着千余名单身男子汉

终于到了火焰山下的吐鲁番。这是人生命运的岔路口。载着湘女的车队在此分做两路:一路直达乌鲁木齐,除少数人将继续西行去边城伊犁之外,大多数就留在了乌鲁木齐(当时叫迪化)。另一路将从吐鲁番向天山以南进发,沿着塔里木盆地北缘,驶过平沙莽莽无人烟的辽阔区域,把一队队湘女送达并永远地留在沿线的焉耆、阿克苏、喀什等驻军所在地。这正是唐僧取经走过的路。

一队又一队湖南女兵,经过无数个日日夜夜,最后到达喀什。本该是终点站了,湘女们将在这里走上自己的工作岗位。但有一部分人没有停止前进,被指令要离开喀什。已经不再是车队,而是单独一辆、两辆车,把湘女们分别送往数百公里以外驻守在沙漠深处的各个团和营。

湘女们没有自己的选择。她们一无所知,完全听命于她们看不见的指挥,任由汽车运载着分发各处。最后把她们交给哪里,她们便属于哪里。

这是一辆载有二十几名湖南女兵的大道奇卡车,离开喀什驶往某团。临近莎车县的时候,狂风骤起。毫不夸张地"一川碎石大如斗,随风满地石乱走"。来自塔克拉玛干的沙漠飓风,怒吼着掀起沙暴,遮天蔽日,宇宙混沌。汽车抛锚在风暴中,任沙石击打,乒乒乓乓响做一团,车身剧烈地摇晃,如同惊涛骇浪中的孤帆,随时都会被巨浪吞没。

挤在车上的湘女们还记得华家岭上车倾人亡的悲剧,早已惊吓得魂飞魄散,打开被子捂在头上,蒙住眼睛,黑暗中听天由命。

历经这一幕的两位湘女,今天说起这段往事,尽管已经相隔 40 多年,仍然心有余悸,真诚地庆幸自己命大。这种狂虐的沙漠风暴,人力难以抵抗。车毁人亡的惨剧,至今仍时有所闻。

上天怜惜这些出塞的湘女,昏天暗日中熬过了 10 多个小时,沙漠风暴渐渐平息,这辆汽车所载的湖南女兵安然无恙,安全到达某团驻地。第二天正好是"5·1"节,在全团指战员的庆祝大会上,突然出现了二十几名女兵的身影。

这是一批到达地点最远的湖南女兵。她们记得,1951 年 2 月 2 日离开长沙,4 月 30 日到达团部,屈指算来,途中历时 2 个月又 28 天,行程约 6000 公里。

3000 多名湖南女兵陆续进疆,分散在天山南北。当时,新疆部队正在开荒生产。

初来乍到的湖南女兵,毫不犹豫地扛起了铁锨锄头。湘女柔弱的身躯,投入了边疆的生产建设,同时也融入了浩大粗犷的男人世界。以一个团而言,十几二十多名湘女,面对着1000多名30岁上下的未婚男人。

这就是那个时候,边疆荒原上,人自身极不平衡的生态环境。

第三章　湘女多情

婚姻被赋予革命的名义　组织介绍先结婚后恋爱

湖南女兵的到来,好像沙漠流入一股清泉,染绿一片春色,飘荡缕缕柔情。然而,泉水涓涓,难能将沙漠尽染;化做点点滴滴,滋润着一草一木。

3000多名湘女,除新疆军区直属单位留下了一部分,大多数分配到当时的二、六两军所属各师团。这是王震率领进疆的革命老部队,包括著名的三五九旅。而给陶峙岳率领的起义部队,没有分配湖南女兵。这倒不是亲疏之别。老部队南征北战,许多抗战时期的老八路,甚至不少经历过长征的老红军,年龄普遍在30岁以上,都还没有成婚。而今胜利了,革命成功了,理应优先考虑解决这些革命功臣的婚姻问题。而起义的原国民党部队,连排长们大都有了太太,这是事实。因此,将动员参军来的湘女全部分配给老部队,合乎情理。

再者,老部队中团以上干部,大多在解放区已经觅得配偶结成眷属,营以下干部战士基本上是单身汉。这些湖南女兵的到来,不言而喻,便成为营级干部的婚配对象,连排长和战士们只能俟其后了。如此按官职级别排列婚配的先后次序,在军队是不成文的规矩,自是无有异议。有些部队在分配湖南女兵时即作了这种有意安排。一个团有多少未婚的营级干部,便给这个团分配大体相等数量的湖南女兵。因为预想到要优先解决中层干部的婚姻问题,所以王震交代熊晃去湖南招兵时特别强调要有文化的女学生,而不论其家庭出身。可见王震的良苦用心。

虽然招募女兵的本意是为了解决干部的婚姻问题,但是,男女平等,婚姻自由,这是妇女革命的一面旗帜。此类事情,谁也不敢造次。司令员王震也不能就此下达命令。只能采取特殊方法巧做安排,套用今天惯用语词,就是"宏观调控",做了上述一系列的分配措施。把数量有限的湘女,有计划地送到男人世界的军营,具体怎样,那就看你各人的"本事",听其自然了。

湘女们却一无所知,满怀喜悦地来到军营。那时,团以下部队都驻在荒原上,过着"一手拿枪,一手拿镐"的屯垦生活。还要不断地抽调人员组成工作队,奔赴地方农村,帮助当地少数民族进行减租反霸,土地改革,建立人民政权,真真正正地担负着战斗队、生产队、工作队"三个队"的任务。那是驻新疆人民解放军最艰苦,最光荣,也是最丰富多彩,最辉煌的一段历史。湘女们为这段历史更增添了光彩。她们和男子们一起打土坯,割芦苇,盖房舍;开荒地,修水渠,种粮食;创造自己的生活。湘女们充满革命英雄主义,个个都在争取立功,谁也不曾去想,自从她们到达的第一天起,男人们的眼睛就盯上了自己。

曾经和日本鬼子、国民党反动派拼过刺刀的勇士们,面对比自己小十多岁的娇弱湘女,却有些畏缩不前。尽管求偶心切,内心似火烧,但都不敢开言。于是,就有了"组织介绍"。

湘女小吴,分配在某团司令部工作。她和其他湘女一样,除了渴盼每周一餐的大米饭,别无所思,全身心投入了工作学习和生产劳动。争取入党,是她当时全部的人生追求。

一天,团政委亲自找小吴谈话。好像是开玩笑:小鬼!我给你介绍个对象吧!小吴真的还是个小鬼,从来还没有萌生过恋爱婚姻的欲念,顿时羞红了脸,心也咚咚直跳。她想扭头逃跑,但面对首长严肃的面孔,她不敢。这是完全正式的谈话:我们的团参谋长是个好同志,出身贫苦,久经考验,立场坚定,作战勇敢……小吴听着这些铿锵的语词,产生了一种崇敬感。她多么期望自己也能得到这样一份政治鉴定,也能有这样的红色履历。但她出身不好,参军时间短,年龄小。政委说,家庭出身不妨碍,组织上相信你,以后参谋长更会直接帮助你;年龄也不算小,旧社会十三四岁的丫头就结婚了。再说,参谋长已经三十好几了,不能再拖了……小吴终于听明白了,为了革命事业,组织上希望她和参谋长结婚。

小吴觉得脸发烫,不知所措,把头埋得很深,一时说不出话来,一位革命功臣,老八路,列入团首长的参谋长,能说不好吗?要说没有感情,这话说不出口。谈男女感情,那是小资产阶级思想。政委似乎考虑得很周全,也像是看穿了小吴的心思,特意说:结婚以后自然会建立感情。小吴更无话可说,把头埋得更深。

"这是组织上的意见,你自己考虑一下。"政委结束了谈话。

婚姻被赋予革命的名义,具有神圣的使命感。"组织意见",意味着服从、执行。尤其是对小吴这样的青年女学生,参军不久而又迫切要求政治进步,更具有某种考验的意义。小吴只能接受组织意见,和参谋长结婚。

婚后很长一段时间,小吴在家里仍然把丈夫看作领导,习惯地称他"参谋长!"直到生下第一个孩子才改称"老黄!"参谋长得到了从未体验过的女人的温存,倍加爱护珍惜比自己小10多岁的妻子。小吴感受到一个强有力的男人对自己的保护。人们对她多了一分尊敬,她开始得到了一些别人没有的照顾。参谋长给小吴带来了幸福的生活。不久,部队集体转业为生产兵团的军垦农场,参谋长逐级升为副场长、场长、

160

政委。小吴也较早地入了党，当了农场子女学校的指导员、政治处的股长。"文化大革命"，丈夫是农场的头号"走资派"，老八路成了"叛徒"。小吴被打成"国民党特务"。夫妇俩集"叛徒、特务、走资派"之大成，从"首长住宅"（其实也就三间土屋）被扫地出门，栖身在地窝子里，做起了"寒窑"夫妻。丈夫惯用战争时期的语言：坚持就是胜利。学生出身的妻子，想起了曾经背诵过的诗句：冬天来了，春天还会远吗？互相依傍着，熬过了那个年月。丈夫升至厅局级干部，妻子官至县处级。当然，小吴已成老吴，退休做了阿婆，和离休的丈夫乔迁现代化设施的宽敞楼房，过着优裕的老年生活。人们说，小吴当初和参谋长结婚，真是福气。

小吴的婚姻，具有一定的普遍性。这是当时的一种婚姻模式，称作"组织介绍，本人同意"。相当一部分湘女，都是如此被分别介绍给所在部队的营级干部成婚。婚前虽然没有感情基础，婚后双方都已建成家庭的责任感，互相适应，经过几十年风雨同舟的生活，夫妻感情日益深厚。随着丈夫的不断升迁（当然也有挫折和坎坷），湘女自身的追求进步，后来都成为具有一定地位的家庭。回忆她们当初的婚姻，都会充满幸福感地说：我们是先结婚，后恋爱。

有位佳人，曾被介绍给一位高层首长，却被一位勇敢的"小老八路"俘虏

有一位漂亮出众的湘女，友人叫她"竹君"（不是她的本名）。如果在湘女中"选美"，竹君一定入选，甚或夺魁。她不仅脸型五官漂亮，身材适中，而且透出孤傲端庄的气质，具有典雅的美。她开始在领导机关的首长们身旁工作。当时，军中有位高层首长，出身豪门，本人是北大学生，"12·9"运动前的中共党员，人称"才子"。他儒雅风度，仪表堂堂，位居显要。不知为什么，年过四旬，尚未婚娶。于是有位将军欲将湘女竹君介绍与之为夫人。这位首长不负盛情，专意会过了竹君，鼓励夸赞一番，而对婚嫁之事，缄口不言。竹君知道了安排此次会见的内涵，自己也说不清愿意不愿意，萌生了难以言状的羞怯感，甚至有些莫名的恐惧。她毕竟年纪尚小，抱着崇高的革命理想而参军，何曾敢想婚姻问题，而且是那样一位地位显赫的大人物？于是她要求下基层去锻炼。这件事就这么平淡地过去了。仅仅是和首长见过一次面，别无其他，亦无下文。

竹君到基层去参加农村土改，同一分队的一位年轻军官，向她展开了猛烈攻势。这是一位标准的"三八式"（1938年参军），时年不满30岁，官职不大，是年纪最轻的"老八路"，在部队大概是属于那种"俏皮鬼"，作战勇敢，聪明机智，但却骄傲自大，有些自由主义。竹君的到来，激起了这位"俏皮鬼"的爱火。他本来就胆大妄为，不需要"组织介绍"，急不可待地主动出击，热烈追求竹君，找一切机会献上自己的殷勤。竹

君看上去冷傲文静,实际上是个脸皮很薄极重感情的女孩。她被这个极富活力的"小老八路"俘虏,经不起他机智的软缠硬磨,答应了他的求婚。这是恋爱成婚,但竹君从始至终处于被动地位,并没有发自内心的热恋感觉,更多的是接受而不是选择。但婚后和其他人相比较,为自己拥有一个年轻资格老、智商能力强于他人的夫君而感到幸福和自豪。

之后,竹君和她的丈夫在兵团一个农场工作。那位曾与竹君"相亲"会过面的大首长,来这个农场视察工作。多年不见,偶然相逢,免不了嘘寒问暖,话话家常。随行的摄影记者,不停地按动快门,留下首长深入基层的镜头。这也很正常,谁也想不到其他方面去。

"文革"祸起,这位首长是被点名的"三反分子"、"罪大恶极",大批判的材料满天飞。当年这位首长深入农村检查工作时和竹君在一起的照片,竟然成了这位首长"生活作风糜烂"的"罪证"。一时间万众皆知。竹君和她的丈夫看到后淡然一笑,不以为耻,反以为荣,凭生了对这个"三反分子"的不尽思念。竹君悔恨首长当初为什么不表态?那时只要首长一点头,她相信自己会无力拒绝地嫁给他。现在她就可以陪伴他共度磨难,给他烧汤煮饭,替他抚慰创伤。可是,首长至今独身一人,他被监管劳改,谁人去照顾他,给他一丝温暖? 这时,竹君倒真想为首长做点什么。

"文革"结束后,首长复出。那些流传极广的人们信以为真的所谓男女作风问题,纯属子虚乌有。事实上,这位首长因为战争中负伤,身体遭受严重摧残,终生未娶。后来被迫害致死,人们至今怀念他。

竹君的丈夫喜欢在人前夸耀妻子,他常公开地说,"竹君本来是要做首长夫人的,偏偏让我给抓住了。"又不无惭愧地说,"跟了我这个'老九团副'只能在戈壁滩上打转转(他长期在兵团农场当副团长)。"竹君每听丈夫这样说,充满了幸福感。她爱他的"憨"和"傻",也常责怪他太直露没心眼,又深知他禀性难移。人总得有个性,夫妇俩就合读一部《红楼梦》,在戈壁深处过着自得其乐的日子,形影不离,相守到老。

竹君有时也不免心生遗憾。没有经历过"才子佳人"式的像她读过的许多小说中描写的那种恋爱,就那么简单容易地做了人妻。但是,身在革命队伍,自己又长期从事政治工作,眼看着并亲自参与处理那些因为感情问题而受处分的男女,于是就把内心偶尔萌生的女儿情强压下去。政治处组织股长到主任的职务使她练就了掩盖自我的职业特性。但总也不能铲根除净,到老也为没有体验过生生死死的恋爱而感到一种失落。当然,这种隐情不会影响对丈夫爱的忠诚。

竹君的这种失落感,大概是相当一部分湘女共同的心态。在她们的人生经历中,少了少女时代浪漫的一页。

她有自己心中的白马王子。组织介绍她和一位领导结婚。
正是这位领导扣押了她恋人的全部信件

有位湘女,高中生,真正是"才貌双全",参军前就已有了心目中的白马王子。到达新疆后立即写信告知自己的地址,并不断写信诉说自己的新生活和少女的思念,呼唤她的白马王子。然后就翘首盼望,但却杳无音讯。这时,组织上给她"介绍"本单位的一位领导干部,谈话中示意,她若不同意,将会被派往阿里地区。她无力拒绝组织意见,自己心中的盼望又破灭,无可奈何地和这位领导结婚。婚后发现,正是这位已是丈夫的领导,截留她的白马王子的每一封来信。她的心受了深深的伤害。然而,已经结为夫妻。传统的道德观念和革命军队的组织性纪律性,规范并约束着每一个人。何况,这位领导,她的丈夫,对她是那么呵护挚爱,全心全意,她只能接受现实,把受伤的心包藏起来,独自忍受着隐痛,后来几十年,相夫教子,忠贞不渝,始终保持着一个和睦美好的家庭。丈夫、子女和亲友,无不夸赞她是一位贤妻良母。在她寡居多年已逾花甲之时,才把这段埋藏40多年的隐情,无意间流露给笔者。言谈之中,似乎还在思念着那位是否尚在人间的白马王子。

也确实有一部分湘女,经历了真正的自由恋爱。这大多发生在上级领导机关或是事业单位。没有"组织介绍"的压力,湘女们按照自己的标准,选择了和自己相同的学生兵,或是部队里的文化人。但是,这些自由恋爱与文化人成婚的湘女,差不多有一个共同的命运,那就是在一次又一次的政治运动中,跟随自己的丈夫一起下放劳动,几乎很难找出一个幸免者。她们追求自己的爱,经受了更多的苦难。

不能不正视一个事实:湘女们经组织介绍建立的家庭,绝大多数是稳定牢固的。笔者直接间接认识的湘女,总在二三百人之间。她们都和自己的丈夫同甘共苦,厮守到白头。其中仅有两人,近年离了婚,却都是已经老年的丈夫另谋新欢离弃了妻子。

在已经逝去的那个时代,爱情,不一定能创造幸福的生活;幸福的家庭,也不一定就是爱情的产物。看来,也是"此事古难全"。自我意识淡化,服从社会,服从现实,服从主宰一切至高无上的"组织"。只有接受,没有选择。湘女的命运,折射出时代和社会的光影,负载着中国传统文化的积淀,灿烂与晦暗,交织在一起。

第四章 湘女的命运

倏忽40余载,当年3000多名天真烂漫充满幻想的潇湘女,今已鬓发斑白,都是奶奶级的人物了。我们只能寻访几位当年参军的湖南妹子,但愿能从她们身上,看到与全体的相似和不相似……

她，背靠大树不乘凉。坚持女人的自尊自立。
忍受那么多痛苦，实现了自我价值

在湖南女兵的队伍中，有一位十六七岁的美丽姑娘，和一群十三四岁的小女孩编在一队，越发显得她成熟而优雅，眉宇间充满柔情，挂着淡淡的忧伤。

她有一个非女性的名字——陈剑鸣，透出一丝冷冷的刚强。

她的父亲，是国民党老牌的高级将领，在《毛泽东选集》里可以找到他的名字。陈剑鸣记得很清楚，解放前夕，她那时在一所著名女中读高中，程潜来到她们家，住在乡下那幢西式别墅里，和父亲密商大事。每天早餐前，她和弟弟要去向程潜伯伯请安问好。程潜走后不久，宣布湖南和平起义。而自己的父亲，走向反面，成为历史的罪人。虽然父亲不久就离开了人世，但她痛恨自己的父亲给母亲和她们姐弟留下了无法洗却的耻辱和永久的黑色烙印。

她在长沙见到了起义后任解放军21兵团司令员的陈明仁，要求从小就熟悉的这位陈伯伯，引领她走上革命道路。陈明仁非常关心已是孤儿寡母的他们母女。陈剑鸣就参军当了21兵团文工团团员。

她很快发现，父亲的鬼魂在她前进的路上投下了浓重的阴影。尤其是在起义部队改编的这个兵团，当人们知道她是某某的女儿后，普遍投来了异样的目光，还有种种的议论。这使她非常难堪，也感觉到陈明仁伯伯的尴尬。

新疆军区在长沙招收女兵的消息，为她升起新的希望。但愿去那遥远的地方，有一片任她飞翔的天空，证明她是革命的优秀青年。

她难以割舍年轻病弱的母亲。母亲是位出色的知识女性。母亲和父亲的婚姻，是权势的高压并包含着欺骗——婚后才发现处于"姨太太"的地位。从她懂事时就知道母亲生活在苦闷中，常常独自在月光下吹奏一管洞箫，呜呜咽咽地诉说幽怨。她没有勇气离开孤苦的母亲。

母亲却豁达地鼓励她：去吧！记住妈的一句话，女人要靠自己。

她去新疆后不久，母亲就死于肺病，结束了苍白的一生，给她留下了人生的启示：女人要靠自己。

经过近两个月的艰苦行程，她们这一队湖南女兵到达新疆南部的喀什。南疆军区司令员郭鹏，本是湖南醴陵人，来看她们这些湘妹子，大声询问：谁是某某的女儿？陈剑鸣噤若寒蝉，这是在点名问她。原来，这里的军、师长们，早在红军时期就和自己的父亲打过仗。不过，郭司令笑说往事，并无敌意，还给了陈剑鸣一番鼓励。她却分明感觉到背负的十字架多么沉重。

她过早地结束了少女的梦,放弃五彩缤纷的文艺工作,进了部队开办的财经学校,学习会计专业(母亲病逝后,她把弟弟接来新疆。那是一个极具文艺天赋的英俊少年,她同样打消了小弟参加文工团的愿望,送他去一个矿山工作)。她已经懂得理智地对待生活,把个性与爱好压缩到最小的角落,选择一项更有长久职业性的工作。财经学校和所有部队一样,也要生产自给。她参加开荒生产。这对于一个出身豪门的小姐来说,可以想见是怎样的苦和累。她咬着牙,挺着腰,娇嫩的皮肤晒脱了一层皮。有一次去田里拔草,她为了超额完成任务,和一个女伴一直干到天黑。回程的路上偏又走错了路,在荒凉的戈壁滩上辨不清方向,饿狼嗅到了她们的气息,仿佛发现了离群的小羊,远远地嗥叫着朝她们蹿来。两人吓破了胆,拼命奔跑。发现远方一点灯火,不顾一切地跑过去,原来是一户维吾尔族人家。语言不通,凭着她们所穿的军装,受到维吾尔族老乡的款待。喝过茶水吃了馕,一位维吾尔族汉子把她们送回了军营。

虽然紧张艰苦,但她感到革命队伍集体的温暖,确也体验了劳动创造的愉悦。她经受了磨炼,得到了部队的表扬,全身心鼓荡着新生活的力量。

不久,组织部门找她谈话。非常严肃的谈话:你虽然出身不好,表现不错,组织上负责给你和一位首长介绍婚姻关系。首长经历过抗日战争和解放战争,年纪不大,30多岁。首长对你也很满意,婚后在政治上更可以直接帮助你。组织上已经批准你们结婚。当然,要经过你本人同意。

这太突然,像是受了惊吓,使她惊慌失措。她不止一次地听过这位首长的报告,在她心目中,首长是只能仰视不可近前的高远形象。"组织上已经批准你们结婚。"她还能说什么呢?听组织的话,服从组织决定。这是衡量一个人的革命性和政治进步的尺度。她没有思考的余地。对待组织上的意见和决定,她没有力量说出那个"不"字。

很快就举行婚礼。一切都是组织筹办的。新郎新娘相互敬礼,就成了夫妻。简朴又热烈,倒也很动人,留下长久的记忆。

陈剑鸣和大多数湖南女兵相似又不相似。她的丈夫始终没有离开军队,很早就升任师职。这在那个偏远地方,在普通人眼中,确实是棵大树。她背靠大树不乘凉,自己转业在地方一所普通中学当会计。她包揽家务,对丈夫照顾无微不至,生育了三个儿女。她什么都依从丈夫,就是坚持不放弃自己的会计职业。而且兢兢业业,勤勤恳恳。当了几十年会计,账目毫厘不差。衣着整洁朴素,从不显山露水,谁也看不出她是高干夫人。

"文化大革命"来了。她是个很普通的业务干部,大字报却冲她而来,勒令她揭发检举"走资派"。高压反弹出她倔强的个性。她昂首挺胸,更加注重仪表,显出一身英气。宁可接受做苦役的惩罚,任尔怎样的羞辱围攻,坚持做人的操守,拒绝做落井下石昧良心的缺德事。

灾难接踵而来。小女儿突发病送到医院,医生误诊,小天使变成终生残疾,做母亲的心灵犹如插上了一把永远无法拔除的刀。

女人最大的不幸降临在陈剑鸣身上。丈夫身患绝症。她陪着他,万里路上去求医。首都的医疗也未能留住她的伴侣。三个孩子的抚养,全部落在她瘦削的肩上。几年之后,许多人为她撮合了第二次婚姻。然而,第二任丈夫又不幸病逝。命苦啊! 陈剑鸣!

女人要靠自己! 她没有因为丈夫逝去而倒下。几十年坚持做一名普通会计,自尊自立。改革开放唤起了她蓄之已久的自我意识,毅然摒弃在新疆累积30多年的各种优势和"资本",调入充满竞争的深圳特区。

她以近乎虔诚的敬业精神,熟练的业务能力,真诚的做人品德,以及她特有的优雅气质,在深圳特区财政系统,树立了一位职业女性的良好形象。被公推为深圳市中国注册会计师协会副秘书长,主持日常工作,相继出访美国、加拿大。退休以后,又受聘在一家国际性会计师事务所担任副经理,风采依然地主持业务,同行们为她的干练而折服。

陈剑鸣,虽然经历了那么多痛苦,但她从封闭和禁锢中觉醒,为了能实现自我价值,感到充实,欣慰。每天,当她结束了繁忙的工作回到家里时,一个成年病残的女儿孤单地等候着她。这时,便又滋生一个母亲的苦涩,望着窗外特区繁华的夜景,就想起那遥远的新疆,心头不免涌动阵阵波澜……

她说,她普普通通,张扬出去惹人笑话。唯因普通,更是普遍。她流着眼泪,写下一首《诉衷情》

她是宁乡人,和刘少奇是本家近亲;按辈分,她该叫刘少奇"叔公"。但她很少对人说。

这位刘女(尊重她本人意见,隐去名字),已是60多岁的人了,可她气愤地落下老泪:有人说我们湖南女兵出身不好,没有出路才到新疆来。我听着就气愤! 这么说,把我送回湖南去嘛!

湖南一解放,她就参加"革大"学习。新疆招兵的时候,她已经在长沙一个工厂工作。可是,参军的光荣,建设边疆的号召,还许诺到新疆能上俄文学校,当纺织女工,开拖拉机,等等。这些理想的花环,激励了多少湖南妹子的革命热情。她和许多人一样,瞒着家里,放弃在长沙的工作,参军到新疆。

临走,她把自己的雨伞留给妹妹。小妹从这把雨伞知道了姐姐去新疆的线索,紧随其后也参军来了。

她还记得,到达乌鲁木齐没几天,王震亲自来看她们,乐呵呵地大声讲话:"湖南妹子们!欢迎你们!"说着,还向大家敬礼!

　　她很幸运,真的分配到刚开始建设的七一纺织厂。还进了纺织技术干部训练班。拆卸、安装、擦洗机器,各种劳动,什么活都干过,真没少吃苦。学技术理论,第一次没及格。打着手电筒在被子里看书,硬是考了个优秀。亲自参加纺织厂投产,织出了新疆的第一尺布,能不感到自豪吗?

　　在纺织厂工作得很好,组织上调她去市总工会。她二话没有,带着铺盖去报到。工会就是些平平常常的工作,没干出什么名堂。可她干啥都不落后,努力认真地完成每一项具体工作。

　　工会工作中,她和市委一个青年干部认识了。工作接触越来越多,蛮喜欢在一起,挺能说得来。谁也想不到,就这样自由恋爱了,组织上批准结婚了,就是现在的老伴。

　　有人说,湖南女兵都分配给当官的做老婆了。这尽是胡说。就是组织介绍,也有不干的。那些年龄较小的湖南妹子,胆子大,会说俏皮话:我们是来革命的,不是来找叔叔、爸爸的。事情都不是绝对的。你别说,"组织介绍"结婚的,现在还都过得挺好。

　　"文化大革命",把她打成"阶级异己分子",任怎么批斗,死活想不通,拒绝做检查。就送进五七干校,劳动审查。

　　一天,她劳动收工回来,被挡在宿舍门口不准进去。围了很多人,好像发生了什么事。原来,和她同屋的一位女同志,忍受不了长期折磨,上吊自尽了。死亡并没有引起宽容,反倒升级为"现行反革命","死有余辜"。如果不是看到这一幕,她也许会自杀。看到这一幕,她警告自己,一定要活下去!

　　她活下来了。后来就落实政策,恢复工作。可惜,岁月流逝,华年已去。不久便离休,县处级待遇,知足了。

　　她过着幸福的老年生活。老伴是位乐天派,钓鱼协会、桥牌协会的头头,活动特多。她跟着去钓鱼,耐不住性子,学不会打桥牌、就上老年大学,学书法,学古典诗词。她生养了三个好女儿,都已各自成家。老大走上了一所中学的领导岗位。老二埋头她的美术设计,发奋要有所创新。老小胆最大,去深圳闯世界。老小现在是特区一家外资企业的部门主任,老想把父母接到深圳去过冬,还想给父母办一趟香港游,换换父母的老脑筋。三个女儿给她生了三个外孙。含饴弄孙,天伦之乐,真是享福了。

　　可她总是抱恨自己。你看!就这么普普通通,平平常常地过了一辈子,没干成什么事,每当忆起那已逝去的岁月,就有许多的感慨,流着眼泪,写下一首《诉衷情》:"投笔从戎离故乡,涉水渡重洋。献红心,应召唤,凯歌进新疆。志未酬,发苍苍,视茫茫。此生谁料,生在湘中,身老边疆。"这是她在老年大学的学习作业,称不上成熟的

167

诗词作品。但这心灵的诉说，"生在湘中，身老边疆"，也许道出了相当一部分湘女的心声。

唯因普通，也就普遍。我们大多数人，大多数湖南女兵，不都是这么普普通通吗？但我们毕竟都有过理想，有过追求，并为之努力认真地去做了，拥有自己的人生，这就够了。

她是湖南女兵的佼佼者。拥有事业，享有爱情，一位
著名的舞蹈家。但她也经历了数十年的悲喜剧

她就是何梦道。听名字就知道不是普通农家女。她父亲是华容县绅士，名扬一方。

她虚报了两岁年龄，才被批准参军，加入了湘女出塞的行列。一个小不点，混沌无知。不知天多远，路多长，没有忧愁，天真无邪。一路颠簸与干渴，许多惊险和哭笑，她全然没有记忆；唯独一幅画面，嵌入脑海，永不消失。

那天到达哈密，进入新疆的第一站。当地的维吾尔族人欢迎她们这一队女兵。一位中年汉子吹响唢呐。一位白须老人一手高举圆形皮鼓，另一手敲击（后来她知道这就是手鼓。手鼓陪伴她度过了几十年舞台生涯）。一个比自己还小的维吾尔族小姑娘，穿红裙，光脚丫，头发梳成数不清有多少条的细长发辫，在鼓乐声中舞蹈。她看得着迷，禁不住举起胳膊，模仿那小女孩的动作，心里涌动着欲望，我要是能和她一样跳舞，多么快乐！维吾尔族小女孩赤足在土地上舞蹈的形象，刻在她的心头。这是她挚爱舞蹈艺术的萌芽。

到了喀什，南疆军区所在地。开始逐个谈话，分配工作。轮到她了。何梦道，你想干什么？她按参军时的想法回答，开拖拉机。现在还没有拖拉机，有也挨不上你这么个小不点，去文工团吧！

就这样，一语定终生。

南疆军区文工团，何梦道的艺术摇篮。

文工团全体下乡，既是宣传队，又是工作队，参加减租反霸，土地改革，和维吾尔族农民共同历经一场历史变革。

将近两年，吃住在维吾尔农村，小梦道熟悉了维吾尔族人。民族风情，生活习俗，特别是维吾尔族人在艰难的生活环境中追求美、追求欢乐的民族性格，使何梦道在心灵深处得到了无形的感染和启迪。每逢村子里举行"麦西来甫"（民间晚会），她就痴迷地投入，和维吾尔人一起舞蹈。学习舞步，体验感情，领略神韵。

这段生活，表象上似乎与艺术无关。但是，追溯何梦道舞蹈表演艺术的渊源，正

是这段生活给了她深厚的功底,这是任何艺术学院所不能给予的生活功底。后来,人们称赞何梦道一个湘妹子表演的维吾尔族舞蹈,具有地道的民族风韵;她的艺术魅力,来自维吾尔农村的泥土。当她成为名演员之后,仍然不忘去生活中吸取艺术营养。她年轻美丽的身影,遍及天山南北。有一次,在南疆农村观看民族歌舞团的露天演出,成千名观众中,夹杂着她唯独一个汉族人。散场后观众都走完了,她一个人还傻傻地站在空旷的荒野,沉浸在音乐舞蹈的氛围。

何梦道正在军中无忧无虑地生活。一封家信在她头顶炸响一声霹雳。她的父亲被人民政府"镇压"了。

这怎么可能?父亲参加湖南起义之后,就到军政大学学习。然后,随军进至广西,在一个军分区工作。她参军填表时,关于父亲的栏目,不无自豪地填报父亲是解放军干部。可是,怎么突然又被"镇压"了?年幼的她还不太懂"镇压"这个词的具体含义,但她知道,从此,她就是"反革命"的女儿,她把家信交给领导,嗳嗳地哭诉:我该怎么办?

这时候,何梦道在学习、工作特别是在排练和演出中,已经显示出她的聪颖,勤奋,以及她与众不同的表现力。用文艺家的行话说,就是感觉好,是不可多得的艺术苗子。在生活中,何梦道确实还是个单纯的小姑娘,挺招人喜爱。

一位首长跟何梦道谈话:你已经参军了,就是军队的女儿。不要为父亲问题背包袱。严格要求自己,努力进步。

随着年龄的增长,历经部队的政治教育和政治运动,她清醒地找到了自己的位置,老老实实地做一名普通的舞蹈演员。她更加挚爱舞蹈艺术。那是个多么广阔的空间,一旦投入,就会忘记自我,如醉如痴,以肢体和情感,以全部身心,创造美,表现美。当初,何梦道仅仅是出自一个小女孩对舞蹈的自然爱好,现在,舞蹈是何梦道人生的追求。

南疆军区文工团撤销之后,她被调入新疆军区文工团,从喀什来到乌鲁木齐。面对更加广阔的社会和舞台,既是机遇,也是挑战。新疆军区文工团,那时在全国全军,已经很有名气了。何梦道更加刻苦地练功,虚心向别人学习,特别是向维吾尔族舞蹈家学习。但她不模仿,总以自己的心灵去感悟领略和再创作,使自己的舞蹈,渗透自己的个性,传达独有的神韵。

何梦道自己也说不清,她怎么会成为一个名演员。她只是领导叫干什么就干什么。老老实实地接受和完成任务。反正,团里每次重大的晚会,新创作的节目,领导和编导都是选用她担任独舞、领舞,每一次参加全军和各种会演,她的表演总能得奖。她没和别人争,也没人和她争。自然而然地形成了她是尖子演员的位置,成了团里的主角、台柱子。应该说,是团体,是领导和编导们,造就了何梦道。

那次,本团出国演出,何梦道清醒地知道没有自己的份。军区司令员郭鹏亲自找她谈话,国家有规定,几种人的亲属不能出国,这是死政策,谁也没办法,这和你本人没关系,千万不可以闹情绪。何梦道虽然难过,但她不闹情绪,谁让自己的父亲是被"镇压"的呢。真诚地全心全意地帮助 B 角排练,大家共同为国家和集体的荣誉着想。到北京审查演出,B 角的表演没通过。何梦道更着急,陪着 B 角一起苦练,反复几次审查都达不到预期的效果。好在出访的是一个社会主义兄弟国家,经国务院外事部门特许,何梦道随团出国演出。因为是主要演员,还受到那个国家最高领导人的亲切接见。

艺术上的成功和荣誉,使她感到充实和喜悦。但她没有忘记自己背负的沉重包袱,长期养成了谨慎做人的作风,没有名演员高傲招风的派头。依然的朴实勤恳,依然的像个孩子听话单纯。她的生活,更没有演员们常有的浪漫史。她和本团一位出身好、参军早的男演员恋爱结婚,过着实实在在的小日子。那时不讲计划生育,也不像现在的女演员为了保持形体拒绝生育。她生了三个棒小子,营造了一个幸福的家。像她这样出身不好的尖子演员,难逃"文革"劫数。事情简单地出奇,一道命令,脱下军装,告别舞台,复转到西安一个工厂当工人。连火车票都是组织上买好的,你走人就是了。丈夫还留在文工团。那年头,谁还会考虑,这不是活活拆散人家的家庭!

全军要会演,新疆军区参加不了。文工团的编创和演员队伍被打散,拿不出一台晚会。总政传下话来,处于"反修"前线的新疆军区不参加全军会演是个严重的政治问题。这才不得不发出电令,火速召回已作复转处理的何梦道等人。

"文革"终于结束了,中国的文艺迎来了春天。何梦道参加创作并担任领舞的《奶茶舞》,轰动舞坛。何梦道站在党和国家领导人身旁照相,辉煌的时刻,为她的表演艺术画上了句号。

年龄,让她退出舞台,改任教员,继又担任编导。

这时,又传来一个说不出是悲是喜的消息。她父亲的问题,原来是一桩冤假错案,现已平反。华容县又为之造墓立碑,以地方闻人列入史志。何梦道站在墓前,欲哭无泪,想笑无声。

但她笑了。她的人生是幸运的。当年参军的湖南女兵,至今留在军中的,唯独一个何梦道。她是军队的女儿,几十年孜孜以求,终于成为共产党员,自治区政协委员,舞蹈家协会理事,一级演员……头衔,荣誉,待遇,统统都有了,还要什么呢!

要艺术! 要创作! 要超越自我! 何梦道清醒,自己过去的舞蹈,是轻歌曼舞的甜美。她开始追求西部少数民族的历史、人的生存环境与生存状态,追求在舞蹈中渗透人文精神。她和丈夫刘玉喜合作编导的《刀郎人》,突现了生命的力量,美的召唤,大有震撼人心的力度。这是她新的探索,新的收获。夫妇俩共同切磋,立意要创作出史画般的舞蹈。

说她命苦,她有一个幸福美好的家;
说她命好,她有一肚子苦水

蒯丕钦,人们都叫她"老蒯"。桃花园里人——湖南桃源县人氏。

她参军到新疆,分配到天山北麓的这个农场。农场直属军区,全部由军人在戈壁滩上开荒创建。分到农场的湖南女兵先后有一二百人。1954年,集体转业为兵团农场。"文革"前有一部在全国影响很广的小说和同名电影《军队的女儿》,主人翁原型就是这个农场一位叫王孟君的湖南女兵。

老蒯参军前,在家乡当小学教师。来到农场时,正是开荒创业的初期,老蒯连续三年立下了三等功、二等功、一等功。不知道为什么,没让她到学校去当老师,而到托儿所当了保育员。后来才调到农场子女学校当生活老师,管理住校生的生活。学生、老师都叫她"蒯阿姨!"她总是给人一种母性的感觉。"文革"了,说是"蒯阿姨有问题",生活老师也不让当,干脆叫她去学校菜地劳动。"蒯阿姨"到底有啥问题?谁也不知道。就这么稀里糊涂地叫她去劳动。劳动光荣。可在实际生活中,却把劳动作为一种惩罚手段。

老蒯的命运和其他湖南女兵不一样。别的湖南女兵大小都是干部,偏偏老蒯算工人。别人都从农场调走了,老蒯还在农场,还是工人,直到退休。好像谁也不知道,她参军前就是小学教师。阴差阳错,也不知错在哪里?别人都落实政策,老蒯连政策都无从落实,说你本来就是工人。就这么稀里糊涂,一位桃源县的小学教师,参军到新疆做了终身工人。

也许,错在老蒯像传统的中国女人那样的善良,有一颗爱心。老蒯的姐姐和姐夫不在人世了,丢下四个无依无靠的孩子。老蒯自己在农场也生育了三个儿女,日子过得很紧。可她还是把姐姐的四个子女全部接到新疆,由她一手照管。老蒯也真能干,硬是把四个外甥培养成人,有了工作,各自成家立业。有一个还成了知名作家,他就是20世纪70年代末,在偏僻的新疆伊吾县写小说出道,后来成为中国地矿文联副主席的文乐然。老蒯死去的姐姐、姐夫可以地下瞑目了。问题就出在这里。老蒯的姐夫死于镇反运动,她抚养外甥,就是和反革命有牵连。老蒯对这个问题却永远想不通。她理直气壮,孩子有什么罪?莫说是自己的外甥,就是其他失去父母的孩子,你能看着不管吗?那还是人吗?可是,"和反革命有牵连",就像一团乌云,笼罩在老蒯头上。

这个农场的"文化大革命"闹得特厉害。老蒯的丈夫(一位普通干部)被关起来审问,严刑拷打,硬逼着交代和所谓反革命的关系。这位壮实的中年汉子,活活被迫害死了!

老蒯连哭的权利都没有。被赶到一间狭小低矮破漏不堪的土屋里,带着三个十岁上下的儿女,胆战心惊地过日子。老老实实地去菜地劳动,人前还得强装一副笑脸。只有夜半人静时,孩子们睡了,她才偷偷地哭一场。

这个学校有位毛老师,也是阴差阳错被现实歪曲的人。毛老师毕业于华东师大中文系,分配在新疆一所城市中学任教,教绩斐然。不知为什么,一纸调令,经过了三四道中转,他被稀里糊涂地分派到这所农场学校。不久,"文革"风暴起,那个城市中学的红卫兵,跨过地区之隔,不顾路途之遥,跑到这里来把毛老师揪回去批斗。毛老师经不起折磨,病倒在地,再也无人过问。无可奈何,毛老师跑回浙江奉化老家,跟着农民哥哥养蜂、砍柴、种茶树。

毛老师的"问题"出在他和蒋介石同乡同里,而且与蒋介石原配毛氏夫人(蒋经国生母)是本家亲戚。

社会上稍许平静了,毛老师又回到农场学校。毛老师本名毛真诚,名实相符地为人真诚。40岁上下的人了,孑然一身,无亲无靠。生活又简朴得近于古板。自己清贫度日,偏又好善乐施,一颗心永远朝弱者倾斜。他见老蒯丈夫被逼死,带着儿女艰难度日,也不管什么是非界线,不时去那破漏的小土屋看望孤儿寡母。

老蒯看着毛老师这么一个好人在受苦,她心里先觉得难过,但愿能为毛老师减少一分苦难。而她能做到的,就是缝缝补补,洗洗涮涮。有时做点好吃的,炒点自己腌的酸菜,带给毛老师开开胃口。

这样来来去去,两人产生了感情。两颗孤苦的心越贴越近,互相温暖着对方的心,彼此都好像找到了依托。

就在那间破漏的小土屋,老蒯自己做的拿手菜,自家熏的腊肉,还有酒,摆满矮饭桌。平日相近的朋友们举杯祝贺:一对苦人,结成好夫妻。

结婚以后,两人都精神焕发。虽然清贫依旧,内心却滋生着力量。老蒯由痛苦中走出,把毛老师当个大孩子,照顾得无微不至。毛老师有了家,摆脱了孤独的影子,再不漂泊。三个孩子重新得到了父爱,围着毛老师喊"爸爸!"一家人自有快乐,小土屋有了欢声笑语,充满温情。

"文革"之后,毛老师替老蒯写申诉,帮着老蒯为其受迫害致死的前夫平反昭雪奔走。全家人一起去农场墓地,为死者重新安葬,祭奠亡魂。

毛老师又为三个孩子的学业竭尽全力,不惜代价,坚持让三个孩子完成了大专教育,逐个走上工作岗位,分别成家,自立于社会。

后来,毛老师调到一所大专学校当了副教授。夫妻俩离开农场的小土屋,住进了城里的楼房。

老蒯藏不住心底的喜悦,脸上永远挂着笑。逢人就说,她和孩子能有今天,靠的是毛老师。

确实有不少人认为,因为有了毛老师,才把孤儿寡母带到生活的彼岸。似乎婚姻的天平,从开始就不平衡。

这是陈旧的习惯思维。老蒯在当初那种社会环境,顶着严重的政治压力,不顾世俗炎凉,敢于爱,付出爱,这种大胆追求的自我力量,支撑着她从悲剧中站起来,赢得了新的幸福。

毛老师告诉亲友,没有老蒯,他活不到今天,这条命早就没了!

这话是事实。五六年以前,毛老师身患肝硬化,几次报病危。医院抢救治疗,虽然度过了危险,但对这种疾病和毛老师的体质,医生不敢持乐观态度,只能让他回家好吃好喝地静养。毛老师很清楚,郑重其事地写下了遗嘱。

老蒯这时倒不哭了。她整日整夜地陪伴着毛老师。从饮食到睡眠,日常起居,精心护理,无微不至,时刻也不懈怠。那是任何医护人员也做不到的。因为,老蒯倾注了一个女人全部的爱,融入毛老师的心田,滋润着将要枯萎的生命。

三个子女各尽所能,分别从北京、上海、乌鲁木齐买来整箱整箱的营养液,回报他们这位不是亲生胜似亲生的父亲。在很长一段时期,毛老师靠这种昂贵的营养液维持生命。

老蒯笑了,又哭了;哭了,又笑了。她的"老毛"——毛老师,重新站起来了!

爱,战胜了死亡。

现在,人们几乎看不出毛老师是位病人。毛老师健康地行走在阳光下,和老蒯共同安度含饴弄孙的退休生活,一起分享着人生的快乐。

老蒯和毛老师都付出了爱,也都得到了爱。婚姻的天平是平衡的。

上述四位湘女的命运,远不能反映3000多名湖南女兵的各自人生。每个人都是一本书。每个人都有自己的酸甜苦辣,但有一个相同之处,那就是:无论是"组织介绍",或是自由恋爱,都与守边将士相婚配,在边疆大漠成家立业,生儿育女。

以湘女出塞为前驱,继而有数以万计的山东妞、河南妹西出阳关,还有全国各地城市与乡村的女性,纷至沓来。新疆十多万戍边军人先后有了妻室,荒原上传出了新生儿的第一声啼哭。自此,数十万众的男人和女人,把自己生命的根,深深地植于这片广袤的土地,枝叶繁茂,繁衍生息,世代相传。在旷古无人烟的茫茫戈壁,开拓了绿洲,创建了新城。

70年代中后期,因为现实生活的变化,少数湘女离开新疆,返回南方。这些"孔雀东南飞"的时候,忘不了"五里一徘徊"。毕竟,这片土地留下了她们的青春。

今天,已经找不出一位55岁以下的当年的湖南女兵,湘妹子已是阿婆。儿孙绕膝,其乐融融。湘女们的儿女普遍地比较优秀。大多数都完成了高等教育,不少人陆续走上了各级领导岗位,或在各个专业领域大显其才,已是社会中坚。前文提及的那位"老九团副",他是河北人,不仅爱夸自己娶湘女为妻,更喜夸儿女。那年,国家首届恢复高考,他的两个儿女双双考上大学。他得意地说:我的孩子为什么优秀? 因为我们南北结合,"优势杂交"! 他把生物科学名词沿用于人类生殖,乍听似乎有失大雅,其实不无科学道理。这话逐渐传播开来,被人们所接受,公认是新疆汉族青年普遍较为优秀的一个原因。

诚然,湘女们为建设边疆作出了各种各样的贡献,她们每个人都更珍视各自岗位上的光荣记录。而当历史老人评说湘女出塞这一群体现象时,首先看到的是她们和戍边军人的婚姻,在荒原上生儿育女,为边疆培育了优秀的第二代建设者。今天,湘女满天山的人文景象,与清代"湖湘子弟遍天山"的史实遥相呼应,写下了开发建设边疆的历史长卷,铸就了维护祖国统一的长城,给后人留下了说不完的故事。

2005 年 9 月新疆人民出版社选集《隆起的西部》

罗布泊探险的若干片断

王有才

探险从这里开张

去罗布泊探险，若是能作一个像样的铺垫是最好不过了，它相当于壮行，会让你的探险在一个饱满的时刻开场。

最基础的铺垫应该是在这个管辖楼兰的叫做巴州地方的龙山去吃肉吃酒。这座山在夜里有些黑糊糊的，从市里往北看，在平视线上方闪着一抹星光，那就是了。

龙山是一片黑乎乎的单面街，它把远处繁华的市区和中间的浮烟挂岚作为街的另一面。进入龙山，你就觉得进入了另一个久远的年代。在过去的年代和嵌入记忆的酒馆饮酒吃肉，酒还未开启，人已迷醉了。龙山单面街简陋，挂着汽灯般的电灯，尽是些破烂却又经典的老店面，栅栏、屋棚、露天油黑黑的大土灶，往好处想，全是些古道热肠的老店，往坏处想，越看越像藏着阴谋伏着强盗诱人进入的荒野黑店。究竟像什么店，全依个人的经历与想象。也许就是为了这种古旧的心理企盼和猎奇探险、遭遇强盗夜鬼的刺激心，来此地的人总要在夜里舍弃满街霓虹华彩高楼大厦，而到这鬼火般的老街来寻古探奇，感受记忆中的情景、幻象中的遭遇。大红柳钎子的羊肉羊排好像专为猎人、侠士、强盗、逃犯准备的，吃过了似乎就天地不怕，敢于杀人越货，纵马劫美了。如果有个野性妖冶的女人陪酒，你准会把自己和她错当作大盗和压寨夫人，从不沾酒的人，也会引颈痛饮，释放出心灵和身体里原始的狂野。再规矩胆小的男人，也会在黑街鬼火大串肉的激励下，去和身边女人挑逗，觉得这个时候如果还端着、羞着，可就无药可治了。这时候，不光要挑逗，为一个妖冶女人厮打起来，沾一头鲜血才叫过瘾呢，这时候胆小才是犯罪。

从老店里醉歪着出来，向着另一面街——漆黑夜空与远市——掏出器具摇晃着身体撒一泡尿,觉得自己像是泼墨大师,浇黑满眼的夜色,挥洒出一派写意风光,更觉得自己雄视一切,雄伟挺拔。

这时你身后会有蒙古族醉汉对着星星唱:"星星是你的眼睛,黑夜是我刚把你房子的灯拉灭",还会有维吾尔族醉汉来附和:"为什么你在瓶子里是绵羊,跑到肚子里就变成了老虎……""我的姑娘啊,你是烤炉里的炭火,我只想让你知道,我就是铁钎子上的烤肉,我的心早已让你烤熟……",而旁边一个烤肉师傅在黑乎乎的夜色中,在闪烁的炉火中搭上一句,"哎——这就是一块烤肉的爱情。"

荒　原

在罗布泊荒原行进,我们常常会进入一种忘却的境地,我们忘却或我们被忘却。四周平展得一览无余,一望无际,一丝不挂,把目光射出去,遇不到一星半点的挂碍,它一下子就到达了它的极限,它的最大射程。每个人都可以在这里把目光射出去,看它耗尽了力量,在远方的何处力竭而滑落,从而测试出自己目光的最大射程。

越野车行驶在上面,四周的单调无物使你的视界里如凝止一般,使你的神思如凝固一般,时间这时候也像是昏死过去,空间在这里也似乎凝结成僵死的固体,连一丝风都透不进来。你就这样忘却了时空,忘却了记忆,也忘却了你自己,当然,你更被你忘却的一切所忘却。

汽车的蠕动勉强能把你唤醒,醒来后产生一些莫名其妙的想象。脚下的荒原因为平坦而显浑圆,没有起伏,别无长物,看上去像一个巨大的磨盘,飘浮在太空,磨盘四沿便是悬崖,只要行进到边沿就将坠入太空,像麦粒滚下磨盘。脚下的荒原又像是地球的顶端,往前走,就该是地球的下坡了,到了下坡处,汽车将顺坡飞驶,汽车跑得越快,地球就会转动得越快,犹如杂技中站在大球上的动物,动物在球上走得越快,大球就会被动物的双脚蹬转得越快。

汽车猛地颠簸一下,你从想象中被拉回,凝望莽莽荒原,再回味你的想象,你忽然觉得人类是那么卑微,用人类狭窄的见识去想象,去比拟无限时空、无限宇宙,包括它不大的地球,实在是可怜可悲,不用说上帝会发笑,连蚂蚁都会发笑,因为我们的想象可能甚至赶不上蚂蚁在草丛中对森林的想象。

湖 心 地 带

罗布泊——这里曾经是水的故乡,是水生植物的家园,是鱼的乐园,但它如今是风的家园,是尘埃的乐园,是酷烈的阳光任意地施暴和肆虐地焚烧的地方。

我们进入罗布泊湖心地带,由于湖的面积广大,这里显不出明显的低洼,放眼望去,似能觉出它在视野的尽头悄悄地上翘。但这里作为当年罗布泊的最高指挥部,作为湖水最后坚守并最终溃散、壮烈的地方,"战场"的遗迹却触目皆是。湖底的盐碱土质在水干枯后结成巨大的板块,横七竖八地翻翘着,大的如越野吉普,小的如吉普的车轮,它僵硬坚固如水泥,远远望去,一如罗布泊水军全军覆没之状。碱块密布,起伏坎坷,焦灰枯白,满眼惨烈,这是水军丢盔卸甲,炮毁车翻,尸横遍野;血流虽不成河,是因为早已渗入大地,凝结成遍地的碱霜,这是水的白茫茫的血迹。站在湖心,面对"战场"遗迹,想象烟波浩渺的大湖在这里被阳光、被风、被土地、被岁月一点一点吞噬、肢解、风干、蒸发、毁尸灭迹,"战争"进行得无声无息却更其惨烈,在最后的一刻,只有已触晒着阳光的垂死的鱼,在泥潭中张合着嘴作失声的呼救与呐喊,转瞬间也声绝气断,被制作成鱼的木乃伊,只有圆睁的鱼眼曝光最后的一幕,聚焦成像被无声收藏。

行进在湖心地带,荒凉已不能概括你的感觉,它俨然已成为一片衰老的土地,患了绝症将死的土地。植物作为它的毛发已被阳光的放射疗、风的化疗除得毫发无存;地裂碱壳就是它肌肤因衰老得皴燥、松弛而起的口子,褶皱、蜕皮起癣而脱落的皮屑;呼呼的风声作为衰老的呼吸中频发的哮喘,痛苦绝望而不忍卒听。这片土地,由于衰老,也患了老年痴呆症,方向迷乱,时日难辨。让人置身这片土地,常常会误读方向,误解时间,看着上午的太阳,误以为太阳西斜,明明朝西走,却真切地以为那是东方,一不小心就在它的混沌中迷失了自己。

风进行的艺术

雅丹是罗布泊的文明,是风的文明,是罗布泊最繁华的地方。这种风蚀地貌在罗布泊隔三差五地就会碰到,就像你在大地上行走,不时遇见村庄和城镇一样。

风是罗布泊的常住居民,风在这里无事可做,所以在大地上搞建筑搞雕刻就成了它所喜欢干的事情,你也可以把它理解成这是它在这片土地上的耕作。风的性格像一个孩子,很顽皮,喜欢模仿人,人在前边走,它在后面学,人的一切它都想学,所以,人类居住的城镇、房屋它学着雕刻了,一些人的样子它学着雕刻了,与人类密切相关的一些生物或事物它也学着雕刻了。我们来到风雕刻过的地方,就仿佛走进了我们自己的家园,或者别的什么人的家园。

在罗布泊,风雕刻的最宏伟的建筑要算是龙城了。远望龙城整个儿就像是一座大都城,高高低低矗立着许多楼厦房屋,在建筑最密集的中心地段,还横贯着一条东西方向的大街,探险家给它起名长安大街。在街市的各处,分布着各种造型的人物、生物和事物,如果你不缺乏想象力,这些风的建筑雕刻作品足可以让你回到2000年前的楼兰故城。官府、民居、老人、使者、骆驼、牧羊犬,这些当年的人物事物就站在你眼前,你稍一凝神,使者张骞似乎就在长安大街上走动起来,匈奴王冒顿单于似乎就打马穿城而过,商贾牵着骆驼就悠然远去,一座民居似乎就走出人来,屋顶上冒出炊烟来。眼前的景象,简直是一幅立体的古楼兰的《清明上河图》。龙城,是使用想象力复活楼兰、再现楼兰的神妙之地,是自然的荒蛮与人类的文明神秘媾和的爱榻。

当然,风的建筑与雕刻也许出于一种冷漠的刻毒心理,它先是借着水的退却摧毁了楼兰,然后又用自己的刻刀一下一下地雕出一个楼兰和其中的事物,这其实是在给楼兰的消失树一块墓碑,给人类文明树一尊蒙难纪念碑,纪念文明在自然力在造化面前的永恒悲剧,这明显地含着轻蔑和讥讽。

但有一点是肯定的,风酷爱艺术,尤其酷爱建筑与雕刻,而且有不错的手艺,在顽皮或讥讽时都不忘卖弄它的艺术功力,而且,对自己的作品还很满意呢! 你看,它在长安街上卷着尘土蹓跶来蹓跶去,嘴里打着呼哨,这是它在对自己的作品自我欣赏呢!

时光是一个活物

罗布泊南岸营地早起的人声,只在帐篷间流播,走出几步,人声就化为风声,侧耳倾听,也仿佛在天幕上找一丝雨线,极不易。因为对比之下,这里的事物太广大,除了地就是天。

天地之间的活物极少,看到的除了奔跑的风,还有一些偶尔会摇曳的沙包上的红柳。缺少活物的地方,有什么东西一活动,就会引起人的关注。所以,太阳的升起就成了最大的动静,太阳就成了最大的活物。

太阳的脚步很慢,你盯着它看,只会觉得这是一个性情缓慢温和并且持重的老人,有必要撇开那些已有的描述重新认识。它的升起好像不是一步一步走上来的,倒像是坐在一种很老式的旧矿车上被人工缓缓地从矿井里绞动上来的。只是,它经过一缕云彩时,先被隐没,渐渐浮出,然后一步跃出。由此,我们知道,太阳是会跳跃的。

当我们在荒漠上注目日出时,忽然恍悟,太阳只不过是时光这只钟表上的指针,更大的活物是时光,时光才是最大的动静,谁的动静都镶嵌在时光的大动静上。太阳只不过让我们更明晰具体地看到时光的身影,听到时光的脚步声,感受到时光的运动。仅此而已。

在空荡荡的荒漠上,我们还能感悟到时光为我们每个人铺展开的作业本多么空阔、完整。这种作业本在都市被许许多多事物遮掩干扰,看不清爽,所以有人会在这样的作业本上随意穿越而不留下有用的作业。但是看看身边枯死的红柳和它身下堆起的高高的沙包——那是荒漠上的生命曾经存在过的标志，遗留下的作业——你知道时光总有一天也会收走你的作业本。

我们做作业时，常有风来检查作业，看你作业认真，又长红柳又堆沙包，它在你面前会放慢脚步，有意让你慢点翻页；而你如果在作业上不曾栽种红柳，它就会快速地翻弄你的作业本，"呼啦呼啦"，很不耐烦地。收走我们的作业本以后，风还会时常光顾，路过红柳沙包时，它会驻足，阅读那上面你生命的碑文，回忆你红红绿绿旺盛过的过去，而没有留下有用作业的，作业本上就不会有一个曾经红红绿绿的红柳沙包，上面只有空落落的荒凉，风在上面只能匆匆掠过，不曾逗留，你的生命没有阅读者。风其实是时光派来审读作业的老师，阅读碑文的读者。

珍惜时光的人，时光对你格外恩惠，而对挥霍时光的人，时光索性又跳又蹦地几步就跨过你的一生。

时光既然是一个活物，那它就有它的性格。

在荒漠上，我们感受到的时光的性格，就是如此。

荒凉的魔法

没有哪个都市不是繁荣的，所以，都市规定的生活也繁荣，都市养育的人的欲望也繁荣茂盛。过于繁荣自然就成为重压，享受它就要承担它的重压，一如繁花硕果对于一棵树树干树枝的重压。

京城来的康女士就是企图摆脱这种重压来到罗布泊荒漠的。在荒漠，人不可能有太多的想法，繁杂的想法既显得多余无意义，似乎也没有缀挂的地方，人的求生的愿望像一棵枝干分明的树，在一览无余的荒漠上本来就已显得渺小并且多余，何况其他。荒凉的环境让繁杂的想法对比之下显得荒唐，只有扔弃了事。再者，遥远的距离也让人不管不顾地将它们搁置一旁，人们总是更关注迫在眼前的东西。这样，人在都市时繁茂的欲望，以及由此引发的繁盛的郁闷，繁重的压力很轻易地就让荒漠删繁就简了，弃重从轻了。简化和减轻的过程也十分的简单，荒凉自有一种强大的荒蛮的力量，不容商榷，毋庸置疑，只要进入它，就不由你不服从它。凸现的是你在荒漠背景下的生存，而如果你有充足的准备就有可能对付这种生存，那么，剩下的就只有和荒漠两相面对的简单关系，在荒漠上简洁、单纯的探险生活，以及被荒凉沐浴的一身轻松了。

康女士瘦弱的身躯在京城承担着一家三代人生活的沉重负荷，以及中年人所面临的一系列生存困厄，她在搁置起那一身重担，抽身远赴罗布泊荒漠的时候，看上去还显得神色疲惫,神思恍惚,都市的重压还担在精神的肩头。但当荒漠风吹向她,枯涩的黑发在漠风中起舞,视野里空荡得使目光散漫出去都无以聚焦的时候,荒漠的气息水一样涌满她的心胸,芜杂的心绪一下就被抚平了,烦恼叶片般纷纷披散。她纵情地和漠风嬉闹,与尘埃共舞,让阳光桑拿,在雅丹里闲逛,充分享受荒凉,凝听寂寥,感触天地。并且男人一样醉酒,摇滚歌手一样唱吼,考古学家一样摆弄古人遗骸枯骨。毫不负责地口出狂言:"美国人在玻璃罩子里待 44 天,我在夏天的罗布荒漠要独处 45 天","我要做楼兰故城的压寨夫人","我要独闯荒原寻找到塔里木虎。"

康女士在荒漠如一粒尘埃,自由、轻飘、快乐地随风游荡。

罗布泊会施展魔法,把一个被世俗生活压迫得加速衰老的中年女人迅速地幻化成一个忘情童真的小女孩。

野骆驼之歌

在城里,我们见到这个自命为野骆驼的俱乐部,见到他的队员们穿戴着美国西部牛仔般的装束时,以为那不过是作秀,但当我们决定要进入罗布泊探险旅行时,我们才发现必然要会选择乘坐这个野骆驼。

这个野骆驼是巴州的一个户外探险运动俱乐部。它有八辆清一色的永远风尘仆仆的越野车,它们看上去粗陋破旧,和楼兰遗址的破败互为呼应,但是它们在罗布泊无路的坎坷大地上奔驰跳跃,却如脱毛季节的野骆驼一般,相貌不佳却气宇轩昂身手不凡,永远不知抛锚为何物。所以它们的车门上清一色地印着野骆驼如奥运田径赛冠军般奔跑的绝美英姿。野骆驼是野骆驼俱乐部的偶像与图腾,是他们猎猎飘扬的旗帜,追随其后的导师,摇曳在心中的梦想,相伴于左右的情人。他们有八辆车却编号到 10,因为野骆驼既能在严酷的荒漠里活得自在,谐音为"死"的编号"4"当然要被排除,野骆驼既然常常成群,有"散"伙之嫌的编号"3"当然也得剔除。

俱乐部的队员和他们驾驭的越野车又很配套,是一群看上去也显得粗陋破旧的汉子。酷烈的阳光涂黑了他们的肌肤,粗粝的沙尘磨糙了他们的皮肉,身上的衣着被一块块汗渍弄成了荒芜不堪的一小片盐碱地。但是他们在荒漠里生存与闯荡的性能却极为优良。越野车在他们手中不再是工具,它早已与他们的身体连为一体,成为他们生理功能的延伸,驾驭它就如操纵自己的身体,挥动自己的四肢。他们在这片最低的生命禁区里穿梭不停,在生与死的界线上出没往返。他们谁都有那么几段叩响地狱之门、与死亡亲密接触的经历。在这样的闯荡中,他们摸透了死神的脾气,学会了与死神周旋的招数, 在生命禁区的绝地上摸索到了一条生命的细若游丝的秘密通道。依托他们,探险者、旅行客可以比较顺利地穿越极地绝境,与死神游戏一番,在死亡的风景线上俯身观赏阴森森的地狱景观。

他们是罗布泊荒漠的死亡角逐者，所以，他们的行为语言绕开繁琐的人文修饰与包裹，直奔人的生命、人性的根本、人与自然的原始血缘关系，而人文因素常常沦落为调笑。他们如原始人一般栖居胡杨林却视为家常便饭而将此称其为"住宾馆"，酣睡戈壁沙滩却感觉柔软舒适而谓之"睡热炕"，穿行于雅丹地貌而将此当作"进城逛大街"，他们与黄羊野骆驼赛跑嬉戏，对着两座乳峰般的被他们称作"二奶山"的山峦举鞭挥洒，召唤男人来干重活干脆直呼"性"名："来两个长球把子的！"文明的服饰在顷刻间就被他们剥光。被他们当做俱乐部进行曲的歌曲《一个婆娘美如画》，以漆黑的幽默调侃人间世事，那放浪的歌声随着车轮掀起的尘烟在荒漠翻滚：

　　　　一个婆娘美如画，
　　　　一个老汉看上了她，
　　　　他们俩到公社登记结婚，
　　　　公社书记批评了他（她），

　　　　你们俩年纪这么大，
　　　　还要结婚生娃娃，
　　　　全国人民都像你们这样，
　　　　怎么实现四个现代化，

　　　　他们俩回到了家，
　　　　煤油灯下学习婚姻法，
　　　　既然政策不允许这样，
　　　　我们干脆就算球了吧！

但是他们在篝火和半个月亮的映照下，会诗人般优雅地深情吟唱《半个月亮爬上来》，并绅士般典雅地缓缓起舞，把自己的柔情冉冉升空为半个月亮，一同照耀荒漠夜色。

他们不缺少柔情，只是在极地绝境少有机会表露柔情。

在城里，我们怀着动物保护的悲悯，珍爱的是俱乐部越野车门上的野骆驼，而在荒漠，我们珍重的是把野骆驼印在车门上的俱乐部队员，因为我们的性命就拴在这群野骆驼身上。动物野骆驼是他们的图腾，而他们是我们的图腾。

一个人与一只虎

社会与人类自身的充分发展,已经在人与自然打交道以及人类自身的无数领域创造了无数奇迹和传奇,可供继续创造奇迹与传奇的空间已经越来越小,但是人类的这种创造的渴望却丝毫未减,英雄的梦想时时在胸中激荡。

楼兰学会与文物管理的负责人老何就充盈着这种渴望与梦想。他在国际动物组织宣布塔里木虎已经灭绝的若干年后,给自己立下军令状:此生要找到塔里木虎。

他给自己的军令状以许多理由:1896 年, 斯文·赫定发现过塔里木虎;1946 年,新疆报纸上登载有人见到塔里木虎;1962 年,尉犁东河滩猎人再见塔里木虎……更直接的根据是他自己的双眼:2000 年考察小河返回途中经二海子亲见虎踪:四只大爪印,团状,直径 12 厘米,深 3 厘米,步幅 1.1 米,踩在雅丹地形上呈利爪划痕,旁有鲜血淋淋的黄羊皮。以他的学识和见识,以他对这个地区环境与生物的谙熟,他将其他所有可能都排除了,他认定这是一只塔里木虎,将自己的认定从此变为寻找的信念。

老何寻找塔里木虎是必然的,因为老何的一生就是与塔里木厮守,与罗布泊厮磨,与这里稀有的生物和风沙和荒凉厮混的一生。他把荒凉视做这里最美的景色,他不容许任何人破坏这里的荒凉,谁随手抛下一只塑料袋他都不肯,他要管好这片荒漠,这片戈壁滩,要维护这里广阔且又一丝不苟的荒凉。他实际上把罗布泊当成了他的家园。他常常如数家珍地向异乡客数说这个家园的家产:故城、古墓、古人枯骨,雅丹、风沙、盐碱,胡杨、红柳、沙蒿,黄羊、野猪、马鹿、狐狸、野兔、野鸡、狼,当然包括塔里木虎。但是如今这个家园里最珍贵的传家宝般的塔里木虎却无影无踪,不知去向,不清不白地失传了。谁能容忍传家宝的遗失呢? 老何是不能。你家里可以养一只名猫波斯猫,老何的家园里何能没有猛兽塔里木虎?

在极地禁区闯荡,与烈日长风周旋,和危难死亡角逐,同墓穴枯骨相伴,身上本来就带着几分英雄气概,如果再如常人养宠物小狗般地在家园里放逐着些许斑斓大虎,眼前常见虎斑绚烂,耳边时闻虎啸惊天,那该是何等气象! 已有楼兰故城绽放古丝路文化光彩,又有绝迹猛虎重现再展兽中之王雄风,这于塔里木,于罗布泊,又该是何等的幸事。一个是文明与自然结怨招致毁灭性报复的悲剧,一个是人类深刻反省、保护生态、重新与自然达成和解的义举,两相印证,凸显的是人类最终极的命题,最深邃的哲学。

塔里木虎如能再现,重振的必然是人类文明的雄风。

猛虎是一种英雄的大兽,寻虎当是一种英雄的壮举。

壮士的刻度

在罗布泊荒漠深处，有一个热闹处——探险家余纯顺遇难地。这里有余纯顺的墓、一些碑、一些文字、一些来者留下的小物件和他们的痕迹，以及由这些痕迹可以推演出的故事。

热闹是因为余纯顺的死引起的话题热闹，凭吊者带来的热闹，因壮士之死而起的争斗热闹。

余纯顺死于他计划的夏季罗布泊三天徒步独行探险的第一天，烈日高温、因迷失方向没有取到预埋的饮食，这两条稍一联手，就结束了一位壮士的性命。

余壮士的死，标出了一个精神的刻度，也标出了一个生理的刻度，更标出了精神与生理达成妥协的刻度。它证明，人的意志可以高于他的生理，因为壮士打算战胜生理局限，但生理最终决定他的意志能离开多远。

余壮士的死，还标出了人与自然与荒漠关系的刻度，也即死亡的刻度——荒漠能在多大程度上大度地接受人的挑战，越过了这个刻度，它不高兴了，顺手就摘走你的性命。

所有探入生命极限的探险者，或胜利或失败，都在刻度上下，但都是刻度上下的英雄。

而有些方式的探险，就没有那么纯粹了。斯坦因他们一百年前探险罗布泊骑着骆驼，如果要找刻度，找的也是骆驼的刻度，探险胜利，首先应该是骆驼的光荣，人不过是骆驼的光荣的受益者，当然也是人的智慧的光荣，因为毕竟人驾驭了骆驼，让它听命于人。我们乘车探险的顺利，更是人类智慧的光荣，现代工业的光荣。

因为有了骆驼，有了汽车，很少有人再去找人的刻度，余纯顺是一个。所以余纯顺的遇难测试出的刻度，现在成了一个纪念地，一个生命的旅游景点。

而在余壮士的遇难地，如今又出现了另一个刻度，利益的刻度。因他的死，相关的利益之争从都市追逐到荒漠，碑上有的名字有人刻上又被人涂掉。做生意的公司也跑来凑热闹，树块碑给自己做广告，又有人再砸坏他的碑，是为了与其竞争，还是为了维护遇难地的悲悼性？

余壮士拿性命挑战一个精神高度，而号称敬慕他的活人却拿自己鸡毛蒜皮的利益惊扰他已经丢在这里的性命。

我们是否应该提出一个观点：维护死亡的纯洁和圣洁，维护人的壮举的纯粹性。

至少，在余壮士的墓地上立一块牌子：请让亡灵安宁。

回到祖先身边

从库尔勒城到罗布泊虽然乘车只需走一天,但是跨出这一步,你就从现代跨入了原始,这让我们有机会回到祖先身边,有机会品味人类原始社会的某些生存状态。

来到荒野,文明的外套脱在了城里,禁忌开始失效,伪饰自然脱落,一群探险者渐渐裸露出人性的本真,生命的自由蓬勃,正如一位女士所说"在这里我可以不用假装淑女"。

在罗布泊,我们直接立足土地头顶天空听着风声触着尘埃,不用脚踩水泥头戴屋顶听着噪音吸着烟尘,太阳照过来投放在地上的是自己的影子,不是高楼和厂房的影子,夜间染黑我们四周的是夜色而不是阴谋、罪行与噩梦。

野炊很少蔬菜,吃得最多的是肉,且是大块烧煮的肉,我们吃着它很容易就把这当做是祖先在大嚼猎物。

没有条件清洁卫生,整个探险阶段只能不洗脸不刷牙不洗碗,"饭前便后要洗手"听上去像是古怪的呓语。脸太脏用搓过的手捋一把,相当于猫用爪子抹脸;吃过饭用舌头刷牙,学习狮子吃罢猎物对口腔的清理;洗手洗碗用的是沙土,沙土与水都是弥漫之物,在荒漠,沙土就是水。这样的卫生我们却不得病,想来这里的细菌病毒也是最古老最初级的,不刁顽不狠毒,导致的疾病也很初级很简单,能被简陋轻易地方式治愈。而在城里,烦琐的卫生习惯也不能对付眼花缭乱的可怕疾病。

在荒野的天地间大小解是一件快事,是探险期间给我们身体某些隐秘部位放风通气的时刻,无水洗浴也不致捂得发臭。一边解决一边欣赏日出的美景,欣赏轻风挟着沙土优美的舞蹈,人类最初的诗意也许正由此而来。解决之后再对着太阳欣赏一番那性器的雄姿,这一刻,生命的豪情油然而起,生命与自然的血亲关系得到图解,性的本质被阳光凸现,文明附加性的所有丑恶被阳光彻底澄清。

所以在荒野,性是一个干净纯洁、百说不厌、同为男女各色人等的共同话题,特别在夜色里篝火边,烤着肉就着酒,生命的狂欢时刻就来临了。笑话是荤的,段子是荤的,歌曲是荤的,篝火如欲火在跳跃。"达坂城的姑娘好,天黑刚睡觉……""结婚了吧,傻逼了吧……离婚了吧,傻逼了吧……""两只山羊吃草的呢,一个姑娘招手的呢……"歌声在荒野在黑夜响彻,它炽烈的生命火焰,一如起源生命对漆黑宇宙的照耀。

在荒野,在简单原始的生活中,性是思想家,是艺术家,是哲学大师,也是欢乐英雄,它让我们看到生命的本来面貌,原始激情,让我们对生命的理解简明而深刻,一下就抓住了生命的主题,它让我们切实地认识到性是生命最美的艺术,是艺术最充沛的源泉,是生命最广泛最无尽也最高贵的乐趣,并初步让我们在口舌间在想象中浅尝它的乐趣(因为我们毕竟无法使自己彻底变成原始人)。

在经历了十天这样的荒野生活后,在返回现代文明途中,我们又有了一种归来的亲切感,对许多现代事物的想念。想念柏油路,想念电线杆,想念厨房,想念电话,想念商场,想念书本,想念给我们摇尾巴的狗,想念街上花花绿绿的人流……我们真是叶公好龙。

但毕竟,经历了荒野原始般的生活,体会了祖先的生存境况,我们知道了我们从祖先出发走出了多远,知道了我们被人类自己创造的文明异化到了何种程度,文明给我们惯了多少毛病,知道了我们生活中哪些是多余的、繁琐的、可以去除的,从而不至于背着太多文明的包袱在生命的路途上匍匐而行。

心 灵 之 险

相对于雪域高原某些高海拔的生命禁区,罗布泊该算是最低的生命禁区。到雪域高原探险其实探的是高度之险,看看生命在多大的高度上会遭遇怎样的险恶。那么在罗布泊探险探的是什么?

罗布泊是一片广阔的干旱大地,因为没有水,所有的生物才灭绝,如果你不带足水,不用说探险,刚一迈步,就已经遇险,所以无水之险既是最大的险,也因其大、因其前提性而不再被称作险,那是探险必备的条件。

无水的环境使一切都变得凶险,都变得暗伏杀机。太阳的性格在这里袒露无遗,它常常露出最狰狞的面目。凶险的阳光烈焰千里,烤焦大地,扼杀一切可能萌发的生命。你置身其中,处处遭遇它的火舌,却无一处阴凉供你躲避。在沙石上烤熟面饼、鸡蛋已属寻常,如果你胆敢不采取防护措施,像烤全羊一样烤熟个把人,也毫不足奇。在罗布泊探险,首要的是探阳光之险。

没有水,便没有植物,没有植物,风便猖獗横行起来,尘土便无所阻碍地腾空而起,借风势肆意舞蹈起来。风吹干你身体的水分,像盗贼一样掳掠走你的装备用品,甚至你的营帐,让你横遭飞来祸。你如果已经遇险,它会助纣为虐,火上浇油,加剧你的险境,直至将你风干。尘土的舞蹈是狂乱的,是遮天蔽日的,是无孔不入的,它迷乱你的方向,迷离你的视野,窒息你的呼吸,它让你手忙脚乱,让你疲于应付,让你甚至无暇思维,混混沌沌地在风土中翻滚。在从大本营去楼兰的雅丹地形上行进,18公里兜屁股风掀起的漫天尘沙,围剿得我们精疲力竭,似乎心肺的运行,大脑的运转,血液的流动均被沙尘滞涩、淤塞。这让我们感受到了在罗布泊,风也有险,土也有险,风土勾结起来是更大的风土之险。

本来这片大地就广阔就无垠,属于那种浩瀚的广阔,奢侈的广阔,没有植被,没有人类的堆砌物,它的广阔又变得光秃,一平二白,空空荡荡,它的广阔若以面积论,面积的概念也得放大了来论。空白的广阔没有标示方位的物体,辨识方向就成了大问题,举目四望,有的只是广阔,最缺的就是方向。方向迷失了,所有的险恶都会来凑热闹。从这个意义上说,方位也有险,推而及之,还应有广阔之险,过于坦荡开阔的大地之险。

　　另外,在雅丹地貌上行车,相当于在建筑群上行车,这是道路之险;越野车在无路之途上行驶,故障无可避免,事故无可避免,这是车辆之险;如果在个别有野兽出没的地方露营,还可能遭遇野兽之险。

　　我们在所有的险恶中探险,我们的心灵将在各种境遇中颠簸、激荡、碰撞、挤压、悬吊、失重,甚或摧毁般的打击,我们的心灵能够承受到何种程度?

　　其实,我们探险,探的是我们自己的心灵之险。

2005 年 9 月新疆人民出版社《新疆走笔》

君　子　之　风

丰　收

　　1949 年，西北野战军进军新疆集结酒泉时，有位新疆上层人士私下对张仲瀚说：解放军好比一杯美酒，起义部队好比一杯水，你们解放军到了新疆，就和起义部队在一起，不知道将来是这杯水变成酒，还是这杯酒变成水。

　　提这个问题的人是善意的，问题提得敏锐、关键。

　　张仲瀚庄重地告诉他："这杯水，一定会变成酒，而且一定是醇香的美酒，请你相信。"

　　随后，他率先遣队一路西行。行进到新疆的门户哈密时，张仲瀚晚上召集先遣队指战员，商讨进驻焉耆后如何开展工作，保证来年开春适时播种，秋后丰收。

　　这时，他讲了这个善意的提问。

　　他问："你们说，有信心把水变成酒吗？"

　　他接着说："拿破仑有句名言'世界上有两种力量，一种是剑，一种是精神，长远看，精神总是要击败剑的。'关键是，我军进疆后的大生产，有了生产果实，再加上我们的精神，共产党人的精神就是为人民、为老百姓。强国富民，建设社会主义新中国，这是最好的酒曲，什么样的美酒酿造不出来？你说？"

　　张仲瀚转向谢高忠："你可千万别贪杯，不能喝醉呀！"

　　深谋远虑，风趣豁达，说得一伙子人没一点儿睡意。

　　这个问题，不仅仅是张仲瀚要面对的，也不仅仅是西北野战军总司令彭德怀要面对的，这一问题，从一开始共产党执政的新生共和国就提上了议事日程。

　　解放战争期间，国民党军起义投诚部队多达 177 万人。

　　对国民党起义部队的改编，主要有三种形式：

成建制改编——起义部队原建制基本不变,授予解放军番号,解放军只派少量政治工作干部。

合编——起义部队相对保留原建制,与解放军老部队合并,授予新的解放军番号。

融编——将起义部队多数军官调离部队,集中学习,士兵和少数下级军官经过一段时间教育后,分散编入解放军老部队,使用解放军老部队番号,撤销起义部队原建制。

时任中国人民解放军第十八兵团政治部主任的胡耀邦,将这三种改编方式形象地比喻为:"水里放糖精"、"面包夹火腿"、"牛肉泡馍"。其中,"水里放糖精"——成建制改编难度最大。

国民党十万驻疆部队的改编,就是难度最大的"水里放糖精。"

"糖精"之少,往往一个连队仅有一个政治指导员。

1949年年底,张仲瀚的六师十八团,抽调40多名政治工作干部,由政治处主任史骥带领,到二十二兵团二十五师七十四团任团、营、连政治工作领导。"糖精"与"水"之比为:40∶1946。

何况,这"40"中还有战场俘虏不久的"解放战士"。

步兵六师——农二师"史志"有载:

解放战争中,部队的战斗减员,主要依靠消化大量俘虏和投诚的国民党官兵补充,兵源的主要来源在前线。

宜瓦战役结束后,独六旅俘虏的校以上军官,全部解送纵队;尉以下官佐及士兵组成解放五团。

1948年8月18日,壶梯山战斗结束后,独六旅成立解放大队。1948年11月,在冬季攻势的永丰战斗中,独六旅一次俘虏敌军2064人,十六团、十七团、十八团都组织了解放大队,自行消化。胡宗南、马步芳等部的士兵,百分之九十九都是以征调、雇佣、"抓壮丁"等名目强征入伍的贫下中农子弟。

解放士兵懂得了自己为谁打仗的道理后,在战斗中表现得很勇敢。战斗英雄张飞在1948年壶梯山的战斗中,冒着枪林弹雨,将红旗插上山顶。整个解放战争中,全旅共改造解放起义官兵10001人。

十八团,永丰镇一役下来,就补员1200名解放战士。

解放战争期间,解放军的冬季整训,就是在这种局势下提出来的。

从撤出延安转战陕北以来,西北野战军经过九个月的作战,部队得到了极大锻炼,但也出现了一些新的问题,新成分不断增加,特别是补充了大批解放战士(俘虏兵)。平均在70%左右,有的连队达80%多。加上严酷的战争环境中,战斗频繁,政治思想教育跟不上,不少解放战士阶级界限模糊,不知道为谁当兵,为谁打仗,情绪极不稳定。在部队物资供应极端困难的情况下,一些人怕艰苦,违反群众纪律的现象时有发生。个别人贪生怕死,打"滑头仗",严重影响部队战斗的发挥。为此,彭德怀向中央军委报告,部队需要整训,需要普遍深入地进行诉苦运动与土改教育,提高阶级觉悟,增强团结,以提高部队战斗力。随即做出了冬季整训的计划安排,要求营以上领导干部深入连队具体指导。

"和平起义",还不同于战场"解放"。分属两个政治营垒的两支军队,分分合合地打了数十年,国民党"一个政府,一个领袖,效忠党国"的宣传,中国传统道德忠孝节义的根深蒂固,"解放战士"的思想意识不可能随番号的改变而迅即改变。

部队起义不久,赴京述职的陶峙岳将军,应邀在刘少奇家做客。刘少奇忧心忡忡地告诉他:"陶将军,您的部队出了点乱子,您要回去料理一下。"

陶峙岳大惊,第二天便经兰州飞抵迪化。哈密、昌吉……相继发生武装叛乱,抢劫民财,杀害政工干部。历尽沧桑的老将军为新疆复杂的局势和这支部队的前途深深担忧。

起义之初,部队官兵中骂陶峙岳"一枪不放就投降","党国的叛徒"者不在少数。他到国民党步兵七十八师作起义动员时,通往会场的电源线被割断,扩音喇叭被刺刀捅破,甚至有人要行刺……

国民党驻疆六十五旅旅长李祖堂,是个顽固派。不过,他说得却也实在:"我是浙江奉化人,受委员长的影响太深,对他的信奉也太深,让我完全忘记他,不是那么容易。"

起义部队的改造,在开展生产劳动的同时,启动了阶级斗争的杠杆,开展民主诉苦运动。这是我党的看家法宝。

无论是共产党的部队,还是国民党的部队,绝大部分士兵都出身农家,战乱连年,民不聊生的旧社会,失去土地的农民哪家没有一本血泪账?

国民党驻疆步兵七十八师,7562名官兵,90%以上出身贫苦,士兵绝大部分是被抓丁或卖兵进入国民党军队的。

发动士兵控诉旧社会的苦,旧军队的苦,旧军官的苦。血泪控诉,涕泗滂沱,感天动地。演出河北梆子《血泪仇》,歌剧《白毛女》,台下的战士拉动枪栓,愤怒地对准了"黄世仁",演出不得不中止。在阶级仇恨的激流冲击下,国民党长期营造的政治基础,思想体系土崩瓦解,共产党的阶级阵线迅速形成。

不过,大张旗鼓的民主诉苦运动也出现了不少问题,比较突出的是,士兵中极端民主、绝对平均主义思想迅速滋长。被斗争的起义军官,思想深处的抵触情绪隐匿不露,消极地表现于工作和官兵关系中。

　　老部队调任的政治干部中,"功臣自居"意识渐有滋生,凡事发号施令,包办代替,本来已经畏首畏尾的起义干部,更没有了工作积极性,军政干部关系失衡。

　　旧有的权威被剥光,新的威信尚没建立,面对新的建设领域又是门外汉,手足无措,踌躇不前。这兵还怎么带,仗还怎么打?

　　按陶峙岳将军与彭德怀将军的协议,起义部队的各级军事指挥员,全部由起义军官担任。

　　——要兵。要不要官?

　　"我不但要兵,还要官。怎样做到既唤醒部队的阶级觉悟,又官兵团结,这是我们面临的一个大课题。"九军军部会议一结束,张仲瀚就驱车赶往二十五师。

　　正是1950年三伏大忙天,经沙湾到炮台,一路劳顿,又渴又饿,他顾不上安慰一下胃肠,一到驻地就和二十五师政委贺振新召开指导员以上的政治工作会议。

　　部队进入荒无人烟的戈壁荒原,遭遇到常人难以想象的困难,条件艰苦,生产任务重。政工干部在连队战士管理教育中,关心少,工作方法简单粗暴,这已严重影响到部队稳定和生产任务的完成。

　　张仲瀚对政治工作干部的思想作风进行了严肃批评。

　　"信任同志,热爱同志,团结同志,是无产阶级党性和组织纪律性要求我们做到的。我们比人家早进入革命队伍,只是我们比人家幸运。"他语重心长地说:"革命不分先后啊,加入了我们的队伍,就是我们的同志,我们就要光明磊落,不分亲疏远近,关心、爱护、团结我们的战友,一道工作。"

　　"一个连队,就派了一个政治指导员,你不搞大团结,你就是孤家寡人。你就那么大的能耐啊?同志们,这不是我们个人有多大的本事,这是党的政策和策略的力量。"起义部队官兵的绝大多数和在座的各位一样,是穷苦人家出身,受剥削压迫。

　　"不错,他们中间,尤其是校级以上的军官,不少人出身剥削阶级家庭,但是他们中的绝大多数,是在祖国危难之时投笔从戎的热血青年、爱国学生。国富民强的政治抱负,支撑着他们历经磨难的人生。他们感情上跟共产党有着天然的亲近,对新生的政权充满了希望,对明天满怀追求。他们大都有文化知识,有能力,是建设新中国的宝贵财富。同志们,没有团结就没有胜利,团结和胜利是不可分割的。只要我们的政策把握得好,团结建设新疆,我们二十五师,我们二十二兵团,就一定会成长为名副其实的人民军队,一定会为人民建功立勋!"

　　张仲瀚最后苦口婆心地提醒大家,要认清这支部队不久前还是反动军队这一现实,思想方法要客观,不能把在老部队工作的那套方法照搬过来,那会招致部队思想波动,人心不稳。千万不能犯急躁病,不要想用几天、几个星期的时间,就能把国民党多年的思想灌输洗干净。他特别强调:"政治工作干部必须以身作则。官兵一致、平等待人是你们工作的第一步,也是你们工作的基础。"

陶峙岳目睹哈密劫后惨况与诸多曲折,曾一度情绪沮丧,心绪不宁。老将军担心不再被共产党信任,忧愁这支跨越了两个时代的部队前途茫茫,更惭愧有负新疆父老的期望和共产党的信任。

初冬的第一场雪,覆盖了大地万物,四野俱寂,夜色也被淘洗得一片洁净。

老将军夜敲张仲瀚的房门,向他信任的忘年交敞开了心扉。

"仲瀚呀,我又想去打扰王司令了。我与彭德怀将军的君子协定真是该了结了……"

陶峙岳说的"君子协定"系指1949年9月25日通电起义后,10月5日,他同包尔汉主席赶到酒泉,向彭德怀司令员汇报新疆局势,商讨、请示人民解放军进疆以及起义部队整编事宜,期间曾向彭德怀明志:一俟解放军进疆,就交出军队,解甲归田。

尚在通电起义前的9月21日前后,陶峙岳秘密派遣国民党国防部联合勤务总司令部第八补给区司令曾震五飞赴兰州,面见中国人民解放军第一野战军司令员彭德怀洽谈新疆和平起义的具体事项。

在兰州大厦,彭德怀与曾震五进行了热情、坦诚的交谈。至此,新疆和平起义已是万事俱备,只剩通电昭告天下了。

最后,曾震五以陶峙岳全权代表的身份,向彭德怀司令员转陈了陶峙岳的心愿:"为实现驻疆部队起义成功,新疆和平解放,恳请张治中长官回新疆主持军政大事,陶躬退现职,避走他乡,与家人团聚以度残年。"

彭德怀为陶峙岳的忠义、诚恳深深感动,请曾震五向老将军转达他的话:

"将军忍辱负重,坐镇军中,顺应潮流,守土安邦,有功于民族、国家。"

陶峙岳解甲归田之意,由来不是一天两天了。

新疆局势最为扑朔迷离的8月,他假借检查部队后勤之名,在古城焉耆秘密会晤手握重兵的国民党南疆警备总司令兼四十二军军长赵锡光。

两位肝胆相照,同心同德之友,决意举民族大义,顺趋大势,和平起义。他们数小时密谈中,详尽商讨了有关起义的诸事项,包括可能出现的变故和应急措施,密谈有三:起义成功之后,部队如数交给解放军;两人解除一切职务,解甲归田;请求现有部队不能在民族军监视下改编,避免发生误会,引起冲突,酿成祸乱;起义的一切行动,北疆陶峙岳负责,南疆赵锡光负责。

张仲瀚十分理解,老将军是动了感情的,不知熬过了多少个不眠之夜,才敲开了他的房门。张仲瀚深知,陶峙岳、赵锡光、陶晋初这样的将领,有着强烈的爱国之心。

陶峙岳,风雨飘摇中少小离家,入保定讲武堂,18岁投身辛亥革命,拥护孙中山先生的三大政策。1937年淞沪战争,陶峙岳任国民党第七十七军军长,率第八师坚守蕴藻浜,与兵力占绝对优势的日军激战20多个昼夜。之后,任国民党第一军军长,第三十七集团军副总司令,总司令,是一位优秀的爱国将领。只因不是蒋介石的嫡系,一直受胡宗南排挤,被三夺兵权。

和平将军张治中点将,陶峙岳于1946年1948年两度赴疆,忍辱负重,勉力而为,维系着新疆的短暂和平。

新疆和平起义自酝酿到起事,陶峙岳运筹帷幄,临危不惧。兵权在握的主战派马呈祥、罗恕人、叶成几度相逼,密谋暴力拘捕陶峙岳、包尔汉周围的和平进步人士,破坏、阻挠和平起义。千钧一发之际,陶将军不带一兵一卒,置身家性命个人毁誉于不顾,以过人智勇单刀赴会,晓以大义,陈言利害,稳定了局势。礼送顽固分子出境,为新疆和平起义扫除了最后障碍。

将军坦言,他不愿在中国曙光初现的时候,看到新疆还在流血。他要把一个完整的新疆交给国家,这是他一生的夙愿,他要看到旭日辉映着博格达雪峰。

这是一个爱国将领的胸襟啊!为此,他要承受多少不明大理的侮辱,经历怎样的情感冲撞?

彭德怀率第一野战军一路大捷,挺进塞外古城酒泉,与军民共享祖国新生的喜悦,作进军新疆的准备时,突然想到玉门油矿的安危,顿时忧心如焚,这可是大军西进的粮草!

王震轻松地告诉彭老总,陶峙岳将军已派他的警备团开赴玉门油矿,特务们来不及下手,逃了,玉门油矿很安全。

大军进疆后,彭德怀谈到了这件事,老将军轻轻笑说:"在应付各种重大问题的同时,有若干看去似乎是小事而关系甚大可能影响全局者,不能不考虑周到。玉门油矿是全疆部队能源命脉,眼见外油即将断绝,如果油矿遭到破坏,则全疆部队陷于瘫痪,那就什么也谈不上了。我当时的措施是以总部警备团的两个营,由团长毛熙玙率领驻安西看守甘新大门,而另派第一七八旅的两个营由副旅长刘抡元率领,进驻玉门矿区,担负警卫油矿全责,这两个营除给养由酒泉补给区负责外,我当时的命令是不受任何方面的指挥调遣。解放后的事实证明,玉门油矿之所以安全无恙,这步棋是成功的。"

还有赵锡光将军,这位云南讲武堂求学、毕业后任职蔡锷军中,参加过反袁世凯称帝的护国战争。他1947年接任南疆警备总司令兼四十二军军长后,提出"和平、安全、建设"六字方针,在疏勒草湖踏勘荒田,在巴楚、伽师修筑和平水库,规划农场,屯垦生产。

为新疆的和平起义,赵锡光殚精竭虑,协助陶峙岳将军完成了功垂千秋的义举。

1944 年,新疆爆发"三区革命",在国际势力插手,新疆局势极为复杂的关键时刻,张治中西进新疆,稳定局势,组成新疆省临时政府,实现了国民党军与三区民族军隔玛纳斯河停火,维护了中华民族的最高利益。

在新疆又面临一次危机时,张治中将军给自己的老部下陶峙岳将军、包尔汉主席发电,指点迷津,推动了新疆和平解放。

如果没有他们的努力,新疆不会一枪不放,一弹不发,就能回到祖国的怀抱。

张仲瀚理解甚至同情老将军的辞请。

王震司令员用家乡话接了腔:"我的陶司令呀,在酒泉也是说了的,起义部队各级长官的职务不变啊!你莫要放挑子!"

"陶将军,新疆解放,功不可没!一个通电,不费一枪一弹,我们中国六分之一的土地就解放了,仲瀚呀,你说这了得呀!"

陶峙岳也是家乡话:"千万莫要把我们做的一点子事说得太过重了,我是个军人,保边守土,军人天职。国家把这块土地交给我和锡光,我们决不能让别人拿走一寸,英国人拿不走,美国人、苏联人也别想拿。如今,蒋公大势已去,文白先生又有信来,我和锡光顺应了历史潮流……"

君子之风。拳拳之心。

"仲瀚啊,部队随我起义后,虽然改编为二十二兵团,但是谁都看得到,全国解放,就要进入和平建设时期,大量裁减武装部队势在必行。这十万官兵出路何在呢?他们中,绝大多数是农村破产农民,还有一小部分是城市无业游民。他们无房无地,清风两袖。有些湖湘子弟,我当师长时就跟着出来了,如今已是携家拖口的人了。如果他们不能安居乐业,我这个当司令的于心有愧啊,无颜见江东父老了。"

这是实情,部队改编后,陶峙岳一直为部队的安置问题所困扰,尤其在部队出现了一些问题后,他就更忧虑了。

"老司令……"张仲瀚给陶峙岳的茶杯里又续上水。水过三道,茶叶依然绿翠,是当时十分稀罕的碧螺春。"不必太忧虑,一切善后事宜,中央,彭老总和王震司令员都有同样考虑,问题一定会统筹解决的。不过……"张仲瀚学着陶峙岳的家乡话:"陶公啊,过去了的事,莫要再提了呀,你我定个君子协定何如?"

"愿听仔细。"老将军认了真,站了起来。

"陶公请坐。往后,我哪里做得不好,你就当面批评。可要像对你的湖湘子弟一样,一视同仁,莫要偏心呀!"

这个有月亮的雪夜,真是爽气透了。

起义部队的改造,从本质说是人的意识的渐变过程,这个为期绝不会短的过程必然要以团结为出发点,以尊重人格开始。

张仲瀚的老部下史骥,一直铭记着张仲瀚对他的一次批评。

那是1949年"9·25"起义后的12月下旬。

陶峙岳将军在迪化西大楼向准备到起义部队工作的解放军政工人员讲话。陶将军首先代表起义部队全体官兵向大家表示欢迎,坚决支持政治工作干部开展工作。随后,他简单介绍了起义部队的情况和思想动态。

会中,不少坐在后排的同志,不断离开自己的坐席跑到前面,靠在墙边,坐到窗台上。陶将军朝窗台上看了几眼看起来有点不高兴。本来这样就不好嘛,不仅是对陶将军不尊重,也自毁革命军人的形象。

会后,张仲瀚对已任二十五师七十四团政治委员的史骥谈到这件事,张仲瀚严肃地说:"我们的干部才进城,游击习气不容易一下子改掉,有凳子不坐,挤到窗台上坐,军人风纪丢到了九霄云外。"

"你今后到起义部队工作,可要注意。"这件事,体现了张仲瀚以诚待人的君子之风。

甚至一些看似细枝末节的小事,张仲瀚也放在了心上。他与陶峙岳司令员一起下部队,乘车时,他总是先去开车门,请陶司令员先上车;行路时,总是等陶司令员先行,他随后。

对起义官兵,张仲瀚是以心换心,政治上关心爱护,生活上也处处为他们着想。当时,起义部队下级官兵的年纪都比较大了,大多数都还没有成家,找个媳妇很不容易。张仲瀚到处奔走,逢人便谈,想了很多办法,政策上倾斜,只要找到老婆,部队都给落户安家。几年下来,这个大伤脑筋的问题总算慢慢解决了。

张仲瀚主持工作期间,对待起义干部做到了讲政策,实事求是。

上世纪"三反五反"时,九军二十六师——农八师接到北京市公函:要把农八师师长罗汝正在北京的一处四合院作为反动军官的房产予以没收。

农八师没有立即复函,而是先调查。这处四合院,是罗汝正驻防北京时,用个人薪金购买,他的岳母一直住在那里,是合法的私人房产。农八师党委讨论研究后,报兵团党委。

张仲瀚肯定、支持了农八师党委的意见。张仲瀚指示:任何事物,都有它产生的背景和条件,处理时,也必须考虑这个背景、条件,要有政策界限。

得到张仲瀚政委的支持,农八师党委复函北京市,证明罗汝正是新疆和平解放的有功将领,而不是反动军官,他的房产是私人合法财产,应予保护。北京市人民政府接受了八师党委的意见。

罗汝正感动至深:"共产党实事求是,办事公道。"在他担任农八师师长17年间,常年身先士卒,布衣素食,风餐露宿奋斗在生产第一线,直到"文革"中被迫害致死,也始终没有动摇过对新生政权的拥护和热爱。

1952年,反贪污、反浪费、反官僚主义运动在全国展开。

起义部队尤其是起义军官中,普遍产生了恐慌情绪。战乱连年,在旧军队为官,钱财上干净的不多。

"连长,连长,半个皇上"、"小闺女,快快长,长大了,嫁连长,穿皮鞋,嘎嘎响。"民谣讲的是实话。

陶峙岳向张仲瀚、王震谈到这一情况,建议对起义军官有个政策界限。陶峙岳的建议得到了二十二兵团、新疆分局的重视。从团结大多数干部出发,经过慎重研究,决定起义部队开展"三反"运动的政策界限是:配备政工干部以前发生的事,一律不予追究。划定了这条线,稳定了二十二兵团军心。

轰轰烈烈的"三反"运动,二十二兵团起义军官中没有打一个"老虎"。

如果没有陶将军的赤诚相见,没有王震将军的把舵,没有张仲瀚灵活、切实的执行,就不会有成功改造起义部队的具体举措。那也一定没有了千千万万个家庭刚刚开始的祥和、安定。

民主诉苦运动中,二十六师七十八团副团长高人杰难过关。他积怨过深,不少士兵联名要求撤掉他。

高人杰,北疆绥来一带青红帮头领,人称"高二虎"。绥来县流传:高二虎跺跺脚,绥来县城抖一抖。他当汽车营长时,过星星峡关隘,"高人杰"三个字就是过关的通行证。

没想到高人杰关键时刻明大理。"9·25"起义时,高人杰安抚了部队中的"青红帮"成员,没有破坏和平起义。在顽固分子蓄意制造社会动乱、破坏和平起义的危急关头,高人杰迅速果断查处了绥来东关抢劫案,稳定了绥来县局势。

更为人称道的是,高人杰接受陶晋初参谋长的密令,保护了北疆交通枢纽玛纳斯河大桥,护送300多车苏联援助军用飞机汽油安全运抵迪化,对我军尽快进疆控制大局起了重要作用。

二十六师七十八团党组织耐心做基层士兵工作,强调我军的政策,肯定高人杰在"9·25"前后对革命作出的贡献,终于说服了广大士兵。

事后,为了更好地发挥他的才能,在张仲瀚的支持下,高人杰调任南疆阿克苏。

二十六师七十七团还出了一个"口号事件"。

七十七团召开全团大会，庆祝起义一周年暨新党员入党宣誓。临近结束时，宣传股佘宗文领呼口号。喊着喊着，佘宗文突然冒出了一句"中国国民党万岁！"

霎时，会场僵住了，与会的干部战士被突如其来的意外震惊了。等回过神来，会场爆发出一片愤怒的声讨，要求严惩佘宗文。起义过来的佘宗文一下子吓瘫了。

这就是轰动一时的"口号事件"。

七十七团一时议论纷纷，并波及二十六师，九军和二十二兵团。有人说："这就是反动本质的大暴露！"有人说："妄想国民党卷土重来！"甚至有人下结论说："他肯定和台湾有联系，是个潜伏特务。"许多人都认为，佘宗文肯定被枪毙。

起义军官缄口默言，静观事态发展。他们十分关注佘宗文的命运，潜意识里是为自己的前途担忧。

共产党七十七团委员会的意见不一致，有人主张杀，有人主张抓，大部分人在看。他们要看主持团党委工作的政治部主任李廷智的态度。

李廷智一时也震惊了。但是，在群众情绪十分激化时，他想到了张仲瀚大会、小会一次次的告诫："对具体人具体事，一定要慎重，要实事求是，要设身处地为人家多想想，要以心换心。"

李廷智没急于表态，而是调查、分析佘宗文的经历，尤其是他一年来的工作表现。佘宗文真是思想反动还是一时口误？国民党部队十数年天天喊的就是这个口号，解放只有一年多，慌忙中出现口误是完全可能的。

李廷智的意见最终得到团党委的认同。二十五师，九军党委肯定了他们实事求是，认真负责的态度。

李廷智找佘宗文谈话，指出这次政治事故的严重性，告诫他认真接受教训，帮助他分析产生错误的原因，也安慰他放下思想包袱，好好工作、改造。

佘宗文怎么也没想到，既没有给他处分，也没有调动他的工作，激动得直流泪说不出话来。

"口号事件"的正确处理，在起义军官的心灵深处引起极大震撼，被感召之心化作了巨大的能量，激发出了极大的政治热情和工作积极性并表现在垦荒生产中。

1965年，贺龙副总理视察石河子垦区，张仲瀚向贺老总介绍张世海：

"他也姓张，叫张世海，是植保专家。我这个张不如他这个张。"

孤儿张世海，起义后勤奋学习，刻苦钻研，甩掉了文盲帽子，实践中掌握了丰富的植物病虫害防治知识、技术。能识别、掌握石河子垦区33种主要病虫害的生活规律和防治方法，仅象鼻虫一项，张世海就能分辨73种，并了解它们的不同生活习性。他的科研成果，经推广后生产效果十分明显，引起农业院校和科研单位的重视，聘请他为特邀教师和特邀研究员。张世海，一个被抓壮丁的孤儿，登上了高等学府讲台，成为石河子农学学会理事、自治区植保学会理事。这件事在兵团引起了极大反响，调动了很多人的学习积极性和生产积极性。

张仲瀚诚恳地说："一大批起义官兵钻研农业科学技术的刻苦精神，扎实作风，都是我学习的楷模。三人行必有吾师。"

1950~1952年三年中，二十二兵团涌现出各级功臣模范12540人。

在第一个五年计划期间，兵团一级劳动模范102人中起义军官和士兵有42人，其中25人出席了全国劳动模范大会，成绩最突出的1954~1955年两度创造全国棉花单产最高纪录的刘学佛，创造全国汽车(苏制吉斯150)安全运行45万公里无大修的苏长福，都是1949年9月25日举义旗的士兵。

1952年，驻疆屯垦部队提出："不向国家领一文钱，一寸布，一粒粮"的奋斗目标。

仅仅是一个师：国民党陆军步兵七十八师，其后改为中国人民解放军第二十二兵团二十六师，再次改为新疆军区生产建设兵团农业建设第八师——这支跨越了两个时代的军队，以新疆二百二十分之一的土地，二十四分之一的人口，创造着十四分之一的财富。

20世纪50年代末，农八师的11个团场，有10个团场的团长是起义官兵中成长起来的。

在西部中国，军人们笃诚笃信地建设着自己的家园，荒原长出了庄稼，戈壁立起了新城，二牛抬杠、坎土曼进化为拖拉机、收割机，双手结满茧花的耕耘者与这块土地已情深意长——

　　　　农场就是我的家，
　　　　我的家里土地大，
　　　　东边迎太阳，西边送月亮，
　　　　骑上你的千里马，
　　　　也难走遍我的家。

——他们已离不开这块土地，这块土地也离不开他们——这是家。

激情燃烧的岁月啊！

从将军到士兵，都为"戈壁滩上盖花园"的理想追求鼓舞着。

老红军刘一村看着又黑又瘦、一身汗斑的二十二兵团参谋长陶晋初，感叹不已："晋初同志足迹踏遍了100多个农牧团场的山山水水啊！"

其时，陶晋初已年过半百。

陶晋初，有功于祖国。他襄助陶峙岳将军实现了新疆和平解放，祖国主权免受侵害,新疆免罹生灵涂炭。

大部队奔赴戈壁荒原时,他又接过了垦荒先遣队总指挥的重担。在风雪酷寒的准噶尔荒原,总指挥和年轻的战士一起迈开步伐,拖着爬犁,踏着没膝的冰雪,一步步行进。

将军的老伴周季南女士满怀深情追记他三过家门而不入的事迹:

我俩从结婚到永诀,历时二十八载,而在一起的日子,满打满算不过十年。正因为聚少别多还曾闹过一次笑话。

有一次,他从外地视察回到乌鲁木齐,还没回家,紧接着又与张仲翰几位领导同志检查托儿所的工作,晋初一边察看儿童的生活情况,一边向保育员问长问短。当他看到一个格外伶俐的小仔时便欣喜地夸道:"这小家伙长得真漂亮!"并且问保育员,"是谁家的?"他这一问,惹得几位年轻保育员格格地笑个不停。

倒是张仲翰政委敏感过人,马上从笑声中得到了答案,便风趣地说"你问谁家的?可能没主。你既然喜欢,那就抱回去吧!"几句调侃,又惹得一阵哄笑。晋初这才恍然大悟,立即抱起孩子,一边亲一边说:"我的小乖乖,久违了!久违了!"

这是多么透明多么真挚的同志间的感情啊!

在兵团流传着这样一种说法:王震、陶峙岳、张仲翰是"桃园三结义"。不管说者是谁,确实是道出了 20 世纪 50 年代于新疆举足轻重的三位将军在共同事业中早已结下的深厚情谊。

陶峙岳言:"我平生是讲'义'的,解放以后,只要是爱国主义、社会主义,我都听得进去。"

在他们都遭受文革劫难,专案组罗织张仲翰的罪名时,老将军开口了:"他坦白、直爽、真诚,照顾人很周到,是个好朋友。"语调平缓看似波澜不惊,而内心里涌动着翻江倒海的情怀。疾风知劲草,在那非常的年月,老将军的话重如天山。

部队在自己开垦的绿洲已安居乐业多年,张仲翰陪同王震巡视花园农场时,张仲翰提议,去看望植保土专家张世海。

走出张世海正忙活的棉花地,王震伸腰抬头,南望雪线分明,银光跳跃的天山。又转回头,远眺伸向古尔班通古特的无垠绿洲。

王震收回的视线,落在了张仲翰身上。"仲翰呀,你是英雄有用武之地了,多大的疆土哟……还在酒泉时,我们已经想到一起了。"

进疆前夕,第一野战军集结酒泉。张仲翰去一兵团司令部见王震。王震正在一张分省地图上勾勾画画。

王震告诉张仲瀚，部队进疆后，一兵团将抽调全套干部，负责建立起义部队的政治工作。王震的话音没落，向来顾全大局的张仲瀚脱口而出："到新疆后，我去做起义部队的工作。"王震看了张仲瀚一会儿，微微点头说："可以考虑。"

"仲瀚呀，你当时在酒泉的这个要求，我暗自高兴哟！我是在想，你两次拉杆子搞起了抗日民军，有了改造起义队伍的底气。再一个，九龙泉大生产，你又名响边区。起义部队改编后，主要任务就是屯垦生产。看来，我还算是慧眼识英才呀！"

2006 年 2 月 7 日《新疆日报》

罗布泊的绝版典藏

南香红

一个真实的彭加木

一次艰难而危险的科学考察

一些被有意无意忽略的细节

一段 26 年来从未认真解读过的故事

除了彭加木，他们中的九个人现在都能找到，并且还都活着。

不，应该是 10 个。第 10 个是来自中国人民解放军马兰基地的报务员萧万能，虽然他不是考察队的成员，但却跟随了考察的全过程。

彭加木失踪的消息就是通过他的发报机从沙漠中心发出的。

王万轩，彭加木当年的司机，头发花白地坐在记者面前，从内衣很深的口袋里，掏出一个比手掌还小的本本儿，翻开一页，一页，将封存 26 年的记忆打开。

彭加木、汪文先、陈百录、沈冠冕、马仁文、谷景和、包继才、陈大化、闫红建。

"汪文先是考察队的副队长，退休了，回了四川。除了他，我们几个全在，都没有离开新疆。"王万轩一个一个地数着说。

王万轩今年 64 岁，几年前得了扁桃体癌，左侧脖子凹下去一大块，是切除手术后造成的。

对于曾经参加过罗布泊考察的人来说，癌症是一个敏感的词。它让人一下子就联想到核辐射、原子弹。

"活着从罗布泊出来"被王万轩称作是那一次科学考察最大的收获。

沈冠冕是坐着救援的直升机从罗布泊里出来的。一下飞机迎头撞上了审讯的目光:"考察队的队长丢了,你怎么活着出来了？"想起当年的情景,满头白发清瘦儒雅的沈冠冕仍然觉得很难堪。

"有人怀疑我们把彭加木杀了。怎么可能！彭加木是考察队员,难道我们就不是?大家一起在沙漠里吃苦,有什么理由要杀老彭？"

沈冠冕说,从沙漠里出来的时候,他的身体已经虚弱到了极点,头发在一夜之间全白了,白血球达到了3500,他一直深信是核辐射的原因。

行政总管陈百录领到64式手枪的时候,就感到了沉甸甸的分量:保卫考察队。行伍出身的他在彭加木失踪后被人议论:派他去保卫彭加木,他却把彭加木丢了,这样的人怎么能再提拔?

直到第七天,彭加木失踪的消息才发出:

"新华社乌鲁木齐6月23日电:著名科学家、中国科学院新疆分院副院长彭加木在新疆的一次科学考察中失踪,已经七天没有音讯。"

可以用各种方式猜测消息如此晚的原因,但有一条是显而易见的:罗布泊——中国核爆炸试验场。从罗布泊考察回来后的队员们,都闭嘴不谈。

26年来很少有人知道考察队陷入困境的细节与原因。26年前,一切是怎么发生的?

"一切本不应该发生。"沈冠冕说。

得到特殊通行证

没有军队的特殊通行证,任何人都到不了那里。

秋冬是进入罗布泊科考的最好季节,但是这时罗布泊一般有军事安排,严禁任何人进入。

"我们决定选5~6月之间,想在春天风季之后和夏天酷热到来之前打一个时间差",夏训诚说。按原计划,他任罗布泊考察队的副队长,但因为临时的出国考察任务,副队长换成了汪文先。

夏训诚承认这个时间差"没打好",因为罗布泊太不可捉摸了。

考察罗布泊的热情萌生于1979年中日合拍《丝绸之路》。当时罗布泊部分因为涉及军事敏感问题由中方中央电视台担任拍摄任务,但开拍之前需要中国的科学家们先探路。

彭加木和夏训诚借探路来到了罗布泊。

夏训诚记得在考察营地的最后一晚,彭加木睡不着,很兴奋:罗布泊在中国,研究却在国外;外国人写罗布泊的书已经比人都高了,中国人还没来过。

上个世纪二三十年代,俄国、瑞典、日本的探险家在罗布泊的有关地理、人类文明的大发现轰动整个世界,罗布泊被称为"地球上最后一块未被探索的土地"。

"就算死在罗布泊,也要用肉身为罗布泊增加一点中国的有机质。"夏训诚还清楚地记得彭加木的这句话,只是当时没有想到竟然一语成谶。

组建中国罗布泊科学考察队的想法就是那一晚形成的。经中科院与军委的协调,1980年,一份正式的文件批准了这个计划。

考察队被准许在罗布泊进行两个月的考察。

1980年5月2日,考察队从乌鲁木齐出发,直奔新疆军区马兰基地。

"考察队几乎所有的东西都在马兰基地准备。军队专用的午餐肉罐头、酸辣荬白罐头、榨菜、大米、挂面、面粉等等全部从部队买。"担任行政总管的陈百录说。

没有部队的帮助,考察队无法在罗布泊里活动。马兰基地为考察队配备了一部电台,这部电台由四名战士负责,在一个代号为"720"的地方,放下三名战士建立一个电报接转点,另一名叫萧万能的战士背着发报设备,跟随考察队。

电 台 丢 了

出发之前,彭加木和司机陈大化之间发生了冲突。

"彭加木很生气的样子来找我,说陈大化不走了,让我去解决解决。"

陈百录回忆说,他去解决问题,一看是没法解决的超载问题。

考察队有三辆车,一辆212五座吉普车,王万轩开,主要拉彭加木等科考人员;另一辆8座212,拉人和电台设备等,陈大化开;第三辆车是一辆苏联嘎斯,拉水和汽油等辎重,包继才驾驶。

嘎斯车的载重量是1.5吨,但车上装了八个大汽油桶,每桶装200公升,分别装四桶水、四桶油,加上帐篷等生活用品早超过了载重量。8座212拉着电台的几个大箱子,也超重了。司机陈大化认为罗布泊的路谁都没有走过,汽车超重很危险,磨着不走。

这是1980年能提供给考察队最好的条件了。走还是不走?实际上没有选择。况且没有部队的帮助,这样的条件都没有。

"我拍着胸膛对陈大化说,出发!出了问题我负责!"陈百录说自己凭着"当兵的"一股愣劲和对罗布泊的一无所知说下了"大话"。

考察队伍里除了彭加木到过罗布泊西北岸外,没有一个人了解罗布泊,考察队将面对怎样险恶的环境,没有一个人有心理准备。对于王万轩等三个司机来说,虽然常出野外,但谁也没有料到罗布泊的"野外"将非比寻常。考察队里有植物、动物、水文地质、化学等学科的专家,但在他们的知识构成中,罗布泊是个零。

不仅如此,这还是一个临时组建起来的队伍,大家平时并不相熟,还需要磨合。

"5月8日,我们三辆车从马兰基地出发了,第一天到达'720',这里住着一个排的士兵。从马兰到原子弹爆心280公里,'720'到爆心只有20公里。我们又向前走了18公里。"王万轩说。

在这里遇到了一个岔路。彭加木等人的5座车跑得快,向左拐了弯。后面的8座车没跟上来,王万轩说等等后面的车,因为电台在后面,但彭加木急着赶路。

等陈大化的8座车跟上来后,不见了彭加木的5座车,便错误地右拐,直奔一颗原子哑弹而去:"走到跟前,一看是严重污染区,吓坏了,拔腿就往回跑。返回了'720',再也没跟上队伍。"

"就这样把电台丢了"。王万轩说。

在罗布泊没有电台就等于孤军深入险境而却没有后援,一旦出事后果难料。

"在没有参照物和方向指示的旷野,每遇拐弯的时候,一定要等后面的人,只有让对方清楚地看到自己时,才可以再往前走。"沈冠冕说。

但是,对于考察的这个"意外",罗布泊不动声色地观察着。

穿 越 湖 盆

穿越罗布泊中心湖盆是这次考察的中心任务。

下湖盆之前,"720"的军人给考察队讲了一个故事:一个炊事班的班长出去打柴,再也没有回来。部队想尽了办法,没有找到活着的他,也没有找到尸体。

"彭加木这天晚上也给大家开了一个会,定下了一条铁的纪律:不准单人、单车行动,谁违反了处分谁。他给大家作了动员,说此次考察一个是找钾盐,一个是找'重水'。钾盐是生产化肥原料,'重水',制造原子弹的,我国都得依靠进口。这是我第一次听到这个名词,觉得自己的使命很崇高,精神大振。"陈百录说。

这是人类第一次将脚步踏进干涸的罗布泊湖盆。彭加木知道,20多年前罗布泊里还可以泛舟;再早一些,里面特有的塔里木裂腹鱼还有一人多长。他们将是世界上第一个看到并纪录干涸的罗布泊的考察队。

车子向湖盆里开,突然'咕咚'一下,车子掉了下去,黄色的尘土像雾一样无声地腾起,然后像水一样漫过了车身。

车子倒出来,换一个地方,再从"盆沿儿"向盆里开,再一次地被黄色的尘土埋没……

罗布泊以拒绝亮出了自己的态度。

"这种地质叫做'假戈壁',表面上看起来像戈壁一样坚硬,但却是虚的。"

在一个450平方公里的"大盆"边上,两辆小小的汽车就如两只甲壳虫般地蠕动、折腾,一直折腾到天黑,也没有从盆边上下去,只好在湖盆边上宿营。晚上开会想办法,决定第二天找个河水的入湖口试试。

第二天天一亮开始分头找入湖的河道,借着一条干河道,考察队将脚步踏入了湖盆。

突然之间,四周好像撤换了舞台布景。身后的北塔山不见了,前方的阿尔金山不见了,天和地不知什么时候粘在了一起,一切可以作为参照物的东西都隐身而去。"人就像是坐在井里,没有目标,天连着地,地连着天,那情景很恐怖,我心里一个劲地打鼓,为了没有跟上来的电台"。王万轩此时看到坐在副驾驶位置上的彭加木也有些紧张,手里握着罗盘,不断地修正方向,两辆汽车蛇形着前进,只要向南,不停地向南,就能穿越湖盆。

这一天,汽车蠕动了整整一天才前进了40公里。

第二天,汽车开始遇到高低不平的盐壳。"一开始,还不算太高,到了下午就越来越高了,十几厘米、二十厘米、三十几厘米,汽车发疯一样地摇摆"。在后面开大车的包继才开始不敢紧跟着5座车了,他发现他的汽车轮胎一块块地被盐壳削下来,黑黑的,从枣核大小到核桃那么大。

"队伍并没有因为难以前进而停下来。天黑了,我开着212继续在前面开路,只听见车底下'叮叮咣当'地响成一片,知道底盘撞得厉害,便让老包的车在前面开路。"

"这一天夜里走到凌晨1点钟才停下来。一下车,妈呀!脚扎得厉害,低头一看,根本没有下脚的地方。没有办法做饭,没有办法扎帐篷,每个人饿着肚子找了一块平一点的盐壳,蜷缩着身子睡了"。

第二天天亮,考察队员们吃惊地发现他们被盐壳包围着,大地像是被犁铧深耕过一样,一浪一浪地翻翘着,望不到边儿。继续前进是不可能的了。

"每一块盐壳都硬得像是炼钢炉里出来的焦砟一样,敲打一下就发出'嗡嗡'的共鸣声。"

这种情况谁都没有想到,也没有应付的办法。

彭加木将人员分成三组向南、东、西三个方向去探查盐壳范围。为了避免迷失,他想了个主意,将红布撕成条,绑在红柳枝上,每走100米,插上一根。两个小时后,大家都回来了,红柳枝用完了,盐壳的边谁也没有看到。

后来的科学家用20多年的考察解释了罗布泊的盐壳现象:罗布泊是塔里木盆地

的最低洼处,是众水汇集之地,含盐量极高。在近一万年中罗布泊曾经干涸了七次。最近的一次剧烈变化发生在考察队到达前的 20 年,在仅仅五年的时间里太阳就烤干了它的所有水分。

太阳渐渐升上来,气温越来越高,"叭""叭",突然之间盐壳发生了比枪声还要响的炸裂声。中午气温上升到了 50℃,炸裂声像是燃放鞭炮一样响成一片,那是盐壳受热发生膨胀、抬升。"车子动不了,人在汽车下的阴凉里趴着,望着太阳。陈百录热得直说不行了,气也短了,他胖,汪文先也热得受不了,只有我、彭加木等几个瘦子还敢活动",王万轩说。

"干极"、"旱极"、"热极"是科学家对罗布泊的描述。人的肉体在这里是最微不足道的,罗布泊常常可以在几十分钟之内"烤干"一个人,十年之后余纯顺就是这样死于罗布泊的。

考察队困在湖盆中,彭加木给大家动员说,我们是在走前人没走过的路,做前人没做过的事业,冒险吃苦怕什么。

"彭加木的想法是用八磅重锤砸出一条路来"陈百录说。

"天哪!你都不知道盐壳区有多大,怎么个砸法?"

考察队退出湖盆,派陈百录回乌鲁木齐买八磅锤子和到军区找军用地图。考察队所带地图是一张发黄的苏联上个世纪 40 年代的老地图,比例尺太小。

5 月 30 日队伍再次穿越湖盆,为减轻负重,决定只有彭加木、汪文先、陈百录、王万轩、包继才外加电报员萧万能六个人穿湖,8 座车拉着其他人从罗布泊外围到米兰会合。这一次他们避开了湖盆中心,选择湖盆西南前行,因为军区作战图指示这里的盐壳要小得多。

"最难的时候汽车每小时才走两公里,简直比蜗牛还慢,不是走,是爬。"

七天之后,考察队从罗布泊爬了出来。这是人类首次成功穿越罗布泊湖盆。陈百录回忆说,当年只有少数几个人有翻毛皮鞋穿,其他人都是"解放鞋",盐壳刺穿了鞋底,很多人的脚都鲜血淋漓。

被困库木库都克沙漠

考察队在米兰农场休整期间彭加木有了新的想法,他想到罗布泊的东南去考察,然后从东北方向绕道"720"返回。彭加木说,上级批了两个月的通行证,批一次不容易,还得部队帮忙配电台,剩下的时间不如到罗布泊东南考察,这里也是从来没有人考察过的地方。

"大家对这个想法情绪不高,一个多月的野外生活,都到了极限。我不好说不,只能说要搞这个额外的考察,必须报上级批准。"

"又是冒险。在地图上看,新的路线有900公里,比穿湖还要长,大家怕吃苦头。"

王万轩记得去还是不去讨论了四五天。就在这时,上级批准的电话到了。

"党员要带头。"但是大家也达成一个原则:往前走,当水或者油消耗一半,探险的路还没走到一半的时候,就立即原路返回。

6月11日早晨,米兰农场食堂提前开饭,考察队三辆车匆匆向东出发了。

陈百录回忆说,错误起于那张苏联地图,这张图在库木库都克的位置清楚地标出了一眼泉井。

作为行政总管,陈百录曾要求彭加木对此行的给养做出预算。但是考虑到车子只能拉八只汽油桶,多了也带不了,这一次决定带五桶油,三桶水。

"彭加木把希望寄托在库木库都克的水井上。在维吾尔语里,库木库都克的意思是'沙井子',彭加木相信在那里可以找到水的补给。就是不成,再向东到八一泉,也可以补充到水。"陈百录说。

从地图上测算距离,到库木库都克只需要三天的时间。

但是罗布泊是难以测算和想象的,况且这里根本就没有路。"一小时只能走4~5公里,耗油却很惊人。一连三天,走了不到200公里,水和油消耗快一半了"。王万轩说。

按照约定,应该返回了,前路漫漫,大家都有些动摇。这天夜里,一场大风乘机"打劫"了考察队的营地。

"大风掀走了帐篷顶,大家伙一人抱一根帐篷杆在风中摇晃,彭加木就抱着帐篷杆在大风里给大家打气。"

所有人都对这一幕记忆深刻,沈冠冕、陈百录、王万轩、包继才,所有的人在回忆中都加重并强调了这个大风的晚上。

"彭加木在风里连喊带叫:科学精神就是探险,最困难的时候,就是胜利将要到来的时刻,大家要挺住,决不后退一步,风不会永远刮的!"

"风刮了一夜,那一夜没有人能睡着觉。"他们说。

大家都知道彭加木是患有两种癌症的人,又是考察队年龄最大的,在职务上是队长又是新疆分院的副院长,他挺着,大家就不能躺下;他向前,大家就不能后退。

> "昂藏七尺志常多,
> 改造戈壁竟若何。
> 虎出山林威失恃,
> 岂甘俯首让沉疴!"

这是彭加木将被推进手术室切除癌症时写下的诗。

20世纪80年代,是一个振奋人心的年代,那个年代被形容成"科学的春天",知识分子刚刚从桎梏中解放出来,正要以科学报国,这一点在彭加木身上体现得更为强烈。

彭加木是上海市的人大代表,上海市先进标兵,他亲自向郭沫若写信要求到新疆来支援边疆建设。在被医生判了死刑之后,仍拖着病体多次考察新疆的戈壁大漠,帮助新疆科学院进行基础建设。

"彭加木当时就是科学界的活雷锋。"沈冠冕说。

"我愿意做一颗铺路的石子",彭加木的这句话被总结为"铺路石子精神",为他的形象抹上了一层金彩。

但是罗布泊才不管这些,此时它正使出各种手段折磨着彭加木和他的考察队,暴风、飞沙、炽热、干渴、迷路,每一项都是致命的。

"包师傅早就跟不上了,他开大车,车跑得慢,人最累,他落在后面,我们等他。等他费了九牛二虎之力赶上来,还没顾上喘口气,我们又往前赶路,他又得拼命追。"王万轩说,到第六天,后面两个车都跟不上了,一开始等半小时,后来一等就是一、两个小时,根本没有办法前进。

油、水已经只剩下四分之一了,大伙的信心随着油、水的减少而减少。陈百录为了刺激大家的情绪,特地用三块石头支起锅给大家蒸馒头吃。这时候,什么样的馒头都已经难以下咽了,他就用热油泼辣椒伴上醋精(考察队为了减轻重量,只带醋精不带醋)给大家蘸馒头吃。

"一边吃饭,彭加木一边开动员会,已经动员三次了。他说,现在还不是山穷水尽的时候。"

绝望的是考察队花了4天时间到达库木库都克的时候,发现这里根本就没有井,而是一片不毛的沙漠,根本就没有所谓的沙井子。而且比原计划超出了四天,油已经不够三辆车返回了,水已经剩下半桶,而且经过长途摇晃,混杂了很多铁锈,已经变成了红色的。

是地图的错误,还是民间的误传?为什么这里会留下一个叫沙井子的名字?

罗布泊最不可靠的就是水,偌大的一个罗布泊都干了,何况一眼泉水?陈百录讲,1980年他去寻找彭加木,看到八一泉里还有水,而到了他陪伴《望长城》剧组和彭加木夫人夏淑芳到罗布泊时,八一泉也干了,尽管他们向下深挖,还是没有水。

水,只是罗布泊的一个幻景,这个幻景欺骗了彭加木。

最后的晚餐

极度沮丧和劳累让人发疯,这是罗布泊折磨人的又一个方式。

王万轩还记得彭加木最后的时刻。6月16日的傍晚,他和彭加木的情绪都有点失控。

"这样下去,你会把考察队带入绝境。"我对彭加木抱怨。

"怎么连你也怕死了?"彭加木用从来没有过的声调说。

"我的情绪也在那一刻突然爆发,大吼:怕死?怕死我就不来了!要不咱俩下车比比,看谁更怕死!"

彭加木低着头,沉默着,很难受的样子。十几分钟后,彭向王道了歉,但还是闷闷的。

就在这时,一群野骆驼出现了,十五六头,"野骆驼!"有人喊了一声。

此时的彭加木一下子从车座上蹦起来,激动得浑身发抖,大叫:"追!追!"

两辆212箭一般冲出去,刚才低沉的情绪一扫而光。

骆驼受到惊扰,大群一溜烟地跑没了,只剩下一大一小两只。小骆驼似乎有伤,跑不快,大骆驼是它的母亲,舍不得孩子,一跑一回头。

8座车很快截住了小骆驼,5座车向前直追大的。彭加木在车上不停地激动地说,中国到目前为止还没有野骆驼的标本,罗布泊野骆驼的标本都在国外。

"大骆驼跑着跑着发现自己的娃娃不见了,就停下来等。我的车到了跟前,它就再跑,跑跑停停相持了20多分钟。大骆驼跑得上气不接下气,嘴里白沫往外喷,它再有劲也不及铁家伙厉害呀。我开着车围着它兜圈子,彭加木在拍照。"

"缓过劲之后,那家伙又继续跑。我的车子不敢太靠近它,太近怕撞在它身上撞坏了车子。又追出去六七公里,还是拿它没办法,彭加木就说,打死吧,国家还没有野骆驼标本,打死了再办手续。"王万轩说。

"我坐在5座车的后排,身上挂着64式手枪。这把枪从出发到现在从来没有用过,我把枪从车窗伸出去,瞄准。"陈百录说。

"我扣了两下扳机,一两米远的距离而且射出两颗子弹,它还在跑!"

"车上的人都在叫:陈百录,你这当兵的,枪法咋这么差!"

其实子弹是射中了。不一会,血随着野骆驼的跃动一下一下地往外喷。

不行,得打脑袋!有人喊。陈百录再一次瞄准,一枪、二枪、三枪!

"突然之间,野骆驼不跑了,回过身来,四腿叉开很大地站住,眼睛瞪着我们,一分钟,两分钟,十分钟,二十分钟,我们吓得大气不敢出,动也不敢动。突然,轰的一下,野骆驼倒下了。"

彭加木说不能损坏了野骆驼的骨头,于是亲自就地剥皮取肉。因为车装不下,捕住的小骆驼又被放了。彭加木发了脾气,命令一定要再捉回来,说是难得的活体野骆驼,求都求不来呢!于是又捉了回来,并腾空了一辆车拉回了营地。

亲手解剖完大骆驼之后,彭加木又为大家升火煮骆驼肉。

对于久久没有吃到新鲜东西的考察队来说,野骆驼肉真是太香了。肉香缓解了疲乏紧张和极端的情绪,吃肉的同时,彭加木做出了决定:当晚向马兰基地求援,在水和油送来之前,就地休息,停止前进。很快,基地回电:停止前进,原地待命,等待救援。

"当时的回复非常明确,先送水,因为直升机严禁运送汽油,并答应水第二天就送到。"陈百录说,"我和彭加木商议,第二天一早,由王万轩开车,他和汪文先继续去找水。"

这一天大家都累极了,找水、追骆驼、吃肉,一直到第二天凌晨两点钟,最后累得帐篷都搭不起来了。在陈百录的印象里,彭加木这一夜似乎也没怎么入睡,他一直在拢着火,为大家继续煮骆驼肉。

只有一个人没有参加这最后的晚餐,沈冠冕没有吃骆驼肉。"路过核爆中心的时候,隔着车窗,我看到一株叫膜果麻黄的植物,它面向核爆中心的一面全部是黑的,另一边是绿的。"

沈冠冕听到那只小骆驼凄惨地叫了一夜,它还是一只吃奶的小崽,没有了妈妈它不吃任何东西。

因为打死野骆驼,考察队后被有关部门罚款 2000 元。

"我往东去找水井彭 17/6 10:30"

彭加木留下的纸条被拿去做了字迹鉴定,它确实是彭加木留下的。在确定日期上,彭好像犹豫了一下,最后将 16 改成 17。这句话像是一句巫师的咒语,又像是一个丢失了谜底的谜,26 年无法解开。

"罗盘在沙漠里定位有一个致命的问题,就是只能定一个大致的方向,无法定出你所在的位置。""老沙漠"夏训诚说。比如,你拿着罗盘在 A 点上测出北的位置,你向西移 5 公里到 B 点,再测,面向的地方还是北,你再向西移 5 公里到 C 点,再测,面向的方向还是北。"在沙漠里你失之毫厘,就能差之千里,虽然你一直在向北,但你再也回不到原来的位置上了。"夏训诚说。

东,是一个多么大而模糊的概念;往东。水井。人们一直沿着这两个大定位,一直找到敦煌。一直找了 26 年。

彭加木是越过疏勒河故道去找东方的八一泉吗?"但又不像,八一泉离库木库都克至少 50 公里,一天走不到,他似乎不会去那么远的地方。"

是向正东方向去找红十泉吗?这是离库木库都克最近的一眼泉,但早已没有水了。对于罗布泊东部毫无概念的彭加木,当年是否知道这眼泉的存在?

是向东北方向去找红十泉吗？红十泉比八一泉还远，只带着一壶水的彭加木似乎就没打算走远。

纸条指引了寻找彭加木的方向，也解了考察队所有人的围。但是纸条会不会也把寻找引向歧途呢？

从彭加木留下的最后脚印来看，他曾经做过向东，再向北，再向西的徘徊，他是在思考应该向那个方向走，还是迷失了方向？

那一天的早上，陈百录天一亮就起了床，为彭加木等计划去找水的人做了早餐。"我没有叫醒他们，做好饭就又回帐篷睡了。中午，基地来电报，小萧叫醒我，说彭先生不见了。我一看，他们都没有吃早餐，并且汪文先和王万轩还在睡着。"

"我不知道早晨去找水的计划，彭加木也没来叫我。"王万轩说。

"一开始大家并不急，想彭先生不会走远，会很快回来的。因为他常常自己呆着思考或者出去蹓跶。"沈冠冕说。

下午3时，罗布泊的温度直线上升，大家觉得有点不对劲了，开始找。先是开着车顺着脚印找，但是天太热了，又刮着"抽屁股风"（顺风，不利于汽车散热），一两公里，就开锅了，只能掉过头来等风吹凉了车再走。后来干脆弃车步行找。直到天黑看不到脚印了才返回。

"当晚我们在高处点了一大堆火，让火燃烧了一个晚上；每半个小时打一次彩色信号弹；把车开到高处，不停地闪车灯，希望他能找回营地。"

没有任何音讯。

第二天送水的直升机到达，在陈百录的要求下，机长沿着往东方向20公里的范围做了20分钟的反复飞行。"飞得很低，连草丛中惊出的兔子都能看得清清楚楚。"

但是没有彭加木。

至于后来的四次大搜寻，更是像梳头一样梳过了认为可能藏匿彭加木的地方。

"这让人想不通。"陈百录、王万轩参加了第四次大规模的寻找。"2004年，我甚至找到了当年我们丢失的一把铁锹。我回到了当年的营地，24年了，车辙印还好好地在那儿，但一个大活人你却怎么也找不到。"

还有那匹小骆驼，在考察队员忙着找彭加木的时候，它不知道在什么时候死去了。可能是伤心而死，也可能是饿死的。第二年流沙便掩埋了它，王万轩找到它的时候，发现只有一撮黄色的绒毛露出沙丘在风中颤抖。

后记：彭加木失踪后的第二年5月，彭加木的老战友夏训诚带领考察队再进罗布泊。此后的26年里，夏训诚对罗布泊进行了25次考察。

"每一次考察都在寻找彭加木，在寻找一种科学的精神。"他说。

中国各学科科学家的努力揭开了罗布泊地理特征、环境变化、人类文明失落之谜。中国人已经掌握在罗布泊的发言权。最近，最重大的两件事是罗布泊距今4000年的小河墓地的发现与发掘，这是一个比100年前楼兰的发现更轰动世界的发现；另一个是由国家投资26亿元的年产120万吨的钾肥项目，2006年4月25日在罗布泊开工，当年彭加木的梦想已经变为现实。

2006 年 5 月 18 日《南方周末》

第二辑

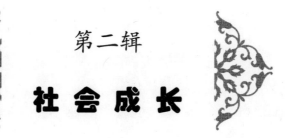

社会成长

将军的女儿

刘肖无

一、拯陆背斜　广智背斜

　　不知为什么我不愿用那些"大漠呀""洪荒呀"一类的字眼儿来形容这块土地——准噶尔东部克拉美丽山和北塔山之间的三塘湖盆地,在我的脑子里驱不掉的一个阴影是寂寞,多么难堪的寂寞!多么难耐的寂寞呀!在这听起来也够怕人的远离尘世、渺无人迹的角落里,有两个人留在这儿了,永远地留在这儿了!9125个日日夜夜呀,有谁到这儿不看望过他们,凭吊过他们?在那月惨风凄之夜,风狂雷暴之时,又有谁来给他们做过伴?在这样的时候,他们,尤其是她,多么需要有人来做伴呀!可没有呀!没有这个可能呀!只有瀚海茫茫的彼岸,才有一瓣未了的馨香,才有绵绵无尽的梦境……尽管年深日久,物是人非,但他们的事迹流传着,像民间的英雄史诗、民间文学一样,被编成很多美丽的传说,人们以此教育着子孙后代。被他们征服了的那块盆地的两个地质构造,一个命名为拯陆背斜[①],一个命名为广智背斜。虽然他们并不在那儿,可他们的名字被永远地镌刻在地球上,比坟墓还深邃,比丰碑更峥嵘!他们为寻找石油而死,他们将伴着石油地质年代永远生存!

二、那时她才一岁

　　杨拯陆出生于1936年3月12日。那是一个伟大的年代,悲壮的年代,革命的幽

---

① 背斜:地质术语。

灵在大地游荡,复仇的火焰在心中燃烧,催人泪下和发人深省的歌声响遍山山水水。就在这一年,就在杨拯陆出生的地方,爆发了一件震惊全国,震惊了全世界,掀开了全民族救亡图存的战争序幕的大事——西安事变。杨拯陆就是和张学良共同发动这一历史事件的著名爱国将领杨虎城将军的女儿。1937年5月,杨虎城被迫出国,拯陆刚过周岁,就和爸爸分别了,而且是永远地分别了! 妈妈谢葆真是1927年的共青团员,要陪伴爸爸,只好忍痛把四个女儿留在家中。抗战爆发,谢葆真伴杨虎城回国。她一踏上国土,就直奔西安,来同她的孩子团聚。拯陆正是牙牙学语,蹒跚学步的时候,又是别后重逢,做妈妈的怎能不疼,怎能不爱呢? 忽然一声晴天霹雳,杨虎城将军被蒋介石软禁在南昌! 这多让她为难呀! 一边是儿女,一边是丈夫。她知道在这样的患难之中,只有她能够安慰鼓励自己的丈夫。可是,孩子们呢? 为这,她和旧日的一位战友谈了十天十夜,终于下了决心,去,尽管是九死一生,虎穴也得入,龙潭也要跳。她也想到魔手会伸向孩子,她不叫她们住在杨公馆,而是把她们送到她的娘家去了。她走了! 拯陆能懂什么呢? 妈妈流着眼泪亲她,她还向妈妈笑呢! 只有五岁的姐姐拯美——现在是六届全国人大代表,有了依恋之情,哭着闹着不叫妈妈走,追着跑着要跟妈妈走,做妈妈的这个狠心多难下呀! 可万恶的黑暗势力逼得她非下不可。从此,一岁多的小拯陆,将门的小於菟,失去了父亲,又失去了母亲,转眼之间变成了孤儿。饿,哭也哭不来奶妈了,只有外婆一口一口地嚼着馍馍喂养她。白色恐怖笼罩着西安,外婆再不许家里人说她们的爸爸和妈妈。拯陆上小学,上中学,家长的名字都写的是在家务农的叔叔。可是西安城,哪一家不知道杨虎城呀,同学中悄悄传开了,她们俩(她姐姐拯汉和她同班)是杨虎城的女儿。杨虎城是个什么人? 这些稚幼的心灵怎么能知道。可有一天,一个反动教员讲起了西安事变,大骂杨虎城,编造了许多莫须有的罪名。这一切都是真的吗? 爸爸真的这么坏? 可孩子们谁能不相信老师的话? 多少双愤怒的眼睛,仇恨的眼睛,鄙视的眼睛压向她们,压得她们的心颤抖着,战栗着,头不敢抬起来,眼睛不敢向别人看一下。难道真能是这样吗? 回家去问外婆,外婆只是不说,一个劲儿流眼泪,还不叫她们去问别人,不许她们和人争吵。她们只好这么屈辱地生活着。外婆呀! 她是怎样苦心孤诣地保护着像巨大的石头下长出来的几棵小草呀! 只有一次,她俩填完了一张表送到了老师手里,老师看了看没说什么。下课后,这位有20多年教龄的任老师把她们两个叫到自己屋中,跟她们说:"你们的父亲是个爱国将领,是个民族英雄,你们应该为有这样的父亲而自豪,为什么你们要那样地畏缩,那样地胆怯,那样地不敢挺起胸膛呢?"老师是可敬的,在"一二·九"运动,双十二事变时,亲自带着他的学生上街游行,请愿示威,他对杨虎城将军有深刻的了解,正义的评价。他把自己听说的,看到的,都一五一十地告诉了她们姐妹俩。他说西安的人民,爱国的人民都在盼着你爸爸;陕西人民,全国人民都在盼着你爸爸,说得她们两个一次又一次哭着。她们恨自己,谴责着自己,过去只知道爸爸、妈妈住监狱,只知道凡是住监狱的都不是好人。爸爸! 妈妈! 你们能原谅你们幼稚无知的女儿吗? 在那暗无天日的地方你们还常常想念你们见不上面的女儿吗? 这一夜,只有这一夜,失去的又重新得到了,父亲、母亲又重新回到她们心中,活在她们的心中。这一夜,只有这一夜,任老师给她们上了终生难忘的一课,也是对生活,对社会,对善恶是非启蒙的一课。

三、"祖国需要你,人民在等待你"

不久,西安解放了。杨拯陆和她的姐姐们也得到了解放。她们再不用忍气吞声,再不用在压抑痛苦中生活,她们抬起了头,挺起了胸,唱着跳着在街上欢迎人民解放军,说着笑着宣传拥护共产党。尤其是拯陆,还不到 14 岁的一个初中二年级的女学生,大会讲演,小会发言,她的话像泉水一样地迸发出来,她的革命热情像火山一样喷薄开来。共产党有什么好呢? 当然好! 不然,爸爸为什么要和共产党联合,要拥护共产党的主张? 妈妈为什么做共青团员? 大哥哥大姐姐为什么都秘密地参加了共产党,秘密地到了延安? 这一切在拯陆的小小心灵上打上了深深的烙印。如今,学校里天天上大课,共产党人就站在她的面前,他们说的每一句话都使她感觉到亲切,他们做的每一件事都最得人心,这一切都对拯陆有所教益和启发。拯陆呢? 她也给人留下了深刻的印象,她像小鹿一样地奔跑,她像雏鹰一样地飞翔。暑假的时候,她被吸收参加训练班,而且入了团,其实她还不到 14 岁。回学校,又当了团总支的宣传委员。过去,在同学中最小、最受人歧视的她,现在变成了大多数同学和部分老师的核心。就在她日夜都为宣传而忙碌的日子里,有一天,家里派人来叫她们,说是哥哥回来了,到家一看,她们惊呆了。这就是哥哥吗? 大哥去延安时,拯陆才两岁,等于没见过。但她心中有个形象,二十八九的英俊青年,可出现在面前的竟是个鬓发斑白的人。这的确是她的哥哥,大哥拯民。大哥说:"不容易啊! 兄妹又见了面,我给你们送个礼物吧,你们自己说,要什么? "这可是个难题,姐妹四人都回答不上来,聚到一块儿去商量。在学校,她们多羡慕有的同学的自来水笔呀! 那是极个别的,大多数人都没有,何况是她们寄人篱下过着艰苦生活, 做梦也不敢想到这样珍贵的东西。"大哥叫咱们说,咱们就要这个吧。"大哥答应了,每人送给她们一支金星笔,拯陆接过来,抚在胸口,含着眼泪,回忆起在外婆身边围着一盏小小的豆油灯写作业的往事。大哥对两个小妹妹说:"你们应该学学马列主义。"他又给了她们一些钱,边区票,一万元一张,好多张。她们两个拿上钱,高兴地跳跃着,跑向新华书店,进去,把钱往柜台上一放,人家问她们买什么? 她们说买马列主义。人家笑了,说马列主义书多了,你得说个书名呀,这下可把她们考住了,急得拯陆直嚷:"我们买马列主义嘛! "人家数了数钱,给她们挑选了一些书，嗬！还真不少呢！

有一天，西安女中开大会，头脑有了武装的杨拯陆当然要发言了。可家里又派人来叫她们。她们想，回家哪有开大会重要，没走，又来催，催了三四回，都不说为什么，只好回家。一进堂屋，只见正面墙上挂着爸爸的相片，挂着黑纱，全家人都坐在那里，沉默着，饮泣着。什么都明白了！至于爸爸到底是怎么死的，家里都把她当小孩，没有仔细告诉她。她是以后在西安数不清的追悼会上，才知道爸爸死时的情形，才知道妈妈死在息烽监狱中，才知道哥哥拯中，还有一个至今才知道有过的小妹妹拯贵也一起遇害。万恶的刽子手呀！连一个来到人间却没见过人间的小小生命都没给留下，非人的残忍呀！拯陆流了多少泪，伤了多少心，她在心中暗暗记住党中央致杨虎城将军家属——当然包括拯陆——的唁电中嘱咐她们的话："要勉节哀思，为继承杨将军的爱国事业，彻底消灭反动匪帮的残余而奋斗。"这是党中央对自己一个青年团员说的话啊！应该怎样继承爸爸的遗志呢？祖国要建设，要建设成一个繁荣富强的国家，爸爸是爱国的，要是活着，一定会投入这场战斗的。谁都知道爸爸是最爱大西北的，谁都知道大西北是中国最穷的地方。把这贫穷的国家，把这贫穷的地方变个样，这大概就是爸爸的遗志吧？！她和谁都没有商量，在高考的时候，考入西北大学地质系。一年以后，她写了一篇文章《我要做一名祖国工业化的尖兵》登在《陕西日报》上了。她告诉人们，当她没进学校时，只是"羡慕那些工作在荒山僻野的勘探队员们，他们披荆斩棘，辛勤工作在没有人烟的地方，而在他们后边却建起了很多的厂房，高耸的烟囱。没有他们，千变万化的大自然就永远是个谜。"当她进入学校后，更知道了祖国要建设，最大的困难是资源不清，所以，地质系不是四年毕业，而是两年。这就不难看出国家是多么需要这方面的尖兵呀！她经常像听到呼唤着她的声音："祖国需要你，人民在等待着你啊！"就在这一年，她入了党，实际还没满18岁。至今，她的爱人，也是她的同学还说："杨拯陆是我们那个时代的青年中最杰出的！"

第二年，杨拯陆毕业了，她的志愿是新疆。她想爸爸要是活着，一定会含笑点头的，妈妈要活着，一定也会表示支持的。可从此她再也不提爸爸的名字了。小时候，她不提，是不敢。现在，爸爸是全国人民敬佩的英雄烈士，她感到光荣，但不愿从父辈的名望中为自己博得一点好处。她被人热爱，受人尊敬，凭的是什么呢？凭的是她自己，对党的忠诚，对祖国的贡献，为人民全心全意服务的精神。和她一起工作的同志有些人是一直到她逝世后的追悼会上，才知道她是杨虎城将军的女儿。

四、她为什么哭了

在旧社会，"有志者，事竟成"只不过是一句格言。杨虎城倒有志于爱国呢，爱得成吗？只有到了社会主义社会，在共产党领导之下，才有现实的意义。杨拯陆有志于建设祖国边疆,就到了新疆;有志于从事地质工作,就到了石油公司地质调查处;有志于搞野外勘探,就到了安集海一支野外队去实习。想到的就得到了,多好啊! 多好的领导,多好的同志;多好的天山,多好的戈壁! 有多少宝藏等待自己去开发,有多少工作需要自己去干呀! 拯陆啊,你飞吧! 你像苍鹰一样地飞吧! 在你面前是万里无云的晴空,多么遥远的前程啊! 好事都叫她碰上了,队长范成龙可是个好人,队上只有一顶帐篷,他把她,还有她的一个同学安排得好好的。在她们心目中,他就是兄长,他就是老师。其实她不知道,一见面,队长就暗暗地皱了眉,埋怨领导,怎么送来两个女孩子? 他打了个报告,要求换人。可没等报告批下来,他的印象就变了,女孩子不娇气,很开朗,蛮泼辣,有些她们能干的事都替队长干了,连工人都归她管了。因为她善于团结人,工人乐于听她的。这怎能不叫队长高兴呢。队长带她们到野外去实习,就是填地形图,她不怕苦,又聪明,学得也很快。这一年就这么顺顺当当过去了。第二年,转成正式地质员,分到十六队,工作在乌鲁木齐附近的头屯河,队长也是女同志,叫孙剑根。有一天,队长忽然发现杨拯陆一个人在帐篷里悄悄地哭。这倒是怪事,一个乐天派,她为什么哭了? 队长来安慰她:"怎么啦? 拯陆,想家了?"杨拯陆摇摇头。队长逗她:"爱人没来信?"她又摇摇头。噢! 她开始独立工作,一到野外就转向,这是地质人员最大的忌讳。有人讥笑她,莫不是为这个? 还没等问她,杨拯陆说话了:"我恨我自己! 恨我为什么掌握不了工作,填的地形图,常常要队长复查,两年大学白上了,去年一年也白实习了。"队长笑了:"为的是这个呀! 这是你的运气好。去年在安集海,那个构造太简单,一学就会,这有利于奠定你的工作信心。可你只会简单的不行呀! 今年这儿太复杂,又叫你碰上了。你要学会掌握复杂情况,对你不更有利吗?"是啊! 工作就是斗争,也包括和自己的斗争。她又拿起榔头,双手往后一背,带上她的小组走了。她的笑声又响起来了,她的歌声也响起来了,你听,她唱的是什么?你以为像她这样一个坚强勇敢的战士只能唱"雄赳赳,气昂昂"吗? 才不是呢,她唱着:"清凌凌的水来蓝格莹莹的天,小芹我洗衣裳来到了河边……"

五、本来她是个胆小的女孩子

杨拯陆前进着,一步一个脚印儿地前进着。1957 年,她调到一一七队。地调处向克拉美丽进军,五个队散布在浩瀚的准噶尔东部。这地方,到现在还有人说,一进去就有一种恐怖感! 但她进去了。而且不久,队长调走了,组织上决定,她代理队长。哎呀! 这行吗? 在这样恐怖的地方,担这样沉重的担子。要知道,她本来是个胆小的女孩子呀! 上中学时,要买支铅笔得拉上姐姐一块去;走路遇上个小沟沟都不敢跳,天一黑,就不敢出门了。可今天,她锻炼成一个敢向地球挑战的人了,而且还指挥着一个队。她是怎么征服地球这一角的呢？看看她们工作的成果就知道了。工作结束时，大队派人来验收，五个队有两个返了工，而她这代理队长带的队是合格的，数量上还超额完成了任务。地质队都这样，一半时间在野外，一半时间在室内，资料要重新整理，草图要重新绘制，还要写文字总结，对工作地区作出评价。这一切做好了，交上去，接着就是评比答辩。你看啊，满墙上挂着图，满桌上摆着各色各样的石头，她一个女孩子站在那里，一颗颗重炮弹一个接一个向她发射过来，那么多双眼睛，不是领导，就是专家，都紧紧地盯着她。这种场面是她生平第一次经受的考验，也不知她哪来那么大的勇气，她脸不红，心不跳，把所有的问题都答复得清清楚楚。要不是工作认真细致，要不是对自己工作对象摸得透，摸得清，是达不到这么圆满的程度的。这给领导和技术干部留下了一个很好的印象。第二年，她被正式任命为队长。

六、双重任务

队还是原来的队，番号改为一〇六队。工作还是克拉美丽地区，往东做。任务是她自己提出的，去年已经超额，今年还要增加。能行吗？一般的地质队出野外，一个队分成两个组，她们分三个组。一般的分组活动都是早出晚归，她们说那把时间都浪费在路上了，得改，改成小组在哪儿工作就住在哪儿。可帐篷只有一个呀，那不要紧，把它拆开，分成三份。地调处奇台大队负责技术领导的地质师是位女同志，王大钧，来检查工作，找她们可难了，找到一个点，搬家了，再找一个点，又搬家了，好容易找到了，这是什么样的家呀！一块帆布搭个小窝棚，两个人或三个人，不管男的或女的，就这一个"家"。那时候的年轻人呀，道德品质的纯洁度是没说的。她们吃什么？馍馍、咸菜、一大桶水。一个礼拜送一回。7月，戈壁滩里的气温高达40℃以上，馍馍里那点水分够它吸收的吗？等她们吃的时候，硬得像石头。王大钧来了，杨拯陆陪她一个剖面一个剖面地看，看得很仔细，讲得也很仔细。她发现杨拯陆脑子很清楚，是个搞地质的人才，有前途。看呀，看呀，看到哪里天黑了，就在哪里睡觉。女同志在车上，男同志在车下，夜深，冷了，每人有个棉袄，短，就只好当"团长"了。最后，王大钧跟她们谈意见，有一条，叫她们还是把三个组合成两个组。杨拯陆说："你对我们工作上提的意见，我都能接受。这一条吗，不行。"她的地质员周则民比她小一岁，身强力壮，人称假小子，也跟她一样好胜、要强，一样地和王大钧嚷嚷。其实，当年的任务，她们已接近完成了。向领导上写了报告，要求再交给她们一项工作任务。

王大钧明天就要离开这个队了。夜里，她跟杨拯陆说悄悄话，问她什么时候结婚？杨拯陆胸有成竹地说："完成了双重任务就结婚。"王大钧说："我知道你们早就准备好了。"杨拯陆爽朗地笑起来了。他们是准备好了，他们两个人的家里也都给他们准备好了。

七、要命的关节炎呀

一〇六队接受了新任务,到三塘湖盆地做十万分之一的地质普查。

队上增加了一个人,张广智,他本来是学俄文,做翻译工作的。专家走了,他"失业"了。组织上正在考虑给他安排适当的工作。他自己有个志愿,搞地质,因为他当翻译的时候,跟着专家跑过野外,当他看到谁为祖国找到个有储油希望的新构造时那个高兴劲儿,他就想,要是自己也能作出这样的贡献,多好呀!因此,他爱上了这一行,他向领导提出这个要求。有人说,这个工作苦,他说:"年轻轻的,怕什么苦呀!"的确,他身材魁梧,一米八几。也有人劝他:"你有关节炎。"他说:"那早好了。"终于得到领导同意,派到一〇六队。他人缘极好,一向助人为乐。他来了,当然受欢迎,虽然对地质工作,他还不内行。

1958年9月25日早晨,天朗气清,万里无云,是戈壁滩上难得的好天气。9月,正当中秋,是不冷不热的好季节,谁不想趁这好时机突击一场,争取提前完成任务呀!恰好司机刘德忠养病刚刚回来,条件都具备,杨拯陆决定,三个组全出工,一个组搬家,一个组回点,自己带上张广智去搞一项收尾工作。路远,40多公里,当天要回来。老刘便先送她,她本来带了件毛衣,下车时,不想拿了,老刘提醒她,她说:"用不着。"老刘还是扔给了她。她嘱咐老刘,晚上还到这儿来接他们。车走了,放下那个组,又送搬家的,这一转就是140多公里,已经是下午四点多了。老刘一抬头,看见西北方向,远远的有一块黑云,经验告诉他,戈壁滩上这可不是好兆头。他说,我不能帮你们搭帐篷了,得赶紧去接队长。距离大约40多公里,可戈壁滩没有路,尽是沙包,你还得绕开它,这就说不清路有多长了,这就说什么也超不过风的速度了。风来了,来势非常猛,他那手脚是量风的尺度,用几挡,开多快,他就知道有多少级风。这一天,起码十级以上。车爬行着,喘息着。天塌下来了,大地在吼叫,打开车灯,也看不见路,是真的入夜了?还是西伯利亚的寒潮把天给搅混了?忽然发现挡风玻璃上洒下了雨点,刹那之间,雨像瓢泼似的倾泻下来。心里越着急,车越开不动。雨又变成了雪,风狂雪暴,滚动着,飞旋着,降落着……车几乎无法前行,坐在驾驶室里,冻得直打哆嗦。可在这茫茫旷野之中,还有两个人,在哪儿呢?你躲避得开吗?你抵挡得住吗?好不容易把车开到约定的地点,没人!杨拯陆从来说一不二,没来,就等吧,鸣着喇叭,开着车灯,给她们打信号。等了半天,渺无踪影。他心里嘀咕了,她们工作是向基地那个方向做,遇到这个天气,会不会回基地了?这时,他还没把情况估计得太严重,他相信杨队长有经验,寒流嘛,在野外,也不是没遇见过。可等他回到基地一看,没有!这回他可真慌了！基地附近有几家老百姓，他赶紧找了个人引路重新去找。这时已经是第二天下午一点了。这个怪天气，风停了，雪住了，天又变晴了。他按照老乡的指点一边走，一边看。走着，走着，看见了脚印，是两个人的，一双大，一双小，对啦，就是他们两个。顺着脚印找，忽然车灯照见地下有个东西，停下车，跑过去一看，他的心咯噔一跳，是把榔头。地质员的榔头就是战士的枪，枪扔了……他的心颤抖着，手颤抖着，车颠簸着，地下的脚印乱了。可以想象出，这是张广智走不动了，杨拯陆返回来帮助他，保护他，拖着他。他不敢想了，只有希望，希望有个侥幸！忽然地下又出现了一个东西，是挎包，盛标本的。脚印儿几乎踏在一起，分辨不清谁是谁的了……脚印儿失踪了，怎么办？怎么找？老乡指向基地方向，远远地看见地下一个黑影。到跟前，老刘跳下车，一眼就认出来了，是杨拯陆，叫了两声，她不应，拉她，拉不动，仔细一看，她的两臂前伸，十个指头都深深地插在满是泥雪的地里头，而且冻硬了！他挖开泥土，轻轻地抽出她的手，抱起了她。她浑身冰凉，但还没硬。他把手放在她的鼻端，感觉不到呼吸，放在胸口，心脏已经停止跳动！难道一切都完了吗？难道再没法挽救了吗？杨拯陆啊！你才22岁呀！你的青春，你的理想，就在这茫茫无际的戈壁滩中，被寒流席卷而去了吗？杨拯陆不想死啊！她爬也要爬回基地去，也许她想歇一歇，缓口气，可是这口气，就再也缓不过来了！这儿离基地仅仅只有两公里。

等找到张广智的时候，他的身子已经完全僵了！这个胸怀壮志，要为祖国寻找石油的年轻人啊！刚刚走上他向往已久的工作岗位，就献出了他的生命！他是先于杨拯陆离开这个世界的！在他身旁留下杨拯陆很多的脚印。从这儿起，杨拯陆就用她的双手插在泥雪中爬着，离去了。从这些迹象，不难看出，在和风雪搏斗，和严寒搏斗的时候，是张广智先不行了，否则，他一个强壮高大的小伙子背也能把杨拯陆背回去。可他不行了，杨拯陆扶着他，挽着他，拖着他，一直拖到这儿，他倒下了，她也筋疲力尽了！仅仅爬了300米就停止了呼吸。杨拯陆啊！她有着多么崇高的共产主义的道德品质啊！她真正具有毫不利己、专门利人的精神，她无愧于党的培养和教育，她完成了父母留下的为了祖国，为了民族，不怕牺牲一切的遗志。张广智，这简直是不可思议的，出乎任何人意料之外的，为什么他先被寒流压倒了呢？只有一个可能，那要命的关节炎呀！杨拯陆遇难了！张广智遇难了！这消息震惊了全队的同志。回到基地后，伙伴们发现杨拯陆拼搏在人生最后一段路程时的痕迹，多少戈壁上的沙砾嵌进她的双膝，钻进她的眼眶……姑娘们哭泣着给她洗，姑娘们哭泣着解开了她的外衣，她的毛衣，她的衬衣，啊！这是什么？一包地质资料，怕被风刮跑了，怕被雨淋湿了，她紧紧地贴在自己的心口。杨拯陆啊！你用生命换来的资料，你用生命保护下来的资料，它将永远永远地贴在你的心口上。

共产党员杨拯陆牺牲了！矿务局党委会决定授予杨拯陆同志"党的优秀女儿，坚强不屈的共产党员"光荣称号。

她不仅是一个地质队长,还是大队的党总支委员,管理局的团委委员。

八、火南一井出油了

今年,火南一井出油了。火南一井就在克拉美丽,就在当年杨拯陆参加耕耘的处女地上。

火南一井出油了,这就使我们不能不缅怀创业的先烈,石油战线上的尖兵! 我们要告慰你们,用不了多久,拯陆,广智,你们将不会再寂寞了! 你们贴在心口的地质资料将会变成大油田,你们安眠的地方将会像今天的克拉玛依一样出现现代化的矿区城市;钻井塔像绵延茂密的森林,采油树像撒遍大地的珍珠。拯陆,广智,你们会含笑于九泉之下,你们含笑吧! 含笑于美丽风光的面前! 你们为祖国献身的壮志已酬,你们继承父辈的遗志实现,你们寻找的石油源源涌现,你们所热爱的祖国无比强大。拯陆,广智,我们将使后世的子子孙孙永远不忘记你们,永远向你们学习。

1985 年 1 月新疆人民出版社《啊,克拉玛依》

司马古勒阿肯

王玉胡

一

1952年10月，我在阿勒泰富蕴县人民政府看到了一位老人，当这位老人刚刚走进县政府的大门，县长特斯干拜就像遇到多年没见的老朋友似的，立刻伸出双臂热情地迎上前去。可是当县长正要与老人握手时，老人却后退一步，滑稽地伸给县长一只脚，接着又说了几句什么，院内立刻激起一阵笑声。县长更是笑得喘不过气来，随即含着笑出的眼泪，一下子搂住老人的肩膀，狠狠地朝老人背上捶了一拳，一阵笑声又轰然而起。老人也不由大笑起来，笑得多么亲切，多么爽朗。整个大院霎时呈现异常活跃的气氛。

经过翻译我才知道老人说了这样的话："几天不见像过了几年，握手不过是一般友谊，所以我要用脚和你握手。"

我立刻被这位幽默的老人吸引住了。经过特斯干拜县长介绍，我才知道这正是我要访问的司马古勒"阿肯"（哈萨克语，可译为歌手或诗人）。

县政府虽然已经盖起一排排新房，但特斯干拜县长却不喜欢住在房内，为了过着自己习惯的生活和便于接待牧区的来客，他在县政府大院里搭了一顶宽大的毡房。他热情地把司马古勒和我引进这顶毡房，并特地向女主人介绍了我的来意。入座以后，我不由环顾着这顶毡房，房内的陈设，除了新式火炉和茶具，一切都按照哈萨克族传统的风俗，地上铺着花毯，帐幔遮着元宝形的小木床，精巧的箱子、银饰的马鞍、古老的铜壶、原始的木盆……次序分明地摆到特定的位置上。

按照哈萨克族待客的习俗，女主人在我们面前摆开了奶干、酥饼、奶油、马肠一类茶点,接着便一碗又一碗地给我们倒着奶茶。司马古勒喝了几碗奶茶,便把目光倾注在女主人身上。他先是微笑着偷看了女主人两眼,接着便板起面孔非常严肃地向特斯干拜说:"朋友,你虽然当了县长,可是为了我们的友谊,我不能不向你提出忠告,那天你到矿上的澡堂去洗澡,为什么偏要带上一个姑娘同去呢?"

女主人听了立刻显出非常意外和不安的神色,一双睁得滚圆的大眼睛霎时由司马古勒的脸上移到丈夫的脸上。斯特干拜也非常意外,可是他似乎很快就捉摸到司马古勒的用意,于是也就平静下来,故意沉默着一声不响,就好像完全默认了似的。这就越发加深了女主人的不安,如果没有我这个陌生的客人在场,她肯定是不会饶过丈夫的。司马古勒见女主人信以为真了,不由向斯特干拜挤了挤眉眼,两人几乎同时大笑起来。女主人见自己上了当,不由狠狠地瞪了他们两眼说:"都是一大把胡子的人了,还开这个玩笑,也不怕客人笑话!"

司马古勒给我的第一个印象,就是他这种开朗幽默的性格,以及他和县长斯特干拜的亲密关系。斯特干拜是阿勒泰哈萨克族有名的英雄。他所以这样爱戴诗人,是因为这位诗人曾经帮助过他们的斗争,而且就哈萨克民族来说,也有着酷爱诗人的传统。当斯特干拜向我介绍着哈萨克族诗歌与人民生活的关系时,曾引用了哈萨克族大诗人阿拜的一句名言:"诗歌为你打开世界的门户,诗歌又伴随你走进坟墓。"一个人一生下来就要唱歌,稍大一点行割礼时要唱歌,婚姻嫁娶要唱歌,搬家放牧要唱歌,一直到死都离不开歌声。诗歌与人民生活的关系既然如此紧密,人民的英雄爱戴诗人自然是不足为奇了。

由于初次见面,我没有来得及对诗人作详细了解。于是我记下诗人的住址,准备对诗人进行详细的访问。

第二天,我从县委会出发了。富蕴县又名可可托海,意思是蓝色的丛林,就从这个名字也能给人一种美的享受。是的,这地方的确很美。在地图上它虽然是一个县城的符号,但实际上并不给你城市的感觉,而是像其他游牧区一样,它只是这个游牧区的中心而已,没有城垣,也没有街道,甚至连一间房子都没有。新疆解放以来,由于矿山的开发和县级各机关团体的建立,这儿虽然也在开始兴建房屋,但仍未失去那蓝色丛林的外貌。

我沿着一条小河穿过蓝色的丛林,向诗人居住的山沟奔去。路上遇到很多人,有矿工也有牧民,只要问起司马古勒这个名字,没有不知道的。走了大约有5公里路,我终于找到了诗人的家。

诗人正修理着两间刚刚盖起的土屋。原来诗人并不住在这儿,因为儿子在这儿当了矿工,他最近才搬到这儿。

诗人热情地把我引到他亲手盖起的土屋里。屋内的陈设立刻吸引了我的视线,房间的一半,与普通人家没什么两样,紧靠玻璃窗是一张小桌,小桌旁边是一张钢丝床,床上铺着洁白的床单,但房间的另一半,却是铺着花毡和挂了花毯的地铺,与哈萨克族毡房里的陈设大体相似。诗人见我对房间里的陈设发生了兴趣,不由指着靠玻璃窗的一半房间说道:"这是按照儿子的意思布置的,要是依着她,"诗人瞟了一眼坐在地铺上的老伴,继续说,"不光要把全屋子收拾成毡房里的样式,还想把房子也盖成毡房的样式呢。"诗人说着笑了,坐在地铺上的小女儿也笑了,惹得老伴显出很不高兴的样子。

诗人沉默了片刻,又说:"说实在的,我也有点不习惯这样的房子呢。可你猜儿子说我什么?说我是老保守。"诗人说着微笑着摇摇头,老伴却趁机说道:"儿子一点儿也没说错,横竖比你高明。"诗人并不示弱,也趁机说道:"对,儿子确实比我高明,我已经向他投降了,可你呢,仍用你的地铺和他的钢丝床打仗哩。"

小女儿又笑了,老伴也不由笑了起来。

短短的时间,使我感到诗人的家庭是这样欢乐有趣,感到诗人对自己年迈的老伴也是这样幽默,特别是感到由于儿子当了矿工,诗人的生活是在怎样迅速地变化着。

我们闲谈了一会儿,诗人让小女儿拿来冬不拉,弹了个简短的前奏曲,便放声唱了起来:

> 珍贵的客人远道走来了,
> 来看一个平凡的阿肯。
> 客人没骑马辛苦地走来了,
> 用我的歌声来答谢客人。
>
> 旧日月使我的嗓子沙哑了,
> 我的冬不拉也落满了灰尘。
> 是我唱歌的时候我却衰老了,
> 这使我多么伤心……

诗人唱到这里,衰老的两眼涌出晶莹的泪花,歌声和冬不拉也变得忧伤低沉了。这使我立刻意识到诗人不仅能随口编唱出生动流利的诗句,而且有着深沉丰富的感情。在他那低沉的歌声中,我仿佛已经预感到诗人痛苦的经历。

初次拜访,我们结成了很好的朋友。第二天,诗人便冒着大雪看我来了。我进一步了解着诗人的经历,记录着他编唱的诗歌。他从十几岁开始弹唱,到现在已经近40年了。正像我从他的歌声中预感到的,他的确经历了一条极其痛苦而又漫长的生活道路。

二

司马古勒出生在新疆玛纳斯一个贫苦哈萨克族牧民家庭。但他的童年时代却是在沙俄统治下的斋桑湖畔(今苏联哈萨克斯坦境内)的草原上度过的。那还是清朝末年,由于他父亲不堪忍受极度的贫困,便随同其他一些牧民带着还是幼儿的司马古勒逃到了斋桑湖畔。可是沙皇的统治并不亚于清朝皇帝,他们丝毫也没有改变极度贫困的境况。因此,当司马古勒刚刚14岁的时候,由于生活所迫,他父亲便把他送到一个俄罗斯地主家里当了放马的牧工。他年龄虽小,但干起活来却很卖力,不过还是经常遭到地主的打骂。一次,因为丢了一条绊马绳索,吝啬的地主竟然大发雷霆,差点儿把他的一条胳膊打断了。父亲知道了,想把他领回家去,狠心的地主不但不让回家,连见一面都不允许。过惯草原和游牧生活的司马古勒,就这样被囚禁在地主的庄园里。一个天真活泼的孩子,很快变得沉默寡言,见不到亲人,得不到温暖,有眼泪就往肚子里流。

司马古勒毕竟还是个孩子,在孤独苦闷之中,仍想寻找一点乐趣,于是他找到一个木匠,恳请木匠帮他做一个冬不拉。做冬不拉是要钱的,钱从哪里来呢? 又把司马古勒难住了。他终于想出一个办法,抽空去找地主的孩子们玩耍,设法讨得他们的欢喜,让他们从家里拿出一些面包糖果一类的东西去送给木匠。就这样一连给木匠送了好几次东西,最后连他的一条头巾也搭进去了。这些东西虽说还不足以换一个冬不拉,可是那木匠却被这孩子三番五次的恳求感动了,终于给他做了一个很好的冬不拉。

司马古勒自有了这个冬不拉,便像着了魔似的学着弹唱一些流行的歌曲,有时也背着地主去参加一些牧民们的歌唱晚会。他的弹唱才能很快引起牧民们的注意,都纷纷夸奖他将成为一个很好的阿肯。

麦收季节,司马古勒从地主的放马场调到打麦场上。他白天与长工们一起打场碾麦,晚上便给大家弹唱解闷,很快取得了长工们的喜爱。他不仅可以用弹唱给大家带来一点乐趣,而且已经开始编唱一些抒发穷哥们心中愁苦的诗歌了。

事情不知怎么被地主知道了。一天晚上,正当大家听得入神的时候,地主忽然闯到跟前骂道:"穷鬼们! 晚上不好好睡觉,白天还有精神干活吗? "地主叫骂着夺去了司马古勒的冬不拉,啪地一声断了两根弦,接着便气势汹汹地把冬不拉拿走了。

司马古勒失掉了冬不拉,比失掉什么都伤心。他咽不下饭,睡不着觉,整天痴呆呆的,像是得了一场大病。长工们纷纷安慰着他,劝他不要因此真的病倒了,但依然无法解脱他的苦闷。后来长工们纷纷到地主母亲那里去哀求,总算把冬不拉要回来了。

司马古勒继续弹唱着，不过他得时刻注意躲过地主的耳目。为了躲开地主的干涉，他有时要到很远的地方去弹唱。

司马古勒18岁的时候，俄国十月革命的浪潮卷到了斋桑湖畔。但这时的乡村政权还在地主们的手里，革命的消息也只是一些耳闻。

一天，司马古勒赶着四轮马车送地主进城，两只鸿雁突然从路边飞起，马惊了，拖着车子在草原上狂跑起来。司马古勒拼命拉紧缰绳，想尽力把马拉紧，但拉得越紧，惊马跑得越快，直到马车突然跌进一道渠沟里，那惊马才停了下来。一只车轮摔坏了，地主险些从车上甩到地上。地主不问青红皂白，扬起马鞭朝司马古勒劈头就打。司古马勒仍然紧拉着缰绳，连遮挡一下也不敢，生怕稍一松手，那惊马还会跑掉，这样整个马车就会完全拖坏了。他咬着牙，忍着鞭打，那地主仍然不肯罢休。这时跑来几个骑马的人，其中有哈萨克族人，也有俄罗斯族人，他们立刻制止了地主，说打人是犯法的。接着问了问事情的原委，记下地主和司马古勒的名字和地址，便打马走开了。

第二天，一个背枪的人传讯地主和司马古勒来到一个小学校里。不论是地主还是司马古勒，对这个小学都很熟悉，但今天却在校门上挂了写有"区苏维埃"大字的木牌，这是他们从来不曾看到过的。他们走进小学校，又看到了那几个骑马的人，原来他们都是区苏维埃的委员。委员们让司马古勒在他们身边坐下，却让地主立在前面。一个委员向地主严厉地说道："你知道现在是什么时代吗？现在已经是苏维埃时代，你已经没有权利打骂自己的雇工，你违犯了苏维埃的法律，必须承担法律责任，受到应得的惩罚。"

经过简单的审判，地主被关押起来。这是司马古勒做梦也没想到的，他开始感到世界的变化，感到苏维埃的好处。

司马古勒离开地主的牢笼与父亲团聚了。但由于革命秩序刚刚建立，又处在严重的内战时期，旧社会留给穷人们的贫困还一时无法解脱，司马古勒又不得不到一个哈萨克族牧主家里当了牧工。

司马古勒在这个牧主家里又苦干了三年。随着革命形势的好转，他终于结束了雇工的生活，回到自己的家里。这时他可以自由地弹唱了，而且能够随口编出优美的诗歌，成了歌唱活动中的活跃人物，人们开始叫他阿肯。

司马古勒的名字很快传开了，很远地方的人都知道斋桑湖畔出了一位年轻的阿肯。在一次喜事对唱的晚会上，一个远道来的客人提议道："听说你们这里有一位年轻的阿肯司马古勒，还有一位年轻的女阿肯艾恰，我们多想听到这两位阿肯的对唱啊！如能把他们请来，我们真是太感谢了！"

主人答应了客人的要求，立刻派人把司马古勒和艾恰请来了。

艾恰是一个普通牧民的女儿,她在这一带显示自己的歌唱才能比司马古勒还要早些。她不但有一副特别洪亮优美的好嗓子,而且在对唱时特别机警,曾战胜许多对手。她近来身体有些不适,本来不想参加这次对唱,可是一听对手是司马古勒,也就欣然答应了。她早就听人们夸奖司马古勒,却始终没见过此人,她是抱着与司马古勒比试高低的心情来到这对唱晚会的。

　　当艾恰走进晚会的毡房时,司马古勒早已到了,他正给人们弹着曲子。

　　艾恰入座以后,对唱开始了,按规矩男的先唱。

司马古勒:

　　　　　听说要和女诗人对唱,

　　　　　我坐立不安东张西望,

　　　　　把眼睛望穿了还是没看到你的身影,

　　　　　什么风把你吹来了? 傲慢的姑娘。

艾恰:

　　　　　一进门就看见了你的冬不拉,

　　　　　除了这块木头再没有陪伴的人吗?

　　　　　我劝你还是放下那块木头,

　　　　　找一个帮唱的人是对唱的规矩。

司马古勒:

　　　　　这块木头就是我的伴侣,

　　　　　只有女诗人才能把它代替,

　　　　　彼此认识也是对唱的规矩,

　　　　　请问姑娘你叫什么名字?

艾恰:

　　　　　我不配做你的伴侣,

　　　　　我就像一匹拴不住的野马驹子,

　　　　　假如你想知道我的名字,

　　　　　请不要忘记,我的名字叫艾恰。

司马古勒:

　　　　　你的歌声犹如晨鸟飞入云霞,

　　　　　你的面貌像一朵美丽的鲜花,

　　　　　你的歌声使我的灵魂沉醉,

　　　　　你的面貌使我的身躯融化。

艾恰：

　　　　心爱的诗人你满肚子都是歌，

　　　　唱起来就像那飞腾的骏马，

　　　　流利的诗句就像套马的绳索，

　　　　再顽皮的马驹子也躲不过它……

　　他们一问一答地对唱着。开始的时候，他们显然是想比试一下高低，每段歌词都提出一个要对方回答的问题，并带着挑战和讽刺的口吻，力图压倒对方。因此听众们格外兴致勃勃，都想听个水落石出，并各自为自己的诗人欢呼助兴。可是到了后来，两位诗人却非常协调地相互唱起了赞歌，兴致勃勃的听众们却不禁有些失望了。不过没有多久，那种角斗的心情渐渐消逝了，因为那美妙的歌声，很快把人们带到了另外一个世界，一个用歌声倾吐爱情的世界。晚会上再听不到嘈杂的喧嚷，除了两位诗人的歌声，再也听不到任何声息。

　　就这样，在不分胜负的结局中，对唱结束了。男女青年们开始玩着其他游戏。司马古勒趁机走出毡房，在月光下徘徊。不一会儿，在他的背后响起了轻微的脚步声，脚步声中还夹杂着轻微的丁零丁零的金属声——这是从哈萨克族姑娘们那些系在辫梢或胸前的银饰上发出来的，在静悄悄的月夜里真是美妙极了！司马古勒一听就知道是谁，他急忙回转身，紧紧握住姑娘的手，轻轻地热切地叫着"艾恰……"

　　司马古勒就这样用歌声赢得了姑娘的爱情。

　　司马古勒不仅在一般场合显示着他的弹唱才能，有一次他竟然用歌声感动了抢劫他的强盗，从而使他的声誉更高了。

　　那是一个漆黑的夜晚，司马古勒赶着两匹马和两头牛正穿过原始森林，树丛中忽然跳出十几个人来，有的拿枪，有的拿棒，七手八脚抢去了司马古勒的牲畜，接着又把他捆到一棵树上。当强盗们正要把他的嘴用一块破布塞住的时候，他急忙说道："你们先不要堵我的嘴，我是阿肯，我给你们唱个故事好吗？"

　　"闭嘴！谁听你胡说八道！"强盗们纷纷喊着。

　　这时从强盗群里走出一个老头，向伙伴们挥了挥手，然后向司马古勒说道："好，你唱吧，我倒想听听。"

　　大概这个老头是个头目，强盗们立刻唯命是从地站到一边去了。

　　司马古勒哪里有什么故事可唱，他只是想临时搪塞一下，少受一些痛苦罢了。知强盗们真的要听，也只好现编现唱了：

　　　　很早以前有一个路人，

长了一双夜行的眼睛，
一夜之间能行千里，
人们都称他夜路英雄。

后来也有一个路人，
恰巧遇见了夜路英雄，
茫茫的黑夜互不相让，
那路人终于丧失了性命。

英雄带了路人的财物，
回到家把财物交给母亲，
母亲一看也立刻死去了，
那死者原来是一母所生。

强盗们再也听不下去了，这明明是在嘲骂他们，一个个愤怒地举起枪棒，气势汹汹地冲到司马古勒跟前，正要动手，又被那个老头拦住了，说道："让他唱下去。"

司马古勒见这种情景，索性放大胆量，直截了当地唱道：

不知道你们有没有同胞兄弟，
不知道你们有没有年迈的老母亲，
假如你们真的伤害了同胞兄弟，
你们的母亲会不会伤心？

我的母亲已经烧好了晚茶，
正等待着自己的儿子回家，
我年迈的母亲已经满头白发，
你们不可怜我也应该可怜她老人家。

司马古勒还没唱完，老头便向伙伴们说道："把他放开，牲口还给他。"

强盗们非常意外地望着老头，老头又催促道："快，快把他放了！"

强盗们无可奈何地放开了司马古勒，牲畜和东西全部还给了他。司马古勒不由向老头说了声"谢谢"，老头摆摆手说："不用谢我，是你的弹唱打动了我，使我想起了我的儿子，我才放了你，走吧。"

三

　　1929年冬季,正当苏联实行农牧业集体化的时候,斋桑湖畔骚动起来了。那些反动的牧主和富农们,公然打起了反抗苏维埃政权的旗号,草原上到处是谣言,到处是威胁和暗杀。牧主们假借搬家的名义,胁迫着牧民们搬到了中国的阿勒泰地区。司马古勒和他年迈的父母,也被这阵风暴卷了过来。

　　到了中国,那些牧主和头目们倒是自由自在了,广大牧民却又陷入了痛苦的深渊。在陌生的异乡,牧民们就像一群失去父母的孤儿,到处流浪,到处受到歧视和迫害,许多人因冻饿而死了。

　　司马古勒流浪到其莫尔其克村,在一个被人们称为贾老爷的汉族地主家里当了雇工,那曾经在旧俄地主家里经历过的痛苦和灾难,又重新降临在他的身上。

　　司马古勒在这个姓贾的地主家里干了好几年,这期间他一直没有弹唱,因此谁也不知道他是个有名的阿肯。后来他离开了这个地主家,又流浪到县城。这是阿勒泰专区的中心,是草原上唯一的城市。司马古勒也像一般的贫苦居民一样,替自己安排了一个货郎职业。他在城市买些茶、糖、耳环、戒指、小镜、木梳之类的货物,便骑了一匹马到草原上去卖。为了招揽顾客,他有时也为牧民们弹唱一些曲子和诗歌。他的弹唱才能又很快传遍了草原。在交通闭塞的草原上,货郎本来就是很受欢迎人物,又何况是一个能弹善唱的阿肯呢!

　　大约在1935年的时候,这里出了一个有名的女阿肯白斯特。白斯特一连战胜了许多对手,贵族们把她引为骄傲,称她为"诗人皇后"。一些年轻阿肯非常不服,又无法战胜白斯特,于是便找到司马古勒,请他与白斯特一比高低。司马古勒本来不想去,可是当他听到白斯特如何傲慢时,终于答应了这些年轻阿肯们的要求。

　　比试之前,年轻的阿肯们为了发泄对白斯特的不满,特意给司马古勒找来一套西装和一根手杖,七手八脚地替司马古勒装扮起来,并一再请求司马古勒一定摆出傲气十足的派头,以示对白斯特的轻蔑。

　　比试决定在白斯特的毡房举行。司马古勒还没有到场,年轻的阿肯们便跑来向白斯特示威了,说司马古勒是远道来的大诗人,是受过高等教育的大人物,他不远千里而来,就是专程找诗人皇后决斗的。傲慢的白斯特并没有因此而慌张,这反而给了她一个准备的机会。因此当司马古勒刚刚走进毡房,她便劈头唱道:

　　　　为了听我们决斗的歌唱,

　　　　集合了多少高贵的人物。

你从哪儿偷来这奇装异服，

你破坏了我们祖先的风俗。

看了你的衣帽和打狗棒，

不知你是男人还是女人。

如果你真是一个男子汉，

要提防拜倒在女人面前。

司马古勒：

是我的眼睛昏花了，

还是朋友们骗了我，

都说你是美丽的诗人皇后，

原来是一个丑陋的老太婆。

我还没到跟前你就开了口，

我知道你是被我吓破了胆，

因为我们祖先有一句名言：

害怕对方的人才先动手。

非常出乎白斯特的意料，她那先发制人的对策反而成了司马古勒反击的口实，一时被司马古勒锋利的诗句顶得张口结舌，难以对答。按照哈萨克族对唱的规矩，只要一时难以对答，就算失败了。可是白斯特却横竖不肯认输，说是先试试对方配不配和她对唱，这还不是正式对唱的开始。

司马古勒毫不计较，对唱又开始了。

司马古勒：

有本领的人用不着自己吹嘘，

不配和我对唱的倒是你自己，

假如我走的话，你就是跑也追不上，

假如我跑的话，你连影儿也看不见。

白斯特：

你把自己比成影子，

好像你是大风飘来的，

你跑得再快也逃不出我的双脚，

谁不知我是阿勒泰的快腿狐狸。

司马古勒：

我本想把你比成一只百灵鸟，

可惜你的舌头还没有在牙齿上磨巧，

你把自己比成快腿的狐狸，

却忘了我这专抓狐狸的大鹏。

……

经过一场激烈的战斗,白斯特终于失败了。她扑到贵族们的身边羞愧地哭了起来,年轻的阿肯们却簇拥着司马古勒凯旋而归了。

司马古勒胜利的消息,像一阵春风传遍了草原,牧民们以此为自己的光荣和骄傲。从此司马古勒便成了阿勒泰最有名的阿肯。

1944年,新疆爆发了伊(犁)、塔(城)、阿(山)三区革命。这个反对国民党民族压迫的怒潮,首先是从阿勒泰的哈萨克草原上开始的。当时,在哈萨克克烈依部落中,出现了一个叫乌斯满的头领。其实乌斯满并不真正为了解放自己的民族,而是梦想建立一个草原王国,把自己扶上可汗的宝座。因此没有多久,他便背叛了自己的民族,成为人民的敌人。这里不想对乌斯满作详细的叙述,而是想说,当人们还没有识破他的野心时,司马古勒是怎样锐敏地看穿了他的真面目,并用锋利的诗歌给予无情的抨击。

那是在一个庆贺胜利的宴会上,部下们为了讨得乌斯满的欢心,便派了四名士兵把司马古勒叫来了。

部下们本来是想让司马古勒唱些赞颂乌斯满的诗歌,可是乌斯满却向司马古勒说道:"你们这些阿肯,没有一个不是虚伪的。你们嘴上说我好,心里骂我坏,当面称我英雄,背后骂我贼娃子。今天我倒想听听关于我的坏话,把你们心里想的,背后议论的,统统唱出来吧。"

乌斯满的话使许多陌生的客人感到惊奇,但熟悉乌斯满的人却不以为然,因为他们知道,乌斯满之所以这样说,无非是想显示一下他非凡的性格,反正不管怎么说,再胆大的人,也不敢当面说他的坏话。

司马古勒对乌斯满也是很熟悉的,自然也知道这种话的奥秘。可是乌斯满近来的种种暴行,却促使他不能沉默,更不能违心地唱些赞颂之词,于是试探地问道:"头领,您的话是真心还是假意呢?"

乌斯满听了有些意外,但很快又装出若无其事的样子说道:"自然是真心实意。""既然如此,我当然不敢违抗。"司马古勒说着从布套子里掏出冬不拉,弹了个简短的前奏,便唱了起来:

四个兵来了，挂着盒子炮，
十二只眼睛盯住了我，
八只是肉的，四只是铁的，
他们骑着马，我在马后跑。

头领的名字震动了阿山，
头领的名字冲破了青天，
假如你不吆走人民的畜群，
谁知道你叫乌斯满。

紧随着司马古勒的歌声，宴会上霎时骚动起来。乌斯满的几名亲信气急败坏地喊道："大胆！胡说！快把他捆起来！"

一帮打手正要动手，乌斯满故作镇静地喝退了他们，然后向司马古勒说："不要怕，唱下去。"

司马古勒又放声唱道：

连女人的裙子都成了抢劫的贵品，
这样的举动算什么好汉，
青年人怕抓丁逃进了深山，
老年人偷偷地念你的黑经。

我唱的都是我亲眼所见，
歌声从来是公平的见证，
如果你不相信我的诗歌，
请你去问问部落的人民。

我们祖先有一句名言，
湖水动荡能冲倒大山；
我们祖先也曾说过，
背叛人民就等于灾难。

故作镇静的乌斯满再也沉不住气了，简单地做了一个不耐烦的手势，部下们立刻制止了司马古勒的歌唱。从乌斯满阴沉的脸色看来，灾祸就要落到司马古勒头上，

235

因为人们都知道,只要乌斯满的脸色一沉,随之而来的是大发雷霆。同情司马古勒的客人,不禁暗暗地替司马古勒捏着一把冷汗。但事态的发展却大大出乎人们意料,乌斯满的脸色又渐渐平静下来,向司马古勒说道:"你唱得很好,谢谢你的责骂,不过这样的歌唱,也只能在我面前,懂吗?你可以走了。"

乌斯满这种态度,也同样使司马古勒感到意外。可是几天以后,当这件事又成为乌斯满非凡性格的美谈时,他似乎才真正明白这个野心家的用意。

司马古勒的名字越传越广,他在人民中的声望也越来越高,以致引起了国民党反动政府的注意。一天,警察局把他叫去了,一个警官向他说道:"听说你是诗人,我们请你来是想跟你商量一件事情。"司马古勒有些奇怪地问道:"你们找我商量什么呢?"警官又说:"我们很需要你。"司马古勒听了不由震动了一下,但很快又平静下来,问道:"你们需要我干什么呢?"警官说:"自然还是你的本行,我们很需要你按照政府的意思编些诗歌,我们可以给你登在报上,也可以印成书,除了稿费,还可以按月发给你薪金,真可谓名利双收了。"

警官的话像晴天霹雳一样在司马古勒的脑子里炸开了,因为他知道警察局一向是反动政府最凶恶的爪牙,如果答应了他们,岂不也成了他们的帮凶。想到这里不但怒火上升,而且像受了莫大的耻辱,本想立刻怒斥警官一顿,但仔细一想,又觉得不可鲁莽从事,于是又极力抑制着自己,委婉地说:"你们不要把我看得太高了,我不过是个普通的歌手,衙门的事儿我一窍不通,这事情我怎能担当得起?"

警官见司马古勒没有坚决拒绝,有些得意地说:"不必客气,诗人的天才我们早有所闻。"

"不,我实在担当不起。"司马古勒坚持着说。

警官略微沉默一下,说:"就是你真有难处也不要紧,我们可以给你派个秘书,必要的时候可以让秘书代劳,只要署上你的名字就行了。"

司马古勒再也无法容忍了,激动而愤慨地说:"怎么?你们想让我出卖自己吗?这办不到!我的名字虽说不那么值钱,可也不能拿去做对不起人民的买卖!"

警官一听立刻露出了凶相,一只手啪地拍到桌子上,恶狠狠地说:"太不识抬举了!政府是至高无上的,不答应也得答应!"

司马古勒见警官原形毕露,反而平静下来,他沉默着一声不语,听凭警官的发落。这时警察局局长走了进来,立刻把警官训斥了一顿,非常和蔼地向司马古勒说:"不要与他一般见识,请到兄弟房间坐坐。"

司马古勒早就听说警察局局长是个老奸巨猾的人,他的和蔼不但没有给司马古勒带来好感,反而使司马古勒更加警惕。

警察局局长请司马古勒坐在崭新的沙发上,接着又殷勤地给司马古勒倒茶,然后说:"久仰诗人的大名,但始终未见尊颜,今天相会又遇到部下的鲁莽,兄弟实在抱歉得很,还望诗人多多见谅。"

翻译非常吃力地翻着警察局局长的客套话,司马古勒仍然沉默着一声不语。

"兄弟绝无强留诗人为本局服务的意思,在新疆如此动乱的时候,兄弟只希望诗人能为党国着想。是的,警察局是个办案的地方,一向名声不好,如果诗人有所顾忌,可否把诗人的名字写到教育局的花名册上?教育事业从来就是高尚的,为人师表嘛,这样就不会玷污诗人的大名了。"警察局局长摇头晃脑地说着,可是司马古勒还是沉默着一声不语。

"我想诗人已经明白我的意思了,我希望听到诗人最后的答复。"警察局局长说着也有些不耐烦了。

"我什么也不能答应,我不能背叛人民!"司马古勒坚决地回答。

警察局局长也原形毕露了,比警官还要凶恶,不但拍了桌子,还立刻命令警士把司马古勒关进了监狱。

司马古勒被监禁的消息传出以后,不论城市和草原都引起很大的波动。不少人纷纷到警察局请愿示威,此外还有人放出流言,如果不放司马古勒,将要用武力拯救自己的诗人。由于当时正处在动荡时期,警察局有些着慌了,为了缓和人民的愤怒,不得不释放了司马古勒。

司马古勒被放出以后,向人们郑重宣告:"如果世界仍然这样黑暗,我就永远不再弹唱了。"从此,人们再也没有听到过诗人的歌声。

四

诗人在走着一条多么痛苦漫长的道路,就像沙漠里的骆驼一样,背负着一生的灾难,踏着无边的流沙,到处漂泊;然而他也像骆驼一样刚毅,道路再远,风沙再大,又总是按照自己确定的方向,默默地永不停息地走着那永远走不完的路途。

随着新疆的解放,这条痛苦漫长的道路终于结束了。中国共产党的光辉照亮了阿勒泰草原,司马古勒也像阿尔泰山的黄金和宝石一样被发掘了出来,他又开始弹唱了。他的诗歌不但保持和发扬着往昔的流畅淳朴,而且也如同重新发掘出来的黄金和宝石一样,放射着更加迷人的光彩。

新疆解放以来,司马古勒有过许多次歌唱活动,也编唱了不少新的诗歌。这里想着重介绍一下他最近的一次歌唱活动,以及诗人在怎样歌唱着新的生活。

1952年9月,正当司马古勒搬往可可托海的时候,阿勒泰专员公署把他请去了。副专员阿不都热合曼告诉他说,叛匪乌斯满的儿子谢尔得曼有意归降政府,政府准备组织代表团跟他谈判。代表团里有各方面的代表人物,希望司马古勒也能以诗人的身份参加。司马古勒听了犹豫了一下,因为搬家的东西都准备好了,如果再拖些时候,大雪封锁了道路,就很难搬到可可托海了。可是当他想到与谢尔得曼的谈判,关系着阿勒泰各族人民的安全,也就慷慨地答应了。

司马古勒随同政府代表团很快到达了谈判地点。谈判的地点和时间本来是双方事先议定好的,可是当政府代表团到达以后,对方却迟迟不到,直到快天黑了,还是不见一点儿踪影。政府代表团不免有些失望,但还是搭起一顶毡房,耐心地等待着。

第二天早晨,谢尔得曼终于来了。他带的谈判代表不多,却带来了几十名全副武装的精壮骑手,给谈判造成了非常紧张的气氛。政府代表团并没有因此引起惊慌,也没立刻斥责这种带着武装进行和谈的违约行为,为了使谈判成功,仍一再表示着政府的诚意。可是谢尔得曼和他的代表们,对政府的诚意仍有很深的怀疑和戒备。司马古勒看到这种情形,便弹起冬不拉唱了起来:

> 祝你们扬起眉毛再不要忧愁,
> 过去是乌斯满把你们领走,
> 飞鸟的翅膀累了终归要飞回窝巢,
> 望你们回到故乡和人民的怀抱。
>
> 自己的故乡是黄金的摇床,
> 阿勒泰是你们生长的地方,
> 父亲在这里割下你们的脐带,
> 母亲在这里用奶汁把你们抚养。
>
> 你们把人民带到遥远的异乡,
> 父亲离开儿子母亲离开姑娘,
> 有多少宝贵的生命埋在荒山,
> 这痛苦的岁月怎能叫人遗忘!
>
> 过去的事情我不愿多唱,
> 能了解政府的宽大是我的愿望,
> 迷途的孩子只要认识自己的过错,
> 慈祥的父母会把孩子原谅……

司马古勒生动而恳切地唱着，那些武装的骑手们都纷纷被吸引到毡房门前来了。司马古勒的歌声唤起了他们对故乡的怀念，唤起了他们对因误入歧途而遭到的种种苦难的回忆，其中不少人都流下了痛心的眼泪。骑手们的这种情绪，引起了谢尔得曼和他的代表们很大的震动，可是当着政府代表们又不便让这些骑手走开，于是怀着极其复杂的心情，也摆出非常沉痛的样子，对司马古勒的歌唱，连连点头，赞叹不已。

随着司马古勒的歌唱，紧张的气氛消失了，谈判也逐渐有了进展。

经过许多周折，双方终于达成了一些协议。可是当谈到武器的时候，谈判的气氛又突然紧张起来。谢尔得曼的一个代表有些激昂地说道："为什么一谈判就提到交枪呢？枪是个死的东西，人不动它是不会打响的，应该相信我们这些人！"

"是的，枪是由人来使唤的，可是当这些人仍然不肯放下武器，又怎么让我们来相信这些人呢？"政府的代表也针锋相对地回答着对方。

这时谢尔得曼的另一个代表，用比较缓和的口吻说："枪可以交出来，不过最好让我们和弟兄们商量商量，因为我们的每一条枪都是沾着羊血向老天发过誓的，为了不过分刺激弟兄们的感情，可否暂缓一些时候？"

这个代表比较委婉的话语，虽然缓和了一点紧张气氛，但问题并没有解决。司马古勒望着这僵持的局面，又弹起冬不拉唱了起来：

> 提起枪我又不得不来啰嗦，
> 你们留下这祸害的东西干什么，
> 就是这几条烂枪把你们害苦了，
> 我手无寸铁却过得非常快活。
>
> 你们的心再不要东来西往，
> 要忠实我们的握手和协商，
> 谁不喜欢和平的岁月，
> 和平的岁月用不着刀枪……

司马古勒的歌唱虽然也没有解决了枪的问题，可是却打破了那僵持的局面，特别是启发着对方冷静下来，促使他们更加慎重地考虑这个问题。最后，谢尔得曼终于答应了政府的要求，表示愿意全部交出武器，只是提出了一些附带条件，主要是有关他们的人身安全和一些生活上的困难。

经过五天的时间，谈判终于成功了。在极其紧张和复杂的谈判中，司马古勒唱了很多诗歌,不但多次用歌声冲淡了紧张的气氛,也多次用歌声打破谈判的僵局,起到了一般代表所不能起到的作用。

司马古勒这次歌唱,很快传遍了阿勒泰地区,阿勒泰的各族人民更加热爱和尊敬自己的诗人。1953年9月,当新疆第一届文学艺术界代表大会在乌鲁木齐召开的时候,阿勒泰各族人民便推选了司马古勒作为自己的代表,出席了盛会。

在这次大会上,诗人看到了全疆各族文艺大军的壮阔阵容,受到了全体代表的热烈欢迎和尊敬。大会期间,还参观了正在建设中的城市和工厂,参加了庆祝国庆节的游行和其他庆祝活动。这一切都使他深受鼓舞和教育,都深深地感动着他。在一次座谈会上,他以诗一般的语言,抒发着自己的感慨:"解放以前,我好比一股堵塞的泉水,如果没人管它,这泉水注定是要枯竭了!新疆的解放,党和政府的关怀,终于挖开了这股泉水,它现在又流起来了!黄河长江的巨流,也是由许多泉水和小河汇成的,今后我要用我最大的努力,也让我这股泉水汇到整个新时代的巨流里,为我们伟大的祖国奉献一切!"诗人的话并没有落空,就在当天晚上,他以饱满的热情,写下了第一篇歌颂新生活的诗歌《十月》,很快发表在《新疆日报》的哈萨克文版上:

> 十月,你树起胜利的大旗,
> 你捣毁了魔王的宝座,
> 四分之一的人类得到解放,
> 黎明的光辉照耀着祖国。
>
> 跟着英明的领袖毛泽东,
> 我们走上了崭新的生活,
> 我们的生活像天天过喜事,
> 这喜事就像开不败的花朵。
>
> 牙还牙掌还掌认清敌我,
> 我们的队伍多么坚强壮阔,
> 各民族团结得像兄弟一样,
> 兄弟般的友谊牢不可破。
>
> 十月,你的名字多么响亮,
> 你的声望如同那日月江河,
> 我衷心地祝愿你永垂不朽,

因为你为我创造了新的祖国。

你为我带来了权利和光荣，
你向全世界高呼自由与和平，
能够生活在这样伟大的祖国的怀抱，
每一个阿肯都不能不为你歌唱。

1985 年 7 月新疆人民出版社《王玉胡小说散文选》

印在大戈壁上的足迹

肖　陈

> 最高的山峰是博格达冰峰，
> 最长的路是戈壁之路。
> 让我弹响铮铮的热瓦甫琴弦，
> 把勇敢的跋涉者的故事讲述……
>
> ——维吾尔族民歌

一

在遥远的新疆南部，有个叫做库姆阿热里的地方，汉语的意思是"沙洲"、"沙岛"，属于S县的。外人走进县城，会看到一种很奇怪的现象：一些下肢奇短、行动奇特的矮人，莫名其妙地对你嘿嘿傻乐。这些人头大额短，唇厚鼻塌，行路不稳，智力还不及五岁的儿童。三四十岁的成人，身高只有一米零五。正当你惊异之际，常常又会看到迎面走来一位步履滞缓的老叟或老妇，颈下垂吊着大得吓人的肿瘤，艰难地喘息着。当地人把这种病叫做"粗脖子"、"嗉袋子"，其实它的正名叫"地方性甲状腺肿"。而前面所说的矮人，则是这种疾病流行区内致病因子对后代危害造成的结果，叫做"地方性克汀病"。

在离县城100多公里，被穆扎尼河河水包围起来的库姆阿热里，情况还要严重得多。900多居民中，竟有三分之二患有克汀病和不同程度的"地甲病"。村里没人识文断字，会计和队长常常选不出来，需要从外面派人进去。库姆阿热里从来没有征兵任务，粮食征购也常常减免。S县县委书记曾经去巡视过一回，回来后十分忧虑。

岁月像穆札尼河水一样从库姆阿热里身边匆匆流过，这里的人们在这块贫瘠的、几乎被人遗忘的土地上，自生自灭地繁衍着……

二

1960 年暮春，穆札尼河河水陡涨，便桥一夜之间荡然无存，库姆阿热里与外界完全隔绝了。一个外人却奇迹般地出现在库姆阿热里的土地上，他浑身精湿。随他来的还有一名维吾尔族向导，一匹驮着行李和药箱的马。他是抓住马尾巴从水里凫过来的。

消息不胫而走，第二天上早工的时候，人们已经在地头议论起来了。

"喂，听说没有，昨天晚上来了一个托克吐尔（医生）！从很远很远的乌鲁木齐来的……"

"他叫什么名字？"

"嗯，叫什么来着？哎呀……难记得很——反正是个汉族人，不叫老张就叫老王，医疗队挡在河对面过不来，他等不及了……他会凫水，听说小时候在江边长大的……"

"他住在哪儿？"

"昨天夜里谁家也没去，睡在羊圈啦……今天早晨，我看见队长把他的褥子和药箱抱到队部去了……"

这天中午一收工，人们就看到了医生，一个很普通的汉族青年，鞋面和半截裤腿沾满了沙土，他带着向导，风尘仆仆地走进图尔洪大叔低矮简陋的土屋，笑眯眯地说：

"阿卡（大哥），萨拉姆乃空（你好），我来给你们做做检查，好吗？"

他给图尔洪全家人仔细做了检查，本子上写了如下记录：

——图尔洪，51 岁，男，Ⅲ度甲状腺肿，带有节结，有行动性气促症状；

——帕它木罕，其妻，46 岁，弥漫性Ⅳ度甲状腺肿，颈变形，吞咽困难；

——买合穆提，长子，26 岁，颈明显变粗，Ⅱ度。

图尔洪把小女儿推到医生面前，恳切地说："我已经老了，治不好也就算啦，可我这个克孜（姑娘）还小呢，好像也有了大脖子……医生，可别让孩子将来跟我们一样啊！"

医生让孩子坐在对面，用手仔细触摸她的颈部，然后让她饮水、吞咽，再换一个角度触摸，一遍遍仔细观察。

他在本子上继续记录：

——帕夏,幼女,五岁,触诊颊部已有坚韧的腺肿……

他又走进了海尔尼莎的家。一家人正在吃午饭,饭很简单:苞谷馕,放了恰玛根(维吾尔族喜食的一种菜蔬)的乌玛什(苞谷面糊糊)。好客的女主人特地为医生端来了一碗酸奶子。

她有三个孩子。两个女儿正值豆蔻年华,却一脸呆相,咧开粘满苞谷糊糊的嘴对客人傻笑。最小的男孩,已经七岁,比两个姐姐好不了多少——眼距宽,鼻梁塌,张口伸舌,说话不清。从嘴边漏下来的苞谷馕渣撒得满衣襟都是。

医生从挎包里掏出自己的干粮——两个白面饼,换下孩子们手里的苞谷馕,把酸奶子也推到他们面前,自己一口也不想吃了。

三个孩子都是克汀病!这个小的,至少也是克汀病边缘患者!

女主人忧郁地看着医生说:"我生过六个孩子,活了三个,都是这个样子。医生,你说能治好吗?"

她的丈夫马木提说:"医生,只要你能治好他们,我马木提没有钱,卖了房子也要谢你!"

他沉思着没有回答,浓黑的眉头皱成一个疙瘩。屋子里很静,可以听到门外穆札尼河哗哗的水声。

女主人绝望地垂下头,声音哽咽了。

他从沉思中惊醒过来,眼睛里射出坚定的光芒:

"大叔,大婶,我们的人很快就到了,我们就是为这个来的!"

三

五天以后,医疗队全部进点,随着全面普查开展,他心头的沉重感和责任感越来越强烈了。

我们的人民还很贫苦啊!贫困和疾病像一把老虎钳,紧紧扼住他们的喉咙。他们需要的东西:白面,食油,灯油,条绒布……特别是钱——很少。而他们不需要的东西:粗脖子病和克汀病,却充斥各地,不可胜数。后来的大规模普查结果,像图尔洪和海尔尼莎这样的家庭,在附近的达莞其、阿衣东,远一点的拜城、轮台,直到喀什、和田、塔里木河和叶尔羌河流域、玉龙喀什河两岸,几乎整个新疆南部,比比皆是,屡见不鲜。患者数以万计!和田一些古老、严重的地甲病流行区,村村都可以看到聋哑人、终身痴呆和由地甲病造成的痉挛性瘫痪病人。病魔对病区人民的危害之重,范围之广,实在令人震惊!

晚上,他伏在烛光下整理资料,也整理着自己的思绪。他原先在皮肤性病研究室工作,经常跑南疆,对这里的地甲病和克汀病早有见闻。但是,如此严重的局面,却是他始料不及的。

六百年前,意大利人马可·波罗在他著名的《马可·波罗游记》里,对天山南部的地甲病已经有了记载。旧中国的历届政府,除了攫取民脂民膏之外,有谁对严重危害劳动人民健康的地方病、流行病作过认真的研究和防治呢?国民党政府,也只不过在内地个别地区做过一些实验性工作,受益者微不足道。解放以后,农村地方病、流行病才得到党和政府的重视。1956年制定的《全国农业发展纲要》中,明确提出了积极防治地方性甲状腺肿的任务。新疆流行病学研究所和它的第四室——地方性甲状腺肿、地方性克汀病防治研究室就是在这个时候成立的。他是这个室的第一批科研工作者,而且有幸参加了派往病区的第一支医疗队。

他在做开拓性的工作,然而开拓者的道路荆棘丛生。

四

麻烦说来就来。有一阵子,他每天带一拨病人到县城去拍X光片,早出晚归,路经好几个村子。带这样一支特殊的队伍不仅费心,而且十分招人注目。

这天,路过达莞其,四个彪形大汉突然横刀立马地截住了去路,厉声喝道:"呔!你把我们的人赶羊一样一群一群送到哪里去?"

他吓了一跳,连比带划地解释,可人家听不懂。

"照相,照什么相? 我们这儿有的是漂亮的克孜和健壮的巴郎(小伙子),为什么偏挑大脖子傻郎?"

"说吧——你到底是干什么的?"

对方步步紧逼,怒目而视。这个汉人搞什么名堂? 他急了,刚刚学的几句维吾尔语派不上用场,而那些嘿嘿傻笑、嘴里唔哩哇啦的病人又没法替他解释。

幸好翻译赶来了,这才给他解了围,原来是一场误会!

消除一场误会不难,难的是建立真正的信任。取信于病人的最好办法无非是药到病除,治一个好一个,治两个好一双。外科大夫,可以凭借手术刀在若干小时内创造起死回生的奇迹,针灸医生,也可以在几个疗程之后让瘸子扔掉拐杖,哑巴开口说话。可是他不行——他无法让病人吊在脖颈上的嗉袋子几个星期内消失,更无法让痴呆愚笨的克汀病患儿突然变成健壮、活泼、聪敏的孩子。地甲病的疗效特别缓慢,防治效果是以月、以年来计算的。就说尿碘测定吧,每天傍晚要把尿壶分送到各家各户,早晨赶在社员出工之前把尿样逐个收集回来;送药更费事,要区别患者对碘的不同的摄取量,每天一次分别将碘化钾片亲自放到各户泡土盐的葫芦里,保证患者服用。为了减轻工作量，维持较长时间防治效果，他们还研究了放一次能维持几个月甚至一年的贮碘器。这些工作必须细致、耐心，不能搞乱。

治疗效果呢？一个月过去了，两个月过去了……春天的羊羔长大啦，地里的庄稼长高啦，可脖子上这块病似乎还是老样子！

一天傍晚，他去给图尔洪送药。老人忽然说了句摸不着头脑的话："医生，以后别再麻烦啦……"

"怎么？"

"你的药没有药劲，治不好病。"

"不……"他耐心解释了一番，也不知道对方听懂没有。

他走进海尔尼莎的家，大婶今天的眼光为什么有些异样？盯着他手里的针管，就像盯着一只骇人的怪物。

"医生，我不打针，再也不打了！"

"怎么？"

"人家说，打了你们的针，女人不生娃娃。"

他觉得好笑，可是笑不出来。他问："这都是听谁说的呀？"

海尔尼莎没有告诉他。后来查清楚了，是村里一个巴合奇（巫医）散布的谣言。他还悄悄对人说："别到医疗队去，这些医生抽你们的血给自己做药用呢！"

他们遇到了很大的困难：有的人把盐葫芦藏起来；有的人家门常闭而不开。一把愚昧的铁锁，把科学关在门外，将病魔留在门内。

队长将"巴合奇"收拾了一顿，然而局面并未改观。怎么办呢？农民最讲实际，必须用医疗事实说话。机会终于来了。有个农民，从很远的地方骑马来找他们，怀里抱着一个不满两岁的病儿，慌慌张张地跨进医疗队的房子说："医生，救救我的孩子吧！他烧得像一块火炭！两天两夜了，不吃不喝……老婆都快急疯啦，逼着我连夜出来找医生……"

孩子裹在薄棉被里，昏迷不醒，口流白沫。

"你把孩子……给我！"他立即动手检查，孩子得的是麻疹并发肺炎，体温达40℃，情况紧急！他打开自己的药箱，里面还有几支抗菌素针剂……他熟练地操作着，40万单位青霉素缓缓注入孩子的身体。同伴们都行动起来了，轮班护理，摇曳的灯光，从夜里一直亮到天明。

第三天下午，孩子露出了笑脸，一双乌黑的大眼睛骨碌碌转动，盯视着面前陌生的叔叔阿姨们。

"热合买提（谢谢），热合买提！"孩子的父亲满眼泪花，握住他的手久久不放。

"乌卡木（兄弟），你给孩子起个吉祥的名字吧，等他长大了，我要告诉他谁是恩人……"

那个农民千恩万谢,带着孩子纵马离去。他成了医疗队的义务宣传员,像一粒种子,一块酵母,一阵春风,把科学的信息传遍绿洲。

在缺医少药的农村,有多少病人求治无门!求医者接踵而至。医疗队从此立下规矩:在防治地甲病和克汀病的同时,积极为群众治疗常见病、多发病。来者不拒,有求必应。

那年在库车县乌恰公社一个宗教势力很大的地方,有个阿訇(宗教职业者)在巴扎(集市)上被毛驴从背上颠下来。阿訇恼羞成怒,用树条当众狠抽毛驴,毛驴被打急了,对准主人的腿肚子狠狠咬了一口,顿时血流如注。人们七手八脚把阿訇抬到医疗队。他镇静自若,在同伴们的配合下,及时做了手术(一根血管被咬破了)。一周后拆线,阿訇痊愈,逢人便脱了靴子,撩起裤腿让人们看。阿訇的现身说法,帮助医疗队在新病区很快打开了局面。

还有个女社员安居尔罕是乌什县洋海公社的,下肢瘫痪了十几年,做梦也不敢想有一天还能重新站起来。他用针灸和按摩创造了令人惊叹的奇迹,轰动了整个阿克苏地区。公路沿线上下800公里内的病人,络绎不绝赶来找"中央派来的医疗队"求医……

在老乡们眼里,他几乎成了无所不能的"神医"。其实呢,他是用不合规范的方法,把自己变成了一个不合规范的"万金油"医生。然而,这样的"万金油"医生,在农村真是价值万金呢!

五

让我们还是回到他的本职工作上来,看看他们在库姆阿热里的活动吧。

当时还没有采用注射碘化油,为了推广加碘食盐,他们磨破了嘴,跑穿了鞋。假如等到第一批接受碘盐防治的病人见效之后再大面积推广加碘盐,那要白白等去多少年!必须点面结合,双管齐下。可是S县几十万人口需要的碘盐,从哪里解决呢?他们穿越茫茫戈壁,来到当地土盐场,指导食盐加碘工作。盐场的场长十分惊讶——这些人难道就是大城市里穿白大褂的医生吗?他们和工人混在一起,在赤日炎炎之下把坚硬的岩盐砸碎,加碘,然后搬上马车,运到几十公里外的城镇……从来没有见过这样"土"的医生!

这天傍晚,他的宿舍里突然拥进来一大群农民。其中有那个患Ⅲ度甲状腺肿的图尔洪老人,三个克汀病孩子的母亲海尔尼莎,和一个屡次闭门不见的"黄胡子"社员。

宿舍里的医疗队员们纷纷起身让座。人太多了，房间里坐不下，大家都站着。他也站起来了。

"你们太辛苦了……"图尔洪老人左手抚胸，按维吾尔族人的礼节向全体医疗队员深深地鞠了一躬说："这是我们的一点心意？请不要推辞。"

变戏法似的，简陋的白木条桌上出现了鸡蛋、杏干、核桃、大米，越堆越高。

"这是干什么？这是干什么？大家拿回去吧！"几个医疗队员来回劝阻着。但谁也不听他们的。

忙乱中，海尔尼莎从床底下拖出一双布鞋来，举到空中，对大家说："你们看看这双鞋吧！"她抽出垫在鞋壳里的报纸，倒出碎纸片——两只鞋底都已磨穿。这正是他到库姆阿热里来的那一天穿在脚上的钉了掌的方口布鞋。

他慌忙夺过来，笑着解释："哎呀，哪有穿不坏的鞋呢？我以后打赤脚，和你们一样！库姆阿热里的沙土地又软又绵，走上去舒服得很呢。"

图尔洪老人泪光闪闪，声音颤抖着说："上哪儿去找这样的医生！亲生儿女也比不上你们啊！"

六

以库姆阿热里为起点，南到于田，北至伊犁，他的足迹遍及天山南北。20多年来，按最低的数字计算，他和他的同伴们也已经绕地球走了两圈半！一直走到那场史无前例的"文化大革命"。

这样的时候还要不要下乡？他在贴满大字报的办公楼前徘徊，牵挂着库姆阿热里的乡亲们，放不下病区千千万万的病人。大量的国内国外资料证明：即使在多年投碘的病区，一旦停止加碘，发病率就会很快回升！他和同伴们又上路了，病魔不会被几条口号和标语吓退，哪怕后面连画三个炸弹似的惊叹号。

那年初夏，他们到达叶城。县上有人劝他们：农村乱得很，没有人接待，连饭都吃不上，劝他们不要下去。他没听那一套，买了30个馕，两公斤核桃，装了满满一背包，背上药箱，到最偏远的一个公社去了。

果然没有人接待他们，队干部态度冷淡，只照了个面，就再找不到了。他没有计较。照样天天出去工作。吃不上饭的时候，他就靠背包里的馕和核桃度日。一个月的时间里，这支小小的三人医疗组，居然普查了6000个病人，他还做了上百个甲状腺细胞穿刺标本，为研究甲状腺肿合并症积累了丰富的资料。那时正是杏子成熟的季节，这地方遍地杏园，他忙得一次也没有进去过。

最后，那个队长满脸惭愧地跑来了，手里提着一个很沉的筐子。

"对不起，对不起……"他不好意思地抓搔着后脑勺，笑着，一连说了几个对不起。

248

队长揭开盖在筐上的桑叶,啊哈!原来是满满一筐精选出来的大白杏,当地最大的杏子,个个有鸡蛋那么大!

"托克吐尔,也(吃),也!"他们不动手,队长满把满捧地往他们怀里塞,真心实意地说:"这是乡亲们的一点心意。走的时候多带些回去,给你们的孩子尝尝。嘿嘿,大家都说,像你们这样的工作干部,多少年没见过了,来得越多越好啊!"

和那回在库姆阿热里一样,他心里又一次鼓涌起感情的浪潮。

七

在乌鲁木齐的家里,夜阑人静。妻子和孩子都已进入沉沉梦乡,窗外纷纷扬扬的大雪覆盖了沉睡的边城。他伏在灯下,精心制作资料卡片。

他从国外有关资料中发现了一个值得注意的报告:在位于哥伦比亚安第斯山区考卡盆地的地方性甲状腺肿流行区内,连续19年供应碘盐之后,发病率平均值仍然高达15%。通过对水的化验查出,在患病率高的村镇的饮水中,有一组饱和与不饱和的碳氢化合物,其中某些已经硫化。这些硫化的碳氢化合物中,有三种有显著的致甲状腺肿作用。因为这个盆地水中的含硫碳氢化合物不可能来自工业污染,那么,显然与当地的地质条件有关联了。

这种关联的具体内容是什么?有无规律可循?我们不能跟在别人后面,也不能在供碘19年之后再来发现和解决这个问题,应当吸收国外最新的研究成果,为我所用!

他在另一条更为艰难的崎岖的山路上攀登,拨开荆棘,跨越深涧,穿过密林,去采摘理论之果,奉献给祖国和人民。

他弄清楚了:几乎所有的沉积岩都有属于碳氢化合物的有机质和少量的硫化物,这样的地区甲状腺肿患病率就高。反之,火成岩虽然也含少量的硫,但完全不含有属于碳氢化合物的有机质,这样的地区甲状腺肿的患病率就低。而在混合岩或变质岩的地区,则只有中等程度的甲状腺肿患病率。如果把各地区的岩石、土壤按照含有有机质的多少定出地理指数,就可以发现这种地理指数和甲状腺肿患病率的高度相关。

这表明,某些地区地方性甲状腺肿除去缺碘因素外,岩石、土壤和水中还含有活性很强的致甲状腺肿物质。

他终于有了收获。1977年,他撰写的论文《新疆地甲病与地质地理关系的研究》获得1978年新疆科技大会奖,他被邀出席了1980年在广州召开的学术会议。

八

24年过去了,现在让我们再来看看库姆阿热里和S县的情况吧!

一座横跨穆札尼河的钢筋水泥桥,把库姆阿热里和全县的土地连接起来。S县新铺设了柏油马路,三层楼的百货公司拔地而起。党的十一届三中全会以来,这里的可喜变化从人们的笑脸和穿戴上就可以看出来。特别是那些健康、活泼、快乐的年轻人,走路都带着弹性。在熙熙攘攘的人流中,外人再也找不到当年"小人国"的影子和"大脖子"病人忧郁的目光了。

当年的"傻郎村",现在是一片绿色的乐土,树木葱茏,田畴如画,瓜果飘香;白杨深处,一幢幢社员新居,鳞次栉比。小学校传来孩子们琅琅的读书声。年轻的小伙子骑着漂亮的"铃木"摩托车,载着打扮得花枝招展的姑娘从林阴大道上飞驶而过,银铃般的笑声撒落一路……

图尔洪老人站在门前迎候客人,他的小女儿帕夏,早已经从乌鲁木齐卫生学校毕业,当上了民族中医大夫,成为库姆阿热里第一代知识分子。儿子现在是拖拉机手。他自己脖颈上的"嗉袋子"几乎看不到了,唯一的憾事,是老伴前年已经过世。要不然,他说什么也要为医疗队的同志们摆一桌丰盛的筵席。

不过,海尔尼莎大婶替他弥补了这个遗憾。她在生了三个克汀病孩子之后,经过防治措施,终于生了一个健康的孩子。她的丈夫马木提高兴极了。海尔尼莎把功劳归于医疗队,逢人就讲。

这次,马木提果真宰了一只肥羊,用维吾尔族招待最尊贵的客人的规格——烤全羊,盛情款待了"托克吐尔",了却了20多年前许下的诺言。不过他并没有卖房子,农村实行责任制以后,他头一年就挣了1200多元,还养了奶牛和一群羊,生活越来越富裕了。

S县和库姆阿热里的地方性甲状腺肿完全得到控制,对库姆阿热里243名12岁以内的儿童检查结果,均未发现新的地甲病和克汀病患者。成年患者的治愈率达到90%以上,一些后期Ⅲ度以上地方性甲状腺肿和黏液型克汀病人,虽然尚未痊愈,病情也有了不同程度的缓解。

读到这里,性急的读者难免要发问了,他究竟是谁?他是新疆流行病学研究所四室主任医师王厚民。还有几位是:助理研究员王连方、林法福,实习研究员姜新民,主管技师苏茂义。他们差不多都是50年代由内地赴疆支援边疆建设的。20多年来,他们都在自己光荣的岗位上和少数民族同志紧密合作,兢兢业业为各族人民服务,很难把他们各自的事迹分得很清楚。

第四研究室是一个优秀的集体。1978年,这个研究室又拿出一项科研成果:用X

线检查早期诊断婴幼儿地方性克汀病，荣获全国医学科学大会优秀成果奖；1979年，又以"大面积注射碘化油防治地方性甲状腺肿"获得新疆科技二级成果奖，这是全室同志献给建国 30 周年的一份厚礼。从 1980 年到 1983 年的三年中，他们又夺得四项科研成果，发表了十篇研究论文。他们的工作得到国内同行的赞许和重视。

1982 年 8 月，室主任王厚民代表新疆流行病学研究所，出席了在日本东京召开的亚洲和大洋洲甲状腺学会第二届学术讨论会，和 170 余名来自亚洲、大洋洲的内分泌学专家、教授进行了学术讨论和交流。他在大会上宣读完论文《中国新疆和田县、洛浦县黏液水肿型地方性克汀病和神经型克汀病比较研究》的时候，获得全场热烈的掌声，许多国家的学者纷纷起立，同他握手祝贺。

当本文将要寄给编辑部时，他们的妻子又在为丈夫打点行装了。这是第几次了呢？记不清了。王厚民的妻子只记得第一次送丈夫下乡，他还是满头青丝的小伙子，如今两鬓已染上了秋霜。苏茂义的妻子，有时候说起来还觉得委屈，她生了两个孩子，老苏都不在身边。姜新民的妻子呢，她更不会忘记，他们是利用星期日结的婚，星期一老姜就上班走了。20 多年来，她们默默地承担着繁重的家务和抚育子女的责任，放弃了一次又一次合家团聚欢度节日的快乐。然而，这一切都是值得的啊！

他们又上路了，带着一批年轻的助手，带着祖国的嘱托，人民的期望，还有亲人的思念，踏上了新的征程。那印在大戈壁上的足迹，正在向更遥远，也更令开拓者们神往的地方延伸、延伸……

1982 年 7 月 14 日《新疆日报》

塞 外 传 奇

孟驰北　张　列

黑汗王朝的人和长城里面的人,都是一家人。

——维吾尔古代著名诗人尤素甫·哈斯哈吉甫

用"传奇"作题目,很容易给读者造成误会,以为其中有作者的杜撰和虚构,其实,每个章节都是主人翁真实的生活脚印,只因有太多的巧合、奇遇,千挑万选,再找不出更贴切的词汇,不得已,沿袭用了"传奇"二字。

幸福的会见

飞机在北京机场徐徐降落,新疆大学学报编辑部维吾尔族主任哈力克·沙克刚走下舷梯,一位中年汉族妇女带着一个小青年急步走上前热情地问:

"您是哈力克吧?"

哈力克一怔,但马上猜出是谁了,笑着说:

"你是……"

"我是阎飞的爱人。非常抱歉,阎飞因忙着录音,今天不能亲自来,让我和孩子先来接。"

当他们在机场上热情寒暄的时候,北京海淀区塔院北路一座家属院里,一则新闻使左邻右舍都轰动了:阎飞的原名叫阿不都拉,他的维吾尔族哥哥今天上门认亲来了。这件新闻,使阎飞的一些熟人坠入了云雾中,阎飞明明是北京电影乐团著名的作曲家,为60多部电影配过曲,怎么会是新疆人,又怎么会有那么个古怪的名字……

一辆小卧车停到了门口,哈力克·沙克走了出来。就在这同时,阎飞也从电影乐团赶了回来,两人在门口相遇了。30多年了,哈力克做过多少这样的梦,梦幻骗去了他多少欢笑和眼泪,又使他尝受过多少幻灭的痛苦,现在竟变成了现实。起初几秒钟,两人你看我,我望你,似乎有点陌生。但是从童年生活的回忆中,彼此都记起了对方面部的特征,都在狂喜中扑了过去,异口同声叫起来:

"阿不都拉弟弟!"

"哈力克哥哥!"

激情的潮水涌上心头,千言万语一个字也吐不出来。好久,哈力克问:

"努尔尼沙妹妹还活着吗?"

"活着,她也在北京。"

"啊,她还活着!"哈力克的心头又卷起一股狂喜的巨浪。

"她是中学教员,现在的名字叫阎缦云,她老啦,已经退休了。"

努尔尼沙闻讯赶来了。出现在哈力克面前的是一位年逾半百的妇女,鼻梁上架着一副眼镜。哈力克惊叫着走过去,目光落在努尔尼沙的头上,当年乌黑的双鬓已经生出绺绺白发,头发脱落得稀疏了,当年颅顶部留下的棒伤疤痕更加清晰。哈力克无限感慨。

努尔尼沙和阎飞留哈力克住宿,无奈,哈力克心头还惦记着一个人。他说:

"我还得马上到人民大学找个叫朱维民的教师。"

"您找他有事吗?"

"他和你一样,也是我的汉族弟弟。"

"啊!"在场的人又发出惊叫。

…………

哈力克出现在人民大学教职工宿舍里,这是里外两间的屋子,四壁都悬挂着油画,室内的陈设典雅、朴素,案头还放着未完成的画稿。具有艺术家气质的朱维民,心里灼热度更高,他手舞足蹈地叫起来:

"是你,哈力克同志!我天天都在盼望你,快坐!快坐!看到阎飞了吧?"

"见到了阿不都拉弟弟。"

在以往风云变幻的年月里,民族情谊的金线把这些原本毫无瓜葛的人的命运连缀在一起。后来,又在颠沛困顿中分散,天涯海角,音信杳然,各怀着一腔相思,而今天,在北京演出了大团圆的喜剧。

血泊中救人

时间回溯到 49 年前深秋的一天。

深夜骤起的狂风，依然在屋脊和榆树丛中拉长嗓音发出凄厉的呼啸。从塔克拉玛干大沙漠边缘卷来的尘霾漫空遍野，充塞了整个空间，天地凝缩成灰蒙蒙的一团。是日上三竿的时刻了，天空暗淡得像黄昏一般，巍峨的昆仑山的雄姿从人的视野中消失了，远处绿树掩映中的村落也被风沙遮没了，连近在眼前的墨玉县城的轮廓也成了一片混沌，狂风成了大地的主宰，由它肆虐，由它摆布。

哈力克早上起来，风还刮着。庭院里几棵白杨树东倒西歪，桌子上落了很厚的一层灰沙。奇怪，非常爱清洁的母亲热比汗，竟没有去掸拭，只见她双眉紧锁，时进时出，在炕头愣坐着，屋里不见父亲的影子。哈力克回想这几天，家中有点异常。每到黄昏时分，都有汉族人来，表情又都是那么严峻。父亲接待他们时，门窗都关得严严的，谈话的声音也很低，任何人都不许在场，好像有什么机密大事。他预感到有什么意外的大事要发生了。他跑进屋里，母亲热比汗的脸罩在头巾下，一对黝黑的眸子流露出心神不定的神情。哈力克问：

"达当(爸爸)哪里去了？"

话音刚落，父亲沙克带着一脸的愁容进门了。他坐在椅子上，粗粗地卷了一支莫合烟，大口大口地吸着，眼望着地面一言不发。按照维吾尔族的习惯，妻子除了家务，是不许过问丈夫的事务的，热比汗坐在炕沿上，心事重重地看着沙克，显出惴惴不安的神色。半支烟烧完了，沙克抬起头说：

"太不像话，他们煽动人去杀汉族兄弟，我刚才出去安排了一下，叫他们把那几家汉族保护好。愿胡达保佑他们！"

沙克原是个贫苦农民的儿子，曾在和田一个大巴依(财主)举办的伊斯兰教经文学校学习。因他聪慧过人，毕业时名列前茅，受到巴依的赏识，没有分配他到清真寺当阿訇，却派他到乌鲁木齐替巴依经商。沙克长于交际，他进关到酒泉、张掖、武威、兰州，贩来货物后，又远销到塔什干和阿拉木图。几年之间，生意像滚雪球一样，越来越大，沙克更加受到大巴依的器重，被视为股肱。大巴依死后，产业由他弟弟继承。不久，这位新巴依也身染重病。弥留时，嘱咐把他的妻子、两个幼子，连同他的产业都由沙克继承。后来就生了哈力克。从此，沙克成了全疆有名的富商。后来因为人事的牵连，沙克忍痛歇业，携眷回归故里——南疆墨玉县城郊的庄子里。他和墨玉县一位姓阎的汉族县长在乌鲁木齐时就有交往，现在在乡里相逢，倍觉情谊深厚，两人过往甚密，有时常笑谈到深夜。近一年来，因为国外反动势力的插手，南疆形势动荡不安。半年前,分裂主义分子在喀什搞分裂祖国的活动,由于得不到人民的支持,很快就垮台了。和田地区的分裂主义分子买买提依明心犹不死,想重蹈覆辙。前天深夜,阎县长打发一个心腹来和沙克密谈了很久,要沙克在墨玉县一旦发生事变时,依仗他在当地的威望出来伸张正义。老沙克答应了,但他的心事却重了。这两天,他密切注视着县里的动静,从各种迹象判断,事变非发生不可,昨天夜里,他辗转床席,一夜没有安寝。天一亮,尽管大风呼啸,他还是赶到县城察看动静。大街上人来马往,异乎寻常,看来,事变迫在眼前了。他穿街走巷,把几家要好的汉族人托付给了他的维吾尔族亲友。为怕人发现行踪,引起分裂主义分子的猜疑,安顿妥当,他便匆匆回到家里。沙克仍然发愁,买买提依明煽起对汉族人民的仇恨,要是事变果真发生,阎县长自然首当其冲。用什么法子解救呢?他手扶额头,陷入困境了。

忽然,有人慌慌张张跑来,手贴在胸前,身子微微向前一躬说:

"巴依克(维吾尔语对人的尊称),买买提依明的队伍到县政府去了。"

"啊!"沙克一声惊叫,把手上的烟蒂狠狠朝地上一扔,说:

"快备马!"

热比汗紧跑到跟前,慌张地说:

"要出乱子,你不能去!"

"我给胡达起过誓,汉族兄弟有困难,我要全力帮助。违背誓言,将来要打进火狱的。"

沙克说完,走到庄子门口,翻身上马,迎风驰去了。

哈力克坐在门槛上,想起方才外面来人讲的那些话,知道有什么不好的事要发生了,心里也慌张起来。他走过去问母亲热比汗:

"街上怎么啦?"

热比汗忧心忡忡地答:

"外面闹事啦!"

"爸爸刚才说的啥?"

"孩子,这事说起来话长。"

原来,有一年沙克雇了个驼队到关内做生意,回程时到甘肃,得了伤寒。多亏有个骆驼客是甘肃人,把沙克领到一个汉族人家,那家人给沙克请医生,熬汤药,做好饭好菜调理他。住了两个多月,总算把病治好了。那年快过古尔邦节了,还不见沙克回来,可把热比汗急坏了。沙克到底回来了,家里一下子来了许多客人,他当着众人的面说:"要不是汉族兄弟帮助,我这条命就丢在关内了。今天,大家都在这里,我向胡达起誓,以后若见汉族兄弟有了困难,我沙克也一定全力相帮。"

哈力克不希望城里发生什么事,他盼望大家平平安安的,父亲千万不要有什么意外。热比汗嘱咐他哪里也不要去。但是，好奇心使他安不下心来，他跑到了大门外。这儿是郊外，离县城还有一段路，大路上静悄悄的，什么动静也没有。好一会儿，只见一群人，手中拿着铁器家伙，吼叫着向邻村冲去，跟着传来了尖叫声、哭声。哈力克害怕起来，正要跑回院子，忽见沙克牵着马从村东头走来了。哈力克急忙迎上去，只见父亲的脸上一片阴霾，眉头皱得紧紧的。沙克走到房檐下，背靠廊柱坐下，两眼直看着地，一言不发。热比汗匆匆赶出来问：

"怎么啦？"

沙克没有回答，他粗粗卷了一支莫合烟，深深吸了一口，又缓缓吐出，他的脸上挂着两行眼泪。一会儿，他长叹了口气：

"晚了，两口子都被杀害了！"

热比汗一惊："胡达啊，能这样吗？那，他们的孩子呢？"

"都关在厢房里。"

"啊？孩子是无辜的，你得想办法把他们救出来呀！"

沙克抬起头，望着尘埃遮蔽的天空，什么也没再讲。

在县政府二堂旁边的一间厢房里，关着两个孩子：姐姐，八岁光景，头上的棒伤还是血糊糊的。她坐在地上，经常被厢房外面的响动所惊吓，每听得人声就惶恐地东张西望。弟弟六岁，光是那两只滴溜溜的大眼睛，就显出他是个聪明伶俐的孩子。他常向姐姐提出一些幼稚的问题：他们为啥把我们关在这里？我们啥时候出去？……只要弟弟一开口，姐姐就赶忙把他的嘴捂住，悄悄告诫他：

"不要说话，门外面站着人。"

一天过去了，姐弟两个没吃没喝，饥肠辘辘。弟弟一刻捱一刻，挨到黄昏日暮，熬不住了，他叫起来："我饿，我要吃饭！"

姐姐怕弟弟的喊声再招来祸事，一把把弟弟拉在怀里，紧紧搂着，哄慰着说：

"不要吵，明天就会给我们饭吃，包子、抓饭都有。"

室内渐渐昏暗下来，夜色越来越浓。弟弟有点怕，紧偎着姐姐。姐姐呢，仿佛有黑暗掩护他们，可以躲开人的眼睛。忽然外面吼叫起来，姐姐吓得周身哆嗦，弟弟的瞌睡也被惊跑了。他从姐姐怀中挣脱，贴到门缝去看。啊呀！只见在大堂前的天井里，纸堆得像小山，许许多多的人叫着，笑着，还不断地从四面八方抱来成捆的纸往上摔。孩子当然不知，这是从县政府各办公室搜寻出来的公文、告示、函件……接着，烧起了大火，把四周映得如同白昼。孩子哪里知道这些维吾尔族农民群众被反动官府的压迫所激怒，现在正在发泄他们的宿恨。可悲的是他们被分裂主义分子利用来进行民族仇杀了。姐姐预感到又要发生什么事了，她拦腰把弟弟抱到屋子的一角，屏声静气地蹲着，等待天亮。

天刚亮,哗啦一声,厢房门上的铁锁打开了,走进一个腰间横挎马刀满面长着络腮胡子的人,他一挥手,领着两个孩子往外走。那人把他们领到后院一棵大榆树底下,让他们跪下。姐弟俩大声哭叫。那人正要抽刀,只见一匹枣溜骏马冲到跟前,骑在上面的人大喊一声:"住手!"

说着,沙克翻身下马,对长胡子的人说:

"孩子是没有罪的。"

"这是帕夏的命令(买买提依明自称帕夏,帕夏在维吾尔语中意为皇帝)。"

"把孩子交给我,我跟帕夏去说。"

那个人扶起了姐弟俩,把他们领走了。这个人,就是沙克老人。

沙克走进县政府大堂,两边各站着一排腰挎长刀、身穿一色黄裕祥、头缠白布的武士,大堂上坐着一个宽肩长髯,双目像鹰隼一样阴沉可怖的头戴"塔吉"(即皇冠),身披用贝克山姆(印着黄色和浅红色长条的布)做的"通"服(即皇袍),双手正在掐着一串珠子,他就是买买提依明。沙克领着两个孩子走进去。距大堂还有几米远的地方,他用汉语对孩子说:

"跪下,给帕夏磕头。"

沙克走过去,右手掌贴在胸前,身向前躬,不知说了些什么,然后回过头来说:

"走,跟我吃饭去!"

沙克牵着马回家了,上面驮着两个汉族孩子。有一个满身血迹,好不吓人。哈力克猜不透这是怎么回事,跟着走进厅堂。只听父亲对母亲说:

"胡达给了我们两个孩子!"

热比汗忧伤地看着站在地下惊魂未定的孩子,说:

"哎,胡达啊,他们心太狠啦,怎么能欺侮孩子,快请个医生来吧!"

热比汗又心事重重地说:

"你领着两个汉族孩子,别人会说你亲汉,会找你麻烦。"

"汉族兄弟有困难,我一定帮助,在胡达面前说谎是要下地狱的啊!"

这一天,哈力克一直用惊讶的神情瞧着发生在家里的一切。只见母亲翻箱倒柜,寻找合身的衣服;父亲进进出出,叮咛这个,嘱咐那个,哈力克竖起耳朵听,明白了几句,但始终弄不清头尾。直到黄昏时分给两个汉族孩子洗涤、敷药、包扎停当,衣服换好以后,只听父亲用汉话对他们说:

"不要怕,从今天起,你们就是我的孩子了。哈力克,你过来。"父亲指着两个汉族孩子说:

"你年纪比他们大,你就是哥哥。"又转向那两个汉族孩子道:

"哈力克会说汉话,以后你们就在一起玩。"

哈力克好久没有说汉话了,他多么想走到这两个汉族弟弟妹妹跟前,好言安慰几句。

夜晚,哈力克躺在炕上,他看着身边的两个伙伴又好奇,又高兴。突然,"哎哟"一声,把哈力克吓了一跳,他侧过头去,见是受伤的女孩痛醒了,先是呻吟,后来放声大哭。热比汗坐起来,把女孩抱在怀里,再三哄劝。只听热比汗在叹息:

"胡达啊,他们的心多狠,为啥要伤孩子!"

一会儿,女孩不哭了,母亲也已睡下,屋子里一片寂静。过了很多天,只听母亲说道:

"这两个孩子放在家里怎么办?"

"我考虑好了,请阿訇来给取个名字,就成了我们的子女。"是父亲的声音。

哈力克连忙把头伸出来,要多一个弟弟和妹妹了,他不禁心头一阵欣喜。

又是母亲的声音:"要是我们家还住在迪化(即今乌鲁木齐)城多好啊!"

妈妈的话正说到哈力克的心坎上,要是还住在迪化,就不会发生这种杀汉族人的事了。妈妈的一句话,又把他的思绪带回迪化城那条难以忘怀的南门深巷里。那儿住着维吾尔族、回族、哈萨克族、俄罗斯族人,更多的是汉族。那儿,各族人民和睦相处。每到黄昏,小巷便成了儿童的世界。哈力克和他的各族小朋友在一起打毛蛋、玩髀石、踢毽子……叫着、闹着。在这个世界里民族不同、语言相异,通用语言是汉语,偶尔也夹杂几句维吾尔语或俄罗斯语。每逢夏季月夜,孩子们常玩到二更天才回家。他交了许多汉族小朋友:那个最会讲故事的叫狗娃子,那个额头上长颗痣的叫伊敏诺夫,那个老拖着鼻涕的叫阿不都拉……哈力克一想起他们的名字,就记起他们的音容笑貌来。他永远忘不了那个狗娃子,他会凫水,会抓鸟,会骑马……在哈力克眼里,他不只是个英雄。不论玩什么游戏,哈力克只要被划到狗娃子一边,就感到很荣耀。

维吾尔族人都爱养百灵鸟,老沙克也有这个嗜好,他曾用重金从包头买来一对百灵子,叫起来婉转清越,十分悦耳,沙克闲暇时,爱站在笼子前,轻吹口哨,和百灵对语。有一天,这只百灵被猫吃了,沙克十分心疼。哈力克把这事告诉了狗娃子,狗娃子说他会抓百灵,邀哈力克一起到郊区山林里去抓。不幸,抓鸟那天,哈力克从山坡上摔了下来,左胳臂脱臼了。几天后,哈力克正好骨,正在院子里玩,沙克也坐在一旁。狗娃子来了,他提着芨芨草编成的鸟笼,里面装的正是一只活蹦乱跳的百灵。老沙克惊奇地问:

"这鸟是干啥的?"

"抓给哈力克的。"狗娃子说。

老沙克是玩百灵的行家,他接过鸟笼一看,从鸟的身架、体形、羽色、尖喙、气色上都看出这是一只有训练前途的好鸟,他笑着问:

"小巴郎,卖多少钱?"

狗娃子挺认真地答:

"不卖!我送给哈力克玩。"

老沙克走进屋里,拿了六块新疆硬币出来,往狗娃子手中塞。狗娃子却头也不回地跑掉了。老沙克望着他远去的背影,赞不绝口:

"好巴郎!好样的!"

两年过去了,这只鸟搬家时也带回墨玉,现在还在窗前的笼子里养着。方才热比汗的一句话,又把狗娃子的形象唤到哈力克的面前,他多么想回到迪化,再看看狗娃子和小朋友们。哈力克转过头去,看见那汉族小弟弟熟睡了,心想:日后,这个弟弟长大了,会不会像狗娃子一样,陪我一块上山抓鸟。

沙克按照伊斯兰教的习俗,要给两个汉族孩子举行命名典礼。办喜事了,家里沸腾起来,宰羊、炸油馓子、烤馕、做抓饭,满院的肉香,满室的油香。一清早,亲友们鱼贯而来。请来主持这个仪式的是墨玉县最有名的阿訇。两个汉族孩子都用维吾尔族的节日盛装穿戴起来,女娃娃还戴上了镶有金片的巴旦木花帽。阿訇先抱起男孩,念了一阵经文,然后对着男孩子的耳朵说:"从今天起,你就取名叫阿不都拉。"连说三遍,再把孩子放到炕上,滚几下,由沙克接过,把孩子抱在怀里。这时,亲友们围过来,投礼、祝福。接下去是那个女孩,也是按这程序做一遍,取名努尔尼沙。客人们散去后,沙克把孩子们都召集到身边,说:

"哈力克,从今天起,你多了一个弟弟,一个妹妹。你们要好好相处,不要争吵。"

努尔尼沙和阿不都拉在这个家里生活,起初还有些畏惧,阿不都拉用他那天真幼稚的眼神,好奇地观看着院内的一切;努尔尼沙则用她小心机灵的目光,仔细地观察着大人们的言行。父亲沙克和蔼可亲,又能用汉语和他们谈话,只是常不在家;母亲热比汗十分尊重伊斯兰教义,家教很严。大嫂帕塔木汗,善良敦厚,双目常流露出慈祥的光辉,全家吃、穿都由她操劳。天冷了,她要给努尔尼沙和阿不都拉添加衣服;有好吃的,总要给阿不都拉留一点,阿不都拉常爱躲在这位大嫂的怀里,享受她慈母般的爱抚。引起阿不都拉兴趣的是哈力克哥哥和阿瓦汗妹妹。阿瓦汗长得像一朵花,口齿伶俐,常爱和阿不都拉玩,用手摸他的头,揪他的耳朵,嘀嘀咕咕说个不休。哈力克哥哥不大爱说话,但他会说汉话,常把阿不都拉拉到身边,问这问那。没有多久,阿不都拉能听懂维吾尔语了,后来也能说了,从此,兄弟们更是亲密无间,形影不离了。

美丽的阿瓦汗天生一副婉转的歌喉,跳起舞来又极富表情,哈力克不在家的时候,阿不都拉就和阿瓦汗在院子里玩。有一天,两人正坐在葡萄架下吃马奶子葡萄,阿瓦汗说:

"哥哥,我教你唱歌好不好?"

"好!"

生活在歌舞之乡的阿不都拉,身上仿佛也有音乐细胞,一学就会,阿瓦汗可高兴了,又教了几句,他一会儿又学会了。正唱着,帕塔木汗大嫂走来了,一把把阿不都拉搂在怀里,说:

"唱得多好,将来准是个好歌手。喜欢跳舞吗?"

"喜欢!"阿不都拉撒着欢。

"来,我教你。"

阿不都拉和阿瓦汗都跟着大嫂翩翩起舞了。后来大嫂坐下来,看阿不都拉和阿瓦汗对跳。两人的舞步很合拍,又富于表情,大嫂抿嘴笑个不停。这以后,大嫂一有闲暇,就拉上他们到葡萄架下跳舞、唱歌取乐。

哈力克带着阿不都拉到清澈见底的玉龙喀什河畔嬉水,到枝叶繁茂的桑树上摘桑葚,到葡萄架上撷取翡翠般的葡萄串……更多的时间则消磨在他家的果园里。果园有两亩多地,里面郁郁森森,长着杏子、苹果、核桃、无花果、葡萄……平时,这儿是阿不都拉和哈力克他们的玩乐场所。他们在这儿睡午觉,把鸟笼子提来,逗着百灵唱歌,有时哈力克把他从狗娃子那儿听到的故事讲给弟弟听。

有一天,哈力克和阿不都拉在"皮斜亭"(八角亭)内换着玩"骑马"。轮着阿不都拉当"马"了,他双手扶地,两腿跪着,哈力克骑在"马"上,手里挥动鞭子,嘴里不住地喊着"驾!驾!"正玩得起劲,忽然有人在哈力克屁股上击了一掌。哈力克一惊,回头一看,父亲沙克站在面前。他吓了一跳,连忙跳下"马"来。沙克气冲冲地问:

"你怎么欺侮弟弟?"

"我没欺侮弟弟,刚才他骑我,这回我骑他……"

沙克是位虔诚的教徒,他相信多积功德,真主会令他走进乐园。像热比汗溺爱努尔尼沙一样,沙克偏爱阿不都拉。热比汗常把努尔尼沙打扮得花枝招展,小花帽上镶着金银珠宝,耳环上嵌着宝石。阿不都拉也一样,夏天穿着绣花衬衫,冬天穿着"竹尕"大衣。沙克一天要做三次乃玛孜,每次阿不都拉都坐在一旁听。困了,常常枕着沙克肥胖的大腿睡觉。此刻,沙克不相信哈力克的话是真的,他把阿不都拉抱过来,放在自己腿上,问道:

"他欺侮你了没有?"

"没有,我们玩骑马。"

"记住,你们将来长大了,不论到什么地方,也不论出什么事情,都不要忘记你们是兄弟!要不,胡大会给你们降祸的。"

哈力克和阿不都拉都认真地点点头。

自由自在的生活结束了,哈力克和阿不都拉要上学了。妈妈专门给他俩做了一身新衣。他们上的是伊斯兰教的经文学校。

　　这一年,哈力克要到库车去上学。

　　往常,阿不都拉是和阿瓦汗背靠背睡着的,这天晚上哈力克挤了过来,和阿不都拉挨得紧紧地睡在一起,哈力克轻声嘱咐说:

　　"笼子里的鸟要喂好,鸽子也不要忘了给食吃。"

　　"哥哥,你一定等我,我长大也到库车去。"

　　哈力克走了,家里变得冷清了。

　　不久,新疆的政治空气逐渐变得险恶起来,沙克的亲朋好友接二连三地被盛世才逮捕了。按照盛世才推行的株连法,沙克知道自己在劫难逃,他脸上堆满了愁容,整日不开口,常常望着阿不都拉出神。

　　有一天晚上,沙克把热比汗叫进里间屋子,用很低的声音说:从迪化传来消息,盛世才不会放过我。这样,一旦我被投进监狱,家产被没收,阿不都拉和努尔尼沙就无人抚养了。如今我已打听到阿不都拉父亲有个亲戚在和田,不如送到那儿,好让孩子有个安身之地。热比汗一听,又是惊恐,又是伤心,哭了起来:

　　"胡达呀,这是怎么回事,还有没有别的办法? 我舍不得让孩子走啊!"

　　"啥法子都想过了,只有这条路,你舍不得两个孩子,我也一样。"

　　这一夜,热比汗妈妈没有合眼。第二天,她把努尔尼沙和阿不都拉穿戴整齐,说是要把他们送到和田去。临走时,热比汗搂着努尔尼沙失声哭了起来。两个孩子见此情景,哭着闹着不肯走。这时,沙克把阿不都拉抱到膝头坐下:

　　"你知不知道,你是汉族还是维吾尔族?"

　　七年的生活,阿不都拉完全忘记了自己的身世。

　　"我是维吾尔族!"

　　沙克用手抚摸着阿不都拉的头,一言不发。过了很久,他叹了口气说:

　　"你是汉族!"

　　阿不都拉马上吵嚷起来;"不! 不! 我不是汉族。"

　　沙克老人不想刺伤孩子的心。他说:

　　"今天我们到和田去,那里有咱们家的亲戚。"

　　努尔尼沙和阿不都拉被驮到马上,老沙克亲自把他们送到了和田的亲戚家里。下了马,进了门,阿不都拉和努尔尼沙听说要把他们留在这里,哇的一声哭了。

　　"达当,你为啥不要我们了?"

　　沙克站在马前,背对着阿不都拉也伤心地流下了泪。

　　果然,两个孩子走了没有几天,沙克被捕了,家产被抄了。

同 地 相 思

　　父亲的被捕,阿不都拉的离去,给在库车就读的哈力克的心上投下了几抹阴影。从和田亲友捎来的口信中得知,父亲被押到迪化监狱,阿不都拉也跟随亲戚到了迪化城里。他们在迪化的遭遇又怎么样呢?

　　一天傍晚,他正在城外小桥上眺望,忽然大道上来了近20辆马车,只见每辆车上都坐着几个维吾尔族青年,有一个穿长衫的汉族人坐在车辕上,像演讲似的在说:"省立第一中学办了个少数民族班,这些都是选去读书的。"

　　我为什么不到迪化去呢? 到了那儿或许能打听到父亲的下落,也可能见到阿不都拉弟弟。他下定决心到迪化去读书。他考进了迪化第一中学。在盛世才的统治下,一人被捕,妻子儿女就被划为"叛逆家属"。哈力克隐瞒了父亲被捕的情况,不敢说他是沙克的儿子,当然也不敢去公开打听父亲的下落。对阿不都拉弟弟,他倒是托了许多汉族同学去探问,但偌大一个城市,人海茫茫,何处寻找?

　　抗日战争的烽火在祖国燃烧起来了。随着陈潭秋、毛泽民等一批共产党员的到来,迪化城也沸腾起来。反帝会组织群众唱歌、演戏、募捐,街头巷尾,响彻着抗日的歌声。一中教职员工中,不乏进步力量,哈力克在这里接受了爱国主义的洗礼,也申请加入了反帝会,和汉族同学一道,在街头搞抗日宣传了。

　　一天夜晚,在迪化城的一个小院子里,阿不都拉和努尔尼沙在悄声谈天。这是他们姑妈的家。他们在和田亲戚家住了没多久,就被带到迪化,姑妈收容了这两个孤儿,还送他们上了学。阿不都拉改名阎飞,努尔尼沙改名阎缦云。进小学不久,阎飞的歌声就把老师吸引住了:"你有音乐天赋,好好努力,将来在这方面肯定有前途。"阎飞被吸收参加了歌咏队,也卷进了反帝会的群众活动中,在街头唱歌,做抗日宣传。

　　迪化城毕竟小,人和人相逢的机缘总是多。抗日宣传把哈力克和阎飞这对异族兄弟又拉近了。

　　这天晚间,姑妈外出了,院子里静悄悄的,花儿盛开着,满院飘着幽香,虽是盛夏,从天山上吹来的风还是浸透寒意,花枝仿佛不胜其寒,瑟瑟颤动着。阎飞和阎缦云都触景生情,想起了墨玉县老家的果园。那时,每当夏夜,他们常在果园里做游戏。忽然,阎飞想起了他白天在街头看见的情景:

　　"姐姐,我今天在大十字看见一中演活报剧,有个扮维吾尔族姑娘的,就像我们的哈力克哥哥。"

　　缦云笑了:

　　"你大概想疯了,一天尽胡猜,一会儿这里看见哈力克了,一会儿那里看见哈力克了,哈力克哥哥在库车,怎么会到迪化来演戏?"

"我看得清清楚楚,眼睛、鼻子、嘴、走路、说话,都像得很,就是人比哈力克哥哥高。"

"天下长得像的人多着哩!"

阎飞钻进被窝,翻来覆去睡不着,沙克父亲,热比汗母亲,哈力克哥哥,阿瓦汗妹妹的影子交替出现,牵动着他的心绪。姐姐知道他的心思,伸过头来,轻声说:

"明天迪化城 12 个小学的歌咏队要在一起合唱抗日歌曲,选定你当指挥,今晚你要睡个好觉。"他这才慢慢入睡了。

同 登 舞 台

哈力克从一中考进新疆学院,成了新疆学院维吾尔族第一代大学生。学院里浓厚的革命空气陶冶着哈力克的心灵,他的政治视野一天天开阔起来,"祖国","民族",对他不再是抽象的名词,而是那么具体,那么形象,包含着那么多生动、丰富的内容,对他具有那么强烈的吸引力,哈力克在政治上渐渐成熟起来,他整天和汉族兄弟在一起,讨论抗日战争的形势,新疆的形势……

哈力克还写了诗,有的同学问哈力克写了什么诗,哈力克笑着从抽屉里拿出一首来,题目叫《思念》。一位同学轻声朗诵起来:

"思念啊,思念!
如焚如煎的思念,
你的影子跟随着我,
穿过戈壁瀚海,又翻过万重山,
夜晚你的影子常伴我同眠。"

同学们笑了,用手掌在哈力克肩头上拍了一拍:

"这个影子是谁?准是个漂亮姑娘。"

"叫阿不都拉。"

阿巴索夫凑过去说:

"哈力克,你是个老实人,从来不说谎话,今天怎么骗人了,阿不都拉是个男人名字,能值得你这样思念吗?"

"他是我的汉族弟弟。"哈力克说。

"你有个汉族弟弟?"同室的人都感到惊奇。

"说来话长，以后给你们讲吧。"

赵丹、叶露茜、王为一、朱锦明几位进步电影工作者来新疆后，迪化城的话剧运动广泛开展起来了，有了自己的剧团，自己编排的剧目。机关、工厂、学校也都上演话剧，真是盛况空前。哈力克在中学演活报剧时，就显露过头角，到了大学，更成了文艺活动的积极分子。有天晚上，当时也在新疆的茅盾把哈力克和其他几位同学，邀请到家里，把话剧《新新疆万岁》的剧本读给他们听，征求他们的意见。茅盾亲切地问哈力克：

"你愿意参加演出吗？"

"愿意，就怕演不好。"

《新新疆万岁》的演出轰动了迪化城，阎飞也到剧院里去看过，他哪里知道台上的演员中有一个竟是他哥哥哈力克。

演话剧的热潮也波及小学，阎飞的学校也组织了剧团，他是这个剧团的固定演员。

剧团发出海报，上演话剧《警钟》，哈力克也去看了，剧中一个头戴猪尿泡、外号叫"扁头"的孩子的表演，虽然曾经引起过哈力克的注意，但他哪里知道，这就是他苦苦思念的阿不都拉弟弟呢？

天 涯 海 角

1941年秋的一天，哈力克从新疆学院出来，正在街头漫步，忽然看见迎面走来一个人，面目似曾相识，他想了好一阵，原来是父亲沙克的旧相识，哈力克模糊地记得他好像也是被关进监牢的。他走上前去问：

"您是……"

那个人认出哈力克了，拉他到小巷子里轻声说：

"你父亲在监狱里快不行了，你赶快送点衣服去。"

年幼的哈力克不知深浅，弄了几套衣服，跑去找盛世才的公安部门联系，这一下暴露了他的"叛逆家属"的身份。他被勒令停学，流放到阿勒泰。这是个荒凉的边境城镇，两边高山夹峙，十分萧条。哈力克举目无亲，感到他成了荒原上的一根枯草，随时都会被风吹得无影无踪。

一天，有人在他肩头上拍了一下，回头一看，是教育局姓李的负责人。李拉他在一旁坐下，问：

"怎么啦，哈力克先生，为啥事伤心？"

哈力克满腔心事，也不知从何说起，低着头，闷闷不语。

"不要悲伤,被流放的不是你一个,你的情况我知道,维吾尔族中的坏人杀了你汉族兄弟的爸爸;汉族中的坏人又杀害了你的父亲。列宁说得对,民族问题实际上是阶级关系问题,你说是不是？"

哈力克连连点头。

一年半以后,新疆形势骤变,国民党软硬兼施,盛世才被调离新疆。哈力克的流放生活结束了,匆匆回到迪化,一打听,父亲死在监狱,阿不都拉弟弟仍然下落不明。哈力克便束装回到墨玉老家。

母亲热比汗苍老多了,用泪水迎接他。

"在迪化,看见阿不都拉弟弟了没有？"妈妈问。

哈力克长叹了一声:

"我问了很多人,都说不知道。"

"愿胡达保佑他们！"热比汗妈妈说。

阿不都拉正在人生的道路上探索着,严峻的生活迫使他不得不认真考虑自己的前程:怎样谋生？抗日战争胜利了,一些显宦巨贾的儿子都到内地去求学,他怎么办？从小学到中学,他的音乐才能经常受到师生的称赞,音乐家这个称号对他产生了越来越强烈的吸引力。他在剧团的时候,有好几次听赵丹、朱锦明几个人提到南京音乐学院。这使他产生了极大的向往。对,到南京去深造。幻想的翅膀开始向关内飞翔了,阎飞先到嘉峪关,后到兰州,再到西安、到南京,约经两年的颠沛流离,终于跨进了音乐学院的大门。

南京著名的"五二〇"学潮中,在中央大学的圆顶大礼堂中,进步学生组织了一台文艺晚会,阎飞奋勇上台跳了维吾尔族舞蹈,他要为这个晚会增色,使出了他从帕塔木汗大嫂、哈力克哥哥、阿瓦汗妹妹处学来的舞蹈,赢得了观众雷鸣般的掌声、喝彩声。第二天,在南京一家晚报上登出一幅演出照片,旁边写着:维吾尔族舞蹈家阎飞先生。这幅照片竟然给他招来了许多门徒,要求学习新疆舞。

没过多久,学校以阎飞参加游行为名,勒令他退学。

在喀什一条僻静的小街上,有一家两间门面的绸布店。店主哈力克·沙克,年轻英俊,终日坐在柜台后面,机灵地注视着过往行人。他不是在期待顾客光临,而是警惕鹰犬扑来。他是不久以前经过包尔汉的担保,从国民党的监狱中放出来的,如今阴云还在他头上笼罩着,回老家墨玉,不安全;去乌鲁木齐,关卡太多,只好暂借这个店铺栖身。

傍晚,店门一关,一些进步的青年便相继走来,以兴奋的心情一遍又一遍地计算解放军进军的脚步:兰州、武威、酒泉……近了,近了,一声霹雳,地翻天覆,解放军的英雄行列在万民欢呼中出现在喀什街头。几天以后,哈力克受到师政委左齐同志的接见。

哈力克担任了新疆省人民政府的交际处长。新疆维吾尔自治区成立后,他又担任了自治区干部学校副校长,并教授语文和中国历史。这时,热比汗妈妈一再催促:"快找找我的努尔尼沙和阿不都拉,他们在哪儿?"

哈力克跑遍了乌鲁木齐的大街小巷,老户新户都不知道这个"阿不都拉"。

哈力克在找阿不都拉,阿不都拉也在找哈力克一家。

阎飞被迫离开南京音乐学院,经过一番奔波流亡,后来落脚在丹阳中学,当了几个月音乐教员。在这儿,他接触了一些进步的师生,便毅然决然加入了中国人民解放军,在解放上海的战役中,接受了革命的洗礼。解放以后,他先在上海电影制片厂工作,后来调到北京电影乐团。

他思念他的沙克父亲,热比汗母亲,帕塔木汗大嫂,哈力克哥哥。他先写信到墨玉,信封上写着"沙克收"。沙克父亲早死在盛世才的监狱中了,信退了回来;他又写信到和田,也被原封退了回来。

阎飞的姐姐努尔尼沙也辗转到了北京,在小学当教员。姐姐见到弟弟常问:

"打听到他们的下落没有?"

阎飞摇摇头。

"再想想办法看。"

阎飞到民族出版社打听,回答是:"不知道。"

阎飞到新疆办事处探询,回答是:"不知道。"

阎飞到中央民族学院查问,回答是:"不知道。"

蒙 受 不 幸

用"左"的眼光看人,就像用哈哈镜照人,可以变形到不可思议的程度。开展反右斗争时,哈力克就被推到哈哈镜前了,有人贴出一张大字报,把哈力克几年来满怀激情给人讲的故事情节完全颠倒:说哈力克的父亲杀害了一个汉族县长,又把他的子女收做奴隶。

哈力克站在大字报前,起初吃了一惊,随后,也就坦然了。他想:我在学校教历史,讲张骞、细君公主、班超、阿斯那舍尔……都归结到维护祖国统一这一点上,"反汉"、"分裂祖国"的帽子扣不到我头上。谁知事情比他想的复杂,学校里当真按这张大字报批判他了,哈力克陷入了重围。他困惑了,额头上直冒汗珠,跑去找整风领导小组的一位成员(后离开祖国),那位领导根本听不进去,冷冷地说:

"你去把阿不都拉找来,让他给你作证。"

哈力克满脸忧戚地说:"现在还找不到。"

"他既不会升天,又不会跑到外国,怎么会找不到?"

哈力克低下头,无言以对了。

那时热比汗卧病在床,哈力克每天回家,强作欢颜。但是风声还是传到了家中。有天晚上,哈力克下班进门,只见妈妈泪水涟涟地坐在炕上,哈力克忙问:

"阿娜(妈妈)!你怎么啦?"

热比汗抬起头来,泪眼模糊地瞧着哈力克说:

"你老实讲,你在单位上发生了什么事?"

哈力克仍然强装出一副笑脸说:

"阿娜,你放心,我什么事也没有。"

热比汗哭出声来了:

"哈力克,你快说说,他们到底给你加的啥罪名?"

"他们——说我反汉。"

一听这话,妈妈嚷了起来:

"什么,反汉?他们胡扯!你达当没有反汉,我也没有反汉,你也没有反汉!胡达啊,让阿不都拉来给你作证吧!"热比汗号哭起来。

反汉、分裂祖国的帽子终于落到了哈力克的头上,他被划成右派,职务被撤了,工资降了两级。有那么一段时间,他整日昏昏沉沉。曾经被称做"一团火"的哈力克,现在在人眼里像瘟神一样可怕,许多亲朋好友都疏远了,哈力克变得孤独了。母亲热比汗为儿子的处境日夜焦心,病情渐渐沉重,身体一天天瘦弱下去,经常彻夜不眠。夜深人静的时候,哈力克常听母亲用沙哑的声音喊:

"阿不都拉,你在哪儿?"

"努尔尼沙,你在哪儿?"

热比汗妈妈一病不起。一天傍晚,她拉住哈力克的手说:"孩子,我快不行啦。胡达一定会帮我们把阿不都拉找到的……"说到这儿,她顿时气色大变,再也说不出话来……

诚实的哈力克忍受着委屈,他坚信,党会澄清事实的。

深沉的思念

阎飞到了拉萨,来为大型纪录片《今日的西藏》配曲。夜晚,推开窗户,万家灯火,闪闪烁烁,有几个青年在不远的地方引吭歌唱。歌声把阎飞的思绪载回墨玉、和田、乌鲁木齐,那里也该是满城灯火,满城的都塔尔声、热瓦甫声、手鼓声,也该是满城的笑声和歌声。这一夜,他梦见阿瓦汗妹妹、哈力克哥哥正在喀什玉龙河畔拿石头打水漂呢!

他到一个曾经当过农奴的藏民家里访问。这是个30多岁的妇女,她的遭遇真是惨绝人寰。她抱出一具形似木枷的东西,那是当年农奴主夜晚虐待她的实物:木板上有两个洞,晚上睡觉时,腿伸进洞里,然后锁住。阎飞简直不敢想象这位善良的女性,当年是怎样受煎熬的。

阎飞怀着满腔悲愤回到宾馆,不吃不喝地在地板上徘徊,悲愤已经凝结成磐石,沉甸甸地压得他透不过气来。他真想站到高处,仰天呼啸几声。他!回忆着那位妇女的苦诉,不知怎的,他在和田和墨玉县看见的地主欺压农民的种种景象,都从记忆中跳出,皮鞭、棍棒、处死人的十字架……都带着淋淋鲜血在他的眼前摇曳。他和衣躺在床上闭住双眼,想从那些可怖的形象中解脱出来。但是不行,他又起来,就这样起来、睡下、睡下、起来,整整折腾了一夜。

第二天清晨,阎飞头昏脑涨,便借了一匹马,到拉萨郊外,想借水光山色把昨晚聚积在心头的愤懑,悲痛洗涤出去。他放松缰绳,让马缓缓走着,朝阳把对面一个山头染得红彤彤的,有一群羊正浴在阳光里专注地啃着青草。一个穿着雪白的羊皮大衣的牧童正唱山歌,歌声是那么悠扬舒畅,阎飞脑际倏然闪出一道光亮,跟着出现了一个乐句:"翻身农奴把歌唱。"他一哼唱,乐句音调动听,而且准确地表达了形象,于是他勒转马头,一口气跑回宾馆,把几位藏族摄影师请来,狂喜道:

"我的曲子有眉目了,你们听我唱。"

> 雪山啊!
> 霞光万丈;
> 雄鹰啊!
> 展翅高翔;
> 高原万里风光好,
> 叫我怎能不歌唱。

屋子里响起一阵掌声。一支歌曲创作完成了。

阎飞回到北京。一支由80多人组成的乐队在演奏,演唱者是才旦卓玛。

周总理很喜欢这支歌。在人民大会堂正式演出后,获得了极大的成功。有的同行问阎飞:

"你这歌调里,有好多新疆味。"

"是的,我在写这个曲子的时候,脑子里装满了西藏的农奴,也装了好多新疆的农民形象。"

《翻身农奴把歌唱》随着电影《今日的西藏》传到了新疆,这高亢激越的歌声也在新疆城乡飘扬。

阿瓦汗、哈力克都会唱这支歌。

他们哪里知道,这就是他们日夜思念的阿不都拉作的曲子呢!

公共车上的巧遇

十年动乱开始了,像阎飞这样为几十部电影作过曲的人,"反动权威"的帽子是推不掉的。专案人员从档案里一翻,阎飞还有个古怪名字:"阿不都拉"。这在阅历浅的青年人眼里就成了什么"代号",再根据他在新疆的曲折经历,又演绎出一顶帽子来:"口外特务"。阎飞在挨批受斗时,一听见这顶帽子,心里就暗自发笑:新疆会向北京派遣特务,而且潜伏这么久,简直是笑话。正是这个笑话,吓走了他的妻子;也是这个笑话,搞得他的儿子在街头流落。

一天,他搭乘公共汽车去上班,车上坐着一个维吾尔族中年人,手里拿着一把热瓦甫。这是阎飞最熟悉的人,最熟悉的乐器,他马上挤过去,用流利的维吾尔语问:

"你是新疆来的吗?"

"是的,我是新疆乐器厂的。"那位中年男子打量和他说话的这个人是汉族,但却是地道的新疆口音,不禁问道:"你是哪里人?"

"我是新疆墨玉县人。"

那位维吾尔族男子更觉诧异:"什么? 你是墨玉县人? 你在墨玉哪儿?"

"我的爸爸叫沙克。"

那位维吾尔族同志一听,马上喜形于色,说:

"沙克是我舅舅,你是阿不都拉吧?"

真是踏破铁鞋无觅处,得来全不费工夫。阎飞一下子扑过去,把那个维吾尔族男子紧紧抱住。车上数十双眼睛都望着他们,激情的泪水在阿不都拉脸上淌着。他说:

"真想不到,车上会碰见你。算起来我和你是表兄弟。沙克爸爸还在吧? 我的热比汗妈妈呢?"

"沙克死在盛世才监狱里了,热比汗也死了,家里只剩下哈力克。他找了你几十年,为你吃了不少苦。"

"哈力克哥哥现在好吗?"

"他现在正挨批斗,你呢?"

"我也一样,马上就要开我的批斗会了。你看糟不糟,你连我的家也去不成。"

到了阎飞下车的站口了。阎飞有多少话要说,多少事要问,但冷酷的现实不允许他在车上延宕。无奈何,他下了车。车已开动了,阎飞又追上来,大声喊道:

"告诉哈力克哥哥,我在北京电影乐团!"

这天,阎飞回到牛棚里,用白开水作酒,连饮三碗,又哼起维吾尔族民歌来。旁边的人问:"老阎,你今天有什么开心事?"

他没有说,他把今天的奇遇深深埋在心里,哈哈一笑:

"口外特务,还会有啥开心事?"

一连几个月,哈力克一会儿被揪到这个教室,一会儿被揪到那个办公室,终日昏沉沉的。这天,哈力克正在家里写材料,忽然,乐器厂的表弟兴冲冲闯进来说:

"这下好啦,我给你找到阿不都拉了,你的问题好解决啦!"

哈力克喜得浑身一颤,手中的笔也失落到地下,惊问:

"你听谁说的?"

"我在北京看见的。"

他表弟把他在公共汽车上的奇遇讲述了一遍,哈力克相信了。这不是梦。他问:

"他现在长高了吧?长成啥样子?"

表弟告诉他,阿不都拉长得胖胖的中等个儿,一张圆脸,鼻子高高的,说起话来,爱咧着嘴笑……

"他现在日子过得怎样?"

表弟叹了口气说:

"电影乐团正在批判他呢!"

啊!哈力克脸上的笑影消失了,双眉又锁起来。

"文革"以来,一家人都因哈力克的险恶处境愁眉不展,找到阿不都拉的消息还是给全家人带来了快乐,整个下午,笑笑嘻嘻,说个不休。阿瓦汗的孩子阿地利,在新疆石油管理局地调处当翻译,他襁褓中就失去了父亲,一直在哈力克身边长大,哈力克很喜欢阿地利,烦闷的时候,常和他聊天。哈力克说:

"我刚才想了,你的阿不都拉舅舅能在电影乐团工作,和你妈妈有很大关系,阿不都拉从小跟着你妈妈唱歌跳舞。"

阿地利沉静地笑着:

"现在可以请他出来给你作证了。"

晚间,哈力克怀着激动的心情给阔别了30多年的阿不都拉弟弟写信了。

"亲爱的阿不都拉弟弟:

听到你的消息,我简直像在做梦,全家人高兴得像过节。30多年了,我日夜在想你,打听你,妈妈临终前还在喊你的名字,她离开人间前最后一句话是'胡大一定会帮我们把阿不都拉找到的'。"

写着,写着,他搁笔思索起来。这封信写去,北京那边要是知道阿不都拉在新疆还有个"里通外国"的社会关系,那不又多了一个罪名? 不行,不能给阿不都拉添麻烦。他停笔不写了,还嘱咐家里的人不要外传,权当没有这回事。

枪声中的婚礼

"文革"中群众严重对立的时候,被划做"牛鬼蛇神"的人,因一时无人看管,躲在家中,享受到了短暂的清静。

一天中午,哈力克坐在庭院里,乱中偷闲,仰头看天上的浮云。他多羡慕天上的白云啊! 自由地舒卷着,飞翔着。一群白鸽从天际飞来,那悦耳的鸽哨又勾引起他对天真烂漫的童年生活的回忆。

哈力克正冥想遐思着,外甥阿地利轻步走来。他站在哈力克面前,嘴皮微动着,显出欲言不语的样子,哈力克问:

"有事吗? "

阿地利笑笑,慢吞吞地说:

"我们单位有个汉族青年叫徐万华, 我们给他取了个维吾尔族的名字, 叫木沙江。他现在被斗得连落脚的地方都没有。"

"他是干什么的? "

"他是北京人,中央民族学院学维吾尔语的,是我们单位的翻译,工作也很好。"

"你准备怎么办? "

"我想把他领到我们家来住。"

突然,哈力克想起父亲沙克用马驮回两个汉族孩子的情景,现在,在第三代人身上又表现出同样的情感,哈力克一把抓住阿地利的胳膊,问:

"你怎么想起把他请到我们家里来的? "

"我们家里不是也住过阿不都拉叔叔和努尔尼沙姑姑吗? "

"好孩子,你想得对,这是我们家的传统,你快去把他请来! "

徐万华被请来了,细高个,架着一副眼镜,知识分子气质很浓,操着流利的维吾尔语。简单交谈之后,哈力克就感到对方是位心地坦率、乐天达观的人。他尽管连安身之地都没有,说起话来,还学着阿凡提的诙谐、幽默,哈力克马上产生了好感,说:

"我已经给你腾出一间屋子,你就住在我家吧,从前,我有个叫阿不都拉的汉族弟弟,现在,我的阿地利又有了你这个叫木沙江的汉族哥哥。"

徐万华摸不着头脑,怔怔看着,不知哈力克说的是怎么一回事。

"这个故事很长,我以后给你讲。"

哈力克是语言学者,徐万华也颇有造诣,两人有共同爱好,常作深夜谈。有天晚上,清风习习,月华如水,哈力克和徐万华在庭院里闲谈。已经是午夜时分了,哈力克又沏了一壶酽茶,每人斟了一海碗。哈力克问:

"木沙江,你有几个孩子?"

徐万华哈哈一笑说:

"和阿凡提一样,我是光杆司令。"

"你多大岁数了?"

"30多岁了。"

"这么大的岁数怎么还不结婚?"

徐万华苦笑一声说:

"我的情况阿地利没有对你讲?"

"什么情况?"

徐万华知道阿地利把他一段重要历史在哈力克面前隐瞒了。他有点不安起来。他熟悉维吾尔族的风俗,哈力克家做好饭,请他吃;来了客人,请他作陪;家里有十八九岁的姑娘,会让他一个独身男子居住,这是维吾尔族对人的最大尊敬。现在要是哈力克知道了他的真实情况,该会多么失望!说不定会引起不安和恐慌。但是,他觉得应该说出真实情况。他说:

"我在中央民族学院,被划过右派。"

"他的帽子早摘掉了。"阿地利急忙插进来说。

哈力克先是一怔,但看看徐万华紧张、难堪的神色,马上以长者的口吻说:

"阿地利对你说过吧,我的情况也一样。这没关系,只要我们忠于党、忠于祖国、忠于人民,党总会了解我们的。"

过了些日子,有个青年女子来看徐万华。起初,哈力克没有在意,以后,连着几天,老看见那位女同志进出,他就问徐万华:

"那个女同志是谁?"

"是同学最近给我介绍的女朋友。"

"在哪里工作?"

"克拉玛依。"

好像有道雪亮的光束倏地从哈力克眼前闪过,闪光中映现出一个高洁的女郎来。徐万华处在这样的逆境中,她竟全然不顾,来到他身旁,这要有多大的勇气啊!哈力克激动地说：

"这个女子真了不起！"

一天傍晚，徐万华偕同女友走进哈力克的住室说：

"叔叔，我们有个要求。"

哈力克从他俩欢愉的脸色上，已经猜出几分了，问："什么事？"

徐万华说："我们要结婚。"

哈力克笑着问那位女同志："你嫁给他，不怕受连累吗？"

那位女同志笑着摇了摇头。

哈力克兴高采烈地说：

"你们真是患难夫妻，太好了，我给你们当证婚人。我这里腾出一间房子，顶棚我会糊，墙我也会刷，新房要搞得像个样。你们现在经济有困难，我凑点钱，把喜事办热闹点。"

街上还有武斗，不时传来断断续续的枪声。哈力克家里，大门紧闭，里面正演着一出人间喜剧——徐万华和他的爱人正在举行婚礼。

结婚仪式是维汉并举。哈力克邀请了他的维吾尔族亲友；新郎新娘的知心朋友也冒着风险来了。院子里笑语阵阵，热闹异常。徐万华按汉族习惯招待亲友；哈力克按维吾尔族习惯做了一大锅抓饭招待客人。哈力克以长辈身份走到新郎新娘面前祝贺：

"我小的时候，参加过我父亲给我汉族弟弟举行的命名典礼。今天，在我家里，又给我外甥阿地利的汉族哥哥举办婚礼。我太高兴了，按我们维吾尔族的风俗，今天是要跳舞的。"

"对！跳舞！"维吾尔族客人们欢呼起来。

哈力克取来了热瓦甫，徐万华奏起了手风琴，阿地利敲起了手鼓……唱起来了，跳起来了。后来，哈力克也伴着轻快的乐曲翩翩起舞。这一夜，哈力克兴奋得不能成眠。

不幸的事终于发生了，徐万华还是被发现，被揪到原单位去了。哈力克经常通过阿地利了解徐万华的遭遇。有一天，徐万华带着爱人来向哈力克告别，说他已被下放到南疆。哈力克心情很沉重，问：

"你一个人去吗？"

"不，她也去。"

哈力克的目光落到徐万华爱人身上：

"他们不能强迫你去。"

"我是自愿跟他去的。"

哈力克紧握着他们的手说：

"去吧，多接触点生活也好。"

徐万华夫妇的背影渐渐远去了，哈力克的心渐渐往下沉……

拯救落难画家

仿佛是命运之神有意来考验哈力克那颗淳朴的心，他又有了一次奇遇。

大概是 1975 年 11 月初的光景，山坳、阴坡、屋脊已经积有白雪，一早一晚，街头行人多半穿上冬衣，年岁大的已披上皮裘。

薄暮时分，哈力克从新疆大学往家走，在一条僻静的小巷里，他看见一群维吾尔族小孩尾随着一个衣衫单薄的汉族人，向他乱扔石子。哈力克赶过去一看，那人虽然衣着破旧，但仪表不凡，只是神色黯淡，面容憔悴，无疑处在饥寒交迫中。一股怜悯之情顿时充塞在哈力克的心坎里，他喝住那些顽皮孩子，走上去问：

"你是干什么的？"

"我是北京人民大学的美术教师。"

"啊！你是大学教师，到乌鲁木齐干什么来了？"

那位汉族人似有无限苦衷，欲言不语。哈力克便邀他到家中，沏了一壶热茶，拿出了几个馕。那位汉族人看来确实饿了，一点也不推让，端起就喝，抓起就吃。自我介绍说：

"我叫朱维民，原是人民大学教美术的，1957 年被打成右派。现在我们学校教职工分成了几派，斗得乱哄哄的，我就跑到新疆来画画。"

"你还有心思画画？"哈力克好奇地问。

朱维民满不在乎地一笑说：

"我没有停过笔，早上批判，我下午画；下午批判，我就上午画。没有不要文化的社会主义，我们国家不会就这样糟蹋的。"

哈力克赏识朱维民谈吐豪爽、热情，赏识朱维民对国家前途的乐观信念，两人虽然萍水相逢，却一见如故，谈得十分投机。哈力克说：

"你别在外面乱跑了，就住在我家吧！"

这是什么时候啊！哈力克竟然向他发出这种友谊的召唤，这分情谊太珍贵了！这些年来，朱维民饱尝了人间炎凉，他的一些亲友，有的断绝了来往，有的落井下石……现在，一个维吾尔族人却不避嫌疑接待他，这使朱维民感动得泪花直流：

"我是个在逃右派，你不怕受连累？"

哈力克坦然一笑，说：

"我不怕,我知道'右派'是怎么回事。"

朱维民感激地望着哈力克,不知说什么好。

朱维民被安置在平时接待贵客用的那张床上。夜晚,他们两人都很兴奋,又攀谈起来。哈力克用饱蘸深情的语言又讲述起关于阿不都拉的故事来,那曲折的情节深深触动了朱维民的心。

朱维民看出哈力克经济很不宽裕,他提出到街头上画点人像或是给人油漆家具谋生,哈力克也同意了,但是考虑到朱维民喜欢高谈阔论,抨击时弊,生怕惹出麻烦,只给朱维民介绍了一些熟人去干活,并嘱咐他不要在汉族人中间活动。就这样,哈力克还是不放心,每天朱维民出门,他都要指着自己的嘴巴告诫说:

"请注意这个!"

有天晚上,朱维民和哈力克谈兴正浓,突然大门被敲得咚咚直响,哈力克心里一惊:

"不好,查户口的来了!"

眼看就要牵累哈力克了,朱维民也紧张起来:

"怎么办? 我从后墙翻出去算了。"

"不行,你哪里也不能去。"

哈力克急中生智,说:

"你快趴到床上,我用被子把你蒙住。"

朱维民慌慌张张,连鞋带袜伏到床上,哈力克拉下两条被子把他蒙住,又让外甥女站到门口,才跑出去开门。门一开,一窝蜂走进七八个人。见人就问,见门就进,走到哈力克的卧室,门口站着一位大姑娘,他们便停下来问:

"里面有没有人?"

哈力克连忙走上前说:

"就住的我外甥女,没有别人。"

查户口的人走了,一场虚惊过去了,朱维民蒙在被子里,连热带惊,出了一身汗。哈力克尽量做出坦然自若的样子,为的是给朱维民减轻思想负担。他从柜子里取出一瓶白酒,满斟一杯:

"来,喝一口。"

平时谈笑风生的朱维民骤然不语了,他也学着维吾尔族的习惯,双手捧起酒碗,喝了一大口:

"哈力克同志,你对我这样,我太感激了,可是这样下去,不行啊,我迟早会被发现的。"

"发现又怎样,我们又不搞反革命活动。"

"你若给我找个临时工作，我住到外面，对你对我都方便。"

哈力克到外面跑了一圈，打听到人民剧场要画一张巨幅风景画，他把朱维民介绍去，那边也同意给朱维民安排住的地方。可是朱维民只身远出，未带行装，寒冬腊月，-20℃的天气，怎能过活。哈力克抽出自家的被褥、枕头捆好，把朱维民送到了人民剧场。

一天早上，朱维民手拿一张报纸，踉踉跄跄跑进来，什么话也没说，扑在桌上哇地一声哭了，说：

"周——周总理逝世了！"

这真是晴天霹雳，转瞬之间，仿佛天晦地冥，哈力克眼前一片昏暗，两行泪水夺眶而出。那不是普通的泪珠，这颗颗泪珠都映照出他们纯洁的心灵；那不是普通的泪珠，那是用对党的真实感情凝结成的珍珠，可是，他们却被……

朱维民忽然抬起头，握紧拳头说：

"这些坏家伙……"

哈力克马上做手势，不让他说下去。

几天以后的一个下午，朱维民慌慌张张跑过来，告诉哈力克，情况不好，他发现有人盯梢。

几天来看到朱维民那种激昂愤慨的情绪，哈力克早预感到要发生意外。他急中生智说：

"这样吧！我妹妹在喀什，我写封信，你到她那里去躲一躲。"

情况危急，朱维民不能有别的选择。临分手时，他说：

"哈力克同志，我们虽然萍水相逢，但你对我情同骨肉，有朝一日，我们的问题都解决了，你到北京来，我一定……"

"不用说这些，我们都是中华民族大家庭的成员，本来就是兄弟。"

朱维民匆匆走了，在当时风声鹤唳的形势下，哈力克真怕朱维民发生意外，直到妹妹来信，报了平安，他才放心。

人 间 喜 剧

一声霹雳，阳光穿透重重云雾，照亮了神州赤县。一天下午，朱维民兴冲冲推开大门。他是从南疆赶回来的。他一头扑到哈力克的怀里说：

"哈力克大哥，我们盼望的一天终于到了！我要马上回到北京去。等把我的那些莫须有的帽子处理完，一定要重整旗鼓，做点事情！"

朱维民把他在喀什的写生画，都取出来，让哈力克一一过目。其中有哈力克熟悉

276

的艾提尕尔清真寺，香妃墓，繁华的巴扎……斑斓绚丽，合到一起就是一套喀什风情素描。哈力克赞不绝口。他紧握着朱维民的手说：

"祝你全家在北京团圆！"

朱维民忧伤地低下头来，叹了一口气说：

"我已经妻离子散了！"

"哎！"哈力克也长叹一声，不想再问下去，怕伤了朱维民的心。

"哈力克大哥，只要我们国家能走上康庄富强的大道，我们个人受点损失又算得了什么！过去的就让他过去吧，让我们迎接光明的未来吧！"

朱维民就要离疆赴京了，他给哈力克画了一幅肖像画，哈力克看了笑着说：

"我没有这样年轻吧。"

"这幅画的形是你的今天，神是你的明天。你的问题一解决，一定会变得年轻起来，欢乐起来。"

临分手时，朱维民提醒哈力克：

"现在不怕谁连累谁了，该给你的阿不都拉弟弟写信了。"

哈力克怀着满腔相思又给阿不都拉写信了：

"亲爱的阿不都拉弟弟：

从我得知你在北京电影乐团工作的消息后，对你的思念更加深切，但我怕连累你，不敢提笔给你写一个字。现在，这种灾难性的岁月一去不复返了，我们兄弟间可以书信来往了，我怎能抑制住心头的欢乐呢？"

信发出去了，一天，两天……八个月过去了，不见回信，哈力克日夜思念不止。

一个初夏的傍晚，宁静而美丽，习习微风吹拂着沐浴在晚霞中的槭树，树叶儿沙沙地响着。两位亭亭玉立的维吾尔族少女敲响了哈力克家的院门：

"你们家有亲戚在北京吗？"

前去开门的哈力克急忙说：

"有！有！你们有什么事？"

两位姑娘是电影《萨里玛珂》摄制组的演员，她们回故乡休假，带回了阎飞写的一封信。

原来，哈力克的信发出时，阎飞正跟随北京电影制片厂《萨里玛珂》摄制组，到甘肃张掖地区拍摄外景去了，一封信辗转旅行了好几个月，才到了阎飞手里。

哈力克一家人团团围在一起，刚念了一句"亲爱的哈力克哥哥"，全家便哭作一团。两位送信的姑娘也陪着哭红了眼。阎飞在信中写道：

"亲爱的哥哥:你还记得 1937 年父亲带我和姐姐离开家的情景吗？那天我们三人骑在一匹马上,父亲把姐姐紧紧搂在怀里,我坐在后面,紧紧抱住父亲的腰。出门时,我看到母亲含泪倚着门框,眼巴巴地望着我们。

我当时怎么也想不通,待我们那么好的父亲为什么不要我们了呢？记得父亲为收养我们被加上罪名,还坐了半年牢,为什么现在忍心丢了我们呢？

后来才明白,父亲正是为了救我们呀！为了不让我们受罪,才忍痛把我们送走的。

…………

亲爱的哥哥,我们虽然是两个民族,却是一个家庭;虽然不是亲骨肉,却比亲骨肉还亲;虽然生我的是汉族父母,可救我养我的却是沙克爸爸和热比汗妈妈。生我的父母是什么样子,我一点印象也没有了,而沙克爸爸和热比汗妈妈却使我终生难忘。亲爱的哥哥,离别 40 多年,我也时刻在找你呀！我心里有多少话要说啊！如果能见面,就是三天三夜也说不完,我盼着这一天快点到来！"

两个维吾尔族姑娘介绍了阎飞的详细情况,哈力克一家得知阿不都拉已是全国著名的音乐家,曾为 60 多部电影作过曲,像《歌唱今日新西藏》、《公社好比不老松》、《翻身农奴把歌唱》,这几支歌曲都是新疆人民熟悉的,哈力克哪里知道作曲者就是他日夜思念的阿不都拉弟弟呢？哈力克央求那两位演员唱一支阎飞谱写的歌,她俩便唱起来:

雪山啊！
霞光万丈,
…………

清脆的歌声吸引了许许多多的人,不知是谁喊了一声"跳吧！"一时,音乐响起,人们婆娑起舞了。

这年古尔邦节,哈力克兴致勃勃。多少年来,头上那许多帽子吓得客人不敢临门,今年,他猜想那些老上司、老同学、老朋友们都会来看他。早几天,家里炸油馓子、烤点心、炒瓜子……忙得不亦乐乎。节日里,客人走一批,又来一批,好客的哈力克送往迎来,几乎没有空暇。下午,徐万华来了,这真是喜客。

徐万华欣喜地告诉哈力克,他已调到新疆师范学院当讲师,他爱人也调到乌鲁木齐。哈力克说:

"苦日子过去了,今天,你们幸福,我也幸福。"

徐万华问起朱维民,哈力克高兴地说,最近他接到了朱维民在北京举办画展的请帖,美术出版社将出版《朱维民油画集》,美协主席江丰同志写了序言。从这个序言里,哈力克才知道朱维民是一位很有成就的油画家。

"你们家保护的这几个汉族人都是难得的人才啊!听说你最近正领着一批人在翻译二十四史的西域部分,这也是一项了不起的工作啊!"

重 返 新 疆

1982 年 6 月中旬的一天,哈力克全家在乌鲁木齐南站的月台上焦急地等待着。阎飞应邀给新疆天山电影制片厂拍摄的《热娜的婚事》作曲来了。阔别了 40 多年的这对异族兄弟今天就要在乌鲁木齐团圆了。火车徐徐开进站来,哈力克的心也剧烈地跳动起来。一家人跟着火车往前奔跑。火车停下,从卧铺车厢里走出一个浓眉大眼宽肩粗腰的人,哈力克紧跑几步,猛扑上去,两人紧紧地拥抱在一起。许多摄影记者同时摁动了快门。

在众多的亲属中,阎飞一看有个面庞俊秀的青年,便马上猜出他是谁了:

"这是阿瓦汗妹妹的孩子吧?"

那个青年迎了上来:

"舅舅,我妈妈就是阿瓦汗,我叫阿地利。"

阎飞紧紧握住阿地利的手:

"几十年来,我都在想你妈妈。"

这时有人问:

"阎飞同志,你住哪里?"

哈力克马上代替回答:

"回家!"

"对,回家!"阎飞也说。

一辆车子驶到哈力克家门口,院子里粉刷一新,专为阎飞准备的床铺,被褥、床单都是新的。圆桌上早已准备好了维吾尔族的传统食品。新闻记者挤满半间屋。直到晚上,院落里才安静下来,兄弟俩有多少话要说,他们按照南疆维吾尔族的习惯,把床抬到院子中间,睡在露天里。天上的星星出神地听着这对兄弟在互吐心曲,不时还爆发出一阵欢笑,震得庭院里的树叶瑟瑟作响。天亮了,哈力克说:

"你先别睡着,我给你读个东西。"

哈力克从室内取一叠纸来,坐在阎飞床边说:

"这是我的入党申请书,现在读给你听听。"

哈力克一字一句读下去,句句都表露了对共产主义的信念和对维护民族团结、祖国统一的不可动摇的意志。阎飞真有点惊讶了,几十年的坎坷生涯丝毫没有挫伤哈力克哥哥追求进步的锐气,没有投下伤感的阴影,他的心依然像当初那样炽热。阎飞紧紧握住哥哥哈力克的手。

"哥哥,你真是个好人。从昨天晚上谈到今天早上,我没有听你说过一句牢骚话,也没听你埋怨过谁,不容易啊!"

"几十年大家都在学习生活,各人都会得出正确的结论,又何必抱怨呢?"

清晨,不顾别人的劝阻,阎飞去库尔勒探望他的帕塔木汗大嫂去了。一路的风光,使阎飞感慨万端。故乡的雪山、戈壁、草原都在向他这从远方归来的游子招手,往日那种破落、贫穷、凋敝的景象消失了,到处都是欣欣向荣的建设场面。高楼、工厂、水渠、条田、林带……

车子快到帕塔木汗大嫂家的村头了,阎飞要车子停下来,他要步行进家。沿着一条小路向前走,童年时大嫂亲切待他的情景又全都涌到眼前,他一幕一幕地温习着,抚今思昔,尝到了人生的蜜汁,生活是多么甜美!

来到一所屋前,葡萄架下正坐着一位老妇人。阎飞停步打量,发现她就是慈祥的大嫂,背已微驼,头发斑白,脸上的皱纹那么深,但面貌还是那么善良敦厚。几十年来,他无日不在思念,现在到了眼前,阎飞激动得连呼吸都急促起来,大步走到老人面前,喊了一声:

"阿切(大嫂)!"

老人先是一怔,接着马上叫起来:

"阿不都拉!阿不都拉!"

老人摇摇晃晃地站起,扑过来,捏住阎飞的手,把他拉进屋,按坐到炕上,要他坐端正。阎飞遵照大嫂的吩咐,抬起头,坐正身子。帕塔木汗端过一张小凳,面对阎飞坐着,仔仔细细看他。看了好久,站起冲出屋去。阎飞心里一酸,知道嫂嫂是哭去了。

一会儿,帕塔木汗大嫂进来了,泪痕已经擦干,脸上有了笑影:

"阿不都拉,真没想到你来。"

"大嫂,你怎么一见面就认得我。"

"你那双眼睛,我一辈子都不会忘记。"

一会儿端上馕来,泡上糖茶,大嫂说:

"吃吧,这是我烤的,吃吧!"

阎飞抓起来大吃大咽。

帕塔木汗笑了:"还是和小时候一样。"

7月12日,乌鲁木齐市胜利巷沸腾起来。这是一条维吾尔族居民居住的小巷,突然来了许多车辆。新疆维吾尔自治区党委第一书记王恩茂,第二书记谷景生,自治区人大常委会主任铁木尔·达瓦买提,自治区人民政府副主席伊敏诺夫,自治区党委常委富文都到哈力克家来探望哈力克和阎飞。王恩茂同志说:"哈力克、阎飞同志,祝贺你们的团聚! 你们两人的经历就是民族团结的象征。这个团结经过了千锤百炼,现在在党的领导下,更是风吹不断,雷打不散,愿这种团结世世代代巩固下去,发展下去!"

1983 年第 1 期《当代》

绿洲飘来恼人的乌云

——和田防治非甲非乙型肝炎纪实

刘景华

1986 年 9 月，在南疆和田地区洛浦县多鲁乡发生了流行性非甲非乙型肝炎，曾蔓延扩散到和田、喀什、克孜勒苏柯尔克孜自治州的部分乡村。截至目前，累计发病 12.2 万多例，病死率 0.54%。据流行病学调查的资料分析，非甲非乙型肝炎在上述地区流行的主要原因是一些农村卫生条件差，饮水源管理不善，加之，有些农民群众喝生水，经肠道感染所致。

截至目前，97.88% 的病人已经治愈，现症病人大大减少，疫情已经控制。

——摘自 1987 年 3 月 25 日自治区人民政府新闻发布会

恐惧的外延区

1986 年年底，一个令人不安的消息在乌鲁木齐蔓延开来：南疆地区的和田暴发了流行性非甲非乙型肝炎！没广播，没登报，口头"路透社"似乎更带有神秘色彩。甲肝，乙肝，人们并不陌生。非甲非乙，乖乖，这是个啥玩意儿？不少人的心揪起来了。

各种传闻不胫而走。什么"和田非甲非乙不知死了多少人，一车车地往外拉"呀，什么"自治区派到和田的医疗队也有人染上了肝炎，死在了和田"呀，什么"解放军已经包围了得病最严重的村子，要把病人全部消灭"呀，等等，不一而足。传得越离奇，人们越恐惧，越恐惧，传得越离奇。

那些日子，和田各地的邮局也显得格外忙碌。蹬着自行车的邮递员们频繁地传递着来自全国各地的、内容大致相同的电报和信函："是否平安？速回电。""我们很担心,希望赶快告知详情。""不要管什么工作不工作了,快离开那地方吧。"

和田人来到乌鲁木齐或其他地方时,被人视为跑出铁笼子的老虎。一些很讨姑娘喜欢的小伙子,出差来乌鲁木齐,到旅社投宿,年轻的女服务员本来要给他们安排最好的客房,但接过工作证,发现"和田"二字时,便惊叫一声,大红工作证被甩到地上。连一些有身份有威望的领导干部到乌鲁木齐开会、办事也常遭冷遇。一些老相识见了面不敢握手,哼哼哈哈地应付着。和田人似乎成了不受欢迎的灰色人。

北疆各地州市县又传闻非甲非乙入侵乌鲁木齐。于是,人们惧怕乌鲁木齐人,又像乌鲁木齐人惧怕和田人一样。作为一个整体,新疆人在内地受到规格大致相同的礼遇。

冷静平和的心态

极其强烈的令人不可思议的反差:外部的恐怖紧张和病区内部的平和冷静。

和田,这个新疆最遥远的地区,背负昆仑山,面对塔克拉玛干大沙漠。如果仅仅算面积,比江苏、浙江两省的总和还要大。她是丝绸之路上的重镇驿道,在祖国悠久的历史文化史上也曾有过光辉的一页。殷商时期和田玉已成为中原地区的稀世珍宝,殷墟出土的1700多样玉器中,经专家和艺匠鉴定,其中50%以上来自遥远的和田。内地盛行的佛教源头在印度,没有和田这个桥梁也难以引渡。南北朝以前,这里早已是香火缭绕,僧侣纷纭,寺庙遍地。西天取经的唐僧返回时曾在和田驻足数月候旨,留下一部《大唐西域记》。

追忆往事,固然会引起我们的骄傲和激动,但我们决不能忽略历史进程中的另一面。

据史料记载,西出敦煌至和田,一路野生胡杨林和草地连绵不断,而今被大漠撕裂了割断了。经过计算机处理的美国第一、二、三号陆地卫星多波段扫描影像(MSS)具有直观性,看一眼让人心寒,和田已被切割成小块绿洲,如同几叶扁舟在茫茫的塔克拉玛干沙海中颠簸漂浮,巨浪已把她挤压在昆仑山脚下。

被割断了,被封闭了。东去的路已经断绝,到乌鲁木齐须先向西绕上一大圈儿,行程2000多公里,快速的黄河大轿车在黑色路面上也得跑五天。在这卫星一天能绕地球几十圈儿的时代,去趟和田比飞往月球的时间还长。

生活在扁舟上的人们对这一切并不在意,他们已经在这儿生存了一个又一个世纪。战争是有过的,瘟疫是有过的,过后却趋向平和冷静。1986年秋冬,距和田30多公里的洛浦县多鲁乡,这个濒临大漠的农村首先发现了非甲非乙型肝炎,并迅速在洛浦县蔓延。患者呈箭头之势向上激增,很快达到一万以上。洛浦告急! 和田告急!

自治区告急！中央有关部门和领导也惊动了。在此以前，和田还很少有人知道世界上有个非甲非乙，现在很快做到了妇孺皆知，家喻户晓。强大的宣传舆论工具急速旋转，从县到乡到村到居民小组，各级干部对防病知识天天讲，月月讲。宣传栏和墙壁都醒目地写着：不要到病家串门，不要喝生水，不要随地大小便，不要吃病人吃剩下的食物……一共是十个"不要"。

　　大海无论掀起多大的风暴，表现出多么汹涌澎湃的气势，深层却永远保持着静谧和安详。这个静谧安详的深层，其具象为病区群众的心态，乌鲁木齐人的惊慌失措让和田人感到可笑。

　　正像许多病人说不清自己怎么得上的肝炎，巴夏克其村的吾古巴拉提也不知道怎么传染上了。据专家从实践中得出的结论：非甲非乙从传染到发病前的潜伏期平均40多天，最长的达70天。这样漫长的日子，他实在回忆不起在哪里吃过谁家的饭，哪一天喝过生水，哪一天接触过病人。这些机会对他来说可能是太多了。他是会计，村里的财政大臣，是个握有实权的人物。即使在农村普遍实行承包责任制以后，他的地位也没有削弱。无论村里谁家娶媳妇，办丧事，或给新生儿命名，或搬新房，都把他请去，请他和支部书记、村长、阿訇坐在餐布旁的首要位置。搞不清了，反正是非甲非乙型肝炎。他既紧张又不紧张。他有文化，脑子比别人想得更多。他知道，一旦宣布出去，就要被送往医院传染病房进行隔离治疗，至少一个月内离开自己的老婆，离开自己的四个孩子。而且老婆的肚子里还怀着他的第五个孩子。出生时谁来照料？他才不去"投案自首"。但身体毕竟是一天天地虚弱，有气无力，见了肥肉就恶心。听人说，得了"黄病"有偏方，弄来一盆清水，投入两条红尾鱼，每天看着鱼在水中游来游去，那黄病的"黄"便会被红尾鱼吸收，病不治而愈。有些级别比他高得多，文化高得多的领导对此推崇备至，他也就更加坚定不移。好在村子离水库不远，弄两条红尾鱼并不难。他拥着被坐在炕上，眼睛直盯盯地望着水盆中的红尾鱼，心里感到无限欣慰。更让他欣慰的是，村里的领导和村民没有忘记他。一种长期形成的淳朴的传统风俗习惯，村里只要有人病，无论是亲友还是熟人，在人病时总要来探视，哪怕坐上两分钟说上句祝福的话，也算尽了自己的义务，何况他又是村里的财政大臣。人们知道他染上了非甲非乙，但当上级来了解病情时，几乎异口同声地证明会计得的是感冒。维吾尔族是好客的，人们来探视，不会让客人干坐着，至少要端出一盘馕，一小碟葡萄干。为表示对主人的尊重，客人总得要掰上一块馕并有礼貌地伸出双指夹几粒葡萄干，最后抚抚胡子或摸摸脸，表示一下吃得很舒服。清水盆里的红尾鱼终于死了，没有完成"吸黄"的使命。吾古巴拉提的"黄"越来越严重，最后被巡回医疗队送往医院治疗。他的"黄"没被红尾鱼吸走，却被他老婆和一个弟弟、两个儿子吸附在身。他的老婆为他生下第五个孩子后也住进医院。即使在这种情况下，人和人之间的情谊仍然是最最重要的。当吾古巴拉提的母亲为自己的第五个孙子出生而请客时,阿訇赶来虔诚地主持了礼仪。几十人围坐在一起吃着浓香的手抓肉和抓饭。最后的结果是这个村有50多人得上了非甲非乙型肝炎。这些人躺下了,有气无力地躺在医院的病床上,谁也不抱怨吾古巴拉提,只是对他撤职同情:"这是个好会计呀,好会计……"

和田河畔的一个村庄里有个叫吐送尼牙孜汗的妇女,她和新婚不久的丈夫在桃花盛开的季节离婚了。从此她独自一人守着三间空房。她是很听话的,当上级要求大搞爱国卫生运动时,她把房屋、院落扫得干干净净,厕所按要求挖了两米深,并按喝开水的要求新买了个火焰山牌的淡蓝色暖水瓶,又把上边发下来的爱国卫生公约端端正正地贴在了大门上。她自己也搞不清是怎样得上肝炎的。专家们这样说,携带有非甲非乙型肝炎原体未必都会引起肝炎发作,带病原体的隐性病人、亚临床病人数倍于发病病人。发病的原因或由于过分劳累,或由于身体虚弱,或由于心情忧郁。吐送尼牙孜汗大概属于后一种情况。孤独的日子过得比羊肠线还要长,前不久经人介绍,她认识了居住在河对岸的和田县的小伙子艾则孜。接触几次,觉得很投缘,两个人坐在一起天南地北地扯着怪有意思的。谈到情绪上来时,小伙子也学着电影、电视的样子来点小浪漫,她没有拒绝,浑身充满幸福的晕眩。她得上肝炎没什么大麻烦,医生说还需要半个月的观察期,不要和别人接触。可是,她想他,艾则孜心里也燃烧着情火,一天,黄昏时分瞅空子钻进了吐送尼牙孜汗的房子,相见时没有任何语言,只有激动的泪花。他和她紧紧地拥抱在一起。她后怕,担心病原体移到他的身体中,艾则孜拍着胸脯说:"不怕,我身体壮得像头牛。"这种大话可说不得,得上非甲非乙的百分之八九十都是青壮年。

艾则孜还是庆幸没有染上肝炎。而另一个小伙子艾斯盖尔,心境就是另一种状况,他不怕得肝炎。他已经观察到,认识的病人中没有一个死的,据说染上病仅仅有酸懒困乏的感觉,也不算啥。自己不经常有这种感觉吗?免费住院,免费打针,如果碰上维吾尔医院治疗就更妙,有时把无花果糖浆当做药送到病人嘴边,而无花果糖浆他只有一次在有身份的人家里吃过,至今想起来还余味无穷。最有诱惑力的还是吃饭不要钱,每天有肉吃,一分钱都不从自己的口袋里掏。他是孤儿,集体把他养大的。也有不少人叫他"乌伦"(懒汉)。他才不在乎这个外号,共产党从来不让人饿死,越穷救济得越多。吃的、穿的、铺的、盖的和用的都救济。还给过他羊,让他养着致富,他没有那个耐心等着羊产羔,没几天就把羊宰了,那些日子嘴边总是油漉漉的。天一暖和,他把救济的棉袄袢、棉裤、棉被、毛毡陆续卖掉,换成烤包子、抓饭、拉条子吃到肚子里。他羡慕那些非甲非乙型肝炎患者,当他被检查出也是这种病时,高兴得差点儿搂着医生的脖子喊"大哥"。在医院里没有感到特别的难受,病魔没有想象的那样可怕。每天开饭的钟声敲响,他争先把碗从窗口递进去,他最害怕盛菜时大师傅的手抖,一抖就会抖下去几块肉骨头。还有,他害怕打吊针,尽管那个护士有一张挺俊俏的脸蛋,但明晃晃的针头却不留情,每次打针他都要杀鸡般地吼叫。

和田各乡镇的医疗点都住着不少的病人,各有各的心思,各有各的经历,但对肝炎本身的看法却惊人地相似,没有抱怨,没有悔恨,没有痛楚。他们不抱怨那些已经检查出有病却不注意隔离而把病传给他们的人,也不为自己不加强预防而悔恨。这一切都是天意。外地人和病区人形成强烈的反差,同是病区,上海人和和田人也形成强烈的反差。在上海谈肝色变,抢购板蓝根的风潮迭起,价格暴涨;而维吾尔医也了解乌斯玛(板蓝根)的药性,建议人们服用预防,村子熬成汤发给村民,有的村民嫌味道怪不愿喝。这就是心理上的差别。离奇的流言,过分的惊恐是一种悲哀;遇事不慌固然是优点,但超出一定极限的平和与冷静则是一种更大的悲哀,它会引起始料不及的悲剧。

和田非甲非乙型肝炎从开始暴发到 1987 年春季本已得到初步控制,但古尔邦节之后却又有回潮。节日之前,尽管从上到下,一级一级领导都认真地传达过预防肝炎,不要聚众拜年,不要请客,不要聚餐。但传达仅仅止于传达,有的传达人都不准备按自己传达的话去做。这并不是和田的"特产",祖国 960 万平方公里的土地上到处都可以看到这种怪现象。哪个领导没传达过不准大吃大喝?哪个领导没传达过要刹住不正之风,但传达之后他们都身体力行了吗?获得夏粮丰收的和田绿洲上,到处是色彩斑斓的时装,到处蒸腾着令人心酸的热浪,每辆汽车、拖拉机、毛驴车都洋溢着欢声笑语。到处是手抓羊肉的醇香,到处是抓饭的诱惑,到处摆放着桃子、杏子、葡萄和切成一片片月牙儿状的哈密瓜。尽管连骨羊肉涨到七块钱一公斤,主人还是希望客人能多吃些。在欢愉的气氛中,在感情的交流中,在人们肉眼看不到的地方,病原体有了转移的机会。

肝炎的再次暴发当然不能完全归咎于人们心理的倾斜,但我们总不能为平和冷静以至到麻木的程度而喝彩。

救人第一 救灾第一

在肝炎的研究上,至今也还有许多尚待征服的空白点。1955 年印度新德里发生了一次奇怪的肝炎,分离不出甲型肝炎病毒,又找不出乙型肝炎病毒,但确定无疑的是肝炎。后来在世界各地也发现过。带着疑虑,姑且命名非甲非乙。1978 年,与南疆毗邻的印度克什米尔地区也暴发过一次,110 个村庄的 20 多万人口中发病 2036 例,死亡率 3.1%。当时我们的国家尚未从封闭的状态中苏醒过来,谁去理会?更不必说去研究世界上发生的事情? 如今,灾难却无情地降临到我们的头上。

银鹰腾空而起,飞越天山,掠过塔克拉玛干。自治区党委、自治区人民政府重新组建防病抗灾指挥部。

又是一场众人瞩目的战斗。

没有完全熄灭的灰烬由于种种说得清说不清的原因又复燃，再次酿成一场大火，给人们带来的灾难，不亚于四个月前的大兴安岭大火。

中央在关注。2月份国务院副秘书长张文寿曾召集有关部、委听取了新疆维吾尔自治区卫生厅厅长热合甫·阿巴斯的汇报。国务院曾先后四次派工作组及专家到和田。

2月16日，自治区人大常委会主任阿木冬·尼亚孜率慰问团来到疫区，实地察看了洛浦、和田、墨玉的六个乡，转达了区党委、人大常委会、人民政府对和田各族人民的关怀。

3月24日，新疆军区副政委马米托夫率慰问团，代表军区党委及驻疆部队指战员慰问和田各族人民群众。

乌鲁木齐，在各种吓人的传闻困扰中，人们对遥远的素不相识的和田维吾尔族兄弟姐妹寄予深切的同情，有的拿出工资，有的拿出衬衫，有的拿出鞋袜。救灾物资源源不断送到灾区人民手中。经粗略统计，区、地、县各族干部群众共捐现金十万多元，还有大量衣物和食品。各有关部门支援医药器械300多吨。

救人第一，救灾第一。是自治区防病救灾指挥部提出的庄严口号。

救人第一，救灾第一。是疫区从上到下每个人的行动准则。

在这非常时期，一切都不能按正常的秩序办事。指挥部领导带着指挥部成员每天在各乡奔波，假日和平时的界限没有了，白天和黑夜的界限没有了。只有这时，你才感到"时间就是生命"的真正内涵，不停地听汇报、察看疫区、探视病人、解决基层干部和群众提出的一个个棘手的问题，有时免不了发火，但都尽量克制着。

疫区的乡党委书记、乡长们都搬到乡医院办公，开始熟悉原来并不熟悉的肝肿大、黄疸指数以及过氧乙酸、漂白粉的消毒作用。

难题接踵而来。全地区原有病床4000多张，即使都变成传染病房，也容纳不下一两万住院病人。柯其乡党委、乡级府把自己的办公室腾出来作传染病房。乡干部都搬进马路对面的马车店去办公。普恰克其乡的俱乐部腾了出来。芒来乡乡长沙吾提买买提这个黑黝黝的汉子整天在各村转，累得晕头转向，两条腿像面条儿一样软。可是，他不能躺下。他要对得起那些投票选举他当乡长的乡民们，如果不把病人抢救过来，他这个乡长当起来还有什么味道？他走村穿户，口干舌燥地向村民们疾呼：不能再喝生水，不能再到病人家串门，不能随地大小便。傍晚，他把各村村长集合起来下了一道不容讨价还价的命令：每个居民小组做两张病床，第二天早晨必须交到乡里来。谁交不上就撤谁的职。为保证完成任务，乡里每个干部都分到村里担任"督办"。

各个村都在挑灯夜战,集中了所有的木匠。没有木匠的村,把那些略通木工活的人奉为宝贝。村支书、村长、会计随时在一旁侍候,需要什么马上就递上去。就这样,150张床第二天天亮时都集中到了乡里。我们积累30多年"统一指挥"的管理经验,到非常时期最能显示出效益。

不能让兄弟姐妹无辜死去。各地又采取了一些应急措施。缺少血液,许多人挽起袖子来到医院,其中还有年过半百的老干部。诚然,少发工资和奖金谁都不满意,但如果该作出牺牲的时候,也有人挺身而出,在所不惜。阿布力克木,新疆医学院附属医院的年轻维吾尔族医生,他带头报名参加医疗队来到和田。有人会说,你当然愿意报名,家在皮山,正好趁机探亲。来回坐飞机,每天还有7块钱的补助。阿布力克木真有这种想法也无可非议,上完大学,立即参加了工作,他怎能不想念亲人和故乡?他随着医疗队来到萨依巴格乡医院,面对着200多肝炎病人,他只好把一切置之脑后了。在乌鲁木齐大医院,没有特殊情况,上下班是正常的,这里没有铃声和钟声,干不完事就别想回宿舍吃饭。尽管萨依巴格是与皮山县毗邻的一个乡,但他只有在梦中与妈妈相见。新疆医学院附属医院医疗队队长孙惠蓉在乌鲁木齐几年都碰不上这么多的危重病人,到处是呼救,到处是呻吟,浑身都是手,也忙不过来。呼救声牵动着她的心,她双腿发面似的肿胀,蜡人般的肤色光泽。防病办公室主任感动得不知该说什么好。北京、上海的大医院对已处于肝昏迷的危重病人能抢救过来的也不过50%左右。而这里的设备甚至赶不上内地一个乡医院,县医院已经把50%以上的危重病人从死亡线上拉回来,这不能不让人钦佩。

实效产生于实实在在的工作。抽象的阿拉伯数字也可组成形象而逼真的图景。各级领导都在关心发病统计表。从上到下,每五天上报一次,汇总一次。数字凝聚着人们的心血、愿望和乞求。1987年8月到11月,人们捧起统计表,几乎都是声音拉长的哀叹,任何话都不想再说了。

专家们说,冬季是发病的高峰,特别是12月份和1月份。但当人们捧起12月初的病情通报时,突然感到一阵拂面而过的春风,"下来啦,下来啦"。人们几乎要奔走相告,都希望专家的判断是错误的。可在总体下降中,也冒出了令人困惑不解的一两曲变奏。墨玉县卡尔赛乡临近沙漠边缘,流行高峰时沉着而自然,发病数很不起眼。现在的表格中每五日的发病竟达30人左右。数字报到和田,防病办主任坐不住了。出了什么鬼?原来卡尔赛的人在搞农田基本建设。简直是胡来!已经多次讲过不能再组织什么大型农事活动,劳累是诱发肝炎的魔鬼,毛病就出在这里。他亲自去检查,非要处理几个人不可。有的农民正抢着坎土曼,认认真真地干着。他生气了。这就是应该掌握的第一手材料。

"你们在干什么啦?"他走上去很关切地询问。

"平地。"

"累不累呀？"

农民们面对着上边来的"大官儿"，不知该怎么回答。如果在过去，肯定胸一挺，"不累！"上边的人听着高兴，本乡、本村领导听着也高兴。今天却说了大实话："干活嘛，哪有不累的。"他又来到乡里，正逢巴扎天，农民们要在这里把一年的收获抛出去，再从这里换回他们所需要的东西，当然也会因人的接触而造成病毒传播。

乡党委一间不大的会议室，紫红色的人造革沙发。落座甫定，防病办主任问：谁让你们搞农田建设的？谁让你们聚集这么多人赶巴扎？口气和语言冷峻而严肃。县上的书记也来到这间会议室，替被问傻了的乡领导回答，是县上布置并同意的。你们县上有什么权力这样安排？他整天在农村奔波，挨乡挨村地检查落实。两个多月的星期天都放弃了，国庆节也是在农村度过的。既要考虑防病，眼睛还得盯着生产。棉花，是墨玉县的大头，老百姓花钱就得靠这个。现在不平好地，就不能搞冬灌，开春就不能铺膜播种。完全封闭巴扎，时间一长，乡上干部、村里的农民老追着问，我们葡萄、桃子都烂了，什么时候开放巴扎？县上两头受挤。

人本来都有那么一点点脾气。几个月的疲劳、烦恼，有机会宣泄当然要宣泄。舌剑唇枪，激起一朵朵迸溅的火花。应当说，无论何等的激烈，只是思考的角度不同，交叉点是群众的根本利益。

在防病救灾中，和田总结出了"一宣四管一大搞"，这是很实实在在的事。即：搞好宣传，管水源、管食品、管病家、管粪便，大搞爱国卫生运动。夏天又加了一消灭，即消灭苍蝇。

11月底，中华人民共和国卫生部部长陈敏章受党中央、国务院的委托，带领工作组慰问和田人民之际，肯定了这项综合性防治措施，说这真正体现了"预防为主"的方针并加以具体化了。

历史和现实的沉思

从与人的性命攸关的和田卫生史，从前人笔记的只言片语中，从现存的年逾古稀的老人中，我们看到了本世纪初和田一场毁灭性的瘟疫。这里发生过的任何一场战争都无法与此相比。

民国元年，一场瘟疫伴随着春天的来临在和田蔓延。有人记载："人初染病时，头疼发烧，不思饮食，继之吐血或腹泻，有的在颈项胁处，生出疡疽，一两日内即死。而且一人得病，三数日内，全家都被感染，全家死绝。有时疡疽烂，侥幸可免一死，但为数甚少。"

显然这是一种比非甲非乙型肝炎可怕得多的烈性传染病。到底是什么病？经历过这场磨难而活过来的老人称之为"扎迪力"。许多学者至今也没闹清"扎迪力"是什么病。

住在巴夏克其村的胡加艾合买提，看上去的确很老很老了，皮肤松弛得几乎无所依附。他自称108岁，产羊羔的季节出生。他口才挺不错，算得上村里的"语言学家"，在老桑树底下一坐，男女老少就围上一群，扬着脸等他谈古论今。

当年的事我记得太清楚了，像镶面上的花纹那样清楚。真吓人呀，现在想起来都发抖（他夹着胳膊做了个因害怕而发抖的动作）。像咱们这样围坐在一块说话，就有人扑通倒下了，嘴也不出气儿了，心也不跳了。我爸爸最多一天为12个人送葬。给别人送完葬，灾难开始落在我们头上了。我的一个叔叔是一天上午离开这个世界的。头一天他还赶着毛驴到水磨房磨了20秤子苞谷（计180公斤），准备请客，给已经死去的婶婶做祭奠，谁知突然间他又像空口袋似的立不起来了。我们都说是世界的末日到了。

胡加艾合买提老人是历史的见证人。

根据一些文字档案看，这次瘟疫在和田断断续续地蔓延了五六年。洛浦县呈报的死亡人数为三万两千多，几乎死去全县一半的人口，全和田在十万以上。"田地荒芜，十室九空，地价减半，购者尤难其人。"地方官员见到自己的子民大批倒毙，也不是不着急。和田知事谢文浩、于田知事冯四经、洛浦知事桂芬都先后往上呈报。即使按急件处理，呈报到省城都督杨增新的手上也在两个月之后。这位崇尚老子，习读道学之书的杨都督十分诺然无为而治。"道常无为而无不为，侯王若能守之，万物将自化"。谁还管你卫生不卫生。能拖就拖，一拖就是几年。当时和田的洋人不少，俄国的、英国的、印度的、阿富汗的有一两千人。驻喀什的俄国领事为保护自己侨民多次通过道尹向杨增新施加压力。尽管南疆交通艰难，人员流动有限，但这病还是先后传到伊犁、乌鲁木齐。弄得这两个地方棺材都买不到了，就是有了棺材，也难雇到挖坟抬棺材的人。乌鲁木齐市区的大药店凝德堂、元泰堂，挤满了买药的。那时不讲排队，店主、店员只好开放，让买药的按着方子自己找药自己拿起戥子称。病不认人，外国人也死了不少。沙俄领事馆急了，就向沙俄驻北京使馆报告。沙俄大使来到中国外交部，要求采取措施制止新疆的瘟疫。如此一番"出口转内销"，外交部便给杨增新发来电令：俄使称喀什伊犁等处时瘟疫行，请从速设法消灭以免蔓延。速遴选中医及谙习西医之医士，迅行查察以早消灭为要。杨都督这才收起四平八稳的步子。为树立拯民于倒悬的形象，先在都督府的照壁前支起一口大铁锅，咕嘟咕嘟，烟熏火燎，熬起中药，凡过路行人，赠喝汤药一碗。又派三名中医"火速"赶往和田。三位郎中坐上四马大车，摇晃了两个来月才抵和田。此时瘟疫已收住势头。马车带来的丸散膏丹没派上用场。

就算在瘟疫盛行中也未必有人愿接受丸散膏丹。那时,巴扎上都有几个维吾尔医,雪白的胡须,目不斜视,端庄而凝重,颇有仙风道骨。他们面前一个挨一个地摆着小布口袋,各种草药散发着浓郁的奇特味道。巴扎上沙尘多,草药袋蒙着一层薄薄的粉状土灰。口袋越多显得医道越高。有了八十个口袋就了不起哩。维吾尔族名医因此又被称作"八十口袋"。瘟疫流行时,"八十口袋"的铺板前也没有过凝德堂、元泰堂那种盛况。得了病,人们的最佳选择是去找"达罕"(巫婆),而没有丰厚的礼品,达罕绝不动手。说上一口袋好话,送上价值一只绵羊的礼品,达罕才会挪动屁股跟你来到病人跟前,拿出圆馕大小的皮鼓,一边敲一边唱着咒语,突然像被蝎子蜇了般地惊叫一声,奔向病人,把本来奄奄一息的病人强拉起来。病人浑身软瘫瘫像面条儿似的,被提起几次全瘫倒在地。这时达罕把事先准备好的马缰绳拴在房梁上,另一头让病人用手攥着。"你跟着我的鼓点,学着我的样子跳。样子做得对,上天就会饶恕你的罪恶,还让你在这个世界继续生活。如果你跳走了样……"达罕欲露又藏,"梆"地一下把小羊皮恶狠狠地一敲。一种对生的渴求紧紧攫住病人的心,不走样地跟着达罕转圆圈儿,黄豆粒儿大的汗珠从额头上滚下来,终于支持不住,松开绳子,一头栽倒在地。达罕却相当镇静,"他的罪恶太深重啦。"说罢扬长而去。

自称108岁的胡加艾合买提坐在老桑树底下继续讲述过去。……那个时候就没见过"清大人"的面(老百姓称当时民国官员仍沿袭旧称)。他们也害怕,根本不会下来。伯克命令我们不准到处跑。夏合勒克村有个叫肉孜的跑出去就被杀掉了。要说好,还是共产党好,咱们村刚有三个人得了"黄病",上边就派来四个大夫挨家挨户检查。那个吴大夫,维吾尔语说得不错,我全能听懂。他用两个指头翻开我的眼皮看,看完左眼看右眼,还让我把漂白粉药片放在水桶里,进行消毒。有人说漂白粉是毒药,能把人毒死,这是胡说!我们这些人都喝放了漂白粉的水,都挺好的嘛。刚喝的时候,真有一股子怪味儿,喝惯了就闻不出来啦。我让我的儿子、孙子、重孙子们做祈祷时都要为这些好人祝福。

老桑树下的胡加艾合买提依然滔滔不绝。

给我们生命的是胡达,关心我们的是共产党。一见面伊明纳洪就来了这么一句。在沙漠边缘贫瘠的雅利乌孜瓦力村他不是贫穷户,圈里有一头牛、一头毛驴、十四只羊、一辆畜力车,在村里可算是殷富之家了。干得正起劲时,老婆吐逊尼牙孜汗被传染上非甲非乙型肝炎。各种谣传他没信,赶紧把老婆送到乡医院。家里没有女人就是不行,最小的孩子才两岁,一哭几个孩子跟着一块儿哭,顾了这个顾不了那个,气得他真想咬自己的手指头,每天他在墙上画道道算着老婆将出院的日子。他说老婆要真的离开这个世界,他和孩子们也活不下去了。不论汉族医生还是维吾尔族医生都安慰他,说要全力抢救。特别是那个年纪大的汉族女医生,伊明纳洪叫不出她的名字,从心里觉得她是世界上最好的人中的一个。吐逊尼牙孜汗躺在病床上只要有点不对头,伊明纳洪去叫那个汉族医生时,不论什么时候,也不论有多忙,她马上就跟着他来。住了一个来月的医院,吐逊尼牙孜汗终于像好人一样走出了医院大门。伊明纳洪跟在后边高兴得嘿嘿傻笑,不知该说什么好。三年前脖子长疮花了1000多块,卖了牛、卖了羊,家底都抖光了。而现在这么大的病,国家没让他掏一分钱。他曾经问过会计,会计劈劈啪啪地打了阵算盘,报出数字:2500元。伊明纳洪大喊一声共产党万岁!

深沉的目光

上海出现了甲型肝炎,拉出一个毛蚶当替罪羊,也并不冤枉,科学家们有大量数据。有记者写了篇文章:《小小毛蚶为什么多次危害市民》,把人们的目光引向更深层。

塔克拉玛干大沙漠里没有毛蚶,毛蚶是大海里的居民。古生代,塔克拉玛干曾是大海,有人寻找过贝类化石。化石就是化石,没听说哪个科学家从中发现过病毒。

明亮而宽敞的会议室,屋顶呼呼旋转着电扇,淡蓝色的窗帘轻轻随之飘拂。座谈会在进行,一个个子不高戴着深度近视眼镜的医务工作者发言。他已经在和田工作了30来年,牙齿已脱落了几颗,两鬓微白,乡音未改,浓重的江南口音。他面带微笑,尽量给人一种平和的印象。他说,我的话说得也许太直率,请在坐的民族同志千万别生气(其实在类似的座谈会中,有些汉族同志也发表过类似的意见,又都先说类似的谨慎的开场白)。同样生活在和田,为什么非甲非乙型肝炎基本在维吾尔族群众中暴发流行,而汉族人得病的相当少?我看还是个风俗习惯问题。汉族同志习惯喝开水,而维吾尔族同志基本以喝生水为主。维吾尔族同志没有洗手的习惯,吃饭时又多用手抓着吃。要想防患于未然,就要改变落后的卫生习惯。

他依然微笑,看着人们。

他说的都是事实,并有数据和证据。四十七团场也坐落在农村,与六个乡镇交错,那六个乡的非甲非乙型肝炎发病率都在6%以上。而四十七团场的发病率仅1%多。

没人反驳。也没人再说。这话听起来总让人感到别扭。

找到风俗习惯,就算找到了问题之本源?

任何风俗习惯都不是凭空产生的,总是和一定的经济状况、地理环境、思想观念相关联。而风俗习惯一旦形成以后又要保持相对稳定性。

仅仅我们维吾尔族兄弟如此吗?

我去过华北、中原、苏北的农村,这样的习惯也很普遍。

光指责习惯不行,首先要找习惯的成因。根子还在一个"穷"字上。非甲非乙型肝炎可以说是穷病。

和田是新疆贫困的地区之一。有人说,不到和田难以想象贫穷。全疆共 11 个由国家重点扶持的贫困县,和田就占了四个。和田人均收入仅相当于全区的一半多一点。当然,变化已经比较大了,农民餐桌上不多的苞谷馕已逐渐被白面馕所取代,有些人已经很知足了。但从营养学的角度考虑太让人悲观。据夏合勒克三个村的抽样调查,农民每人每月吃肉 350 克,吃油 240 克,鸡蛋 0.89 个。蔬菜少量。一个人一个月吃不上一个鸡蛋。所幸是水果充足,家家有果树。

既由于环境又由于贫穷而造成的地方病令人咋舌,如甲状腺病、克汀病,和田发病率全国罕见。

阿瓦提吾斯坦村,名字很令人振奋:新兴繁荣之渠水。看村落也很美,座座泥舍掩映在繁茂的绿树丛中,条田平展展的,四周是排列整齐挺拔的白杨。这是大跃进年代开荒后形成的新村落,至今仍踏在贫困线上。

为了落实喝开水的措施,家家都新买了暖水瓶。那是没有办法,没暖水瓶的要罚款,只好硬着头皮买。有的人连五六块钱都掏不出来,还得去借。暖水瓶买了,但用的人却不多,照样喝渠水,喝涝坝水。一位居民指着门口一堆 100 来公斤的干柴对我们说,这些就得花 20 来块钱,还算便宜的。光做饭也只能烧半个来月,烧开水,喝不起呀。如果赶车到戈壁滩砍柴,来回一趟快的也得五天。

这个村的人均收入不足 200 元,光烧的一项就要花去 20%左右。

这是一幅可以寻找出许多答案的画面:水渠中的水缓缓地流动,走来一个过路人,在渠边蹲了下来,伸出手掌在水中拨动几次,将表面的浮尘荡走,从马褡子掏出苞谷馕浸到那一方水中,泡软后,便慢条斯理地咀嚼。广播里反复地播送着不要喝生水的道理,他听而不闻,捧起水来喝个够。

另一幅画面:上游一个人在树阴的遮挡下正在洗澡,而下游不远的地方有人正捧着喝水。

习惯是顽固的,却又不是不能改变的。

和田也在变,尽管变得比较慢。癞皮病,是一种纯粹的穷病,在连苞谷面都吃不饱的年代,到处可见癞皮病。现在白面馕多了,这种病也见不到了。头癣,是一种纯粹的脏病,20 世纪五六十年代,和田的秃头到处可见,而今就很难找到。大脖子病,既与地理环境有关,又与人的营养有关。过去在路上到处可见,现在却不容易找到了。生活好了,病状总可以缓解。

但改变一个地区的贫困落后,多么需要有勇有志有识之士!可我们所面对的现实呢? 从 20 世纪 50 年代末到 60 年代末,学医的大学本科生分到 D 县共 11 名汉族医生,平均每年来一个。70年代中期到80年代中期却又出现了逆差,除留下一人外全部"倒流",平均每年走掉一人。有一对夫妻屡调不成,索性不辞而别。对方很大度,不要档案,不要工资关系,不要组织关系,只要人能干活。搞组织人事工作的纵被弄得七窍生烟,也无计可施。自治区先后来过几个工作组调查知识分子流失的问题,毛病究竟出在哪儿?

这几年报纸上兴高采烈地报道"春风已渡玉门关",宣布有多少多少内地大学生主动要求到新疆工作,小城翘首以待,却见不到春风吹过塔克拉玛干,好不容易有几个乌鲁木齐的"五大"毕业生,流到地区就不往下流了。

非甲非乙型肝炎的暴发,人们对和田地区缺医缺药的情况正眼看了。医院病床数每千人占有量只相当于自治区的60%;医师(士)每千人占有量只相当于自治区的30%;连护士、化验师都得由乌鲁木齐支援。非常时期可以这样做,平时呢?

付出的不仅仅有人力,还有财力,尤其在到处都喊资金紧张的时候。一个病人住一天医院的伙食费加医疗费少说也得五块钱。不论住院多长时间全部由国家掏,算下来得有几百万。

在和田地区非甲非乙型肝炎已得到控制之时,应当向读者交代的是:在面临病灾的1987年和田各项生产没有瘫痪,工业总产值首次突破亿元大关,财政收入是近年来最多的一年。粮食、棉花、蚕茧、畜牧业全面增产,在疾病蔓延中仍有14862户贫困家庭摆脱困境,农民人均收入比上年增加26元。这不是有意给文章增添光明的尾巴,是为给读者提供全方位思考的框架。

"哗——"头戴花帽的维吾尔族老人拧开院中的水龙头,清澈的水花飞溅。"到枯水期咱放心了,再不用喝涝坝的泥浆水。"洛浦县山普拉乡、恰尔巴格乡建起土自来水,村民们听着水声就像欣赏悦耳的热瓦甫琴声,一个劲儿地笑。就在非甲非乙型肝炎流行的同时,洛浦县加快改水工程,当年就使全县三分之一的农民喝上自来水或井水。1988年,中央、自治区、地方财政又集资700万元,改水工作在全地区铺开。和田人不笨,打出了第一口手压机筒试验井。

一股股清泉水欢快地流淌。

杏花开了!桃花开了!苹果花、梨花也开了!和田大地又是一派姹紫嫣红,好像什么事都没发生过。

醉人的春光最易让人淡忘那些不美好、不愉快的日子,如果真忘了可真糟糕。

千万不能忘记!不能忘——1987年和田上空曾出现的恼人的乌云。

1988年《中国西部文学》第9期

好汉子鲁宪普

程　平

　　黄河挤落壶口跃下龙门,便蛮性顿失,欣欣然学儿女态,过河津举莲花步,别韩城掩桃花面,巧如连环的五眼涌泉,水色碧绿经冬不竭,堤上翠柳含烟鸟鸣如琴,堪称秦中奇景。

　　合阳人视此濋泉若掌上明珠怀中完璧,轶闻趣事动辄以濋泉起兴助兴、兴亡继绝。从秦朝到 1958 年也即合阳治县逾两千年的时候,一抔戍边烈士血摇撼了合阳人,19 位合阳后生在西藏平叛战斗中牺牲了,军装裹着他们年轻的躯体铸入雪域高原。从此,人们的话题由家门前的花开草长转移到国门边的风刀霜剑,悲叹不已。整整十年,共和国再没从这儿征招戍边的子弟,没再勾动乡亲们怀旧的心弦。

　　整整十年后,招兵的喜讯像一阵惊雷复又在合阳的大地上滚落。小小的朴鲁村一个名叫"鲁宪普"的青年死缠着要当兵。

　　鲁宪普是鲁家长子,这年才 19 岁。为给卧病 9 个多月的父亲冲喜,他刚结婚,新娘叫雷金霞,18 岁;还有,在十年前的那场平叛战火中鲁宪普的表哥为国捐躯了,因而姑姑竭力反对他跻身行伍。这么一大摞子羁绊竟拴不住鲁宪普那急于赴边建功立业的勃勃雄心,他倔犟地跟在招兵人的身后走村穿户,从早至晚地显示自己的抉择。

　　年尾北风吹,雪花染白了黄土地。沿着乡间道,出嫁一个多月的新媳妇雷金霞头一回归宁省亲,身后紧跟着鲁宪普。他轻咳一声暗示媳妇止步,走近她身边说:"我当兵当定了,就是死了也正好给合阳县的烈士凑个整数! 你要支持我。"雷金霞头也不回地应道:"我支持!"缓缓捡起块石头"嗵"地一声扔进濋泉里。

　　1969 年元月,鲁宪普终于如愿以偿。

　　新兵集训地在陕西武功县杨陵镇,这儿是 800 公里秦川的西角。鲁宪普以边关未来大将自命刻苦训练,实弹射击时,他九发子弹打出 88 环的好成绩,新兵团团长

295

惊喜之下奖励他五发子弹再做表演,结果竟是满贯! 政委伸出双手向他祝贺,这才发现鲁宪普挂满茧花的手掌居然捏不拢拳头。恰在这时,鲁宪普的姐夫来到杨陵镇,告诉妻弟:"父亲的病恶化了,西安陆军医院的大夫们都让准备后事。"他恳求鲁宪普回去,他带来了县武装部换人的证明。鲁宪普泪眼汪汪地说:"姐夫,我自小就渴望成为军人,现在只差一步就戴领章帽徽了,你让我了却心愿吧! "

"关中六月花木深,商旅游侠不远行。"而汇集杨陵镇的京沪陇蜀秦等省市籍的几千名新战士开赴西藏,毅然投边。

20多天3000多公里的长途颠簸,整得鲁宪普只依稀记得眼前的景色由绿变青由青变黄由黄变灰由灰变白……推想大约经过了绿洲草原沙漠戈壁雪山等等方才到达拉萨。翻开地图查看,合阳县位于东经110度,而太阳城则在90度,足足西移了20度经线距离,怨不得爬下车两腿部不会迈步了。找来镜子修面,但见脸焦黄唇皲裂眼浮肿,简直换了模样,这才知道高山反应得厉害。鲁宪普卧床休息了四五天,空了半个月的肠胃才容得下肉米。聆听老战士如数家珍地讲述穿昆仑山翻五道梁越通天河的出生入死的传奇经历不免自觉惭愧。欢迎会上,不知咋地勾起思乡情,新兵们抽抽搭搭地哭成一片。无奈,首长请鲁宪普讲几句话。这位新兵班的班长嗓音嘶哑地说:"我长这么大第一次呕吐得想碰死,一尺长的胃液吊在胸前扯还扯不断,入藏苦啊! 可是既来之则干之,要我当逃兵那不白受了这么一场苦么! "哗哗哗! 战友们拍热了巴掌。这一下,鲁宪普名声大噪被各连队争抢。通讯营占尽天时地利笑眯眯地把鲁宪普揽进了电子营帐,接着送他去军区参加无线报务学习。结业时80名学员被淘汰了一半,而鲁宪普以各门功课第一名的成绩被评为五好战士。

1970年2月,冬寒徘徊于藏南谷地久久不去,鲁宪普崭新的棉袄尚未洗过一水却不期而遇一场真刀真枪的拼杀,令人激动得发颤。是这样,制造"尼木叛乱"尔后搅得西藏13县不得安宁的一伙民族分裂主义分子,被我剿匪部队以排山倒海之势迅速击溃,作鸟兽散。为彻底肃清其残渣余孽,鲁宪普所在的陆军十一师奉命抽调精悍人马组成小分队深入藏北无人区,追亡逐北。是时,鲁宪普刚给病危的战友献血300CC,但他豪气逼人奋力请缨,驰骋疆场赖神勇,首长特准他参战赴敌。浩浩唐古拉山哟雄鹰也飞不到边! 可鲁宪普和他所配属的连队东征西讨奇袭闪击,曾强行军三昼夜生擒六名敌酋,曾41天不解甲撵得叛匪缴械投诚,曾抢渡齐腰深的冰河堵截负隅顽抗的歹徒,一年时间是用双脚戤平了十几万平方公里的匪祸山区,几乎等于走遍了一个陕西省。闯过枪林弹雨,凯旋时节同志们才发现生龙活虎般的鲁宪普疲惫至极消瘦不堪。连长解下他身背的武器弹药和通讯装备,找秤一称,方知这位1米78的大汉体重骤减到40来公斤,和他负荷的装备略等。连长含着泪命令鲁宪普先期返回夜不闭户的拉萨,即尔返回祥和康乐的甲格。

1973年10月,鲁宪普入藏期满五年方告假探亲。

夕阳铺道,小鲁英跑得喘吁吁地拦住收工回家的妈妈:"屋里来了个解放军,太爷哭得可凶呢!"唬得雷金霞心里一紧:可别是丈夫牺牲了部队来抚恤的吧?她抱起女儿三步并做两步撞开家门,却见活生生的鲁宪普咧嘴朝她笑呢!雷金霞的脸腾地红到耳根,狠命拧一把女儿:"死丫头,这是你爸,喊呀!"四岁的孩子却吓得哭了,鲁宪普抱住女儿心疼地哄啊哄。像鸟儿钻进了森林像鱼儿游进了江河像鹿儿跑进了山川,雷金霞一腔的爱怨娇痴火山喷发般宣泄出来,她守定丈夫滔滔不绝地述说她的思念她的委屈她的痛苦她的欢乐。她告诉丈夫:"生鲁英时胎位不正僵在炕上三天三夜痛得死去活来,都是你造的孽恨得我真想咬你一口,哼!"她告诉丈夫:"爷爷难伺候好像你去边塞是我撵你走的,唉!"她还告诉丈夫:"家里老人常犯病,你的三个穿开裆裤的弟弟一个比一个淘气,地里活没人干,你的大妹二妹都停了学,加上我,三个女娃娃撑着鲁家的房梁。嗨!"她还告诉丈夫:"我想入党可家务事太多不好意思写申请,当了两年妇女队长晚间常开会,老人嘴不明说心里有意见,我给辞了。"一夜又一夜,鲁宪普静静地倾听妻子的绵绵絮语,唯恐稍有遗漏便罪不容赦。雷金霞畅快淋漓地对丈夫说了四个月私房话,正在兴头上不料鲁宪普假期已满。她苦留丈夫:"续假,待过完元宵节再走,你不是五年没听到黄河开凌的轰隆了吗?"鲁宪普笑笑:"听你喳喳了一冬,够过瘾了。"

车辚辚,马萧萧。1979年夏鲁宪普所在部队奉命调防新疆鄯善,他作为钢铁长龙的领队引导他的战友浩浩荡荡从冰雪高原来到火焰山下。神话中已被美猴王降服的八百里赤地却原来仅有星星点点的绿荫,偌大一片荒野经红蓝铅笔一圈则变成藏龙卧虎兴工创建的兵城,只是那万千气象还弥漫在白纸间,眼下的风景依然是"大漠孤烟直,长河落日圆"。营房建设当仁不让地成为部队压倒一切的中心工作,鲁宪普遂被抽调到营建办公室谋划土木工程的实施。他潜心求学掌握了一般建筑的规划勘测和设计,受益匪浅。

1980年9月,雷金霞掐指一算丈夫整一年没从鄯善寄信捎话了,这可是结婚十年来第一次的意外事。她越盼越心慌,顾不得路远草草收拾行装撇下一双儿女,风尘仆仆摸到了鄯善。雷金霞万万没想到丈夫的部队这般凄惶:都20世纪80年代了战士们还睡麦草窝,再看鲁宪普两腿肿得一按一个坑,竟是长坐坐下的毛病。丈夫乐呵呵地告诉长吁短叹的雷金霞:"这比西藏强多了。"瞧她将信将疑地双眼睁得溜圆,鲁宪普随口讲了个真实的故事:"在西藏,军营四周高山环绕,每天日出晚而日落早,长久不见地平线,真难以忍耐这种时空的压抑。有次实在憋不住了,想见见午后被山峦遮去的太阳,更多地沐浴一些它的光辉。扔掉外衣爬上山坡攀上岩壁拼命冲向山顶,满头大汗登上山尖可西边无数的山峰又挡住追寻太阳的视线,伤心地哭得头昏眼花。"说者动情听者动心,雷金霞自忖亏待了丈夫连续几晚彻夜难眠。这天,鲁宪普兴冲冲地告诉妻子他被提升为军务股长了,雷金霞不知这是多大的官,忙把心事说出来:"那,我可以随军了吧?"鲁宪普摇头说:"你早可以随军了!但眼下没吃没住的你跟我受罪呀!"雷金霞一字一顿地说:"受罪一块受。"不容丈夫劝阻,她顶着塞外的冬雪赶回合阳,又拖儿带女重返鄯善,用中国妇女特有的坚韧伴随戍边的丈夫共御漠北的风寒。

鄯善土窑洞的生活持续了三年,雷金霞好歹喝惯了火洲的涝坝水,吃惯了戈壁的膻羊肉,正准备乔迁新居部队接到命令:刚担任营长一个月的鲁宪普以及他率领的一营整体归入人民武装警察的序列,调守南疆看押刑事罪犯。

数九寒天,鲁宪普怀揣指南针率队到达集结位置。战士们画地为牢,在枯草黄沙间拉起一圈铁丝网即进入临战状态。这是没有硝烟的战场,几千名气焰嚣张的重刑犯视荒原为逃亡之地,根本不把年轻的武警放在眼里,每走险被截,便更疯狂地凶惨地报复。指挥这完全防御性的攻坚战,鲁宪普殚精竭虑:所有草建的牢房岗楼民宅都是他一手设计的,所有暂行的狱规条例制度都是他一手起草的,所有日常的军事训练生活配给监守排班又都是他一手安排的,甚至每夜20多个哨位15公里的巡视他都风雨无阻。他必须绷紧每一根神经,他懂得一丝疏漏都将付出生命的代价。然而,环境太刻薄了,鲁宪普和他的战友每天必须强咽下苦涩的草滩水以补充超常的体能消耗。那水盐碱硝镁等矿物质含量严重超标,喝得官兵们人人腹泻不止,全年配给的药品在两三个月内发放殆尽。狡诈的罪犯们窥视铁窗外病弱难支的武警,乐得眉开眼笑,随时准备越狱潜逃抗拒改造。1984年6月3日,辽宁籍重刑犯于勇、周铁军等四人借口拉土填茅厕乘机外逃。鲁宪普闻报立即组织力量搜捕。大漠茫茫,歹徒们昼伏夜出追寻极为困难,三天后战士们累得筋疲力尽坐倒就站不起来,鲁宪普果断起用20名积极改造的在押犯协助围捕。七天后牧民报告在水草滩见到三男子搀扶一妇女,鲁宪普判断是逃犯改装立即带人去伏击,两小时后就抓获了这四个残杀八位农民的亡命徒,依法枪决。紧张的监守工作直到冬雪再度莅临才算告一段落。沙暴、咸水和追捕等等来自克拉克勤的各种消息风传鄯善,雷金霞牵挂丈夫的安危冷暖寝食不安。她耐着性子等到由鲁宪普宣布的"暂不许家属随队"的规定在克拉克勤解除,即举家迁徙直奔大漠。千里投荒,雷金霞准备吃苦,可也没料到克拉克勤是一片凄凉,没有电、没有路、没有学校、没有商店,甚至没有鸡鸣狗叫。两个孩子不得不寄宿百里外的巴楚上学,鲁宪普则事必躬亲常过家门而不入,雷金霞形单影只。越狱事件屡屡突发,鲁宪普次次身先士卒地围截凶犯难得顾家,雷金霞日夜提心吊胆每每黄昏就将屋门扣死,扁担、斧头、木棍、菜刀等等凡能自卫壮胆的家什全都收集床边,枕戈待旦。然而,朦胧中突被蹄声哨音口令等等惊醒,雷金霞反忙中出乱,黑暗中常自己划破自己的手指,鲜血淋漓疼痛钻心。更可气临时搭就的住房不耐风雨,雷金霞前前后后在克拉克勤度过不足半年光阴却三次墙裂顶塌被迫搬家,本不起眼的几件家具屡经磕磕碰碰破烂得自己都瞧着别扭。正寻思置办个桌桌柜柜呢,丈夫又接到新的命令,去塔里木河畔的沙雅县任武警三支队参谋长。雷金霞还没辨清克拉克勤的东南西北呢又匆忙追随丈夫走进大漠的深处。

在沙雅地老天荒的胡杨林中,鲁英鲁杰姐弟无校可住辍学日久,雷金霞心痛孩子们耽误学业,千方百计找齐初中课本督促孩子自习复自习,可她只能做挑灯伴读的慈母无力当解疑释惑的明师。她隔三差五地探问孩子自己觉得自己学得怎样?鲁英告诉妈妈:"槽极了,忘得多记得少,老这样下去想留级都不够格。"雷金霞苦思冥想妻职母责没法两全,一横心决定带孩子回故乡合阳去续学补缺。鲁宪普闻知竟摇头不许,对妻子说:"失学的孩子不止咱一家,你领头先飞,这沙窝的警属还不炸了营,警官们工作能安心吗!稍出错,罪犯越狱那肯定又是一场灾难。"他一改往日的严厉笑嘻嘻地逗孩子:"学校会有的,老师会有的。"1986年武警三支队调防乌鲁木齐南郊,鲁宪普先行勘察地形,孩子们乐得比过年还兴奋,满以为这回可以进大城市告别荒凉了。鲁英鲁杰鲁峰这三个平日里总怨爸爸误了他们的孩子这次竟盼望爸爸早日归来。盼呀盼,天亮他们一睁眼就捆行李卷铺盖;盼呀盼,妈妈一做好吃的他们就抢着留一份给爸爸;盼呀盼,终于盼得爸爸回来了,可鲁宪普告诉家人总队决定调他去喀什支队任参谋长,就是说还得往西走。孩子们大失所望嘤嘤饮泣,雷金霞盛怒之下提出离婚!鲁宪普惊呆了,他忽然明白家人为他的事业和追求奉献的牺牲已经接近极限。面对一脸倦色的妻子和孩子们畏怯的目光,他沉重地说:"我欠你们的情今生今世还不清。可现在我在边疆干得正红火要转业还舍不得。你们先回故乡吧。"结果雷金霞收回成命,她不是以让步顺从了丈夫,而是更深地以敬重丈夫的执著而伴随丈夫走向边疆之边。

一晃又是几年,忙碌的鲁宪普在接二连三的敌情通报中迎来了20世纪90年代的第一个春天,沙尘弥漫,未暖乍寒,综合各方情报使他敏感到一小撮民族分裂分子妄图在南疆借机制造暴乱。遵循上级指示,他夜不解甲监督部队加紧登车训练,随时准备应敌。1991年4月4日,鲁宪普接到武警新疆总队通报:阿克陶县巴仁乡有伙人催粮派款闹事不休,喀什支队做好应急准备。4日16时,阿克陶县境内的数百名武警已无法控制骚乱的局势,请求增援。鲁宪普即命喀什武警三个中队开赴现场。长期的和平环境使人们一时难以接受拼杀迫在眉睫的现实,参谋长的命令没有被匆忙赴敌的武警官兵认真执行。巴仁乡地处山脚交通闭塞,早有预谋有组织的暴徒们蛊惑数以千计的老百姓将我们的党政干部、公安民警分隔围困,辱骂、戏弄、强逼政府交出权力。暴徒视干部的劝说诱导克制忍耐为软弱可欺,肇事逐渐升级,砸毁车辆劫持人质抢夺武器。4日20时，鲁宪普受命为基地全权指挥，带作战通讯参谋五人进入作战室，向前线发出第一道命令："收拢部队，利用夜暗占领要害位置，防敌突袭。"晚10时，暴徒们亮出自制武器将固守在巴仁乡政府大院的武警官兵团团包围，大战一触即发。鲁宪普急命增援的莎车3中队封锁巴仁乡各通道路口，堵绝暴徒的对外联络，不让其一人漏网。4月5日凌晨2时，暴徒前呼后拥向我武警驻地疯狂开枪扫射投掷炸弹，鲁宪普呼叫前线指挥员沉着镇静，利用地形地物自我保护，等待上级的还击命令！鲁宪普十分清楚前线弹药不足，难以和准备充分的暴徒对峙。他即命3中队火速将10箱子弹抢运战场，他告诫3中队到达巴仁乡大桥时防敌设伏，部队下车迂回通过。果然，当3中队逼近大桥时遭暴徒袭击炸坏我军车及物资。鲁宪普估计增援部队受阻很难准时到位，他四次下令前线官兵鸣枪示警要节省子弹，但命令再次未被有效地执行。5日凌晨5时7分，上级关于彻底镇压反革命叛乱的命令到达，鲁宪曾即命前线将士全线反击杀敌立功。到9时，不堪一击的暴乱分子四散逃命，顽凶被当场击毙，清剿战斗随之开始。5日清晨，鲁宪普赶到巴仁乡仔细勘察战场，然后调兵布防，调车补给，移交俘虏，抚恤烈属，总结战斗，大量的善后工作仍由他这个基地总指挥全权负责，五天五夜没合眼。为表彰鲁宪普在平息巴仁乡反革命暴乱中的突出贡献，武警总部给他荣记三等功，这是他20年边防生涯的第三次记功，他还受到过12次嘉奖！

1990年10月，边城人民获得了农业的超常丰收，由此人们更加感激平暴英雄。这时，鲁宪普奉命调往喀什边防支队任支队长，这回他走到了祖国西部的尽头。鲜花在他身后汇成了海洋，颂歌在他身后响彻四方，而他的面前又是个硬任务。因调动连临时的工作都落空了，妻子问他："这里有啥吸引你的？"鲁宪普遥指天际的山峦回答："888公里的边境线。"

1992年2月9日《新疆日报》

音 乐 之 桥

——万桐书先生等抢救"十二木卡姆"始末

张秋旺　黄　波

20世纪50年代初,新生的共和国百废待举。当时的莎车行署专员向赛福鼎同志汇报"十二木卡姆"的传承问题,称只有年届70的吐尔地阿洪能够比较完整地演唱。赛福鼎同志鉴于当时新疆缺少音乐专家,向国家文化部提出,为了抢救濒于失传的新疆"十二木卡姆",希望北京派人支援。当时在中央音乐学院研究部工作的青年音乐家万桐书和在《人民音乐》杂志搞编务的妻子连晓梅于1951年3月受命,抱着一岁的孩子西进新疆。山重重,路漫漫,火车当时只通到西安,哈密一带还有土匪袭扰,他们历经坎坷,当年5月才到边城乌鲁木齐。不久,南北疆的老艺人吐尔地阿洪、肉孜坦布尔、阿不都维里,也相继赶到乌鲁木齐市。

万桐书和同事们发现,"十二木卡姆"很长很复杂,艺人要一部一部顺着节奏一口气唱完,中间一停就难接上,没法反复听唱记谱,于是赶紧通过新疆文教委员会(负责人邓力群)和中共西北局新疆分局宣传部部长马寒冰,派人到上海买回一台美军留下的处理物资——老式钢丝录音机;万桐书又写信给中国音协主席吕骥,请求买来音叉和拍节器。这时西安两位作曲家刘炽、刘锋来疆采风,加上原六军的音乐家丁辛,组成新疆"十二木卡姆"整理工作组,并指定由万桐书任组长。这样,用近两个月时间把南北疆的木卡姆全部录完。

万桐书于1952年年初随自治区文工团到南疆搞减租反霸,2月份返乌。他面对成捆成箱录好音的钢丝带坐卧不安,深感"十二木卡姆"整理工程只是刚开了头,这样放着不行。原来,"十二木卡姆"共分12大部,每一部又分三部分:穷乃额曼、达斯坦和麦西热甫。他们发现北疆伊犁的木卡姆是1883年喀什人带去的,在传唱中只保留了第二、第三两部分,又加进了一些当地的东西所形成。为了记下"十二木卡姆"的原貌,万桐书下决心把南疆吐尔地阿洪演唱的"十二木卡姆"整理出个结果。

当时他是自治区文工团的音乐教员,实际上兼搞文工团的演出音乐指导,白天要排练节目,晚上要到剧场看效果,听反映,并且指挥大合唱。只能在没有演出时抽空根据录音记谱。由于电压不稳,家里装了一台小变压器,连晓梅就负责调电压,每晚工作直到深夜停电。这样断断续续几年下来,万桐书由于左胸抵桌,用左手不断调键,腾出右手写谱,他左胸都已经变形,眼睛高度近视。

记谱的过程中,万桐书发现木卡姆旋律有特殊的装饰音,如"连滑音"和"吟",要记下来却没符号,类似这样的音有好几个。他就自创符号记谱。无意插柳柳成荫,这些符号现在已被广泛应用。

1954年,市场上有了磁带录音机,他们又请吐尔地阿洪老人到乌鲁木齐市重录了一次,和1951年的钢丝带比较,验证"十二木卡姆"的稳定性。另外,要解决词的问题,因为老人是用察合台语演唱。对察合台语,老人只会唱不知其意思,不唱就念不出词。

他们请老人仔细回忆,务求语言准确,忠实于祖辈口头相传的原始面貌,然后请了个懂察合台语的毛拉和一位维吾尔族作家来帮忙,老人唱,机器录,然后机器放,老人对着念,旁人就跟着记。这样,经过几个月,歌词全部记完。一位汉族干部张森堂又用一年时间,把察合台语翻成了维吾尔语的"十二木卡姆"。

1956年,磁带和乐谱送到北京审查。万桐书返回乌鲁木齐市,一到家就听到两个消息:一是吐尔地阿洪8月份已辞世。万桐书心情异常难过。他不能忘记,老人家对艺术一丝不苟,左手三指因常年抚弦,留下深深的沟痕。老人没有文化,晚年为把世代口口相传的木卡姆留给后世而劳心焦神,当他听到自己的演唱录音后,老泪滚滚而下,握着万桐书夫妻的手说:"我的愿望终于实现了,这是共产党领导得好啊!"极度难过的他听到另一消息心情就更加沉重而不安了:歌词经审查后未通过,必须重新加工。于是万桐书夫妻和作曲家邵光琛一起于1957年成立工作组,请一位懂察合台语又懂诗的维吾尔族诗人重新整理记录歌词,其他人再据此译成汉文。

万桐书他们边翻译歌词边做大量调查验证。1957年,万桐书用三个月时间到南疆普查,在几个区县访问了上百个当地有名望的民间歌手,事实证明,以吐尔地阿洪的演唱为依据整理的"十二木卡姆"完全正确。那些当地有代表性的歌手最多唱三五套木卡姆,而吐尔地阿洪演唱声情并茂,酣畅淋漓,表现出很高的造诣,据此记谱记词显然最完整。

经过数年翻译、审核,1960年,终于由北京音乐出版社和民族出版社两家共同出版了"十二木卡姆"乐谱总集。一出世,立即受到世人关注。

时光转到20世纪90年代,"十二木卡姆"的研究者和爱好者日益增多,其影响越来越大。在音乐之桥上涌流往来的中外人士,倾听着那仿佛从远古传来的或粗犷或细腻或低沉或高亢的"十二木卡姆"之声,无不如痴如醉。

如今,自治区木卡姆艺术团拥有上百人,近年先后到英国、瑞士、荷兰、巴基斯坦、香港及苏联等国家和地区演出,使"十二木卡姆"这一中华瑰宝从大漠绿洲日益走向世界。

音乐之桥沟通了彼岸和此岸,古代和现在,沟通了维吾尔和汉民族及其他民族的心灵,也沟通了中国和世界。面对这音乐之桥上奔涌的越来越多的人流,如今年近70的万桐书参加完"十二木卡姆"学术研讨会来到喀什后,立即到香妃墓附近含泪祭扫吐尔地阿洪墓,他似乎也看到了老艺人和无数木卡姆先驱者们辛劳而又欣慰的笑容。

1992 年 12 月 13 日《新疆日报》

拼将头颅载歌行
——记著名作曲家王洛宾

贺维铭

累累创伤，那是生命给你最好的东西。

——罗曼·罗兰

那人却在灯火阑珊处

在一座现代化的剧场中，群众性的文艺会演将要开始了。王洛宾穿一身崭新可体的军便服，笑眯眯地仰着头，身板笔挺地坐在评委席上。

剧场角落里有人在漫不经心地评说：

"王洛宾70多岁的人了，还挺帅气。"

我想起中秋节前夕，在王洛宾寓所见到的礼品盛况——他的小小的两间居室内，桌上桌下，床头床后，钢琴的脚边，堆满了各式月饼、寿桃、苹果、香梨、枣，各种名酒赶着趟儿排成队。

在反对请客送礼的今天，王洛宾岂不成了招人耳目，惹人闲话的对象。请君莫存杞人忧，王洛宾正叫苦不迭呢！须知件件礼物洋溢着一种宝贵的精神价值和人间纯正的人情。在某些权势者门庭冷落的今天，王洛宾却是宾朋盈门礼品满庭，岂不怪哉？

人生七十古来稀，他置身于人们的爱慕中，要说权力，他实在是一无权，二无钱。但他的生活却如此富有，充满了爱与敬！

唱过《达坂城》和《在那遥远的地方》的任何一个人，有谁不神往丝路古道上开放的人性,淳厚的乡情,顾盼的眼睛呢!一个毫不掩饰爱的真情实感的艺术家,他以自己最真挚的歌声打动了千千万万人的心,人们以爱与敬报答他,这不是天理使然吗?更何况王洛宾说:"我始终是平民!"正是他的平民作风使所有受教于他的人,都感到可亲可敬。这正是他精神魅力之所在。那些并无大成就而以精神贵族自居,远离民众和青年的人,从王洛宾身上,多少能获得一点献身艺术,真诚为人的教益。

我在剧场里走神了,思想飘出老远。幕拉开了,阑珊的灯火把整个剧场照得如水晶宫一般的神话世界。我恍然觉得,王洛宾是个神秘的人物,他专注地望着舞台,灯火阑珊处,他正被自己的歌感动着。

天下何人不识君

好像世界上有人把诗人比作疯子,是褒是贬,似乎无伤大雅。不过真正的艺术家们,大都有那么点傻劲、愣劲、倔劲、猛劲。王洛宾似乎兼而有之,不同的情况下表现出不同的侧面。如果是意志薄弱者,或早就洗手不干了,何必为笔下的那些蝌蚪自讨苦吃呢!

然而奇怪的是王洛宾对不少歌曲的记录、整理、谱曲、翻译、移植是在监狱里完成的。在铁窗之内,人们正可以咀嚼自己的悲哀,体味那心碎肠断的沉痛。王洛宾却九死不悔,存半个窝头给难友,也要换回一支心中的歌。他的歌像自由的神鸟飞出铁窗大墙,为人们广为传唱。他被历史谋杀过,却忠于历史。看来,对一颗具有自由灵魂的头颅来说,监狱是脆弱的。王洛宾身上心上留有累累创伤,但他不去抚摸,他一头扎进创作里,每天的日程排得满满的。他决意要捞回失去的时光!但他想闭门谢客又绝对办不到,登门拜访者、求师者总是接踵而来。电视台、广播电台、报社、出版社的记者编辑,还有歌星、诗人、作家、想成为歌星的少年……

10月金秋。电影大师赵丹的妻子黄宗英同志来边城采风,她风风火火地找上门来,以小妹的身份要拜访王洛宾"大哥"!这当然是有朋自远方来,不亦乐乎。她带给王洛宾的珍贵礼物是一本装帧精美的《赵丹传》。扉页上题着:

"洛宾大哥留念。莫愁前路无知己,天下何人不识君。小妹黄宗英赠。"

黄宗英笔耕之余,定会感慨万千吧!历史,对艺术家,特别是对以自己的头颅独立思考的艺术家,是绝不宽容的。历史的某些愚而且诈的计谋,总是一再地被重复着。人们不会忘记,就在我们生活着的美好的边城,赵丹和王洛宾先后都成为阶下囚,连门外那棵老树上的乌鸦也在喊着:"苦哇!"

昔日少年,而今我们这些50出头的人,想来不会淡忘的。远在我们扛红缨枪的那时辰,不就唱过出自王洛宾手笔的《少年进行曲》、《血花曲》么? 我们那颗弱小的心灵,不正是被震撼过么? 又有多少战士的心中,点燃了抗战的火焰,唤醒人民起而保卫中华民族的战斗决心。

逃亡,愿将头颅易自由

1937年,王洛宾的母亲在恐慌中去世之时,北京沦陷了!耻辱啊!太阳旗在古都的上空戏弄着哭泣的空气。不愿做亡国奴的王洛宾穿着孝服,连夜逃出了北京。国破山河在,人亡草无根! 王洛宾像被连根拔起的一茎春草,失去了生存的依托,成了逃亡者队伍中一员,急匆匆地在塘沽的混乱拥挤中上船,到冷清得叫人寂寞的青岛上岸。行船中他听到了有人哀怨悲愤地在唱:

"我要恋爱,我也要祖国的自由。毁了罢,还是起来? 毁了罢,还是起来? 奴隶没有恋爱,奴隶也没有自由。"

他闻其声而不忍听其音,他更不敢看那逃亡女生面颊上的道道泪痕,仿佛扭曲的五线谱凝挂在腮边。这歌本来是他在北京为《八月的乡村》谱写的插曲《奴隶之爱》。此刻,他的喉管里像塞上了一块木炭,憋得他苦不堪言,竟一点也发不出声来。身为曲作者的王洛宾痛楚地歪过脸去,眼前天海迷茫,一片模糊,酸酸的泪珠滴进了海水。上岸后迈不开沉重的脚步,心像一块生铁秤砣,压得头也难抬。沦为奴隶的民族,被奴隶的命运压迫着的头颅,除了对自由的向往,别无选择的出路。渴望自由就像鱼儿渴望水一样迫切的王洛宾,毅然奔赴抗日根据地,在山西洪洞县王安镇,参加了西北战地服务团,身为团长的丁玲同志成了他的第一个上级。

那条令人痛心疾首的逃亡之路结束之时,一条充满光明的希望之路就铺在他的脚下。报仇雪耻的激愤,精忠报国的抗日决心,如一条强大的纽带把人们紧紧连接在一起。初来乍到,王洛宾不经意间哼起了《奴隶之爱》。当时还并不认识的萧军同志吃惊地跑过来,一把拉着他的胳膊问道:

"你这唱歌的新同志尊姓大名? "

"我——我是王洛宾。"王洛宾疑惑地望着突然来盘问他的浑身豪爽气的萧军。

"这支歌是从哪儿来的? "

"是我给《八月的乡村》谱写的插曲,我在船上还听到别人也唱,我也奇怪呢。"

"你知道《八月的乡村》作者是谁? "

"不知道。我在北京弄到的那一本撕掉了封面,谁是作者呢,我感觉写得棒,像真正的中国人写的,我一感动就给它谱了曲。试唱过两次,就不翼而飞了。"王洛宾解释似地说。

"你不认识我吗?"

王洛宾面对问他的萧军直摇头。

"我叫萧军,我就是那本书的作者。"

"作者——萧军——真的吗?"

"假不了,像长白山一样真! 不敢信?"

"哎哟,你原来是大笔在手的萧军!"王洛宾激动得退后了一步,兴奋地瞅着铁塔般结实的萧军。他看到萧军眯起眼望着他笑,一半是自负,一半是豪情,胖乎乎的圆脸洋溢着友好的挑战神态。他猛地扑过去抱住了萧军,他们互相摇撼着,扭打着,情同久别重逢的兄弟。自此,他们一见成知己。两个追求光明,拥抱自由的灵魂,在同一个起点上,开始了各自最艰难的跋涉。漫长而崎岖的路,他们在风雨中走过了整整半个世纪呀!

1985 年,80 高龄的萧军西出阳关访故人,两位老战友在阔别 50 年后,有幸边城话重逢。此时此地,感慨万端。但他们谁也没有流泪,眼泪是不属于他们的。昔日才华横溢,今日风采当年。历史,对他们两位开了一个玩笑! 因此他们相见一杯酒,大笑说平生。激动万分的萧军心潮难平,挥毫为洛宾老友题条幅留念:

> 读书击剑两无成
> 空把韶华误请缨
> 但得能为天下雨
> 白云原自一身轻

萧军老笔走龙蛇,翰墨传情!

1937 年,他俩和另外的同志,受组织委托准备出关来新疆工作,但当时形势瞬息万变,未能同成此行,而王洛宾留在后方重镇兰州。

王洛宾凭着一颗艺术家的良心,每日每时被新的精神感动着。

西北高原的万里晴空,一任他展翅翱翔,他义无反顾地走上了抗日救亡的第一线。

高原,喂养一个自由的灵魂

仿佛英雄有了用武之地,王洛宾走到哪里,唱到哪里。他唱,乡亲们跟着唱;他演,老乡们围着看;说走,山高沟深,坡陡水急行路难,但年轻气盛的王洛宾,连眉头都不皱一下,背起行头就走。牛车大车,毛驴骆驼,王洛宾都领略过。他对坐羊皮筏子,别有一番体会,开怀地说:"羊皮筏子是音乐和舞蹈结合而成的交通工具,你坐上去,可以感受音的韵律,舞的飘逸。闭起眼来,真可谓人间天上。"

王洛宾怀着强烈的艺术兴趣和敏锐的艺术感觉,投身于黄土高原的山山水水之间。他出没在险关峡谷的黄河两岸,他击水于洮河的惊涛骇浪。从陇东河川到青藏高原,从窑洞到毡房,从兵营到佛殿,从骡马店到山旮旯,这丰厚的大地喂养着他。足迹所至,便飞扬起他浑厚的歌声。这些歌有的是他刚从沟峁山巅上学来的,有的是他自己的创作。他确有浪迹天涯,四海为歌的不羁情怀。

那是一次难忘的历险,在临洮县城演出后,暑热难当。王洛宾迈开腿来到浪花飞溅的洮河边,他哪里知道洮河是那样野,那样刁。当他一纵身跳了进去,一股激浪便将他拖进了喧嚣的旋涡,他像被拧麻花般失去了自主的去向。他拼搏着,时而被卷上浪头,时而又漂出半拉脑袋,葬身之祸就在瞬间。但王洛宾哪里肯服输,他就着浪花旋卷之势,斜刺着冲了过去,他终于挣脱了旋涡的纠缠。幸好赶向岸边的乡亲,将一根长杆子给他伸了过去,顺势把他拉上岸来。他抖着满头的河水笑了:"你们这洮河想拿我祭龙王,我才不干呢!"

王洛宾在北京上师范大学,攻读音乐系的时候,他的声乐老师是世界著名的女高音歌唱家赫尔瓦特。她有很高的文化素养,她爱她的学生,也默默地爱着她的祖国。赫尔瓦特是沙皇的小姑姑呢,十月革命使她飘流到中国。而此刻王洛宾想起她,心中一阵寂寞像无数条虫子蠕动在心头!他深深地思念起北京来。

他忽而想起父亲告诉他的那段家庭痛史,八国联军入侵北京后,怎样以枪刺调戏他的祖母……念及今日,他双手捂脸,咬着嘴唇,终于哭出声来,他轻声重复着:"我的祖母!我的母亲!我的母校!我的北京!呵,北海,故宫,天安门,护城河……我的女友,我的知春亭……"

远远的洮河上游,浪声如雷,河对岸的山坡上,执拗地飘来高亢悠扬的花儿声。王洛宾舔着上唇,他好像吮吸着什么,原来这荡人心魄的高原之音,把王洛宾注意力全吸引过去了。他静悄悄地听着:

> 尕马儿骑上者枪背上
> 老百姓个个嘛打吧东洋
> 阿哥我天亮前上前方
> 家丢下尕妹妹你莫恓惶

缠绵的倾诉,悲壮的寄托,毫无矫揉造作的雕饰,活脱脱出自人民群众之口。王洛宾的心战栗了,这迭宕于河谷间的花儿流韵,就像眼前的洮河水漫过他的周身。自此,这苍凉凄婉的高原之声,便和王洛宾结下了深情,他把他的艺术道路铺向黄河直上白云间,他把自己的艺术追求,紧紧拴在民歌上。民歌成了他继50年奋斗的共命运的神曲。

青,取之于蓝而胜于蓝

年华加才华,激情加抱负,具有全面音乐素养的王洛宾,他的创造才能有千载难逢的机缘,又得天时地利的丰厚土壤,他的创作欲如喷泉一样,不可压抑地喷发而出。他获得了施展才情与抱负的广阔天地,他的《在那遥远的地方》、《达坂城的姑娘》等歌,不胫而走,不翼而飞。它们的相继问世,给沉闷的乐坛注入了新的血液。这些歌立即被人们喜爱、传唱、流传之广,恰如报春的燕阵,传递着人民最美好的憧憬与希望。

请问善歌者,你可曾了解这些歌是怎样诞生的么? 王洛宾淡淡地回忆道:"我一边听老百姓唱,一边把它们记录下来,我并不聪明,我只是记得越多,我的心也就越明朗了。就像做醪糟酒一样,集以时日,不可掺假,慢慢地也就有味道了。《达坂城的姑娘》这首歌,就是我在骡马店记录加以整理的。那些脚户、骆驼客,那些大西北高原世代为家的各族人民,都有自己的歌。吆喝一声都能互通心声啊! 没有歌,大概就没有了生活本身。我只是它们忠实的记录者,整理者,学习者,发挥者。"

正当王洛宾整理、创作的歌曲一首接一首联翩起飞的时候,他被兰州国民党西北当局突然投进了监狱。何罪之有? 他本人都莫名其妙。甚至他连一点征兆预感都没有,没头没脑关了进去,起初他还抗议着:"你们凭什么关我,唱歌宣传抗日还有罪吗?"看守见他踢门槌窗地喊,便粗暴地打断他的抗议:

"咋唬个鸡巴,老子不知你是唱歌的还是抗战的,抓起来的老子只管关,再嚷嚷当心点!"在贪官污吏横行,在无法无天的闭塞的中国西部,还有什么是非标准呢? 王洛宾无可奈何地摇头叹息:"是些多么不济的东西啊!"一个具有自由与自我意识的青年音乐家。无罪被囚,竟长达三年之久。

王洛宾对三年的监狱生活,还有点怀旧呢。那首《来,我们排成队》,就是给一位归国参加抗日的华侨青年的词作,在狱中同为难友期间谱的曲。这位爱国青年,最终未能奔向抗日前线,竟死于国民党的屠刀之下。王洛宾还写了一首《我爱我的牢房》,词曲均出他之手。这不能不使人惊叹,在爱国无门的情况下,他以牢房宣泄他的愤怒与呼号。真正艺术家的头颅是属于自由的,创作的自由,想象的自由,即使断头台也无法剥夺。

三年的铁窗生活,饥饿、寒冷、腐败的食物,夏天牢房的浊臭,以及苍蝇、蚊子、虱子、臭虫像暴政一样可憎,种种磨难终不能改变王洛宾艺术追求的初衷。

新疆各民族的许多民歌,王洛宾都广泛搜集和精心筛选,并于之加工、润色。一经注入了他的心血,那些处于生活原质的歌曲,就会上升到神思情采兼备,成为让人爱不释口的艺术珍品。

他没有辜负时代

从 1949 年到 20 世纪 60 年代初,是王洛宾音乐创作的一个高峰期。他没有辜负时代。他谱写的大量歌曲广为流传,脍炙人口,经久不衰。

他成功地写出了《祖国的新疆亚克西》、《祝福你,亲爱边防军》、《不要忘记人民的生活》、《阿凡提之歌》、《大学生之歌》。他所表现出来的创作热情是空前的。他常常既是词作者,又是曲作者,他能用维吾尔语唱歌,还可以用俄语或英语唱歌,为了发挥音乐艺术的听觉功能,他使出了全身解数。

然而,正当王洛宾继续开拓西部音乐,在乐坛上大显身手,作出贡献的时候,被人民热爱着的这位音乐家,却被冠以更可怕的罪名而投入边城的监狱。这真是敢有歌吟动地哀! 他成了一名劳改犯。他在沉重的服刑中度过了 15 年。天呀! 加上国民党监狱的三年,不是正好 18 年吗? 倘阿 Q 在世,他要自豪地夸耀:18 年后老子又是堂堂一条好汉!

难道这仅仅是历史的误会吗? 如果只要这样竦身一摇,所有都能得以开脱,这岂不是阿弥陀佛,万事大吉了么! 然而,王洛宾谈起这 15 年,他十分冷静,他无恨无怨。看来这是清醒者的明智。因为那年头连历史学家、哲学家都可以胡说八道嘛:一笔糊涂账,王洛宾跟谁去清算呢!

他不无幽默地说:"过去的学历不算数,我不得不住三年的预备班,再蹲 15 年的专修班。总算毕业了,但没有人发给我毕业证。"这是人生一部书中何等辛酸残酷的一页。他虽然没有领到毕业证,但毕竟总也是有证的:一纸释放证,再一纸平反决定,都是一张纸,一张薄纸能兑换几许年华?

从北京作为流亡学生逃出的那一夜算起,他走过了献身音乐创作长达半个世纪的漫长道路。他不是戚戚于贫贱,汲汲于富贵的那种世俗之徒。他生活的唯一宗旨是:"我忠于艺术,我的艺术永远属于人民。"他昂着头,继续走自己的路,继续写自己的书。他思维敏捷,创作旺盛,精神活跃,肌肉劲健。他正实现自我超越,他成功地征服了可能出现的被称作老化的种种可能性。他哪里肯服老,你看他年逾 70 的人,骑着自行车满街飞哩。生命的青春属于他,艺术的青春也属于他,他是属于艺术的,他心中别无所欲,他是纯粹的艺术家。诚如他的一句名言:"真正的艺术是永远不会衰老的。"

王洛宾自己编选的英语版歌曲集《在那遥远的地方》还未见诸于新华书店或街头售书亭,就已被外国旅游者抢购一空。这是保守的出版家低估了真正的艺术市场竞争力,更低估了它的永远不会衰落的社会欣赏价值。一本歌集的出版,竟出现供不应求和脱销的现象。

王洛宾在音乐之国的乐土上,躬耕勤耘,经历了整整 50 年,扣除监狱中的 18 年,应当是实有 32 年。他不是那种小有成绩就烧乎乎的人,尽管他的歌早已越出了国界,为歌坛的名士赞赏,为酒吧的歌女迷恋。被称作世界歌王的美国黑人歌唱家罗伯逊和王洛宾素昧平生,奇怪的是他偏偏选中了王洛宾的歌,唱得开心而陶醉。罗伯逊的歌声传递着王洛宾的激情,传遍了五大洲。王洛宾的歌是飞出烈火的凤凰,飞翔于广阔的天地之间。当你走过码头,走过漫长的旅途,在高雅的大厅中,在远去的轮船上,在简陋的客栈里,在铃声伴奏的驼背上,在火车上,在高音喇叭下,在牧野的草丛中……在有足以表现人性之美,人情之美,青春之美,乡土之美的一切地方,都飞扬着王洛宾的歌,怎样衡量由之而产生的票房价值呢?

但是,王洛宾坦然一笑说:"我是一个毫无版权的人,群众喜欢唱,我向谁讨版税呀!"王洛宾的话,不无辛酸亦不无自豪! 现在,在日本,在菲律宾,在新加坡,在加拿大,在美国,在澳大利亚……都有人在唱王洛宾的歌。他有一首鲜为人知的《亲爱的白兰地》,在澳大利亚的国家艺术团里是人人皆唱的歌,大有该团团歌的地位。这首歌的诞生,充满了人生遭遇中可堪落泪失声为歌的情节。那是王洛宾刚刚出狱后不久,女儿从千里之外赶来看望苦中作乐的爸爸,有心的女儿给他带来一瓶他久违的白兰地,但他无论如何舍不得喝,他出出进进把它装在衣袋里像装着一颗心,他不停地抚摸着,抚摸着,终不忍启瓶一饮。于是,《亲爱的白兰地》便从音乐家王洛宾的心泉中涌出来了。

几度狂风暴雨,他说他的心几乎变得迟钝和粗硬了,那些华丽雕琢的作品绝难打动他的心。但是,当大家请求他唱这首歌的时候,他欣然应允了。当他唱到第三段时,在场的人无不低头歆歙,而我则泪抛如雨了。当时我仿佛觉得北戴河的海风、海浪、涛声、潮鸣,全与这首歌有神秘的关联。这哪里是 70 岁老人的独唱,这是真正的艺术。

黄宗英同志为这首歌不能及早收入歌集而遗憾,说是如果有人指责这支歌是酒鬼的歌,那无疑是"可悲的无知,无知的可悲!"这首歌倾诉了人性、人情在遭到巨大压抑之后,如梦幻般难得的父女间的弥天思情。我虽然对歌垂泪,但这既不是悲哀,也不是伤心，这是人性、人情、人爱、人伦难能其贵的心灵共鸣。

叫人无法思议，在《亲爱的白兰地》之前，王洛宾尚不是中国音乐家协会的会员。这个高雅的殿堂，越发叫人难以想象她的危乎高哉了！不过王洛宾不是攀比门台的那种俗人，读者也不要因此而抱打不平，早在国家恢复高考后，中国社会科学院文学研究所招考研究生时，卞之琳教授出了一道考题：是谁第一个把新疆少数民族音乐成功地介绍给了内地读者？

中国风味的菜好吃！中国风味的歌好唱！有鉴别和鉴赏能力的中国人、外国人交口称赞王洛宾的音乐成就，祝贺他50年音乐生涯的卓越贡献！他的专场音乐会已经和广大听众见面。他正在争分夺秒地编辑又一本翻译成外文的歌集。音乐创作是他痴情以往的情人，没有她，他也就窒息了。但这位情人将是青春永驻的，王洛宾将伴随她同其始终。

迟到的春天是宝贵无比的！诗人、作家、记者、歌手以他们真诚的心喜欢着王洛宾，他们以不同的方式告诉世人，王洛宾有过异乎寻常的人生道路，王洛宾的艺术创造是各民族间互相了解的一条纽带。全国的大型杂志、报刊、广播上，不断听到王洛宾和他的歌。而王洛宾在毁誉与赞誉之间，作出了沉默的选择，他悄悄关起门来搞创作。桃李不言，下自成蹊。

敢于舍去一切，而把自己的头颅放在艺术祭坛上的人，有资格领取艺术家的合格证。但在王洛宾的合格证上，应当外加一个烫金的定语——"纯粹的艺术家"。

1993年8月新疆人民出版社《故乡的明月》

火焰山作证

——张文阁和他的大漠土艺事业

夏冠洲

"我这座土艺园,大概将永远与这火焰山、这木头沟、这举世闻名的柏孜克里克千佛洞同在了!"

说这话的时候,雕塑艺术家、火焰山土艺园的创建者张文阁先生与我一起,刚刚吃力地爬上土艺园背后的一段陡坡,正站在山腰间一片开阔的平台上。

这是 20 世纪的最后一个秋天,我们站的地方位于世界名山火焰山的北麓,对面是雄伟高峻的万佛峰,中间隔着一条深深的大峡谷——木头沟,恰处八百里火焰山的腹地。此时已近黄昏,熙熙攘攘的、风尘仆仆的、衣着五颜六色的、操着各种口音的游人已经陆续归去,神秘而荒凉的大峡谷显得异常寂静。偶尔还能听到哗哗的流水声从深深的谷底传上来,更显得山谷空旷。

张文阁站在我旁边,初秋的晚风吹拂着这位新疆中年汉子的长发,他说话的声音透出某种豪迈而又悲凉意味。他微微皱眉凝视着山下,宽大有力的下巴咬得紧紧的,上唇人中两旁黑黑的小胡须微微翘起,显得异常自信。忘了在哪本书中读到过,说下巴生得宽大的人往往性格比较倔犟,意志比较坚定,比如英国二战英雄丘吉尔首相就是明证。我不禁偷看了一眼张文阁那极富特征的宽下巴,不由暗暗点头信服了这种观点。望着他那坚毅的面孔上两道深深的鼻翼沟,我又不知道为什么竟联想到山脚下这道木头沟河。这道发源于遥远天山雪峰的河水,冲破了漫漫戈壁黄沙的淹埋阻隔,忍耐着炎炎烈日的炙烤蒸发,顶住了两岸巨大而陡峭高山的挤压夹峙,千百年来竟然总也不会干涸,而且河水流得那么湍急,那么不屈不挠,一路将甘甜的乳汁慷慨地滋润着两岸千万亩土地,其生命力的顽强真是令人不可思议。葱绿的树林

313

和葡萄园护卫着河谷,它们相依为命,互为因果和依托。西北方向望去,暮霭中可以看到从峡谷缺口里露出胜金乡那阡陌纵横的、绿色的农田和葡萄园,与近处这寸草不生的赤黄色群山恰成强烈的对比,这正是木头沟河水的恩惠,那一望无边象征着生命的碧绿青葱给予人的,是一种蓦然的惊喜。

于是,我理解了张文阁先生在文章开头讲的这句话,那既是自慰,又是决心,更是一种预言。

但是当他说完,不知为什么又轻轻地叹了一口气。

很少有人能理解他叹的那口气里所包含的全部含义。"都云作者痴,谁解其中味?"是的,只有经过劈荆斩棘、历尽千辛万苦,终于踏出了一条属于自己的艺术之路的艺术家,当他偶尔回望自己走过的曲折坎坷的行程,回顾呕心沥血所创造出来的累累艺术成果时,才会有这种语调和表情,发出这种由衷的深沉而欣慰的叹息。

这时候,初秋的夕阳已在佛光山背后悄然降落,中国的"热极"吐鲁番地区依然漫长而又十分炎热的一天即将过去。不知从什么时候开始,西天射出了万道璀璨的霞光,仔细看去,那炫目的金光仿佛就像是从佛光山顶发出来似的。说起这座位于柏孜克里克千佛洞顶部的"佛光山",原是色赤白而形半圆的一座十分饱满充盈匀称的大沙山。它给人的第一感觉极像是一团炽热的火焰,正熊熊燃烧在这大山的腹地。它仿佛就是这座著名火焰山的心脏和热源,正向大地宇宙散发出无穷的热力和光焰。作为火焰山的标志,它的造型和色彩都十分典型到位,难怪电视连续剧《西游记》中唐僧师徒过火焰山的场景,会选择在这里拍摄了(这座很奇特的沙山原来并无此名,佛光山还是我与张文阁先生一道刚刚为它命名的呢!)此时,夕阳的余晖斜照在对面赭红的万佛峰,高耸、陡峭的山峰上那万千形状怪异的山石留在周围平滑、倾斜的流沙上的阴影,此时显得愈加浓重了,把座座佛像般的浮雕的立体感衬托得更加鲜明突出。于是那数以万计的佛像或立、或坐、或卧,千姿百态,栩栩如生,正纷纷以神秘的目光倾听着脚下峡谷中奔腾的河水、注视着河对岸陡崖下那一排历经千年沧桑的柏孜克里克千佛洞,也惊喜地欣赏着距千佛洞不远处一片造型新奇的建筑群。

这座新修时间不长的建筑群与万佛峰隔河相望。万佛峰以它那雍容大度的慈悲胸怀肯定会十分欢迎它的崛起。因为长期孤独寂寞的它们,如今又增添了一位颇能吸引香客信士的、也十分好客的邻居。这位受欢迎的芳邻,就是生机勃勃的火焰山大漠土艺园。万佛峰的众佛们又循着土艺园背后那几行深深的脚印将目光上移,很快就发现了站在对面山上的我们,最后又聚焦在张文阁身上。

它们很快就认出这位佝偻的中年汉子了。

它们都很感激和敬佩这位顽强、执著的艺术家。

庄严、神秘的万佛峰孤孤单单地屹立在这里,已不知有多少千年了,然而它终日只能与脚下的木头沟河畔的丛丛绿树为伴，与哗哗流淌的天山雪水谈天，或与缓缓飘过的蓝天白云互致问候。只是到了后来，它的脚下才陆续出现了两处人造的景点——千佛洞和土艺园，来往的人们才日渐多了起来。万佛峰是这两处人造景点的见证者，亲眼看到它们是如何在这寸草不生、荒无人烟的山谷中从无到有修建而成的。这两座毗邻的景点，一为古代宗教艺术陈迹，一为当代新建的艺术园区；两者空间相距不到一公里，但在诞生的时间上却相隔得很长，多达1300余年之久。

万佛峰上的众佛们还依稀记得，那是公元6世纪隋唐时期的一天清晨，从距此往南20余公里的西域高昌国那座宏伟气派的都城里，走来了一队囚徒似的泥水匠和画工。他们在手持鞭子的和尚和官员们的严密监督下，来到木头沟西岸"佛光山"下埋锅造饭，掏洞住宿。然后搭起脚手架，在坚硬的土崖上开凿洞窟，挑水和泥。历经若干个寒暑，他们终于在这里建成了几处佛教寺院和佛窟，并在佛窟中雕塑彩绘出了许多栩栩如生的佛像和壁画。万佛峰上的众佛们多少都有点不高兴，因为峡谷对岸的洞窟中，一下子出现了这么多披红挂绿、雍容华贵的同伴，一个个都要比满身土气、憔悴不堪的他们来得鲜亮、阔气多了，还常年坐在佛窟中，从不受风吹日晒，而且很受来自都城衣着华丽的人们的敬重，香火不断。就这样，断断续续经过两三百年的扩建，到了公元9世纪竟升格成为回鹘高昌国的王家贵族寺院，达官贵人们自称什么"供养人"，不时光顾这里，口中念念有词地对佛像们五体投地，顶礼膜拜，叩首上香，为他们披金戴银。于是后世就称这里为柏孜克里克千佛洞，与东边数千里外的敦煌莫高窟千佛洞、西边数千里外的龟兹克孜尔千佛洞和库木吐拉千佛洞齐名。这处千佛洞共有近80个石窟，佛塔、佛像林立，佛祖、菩萨、天王、飞天、伎乐天，金碧辉煌，五彩缤纷，遍布了窟壁和窟内的空间。于是这里成了一处远近闻名的佛教圣地，旌幡飘扬，晨钟暮鼓，来自轮台、交河、火洲、北庭、伊州、楼兰、安西四镇，乃至敦煌一带的善男信女，都要到这里烧香许愿，举行佛事活动。当时这里热闹异常，规模宏大，堪称一处回鹘历史、文化和艺术的宝库。只是到了13世纪前后，伊斯兰教由西亚、中亚东渐，盛极一时的佛教逐渐衰落了，木头沟又遭受一场意外的战乱和大火，大片森林被毁，鸟兽绝迹，人迹罕至。曾几何时，这里只剩下荒山，夕阳对着废窟、空洞，满目萧然，一片荒凉。柏孜克里克千佛洞从此便很少有人问津了，被人遗忘了。数百年间，众多的佛塔佛像坍毁殆尽，昔日五光十色的精美壁画也日渐风化剥落，加上被盗被毁，至今只剩下1000余平方米面积的壁画了，且多残缺不全，面目全非。幸亏到了20世纪中期中华人民共和国成立后，人们才重新认识到柏孜克里克千佛洞独特的艺术价值和历史文化的意义，人民政府不时拨款并派专人加以修复、保护和临摹、研究，并于1982年由国务院公布为全国重点文物保护单位。柏孜克里克千佛洞这才得以恢复往日的部分光彩，成为国内外众多专家学者从事文化研究的基地和旅游者频频光顾的古迹胜地。

可是,柏孜克里克千佛洞那光辉的文化传统和艺术异彩,难道就到此为止么?它在新的时代里就不能再得到传承、延续和发展么?在这极富艺术气息的、神秘而又空旷的木头沟河谷中,难道就不能建成一座既能使柏孜克里克千佛洞的艺术精神得以发扬光大,又足以体现现代艺术思想和水准的新的艺术场所么?

多少空洞的岁月过去了,没有人想到这一点。

漫漫风沙中,柏孜克里克千佛洞的佛像壁画上的彩绘开裂了,剥落了,暗淡了,蒙上了一层厚厚的灰土。

寂寞孤独的万佛峰和其上的众佛,爱莫能助,就这样眼巴巴地期待了数百年。

然而它最后终于等到了改革开放的新时期,等到了等待已久的艺术知音,盼到了几位敢想敢干的青年艺术开拓者和探险者。

那是公元 1990 年 4 月一个干燥异常的上午,从尘土飞扬的胜金口忽然拐过来一辆破旧的面包车。车子在离柏孜克里克千佛洞不到一公里处的一小片开阔地上停下来,立即从车上跳下四五个精壮的汉子。他们风尘仆仆,衣冠不整,但表情庄重,目光坚定。万佛峰的众佛们感到很奇怪,这伙人明显都有一种艺术家的气质,既不像是来此打工淘金的"盲流"(到这不毛之地的荒漠里又能打什么工淘到什么金哪!)但也不像是千佛洞的虔诚的朝拜者或悠闲的观光者。他们带着铁锹十字镐、锅碗瓢盆和行李卷儿,倒是像要在这里安营扎寨干一番什么事业似的。

奇怪,他们在这光秃秃的山谷中能干些什么呢?垦荒种地?半山坡上浮土盈尺且根本没有水源,怎么种?开矿?这里从来也没有地质勘探者光顾过,也从来没有听说过有什么能开采的地下宝藏。

几天后,万佛峰的众佛们才算弄明白,原来这是一批民族文化的殉道者,是新疆乡土艺术的开垦者。他们雄心勃勃,脑子里装着一份浪漫而宏伟的计划,提包中装着精心设计的蓝图。是的,他们的确是来"垦荒种地"的,要在这荒山秃岭播下艺术的种子,要让荒坡上开出一片绚丽的乡土艺术之奇花;他们的确也是来"开矿"的,要在这里开采出丰富的乡土艺术之"金矿"。接着,山上众佛们纷纷凝定力、运慧目,又看出了门道,这伙人是带着一种背水一战的决心和置之死地而后生的悲壮情怀进山来的。原来,他们争取到了新疆维吾尔自治区和吐鲁番地区有关方面的支持与批准,用很便宜的价格购买下了这片远离人烟的不毛之地的使用权,雄心勃勃地要在这片沙漠荒山上,建造一所全中国绝无仅有、全世界独一无二的大漠乡土艺术博物馆!第一期工程,是要用一年时间建成"火焰山西州天圣园"(后来更改为现名"火焰山土艺园")。出于某种特殊的原因,他们似乎有点迫不及待,等不及了,显得十分性急,土艺园务必要于明年夏天建成并对游人开放。

这几位汉子的领头人,就是现在正站在山坡上沉思的张文阁。

说起这位张文阁,无论在新疆艺术界,还是在全国雕塑界,都是一位获得成功、名声响亮的人物。

张文阁原是自治区群艺馆一位自学成才的专业画家。早在 20 世纪 80 年代初他创作的油画、丙烯画《守夜》《大管与乐队》《纯元素》《欲幻》等,就初步显示出过人的艺术悟性和表现才能,作品的造型具有一种敦实厚重的体积感,画面弥漫着一种梦幻般的朦胧美,开始形成了他朴实、浑厚、苍茫的艺术风格。1982 年是张文阁艺术生命的一个重要契机。这年他进入北京中央工艺美术学院(现已并入清华大学)进修,在这所全国工艺美术教育的最高学府里,他认识了不少全国知名的艺术大师,得到他们的艺术熏陶和指引。张文阁通过刻苦学习,不仅系统地掌握了各种绘画技巧,而且涉猎了中外古今美术史,从而大大地开拓了艺术视野,提高了艺术素养。也许是童年早期经验的驱使,也许是一种艺术的缘分,他对民间乡土艺术产生了特别浓厚的兴趣。祖国源远流长的民间美术深深地吸引了张文阁,他决心从个人爱好、自身生活积累和艺术优势出发,专心致志地去探索中国泥塑的创新之路。于是他南下江苏无锡,北访陕西凤翔,通过认真地研究对比,他对无锡惠山泥人和凤翔泥塑这代表中国南北两大泥塑艺术流派的造型手法和风格,都有比较透彻的理解和把握。同时他又目光四射,广泛涉猎,吸收了汉代泥俑、美洲玛雅泥人、希腊陶人、日本植轮、非洲木雕和中亚土陶的艺术营养,并且从哲学、历史、文学、民族、宗教等深厚的文化背景和西方现代雕塑艺术思想中,去寻找艺术创造的启示和创作的灵感。皇天不负有心人。经过数年艰苦的思考、探索、实践,最后在博采众长的基础上,张文阁把自己的艺术之根系深深扎进了一种异常深厚的土壤之中,并期待发芽、开花、结果。这种艺术土壤,主要就是他的第二故乡新疆极具地域和民族特色,并体现了中西文化交汇特征的历史文化精神,再加上别具魅力的生活情趣和与内地迥异的自然景观。经过几年反复的艺术尝试和实践,张文阁终于在故乡大漠的泥土中体悟、挖掘和提炼出了一种质地全新的艺术生命,从而成功地创造出真正属于他自己的泥塑艺术。

1987 年夏,《张文阁大漠土艺展》在北京美术馆开幕,标志着他艺术探索的第一个里程碑。在宽敞明亮的展厅里,这些以新疆各兄弟民族人物和日常民俗生活为主要题材的小泥人,如背葫芦吹唢呐的维吾尔族老人、顶瓜汲水扶罐的维吾尔族妇女、哈萨克族骑手、塔吉克族牧羊人,还有幽默聪慧、骑驴而行的阿凡提先生、欢乐的"麦西来甫"场景、跋涉于沙漠中的驼队……都熙熙攘攘、栩栩如生,而又饶有情趣地跳入观众的眼帘。这些作品能把泥土本色的艺术特点发挥到了极致,恰到好处的形象夸张和变形手法,对极富文化内涵的动态和典型生活情景的摄取,概括、传神、大方、洗练、既传统又现代的艺术语言,等等,这些在他的作品中都有着很好的体现和运用,真正做到了土洋结合,寓洋于土,亦土亦洋。张文阁的土陶作品以自己特有的艺术魅力,一下子征服了观众,轰动了北京城,震惊了中国美术界。于是美术大师、前中央工艺美术学院院长张仃先生称赞他的作品"很有民间味,地方特色足",并欣然命笔为自己的得意门生题词:"大漠风采";漫画大师华君武先生赞叹这些作品"简洁、生动、自然";著名国画家、中国美术馆馆长杨力舟认为作品"大气、高级、又土又现代"。这都是很高、也很难得的权威性评价。展览结束后,《赶巴扎》《小集市》《智者》《大漠妇女》等土陶作品被中国美术馆收藏。随后不久,京华和新疆的许多报刊传媒纷纷报道了他,好评如潮。张文阁被称为"大漠之子"、"天山脚下的'陶人张'"。他的泥塑作品则被誉为"西疆神品"、"戈壁陶魂"。著名国画人物画家范曾亲笔赋诗这样称赞张文阁:

> 驼铃万古应鸣沙,一线孤烟划晚霞。
> 腕底灵魂无斧凿,苍穹作屋漠为家。

第二年,张文阁又带着他的土陶作品漂洋过海到日本展出,同样获得了很大的成功。日本美术界称他为"中亚艺术的代表"。展出后,他的《虔诚》《小骑士》《丝路古堡》《大漠之父》《驼与人》等数件作品,也被日本国立民族学博物馆收藏。与此同时,根据他的泥塑创作成批复制的大量土陶艺术品,在新疆已开始有了一定的知名度,打开了销路,经济效益不错。按照常理说,这些成就,这些荣誉,这些经济收益,对于一个刚过"而立之年"的青年艺术家来说,已经是很不容易了,应该知足了。但是与一切志趣高远、对自己要求很严的艺术家一样,张文阁并不满足自己已经取得的一切。在社会主义市场经济大潮的冲击下,他清醒地意识到,当今社会绝大多数艺术品将会从"象牙之塔"之中解放出来,以特有的商品形式走向市场,走向万户千家,并经受更加严格的历史淘汰和时间筛选。这将是历史的大趋势,任何人也无法回避。此时,目光远大的张文阁已经在动脑筋,开始思考一个更大、更重要的艺术课题了。

张文阁深知,自己是通过对民间艺术的继承和创新才走上成功之路的。他对民间工艺美术的情有独钟和刻苦钻研,深化了对这项艺术事业真正的价值和意义的认识。这种理性的、清醒的认识,反过来又使他原来对民间工艺美术品的挚爱发展到了痴迷的程度。20世纪80年代后期,张文阁连续参加了好几次全国民间美术研究团体的年会,与同行们进行了积极的交流和切磋。内地同行们在理论研究和收集、发掘、整理、创新上的成就,以及他们对发展民间工艺美术事业的高度热情和责任心,都使张文阁大开了眼界,受到极大的鼓舞和启发。经过一段时间的思考,关于如何发展新疆乡土艺术的问题,张文阁逐渐形成了这么几点想法:①要使民间美术在经济体制转型期得到充分发展,就必须解决好社会效益与经济效益相统一的问题。其中设法弥补或充分发挥民间美术品原有的生活实用性(可惜这种实用性后来逐渐被大量成批复制的工业品所削弱、所取代了),是使民间美术起死回生的基本途径;②利用民间美术浓郁的民族风格和鲜明的地方特色,转化为富有吸引力的旅游景点和旅游纪念品,这既为发展地方特色旅游事业增光添彩,也是为民间美术自身的可持续发展,提供了资金支持和保障后劲的一条切实可行的思路;③在条件适宜的旅游热线上,利用原有的艺术创作优势,把小型的美术品放大,与大自然的实景自然地结合起来,建立永久性的艺术馆(所)和文化旅游景点,并在其中展示、销售民间美术品,这不仅可以增加经济效益,扩大民间美术的影响,也可使传统的民间艺术得到延续和发展,使当代美术家天才的艺术创造得以永久保存,从而无愧于时代,也无愧于富于艺术创造精神的列祖列宗。"山重水复疑无路,柳暗花明又一村。"在困难重重之中,一旦发现到一条宽阔的艺术之路展现在自己面前的时候,善于动脑筋和捕捉艺术契机的张文阁心中就有谱了。经过一段时间的研究捉摸,并通过实地调查和论证,终于在他心中产生了这样一个大胆而具体的艺术"野心":在新疆选准一个基地,建立一座乡土艺术博物馆!

张文阁认识到,博物馆是一种为社会及其发展服务,是以研究、娱乐、教育为目的,进行收集、保管、传播、展出有关人类及其环境的物证的和不求营利的永久性文化机构。通过博物馆可以了解一个地区、乃至一个国家一个民族的社会发展和自然状况。他知道,博物馆的数量和水准,往往就成为衡量一个地区或一个国家民族科学文化发展水平的重要数据和标准。同样,艺术博物馆自然也就成为衡量一个国家民族艺术发展水平的标志了。在我们新疆,如果能够建成一座上规模、上档次的乡土艺术博物馆,必将极大地提高人们对民族文化遗产的认识,这对弘扬民族艺术、发展新疆民间工艺美术事业,对促进民族团结、维护祖国统一都将起到积极的推动作用。同时,一座乡土艺术博物馆的建成,只要经营得好,也可以取得较好的经济效益,养活一批经营参与者;与此同时,也可以向民间工艺美术的发展提供优厚的资金保证,可谓一石数鸟,两全其美的大好事。于是,1987年年底,他将一份自筹资金在火焰山地区创办新疆大漠乡土艺术博物馆的可行性报告,送交到自治区主要领导面前。很快,就有了回音,批准了张文阁的这一十分有益的大胆构想。

张文阁选择在吐鲁番火焰山腹地、柏孜克里克千佛洞附近建立新疆大漠乡土艺术博物馆的设想,实在是一个十分睿智聪明的计划。吐鲁番一带古称交河、火洲、西州、高昌等,素以风光奇异、土地肥沃,光照充足,物产丰富,特别是葡萄瓜果称著于世,名扬海外。这里历史悠久,文化发达,交通方便,更为世界历史文化研究热点"敦煌—吐鲁番学"中心话题之一,地上地下古迹文物极为丰富,交河故城和高昌故城均为世界考古学界所关注的、保存得较好的古代名城遗址。今吐鲁番城东北火焰山一带,更为古迹名胜汇集之处,在不到方圆 20 公里的地段,就有高昌故城、阿斯塔那古墓群、胜金口千佛洞、吐峪沟千佛洞和这座万佛峰下木头沟旁的柏孜克里克千佛洞,还有风光绮丽的葡萄沟、坎儿井、火焰山(我国古典文学名著《西游记》及其同名电影、电视连续剧和卡通片,更大大提升了这座世界名山的知名度,慕名而来寻访的游客每年数以万计)等名闻中外的名胜风景区。在火焰山一带集中了这么多的古迹和风景名胜,自然就成了一条得天独厚的黄金旅游热线,国内外旅游者络绎不绝,来此观光。张文阁把他计划中的新疆大漠乡土艺术博物馆,设在距离柏孜克里克千佛洞不到一公里的地段,并扼守通往这座全国重点文物保护单位的必经之道旁,可谓"近水楼台先得月,向阳花木早逢春",占尽了天时地利人和的优势了。

与此同时,虽然火焰山下的文化资源十分丰富,但却是一片远离人烟的荒山秃岭,降雨量几乎等于零,极端干旱缺水,夏季地表温度高达摄氏四五十度,甚至短时间就可以把鸡蛋烫熟,人类在这里生存显然是很困难的。因此这就带来一种意想不到的好处:不是像张文阁这样贫穷而有远见的艺术家,谁也不会购买这里的增值或回报率等于零的地皮,因此这里地皮的价格特别便宜。另外,吐鲁番地区极端干旱少雨的这一特点,既有其弊也有其利。它的"利"就在于这里与潮湿多雨的其他地方不同,能够直接用泥土来作为建筑的主要材料且不易坍塌损坏。这里的文物和古迹不少都是用当地生土制造或建成的,虽然历经 1000 多年而能基本保存完好,真是一种奇迹。这就给张文阁和他的同事们一条启示,这里泥土遍地皆是,是世界上最廉价、最现成的建筑材料或艺术创作的原料,取之不尽用之不竭。这一切对于钱囊羞涩、想靠自筹资金办大事的张文阁们来说,实在是一大福音啊!

然而,尽管如此,当时张文阁只是一个月工资不足百元的普通美术工作者,仅靠个人力量,匹马单枪、赤手空拳地创办一座规模可观的乡土艺术博物馆,谈何容易!所以不少人都在暗中摇头,替他捏把汗,认为此举简直是白日做梦,异想天开,弄不好可能就是鸡飞蛋打一场空。非常之事需由非常之人来做,张文阁毕竟有着不同于常人之处,他就是要圆一圆这个"白日梦"。为了筹集到创办乡土艺术博物馆足够的资金,张文阁毅然决定停薪留职下海。开始他利用外商指名要定购自己的新疆陶塑复制品的机会,招兵买马,在乌鲁木齐市创办了"新疆大漠土艺研究所"。在这里他利用自己的创作优势和民间工艺美术资源,开发了大漠陶塑系列、民族布人系列、西域摇扇系列、西域葫芦系列、壁挂系列和大漠挎包系列等六大系列、几十个品种的旅游纪念品,远销到敦煌、兰州、西安等数十家旅游景点,短时间内取得了十分显著的社会效益和经济效益,成为新疆公认的旅游产品开发的龙头企业。谁知天有不测风云。正当开头颇为顺利的张文阁筹资借贷了大宗款项,招来数十名技工,兴致勃勃地准备大干一场的时候,一瓢冰水兜头泼了下来! 1989年夏季,国际局势发生了急剧变化,国内旅游业一落千丈,他们生产的大量陶塑产品销售不出去,积压严重,银行紧缩银根也贷不出资金。于是,刚刚红火了一年的"新疆大漠土艺研究所"在内外交困、一片吵闹声中不欢而散。就这样,下海挣钱用以创办火焰山土艺园的计划泡了汤,张文阁还背上了一屁股沉重的债务,一时无法偿还。这一突如其来的打击,使初出茅庐、缺乏商战经验的张文阁吃尽了苦头,在众多索债人的围攻下,他傻了眼,叫天不应,呼地不灵,几乎陷入灭顶之灾。但是张文阁毕竟是位刚强的汉子,当年在农村长期接受再教育时艰苦生活磨炼而成的顽强性格,献身民间美术事业的远大理想,还有他作为梁山好汉大头领呼保义宋江的同乡身上所遗传下来的山东人英雄性格的基因,这时都作为一种宝贵的精神财富焕发出他无穷的潜能、勇气和毅力,促使他很快战胜了短暂的动摇和犹豫。他咬咬牙下了"不到黄河心不死"的铁的决心,到火焰山去,背水一战,拼了!

于是在这种破釜沉舟的形势下,张文阁带着四五个志同道合的"铁杆"战友,乘一辆破旧的面包车来到了火焰山腹地,在木头沟河畔万佛峰下扎下营盘,摆开了上刀山、下火海的决战架势。

这隐藏在背后的一串辛酸苦涩、悲壮激昂的故事,对面火焰山万佛峰的众佛们是不太清楚的。它们只是感到了这几位汉子不很正常,有点不同凡响,仿佛是带着一种殉道精神和壮烈的情怀来到自己脚下拼命的。它们看到他们一律剃光了头,赤着上身,白天在毒太阳下,在干热风中,在扑面的尘沙中,顶着40多度的高温,下沟背水和泥,挥铲掏洞砌墙,挥汗如雨;晚上又接着挑灯夜战,尘土飞扬。直到深夜他们实在精疲力竭了,这才扔下工具对着一轮明月或满天星光躺倒在沙地上,让如雷的鼾声在旷野在峡谷中震响。他们喝的是泥巴汤,吃的是干馕就红豆腐,一个月也吃不上一点青菜。几个月下来,他们一个个晒得油黑如炭,瘦得皮包骨头,披头散发,状如野鬼。看到张文阁等人当时这副模样,万佛峰的众佛们十分心痛,不禁联想起1000多年前的情景来。当年,木头沟河畔那些对佛祖十分虔诚的画匠和泥水匠们,虽然报酬低廉,生活也十分清苦,长年累月地风吹日晒,还时不时地受到监工的鞭子无端的毒打,但即便如此,也没有张文阁他们现在这么艰难和劳累啊!那简直是一种不管不顾要豁出去拼命似的行为。众佛们对眼前这几位汉子为艺术而献身的精神打动了。前来柏孜克里克千佛洞观光的国内外游客,也为他们的拼搏精神深深感动了。日本客人日野隆司夫妇在问明原委之后惊讶敬佩之余,慷慨地捐赠了100万日元,这笔资助真像是"天上掉下来的馅饼",对当时资金严重短缺的张文阁们,无疑是一种雪里送炭啊!(后来,为了表达对日本友人日野隆司夫妇永久的感念之情,张文阁在土艺园专门修建了一座高大的石碑记载了此事)。此事,如同给张文阁和他的"铁哥儿们"注射一针强心剂,他们精神十分振奋。因为他们是在为着一个崇高理想而奋斗,这种崇高的理想已被越来越多的人所理解和支持,这将是一种莫大的精神鼓舞。而且作为长达数月辛苦流汗的报偿,最初的胜利曙光已遥遥在望了:第一期工程中的主要土建任务和室外雕塑,都已在入冬之前如期完成,剩下的室内或洞内的雕塑和壁画,就可以在生火取暖的条件下来陆续完成。这样,土艺园第一批景点就可以在明年夏天旅游旺季到来之前建成,如期向游客们开放,那么,得到的一批稳定的收益,就可以缓解燃眉之急了。

根据一千多年前曾见到过的人们修建千佛洞的经验,火焰山万佛峰上的众佛们原来很保守地估计,这几个中年汉子如果真想在这里修成几座新的佛窟,至少也得十年八年方能成功。但是事情的进展却使众佛们大吃一惊,因为,仅仅过了一年,河对面的那片荒坡上就出现了一组基本由泥土建成的显得有些怪异的建筑:《丝路古堡》、《唐僧殿》、《哈拉和卓勇武堂》、《芭蕉洞》、《灵幽洞》和《弥勒佛》等引人入胜、雅俗共赏、层次不一、品位不低的系列景点。万佛峰的众佛们在一系列露天塑像中,倒认出了到西天取经的唐僧唐玄奘。不过看样子比起当年他们亲眼见过的那个风尘仆仆、衣履褴褛的行脚僧要健壮、漂亮多了;只是跳到他头顶上的那只顽皮的猴子和身边的那头大耳朵长嘴蠢猪,却素昧平生——却也难怪,原来,万佛峰上的众佛们并没有读过吴承恩的神话小说《西游记》……万佛峰的众佛们虽然见多识广,但它们毕竟缺乏现代的审美意识和艺术眼光,它们发现不了、也体味不出张文阁搞出的这些建筑和雕塑的种种佳处。其中造型怪异、结构奇特、有地域和民族特色又富于现代感的土雕《丝路古堡》(据张文阁讲,古堡外部那些很不规则的泥块,是主体修好后大家站在地上,像小孩子打泥巴仗游戏一样,把泥团随意掷上去的,所以看去十分粗糙本色,自然天成),最为引人注目,已然成了火焰山的标志性建筑了,近年来多次出现在表现火焰山的电视片当中。另外高达14米的群雕彩塑《唐僧殿》,则是目前中国最大的野外土雕。唐僧、孙悟空、猪八戒、沙和尚等几位《西游记》中的主要形象的塑造,朴实大方,造型准确,性格各异,富于表现力,基本符合人们头脑中对唐僧师徒四人的艺术想象,成为深受游客喜爱的群雕之一。濒临路边土崖旁的《哈拉和卓勇武堂》所塑造的,是传说中古代一位为民除害的维吾尔族青年英雄形象。那传奇故事说,古代火焰山原来是一条作恶多端的毒龙,口吐烈火,阻挡北边雪山融化而汇成的众多河水,为害四方百姓。年轻的哈拉和卓受了乡亲们的重托,持剑奋勇与之搏斗了几天几夜,终于将毒龙斩为数截,为故乡除了一大害。那龙身的多处断裂处,就是现在的葡萄沟、木头沟、吐峪沟等处深深的河谷。哈拉和卓就成为舍身为民除害的大英雄，深受维吾尔族人的崇拜。由于《哈拉和卓勇武堂》契合了当地兄弟民族的文化心理，所以特别受少数民族游客的欢迎。勇武堂外部穹庐圆顶周围，是一组露天的略带情节性的维吾尔族人物群像土雕，渲染了一种喜庆的气氛，浑厚、凝重、质朴、稚拙而又极富于生活情趣，正是张文阁小泥人创作的放大样，集中体现了这位雕塑艺术家土陶艺术的风格和已达到的艺术造诣。

1991年5月，《火焰山土艺园》第一期工程建成，如期对外开放，当年收益10万元，加上第二年的收入，一举还清了原来的欠账，并有余额完善了土艺园的部分旅游设施。张文阁终于大大地松了一口气。自1993年开始，土艺园的收益便大部用来扩大修建构想中的乡土艺术博物馆的工程所需了。

于是，火焰山万佛峰的众佛们发现，几年来，几乎每隔十来天，张文阁先生便要乘车，风尘仆仆地从乌鲁木齐家中来此一趟，住上数天。在山脚下那一排吐鲁番窑洞式的职工宿舍里，有张文阁的一套住室兼工作室，那里摆满了他忙里偷闲抽空制作的土陶作品。在他的精心谋划和亲自操作下，万佛峰上的众佛们又以欣喜的目光看到土艺园周围，一座座新建筑不断拔地而起，依次落成。

与《丝路古堡》构成浑然一体的，是《岑参台》。万佛峰的众佛们也认识这位执扇沉吟、举首欣赏古堡的唐代大诗人岑参，他不就是大唐安西都护府的参军，后来又升任伊西北庭都护府的御史衔判官和支度副使吗？他才高八斗，潇洒儒雅，在西域创作了上百首雄奇壮丽、悲慨豪迈的边塞诗，至今脍炙人口，传诵不衰。旁边竖立的那座题为《火山》的诗碑上所刻的即其代表作之一："火山突兀赤亭口，火山五月火云厚。火云满山凝未开，飞鸟千里不敢来……"岑参曾多次来过吐鲁番（当时称作西州）和交河城，如今在自治区博物馆中，还收藏有他当年带着走卒健儿陈金骑马住宿吐鲁番某驿站的马料账呢。

在《唐僧殿》后面的山坡上，是占地颇广的《观音堂》，里面供奉着一尊大慈大悲的观世音菩萨铜像，也是张文阁亲自设计制作的。观世音菩萨铜像端庄秀丽、慈眉善目的形象刻画，具有工笔画式的细腻，与其他土雕写意式的粗犷形成强烈对比。巨型观音铜像规格之大为新疆境内目前所仅见，最受游客（特别是海外的游客）中的善男信女们所顶礼膜拜，铜像前香火极盛。

这里需要说明交代一下，几年前为了增加经济收益，用以完善火焰山土艺园的规划设施，张文阁又在乌鲁木齐开展了一项加工制作铜工艺品的业务。如今鲤鱼山下他的办公处大门口上方，悬挂着著名画家范曾亲笔题写的金字招牌"古铜张"，十分醒目。由张文阁设计铸制的铜狮子，因其造型威武、完美、线条准确、简练、概括，既有传统韵味又富于现代感，颇受客商的欢迎。它们雄踞于乌鲁木齐、克拉玛依等城市

323

不少高层建筑大门前,威风凛凛地注视着过往行人。在吐鲁番市,张文阁设计制作、构思巧妙的大型铜雕《大漠明月》,矗立在市中心广场。此外他创作的现代铜雕《哈萨克人》、《怪龙少女》、《阿凡提的百宝箱》、《耀眼的罗布泊》、《伏羲女娲》、《射日》、《张骞》和《龟兹乐女》等,都是文化内涵丰富、具有现代意味的铜雕佳作。其实,万变不离其宗,铸铜工艺品的设计制作,同样属于民间工艺美术的范畴。用最廉价的泥土制作土雕与用最昂贵的黄铜制作铜雕,从最"土气"到最华贵,张文阁对我国民间工艺美术的艺术探索方面,可谓不拘一格,全方位地推进。

但是张文阁先生最为重视、投资最多、付出心血也最多的,是那座气派宏大、占地三千平方米的《乡土艺术博物馆》,这将是土艺园大型建筑群的一处核心和重头戏。在张文阁先生的构想中,这座乡土艺术博物馆将由六组建筑物构成,包括复制新疆民俗、民居和汇集新疆古代造型艺术品及民间工艺品等几大部分。现在也都已基本完成土建任务,并筹资陆续收集了颇有价值、数量可观的新疆民间工艺品。

这时,万佛峰的众佛们看到,张文阁先生注视着山下已初具规模的"乡土艺术博物馆",眼中忽然放出异常兴奋的光彩来。夕阳照在博物馆那几组巨大的黄色的半圆形穹庐顶上,灼灼地闪着金光,显得十分突出显眼。他指着山下这组奇特的建筑,滔滔不绝地向我介绍起暂时隐藏那些穹庐顶下的秘密来。

新疆乡土艺术博物馆位于土艺园的东端,正中是一座十多米高的砖砌图案大门,借鉴了维吾尔族民居建筑风格,尤其是吐鲁番地区的典型建筑——葡萄晾房的特点而设计建造的。进得大门便是几座大小不一、错落有致、下方上圆,有着巨大穹庐顶的建筑,一股西域所特有的奇异、神秘的气息扑面而来,诱人遐想。原来,据考古学发现,与内地常见的大屋顶和斗拱飞檐建筑格式不同的是,新疆古代的佛寺,根据本地的习俗、气候、地理和建筑材料等的不同情况,不少就是采用了这种式样的建筑。穿过前院,迎面可见三座内部互相连通的高20余米、直径10余米的穹庐顶大厅。这就是乡土艺术博物馆的正厅。人站在大厅中央,颇感雄伟壮观,气派不凡。张文阁设计将新疆境内不同时代的佛寺、佛窟中代表性壁画的临摹品,都收集复制覆盖在这三座大厅自地面到顶端、面积多达数千平方米的墙壁上,复制工程量之大可以想见。如今经过几位青年美工数年的辛勤劳作,精心复制佛像壁画的工程已基本完成。同时在三座大厅的偌大空间,安放着多尊具有西域特点的古代泥塑佛像和天王像的复制品。其中正中大厅里,张文阁亲自设计并制作的佛祖释迦牟尼作"施无畏"大手印的彩色座像,安详地坐在高高的莲花宝座上。佛祖像高达9米,衬托着四周色彩缤纷的千百佛像,更觉庄严大度,气宇不凡,至高无上,法力无边。这样上与下、平面与立体相结合,使这里成为真正的一座名副其实的"万佛宫"。这是属于一种特殊的"微缩景点",来此游玩的游客足不出户,便可尽览新疆各地古代佛教艺术的大略,可谓不虚此行。

乡土艺术博物馆正厅左侧为四个较小的带穹庐圆顶建筑,像几面巨型铜镲似的并列倒扣在一起。这里是维吾尔民间绘画和刺绣等衣、食、住、行用的工艺品的展室。其西北角一室是民族民间木制品展室,供展出南北疆各兄弟民族民间的各种雕花、旋制或彩绘的木制品,并且还将收集到的一大批用来制作工艺品的古老的土式机械,一并向游客开放展出。这里的展品都尽可能地采用了原件实物,显得古香古色,乡土气息极浓。

穿过乡土艺术博物馆正厅向右,经过一条露天通道,便进入一个半地下室式的、结构繁复的民居建筑。这是根据鄯善县鲁克沁镇(汉代的柳中县所在地)一座百年老宅(国民党时期为一维吾尔族保长所拥有)按原大复制而成的,属于典型的吐鲁番式土拱院。庭院底层的一半是从地面向下直接掏挖出来的,其上用土坯砌券成拱形屋顶;第二层为土木结构,建有木围栏,有木梯可供上下;上下两层分隔成许多单间卧室,底层还设有小餐厅,等于一所别具特色的乡村小旅馆,每天可同时接待数十位旅客食宿,让人尽享维吾尔村居的特殊氛围。建筑中间则是一座搭了凉棚的天井,采光通风都很好,古香古色,冬暖夏凉,面积达 400 余平方米,相当宽大。天井一侧建有一座舞台,足可供数十人在里面举行一次欢腾热闹的"麦西来普"民间歌舞晚会。游客在此留住一两日,在品尝新疆各地各种风味小吃之余,到了晚上又可一饱眼福,尽情欣赏维吾尔民间歌舞的精粹。在庭院旁边,还开辟有维吾尔各色花帽展室。庭院北侧为土陶工艺品展室,并修建了两座真实的土陶窑,一座根据新疆"土陶之乡"英吉沙县的式样仿制出,另一座则复制了一个吐鲁番本地的"馕坑"式的土陶窑。游客可以在机声隆隆、炉火熊熊之中,在这里参观南北疆兄弟民族的能工巧匠们各具特色的土陶工艺制作的全过程,甚至可以亲自动手,在木制转盘上手脚并用,试做一两件陶坯。这些互动参与的活动将大大增加游客游览时的兴味。

乡土艺术博物馆设计布局紧凑,新疆民间工艺美术品几个主要的、有代表性的门类几乎都囊括其中了。作为一种集萃和缩影,集中地展示了新疆各族人民源远流长、丰富多彩的民间传统工艺美术,使游客们在较短的时间里,就能对新疆各族人民的生产活动、衣食住行的日常生活、历史和传统文化,特别是民间工艺美术,有一个直观的、形象的、动态的和比较全面系统的了解,从而大大扩展旅游的文化内容和增加旅游的兴趣。至于参观之余,游客们随时到各销售点选购自己喜爱的民间工艺品作为纪念,则是十分方便也是很有意义的活动。

说话间峡谷中暮色不觉暗了下来。张文阁先生停止介绍,习惯地用手拢了拢被山风吹乱了的长发。对面万佛峰上的众佛们,此时居高临下一定会发现他欣慰地微笑了一下。

是的,张文阁有理由感到欣慰,因为多年前他立志创建新疆乡土艺术博物馆的幻梦,由于决策正确,经过十几年的努力,已圆了大半,梦想已初步成真了,他怎么能不高兴呢?看看山下,十年前沟壑纵横的不毛荒坡上,如今已矗立起座座高高低低、方方圆圆的建筑,顾盼生辉,遥相呼应,连成了一片。这便是张文阁与他的团队多年心血和汗水的结晶,是屹立在大漠上的一座不朽的、巨大的工艺品。火焰山土艺园在张文阁们的惨淡经营下,一直正常运转,保证了比较稳定的经济收益,除了保证支付工作人员的工资之外,还可为继续完善和扩建大漠乡土艺术博物馆提供一定数量的资金。吐鲁番市邮电局已从胜金乡拉来电话线将电话接通,火焰山土艺园与吐鲁番、与乌鲁木齐、与北京和世界的联系更加便捷了。

张文阁忽然回过头去瞥了一眼背后的群山,那山势在开始暗下来的天色映衬下,犬牙齿互,勾心斗角,显得十分高耸险峻,他的眉头不觉轻轻皱了一下。善于观察的万佛峰上的众佛们,懂得张文阁此时心中的所思所想。再过几个月,乡土博物馆就要全部开放了,这里的用电和用水问题短时间尚无法得到解决,这将直接影响他的火焰山土艺园的正常发展(晚上土艺园职工一直是用一台发电机自己发电照明,而水则是用一台拖拉机每天不断地从木头沟中拉上来吃用。山谷很深很陡,足有五六十米,取水很不方便,水量也有限,无法保证越来越多的旅住于此的游客们饮用。)同时,乡土艺术博物馆剩余的土建任务、壁画复制和庭院民居内部装修布置等等,还有不少收尾工作要做,计划中对多种民间工艺美术品的收集、整理和民间工艺品作坊的移植等工作也需要继续投入大量的资金、人力和时间。乡土艺术博物馆目前虽然已基本建成准备就绪,并将于明春旅游季节到来之际正式开业,但如何保证以优质服务大量地、长期地吸引游人,也还是一些尚需解决的课题。张文阁的事业正如同他现在所处的位置一样,还只是行进在半山腰间,要想登到山顶去领略"一览众山小"的感觉,都需要假以时日和付出更大的艰辛哩!

但是张文阁做到目前这一步已是很不容易了。生活也以它特有的方式向无私的艺术奉献者给予了报答。张文阁已经赢得了社会的充分承认,赢得了崇高的荣誉。1988年,文化部授予他"民间美术开拓者"光荣称号;1989年,他的《大漠陶塑》获全国首届工艺美术佳品优秀奖;1997年,他的铸铜雕塑《大漠明月》获新疆维吾尔自治区美展雕塑首奖;1999年又获中国工艺美术创作大展世纪金奖;1999年,新疆维吾尔自治区文化厅和旅游局授予张文阁"艺术旅游开拓者"光荣称号。

"天快黑了,我们下山去吧!"

张文阁从山顶收回目光,慢慢向山下走去。望着他那坚定有力的脚步,我忽然记起马克思的两段名言:

"无论对作家或其他人来说，作品根本不是手段，所以，在必要时作家可以为了作品的生存而牺牲个人的生存。"

"在科学的道路上没有平坦的大道可走，只有在崎岖的山道上努力攀登不畏艰险的人，才有可能达到光辉的顶点。"

马克思这里说的是科学和文学，但对于艺术来说，对于别的学科领域来说，同样可以适用。

于是我联想到了古今中外的一些文化名人的传奇经历，我特别想起了献身敦煌石窟艺术研究的老画家常书鸿先生（在著名作家徐迟先生的报告文学名著《祁连山下》里，常书鸿先生被称为画家"尚达"），自然也联想到了身边的张文阁。世界上一切有志气、有成就的文化人，大都有着这种内在相通的精神和品格。张文阁不同于前人的是他在取得艺术创造成功之后，又以他的艺术型的创造性思维想到了把艺术品形成一种产业，与市场挂上了钩，并且也幸运地取得了初步的成功。这是时代赋予他的机遇和优势。

下山的路上，我忽然奇怪地想，假如没有张文阁，这座世界上独一份的火焰山大漠土艺园有可能出现吗？回答只能是否定的。孟子说："天降大任于斯人也。""大漠之子"、"戈壁陶魂"张文阁先生，大概就是为了大漠土艺事业和它的精华——乡土艺术博物馆的诞生而降生于世的吧！

当我们走下山来，暮色苍茫中，张文阁的大漠土艺博物馆的身影愈加浓重、深沉、朦胧而具有魅力了。我突然感觉到，此时他的身影已与大漠土艺园重合在一起合二而一了。是的，张文阁的生命和他的土艺园将与这峡谷融为一体，将永远与这群山、这万佛峰、这木头沟、这千佛洞同在而不朽。

这时张文阁已跨过坑坑洼洼的山脚，快步走上宽阔、坚实的柏油路面（那是去年入冬前刚刚扩建修好的）。今年是张文阁的本命年，48岁，正是一个艺术家的黄金年龄。张文阁今后当然还会有许多路要走，还有许多事情要干，但是我欣慰地看到，他走在新修的柏油路上，步履显得很矫健很轻松。

1999 年第 1 期《新疆艺术》

草原夜莺

乌拉赞拜·叶古白（哈萨克族）

王玉祥 译

求 学 之 路

这一带是典型的哈萨克草原。物欲横流，贫富不均，人们的意识笼罩在浓雾般的迷信之中。

巩乃斯草原的恰普克山区是克再部落迭尔布斯[1]氏族的聚居地。1903 年春的一个黎明，住在巴依大院边的迭尔布斯族沙德人的后裔卓尔德家中，随着一声啼叫，一个男婴呱呱坠地，立刻给昏暗的小屋增添了不少的温暖和欢乐。"这家伙天快亮时来到人世，但愿长大后不要让我们再过这穷日子。"卓尔德于是就给儿子取了个名字叫唐加勒克（黎明之意）。

唐加勒克自幼聪颖伶俐，争强好胜，有如家乡那无羁的小马驹，像那山间欢跃奔腾的山溪。他和小伙伴们把爬山松摆成圆圈，点上火，再把小伙伴们一个个扔进火堆，在熊熊烈火中跳跃戏耍。哪里有喜事和唱诗会他用两条腿和四条腿的公子哥们赛跑，去了后虽要惹点麻烦，却把人家唱的诗呀歌呀的断断续续地背了下来。出了村口，自己就俨然是一个歌手，一个唱诗的。对他的这一灵性无论是那些年轻的诗歌爱好者还是那些唱了半辈子的老头们都赞叹不已。

"哎，唐加勒克，你这是在哪学的？"

"办喜事不是唱了嘛！"

"我们怎么就学不会？"

---

① 迭尔布斯：部落名称。

回答是他哈哈大笑声。

唐加勒克不满足于会背，还在首尾加上一点自己的东西，大咧咧地哼叽着。父亲牵着骆驼给巴依搬家，他就陪父亲走一路，唱一路。

大院子里的巴依一家到夏牧场喝马奶子避暑去了。唐加勒克的父亲被安排给巴依家的种马臀部擦油，一不小心被种马踢了个血流满面。

> 我的父亲好悲惨，
> 愁云密布总不散。
>
> 转眼之间祸临头。
> 鲜血淋漓布满面。

小小的唐加勒克随口吟出的这几句生动地描绘了父亲的厄运，令人们刮目相看。

是年冬天，恰普克流传说巴依们要请孟拜毛拉办学堂。听到这一消息的唐加勒克缠上了父亲，拍着稚嫩的胸膛宣布"我也要上学"。

愚昧贫穷的父亲只知道上学是巴依家孩子们的事。

"你是巴依的儿子吗？你还想上学，学费在哪？"父亲听说，毛拉收了这个巴依的马，那个巴依的牛。

这时的恰普克，天空仿佛蒙上了一张又脏又破的毡子，雨雪交加，到处一片灰蒙蒙的，寒风一忽儿向东，一忽儿向西不停地吼着，唐加勒克幼小的心也像这天一样烦躁不安，他决定到孟拜家去。家里只有一头小犍牛，他准备骑上它去。"这大冬天的，上学是能当饭吃还是怎么的？"父亲无可奈何，只好随他去。唐加勒克激动地骑在褐色犍牛的背上，不停地驱赶，恨不得一步就赶到。今年，妈妈把父亲的那件旧黄皮袄改了给他，大大的衣襟几乎盖住了牛的半个臀。

到了村子，孟拜毛拉家的那群狗差点没吃掉这个穿着大皮袄、骑着小犍牛的男孩，没有人给他赶狗，房子的那边拴了五六匹披戴整齐的马。唐加勒克左冲右突，好不容易接近了房，拴好了坐骑，从容地推开房门，学着大人的样子，扯着长长的嗓门，大声问候道："阿—斯—沙—劳—马—哈里—坤！"①五六个孩子席地而坐，每人面前都放着书本，毛拉盘坐在他们对面的那张盘羊皮上。他们都不由自主地把目光投向了唐加勒克，愕视着他汗流满面的脸，他们都认出了他。

此时的唐加勒克也就是十岁的光景，但在他们的眼里却是那样的高大。

---

① 阿斯沙劳马哈里坤：意为愿真主赐福于你。

"哎。你干什么来了？"傲慢的毛拉说。

"我想上学。"唐加勒克不卑不亢。

"学费呢？"毛拉那双滴溜的眼睛仿佛是在天空寻找地面腐肉的秃鹫，把唐加勒克打量了一遍。

"我们没有牲畜。"

侧卧着的一个红脸男孩讥笑着说："没有学费怎么启蒙？"

"我不像你那样懵！"唐加勒克反唇相讥。

毛拉心中一惊，眉头紧锁在一起：

"房子太小，没有你的地方！"

"门边墙角，只要能蹲下，我就能学！"

就这样，唐加勒克没交一分钱学费，每天他就倚在门边，开始了学习。起初，他就像狼群里的羊羔，受到了巴依孩子们的欺凌排斥，这并不能把唐加勒克怎么样。

课程在不断地进行。

一天，唐加勒克把学过的课文背得滚瓜烂熟，倒背如流，他先顺背一遍，然后再隔行背一遍，背得毛拉和其他人目瞪口呆。此时别说是那帮富家子弟，就是毛拉也对他另眼相看了。

毛拉也只是个半瓶子，有些东西他也念得不流利，更不要说背了。唐加勒克却随手拈来。

"小哥哥，你再给我们念一遍嘛"，巴依的孩子们哀求着。

"拿学费来"，唐加勒克学着毛拉的样子，捏着毛拉的声音说。

虽是说笑，他们可是当真了。"要是他不教我们怎么办？"于是，巴依的孩子们每天从家里带来了熟肉、马肠子、炒面，还有奶酪，成了唐加勒克丰盛的午餐。就这么一个冬天，唐加勒克启蒙了。

这年冬天十分寒冷，穷人们的简易毡房很难抵御风寒，只好挖地窝子住，最先挖地窝子之一的是哈热木拜。

> 哈热木拜真能干，
> 挖出地窝子挡风寒。
> 旮旯旯挖得浅，
> 门窄室小封闭暖。
> 无奈冬寒时间短，
> 挖的地窝子熊窝样。

唐加勒克用铅笔在哈热木拜的门框上工工整整地写下了这首打油诗，这就是他启蒙后留下的第一首书面诗歌了。

越发不可收拾的求知欲使他更加发愤地学习了。哈萨克民间诗人阿肯,还有民间诗歌、叙事长诗、民间故事都成了他的良师益友。只要人们开口说话,他就竖起耳朵汲取人家的语言精华。听说谁有本诗歌集,他就一定软磨硬缠,借来并抄下来,默记在心。《一千零一夜》《阿尔哈勒克》《霍布兰德》《姑娘吉别克》等等都是他这时期背诵的作品。

少年时代转瞬即逝,唐加勒克长成了膀阔腰圆、浓眉大眼、英俊魁梧的壮小伙子。

这年秋天,正是往秋牧场迁徙的时节,人们惊恐地传说:

"听说要让我们沙德人抽一个小伙子!"

"抽一个小伙子干什么?"

"抽到库列去学习。"

库列是当时伊犁一带游牧的哈萨克的中心。还是一个叫牛帅的军阀称霸的时代,为了更好地操纵愚昧的草原民族,他于1916年在专供自己后代学习的七年制学校为哈萨克和蒙古人各开了一个班,专习汉语,为自己培养哈、蒙翻译,一切费用均由他自己承担。但是人们都不愿把孩子送到这所学校,首先担心孩子变成汉人,其次害怕加重家庭负担。因而,牛帅只好把学生名额摊派到各个部落。沙德人惊恐的原因就在这。

在人们都惊恐万状的时候唐加勒克却急匆匆地来到了氏族长苏来曼的家。

"我要去学汉语,如果变成汉人,让我去变好了,这个摊派的名额就给我吧!"

这件事本来就搞得苏来曼绞尽脑汁,没想到这样轻松就解决了。1922年秋,唐加勒克在人们的惊恐目光中奔赴库列①学堂的哈萨克班。

上学并非像唐加勒克想象中的那样,来了才发现,只不过是借办学之名搜刮民脂民膏罢了。夏天放假,冬天也只学习两三个月,就是这两三个月学习的时日也不多。贪婪的学堂官员和教员倚仗着巴依的孩子们游山玩水,吃请吃喝。这可苦坏了那些被摊派来的穷孩子们。唐加勒克在他那首《调寄学堂》一诗中是这样描述的:

> 三十个学子求学的地方,
> 吐尔达洪②吃喝的地方。
> 勒紧腰带交了三十只羊哟,
> 安拉!这可诅咒的地方。

---

① 库列:即惠远。
② 吐尔达洪:人名。学堂厨师。

有的学子生疮长虱，面容憔悴，

心底是无边的忧伤。

在这种艰苦的环境下，他顽强地学习，学会了汉字，掌握了汉语。

1925年秋，唐加勒克如期返校，可学堂的景象却那样的凄惨荒凉。

学堂管事的和教员们无踪无影，唐加勒克只好到附近的阿吾勒走亲串友，以待开学。

这天，他走得较远，刚翻过一道山冈，前面是一片广阔无垠的开阔地，一个黑点朝他这方向移动，越来越大，好像是人。"这是干什么的，见个面去。"他迎面走了上去，黑点逐渐分开。这下看清了，原来是一个骑马的三个步行的，骑马的是个女的，还牵着骆驼，骆驼背上架着驮子。几个人面容疲倦，落满了灰尘的衣服却质地不错，刚一走近，来人先给他行了礼。

唐加勒克心中纳闷，这些大人为什么先给他行礼。他没有给他们回礼，而是欠着身子"阿斯沙劳马哈力坤"！很郑重地给他们行了礼。

"阿哈来坤木沙拉木"①，他们中间那个高壮的大胡子接受了行礼。

除了马背上的女人，其他几个都与马背上的唐加勒克握了手。

"旅行愉快！"

"彼此彼此，亲爱的小伙子。"大胡子应道。

"这是怎么回事？马呢？你们去哪？"

"先别问这些"，大胡子往后推了推头顶上的羔羊皮帽，擦了把额头上的汗，"嗨，有烟吗？你下马，下了马就知道我们是怎么回事了。"

唐加勒克先掏出烟袋递给了大胡子，随即跳下马和大胡子他们聊了起来。

他们是从俄罗斯那边逃过来的。

"你们要到什么地方去？"

"到这里看看。"

他们说的事唐加勒克好像也听说过。"穷人掌了权，上学和工作都掌握在他们的手里。"听起来真过瘾，仿佛是久旱逢甘霖。可他还是半信半疑，何不再问问他们。

"他们真的支持穷人吗？"

"唉，我的天呐！什么真的假的！这是我们亲眼所见，亲身经历的呀，那边的天下是他们的，如果天下是我们的，还用这样流浪漂泊背井离乡，你以为我们是傻子呀！"

"他们给穷人干些什么？"

---

① 阿哈来坤木沙拉木：意为愿真主也赐福于你。

"让他们当官,把权力都给他们了。穷小子们都被送到莫斯科那样的大城市去上学,不花一分钱,让他们舒服死了。唉,现在真是世道变啰。"

唐加勒克再也无心聊下去了,他骑上马信步由缰,思绪万千。刚才交谈的时候,他斜了一眼驼背上的驮子,上面盖着真丝地毯、狐皮大衣,还有精美的花毡子。这样的富人背井离乡,来到一个陌生的国度,为的是什么,看来他们说的是真的。"你们也和我们这边那些贪婪的家伙没什么区别,也是和狼一样的东西",他心里骂道。"与其在这边这样虚度光阴,何不到那边去看看,到那边去求学!"唐加勒克萌发了一个新的念头。"俄罗斯那边支持穷人,不会嫌弃中国的穷人,他们也会让中国的穷人上学的!""那故乡怎么办? 亲人怎么办? 不,不可能,我一定要回来!""唉,异国他乡,人生地不熟,我一个人……"突然,给巴依当奴仆的艾列肯和多斯木汉两个朋友跳入了他的脑海。

努甫铁列克巴依家的马群,从夏牧场搬到秋牧场已有几天了,这一带起伏的芦苇丛里,尽是他们家的马匹,牧马人的小帐篷就扎在附近。

太阳早就出来了,可由于高山挡着,太阳的光辉还未落到牧马人的帐篷上,只是两边的山峰被镶上了金边。"这阵子该在窝里吧!"唐加勒克边走边想,沿着小溪逆流而上。离帐篷不远的地方两匹马被绊在一起,他一眼认出了马鞍子。

唐加勒克钻进帐篷时,艾列肯和多斯木汉还在呼呼大睡,衣服都没脱,活像摆在地上的两根没剥皮的大木头。放了一夜的马,也许是刚睡下,没有发现人进来。唐加勒克注视了一会儿,提起马鞭照着两个人的臀部抽去。皮鞭抽在厚厚的染了补血草汁的羊皮裤上哗剥作响。

"嗨! 嗨!"唐加勒克使劲地摇着他们俩的头,大声喊着:"真能睡,你们这些熊!"

"哎,小心我搧你的嘴!"

"闭上你的嘴!"

他们俩都醒了。

唐加勒克沉沉地扑在了他们俩的身上,双手搂住他们的肩膀,两腿箍住他们的膝,头部深深地扎进了他们的胸怀。自进入夏牧场之前,在别斯托别扎的一别,这还是他们的头次见面,情同手足的他们相互思念已经很久了。唐加勒克忘情地亲吻着他们的面颊,自己的两颊也被他们用唾液清洗了一遍。闹也闹完了,疯也疯完了,片刻之后:

"不是听说你又到一个地方上学去了吗? "

"是的。"

"你这是从天上掉下来的,还是从地下冒出来的? "

"我是连夜赶来的。"

"怎么这么急？"

自幼就一起在大草原上形影不离，亲密无间，是真正的朋友。唐加勒克把心中的秘密毫无保留地抖了出来。

"在那里寄人篱下，学堂也是那样的凄凉，我提起马鞭一拍屁股就奔这来了。"听到这，艾列肯按捺不住心中的愤恨，愤然道：

"哼，真不是东西！"

"你才知道不是东西呀？"多斯木汉不知是在揶揄还是在附和。

讲到俄罗斯那边的情形，听得两个人直咂嘴。

"有个叫列宁的大官，那可真是对穷人好！"

"哎，你说的这些都是真的吗，别听那些人在那胡说八道。"

"这绝对不是胡说八道，我是亲耳听从那边逃过来的人说的。"

"那边那么好，他们还跑过来干什么？"

唐加勒克没有正面回答多斯木汉的问题，而是反问道：

"你说为什么？我们为什么向往那边？"

"你不是说那边支持穷人，让穷人上学嘛！"

"这就对了。我们这边是富人的天下，像艾列肯你们这样的穷人只能给巴依放马。所以那边的富人就往这边逃，这边的穷人就向往那边。"

唐加勒克让他们入了神，于是决定一起过去。他们决定弄上巴依的三匹好马。唐加勒克说：

"你们能抓上努甫铁列克的青鬃子吗？"

青鬃子是伊犁出了名的快马，本来是匹青斑马，因小的时候患了肠痉挛，被放马的划开了鼻孔，故而叫青鬃子。

"没问题。手到擒来。"

"还有白鼻子和红头，太棒了，那简直是天马！"

说得正高兴，艾列肯和多斯木汉却有点泄气了。

"我那还没过门的媳妇怎么办。"艾列肯说。

"你们俩都念过书，我可是睁眼瞎，你们上学，我怎么办？"

"你也没有老，回来以后再把你媳妇娶过来不就得了。多斯木汉你说你认不了几个字，那也没什么了不起，不是有我嘛，还有艾列肯"，唐加勒克拍着胸脯说："先找到学校，不等进去，先给你补补课赶上我们，然后不就可以一块念书了。"

他们的计划秘密地进行着。他们决定下个星期三黄昏在这聚合，天一黑就上马出发。在此之前，唐加勒克不再来这儿，回恰普克隐蔽几天。

帐篷顶上吊着半只狍子肉，艾列肯取下来放在唐加勒克和多斯木汉的跟前说：

334

"你们收拾一下,我去生火,咱们吃个炒肉。"

唐加勒克不让。"别让人看出来了。"话音未落,他已经上路了。

当天晚上,三匹快马的舌头被他们用马尾鬃绑了起来①。几天后的一个大上午,一个陌生的骑着棕色骒马的哈萨克老汉来到牧马人的帐篷前:"哎,有人吗? 出来一下。""请您进来。"

听到回话,老汉跳下马钻进帐篷。艾列肯和多斯木汉正在悠然自得地吃着炒肉喝着茶。老汉被他们让到了上座。看到香喷喷的炒肉,热气腾腾的茶,老汉的脸上露出了笑容。他是在寻找他那匹在夏牧场丢失的母马,几乎找遍了所有的地方。他操起巴掌那么大的木勺子狼吞虎咽起来,还一边哭诉着这一路的辛劳,不停地唠叨着他那母马的模样和印记。

"罪过啊罪过,你们那匹白鼻子在山岔那儿被绑了舌头吃不上草。"

艾列肯和多斯木汉愣住了。

"我是专门来给你讲这事的,小心一点啊,小伙子们,真是罪过啊!"

"嗨,老大爷,好好的哪来的什么罪过? 这地方硝土多,吃多了硝土马的口盖就长厚了,口盖厚了就这样吃草,你连这个都不知道吗?"多斯木汉强作镇定的搪塞着。

唐加勒克在约定的时间赶到了,但他的朋友们却显得很冷漠,艾列肯先开了腔:"巴依开始给我们找麻烦了。"

"他昨天亲自来了一趟。"多斯木汉补充说。

艾列肯陈述了事情的经过。

那个老汉去了巴依家。在他看到白鼻子被绑了舌头的当儿心里欣喜地盘算着去巴依家领赏。

陈述事情经过的艾列肯和多斯木汉有几许懊悔和几许惊恐。

"我们还是算了吧,我们走了,父老亲朋,乡里乡亲不就遭殃了。"他们嗫嚅着。

"开弓没有回头箭,那就请你们把那匹青豁子给我抓来。"

青豁子长着羚羊的腿,骆驼的颈,颀长的身子,胸脯前凸着,威风凛凛。唐加勒克跨上了马背,更加显得威武雄壮。

"我到乌特的舅舅家等你们一天,到尼勒克②的拉斯台③等上两天,来不了就算了,再见!"

为了求知,唐加勒克紧握缰绳策马扬鞭,消失在浓浓的夜色中。

---

① 舌头被他们用马尾鬃绑了起来:为使马儿跑得快,有意让其掉膘。

②③ 尼勒克、拉斯台:均为地名。

较 量

秋天。寒气袭人。唐加勒克匆忙地回到了秋牧场的家,妈妈玛扎克在缝补着什么,听到进门的儿子的问候声,母亲激动得大声欢呼起来,扑上去搂住了儿子,儿子紧紧地依偎着母亲,饱经思念和贫困之苦的母亲痛哭流涕。

草原上的人们耐不得寂寞,有些什么事就爱凑凑热闹。妈妈玛扎克的欢呼声仿佛是对他们左邻右舍的呼唤。阿吾勒的老老少少男男女女一下子就把唐加勒克的家挤了个水泄不通。在周围放牧的男人们也都掉转马头向这边赶来。他们都认识青豁子,围着青豁子直转悠,不知是对青豁子,还是对归来的唐加勒克啧啧称赞。

乡亲们好不容易分开了母子俩,唐加勒克也哭了,大大的眼睛里分明有泪珠在滚动,但红扑扑的脸膛上却挂着笑,亲热地和屋里的老少爷们、大姐大嫂们握手问候。好一阵子才轮到父亲跟前,父亲扣着一顶掉了毛的皮帽,一身的羊皮袄和羊皮裤,看着父亲的样子唐加勒克的大眼里流露出沉沉的忧伤,父亲忘情地亲吻着儿子的手。

问候完毕,大家开始喝茶,女人们的眼睛不约而同地盯住了挂在墙上的行囊,行囊像只吃得饱饱的羊羔,沉沉欲坠的样子,女人堆里发出了一阵窃窃私语声。“带了这么多什么东西?”

唐加勒克在餐桌上一会儿吟诗,一会儿作词,引经据典,妙语连珠,向人们叙说着离开家乡后的所见所闻,轶闻趣事,说个不停。有人打发一个孩子从邻居家取来了冬不拉,手握冬不拉的唐加勒克仿佛是挣脱樊篱振翅欲飞的雄鹰。冬不拉在他的手中如泣如诉,抑扬顿挫,婉转动听。

“这是我在俄罗斯那边学的歌。”他给人们弹唱了阿拜的《倩影》、布尔江[1]的《青山》。人们惊羡的目光全都盯住了唐加勒克的两唇之间。紧接着他又演唱了《红色雄鹰》。“这是现在的歌,是一个叫沙肯·赛福林[2]的诗人写的。真想和他见见面,可惜没见着。”唐加勒克介绍说。

他还在不停地说着,人们惊奇地从他嘴里听到“正义”、“平等”、“劳动”、“社会化”、“社会主义”、“合作社”一类的新鲜词。

唐加勒克过境的时候遇到了一个骑着枣红马的哈萨克老汉。

“我就是这附近的,”唐加勒克想蒙混过关。老头没有相信,知道他形迹可疑:“走,到站里去,我们苏联人有不允许外人踏上我们国土的义务。”

他只好说了实话,并请求放行。老头不依。唐加勒克自恃有青豁子,扬起了马鞭。

---

① ② 布尔江、沙肯·赛福林:均为哈萨克斯坦著名诗人。

老汉的枣红马也不是等闲之辈,紧追不放。在拉斯台等艾列肯和多斯木汉的时候,他给青骟子钉上了一个新马掌。而老头的马好像没有掌。唐加勒克瞄准了左前方的那片平坦的冰面,便策马向冰面奔去。紧追而来的老头,刚一踏上冰面便来了个人仰马翻,唐加勒克终于脱身。

虽然逃脱了过境后的第一次追捕,唐加勒克仍然没有栖身之地。因为他是一个"叛逃者"。但是,他那强烈的求知念头却一刻也没有放弃。于是,他满怀希望地游荡着。游荡的他也不时地结识了一些能言善辩诗人阿肯、动人的诗歌。传说,还和巴依木哈买提那样的一些著名阿肯①赛了歌,就这样,也算了结了求知的夙愿。

"可真是大开了眼界!"唐加勒克由衷地说。

这一切在他的叙事长诗里都有生动的描述:

> 年轻的孩子使你绞尽脑汁,
> 空洞的辞藻与你何益。
> 别再为此烦恼忧伤,
> 敬请投入我诗句的海洋。
> 超出我的只是你的年龄,
> 我的智慧足以让你称臣。
> 与你对阵我决不退缩,
> 娘亲赐予了我这副秉性。
> 你若是真正的阿肯,
> 请用你的诗句把我战胜。
> 我的心汹涌澎湃,
> 等待着你,还要让你三分。

巴依木哈买提自以为"老道",根本没把这个"跛马驹"放在眼里,没想遭到了唐加勒克有力的反击。

"棒!真棒啊!"

"了不起,太了不起了!"

"你们到底谁赢了?"

人们被唐加勒克伟岸的容貌、优美的歌喉、敏捷的谈吐完全地征服了。回想起孩提时代的他,再看看现今见多识广的他,人们的愿望,人们的期盼仿佛都有了依托。

---

① 阿肯:哈萨克民间诗人。

337

唐加勒克从墙上取下了行囊,解开了纽扣,打开了,女人们惊呆了,原来,整个行囊里装的全是诗集、报纸杂志和各种各样的书。

"啊!"一个女人的声音,像是被什么蜇了一下,这是他嫂子。

唐加勒克像是没有听见嫂子说什么。

"这些是阿拜和江布勒的诗,那些是《英力吉·克别克》《哈力哈曼·马木尔》《库孜库尔别西·巴彦苏鲁》,那一堆是苏联那边哈萨克青年诗人们的作品,这个行囊里装的都是一些课本和社会科学方面的书。"唐加勒克如数家珍。"塔开,我们是同龄人,你把这本书给我吧。"一个黑胖墩从人缝中伸出手捞了本阿拜的诗集。这个小伙子就是现已退休的原伊犁师范学院院长、老教育家艾赛英老先生。

"我就是专给你们拿来的,这些书我早已看得滚瓜烂熟。"

起先,邻居们都以为唐加勒克不远千里,历尽千辛万苦带回来的这些书不可能给他们。艾赛英仗着是同龄人抢了一本书的原因也在这。听唐加勒克这么一说,一眨眼工夫年轻人们就把书报一抢而空。

自此,恰普克的山区迭尔布斯部族的沙德人和波更台人抄诗习诗一时蔚然成风。

少年的诗句我闻所未闻,
竟是这般的气冲霄汉。
伶牙俐齿是那样的敏捷,
仿佛赤兔奔驰在疆场。
疾如风,似幻景,
空中的飞鸟也无法追赶。
妙语从他的口中吐出,
路上的行人都会驻足观望。
他是这样的出类拔萃,
找不到一点瑕疵,没有半点缺陷。
与他交手几个回合,
我就狼狈地下场,
真的无法相信自己哟,
评价他的词汇是否已经用光。

刚才不是有人问"谁赢了吗",人们在抄诗习文时,从几行诗里找到了答案。原来这几行诗是巴衣木哈买提败在唐加勒克手下后的真切体会。唐加勒克在人们的心目中的形象越发的高大了。

一天，卓尔德家来了一个怒气冲冲的人。这人是巴依努甫铁列克的差役。唐加勒克和青骟子从俄罗斯那边回来的消息也传到了巴依家。巴依让差役把唐加勒克和青骟子一块带来，宣称要抽了唐加勒克的筋，要让他下油锅，差役就气势汹汹地找上门来了。

唐加勒克去了俄罗斯那边后，努甫铁列克让沙德人用五匹马赔他的青骟子，沙德人穷没有马，只好用30头牛犊从察布查尔的一个锡伯巴依那儿换了五匹马赔给了努甫铁别克。

沙德的长者开腔了："马我们已经赔了还想干什么？回去告诉你家主子，我们也不是好欺侮的。"

"青骟子和唐加勒克我都要带走，不然的话，我就不走。"差役强硬地说。

"不走也行，你们把他的马放回去，把他捆到树林里去，他的主子要来的话就领走，不来的话就让他在树林里晾干吧！"长者们愤恨地给小伙子们下达了命令。

命是要紧的呀，差役像泄了气的皮球，夹着尾巴逃走了。

差役是赶走了，但沙德人也清楚后面的事情。于是，他们把唐加勒克打发出去。唐加勒克在特克斯、尼勒克和库克哈木尔一带吟诗作赋，从事社会教育工作，大概有两年的光景。这期间，他的声誉传遍了整个伊犁。

差役带回的答复像火一样烧着巴依的心。他成群成群地给地方官吏送去了牲畜，状告唐加勒克偷马，是土匪，传播赤俄的言论。贪婪的官吏随即下令追捕。在1928年，唐加勒克被捕，被关进了伊宁道台城堡里的监狱。巴依和官吏的这一丑恶行径使唐加勒克无比愤怒。

> 上苍啊！我可悲的命运。
> 穷困潦倒，空有满腹经纶。
> 把握穷人命运的那些巴依，
> 使我的怒火久久难平。
> 这金钱主宰的世界，
> 如此的让人义愤填膺。
>
> 何时能推翻这封建的统治，
> 给穷人带来黎明。
> 到处鼓噪的尽是些鸦雀，
> 为何不见那婉转的夜莺。
> 受剥削的不再被剥削，

我将把华美的诗章写尽。
即使为此而死去，
愿在黄泉路上候此佳音。

他又把诗的匕首刺进了巴依和官吏的走狗还有草原片长的心脏。
他倾诉了对故乡亲人的思念，并把出狱的希望托付给了他们。

健康的外表裹着的是怒火，
无限忧伤吞噬着我。
身陷囹圄的我无援无助，
在此拜托乡亲父老，朋友大伙。
我原本是平静湖面的一只天鹅，
却落得这般的黑暗的灾祸。
灾难真的如此缠身，
使我永远无法摆脱？

诗书寄去我的心意，
满纸都是伤心的泪。
梦牵魂绕的乡亲们哟。
监牢中的我在忍辱受罪。

唐加勒克被捕后，乡亲们也都不是滋味，收到从监狱里捎来的信更是无限的悲伤。他们向官吏发出了怒吼。他们带上卓尔德闯进了道台的城堡。众怒难犯，被监禁了两年的唐加勒克终于获得了自由。

回到了乡亲中间唐加勒克像蓝天的雄鹰在自由飞翔，坐牢期间他系统地整理了自己和巴衣木哈买提他们的赛诗，诗稿迅速在民间流行开来，同时，他还写了许多具有一定社会意义的脍炙人口的诗歌和叙事长诗，献给故乡的亲人。

一个叫马克苏提的管带嗜马如命，他看上了一个老实人的好马便据为己有，马的可怜主人伤心至极，在人们都进入梦乡后，他仍在管带的阿吾勒附近徘徊，迟迟不肯离去。吃饱喝足的马克苏提每天睡觉前都要让唐加勒克给他脱靴子。

"你不是诗人嘛，今天你就用脱靴子的时间给我做一首诗。"马克苏提命令道。

"可以。"唐加勒克说，"不过你要答应我的一个要求。"

"你有什么要求？说吧。"

"阁下,您是堂堂的管带①,

职位的世袭将是世世代代,

您何苦为了那穷人的骏马,

到阴曹地府去受那责怪?"

见唐加勒克要继续做下去,马克苏提急得直摇手:

"得了! 得了! "他害怕唐加勒克的诗传出去,在第二天喝早茶的时候,命令手下的人把马儿还给了可怜的主人。

从 1933 年起,唐加勒克参加了一些重大的社会活动,他还在伊犁协助出版了第一份哈萨克文报纸。

......

有钱的巴依铁石心肠,

食肉寝皮把你的血吸干。

奸诈者样子是那样单纯,

却把你的五脏六腑窥探,

盲眼的巫师欺骗着明眼人们,

取走的是钱财,留下的是伤病。

欲壑难填的守财奴,

给你一厘取走的是十分。

......

毛拉企盼着病人离世,

焦急地等待报丧的信使。

幻想着一群一群的牛和羊,

源源不断地往棚圈奔驰。

无所事事到处闲荡,饱食终日,吃喝不倦。

......

屠宰牲畜也得请个毛拉,

仿佛吃了就不再肮脏。

聚上了三朋五友闭门不出,

敞开肠胃饮茶吃肉。

---

① 管带:官名。

旧社会的人情世故,险恶人生,封建礼教,陈规陋习也被唐加勒克放了一把火。

在夏牧场,唐加勒克遇到了那个当赞格名叫沙特力汉的吸血恶魔。

"哎,听说你是个阿肯,真是阿肯的话就来首诗歌颂我!"赞格说。

> 沙特力汉你满脸麻斑,
> 天生的一个吸血魔王。
> 你吃光了阿尔班①的二百户,
> 还要让多少人倾家荡产。
> 你随心所欲为所欲为,
> 这个被你骂,那个被你伤。
> 如果你的职位再高一等,
> 人们岂不要更加遭殃。

唐加勒克好似一挺机关枪,扫射得赞格抬不起头。生活应对人类有所奉献,美好的心灵不应有污点。患难与共,财富共同占有。和睦友爱,乡亲互相尊重。他号召人们团结起来做勤劳、诚实的人。

> 有的人放眼时代,
> 把伟大的人生思索。
> ……
> 智者要不断地发展。
> 纠正缺点,继续完善。
> 跑得快的不要观望,
> 努力前进索取新的桂冠,
> 匠人要努力提高自己。
> 以技艺获取更多的奖赏,
> 富人应成为穷人的依靠,
> 要济困救贫莫为难。
> ……
> 诗人要施展自己的歌喉,
> 用美妙的诗句为人们疗伤。

---

① 阿尔班:部落名。

......

首领要带好自己部落的人民，

恪尽职守，一丝不苟。

他呼吁人们振奋精神奋发图强。当时，知识分子分成两派，一派是新派，代表人民大众；一派是旧派，代表旧的传统势力。新派的核心人物是唐加勒克，旧派的代表人物是一个国民党警察，名叫阿斯哈尔·塔拉斯拜。两派积怨已久，经常发生口角，时不时还发生争斗，但多数时候是唐加勒克他们占上风。为此，阿斯哈尔·塔拉斯拜愤愤不平。一天，他把朋友们召集到一家酒馆："我们准备几首诗，搞他个狼狈不堪。"为了鼓励大家写出好诗，他端起第一杯酒一饮而尽。

哎，唐加勒克！

你在哪里游荡。

终于出来了哦！

仿佛刚出你的娘胎！

他们搜肠刮肚了大半天，就凑了这么几句。

唐加勒克是个坦荡磊落的人，即使碰到和自己过意不去的人，他也总是先致以问候。他们就是想利用唐加勒克这一个性。

"不管是什么时候遇到我们，他总会先问候的，到时，我们不要理他。快快地念出这首诗，给他来个措手不及，哑口无言，我们就算胜了。"阿斯哈尔自鸣得意地安排着。

伊宁市现在宽敞平坦的汉人街，当时是条窄窄的小巷。一天，唐加勒克刚拐过一个角碰到了阿斯哈尔，很礼貌地致以问候。阿斯哈尔绷着脸，大声地念了那首诗。唐加勒克不慌不忙地开了腔：

哎！相遇在窄窄的小巷，

请你不要信口雌黄，

人不来自娘胎，

难道你来自你爹的腹腔，

如此满身的污臭，言行踉跄！

不是唐加勒克，反倒是阿斯哈尔自己来了个措手不及，哑口无言。

343

1940年春，伊宁市道路泥泞，在一条小巷里唐加勒克和阿斯哈尔又相遇了。往日的积怨加上今天的窄路，两人各不相让，拳脚见面了。唐加勒克习武有力，把身着警装的阿斯哈尔塞进路边污水横流的小渠一顿拳打脚踢，警帽也不知飞到哪儿去的阿斯哈尔，在渠里像只落水狗似的挣扎着，脸颊上分不清哪是污水，哪是血，叫人无法辨认。经路人劝解，阿斯哈尔从唐加勒克的胯下脱身了。走了几步的阿斯哈尔转过头来，喘着粗气冲着唐加勒克吼叫：

"他妈的，两天之内我不收拾你，我就不是娘养的！"

不久，唐加勒克真的被捕了，在伊宁市关了6个月。罪名是"重大政治犯"，后被送往乌鲁木齐监禁。好不容易爬上了塔勒克达坂的汽车在达坂顶上停下了，押车的警察一个个伸着懒腰下了车准备休息。戴了手铐脚镣的唐加勒克在车厢里站了起来，愤怒的双眼犹如乌云间闪出的雷电。

似一只被缚的小兔。

被带上这高高的山冈。

猛然回首过去的日子，

怎能不使我怒火满腔！

回应的是警察们的一片吼叫。汽车继续缓行在蜿蜒的山道。

汽车翻过了这山冈，

我们的伊犁哟甩在了远方。

……

是否还有回来的时日？

陪伴我的是孤独还是忧伤。唐加勒克已泣不成声。一进乌鲁木齐监狱的大门，唐加勒克更加心酸了，黑黑的铁门上大锁哗哩哗啦地被打开的一刹那，他便被推进了牢房。他是这样描述的：

我被重重地推了进去，

魂不在我身，魄不在我体。

牢房里臭气熏天，

仿佛是堆满了尸体。

关进我这只老实的绵羊，

解决了跳蚤饮食的问题。
巴掌大的一间小屋,
三十二人相互拥挤。
暴虐在这里盛行,
到处是悲伤和哭。
两俄两汉八个哈萨克,
乌、维、塔共有整二十。
我擦干眼泪,睁开眼,
一片温暖送到我眼前。
促膝谈心问寒问暖,
其中也有共产党员。
罪名都是"政治犯",
加上我共有三十三。
唐加勒克你听清,
大脑清楚就别犯傻,
乌鲁木齐是省会,
终审权在我们手里抓。

唐加勒克没有屈服反动警察的淫威,愤怒的诗歌从他心底里流出,无情地揭露其狰狞的嘴脸:

夜里来了两三个人,
用口袋套住你的头。
让你呼吸困难,浑身无力,
牵着你进入另一个门。

揭去你头上的口袋,
面前坐着四五个野兽。
"老实交代你的问题!"
吹胡瞪眼似狮吼。
你摇唇鼓舌,到处宣传,
你的思想在草原传遍。
哈萨克民众对抗政府,
不交出组织就把你火烤油煎。

……
不吃不喝连续几个昼夜，
使你前胸后背几乎粘连。
生皮鞋底抽打在脸上，
不由自主泪流满面。
……
高高地吊起你的双手，
审讯者在不停地高吼。

铁刺从你脚心扎进，
热血汹涌直冲躯首。

垂悬的双腿肿粗如桶，
伤口里滴淌着血和脓。
冻伤了一边的小腿，
又酸又胀，又疼又痛。

未眠的双眼布满了血丝，
心儿在撕裂般地颤抖。
眼前晃动着狰狞的面目，
虎狼熊豹的血盆大口。

铁皮包裹的小床，
中间下陷细小狭长。
缚于其上再加皮鞭，
悲哀夹杂着血泪流淌。

有一块圆圆的木板，
刷上了血红的颜色。
让你脱去裤子坐上，
原来板上有钉的钉子。
让你坐在碎石子上，
鲜血顺着两臀流淌。
往你尿道里插进芨芨草，

不知身在地狱还是天堂。

把身体从钉子上拔出，
浑身无处不是痛楚。
铁针扎进你的十指，
上帝也能听到你的痛哭。

用麻绳拴住你的脚趾，
倒挂金钟似吊起。
彻骨铭心的剧疼啊，
让你多想痛痛快快地去死。

被折腾得不能再动弹，
辣子水又灌进你的鼻腔。
双脚踩住你的胸脯，
辣子的滋味便倒海翻江。
……
暴虐的兽行无休无止，
无辜的躯体满是创伤。
死神日益在迫近，
伤口便是死神的温床。

无数的人们就这样离去，
活着的含泪把他们埋葬。
秋天挖好许许多多的坑，
就是为他们准备好的地方。
这群魔乱舞的地狱，
许多冤魂在这离去。
乌鸦和野狗们的天堂，
何况却是我们的地狱。

人们就这样被处死，
刽子手们大刀仍在高举。
刀下躺倒了一批又一批，

祖国的脊梁，民族的擎柱。

吃肥了的乌鸦在高歌，
脸上露出了贪婪的笑。
城郊的荒地又在挖坑，
多少仁人志士又将躺倒。

罄竹难书也无法说清，
苦难的日子和他们的行径，
九年中在这死去的，
至少也有六万人。

如果你要是来到乌鲁木齐，
请放眼周围的沟沟岭岭。
子子孙孙不要忘记，
那成千上万的冤魂！

难以忘却的人

伊犁、阿勒泰、塔城三区革命的正义斗争取得了胜利，1944 年 11 月 13 日刚刚在伊宁市成立的三区政府首先就想到了革命烈士以及革命前和革命过程中被国民党迫害和杀害的知名人士。远在乌鲁木齐监狱被监禁的唐加勒克的名字也于当日出现在革命政府的日志上。不久，饱受磨难的唐加勒克的家眷被安排了工作。长期排斥打击唐加勒克的一个巴依的宗教税也被划拨给唐加勒克家眷作为家用。

1946 年夏，伊犁河流域气候和人们的心情相得益彰。一辆汽车从乌鲁木齐方向飞也似的上了塔勒克①达坂，又停下了。满满的一车人，正是根据"十一条"从乌鲁木齐监狱里释放出来的唐加勒克他们。身后是碧波浩渺的赛里木湖，身前是蜿蜒曲折、郁郁葱葱的果子沟和向东西两个方向绵延不断的青山。在遥远的那边蓝蓝的天空下便是一望无际的伊犁大草原。这就是这群汉子要停车观看的地方，他们休养生息的地方。

---

① 塔勒克：地名，即果子沟。

"抓我走的时候，国民党的刽子手们也在这儿停下车休息"。唐加勒克语气明显地转为兴奋，他深深地呼吸着故乡这清新的空气，"今天我们在这停车是为了解解心中对故乡的思念，多么的幸福啊！"

别来无恙母亲河故乡！
我在你的怀抱中快乐地成长，
离开你的日日夜夜，
我是多么的痛苦，无限的忧伤。

别来无恙我的故乡。
我呱呱坠地的地方。
到处是青山葱郁，绿水流淌，
野马黄羊在林中徜徉。
叠嶂峰峦巍峨群山，
崎岖山峰，高地山冈，
绿水黛石，白桦青松，
无时不在我心中。

秀美的山峰点着头，
敞胸的小河在静静地流，
山隘间裸露的巨石，
仿佛是仙女立在我心头。

秀美的山峰，挺拔的山冈，
清澈的山泉在欢快地流淌，
沟沟壑壑水肥草美，
羊儿悠闲地在觅草。

美味的山莓野草莓，
是一条条红玛瑙项链，
还是我过去见的模样，
挂满了你的山坡，你的山梁。

笑不够乐不够忘我的戏耍，

尽情地撒娇搂着你的颈脖，
梦魂萦绕的香甜的乳汁哟，
顽皮的我又投入了你的怀抱。

    汽车过了老沙沟，就是一马平川，克可哈木尔横现在向阳的坡前。唐加勒克仍在忘情地歌唱，只是歌颂的对象成了父老乡亲：

别来无恙我的父老乡亲，
志同道合的各族亲人，
乌、柯、维、汉、塔塔尔，
俄、哈、回、锡、蒙古人。

白发苍苍的老爷爷们，
请原谅我过去的错误。
真挚地向你敬礼。
请为善良的人们祝福。

两鬓斑白的大娘大婶，
生活是如此的火热水深，
你们那无私的乳汁哟。
养大了我的父母双亲。

还好吗？我的大哥大叔，
还有那相敬如宾的嫂嫂娘亲，
漫长的七年已经过去，
留下了多少的钦佩和尊敬。

还好吗？我的同龄人，
两日不见就让人心神不定，
你追我赶，热闹的戏耍，
我的生命交融的知音。

还好吗？亲爱的弟弟们，
命运是这样不可捉摸。

可我却深信，

你们一定是我的左臂右膊。

还好吗？我的弟媳妇们，

是否还是那样娇艳，含羞嗔人，

时刻就在我的眼前，

问候时你那启动的双唇。

还好吗？我的儿辈后人，

是否已经打开智慧的窍门，

朝思暮想的都是哟！

瓦力汉①恰帕②这些小精灵。

这不仅仅是他自己，而是被一起释放出来的全体难友们的心声。披上了夏季盛装的伊犁展开双臂迎接了他们。

当时年轻的维吾尔族诗人莫明主持巩乃斯县青年工作，整天作诗、撰文、绘画忙得不可开交。

唐加勒克出狱后，政府任命他主管巩乃斯县的水土工作。莫名当时正忙着政府为欢迎唐加勒克而编印的《克烈格报》的事情，他格外地兴奋，他爱哈萨克，更爱唐加勒克的诗文。报纸的正中刊印了他自己绘出的唐加勒克画像，简直像极了：消瘦而又圆圆的面庞，一脸沉思，魁梧的身躯，圆睁着炯炯的双眼。在这期报纸发表的这诗文中唐加勒克写道："要走列宁之路。"

县城汇入了股股人流，有恰普克的、塔勒德③的，还有铁勒哈拉④和吐尔根⑤的，县政府和唐加勒克家周围拴满了马，街边的树林上也都拴了马。年轻人更是热闹异常，不分是什么民族，哈萨克、维吾尔、乌孜别克、塔塔尔、汉族、回族都有。有白发苍苍的大爷，两鬓斑白的大娘，也有花枝招展的年轻媳妇姑娘，还有天真活泼的儿童少年。特克斯、昭苏、巩留、尼勒克、察布查尔的人们还在不停地策马赶来，人们只有一个目的，就是来看望唐加勒克，想一睹他的风采。

在宽阔的县政府大院，唐加勒克在人群中谈笑风生，他一手举着冬不拉，一手不停地和人们握手拥抱。稍稍安静后，人群中不断地发出了恳切的声音：

"我们真想你的冬不拉！"

---

①② 瓦力汉、恰帕：均为人名。

③④⑤ 塔勒德、铁勒哈拉、吐尔根：均为地名。

"我们好想你的歌！"

"你总算活着回来了，活着真好啊！"

唐加勒克弹着冬不拉出口成章如泣如诉，所见所闻、生活感想，还有那不尽的对故乡和亲人的思念。《监狱见闻》、《五年》、《致当权者》又使人们对国民党刽子手的丑恶嘴脸无比地愤怒。有人忍不住喊起了口号：

"赶走国民党！"

"解放万岁！"

> 宽厚者的粗饭胜似蜜糖，
> 吝啬者的佳肴千万别尝，
> 面对残忍者切莫手软，
> 不可不义，不可贪婪。

> 分清是非还要主持公道，
> 不管是皇亲国戚还是富豪，
> 粗茶淡饭你尽管饮用，
> 宫殿对你并非最好。

唐加勒克劝诫着人们，仿佛在询问："对此，你们有何感想？"人们意味深长地用眼睛传递着对他的敬仰。

人们离别时得到了唐加勒克作为礼品送给他们的《监狱见闻》、《致当权者》、《致心爱的人》、《娜孜古丽》、《故乡》、《分别》、《致杰迭勒汗》、《过去的日子》等诗词，没有得到礼物的只好再待几天等背会了唐加勒克的诗再起马回程。

接着，唐加勒克全身心地投入了政府的工作。饱受煎熬的诗人此间诗兴高涨，以极大的生活热情创作了一大批具有较高政治性、寄托着诗人崇高理想的诗歌。

父老乡亲的往返，工作之余城郊的探访，仍旧无法解除诗人对故土和亲人的思念，1947年7月，他以饥渴的心情踏上了回乡的旅途。

"上路前有点小事缠住了我们"，那次和他一起回乡的挚友依热木别克说，"唐加勒克焦躁不安地让我们快点，说完就自顾自地先走了。我们大约追了一个小时才赶上。那个叫老榆树的地方有一片草地，只见唐加勒克的马拴在一旁，他自己脸和胸脯紧贴着地面趴在那儿。起来时我们都惊呆了：前襟的扣子全解开了，胸脯裸露着，白皙的胸前和泛红的脸颊上，印着水草深深的压痕，眼睛湿润了，不认识的准会以为是个疯子。"

"哎,你这是怎么了?"

"妙哉,我的故土!"他的喉结嚅动着。

此后他再也不吱声了。我们继续赶路,我们要转遍巩乃斯的山山水水,这是唐加勒克的要求。

唐加勒克一行从坡前缓缓而来,片刻,便传来了他那洪钟般的歌声:

哈木斯特我思念的故乡,

你是我的摇篮,我出生的地方。

我踏遍你的山山水水,

追逐山鸡野兔嬉戏游玩。

白杨林里,清澈的泉边,

留下了我们满脸污垢的模样;

萨尔雀可①,还有那叶西胡拉②,

剥下的麻编织了多少梦想;

阿尕什敖包③和加斯力库勒④。

草莓野果铺满了谷地和山冈;

可克雀可⑤和阿什布拉克⑥。

多少次的流连忘返;

三峰山,野蒜岭和那白杨坡的水哟!

似糖似蜜甜透了我的心坎。

铁加哈拉⑦、别斯托别⑧和美丽的恰普克,

无时无刻地萦绕在我的心间。

旅途还未结束,唐加勒克不幸患上了肺病,只好放弃周游故乡的计划与同伴们一起回到了哈木斯特的家中。6天后,也就是1947年8月6日不幸逝世。时至今日,人们仍在叹息,认为是庸医毒药夺走了他们的唐加勒克。

诗人的突然离世使人们陷入了无限的悲哀。他们为自己的儿子、诗人、夜莺过早的离世而悲伤。他们怀着敬仰的心情把唐加勒克的遗体安葬在了恰普克山霍尔斯拜峡谷谷口一个叫铁普钦格的地方。三区政府专门在报纸上辟出专版深表哀悼。1948

---

① ② 萨尔雀可、那叶西胡拉:均为地名。

③ ④ ⑤ ⑥ ⑦ ⑧ 阿尕什敖包、加斯力库勒、可克雀可、和阿什布拉克、铁加哈拉、别斯托别:均为诗人故乡的地名。

年出版了他的《初选集》第一部诗集。1957 年召开的新疆维吾尔自治区作家大会上,诗人和作家们对他给予了极高的评价,称他是新疆哈萨克文学突出的奠基者之一。随后,各报纸杂志纷纷介绍他的事迹,发表他的作品。他的作品是那个时代留给我们的镜子,人民的心声。唐加勒克——歌声永存的草原夜莺!

2001 年 6 月《隆起的西部》

《玛纳斯》以外的歌

吴连增

亲爱的读者,不知您是否读过古希腊史诗《伊利亚特》和《奥德赛》,以及印度史诗《摩诃波罗多》和《罗摩衍那》。这些人类智慧的结晶、异彩纷呈的文化瑰宝,一定令您惊叹不已。

中国有没有史诗?

茅盾先生五十年前还不敢作出肯定的回答,只是含糊其辞地推断道:"中国是有五千年连绵存在的文明史的,照理应该有史诗那样的东西。"

也难怪,那时中国确实还没有发现一部真正的史诗!

但所幸被他言中了。解放后,我们的民间文学工作者已经发现、整理、翻译了好几部史诗了。新疆柯尔克孜族大型英雄史诗《玛纳斯》就是我国三大史诗的主要代表,被誉为柯尔克孜族的百科全书。

《玛纳斯》共八部,长达 22 万多行,谱写了玛纳斯家族八代英雄为保卫故土家园、追求自由幸福生活,所进行的惊心动魄的斗争。其规模之宏伟、故事之瑰奇、人物之众多、知识之丰富,堪与世界著名史诗相媲美。

可悲的是,这样一部杰出的史诗,却几遭挫折,历经坎坷,从调查搜集到翻译基本结束整整跨越了 26 个年头。

本文要告诉您的,是史诗以外的几支歌。它并不想为那些在这项浩大的艺术工程中呕心沥血、奋斗不息的献身者树碑立传,只是如实记下他们那斑斑驳驳的脚印。

一支幽长的古歌

大地经过多少次变迁

戈壁沙漠变成了林海

绿色的原野变成了荒滩

一切的一切都在变化

祖先留下的史诗仍在流传

——引自《玛纳斯》序诗

　　克孜勒苏是柯尔克孜人民的故乡,在那辽阔的草原上,几乎每一顶毡房都可以看作是一个舞台,而占据舞台中心的只有一个演员,那就是神奇、智慧的"玛纳斯奇"(专门演唱《玛纳斯》的歌手)。每当劳动之余或喜庆节日期间,人们簇拥在毡房里,围坐在牛粪火旁,专注地倾听着歌手演唱《玛纳斯》。粗犷热烈的"考木孜"伴奏,歌手正襟危坐,出口成章,一下就把听众带到遥远而又遥远的过去,带到神话般的境界中。

　　唱完序诗,紧接着是一个关于柯尔克孜族的传说。

　　汗王阿尔汗企图霸占美丽的民间少女阿那里为妻,便诬其与亲生哥哥满苏尔婚配。最后,汗王用乱箭射死满苏尔,阿那里却死也不从,用匕首自尽。阿尔汗盛怒,把他们的尸体付之一炬,骨灰撒在皇宫的溪水之中,尔后流入花园。不料,公主和大臣们的40个儿女饮了溪水,都怀了孕。汗王大怒,将她们驱逐于荒山野岭之中。于是,她们生下了20个男孩和20个女孩。当他们长大成人之后,又互相嫁娶,繁衍后代,于是有了柯尔克孜族。

　　神奇的传说,使听众如醉如痴,如痴如醉。

　　接着,歌手便言归正传,从玛纳斯不同凡俗的降生一直唱到英雄率领40个勇士反抗卡勒玛克和克塔依的黑暗统治,直至战死沙场,为民捐躯。

　　这样唱啊唱,唱玛纳斯,唱英雄的后代,有的歌手可以唱几天几夜不歇气。

　　"约退加克涉(柯尔克孜语:太好了)！请您接着往下唱呀！"

　　有一次,听众中突然站起一个陌生汉子,操着生硬的柯尔克孜语,用崇敬而渴求的目光久久凝视着歌手。他被歌手精彩的演唱和传奇般的故事深深地打动了。

　　他叫刘发俊,是自治区文联来专门搜集《玛纳斯》史诗的民间文艺工作干部。他已是第二次进克孜勒苏草原听歌手演唱《玛纳斯》了。

　　半年以前,他同新疆作协分会的两位同志一起到克孜勒苏组稿,偶然发现了这个奇迹,当即请人记录了上万行诗句。文联领导听了汇报,如获至宝。经请示自治区党委宣传部,决定成立《玛纳斯》工作组,到柯尔克孜人民中广泛调查搜集。刘发俊被任命为组长。他当时还不满 30 岁,头一回单独执行任务,又不懂柯尔克孜语,生怕辜负领导的重托。但他懂得,《玛纳斯》是柯尔克孜族的文化瑰宝,是国家的重要文化遗产,把它挖掘出来,将成为中华民族的宝贵财富。从 1949 年进疆的那一天起,他不是已经把自己交给了新疆吗?减租反霸,土地改革,农村调查,他和各族人民朝夕相处,不仅学会了维吾尔语,还受到丰富多彩的新疆民间文学的熏陶,对这块神奇的土地和灿烂的文化产生了深深的眷恋之情。

春雪还没融化,他便带领工作组再次踏进柯尔克孜人民的故乡,走到"玛纳斯奇"的身边来了。

他爱上了《玛纳斯》,像柯尔克孜族父老兄弟一样,从心底崇拜那位"有青鬃狼一样的胆量,有雄狮一样的性格,有巨龙一样的容颜,有大山般的体魄和力量"的为民征战一生的英雄玛纳斯。

"我只能唱这么多。"歌手说,"草原上的歌手像星星一样多,跑遍我们的草原和高山,就是一部完整的《玛纳斯》。"

果然,无论走到哪里,都能听到"玛纳斯奇"的歌声。但大多数人只能演唱史诗的零星片断。玛纳斯的故事就像一串断线的珍珠撒落在广袤的草原上,只有一颗颗捡到手,把它们穿起来,才能放射出璀璨的光辉。

然而,这对一个只有两三个人的小小工作组来说,是何等的艰难啊!

克孜勒苏柯尔克孜自治州党委领导对此十分重视,给工作组抽调了五名柯尔克孜族干部,并得到正在那儿实习的中央民族学院柯语班师生的支持,组成三个小组,分赴乌恰、阿合奇、阿克陶各县的社队,走家穿户,到茫茫大海中去寻觅那些失散的珍珠。

刘发俊首当其冲,主动承担了到阿合奇县采风的任务。那是一个交通闭塞的偏僻地区,从州上到县城连条像样的公路也没有,必须以马代步,还要翻越一座又一座高山,涉过一道又一道冰河。但对他来说,这已经习以为常。那些日子里,他和柯尔克孜族干部不知走过多少地方,吃过多少苦头。他们时而跋山涉水,冒险而行;时而横穿戈壁,日行百余里;时而翻越雪山,露宿冰达坂。为了搜集史诗和柯尔克孜族民间故事,他和图尔干、玉山还骑着牦牛登上了帕米尔高原。经过卡拉莫依诺克达坂的时候,积雪深达一米多,几乎寸步难行,他们只得跟在牦牛的后面,在牦牛划开的雪巷中一步步爬行。夜晚,便钻进不避风雪的石片垒砌的石板屋里,围着牛粪燃起的篝火取暖。

为了《玛纳斯》,再高的山也要攀登,再险恶的冰河也要涉过去。

刘发俊来到阿合奇县,一个意外的收获,使他忘记了几天来的旅途颠簸之苦。这里有一位名叫居素甫·玛玛依的天才歌手,能连续演唱六部史诗。有人说,他一唱起来,少则几天几夜,多则两三个月。人们无不称赞他的演唱才华和惊人的记忆力。

有人甚至说居素甫演唱这么伟大的史诗,是靠"神灵托梦"的。说有一次他到山里放羊,累得很,便躺下睡了。梦中遇见了老英雄巴卡依(史诗中玛纳斯的高参、一位多谋善断的老人)。巴卡依给他喂了一把小米,骤然狂风大作,雷鸣电闪,战马嘶鸣,毡房摇晃不止。随即,雄狮玛纳斯和40个勇士出现了。他们东征西战,驰骋南北……他从梦中惊醒之后,其景其状,仍历历在目。从此,居素甫就会演唱《玛纳斯》了,而且一唱便如泉水喷涌而出。

玛纳斯是柯尔克孜人民心目中的精英,是他们的民族之魂。因此,凡是能演唱《玛纳斯》的人,便被视为神奇的"玛纳斯奇",而受到尊崇。

其实,居素甫·玛玛依并非天生就会演唱《玛纳斯》。他八岁时进入伊斯兰经文学校,学会阿拉伯字母后就开始阅读民间文学作品。而他的哥哥巴里瓦依又是个民间歌手,记录了几十种民间文学作品。他从哥哥收藏的书籍中发现了著名的"玛纳斯奇"尤素普阿洪和依勃拉依姆记录的全部《玛纳斯》史诗。在父亲的督促下,他用了八年多的时间,把史诗全部背诵下来。为演唱史诗,他和哥哥都进过盛世才的监狱。最后,哥哥被杀害,《玛纳斯》原稿被洗劫一空。而他却把《玛纳斯》铭刻在记忆中了。

如同发现了奇珍异宝,刘发俊急不可待地赶到居素甫·玛玛依的家乡——麦尔坎西村。万没有料到,这个著名的"玛纳斯奇",竟是一个戴帽的右派,正在监督下从事繁重的劳动,蜡黄的脸颊布满了野草般的胡髭。四十刚刚出头的人,却是一副老者的面貌。

右派能否演唱《玛纳斯》呢? 他还能唱出来吗? 刘发俊犯愁了。

还好,阿合奇县委出于对《玛纳斯》的支持,慨然答应给居素甫一个戴罪立功的机会。

而居素甫的演唱更是出乎意料。他以超人的记忆力,给史诗平添了无比的光彩和魅力。每天,人们默默地坐在他的身边,听着,记着,仿佛站在高山之巅,在聆听一支无休无止的古歌,几乎忘记自己的存在。

那时,刘发俊还不能完全听懂居素甫的演唱。他不得不一面工作,一面学习柯语。他和帕自力、萨坎这些愿意学汉语的同志建立了互教互学合同,学拼音,记单词,攻语法。他拜人为师,虚心求教,不肯放过任何一个学习的机会。

到1964年,当中国民间文学研究会倡导再次组织《玛纳斯》工作组进入克州时,他已经能投入史诗的翻译工作了。

把青春和生命献给《玛纳斯》! 这是他们的共同信念。

陶阳和郎樱同志也先后从北京赶来了。他们是民研会派来专门参加并指导史诗搜集、翻译和整理工作的。他们克服语言上和生活上的种种困难,深入柯尔克孜族人民生活的底层,打捞民间文学的精髓,为《玛纳斯》付出了大量心血。老陶是个文弱书生,柯尔克孜族父老听说他是北京来的客人,格外亲热,每次外出总是给他选最老实的马,可他还是从马背上摔下来好几次,有一次几乎出现"套蹬"。不过,他没有因此而畏惧,一有机会,还是骑着马翻高山、越峻岭,挨家挨户地访问"玛纳斯奇"。那些日子里,他几乎跑遍了克孜勒苏草原。

《玛纳斯》工作组里,还有一位年轻活泼的女同志,名叫尚锡静。她心直口快,工作泼辣,像一只不知疲倦的小羊羔。坐在歌手旁边,她总是眨动着一双渴求的眼睛,好像要把歌手演唱的一切都刻在心里。

她不是头一次来克州,1961年中央民族学院柯语班到这里实习时,她就听过居素甫的演唱。没想到,三年后她却以东道主的身份参加了《玛纳斯》的翻译整理工作。她和《玛纳斯》史诗结下了不解之缘。中央民族学院毕业考试时,她以优异的成绩引人注目,但她不情愿留在北京,新疆才是她的归宿。

到了乌鲁木齐,在自治区教育厅工作的哥哥闻讯赶来了。

"锡静,留在乌鲁木齐吧,我负责安排你的一切。"

尚锡静明白哥哥的意思。

"哥哥,你知道我是学柯尔克孜语的,留在乌鲁木齐,我就像鱼儿离开了水,让我怎么活呀?"

尚锡静说服了哥哥,毅然奔赴遥远的克孜勒苏。

接着,又和她的男朋友一起,被分到一个更为遥远的角落——坐着马车,到达边境上只有几个院落的阿克陶县,在一所民族中学担任教师。

她没有因此而沮丧,而悔恨。在和柯尔克孜族父老兄妹的相处中,她生活得有滋有味,异常充实。一篇篇优美动听的民间故事,许许多多有关英雄玛纳斯的传说,使她大开眼界。她得到了用金钱买不到的珍宝,她所学到的知识终于有了用武之地。

克州招待所再也不平静了,那里的灯光,常常彻夜通明。

一支苍凉的悲歌

玛纳斯歌手和《玛纳斯》工作者正在夜以继日地忙碌着,突然"文化大革命"刮起了"十级风暴",大批判的吼声惊天动地,如雷贯耳。而他们依然沉浸在神话世界中,毫无觉察。真可谓"两耳不闻窗外事,心中只有玛纳斯"啊!

当时,史诗的演唱、记录、翻译工作已近尾声,即将大功告成。史诗的出版合同也早已签订,只待定稿之后送往北京出版了。成功的喜悦使他们全然不顾外部世界发生的一切。

一封又一封印着"速返"、"勒令"字眼的电文伴随着电闪雷鸣飞向克州招待所。

《玛纳斯》工作组被强令解散了。

书稿怎么办？原始记录稿，柯尔克孜文整理稿，汉文翻译稿，一堆堆，一捆捆，麻袋也装不完。那是多少人用辛勤的汗水换来的呀，一旦遗失，将酿成弥天大罪。

此时此刻，他们还在为此煞费苦心，哪里知道，《玛纳斯》本身已被打成大毒草，他们则是炮制大毒草的人、成了反面教员。

刘发俊带着一部分书稿资料，匆匆回到了乌鲁木齐。

直到这时，他还没有从《玛纳斯》中摆脱出来，回到严酷的现实世界。当进驻文联机关的工作组负责人找他谈话时，他还在为书稿担心。当时，民研会的一位同志准备把书稿带回北京保存，刘发俊不放心，没有答应。他想征求一下工作组的意见，想不到工作组负责人回答得很明确：

"你还想窝藏这个大毒草？让他拿走，快拿走，全拿走！"

大毒草？刘发俊有点不服气。难道他们艰苦奋斗了这么多年，就是为了一个大毒草？他这个人性情耿直、执拗，没有想通的事，绝不随声附和。他还想汇报一下《玛纳斯》的工作进展情况，顺便讲讲史诗的内容，说明自己的看法。可没说几句，就被那位负责同志打断了：

"你们肆意把一个杀人不眨眼的刽子手美化成民族英雄，还有什么可夸耀的！你中毒太深哟，是悬崖勒马的时候了。不过，只要你愿意革命，我们还是欢迎的。"说完，便给了他一个立功赎罪的机会，让他抓住《玛纳斯》这个问题，揭发批判文联的所谓"反革命修正主义分子的罪行"。可他实在转不过弯来，不知《玛纳斯》中有什么毒素，而重视史诗工作的领导又何罪之有。他勉强写了个批判稿，工作组的同志看了直摇头。最后，他们只好派人帮助他消毒，提高认识。

他总算是个幸运者。

《玛纳斯》工作组解散后，许多同志成了"牛鬼蛇神"，经受了难以想象的折磨，有的被打成"反革命"、"反动学术权威"，有的被批斗抄家，有的被剃了阴阳头游街……

然而，正像《玛纳斯》中的一句格言说的那样："任你把衣襟怎么抖展，也不能遮住太阳。"

生活的辩证法是无情的，也是无法预料的。曾几何时，人人口诛笔伐的《玛纳斯》，十年后又成了香花，成了全国民间文学工作者议论的中心话题。1979 年，中国民研会与新疆文联决定恢复《玛纳斯》工作组，重整旗鼓，全力抢救，让《玛纳斯》尽快公之于世。

抢救,全力抢救!

这不是危言耸听,而是摆在面前的严酷现实。在那荡涤一切的年代,《玛纳斯》岂能逃脱荡涤的厄运!几经转移,所有资料和译稿又像断线的珠子,全部散失殆尽,无从查找。

面对这一切,《玛纳斯》工作者们怎能不痛心疾首?倘在掌握资料最多、唯一能演唱全部《玛纳斯》的老歌手的有生之年不进行抢救,那将会遗恨千古!

是的,祖国宝贵的文化遗产绝不能在我们这一代人的手里付之东流,一定要全力以赴地抢救!

但在百废待兴的年月,要办成一件事可不那么容易。当时,自治区文联还没有正式恢复。100多人挤在十多间办公室里,整天像赶巴扎似的,哪有《玛纳斯》工作组的立锥之地?

经与中国民研会联系,决定到北京办公。

居素甫·玛玛依忧心忡忡地来到乌鲁木齐。他最担心的史诗资料是否遗失的问题,果然发生了。他老泪纵横,泣不成声,几乎晕倒过去。

"完啦,我这辈子完啦,不能再唱《玛纳斯》啦!"

人们一下子惊呆了,望着那张饱经风霜的脸,那双余悸未消的眼睛,泪水也扑扑簌簌地淌下来。

"《玛纳斯》是我们的国宝,你应该振奋精神,把它重新唱出来,让它一代一代传下去,祖国和儿孙后代是不会忘记你的功劳的。"

同志们坐在他的身边,诚恳地和他交谈,文联领导也循循善诱地做了不少工作,给他解决生活上的具体困难。

他的脸终于舒展开来,露出一丝微笑。

他登上了飞往北京的波音707客机。

与此同时,《玛纳斯》工作人员也告别了新疆,告别了亲人,沐浴着初冬的阳光,来到北京。

在中国民研会的主持下,借用中央民族学院的几间房子,他们重新投入了《玛纳斯》的演唱、记录、翻译工作。

一切又是从零开始。

一支难唱的苦歌

全部希望寄托于老歌手居素甫·玛玛依身上,倘若他真的不愿唱或真的丧失记忆力而唱不下去,那一切便无从谈起。

一台四喇叭的双卡录音机放在居素甫面前了。

大家定定地瞅着他，满怀期待。他却许久不开口，只见汗珠子滴滴答答地往下掉。

现代文明渗透一切领域，记录古老的史诗也采取边录音边记录边翻译的流水作业法，以加快工作的进程。

不料，居素甫面对着那个小小的转盘，听着咝咝的响声，一句也唱不出来。

他的记忆力真的衰退了么？所有的人都捏了一把汗，失望地摇头，叹息不止。

"拿掉吧！"居素甫指着录音机，抹了把汗说。他享受不了这种文明，一看到那个玩意儿，他就紧张得不得了，思路无法集中。

把录音机拿掉了，他反而无拘无束，像回到了自己的家乡——哈拉布拉克草原，眼前又出现了雪山、彩云、羊群，出现了那些熟悉的面孔，很快就进入了角色。

他一旦唱起来，歌声便很少停顿。玛纳斯被他描绘得活灵活现，妙语联珠。

大家欢呼起来，为他的新生而庆幸，为《玛纳斯》的再生而庆幸。

面对着一张张记录下来的诗稿，大家喜不自胜。居素甫的演唱及萨坎的记录水平都比过去大大提高了。许是经过严冬的人更懂得珍惜春天，大家通力合作，互相支持，气氛热烈而又和谐。

首都那么多名胜古迹，那么多风景区，那么多影剧院，但谁都舍不得花点时间去光顾，去欣赏，甚至连节假日的概念也没有，很少有人外出。

每个人都重新站在起跑线上了，这次一定要跑出好成绩。

北京的冬天和春天在不知不觉中度过了，当酷暑降临到北京的时候，他们已经完成了史诗中最长的第一部分的重唱和重译。

汗水淋湿了稿纸，浸透了衣服，用湿毛巾擦把脸，接着干。

时间，每分每秒都是宝贵的。他们经常谈论：国外早已开始了《玛纳斯》的研究，但所依据的大多是苏联出版的《玛纳斯》三部曲。而我们的《玛纳斯》却是8部，这是何等的气势，何等的辉煌。

他们为此感到骄傲，也感觉到周围那些焦急的火辣辣的目光给予的压力。

于是，发奋工作，让《玛纳斯》早日面世，为祖国争光，便成为大家共同的愿望、共同的目标。

然而，这共同中也出现了一点不同，也有那么一些令人不愉快的小插曲。

那时，刚经历了"文革"，人们的思想还没有完全统一，还有一些障碍存在。受中国民研会委托，负责《玛纳斯》全盘工作的一位组长，曾为《玛纳斯》出过不少力，但不知为什么，还没有完全从那些束缚中解脱出来，很不适应。

面对着这一切，工作组里唯一的女翻译家尚锡静坐不住了。

这位组长是曾经为她授业解惑的导师。她尊敬他，崇拜他，甚至感激他提名让她参加《玛纳斯》的翻译工作。如今,回到久别的母校,又在老师的亲自指导下,从事梦寐以求的共同事业,她心中充满了幸福感与神圣感。但她看到老师对待同事的态度,她不能忍受。出于对师长的爱护,她找他开诚布公地谈了自己的看法。

不料,老师并不理解也不肯接受她的一片好意,反而给她设置重重障碍,甚至对她翻译《玛纳斯》的成绩也加以贬低。

《玛纳斯》的抢救工作还能不能进行下去?为了总结经验,只好休整一段时间了。

老歌手居素甫·玛玛依匆匆离开了北京。

他迷恋草原,怀念故乡,渴望回新疆唱玛纳斯。他说忍受不了北京那样的高温。

刘发俊、萨坎也要走。

唯有尚锡静打算留在北京。

难道她不思念亲人么?她是两个孩子的母亲了,丈夫在当时的克州党委"知青办"工作。他们相隔万水千山,只有梦中相会,相互倾诉思念之情。但她不愿把宝贵的时间白白消耗在漫长的旅途之中。她要利用这段时间学点东西,尽可能多翻译一点。

对时间,她总是过分吝啬。刚来北京时,她原想去东北鞍山探望多年没有见面的年逾古稀的老母亲,别人也一再催促她启程,她却一头扎在稿子堆中,迟迟不肯动身。两个月后,传来母亲病故的噩耗,她失声痛哭。领导给她批了十天假,她只在家里待了四天,料理完母亲的后事,立即返回了北京。

她终于留下了。为了工作,她宁愿牺牲一些东西。

不料,学院行政部门要她搬出学院,另找房子。

不久,她又收到丈夫的一封信,信中说克州已停发她的工资,原因是收到北京一封莫名其妙的公函:"尚锡静在北京已经无翻译任务,何时需她回,请函告。"尚锡静明白了,这是在撵她走。

陷阱,一口黑洞洞的陷阱,出现在尚锡静的脚下。所幸发现得及时,她显得异常冷静。事后,总算弄清了,这封公函是个别人背着民研会领导一手炮制的。

不管怎样,她还是留下了。

为了更好地研究《玛纳斯》,也为了争口气,她参加了1980年中国社会科学院招收研究人员的考试。她报的是民族文学研究专业,为了避开干预控制,她谢绝了主考愿意为她设置柯尔克孜语专业考试以发挥优势的建议,毅然地参加了对她来说算不上特长的维吾尔语的专业考试。但学业荒了多年,又是仓促上阵,考完后,她的自我感觉不算良好。不过四门学科全及格了,总分超过了录取分数线。

然而,她终于没能摆脱干预和控制,比她考分低的人被录取了,她的名字却被一笔勾掉了。当她的朋友把这可靠的消息向她透露之后,她惊呆了,放声大哭。

她再也无法沉默了。抓住"低分者金榜题名,高分者名落孙山"这个不合理的事实,她奋笔疾书,给《光明日报》和有关部门写了一份申诉书。

报社立即派记者进行调查。她的申诉得到社会舆论的同情和支持,终于得到了迟到的录取通知书,指定的报到地点却变成新疆社会科学院。

这显然是一个带有安慰性质的通知。但她什么话也没说,新疆是她的第二故乡,她把青春和热血洒到了那里,献给了《玛纳斯》,回新疆又有什么不好呢?

1981年春节前夕,尚锡静怀着一颗滚烫的心赶回乌鲁木齐,到新疆社会科学院报到。社科院人事部门热情接待了她,并给她分了过节的食品,嘱咐她先回克州探家,过了年,再办手续。

尚锡静刚进家门,两个孩子一下扑到她的怀里,紧紧地搂住她的脖子,生怕妈妈再跑掉似的。

丈夫痴呆呆地望着她,一句话也说不出来。他理解自己的妻子,对她的事业一向是很支持的,愿意做一个合格的"五好丈夫"。他们是同学,是伴侣,又是挚友,心心相印。可面对妻子的工资被扣发,调资指标被取消,他的心是冷冰冰的。对妻子是抚慰呢,还是劝阻?

像报告喜讯似的,她把社科院录取她的事讲了。满以为会让丈夫和孩子们欢悦一阵,然而又是一阵长久的沉默。

这时,她才更加深切地感到,她所从事的一切,她所取得的每一项成绩,都是以亲人的牺牲作为代价的。想到这,泪水终于簌簌地淌了下来。

于是,丈夫和孩子又来安慰她了。多么好的亲人啊!

过完春节,尚锡静带着全部手续,兴冲冲地走进新疆社会科学院的大门。

万没有料到,社科院变卦了,以"专业不对口,没有编制"为借口,推翻了许诺,不予录用。她被拒之门外了。

尚锡静欲哭无泪。

她风风火火地返回北京,申诉,继续申诉。但在频繁的电话铃声和公文旅行中,她焦灼地等待了半年,毫无结果。

钱用光了,她不得不变卖身上所有值钱的东西,拖着带病的身躯,继续奔走。夜晚,随便投宿于哪个亲友家里。

在亲友的帮助下,她常常可以借助一个小小的角落,平稳一下自己的情绪后,又拿出一沓稿纸,进入《玛纳斯》的天地。几个月的流浪生活中,她不仅整理了大量有关《玛纳斯》的资料,还翻译了一部15万字的柯尔克孜长篇小说《凯尔曼山的雄鹰》、7000多行的叙事诗《库尔曼别克》,创作了电影剧本《冰山之父》。

盼春风给我新的生命

是阳光赐我斑驳的理想

那海天之中云雨幻化的生活
无时无刻不令我情思神往

天涯咫尺,望平了崔崔山路
咫尺天涯,走不尽遥遥梦乡

我欲飞跃
我要歌唱

只要摆脱这凝滞闲闷的时光
哪怕去爬塔克拉玛干的沙浪

　　这是尚锡静在极度苦闷中写的一首诗,却充满着对事业、对未来执著的追求和向往。

　　她还写过一首诗:

风啊
让我立起成一只帆吧
不论送我归航
还是推我前进
只要驶进一个港湾
我心的锚就会抛稳
我是瀚海上一朵漂泊的云
何处去寻找栖身的绿阴?

　　这是 1982 年 5 月写的。正是这一年,她幸运地驶进了一个港湾,找到了栖身的绿阴。

　　新疆的党政领导开始过问这件事了。正在北京开会的新疆文联领导刘肖无和王玉胡同志都很关心她的处境,在和她见面的时候,她从两位领导的目光中看到了爱抚,看到了希望。两位领导告诉她,经中共中央宣传部批准,决定对原《玛纳斯》工作组进行调整,《玛纳斯》史诗的翻译整理工作由新疆主持进行。她的工作亦由新疆文

365

联负责安排,让她继续为《玛纳斯》作贡献。

尚锡静激动得哭了。

一支拼搏的壮歌

好事多磨。

用这句话来比喻《玛纳斯》史诗的翻译整理工作中出现的波折,也许未必恰当。但围绕着它产生的种种不幸和冲撞摩擦,却是实实在在的。

因为是好事,目的仿佛都是为抢救国宝,摩擦起来便理直气壮,不加任何掩饰。但结果却适得其反,《玛纳斯》的抢救工作一下子中断了两三年,损失之大令人吃惊。

到 1982 年,这种摩擦还没结束。

照理说,《玛纳斯》工作决定由新疆主持进行之后,它的全部资料应当毫无保留地交还新组建的《玛纳斯》工作组,这是顺理成章之事。

但就是这样明摆着的事却也办得并不顺利。

新疆维吾尔自治区党委宣传部派我们来北京,取回存放在中央民族学院的居素甫·玛玛依演唱的柯尔克孜民间英雄史诗《玛纳斯》资料,至今已一个多月了,有关方面仍以种种理由拖延将资料转给我们。现将情况向领导汇报,望能得到领导支持,使问题尽快解决。

这是负责《玛纳斯》工作的新疆民研会副主席刘发俊及秘书长张运隆 1982 年 11 月 28 日给中宣部文艺局和国家民委文化司的信。

不到万不得已的时候,他们是不会这样做的。迢迢万里跑到北京,那么冷的天,那么大的开销,那么寂寞无聊的生活,每天都有一种度日如年的苦恼。但掌握材料的有关人员却一拖再拖,迟迟不肯交出来。并说:"史诗是国家的,谁也不能垄断!""凡是出了力的同志,都有权使用这个资料。"

协商不成,他们只得向上反映。

北京的冬天过去了,又迎来了多风的春天,还是没有研究出一个结果。刘、张只好在如林的高大建筑物中继续奔走呼吁,继续上书。一直跑了五个多月,才使问题得以解决。

五个多月,150 多个日日夜夜,要做多少事情啊!但在那个调整阶段,这些似乎是正常的。

60 多岁的居素甫·玛玛依当选为自治区文联副主席以后, 有了安定的生活环境,更加焕发了青春。在《玛纳斯》工作组人员不足的情况下,他主动提出自唱自记,灵活掌握作息时间。诗兴大发的时候,他常常废寝忘食,一直唱到月明星稀。即便休整片刻,他的脑海里仍然进行着紧张的导演,英雄玛纳斯常常出现在梦中。

他用了1320天的时间,终于完成了《玛纳斯》史诗的重唱任务,并把原来的六部史诗发展为八部,实现了连他自己都不敢想象的演唱一部完整的《玛纳斯》的夙愿。后两部他过去很少唱过,是这次为史诗作出的新贡献。

八部史诗的记录稿全部摆在翻译家们的面前了,每一部柯尔克孜文诗稿都在3万~5万行左右,复印后装订成册,均有3~5本,而每一本又都有砖头那么厚,放在一块儿,简直像一堵墙呢。

刘发俊面前有这样一堵墙,尚锡静面前也有一堵这样的墙。他们站在这堵墙面前,除了有一种豪迈感之外,还陡然产生一种神圣的使命感和责任感。的确,他们的担子够重了。

柯尔克孜族是我国少数民族中历史悠久而古老的民族之一,史诗《玛纳斯》不仅囊括了他们的政治、经济、法律、哲学、历史、地理、宗教、道德,而且反映了他们的生活习俗、风土人情、语言特点以及神话传说。

翻译家们摊开稿纸,面对着密密麻麻的柯尔克孜文,不仅要一句一句地理解、推敲,还要阅读大量的书。这样,才能保证译文准确,既忠于原文,又能译出韵味。有时为了一个地名,一个句式,一个词汇,一个情节,常常要耗费他们很多时间和精力。歌手在演唱中也常因顾此失彼而产生前后矛盾或不能自圆其说的疏漏之处,译者发现后,还要和歌手商量,加以弥补和纠正。

比起科班出身的人,刘发俊在翻译中遇到的拦路虎显然更多些。用自学达到柯尔克孜语水平翻译整理《玛纳斯》这样的巨著,他不得不付出比别人更多的汗水。

他们所面对的史诗,大约产生于10世纪左右,而它所描绘的事件却好几个世纪。结构庞大,情节纷繁,写了大大小小十几个战斗场面,塑造了100多个性格各异的人物形象。还有不少古代的部落名、武器名、乐器名、服装名、地名,也夹杂其中,使人眼花缭乱,仿佛进了一座迷宫。

刘发俊为此也犯过愁,但他更为柯尔克孜族的历史文化感到骄傲。他感谢《玛纳斯》教他学到那么多新鲜知识,既已立下把终身献给《玛纳斯》的誓言,还有什么东西能把他压垮呢?

有所得必有所失。

但不同的人有不同的得失观。为了《玛纳斯》,刘发俊把除了吃饭睡觉以外的时间,全部用在补偿自己的先天不足上。他如饥似渴地学习柯尔克孜族的文化历史知识,掌握柯尔克孜族语言习惯和语法的特殊结构。他还根据工作需要,用卡片形式制作了主要人物表、人名、地名、马名索引，以及疑难问题的注解。凡是自己搞不懂的东西，他就虚心向柯尔克孜族干部和歌手请教，而后再记在卡片上。假如把译者们的这些卡片集中起来，加以整理，那就是一本阅读《玛纳斯》的理想指南。

年仅50出头的刘发俊，一头硬楂楂的头发过早地灰白了，原来白中显红的脸颊变得又黑又瘦，出现了纵横交错的沟壑，挺拔的身躯也显得有些佝偻了。

"从我跟他结婚那会儿，他就鼓捣《玛纳斯》，现在儿子都工作了，他还在鼓捣。让他跟玛纳斯结婚好了！"

他的妻子骂他，也疼他。所有的家务事都可以撒手不管，骂几句又有何妨？妻子身体也不好，常常带病上班。为了《玛纳斯》，一家人都不得安宁。他几乎没有陪她和孩子看过一场电影、逛过一次公园。

是他心狠么？搞《玛纳斯》的人都是冷血动物么？不，他们把所有的热量都一点一滴地给了《玛纳斯》。

尚锡静终于坐在新疆民研会的临时办公处——乌鲁木齐北京路自治区新闻出版局四楼开始工作了。

她坐在既是办公室又是宿舍的一间房子里，把一切烦扰丢在脑后，终日沉浸在玛纳斯八代英雄浴血奋战的硝烟中。直到这时，她还是个没有编制、没有工资、没有户口的"黑人"

自治区文联发往克州的借调函、自治区劳动人事厅的正式调函，一次次被打回来。

"查无此人，调动无从谈起。"这就是回答。

尚锡静就这样带着沉重的枷锁，身居斗室，默默地、紧张地工作着。民研会虽然按月发给她补偿性的工资，但她都说不清呢。

她遨游在史诗的海洋中，似乎只有拼命工作，才能使她排除一切烦扰，变得平静一些。

独身一人，正是她大显身手的好时机，工作效率明显地提高了。

出版局大楼紧邻一条车水马龙的交通干线，噪音震耳欲聋。为了避开这个时间，她只好趁夜深人静时抓紧工作。和她同屋的那个小姑娘后半夜醒来时还常见她伏案疾书，便感动地说："尚阿姨，睡觉吧，明天再写。"

尚锡静只是微微一笑。第二天，东方刚露出一抹曙光，那个小姑娘还没起床，她已经抱着一摞新的诗稿跑到对面的山坡上去了。

那是一个人迹罕至的僻静处。每天黎明时分，她都要在这里静静地坐下来，反复阅读，熟悉柯尔克孜文原稿，弄清思路，找出难点，为加快当天的翻译工作做好充分准备。这样，翻译质量也有了保证。

炎热的夏天,直接承受着烈日暴晒的四楼,简直就是大蒸笼,闷得让人喘不过气来。身体过胖的尚锡静本来怕热,这时候更是汗流浃背。但她还是一动不动地坐在那里,头上顶着一块湿毛巾。实在不行,她就在洒过水的地面上躺一会儿,等暑气稍退,接着再干。

一年一度的新春佳节来临了,人们都在忙于采购,忙于除旧迎新的准备。这是尚锡静在乌鲁木齐赶上的第一个春节,看着边城的节日气氛那样浓郁,一阵怅然若失的感觉涌上心头。每逢佳节倍思亲,她的丈夫、孩子一下又涌入脑际。思念之情使她产生一种难以抑制的孤独感。节日期间,整个大楼将成为她一个人的世界,她该怎么打发呢?

不知怎么的,自治区人民政府副主席巴岱同志不久前看望她时的情景又在脑海中重现出来,心里又是那么热乎乎的了。

"尚锡静同志,你吃苦了。"这是见面时巴岱同志的第一句话。她当时激动得哭了。在这之前,巴岱同志已经找过她一次,她不在,又带话让她来的。巴岱同志从正在开会的会议室里走出来,紧紧握住她的手说:"关于你的事,我们都知道了,你放心吧,以后有事尽管来找我。"

尚锡静记不清当时是怎样离开巴岱副主席的,但那双充满关切和期待的眼睛,她是不会忘的,他将激励着她为《玛纳斯》献身。

于是,她谢绝了不少同志请她到家里做客的盛情邀请,悄悄上街买了一些饼干、点心之类的食品。不是为了过年,也不是为了招待别人,那是因为听说出版局大楼在过年的五天中要关门上锁,确保安全。而她呢,既不想出去拜年,也不想上街看热闹,她要利用这五天的清静时光拼搏一场。

但她未料到,大楼上锁之后,同时也关闭了自来水。而她准备的食品偏偏又是没有水难以下咽的东西。这可真应了越渴越吃盐的典故了,她只好对自己实行定量供水,在焦渴中熬过五天。

当人们上班的时候,只见她蓬头垢面,嘴唇干裂,却不知道这个春节她是怎样度过的。更不会知道,这五天的翻译成绩竟比往常的十天还要大。

尚锡静终于和亲人团聚了。文联给她分了一套两室一厅的居室。作为妻子和母亲,她有义务料理好这个家,以此作为对丈夫和孩子的补偿。每当丈夫下班之前,她总是主动地走进厨房,做一些准备,然后利用短暂的时间再去翻译。可是,她这个心中只有《玛纳斯》的人,一旦工作起来,便把什么都忘得一干二净。丈夫回来,常常发出一声惊叫:"天哪,水壶又烧干了!"

在她"执政"期间,不知烧漏了多少水壶,烧坏了多少铝锅。

她的家并没有什么值得料理的。刚搬到乌鲁木齐时,她一贫如洗,没有一张写字台、一个书架、一个沙发,甚至连把像样的椅子也没有。每天,她就坐在一个工形塑料小凳上,不停地写呀写。整个房子成了她的一统天下,各种各样的资料卡片摊了一床一地,几乎无别人插足之地。

她的房子被《玛纳斯》占领了,她的整个身心和《玛纳斯》融化在一起了。

去年10月的一天,她终因积劳成疾而病倒了。她疼得满床翻滚,浑身冒汗。胆囊肿? 还是肾结石? 她的病不自今日始,只是为了工作,她把病置之脑后了。

她被送进了医院。

朋友、同事和领导纷纷来看望,劝她安心养病,祝她早日痊愈。

她哭了,哭得那么难过。不是因为病痛,而是为《玛纳斯》。她很清楚,还有600页,《玛纳斯》的翻译工作就基本结束了。她本想把这600页诗稿翻完再住院,但病魔不答应。

"再给我一点时间吧,不能因为我,影响史诗的出版啊!"她痛苦地呐喊着。

经过短期治疗,她的病稍有好转。但因没有确诊,医生不同意她出院。她急了,跟医生哀求道:"让我回家吧,医院的生活我一天也过不惯。"

回到家里,她又紧紧抱住《玛纳斯》不放,天天盯着那600页……

写到这里,笔者的手不禁微微颤抖了。

当您称道史诗的辉煌成就时,是否还能记得史诗以外的歌呢?

但愿这支歌伴随着《玛纳斯》传下去。

没有这些默默无闻的、披荆斩棘的献身者,《玛纳斯》也许还像断了线的珍珠,撒落在茫茫草丛中。

2001年6月新疆大学出版社《隆起的西部》

370

华夏60年文学精品丛书①

冰峰五姑娘（下）

总主编◎祝谦　本卷主编◎张列

新疆美术摄影出版社
新疆电子音像出版社

图书在版编目(CIP)数据

冰峰五姑娘：60年报告文学选：新疆卷：全2册 / 张列主编. -- 乌鲁木齐：新疆美术摄影出版社：新疆电子音像出版社, 2013.11

（华夏60年文学精品丛书）

ISBN 978-7-5469-4435-7

Ⅰ. ①冰… Ⅱ. ①张… Ⅲ. ①报告文学 – 中国 – 当代 Ⅳ. ①I25

中国版本图书馆 CIP 数据核字(2013)第 247905 号

责任编辑：轩辕文慧

书籍设计：党　红

排版制作：王　芬

华夏60年文学精品丛书

冰峰五姑娘（下册）

总 主 编	祝　谦
本卷主编	张　列
出版发行	新疆美术摄影出版社
	新疆电子音像出版社
	（乌鲁木齐市经济技术开发区科技园路5号　830026）
总 经 销	新华书店
印　　刷	三河市燕春印务有限公司
开　　本	787mm×1092mm　1/16
印　　张	50
字　　数	800 千字
版　　次	2014 年 1 月第 1 版
印　　次	2014 年 1 月第 1 次印刷
书　　号	ISBN 978-7-5469-4435-7
定　　价	198.00 元（上下册）

目 录

第三辑:葳蕤新疆

我 在 现 场

——巴楚—伽师抗震救灾亲历记

窦新国

谨以此文献给参加巴—伽震区采访的老记们

——题记

2003 年 2 月 24 日 10 时 03 分。

新疆巴楚—伽师发生里氏 6.8 级强烈地震，造成大量人员伤亡和巨额财产损失。

巴—伽地震，举国关注，举世瞩目。

巴—伽地震，牵动人心，撼动人心。

地震无情人有情。一方有难，八方支援；情系灾区，魂系灾民。

一支支抗震救灾大军，日夜兼程赶赴灾区；

一列列赈灾应急物资，风驰电掣运往灾区；

一笔笔爱心捐款捐助，四面八方飞向灾区……

而与此同时，在第一时间，一支川流不息的新闻大军汇集震区，出现在灾区的方方面面，奔波在村村寨寨，活跃在角角落落。

于是，在第一现场，一条条及时准确的地震信息、抗震新闻、救灾报道，通过电波迅速传遍长城内外、大江南北；传播五湖四海，世界各地……

当地一位官员说，如果没有新闻媒体及时、迅捷的反映传播，就很难得到如此及时、迅捷的广泛支援；如果没有新闻记者不畏险、不惧生死的采访报道，就很难让外界及时了解这里发生了什么、正在做什么、还需要什么……记者的努力和贡献确实功不可没！

外地一位老记从余震不断的抗震救助现场，风尘仆仆地采访回来，在笔记本电脑上敲出的第一行文字便是——

"我在现场，我亲历！"

第一章

余震。持续不断的余震。截至 3 月 8 日 12 时，巴—伽震区共发生余震 3799 次，其中 3~3.9 级余震 311 次，4~4.9 级余震 34 次，5 级以上 2 次。在这里，将生死置之度外，不仅仅是一个修饰词或"豪言壮语"……

我们一路马不停蹄，赶到巴—伽震区灾情最严重的巴楚县琼库尔恰克乡时，刚下车立足未稳，就觉得脚下微颤了一下。

起初谁也没有在意，还以为车坐久了腿肚子发软呢。

待进了临时设在乡派出所的"抗震救灾指挥部"，就听急匆匆来来往往、乱哄哄挤挤插插的人群中，有位胸前挂着两架照相机的记者，沙哑着嗓子对同伴嚷嚷："刚才又震了，你没感觉？"

"啥没感觉？——我嘴巴上叼的烟卷都掉地上了！"

在哑然失笑中，我们真真切切意识到已与余震共舞，威胁已悄然贴近身边。

作为记者，大凡每到一地，尤其是发生"突发事件"之处，都有一种迫不及待赶赴现场、抢抓新闻的强烈欲望。于是，在"抗震救灾宣传组"报到后，我们几个就每人啃着一块干馕驱车直奔第一现场。

从几个满目疮痍的重灾村一路边走边看边采访，转到塔什郎托格拉克村时，已是天色向晚。

苍茫的暮色中，废墟上那孑然孤立的断墙残垣显得悲凉而凄楚，仿佛在无声述说这次大地震的无情与冷酷，控诉这场大劫难的祸害与罪孽。

一处倒塌了两壁、仅存两道危墙支着茅顶的房屋，远望酷似狰狞大张的"虎口"。

我刚想近前看看，同行的强子（摄影记者李培锋）握着照相机紧跑过来：老窦，那地方可不敢靠近！稍微震一家伙就玩完了……

我急忙止步，后脊梁就有了隐隐凉意。

返回的路上，强子边指点窗外边说：你们刚来，还不知道余震的厉害。那天电视台一帮家伙，正拍从危房中抢救种子的镜头，忽然咕咚一声，扛袋子的农民慌忙跑出来,半堵墙就倒了。

知道余震"厉害"的强子,在我们去之前,实在撑不住每晚无所安身、四处流浪的煎熬,占了一套没人敢住的办公室——"管它震不震,能躺倒身子迷糊一觉就行。"他说。但余震真来邪虎劲时,胆大包天的强子,也有乱了方寸的"幽默"。

那晚采访回来,同去的年轻记者刘大为、新疆经济报摄影记者陈昆仑和强子一起挤在那张比单人床宽不了多少的床上睡觉。

不料,在凌晨7时20分左右,一阵伴着隆隆闷响的大余震遽然而至。

从睡梦中惊醒的强子,猛地弹跳起来,光着脚丫子一个箭步就冲到外间屋。

惊魂甫定,强子扭回头一瞧,见刘大为和陈昆仑虽然也惊醒后拥被而坐,但毕竟还守在床上发傻,遂羞惭地挥挥手哼哈一句:没啥事,睡觉!

事后,说起这档子事儿,强子就用手搓着黝黑的脸膛,呲一口白牙:嘿嘿嘿,真让人害臊。你说这地板多凉,上床后脚丫子还半天缓不过劲来,丢人!

事后,刘大为就拿这事开涮强子:头天来闹震,我只不过一慌神蹦下床,你就笑话我。你呢,半夜起来光脚丫练"溜冰"呐!

小陈更"损":强子,人家是重色轻友,你可是重"震"轻友,大难当头撂下俩小弟就撒腿开溜啊?

强子招架不住,挎起摄影包落荒而逃:得!闭住你们的臭嘴赶快走吧,今天还跑七八个村子呢!

那天上午在兵团农三师采访时,碰上中国新闻社同行杨东。

说起隔三岔五晃悠一家伙的余震,在杨东那镇静自若的话语里,仍可感受出心有余悸的百般滋味:每次余震后,我们都要爬起来四下里细细瞅瞅,看墙上的裂缝增大没有,门窗拉起来有没有不对劲的地方,然后才敢决定睡不睡觉——说句老实话,即便躺床上,也是睁只眼闭只眼,哪能睡踏实。

也是没有办法。像许许多多老记们一样,杨东他们自来震区后亦居无定所,漂泊了几天,最后咬咬牙冒险住进了"劫后余生"、危机四伏的乡招待所。

其实,震后那里早已空无一人,没人敢拿自个的小命作赌注。

"……谁让咱们吃新闻这碗饭呢,采访得处处跑,稿子得天天发,再没个地儿打盹养养神,久了真受不了。"

握别时,杨东真诚地邀请我:这样吧,你要是没窝睡觉,就来和我们一块凑合。没啥大不了的,即便遭遇大点的余震,从我们住的一楼6号房间,出门、拐弯、跑到院里,总共只有12步。我来回量过好几次,准准的!

而我对余震淫威感受深切与铭心的有两次。

3月2日晚间,我和新华社记者范青、人民军队报记者黄正裕等人,同住一顶帐篷。睡觉时已近凌晨3时,感觉躺下没眯多久,简易床忽然像"羊羔风"(癫痫病)发作似的胡乱抖动起来,心惶惶地一骨碌翻身坐起,见对面床上的黄正裕也一个激灵直了身子,掀开帐篷小窗一角往外探望。

唯范青,只含混不清地咕噜了一句什么,又闷头酣睡——凌晨我们睡觉时,范青还在精神头十足地用笔记本电脑敲稿子,也不知道啥时候躺下的。

早晨起床后给县地震局打了电话,言震级为3.8级,时间为7:40分。

还有一次是3月4日,也是凌晨时分。

因为头一天断断续续飘着雨夹雪,天阴冷。下午跑了距乡里最远的且克且克村和玉吉米勒克村,回程途中又顺路去采访参加抗震救灾的解放军驻疏勒某部。所以,一路磕磕绊绊赶回乡里时,已过了子夜。

在那阵儿再找个窝安身,自然比登天还难。于是,我和郭复兴便在车里将就了。

大约在凌晨4时许,气温骤降,车厢成了冰箱。冻醒后再难入睡,遂起身下车,跺着脚袖着手,哆哆嗦嗦在周围兜了几圈儿。

灾区的夜晚,阴郁而凄寒,近旁,八九台中国电信、移动、联通等公司的应急通信车,传出昼夜无眠的轻微嗡嗡声;远处,苍穹显得黑魅魅而湿漉漉,偶或传来几声抑郁的狗吠鸡鸣,尤让人心绪难宁……

上车睡觉时看看表,已近5时。

然而,蜷缩着身子刚刚迷迷糊糊进入梦乡,就仿佛被人猛推了一把吓醒了。旋即,车厢便剧烈摇晃起来,睡在车后座的老郭惊慌失措地弹坐起来——"老窦!地震了!"

此时,透过挂了一层薄薄霜花的车窗,就见紧挨我们停靠的乌鲁木齐晚报的车辆里,也一阵人影晃动;而马路对面的一辆越野车,几乎四个车门同时打开,几个人跳下来慌乱地四处张望。

此时,又听老郭在后面一边簌簌摸索,一边瑟瑟嘟囔:我的眼镜咋不见了,是不是让震掉了?……老窦,你把打火机打开。

燃亮打火机,借助微弱的光亮,好不容易寻找到老郭的眼镜,天已微明了。

午间抓空看看电视,荧屏一片"雪花",只听到湖南卫视播音员说:今日凌晨8时20分,新疆巴楚—伽师灾区又发生5.2级余震,没有人员伤亡。

之后,郭复兴打电话到地震局核实情况,对方回说震级4.2级,时间8时24分。但那天我们觉得震感很强——也许是在车厢里的缘故吧。

当天下午,见着去抗震救灾部队采访的记者姚海峰,说昨晚他也是采访晚了住在卡车上。凌晨发生余震时,挤挤挨挨睡满了官兵的大卡车,也像航船遭遇惊涛骇浪般一下子颠簸摇晃,确实令人惊魂动魄。

"……但和我同车厢住的战士们，在余震那一刻，几乎都睡得沉沉的。想想他们几天里玩命抢险，累得一塌糊涂，又在这冰凉潮湿的寒夜里挤车厢板，能睡着觉啊，其实就是一种精神，一种感人的精神……"

姚海峰在说这些话时，眼圈就红了。

第二章

在巴—伽震区遭受深重灾难、几成一片废墟的乡村里，那些淳朴厚道、质朴善良的父老乡亲们，最初见着一拨一茬接踵而来的记者们，大约不知道或弄不清该称呼什么，就眼泪巴巴地握着手叫"卡德尔"（干部）、"书记"，甚或"阿扎提"（解放军）。而后来，见得实在多了，再遇到手握采访本、脖挂照相机、肩扛摄像机的人；便攥着手用不太熟练的汉语连声说"记者！记者！"

仿佛转瞬之间，巴—伽震区的角角落落都有了记者采写播发的声音；

仿佛在一夜之间，巴—伽灾区的旮旮晃晃都有了记者奔波忙碌的身影。

雷厉风行、络绎不绝的记者队伍，来自四面八方、全国各地——

在地震后的第一时间里，新华社、《人民日报》《光明日报》、中央电视台、中央人民广播电台以及《新疆日报》《文汇报》等媒体的记者，就以最快的速度赶到了灾区。在最初几天的高峰期间，巴—伽震区集结了区内外40多家媒体、近300名记者的新闻大军。

迅速快捷，快马加鞭，是老记们最初留给人们的深刻印象。

羊城晚报的郑杰、陈海平等三位年轻记者，一路掐着手表急切计算里程，咬住时间抢赶转乘飞机。

2月25日晚间抵达喀什机场后，又急匆匆情切切逢人就问：震区离这多远？灾区情况怎么样？如何以最短的途径、最快的时间赶到现场？

赶巧，同机到达的新疆日报驻部队记者梁永利，在擦肩而过听到他们的问话，就让他仨硬挤上来坐自己的车，风驰电掣般直奔巴楚。

到达灾情最重的琼库尔恰克乡时，已是深夜。

同车同路，又承担同一项报道任务，梁永利就真诚挽留仨小同行，填填肚子再去乡里。郑杰、陈海平等年轻记者，却执意要先去了解情况。

翌日晨，梁永利在赴现场前顺路去看看，才知道那仨小兄弟昨晚在一个小沙发上，裹紧衣服挤坐一宿。天刚擦亮，就又挡个便车去村里了。

新疆人民广播电台的杨胜江一行人，2月24日下午4时接到任务后，什么也没来得及做准备，就乘车紧急出发，日夜兼程奔赴地震灭区。

路上，除途中加油时，大伙儿下车伸伸胳膊蹬蹬腿外，就没离开过车座。由俩司机轮换休息开车，马不停蹄地赶路。

路上，生怕停车吃饭耽误时间，打电话让沿途的亲友，在预订时间、约定地点，准备好方便食品等候，待车路过时拿上就走，前后停车时间不过两三分钟。

如此，近1400公里的路程，仅用了17个小时就赶到了。

下车时，腿脚肿痛，几乎是互相搀扶着走来的⋯⋯

川流不息、蜂拥而至的新闻大军，在夜以继日采访报道、争分夺秒传播信息的同时，吃、住、行都遇到了困难。

几顶搭设在"抗震救灾指挥部"和琼库尔恰克乡政府院里的帐篷，成了老记们争抢栖身的"天堂"。

新华社记者郭立，为之得意洋洋且为之骄傲自豪的，便是他们拥有一顶"独霸"的帐篷。

每个帐篷里，任何时候都人满为患。

一顶席地而铺的帐篷里，密密匝匝挤进十几个人，睡觉时翻个身，就再难放平身子。

一位来自内地的记者起夜小解，回头就没了"铺位"，只好拽条被子裹着坐了一夜。强子的"遭遇"就更惨了些。2月24日晚，强子随自治区副主席努尔兰·阿不都连夜赶到灾区。在一路随行从色力布亚镇中心卫生院拍摄抢救伤员、沿途采访紧急救灾、疏散灾民等等情况后，已是深夜。震后的灾区一片紧张忙乱，连空气里都弥漫了火急火燎的气息。

此情此景，便如硝烟正浓的战场。此时此地，就甭说能找一席安身之地，就连一隙立锥之地都难觅——镇办公楼院里所有的空间，都像种树一样挨肩擦膀插满了人。

强子遂"可怜兮兮"地挎着沉甸甸的摄影包，在院里院外漫无目的地兜圈子直到天亮。

强子说：那晚他最遗憾的是未能按照路上想好的计划，拍摄一组弥足珍贵的"抗震救灾第一夜"的照片。强子还说，那晚他心里毛躁躁像一团乱麻，沉甸甸像压了石头，就边转悠边胡思乱想。当然也想了许多平常疏忽或没寻思的道理，道理之一就是"有张床睡觉是天下最美的事"。

在这非常时期、非常地方，就没有了性别区分。

帐篷里都是和衣而眠，男女混居。

来自南方某媒体的一位身体瘦弱的女记者，27日晚间抵达后被特殊照顾住帐篷。她探进头一看，横七竖八躺一片鼾声如雷的男子汉，缩回脚说啥也不住了。但在寒风地里，哆哆嗦嗦熬到下半夜，自己钻进帐篷，硬挤在男人堆里安心睡了。

有道是新闻是"跑"出来的。但，在遭受大灾大难的震区，交通工具是最紧张也最缺乏的，跑新闻就全凭老记们"八仙过海各显其能"了。

挡便车、包出租，实属不易；搭上拖拉机、毛驴车，就成了"奔驰"。更多的，是三三两两结伴搭伙，来回十几、几十公里徒步跑现场采访……

难得调剂一辆采访车，213吉普的后座上，竟像叠罗汉般"坐"了六七个人！

语言不通，倘没有翻译或"双语通"的驻村干部，记者们就比比画画打手势、猜哑谜，想方设法沟通"采访"，千方百计了解情况。

北京晚报的年轻女记者康静，到灾区后人生地不熟，就主动"粘"上了强子——因为强子会说那么几句维吾尔族的常用语。就是强子这般半懂半猜水平"翻译"出的事迹，也让康静感动得热泪盈眶。

吃饭就更难了。几百号各路记者纷至沓来，忙碌抗震救灾、忙乱扶危济困的乡里，哪有能力、精力关照啊。

最初几天里，能啃块干馕、喝口凉水，就很不错了。

陈昆仑和南方日报的几位记者，凭一双脚板疯跑了一整天，滴水未进、粒米未沾。在艾什勒克村，一家受灾户的老大娘，捧出政府救济的馕饼让他们吃，几个记者边啃边抹泪花儿。

新华社几位记者去克孜勒库木村，采访抗震救灾一线的某部官兵。到达时正赶上晚归的连队战士吃饭，一方铺在地上的塑料餐布，几盘嫩生生的绿色蔬菜，让记者们眼馋得直咽口水。

许是他们去时已近晚10时，连队官兵以为记者是饭后来的，也便没过分礼让共进晚餐——这便让几位新华社老记们，在回程中饥肠辘辘且想入非非。

那天和新华社记者同去的陈丽，还给前来灾区慰问的自治区党委宣传部副部长祝谦，形容他们当时的"馋相"：

"几天没见绿菜荤腥，大家伙儿笔在采访本上划拉，眼就时不时往身边的菜盘里愣瞅。真的，那时我都有抢过来狼吞虎咽的念头。"

2月28日入夜后，人困马乏的强子才返回住地，正犯愁如何解决"肚子问题"，凑巧碰上县消防队一位朋友驾车来送水。

朋友热情扯着强子去他们那儿吃了一碗羊肉汤。

其实，就是一碗清汤寡水、再普通不过的羊肉汤。

强子却把那滋味儿"咂吧"了好几天：嘿！那个香劲啊，没个比！那个舒服感觉啊，就像往骨头缝里渗！

3月2日下午8时，驻地抗震救灾部队召开情况通气会，会后留与会记者一块吃便餐。

说心里话,也许这是我第一次"亲眼目睹"咱们的老记们——那"有伤大雅"的饕餮和"有失体面"的吃相。

菜端上来,风卷残云般一扫而光;汤斟上来,吸溜胡噜似飞流泽泻……

活泼风趣的成都商报记者彭千山,在饱餐之后还用四川话幽了一默:啷个好饭,在天府之国都难得吃到噻!

在这里,我要赘言几句,以真挚地感谢专刊部的兄弟姐妹们——在前往灾区之前,他们紧紧张张准备了咸菜、常用药、矿泉水,还有一大袋馕饼。也幸亏有这些救急方便食品,让我们在最初的几天里,没遭受忍饥挨饿的窘况和痛苦。

尤其是那 25 个酥香的大馕饼,早也是它,晚也是它,真顶了事、撑了劲。

最后吃得只剩了三个。在 3 月 7 日上午去采访"废墟上的婚礼"的途中,停车问路于一位鬓发斑白的维吾尔族大娘。老人对我们很亲热,扒着车窗说了许多贴心话。

听司机阿迪力翻译说,这位老人已 80 多岁了,名字叫帕依夏提。她说地震后已经搬进了新帐篷,炉子也生火了;还说她是有 40 多年党龄的共产党员——我们顿时肃然起敬。只是,当时身边没有什么表示敬意的礼品,我们便把那三个馕饼慰问了老人。

老人很高兴,一个劲说"阿扎提亚克西(解放军好)!"

在那一刻,虽然帕依夏提老人把我们误认为"解放军",但我们却感到了一种难以言喻的欣慰与自豪。

因为,我们在抗震救灾的前沿。

因为,我们在血浓于水的现场。

记者,是巴—伽地震后最早赶赴灾区、直赴现场,最早联通世界、沟通亲情的一批承载特殊使命而尽职尽责的人群。

记者,是巴—伽抗震救灾中以反应敏捷、传播迅捷和不惧艰险、不辞辛劳的形象,赢得人们信赖与敬重的一个群体。

是的,无论再苦再累,亦无论再难再险——

老记们所表现出的无怨无悔的责任意识是可贵可敬的;

老记们所体现出的如痴如醉的敬业精神是可歌可泣的。

第三章

强子拍摄了一张令我怦然心动且难以忘怀的照片:四周房屋坍塌、满目一片废墟,仅残存一座触目惊心、孤苦伶仃的门楼。

但就在这凄清苍凉、孤立无援的门楼上，一群"无家可归"的鸽子，依依守望盘旋，恋恋不肯离去，真所谓"鸟自惜巢人爱家"啊……

地震带来的灾难是残酷而深重的。

进入灾区乡村，心情便变得沉重而难受。

一片接一片的废墟，一处又一处的危房。

老人纵横的泪水。巴郎稚气的憨态。

茫然觅食的家禽。幸免于难的奶牛。

断墙残垣间搭建的印着"救灾"字样的蓝色帐篷。

坎坷泥泞的村路上艰难行驶着送水的红色消防车……

3月2日下午，雨雪方歇，我们赶到琼库尔恰克乡吾斯塘博依村采访。

在一顶簇新的蓝色棉帐篷里，双目失明的买买提·热依木卡孜，摸摸索索地和我们每个人都握了手。

握手时，老人嘴里还不停地咕噜。

在旁的司机阿迪力翻译说："他说欢迎你们到家里来。"

"家？"

……地震时，买买提老人的房子全部毁于一旦。

买买提眼睛看不见，人却极勤谨极勤劳，从早到晚手脚不闲。

那天早起后，买买提"轻车熟路"地去棚圈喂了羊，进厨房生了火，又出院门外"看"地里的冬小麦。

大难当头的瞬间，眼前一抹黑的买买提，只觉得突然像"雷霆万钧"在头顶耳畔轰响。而几乎是在同一瞬间，买买提想到了自己的家。

当他跌跌撞撞扑进家，从瓦砾中摸索出呻吟的老伴，又死命刨出奄奄一息的小儿子时，买买提一下子觉得天倾地陷——人没了，家没了，什么都完了……

受伤的老伴和娃娃，很快被抢险急救队送往巴楚县医院治疗去了。买买提跟随去守护了两天，就挂牵"家"里的羊啊啥的，搭上去村里的拖拉机回来了。

自家院里的一草一木、一砖一瓦，买买提都再熟悉不过，不"熟悉"的是地震祸害后房毁屋塌的模样。

买买提小心翼翼地摸索着进"院"，就感觉地上没有了走时的磕磕绊绊；再朝往日住惯的卧房摸过去，就触到了像一堵墙却又软绵绵、似挂毯却又有窗洞的……这是什么？

"这是新帐篷！""是解放军给你建的新房子！"

不知什么时候，四周邻居家的娃娃们，叽叽喳喳簇拥了买买提老人。

379

帐篷？——"新房子！"

买买提失明多年、凹陷一缝的眼窝，似乎蓦然看见了光亮。他颤抖着手推开"门"，一头扑进了"新房子"。

绵软的被子、厚实的"床铺"、成摞的馕饼、满袋的大米……买买提摸过来、"看"过去，心里就暖暖的，眼前就亮亮的。

家啊！买买提又有了新家，感到了有大家庭的温暖与踏实。

"解放军好！共产党好！"

采访中，买买提就把这话絮叨了好多遍，让我们听得眼眶潮热、鼻根发酸。

家的感觉与温馨，在灾区体味尤为动心与深刻，铭心与深切。

一个稚气可爱的小女孩，从买买提的新家里，掀开帐篷门帘一角，露出扎着红纱巾的小脑袋，扑闪着一双大眼睛向外张望。

蓝帐篷。红纱巾。大眼睛。——这情景这画面，就让我想起了中国青年报摄影记者拍摄的、后来成为"希望工程"著名"标志"的小女孩。

听"抗震救灾宣传组"的工作人员说，中国青年报的摄影记者贺延光这次也到了灾区，且是转飞机、包出租，一路风风火火最早赶到灾区现场采访的记者之一。

还说，贺延光只是匆匆露了一面，人到现场后就挎着满身的照相机跑"疯"了，不吃不喝光顾忙活拍照了……

篮帐篷。红纱巾。大眼睛。——这情景这画面，更让强子动心动容，举个照相机一气拍了好几张照片。

强子说，来灾区的这些天里，他拍了许多这样"抓人感人"的照片。

"不知为啥，我见到这种情景就激动，就想拍片子。真的，从孩子们天真的神态里，纯洁的眼神里，你会感到生活的希望，什么都会变好的。"

没想到，外表粗粗拉拉、人高马大的强子，内心感情竟这么丰富这么诗意。

在强子拍摄的那些"抓人感人"的照片里，有一张尤让人心灵震撼。

照片的背景，是一片倒塌毁坏的房屋，以及在废墟中清理家具物品的房主人。

画面前景，则是一位维吾尔族老大娘和怀中搂抱的小孙子，祖孙俩相依相偎的大特写。祖孙俩的神态迥然相异，老人默然无语的眼神里，透着深深的忧郁与惆怅；而怀中那不谙世事的小孙儿，却使劲伸展身子，仰着小脑袋，睁圆一双明亮清纯的眼睛，盯着镜头憨憨甜笑。

而这张照片的"新闻背景"，也极为感人。

这个家的男主人，是巴楚县电信实业公司的经理艾买江，一个刚强的汉子。

在这场突如其来的地震中，艾买江自己家房毁屋塌，老母亲受伤（照片上那位老大娘）；亲戚中至爱至亲的舅舅、表妹不幸遇难。但他得知噩耗后，只顾上给弟弟打电话匆匆嘱咐几句,便强忍悲伤哀痛,一直为灾区通信畅通无阻而忙碌。

在这之后,我们曾两次去寻访艾买江,均被告知去抢险现场了……

从艾买江们的身上,我们一次又一次感受了泰山压顶不弯腰的抗震精神;从童稚可爱的孩子们眼中,我们一次又一次深深感触到了"生活充满阳光、充满希望"……

有人说,蓝色象征希望象征追求象征未来。

采访结束后,在不知什么时候又纷纷扬扬飘起的阴冷雪花中,在买买提·热依木卡孜老人的"新居"——那顶簇新而温馨的蓝色帐篷前,我们和一群天趣可人、天真烂漫的孩子们偎依在一起合影,留下了一个难以忘怀的蓝色记忆。

19世纪的法国女画家贝尔特·摩里索,有一幅名画《摇篮》——画家描绘了一位年轻的母亲,身着蓝色便装,轻轻晃动摇篮,关切地注视着恬静熟睡的孩子的动人情景。

这幅诗意般表现了母爱伟大而温馨的作品,给我留下了深刻的印象。

然而,在震后灾情严重的吐格曼贝希村,在一顶临时搭建的淡蓝色棚屋里,当我们看到一幅真实真切的《摇篮》画图时,心灵的撼动是无可言喻的。

吐格曼贝希村的村民帕夏古丽,在地震的前三天(2月21日),生了一个可爱的女儿。

2月24日上午,帕夏古丽情切切离开乡卫生院,喜滋滋抱着女儿乘车回家。

进村时到家的那一瞬间,巨大的灾难从天而降。

帕夏古丽事后怎么也想不起自己是如何跌跌撞撞到家的,唯一清醒的记忆是紧搂着女儿站在院门口惊傻了的一幕:两厢的房子成了尘灰飞扬的土堆,倒塌的棚圈里传来羊只痛苦挣扎的"咩咩"声,当院的地上瘫坐着"哇哇"惊哭的小弟弟……

不幸中之万幸,全家无一人伤亡。

村里组织的抢险救助队,第二天一早就先拉来篷布、农用膜,给帕夏古丽母女俩搭建了临时棚屋。

采访中,征得主人同意,我们轻手轻脚走进了淡蓝色的棚屋。

棚屋一角,透过篷布氤氲着淡淡的蓝色,悬空挂一只维吾尔族独有特色的、玲珑精致的小摇床;帕夏古丽就静静跪坐在旁边把着小摇床轻轻晃动,神情是那样的温柔而关注、安详而专心,似乎周围的一切都不复存在,似乎一切灾难与痛苦都悄然远去了……

盖着浅红色头巾、包裹得暖暖和和,在母亲轻晃的摇篮中熟睡的小宝贝帕丽扎提古丽,对这个自己刚刚来到才九天的陌生世界,究竟发生了什么、改变了什么,自然浑然不觉、茫然无知了。

在这淡蓝色的棚屋里,在这余震不断的废墟中,这幅凝结着"母爱"这一人类伟大而温馨的情感绘制的《摇篮》画作,令人心颤——这是在大灾大难中孕育的新生与希望啊。

同去的记者刘大为,蹑手蹑脚靠近摇床,轻轻掀开浅红色头巾一角,对这个一降生就经历了惊涛骇浪洗礼的"小天使",怜爱地凝视了许久。

大为在当晚发回的报道中写道:吐格曼贝希村出生才九天的小村民帕丽扎提古丽,一点儿也不用担心风雪的侵袭……

第四章

雨夹雪。站在寒风地里采访,手指就颤颤不听使唤,笔尖在采访本上像鸡啄米。扛着"大炮筒"的电视台记者,人在泥淖中滑倒了,眼睛却不离镜头。那些天泥里来水里去的老记们,虽然偶或相互间调侃,"辛苦不能怪政府,选择职业是'错误'"。但家伙什一拿,去了现场,就"忘乎所以";汗也流了,泪也淌了;苦也吃了,险也经了……

回头还"咂吧"味儿——下辈子还当记者!

记者们的采访也是异常艰难的。

从3月1日傍晚下起的冷雨,一夜间断断续续未停歇。

到了翌日上午,就逐渐转成了当地多少年来未曾遇到的雨夹雪。而且,连着几天下一阵,停一阵,淅淅沥沥像哽咽凄哭。随之,气温也急剧下降,最低到了-9℃。

屋漏偏遭连阴雨,这对灾民们生活无疑是雪上加霜啊……

几天里,进村采访在路上就颇费了周折。

3月2日上午去英吾斯塘乡。在乡政府门口,一位站在雨地里值班的乡干部说书记、乡长一早都带着人,到灾情严重的加格塔等几个村忙去了。

听说我们要去追踪采访,那位乡干部就叫来两小伙骑摩托车带路。

原是浮土没脚、尘灰飞扬的乡间土路,一经雨水浇灌,就成了稀湿酥软的"蛋糕"。车轮碾过,便翻卷起尺许的泥浆。

真苦了前面带路的两小伙儿。摩托车的轮子,时不时被泥浆塞得一塌糊涂,光打滑不动窝。他俩一会儿下来又刮又掏踢腾一番,可没走一会儿就又被泥巴糊死干"哼哼"了……如此,十来公里的路程几乎磨蹭了一个小时。

到了加格塔村,又听说乡党委书记丁辉去了附近的6小队。

这个"附近",就又让我们颠簸了半个多小时。路极难走,弯弯曲曲、泥泞不堪的小道,兼之两旁密密匝匝的灌木丛遮挡视线,车子几次差点陷进水坑渠沟。

及至在重灾户热比汗家见着丁辉时,已是中午时分了。

热比汗家房屋大半塌毁,仅存角落两室也是抬头见天。

但,就是在自己受灾如此严重的情况下,热比汗和村民们还热诚地伸出援手,接纳安置了琼库尔恰克乡的 7 户患难兄弟姐妹。

乡党委书记丁辉说到动情处,不易察觉地抹了抹眼角。

返回时,丁辉执意要送我们一程:"这儿的村路模样都差不多,你们没来过,迷了路半天都转不出去。"

于是,丁辉的车在前,我们的车随后,摇摇晃晃上路了。

行至一段凹凸不平的烂泥路时,丁辉的车就像醉酒般摇晃得更厉害了;车屁股一扭一拧,好几次差点摆进路沟里。

最终,在过一条渠沟小木桥时,丁辉的车后轮陷进路基旁的稀泥潭,死活出不来了。

推车时弄得泥手泥脚的丁辉,一脸愧疚:对不住了,耽误了你们的采访。

这话倒让我们有了很不自在的惭色。

3 月 2 日夜半,飘了一阵像锯末般漫天抛洒的雪粉后,黑茫茫不见边际的冻云,把灰蒙蒙的苍穹压得似乎喘不过气来;抬头望去,又像震后残存而随时要倒塌下来的破墙。

忙完事,从"抗震救灾指挥部"院里出来,去临时"打游击"(睡觉)的乡小学帐篷,不过个把里路。我紧裹了衣服一路匆匆小跑,还直觉寒风往骨头缝里钻。

灾区的黑夜,多么寒冷和无情啊……

第二天下去采访前,就昨晚震区灾民的"防寒与生活情况",急切询问了抗震救灾现场指挥、巴楚县委副书记刘新平。

几乎一夜没合眼的刘新平,这阵儿似乎稍稍松了口气:驻村干部昨晚全部下去检查,有棉帐篷的好一些,住塑料棚的当然难熬点。所幸的是,没有受冻发生意外的,总算度过了一个"平安夜"。

泥泞不堪的村路,尤其是远村田间的土路,几天里经无数救灾车辆的碾压,辙沟便有尺余深;更兼污泥浊水藏掖其间,车开过去,就宛如蛇行蛙跃一般,左右扭摆、上下弹跳。

上午原计划多跑几个村,同去的维吾尔文编辑部记者买买提·依明,还说托普托格拉克村也有"采访线索"。但,时间却在路上耗去了许多。

从吾斯塘博依村出来,有一段紧傍渠沟、凹凸不平的泥路。

前面行驶的一辆越野车,底盘在辙沟中间的泥坎上,像刮泥板一样拖扫过去,还动不动"吭吭哧哧"磨蹭半天不见走几步。

"唉吰吰,可怜那个车了……"司机阿迪力伸长脖子,直了眼盯着前面叹息,那口吻像心疼自己的车一样。

——后来才知道,前面那辆车是县上给外地记者调用的采访车。

紧接着我们的车也遭了大难。

再往前走,路愈坎坷,辙愈壑深。村里组织的"村民抢险队",为使来回穿行救灾车辆能够安全通过,用秸秆、树枝铺垫在辙沟泥淖上以防陷车。

自然,车便陷得少了。但车行其上,在"扭扭捏捏"的缓驶中,碾压反弹起的树枝,树枝裹挟的泥浆,就噼里啪啦直往车身摔打。

最"惊险一幕"是蓦见一根手腕粗细的树枝弹跃起劈面砸来,我下意识地赶紧低头躲避。

阿迪力猛一打方向盘绕过树枝,便翘着嘴巴嬉笑:看把你吓的!坐车上还怕脑袋敲个包?

塞了满满一车的弟兄们,就笑得前仰后合,乐不可支。

买买提·依明遂"有感而发":走这路啊,可真比考驾驶执照还难!

午间回去后,就像小学生"算账"一样,在采访本上记了一笔:路上耗时近两小时,预定的采访计划流产。

饭后再去村里,一辆车,记者多,有"驾照"的买买提·依明,遂自告奋勇开车前往。

我们这次去震区采访,买买提发挥"作用"不小,虽同是报社去的记者,却兼了"司机"与"翻泽"数职。

在赶赴巴—伽震区的路上,因为有买买提可以替换司机休息一会儿,我们才得以在不足24个小时内,快速抵达现场。而在采访过程中,我们也无须为寻找翻译犯愁,买买提自然是"表达准确、译文流畅"的最称职的翻译了。

尤让我惊奇而钦佩不已的是,买买提的脑瓜儿"记路"绝对是一流的。无论多偏远、多复杂的村路,只要去一次,买买提就记得滚瓜烂熟,这便让我们在采访中少跑了许多冤枉路。

寒风。冻雨。冷雪。

站在露天里采访,时间一久,手就颤颤地不听使唤,笔尖在采访本上像鸡啄米一样。

而时不时飘落的雨丝、雪粉,又将"啄"上去的文字,洇湿成了一团一坨的"水墨画"。及至回来后坐下来敲打稿子时,不禁"惶惶然"——自己记录的文字,竟如"天书"般难以辨认,须"敲打"脑壳回忆良久,方可"解疑释惑"。

记得那天去玉吉米勒克村采访,碎雪纷纷扬扬,寒风一阵紧似一阵。看着我们几个记者弯腰圪蹴在村路上,缩着脖子、抖着手指做记录的样子,专程从南京来巴—伽灾区捐款的邵萍萍女士,便几番表示同情:你们当记者的,也不容易。

泥路。泥淖。泥水。

如此,几天下来,车便成了惨兮兮的"泥菩萨",车厢四周糊了厚厚一层污泥;夜晚从村里回来,车灯像罩了"墨镜",蒙蒙忽忽看不清前路。

人就更成了脏兮兮的"泥猴儿",浑身上下污渍斑斑,像穿着"迷彩服"。

衬衣散发着汗酸味儿,领子袖口黑得不辨原色;脖颈、胳膊上搓一搓,黏糊糊一把"棒棒虫",连自己都觉得难为情。

震后最早赶到灾区的强子,就更不用说了。

整个人像小煤窑滚爬出来的"小窑工":脸如同煤块雕刻出来的,就凸显了两眼和一口白牙;满身的"混合添加剂"异味儿,和他同挤一床的刘大为说,如果"3·15"质检,强子绝对是不卫生产品;一头污灰蓬乱像鸟窝似的头发,陈昆仑在现场给他拍张照片,他反怪小陈有意糟蹋他的形象——"我的头发就这熊样?"

"哪你还要啥熊样?不就是用半瓶人家喝剩的矿泉水,冲了个头嘛,你以为你美容美发'酷毙'啦?'帅呆'啦?"小陈反唇相讥。

于是,我们决计晚上逮空儿,分批去邻近的麦盖提县"修整"一番。

那天晚上,发完稿后赶忙起程,赶到时已是子夜时分。

住进县宾馆,强子一头扎进卫生间,水龙头"哗哗"一开,半天就不见出来。

洗完澡,换了衣服,强子湿着头发一脸满足:嗨!浑身像卸了包袱,轻快了许多!

强子卸去这"包袱"的代价,倘以烧热水的费用计算,"哗啦哗啦"喷了将近一个小时,那宾馆的"成本核算"可就亏大喽。

刘大为怪笑:我真担心你呛了水,出不来呢。

强子皱着鼻子自嘲:嘿嘿,机会难得,就使劲搓了好几遍,搓了一地的"那个"……

新疆人民广播电台的杨胜江一些人,那晚也"杀"到巴楚县一家宾馆,痛快淋漓地大冲大洗了一番。

只是,他们错误估计了"形势"——自以为房间有暖气,遂将浑身上下、里里外外的衣服物件全都涮洗了。

结果,翌日晨起后,才发现所洗衣服竟湿漉漉无法上身。

这下抓瞎了,总不能像"浪里白条"般出门吧?

几个人裹在被窝"召开紧急会议"研究对策,很快作出决定,将每个人背包中能穿的衣裤鞋袜,统统翻腾出来"武装"一人,赶快上街购买衣服!

过后,电台的记者小吴这么说:我们真是傻到家了,光顾洗呀涮呀,就没注意房间里没暖气。

那晚,因为强子去麦盖提腾出了一点空地儿,和郭复兴同铺搭伴的陈昆仑,便多了条被子"舒舒坦坦"睡了个好觉。

第二天午间,小陈就逮空儿给远方的朋友们逐个打电话"报喜":我昨晚终于用热水洗了个脸,"裸体"(脱了衣服)睡了个觉,睡得好香哦!

小陈贴着话筒说话时,嘴角就翘成了秋千,眼睛就眯成了月牙。

在巴—伽震区,有这样一幅抢眼而动人的图景:由中国电信、移动、联通等公司设立在"抗震救灾指挥部"大门口两旁,一长溜小桌铺展的"媒体专用传输平台"上,每天都会挤满各路记者,一字儿摆开笔记本电脑发消息、传图片;而电视记者通过KU频段卫星通信车直接传送到天南海北的图像,转瞬间又成了灾区群众惊喜接收到的新闻节目。

在巴—伽灾区,有这样一道独特而感人的风景:四处奔波的老记们,无论路遇汽车、马车还是毛驴车,亦无论是近乡还是远村,只要招手挡车,车主人就会热情地停车让座。于是,手扶拖拉机上,肩扛摄像机的记者和头戴小花帽的老农侃侃而谈,亲如一家;小毛驴车上,胸前挂满照相机的老记与淳朴腼腆的村姑一路同行,情同兄弟姐妹。

灾区的父老乡亲们,由此而"零距离"接触了神奇的现代科技,也由此而逐步认识了操练新闻的记者,更因此而感受到了这个世界离自己是这么亲近而温馨,这个社会对自己是这么亲切而温暖……

第五章

对"感动"这两个字眼,在巴—伽震区的体悟是难以形容的。常常是一个普普通通的场景或简简单单的一句话,便让人眼眶发热,甚而泪疙瘩就忍不住滚落下来。

对"感动"这两个字眼,在巴—伽灾区的体味是刻骨铭心的。往往是一个说不清来由的感觉或道不明理由的感触,就令人当时怦然心动且过后难以忘怀……

3月3日上午,在去克孜勒库木村的途中,我们遇到了乌鲁木齐"老乡"艾沙·阿尤甫。

年逾古稀、银髯拂胸的艾沙老人,是乌市天山区团结路街道居民。

老人是专程来巴—伽震区捐赠物资的。6吨面粉,分装了两辆小运输车,两天里日夜兼程赶赴灾区。一车送去了伽师,一车拉到了巴楚。

听说琼库尔恰克乡受灾最重,老人又押车直接送进村里。

雨夹雪。泥浆路。

老人头顶一层雪花，脚踩两靴污泥，跑前跑后安排分发，呼东唤西热情张罗。

拉运面粉的司机说：老人购买面粉、雇车运输，总共花了将近两万元。钱，是老人多年辛苦劳作积攒的，听这地方地震受灾，忙去街道办事处开了介绍信就来了。

老人说，他就是个普通人，过日子节省下了一点钱，死了也带不走。看电视见这里的乡亲遭灾，生活有难处，在家坐不住，就来了。

话，实在得像石头掷在记者心海里，荡起一层层涟漪。

新华社记者郭立、王言彬感动不已的是，那天他们去村里采访，见到一个老妪，比比画画要领他们看看她的新家。

老妪是村里的孤寡老人。

地震后，救助队给她最早搭建了帐篷，送来了被褥、米面、蔬菜等一应生活用品。"共产党心真细，这时候事情多得忙都忙不过来，还想着我这个孤老太太。

郭立他们发出的稿件标题就是：《一个人的帐篷》。

在抗震救灾指挥部院里，一碰着我的面，急欲出门的郭立，一脚踩在台阶上，一脚还在下面，就情不自禁、迫不及待地讲述了这个故事。

郭立晃着脑袋感慨万端：感人！事感人，老太太说的话也感人。

而新疆人民广播电台的一些人，那天在一家路边饭馆就餐时亦被感动。

其时，旁边桌上吃饭的几个农民模样的人，高腔大嗓神情显得颇为激动，大约是谈论地震后政府如何如何关心灾民、解放军如何如何帮助救灾的话题。正说着，掌勺的大师傅在一旁忍不住敲着锅沿发了言——

"这回看出来了吧！有难有灾，还得靠国家靠政府！以后谁再敢说共产党的坏话，就不得好死！'胡大'也不会饶恕他！"

电台的老杨，走哪就把这话"转播"到哪，"播音"时便声调里有了颤音。

喀什日报的通讯员小刘，那天给同仁们侃他的一次采访经历时，就激动得满面通红。

他们去的是一家重灾户。掀开棉帐篷门帘，就见女主人笑吟吟迎上来热情问候：你们是代表吧？今天来了好几个代表送东西、看望我们。

同去的一个外地女记者一头雾水：我们……是啥"代表"？

还是生于斯、长于斯的小刘熟悉民情，很快恍然大悟：哦，大嫂说的是"三个代表"的那个代表的意思，她把我们都当成"代表"了。

那位女记者捂着嘴笑了，笑得泪花花在眼眶里打转转：太感动人了……

巴楚县委宣传部部长阿不都艾尼·司马义说：抗震救灾是实实在在的教育，老百姓说的话也是实实在在的心里话，这样子的故事哪个村都有。

新疆电视台的老阎,带一班人马到村里采访救灾部队事迹。村民们说起亲人解放军,话也稠了,泪也多了,一口一个"亚克西"。

村里一位德高望重的老寿星还这么说:我活这么大岁数,几个朝代都经了,共产党的解放军嘛,才真正是老百姓的保护神。哪个说解放军不好,嘴上要长疮哩!

新疆军区政治部创作室的韩栓柱说:要是把这样的故事串到一起,拍一部抗震救灾故事片,片名就叫《感动》,会感动更多的人。

感动。灾区的父老乡亲们那发自内心的感动感激之情,也深深感染感动了记者们。

那些天在灾区采访,车过乡间村路,常常会遇到这样动人心弦的情景:上学或放学的孩子们,见着军车、轿车、救灾车辆过来,就会一脸灿烂笑容、驻足伫立路边,高高举手致以少先队队礼;走远了,还见孩子们久久地挥动小手。常常地,我们也情不自禁举手还礼或噙着泪水招手致意。

那天去吾斯塘博依村小学采访,看到"帐篷教室"里黑板上写着"我们全体学生在党的领导下,又获得学习机会"一行字,竟使我的心灵蓦然滚烫,在胸腔里激荡涌流着热浪……

阿依古丽、帕提古丽和海依古丽"三朵花",坐在教室最后一排。为不惊扰其他同学,我选择了她们作为采访对象。

然而,身边没有翻译,我们之间的交流遇到了语言障碍。

灵秀而灵敏的"三朵花"互相对视一下,居中的帕提古丽从课桌里拿出一本书,飞快地翻开扉页,笑眯眯地指点给我看——那上面是几幅图画:国徽、国旗、天安门。

这情景、这画面,连同"三朵花"美丽的笑容,就在我的心灵深处"定格"了。

还有一幅图景,任何时候想起来,都像镶刻在脑屏的浮雕,一下子就会凸显在眼前。

震后,解放军某师抗震救灾指挥部,临时设在琼库尔恰克乡中心小学大院里。

十几天里,那一顶顶或"迷彩"、或墨绿、或青蓝色的帐篷,在灾区父老乡亲们的心目中,如庇荫的大树,又似背靠的麦垛,与他们的生活是那么的相亲相近,和周围的一切是那么的相融相谐,似乎再也难以割舍了。

于是,就出现了这样感人的一幕——

3月7日午间,接到命令的部队官兵,开始先行拆除几乎占据大半个操场的"帐篷食堂"。

在距帐篷不远的空地上,中心小学的学生们排成整齐的行列,一遍遍高唱《社会主义好》和《没有共产党就没有新中国》两首歌。

指挥唱歌的是一位女教师,脸上挂着泪水,嘴唇不由自主剧烈颤抖,那打拍子的手臂也因颤抖而失去了正常节奏。

而女教师面前的孩子们,初始大多还只是红着眼圈、噙着泪花,努力撑圆了小嘴放声高唱;但渐渐地,就泪珠儿似断了线的珍珠扑簌簌滚落下来,一个个小脸儿像水洗了一般晶亮而红润,那声也不是声了,调也不是调了……

那些雷厉风行拆除帐篷食堂的官兵们,手脚的动作敏捷快捷而有条不紊,但眼眶里也分明是浪花簇拥、波澜起伏,仿佛随时会冲堤而出、一泻千里……

目睹此情此景,就让我心里一阵阵翻滚了热浪头,眼里一次次潮涌了泪花儿,痴痴站立了许久许久。

当然,不独我有如此感受。

翌日上午,是十几天里风霜雨雪搏激流的抗震救灾部队,完成任务班师凯旋的时刻。

从黎明之前,远乡近村的父老乡亲们,就扶老携幼、成群结队,或徒步而行、或乘车而来,如潮水般涌向救灾部队将要通过的"十里长街"。

这一天也是记者们"倾巢出动"抢抓新闻的时日。

凌晨6时许,我和郭复兴就随悄然行动、整装集结的部队官兵一同起身。

天很冷,屋子里似乎显得更阴冷一些。

老郭套上大衣用冷水抹把脸,又用废纸在小桌上胡乱擦出一块领地,便瑟缩着脖子继续爬格子——昨晚他就在半睡眠状态中整理他的《震区采访日记》,几次笔"驻守"在格子间一动不动,直到我故意大声咳嗽惊醒他,才又摘眼镜、揉眼窝、眨眼睛,苦撑着劲儿往下写。

我步出大门,想去乡政府院里看看强子他们起身了没有。

一辆小驴车"嘚嘚嘚"迎面而来,近前时就听车上有人用维吾尔语大声说什么。其时,天还麻麻黑,飘着细细的雨丝。在模模糊糊的灯影里,隐约见小驴车上有四五张男男女女的脸,都朝我行走的方向看过来;而环顾四周只有我一个人,显然这话是冲着我问的。

但惭愧的是,我一句也听不懂。

正尴尬间,近旁停靠的一辆送水车上,下来一位司机模样的年轻人。

那年轻人近前打了招呼,又在一番看得出很热情也很动情的对话后,小驴车踅足回转,敲着清脆的"嘚嘚嘚"声满意地走了。

年轻人对我说:他们是一家子人,两村(苏外提其买里村)的受灾户。部队给他家搭了帐篷,东西也都挖出来了;解放军医生还把他家老奶奶和一个娃娃的伤治好了。听说解放军要走,昨晚上都睡不着觉,早早套上驴车子一家人能来的都来了。

我觉得心里烫烫的,又不解地问:那他们怎么转身走了?

年轻人笑笑说：我给他们说，部队有纪律，天亮后统一出发。现在天还早又冷，你们最好先回去等着，他们说前面路口有个亲戚，就上亲戚家等一会再来。

从这朴素的情感、质朴的举动、朴实的话语里，我已经感受且想象到那"送别"的情景，该是怎样的激动人心；那壮行的场面，又该是怎样的震撼人心啊……

万人空巷。

上午 10 时许，横贯琼库尔恰克乡的千几里大道上，就拥满了来自四面八方的父老乡亲和社会各界欢送人群。

中午 12 时 10 分，在情切切意殷殷的等待中，威武雄壮、整齐排列的各式军车，如缓缓游动的绿色巨龙，进入了夹道欢送的人群视线。

顿时，十里长街淹没在情深意切、热泪纷飞的海洋里；

顿时，车上车下沉浸在依依惜别、难舍难分的泪雨中……

描绘这样的情景，我感到自己的笔拙；描述这样的场面，我感到了语言的匮乏。

一辆紧接一辆的军车，一队紧挨一队的人群，车上是"军队和老百姓，咱们是一家人"的歌声，车下是"共产党万岁、解放军万岁"的口号声；360 余辆绿军车，就在这感人肺腑的歌声、泣声、口号声里，缓缓行进了 70 分钟；就在这感天动地的泪眼、泪脸、泪雨滂沱中，整整穿行了 70 分钟……

当时，我插在人群来回走动，极力捕捉瞬间感触，一心想留存这画面、这情景，珍藏这场面、这情感，然而落在采访本上的文字却总也连不成句。于是，就有了在别人看来不可理喻的、诸如此类的、"有一老太太眼泪从嘴角淌下来"、"战士的歌和泪一起飞出车厢"或"那娃娃抱着他妈妈头一个劲哭"的记录——但感到欣慰的是，回来整理成篇时，却由此又让我回想起那天的感受和感动。

那天，在车队人群中一边疾步倒退、一边拍摄照片的部队记者陈学海，看到我只顾说了一句没头没尾的话：老乡的感情真……那个啥……

那天，在车队全部通过后，一头汗水、两眼泪水的新疆电视台记者杜学群，大踏步冲到我面前："窦哥哥！我一辈子都没流过这么多泪！真的，今天就是控制不住，那泪哗哗淌得连镜头都看不清了！窦哥哥，那边有一群学生娃娃，哭得满脸眼泪鼻涕，我还要采访一下……"

话音未落，人又大踏步直奔学校方向去了。

这边厢，怔怔站立的"窦哥哥"，也便激动得又一次热泪盈眶了……

第六章

在巴一伽大地震后的灾区，在抗震救灾的那段时日里，报纸、电视、广播得到了方方面面的空前关注与重视，也真正成了当地父老乡亲们须臾难离的"精神食粮"。

"抗震救灾指挥部"大门口两旁，高高的电线杆上悬挂了几个大喇叭，一天里十几个小时用维吾尔语广播新闻；任何时候都会有成群的灾民或来往行人驻足静听，即便头顶飘着雪花、下着雨丝，依然有众多袖着手、跺着脚、伸长脖子痴痴倾听"喇叭"的人。

在巴一伽震区，老记们以自身的努力，为别人所认识也认识了自我。

乌鲁木齐晚报记者姚刚，在发出的消息中曾这样写道：只要有倒塌的房屋、有部队官兵抢险、有慰问捐款、有……就随时随地地能看到记者的身影。

无时无刻、无所不至的记者们，以敏感的新闻嗅觉，关注灾区群众的衣食住行；以敏捷的传播速度，发送发布震区人民的所需所忧，《灾区急需5000顶帐篷》《震区求援紧缺医疗用品》《风雪突袭灾区雪中送炭见真情》……

从某种程度上可以这么说，正是有了现场记者如实、及时的报道，有了新闻媒体广泛、迅捷的反映，才有了信息的大面积覆盖和爱心的大范围激荡，才有了祖国各地乃至五湖四海的捐赠物资源源不断运往灾区。

当地一位负责宣传事务的官员对此深有感触：记者真是"神通广大"，乡乡村村都有他们的脚印和声音，没有他们跑不到的地方；家家户户都有他们的踪迹和身影，没有他们摸不到的情况。别的不说，就灾区已经获得的这些"救命救灾"的捐赠物资，至少有一半归功于记者的呼声和呼吁！

无日无夜、无所不在的记者们，以强烈责任意识传递党和政府的关怀温暖；以执著的敬业精神，倾情父老乡亲的饥饱冷暖。《党中央国务院电慰灾区干部群众》《自治区领导赶赴地震灾区》《民政部立即启动紧急救灾预案》《全国各地捐款捐物 全力支援新疆灾区》《救灾部队加紧为灾民搭建帐篷》《灾区生活用水供应正常》……

从某种意义上可以这么说，众多记者忠实、尽职的努力，新闻媒体积极、深入的宣传，在抗震救灾中发挥了巨大的作用："对群众起到极大的动员、鼓舞作用，对先进的东西起到积极的倡导、弘扬作用，对错误的东西起到及时的制止、纠正作用……对科学知识起到广泛的传播、普及作用。"

当地一位官员在批评极个别乡村干部对震后的损失摸底"情况不明、数字不清"时，就拿记者"说事"：你们脑子进水啦？地震后几天了，咋还连个房子到底塌了多少、人员伤亡的准确数字都统计不出来啊？这一点，你们比人家记者都差远了！记者把各乡各村灾情摸得一清二楚，连老乡灾后吃的什么喝的什么，都搞得明明白白上了报纸、电视！

在巴一伽大地震后的灾区，在抗震救灾的那段时日里，报纸、电视、广播得到了方方面面的空前关注与重视,也真正成了当地父老乡亲们须臾难离的"精神食粮"。

"抗震救灾指挥部"大门口两旁,高高的电线杆上悬挂了几个大喇叭,一天里十几个小时用维吾尔语广播新闻;而任何时候都会有成群的灾民或来往行人驻足静听。

从3月1日傍晚飘起的雨夹雪,几天里断断续续不停歇,在室外站一会脚丫子都冻得发木生痛。但那几天,即便头顶飘着雪花、下着雨丝,依然有众多袖着手、跺着脚,伸长脖子痴痴倾听"喇叭"的人。

3月3日午间去村里采访前,接到报社老总的电话,询问现场记者的衣食住行和安全情况。说完后,忽然想到该给亲友和部里的兄弟姐妹们报个"平安"。

但刚刚拨通一个号码:手机就"嘟嘟嘟"没电了,遂忙去门口"联通服务站"打电话。

服务站帐篷旁矗立的高音喇叭下,围聚了一大群仰脸听广播的人,竟将放置电话的几张桌子周围的空间也拥挤得没了插足之地。

从听众们那认真入迷且微露喜色的神态看,大约是有什么好消息或与他们有切身利益的"广而告之"。

还没待问,服务站的一位值班人员就热情搭腔:喇叭里刚才播今天早上又有一批帐篷和救助物资到了巴楚车站,各方面正在组织力量运输搭建……

正说着,近旁几个维吾尔族老乡探过头来,用手指着喇叭向值班员似乎询问什么。值班员抬脸盯着喇叭听了听,然后就一阵在我听来节奏很快地解释比画,而那几个老乡便听得频频点头,一脸明显的感动之色。

之后,值班员又对我说:现在播的是西藏发来的慰问电。老乡问我西藏在哪里,我给他们说从叶城那边上山就是去西藏的路,新疆和西藏是近近的邻居。人家西藏的老百姓也不富,可知道咱们受了灾,就一下子捐了50万元钱。

不知为什么,我听了也觉一阵难抑的感动……

报纸和电视在那些日子里,更是炙手可热。

抗震救灾指挥部每天都有大量报纸送来,但我们很难见到一份——"宣传联络组"张琦一脸无奈地说,报纸一来就呼啦抢光了,守都守不住。

那天好不容易抓到一张"本报",刚打开正巧来了电话,再一转身就没了踪影。

即便是当地出版、每天下午用汽车成捆成摞送来的《喀什日报》,也是难得一见。大约是3月5日吧,刘大为不知从哪弄到一张几天前的《喀什日报》,说上面有几条线索不错。

岂料,我们几个正商量着如何"按图索骥"分头行动呢,那张来之不易的报纸却不翼而飞了——屋子里各路记者来来往往,如熙熙攘攘的市场,就不知让谁竟在眼皮底下拽走了。

于是,我们几个又分头去找那张"提供线索"的报纸,终究一无所获。

当然,对老记们来说,亦有着意外的欣喜与分外的欣慰。

3月4日下午,从南疆军区抗震救灾指挥部采访回来,见路边停靠着两辆毛驴车。后面那辆车子旁四五个脑袋挤成一堆,全神贯注地阅读一张什么报纸。

近看,惊喜地发现是维吾尔文版《新疆日报》,文字虽不认识,但强子拍摄的照片却是再熟悉不过了——因为我们都在照片反映的第一现场,现场的照片又使我们再一次身临其境。

很有些幽默感的是,那四五个脑袋只顾聚精会神听一个络腮胡子念报,驾辕的毛驴儿却看中了前面毛驴车上的几棵大白菜,伸长了嘴巴啃得津津有味。

我哑然失笑又好心提醒"读报人"。

他们弄明白怎么回事后,并没怨怪那只可爱的小毛驴。念报纸的络腮胡子只嘿嘿笑着冲驴肩窝轻轻拍了一下,而另一个红脸汉子也只是笑呵呵跑过去将前面的毛驴车"吁吁"倒转过来,又返身回来"听报"……

后来才知道,那张报纸上有一篇标题醒目的文章:《党和政府一定会帮你们重建家园》;还有强子拍摄的《王乐泉等领导看望震区伤病员》的一张大照片。

强子这次携带的数码相机,在现场拍照片确乎大显身手且大受欢迎。

几乎每次拍完照片,强子都要将"即拍即出"的照片让被拍摄对象看看,这便让乡亲们,尤其是天真稚气的孩子们分外惊奇与惊喜。

那天在吾斯塘博依村采访盲人买买提·热依木卡孜时,强子眼疾手快地抓拍了几张照片。

照片拍得蛮不错,人物神态生动而自然,现场气氛浓郁而鲜明,光线运用及构图处理也都恰到好处。

强子便很"得意",端着相机给围拢过来的娃娃们"看图说话":看看,站这边的小女孩是不是你? 对,中间这个是……你该叫爷爷吧?

"爷爷"买买提·热依木卡孜自然什么也看不见,但荡漾在他脸上的笑容,颤抖在他唇间的愉悦,仿佛老人对面前这一切"看在眼里、喜在心上"——让人不由动心动容。

3月3日上午,在克孜勒库木村采访了村委会主任达吾提·沙吾提之后,我们又去了吾斯塘博依村小学。达吾提说:"地震后各村都有几个孤儿,怪可怜的……"

海依吉·古丽便是"地震孤儿"之一。

"2·24"地震那天,七岁的海依吉·古丽,正在学校参加庄严的升国旗仪式。

也许,就像且克且克村百岁老人卡德尔·萨丁说的那样,娃娃们是国家的宝贝,国旗是代表国家的,所以升国旗就把几千个娃娃都保护了。

海依吉·古丽三岁的弟弟艾力·艾山,在灾难降临的那一瞬间,是父亲艾山·司马义紧紧搂抱在怀里,用自己的生命拼死保护而幸免于难的——被救助队从废墟里挖出来时,艾山·司马义血肉模糊已经僵硬的躯体,依然保持着弯腰屈膝、全力呵护孩子的姿势。

那天震后不久,海依吉·古丽哭兮兮回到家,家里一片平地;又哭喊着去附近的二伯伯买买提·司马义家,也是一片废墟。

在那个悲伤悲惨的非常时刻,幸存的大人们都疯了般忙着救人抢险,谁也顾不上她。海依吉·古丽独自哭着哭着,就痴痴呆呆没了眼泪……

我们在学校见到海依吉·古丽时,心里都有种说不出的滋味。

当时,天气阴冷而阴沉,纷纷扬扬地飘落着粉末状的雪花。身着红上衣、头戴花纱巾的海依吉·古丽,静静地伫立在雪地里,用一双抑郁而失神的大眼睛呆望着我们。她的脸上有一种与她的年龄极不相称的凝重与愁绪,令人备觉心酸心颤心情沉重。

问话:也是问一句答一句,或者一声不吭。

唯强子给她拍完照后,蹲下身来一张张打开让她看时,海依吉·古丽的小脸上才露出些许微笑。

强子曾几次这么说,他拍的照片让灾区群众当场就能看一看、笑一笑,驱散一点他们心头的阴影,就觉得心里挺舒服的。

过后,由热心的阿不拉·巴拉提老汉带路,我们又去了海依吉·古丽的"家"。

地震那天,阿不拉老汉 11 岁的女儿,在背着书包高高兴兴走出家门的瞬间不幸遇难。为心爱女儿哭干眼泪的阿不拉老汉,就对和女儿同上一所学校的孤儿海依吉·古丽,充满了特殊的爱怜。

一片废墟。凄惨的瓦砾堆中,处处可见半埋半露的家什、毡片、被角,透过抢险挖掘留下的一个豁洞,依稀可见散落的鞋袜、衣物。

放学回家的海依吉·古丽,依偎着弟弟艾力·艾山,依然是那副凝重的表情坐在小凳子上。

他们的前面是一顶新搭的帐篷,帐篷门口有一只躁动不安的小花猫。

见有人来,穿着花格衣服、戴顶小花帽的小艾力,离开姐姐的怀抱趋前几步,默默地张望着。那双黑亮的圆眼睛里,凝结了在他这个年龄不该有的淡淡忧郁。

无语相对。一时间,我们不知道该说什么,该做什么,才能安慰这身心经受沉重创伤、承受凝重哀伤的小姐弟俩。

同去的新疆经济报记者小陈,紧捏着怀中的照相机,红了眼圈咕哝一句:

想哭。

我们当时能够做的,就是将所带的糖果、水什么的倾囊而出,连同几个人凑的300元钱一起送给了小姐弟俩。

我们当时能够说的,就是将各自真心的祝愿和真挚祝福,倾进了与小姐弟俩紧紧相依相偎的一幅永远珍存的照片。

生活会重新开始的,我们相信。

海依吉·古丽"家"——那顶崭新的帐篷旁健壮的耕牛和一头调皮的小毛驴,一边啃着苞米棒子,一边摇头甩尾地嬉戏。正在收拾驴车的小姐弟的三伯伯玉素音·司马义说,他要去村委会拉政府发的取暖煤,还有面粉、大米。

一身泥土、一脸忠厚的玉素音·司马义说,县上来村里救灾的干部通知了,过几天政府还要发化肥、种子。

分别时,海依吉·古丽姐弟俩向我们久久地挥动着小手。

他们的面前,架着黑黝黝小水壶的、几块砖石垒的柴火堆里,蹿出红红的火苗,映红了姐弟俩的小脸。小脸上那泪湿的眼睛里,像跃动着希望的火花。

德国物理学家波恩说过:希望是忧愁的最佳音。

是的,只要心中播撒了希望的种子,就会有春华秋实的好收成;只要人心里燃烧了希望的火焰,就会有红红火火的好日子⋯⋯

2003 年 3 月 17 日《新疆日报》

一个"非常"女孩的梦想之旅

张海峰

一个 22 岁的女孩子,在出生不久的时候曾被大夫宣判了"死刑",断断续续上过三个月的学,英语达到专业 8 级水平,19 岁时通过网络受聘于加拿大一家国际翻译公司。她的梦想是成为一名优秀的翻译家。

2006 年 11 月 28 日下午,记者来到这个名叫胡婧的女孩位于乌鲁木齐头屯河区的家里时,她正在电脑上看一部英文大片。胡婧是个眉清目秀的女孩子,思维敏捷,性格开朗。她的书房不大,书柜占据了整整一面墙,一串晶莹剔透的绿色风铃挂在屋子中间,不经意碰一下,就会奏出一串欢乐的音符。

胡婧是一位脑瘫患者,她对记者说:"虽然我的身体状况与平常人不同,但我讨厌自怜自哀,我想通过翻译来实现人生价值,用知识改变命运。所以,请写写我的梦想与野心吧。"

第一个梦想　学会走路

走路是每一个正常人的基本能力,谁会把它定为梦想?胡婧就把它当作梦想。她说,只要能像正常人一样迈开步子,她就心满意足。

1984 年冬天一个大雪纷飞的夜晚,胡婧出生在乌鲁木齐一个普通的铁路职工家里。出生三个月后,一场感冒引发高烧,导致淋巴结肿大。为了快速消炎,医生加大了药量,结果炎症消失了,脑神经却严重受损。

"这孩子患了脑瘫,指挥她四肢的那部分脑组织出了问题。全世界的大夫对此都束手无策。"跑遍了乌鲁木齐的各大医院,医生的回答如出一辙,甚至劝说胡婧的爸妈:"放弃吧,再要一个孩子。"

"第一次听医生说女儿患了脑瘫,犹如晴天霹雳。"胡婧的爸爸胡春夏说。女儿在他怀中轻轻地蠕动,小家伙一点不知道自己被大夫判了"死刑",毛茸茸的小脑袋轻轻地蹭着爸爸的脸。看着这个和自己血脉相连的小家伙正用清澈无邪的眼神看着自己,胡春夏的眼里霎时充满了泪水。这一刻,他下定决心:"孩子,全世界都认为你没有希望了,爸爸也不会放弃你。"

19岁时,胡婧写过一篇题为《永不放弃》的文章,"非常感谢我的爸妈,他们没有抛弃我。"

不愿接受命运的安排,从几个月开始,胡婧就和爸妈一起,经历一次次的"长途旅行",从乌鲁木齐跑到北京,从北京跑到西安,跑遍了全国的各大医院,甚至有一次听人说在四川的一个小县城里有个"神医",爸爸马上千里迢迢地抱着她去了。"每一次都是满怀希望而去,满心失望而归。"胡春夏说,"医院常规性的治疗不仅难以治病,女儿还常常遭受到医生的歧视和伤害。"

在北京一家著名医院里,胡春夏刚刚抱着女儿从诊室出来,就听到刚给女儿看病的那位著名医学教授不屑地对旁边的实习医生说:"这样的孩子活着有什么意义呢?"胡春夏下意识地抱紧女儿,逃一般的离开了医院。

"我们就像一只四处漏水的破船,孤立无援地在永远看不到彼岸的大海中航行。"胡春夏说。但是痛苦有什么用?面对不幸,最重要的只有行动。此后,胡春夏为了让女儿少受伤害,便很少去医院了,他开始自学与女儿的病情相关的一切医学知识,对收集到的所有医疗信息和民间药方进行研究,自己给女儿推拿、配药,当起了女儿的"主治医生"。

从胡婧一岁多开始,胡春夏每天晚上要为女儿按摩两个小时。要把一块块僵硬的肌肉揉软并不容易。为了女儿将来能像正常人一样走路,胡春夏不得不加重手法,胡婧疼得闭上眼睛,却故作轻松地对爸爸说:"没事儿,我一点都不疼。"从小四处求医的经历让胡婧对痛与苦的承受力远远超过了同龄孩子。爸爸配的草药,无论多苦,胡婧都乐呵呵地一口喝下。

在爸爸这个"主治医生"的治疗下,胡婧那两条僵硬的腿竟然一天天灵活起来,10岁那年,终于能站起来了!全家人欣喜若狂。

练习走路让胡婧付出了血的代价。刚开始,只能让父母拉着,一步步地挪动,因为肌张力太高,她迈出的每一步都格外艰难,没挪几下,汗水就把衣服湿透了。终于可以独自行走了,可稍不留神,就一头栽到地上,血顺着额头往下流。到了医院急诊室,医生皱着眉头胡乱缝几针,冷冰冰地说:"别想走路了,能在床上好好躺着就不错了。"回到家里,对着镜子,看着自己头上的累累伤疤,想起医生不屑的眼光,胡婧倔强地又开始扶着墙练走路。

两年后,"不可能"的事情终于发生了:12岁的胡婧会走路了! 尽管这一天晚来了10年。第一次体会到梦想成真的快乐,胡婧在一篇文章中激情飞扬地写道:"再不可能的梦想,只要努力,也有实现的那一天。"

第二个梦想　我要学习

由于喉部的肌张力偏高,一说话就紧张,到了三岁,胡婧仅能说一些简单的词,爸妈听起来都要猜半天,其他人更没法听懂。

胡婧一岁时,父女俩在北京看病,女儿躺在病床上,爸爸拿出一本《婴儿画报》给她讲小兔小猫的故事,还买回许多儿童音乐、儿歌、故事磁带,让家里唯一的一台录音机陪伴着女儿。一年过去了,女儿毫无反应。又一个365天过去了,女儿依然没有进步,但胡春夏决心已定,并未放弃努力。

一天晚饭后,胡春夏又拿出了《好宝宝》画刊,准备给女儿讲故事。他从左往右指着问女儿封皮上的三个字,没想到女儿清晰地念道:"宝、宝、好。"女儿完全可以识字! 胡春夏惊喜地抱起三岁的女儿,亲了又亲,这个坚强的爸爸又看到了新的希望。

要认识更多的字,一定要学会拼音! 胡春夏给女儿买回了一盒《少儿拼音》磁带,聪慧的胡婧听了几个月竟然自己学会了拼音! 从此,她开始读各种拼音读物。五岁多时,胡婧已认识了几百个汉字。

尽管还没有足够的生活自理能力,但是一天天长大的胡婧越来越渴望和别的孩子一样去上学。一天晚上,她正读着一本描写小学生生活的书,突然停下来,哀哀地说:"爸爸,我怕长到七岁。如果到那时,我的病还没治好,就不能去上学了。"女儿的话让胡春夏的心震颤了。他一直觉得女儿从小就饱受病痛的折磨,已经受了太多的苦。没想到她小小的心里还藏着如此强烈的求知愿望。从这时起,胡春夏对自己说,要不惜一切来满足女儿上学的愿望。

转眼胡婧七岁了,可还在治疗,胡春夏就买来一年级的课本让她自学。胡婧学得很快,上学的渴望也越来越强烈。和爸爸妈妈出门,只要一看到背着书包的孩子,她就会盯着人家看。

胡春夏背着女儿,找到附近一所小学的校长,校长拿出一本二年级的语文课本,随手翻开一页,让胡婧读。胡婧的识字量让这位校长大吃一惊,第二天,胡婧就坐在了二年级的教室里。"第一天上课,看着明亮的教室和那么多可爱的同学,我太激动了。"胡婧说。其实,上学对她是一件相当艰难的事,她那时既不能独自站也不能独自走,每天早晨,爸爸背着她送到教室,中午放学再把她背回去。为了不去卫生间,她在学校时从不敢喝水。尽管如此,她还是由衷地喜欢坐在教室里的感觉。

听课很轻松。她的聪慧和善良很快赢得了同学们的喜爱。几个月后,老班主任退休了,一位年轻班主任接了这个刚升三年级的班,她先是把坐在第二排的胡婧调到了最后一排,接着又把原本属于胡婧的新课本给了一位新转来的学生。胡春夏去学校接女儿时,胡婧伏在爸爸背上伤心地哭了。第二天,胡春夏找到老师,老师轻描淡写地说:"她不是正式学生。"

刚刚获得的上学的快乐就这样被终结了。

回到家里,胡春夏给女儿请了两位老师,教语文和数学。每周他带着女儿去老师家一次,听老师讲完课,回来写作业,下次带去让老师批改。胡婧的十个手指伸不开,作业要父女两人合作,女儿口述,爸爸"忠实"记录。

1994 年,胡婧 10 岁了,尽管身体状况不尽如人意,但是对知识的渴求却与日俱增。胡春夏认为培养女儿的自学能力最重要。他在报刊上获悉,电脑可以帮助孩子学习,马上拿出家里所有积蓄的一半,买回一台联想 286 电脑。

看着这个新奇神秘的东西,胡婧又好奇又激动,情不自禁地跃跃欲试。她初学打字时,找一个字母要花很长时间,好不容易找着个键,按下去,却是错码,急得满身是汗。几个月后,倔强的胡婧终于可以自如地在电脑上打字了。记者看到,她的左右手至今不能同时放在键盘上,左手也只有无名指和小拇指可以敲字。总是左手摁过键盘放下,右手再放上来操作鼠标。一个健康孩子轻而易举可以完成的事,对胡婧却是一项艰巨的大工程。

但是没有什么能阻挡她追逐梦想的脚步。有了"电脑这位永远不会歧视我的老师和朋友",利用学习软件,胡婧自学完了小学到初三的主要课程。

第三个梦想　学习英语

胡婧对英语的特殊兴趣始于 12 岁,爸爸从北京给她买回几张带动画的英语教学软件,胡婧不仅跟着学会了 26 个字母,而且觉得学英语很轻松好玩。

2000 年,寂寞的胡婧在网上发了许多封交友信,结果都杳无音信。她不免有些心灰。过了很久,突然收到一位北京男孩的回信,不禁喜出望外,开始和这个男孩用英语在网上聊天。男孩是北京外国语大学的学生,英语水平让胡婧汗颜,她经常写着写着就不知道单词该怎么拼了。

受此"挫折",胡婧开始狂背英语单词,躺在床上背,上厕所背,妈妈给她洗澡时也在背,晚上和爸爸一起散步时也背。整整两年的时间,她几乎把所有的时间都用来学习英语。甚至在梦里都用英语说话。她的单词量猛增,读得也越来越多,她进入英美网站,开始用英语学语法和写作,她写得越来越好,还给自己起了一个好听的英文名字 Jennifer。

英语让胡婧寂寞的生活变得快乐充实起来。胡婧的英语水平已把那位北京大学生甩在后面。一天,竟有网友问她是否在美国留过学? 胡婧如实相告,网友惊呼她是语言天才。事实上,出色的英语已让她成了许多网友的偶像。

那时,她开始在一家著名教育网站担任"英语沙龙"版主,每天早晨,她用一小时来处理版上事务,然后开始自己的英语学习,偶尔她打开 Paltalk(一种全球语聊软件),用英语和世界各地的人士交谈,一边练口语,一边感受异域文化。

2003 年高考结束后,胡婧的几个同龄的好朋友都跨入了高等学府。想到自己因为身体原因,永远无缘高等学府,她不禁黯然神伤。胡春夏看在眼里,便找了一份当年的高考英语试题,让女儿试试,胡婧轻轻松松做下来,没有算听力,就考了 130 多分。不久,胡婧从网上下载了一份英语专业八级的模拟考卷,不算听力、作文和翻译题,她竟考了 80 分——一个超高的成绩! 胡春夏说:"你这个网络大学生该为自己骄傲。"胡婧一扫心中的郁闷,再不为没有走进大学校园而沮丧了。

学习英语带给胡婧真正的自信和快乐。在石河子大学任教的加拿大人 David 在网上认识胡婧后,一定要见见这个不同凡响的女孩。

David 不会一句中文,担心两人交流困难,专门带来一位翻译。结果两人一见面,胡婧就用流利的英语和他交流,两人整整神侃了 9 个小时。年过半百的 David 了解了胡婧的生活后,为她的意志所折服,两人从此成了忘年的好朋友。

"当我与外国朋友面对面侃侃而谈时,我内心充满了兴奋和骄傲。我鼓励自己,要更加努力地学习以实现更多的梦想。"胡婧对记者说。

第四个梦想　自食其力

18 岁,胡婧已经拥有了很棒的英语,但是这些有什么用呢? 自己的努力绝不仅仅是为了网上的精彩。有一段时间,她因为看不到目标而消沉起来。她曾写道:"我仿佛走到了一条路的尽头,只有原地踏步才能继续生命,可失去了前进的目标,生命还有什么意义? 母亲虽整日精心地照料我,却未曾给我有关谋生的建议;父亲也很少提及我的未来。不是他们不想,而是不知道,像我这样连自己都不能照顾的人何以憧憬未来。"

或许是胡婧不经意地把自己的消沉流露出来了, 她的另一个网友 Mary 马上给她写了一封长信,"你不是一个懵懂的女孩儿,而是位能干的年轻女性,尽管你的生活中和身体上有着这样或那样令人不快的地方。我们看得出来你机智、勇敢、聪慧、也许你现在没有发现,但过不了多久,你就会明白,坚韧也许能创造出一个天才。你曾经经历过的苦痛和现在感受到的彷徨都是一笔难得的财富,你要做的就是把这笔无形资产用在未来上。接受现在的一切,忍耐着,努力着。"

Mary是一位60多岁的加拿大女士,和胡婧相识在英文聊天室,她一直关注这个与众不同的女孩子。

这封信让胡婧重又振作起来,她的梦渐渐清晰了,她想成为一名优秀的翻译家。2003年11月6日,胡婧19岁生日,她像往常一样打开电子信箱,惊喜地收到一份Mary的特殊生日礼物:我为你联系到加拿大一家翻译公司,请把你的个人简历用英文写好寄来,请公司审核。

胡婧问Mary:是因为我的身体情况特殊照顾吗?还是一种纯商业行为?如果是前者,我宁可不接受。我相信自己的实力,不需要任何照顾。Mary马上回信:完全是纯商业行为,人家只看你的能力。胡婧这才放心,写了一份漂亮的个人简历发过去。几天后,她在兴奋和不安中等来了Mary的回复:公司看完简历后,认为你完全有能力胜任翻译。恭喜你!今后若有业务,我会马上通知你。

胡婧的第一单业务是翻译一本书,将英文译成中文。4万字,她译了两个月,挣到了1200美元。这第一桶金给了胡婧巨大的鼓舞,她明白了:凭借自己的智慧,一样可以实现自立的梦想。

此后她摩拳擦掌,做好了一切准备,打算参加全国翻译资格考试。胡春夏替女儿去报名,人家却告诉他,像胡婧这样的身体情况不能参加考试,因为她的手不能握笔,必须另找人代笔。胡春夏急了:你们可以把题放到电脑上吗?工作人员告诉他:翻译资格证书是全国统一考试,不可能为一个人把试卷放到网上。胡春夏还想为女儿争取一下:你们能不能派几个人到家里监考?工作人员说:还没有这种先例。胡春夏太知道女儿的梦想了,他又把电话打到北京,结果还是同样的答复:没有这样的先例。

或许是早已习惯了在看不见路的地方寻找道路,翻译证考不成了,胡婧并没有沮丧,反过来安慰爸爸:"翻译主要是靠实力,我的工作能力就是实力。"

果然,胡婧的翻译水平为她赢得了更多的机会。胡婧接的活既有工程标书,也有结婚证明、驾照、签证信函,甚至有死亡证明。无论大活小活,她都格外用心。

胡婧认为最具挑战性的活儿是2005年12月为乌市一家建筑公司翻译一个关于消防设施的标书。20000多字英译汉,只有一周时间。胡婧称这项工作是"挑战极限",因为有大量的专业术语要查字典。心里很怕到时不能交活儿,每天从早晨9时干到晚上11时,累得嘴上起泡,半夜起来,再干两个小时。最终如期交工,而且做得很漂亮。"这一周我挣了2000多元。"胡婧很为自己骄傲。

因为行动不便，胡婧接的活儿都是翻译公司通过 E - mail 发给她的，现在每个月的收入完全可以养活自己了。"目前，我的任务量并不饱和，如果有活儿，我可以赚得更多。"胡婧自信地说。

胡婧说自己"野心勃勃"，想通过网络"进"一所美国著名的大学读书。但是人家要求学历，于是她决定读函授，她报了汉语言文学专业，买了整套的书，准备用两年时间拿下这门课程。

胡婧现在正在抽空翻译一本新出版的美国小说《DESTINAE》，"这是一本哲理小说，我很喜欢，它可以让人们思考。至于译作能否出版，我还没想。可我愿意试一试。"

2007 年 1 月 9 日《新疆日报》

与野生动物共舞

杨晓芬

1999 年暑期,一位叫冯刚的乌鲁木齐中学英语教师,给了见过世面的北京人一个惊奇,一些感动。

冯刚开着他自费买来的北京吉普——"金旋风",载着他拍摄的新疆野生动物照片,沿着丝绸之路呼啸而来,刮起了一股野生动物生命呼唤的旋风。

在新疆,冯刚是位卓越的英语教师,又是国内专家认可的"中国拍摄大型有蹄类野生动物第一人"。冯刚传奇的经历本身就引起了人们对他的兴趣。而分贴在 28 块流动展板上的近百幅野生动物照片上,矫健的蒙古野驴、鹅喉羚、藏羚羊、藏野驴、野牦牛等有蹄类动物,以及众多美丽的水禽鸟类,这些大自然的精灵,千姿百态,神韵各异,更吸引人们驻足观望。冯刚以北京为第一站,历时 42 天,行程 1.4 万公里,先后在南京、上海、广州、深圳、昆明、成都等地举办流动展览。生息在瀚海戈壁、天山、昆仑山的珍稀动物,第一次在中国大地千千万万人面前亮相,唤醒了人们的环境保护意识。每到一地,展板前观者如云,流连忘返,围着冯刚索要图片,请冯刚签名留念。但是,人们不会知道,冯刚是以生命为代价,拍摄了这些野生动物的照片。

野驴之美谁人识

1995 年 7 月 21 日,冯刚把照相机的镜头,瞄向了准噶尔盆地东缘的卡拉麦里自然保护区。

卡拉麦里的恐龙沟,曾在 1985 年发掘出举世罕见的大型恐龙化石。风化剥蚀的雅丹地貌中,被稀疏荒草覆盖的低缓山坡上,28 种兽类、50 余种鸟类出没其间。冯刚对这里最为著名的蒙古野驴思慕已久。

403

蒙古野驴是国家一级保护动物。由于环境恶化和乱捕滥杀,1982 年保护区建立时,仅存几百头。十几年来,在新疆野生动物工作者的辛勤努力下,又发展到 4000 多头。

拍摄野生动物,必须具备两大条件:专业摄影器材和越野车。冯刚只有一架不到 2000 元的照相机,先前他还四处奔波,筹划用摄影机拍野生动物。这缘于每期不落的中央电视台《动物世界》给他的灵感,拍跑着跳着的动物,那多带劲儿! 结果他四处碰壁,才发现自己原来很天真。一套录像设备,岂能是一个教书匠仅靠薪水所能承受得了的! 他连置一套较完备的照相器材的钱也凑不够,2000 元一架的照相机,对他都很奢侈了。但他觉得自己在拍摄野生动物方面,也算占尽天时地利和人和:新疆有全国最丰富而独特的野生动物资源;从身体方面讲, 他算不上高大, 算不上强壮,1.70 米,50 多公斤,其实这体型最适宜野外活动,他登山能赛过小伙子;他善骑马,会维吾尔、哈萨克语,还有教师享有的寒暑假。更重要的,是他充满了生命的激情,总想着要多干点事业。他的心灵深处,总潜动着对大自然和野生动物的向往。否则,他就不会在 48 岁的年龄,在英语教学领域已经功成名就的时候,异想天开,在有些人眼里甚至是"神经兮兮"地拍什么野生动物了。

搭朋友的便车,带着借来的长焦镜头第一次进入卡拉麦里,冯刚的收获不小。回来后,他带着冲洗放大好的蒙古野驴和其他动物鸟禽的照片,走进了谁也不认识的新疆摄影家协会。没想到竟有两张照片被选中参加摄影大赛,更没想到那张《蒙古野驴》还获得了优秀奖。

有专业摄影家不无羡慕地对冯刚说:"拍野生动物这事儿,我们想了一辈子也没干成。"专业的想了一辈子,倒被一个业余的第一次干就成功了。冯刚当然很得意,从此他更加执著和痴迷,踏上了野生动物摄影的不归路。

看到冯老师为了不耽误上课,拍野驴拍得把双休日都搭进去了,学生们便心疼,都说:"冯老师,那么辛苦拍野驴干啥呀,野驴多难看呀! "

是啊,被人类长期饲养,受人类驱赶、奴役的驴子,形象丑陋委琐不说,连双目都黯淡无神。驴子和人类本来就不是一种平等关系。而大自然中野生的驴,完全是另一种形象,它们形似野马,自由奔放,是野生动物的精灵。蒙古野驴毛色茸黄,矫捷悍壮,双目炯炯,是卡拉麦里的长跑冠军。它们为寻找食物和水,成群结队每天奔驰数百公里。那"万驴奔腾"的壮观场面,被冯刚摄入镜头,成为他颇为得意的作品。后来,冯刚在深圳野生动物园也见过一头野驴,他怎么也想不到,动物园的野驴枯瘦肮脏,形容委顿,尽失大自然中那英武威严的神采。

冯刚在课余时把他拍的野驴和其他动物鸟禽的图片分发给学生们欣赏,学生们竟异口同声地惊叹起来:哇! 原来野驴这么美! 原来大自然中有这么多美好的动物!

冯刚沉迷于拍摄的乐趣中,稍有闲暇,他就阅读有关动物鸟禽的书,欣赏自己拍的照片,挑照片的毛病,徜徉在动物的王国之中,苦乐其中,陶然忘怀。有一天,他硬被一对朋友夫妇拉去娱乐厅玩,霓虹灯的闪烁中,那位做丈夫的对一妙龄女子的美腿赞不绝口,那位做妻子的突然问冯刚的妻子、也是中学老师的郑蜀湘:"你们冯刚平时看女人的腿吗?"郑老师不假思索地回答:"他哪有那分闲心!他在家里整天举着放大镜看驴腿!"

冯刚看驴腿还真看出点名堂。他能看出照片上的野驴腿清晰的血管,说明他拍摄的技巧不断提高;他能如动物学家般地全面比较出生活在阿尔金山的藏野驴和蒙古野驴的异同。他不会想到,就是这些他视其生命为自己生命的有灵性的家伙,有一天会救他的命。

死亡线上的挣扎

1998 年 7 月 30 日,冯刚在卡拉麦里迷路,险些丧生。

冯刚对卡拉麦里情有独钟,三年里他九次进入卡拉麦里。追拍两天了,第一次见到足有 200 多头的大群野驴,他哪里肯放过!时间在"咔咔"的摁快门中悄悄流逝,随身带的十块苏打饼干和一小瓶矿泉水早已在胃肠中消化殆尽。当野驴奋蹄扬尘,消失在取景的方框中时,冯刚怎么也找不到回宿营地的路了。他只顾跟着野驴跑,太忘情,太专注了!往东,往西,往南,往北……他始终在那一带打转转,40℃的高温,炽烈的骄阳发狠地想把他烤干。这是无人区,茫茫戈壁辽远空旷,只有小鸟偶尔从头顶掠过。传说不知盛唐还是清代,一将军远征到此,饥渴交加,长叹:天灭我也! 终全军覆没。这横亘数百公里的荒漠现在叫"将军戈壁"。冯刚一阵晕厥,感到头疼、恶心,开始干呕,不由痛苦地嚎叫起来。他摸摸脉,心跳每分钟 120 次,这是脱水症状,接下来就会心衰……斜阳依然炫目,然一旦天黑,将走不出去。"难道余纯顺、彭加木在向我招手了吗? 他们都是我的上海老乡,又都先后丧命于新疆的荒漠。"

冯刚感到死亡的恐惧,但他不甘心。"我才 51 岁,还有很多很多事情要做。"他从随身带的日记本上撕下一张纸,写下一张便条:

我是乌鲁木齐六中学英语教师,来卡拉麦里拍野生动物。我已迷路十多个小时,已脱水,筋疲力尽。我去找水。如果我的伙伴们开车找不到我,我可能遇难。如果您捡到三脚架和相机,请送至乌鲁木齐市第六中学,或者给我的妻子郑蜀湘,并请他们把相机中的胶卷冲出来,这就是我的遗作。

谢谢!

冯刚98. 7.30 下午5∶30

然后，又在日记本上给妻子写遗书：

蜀湘：如果我真有不测，请不要悲伤，人总会有这一天的。谢谢你对我爱好的支持。我花了家里这么多钱，如果我不是迷上了野生动物摄影，我们的日子会好过得多。如果我真的走了，请你把汽车和相机都卖掉。我真的不愿意这么早离开你们，也不愿离开亲朋好友和学生们。

冯刚在一座小山包上支起三脚架，挂上一条睡袋套和唯一的白塑料袋作信号。把遗书和相机放在旁边的小坑里，用伪装网盖住，压上石片，迈着艰难的步伐去找水。他跪在滚烫的沙子上，挖得双手破皮渗血，不见一滴水。他拔了一把沙葱塞进嘴里，又苦又辣又涩，就是嚼不出一点水分，恶心得赶紧吐掉。东转西转找不到水，鬼使神差的，他又转回到原地。再有两个多小时天就黑了，就是死，也要和心爱的相机死在一起。车和这套专业相机，是他穷尽积蓄，又凑钱十几万买的。背上十几公斤重的相机，走动更困难。他突然想小便。一天了，第一次想小便，这不是救命的神液么？天助我也！他用手一捧一捧，小心翼翼喝自己的尿，不去回味那酸、涩、苦等说不清的滋味，少顷，他觉得精神了些，又开始走。

野驴群又一次挟尘而来，恍若从天而降，有五六百头，来得突兀，来势如狂涛骇浪。冯刚被牵引着，忘记了一切，疾追不止，逆光中奔腾不息的群驴是那样壮美，这将是自己的最好作品。"我的野生动物摄影是从拍蒙古野驴开始的，我的生命也即将在拍蒙古野驴而终止。"拍完最后几张胶片，驴群远去。从那浑浊迷蒙中看到了什么？正是他的"金旋风"破尘而来。他的伙伴，新疆林科院动物研究室的唐跃和司机杨林，寻找他已十个小时，正心急如焚时突然想到，只要有水，冯老师一定还在拍野驴，于是循野驴踪迹而来。残阳下，墨绿色的车体反射着美丽的光泽，这是生命之光，生命不息，拍摄不止。冯刚兴奋地看着车缓缓驶近，双手下意识地退下胶卷，又换上一卷新的。这已是晚9时25分，冯刚迷路已14小时。

生与死的亲历，使冯刚对生命有了一种顿悟，他在一幅幅有限的画面中，倾人的情感是无限的。他要通过画面上一个个有灵性的珍稀动物告诉人们，野生动物是自然生态的一部分，与人类享有平等的生存权利。请尊重生命！

藏羚羊凄美的眼神

卡拉麦里之行，只是冯刚1998年暑期拍摄计划的前奏，主乐章是阿尔金山。他要从新疆北端的卡拉麦里，经乌鲁术齐，过天山，直驱东南，上阿尔金山。车到乌鲁木齐时，冯刚不敢回家，他怕卡拉麦里遇险的消息惊动了家人，只叫杨林乘家人不在时，潜入家里取了滤色镜，在朋友家休整一天就出发了。

平均海拔4500米的国家级自然保护区阿尔金山，因山高谷深，地形复杂，成为众多生物的天然避难所。然而人类的贪欲，使这里不再安宁。

藏羚羊，这数量最多的国家一级野生动物，几年间就从几十万只骤减到几万只，成濒危物种。用藏羚羊绒织成的围巾，薄如柔丝，可以轻易地从一枚戒指圈中穿过，而藏羚羊无价的生命，就用人类的奢靡和虚荣作了交换。在阿尔金山，每年10月至来年4月，盗猎者每夜出动，驾车用强光照射，乘藏羚羊遇强光突然停立不动时开枪射杀。凝然不动的集群羚羊，那是怎样一幅渗透悲愤欲绝之美的雕像，矗立于天地之间，荒原之上！以近年每年两万只被猎杀的速度，不出五年或更短的时间，阿尔金山的藏羚羊将灭绝，冯刚的心在战栗。这高原上轻灵的长跑健将，如今几十只上百只奔跑的景象已不复存在。仅仅两年前，唐跃在这里还有过一天见到286只的纪录，而这次他们搜寻14天，总共才见到42只。过去这不怕人不怕车的精灵，如今见车见人就仓皇而逃，那是个细雨蒙蒙的清晨，冯刚驱车与八只公羚羊不期而遇。绝好的机会！追了10分钟，却因车内颠来簸去无法拍。曾有人为摄取一个好镜头，把野生动物追得口吐白沫倒地而死，那是天理人道所不容的。冯刚为自己定了个原则：开车追拍野生动物不得超过20分钟，对藏羚羊，他更多了几分怜惜，20分钟对它们都太长太残酷了。他打算叫司机停车，藏羚羊竟齐刷刷停步了。司机杨林脚踩刹车，冯刚和唐跃同时跳下车。唐跃"啪"地支好三脚架，冯刚"咔嚓"按相机，距离300米，多近啊！快门"咔咔"响，冯刚在那个瞬间，看到了藏羚羊眼神中闪烁着的日暮途穷之光，看到了它们对人类哀怨的一瞥。那眼神让他如芒刺背。自视为万物之灵的人类，是否应该修正自己征服和贪婪的欲望，和自然中的生物相互依存，共生共荣呢？

阿尔金山的斗牛士

新千年的第一个春节，冯刚告别万家灯火的城市，温馨的家，在阿尔金山严寒逼人的帐篷里度过。

每逢冯刚外出拍摄，妻子笃信，在亲情的关爱和遥祝中，千里万里之外的丈夫总会安全回家的。

经特许每年不足百人上阿尔金山，更无人冬季来拍摄，冬季能拍到别人没拍过的，这就是冯刚上山的原因。许多人夏季来阿尔金山都因高寒缺氧无法适应，就是山前若羌县的祁曼塔格乡，只有101人，年龄最大47岁。冯刚将在阿尔金山度过他53

岁的生日。

祁曼塔格乡的干部和牧民,对冯刚的到来,敬佩而又惊异。

5年来,他16次赴卡拉麦里;12次去巩乃斯草原,甚至骑摩托车去;三次进博斯腾湖;14次上山拍北山羊……他曾在塔克拉玛干沙漠死里逃生;在博斯腾湖42℃的酷热中,为抵御蚊虻轰炸式叮咬,休克在密不透风的防雨衣中;为抢拍镜头他跳车追狼,骑马追狼……每次都能奇迹般脱险。

出师不利,车坏了,无法远行。用望远镜看,八九公里外的沙山上,一群野牦牛诱惑着冯刚。大年初二清晨,他悄悄出发了。他没有忘记带照相器材,也没忘记带防身的鞭炮,偏偏忘了吃早饭,忘了自己正患重感冒。感冒不适宜在高原跋涉,否则会引发肺水肿;不吃饭的后果是血液黏度升高,引起大脑缺氧。高原倒不缺水,到处覆盖着洁白的雪。

冯刚兴致很高,八九公里不知不觉到了。他伏在一个小山包后,两挂鞭炮一边放一挂,点支烟叼嘴上。一旦牦牛袭击,就点燃鞭炮。若鞭炮不响,还可甩帽子,甩大衣。当地牧民对野牦牛是"谈牛色变",不久前刚有一牧民惨死在公牛角下。这野生动物中最凶悍的族类能把汽车顶翻。冯刚也有过三次与孤独公牛对峙,化险为夷的经历。

沙山上休栖的两只牛离他最近。他很有激情地拍着,只见公牛的尾巴翘起了一点儿,是进攻的信号。冯刚仍在抓拍,尾巴又翘起了点儿,舍不得放弃,再抓拍两张。毛茸茸的尾巴终于翘起来了,一双牛眼瞪视冯刚,做俯冲状。冯刚匆匆点燃鞭炮,随着"噼啪"声,一跃而起,举着相机追拍惶然下山的牛群,觉得自己很像个凯旋的斗牛士。

斗牛士却不能凯旋,手中有新买的卫星定位仪,不会迷失方向,但怎么也走不动。照相机像座山压在肩上,气喘,胸闷,脚下绵软,他颓然坐下,又不敢久坐,怕永远站不起来。离帐篷只200米了,他喊不出声,挪不动步,休息了三次才扑进帐篷。伙伴们正为他一去无踪影而焦急呢。

阿尔金山的这一组以蓝、白、褐为基调的照片,让许多专业摄影师拍案叫好。野牦牛欲进攻的姿态,牛眼下部清晰的泪囊,是冯刚在无人区冒生命危险换来的。

人生旅程是单行道,有去无返

冯刚任教的六中是重点高中。新生第一节英语课,冯刚不讲课文,在黑板上写下一行字:"Defeat myself and I am sure to succeed."(战胜自我就会成功)。不爱听大道理的青年,被他浑厚的嗓音,独特的气质带进了荒漠腹地,也进入了冯刚成长的那个年代。

那个荒谬的年代带给冯刚的,是父亲因富家出身被打成"特务"。冯刚 1966 届高中毕业去插队,5 年后,集体户的同学都返城了,冯刚却因父亲一尺多厚的审查材料所滞留。

时任上海某私立助产士学校校长的父亲冯澄,是受王震将军亲邀,于 1951 年慨然率全校 132 名师生凯歌进新疆的。小冯刚曾被王震将军搂在怀里,看将军指挥大家高唱抗美援朝的歌。

遭受厄运的父亲愤然致信给将军,将军的批示很快转来:冯澄同志是对我军医疗卫生事业作出贡献的老知识分子。党和人民不应该忘记他们。

1974 年,冯刚成为一名中学英语教师。经历了疯狂、彷徨的年代,他敏感自尊的内心又容纳了隐忍和坚韧。他没有时间嗟叹,以初中三年的英语基础刻苦自学,5 年后就破格成为高级教师。80 年代,他创造过全班 59 人全部升入大学、全疆高考英语平均成绩第一的最好成绩。学生们说,冯老师是"没有文凭但有水平的老师"。

冯刚也是知青中的特立独行者。巩乃斯大草原上,漫长难挨的半牧半农生活,他学摄影,学维吾尔、哈萨克语。这两种语言成为他后来外出拍摄的"通行证"。

那时,有人背相机而来,给祖祖辈辈没照过相的乡亲们拍照,一张一元钱。来一次骗走二三百元,是乡亲一年的收入。结果一摞照片除第一张有人影,底下的全是空白相纸。冯刚气不过,写信求上海的姐姐借给他相机。姐姐寄来海鸥 203 相机,冯刚圆了乡亲们的照相梦。一天,公社书记说,批给你 3000 元,为公社开个照相馆。3000元的照相馆,谈何容易! 冯刚巧动脑筋,相馆因陋就简开张了。骑马挎枪过草原是他儿时的理想,现在挎着相机过草原,走乡穿户,成了农牧民家的座上客,感觉也不错。是两位新疆日报摄影记者的到来,打碎了他的好感觉。陪两位记者巡回拍摄一周,他才发现自己原来是个摄影的门外汉,只会照正面,连光线也不会用。他买来书,边学边照,满意了就投寄到报社,没想到还发表了。这段岁月对他来说弥足珍贵,是他从事野生动物摄影的准备和积蓄。

每一次按动快门,都是人生情感积累的释放;每一张照片,都诉说着一个动人的故事。5 年来,冯刚拍的珍稀动物照片有 8000 多幅,除前面所述,还有藏原羚、盘羊、赤狐、长尾黄鼠、鼠兔、藏雪鸡、黑颈鹤、天鹅、大白鹭、秃兀鹫、猎隼、戴胜、银鸥、鸬鹚、红腿鹬、麦头鸡、毛腿沙鸡、石鸡、绿头鸭等。其中一些图片为我国野生动物图片库填补了空白。高山捕猎曾使北山羊这种国家一级保护动物在乌鲁木齐东、南郊几近灭绝。冯刚多次进山探询,终于拍到了艺术技巧较高的徐徐攀岩的北山羊。他向人们欣喜报告:乌鲁木齐南郊重又发现北山羊,数量不少,公母混群。著名动物学家张词祖评价冯刚说:个人投入这么大精力和经费从事野生动物摄影,国内仅冯刚一人。

1999 年 3 月 8 日,中央电视台《人与自然》节目,以《走近自然的人》为题,播放了冯刚拍摄野生动物的专题片。新疆环保局把他拍的图片传上了互联网。许多媒体开始关注他,他则利用一切机会宣传保护野生动物。野外拍摄时,每到一地就送野生动物照片给当地老乡,用民族语言请他们不要猎杀野生动物;路过加油站、餐馆,送上宣传资料和图片,请人们"嘴下留情"、"不吃野味"。近来,一个念头越来越强烈地撞击着他:人生旅程是单行道,有去无返。他要在有限的生命中,把全副精力投入到野生动物保护事业中去,他想提前退休。强壮的体魄,是从事野生动物拍摄的前提,如果60岁退休再去做,将会力不从心。优秀的英语教师在中国很多,优秀的野生动物摄影师在中国太少。长江后浪推前浪,年轻的教师会迅速成长。已经用倒计时计算拍摄生涯的冯刚,除了拍摄,还要写作,图文并茂更吸引人们了解喜爱野生动物。还要给青少年办讲座,上网交流,更广泛地做宣传。冯刚要作的事太多太多。

只有绝大多数人意识到地球环境生物的珍贵,人类才有希望。

2007 年第 7 期《今日名流》

回望中国的"荷马史诗"

鲁　焰

有一座很不起眼的小山村，因为居住过一位名叫居素甫·玛玛依的人而变得与众不同。那就是阿合奇县哈拉布拉克乡麦尔凯奇村。

我们从英雄史诗《玛纳斯》大师的故乡走过。

站在高原眺望，缺少雨水的山际呈现黄色的寂寥。然而，当我们走进那个村落，站在那个安静的院门前，向里张望的时候，却有一种异样的东西从心头划过。我们默默地想象，想象着那高声吟唱《玛纳斯》史诗的歌喉由稚嫩渐渐变得浑厚、变得沧桑的历程。

这座普通的院落，是居素甫·玛玛依生长、生活了几十年的地方。当他从岁月里一格一格地走过，当他拨开历史的帘幕回望，英雄史诗《玛纳斯》依然如江河，澎湃而来。

拨开岁月的帘幕

居素甫·玛玛依，是世界上演唱《玛纳斯》内容最完整、情节最生动、篇幅最恢宏的大师级的"玛纳斯奇"，他完全靠记忆演唱 8 部 23 万行《玛纳斯》，被国内外学者誉为"当代活着的荷马"。

在阿合奇县城有一片安静的院落，居素甫·玛玛依目前就居住在这里。

我们来到这里，走到大师的家门前，一扇门紧闭着，给我们当翻译的吉帕尔古丽·司马义轻轻叩门，又用手撩开门上的小窗户，我们从这个小小的窗口看院里：大师在家吗？大师的家是什么样子呢？这位 90 岁的老人目前的生活状态怎样呢？

脚步声响起，门开了，我们走进了院子，院子很普通，我们却感觉血液的流速在加快。

院子里有一排房子，走进房门，踩在绵软的地毯上，向里望去，有好几间屋子，大师的儿媳将我们让进了右手的一间。

一块红色地毯不期然地映入我们的眼帘，这是一块不同寻常的地毯，它让这个屋子熠熠生辉。地毯的一边，有一行字：

玛纳斯奇居素甫·玛玛依90诞辰 克州党委人民政府贺 2007年4月18日

这是居素甫·玛玛依会客的地方，如同我们走过的许多柯尔克孜族人家，红色的地毯和毡子上，是一长溜柔软的绸缎垫子，这是柯尔克孜族人的"沙发"。

2007年夏季的一天，走进这红色的屋子，红色的氛围让我心跳加快：大师来了！

居素甫·玛玛依第一个和我握手，虽然他见的人太多了，可还是对我有印象，几个月前我曾经在乌鲁木齐拜访过他。"老人的记忆真好！"我暗叹。

坐在红色的屋子里，我们围拢在大师的周围，90岁的居素甫·玛玛依，依然颇具神采。他髯须飘飘，头戴一顶白色的小帽，穿着一件驼色毛衣，一条黑色羽绒裤。居家穿着并不掩其周身透出的浑厚的内蕴，威严之中却慈祥可亲。

我们聊着，席间，不断有人来造访，几十分钟的谈话里，屋子渐渐坐满了人。有的是干部模样，有的是面色黝黑的牧民模样。来了，先与大师及在座的握手，然后十分自然地落座，都是这里的常客。

拨开岁月的帘幕，大师惊人的记忆力将往事回放，将我们拉向半个多世纪以前。

居素甫·玛玛依生于1918年4月18日。他六岁进私塾学习，那时候，没有书，也没有笔，老师用一块小板子，在上边刻字，然后刮掉，再刻新的字，从基本字母学起，边看边学。三个月后，他就能读基本的经书。到他21岁的时候，才有了黑板，他才能够用粉笔写字。

居素甫·玛玛依年仅八岁的时候，将他引入另一座辉煌殿堂的人，是他从商的哥哥巴勒瓦依。比他年长22岁的哥哥是他的人生导师，是为他今后的生命远景奠基的重要人物。

哥哥酷爱书籍，常常跋山涉水，去乌什、库尔勒、中吉边境以及吉尔吉斯斯坦等地收集各种书籍，其中有《玛纳斯》，也有阿尔泰语系诸民族的有关历史、宗教等各种版本和手抄本的书籍，哪怕只有几张纸哥哥也要买上，然后翻山越岭，用骆驼拉回来。

每个清晨，居素甫·玛玛依带着这些各种各样的书，去放羊。在辽阔的草原上，当羊儿静静地吃草的时候,他就坐下来,翻开一本书,如饥似渴地看起来。他最喜欢看的书籍是英雄史诗《玛纳斯》,看到痴迷处,就背诵。就这样日复一日地,当夕阳西下,当金色的余晖洒满他的周身,当他赶着羊群下山的时候,他的内心渐渐地被一种非同寻常的东西所灌溉和润泽。

居素甫·玛玛依清晰地记得,哥哥在世的时候就对他说,《玛纳斯》自身就有它蕴藏的曲调,唱的时候喜忧哀乐自然就流露出来了。当时哈拉布拉克乡只有三个人识字,其中就有哥哥。哥哥唱英雄的曲子,唱英雄的豪迈之情,唱到那些悲伤之处,就落泪了。居素甫·玛玛依幼小的心灵一次次地被这种情感所陶冶,所震撼。

渐渐地,他开始以讲故事的形式叙述《玛纳斯》。他的父母很爱听,他就天天讲给父母听。每天晚上,在一盏好不容易找来的昏黄的煤油灯下,一家人挤在一起,一遍又一遍地听着英雄的故事,沉浸在那个英雄的时代。

"从那以后,我开始系统地学唱、背诵《玛纳斯》八代英雄的全部内容。"

在这样一种阅读和背诵的氛围里,居素甫·玛玛依度过了他的童年、少年,慢慢长大。

"这是祖先留下的故事,我不唱它怎么行呢? 这是先辈留下的遗产,代代相传到如今。倘若不唱英雄的故事,何以解除心中的苦闷? 它是前辈讲述的语言,它是后代不断精雕细琢的语言;它是人世间最生动传情的语言,它是人世间最壮丽辉煌的语言;它是比太阳还光辉的语言,它是比月亮还明媚的语言。它是彩云追不上的语言,它是蜜汁般香甜的语言,它是歌者珍珠般的语言,它是能压倒一切的语言。"

凭借着过人的聪慧与勤奋,居素甫·玛玛依在哥哥搜集的丰富资料的基础上,集众多玛纳斯奇变体的优点,在长达几十年的背记和加工雕琢之后,渐渐形成了自己独特的演唱变体,也是迄今为止最完美精练的变体。

1938 年,哥哥搜集来留给他的 82 本书被国民党搜走后丢失。其中有宗教的、故事的图书,以及巴基斯坦、印度、阿拉伯等外文书籍,也有汉文和柯尔克孜文的,还有他最喜欢读的有关《玛纳斯》的书籍。居素甫·玛玛依放羊牧马直至 1978 年。其间还曾经教书、驯鹰、狩猎、种田等,经历无数的生活磨难乃至生死考验。在这段漫长的放牧生涯里,他始终锲而不舍,专注于《玛纳斯》的阅读背诵。40 岁时,厚积薄发,一展歌喉,放歌草原,以其耀眼的才华成为当地著名的玛纳斯奇。

1960 年、1964 年,自治区文联、新疆社科院少数民族文学研究所以及克孜勒苏柯尔克孜自治州、中央民族大学等单位曾联合组成《玛纳斯》调查组,先后对居素甫·玛玛依等几十位歌手的演唱进行记录、整理和翻译。

居素甫·玛玛依演唱的《玛纳斯》史诗前 6 部,就在那时被记录下来。

1966~1978 年期间,受"文化大革命"冲击,《玛纳斯》史诗的搜集整理工作被迫终止。玛纳斯奇也受到牵连。

但乡亲们却悄悄把他请到了家里，宰羊盛情款待，让他尽情地唱一个晚上。

1978年11月22日，中国民间文艺研究会工作组将居素甫·玛玛依接到北京，开始重新记录《玛纳斯》。记录小组有17个人，根据居素甫·玛玛依的演唱记录、打印。居素甫·玛玛依的《玛纳斯》唱本，先后于1992年至1995年陆续用柯尔克孜文出版。从1984年起，他被请到自治区文联，开始系统地记录他演唱的其他叙事长诗。

居素甫·玛玛依的《玛纳斯》唱本搜集、记录、整理、出版等过程并不是一帆风顺的。我国各族学者经过30多年的努力，才使这一史诗结束了自古以来一直是口传心授的传承方式，走向口头传承与文本传承相结合的新时代。这在我国《玛纳斯》史诗流传史上是一个创举。

"那时候爷爷在乌鲁木齐一待就是三年，几乎没有走出那个小屋，我就和爷爷在一起。爷爷边回忆边唱，词汇丰富，记忆力特别好，奶奶找不到针都会去问他，他会告诉奶奶针放在哪个房间的哪个地方，奶奶过去一看，针就在那里插着呢。"

大师的另一位孙女、在乌鲁木齐工作的巴合提古丽说起爷爷，满怀崇敬。

爷爷经常面对面教他的孙子唱《玛纳斯》，坐在地毯上，背唱一两个小时。

激情像海一般

席间，徒弟奥曼·马木提来看大师，我请大师对徒弟的演唱指点一下。

奥曼就弹起库姆孜，充满感情地唱了起来。他唱的是《玛纳斯》的序诗部分。很美。起承转合以及抒情的长调都有了装饰音。

"您的徒弟唱得怎样？"我好奇地问大师。

大师说："我对我的继承人要求很多，作业只有一个，就是把《玛纳斯》内在的真正的神圣的感觉找出来，把那些英雄的喜怒哀乐和豪迈气势表现出来。《玛纳斯》有好多情节，包括从成长到爱情、从英雄到皇帝，所有的人生经历都有。《玛纳斯》给后人的激励就是英雄气概。"

"《玛纳斯》有六种调，只要唱多了，就能自己领悟，要唱得发自内心。玛纳斯奇都是即兴发挥，每个人的朗诵方式都不同，大体不变，是个性的发挥，存在各种版本。"大师谆谆教导着。

奥曼听着，频频点头。他是大师的十个传承人之一。

"人的潜能是一座神秘的森林。"居素甫·玛玛依大师有感而发。

演唱《玛纳斯》的玛纳斯奇，往往会沉浸在那恢宏的英雄史诗里，从黄昏唱到黎明，而不知疲倦。在过去的几十年的岁月里，居素甫·玛玛依常常是唱啊唱，忘记了时间，忘记了晨昏，也忘记了自己。觉得口渴，就喝两碗茶，接着唱，常常从下午一直唱到第二天早上太阳升起，一唱就是十四五个小时。

当他唱起英雄史诗《玛纳斯》，激情就像海一般，唱者与听者，都被一种独特的感受所征服。每逢唱到玛纳斯得胜之时，听者的欢呼声响彻云端；每当唱到玛纳斯遇难之时，人们会情不自禁地痛哭流涕。

居素甫·玛玛依用优美的诗句和铿锵的音调创造出一种气氛，再加上变化无穷的手势动作，使《玛纳斯》史诗具有强烈的艺术感染力，史诗深邃的内涵得到形象化、淋漓尽致的展示。

居素甫·玛玛依的宝贵贡献在于，他集众家所长，并将自己丰富的人生阅历、生活智慧、广博学识和奇特的想象力、卓越的语言天赋融进了史诗中，使这部在漫长的发展过程中经过无数"玛纳斯奇"加工和完善的英雄史诗，达到了巅峰。

如今，《玛纳斯》的汉文版即将出版，了却了他的一桩心愿。他还希望《玛纳斯》尽快翻译成外国文字，让全世界了解，让它成为全世界流传的史诗。

大师的儿媳拿来一块绸布——柯尔克孜族人的餐布，铺在地毯上。馕和奶油、酸奶摆上来了。与大师共餐，他时而招呼客人们吃东西，时而和客人聊着，微笑着。他掰了一小块馕，蘸一下酸奶，放在嘴里。我也掰一块馕，抹点奶油，吃下去。酸奶稠稠的，没有放糖，先是酸，然后呈现出了一股甘醇的后味。以往，我喝不下一碗酸奶，此刻，我却有意喝完了。大师面前的酸奶只喝了一点，他把碗递给了身边的来客，这是1979 年在北京记录、整理《玛纳斯》史诗时曾经陪他上过街的司马义·买买提。餐毕，我们和大师一起说："沃米（音）"，两手摊开，再拂面，感谢上天赐予食物。大师随即进了另一间屋子休息。

大师的孙女阿依努尔，现在和爷爷一起住，她每天都要把报纸拿回家。

"爷爷现在每天读报纸，读书，看电视新闻，和我们还有客人聊天。"阿依努尔27岁，在阿合奇县国土资源局工作，18 岁时也学会唱《玛纳斯》。

"爷爷唱的时候我经常听，就会了。"阿依努尔说起爷爷，一双大眼睛扑闪着。

"我爷爷经常说，一个人只要努力就能成功，不努力啥都干不了。"

"爷爷说他是不会后悔的人，过去的事就让它过去，从头再干。什么事情都往前看。"

"爷爷性格特开朗，成天笑嘻嘻的，爷爷喜欢给别人讲故事，喜欢小孩子，我们一个星期不去，他会问为啥不来了。"

"爷爷每天早上 7 时 30 分准时起来，散步，晚饭后也走一走，11 时睡。前年爷爷还唱过《玛纳斯》，现在身体还很好，就是有点气管炎，不能唱了。"

"爷爷经常对我说，你要学《玛纳斯》，它是我们柯尔克孜族的传统。现在爷爷最小的重孙子才四岁，也已经会唱几句了，爷爷特别高兴。"

"爷爷爱吃羊肉，三天吃一次肉，很爱吃肥肉，因为爷爷没有牙了。爷爷还爱吃葡萄、西瓜。"

血液里的歌

"英雄玛纳斯的故事,与人民血肉相连。"如同《玛纳斯》史诗中唱的那样,在阿合奇县有一些神奇的传说,有一些神秘的遗址,都和《玛纳斯》史诗有关。

我们走在阿合奇县色帕巴依乡的路上,在一片荒凉的山坡上,看到一棵繁茂的树,长在悬崖边,清亮的山泉就从树下经过一块巨石汩汩流淌。近旁的树枝上,挂满了五颜六色的布条,上边写着人们的祈愿。

陪同我们的阿合奇县委宣传部的阿布都说,当地人将此泉水看作"圣水",据说饮此"圣水",可祛病消灾。更神奇的是,阿布都指向附近一座隆起的土包,其上插着一根棍子,阿布都说这就是柯尔克孜族英雄玛纳斯的战将木孜布尔恰克的墓。

我们都不说话了,伫立良久。

回来的路上,阿布都又指着路旁的那些茂密的树说,这是玛纳斯的40位勇士。你看,只有这一段路有树,但到底有多少棵树,数字总是不一样。我们听了,不免好奇,来回数了两次,这些树,有的分开挺立,有的三五棵长在一起,还真是不好数。

《玛纳斯》的故事在民间还有很多。历史上,柯尔克孜族人民屡受外敌侵略和威胁,在那个英雄的年代,玛纳斯等八代柯尔克孜族英雄不畏强暴、英勇善战、勇敢保卫自己的家园,表现出柯尔克孜族人民热爱祖国,热爱家乡的淳朴民族本色。《玛纳斯》史诗包容了柯尔克孜族古代历史生活的各个方面,在千百年的口耳相传中,早已渗透在柯尔克孜族人的生活里、血液里。

居素甫·玛玛依有4个孙子和一个重孙是"玛纳斯奇"。在哈拉布拉克乡,我们见到了大师的二儿子阿布都哈斯,50岁,不会唱《玛纳斯》,他的14岁的儿子吐尔干阿力和6岁的库马尔拜克都学会了,唱得非常起劲。

"爷爷唱《玛纳斯》一唱就是三四天,吃点饭,不睡觉,听的人也是这样。"在阿合奇县同心中学当语文老师的库瓦提别克·木哈什是大师的另一个孙子,24岁。

"我小的时候就听爷爷唱《玛纳斯》,总是听得流泪。人越多我爷爷越唱得好,七八岁的小孩到七八十岁的老人都爱听他唱。"

"我从七八岁学会唱,爷爷教我。教我动作、音调、节奏。"

"我崇拜爷爷,他是世界上的玛纳斯大师,他对我的影响很深。我是爷爷20个培养人中的一个,我今后要学会全部《玛纳斯》。我也给我的学生教唱《玛纳斯》。"

"《玛纳斯》的内容很丰富,是中华民族的骄傲,也是柯尔克孜族的骄傲,《玛纳斯》对我的人生影响很大。我还写了一些有关玛纳斯的文章,包括动作、节奏、音调等等。我以后的目标是《玛纳斯》的教学和写作。"

库瓦提别克·木哈什告诉我，他表妹阿合拉依·木哈什正在吉尔吉斯斯坦上大学，学俄语，想由此了解国际上研究《玛纳斯》到哪一步了，然后回阿合奇继续研究。

大师的另一个孙子木合塔尔别克，瘦瘦小小，今年14岁，在阿合奇县同心中学上初二，七岁跟爷爷学唱《玛纳斯》。他为我们演唱的是《玛纳斯》第二部《赛麦台依》，他那还带有童音的嗓音洪亮，底气颇足，还不时挥舞手臂做出英勇的手势。

传承绵绵不绝

《玛纳斯》是我国与《江格尔》、《格萨尔》齐名的三大史诗之一，堪称柯尔克孜族人民精神文化的巅峰，是世界文学艺术宝库里的瑰宝。

《玛纳斯》史诗由民间史诗歌手玛纳斯奇以口头形式代代相传，在柯尔克孜族人民中间流传了上千年，凝聚了柯尔克孜族人民集体智慧，深受人们的喜爱。

在阿合奇县，有许许多多的民间史诗歌手玛纳斯奇。在色帕巴依乡，我们见到了买买提努尔·阿布都热苏里，24岁，护林员，汉语说得很好，我们可以直接交谈而不用翻译。

买买提努尔已经把《玛纳斯》八部看了三四遍。

"我能唱五六个小时，看书是从12岁开始，上学以后回来做完作业就看，有时候看到夜里一两点，看得着了迷，有时候一整天都读，到十六七岁可以一天读一本，1000页左右。"

"我是大师的20个培养人之一，从15岁听大师唱，大师也教过我。在他的生日庆典上，大师还在唱法上教过我们，他老了，唱几句就咳嗽。《玛纳斯》是我们的民族传统文化，我要唱到全世界都知道，我也希望带徒弟传下去。"

"我希望自己三四十岁的时候，能够把《玛纳斯》八部书全部唱下来。我还打算用汉语唱《玛纳斯》。"

由于日程太紧，当晚回到县城，我们又专程去了奥曼·马木提家。那时已是夜里10时。

"这么晚会不会打扰人家？"我担心。

"不会，牧民睡得晚。"带路的阿布都十分肯定地说。

于是我们踏着月色，深一脚浅一脚地往县城的西边走去。一扇红色窗帘的房子出现了，在黑夜里显得很耀眼，也很温暖。"到了。"阿布都说。

我们被热情的主人让进了小小的屋子。一进门，就是大炕。我们一边与主人问好，一边脱鞋上炕。

奥曼·马木提特意换上了漂亮的衣服，黑色镶金色花纹的袷袢，白色黑边帽子。这些行头是他成为大师徒弟的时候县里送给他的，这是柯尔克孜族人送给男人最好的礼物。

这位中年汉子是哈拉布拉克乡阿克翁库尔村的牧民，今年特意从山上搬下来，租了县城的房子，全家九口人就挤在这两间小屋里。这样，离大师近了，可以随时去求教。

他的100多只羊、30多头牦牛，就靠弟弟帮他在山上放牧。

"因为我是大师的徒弟，就要多唱，要唱到世界去！"这是一位普普通通的牧民，为了唱好《玛纳斯》所做出的努力。

奥曼一个月背会一本书的三个章节，要唱两三个小时，有时一段就要唱一个多小时。

他在全县《玛纳斯》弹唱中曾经获得第一名，他自己也带了六个徒弟。

奥曼有一个14岁的儿子库什塔尔别克，会弹唱半个小时的《玛纳斯》："玛纳斯是柯尔克孜族英雄，世界都闻名，所以我要学！我18岁要全部学会，我特别想当玛纳斯奇！"

"儿子很爱学，但是我让他先学文化，然后业余时间教他演唱《玛纳斯》。"奥曼补充道。

"我是大师的徒弟，所以我经常努力换音调唱《玛纳斯》，其中的三个是我自己按照最早的'玛纳斯奇'唱法，弹着库姆孜摸索出来的。平时我按大师的唱法唱，表演的时候才用那六个唱法。"奥曼说。

"玛纳斯是柯尔克孜族的英雄，也是中华民族的英雄，是百科全书，是民族团结，我唱的时候就进入到书里去了，书里高兴我就高兴，书里悲伤我也悲伤。"

与奥曼一家人交谈着，奶茶的香味缭绕于小屋，在一种温暖的气息里，我们感受着柯尔克孜族人对于《玛纳斯》的深沉、炽热情感。

从奥曼家里出来，已是快凌晨1时了，迎着柔和的晚风，我们走在阿合奇县的大街上，县城安宁、祥和，我们的耳畔仿佛还回响着《玛纳斯》的深情吟唱，一种奇特的感受令人久久难忘。

史诗《玛纳斯》的保护与传承在人们的期待中行进着。在阿合奇县盛大的《玛纳斯》演唱会上，伴着绵绵细雨，居素甫·玛玛依大师率1000多名玛纳斯奇同台演唱，最小的玛纳斯奇年仅三岁。其壮观场景，动地歌声，令人震撼。

当千副歌喉同唱英雄史诗《玛纳斯》的时候，当一种情感如排山倒海般澎湃而来的时候，我想，这位一生致力于《玛纳斯》传唱的90高龄老人，他的内心一定欣慰无比。

2008年4月15日《新疆日报》

跨越民族血缘的大爱传奇

赵雪勤

家是什么,是挂在墙上的老照片,是割不断的心灵纽带,是眷恋一生的情感归宿;是阿达一脸坚毅撑起的遮风避雨的伞,是睡梦里都要拼命抵达的港湾;是患难时无论怎样选择都不离不弃的担当,是感恩时无论怎样付出都无怨无悔的承诺,是比幸福还要幸福的美德传承……

黑头发、绿裙子作证: 爸妈的心是我们的天堂

"离家出走到处流浪时,我真的又脏又丑,可菩萨心肠的维吾尔族父母一点都不嫌弃我。"42岁的王淑珍未语泪先流。

"我从小头上就长着黄水疮,娘亲去世后,因为跟继父合不来,我一个人从百里外的萨尔托海乡跑了出来。那时候我脚上穿了双裂口子的鞋,用一条脏头巾包着长满癞疮的头,血往外渗不说,身上还有虱子,谁见谁恶心。可我一进这个家,我妈妈(阿尼帕)流着眼泪说了一句'可怜的孩子啊!'然后就为我烧水洗澡,洗热水澡的感觉太舒服了。"回忆往事的王淑珍,总有擦不完的泪。

我来的第二天,爸爸(阿比包)就拿出钱,让妈妈带我去医院看头癣,一看就是两个多月。那两个月是我这一辈子都无法忘记的,妈妈的大手牵着我的小手,在妈妈不断抚摸过的头上,终于长出了黑黑的头发。你看我现在这过膝的满头青丝,伴随我30年了,一直没舍得剪。

成为家庭成员后，爸爸给我取名哈比扎，我特喜欢全家人叫我这个名字。这可是个好名字，有维护、保护之意，可能是爸爸希望我从此有全家的庇护，再不会流浪了。

我一有空就学习哈萨克语，学习维吾尔语，学得挺快的。我还同妹妹一块上学，晚上做作业，家里用不起电灯，妈妈就找来破棉絮搓成条，放在羊油碗里点亮后让我们学习。一年后，爸、妈又敞开怀抱接纳了我哥哥王作林和两个妹妹，后来又抚养了另外三个弟妹。我哥哥的名字叫切布，意思为大树分出来的枝桠，事实上他正是从爸爸妈妈这棵大树分出的枝桠。

在我们七个孩子中，我哥是让两位老人最操心的孩子，也是最孝敬两位老人的孩子。1989年，我哥初中毕业后，受社会上不良青年的影响偷鸡摸狗，严打期间，被判了三年刑。听到这个消息，爸妈好几天都吃不下饭睡不着觉，很是内疚和自责。为了打消我哥的顾虑，让他安心服刑早日回家，爸妈挤出生活零用钱，买上衣物坐了400多公里的车去看望我哥，还说服家里所有的兄弟姐妹不要歧视我哥。

1992年，我哥刑满回来，爸爸不顾有病的身体四处求人，为他解决了城镇户口，并把他安排到水泥厂工作。后来我哥嫂从水泥厂双双下岗，日子过得很艰难。爸妈知道后急得不行，拿着钱、肉和面粉跑了几十公里送上门。回来后，老两口商量着在城里给我哥嫂找块地方卖羊杂碎。慢慢地，我哥家的日子好起来了。

记得有一年，我妈从吐鲁番带回一条淡绿色的新裙子，我想这条裙子理所当然应该给大姐卡里曼穿，没想到妈妈却把裙子给了我，我大姐伤心得大哭起来。我妈妈叫过大姐一遍遍地劝：你是姐姐，要让着妹妹。至今，这条淡绿色的裙子还被我精心保存着。

记得我妹妹出嫁时，妈妈把自己带了几十年的戒指摘下来戴在妹妹手上。

也许你们不相信，结婚快20年了，我的户口、儿女的户口到现在还和爸妈在一起，我家户口本上还是丈夫一个人，我真不想把自己的户口从这个家迁走，我是想，在爸妈这里能待多久就多久。

给你们实话实说，在我们这个多民族构成的大家庭里，不管是过去，还是现在，我们家彼此没有内外亲疏，就是一个馍馍也要掰开一起吃，共同享受着爸爸妈妈的爱。爸爸妈妈的心就是我们的天堂。

患难情、生死爱作证：
我们遇见了最好的孩子

采访中，语言的交流虽然不便，但时时能从阿比包夫妇的眼睛里读出这样的感情：遇见了这么多孩子，就是得到了世上最好的爱。

记者们反复问阿比包夫妇，养育 19 个孩子累不累，苦不苦，两位老人总是用一脸的慈祥回答我们的探寻。

对两位老人的采访是在阿尼帕外甥女、教师热孜万古丽·吐尔逊的帮助下，不断地进行现实和过去的转换对接。有时我们的一句话，就能激活老人心中某些沉睡的记忆，就能让老人大脑中的生活场景复活并且显影。

阿尼帕说，作为一个母亲，她体会最多的是孩子对她的孝敬和对家的眷恋。

我家的巴郎子们帮助爸爸干重活脏活。丫头子就帮我洗衣服、洗羊头。大的帮小的，小的帮更小的，一个接替一个。我照看不过来时，我的妹妹、我的弟媳可没少跟着我吃苦头，背的抱的牵的，还要洗衣做饭；孩子们就在这样的互帮互助中一天天长大，每个人都想着为这个家做点什么。

切布在巴郎子里排老四，话虽不多，却知冷知热，我打馕、做饭、拾柴火、挑水，只要切布看见了就一定搭把手，切布用斧头不停地劈柴的样子就刻在我脑子里。切布自己懂事不说，还会做哥几个的工作，带领大家一块帮他爸爸打土块、堆土块，在冰冷的水里洗羊杂碎，到老远老远的山上打柴。我虽辛苦，可也享受了儿女们对我的好。只要牵着孩子的手，我心里就不觉得苦。

艰苦的日子并没有磨掉孩子天真的本性，二儿子阿奔比切布大两岁，两个孩子好得像穿一条裤子，成天一起进进出出的，打闹、掏鸟窝，开心得跟吃了糖似的。谁要是敢说切布不是亲弟弟，阿奔一定会跟人家急，甚至动拳头。记得有一次他爸爸买了一双运动鞋，说是给切布的，这下阿奔不高兴了，非要抢过来穿，两人为此打了一架。可半天工夫，哥俩又和好了，鞋子也成了两个人的，轮着穿。

阿奔更是个热心肠，可惜走得太早了。1996 年 8 月，当乡武装部长的阿奔，利用星期天帮助残疾牧民修建暖圈，被倒塌的墙砸死了，留下了一男一女两个孩子。在我们伤心之际，不管多远的养子女都回来了，哈比扎还没进院门，就哭得晕了过去。面对阿奔遗留的一双儿女，切布站了出来。切布抱着孩子说：'以后由四爸来负责照顾你们，你们只管上好你们的学，天塌下来有四爸在。'后来，阿奔的女儿考上了阿勒泰卫校，切布不仅按时寄去生活费和学费，还常常打电话询问她的学习情况，孩子放假回来。第一件事就是去四爸家。

采访中，45 岁的切布一说起阿奔，还是泪流满面。

说起养子女们的好，阿尼帕又想起了两个细节。一个是当亲生小女儿结婚时，光十个养子女为小妹妹送的黄金饰品就达 80 克，还置办了一大车嫁妆，这在小小的青河县轰动了好长时间。

另一个细节发生在两年前，那次是阿比包和十多个老干部外出疗养，路过养女索菲娅居住的富蕴县，贷款开饭馆的索菲娅得知爸爸要路过，早早地迎候在那里。车一停，索菲娅就亲热地喊着爸爸，还将阿比包扶下车，饭菜早就摆满了一大桌。吃完饭，老干部要给钱时，索菲娅说什么也不收，一个劲地说，哪有女儿问爸爸收钱的理。眼见为实，一车的老干部都感动极了，说阿比包为养子女的付出有了回报，值得。

朴素的爱，是对道德良心和社会责任的担当。

一旁的卡丽曼忍不住插话："我们家是青河县最热闹最和谐的家庭，周围的人都特别羡慕我们。"

大清河、小青河作证：
美德接力悄然传承

青河，蒙古语"青格里"，意为"美丽清澈的河流"，青河县也由此而得名，一县里有大、小青河等5条河流环绕流过，阿比包夫妇一家的生活历程就好似这绵延曲折的河水生生不息地流向远方，而河面年年岁岁绽放的浪花，依稀唱着相依为命，不弃不离到永远的歌。

军人出身的阿比包1947年入伍参军，1958年复员，11年的部队生活使他对党充满感情，他常常教育孩子和周围的人要对祖国心怀感激，他的一言一行，潜移默化地影响着儿女们，家庭的每个成员都自觉融合在各民族相互信任团结的氛围里。

阿比包夫妇的美德就如同黏合剂一样，把19个不同民族儿女的心紧紧凝聚在一起，而无私大爱汇集的力量，恰似一根接力棒，在家中一棒接一棒地传下去。

在青河县城建部门工作的大女儿卡里曼想起这样一件小事：2003年，青河阿尕什敖包乡大龄孕妇江阿古丽家生活十分困难，住不起院，爸爸阿比包知道了，就让她先住在自己家里，还为她筹集了1000元住院费。可是在生产时，江阿古丽大出血，需要马上输血。爸爸立即把所有在家的儿女都带到医院验血，最后医生从我弟弟阿不都热西提的血管抽出200毫升的鲜血输给了江阿古丽，这才保住了大小两条命。

记者采访中无意间获知，卡里曼去年就开始默默资助一个来自牧区贫困家庭的高三女学生。

这名女学生是卡里曼女儿的同学，学习成绩十分优秀。但因父母有病，无钱读书，面临辍学。女儿回家惋惜地告诉了妈妈。当卡里曼提出让这名女学生来家里吃住由她交学费时，女儿开心得跳起来。

两个花季少女天天手拉手上学，天天学习到深夜，有时夜里为两个女儿盖被子，卡里曼会想起自己的少年时光，想起妈妈为她和哈比扎妹妹盖毯子的岁月，心中会升起<u>丝丝缕缕</u>的温暖，这大概就是一种美德的延续吧。

在记者为这一大家子照全家福时，从小跟着姨夫姨妈家的孩子一块成长的热孜万古丽的旁边，有一位残疾的老人，记者好奇地问，才知其是由热孜万古丽照料的无儿无女生活无着的叔叔。

作为青河县牧区希望小学的教师，热孜万古丽经常会将自己孩子不穿的衣服打包，拿到教室给家境贫困的学生们穿。热孜万古丽说："我是学着姨父姨妈在做。"

阿比包在阿勒泰市人民检察院工作的儿子阿不都热西提同记者交谈时说，正如哈萨克谚语所说，大地承受不住的东西，胸怀可以容纳。我爸爸妈妈的胸怀，是可以容纳一切的胸怀。

就在落笔之际，从青河县传来消息，阿比包和阿尼帕老人，拗不过切布的再三请求，已决定搬到萨尔托海乡跟着他去颐养天年。这个传奇的故事又将翻开崭新的一页！

2008 年 6 月 10、11 日《新疆法制报》

诚信的脊梁

李亚男

童年时代，邻居议论起身体瘦弱的吴兰玉，都会叹息："唉，这娃儿活不了人。"就是这样一位身高不足 1.5 米的妇女，不仅活成了人，还活出了高洁的人格魅力。

丈夫去世，长子患尿毒症去世，留给她的是悲痛和 5.4 万元钱的巨额债务。一连串的打击，没有击倒她。为还债，她拾荒九年、白水煮饭九年……

对此，她不觉得苦："为儿子还债，是母亲应该尽的责任。"

突降的灾难

身体发育迟缓的吴兰玉，22 岁才来例假。母亲曾打算让她终身不嫁，怕因为身体原因吃苦受气。26 岁的那年，在表姐的介绍下，她从成都来到乌鲁木齐市，嫁给了李升燃（原乌鲁木齐市第二钢铁厂职工）。

婚后几年，吴兰玉有了两个儿子。她虽然没有固定工作，但靠打零工和丈夫的工资，一家人日子过得和和美美。

上世纪六七十年代大部分人家的日子都过得紧巴巴，而吴兰玉因为会持家，还有一定的积蓄。邻居们时常向她借钱，遇到特别困难、借三五元钱的，她都不让人家还。

1990 年长子李培川突然患尿毒症，平静的生活一下被打乱。吴兰玉除承受沉重的精神压力外，10 余万元的积蓄也花完了。

日子本来就过得艰辛，可节外生枝的事却接二连三。

一天下午，从医院回家的吴兰玉，推着自行车正上七道湾的一个坡，突然被两个年轻人拦住去路："把钱拿出来！"

"儿子住院,我没钱啊……"

话音未落,脸上就重重挨了一拳,吴兰玉眼冒金星倒在地上。

两个抢劫者,扯破她的裤子口袋,搜出20元钱。临走时,他们还觉得不解气,朝她身上又踢了几脚,骂道:"穷鬼。"

回到家,丈夫见她半边脸发紫,急切地问:"怎么了? 谁打你了?"

"没有,是我不小心摔的。"

有了这次"教训",吴兰玉出门不骑自行车,身上也不带钱了。

离第一次被劫没几日,一天上午吴兰玉提着饭盒去给儿子送饭,仍是走到七道湾地段,又遇到三个拦路抢劫者。她怕饭被碰洒,本能地低头护着饭盒。其中一个人一拳打在她后脑勺上。

搜身后,他们没有找到一分钱。为泄愤,他们又抢过饭盒,把饭泼洒到地下。

连遭抢劫,吴兰玉觉得自己咋这么倒霉,坐在地上号啕大哭一场,感到心里轻松一些了,又向医院走去。

虽两次遭遇劫匪,但她仍然独行走在医院与回家的路上,而且在这条路上,她还找到了后来生活的依托之道:路上的铁丝、矿泉水瓶子、废纸箱子都逃不过她的眼睛。

不仅如此,她还养起了兔子、鸡,卖掉后补贴生活。

1995年,吴兰玉的丈夫患肝癌去世。她擦干泪水,仍旧忙着照顾儿子。

1996年,医生建议给儿子换肾,一大笔手术费从哪里来?

吴兰玉去找一个亲如姐妹的朋友,朋友拿出了1.2万元钱。之后,这位朋友两次找其他人,为她借款5000元、3000元。

吴兰玉担心朋友怀疑自己的还款能力,一再向朋友表示:"日子再难,我也要想办法还钱,不然我没脸见你们。"

朋友安慰道:"你遇到了难事,我应该帮你。"

做人忠厚、善良的吴兰玉,有30多个好"姐妹"。每次,姐妹们虽慷慨给她借钱、不让打借条,但叮嘱她不要对她们的家人说——因为是"擅自做主",怕引起家庭矛盾。

如今,吴兰玉虽已还清债务,但她对借钱朋友的名字仍守口如瓶。

手术前,见母亲数日里忙着借钱,小儿子问吴兰玉:"妈妈你借别人多少钱?"

吴兰玉说:"这事你就再别问了,跟你没关系。"

她的想法很简单:一人做事一人当,即使亲儿子也不连累。

手术费总算筹齐了,但手术却没能挽救儿子的生命。1999年8月,长子离开人世。

两个亲人相继离去,吴兰玉感到自己的天塌了。

坚强的心灵

在儿子去世后的三四天中,吴兰玉将自己关在家里,时而大哭、时而昏睡。她怨命运对自己太不公平,为何一生这么命苦。

一天晚上,她看到桌上有一瓶长子没吃完的药,忽然想到儿子住院时医生的叮嘱:"这药只能一次吃一片,有毒副作用。"

"凭什么你们都能死,把痛苦留给我。"她自言自语地打开药瓶,一口药、一口水,将80多片药吃完后,她躺在床上,往事件件浮现在眼前——

吴兰玉出生两个月时,父亲被国民党军队抓壮丁,从此音讯全无。母亲养活不了三个女儿,将最小的吴兰玉送人。吴兰玉六岁时,养父去世、养母改嫁。姑姑将被抛弃的她送到亲生母亲家。为了生存,母亲将两个女儿送人做童养媳,然后带着吴兰玉改嫁。

七八岁的吴兰玉,每天睡半夜、起鸡叫,割草喂牛。即使患着病,也免除不了这些劳动。她还常常被酗酒的继父打骂,藤条是他惯用的"刑具"。

虽然童年留给吴兰玉的是铭心刻骨的痛苦,但母亲诚实的品行也在一定程度上影响了她。母亲是个勤俭持家的人,总养着一群鸡鸭。有时生活紧张,母亲会向邻居借一碗米或面,她如果说明天还,绝不推到后天。没东西可还时,她就去卖鸡鸭。

童年,饱尝世态炎凉的吴兰玉,一直渴望得到他人的关心与爱。

正因如此,她感悟到:"人心换人心。你要对别人好,人家才能对你好。"

……吃完药,昏睡了一天一夜的吴兰玉,第二天下午睁开了眼睛。

此时,有些迷糊的她不知自己是在阴间还是人间。

定神环视屋里的一切,"确定"自己还活着,她想:既然天不收、地不留,我还是得活着。

她起床做饭,喝了几口稀饭,依然感到头重得似乎用全身的力气也扛不起来,于是倒头又睡。第二天,双眼肿成一道缝的她,来到给她借1.2万元钱的那位朋友家。见面第一句话是:"我差点见不到你了。"

朋友责怪:"你是不是干坏事了?"

在此之前,这位朋友一直担心她想不开,多次劝她"别干坏事"——她用"坏事"代指自杀。

嗔怪完,朋友炒了两个肉菜、蒸了米饭,不停地劝吴兰玉多吃点。

照顾归照顾,该说的话朋友一句也不少说。吃过饭,吴兰玉要回家,朋友要留她住下,她说:"家里还有兔子、鸡没喂呢。"

"你还知道喂它们呀,你没忘借人家的钱还没还吧?你借我的钱可以不还,可是如果你死了,我替你借人家的钱,还得我还呢。"

这句话让吴兰玉心中一惊:"我明白了,不还完债,我没权力去死。我再也不会想不开了。"

回家的路上,吴兰玉一路自责:我真糊涂,怎么光顾着难受,忘了还有 5.4 万元的债呢。我得赶紧想办法还债。

拾荒的日子

从朋友家回来,吴兰玉已想清楚该怎么还债。

第二天早晨 5 时起床,她吃了一碗剩稀饭,出门去拾荒了。几天后,她发现一钢铁企业倒出的垃圾中有铁渣。因为垃圾和铁渣混在一起不好分辨,她便找了一块红枣大的吸铁石去吸铁渣。

一连几天,她都在垃圾堆附近遇到一位中年妇女。碰面时,她们还搭几句话。

一天晚上,这位妇女敲开她的家门,送给她一块磨刀石形状的大吸铁石。有了它,无疑会提高吸铁渣的"效率"。

"这么大,得花多少钱,我给你钱……"

吴兰玉刚要感激,那位妇女已转身出了门。

吸铁石,还有铁锹、镐头,刨铁渣就成了吴兰玉的"主业",每天在垃圾堆里挖呀刨呀。

一天,她正在刨铁渣,突然肚子疼得直不起腰。旁边一个跟她一起拾荒的妇女,见她跪在地上汗流不止,便拉起她说:"你饿了,快回家吃饭吧。"

她摇摇头,又跪在地上继续刨。她停不下来,她给自己制定了每天的"工作量":至少保证拾 30 公斤铁渣。

这天,她硬是坚持刨到晚上 10 时多,连背带拖地将五袋铁渣一趟一趟搬回家。

吴兰玉的双手布满伤痕,这些都是在刨铁渣时被划伤的。每次手破了,她都用纸擦擦或用布条包一下。一位邻居看到她渗着血的手指,一天专门买了一盒创可贴。这盒创可贴,她连续用了 5 年多,小伤她从不用,止不住血时才用。

1999 年年底,自治区出台低保政策,吴兰玉每月领到了 156 元钱的低保金。在兴奋、感激之际,她想到:这笔钱一分也不动,攒起来还债。

2001 年年底,拾荒钱、低保金,加上卖兔子、鸡的钱,她还了第一笔借款 1.2 万元。之后,她继续给其他朋友还钱。有的朋友说:"当时你家那么困难,给你借钱时,就没想过你能还。"

吴兰玉说:"到死也得还清你们的钱,哪能让你们的钱打水漂。"

朋友戏谑道:"你咋能算出自己啥时候死呀?"

平时只要家里不来人,吴兰玉是不开灯的,两个月才用一度电。冬天烧炉子,她只保持火不灭就行,有人来才多加一点煤。

从儿子去世到还清债务之前,她没买过菜,吃的菜是从市场捡的。她每年年初买两公斤盐,如果不到年底就吃完了,就连续多日吃没盐的饭,她吃盐也按年"定量"。

吴兰玉每天吃的饭主要是馒头和水煮菜,或者是菜叶煮面疙瘩。

以前,两个儿子的朋友曾夸吴妈妈饭做得香,如今她说:"我已经不会炒菜了。"

日子虽过得清苦,但每当有人问起吴兰玉苦不苦时,她会说:"给儿子看病、替儿子还债,是当妈的应尽的责任,我不觉得苦。"

吴兰玉风里来雨里去,拾荒还债的故事感动了周围的人。因为每天背袋子,她衣服破得特别快。一天一位邻居把她叫到家,要送给她一件新衣服。她摇头说不要。朋友误以为她多心衣服是穿过的,又解释说:"你看,吊牌还在上面呢。"

"你们过日子也不容易,我不能要你的新衣服。如果给旧的,我不嫌弃。"后来这位邻居几次将新买的衣服洗几水,再送给她。

还有一些邻居知道她不会要别人送的新衣服,在送她旧衣服时,常常在中间夹一件新背心、裤头之类的小衣物。

因为生活困难,每逢节日吴兰玉丈夫单位的领导都会带着米面油等物品去看望她。

第一年,她把送的一桶清油悄悄提到一家粮店:"这是别人送的,我不喜欢吃这个牌子的油,你们能不能按市场的价收下。"这一桶油,她卖了50多元钱。

从此,每年她都会将慰问送的油卖掉。

每当有邻居送衣物、每当丈夫单位的领导看望时,吴兰玉都感到心里暖暖的,会将童年跟自己生活过的人与他们相比,觉得他们比自己的亲人还亲。

诚信的回报

2008年春节前夕,吴兰玉丈夫单位的领导再次来看望她。听说了她多年艰难而自强的生活经历,尚有5000元的债没还完,领导决定由单位给她补助这笔钱。

在推辞不掉的情况下,吴兰玉用丈夫单位补助的钱还清了剩下的债务。虽然无债一身轻、有低保金,手头还有4000多元钱,但现在吴兰玉依旧每天去拾荒,喂兔子、喂鸡。她想攒笔钱,2009年回成都看望20多年未见面的姐姐。

为了 2009 年春节有件新毛衣穿,吴兰玉 7 月份就在一家商店看中一件大红色、开襟、领边绣花的毛衣。当时这件衣服标价 75 元,她觉得贵了。但因为喜欢,她每次路过这家商店都要进去看一看,问问价。70 元、65 元、50 元、45 元……直到 12 月初降至 35 元钱,她才下决心买下这件毛衣。

　　这是 9 年来,她买的第一件新衣服。

　　吴兰玉为什么不用手头的 4000 多元钱,回成都看望姐姐呢?

　　她说:"虽然我还没想清楚该怎么处理这笔钱,但我个人不会花一分钱。"

　　——这又是为什么?

　　原来,有不少人被吴兰玉拾荒还债的故事打动了,都非常希望年逾古稀的吴兰玉生活得好一些,相继为她捐款:一位姓何而不愿留下名字的男士,给她送去 3000 元钱;一位在医院待产的孕妇,给她寄来 1000 元钱;一位中年男士送给她 200 元钱后,特意叮咛:"以后有事或者需要用车,一定给我打电话,我会马上赶过来";一位退休老人两个月给她寄了 400 元钱,并附信:"以后每月给你寄 200 元钱"。

　　近日,中央电视台公布了 2008 年度"感动中国"候选人名单,吴兰玉以拾荒九年还清 5.4 万元债务的感人故事入选。

　　吴兰玉入选的理由是:诚信。

2008 年 12 月 23 日《新疆日报》

第三辑

葳蕤新疆

火焰山上四十天

何永鳌

边疆的二月,仍滞留在风雪交织的严寒季节里,西伯利亚的寒潮,一次又一次地把天山变成了千里冰封的银色世界。

草原上的哈萨克人,早已赶着自己的羊群到避风的冬窝子去了。静静的群山里,偶尔有几只野山羊,长尾巴狐狸,箭也似的从雪坡上窜过……积雪几乎填平了山沟。

在纷飞的大雪中,有四个骑马的人,前前后后向山里走着。戴着一顶紫羔皮帽子的是勘察队的杨专家,他那胖胖的身体,平稳地骑在一匹枣红马上,胡子上挂着一层白霜。他不时地拿起胸前的望远镜向四处探望,这是他做了30年地质工作养成的习惯。骑在第二匹马上的是个调皮而机灵的小伙子,名叫刘龙,是从一个空军部队专业来参加边疆建设的,去年到天山去探矿时,他就是队员之一。由于他爬山爬得快,得到了爬山虎的称号。这次到火焰山来,他就更不能安静了。加上他长了一对猴子般灵活的眼睛,人们给他起了个外号——孙悟空。他穿着一件毛朝外的皮大衣,头几乎缩在肚子里,不时伸出来眨眨眼睛说:"快点走吧,到了火焰山好好烤烤火。""你全身都是毛还怕冷吗?"跟在他后边的吴胖子用鞭杆子挑了一团雪朝他甩来。吴胖子背着杆步枪,穿着部队里发的棉军衣。他是从南疆转业来的炮兵战士,是个出名的大力士。他的马上放满了马料、帐篷。他转身对跟在最后的小玲说:"卫生员同志,给他打一针吧,孙悟空一冷就会头痛的。"到火焰山上去探矿,会遇到很多意想不到的困难。小玲这次不例外地随着火焰山铁矿勘察队出来了,她是个很能体贴人的好姑娘,也是个富有创造性的厨师。

按照预定路程,他们第一天应该赶到大金沟口住宿,第二天经硫黄沟绕小北谷,到火焰山口。本来,阴暗的天空里,只静静地飘着雪花,并不感到十分寒冷。可是,突然刮起了一阵顶头风,吹得呼呼直响,山上的积雪掀起一层层银浪……他们乘天不黑又赶了几里路。哪知过沟的时候吴胖子的马在冰上打了滑,薄冰被踏开了个窟窿,吴胖子摔下马来,穿着棉衣洗了个冷水澡,衣服冻得梆硬。这样,他们只好放弃赶到大金沟口的打算了。

他们在一块小平地上支起帐篷。因为这里找不到柴草,不能生火,老吴只好钻到被窝里。

刘龙刚支完帐篷,就忙着用铁锤像砸矿石一样地砸着那冻得梆硬了的馒头。小玲笑着看了他一眼,从怀里掏出一个暖软了的馒头给他。"瞧你馋得那样,好像一辈子没吃过似的!"

这也难怪,他们赶了一整天的路,确是该吃饭的时候了。小玲走出帐篷来,找着杨专家,见他还蹲在沟边,看着从裂开的冰缝里激起的水花出神。"杨专家!饭准备好了,吃了快点睡觉,明天还要赶路哩。""小玲子,你快过来,你看水里是什么东西?在那个大石头的下边!""有什么奇怪的,一块红石头呗。""你说得太笼统了!世界上的矿物岩石有几千几万种,亏你还是地质人员哩。告诉你,那八成是一块赤铁矿。""赤铁矿?""对,你拉住我,我把它拾起来。"专家伸手下去拾起,乐呵呵地走进了帐篷,递给大家看。他慢吞吞地坐下来,脸上浮现着骄傲的神色,说:"这就是火焰山的特殊产品,是咱们边疆的财富,再不能叫它睡觉了。"他打开皮包,拿出一张有很多空白的图纸来说:"建立边疆的钢铁基地可真不容易啊!火焰山方圆十几里完全是个秘密哩,要摸透它,真要有孙悟空的本事才行。"

刘龙把矿石拿来闻了闻说:"孙悟空过火焰山,费了九牛二虎之力,才盗来芭蕉扇,他能和咱们相比吗!咦,这铁矿多好啊!"

一夜风雪,把帐篷都给埋住了,第二天同志们起来都无法出门。刘龙穿上他那翻毛皮大衣,拍了一下胸脯,把手探出帐篷,抓了一把雪放在嘴里说:"各位,一人吃一口先定定神,壮壮胆。"说着便一头朝外钻去。

这时,风雪已经停止了。好一片起伏的、银色的山峦啊!不一会儿,太阳出来了,把雪山映照得金碧辉煌,四个人收拾起行装,在银色的海洋里蠕动着,向火焰山靠拢。

山沟几乎被雪填平,积雪淹没了马的胸脯,马呼呼地喘着气,出了一身汗,全身都沾满雪片。

本来估计中午就可以绕过小北谷到达火焰山口的,哪知山沟里积雪这样厚,只好翻过山梁绕着走了。山坡上的积雪很少,露出了灰色的岩石。专家第一个跳下马来,他已经是50开外的人了,但爬山却是颇有锻炼的。他牵着马,站在小伙子们的前面:

"去年8月,没下雪以前,我去第一组,到这里来过一次,那次是从沟里走的。这山谷深得很,雪又这么厚,要是咱们能像孙悟空那样翻个斤斗,来个十万八千里,就用不着爬这个山梁了,对吗?"专家笑呵呵地看了刘龙一眼。

这时,同志们都跳下马来,整理了行装。专家牵着马一溜一滑地走在最前边。真是一个难爬的山坡啊! 石头像长了嘴似的一个劲直咬手。有时候碰见结了一长串冰溜子的地方,如果硬要从这上面走过去,说不定会一直滑到谷底去的。

他们一次又一次地绕过冰山,选那有野山羊脚印的雪地爬,最后爬上山梁时已经是下午3点钟了。

他们休息了一会,下了山,走过一段松软的"橡皮地",沿着一带红色岩石的山坡爬上去,迎面吹来一股熏人的硫黄烟,迎接了这四个陌生的客人。这里再也看不到积雪的痕迹,只有乱石满地,没有一棵树和一根草,蓝天像平静的湖水,没有一只飞鸟来搅乱它的恬静。这就是火焰山的边缘。同志们像进入了干燥的热带,脱下皮大衣棉衣还嫌热。

他们就在火焰山口,靠右边的红砂岩下安起家来,第一次做了火焰山上的主人。白天看不到火焰山真正的面貌,他们怀着孩子般的好奇心坐在帐篷里,等待天黑。

走了几天的山路,大家都很累,不一会儿,便都睡着了。唯有刘龙兴奋得不能入睡,他揭开帐篷的一角,把头伸到外面。正是午夜,天空出现了一片繁星,火焰山在茫茫的黑夜里,显露出它真正的绮丽的面容,火舌在高高低低远远近近的山坡上闪烁跳动,像山上住着千百户人家燃着灯火。山坡上还有一片片忽隐忽现的磷光,真像是手巧的仙女在夜空里精心绣成的透明的地毯,使人联想起那古老的山城——重庆的夜景,和那美丽的7月的银河。

"是啊,"刘龙托着下巴想着:在"西游记"那古老传说里说到的火焰山,据说就在现在的吐鲁番境内,那里已经没有什么火焰,只留下一片红土和酷热让来往的客人去想象火焰山的面貌和孙悟空的勇敢了。可是这里却是真正的火焰山! 他翻了个身习惯地咳嗽了几声。

"孙悟空,你伤风了?"睡在旁边的吴胖子蹬了他一脚。

"不,我是高兴得咳嗽……咳……"

"不要说话了,睡觉就要有个睡觉的样子,明天还要工作呢。"专家虽说在批评他们,其实他自己何尝能睡着呢? 他想得更深、更远……

大家刚合上眼睛,小玲突然在另外一个帐篷里惊叫起来——"孙悟空啊! 快来。"大家先后爬起来,刘龙光着脚第一个跑进帐篷,看见一条深黄色的蛇,直伸舌头。他上前一脚踩住了蛇头,提起了蛇的尾巴,吸了一口长气,使劲将蛇撕成两段。事后,他笑着说:"打蛇是我本行了,在巩乃斯探矿的时候,我们两天打死了二十几条,有黑的,有花的,有方头,有扁头……这条小玩意儿怕什么? "

这时专家也走进来了。他看了看蛇,揭开铺在地下的毡子,看见了一个石缝。这是蛇的老家。专家摘下挂着的马灯,蹲下仔细看了看,拿起铁锤打下两块石头来,用手试了试重量说:"这不就是菱铁矿吗? "他又拿出昨天在河沟里拾到的那块石头来说:"你们看,这赤铁矿就是菱铁矿变的。火焰山做了一件好事,经它一烧,矿石的含铁量可以提高百分之二十。小玲,你别怕,这里没有喜鹊,是蛇给咱们报喜来了。记住这是一个工作地点,对我们了解菱铁矿的燃烧面积有很重要的意义。火焰山的外壳是很难找到菱铁矿的露头的。"

这时谁还有心睡觉呢,都围着杨专家坐下来,要他讲一讲这个火焰山的形成和它的地质构造特点。专家笑道:"不要以为我什么都知道,有很多东西我还要从头学哩。当然,我并不是保守,肚子里有什么全都会给你们掏出来的。青年人,现在都去睡吧,夜已经很深了。"

小玲心里充满了神秘和激动,望着帐篷外山坡上冒出的火舌说:"多么奇怪的地方。天快亮了,让我先到那边去看看吧。""走!我给你带路。"刘龙腾地跳起来在一旁怂恿着。

专家用手拦住他们说:"不行,谁也不许去。我来宣布一条纪律:从现在起,不论出门工作、吃饭睡觉,除了特殊情况,都要集体行动,不许一个人乱跑。这火焰山可不是好玩的,别以为我是在吓唬你们,万一掉到塌陷区就得干瞪眼了。"

同志们只好回到自己的帐篷。才合上眼睛不久,外边的马突然嘶叫起来,像是受到了什么惊动。吴胖子虽然睡着得快,可醒来也快,他还保持着革命战士特有的警觉性。听到马叫,急忙翻身起来,拿起枪闯了出去。原来是三只野狼,在打着马的主意。吴胖子用电筒一照,没等开枪,狼就跑了。可是同时专家的那匹枣红马,却撕开了缰绳,直向明晃晃的火焰山跑去。

"马跑了!马——跑——了——"吴胖子一边追一边喊着。

杨专家也起来了,他拿过刘龙手里的马灯,也深一脚浅一脚地跟着老吴跑着,一边唤着他们的枣红马。

跑了一个下坡,绕过一个土丘,连马的影子也看不见了……热气卷着呛人的硫黄烟,直往鼻子里钻。两边的山沟里,吐着蓝色的火舌,滚着红色的火球,向着这些陌生的旅客发出了警号。专家虽来过一次,但黑夜里摸了一阵,也转了向。正在这时,不知什么东西把他绊倒了,马灯也碰灭了。专家爬起来,也不吭气,用手巾擦了擦嘴上的灰,将马灯点燃。他的眼镜也跌落了,幸而落在灰上没有碎。

老吴用马灯在地上照了照,发现绊倒专家的是一堆天然硫黄和白色的硇砂①。

专家擦去眼镜上的灰说:"看看火焰山的宝贝有多少!这才是它的副产品哩。"刘龙也跟上来了,他拾起一块硇砂,放在鼻子下闻了闻,打了一个喷嚏,说:"同志们,这

---

① 硇砂:即氯化铵,是氨和氯生成的盐,主要用于电池电解质,也广泛用作镀铲、镀锡和焊接助熔剂,以除去金属表面的氯化层,提高黏结力,还用于许多治疗感冒和咳嗽的药物中。

里以前一定有人来过。"专家说:"这次算你鼻子好使,是有人来过。冬闲的时候,哈萨克人族和回族人都到这里来拣硇砂,拿到乌鲁木齐去卖。它是天然氯化铵,可入药。"

这时小玲气喘喘地也跑来了,她手里还拿了一大卷绳子。专家见她满头是汗的样儿,问道:"谁叫你来的?来干吗?来烤火吗?""你刚才不是说行动要集体吗?你们都来了,我不来行吗?"

专家笑着摸着她的头说:"你拿绳子来干什么?""万一有人摔了下去,我就用绳子把他拉上来。""哈……真要掉下去,那就不算伙食账了。"吴胖子打断小玲的话。

"同志们,回家吧?马,等明天再来找好了。这周围都是雪山和森林,野兽上这里来过冬,咱们可别因小失大呀!"大伙这才一起回到帐篷,等待着火焰山上第一个黎明。

天亮了,同志们第一个任务就是找马。神秘的火焰山像魔术师似的又看不见了。火舌变成袅袅白烟,同志们上了山口就能完全看到这块方圆几公里的、高低不平的盆地。中间有几条羊肠小道,两旁起伏的山峦已经倒塌,乱石裂了一地,有红色的、白色的、紫色的,有的因燃烧而黏结在一起。在冒着烟的斜坡表面,凝结着一簇簇天然的硫黄,远远看去,像蒲公英金黄色的花冠。这些地方是不敢乱踩的……

他们踩着松软的虚土,像是走在另外一个世界里,早已忘记这是边疆大雪纷飞的严冬。这时虽然只穿单衣还一直流汗,他们走下一个倒塌的山湾,首先听见呼——呼——呼——的声音,然后看到从一处裂开的大石缝里,正往外喷着火焰,像燃烧着沸腾的铁水,隔七八米远就感到热气蒸人,大家停了下来。小玲看得有些害怕,问专家道:"里边是不是有石油?""不,不,这是煤在燃烧。"专家突然变得沉默起来,他慢慢地摘下眼镜,下意识地擦着,嘴里喃喃地叨念着:"多好的煤呀!到现在为止,我们只能听任它在地底下燃烧。不,不,我们很快就会改变这种情形的,你等着瞧吧。"他的多皱的脸,充满了希望,看了看站在他旁边的年轻人,继续说下去:"以后我们可以在这里建立一个大的化学工厂,利用这冒出的煤烟,可以制造出 1000 多种化学品,可以提炼出石蜡和各种油副产品。煤烟经过低温蒸馏,可制出氨水。而氨水是制硝酸和硫酸铵的主要原料。"专家已感觉到把问题扯得太远,连忙说:"当然这首先还是要发展钢铁工业,还是找咱们的赤铁矿吧!"

远处有一匹马在嘶叫。同志们惊喜地朝着声音走去。他们绕过山沟,看到了昨夜失踪的枣红马,在那兀立着。缰绳卡在裂开的石缝里。马的四蹄踩在红白色的虚土上。枣红马见了主人抬了抬前腿。刘龙从侧面的坡上,把马拉上来。杨专家对周围的每一件事都要经过一番思考和观察的,他打开皮包,拿出草图看了看,又叫刘龙沿着马走过的地方,捧了一把灰回来,把它放在事先准备好的小布袋里,让大伙传看。

专家卷起了袖子把眼镜推向前额,思索地说:

"按以往的资料估计,这种灰是塌陷区的标志,可是为什么这么重的一匹马,会掉不下去呢? 难道经过燃烧的地层会是实的吗?"青年人都被这个问题难住了,胡乱猜了一阵,还是杨专家说:"不要乱猜了,还是找点资料来证实吧。"

吴胖子首先拿起铁锤把身边一块红石头敲了下来。他突然惊喜地叫道:

"小玲,孙悟空,你们快过来,看这火焰山上还有鱼呢!"

"啊!——是鱼化石!"小玲把这块标本放在腿上,细心地看着,不多不少11条小鱼,挤在一起,活生生的像在争夺一块什么食物。

"专家,这小鱼的腮帮和嘴为什么这么老大?"

"唉! 这是中生代的鱼类,它们距现在起码有一万万两千万年了。看起来火焰山的地层,是属于侏罗纪的!老吴,谢谢你。如果没找到这块化石,那我就不敢判断了。"

专家收拾好皮包,一行人沿着红色的小道,绕过几座像古代石柱似的红砂岩群,来到一丛石林的后边。这里是一个峭立的石壁,中间陷进去一个峒。这峒张牙舞爪地像一只愤怒的老虎张着血口,嘴里喷出两尺多长的火舌,像要吞咽什么东西。这就是火焰山的中心,旁边还可以看到一些野兽的零星骨头……在这老虎嘴的下边,是一条干涸的沟,沟里狼籍着大大小小、横三倒四的片石。刘龙拾起一块石头,向沟里砸去,只砸得火星乱溅。专家解下水壶,倒一滴在石头上,立刻冒起了水汽。他神秘地向小玲眨了眨眼说:"这个厨房怎么样?你有多少馒头,都放在上边烤吧。不过得小心烤糊了。"

这是一个多么奇妙的、迷人的地方啊! 只有我们的野外地质工作者,才能骄傲地看到它。他们所经历的欢乐和困难是任何天才的幻想家也想象不出来的。

就这样,他们和火焰山泡上了。火焰山上插起了一排排的小红旗和小白旗。他们为寻找赤铁矿的露头,整天地忙碌着。专家的那张空白的图纸,填上了各种颜色的标记。

同志们每天从博格达雪峰的缺口,迎来了火红的日出。晚上伴着万点星火,背着一日的丰收走回帐篷!

多少个夜晚,火焰山为自己用星火织着透明的裙子,现在她的四个儿女,为她唱着夜歌,手风琴伴奏着……十几天很快地过去了,同志们初步地摸清了火焰山的脾气,固定了很多工作地点,按部就班地工作起来。但是,这时每个同志的鞋,几乎都磨破了,刘龙的鞋子更破得厉害,烧了好几个大洞,这给工作也带来了一些困难。夜晚,小玲拉了一会手风琴,就开始当起鞋匠来。她是那样细心地在马灯下补着每一双鞋,就像拉手风琴一样细致、认真。

这一天的夜晚,和很多晚上一样,只是月亮又圆了,十五的月亮洒下了她那淡青色的光辉,轻轻地笼罩着火焰山,火焰山上的主人,在帐篷里研究着工作。专家坐在同志们的中间,和大家一起,计算着已发现的赤铁矿露头的储量。他们对火焰山燃烧的厚度,还不能得到最后的结论,于是决定到火焰山下去寻找从前老乡们挖过的煤窑。

小玲在另外一个帐篷里补着鞋,唱着她最喜欢唱的歌——

> 十五的月亮升上了天空啊,
> 为什么旁边没有云彩,
> 我等待着美丽的姑娘啊……

歌还没有唱完,从火焰山的南边,突如其来地掀起了一阵狂风,热风夹着灰沙和火星,直向山口倾泻而来。火焰山啊,不知道又要演什么把戏了。火焰山上,千颗流星交织在一起。远处听得见石块滚落的声音。小玲急了,提着没补完的鞋子,跑进专家住的帐篷:

"你们快穿鞋吧,外边刮风了!"

"快收拾东西,把标本都装好,快!"

这时,同志们忙碌地收拾着仪器和行李。看风势,帐篷很快要被吹跑。专家把图纸放进皮包叹了一口气说:"真是天有不测风云,山上的红白旗算是白插了!"话没落音,只见头顶的帐篷,溅上了火星,转眼间燃烧起来。外边的马在嘶叫。"快拆帐篷,上马!往山沟跑!"专家像指挥官似的下着命令。

老吴一人死死地拉住暴跳如雷的四匹马,其余的人,迅速地拆着燃烧着的帐篷。这时再没有人注意到怒吼的火焰山,又在表演些什么绝技了。同志们上了马,沿萧山沟往下跑。那匹受伤的枣红马,驮着冒烟的帐篷和标本落在最后边。

刘龙和小玲骑在一匹马上,他俏皮地对小玲说:"我驮你到翠云山,找铁扇公主借芭蕉扇去,好吧?小玲啊!那可是一把宝扇,一扇灭火,二扇生风,三扇下雨。不然真不像话,这么大一个个的活人,叫火焰山给撵下来,太难为情。"

"别胡扯啦,人家的一根辫子都烧了一大半。"

"不要紧,我给你吹一口气,一会就会长起来的。"

十五的月亮,伴送着大家飞跑下山。他们找到一条积雪的山沟,才停了下来。这里的风小多了,刘龙见到雪,真从心眼里感到凉快,忙把还在冒烟的帐篷,埋在雪里。他的脸沾满尘土,又干又辣,被风一吹,像要裂开似的。他忙抓把雪抹在脸上。

专家坐在皮包上说:"同志们,过来,过来,把马灯点着,检查一下看丢什么东西没有。"刘龙点着马灯,照了照小玲,对专家说:"她的一根辫子刚才叫火焰山当点心吃了。""哈……"专家也笑了起来："火焰山的脾气可不小,我的胡子也给烧了一半哩。幸好帐篷拆下来了,标本没有损失。"专家看了看站在他身边的三个年轻人,伸手过去帮小玲把棉衣钮子扣上,说:"生活锻炼了你们,把我这个老头子也锻炼得年轻了。小玲,有水吗? 我不想再留胡子了,刮光了利索些,免得火焰山再找我的别扭,欺侮我这老头子。"在淡淡的月光中,专家的神情,真好像年轻了许多。

这时四个人挤在一起,半坐着盖着棉被。夜是安静的,刘龙讲着他自己编的美丽的神话。……月亮也像听得津津有味,不愿再移动了。

下半夜,同志们在雪地里香甜地睡着了。

黎明,同志们被冻醒来了。他们备了马,踩着积雪,披着日出的彩霞,返回火焰山。

这回,他们住在火焰山缺口的下边,把帐篷支在一块松软的平地上。小玲在家里用一天的时间,缝补烧坏了的帐篷。她的事情一天天地多了起来。早晨,她要到山下取雪,到老虎嘴烧水煮饭。吃了饭,她就和同志们一块翻坡越岭,寻找矿苗露头。晚上还要补鞋,拉她那心爱的手风琴。

这天,小玲端着一锅热面条,高兴地往工地走去。老虎嘴离现在工作的第 14 号地区约一公里山路,哪知走了不远,突然从旁边的红砂石上,跳下来一只狗熊,怪里怪气地喘着气,呲着牙,向她扑来。小玲吓了一跳,向后退了两步,面条连锅扣在地上。她转身拔腿就跑。

"快来人呀! 孙悟空! 有狗熊,……"离得这么远,同志们怎能听见? 可是狗熊却紧紧地跟着她。小玲绕过了一个砂岩群,继续往前跑。眼看着要被狗熊咬住,这时她两脚一软,沙土在脚底下陷,她随着沙土滑到沟里去了。

小玲一直滑下了十来米,幸好被一块石头挡住,没有掉进塌陷区去。这时她脑筋还十分清醒,她紧紧地抱住石头。不远的地方,插着一面小红旗,她已跌到了危险区的边缘。她打了个冷战,想攀着石头爬上去,可是那只狗熊并没有走,只是因为它也怕火才不敢下来。正当小玲进退两难的时候,头顶上连响了三枪。这声音传向远方,第一次撕破了火焰山万里无云的晴空。小玲紧紧地闭上了眼睛。过了一会儿,才听到上边有人喊道:

"小玲——小玲——不要怕,我们来了。"

"不要乱动,抓住石头。"

"狗熊算伙食账了!"

"不要紧,我不害怕。"小玲的心情安定下来了,她没有忘记自己的任务,拿出铁锤敲下几块岩石标本,又装了几小口袋火焰山灰。她还发现灰里混有五六颗鸽子蛋大小的红色卵石,也一并拾来,放在另外一只口袋里,这才攀着由同志们放下来的绳子,爬了上去。那只追了她好远的大狗熊流了一地的血,半睁着眼躺在那里。

这时,天色已晚,大伙把小玲搀回帐篷。刘龙为她用碘酒洗着腿上的伤。小玲不好意思地看看大家,流着眼泪说:"一锅面条都让我洒了,害得你们饭也没吃。"

"小玲,你好好休息吧。我们吃了,从明天起,咱们可以天天吃肉呢,而且还有熊掌。吴胖子的枪法真准,是隔300多米打中的。"专家一边说着,一边亲切的抚摸着她那唯一的辫子。"小玲子,明天好好洗个脸梳梳头,把你那最漂亮的蝴蝶结扎起来,一根辫子也要打扮哟!"小玲感激地笑了。她慢慢地坐起来,拿出她从塌陷区边缘敲下的岩石和从山灰里拾来的红卵石,递给专家:"我很想再找到一块鱼化石,可是那里没有。"

专家接了过来,戴上眼镜,拿出放大镜,看了看兴奋地说:"小玲,你真不简单!这是两颗珍贵的玛瑙!这是块火成岩,与玛瑙有很密切的关系,玛瑙就是变质的火成岩,经过天长日久磨蚀风化而成的。"

专家说着,就打开他随手携带的矿物岩石登记卡片,把这新的发现登记下来。这时吴胖子和小刘已经剥完了熊皮,到另外一个帐篷休息去了。专家沉思着点燃烟斗,靠在一个矿石袋上,看着微微摇动的马灯,听到隔壁那两个小伙子正一高一低地唱着一支并不十分会唱的歌子,但感情却是那样地激动人心。

> 咱们新疆好地方啊,
> 天山南北好牧场,
> 戈壁沙滩变良田,
> 火焰山煤、铁、玛瑙遍地藏……

显然最后一句是他们编的,而且唱走了调。专家会心地笑了笑。

这时小玲还在暗淡的马灯光下,看着一本借来的普通地质学,杨专家蹲下来说:"你真的要学地质吗?""怎么,不可以吗?""好啊,做一个地质工作者,为祖国寻找宝藏,这是最幸福的。小玲,我告诉你,由于你找到了玛瑙,说不定我们在火焰山上还能找到金刚石哩!"

小玲很快地就和大家一起,紧张而愉快地忙碌起来。这天早晨她起得很早,为同志们做好了饭,把每个人的水壶都装满了水。今天他们要用一天的时间到火焰山山脚去寻找老乡挖过煤的旧坑道,了解火焰山燃烧的厚度,和铁矿、煤层在地下的分布情况。

小玲送走了一家人,就开始一天的工作。她要整理几乎堆满了一个帐篷的标本。标本,是野外地质工作者最宝贵的财富!这些天不仅找到了50多种含铁成分不同的赤铁矿,还找到了"羊齿"和"铁化木"的化石标本,除了鱼化石还找到了古代爬虫的化石,这个小小的帐篷真成了一个标本陈列室。

中午,小玲趴在地上正在绘一张"火焰山铁矿露头分布图",忽然听见外边像山崩一样传来乱石滚动的巨响,帐篷顶上挂着的马灯,也震得摇摆起来,这是边疆山区常有的地震。外边,马嘶叫着互相尥着蹶子。小玲赶忙跑出来,喝住了受惊的马,她爬上山坡看到火焰山被乱石滚动掀起了十几丈高的尘土,一直卷向蔚蓝色的天空。

小玲开始心跳了:"他们不会出什么事情吧?"她急忙回到帐篷里,把没有画完的图收起来,就到老虎嘴去为大伙煮面条。

夕阳像是一个爱在傍晚打扮的姑娘,现在又对着天边的明镜擦着胭脂……小玲没心欣赏大自然为她绘制的水彩画,把煮好的面条端回帐篷,等着一家人回来吃饭。她一直等到天黑,却不见一个人回来。虽然有枪放在身边,她还是感到可怕。火焰山像千万只猫头鹰似的瞪着红红绿绿的眼睛,瞅着她……

她暗暗地唤着三个人的名字,对着火焰山说:"火焰山啊! 难道你真的饿了,吃起人来了吗?"她想起初来时专家告诫她的话:"可要小心,掉到火焰山的陷区里,就瞪眼了。"

半个多月的火焰山上的生活,使她熟悉了这里的道路和所有的工作地点。她背上了枪,把煮好的面条放在水壶里带着,决定去找自己的亲人。

所有的工作地点都找遍了,一个人影也没有。她用了全身的力量,拼命地向火焰山喊叫,一直喊哑了嗓子,只把半个月亮喊了上来。

她无可奈何地朝着天空打了三枪,这是他们规定求救的信号。但回答她的是火焰山呼呼的甜睡声。

她只好往回走,不知什么感情的驱使,她呜呜地哭了起来——哭出了声音。她想,可能他们走的是另外一条路。她怀着这样的希望走下山来。果然,帐篷里马灯亮了。"是同志们回来了!"她喊着朝帐篷跑去,可是待跑到跟前时,她又增加了新的恐惧,她瞥见一个模糊的人影,站在马群旁边。

"谁!"小玲把子弹推上了膛,朝着黑影厉声喝道。

"是我,同志!"一个老年人的声音,说着生硬的汉语。

小玲这才松了一口气,她是从小就在新疆长大的,会说好几种民族语言,她用哈萨克语问道:

"您是从哪里来的?"

"你看,你的马都跑了。"老人拿着马鞭走过来。

"谢谢你,你晚上到这来干什么?"

"哎! 我们到山上来捡硫黄、硇砂,天黑才赶到这里! 刚才是你打的枪吗? 打到的是什么东西?"

442

小玲把老人让到屋里,把已经发生的事情告诉他。老人听了,脸色变得惨白,对小玲说:"你们怎么随随便便就到这里来,五年前我的儿子就是在这里捡硫黄,掉下去的,直到现在尸首还不知道在什么地方!"

"啊,真的掉下过人吗?"小玲越发急了。

"走,咱们快点去找人吧。"

"老大伯,三个人,多好的三个人,一个是地质专家,两个是转业的解放军,一个胖子,一个瘦子。"

"你们四个人都是来捡硫黄的吗?"

"就是!四个人,都是捡硫黄的。"小玲顺口说着,一心要去找人,不愿再多解释。

"走,上马!"老人和小玲跨上马,扬起马鞭,消逝在万点星火中。

专家他们这天的确遇见了一件十分危险的事。

中午,为了继续查明火焰山区赤铁矿的储量,他们在山半腰找到了一个从前老乡挖过煤的平峒。为了到峒里去不发生危险,刘龙和吴胖子到山下抓了两只活麻雀,带在身边,这样就可以用麻雀了解峒里有害气体的情况。他们打着电筒走进弯曲的坑道,在一座小石门里,找到了没有燃烧的煤和菱铁矿。地下的岩石构造,在石门的断面里看得十分清楚。峒里还有珍贵的水源……这是一个多么好的工作地点啊!根据这些资料,可以推断火焰山上燃烧的情形,专家拿出气压表来看了看,对大家说,这里比火焰山老虎嘴的气压低175帕。这里较火焰山要凉快得多,同志们穿上了预先带来的毛衣。有些地方太矮,只能爬着走。两边的石墙上长满了白毛,一股呛人的霉气直往鼻子里钻。再往里走,忽然出现了一群蚊子,向他们脸上直撞。很显然,蚊子对这千载难逢的贵宾,是不会客气的。他们一边打着蚊子,一边工作着。

在这里还发现一层有24米厚的铁矿。这是多么宝贵的财富啊!这些天来,在火焰山的地表,还没有发现这层铁矿的露头。可是正在这时发生了地震。峒口塌了,三个人一起被堵在里面。

这时,不知从哪里冲出来几只狼,来回地乱窜了一阵,见峒堵死又跑了回去。很显然情况是严重的。一方面要防御狼群的进攻,一方面要赶快把堵死的峒口扒开,不然,没有空气会把人闷死的。不到一会已经感觉到闷热了,蚊子也显得更加活跃起来。

吴胖子拾了一堆石头,放在身边,手里拿着唯一的武器——矿石锤,悄悄地在黑暗中观察着狼的动静。两只麻雀喳喳地叫着,给同志们很大的安慰。专家和刘龙一直在扒着堵住了峒口的石头。

第二天黎明,他们发现在乱石中已扒开一个碗大的小洞,真是喜出望外。刘龙摇

443

了摇头对专家说:"还得扒一天。要是能变个蜜蜂飞出去多利索,可惜孙悟空是到西天取经,不能跟咱们来一起探矿。"

专家一边搬着石头一边说:"干咱们这一行的,料不到的事儿多着哩! 所谓生活的'丰富''多彩'就在这里。"他们又继续扒了一会石头,刘龙想出了个"窍门",他用一条粗毛绳将水壶、鞋、衣服、帽子、皮包、毛衣,拴了一大串,从小洞里放下去。这的确是个明显的标记,只要有人走过,都是可以看到的。

一直等到下午,人终于等来了。能干的小玲和哈萨克族老人找到了山下的牧民。一下子出动了30多个哈萨克族人,骑着马到火焰山来寻找三个失踪的勘察队员。

小玲看着那一串自己熟悉的东西,激动得流出了眼泪:"看他们给堵到峒里了。"

热情的老乡们已经知道他们是铁矿勘察队的人,都很用力,一会就把峒口的石头掏光了。

小玲见了从峒里出来的亲人,又呜呜地哭了起来。她一边擦着眼泪,一边给大家介绍:

"这就是地质专家杨林,这个是吴胖子,过去是炮兵,他是转业军人。这个是刘龙,当过空军。"

三个人脸上全是灰,都格格格地笑起来,没等大家穿上鞋,老乡们都围了上来和他们握手。

一位白胡子老人走上前来,两手抱着专家,激动地说:"同志啊! 你们真辛苦了。"

专家拿出一块标本来,对老人说:"没什么,老人家,你们这里真是个宝山呀,将来咱们新疆要是建设起钢铁厂来,就更好了。"

老乡们帮着把标本口袋抬到马上。几十个人一起拥上了火焰山。两个帐篷都挤满了热情的客人,火焰山变得空前的热闹起来。

等客人们散去,四个人又开始研究下一步的工作安排。

3月,边疆带来了春天的消息,从火焰山的北端往下看,一片无际的雪原,开始融化出绿色的草坪。这又是哈萨克族人放牧的好季节。生活在火焰山上的人们,看着这一片春色,感到清新,恬静,而且舒畅。但他们仍谨守着自己的岗位,度着火焰山上的"夏天"。

火焰山上的每一块石头,每一寸红土,都像在张着嘴吐热气。天空里,很难找到一片云彩,来挡住故意为难的太阳。他们浑身上下,晒得紫红,往外冒油。最后的几天里,他们终于在火焰已经熄灭了的东北角上,找到那层24米厚、延伸3000多米的赤铁矿露头,而且找到了一层含锰的铁矿。这在新疆来说,还是第一次发现哩。

一个中午,同志们挤在一个石崖下的阴凉处休息。小玲送水来了,她见杨专家被同志们扶着,显得不舒服的样子,连忙跑了过去,拿出一些药给专家吃了,又用一块湿手巾放在专家的头上。专家睁开眼睛,拉住小玲的手不以为然地说:"不要紧,我是不会生病的,我年轻的时候攀登过阿尔卑斯山的主峰。前年我还到过喜马拉雅山,寻找那绮丽的火山口。在天山登上过博格达峰,寻找古代冰川的遗迹。你说我能是一个生病的人吗,也许是太渴了,给我一点水吧。"

小玲把水壶递了过去。

专家喝了一口,便把水壶递给光着膀子的吴胖子,一边对小玲说:"应当给他看看病,他的脖子上也有了新的发现哩!"

"对了,发现了两个赤铁矿的露头。"刘龙俏皮地嚷着。把大伙逗得哈哈大笑起来。原来是因为天气太热,老吴的脖子上长了两个"火疖子。"

专家看着小玲,这个十多岁的小姑娘,一个多月来,晒得漆黑,个子也长高了一些,他爱抚地说:"这些日子里,我们对你简直没有一点照顾,而你倒变成我们的保姆了。我说得不过分吧!"

"我一天瞎忙,啥也没干。"小玲羞涩地玩弄着她那烧剩下来的辫子。"你们把火焰山都跑遍了。为了找到铁矿、煤,金刚石,吃雪受冻,还用松鼠皮补鞋……我这点工作,算得了什么呢!我只希望今后能够变成个真正在行的地质工作人员。"

"没有问题,你将来一定能够成为一个地质专家的。不过,重要的是要和人民的事业、和这个地球发生'爱情'啊。"

吴胖子拍了刘龙一巴掌说:"孙悟空,你和地球是不是已发生了爱情?"

"咦,还需要一些时间,正在谈呢!"大家又哈哈大笑起来。

这时山谷里传来一阵春雷声,从天边卷过来一片乌云,要下雨了,但愿是倾盆的雷雨。

同志们提前回了家,因为雷雨可能又会引起大风,把火焰山燃烧起来。

他们一到家就收拾东西,在这里的工作已告一段落,准备明天就返回乌鲁木齐。专家站在一块石头上,看着天边几只飞翔的雄鹰出神。

不一会儿,乌云弥漫了整个蓝天,春雷掀起了火焰山上的热风。雷雨下得很大。这时,同志们都走了出来,站在一块红色的岩石上淋起雨来。淋得那样的痛快,那样的舒服,那样的过瘾啊。雨一会就停了,风也停了。雨后的长虹,从他们的身边徐徐架起,像是要叫他们睬着这千里彩虹,到更远的地方去探矿旅行……

火焰山今天变得格外温柔,水汽从四处袅袅升起,变成白色的云朵,像火焰山生了无数女儿,在半空翩翩起舞,向他们招手致敬,祝贺他们40天来的胜利。

1957 年 10 月《解放军文艺》

冰峰五姑娘

綦水源

前　言

天格尔冰峰，它像一把巨大的宝剑穿过白云，插入蓝天，在阳光下闪着银辉。它的侧面，像一条爬虫绕着冰峰盘旋而上留下的一线足迹，那就是正在修筑的乌库公路。有人说：登上天格尔，方知万山低。啧啧，那到底有多高哇？

为了访问战斗在冰峰上的五个姑娘，我下决心要做一次登高探险。我爬了一个来钟头，就觉得呼吸困难，四肢无力，爬一爬歇三歇。登天格尔冰峰不但要有较好的身体，而且要有坚强的意志。

这位同志说得对，战斗在冰峰上的人们，都是钢铁战士。那五个姑娘呢，就更不用说了。

数十顶与冰峰一色的帐篷搭在山坳里，像盛开着无数朵雪莲花。在一顶帐篷前人流不断，里面锣鼓喧天，一阵打击乐器的声音停后，带着陕西口音的演唱者说唱着：

> 劈天山
> 把路开
> 五位仙女下凡来
> ……

赶得巧，战士们都收工回来了，他们正在俱乐部里排节目呢。

一位穿红格子棉袄的女同志，矮个儿、短头发，由于身体有些瘦弱，使人更加觉得她小巧精灵。她提着一壶水，很大方地冲我走来，打着招呼，把我一直带到队部。这工夫,又一个姑娘把头伸进帐篷,对我们扫了一眼,然后用溜尖的嗓子喊:"老姜呀!你怎么还不回来吃饭呀?"

她叫得这般亲切,使我心里产生了一种多余的感觉:老姜莫非是她的什么人吧?可是我来时,在政治处了解过,她们都是没出嫁的姑娘呀。

这姑娘有一对特大的叫人捉摸不透的眼睛,她的一举一动都很稳重,举止言谈也像个大人的样子,很有老大姐的作风。

两个姑娘一同走出帐篷,在场的男同志全没动,可是她叫的老姜是谁呢?

原来五个姑娘相互间都不叫各自的名字,而称老姜老王,刚才那个像老大姐的姑娘叫田桂芬,是她们的小组长。那个矮个儿、短头发的叫姜同云。至于她们为什么有名字都不叫,偏偏要称起老姜老王来,这在我经过几天访问以后,算是彻底地弄清楚了。

找队长说理

1957年5月,横跨天山的乌库公路,修到了冰峰工区。公路要越过天格尔冰峰,一位哈萨克老牧人神话般地说:"千年冰峰无人开,要开神仙下凡来。"前者说得是有道理的,要不是社会主义社会,要不是有共产党的领导,以前封建统治几千年,什么时候梦想过劈开冰峰呢?后者说得就太夸张了,人们梦幻中的神仙并不曾动过一土一石,而真正的神仙是这些头顶冰天,脚踩雪地建设社会主义的"标兵"。

因为冰峰上面气候恶劣,生活艰苦,血压高的人不行,体弱的人不行,硬是要挑了又拣,拣了又挑,经过身体检查合格的人才能批准上去执行这个任务。领导上为了照顾女同志,要把她们全留下来。

消息刚传到五个姑娘的耳朵里,她们就急得心神不安,像受了委屈一样很不高兴,还通宵睡不着觉哩。以姜同云的话来说:"这是一个争取男女平等的问题。"你看说得多严重,难道说今天的社会男女还不平等吗?其实她说这话的意思不在这儿,上回她们女生组有人说:"这种活咱们女同志可干不了。"姜同云听了直生气:"你别长别人的志气,灭自己的威风,咱们有什么干不了的!"说罢,她一巴掌打在小组长田桂芬的肩上,又说:"照顾、照顾,咱们又不是三岁两岁,还得请个保姆来照顾。"

这一下许是打得太重,田桂芬扭转头来:"你疯啦!向我发什么脾气!要找就找队长说理去呀!"

组长倒是给大家出了个好主意,五个姑娘像一窝蜂一直涌到队部的那顶帐篷。最先张口的还是矮个儿、短头发的姜同云:"队长呀!为什么不让我们上冰峰?"

队长解释说:"上面艰苦,条件不好,女同志因为身体的关系,恐怕受不了。"

"怕苦我们就不到边疆来。指导员不是说：'青年人应该到艰苦的环境中去锻炼'，现在为什么又不让去？"田桂芬这个小组长到底是个大姐，说出话来比别人通理得多。

"不是不让你们去，恐怕你们上不去！"

五个姑娘中最小的一个叫王明珠，17岁，外号"小俏皮"。她偏着脑袋，两手抄在胸前，一对不大不小的眼睛直盯着队长，两片厚嘴唇把一口雪白的牙齿包得紧紧的，这工夫你就是叫侯宝林来给她说一段相声，也休想逗她张开嘴笑。她像憋了一口气，说："嘿！上不去，上不去你把我头割了。"

队长知道她是个满身孩子气的丫头，诙谐地说："让别人去，也不能让王明珠去。"

"为什么？难道我就不能吃苦？"

"冰峰上的雪那么厚，你的个子又这么矮，把你一埋就埋到底下去了。"

"人是活的，我就不信活人能让雪埋住。"

队长被小俏皮辩驳得有些理屈词穷了，只好笼统地说："反正你们几个不能去。"

这句话像是戳了马蜂窝，闯下了大祸。五张嘴巴一齐向队长开火，你扯胳膊，她拉衣角，像要把队长撕了。刘君淑这个平素不大说话，但在紧急关头说话像呼口号一样的大个子姑娘，竟一边说，一边用两只手噼里啪啦地在队长的脊背上乱打开了，她们简直就没有把队长当成队长来看待。

队长站在中间，不知如何是好。对她们发一顿脾气吧，她们又不是在挑选轻松的工作。不发脾气吧，她们像窝蜂，盯住你不放。

到最后，小俏皮竟威胁地说："队长呀，你到底应允不应允，不应允我们就去找支队长，告你一状！"

"嗯，队长不答应，咱们就围住他不放。"外号傻丫头的陈桂英坐在那儿，半天没有说话，这时她也出主意了。

看来队长是难得脱身，他只好说："好啦，好啦，和你们争这么一场，我得少活几年。就算我答应了，可是支队长要是不答应那也不行。"

五个姑娘撅着嘴巴，回到自己的帐篷里就给支队长写起请战信来。

信托人捎去已经三天了，五个姑娘眼望穿了，心等急了，回信还没有来。

这一天碰巧，支队长路过她们的工地，五个姑娘像一群孩子跑到路上，硬挡住正在飞奔的汽车。她们不像对付队长那样对待支队长，而是规规矩矩地按章办事地提出了她们的要求。

支队长露出一脸亲切和蔼的笑容，嗯嗯地点着头，注视着五张期待的面孔，听完了句句打动人心的表白。照实说，他内心里已经同意了，但他嘴里仍然说："我也不能给你们作答复,还得请示工程处,研究决定后,批准不批准再通知你们好了。"

五个姑娘看来,这事情真难啊!硬是需要努力争取,甚至需要斗争才行。队上不是有些小伙子风言风语地说:"自从盘古开天地,就没有女同志爬冰峰。"有的说得更气人:"过去打仗,骒马就上不了战场。"这些话简直把她们的肚子都气炸了:"你们这些大男子主义的人看看吧,只要领导上一批准,你们上去能干出什么样子,我们也能干个什么样子。"

上面的通知还没有来,她们日夜苦思着,等待着,一天当一年地过着日子。

一天,队长从支队部回来,把五个姑娘叫到队部,不慌不忙地说:"领导上现在答应了你们的要求,但是对你们也有两个要求。"

"队长你说吧!莫说两个,十个八个都行。"田桂芬十分激动地说。

"第一,要服从命令听指挥,叫干什么就干什么,只要有一个人不听话,大家都得下来。第二,部队还没有上冰峰以前,先交给你们一项任务:上去以后,因为吃菜很困难,咱们需要晒一些萝卜干带上去,你们什么时候把萝卜条晒干了,什么时候就可以上去。"

"坚决办到,一定听话。"五个姑娘,声音高高低低地同时表示着决心,下着保证。末了,她们又是拍拍打打地给队长来了一通。你看,她们兴高采烈的时候你也得挨打,这个队长真不好当啊!然而,队长的心里却有一种喜悦的爱抚的感情在奔放。

难干的萝卜

天山上的气候,往往是一片白云飞来,顷刻间不是一场雨就是一场雪,6月还下冰雹。隔一座山峰,这边飘着雪花,弥漫着大雾,那边出着太阳,晴空万里。

高峰耸入蓝天,塔松洒下阴凉,使得住在峡谷里的筑路部队,天晴的日子,一天和太阳见面的机会也只有那么短短的三四个小时,迟出早归的红日,简直成了这儿最难得的客人。因为这个,可把五个姑娘急坏了。

一场大雪刚停,帐篷上面压了一层厚厚的白色粉末,太阳从那浮动的白云中露出来了。这时节,天山像一个纯洁的嫩白的少女。

又是一个溜尖的嗓子在喊:"老姜、小王哪,太阳出来了,快把萝卜条搬出来晒吧。"

小俏皮斜着身子从帐篷里走出来,臂腕上挂了一筐萝卜,她看了看天,撅着嘴,埋三怨四地说:"真是个妖怪天,照这样晒,要到哪辈子才能晒干?"

姜同云也走出了帐篷,一本正经地说:"老田,咱们就不能想个办法吗?听说再有几天,就要上冰峰了,那时候萝卜条没有晒干,我们就不能上去,那些人(指那些风言风语的男同志）又会说我们是'后勤部队'，仗打完了，赶来了。这还不算，大问题是，队长见我们硬的不行来软的，用几筐萝卜条把我们拖在底下。"

田桂芬一边打扫着帐篷顶上的积雪，一边给她回话："嗯，对，说什么我们也要和男同志一起爬上去。我看今天把萝卜条摊在帐篷顶上，一块块摆开，这样晒快一些。"

别人工作抢时间，她们抢的是太阳，生怕把这宝贵的短短的几个小时浪费了。每当天空中浮现一片白云，她们就像做祷告一样地念叨着：千万不要变天。

一个小时以后，田桂芬又从帐篷里走出来了，她那溜尖的嗓子惊讶地在喊：

"哎哟哟！你们快出来呀！没有晒干，倒反潮了。"

像着了火似的，几个姑娘前前后后都钻出了帐篷。原来帐篷顶上落过雪，太阳一晒，就冒着热腾腾的蒸汽，萝卜条像是放在蒸笼里。

小俏皮一见慌了手脚，扑上去差点儿把帐篷推倒了。她又埋三怨四地说："真是个鬼地方，连个萝卜条都没处晒。"

她找来了几个大扫帚，对伙伴说："没有雪以前，我就看见对面山坡上有块大青石板，只要把雪打扫干净，石头上面总晒不出水来，萝卜条摆在那上面保准能晒干。"

两天以后，萝卜条比以前干得多了。然而她们总嫌它干得太慢。小俏皮拾起一根掰成两节，看时，里面还是白色的，用指头一捏冒水泡，她又埋三怨四地说："这些种萝卜的人真没长心眼，浇这么多水干什么？就不知道别人还要晒萝卜干！"

正是这个火烧眉毛的时候，山上起了一阵风，摊在青石板上的萝卜条刮得雪地上到处都是，天老爷可把她们这几个姑娘整得快要哭鼻子了。没法子呀！她们干脆坐到青石板上守着，一起风就用布单子把它盖住。

五个姑娘为了那些萝卜条，坐在青石板上也跟着晒太阳，一天将萝卜条翻八遍，每人提着一个口袋，干一块捡一块，终于在部队上冰峰的前一天把萝卜晒好了。

攀登冰峰雪岭

部队向冰峰进军的这一天，狂风卷着雪粒，雪雾迷茫，面前丈把远的东西都看不清，温度表的水银柱下降到零下二十几度。这时领导上的意图是：女同志空手上山。因此也就没有把她们编入搬家小组。

当她们知道领导又对女同志特殊照顾，对男同志加重负担的时候，不但拒绝了，而且还采取了积极的行动。

矮个儿、短头发的姜同云，背着轻装行李随第一批攀登冰峰的同志们一起爬上去了。一路上她和男同志一样，战胜了狂风暴雪，不但没有加重别人的负担，还走在队伍前面，当了开路先锋。

当她再次攀登冰峰的时候,她认为不应该空手上山。第三组的任务是搬运伙房的用具和铁器工具,这都是些笨重的东西,所以没有答应她。姜同云恳切地要求说:"上回我不是和你们一样地爬上去了,一点儿劲也没费。我可会爬山哩,在家里是爬山长大的。不信,你们看看,我扛上一个蒸笼,要是爬不上去我就下来。"

组长和同志们被她说服了,于是她就背了一个重达20多公斤的蒸笼硬是爬上了冰峰。

姜同云背着蒸笼爬上冰峰以后,其余的几个姑娘你要不让她们背点儿东西上去,她们就说:"姜同云不是把一个蒸笼都扛上去了? 难道我就不行?"这下就连那个17岁的小俏皮也都背了五十几个面口袋。她们的这些行动,把那些风言风语的男同志的嘴堵得严严实实的,而且对她们又不能不说没有感动。

在风雪交加的日子里,在悬崖陡壁的处境中,再加空气稀薄,呼吸困难,要攀登4000千多米高的冰峰,不能不说是一场严重的考验。新进疆的河南小鬼郭东,因为体弱,爬到半山腰就爬不上去了。他头昏得使自己无法掌握自己的身体,一下躺在弥漫着雪雾的山坡上,任凭风雪的吹打……

这时,田桂芬和刘君淑爬上来了。她俩忙着将他从雪地上扶起来,田大姐双手将他抱住,让他依偎在自己的胸前。刘君淑脱下了正穿着的皮大衣,披在他的身上,而且还用身子为他堵挡迎面扑来的寒风,又从口袋里掏出来了几颗仁丹,喂在他的嘴里。田桂芬也拿出了万金油,擦在他的额上。两个姑娘的心此刻纯洁得像一颗透明的珍珠。为了同志的生命,姑娘是平生第一次将一个年轻小伙子搂在自己的怀里,用她的身体温暖着他的身体。这又有什么呢? 亲兄弟姊妹不也是这样的么?

她俩的这种行动给了郭东很大的力量,他努力着要继续往上爬,于是刘君淑在前面拉着他,田桂芬在后面扶着他,就这样,她(他)们三个一起爬上了冰峰,战胜了暴风雪。

五个姑娘爬上来了,她们将冰峰踩在脚底下,可是当她们上来以后,眼睛由于受到强烈的冰雪光芒的刺激,得了雪盲病,眼睛一下看不见东西了,还不住地往外流黄水。

眼睛,对一个人来说,是多么的重要! 姑娘的眼睛,似乎青春和爱情全包含在里面,这就更可贵了。

五个姑娘躺在刚搭起来的帐篷里,每个人的眼睛上蒙了一块用温水泡湿的毛巾。这时,矮个儿、短头发的姜同云一本正经地说:"我说小王呀,你今年才17岁,年轻轻的要是眼睛瞎了,以后找对象可就影响大啦!"

照实说,小俏皮王明珠目前还不大懂得找对象的这桩事儿,平素,在她面前,什么话都可以说,这号玩笑却不能开,弄不好她会生气的。这时候,要不是因为眼睛一时看不见,她会捏紧拳头把你撺过几座山的。其余的几个姑娘却笑得快把帐篷抬起来了。越是笑,小俏皮就越是觉得过意不去,她生气地将两条腿在床上直蹬,这大概是她生活中感到最别扭的事情吧?

田大姐最先忍住了笑,十分严肃地说:"现在只管笑,眼睛要是再有一天还不好的话,可别哭哇!我们现在趁这个机会,研究研究以后怎么工作吧。"

讨论会开始了。

红色女战士

五个姑娘爬上了冰峰。一上来,矮个儿、短头发的姜同云就挨了两次批评。

施工刚开始的时候,滑溜壁陡的冰峰上,连个站脚的地方都没有。领导的意图是等男同志们把公路修出个眉目来了以后,再叫她们去直接参加筑路,所以给她们另外分配了一项工作:帮助伙房积雪,好有水喝。

姜同云觉得,这又是一种特殊照顾。积雪嘛,还用得着派专人干,大家收工回来,少休息几分钟,夹在指头缝子里不是也就干完了。可是她又不好给领导上提出来。然而姜同云总想找个合法的机会来摆脱积雪这桩事,好早去和男同志们一起修公路。

这天,支队的通讯员扛着一大轱辘电线,手里还提着一袋工具,爬到冰峰上来了。姜同云一见通讯员就问:"你爬上来干什么呀?"

"给你们工地架电线。"

姜同云灵机一动,说:"那我给你帮忙去。"她对其余的几个姑娘连招呼都没有打,就跟在通讯员的屁股后面,到工地上架电线去了。

她哪儿是去帮忙架电线的呀,一看同志们都在开山炸石修公路,她也就混到里面干了起来。这一干不打紧,别人可急坏了。要求上冰峰的时候,队长不是说过:"你们有一个不服从命令听指挥,大家就都得下去。"当天晚上,小组长田桂芬立即召开一个紧急会议。

会上,四张嘴巴一齐对付姜同云。

刘君淑大声大气地说:"为啥到工地上连个招呼都不打,你也该向老田请示一下。"

小俏皮搬来了两顶大帽子,一下扣在她的头上:"我说你就是瞧不起咱们田组长,一个人上工地这是自由主义。"

傻丫头说出来那就更气人了:"不能一粒耗子屎搅坏一锅汤,你一个人不服从命令听指挥,连累了我们大家可不行。"

在这个会议上,姜同云虽然承认了自己的不对,但心里却有个疙瘩没有解开。还是她的那句老话："准我们上冰峰，又不准我们修公路。这叫什么男女平等呀？"

积雪的任务按照组织上的要求完成了。从此，五个姑娘分别编入男同志组，她们算是正式参加"砍掉冰峰头，斩断天山腰"这样一个惊天动地征服自然的战斗。

在冰峰上面修公路，对女同志有几条特别的规定：清理落塌方、砌筑挡土墙、装炮放炮、抢大锤打炮眼，这些活都不让她们干。原因是：活重又有危险，既怕她们干不了，又怕她们出事故。

有一回，姜同云背着大家，一个人悄悄地爬到高崖上清塌方，塌方清得又快又好。可是晚上开小组会的时候，会上有人问："你到底要命不要命？想活不想活？这不是你们女同志干的事，为什么偏偏要干？"她嘴里没说心里说："劳动，不管男女，谁也有这个权利，男同志可以做的事，为什么女同志就不能做？这是什么规定，对我们女同志实在是一条不公正的规定。"

不但姜同云有这个看法，其余的几个姑娘也有同感。于是她们就嘀咕开了，想个什么办法把我们解放一下呢？

事情古怪，姜同云虽然在小组会上受过两次批评，可是在全队会上却受了几次表扬。

在一个休息日里，这天刮着大风，下着大雪，整个冰峰都被雪雾笼罩着，气候突变，冷得人打哆嗦，大家只好裹着被子躺在帐篷里不出去。

突然外边哗哗啦啦地响了一阵，她出去一看，原来路边护坡垮了，如不及时修补，就会引起附近护坡连续的坍塌，像河堤决口，越垮越大。这一溜护坡是几千个工人用石头砌起来的啊，不能眼看着它往下垮。

姜同云一动心思，组织了十几个共青团员，将塌下的护坡重新垒起，堵住了这个缺口，她(他)们与狂风暴雪激战了几个小时。

队长在全队会上表扬了姜同云，说她有一种可贵的自觉的工作精神，希望同志们(当然也包括男同志)向她学习。

在困难的环境下，在繁忙的工作中，姜同云又把五个姑娘组成了一个义务洗衣组，一到休息日，她们就跑到男同志宿舍里，到处收集换下的脏衣服，你不给，她们就抢，床头上，铺底下，给你翻个乱七八糟。周围摆了十几个脸盆，一大堆换洗的衣服堆着有半人高。她们坐在一起，洗洗涮涮，缝缝补补，有说有笑。她们帮助男同志拆洗了上千件的衣服和被褥，所以领导又一次表扬了姜同云这个洗衣小组长。

在与指导员的一次谈话中，他这样对我说："姜同云这个姑娘，从小就生长在一个红色的家庭里，父亲和哥都是红军。她五岁的时候，父亲被还乡团拉到香火庙里用辣椒水灌死了，哥哥这时只有 18 岁，投奔了八路军，发誓不消灭反动派不回家。她妈妈很早就是个共产党员，那时候忍着眼泪和仇恨把她带在身边，熬着艰苦的岁月，转入了地下工作。姜同云,这个短头发、矮个儿的姑娘,能吃苦,不示弱,好像有着一种天生的革命斗争性。当然,这是因为从小就在她的心灵里种下了革命的种子。"

一对十七岁的姑娘

傻丫头陈桂英看起来要比王明珠高一个头,其实她俩都只有 17 岁。陈桂英在农场生产的时候,本来就是先进生产者,到冰峰以后,她仍然保持了先进者的本色。她凭着自己结实的身子、健康的体质,在工地上,抢着小伙子抢起来都很吃劲的 12 磅大锤。

她在十组工作,担任着平路基的任务。开山爆破炸下来的石头,大的有桌面子大,小的也有几百斤,都得把它撬到山坡下去。路基不够宽的,不管是几米或几十米,都得用巨大的片石一块一块地垒起来。所以组里的男同志们就说:"这些活是咱们的,你干别的去吧! 再说你们女同志,也没有干这种活的呀! "

"就不看看,我比她们哪一个都要高出一截子,重几十斤,她们干不了的,我可能干。"她往往总是以自己的身体作本钱,来和男同志讲道理。

这位只有 17 岁的姑娘,在劳动中使得小伙子惊讶。六个月做完了一年的工作,完成定额竟达到了 210%。

小俏皮王明珠也只有 17 岁,然而 17 岁的姑娘所作所为,却感动着成千上万的成年人。

7 月间,工程进展到最紧张的时候,男同志们晚上偷着加班不告诉她。因为这个,她就和他们扯皮:"你们安的什么心? 大家都进步,也不能把我落在后面呀! "从此以后,三更半夜,她躺在床上,就瞪大了一对眼睛,听外边的脚步声,男同志一去加班,她也就跟在后面。

为了提前竣工,为了早日通车,全线到处都在提前,事事都在提前,每一个人都在抢时间,追星星、赶太阳。

由于冰峰的地质构造特殊,每当打好一个炮眼,隔一夜里面就渗满了雪水。炮洞里有水,既不能装药,更不能爆破,这就大大地影响了施工。

清晨,群山处在幽静中,冰峰埋在浓雾里,工地上没有半点儿声音,只有一个黑点在蠕动。这不是别人,正是小俏皮王明珠,她用一根铁丝,一头缠上一些破布,把炮洞擦干净,擦得见亮,擦完这个又擦那个。每天早晨,她都是这样的,要在同志们还没有上工之前擦好所有的炮洞。

在冰峰上面修路,事实上是与冰雪、岩石作斗争。在石壁上打炮洞,不但遇上了坚石,还遇上了花岗石和含量 20%、30% 的铜铁矿石。铁锤下去,火星四溅,两米长

454

的钢钎，被打得尖了又秃，长了又短，可是大炮洞有的几丈深，有的人在里面能自由地出入，这样的炮洞，战士们硬是一锤一下地把它打成了。乌库公路工程处有过这样的一个统计数字，全线在石头上磨掉的、消耗的钢钎，达80多吨。

王明珠用她那双幼小的手，抡起大铁锤，一气能打两个小时。天天打，月月打，虎口裂开了老宽的口子，刮起北风来，就像刀尖刮肉一样地痛。每天早晨洗脸，一双手浸在水里，就像泡在石灰水里一样地难受。王明珠用绷带将手缠起来，用胶布把口子粘起来，举起铁锤仍不停歇地打。日子一长，老宽的口子慢慢地结合起来了，胶布和肉长在一起。

田　大　姐

田桂芬分到八组以后，这位大姐可就更有名了。

说干活吧，那真像个干活的样子，她用不着你去操心，她做完的事情，你就是带上显微镜也挑不出毛病来。这是大家尊敬她的原因之一，最主要的是，她有一种大姐的威严，细心耐心，非常关心照顾别人，和自己的亲姐姐一样。

对她这一点，体会最深的要算组里的那些十八九岁的小伙子，他们都是从河南农村来的，没有过惯部队的纪律生活，有的不大听话，也不会照料自己，往往因为一点儿芝麻大的事情，还吵嘴打架哩。

有一回，正是放炮最紧张的时候，四个小伙子围着一块石头兴致勃勃地打起扑克来，因为一张牌争得喋喋不休。田桂芬跑过去叫他们散伙，四个扑克迷像是没有听见，根本就不搭理这回事。田桂芬走到他们身边说："眼睛只注意在几张牌上，要是从空中掉下来一块石头，你们说怎么办？"

扑克迷中有一个叫黄倍超，嘻嘻哈哈地说："我说大姐，别着急，我们打完这一把就坚决不打了。"

田桂芬转身走后，四个扑克迷中有一个说："女同志嘛，真是老鼠胆，我就不信一炮能把石头送到这儿来。不打紧，再干一圈。"

他说着说着，炮响了，石头满天飞扬。四个扑克迷还在那儿又是杀又是宰的。突然，一个石头落在他们的身边，空中哧哧地又掉下来了几块，落在他们的前前后后，大批的碎石还在空中没有落下来哪！

这时，他们慌了手脚，有的将棉衣蒙在头上，有的用大衣把整个身子裹住，脸吓白了，两条腿也不听自己的使唤，乱跑一气。人一心急，就容易晕头转向，黄倍超手里拿着一把扑克牌，还一股劲地往放炮的那个方向跑，这不是去寻死么？显然，他已经是惊慌得糊涂了。田桂芬冲了过去，一把将他拉住，来了个向后转，这才逃脱石网。黄倍超出了一身冷汗,他还以为自己是在做噩梦哩。

四个扑克迷总算没有受伤,这一关也算是过来了,可是还有一关对他们来说是不大好过的呀。田桂芬把他们叫到身边,摆出一副威严的面孔,拿出一个老大姐的厉害劲儿,唠唠叨叨地说:"怎么?社会主义的年月你们不想过啦?刚才为啥没有给你们的脑袋上砸上几个窟窿来!胆子那么大,打起扑克来连命都不想要了!十八九岁的人,一天还得要别人像哄孩子一样地哄着你们。要真的有个好歹,你们说怎么办吧?眼下一个人顶几个人用,要有个好歹,对修公路就有很大的影响。你们把生命当儿戏,我还嫌我这一辈子活不了一千岁咧……"

四个小伙子规规矩矩地坐在她身边,低着头,不吭气,脸红到耳根,心里那个难受劲就没法提了。这位大姐翻过来倒过去地说,唠唠叨叨没个完,你说她哪像个姑娘家哟,倒挺像个大娘哩。

不过也好,从此以后,那些胆大心粗的小伙子一听说要放炮,只要田桂芬瞪那么一眼,他们就服服帖帖地躲开了。

这些小伙子毕竟年轻,还不大会照料自己,他们拼命地干活,满身是汗,脱光衣服也不怕受凉。口一渴,不管生冷,干净不干净,掰掉一块冰、抓起一把雪就往嘴里填。田桂芬焦急地劝他们不要吃,他们却不听这些话。以后田桂芬每天上工就背一个水壶,壶里装些开水,水里还放些白糖,当他们正要吃冰块的时候,她就把水壶递过去。水是甜的,心更是甜的,小伙子们张开嘴又是说又是笑。

和平女炮手

乌库公路跨越天山,穿过石崖,是用钢钎凿通的,是用大炮炸开的。然而,每一次惊天动地的爆破,都是一场艰苦惊险的斗争。

爆破,是惊险,是复杂,但是,它却是一件考验人、锻炼人的工作。

五个姑娘爬上冰峰以后,也的的确确是按照自己的计划做的,可只有一点却没有办到,那就是爆破,她们之中没有一个搞爆破。

然而大个子刘君淑却没有死这分心,她早就下了决心,一定要用实际表现来争取搞爆破的这个权利。

组里面连组长一共有四个负责搞爆破的,每天,她总是找机会和这些人接近。比如装炮的时候,爆破手忙活着叫人把炸药、黄土、雷管给他送去的时候,刘君淑就把手头上正在干着的活放下,赶紧给他们去帮忙,递个炸药送个雷管什么的。别人装炮,她一边帮忙,一边看,有不懂的地方,顺便问上一句。别人说一句,她记一句,她就像一个刚入门的徒弟,站在旁边瞪大一对眼睛仔细地看着师傅操作。日子一长,这些爆破技术由生而熟,慢慢地全掌握了。

有一次,组里放了一个冲天炮。冲天炮就是一股白气冲天,声音怪大,炸不下来石头,既浪费炸药,又浪费人工。组长召集几个爆破手开会研究找原因,她也蹲在旁边听着,会开了半天,原因怎么也没有找出来。有的抽烟,有的喝水,有的皱着眉头望着帐篷顶子不发言。到最后,刘君淑简简短短地说了几句,那几个爆破手怎么也没有想到,内行的毛病倒让外行给指点出来了。

从此,小组长便觉得刘君淑这个姑娘怪聪明的,有股钻劲。可是他却没有觉察到这个姑娘有着自己的打算。

有一天,刘君淑突然向组长提出:"组长呀,这个炮眼是我打的,你能不能批准让我来装这一炮?"

组长拧起眉头,考虑了半天,说:"你想装一炮呀?有这个把握没有?装不好会造成瞎炮,那问题就大啦!"

"这回你就让我试验试验吧。我装炮,你在旁边看着,有不对的地方,及时纠正,不会装不好。"

"对,这回我来考考你。"

刘君淑没有叫组长给她提醒半句,按照操作规程一点儿不差地把一个炮装好了。组长拍着她的肩膀连声地表扬她。她又向组长趁机提出:"这个炮是我打的眼,又是我装的药,干脆就让我来放吧?"

组长十分严肃地回答说:"那不行,放炮可有一定的危险性,要有一点粗心大意,一个动作做得不对,就会发生事故!"

"保证不会发生问题,要不我做个样子给你看看。"她像个演员在舞台上进行着逼真的表演,这一下倒逗得组长笑起来了。组长下了决心说:"对,你放吧,我站在你身边为你保驾。"

多少天来的愿望总算实现了,刘君淑兴高采烈地放了一炮。这一炮从头到尾都是她干的呀,放得很好,炸下来那么多的石头,就连小组长也没有想到啊!

刘君淑不但能选眼、装炮,她还能放炮。不但能放单炮,还能放双炮,放群炮,放大炮。她的这种行动,是那些男同志万万也没有想到的呀!从此,她就成为冰峰上有名的"和平女炮手"了。

后　　语

战斗在冰峰上的五个姑娘,她们就是这样工作着的。你说她们哪点赶不上别人呢? 你说哪一行她们不能干呢? 在建设社会主义当中,不管有多么艰苦,不管有多么复杂,她们和男同志站在一个水平线上,她们是我们这一代青年人中的先进者,她们代表着我们这一代妇女的新的性格,她们是我们所有年轻人学习的榜样。

五个姑娘,为了使领导能够对她们和身强力壮的小伙子一样的要求,为了使别人不要把她们当成女同志看待,你说她们想得多有意思:她们各自有名不去叫,偏偏要学男同志一样称起老姜、老王来。

在劈开天山,斩断冰峰这样一个宏伟壮丽的事业中,五位姑娘迅速成长起来。

姜同云出席了新疆军区生产建设兵团首届共青团员代表大会, 被评为全兵团16 个模范共青团员之一,在乌库公路庆功大会上,又被人们选为劳动模范。陈桂英,以雪山上下来的姑娘的身份,出席了新疆维吾尔自治区工矿企业先进生产者代表大会。刘君淑,在冰峰山经过了艰苦斗争的考验,被接受加入了共青团。田桂芬已经担任了团支部委员,成为广大青年群众难忘难舍的田大姐,也被选为劳动模范。17 岁的姑娘王明珠,在庆功大会上,她的名字也和其他的劳动模范排列在一起。现在,她又要代表五位姑娘出席全国青年社会主义建设积极分子大会, 到北京去向祖国、向毛主席汇报她们的工作。

原载 1959 年 2 月《人民文学》

骑在虎背上的人们

高三兴

翻开新湖农场的场史,上面只有两个字:亏损。文革十年蹉跎,那上面又添了这样一些数据——人口:由 18153 人增至 30532 人。

职工:由 9313 人增至 15896 人。

粮食总产:由 3377 万斤减至 1285 万斤。

经营效果:由平均年亏损 29.5 万元增至 425.5 万元。

从 1980 年回溯上去,18 年累计亏损 7011.9 万元。最高纪录是 1975 年,一年就亏损 833 万元。

算算吧,3.5 万人,即使坐吃也未必花费这么多吧?人们天天干着,然而,却越干越穷。这走向贫穷的辩证法,多叫人费解呀!

1980 年,亏损 391 万元,但却得了所谓"奖金",原因是上级下达的任务书上,写明了计划亏损 450 万元,既然少亏了 50 多万元,自然是减亏了,因此得了"减亏"奖金 20 万元。大家都来分,敲锣打鼓,喜气洋洋,令人想起体育比赛中的"安慰奖",多么可悲的"特种荣誉"啊!

新湖果真非亏不可?

逼到了虎背上

俗话说,形势逼人。不逼不出人才,不逼不长志气。新湖人,大约就因为少了个"逼"字吧?1979 年,三中全会早已开了,全国形势好转,而这里却还有人鼓动群体闹事。刚刚调整的领导班子,被这些闹事者团团围住,有公不能办,有会不能开,一连几

459

月,吃睡都不得安宁。面对这番景象,新湖人刚热了的心又凉了,刚刚推行的生产责任制被迫取消了。年底一算,又亏了441万元。1980年尽管得了奖,但那是令人脸红的"减亏"奖呀,算什么英雄! 新湖人,麻木的已经麻木了,清醒的却感到有头难抬。

怎么办? 怎么办?

他们做梦也没想到,党中央、国务院会把巨手伸来,在他们面临转折的新的一页上,赫然出现了王震的名字。

那是1981年1月12日,20时45分,场长黄金山和副场长张守廉等一起,跟随着五家渠垦区党委书记王寿臣同志,来到乌鲁木齐延安宾馆。一路上,黄金山心里打着鼓:见了司令员说啥呢?我有脸说啥?当年在他身边,我是个无忧无虑的小鬼,而今年满50岁,脊背上背着个斗大的"亏"字。他不禁想起了解放战争时期的永丰战场。那一天,因为某师的伤亡太大,司令员心疼了,瞪着师长,按着手枪:"干什么吃的?我真该枪毙你!"现在轮到我黄金山了,我这里何止伤亡,我是打败仗了。然而,当他握住司令员的手,汇报农场的情况时,司令员没有发火,却只是长叹了一声:"噢,那是'文化大革命'的破坏啦。"

一声叹息,多么深沉,但绝不是伤感,王震自有王震的性格。当黄金山汇报到棉花的产量,每亩只有70斤时,王震忽一下站起身来,双手揪起自己的耳朵。在一旁的水电部陈实副部长解释说:"你们不明白,王老说你们的产量太低,就像一株棉花只结了两个桃子。"大家欢笑了,多么风趣的王震同志啊!

"吃社会主义,这还行吗?"王震同志又变得严厉起来,既深沉,又关切。"石河子试验站搞地膜植棉,你们看了没有? 每亩单产270斤,增加多少利润呀,你们要搞,3.5万亩棉田全部铺地膜,一亩也不准空。"

黄金山说:"地膜植棉我们知道,就怕太费工。"

王震:"费工怕什么?我们中国人多。外国人搞不起的,我们就搞得起。今天在座的有没有学农的?"

王寿臣同志指着张守廉向王震同志介绍说:

"这位副场长就是1962年八一农学院毕业的。"

"噢,你是农学家啦。"王震同志亲切地望着张守廉:"地膜植棉你见过没有?"

"见过。"

"相不相信?"

"相信。"

"有什么好处?"

"播种早,延长生育期,多数棉桃是伏前和伏期桃,多收霜前花,产量高。"

"是呀。"王震同志亲切地说:"不能只讲苦干,还要讲科学。地膜植棉,一可以提前播种，保温、抗旱、早结铃；二可以抑制杂草生长，提高产量。你们新湖离石河子试验站有多远？"

黄金山答："60多公里。"

王震问："你们场有没有吉普车？"

黄金山说："有。"

王震说："你们去请老师，去学。随后回来再教，像练兵那样，先单兵教练，班教练，排教练。现在要把钱省下来，买地膜，买磷肥。你们今年的生产计划，每个职工能拿多少奖金？"

黄金山答："可拿30元。"

王震说："那么一点点？太少了。要拿300元。至少要拿100元。你算算看：3.5万亩地膜棉花，单产270斤，增产200斤。每人3亩，600斤，40％奖给个人，计240斤，折合480元。这样，职工就可以富起来，至少是一部分职工先富起来。你们赞成不赞成？"

"赞成！"

王震同志的一笔细账把大家的心算亮了。黄金山高兴地看看张守廉，张守廉高兴地看看黄金山，心里说："搞地膜植棉，咱怎没想到呢？"

其实，他们没想到的还在后面呢。日理万机的王震同志，忽然站起来高声喊道："拿纸来！拿笔来！"

"怎么？"

"写一个东西，大家都签字。"

黄金山吃惊，张守廉吃惊，在场的所有人都吃惊。自古以来，各类签字仪式都是相对相，将对将，总统对总统，部长对部长，眼下的签字仪式算什么规格呢？

大家都还在面面相觑，陈实同志却已拟好了稿，上写着：

新湖农场植棉3.5万亩，使用地膜技术措施，单产争取150斤以上，利润争取150元以上。

1981年1月12日

这份拟稿，显然考虑到新湖的情况，产量是留有充分余地的。但是王震的攻坚性格哪容得七折八扣？他接过一看，立即喊起来："怎么和我的不一样啊？"便拿起笔补写一句："取得赶上石河子棉科所地膜棉亩产270斤的成绩。"又签上了自己的名字。

接着签字的是垦区领导人王寿臣，他由于激动，手发抖。轮到黄金山时，他已经满头大汗了，暗想：字一签上，就是立了军令状了，军中无戏言，这是面对中央领导啊！他心里叹道：黄金山啊黄金山，这一仗再打不好，可就白做了共产党员了！于是含泪签上了自己的名字。副场长张守廉也签上了名字。王震同志高兴地拉住黄金山的手，叫着："黄金山！黄金山！小鬼！小鬼！"这声声呼唤，凝聚了多少关怀和期望啊！

然而，新湖人听到这个消息，却又喜又愁。喜的是咱这天字第一号的落后场，竟然受到了中央的关怀，得到了王震同志的支持。愁的是新湖建场18年，从来没有做过盈利的梦啊！有人甚至说："瞧着吧，咱们是骑到老虎背上了，骑虎难下啊！"

决心骑虎不下

黄金山的行动是迅猛而坚决的。一回到场里，他就召集党委常委会议，做传达，做鼓动，找措施，订规划。场党委的回答也是明朗而坚定的，会议一散，就委派副书记田建昌向全场宣布说："有人说我们骑虎难下，我们的回答是：骑虎不下！老虎有什么可怕？降服它就可以变成千里马！"

黄金山自复职以来，从来也没敢向谁拍桌子，这一回却当着全体干部，并指着不肯在增产合同上签字的少数干部说："谁不签字，谁就是拒绝增产，那我就撤了你！"把桌子拍得咚咚响。

场党委一班人，过去也都是能忍且忍，这一回，却果断地把一位拒绝在增产合同上签字的干部撤了下来。

真所谓不逼不急，不急不勇。这一勇，把积了十几年的懒散之气一驱而散，把全场职工从沉睡中惊醒了。

"不得了，今年看样子要来真格的了！"

整个新湖，被一种前所未有的激情所鼓动，人人都在为增产想主意。一分场一连，有一位号称"懒龙"的王三保式的人物，自建场以来几乎是年年月月打欠条，累欠公款1900元，照样懒散不发愁。这一回可把他难住了，连队包产时，哪一个小组也不肯要他，逼得他万般无奈，只好向连里立下"军令状"：他同他的一位老朋友两家四口，包了60亩棉花，30亩果园，迈开了自食其力的第一步。

二分场某连，有一位人称"骂半街"的妇女，过去不管有理无理，全仗着撒泼骂街，领导不敢管，群众望而生畏。这一回，她也作难了，求遍了包产组，哪一个也不肯要她。她拉着丈夫，眼泪汪汪去求老排长，作了保证，才加入了包产组，后来不仅改了撒泼的恶习，还生出了智慧。

这是多么鲜明的对比啊！一年前，有人一声鼓噪，就能推翻生产责任制；少数人一闹，可以搅得全场不得安宁。现在全变了，新湖终于走完了那段痛苦的路，开始了新的征程。

场党委一班人头脑是清醒的。要治场，大轰大嗡不行，小手小脚不行，墨守成规和自作聪明不行。必须老老实实遵循着党中央所指的方向：一靠政策，二靠科学。他们设立了生产责任制办公室，他们拟定了生产责任制"三十条"，由党委副书记亲自主持，认真落实三中全会规定的经济政策。他们大胆决定：从机关到连队，从场长到工人（文教卫生等事业单位除外），一律实行20%的联产浮动工资，到年终一次结算。凡综合完成了定产指标者，发还给浮动工资，并按其超产比例提取奖金。完不成指标者，欠百分之几扣百分之几，直至把浮动工资全部扣完。对于超产者，一般按"4·2·4"分成原则提取其盈利部分，即：个人分四成，连队留两成，企业得四成。对那些生产技术难以贯彻，经营管理水平很低，长期处于死角状态的单位或个人，则实行全奖全罚，即：以合同指标为基数，超多少奖多少，欠多少赔多少。这样，就把生产的好坏，农场的盈亏，同个人利害有机地结合起来，使每个单位和每个职工，都感到有目标，有奔头，都能把自己的命运和农场的事业连在一起。

政策启开了人的心灵，科学就成为有力的保证。张守廉这位农学院毕业的生产副场长，深深意识到自己的责任。回场后，他立即率领技术人员，溯水源，查大田，分析资料，为合理经营和科学种田，提供最佳实施方案。他们总结经验，提出了"调整布局，稳定面积，以水定地，主攻单产，农、林、牧、副、渔全面发展"的生产方针，提出了"小麦、甜菜南迁，棉花、杂粮北移"的新布局。这一调整非同小可！往年一遇到五六月大旱（缺水季），各连队就喊叫，各田头就争水，搞得全场人人冒火，而今却井然有序，谁也不争了。因为5月间需水的小麦，大都迁到了靠近水源的南部各连，下游的水荒解除了。当棉花、玉米需水的时候，正好天山上雪水下来，渠满了，水多了，下游各连队从容不迫。职工们望着那油绿的庄稼，金灿灿的禾穗，高兴地说："今年真怪呀！天时、地利、人和，都占全了。"其实，人人心里都清楚，天还是这个天，地还是这块地，人还是这些人，只是政策对头了，方法对头了，人心也就亮了。

老虎变成了千里马

众人奋发力量大，老虎变成千里马。这句话，在今天的新湖人面前，再不是荒诞之说，从下面的逸闻趣画，便可以略见一斑。

那个号称"懒龙"的农工，斗胆包了60亩棉花和30亩果园，春播时因带肥下种肥多了，把棉花烧死了40%。这下像炸了锅。人们议论说："瞧吧，'懒龙'今年要彻底倒霉了，非把裤子赔了不成。""懒龙"呢，三分泄气，七分憋气。他暗想：我真要倒在这棉花地里？他咬咬牙，发发狠，横了一条心：昔日干活不弯腰，今日弯腰补棉苗，昔日下田不流汗，今日汗水如雨浇。到了6月底，棉苗绿油油蹿起来，到了7月底，铃蕾绽满枝头;到了 9 月,棉桃儿笑了。"懒龙"一边拾花,一边嘀咕,一亩地究竟收多少呢?没料到,拾罢了一筐又一筐,过完了一磅又一磅,他不禁欢叫起来:"我的妈,这棉花怎越拾越多呀!"他为这茫茫银海陶醉了,拾得腰痛时,他就跪在地上拾。跪得腿疼了,就坐在地上拾。拾完了 60 亩优质高产棉,总产达到了 9.6 万斤,单产达到了 160 斤,是合同上产量的两倍多。他们两家四口人,每人得奖金 800 多元,惊得人们不得不刮目相看。

那个"骂半街",自从她下田那天起,人们便惊叹她变了。过去常请假,现在出满勤,并且变得爱动脑筋,关心集体了。往年,棉田浇水,妇女们一般很少参加,可这一次,她不但来了,而且赤脚下水。骆驼刺扎了脚,鲜血直流,她也不叫喊一声。一直到浇完了地,人们收工了,她还站在田里。

排长叫她:"收工了!"

丈夫叫她:"快出来呀!"

她却流着眼泪叫道:"快来帮帮我,我两腿麻木了!"

人们奔向前去,背起她,都不禁感叹起来。此情此景,谁还有心叫她"骂半街"呢!

四分场三连年初包产时,形成了一个不成文的规矩:妻子跟丈夫走,男人参加哪组,女人就在哪组,这叫一带一,男搭女。唯独有三位妇女因丈夫赶马车,当卫生员,哪组都不肯要。这三位妇女偏是倔脾气,一合计,自己干。

她们推举 36 岁的叶菊香当组长,包了 97 亩无人包的苇湖地,种不成别的,就种玉米。四分场有史以来,玉米的单产没上过两百斤,她们却定产 300 斤,立下了全奖全罚的"军令状"。这一下,全连轰动了。人们都清楚:

叶菊香——四个孩子,最大的 13 岁,最小的 5 岁。

吴凤英——四个孩子,最大的 11 岁,最小的 5 岁。

王瑞英——五个孩子,最大的 12 岁,最小的 3 岁。

像她们这样的阵容,包 97 亩玉米,岂不是"天方夜谭"!

冒雪运肥,顶风整地,春来播种,夏来锄草,所谓"锄",实际上是用手拔,光是拔的苇根就拉了八马车。吴凤英用拔下的苇根晒干做饭,烧了半年,才烧完分得的三分之一。

玉米长叶时,有人就暗暗吃惊:呀!草怎么不见了,上帝怎么会偏心妇女呀!

玉米结穗时,有人眼红了:天哪!早知道,这块地咱应该包下来。

他们哪里知道,整整 9 个月,这三位妇女几乎是以田为家,领着大的,背着小的,为铲除遍地苇根,付出了多少代价呀!他们哪里知道,夜深人静时,这三位妇女不在梦乡,却在地里,一边搂抱着自己的孩子,一边看守着劳动的果实。他们怎能想到,这三位妇女仅用了 9 天半时间,就收完全部庄稼,做到了地净场清。他们怎能想到,97

亩地总产 52300 斤,单产 526 斤,创造了建场史上的最高纪录!

年初包产时无人敢要的三个妇女,每人得奖金 819 元,被评为总场的"三八红旗手"和垦区的先进集体。这件事,给人多大的启迪和多大的力量呀!

新湖农场,依仗着成千上万双勤劳的手,一举而翻身了。这就是 1981 年的成绩:

粮食总产:3754 万斤。

棉花总产:303 万斤。

油料总产:202 万斤。

酒花总产:175 吨。

经营效果:由上年亏损 391 万元一举而转为纯盈利 418.5 万元,终于摘掉了长达 18 年的亏损帽子,跨入了国营农场的先进行列。

他们飞马前进

年终结算,分发奖金,少则百元,多则千元,新湖人个个笑逐颜开,沉浸在异常的兴奋和幸福之中。记者来访问"懒龙",听说他今年又包了棉花,定产由去年的 67 斤提高到 110 斤,便担心地问道:"你行吗?"他没有即刻回答,却看着正在打制的半成品大立柜——他心里甜着哩!一下脸红了,低下头,悄悄地笑了一声,摸着床头角说道:"咋不行?不瞒你说,我今年又占了便宜啦。"

"怎么?"

"我给我定下的指标是 160 斤,连里才给我 110 斤,这一差,就半百之数哩。"

"呵……"人们赞同地笑了!"懒龙"既已经抬起头来,当然可以向着更高的目标腾跃了!

记者去访问叶菊香小组,听说她们已经扩大了队伍,六名妇女包种 108 亩棉花,每亩定产 75 斤。记者问叶菊香:"有把握吗?"她笑着看了看身旁的吴凤英。吴凤英说:"我们组长的心可大了,今年银行里存了 800 元,明年想的是一个整千哩!"

记者去访问优秀党员洪新民,他是 1981 年全场最好的包产组组长。谁知找到他时,他却说他已经不当组长了。记者愕然问道:"怎么……"

"唉!"他一声长叹,却显得那么甜蜜。原来他去年领导的小组获得了丰收后,全连的人都把他盯上了,今年一分组,上门报名的就达到 60 多人,超过了原定人数的两倍以上。他一再婉言谢绝,人们却紧逼不放,有一天,竟然来了个"静坐",大家坐在他屋里谁也不走啦。直到深夜,连里考虑到这样会影响别的组,就只好来了个"金蝉脱壳"计:当众宣布解散洪新民包产组,并规定任何小组不得超过 20 人,这才算给他解了围。

现在他名义上不是组长了,但是人们却纷纷议论说:"去年他只是轻脚探路。今年哪,该是他日行千里了!"

是的,一日得宝马,万里任飞腾!当记者访问到黄金山场长,问起他今年有何打算时,他声调不高,却说了一个惊人的数字:今年要保证盈利上千万,力争1200万。

真令人大吃一惊:"今年春寒,又是个六月秋,冬小麦已经损失不少了。这么高的指标还能够达到吗?"

他笑了。笑得那么坦然,那么深沉!他对记者说:"倒退两年,别说是这个数,连盈利一百万我也不敢想呵!可是你已经跑遍了各连队,你已经看到了,我们的职工,脸上还有愁苦的颜色吗?"

是的,新湖人,已经找到了金钥匙,已经跨上了千里马,他们的前程,必然是光辉灿烂的。

1982 年 7 月 14 日《新疆日报》

天 山 之 子

丁 宁

天山人把天山比作伟大的母亲,她的乳汁流到哪里,哪里便是一片绿洲。她哺育着一代一代人的成长,却只把那一串掌管奥秘的钥匙,分赐给大智大勇者。

博士的惊讶

1982 年 8 月的某一天,澳大利亚一位颇有名望的从事遗传育种学研究的博士,来到天山深处的牧人中间,当他老远看到葱绿的树林中一片白云似的绵羊,便加快脚步,到近前细细观看。那些羊,只只体大膘肥,毛儿细长,色泽光亮,公羊的脑袋两边,盘着螺旋形的大角,有如美人的发髻,脖子上的裙褶,就像围着几层厚厚的围脖,头上的绒毛,直达眼线,宛如娃娃的刘海儿。真是雍容华贵,神采飞扬。博士乍看,似乎不相信自己的眼睛,惊讶地说:"我仿佛感到我就在澳大利亚,想不到中国能有这么好的羊!"博士感到不可思议,在目前世界上,只有风景绮丽、水草丰盛的澳大利亚,才是拥有良种羊的佼佼者,可怎能想到,在中国白雪皑皑的天山,竟也奇迹般地出现了足以达到国际先进水平的好羊!

博士的惊奇并不奇怪,我们的祖国以前确实没有这样的羊,连看也没有看见过。现在,不仅有了,而且在短短的时间,已经在全国各地的草原上落户繁殖,形成了一个显赫的家族,有了第三代、第四代子孙。它的名字,就叫做"军垦细毛羊"。

当然,人们最关心的是它的实际价值。这军垦细毛羊的羊毛产量,比普通羊高出四五倍,洗净的纯毛洁如白雪,轻如浮云,细如蛛丝。我们的人民,从此可以穿上用自己的原料制成的最上等的毛料服装,国家也不必再用巨额外汇去购买外国原料了。

但是,它更大的意义,还在于我们自己的专家在科研方面作出的重大贡献。无怪乎,当邓小平同志和王震同志笑眯眯地望着军垦细毛羊的时候,更为关切的是培育细毛羊的专家。他是什么人?又是怎样取得那样了不起的成果?无疑,这也是那位澳大利亚博士最感兴趣的。

紫泥泉的知识客

在天山北麓的深处,准噶尔盆地边缘,玛纳斯河畔,有一小块四面是山的无名绿洲,南山最高,终年戴着洁白的雪冠。绿洲上,榆树成林,浓密而又古老。中间有泉,泉水汩汩,泉底有紫泥,在阳光照射下,时时幻为紫色。这儿荒无人烟,只有成群的野羊、马鹿出没,狗熊和狼也来光顾。哈萨克牧人的羊群和马匹,偶尔前来驻足,不久,便又消失了。只有寂寞的白云,笼罩在绿洲的上空,千载悠悠,与天山的白雪交相辉映,时而云幻成雪,时而雪幻成云。

新疆解放不到两年,有一天,绿洲上来了三个拉骆驼的陌生人。他们搭起窝棚,建立了第一个商业点,拿出布匹和日用品,廉价卖给山里的哈萨克兄弟。牧人一眼就认出,他们是共产党派来的。不久,新疆生产建设兵团又派来一批转业军人,着手荒种地,购买羊只和马匹,办起了种羊场。这个种羊场,起名就叫“紫泥泉”。

1953年,新疆生产建设兵团司令员陶峙岳偕苏联畜牧专家来到此地,确定了一个改良与繁殖细毛羊的方案,并做了一些准备工作。

到了1955年,紫泥泉种羊场已经发展到100多人,5000多只羊。但是,美丽的绿洲还是冷冷清清,只点缀着几个零乱的黄土窝子。就在这年的秋天,一个刚刚落过雪的薄暮时分,来了一位年轻人,人们觉得新鲜的是,他瘦小单薄,却随身带来两大纸箱沉重的书。

“他是什么人?”

“分配来的大学生。”

“来读书还是来放羊?”

“敢情是来读书,听说古时有个读书人,把书挂在牛角上,想必他要把书挂在羊角上。”

难怪人们好奇地议论,大学生来天山放羊,这是破天荒第一次。人们都管他叫“知识客”,既然是“客”,就待不长久。

这新来的青年,名叫刘守仁,实际年龄21岁,看来也不过十八九。眉目灵秀,文质彬彬,一个腼腆的书生。

那天,夜色很晚,场长陈永福才从牧场骑马回来。他看了看新来的青年,没有讲什么热情的话,只莫名其妙地皱了皱眉头,说道:"你在戈壁滩上走了几天,这单薄的身体能行吗?"刘守仁回答:"没有什么。"其实,他已经疲劳不堪了,可他多么希望这位头一次见面的场长,坐下来,同他谈谈。不料,场长只坐了几分钟就走了。临走,又回头说了一句"早早休息"。留下给刘守仁做伴的,只有一盏忽明忽暗的孤灯。听着屋外荒漠的秋声,他感到一切都是陌生的。他无法入睡,思绪万千。

刘守仁生长在富有园林之胜的苏州市,毕业于长江之畔的南京农学院。早在读中学的时候,曾听父亲的一位朋友说,社会主义的中国,煤炭工业要大发展,将来祖国遍地都是煤矿,地下坑道如网,现代化的运输工具还不普及,主要得靠马车。那时,地上地下,到处万马奔腾。因此,必然大力发展牧马业,首先要培养自己的牧马专家。这多少带点浪漫主义的妙论,竟然打动了刘守仁。他从来没有见过马,却在脑子里画出了一幅壮丽的牧马图。

高中毕业,他毫不犹豫地报考了浙江农学院的畜牧系。翌年,该校的畜牧系与南京农学院畜牧系合并,便进入南京农学院。大学四年,不论课内课外,头脑里联想的都是马。

从小学到大学,刘守仁的功课成绩总是名列前茅。不争气的是他那羸弱的身体,这将如何成为有用之才? 于是,他下决心加强锻炼,寒冬腊月,用凉水浇身,冷得发抖,再浇,再浇! 毕业前,全系要开往内蒙古草原实习,去的单位是牧马场,这对刘守仁来说,正是向往已久的事。不料,一检查身体,医生宣告他肺部发现异常,原因是锻炼过度。学校当即下令,不准他去。这意外的打击,使一贯温顺的刘守仁咆哮了,他大声喊着:"我要去! 一定要去! "他终于去了。

有谁研究过20世纪50年代我国的大学生? 刘守仁便是那一代的典型。他心地纯洁,像透明的水晶,毕业分配之前,执著地要求到最艰苦的地方。他们共青团小组16个人,都写了保证书,绝对服从祖国的需要。全系18名同学,16人按组织分配远走高飞。真是风华正茂,意气风发,为了共产主义的理想,可以赴汤蹈火。刘守仁看到贴出分配去向的红榜时,心中升起从未有过的光荣感和自豪感,压根儿也不曾想过,未来的道路上还会有什么困难。有人劝他留在江南,说新疆冷得出奇,南方去的人,耳朵像一片深秋的树叶,风一吹,就掉了。他的母亲也伤心地说,天山,天山,远在天边,此一去,不可能找到爱人了。他只觉得好笑,为了祖国,就是掉个耳朵,算什么! 至于爱人,那是很远的事。花盆虽好,长不出万年松,庭院再大,练不出千里马。

如今,多年画就的牧马图,转眼之间消失了。刘守仁完全没有想到被分配到种羊场,来同绵羊打交道。

场长的命令

刘守仁来场的第三天,陈场长宣布他是种羊场的技术员。但是,刘守仁觉得自己被软禁了,一连许多天,没有谁向他谈起工作。他只在斗室赋闲,滋味很不好受。推门看看,许多人在扫屋顶上的积雪,口里呵出一缕一缕白气。他也找来一把扫帚,未曾打扫,便觉得十个指头僵硬了。只有那气势磅礴的群山,吸引了刘守仁。这位大学生,第一次看见真实的雪山,不禁发出感叹:"伟大的杰作!"他想,如果只把面前那个馒头般的小山搬到苏州,便会成为江南一大奇景。

天刚亮,有人敲门,紧跟着就是一声:"起床啰!"声音温和,却是命令式的。多么耳熟!以前,在自己家里,父亲不就是这样叫他的吗?但这却是陈场长,他天天如此,几乎分秒不差。幸而刘守仁不睡懒觉,在场长叫门之前,已经习惯地拿起书本了。

最叫刘守仁不安的是,吃饭的时候,厨房总是专门给他蒸一碗大米饭。紫泥泉并不产大米,为什么这样做?也许刚来的头几天,吃不下馒头,被别人发现了。于是,他去找管伙食的同志,那人回答:"这是场长的命令。"

陈场长出身于黄埔军官学校,原是陶峙岳将军的部下,是当年新疆起义的积极参与者,为人正直,对共产党的"屯垦戍边"政策,非常拥护,自转业到生产建设兵团,便一心一意抓生产,半生戎马生涯,养成一套严格的作风。

此后,陈场长常常光临刘守仁的小屋。油灯下,说古论今,两人越说越融洽。刘守仁感到惊异的是,陈场长不仅有丰富的阅历,而且也有文化素养。场长最感兴趣的话题是羊,是如何培育出优良品种的羊。他希望刘守仁努力钻研业务,凡外国有关的书籍、杂志和外文资料,能弄到的,他都鼓励刘守仁阅读研究。有一天,刘守仁正在读一本翻译的《遗传学及选种原理》,陈场长极为高兴:"啊,这书对我们太重要了。"原来,他对遗传学也很感兴趣。他并没有研究过那些深奥的理论,但他知道,培育绵羊必须具有这方面的知识。

隆冬的夜晚,紫泥泉在狂暴的风雪中颤抖。陈场长和刘守仁在油灯下侃侃而谈,他们从米丘林、李森科的"外界生活条件论"谈到孟德尔、摩尔根等人的"基因学说",这些世界上著名的遗传学家的论点是多么的不同!刘守仁虽然阅读各派的学说,却不为它们所束缚。他认为只有通过实践,才能检验什么是正确的,什么是错误的。正确的东西,也只有在实践中才能真正理解。陈场长越发欣赏这位年轻人,难得的是,他有自己的头脑。

他们的谈话,更促使刘守仁急于投入工作实际。每日谈羊,却至今未见羊的影子。陈场长和其他人常下羊群,风雪无阻,唯独禁止刘守仁下去,他怎么也想不通。有一天,他偷偷跑到附近约五公里的红山沟,远远看到了羊群,高兴地朝前跑去,不料从羊群中冲出一只狗,上来就把他的裤子咬了一个大洞。回来后被场长发现,挨了批评。过了些日子,他再次坚决要求下羊群,场长仍然不动声色,指指那披银甲的南山:"是它暂时不肯接待你呢。"这又是他的命令!

最初的考验

哈萨克牧人喜欢雪莲。雪莲都开在冰雪中,洁白美丽,只有敢于攀登悬崖绝壁的人,才能欣赏到雪莲的风采,闻到雪莲的芳香。

哈萨克牧人,世世代代游牧,一个毡房,一群羊,云来雾去。旧日为牧主放羊,牧主不把他们当人待;今日为国家放牧,他们成了国家的主人。他们的羊,名字也叫哈萨克,风里生,雪里长,生性泼辣,不畏风寒,只都是登山健将,一阵风就能登上几千米的高山。牧人爱它们如命根子,有的也给羊个爱称叫"雪莲"。

整个种羊场,只有哈萨克羊这个唯一的家族,祖祖辈辈,一成不变。陈场长和场里的其他负责人,常常谈论怎样改变这种状况。哈萨克土羊,虽然也有优点,却很落后:个儿太小,杀了,出不了几斤肉;毛粗,色也杂,产量又很低,剪下的毛,只能捻粗绳、擀土毡。摆在面前的重要任务,是改良品种。他们场里原有二十几头外国羊,名叫"阿尔泰"美丽奴,它们个头大,毛也细,糟糕的是爬不上山,下不得谷,胆子又小,山上滚下块石头,哈萨克羊早已逃之夭夭,它们却吓得一步也不敢动。气候一变,不是感冒,就是肺炎,来了许多年,还是养尊处优,娇气十足。

怎样改良羊的品种,陈场长和班维钧政委常常去和哈萨克牧工交谈,可他们不爱听,并且固执地说,天山生,天山长,什么样的聪明人,也别想改变它们。

场长、政委只好暂时默不作声。他们明白,育种学是一门深奥的科学,需要知识,需要人才,需要自己的专家。现在,这个人已经来了。

1956年2月,天山的风雪还在肆虐,各个羊群已临近产羔期,陈场长终于下了命令,要刘守仁跟他一起到各连巡回检查。当夜,刘守仁兴奋得不曾合眼。第二天,按场长的吩咐装备起来,只那一身老羊皮大衣,就压得他喘不上气来。场长牵过一匹哈萨克马问道:"会骑吗?"他立即回答:"试试看。"此时,一阵懊悔掠过心头:在内蒙古牧马场实习半年,喂马,刷马,遛马,配种,什么活都干过,却从未骑过一次马。那时,场里有条土政策,实习生不得骑马。可是有的同学不听那一套,他们说,此时不学,更待何时!只有他这个早在学校就养成自觉遵守纪律的模范学生,不越雷池一步。陈场长看他若有所思,以为他胆子小,便过来扶他上马,一面交代骑马的要领。刘守仁毕竟是个聪明人,虽然还没有经过实践,却先懂得了一点骑马术。上了马,场长一马当先，他紧跟在后。冰天雪地，马容易打滑失惊，场长就给他牵着缰绳。自古，英雄骏马，演出多少动人的故事。他端详着场长的背影，好一副勃勃英姿！而他，骑了不到半天，两腿已酸疼难忍，但必须忍着，他相信自己的意志力。

终于到了第一个贴着山脚的牧场。老远便看到一个用三片毛毡搭起的帐篷，孤孤零零，进去一看，空无一人。他们一面啃着随身带来的干粮，一面等待，直到天黑，仍不见人和羊的影子。场长便说，牧工们找到了好牧场，今夜不会回来了。刘守仁半信半疑，问："他们夜里宿在场里？"场长说："偌大的天山，哪儿不是牧人的家！"

风雪之夜，深山幽谷，刘守仁的手脚都冻麻木了。他学着场长的样子，就地放开羊皮褥子，蜷着身子躺下，然后裹紧羊皮大衣。不大一会儿，便听到场长均匀的鼾声。

第二天，他们继续向山里进发。中午，发现一个盖满白雪的山坳，有块地方雪已融化，露出一片被压倒的野草。场长告诉刘守仁，这就是牧工们昨夜睡觉的地方。

他们一气骑了三天马，跑遍了周围的羊群。刘守仁两腿的内侧起了紫泡，一声不吭。场长却未发觉，还幽默地说："你已经是个真正的骑士了。"

刘守仁只觉得进入了一个奇异的世界。高山强烈的紫外线，把牧工们的脸染成了紫黑色，他们那粗犷豪爽的性格，独特的生活方式，使刘守仁联想到格陵兰岛上的爱斯基摩人，艰苦中带着神奇的色彩。

一天夜里，刘守仁睡在哈族牧工苏来曼的毡房，苏来曼的外号叫黑胡子，有严重的关节炎。夜半，风雪呼啸，毡房似乎要腾空而起，他被惊醒，摸摸身边的苏来曼，被窝空了。这样的寒夜，到哪去了？他立刻披衣出来，白雪如昼，只见雪地上被压出一趟车辙般的深痕。原来苏来曼担心羊被寒流冻坏，忍着关节的剧痛跪着爬到羊圈。苏来曼的身世很苦，父亲给牧主放了一辈子羊，临死只剩下一条赶羊的鞭子。他长大了，又拿起那鞭子给牧主放羊，后来两腿得了关节炎，被牧主赶出门来。人世间的一切不幸都一齐加到他身上，直到解放，他才觉得自己是一个真正的人。现在，刘守仁睡在这个人的身边，觉得像靠着一盆火。天还没亮，他们就起床，用雪洗脸，然后苏来曼又装满一锅雪，放在三块石头搭起的锅灶上，点燃干树枝，又在大铁壶里沏上砖茶，那茶就像干树叶儿。有茶，有在羊粪灰里烤的热馍，这对牧人来说，就算很美的早餐了。起初刘守仁简直不敢正视，可当他鼓起勇气，学着苏来曼的样子大嚼的时候，突然觉得馍是那么香。

牧人们都是优秀的猎手，放牧归来，有的背着野猪，有的扛着野羊。夜晚，架起篝火，烤着猎物，香味四溢。这时，歌啊，舞啊，说啊，笑啊，满身辛劳，全抛到九霄云外去了。

3月，接羔的时候到了，刘守仁留在红山沟。组长刘世成对他冷冷淡淡。

羊产房的气氛极其紧张，几十只羊同时产羔，四五个人跑来跑去。"我做什么？"

刘守仁这个技术员自觉有名无实,眼前的一切,书本上几乎都没有。不管怎样,必须动手。于是,打水,做饭,放羊,打扫羊圈,凡能做的,他都抢先。有一天,他正放羊,一只母羊在雪地上产下羊羔,他慌了手脚,立刻呼叫组长,组长厉声命令他:"快抱回来!"他立刻脱下棉袄把那只抖动着满身带着黏液的小生命包住,抱了回来。"啊!"就这么一点微不足道的小事,却深深地打动了刘世成:"我们的技术员真不简单!"牧工们确实想不到,一个白面书生,看来柔弱文静,竟是这么泼辣。他们哪里知道,这正是刘守仁性格中独特的一面。他是在一种严厉和温甜的混合气氛中长大的。父亲是纺织专家,解放前,在苏州有名的"苏纶"纺织厂做总工程师,全国解放后,又任副厂长,家教甚严,一心教育儿子将来在事业上有所成就,从儿子识字起,清晨、夜晚,必须按时读书。别人的孩子刚学 ABC,刘守仁已经可以阅读英文的地理和数学课本了。刘守仁的童年是在硬板凳上度过的,硬板把他的意志练得坚强了。母亲的性情却正相反,像圣母般的慈爱,父亲刚刚给儿子吃了苦头,母亲便马上塞来蜜糖。父亲的冷峻,母亲的温情,赋予了刘守仁性格中外柔内刚的特点。刚与柔,在他身上得到了完美的统一。

刘守仁初次接触羊群,似乎没有注意欣赏雪莲,但他已经感觉到,整个天山都在开放着芳香的雪莲。

无 限 风 光

在漫漫的丝绸之路上,浩浩荡荡的商队,缓缓西行,火药、造纸和印刷术,在悠悠驼铃声中,传到了西方。产于黄河流域的美丽的丝绸,远销希腊和罗马。至今,新疆的和田,丝业不衰。2000 多年以来,中国输往世界各国五彩缤纷的丝绸,不知能绕地球多少周?就是这个闻名的丝绸之国,直到 20 世纪 50 年代,人民却穿不上用自己的原料制成的高级毛料衣服!在我们祖国广大的草原上,在盛产良马、牦牛和库车羊羔的新疆牧场,唯独没有自己的细毛羊!而某些国家,正以奇货自居,控制国际市场,进行技术封锁。一种如火的爱国主义激情,在刘守仁心里燃烧,激励着刘守仁。要改变这种落后状态。

从羊群归来,刘守仁便向厂长提出一个有趣的设想:"把阿尔泰羊的皮披在哈萨克羊的身上,培育出新型的适应本地条件的细毛羊。"场长很欣赏刘守仁这一形象化的主张,也相信刘守仁的决心。但是谈何容易。他告诉刘守仁,早在 40 年代,就曾有人做过用阿尔泰羊和哈萨克羊相配的试验,虽然育出了细毛羊,但羊毛短,产量低,适应性也很差。最大的问题是不能保持生产性能的一致和遗传的稳定,过些时候,又出现"返祖"现象,细毛羊又变成了粗毛羊。

刘守仁翻阅书籍,查看资料,终于弄清了阿尔泰羊的几种不同类型:有的羊毛密度厚,毛很短;有的体格健壮,但羊毛粗糙;有的毛虽好,但体格小。比较好的一种是体格大,毛比较细,但如何保持这一类型的遗传稳定,需要进行艰苦的工作。一个一个不眠之夜,熬干了一灯一灯的油,他在精心翻阅一个外国专家关于阿尔泰细毛羊的论著。他根据本场现有阿尔泰羊的资料,竟查出这批羊上溯五代的谱系,彻底弄清了他们的基本特征。这一发现,使全场干部和技术人员为之震惊,人们不得不佩服知识的神奇。稍微懂得遗传学的人都知道,弄清羊的谱系,对选种和稳定遗传性是多么重要。

6月,天山披上白披肩,穿上绿衣裙。刘守仁决定深入夏牧场。第一次一个人去,这是冒险,山高路远,地形复杂,气候又变化无常,去过的人,也常迷失方向。场长知道以后,很是气恼,立即派人追赶,刘守仁早已催马加鞭,扬长而去。场长和政委下达命令,要各连务必照顾好刘守仁。

一进夏牧场,他就被那大自然的独特气派迷住了。最先映入眼帘的,是两山之间奔腾的涧水,哗——哗,好像隐身的众仙永无休止地哈哈大笑。声愈大,愈觉山谷的清幽。溪流萦回,几步一桥,牧人赶着羊群,策马过桥,晃晃悠悠,羊儿一个接一个有秩序地行进。前头的,已越过三四道小桥,后头的,还落在第一道桥的后面。陡峭的羊肠小路,两边盛开五颜六色的鲜花,下面便是万丈深渊,人马在上,有如腾云驾雾。山的阴坡,常绿的云杉,高大浓密,从山下排列到山顶。阳坡苔草翠绿,宛若铺满厚厚的绒毯。雨后林中,银灰色的蘑菇遍地都是,最大的有如小巧的阳伞。攀登到海拔 2500米以上的雪线,便可看到朵朵雪莲。雪线以下,便是青草肥美的牧场,羊群没入于深深的草丛,好似飘在绿色的海面。白云在牧人的脚下,白云之上,露出碧绿的丛林。被禁猎的马鹿,有时不召自来,兀立羊群,摆动着美丽的大角,自命不凡。小旱獭也来探头探脑,牧人吆喝一声,立即逃开,然后转身站在自家洞口,唧唧尖叫,以示抗议。

"好一派迷人的景色!"从不大声讲话的刘守仁,发出了洪亮的叫喊,群山之间,回音震荡。唉,画家为什么不来?画尽小桥流水的江南画家,来吧,伟大的艺术天地就在这里!他想起在塞外实习时,几位同学爱朗诵的那首《忆江南》:"江南好,风景旧曾谙。日出江花红胜火,春来江水绿如蓝。能不忆江南。"如果他们来到这里,也当忘却故乡了。

大自然的景色虽美,却不是一般人能待得住的。这儿气候变化莫测,适才阳光灼灼,瞬间便袭来一阵冰雹,时而这边晴,那边雨;时而这边雨,那边雪。身着棉衣的刘守仁冻得全身发抖,嘴唇发紫。他的耳朵虽然没有被风吹落,却不知不觉布满了冻疮,还发出嘎巴嘎巴的响声。他已经把自己融入羊群,羊群就是他的家。

他的全部思维,只集中在一点,育出自己的细羊毛。但自己既无经验,书本知识也未经检验，只有一条，以青春作代价，从实践中求真知。这年冬天，他得到兵团领导和新疆畜牧研究所的支持，制订了绵羊育种计划。不久，他就亲自拿起赶羊的鞭子，独立看管一个 360 只母羊的羊群。从选羊到配种，事事自己动手。白天，他是牧人；夜间，便躲在土窝子的一角，搓着红肿的双手，阅读，思考，写笔记，整理各种资料。读书和实践，使他很快学到各种技术，掌握了大量数据。

"我们的哈萨克羊遭难了！"

"马和驴相配，生下非驴非马的骡子等着瞧，咱们的杂种是什么样儿！"

牧工们思想不通，育种工作不好办。刘守仁忙着从这个毡房钻到那个地窝，谈话，聊天，开办学习班，干燥的嘴唇流着血。

天山的牧人，毕竟心胸开阔，几阵清风吹过，疑云就散了。"干吧，都说这是科学，就凭你这勇气，天山也会把钥匙赐给你。"

天山雪，一团一团，刘守仁的蓝布棉衣露出的棉花也一团一团。铁锹、榔头在冰冻三尺的土地上，当啷当啷地响，虎口震裂了，血滴在雪地上，绽开鲜红的小花。他在忙着搭羊舍，筑产房，还盖了一间小泥屋，充当配种站，里面摆着大大小小的空墨水瓶，废玻璃管。聪明的头脑，可以创造一切，精神的富有，战胜了物质的贫困。

泥浆、血水、羊粪、草屑，散发着冲鼻的腥膻味儿。四面围着的干树枝儿，不时挂破人的衣服。这就是 20 世纪 50 年代天山深处的羊产房。每到产羔季节，刘守仁就在这儿滚爬。360 只母羊，20 天之内产完。这里的忙乱，令人头晕目眩。给新生的小羊羔剪脐带，编号码，称体重，填卡片；给羊妈妈喂水喂食，给病羊打针服药。最要紧的，不能弄乱羊的母子关系，谁是谁的子，谁是谁的母，必须记录在案，一清二楚。

产羔的母羊，有的体弱脾气犟，竟不认自己的孩子，不给奶吃，饿得小羊咩咩直叫，刘守仁便抓住母羊，一手挤奶，一手托住小羊靠近乳头。有的羊，母爱心重，产下的小羊死了，很是悲伤，通宵达旦，凄凉地哀叫。多么令人同情！刘守仁和牧工一齐动手，把死去的小羊羔皮剥下，披在另一只缺奶的小羊身上，伤心的母羊闻一闻，相信是自己的孩子，便化悲为喜，那只小羊也得到了母爱。

1957 年春，国家正是建设时期，政治上生动活泼的民主气氛正在增长，人们的激情变为无限的创造力。

紫泥泉第一代杂种羊在红山沟诞生了。人们像观看新发现的奇珍异宝，喜不自禁。新生的小羊，毛细如丝，有白色的，黄色的，身上都像涂了一层油脂，这是真正的细毛羊！有的咩咩地叫两声，那声音细而清脆，充满了新生的欢乐。这是新品种的祖先，人们用红绸系在它的脖子上，就急忙报告场长。陈场长连夜骑马赶来，看看羊，又看看刘守仁，似乎没有什么话好说，一切尽在不言之中。

刘守仁在产房连续工作一个多月，常常一口气干 18 小时、20 小时，困乏不支，就和衣倒在产房的一角打个盹儿。这里没有音乐，没有娱乐，他却觉得一切都充满乐趣，他陶醉在美的音乐和新生命的歌唱中。

衣带渐宽终不悔

紫泥泉成了第一代细毛羊的故乡。消息从这个羊群传到那个羊群，整个天山都在欢笑。

细毛羊长大了，毛细如父亲，泼辣耐寒像母亲。只是毛色不纯，这是一大缺点。要不要接着迈出第二步，育出更优良的第二代？刘守仁翻遍国外的资料，育成新品种，都要经过杂交、横交固定、提高、几个漫长阶段，少说几十年，多者百余年。不能走人家的老路！刘守仁决定突破框框，闯出新路。他这人，平时待人接物，慢条斯理，不紧不慢，到了关键时刻，却敢作敢当，雷厉风行。所谓"横交固定"，目的是把第一代杂种羊的优越特性固定下来，掌握好这一点，就敢于冲破机械的阶段论。于是，他制订了边杂交边横交固定的方案。一些外国专家，一向反对采用亲缘繁殖的方法，他们认为那样必然造成退化的现象。英美有的专家，则在第二、第三阶段进行亲缘繁殖。刘守仁根据自己掌握的充分数据，认为在杂交阶段，可进行亲缘繁殖，既可以缩短时间，又可以达到遗传稳定和类型的一致。

新路原是不平坦的，他迎来了严酷的考验。第二代细毛羊在宁家河西咩咩落地了，一个个红嫩娇弱，几乎看不到身上的细毛。早春二月，却无春的信息，风威寒逼，雪满天山路。产房里，躺着一大片小羊羔，不吃，不叫，奄奄一息。衰弱的母羊，自顾不暇，不肯认自己的孩子。面对这种惨状，刘守仁撕心裂肺，抱着小羊，这边贴奶，那边烤火。使尽一切气力，也未能挽救它们的小生命。

百分之四十，惊人的死亡！

政委来了，环顾现场，神色严峻，然后转向刘守仁："你这技术员，吃苦没得说，可是死了这么多羊，为什么事先没有想到？"

是啊，假若事先想到，就不会发生这样的惨剧。刘守仁只能沉默，他也在质问自己："为什么？"

他在等待场长更严厉的批评。一向纪律严明的场长，却不见严厉的表情，他也在沉默。沉默中，露出深切的同情和宽容。

"灾难到底临头了！"

"科学有时也不科学！"

焦急的牧工窃窃私语。

劳累，紧张，痛苦，愧疚，刘守仁早已失去那美的音乐感。

"雪,雪！给我一把雪！"

有人很快端来一大茶缸雪,刘守仁大把大把往口里塞。

"他怎么啦？怎么啦？"牧工急忙提来马灯,朝刘守仁照了照,只见他苍白的面色变得通红,全身在发抖,他在发高烧！

多么不幸,刘守仁竟得了讨厌的布鲁氏杆菌症。这是羊群中流行的一种无法根治的病,症状就像疟疾,高烧可达40多度。唉,本来体质就弱,得了这种病,会垮掉的。牧工试图把他扶出羊产房。

刘守仁吃了雪,心里顿觉清爽,固执地挣脱大家,镇静地说:"给我四环素。"服了药,烧渐渐退了,几个小时以后,他又恢复了精神,忍着浑身酸痛,又抱起小羊……

"守仁同志,你必须休息！"

"守仁同志！"

好心的场长和政委！

"我们有了自己的细毛羊,就该心满意足了,再搞下去,造成损失且不说,你的命就要赔上去。何必呢？"不少人都来劝刘守仁罢手。犟脾气的刘守仁,一心只往南墙撞,头破血流也不肯回头。

"干事业就得有这么一股子劲,百尺竿头,更进一步。"场长支持他,刘守仁的胆子更大了。

百分之四十！百分之六十！奇妙的两个百分比。刘守仁的精神似乎有点不正常,睡梦中也在念叨两个百分比。聪明的人啊,细想这个百分比,就可以悟出问题来。同时同地出生的同种小羊羔,为什么一批死亡,一批成活？既然能活百分之六十,为什么不能百分之百呢？哦,是一个什么名人说过:打开一切科学大门的钥匙,都毫无异议地是问号;我们的一切伟大发现都应归功于探索;而生活的智慧,大概就在于逢事都问个为什么。现在,关键的问题是要弄清那百分之四十死亡的原因。

刘守仁面黄肌瘦,只剩下一副骨头架子。他又背起行李卷儿,深入各个放牧点。

大餐桌上摆着滚热的奶茶,喷香的油果子和圆圆的馕,还有羊肉汤面片,别提有多鲜美。往常,刘守仁不用别人催促,早就端起一大碗风卷残云般地吃下肚。这会儿却反常,一点食欲也没有,那个百分比,把他的肚子填满了。

"你的科学没有错,第二代细毛羊,不少鼻子不缺腿。"

丰富的经验,发出智慧之光。老牧工的座谈有声有色。他们说,这批细毛羊有趋于父本细毛羊的特点,毛细,毛短,抗寒力差,用老法子接羔行不通。造成死亡是产期太早,天气冷,小羊受了风寒。产房保暖和卫生条件又很差,致使小羊发病率高。最重要的原因,是母羊体质弱,怀胎期营养不足,奶汁少。活了的百分之六十,正是由于母羊的身体比较好,奶汁多。

春风化雨,刘守仁火烧般的心田得到了滋润,他决计迈开更大的步子。他正在探索人们认为神秘的"基因"说,同时,对生物学上的外界生活条件论,也作进一步的研究。第二代羊的教训说明,必须加强羊的饲料管理,使羊长膘肥壮,这是关系选种、配种成败的大问题。

　　这一切,书本上都没有现成的答案,老师就在群众之中。他去拜访哈萨克族牧工哈赛因和汉族牧工李培国。有趣的是,这两个人正在进行一场比赛,看谁的羊长得壮,产羔多。刘守仁的心中,料定胜券属于李培国,因为李培国的牧场好,草的密度大,产量高,羊能吃得饱。不料想,最后的结果,哈赛因胜过了李培国。这真令人百思不得其解。

　　哈赛因也是天山生,天山长,没有读过书,却有一颗聪明的心。他对刘守仁谦逊地笑了笑,只说了几句话。他把自己的意思打了个比方:李培国的牧草好比是白馍馍,他的牧草好比是红鸡蛋。馍馍虽大,可抵不过鸡蛋的养分强。

　　刘守仁到了哈赛因的羊群,一住十几天。他发现哈赛因有一套独特的放羊本领。哈赛因的牧场上,羊群并不撒开成"满天星",都是规规矩矩,由外而内,分块分批吃草。什么时候在阳坡,什么时候在阴坡,都有一定之规。

　　烈日暴晒,风头如刀,刘守仁像神话中的夸父追日,在草原上神秘地奔跑。原来他在紧盯着一只羊,一边观察,一边拔草直到日落,最后计算出这只羊采食的次数和采食量。然后他又到"满天星"的羊群,继续奔跑。经过一个星期的观察对比,他得出了结论,哈赛因放牧的羊群,因为跑路少,采食次数多,每天的采食量要比"满天星"的羊群高出一倍,日增体重高出百分之十以上。

　　夜已深,白雪皎洁,月光如水。劳累了一天的哈赛因,在睡梦中歌唱般地吆喝着他的羊群。刘守仁两腿浮肿,难以打弯,却还是盘膝而坐,他在总结哈赛因的放牧方法,制订新的放牧方案。

　　刘守仁和老牧工肖发祥的关系,早已被人们传为美谈,刘守仁离不开肖发祥,肖发祥少不了刘守仁。在育种试验中,他们亲密合作,相得益彰。刘守仁把选中的种羊,从小羔起,便交给肖发祥饲养管理,一经肖发祥的手,羊就变得与众不同。他的羊,不论体重或毛的产量,都是首创纪录。

　　肖发祥是有名的"土专家",无妻无子,孑然一身。他爱羊群,爱天山,常说,没有生在天山白云里,却要死在天山青松间。人们称他为草原上的李时珍,他遍尝百草,熟知一百多种草的名称和特性。牧草中的酥油草、莎草、老观音、鹅冠草、紫花苜蓿、珠芽蓼、高山蓼、博乐蒿……都是群芳中之佼佼者,千姿百态,各具特色。博乐蒿多变,春天来了,春风吹得一身甜,羊吃了,又肥又壮。夏天来了,它思春心苦,羊吃了拉肚子。到了秋后下了二茬霜,它知道冬天将来临,春天也就不远了,便又变得甜滋滋。

肖发祥的丰富知识，可以写出几本书。

没有好牧场，就育不成好绵羊。肖发祥带着刘守仁，跑遍方圆数百里的草原，对各种牧场都作了仔细的调查，搜集了170多种牧草的标本，种了几百亩的牧草试验田。

很早以前，在牧人中有个传说，在那云雾缭绕的天山最深处，有个地方叫花牛沟，是仙人下棋的地方。那里生长着丰盛肥美的牧草，牛羊吃一棵，十年不饥饿，只是没人敢去，路途艰险，有去无回。尽管说得神乎其神，经过刘守仁了解，确有那么个人迹罕至的巨大天然牧场，有个已经去世的老牧人曾去过，人们说，他能回来，是神仙的保护。刘守仁已经打定主意去探险，去花牛沟的路上，要经过难以逾越的重重天险，铁打的汉子都望而生畏，瘦弱的刘守仁岂不是拿性命开玩笑！但是，人们知道他的犟脾气，认准了的道，九牛之力也拉不回头。场党委只好派哈萨克族副场长奴胡曼和两个身强力壮的小伙子，同他一道去。奴胡曼熟悉天山的复杂地形，人又勇敢，还是出名的猎手，有一次骑马走在路上，发现一只狼，立即拍马紧追，一直把狼追得口吐白沫再也动弹不得，他便下马用马蹬把狼打死。

他们准备好一切，趁隆冬季节可以跨越冰封的玛纳斯河，便骑马上路，一气走了整整七天。果然历尽艰险。清晨，披着星星月亮，攀登白雪耀眼的冰达坂；夜晚，睡在寒冷的石崖底下和积雪的荒草中间。他们闯过奇险的"大牛冰达坂"，又翻越海拔3900多米的"哈拉海底冰达坂"，荒山野岭，碎石滚动，人马摔倒不知多少次。有时路滑崖陡，马匹无法通过，只好把马放倒，捆住蹄子，然后用绳子拉过去。到了第七天，终于找到了那个童话般的花牛沟。一片宽似海洋的大草原呈现在眼前，无边无际，天苍苍，野茫茫，风吹草低，只见马鹿和野羊。哥伦布发现新大陆，不知当时是什么心境，此刻，刘守仁他们的兴奋心情，是难以言状的。他们生起篝火，烤上新打的野羊，还在一块石板上做了"扯面"，最有名的烹调师，恐怕也做不出那么美味的野餐。

归来，一路顺风，想必也是神仙保护。只是每张紫色的脸上，都脱了一层皮。

第二年，即动工修路，艰苦的工程，进展神速。路修好以后，就派出牧工，赶着三大群羊，开始长征。号称"登山健将"的天山羊，竟走了半月之久。从此，神仙的花牛沟，撒满了羊群。

历历野草，岁岁枯荣。刘守仁在紫泥泉的羊群中，已经度过十个春秋。他长期生活在羊群，配种，接羔，记录，编号，育幼，鉴定，为每一只羊建立了谱系和档案，记下每一只羊的发育状况和繁殖性能。

一向不肯轻易流泪的刘守仁，人们有时发现他在流眼泪，是兴奋还是愁苦？都不是。原来他在测定羊毛的根数。为了鉴定羊毛的数量和质量，必须按时进行测量，没有测量羊毛的密度钳和烘箱，也没有精密的天平，便用竹片做成一个一平方厘米的格子,插入羊体的毛内,然后把格子里的毛剪下来数清。每只羊必须测定四个不同的部位,一平方厘米的羊毛,就有九千到一万根,每次都要数三四个小时,数着,头晕了,眼花了,泪水便簌簌直淌。

失败,痛苦,实践,探索;再实践,再探索,经过多次的实验,他掌握了丰富的第一手材料,积累了几万个数据。

1965年,是刘守仁培育细毛羊获得丰硕成果的一年。这年的4月,正是牧草返青的时候,几百只细毛小羊羔,又咩咩落地了。它们个个滚圆明亮,一落地,先摇摇小脑袋,用劲甩开胎水。接着,健壮的妈妈站起来,闻闻孩子身上的气味,便无限温情地舔啊,舔啊,直到把胎水舔得一干二净。几分钟以后,小羊便爬起来,摔倒了,又爬起来,然后向母亲的肚皮底下撞去,它感到饿了,知道往哪里去找奶。

啊,百分之九十八!又是一个惊人的百分比,这是成活率的百分比,胜利的百分比!

布鲁氏杆菌侵入了刘守仁的血液和细胞,每年接完一次羔,必大病一场,他越来越消瘦了,但是精神却更旺盛。几年来,他攻克了许多困难的课题,只在科研方面写出的论文就有《营养对绵羊生长发育和羊毛生长的影响》、《营养对绵羊胚胎发育的影响》、《绵羊轮牧》、《绵羊的采食行为》、《提高羊毛单产的方法》、《绵羊的亲缘繁育》、《后备母羊的培育》等十多篇。

细毛羊虽然培育出来了,但还不能把握它的稳定性,一切都必须经过进一步考验!

天晓得,前面等待他的是什么。

孤独的小屋

那个小泥屋,虽然坐落在许多泥屋之间,但它总是显得冷清,显得孤独。屋里只有几纸箱的书,凌乱的英文杂志,几块木板拼起来的床。引人注目的是,墙壁上挖了两个洞,平嵌着一块长条木板,那便是主人的书桌。这里,年年月月,没有笑声,没有话语。

生活在变化,小屋也在变化。1960年,来了一位女主人,小屋顿时四壁生辉,有了欢乐,有了歌唱。但这欢乐并没有持续多久,又变得寂寞了。

母亲的预言错了,刘守仁在天山找到了爱人。爱人是上海的知青,1956年来到天山,比刘守仁只晚一年,来时,才18岁。先是分配在场里的生产股工作,后来又到鸡场养鸡。她性格爽快,为了建设边疆,叫干什么就干什么。养鸡也好玩,她很爱听母鸡格格的叫声。她和刘守仁的结合,没有多少浪漫情调,爱情却是深沉的。她知道他还有一颗爱的心留在更远的深山，她必须忍受婚后的孤独。果然，婚后他仍旧时常隐没在白云深处，很少回家。风雪之夜，小门吱呀开了，接着冲进一股羊膻味儿，她立即从床上跳下来，点上灯，先瞧瞧丈夫的面容，啊，又消瘦多了！

第二年，她生下一个男孩，再隔一年，又生下一个男孩。有了孩子，小屋本当充满欢乐，但她反而更感到孤独。头一个孩子出生，正是三年困难时期，她得不到什么营养，又得了乳腺炎，孩子不能吃奶，妈妈不能睡眠。婴儿昼夜啼哭，哭声揪着她的心。多么需要丈夫在身边，端一杯水，或说一句温存的话！丈夫匆匆归来，没住几天，又匆匆离开，她却安慰他："别挂记我。"第二个孩子出生，又赶上绵羊产羔的前夕，刘守仁必须留在羊群。为了绵羊，为了小羔，他昼夜忙碌，而正在坐月子的妻子和新生的儿子，他却无法照顾。

年轻的妻子，又工作，又抚养孩子。工作时，挂着孩子，抱起孩子，又想着工作。每天担水、烧饭、洗衣，常常忙得头顾不得梳，脸顾不得洗，身子也变弱了，小小年纪，就得了高血压症。这一切，又变成刘守仁的负担，他可怜妻子，责怪自己没有尽到做丈夫、做爸爸的责任。

夫妇俩终于下了决心，第二个孩子一断奶，妻子就把两个可爱的儿子送回了苏州老家。小屋又孤独了。

风云突变，史无前例的暴风雨忽地铺天盖地袭来，小屋首当其冲，成了洗劫的对象。它被抄了，抄得可谓彻底，床板翻了过来，连书里的蠹鱼也抄了出来。刘守仁积累的大量关于培育绵羊的资料抛掷满地，抄家者不屑一顾。刘守仁成了"当然"的革命对象，因为他的家庭成分是"资产阶级"，他长期呆在羊群里，"不问政治"，这是典型的"白专道路"；他经常翻阅外国书刊，更是"反动学术权威"。一句话，他的血汗，他的成就，全都变成了他的罪状。

这到底是怎么回事？他不能理解，他发呆了。

他敬爱的场长和政委也被揪到台上批斗。他只感到彻骨的寒冷。逼他揭发场长和政委，他愤怒地沉默。"沉默就是抗拒！"——有人叫喊。还是沉默！那股犟脾气一来，能奈我何！

紫泥泉一切都混乱了，连老榆树也碍眼，几乎砍光了。紫泥泉的泉水也失去了往昔的光颜。最使刘守仁伤心的是，羊群无人管理，绵羊被偷、被宰，眼看着十几年的心血，一旦付诸东流。

他由惶惑、苦闷变为绝望，人世间不再需要真理和科学了！黑与白，好与坏，正确与错误，美好与丑恶，一切都被颠倒了。他抬眼看看，只有那巍巍天山，还在岿然屹立，即使万能的上帝掀起整个宇宙风暴，也难把它动摇。天山，岂不就是党的化身，真理的化身！既然常把自己比作天山之子，在伟大母亲的怀抱里，还怕什么！何况已是具有六年党龄的共产党员，彻底的唯物主义者，是无所畏惧的。

陈场长被送走了。还有一些技术干部，也被"扫地出门。"奇怪的是刘守仁被留了下来。有人指着刘守仁的鼻子说："我们需要的是你的劳动力，你的技术！"啊，原来还想到了技术！

陈场长要走了，他变得苍老而衰弱，腿动过手术，拄着双拐。走时，没有人帮助他，刘守仁却公然蔑视"划清界限"的命令，去帮助场长捆绑东西，装车，把场长院里垒鸡窝的砖头，也装在车上，对场长说，到那艰苦的地方，也许会用得着。分别时，一向不流眼泪的场长已是老泪纵横，追在车子后面的刘守仁，眼睛模糊得什么也看不清楚了。

刘守仁的妻子身体不好，又失去工作，加上精神的刺激、惊恐接踵而来，使她留在天山的最后一点希望之火也熄灭了。既然照顾不了丈夫，就回家教养两个儿子吧。刘守仁没有阻拦妻子，他们默默地分开了。妻子走时，还叮嘱丈夫一句："我在家乡等着你。"

刘守仁又回到羊群，回到牧人中间。老牧工像迎接亲人般地接待他，给他披上大衣，端来热气腾腾的羊肉汤面。世间的欢乐、友爱和希望，都聚集在这里。

他的小屋被遗忘了，它由孤独而变为多余。院子里的一棵小苹果树也被遗忘了，每当女主人回来，就开花儿，如今，叶落了，枝也枯了。

几处放羊的人都向刘守仁呼喊：救救我们的羊吧！可怕的痢疾正在羊群蔓延，第二连的四群母羊，连同产下的小羊羔，1000多只，都染上了痢疾，已有几百只羊羔死去。刘守仁心如火焚，那批母羊正是育种的基础羊，如果死了，不仅经济上遭受巨大损失，而且将影响整个育种工作。他去说服一些同志，赶快一同去抢救。有人却说："你头上戴的帽子够重的，干吗不叫自己轻松一点！"刘守仁感到痛心，背起喷雾器，跋山涉水，到羊群中亲自消毒，打针，给羊喂药。其他连的兽医、技术员被刘守仁的精神深深感动了，也都拿起医药、器械，去到兄弟连队，在散布着痢疾病的羊群中，奋战了五个昼夜，终于把一场可怕的灾难扑灭了。事后，刘守仁和一同工作的同志，总结了经验，共同撰写了一篇关于预防、治疗绵羊痢疾的论文。

刘守仁自觉在天山的时间不会有多久了，便更拼命地抓紧细毛羊的培育。通过反复实验，细毛羊的性能稳定了。经过科研部门的鉴定，羊毛的细度、弯曲和光泽，都达到了高级毛纺原料的标准。

前后只用了九年时间，一个新的品种育成了，1968年，在北京农业展览馆正式展出。从此，细毛羊的故乡——紫泥泉，名扬全国。

科学的道路永无止境，刘守仁的探索、实践也永不休止。1972年，他又育成了更优良的"军垦A型细毛羊"新品系，同年在全国农业展览会上正式展出。接着又培育了"军垦B型细毛羊"新品系。至此,我国的细毛羊,已进入世界的先进行列。

1978年,刘守仁用自己的血汗,迎来了科学的春天,他参加了全国科学大会。邓小平同志的报告指出:"知识分子是工人阶级的一部分","科学技术就是生产力"。刘守仁听了,无法抑制心情的激动,他只想着:春天! 春天真的来了! 就在这次大会上,他荣获了"在科学技术研究中作出重大贡献奖"。科研界一致认为,刘守仁在培育细毛羊新品种方面,创造了一套完整的经验,在合理利用草原、绵羊繁殖、胎儿生长等科目,摸索出了一套新经验、新方法,并且上升为理论。他撰写的几十篇论文,受到科研界和有关部门的高度评价。

1982年,"军垦A型细毛羊"获得农垦部科研成果一等奖。刘守仁终于闯出了我国自己培育细毛羊的新路。

这颗科学明珠的获得,包括了刘守仁的亲密助手——60年代分配来的北京大学生丁宜生、山东大学生王德成等青年知识分子的智慧劳动。

新路必须继续开拓,刘守仁是不肯止步的。他愈忙,他的小屋就愈冷清,他的成就并没有使小屋生辉。孤独的小屋,什么时候才有生气和欢乐。

只 爱 天 山

27年,9800多个日夜,刘守仁一直在追赶时间。什么时候追上? 什么时候到头? 刘守仁心里明白,永远追不上,也永远不会到头。时间是无限的,他心中的目标也永无止境,一个目标达到了,前面又有新的目标,A型、B型细毛羊培育出来了,还有C型、D型……

他来新疆时21岁,今年48岁。头发已经稀疏了,如果用他那双数惯羊毛的手来数,很快就会数出自己头发的根数。但,他似乎没有感到时间在他身上流逝。布鲁氏杆菌向他不断进攻,不曾使他倒下,他依然是那般瘦削,依然是那样生气勃勃。那骨头架子,比以前更加硬实了。和善淡定的目光反映出他内心蕴藏着的丰富感情和不断的思索与追求。

如今的紫泥泉,家大业大,人才济济。在50多万亩的草场上,大群大群的绵羊,时而如云涌,时而如雪潮。现在,紫泥泉人都称刘守仁是"我们的团长"。紫泥泉种羊场也叫一五一团。1979年他担任了团长,还兼任党委书记。他被授予"高级畜牧师"的职称,是全国畜牧学会的理事,新疆畜牧学会的常务理事,石河子畜牧学会的副理事长。作为生产建设兵团的代表,他出席了党的十二大。

然而,现在的刘守仁,仍然是从前的刘守仁,他的心,他的理想,他的追求,始终如一。他照常下羊群,照常接羔。身上依然是12年前那件蓝布棉衣,只不过比以前洗得洁净了些,有贵宾来参观,也穿着它。

故乡苏州是令人向往的,可他还是舍不得天山脚下那间不到 20 平方米的小屋。小屋里,新书压旧书,杂志堆满床。到了 20 世纪 80 年代的今天,不少乡下农民的家里,都已摆着电视机、洗衣机、录音机……而刘守仁的小屋里,唯一的现代化,是一个自己做饭用的煤气罐!

被称为高级知识分子、高级畜牧师的刘守仁,至今工资级别是技术级别最低的——九级,相当于行政十八级,这还是党的三中全会以来,群众和上级领导在三次提级时,坚持连续给他提了三级的结果。知识和职称高,工资级别低;为人民贡献多,个人所得少。这是一个发人深省的奇怪逻辑。

轻视知识,轻视知识分子,实质上是在鼓励愚昧落后,只能给人民带来灾难。刘守仁对个人的生活和待遇,却从不在意,提级时他一直坚持要把指标给别人,而自己"酌清泉而觉爽",把整个心思都用来求取知识,贡献知识。

刘守仁的母校——南京农学院和浙江农学院在召唤他,希望他能回校任教。教授的头衔多么令人尊敬!他感谢母校的盛情,却不为之动心。

有好奇者,对刘守仁不为名利所动,表示不可理解。刘守仁淡淡地说:"我只爱天山。"

啊,天山!天山人说,她是"天赐之山"。她的雄伟绮丽,可以和天下名山媲美,她拥有无穷无尽的宝藏,是无与伦比的。大约五亿年前,她从茫茫的古海中崭露头角,惊起万顷波涛,大海便从此隐退了,而她却愈升愈高。人们说,站在托木尔的高峰,伸手可以抚摸月亮,而在博格达的顶端,能够听到神仙的笑声话语。

在刘守仁的心目中,天山是永恒,天山就是祖国,就是人民!既然吸吮她的乳汁长大,他就将为她贡献出自己的一切。

他不能离开天山的羊群,他还有许许多多关于绵羊的科研课题正在探索。

他不能离开天山的牧场,许许多多关于利用和改良草原的科研课题有待攻克。

他恋着天山的牧人,他不能忘记,在那些痛苦的和欢乐的日日夜夜,同他在一起的人们。老场长回来了,离休在紫泥泉,他们还像从前一样,常常谈论羊,探讨理论。刘守仁以老场长在而觉得欣慰,老场长以得到刘守仁的关照而感到幸福。老场长正准备写回忆录,别的不想写,只写紫泥泉。

老牧人肖发祥已是 82 岁的高龄,也退休了。但他不习惯安闲的生活,仍然只爱天山。他有五六百元的存款,都交给场子,给绵羊盖产房。老人只有一个要求,死后不要火化,用一口棺材埋在天山脚下。对这个要求,有人表示反对,说"影响不好","不能迁就旧思想"。刘守仁作出了决定:应当满足老人的要求。偌大一个天山,难道舍不得方丈之地,接收一个把整个一生都献给了她的老人!刘守仁亲自为老人选了木料,做好了棺材。老人说,他在九泉之下,将会安静地听到羊群咩咩的叫声。

刘守仁不是苦行僧,他是个普通的人,是有丰富感情的血肉之躯。远在万里之外,有他的妻儿和已届暮年的双亲。有敬爱的老师,有亲密的同学。他深深地思念他们。然而他有更高、更远的追求,他的心中还有一个独特的美的境界,在向这个境界前进时,他有惊人的毅力克制矛盾和痛苦。当他迷恋着那无限风光时,他会忘却一切。

翘首望着巍巍天山,刘守仁已经看到那串打开奥秘之宫的钥匙,它就挂在白雪皑皑的顶峰上。他知道,只有不畏艰险,永不休止地攀登,才能把它拿到手。

在刘守仁那孤独的小院内,凋谢、枯萎了好多年的小苹果树,今年忽然又枝叶茂密,开出玲珑鲜丽的小白花。

1984 年 10 月解放军出版社《天山之子》

小　鬼

刘肖无

我第一次访问克拉玛依是在 1956 年 5 月的下旬。

以后，数不清的次数，我来往于乌鲁木齐到克拉玛依的路上，却总没有第一次那么快，400 多公里，中午动身，当天赶到，要不是因为夏天白昼时间长，就一定是司机同志也和我一样，有着一颗激动而向往的心，对这全国人民为之欢呼的新发现的最有希望的油田，也想来它个先睹为快吧。所以，在这平坦无尘的有名的公路上，见一辆车，超一辆车，见一辆车，超一辆车，等赶到目的地，天却早已大黑了。

第一次来，人生地疏，一下车，只见地窖横列，帐篷成堆，来来往往的人，有的高歌欢笑，吵吵闹闹；有的粗声粗气地骂人，好像别人妨碍了他的事；有的一边走，一边还在嚼着饭，却又分外忙碌。加上大大小小的汽车、拖拉机和带有各种科学设备的车辆，也在人堆中挤来挤去。偌大的一座戈壁滩，到这儿突然显得狭窄起来了。

这种喧闹景象，自然引起我一种出乎意料的惊喜，但又不能不发愁，这可到哪儿去接头？这可到哪儿去找个住处呢？

永远也难忘记好客的贤主人，很快，就由一位管理员领着我们，越过地窖，走到最后，人声渐远，灯火渐稀，就在那戈壁滩头，摆着几个火柴盒似的活动木房子。后来知道，克拉玛依人管这叫招待所。如果说，北京有北京饭店，上海有二十几层的大楼，那么，在当时，在克拉玛依，论讲究，就属这几间木头房子了。

刚一走进木头房子，就见床上坐着一个人，站起来，和我们打招呼。管理员管他叫处长，据说也是不久以前才从乌鲁木齐来，是新疆石油管理局派来检查工作的。我一看，房子里一共有三张床，只从这三张床的摆法上，你就不难看出管理员确曾煞费苦心，既显得不拥挤，又使你不能不叹服，这间房子的使用率确实是达到了最高的限度。尽管如此，我们一来，这座招待所终于还得宣告客满。

不大一会儿，主人来了，有克拉玛依钻探处的处长，有党委书记。除了寒暄与感谢之外，自然也就不免高谈阔论起来，谈了矿区的现状，谈了这儿的远景，谈得最多，也谈得最有兴趣的还是发展的速度实在快，人像潮水一样涌进来，而一切设备赶不上，困难层出不穷。说的是困难，讲的是困难，可是哪一个人的脸上也不带一丝一毫的愁容和苦意，你又怎能不感觉这是一个多么可喜的前进中的困难啊。

正当宾主之间谈笑风生之际，不留神进来了一个人，悄悄地站在门旁边，好像他正为站在那里而来的，一声不响，一意用心听着我们的谈话，随着谈话的内容时而笑一笑，时而皱一皱眉，只在我们谈话确实已经告一段落，大家都感觉到，这一阵，该谈的已经都谈了，该问的已经都问了，再谈再问，就必须另外找出新的话题。因此，都需要沉默一下，等待一下，寻思一下。趁这机会，他才弯下身来，在克拉玛依钻探处处长耳边，轻轻地说了句什么。只见处长眉毛一挑，脸上肌肉一紧张，紧跟着又是一松弛，先是惊讶，后是喜悦地张大了嘴巴说："啊！他来了？"这个他字说得特别重，要是写在纸上，旁边一定得加上个黑点才行。

他这句话，他这说话的神情，引起满屋里人的注意。看来，从乌鲁木齐来检查工作的处长是个性子急的人，他不耐烦地追问着："谁呀？谁来了？"

站在门边的同志只是神秘地笑笑，不言语。

党委书记很老练，似乎有把握，知道他们自己最后一定会把谜底揭穿的，也只是微微笑着看他们。

果然，克拉玛依的处长憋不住了，先是哈哈一声大笑，故意卖弄地说："你们猜是谁？"然后又拉长声音说："是小鬼！"

这回，所有的人，除我之外都笑了。笑得是那么亲切，那么自然。可又使人感觉，多少总又像是带点开玩笑的味道。

这个小鬼是谁呢？为什么大家对他这么熟悉，又这么感兴趣呢？和我们并坐在一张床上的是从乌鲁木齐来的处长，我便拉了一下他的衣襟，悄悄问他。他回过头来，看看我，好像很奇怪，好像不认识这位小鬼，倒是我不应该似的。他说："你怎么连他都不认识？他是我们局里一位工程师呢！"

这一阵笑过之后，党委书记着急地站起来，拿起事先放在桌上的一个笔记本子，就要往外走，说："得赶紧给小鬼找个住的地方呀。"

克拉玛依的处长又是一声哈哈，可是这回没笑完，就停住了，十分为难地摇了摇头说："难呀！这可真是个难题呀！"

是他们的着急和为难感染了我，使我感觉，这时我应该站起来，告诉他们说，最好的办法是把我这个床位让给他。

但没容我把话说出来，站在门边的那位同志却胸有成竹地说："不用啦，处长，已经解决啦。"

"解决了？"党委书记有点惑然地问："谁给他解决的？"

"他自己。"

"啊！？"这惊讶是好几个人的声音。

党委书记又不厌其详地问："在哪儿？"

那位同志硬是憋住了他的笑，说："就在他坐来的那辆尕斯六十九里头。"

说完，他自己先笑了，于是，又爆发了一阵哄堂大笑。这回，我也跟着笑了，因为在我面前，出现了那么一幅画，小小的尕斯六十九里睡着一个人，真不知他得蜷曲成一个什么样子呢？

无论如何，我这心里总是有点过意不去，要是我们不来，要是我们到得再晚一点够多好，那他又何必在那汽车里受罪呢？还是一位工程师呢。在我的脑子里，总以为在这样事务繁杂困难百出的工矿地区，工程师是特别应当受到尊敬的，因我而使工程师没地方睡觉，不能好好解除疲劳，因而影响明天的工作，这使我怎能不引咎自责呢。

说实在的，这一夜，我睡在木房子里，耳朵却总听见外边好像在刮风，睡着了也听见一阵大、一阵小的，不时惊醒，心里就觉得有些不安。

第二天，一起床，和我同住在这木房子里的处长领我到门口去洗脸。脸盆架子上有个漏斗，下垂着一根细细的铁管子，用手一托，就流出涓涓的一点水。在克拉玛依，应该说这是最适用的家具，这儿的水比油还贵重，多需要节省呀！我正低着头，小心翼翼地捧着那点清水，洗着脸，忽然听见处长放大了嗓子，叫了一声：

"小鬼，昨儿个怎么来得那么晚呀？"

你不难想见，这句话对我该会具有多么大的魅力。我多急于想认识这位工程师，我又多急于想向他表示一下我的歉意呀！但等我抬起头来巡视的时候，又多么叫我失望呀！这儿根本没有什么工程师，只是处长一个人还在漱着口，从那边走来一个人，向他打招呼，也不过只是一个小女兵，难道她能是工程师？是昨晚上在我的脑子里清晰地出现过的对大自然作战的指挥员？你看她长得又瘦又小，最多不过十五六，两条辫子又细又乱，像麻绳，略微苍白的脸上还带一脸孩子气。你看她跑到处长面前，握住手，仰着头，喋喋不休地谈着话，多么像一个高小还没毕业的女学生，见了什么新奇事儿，回来和老师学舌。可她又不像个女学生，学生哪儿有穿军衣的，她却穿的是军衣，那种连裙的女军衣，只不过洗得次数多了，褪了色，说是别人借来的也不像，你看它大小肥瘦多合她的身。

这是个什么人呢？不带领章的小女兵，不带红领巾的少先队，她到这儿来，到这连蔽风雨的房子还没盖起一间的工地上来，又有什么必要呢？

是这一连串的问号促使着我，我三把两把洗完了脸，但并没有离开这儿，想从他们两个的谈话中听出一个究竟来。

话都不是一下就能听懂的。也许因为他们的话里夹杂的技术名词太多，也许因为我对这环境太生疏，一些不言而喻的话，我却无法把它连起来。自然，在她所说的每一句话里，在她谈话时的举止姿态里，我还是极力地找寻我需要的答案，果真她是一位工程师吗？

话到底还是被我听出了一个眉目，那答案也似乎并不十分迫切的需要了，这是因为话题突然转到日常生活上来，一下吸引住了我。

先是处长关切地问："小鬼，这趟出差，时间又不短了吧？"

"哪儿呀！"小鬼把一条辫子从背后拉过来，玩弄着，说："才两个来月。"

"又跑了不少地方吧？"处长像夸奖，又像是嗔怪："你这个小鬼呀！准噶尔的土地非叫你给踏遍了不可，你这个野心呀！"

小鬼调皮地看了看处长，把小嘴微微地噘起了一点，说："处长干吗非得说我呢？野外队里野心大的人可多呢！你知道女子队吧，有个组一个月测量了115公里，嗬，她们那个得意洋洋的劲儿呀，我去了，我狠狠地骂了她们一顿。我说：'小鬼们，你们还想跑到天边儿上去呀？'你猜她们怎么样？她们才一点也不怕呢，简直就像喊口号，说'高山挡不住我们，大海拦不住我们，哪里有祖国的土地，我们就要到哪里测量。''好，测量吧'，我说，'让你们去测量吧，可就怕一样……'"

听到这，处长倒先有点不放心了，赶紧追问："怕什么呀？"

"那还用说，越跑越远，还不快碰到国境线上了！"

处长放心地笑了，一边笑，一边说："这些家伙，要没有国境线挡着还许去测量测量北冰洋呢！"

"所以，我才骂了他们。"小鬼理直气壮地说。

"对！对！"处长应和着，赞许着："你骂得对，骂得对！这些家伙们！"

可是，小鬼又偷偷看了看处长的脸色，用试探的口气问："处长，你说，应不应该请一位记者去把她们写一写呢？"

处长把手一摊，毫不踌躇地说："应该呀，谁说不应该呢，这些家伙们早就应该登登报，应该让谁都知道野外工作者的艰苦生活。"

我真无法控制我自己了，我真想向他们来个毛遂自荐，或许他们商量的这件事，我还能够做得来。

但没容我把话说出来，她的话题儿又转了，就像一个孩子当她把想要的东西要到手之后，就总是自己想出话儿来岔开这件事。小鬼听到处长提起野外生活，提到艰苦,就不以为然似的摇了摇头,说:"哪儿呀!处长,都说野外生活艰苦呀,艰苦呀!依我看,待惯了,还不就是那么一回事。这回,我到了布尔津,好容易碰到了有邮局的地方,我就给妈妈写了一封信。我说:'妈妈,你看见过红柳树吗?'妈妈生在城市,住在城市,当然她没见过红柳树。我就说:'在我们工作的地方,有走不完的戈壁滩,就有看不完的红柳树,我真喜爱那些红柳树,我真羡慕那些红柳树。'也许有人会说,红柳树连个花儿都不开,哪有芍药、牡丹好看呀?嘿!那他才不懂呢!你让芍药、牡丹到咱们戈壁滩上来试一试,那他就知道,地球上可以没有芍药、牡丹,可就不能没有红柳树。我就在那封信里跟妈妈说:'你女儿就是一棵红柳树,它在戈壁中生,在戈壁中长,不怕干旱,不怕严寒,就因为它这个比什么都顽强的根儿生在大地里。'"

真没想到这个小女兵还会做诗呢,我真想向她建议:方才她说的那件事,要请记者写一写她的女伴儿的事,为什么自己不动手呢?

显然,处长并没有欣赏诗的习惯,他还是一意坚持着他的意见,认为野外生活就是苦,并且企图说服她,让她更多地关心她的那些野外队员们。

看样子,小鬼也并不打算和处长争论,她只是把那一条辫子拆开来,又编上,听完了他的话,才说:"当然喽,生活在野外的人倒也不是永远都不发愁的,就拿刚才我说的那个小组说吧,我在她们那儿住了两天,检查了她们的工作,也了解了她们的生活,没什么可批评的,生活也可以说是充满了年轻人的乐观和朝气。可是,我要走了,她们却都坐在我身边,问我:'你要回乌鲁木齐去吗?'一看就能看出,那些羡慕的眼光,就像恨不得马上都跟着我走了才好。我可不能欺骗她们,我说:'要回的,可是现在还不回。'她们中间有一个就叹息了一声,说:'唉!真不知道乌鲁木齐这会儿是什么样子了?树叶儿绿了没有?桑葚儿熟了没有?'另一个却嚷起来,说:'从树上才摘下来的桑葚儿才好吃呢,甜死喽!'处长,你说,这可叫我怎么回答她呢?说真的,我不但不知道乌鲁木齐的树叶儿绿没绿,这两个月来,我还没见过一片绿色的树叶儿,一直到今天……"

处长没言语,我想大概他也不知道树叶儿的事情吧,那么,三个人中间,就只有我有资格来回答这个问题了,因为,就在昨天早晨,我还看见过它们。但话才到嘴边,我又把它咽回去了,我想,干吗非得说树叶儿呢,我还是把我感受到的野外生活发表一点意见吧。我说:"虽然我们到这儿来还不到一天,可我也深深地感觉到,这儿,克拉玛依,离城市这么远的野外,看起来的确够荒凉,生活在这儿的人也真够苦了。"

处长还没来得及表示同意不同意,小鬼马上把头扭过来,好像忽然发现我这个人有点不顺她的眼,她两眼不停一下地盯着我,那张小嘴简直就是一张连发的机关枪:"你说什么?你说这儿荒凉?苦?你说这儿是野外?"

"怎么,难道是我说错了吗?这儿还不是野外?"

大概是我这有点儿慌张的样子,被她看出来我到底还是个外来人,她无可奈何地把辫子使劲往背后一甩,但却改用了温和的语气,向我讲解:"这儿怎么能算是野外呢? 刚才,一起来,我就先绕着这些帐篷、地窝子,看了一遍,嗬,又是食堂,又有书店,又有贸易公司,这还不算,那边儿还有篮球架,还有跳舞场;那边儿还有演完电影没有卸掉的银幕。这怎么能算是野外呢? 要尽是这样的野外,那做野外工作的人,可真享福了。"说着,她又转过脸去,对处长说:"处长,你不知道,昨儿个夜里,我来的时候,可把我给闹糊涂了,明明知道是要到克拉玛依啦,可是老远的一见这么灯火辉煌的一大片,这哪会是克拉玛依呀? 也许走错路啦? 走到什么城市来啦。处长,你看,这么快,两个月以前,我经过这儿,那会儿,不是只有几十个人,待一天,就能把所有的人都认清了。可是,现在,你看,野外都快变成城市了。"

处长得意地放声大笑,说:"你这个小鬼呀,真成了小土包子了,这就能叫城市吗? 再过上几个月,你再来看看,那才真叫城市呢! 那会儿,就要盖起几十幢房子喽!"

小鬼啧啧地咂着嘴,就像一个给糖果引逗得馋涎欲滴的孩子,天真地问着:"真的吗? 处长,就要盖房子吗? 那么,也盖楼房吗? 也种树吗? 真要把这儿打扮得像乌鲁木齐一样吗?"

处长说:"你这个小鬼呀,还不信吗? 回头我带你去看看,离这儿不过一公里。"

小鬼高兴得不住地拍着手,说:"哎呀呀,真好死啦! ……"突然,她满脸笑容收敛个干干净净,无限遗憾地搓了搓手,说:"不行啦,处长,10点钟以前,我还得出发。"

戈壁上的太阳出来得多快呀! 一眨眼的工夫,满天云霞扫荡净尽,虽是清晨,人们已经预感到今天又得是个闷热的天。

小鬼凝神向远处张望,那儿,灰蒙蒙的太阳光下,冷不防闪现一下宝石似的奇异的光芒。不知她看的是什么,不知她愁的是什么,只见她脸上的表情,一会儿变一个样。

处长慈祥地注意着她,内心也像是引起了不安,柔声地询问着:"小鬼,你想什么心事哪?"

小鬼痉挛了一下,不好意思地笑了笑,说:"哪儿呀,处长,你说的,我还有什么心事。我想的是从前,我第一次到这儿来的时候,那是1953年,对了,那时候,处长还没有到新疆来呢。"

处长诙谐地做了个鬼脸,说:"嗬! 你这个小鬼呀,倒跟我摆起老资格来了。"

"哪儿呀,处长,我说的这是真事。那年,我正在导线队里当小组长。队部住在玛纳斯河畔。派我们这个组到这儿来测量,天天都是白天来,晚上回去。那工夫,这里,除了黄羊和四脚蛇以外,连个鸟都不肯飞来,更不要说人啦。有一天,我们测量到现在的二号井附近。白天,太阳晒得人汗都流干了,浑身没有劲,想喘口气都困难,想休息一下吧，哪儿也没有一点阴凉，像这样的时候，就只有工作，埋头工作，还能减少一点疲劳，实在是疲劳了，就看一看工作出来的成绩，那就能够算得出太阳还有多长的工夫就能落下去，到那时候，人们才真的感觉到快乐，喝口水，跳一跳，把东西收拾好，等着汽车来接。家里，不用说，饭菜早该做好了。大师傅早该站在帐篷外边等着我们了。你看我们选择的这个地方够多好，吃完饭，可以到河边去散散步，可以坐在河边上洗洗脚。可是，这一天，确实怪，往常汽车该来的时候却没来。开始，人们还都不着急，还是有说有笑的，小伙子们的嘴，一个比一个尖，一个比一个刻薄，一张嘴就是一句带刺儿的话，针似的刺向迟到的好性儿的司机。但他并没在这儿，说着说着，也就不起劲儿了。太阳一眨眼的工夫就落到成吉思汗山后面，黑夜慢慢地降临，人渐渐由乏味感觉到疲倦，天渐渐由凉爽感到寒冷，这时，人才发觉好像有一种空虚和恐惧的感觉压在心头。忘记是谁先说了一句：'我看汽车是等不来了！'有人就接着说：'等它干什么，有腿谁还不会走。'这话一说，马上就有人响应，但也有反对的，反对得也有理由：'走得回去也得走到明天早晨。再说，谁认识路呀？路走岔了，车来了，倒找不到我们了。'我听着小伙子们的争论，听着，听着，浑身就一个劲儿打寒噤，就想：在这儿也是挨冻，挨饿，倒不如走，活动活动身子，汽车来了，远远地也能看得见。我才把这话一说，就有一个小伙子霍的一下站起来，扯着个粗嗓子，喊：'起立，枪上肩，齐步——走！'"

"天更黑了，星星出来了，用不着抬头，就在地平线上向你眨着眼。这天可巧没有月亮，路越走越难走，不知什么时候才发现，脚底下走的已经不是路，处处是骆驼刺，处处是梭梭柴，磕磕绊绊的，还常常碰上个沙包，碱包，踏上去，像棉花，软塌塌的，一陷陷得很深，沙土还好，就怕是碱土，烟一样的轻，飞起来落在你脸上，不大一会儿，就把汗水吸干，肉皮子就像马蜂蜇了似的疼。夜更深了，你听，戈壁滩够多么不平静呀！一会儿是这边，一会儿是那边，传来一股声音，说风不像风，说水不像水，说是汽车吧，倒还真像是马达发动了。小伙子不约而同地站住了，屏住呼吸，听了一阵，才什么也没有呢。刚刚忘却了的恐惧一下又回来了，打了个冷战，一股冰冷的电流从脊背上升，立时，头发一根根都像是立起来了。我咽了口唾沫，狠狠地骂了自己一句：'胆小鬼！'从小就有个习惯，一到害怕的时候，就想个事儿，岔开它，想什么呢？帐篷里的同志们一定要为我们着急，不好，这样想不好，要快乐一点的。想小时候的事，不，也没意思，想着想着，就想到我们这支小小的队伍，多像一支游击队，在电影里，看到黑夜出发去袭击敌人的游击英雄，谁心里能不肃然起敬呀！我们这不是打仗，是给国家找石油。准噶尔盆地里保准有石油，今天找不到还有明天，这儿找不到还有别处，迟早有一天，发现了油田，哎呀呀！那是多么大的胜利！成千上万的人日日夜夜忙碌着，把石油运送到全国，那工夫，全国到处有光明，到处是动力，可是谁也不知道这里边就有我的一份劳动,多好呀!多好!这不就成了无名英雄了吗……

"想到这儿,不知是怎么一股子力量使我向同志们喊着:'小伙子们,咱们干吗非得回家呀?家里和这儿又有什么不同呀?只不过是能吃上一顿饭,一顿饭又能算得了什么呀?咱们不会咬一咬牙不吃吗?啊?咱们老是这样走,回到家,人也得累垮了,明天,还工作不工作呀?依我说,咱们不走了,就在这露营,天一亮,继续干工作……'说到这,又听那个粗嗓门,喊了声:'原地休息,枪下肩,坐下!'正在这时,从远远的戈壁上千军万马似的卷来了一阵大风。我就喊:'小伙子们,怕不怕?'小伙子们一齐吼了一声:'不怕!'真像兵一样,我说:'好,不怕,就找个地方睡觉。'又是那个粗嗓子说:'别忙,照连队的规矩,唱个歌儿再解散。听我指挥,雄赳赳,气昂昂,唱!'伸手不见掌的戈壁真像是一望无际的山河,滚滚扑来的狂风真像是汹涌澎湃的鸭绿江水,我们的心真像到了朝鲜战场,干吗我们不能像志愿军一样,干吗我们一定要怕寒冷,要怕黑,要怕迷失了道路呢?"

"就在这个歌儿刚刚唱到最后一句的时候,忽然一个少数民族的标工不唱了,他打乱了大家的歌声,嚷着:'汽车!汽车!'"

"果然,黑暗之中,远远的有个微弱的亮光,马上,歌声停止了,大家一致地欢呼:'来了!我们的汽车来了!'"

"我也跟大家一起在张望着那微弱的灯光,只见它慢慢地在向前移动着,不是汽车这又能是什么呢?是汽车,我一点也不怀疑那一定是来接我们的。不用说是在半路上忽然抛了锚,不知司机费了多大的劲才把它修理好,来迟了,是可以原谅的。"

"也许是真的,也许只不过是我个人的感觉。灯光移动得是出奇的迟缓。最初发现奇迹的那个少数民族工人站起来就向那个方向跑去。在辽阔的戈壁,在夜里,见到这样微弱的灯光,少说也有十公里,跑又有什么用呢,我急忙喊叫他的名字,想制止他这无意义的行动。可是我忘记了这个工人原来就是个聋子。等我越喊越连人影子都看不见了,才忽然想起,多要命!我就嚷:'不得了,赶紧去追聋子。'就有两个同志一齐向他追去,高一声低一声地喊着。风也像故意跟人过不去,刚刚还停了一会儿,这阵又大了,大得人连立都立不住。我唯恐失掉联系,尖着耳朵跟踪着那两个同志的声音。忽然一阵风横着冲过来,就像是谁从天上伸下一只最有力气的手,揪住你,要把你扔得远远的。我们几个人,你抱住我,我抱住你,紧紧抱成一团,拼命地和风抵抗,总算没被它揪走。可是,这阵风过去,再找那两个同志的声音,却连一点也没有了。"

说到这,处长显得十分焦急,等不得她按次序说下去,就插进来一句:"那辆汽车呢?"

"汽车?"小鬼好像没听懂,想了想,才说:"你说那个灯光呀,唉!早就不知道上哪

493

儿去了……"

小鬼的故事大概还没完,看样子还要继续说下去,当然,我也很想听下去。可是,不远的地方,从帐篷里钻出一个年轻人,朝我们这个方向喊了声:

"红——柳!"

小鬼把身子一挺,尖着嗓子,应了声:"噢! 我就来了!"

她马上站起来,打了身上的土,向处长说:"你什么时候回乌鲁木齐? 等我回来,大概你就不在这儿了。"

我知道她要走,忽然我想起,有一句话,我还没跟她说呢? 我也赶快站起来,跟她说:"同志,真对不起,昨天晚上,又叫你露了一次营。"

谁知她倒得意地笑了,颇为自豪地说:"哪儿呀,我可就是有这么个好条件,在野外,从这个队,到那个队,常常走到上不着村,下不着店的地方,别人得露营,我可随身带了间房子,还是沙发床呢。"

说着,她和处长握了握手,然后,又把手伸给我。

本来,在我的脑子里,还有很多问号没得到解答,可一时又拿不定主意先提哪个好。当我握住了她的手,这软绵绵的小手的时候,有一个问号就特别地突出来了:难道这双小手就真能征服得了大自然吗? 我急切地来不及修辞的问:

"你今年几岁了?"

"我? ……二十四啦。"

"啊?!"我没有喊出来,我也来不及研究一下她说的这年龄的准确性到底有多少,就赶紧又问了她一句:

"你为什么穿这样的衣裳?"

她一听这话,就有一种幸福的微笑掠过脸颊,她站得端端地两手拉住裙边,左顾右盼了一下,才说:

"这是我的衣服呀! 家乡解放那年,我参了军,发给我这身军衣。后来,送我进学校,就再也舍不得穿。现在,只有节日,像国庆节呀,十月革命节呀,我才穿。今儿个,因为看见了克拉玛依,我想也应该庆祝一下,处长,你说对不对?"

处长像是夸奖,又像是责备似的,又来了一句:"你这个小鬼呀!"

那坚决地喊着"红柳"的声音又传过来了。

小鬼转过身,就朝那座帐篷跑去,两臂张开,裙子给风兜起来,飘飘然,真像个要飞的小鸟儿。

…………

我再一次看见她,是在当天吃罢了早饭从食堂回来,远远地就听见汽车发动的声音,木房子里跑出来一个人,是处长,一边跑,一边喊:

"小鬼！小鬼！"

汽车门开了,小鬼探出头来,处长急忙跑上去,握住她的手,问她:

"你吃饭了没有？"

小鬼摇了摇头。

处长不以为然地说:"忙也不忙在这一会儿吧。"

党委书记也从屋里跑出来,两手捧着个小磁盘,装满了饼干,一动,饼干就要往下溜,走到汽车跟前说:"带着吧,不然,路上要饿肚子。"

小鬼毫不客气地大把抓着饼干,塞进口袋,把最后一块放在嘴里,含混不清地说了声:"谢谢！"

车子已经徐徐地开动了。

等我赶到跟前,就只看见小鬼隔着车窗挥动着她的小手。

1985 年 1 月新疆人民出版社《啊,克拉玛依》

穿越"死亡之海"

李延林

1984 年 10 月 12 日上午 9 时，排列成队的八辆汽车驶过阿拉尔以南的塔里木大桥向南直趋塔克拉玛干大沙漠。这是有史以来进入和田河下游的第一支多学科综合考察队。

塔克拉玛干大沙漠东西长 1000 公里，南北宽 400 多公里，是世界第二大流动的沙漠。那如海浪般涌来的沙丘，就像一个个凶猛的浪头，要把一切敢于进入这片地区的生灵吞没。入夜，那黑魆魆的沙丘在淡淡的月光下，又酷似一座座巨大的坟墓，阴惨惨，无边无际。没有水，没有树，没有人，没有路，只有连绵不断的沙丘，在这死寂的世界里耀武扬威。但是，在这浩瀚的沙海中，却有一条神奇的绿色飘带，由南到北横穿塔里木。几千年过去了，在沙漠和狂风的肆虐下，这条绿色的飘带始终没有消失。这就是和田河，和它两岸的绿色植被。多少年来，和田河一直披着神秘的面纱。

这次奔赴和田河的，是由自治区农业区划委员会自治区科委联合组织的和田河综合考察队，包括经济地理、动植物、水文、水利、土壤、地貌、环保、考古、气象、林业、农业等 13 个专业的科研人员。66 岁的考察队队长冯兆昆，这几年的足迹遍布塔里木河、阿克苏河、叶尔羌河和额尔齐斯河。考察队里还有获得竺可桢野外工作奖、曾任罗布泊考察队队长的夏训诚，中国科学院新疆地理研究所副研究员谢香方，兵团勘测设计院高级工程师刘耀先，以及具有多年野外工作经验的叶传新、杨增华、孙荣章、刘名廷、周兴佳、程其畴、樊自立、袁国映、侯灿、孙万忠等，真可谓人才荟萃。

"老沙漠"失踪

10 月 14 日，这是进入沙漠的第二天。早晨起来，温度计上的水银柱刚刚指到

496

2℃。大家钻出睡袋,走出帐篷,在这远离尘世污染的净土上,深深地吸一口气,清新而略带凉意的空气一下钻满了肺腑,惬意极了。朝东望去,河床边,晚秋金黄色的胡杨林叶在朝阳的辉映下一片深红,犹如香山红叶,十分迷人。

吃过早饭,大家开始横向穿插考察。

曲折诡奇的和田河,就像一匹桀骜不驯的野马,横冲直撞,宽处有五六千米,窄处近千米,整个河床忽宽忽窄极不规则。河滩边长着沙棘、罗布麻、芦苇,再往上的阶地上,是茂密的胡杨林,确切地说,那是胡杨的一种,即灰杨。大面积灰杨,是在和田河首次发现的。由于每年一次洪水的浇灌,这儿的灰杨长得好极了,最大叶片直径足有20厘米宽。脚下是很厚的沙土和一丛丛灌木。考察队员们费力地跋涉着,但却兴致勃勃,不时停下来观察。

"老刘哪去了?"不知谁突然发现刘名廷不见了。这胡杨和灌木密密麻麻,几米远人就看不见了。是啊,刚才还听见他联络的哨音在响,怎么转眼就不见了?

刘名廷,人称"老沙漠",是中国科学院新疆生土所的助理研究员,今年51岁,研究沙漠植物已经有20多年了。他喜欢沙漠、热爱沙漠,一钻进胡杨林,就忘情地往林外的沙漠边缘跑去,一口气跑出去七八公里。

"啊,塔克拉玛干柽柳!"

瞧,那一株株塔克拉玛干柽柳,如剽悍的士兵,威武地屹立在一个个沙丘上。它们背后,是和田河绿色的植被;它们面前,是张牙舞爪,滚滚而来的高大沙丘。这柽柳生就一副刚毅倔强的性格,沙堆下只要有一点潮气就能生长。它不怕沙埋,沙埋得越厚,长得越快,沙涨柳高,始终不低头。这使一些流动沙丘在较量中不得不认输,成了固定沙丘。由于这些特点,它总是长在沙漠的最前沿,充当绿色植被的天然卫士,并因此而荣获了"沙漠中的先锋"这样的美喻。更有趣的是,这种塔克拉玛干柽柳土生土长,是塔里木沙漠中的"土特产",世界各地和我国其他地方均无发现。

这种沙生柽柳就是刘名廷1954年4月在尉犁县塔里木河南岸最早发现的,国际上称其为"刘氏柽柳"。1969年,刘名廷在我国《植物分类学报》上发表文章,正式为这种新疆特有的柽柳命名为"塔克拉玛干柽柳"。这种柽柳看上去没有叶子,实际上它的叶子包在枝条上,蒸发量极小。它的枝条长而柔韧,如江南垂柳,随风而起,飘洒自如,沙漠中的大风对它无能为力。它的主干木质坚硬,比重和水相同,置入水中可沉水底。它是随着塔克拉玛干大沙漠的形成而演变出来的特有的流沙树种。没想到,这种柽柳在和田河两岸竟这样多,成行,成片,数不清,望不到边。刘名廷一口气爬上了一个七八米高的沙丘,举眼望去,和田河两岸的绿色植被像是上苍经意安排的,那胡杨林的外边是几十米宽的红柳带,红柳外边又是几十米宽的塔克拉玛干柽柳带。或许,这就是和田河沿岸绿色植被得以长期存在而不被沙子淹没的原因吧。刘名廷两手捧起一根枝条仔细看着、研究着,如同欣赏一件心爱的珍宝,忘记了周围的世界。

吃过午饭了,还不见刘名廷回宿营地,考察队急忙分头去找。半路上,刚好碰见刘名廷乐呵呵地往回走,他看见大家焦急的样子竟莫名其妙。后来弄清是去找他,才抱歉地笑了。这场虚惊过后,刘名廷被列为考察队的"重点保护对象",他出去活动时,常常有人和他"搭伙",生怕他真的跑丢了。

神秘的麻扎山

塔克拉玛干腹地,有一座神秘的麻扎山在莽莽沙海中突兀而立。有人说它是昆仑山遗孤,也有人说它是地壳运动王子。为什么在这 337600 平方公里的大沙漠里只有这一座山?这山是怎么形成的?山上的古堡是什么时候废弃的?这些至今都是谜。故此,麻扎山一带成了此行考察的重点地区,按计划将要在这里停留三天。

19 日早晨,考察队的汽车沿和田河直奔麻扎山。自治区社会科学院考古所三室主任侯灿此时只嫌车子走得慢了,他想这些年去过的楼兰等故城遗址都在塔克拉玛干四周,此行前往的麻扎山为什么在塔克拉玛干腹地呢?

南疆,尤其是塔克拉玛干四周,中西文化自古在这里交流,印度、古波斯、古希腊及我国北方草原游牧民族的文化荟萃此地,这里挖掘出来已被废弃的文字就有 20 多种,无怪一些欧洲的考古学家称新疆是"世界人口博览会"。

"麻扎",维吾尔语意为"坟","塔克"是山,"麻扎塔克"即坟山。麻扎山最高峰海拔 1570 米,相对高度 100~400 米,山体长约 100 多公里,蜿蜒起伏,伸向沙漠深处,将浩瀚的塔克拉玛干沙漠西半部拦腰劈开,东面接近和田河的地方,麻扎山分成两支,北面的由白云组成,叫白山,南面的由红砂岩和泥岩组成叫红山。残留古堡就建在红山上。

由于上千年的风雨剥蚀,古堡显得老态龙钟。侯灿在考察队其他同志的协助下,辛勤工作了三天,果然不虚此行。他对古堡作了进一步的断代。经他仔细观察,古堡分三重,第一重建筑南室已垮,仅存北室,5.7 米见方,由一层夯土一层红柳枝压实而成,与敦煌汉长城建筑风格一致,应当是汉代建筑。第二、三重面积比第一重大得多,是后来扩建的,属唐代土块建筑,目前墙体尚有两米厚。古堡墙内总面积达 400 多平方米。古堡后约 50 米的山脊上,有一古烽火台,残高 7.5 米,东西长 9.5 米,南北近 8 米宽。

他们还在古堡内采集到吐蕃文木两枚、龟兹钱两枚、唐代大历元宝一枚、乾元重宝五枚,还有四枚铁镞、木钥匙、木勺、束腰铜带扣、残木梳和各种陶片。

夕阳,为高大的沙丘镶上一道道金边。落日前的沙漠阴阳分明,不像白日那样单调。抬头望去,宽阔的和田河河床和色彩不一的河滩植被带尽收眼底,山下被斯坦因挖掘过的古佛庙残片历历在目。侯灿站在红山顶上深思着:从考察的情况来看,在古代,麻扎山显然踞交通要道。就从这红山脚下,沿和田河北上可达龟兹,南到于田。不仅南北贯通,从东西向众多的遗址来看,还存在一条东至且末、西抵疏勒的大道。而麻扎山正在这两条大道的十字路口上。据此还可能进一步推断,麻扎山以南、克里雅河与和田河之间的大片沙漠,古时候应全部是绿洲。看着看着,他眼前似乎出现了驮着丝绸、茶叶的骆驼商队在纵横的大道上迤迤而行,耳旁驼铃声清脆悠远。古堡上身着铠甲的士兵注视着来往的行人,烽火台上堆积着很高的柴薪。

"和田河在历史上曾经是纵贯南北的重要通道,唐朝以前丝绸之路的走向有重新探讨的必要。"在返回宿营地的路上,这一大胆设想在侯灿的脑海里不断翻腾着。

沙 海 揽 胜

21 日凌晨,东方隐约露出一丝晨曦,深沉的夜幕正在悄悄散去。大地还在酣睡,远离人烟的沙漠腹地更显得格外静谧。这时,麻扎山下的一顶帐篷里不时发出一阵阵窸窣声。沙漠里夜间的寒气,透过柔软的鸭绒睡袋驱散了周兴佳残留的一点睡意。看看表,时针刚指到 6 点。他索性坐起来,打开手电,把昨天难忘的情景一一记下来。

周兴佳是湖南人,40 多岁了,个头不高,两只眼睛很是有神,说话时反应极快。他是专门研究沙漠的。他去过贺兰山、祁连山北坡、内蒙古阳山坡、鄂尔多斯高原,见过大大小小不少沙漠,可从未像在麻扎山看到的沙漠奇观这样令他振奋和激动。

20 日,考察队的车队沿麻扎山麓考察。他看到地面上遍布着一层五颜六色的石子,有红的、暗绿色的、白色的、褐色的、绛紫色的……斑驳陆离。其中最可贵的是有不少精美的中间还散布着海蚌、牡蛎化石。人们不是传说,龙宫里的珍宝无数吗? 瞧那雪白的海贝化石和珍贵的玛瑙,或许,这儿原来是海底龙王的居所。沧海桑田,龙王不知何处去,却把这龙宫的珍宝遗留在这荒漠深处。

在麻扎山北中部,山势起伏绵延、山头重叠,由于风蚀,山体表层的红砂岩形成一座座酷似佛像的石雕。远远看去,青砂岩上红色的佛像密密麻麻,排列有致,大有鬼斧神工之妙。不少山崖上,还排列着整齐的、犹如佛像壁画的图案。站在山前,真有些置身佛家圣地、飘飘欲仙的滋味。

然而,出于一个专业科技工作者的本能,最使周兴佳感兴趣的,还是那奇特的沙漠景观。

那天中午,他和考察队其他同志一起,翻过三道山岭,登上了一座海拔 1400 米高的山峰。研究了 20 多年沙漠的周兴佳也是头一次在高处俯视沙漠深处,眼前的景象使他几乎吃惊地叫起来。那单调枯燥的沙漠在这里却如此变化多端,就连沙子都是色彩斑斓的。有黄沙、灰沙,还有土灰色粉沙、棕黄色细沙。最大的沙丘高达 250 米,一般的也有 100 多米高,一个挨一个,铺天盖地而来,恰似万顷波涛在一刹那间凝固了。东北方向,一尊尊高大的金字塔状沙丘棱角分明;正北方,绵延十几公里长的沙堆,犹如沉睡中的巨鲸;西北方,排列整齐的格状沙丘,如稻田埂一般纵横交错。还有那波浪般的沙丘链、盾状沙丘、鱼鳞状沙丘,美不胜收。周兴佳拿起相机,迅速把这有待研究的、美丽的沙漠景观一一摄入镜头。

塔克拉玛干的沙层到底有多厚? 这丰富的沙源是哪里来的? 这深广的沙层下面塔克拉玛干的地貌是什么样的? 在山顶上,周兴佳和夏训诚热烈地探讨起这些中外学者都十分感兴趣的问题。虽然大多观点属于断想,但至少有一个新的发现:过去人们认为塔克拉玛干的沙是发源于昆仑山的河流带入的,从麻扎山表面的风化情况来看,它本身就是一个巨大的沙源体。麻扎山过去至少有十几公里宽,目前仅存两三公里,而其他一些较小的山则早已风化、湮没,加入大沙漠的家庭了。

佛像、玛瑙、沙海奇观,仅仅一天的时间,麻扎山在周兴佳和考察队员的心里留下了深刻的、难忘的印象。

寻找两河汇合口

23 日上午,考察队出发以后,搞后勤的同志们就忙开了。胖胖的哈里甫又在盘算着为大伙做点什么好吃的。哈里甫今年 33 岁,是自治区国土局的一位副局长,负责这次考察的后勤工作。去年上半年,他跑了很多地方,为考察队购置了国内第一流的野外装备:密封式的尼龙双人小帐篷,一个人半小时即可搭好,刮风时一粒沙子都甭想吹进去;气垫床,叠起来只有一本书那么大;轻便保温的鸭绒睡袋,所有这些装备一只背包就可以装下,比起以前那种四吨卡车只能装一个的笨重的帆布大帐篷可方便多了,大伙十分满意。还有一人就可以提起来的小型发电机,使宿营地的夜晚灯火通明。至于伙食,哈里甫更是绞尽脑汁。进入沙漠以来,米饭、抓饭、饺子、拌面……天天不重样。前两天,在驻地附近的水坑里,他们捞了很多小鱼,给大伙做了一顿鲜美的油炸鱼。尽管每天要跋涉几十公里沙路,十几天下来考察队员一个个竟然显胖了。

可是今天大伙怎么还不回来吃饭呢?

按预定计划,今天考察队要考察和田河的源头——玉龙喀什河和喀拉喀什河的汇合口,这是此行考察的一个重要项目,对研究两河水系的变迁和沙洲的形成,都有重要意义。

在第一辆汽车里，坐着程其畴和副队长谢香方等。48岁的程其畴,20世纪50年代以来,跑遍了新疆的大小河流。他现在是中国科学院新疆分院地理所的助理研究员,参加和田河普查,这是他盼望已久的。出发之前,他做了大量的准备工作,并根据航拍片找到了汇合口的准确位置。但在实地考察时情况就大不一样了。

这一带沿途只有茂密的灌木和胡杨,无任何特殊的标志。汇合口究竟在哪儿呢?大家不时朝车外观望。突然,不远处出现了几辆缓缓行驶的毛驴车,程其畴和其他几位同志下车快步赶上去。眼前是一位70多岁的维吾尔族老人和一位30多岁的中年男子,各自带着家人。令人惊讶的是毛驴车上还躺着一个刚满月的婴儿。一打听,原来是两家世居和田的维吾尔族农民,过去为生活所迫迁居阿克苏。去年,听说家乡的日子好过了,他们沿着和田河举家迁回。瞅了半天,只见他们所有装备就是两辆毛驴车、一卷行李和一口袋馕。对此,考察队的几位同志唏嘘了良久,综合科学考察队是带着探险的心情首次进入和田河流域的,然而,对于土生土长的维吾尔族老乡来说,他们祖辈相袭,一直把和田河看作一条通道和捷径。一位维吾尔族司机充当了临时翻译,经他询问后,老人思忖了片刻说,他离开和田已18年了,沿岸河水冲刷变化很大,估计汇合口在南边较远的地方。谢过了老大爷,车队掉头南下,经过河床湿地时,相继陷车,好一番折腾后,才继续往南开去。

下午3时许,考察队在树林里休息时,碰见几位打柴的老乡,大家赶紧上前打问,才知考察队的方向又走错了。几位老乡说,汇合口在北面20公里处。其中一位蓄着胡子的老乡表示愿意带路,这真是求之不得。

行进15公里后,考察队攀上了东岸的一座沙丘,只见北面天地相交处,两河汇合口隐约可见。犹如哥伦布发现新大陆,大伙欣喜万分,激动得不知说什么好。副队长谢香方提出一定要去汇合口取得第一手资料,此时已是下午6点多了。

汇合口,就像一个淘气的孩子,考察队花了整整一天,历时10小时,往返行程140公里,陷车14次,最后总算找到了它。站在沙洲前,大伙不禁感慨万端:这真是一个迷人的河口!登上两河口20米高的沙洲朝南望去,东侧的玉龙喀什河、西侧的喀拉喀什河,从脚下遥遥伸向天际。太阳已经西垂,两河口就像一位久居闺阁的姑娘,从未见过这样多的人,扯起霭霭暮色披上了羞涩的面纱。程其畴忙着测定汇合口的角度和各种数据,大伙抢拍了河口景观照片,各自进行了专业考察。临走,全体在沙洲尖端合影留念。

荒漠中的奇迹

天刚麻麻亮,帐外的树林里便嘈杂起来了。叽叽喳喳的麻雀、美妙动听的百灵、大嗓子的乌鸦，以及赤颈鸫、山鹛、赭红尾鸲都在争先恐后地讴歌沙漠的早晨。

　　为了多打些标本，袁国映早早起来，背上猎枪钻进了胡杨林。袁国映是搞环境保护的，看到考察队没有研究动物的专业人员，他自告奋勇担当了这项工作。进入荒漠以来，他惊奇地发现，由于和田河的存在，这一极端干旱的沙漠腹地远非原来想象的那样荒凉。此行一趟，仅采集的各种脊椎动物标本就有80多号，还有近60种植物。在发现的动物中，过去不见文载、属当地动物新纪录的就达40种。在他看来，这简直是荒漠中的奇迹。背着猎枪在胡杨林中穿行，他想起了沿途很多有趣的事情……

　　那天，车队在干涸的河床中行驶，河岸边蓦地出现了四五只黄羊，它们望着飞转的车轮，似乎很不服气，便以每小时70公里的速度和汽车赛跑。十几分钟后，它们超过了车队，并从车队前横穿而过，然后得意洋洋地走了。

　　和田河床弯弯曲曲，弯道边留下了很多水坑，大概很少有人打扰，坑里的鱼密集如云，一网下去能打几十条。其中最多的是叶尔羌条鳅，还有鲫鱼、鲤鱼、草鱼等，大的足足有30厘米长。

　　因为有水有鱼，这沙漠腹地吸引了成群的水鸟。沿途水塘边，不时有红嘴鸥、银鸥、长脚鹬、水鸭、鹈鸪等在嬉水啄食。人们从旁路过，大有置身江南水乡之感。这次在和田河下游发现的动物还有塔里木兔、塔里木马鹿、白尾地鸦、白翅啄木鸟等。袁国映打到一只塔里木兔，它的毛色和这里的沙色完全一样，不动时，你很难找到它。而美丽的白翅啄木鸟则专为胡杨林消灭虫害，袁国映称其为"胡杨的私人医生"。这种鸟温柔多情，总是成双成对地活动。

　　还有浑身的皮如豹子一般的草原斑猫、凶猛的玉带海雕、专吃鼠的沙狐、吃羊的野猪等等，每一种都能写出一篇有趣的文章来。猪吃羊，您一定没有听说过，这是塔里木野猪的独特习性，这大概也是沙漠中食物缺乏逼出来的吧！考察队还对和田河两岸众多的鼠类发生了浓厚的兴趣。这儿的鼠很多，有一蹦一米多远的跳鼠、机灵的沙鼠、肥硕的印度地鼠。尤其是沿途不断出现的小家鼠，它们是远从沙漠边缘的绿洲居民点中扩散而来，还是古时此地居民留下的纪念？

　　"这儿虽然鼠很多，但由于天敌猫头鹰、斑猫、沙狐的存在，从未发生鼠害；沿河一百多万亩胡杨林无人管理，有白翅啄木鸟和大批鸟类，从未发生虫害；沙棘护着河岸，塔克拉玛干柽柳挡住了滚滚而来的流沙……"袁国映在考察中惊喜地发现，和田河两岸基本接近于自然生态状况。

　　在人迹罕至的沙漠腹地，直径一米多的胡杨比比皆是。考察队还发现一大片胡杨的原始森林，几次想钻进去看看，由于林子太密均未成功，只好望林兴叹了。在老河床的边缘上，一些枯死的胡杨历数百年而不朽，样子奇特，有的像熊，有的像猴，有的像鸟，难以名状，它们似乎是因为断绝了水源而痛苦地扭曲了身体。他们还发现那几百年乃至上千年的红柳,每年落一次叶,盖一层沙,从而形成了清晰的年轮。一座20米高的沙丘剖面上,数一数,会有四五百层落叶。

就要出沙漠了,和田绿洲最北缘的村庄——吐兹洛克塘已遥遥在望。24日,考察队沿喀拉喀什河继续南行。袁国映陷入了深思,沙漠中的绿洲令他神往和留恋,但在这留恋中却夹杂着一丝忧愁和焦虑。他想起了沙丘上设置的一张张捕鹰网,想起了林带深处受惊的马鹿,想起了沙漠边缘一片片被砍秃了的胡杨林和每天进入沙漠的上千辆拉柴车,人们在向大自然索取的过程中,不自觉地破坏着生态。在古老的岁月里,大片的绿洲被流沙吞噬,多少座繁华的城镇不复存在。和田河,它神秘地穿越了塔克拉玛干大沙漠,不仅孕育着两岸丰富的绿色植被,滋养着各种有趣的动物,而且为人们提供了一条重要通道。随着新疆经济建设的发展,和田河,这颗被埋没的珍珠,必将重现其光彩,发挥重要作用。作为一名环境保护和科学工作者,他深深感到有责任维护这大沙漠中唯一的一片绿洲!他想到,回去后要提交尽快建立麻扎山保护区的报告,保住这一罕见而典型的荒漠生态类型,于科研、旅游、科普教育都有很大意义。他想到,每年一定要保持一定数量的洪水下泄,和田河下游这一沙漠绿洲的生命线绝不能断流。还有,要切实加强林区的保护,禁止偷猎。当然,这不仅是他个人的想法,也是考察队全体队员一致的心愿。

10月26日,考察队车队的轱辘15天来第一次驶向柏油路,它载着丰硕的考察成果、载着考察队员的心愿,向和田市疾驰而去。

1985 年 4 月 21 日《新疆日报》

火烧山纪行

韩文辉

火烧山出油喜讯传来后，我就想去那里看看，看那埋藏了亿万年的石油从地下喷涌而出的壮观场面，看我熟悉的那些在戈壁荒滩找油的朋友。但一晃将近两年了，今天才如愿以偿。

沧海变戈壁

火烧山真是一个奇特的地方，一出现在我们眼前，就引起大家的惊奇。连绵起伏的山丘一色赭红，就像有人把大量朱红颜料泼洒在山丘上，遍地几乎看不到绿色。我们到这里正是黄昏时节，在夕阳映照下，大大小小山丘像一堆堆正在燃烧的火焰，天地交相辉映，上下一片通红，就连星罗棋布在山丘间的黑色钻塔也被映红了。我们惊叹大自然竟能造就如此奇丽壮观的景色，纵是绘画老手，恐怕也会自惭智穷。我登上一座小山丘，脚下既非沙土，又不是砾石，全是红色烧结岩粒，坚硬异常，岩粒中还夹有铁渣似的硬块。我忽然想起昨天晚上新疆石油地质勘探研究院副院长彭希玲在指挥所介绍的情况。几十万年前，这一带侏罗纪煤层的表土被大自然的风雨渐渐剥光，煤层裸露出来，在一次激烈的雷电交加中，煤层被击燃。于是，茫茫戈壁浓烟滚滚，火光四起，不知燃烧了多少个日日夜夜。煤层烧尽，这里就变成由红色烧结岩粒堆积起来的连绵山丘。地质家考察了这种奇特地貌的形成，给它起名"火烧山"。这真是个形象而又名实相符的名字！

这里的奇特地貌，现在全被石油地质家根据它们自己的形象命了名："沙丘河"、"五彩城"、"屏风山"、"石树沟"……这些易记而形象的名字，载入了地质地形图。从

504

20 世纪 50 年代到今天,这里每平方米土地几乎都印上了地质家的脚印。他们熟悉每块戈壁和每个山包,许多奇特古怪的地貌,他们一看就能说出它形成的过程,有多少年代,甚至还能描绘出亿万年以前的面貌。

亿万年之前,准噶尔盆地并非今天这般模样。那时候,这里湖泊连着森林,森林挟着草原,广阔的土地上气候湿润、温和,风景优美。陆地上生长着高大翠绿的苏铁、银杏等植物,森林里遨游着大小恐龙。烟波浩渺的湖泊里,繁衍着多种生物,这里既是一个幽美的天然植物园,也是一个天然动物园。然而无情的地壳运动左右着大自然生与死的规律。在激烈的地壳运动中,高山断裂、扭转、下沉,变为烟波浩渺的湖泊;而烟波浩渺的湖泊和茫茫森林又在地壳运动中被泥沙掩埋,化为干旱荒凉的戈壁和沙漠了。

为了追寻亿万年前的准噶尔遗迹,我们来到东部大戈壁上。这里好几处发现了硅化木。在一块约一平方多公里的面积上,有大小硅化木 1000 多棵,或立或卧。立着的岿然不动,像一根根粗大的铁柱;躺着的威武不屈,酷似一棵棵万年古松。远看是树,用手一摸,坚硬如铁。树皮、年轮均清晰可辨。最大的长二三十米,直径一米多,树枝树叶也成了化石,叶脉历历在目。这真够得上世界一绝!石油地质家把这里叫做"石树沟",意为长"石头树"的地方。它位于奇台县城 150 公里处的一片风蚀凹地中,露出地面地层为 1.4 亿年的侏罗纪,这就是说,这些硅化木的形成,距今至少有 1.4 亿年了。

这就是准噶尔盆地亿万年以前的遗迹。亿万年前的湖泊、森林、恐龙却无影无踪了,唯一能看到的就是这些"石头树"。在地壳运动中,被泥沙覆盖的树木迅速死亡,后来含二氧化硅的地下水溶液渐渐渗入树干,替换了树的木质组织,成为坚硬的"石头树"。这种在时光流逝中极为缓慢的变化,使原来的大森林逐渐变成地下化石森林。后来,洪水年复一年地冲刷,狂风夜以继日地剥蚀,覆盖化石森林的泥沙渐渐被剥去,化石森林重见了天日。准噶尔失去湖泊和森林,对我们来说是深感遗憾的事,但它却成为石油地质工作者的希望。正是这样的沧海桑田,才创造了煤和石油生成的条件。当地质家第一次发现恐龙和其他化石的时候,他们就对准噶尔含油远景寄予了莫大希望。

东部的油藏在哪里

本来早在 20 世纪 50 年代就拉开了勘探准噶尔东部石油的帷幕。当时石油地质勘探工作者不仅发现了恐龙化石及其他化石,还发现了大量露头油沙、沥青和地质构造,正在追踪勘探时,准噶尔盆地西部发现了克拉玛依油田,东部勘探力量西调,勘探东部的工作停了下来。时隔20多年之后,新疆石油工业迎来了又一个大发展的春天,石油勘探队伍再次进入东部寻找油田。

东部的油在哪里?在两万多平方公里的荒漠戈壁上,从哪儿打井?地质家们反复研究20世纪50年代重磁力勘探资料,分析每个构造的前景。火烧山构造露在地面没有封闭好,地质家一眼就能看清楚,当然谁也不会提出在这里打井了。五彩湾从资料看,是一个发育不错的凹陷,于是,东部第一口探井在五彩湾开钻了。

五彩湾原来没有地名。侏罗纪地层形成期间,不知怎么巧妙地沉积了青、赤、黄、白、黑等五色土层,而且薄厚相当,后来被大自然的风雨年复一年地梳理和冲刷,把它耕耘成大小河湾和山丘,断面处五色土层鲜艳夺目,石油地质工作者把有河湾的地方叫"五彩湾",把像古城堡一样的山丘叫"五彩城"。从此,这里第一次有了地名。钻井队初步到这里时,方圆几百里渺无人烟,唯一能看到的是野驴、野兔和黄羊。钻井工人在这荒凉得出奇的地方,夜以继日地操纵钻机钻向地层深处,去叩储油构造之门。可是,钻头一伸进3100米,却没有钻出油。接着打了彩参二井、彩参三井,仍不见油。这对那斗严寒战酷暑,辛苦地奋战了几百个昼夜的钻井工人来说,是多么遗憾的事啊!

从地震勘探资料看,火烧山南部是洼中隆起,封闭也好。大庆就属于洼中隆起构造,说不定是个大油田呢!这个喜人的信息使地质家们眼里闪射出希望之光。火南一号井开钻了,钻头肩负着人们的希望,伸向地层深处。

是大地过于吝啬,还是本来就很穷呢?火南一井虽没辜负石油工人,但同人们希望相距太远。人们希望从这里叩开大油田之门,让原油从地下喷涌而出,汇成一条石油河,使祖国四化建设得到足够的血液。但现在只出一点点油,食之无味,弃之又有点可惜。更奇怪的是继续打的火南二井和火南三井,只见油气显示,就连产量不多的油也没有了。找油多难啊!人在地面,油在几千米的地下,看不见,摸不着,只能靠地质资料和打井取上来的岩芯分析判断,真有点像瞎子摸象。地质家多么希望自己能长上一对千里眼,像X光机一样,能透视地层深处的秘密。

就在地质家们困惑莫解的时候,用国外先进技术设备武装起来的地震队在准噶尔腹地和东部传出了令人高兴的勘探信息。这个信息告诉地质家:火烧山浅层构造下边还有构造,而且封闭完好;同时还在离火烧山不远的北三台发现了新构造。这个信息使东部勘探出现了柳暗花明的局面,地质家们情不自禁地赞叹技术进步的威力,庆幸火烧山构造没有被扼杀。他们当机立断,决定钻探火烧山。

火烧山深层构造的发现,引起了地质家和"老石油"的思考。他们深感勘探手段更新的重要!30年来,地震勘探手段一直处于落后状态,勘探人员在野外住的是帐篷,在沼泽沙漠里还得用骆驼作交通工具,勘探仪器是落后国外几十年的地震仪。勘探人员路没少跑,苦没少吃,但一直在浅地层打转转,了解不到深层情况。准噶尔盆地究竟是怎样的地质结构?过去资料加推断的认识是准噶尔地下结构同地面地形一样,像一口大锅,四周高,中间洼。后来经过雇请的法国地震队和我们自己使用新设备的地震队勘探后,大出人们的所料,盆地中间既有洼地,也有隆起,并不像个锅底,而是在长期的地壳运动中形成了凹陷和隆起相间的构造格局,有丰富的油气远景。这个信息震动了所有石油地质家和"老石油",他们为这个信息欢欣鼓舞,但也感慨万千。如果早一点引进先进技术,更新勘探设备,那么,准噶尔的勘探局面不是比现在更要辉煌吗!

我们参观了正在准噶尔东部施工的地震队驻地,28节野外营房列车在戈壁滩上围成一个大四合院。其中3节是伙房和餐车,5节发电车,17节住人。每节10个床位,室内窗明几净,红色地板闪着亮光。当时室外骄阳当空,气温高达30多摄氏度,热得我们汗流浃背。一进列车房,顿感凉爽,正在午休的队员都盖着棉被睡觉。这同过去住帆布帐篷,中午热得无处躲避,真有天壤之别了。转移时,用大型越野车或拖或载浩浩荡荡而去。

我们来到工地时,地震车正在作业。只见两台奇形怪状的震源车发出轰隆隆巨响开进工地,启动有20多吨压力的震动板反复上下震动,地面顿时强烈颤抖起来,如同突然发生了四五级地震。震动板产生的地震波,通过埋在地上的一道道检波器输送到300多米外的仪器车上,数字地震仪把地震波记录下来送到电子计算机中处理后,地下五六千米深的地层情况就反映在图纸上。过去只能拿到两三千米深的资料,对深层情况只好推断了。要是没有现代化勘探设备,火烧山下面那个构造不知还得地质家们苦斗到多长时间呢?

艰难的第一口井

1984年3月,钻井工人踏着冰雪,迎着寒风进入火烧山,开始打火一井。当钻头进入1600米地层时,突然碰到地层裂缝。供钻头循环的泥浆全部从裂缝漏掉,钻头失去活力,无法钻进。钻井泥浆是用重晶石粉、坂土粉、CAC药剂、煤粉等材料配制而成,作用在于润滑钻头,封闭井壁,防止井下油气和水在钻进过程中喷出来,保证钻头到达目的层。井漏一发生,工人用大量泥浆堵塞裂缝,井上工作量陡然剧增。正常钻进时,一天两三吨泥浆就够了,可现在每天要十多吨,比平常多出好几倍。他们每天要从汽车上卸下近2万公斤泥浆材料,然后再抬到井场倒入泥浆罐,搅拌成泥浆。平常两个人管泥浆,现在全队工人都得卸泥浆材料,配制泥浆。干得精疲力竭的工人刚进入梦乡,井上泥浆又告急了,大家拖着疲惫的身躯又爬起来上井场卸车、扛麻袋。队长何吉有介绍钻火一井的情况时，还余悸未消地说："我当了十多年钻井工人，还没碰到这么厉害的井漏，真累死人啊！"为能堵住地层裂缝，他们一再加大泥浆稠度。泥浆越稠，材料用得越多。在那些日子里，全队70多个人，谁也没睡过一次好觉。大家眼睛熬红了，腰直不起来了，可井还在漏。队上15个姑娘也不例外地参战了。按说这活姑娘是干不了的，一袋泥浆材料轻的100多公斤，重的几百公斤，四个人一袋，从车上搬下来，抬到井场，倒进泥浆罐，就累得她们喘不过气了。有时抬在中途"扑通"一下瘫在冰雪初融的泥水里，顿时满身泥污，但谁也顾不了这些，休息一会起来又抬。干了一天，累得个个哭鼻子。队长、指导员心里疼她们，但没有劝阻，因为井上人手实在太紧张了。姑娘们哭归哭，可没有一个败下阵来。她们知道现在最需要人。来自塔里木的维吾尔族工人阿不列孜是队上最棒的小伙子，扛一袋煤粉有说有笑，不喘一口粗气，但不几天就听不到他的笑声了。最初姑娘们哭鼻子时，他笑她们没出息，可后来他也累得趴在床上偷偷地哭。

一个多月内，他们向井内投进1500吨泥浆，这是多么巨大的数字，何等繁重的工作量啊！1500吨泥浆材料要装300多辆汽车，卸下来是一座小山啊！他们的劳累，他们的拼命精神，是一般人很难想象的。

是他们顽强的拼搏感动了大地，还是那1500吨材料终于起了作用？井漏虽然没有堵住，但毕竟减弱了。他们一边继续堵，一边开钻，像钻木取火一样，一毫一分地慢慢磨，他们如同愚公移山，终于接近了1830米目的层。

"快来看呀！有油花啦！"泥浆采集姑娘扯着清脆的嗓门惊喜地喊了起来。只见泥浆槽从井里返上来的泥浆面上，漂着一朵挨一朵的黑色油花。人们欢笑着，议论着，有的把手伸进泥浆槽，掬起一捧带泥浆的油花，深情地端详着，眼里涌满泪花，这是高兴的泪，激动的泪啊！一个小伙子高兴地大声喊着："咱们的汗没白流，力没白出，要是见不到油的面，那真亏死了。"是啊！他们一切行动都是为了油！只要见了油，一切苦和累都一笔勾销了。

这是准噶尔东部最艰难的一口井，也是决定东部命运的一口井，他们满怀期待和不安，很快把井交给试油队，等待试油结果。

试油队迅速投入了紧张的工作，火一井1830米深的井筒，用大口径钢管全部箍起来，中间下进油管，井口安上阀门。最后一步就是在油层部位放炮射孔，疏通油路，迎接油神出井了。

"火一井喷油了！"1985年3月19日下午，一位汽车驾驶员匆匆跑进火烧山勘探指挥所调度室，报告火一井出油消息。试油队经过半年多顽强的工作，终于把油神请了出来。当晚，电波把这个喜讯送到克拉玛依石油管理局，送到北京国家石油部。

东部勘探指挥部副总指挥李遇春傍晚接到报告后，立即同主任地质师张连壁连夜乘车奔赴火烧山。早晨7时,李副总指挥一行到达火一井,急忙询问油井情况。他们一听8毫米油嘴试喷,一天20吨,油气压力都很好,尽管一夜未睡,脸上却高兴得乐开了花。

火烧山油田的门打开了,从东部探区到新疆石油局、北京石油部都为火一井出油而高兴。不久,火二井也喷油了,日产量高达3吨,比火一井高几倍。我们到火烧山时,这里出油探井已增加到十余口。新疆石油局经石油部批准,宣布火烧山已成为我国一个新油田。在这片大漠上战斗了五六年的新老石油工人,一个个脸上洋溢着自豪和欢欣,他们为自己给祖国找到了一个新油田而骄傲。

他们也需要理解

在东部探区的日子里,我们接触了许多"老石油"和"新石油"。有钻井的、试油的、搞地震勘探的、修建管线的、筑路的……他们工作环境都在荒无人烟的戈壁上,眼前的景色单调得几乎难以区别春夏秋冬。他们在一块地上一住就是几个月,换个地方还是茫茫戈壁。有人把石油工人比作梭梭和红柳,这倒也符合实际。不论是烈日炎炎的夏天,还是风雪交加的寒夜,日夜挺立在自己的岗位上。我看见过这样感人的场面:暴风雨瓢泼般地下着,雨水从司钻的安全帽上哗啦啦往下流,雨水浇在脸上,灌进脖颈,全身水淋淋的,他手握刹把,双目注视着压力表,注视着飞快旋转的钻杆,岿然不动地站在井台上,任雨浇,任风吹,一站就是十来个小时。我也见过冬天的情景:钻井工人皮帽的帽檐和帽扇上,结着足有一寸厚的白霜,脸上只能看见两只闪动的眼睛,其他部位都被帽扇上结的白霜堵住了,前胸和两膝结着一层薄冰,那是接钻杆时喷在身上的泥水结成的。井打好了,油采出来了,路修通了,高楼建起来了,他们又转到另一个戈壁上,找另一个新油田。

现在铁人一代的老石油不多了,百分之八九十是20世纪70年代和80年代来的"新石油"。但在"新石油"身上,仍然能感受到"老石油"艰苦创业精神的熏陶。我问过几个青年安心不安心大戈壁生活,他们回答得很实际:"能去城市工作当然高兴,去不了也能好好干。"事实证明他们说的是心里话。

今年4月的一天,32848井队指导员黄太平到宿舍送轮休工人时,发现工人唐基勇长了一身疥疮,全身红肿,多处已化脓溃疡,正在脱被脓血黏住的衣服。指导员心头涌起一阵内疚,心疼地责备小唐为啥不早点请假去治疗。小唐腼腆地说:"队上人手紧,我想坚持到休假时再治。"这个20岁的青年,患疥疮已1个多月,全身疼痛奇痒,夜里久久不能入睡,但他忍着痛痒,不吭一声。每晚他总是悄悄和衣而睡,白天照常上班。要是没有一点可贵的精神,是很难坚持下来的。

东部探区徐应涛井队在火烧山南部打探井时,一天突然暴雨倾盆而下,洪水从四面八方涌向钻井工地,井场一片汪洋,道路被冲毁,井队同外界联系断绝,生产生活用水、蔬菜粮食运不进来。指挥部通知他们停产保护设备,但他们没有停产。他们一边保护机房不被水淹,一边收集洪水沉淀后钻井。洪水围了5天5夜,钻机5天5夜未停。在这5天5夜里,他们钻进500米,生产进度同平常一样。

这不就是艰苦创业的铁人精神吗?

有天中午,我们在徐应涛井队吃午饭,他让炊事员加了菜,还从他办公室桌柜里拿出一瓶四川家乡酒给我们喝。两杯酒下肚,话多了起来。他亲手给我们每人斟上酒,举杯站起来有点动情地说:"你们来到戈壁滩了解我们钻井工人的工作和生活,我们非常高兴,我向大家敬杯酒,感谢你们对石油工人的理解。"说这话时,他眼眶湿润了。我们懂得他这话的内涵。徐应涛是"老石油"子弟,16岁就到四川石油局当钻井工人,1978年被石油部调遣到新疆参加百口泉油田会战。会战结束后他没有重返"天府之国",来到比百口泉更荒凉的东部探区,是在东部最先打探井的井队。截至今年6月底,已在火烧山地区打了16口探井,人们称赞他们是东部探区的功臣队。他是个硬汉子,艰难困苦、寂寞孤单、严寒酷暑都不怕,就怕别人不理解他们为什么长年待在戈壁荒滩吃这种苦。队上许多小伙子都快30岁了,却相不到对象;有的工人好不容易在家乡找上对象结了婚,妻子却不来新疆;有的工人家里寄信,说你一年四季待在戈壁滩上有啥意思,不如早些回来当个个体户。这些事像一根根刺向他心窝的针,扎得他坐卧不安。徐应涛劝慰这些工人时越说越激动,他愤愤不平地说:"那些姑娘不值得你们爱,我们把最宝贵的青春献给石油工业,给人类带来光明,难道不值得爱吗? 会有姑娘理解你们、爱你们的……"今天徐应涛喝了两杯酒,这些不愉快的事又涌上心头,因而他动了感情。

不知那位要自己相爱的丈夫调出井队的姑娘是否想过,没有石油工人在大戈壁含辛茹苦地工作,怎么会有石油喷涌而出!没有石油哪会有四个现代化!老山战士需要理解,终年默默无闻地在戈壁滩找石油的工人不也需要理解吗? 愿更多的人理解石油工人,给他们以关怀和温暖!

1987 年 11 月 8 日《新疆日报》

苦涩与甜蜜

——伽师瓜见闻

张功臣

1988年3月23日，我们正穿行在伽师县那一片泛着灰白色的盐碱滩上。吉普车里坐着主管农业的副县长张德良、翻译艾尔肯和我。土地是那么古老而广阔，迎面吹来的略带一点铁腥味的风，总使我感觉到正置身于一片翻卷着污浊泡沫的海上，而简易公路两边形影相吊的胡杨和干燥的红柳丛便成了孤帆和桅杆。那些被犁铧开垦过、散发着热气的黧色田野和返青的冬麦，只不过是它的波峰浪谷间的小小点缀罢了。

在这1000万亩荒凉的土地之上，繁衍着20万维吾尔族农民和他们的庄稼、羊群。大部分土地在刚刚诞生的时候，就在强烈的盐碱的侵蚀下慢慢死去了。穿过县境的克孜河扭曲着，时而洪水泛滥，时而干涸见底，浇灌着残存的65万亩可耕土地，给这里的人们以生活和希望。

从我们可知的喀喇汗王朝到今天的这一段动荡、变幻的历史中，一代又一代的农民在这片土地上播种耕作，无言地接受着大自然风霜雨雪的恩赐、土地微薄的馈赠，赖以果腹、生存和繁衍。似乎就要这么一百万年、一千万年不可更变地生活下去了。

我又想起了在驶往伽师县的那个干燥、炎热的下午，我们忍不住地一遍又一遍下车，向路边农民要水喝的情形。那水对我这个喝惯了自来水的异乡人来说，是难以下咽的。它又苦又涩，越喝越渴，一直喝下去，就仿佛品出了这片水土上全部生活的滋味。

那天晚上，车刚在招待所的院子里停稳，副县长就变戏法似的从外面抱来一个又黑又大的甜瓜。

"'卡拉库赛',伽师的最好品种。"他笑眯眯地一边说,一边熟练地把瓜切成块儿,鲜嫩的粉红色露出来了。

"真甜!"我抬起头来,对盯着我的主人说。

然而现在,奔驰在这片松弛的、布满空虚的褶皱的土地上,车窗外苍凉的景致足使我一下子就忘掉昨天晚上才品尝到的清脆和甜蜜。弥漫了味觉的,重又是那干渴和条件反射般的苦涩——哦,"卡拉库赛",新疆甜瓜中的"王中王",墨绿色的外皮,红如玛瑙的瓜肉,汁浓鲜美,回味甘洌,你就是从这片令人怵目的盐碱滩里生长出来的吗?

伽师的维吾尔语名是"排孜阿瓦提",意思是美丽而富饶的地方。可是,自从它几百年前在喀什噶尔三角洲的克孜河下游诞生的那一天起,就没有美丽富饶过——它的迷人的名字只是人们的一种祈愿罢了。自古以来,这个三面环山,东面开阔的半封闭型盆地,一直是克孜河流域上游的喀什、疏勒、阿图什等地的地表和地下水的汇集区。它的干旱荒漠型气候,使每年平均蒸发量是降水量的 40 倍。这样,土体水盐垂直运动便以上升为主,形成强烈的盐分表聚——我所看到和描述的那一幅令人难以接受的面貌。

我又想起了那个曾使我惊奇不已、催动着我匆匆起程的对比数字来:在党的十一届三中全会召开不久的 1980 年,这个县农民的人均收入只有 34.93 元,为自治区贫穷之最;1985 年,"伽师旋风"席卷全国各大城市之后,人均收入一跃达到 203.86 元。

就是那神奇的伽师瓜,那存在了几百年但却默默无闻地散发着清香的珍宝,那浸没在苦水里今天才被觉醒的人们推向五湖四海的独具魅力的特产,才使伽师的维吾尔族农民逐渐摆脱贫困,开始向美丽富饶的生活迈步。行驶在这片白花花的盐碱土地上,若不是亲耳所闻,亲眼所见,我真的会以为,我们访问过的那一片片蕴含着无限生机和奥秘的特殊土地里,生长出来的一幢幢雕梁画栋的新房、一群群牛羊和一辆辆奔驰的摩托车……是这个著名荒漠上出现的海市蜃楼呢!

我和张德良在一次聚会上初次相识时,他立刻以其传神的面孔和伽师瓜的美妙传说吸引了我。除了戴一副近视眼镜外,他长得极像电影《南征北战》上那个在渡过大沙河前俯身畅饮,说:"又喝到家乡的水啦!"的"小胖子"。德良 1963 年毕业于四川农学院土壤系。他在旅途上的拿手好戏是会说各种各样笑话和趣闻。伽师瓜的传说由他"转录"一回,就像真的一样。话说在喀喇汗王朝时期,克孜河上游北岸的阿瓦提村里住着一家叫库提路克的农民。那一天,他的儿子阿迈提又得了儿子,按维吾尔族旧起名法，阿迈提出门观望，第一眼看见的就是绿油油的瓜地，于是，摘一个抱回家，给婴儿取名库赛（甜瓜）。后来，克孜河洪水淹没小村，这家人乘木筏漂至下游，在一棵胡杨树下扎营。阿迈提将随身仅有的几粒瓜子撒在碱滩上，竟种出了重如石头、色泽黑亮的甜瓜，于是这瓜的名字就叫卡拉库赛（黑色甜瓜）。

许多年后的今天，伽师县甜瓜经销公司在它的广告上这样介绍："卡拉库赛——这种瓜的含糖量极高，大都在12%～19%之间；贮存期长，便于长途运输，保存到来年五六月间仍风味不减、香甜可口；上市季节晚，颇有百瓜下市、一枝独秀之妙，弥补了我国冬季甜瓜市场的空白；瓜中含有多种维生素和植物纤维，有润肺滋肝，美容皮肤，强身健体之效。 "

500年前的那个叫阿迈提的维吾尔族农民绝没有想到，那一场洪水不仅使他在克孜河下游创造了今天的伽师县，还为世世代代在无望的土地上苦苦经营的农民兄弟开辟了一条生财之道！

将近中午时，我们在古勒鲁克乡附近看见了养育着20万农民的克孜河。它是那么令人失望，断断续续的河床弯曲而僵硬，勉强连接起一潭潭浅水。昨晚又下了雨，把河道里的浅水翻腾得更加黄浊了。而河岸的碱滩被雨浇得愈加苍白和蓬松，仿佛在张着无数张口，向河底仅有的一点水无声地呼唤。

和我的猜测相反，"古勒鲁克"是花园的意思。副县长说，1981年，全县各乡返销粮食300万斤，发放救济款13万元，因生活所迫，已有4500多人外流，而这个被称为"花园"的乡就更典型了。接着，他给我讲了几件趣事。

那几年，由于吃不饱肚子，营养不良，本地流行着叫"皮那克"的黑癣病。病人奇痒难忍，手足浮肿，但药方只有一个，只要饱餐几日，喝上羊肉汤，那病就自然消失。据1981年统计，全县共有3700名"皮那克"患者。每年冬天一过，县城里都徘徊着许多面黄肌瘦的农民，他们把民政部门发给的冬装在市场上卖掉，买几个烤包子吞下去，再心满意足地到处流浪。更有意思的是，每年春暖花开之时，便是"花园"之乡离婚达到高潮之日。原来，农民穷则穷矣，却事事讲实惠。天寒地冰季节，无处流浪度日，就娶个老婆过家。一则两人居一室，省灶柴和粮食，二则一套被褥两人合盖，既节省又可互为取暖，何乐而不为？讲到这里，我们不禁大笑，这个故事简直称得上"黑色幽默"，它包含的辛酸苦楚多么令人回味！

那么，穷则思变，在此时就似乎成为一个被应验的真理了。古勒鲁克乡是伽师县首次向区外"出口"甜瓜的地方，如今已是伽师潜力最大的甜瓜生产基地。去年，这个乡甜瓜总面积达到7000亩。副乡长阿不拉·库纳基告诉我，去年全乡甜瓜一项就收入251万元，每人平均240元。

副乡长是一个高大而英俊的年轻人,他手里那个笔记本里的数字,都是他骑着摩托车一户一户了解来的。他告诉我们,一部分有胆量、会经营的农民赚了大钱。去年全乡共有 61 人到北京、上海、广州等地,销出 845 吨甜瓜,总销售额达到近 40 万元。去年秋天,他挨家挨户地访问了这些风尘仆仆归来的农民,除去给妻子买的衣服,给孩子买的食品、玩具,他们坐在炕上数出来的大把大把人民币,多者竟有 9.7 万元呢!

这个数字,还远远不能说明甜瓜给农民带来的经济效益。那些自己带着瓜到内地寻找市场的,都是些善于经营、富有冒险精神的农民,但大部分人依然把瓜或在地里就卖给前来收购的县瓜果公司,或只在铁路车站交货,或在新疆境内自销……总之,多种多样的经营方式,都使瓜农们受益匪浅。副乡长接着告诉我们说,以前许多人连自行车都买不起,如今全乡已经有 27 辆私人汽车了。

古勒鲁克乡在伽师瓜的经营方面捷足先登,这里的农民觉醒得最早,也富得最快。但是,从祖祖辈辈精耕细作的那一片土地里直起腰来,走进沸沸扬扬的商品流通渠道,从塔克拉玛干大沙漠边缘的穷乡僻壤,走向繁华迷乱的内地大城市,许多农民都走过了一条充满了风险和艰辛的道路。伽师县第一个到北京去卖瓜的农民艾山的经历就代表了这部分瓜农所经受的考验。

艾山似乎是继承了他的维吾尔祖先经商传统的人,因为他在四年前就开始向山东等地做贩运毛驴的生意了。1985 年春天,伽师县在北京开了第一次甜瓜品尝会。珍品飘香,异瓜惊人,京城为之倾倒。艾山看中了这个机会,当年 8 月,带着两个人和收购来的 8000 个甜瓜,以及 200 个馕,千里迢迢,在北京崇文门附近摆了瓜摊。三天之内,净赚 3500 元;第一次的尝试就打开了销路,他喜出望外,信心大增。10 月,他又同六个人,押着 65 吨甜瓜到北京,将一部分卖给瓜果门市部,一部分零售,两天后净赚 13500 元。翌年 2 月,他带家人第三次上京,经销了 45 吨瓜,净赚 17500 元。就这样,历尽春夏秋冬,艾山一行共获得纯利润 2 万多元。

艾山说,第一次到北京,繁华、嘈杂的街道,拥挤的人流,五颜六色的橱窗,使他手足无措。人生地疏,语言不通,他穿着破旧的袷袢,面色黧黑,令行人们异目相看。但他还是凭着农民的耐心、坚韧和吃苦精神渡过了一个个难关。到工商管理部门登记,寻找摊位,联系库房,一直到招揽顾客,都使他们增长了见识,积累了经验。当他穿着鲜艳的维吾尔民族服装,戴着小花帽,用热瓦普弹起新疆民歌的时候,他的顾客就人山人海。他以他的这个优势和名不虚传的伽师瓜赢来了胜利,也为以后持续不断地到北京卖瓜的维吾尔族农民兄弟树起了这种独特的经商方式,他感到骄傲。

吉普车掠过的广大原野依然是一片锈黄,一片碧绿,抑或有一行刚刚抽芽的树掩映着维吾尔族风格的院落。仔细辨认那些树,那些择地而生的胡杨、沙枣和垂柳,你就可以判断脚下的土地所含盐碱的成分与水的多少。这些极普通的树自始至终面临着这独特土地的选择，反过来，它们又成为土地鲜明的印证。

1983年结束的伽师县第二次土壤普查结果表明：全县非盐化的农耕土壤仅占总耕地面积的1.9%，而强盐化土壤却有63%。伽师县历史上是农、林、牧三结合的生态环境，维吾尔族农民处理盐渍的传统方式是干排，即以二三亩荒地夹一亩农田为其平衡水盐。但多年来进行的盲目扩大耕地，减少了干排面积，导致地下水位上升。加之毁林为田、改草为田，更加剧了水分循环紊乱，使有机肥源短缺，次生盐渍化趁机蜂起。最致命的一点是，没有建立新的排灌和水盐平衡系统，于是需水越多，水位愈高，而盐害愈重。如此循环往复，这里将沦落为一片没有希望的土地。

那次土壤普查，是张德良此生中具有决定意义的日子，当时他任技术总负责人。所以，他对于汽车途经的土壤情况非常熟悉。他还记得那年9月，他率领的一队人在这附近被洪水围困的情景：一连几天在农民家吃住，看着洪水涌上来，又退下去，想着伽师县的前途，时而信心百倍，时而又沮丧万分。

那是一次对伽师县命运与前途的总探讨，也是全县农业科技史上规模最大的考察工作。多少个风餐露宿之夜，多少次论证与争吵，终于摸清了全县各种类型土壤的数据和质量，以及落后低产的原因，对判定这片土地的总体规划提供了前所未有的坚实基础。

结果：伽师县长期落后和贫困的原因是土地盐渍化严重；决策：改良土壤工程巨大而缓慢（巴基斯坦的一片远比伽师轻的盐渍区，为改土排水投资达10亿美元），只有利用土地，才能走出见效快、受益广的路子。

张德良发表在1986年第三期《土壤》杂志上的《伽师县盐碱土形成条件及改良利用》一文叙述和论证了这条道路的可行性及其前景。他在论文中指出：县境克孜河上中游轻盐化区宜种苜蓿或退耕还林，担负以田养畜、以牧促农的任务；下游重盐化区是排水较好的地段，应充分利用速效钾含量高的优势，作为甜瓜生产基地，实行牧草——粮食——甜瓜——牧草轮作。关键词：在强盐化土壤中发展甜瓜生产。

去年，张德良本人和他领导的伽师县第二次土壤普查工作荣获农牧渔业部颁发的三等奖。在西北地区近30个县中，伽师县是唯一获得此项国家奖的县。它在科学上说明了伽师县的脱贫工作走土壤改良和利用之路是可行的，这几年甜瓜生产的累累硕果又为它提供了有力的论据。而且，在我们的视野里，遥遥可望的卧里托格拉克乡（胡杨的故乡）的现实也证明了这一点。

这片位于乌喀公路旁的戈壁滩上，古老的胡杨树或一字排开，或三五成群，展示着尚未凋零的坚韧风采。但更吸引人注目的却是那些茕茕孑立的老树，每隔几步，就有一棵活人般的黑色身躯闯入你的眼帘，仿佛在诉说这片土地往日的繁茂，给路人以永恒的启示。令人欣慰的是,胡杨的故乡如今成了伽师县商品瓜面积最大的乡。在过去的一年里,这个乡在它的6万亩可耕土地上种了14000亩甜瓜,这个数字,接近于新疆传统的甜瓜基地哈密地区每年甜瓜的种植总面积。

穿黄军装的副乡长卡斯木毕业于新疆八一农学院,是一个善于经营、颇有眼光的农业专家。在谈话中,他告诉我们:去年,卧里托格拉克乡的农业总产值1500万元中,甜瓜的总收入是476万元,加上棉花、苜蓿等经济作物,乡里的粮食作物和经济作物的比例是1∶1。

这是一个显示出活力和可喜前景的现象。一直不出声地用笔在纸上迅速计算的副县长拍着桌子,兴奋地赞叹道,这就是几年前我们探讨伽师县振兴之路时所希冀的目标。"粮食作物与经济作物的适当比例和良性循环,特别是选择甜瓜作为振兴伽师经济的突破口,不仅能产生显著的经济效益,还会带来预想之中的生态效益和社会效益。"副县长兴致勃勃地补充道。他要求副乡长立刻带我们到一个家庭、一片土地去看看。

吉普车的引擎在田间小道上轰轰地响着,散发出一股好闻的汽油味儿。在路过一片片绿油油的冬麦地和刚刚翻开的瓜地时,我通过艾尔肯请副乡长详细谈谈甜瓜与粮食作物轮作给农民带来的好处。他把叼在嘴唇上的莫合烟取下来说,瓜农们都十分了解甜瓜的生长特性,一般都选择差地和弃耕地种瓜,这样不仅收复了许多"失地",还改良了盐碱地和低产地的成分。因为瓜畦经过多次深翻暴晒,能促使土壤熟化,而种瓜须大量压骆驼刺和苦豆子等草,又增加了地力,这样瓜茬就成了粮食和棉花的最好前作。令人满意的是,为了保证含糖量,一般要求甜瓜的后期管理少浇水,而且甜瓜实行垄作沟灌,能比其他作物节约一半以上的水。

副乡长最后的话是微笑着一字一顿地说出来的,艾尔肯也笑着把它们翻译出来了:"过去的低收入田,一亩地粮食仅收入60~100元,棉花收入150元左右。可种甜瓜后,每亩地都可收入300~400元,这是最令农民们开心的事情了!"

卡斯木副乡长选择的是近处的一个村,党支部书记阿不都热西提·吐尔地的家。主人站在院子里迎接我们,他是一个高大而精明的汉子,上身穿双排扣呢制短大衣,黑皮靴擦得锃亮。我首先问他种甜瓜的收入。他回答道,他去年种了12亩甜瓜,仅这一项就获7200元纯收入。

吐尔地全家五口人,去年的人均收入是2900元,平均每月每人收入250元。

张德良听后开玩笑说:"这比一个县长的工资还多呢!"吐尔地露齿笑了一笑。

吐尔地的新房子是去年9月盖起来的,洁白光滑的白杨木屋顶上描绘着五颜六色的图案和花边,砖地十分干净,宽阔的炕上铺着花地毯。副乡长介绍说,吐尔地是县里劳动致富的模范人物,去年还出席了自治区供销系统先进个人的表彰大会,墙上那个"五羊"牌石英钟就是大会发给他的奖品。

我们在宽大的炕上刚刚盘腿坐下，主人照例端来了馕和茶，还有那贮藏了一冬却依然光滑可爱的甜瓜，清脆甘洌，满口留香，大家尝过之后都不约而同地赞叹起来。艾尔肯介绍说，伽师的农民收藏甜瓜颇有办法，既不要特制的冷库，也不要化学保鲜剂一类的东西，而是置以羊圈里，在瓜堆中摆一碗水，随气候的变化，用进进出出的羊群来调节温度，甜瓜便安然过冬。这个办法已经流传了几百年。

卡斯木副乡长指着蹲在地上、一声不吭地瞧我们吃瓜的吐尔地说：这个人经营甜瓜，完全沿袭了前人的方法，获得的效益是可观的。以吐尔地所在的这个拥有415亩耕地的村来说，去年就种了160亩甜瓜，这可是个不小的数字。如果销路不畅，就要赔本，但吐尔地在甜瓜成熟后，马上就地卖给瓜果公司100多吨，这样既省事又保险。秋后的时间就让农民积肥、拉草、培养地力，为来年做准备。余下的另一些瓜，就用传统方法保鲜，等春天一到，就组织外销，往往卖得大价钱呢。

张德良迫不及待地把话题引到了粮食和经济作物的轮作上，他想了解这个村的实践是否印证了他几年前提出的理论。

吐尔地书记从口袋里找出了一些揉皱的纸片，仔细看了一会儿，才说：实行土地轮作，一是可以用肥茬改良土壤，种一年瓜提高的地力，可以种三年麦子；二是提供早茬，8月收瓜，10月就种冬麦，解决了种地和养地的矛盾。他举例说，去年全村140亩小麦，全部上了千斤，历来低产的棉花也达到亩产55公斤，而过去还不及这一半。这些，都是实行了深受农民欢迎的土地轮作的结果。

去年，这个村的人均收入达到920元。副县长又感慨起来，他带着一种显而易见的得意神情，习惯地总结道：几百年来，维吾尔族农民都沿袭着古老的习惯，在贫瘠的土地上以种粮为本，不敢有过多的奢望，结果土地是越种越瘦，连糊口都困难。可自从提倡土地轮作，特别是种瓜养地以来，可观的经济效益立刻改变了农民传统的观念。

正在这会儿，吐尔地又端进来白酒、煎蛋和冒着热气的油煎首蓿馅饼。

"太多了，"副县长停止发言，吃惊地说，"这样不行。"

"吃吧，吃吧。"吐尔地简短地说："以前我是拿不出这样多东西来招待客人的。"

吐尔地接着说："1980年以前，我只有五只羊、一头牛和一辆自行车，以及四间破旧的房子。那一年的年底，全家只拿到137元现金。"

今非昔比，这种变化，才叫真正的翻天覆地。

远寻伽师瓜的历史，除了那个年代不明的民间传说外，20世纪50年代初在伽师县附近发掘的南北朝时期的"木乃伊"内，就有残存的甜瓜子和瓜皮；元代诗人耶律楚材"鲜瓜出于当年秘,可度来年又一春"的诗句,明确地描绘了伽师瓜独有的风格;据说当年香妃进京时给乾隆皇帝的"贡瓜",便是大名鼎鼎的伽师瓜。到了解放后,伽师县的甜瓜每年保持在一万亩左右,用于自食和在本地销售。这种状况,一直延续到伽师瓜崭露头角的 1985 年的夏天。

就在这年夏天,张德良被任命为伽师县主管农业的副县长。张德良说,他永远也忘不了 1967 年深秋的一个正午,他第一次品尝伽师瓜的情形。那时,他刚刚从四川农学院土壤系毕业,在喀什市待分配。那天在艾提尕尔广场旁,他看见"伽师瓜"三个大字,买了一个,切开一尝,真甜! 于是问:甜瓜为什么这样甜? 答曰:苦水里种的。第二天,这个学了四年土壤学的初出茅庐的学生,就去分配办公室要求去伽师县。但他不会知道,他将和伽师瓜结下 25 年的不解之缘。

但是, 在那个尘土飞扬的小城里, 张德良始终没有机会实现他的夙愿。直到 1985 年,伽师县委将甜瓜作为脱贫致富的突破口,并委他以重任时,才使得他将在伽师积累了 20 多年的土壤资料和第二次土壤普查的科研结果得以宏观的应用。

改变伽师县长期以来的贫困生活和落后生产面貌,要依靠甜瓜这个被人们不经意地遗忘了这么多年的珍品了。县委和人民政府的负责人组织科技人员及时地调整了全县的农业产业结构,在克孜河下游的几个乡,将甜瓜作为重点作物大规模布局,而正是这个经济模式,才给伽师县的广大农村带来了历史性的变化。这一年,全县甜瓜的面积扩大到了 6 万亩,生产商品瓜 12 万吨。从此,伽师瓜这个历来自产自销的特产,第一次作为一种得天独厚的经济优势,进入了商品流通渠道。接着,在京、沪、穗等大城市里,卷起了一股"伽师旋风"。

这天中午,阳光特别暖和,甚至有些刺目。沿着古老的克孜河道,我们的吉普车渐渐地行到了它干旱缺水的最下游——玉得克力克乡。这个乡的名字被艾尔肯译成汉语"野鸭子的故乡"时,我的心里立刻幻化出一幅久远的曾经生机勃勃的图画:滔滔弯曲的河流,密集的芦苇丛竖起的屏障,麻黄色的野鸭子在水中游弋,一个农民扛着坎土曼从绿油油的瓜田里走来,四周立刻响起一片"呱呱"的鸣叫……回到现实中来时,我看到的却是被历史的变迁折磨成一片凋零的残痕:时隐时现的河道旁,被烈日烧焦的草根和碎片,偶尔有一摊发黄的积水,在晴天里像一只只呆滞的眼睛,或许还保留着微茫的希望?

克孜河的今昔,蕴含着一段历史对人的惩罚的深刻教训。多少年来,克孜河作为喀什地区的主要河流,没有得到充分的治理和利用。上游地区的地面水、洪水、碱水都汇集到伽师县,使这里成了贫困的盐碱滩。往昔的繁华和茂盛,今天的干涸和冷寂,成了一种鲜明的对照,深深刺痛了在这里生活和奋斗的人,促使他们正视现实,在更加谨慎地利用自然、保护自然的同时,抓住得天独厚的伽师瓜提供的这次最后的机会,向大自然进行第一次挑战。

吉普车穿过这个乡时,"市中心"蹲着一群晒太阳的人和几个小摊。我看到一家店门前,摆着一个用杨木制成的台球桌,几个年轻人俯在红色的桌面上,一本正经地击球。不远处,一根高高的木杆上挑着一盏唯一的路灯,颇有点气势不凡的样子。偶尔,有一辆鲜艳的摩托车疾驰而过,扬起一片尘土。野鸭子故乡的后代们,是一群不甘寂寞的人。

在这条小街上,我们恰巧碰到了一个骑着"本田"牌摩托的中年人,叫吐尔逊·玉素甫。我已听说过,他是这个乡最早经销甜瓜也是富得最快的农民之一。玉素甫倚在他闪闪发光的摩托车上和我们对话。十几年前,他在父母双亡后,从克孜河上游流浪到这片荒漠里。近中年时,才娶妻生子,生活很苦。他花大力气种过小麦、玉米和棉花,但他的土地距克孜河的源头有230多公里,水流到这里时,已经很少了,距此地90公里的西克尔水库也解不了近渴,所以,他依然是一贫如洗。

玉素甫回忆道,每当他的庄稼浇不上水时,他便蹲在干裂的田边,琢磨起本村一位叫胡大拜尔地的百岁老人说过的话。那个老人是150年前迁移到此地的一个农民的儿子。他在晚年时曾经不断地追忆往事。他曾经说过,他的先人是牵着牲畜沿着克孜河走到这里来的。那时,这里梧桐树高大茂密,红柳五彩缤纷,滔滔克孜河每到洪水期,就淹没了四周的戈壁,先人们就开始在潮湿的土地上种植甜瓜……玉素甫说,每次他想到这番话时,就激动一回。

"我们聪明的老祖先绝不会找错地方。"玉素甫说,"他们偏偏在这个角落里耕作,是有理由的。"

"这理由是什么呢?"我问。

"他们通过种瓜,了解这里的土壤情况。"玉素甫简短地说,"所以,我们想利用这片土地,就只有种瓜!"

伽师县委号召下游各乡农民种瓜的那年,这里常年只种少则五分、多则几亩的农民,纷纷开始拓荒种瓜,热闹非凡。而玉素甫种了大片瓜地的同时,又一次走在其他农民前面——跨进了商品流通的渠道。第一年,他就运到北京10吨瓜,赚了4000元。以后的这几年,他又向上海、深圳、广西等地扩展。如今,他可能已名列这个乡的存款之最。去年12月,他和四个农民一同在北京卖完瓜后,每人骑了一辆摩托车,得意洋洋地从公路那边一直飞驰到乡巴扎上,掀起一片尘土、一阵热浪。大人和孩子们像赶巴扎一样拥来观看,听他们讲在内地的所见所闻。这一天,成为野鸭子故乡的一个独特节日!

几个小时后,我们终于来到克孜河消失的地方——农民奴尔·塔里甫的房屋前。奴尔是那种苍老的、脸上洋溢着聪明的微笑的维吾尔族农民,他的光脑袋上扣着一顶羊皮帽子,穿一件破旧的黑袷祥。他的屋前屋后是一片一望无际的荒滩,稀疏的胡杨树像巨人一样竖立着,那些阻挡过风沙的枯萎红柳丛已化作层层叠叠的沙包。克孜河宽阔而暗淡的故道像一条巨大的鱼化石,寂寞地躺在奴尔的屋后,在太阳光下,就显得更加古老而意味深长了。

我们被邀请到一张木制的、年代久远的高炕上就座,学着艾尔肯的样子,举起双手拂过脸颊,向主人和他的孩子、羊群问安。我顺便问了一句奴尔的年龄。

"我今年55岁。"奴尔一脸困惑地说,"可是我觉得,我在这里已经生活了七八十年了。"奴尔那一声不吭地在地上忙活的妻子笑出声了。

奴尔费劲地回忆,他懂事时就记得克孜河水汩汩从房屋前流过的情景,父亲种的甜瓜绿油油的一片,远处是走不到头的原始胡杨林,经常有野猪出没,全家人过着一种贫穷而又平静的日子。

按奴尔的说法,是克孜河水渐渐枯竭以来,他的生活就变得越来越艰难了。到了"割资本主义尾巴"的时候,"我只有一条狗",奴尔想了想,又补充道:"还有一只猫。"他的话又使我们开心地大笑起来。

实行土地包产到户后,奴尔重操父业,把分到手的20亩地都种成了甜瓜。但是,他走的却是一条独特的致富道路。奴尔似乎是一个对他那在遥远的年代牵着羊走到克孜河下游的老祖先充满眷恋的人。这一年,他把种瓜赚的钱全部用来买了一小群羊。

从此以后,他的羊群不断增加。每年夏秋两季的甜瓜,他迅速地在本地销完,再把一部分成年的羊,以200元左右的价钱卖掉。接着,他又把这笔相当可观的收入换成新的畜群。奴尔认为,这里戈壁滩上骆驼刺、红柳丛遍地都是,一只羊养肥后,除了吃肉,羊皮、羊毛也可卖得大价钱,最重要的是,羊粪是种瓜的好肥料——如此下去,他便走上了一条农牧结合的良性循环的道路,一个高经济效益的生产企业不自觉地创造出来了。

去年,奴尔的甜瓜、畜牧和其他作物,总收入近万元。另外,将他圈存的四头牛、两匹马、两头毛驴和260只羊以及将要出生的150只羊羔全部加起来,我们估计,他的资产已经达到10万元了。

"不,"奴尔含而不露地说:"如果继续发展,可能要超过这个数字。"

1985年2月20日,正是千家万户团圆的大年初一。这天晚上,新上任不足一个月的伽师县瓜果公司经理邓新午一行七人,每人背着两个伽师瓜匆匆登上了70次特快列车。

这是伽师人在扩大甜瓜种植面积的同时,为寻找销路进行的第一次远征。3月

14日,伽师瓜第一次品尝会在民族文化宫西厅获得成功。首都新闻界十多家报纸和电台纷纷作了报道。那些惜墨如金的书画家们,也兴致盎然地题诗作画。

伽师胜地竟有此瓜,甘甜鲜美清脆芳香。

——赵家喜

鲜美汁浓祖母绿,肉厚香甜玛瑙红。

——李铎

奇甘都市尝新味,盛世儒林赏异瓜。

——启功

各大饭店和水果公司的经理们蜂拥而至,要求订货。紧接着,伽师县政府主办的第二次、第三次伽师瓜品尝会在上海、广州等地相继打响,仅与上海果品公司一家就签订了一年1000吨伽师瓜的合同。

与此同时,伽师县众多的农民和个体户,沿着这条由这支尖兵队伍开辟的道路,拥向各大城市。据最新的纪录:1987年,县果瓜公司经营5000吨瓜,盈利80多万元;在各地城市经销瓜的75个农民小组共经营2500吨,盈利37万多元。

3月的最后一个周末,披满尘土的吉普车载着尽兴而归的我们,驶进了距伽师县城70公里的西克尔镇。这个小镇雄踞乌喀公路两侧,是一个只有几百户人家的商业集市,也是伽师县为每年调运甜瓜而设定的一个集散点。每到甜瓜收获季节,这里就热闹非凡,汽车、拖拉机、马车挤作一团,到处飘散着伽师瓜的清香。

操一口熟练维吾尔语的镇党委书记王植义告诉我,去年,各方仅在这个集散点的甜瓜成交额就有112万多元,在调瓜高峰的7~9月里,有近1万吨瓜经过此镇。10月10日这天,就验收了51辆汽车,共353吨甜瓜。

张德良在主管甜瓜运销的这几年里,曾频繁地往返在这条漫长的运输线上。所以,在回县城的路上,他又开始用那热情洋溢的四川普通话向我讲述发生在这里的充满艰辛而又生趣盎然的故事——在库尔勒火车站繁忙地调瓜的一个暗夜里,他被汽车的挡风玻璃撞得头破血流的情景;一个叫巴克的81岁维吾尔族老汉进京卖瓜的遭遇;日本三菱集团一行五人亲临伽师考察时,一位日本客人背着一个人踩在瓜上,而瓜完好无损的故事;因卖瓜而握有数万元的农民把钱埋在菜地里的笑料……

回首已经消失在地平线那边的村野,眺望走不尽的盐碱滩,我又想起了第一次与张德良相遇时,他讲的那番富有哲人意味的话:在伽师这片盐碱滩里,流淌的水是苦的;但只有这令人难以下咽的苦水,才能种出香甜可口的伽师瓜——我真正看见了,这深邃而又优美的道理,的确来源于这朴实而又艰辛的生活!

祖祖辈辈在克孜河这条贫瘠而苦涩的河流里浸泡的维吾尔族农民,在这一小片土地里躬耕劳作,艰难地延续着他们不屈不挠的生活和历史。他们的先人们绝不会想到,使自己的后代们直起腰来,并且走遍中国的大江南北的,竟是那默默地在干裂的大地里成熟、用来滋润他们同样干渴的喉咙的甜瓜。如果他们的灵魂再一次从泥土里生长出来,一定会为我的所见所闻而感到骄傲和欣慰。

1988 年第 7 期《中国西部文学》

西部石油之光

赵光鸣

混沌初开,冥冥天地,大自然在这片土地上演绎了多少翻天覆地的悲壮神话?

只有他知道——辉煌的喜马拉雅山造山运动的目击者、古今西域人公认的时间老人博格达峰。他高居天山之巅,揽九天长风,观岁月云烟。当远古准噶尔 38 万平方公里的泱泱海水大退潮之后,这片土地便保持了亘古的沉寂。人类的骚动也曾打破过它的沉寂,然而,这只是历史抹下的一笔过眼云烟。之后,照样是沉寂。沉寂,似乎是永恒的!

终于,沉寂打破了。从 1987 年开始,这片土地已成为克拉玛依油田进行勘探开发战略转移的新战区:准噶尔盆地东部探区。它东西长 200 公里,南北宽 120 公里,包括乌鲁木齐以东,木垒河以西,博格达峰以北,克拉美丽山以南的广大地区,可供勘探面积 2.4 万平方公里。

3 月,大戈壁白雪皑皑,春还是一个朦胧的梦。我乘坐的蓝色"巡洋舰"在柏油路上飞驰。阜康县城被远远甩在身后,车窗外映入眼帘的是无垠的雪原。这片土地毗连吉木萨尔县的三台,位置偏北,故石油地质工作者取名北三台。勘探结果表明,北三台构造是一个较大型的油气富集区,探井几乎口口都有油气显示。

但是,纵观整个战区,北三台只不过是拿个储量的探区,东部真正的主战场却在火烧山。

火烧山位于古城吉木萨尔西北的荒漠深处。油田属背斜构造圈闭,具有油层多、厚度大、埋藏浅、资源富集的特点,现已控制含油面积 41 平方公里。从探井生产情况看,在合理生产压差条件下,一般单井日产 22~38 吨,平均 26 吨。平均井深 1550 米,原油性质好。

新疆石油管理局计划一年在火烧山油田建成 100 万吨的产能,这在新疆石油开发史上是空前的壮举,就全国来看,也是罕见的。20 世纪 70 年代末,克拉玛依开发百口泉油田的速度是惊人的。现在,年产 100 万吨原油的大油田在全国有 18 个,百口泉油田就是其中之一。建成 100 万吨的年产能,它用了三年的时间,当时这种速度在全国也是少见的。时隔十年,新疆这支石油大军却要以缩短两倍的时间建成一个同样规模的油田,决心不谓不大,面貌不谓不新。这次不是说大话,它有可靠的科学根据,我在火烧山有了实实在在的感受。

9 月的火烧山,气温在 20℃ 左右,不冷不热,正是开发油田的黄金季节。一台台钻机成间距地摆开,巍峨的井架直刺蓝天,吼声唤醒了亘古沉寂的大漠。入夜,灯的海,灯的塔,一片耀眼辉煌。在这片灯的海洋里,32837 钻井队闪烁的光芒最使人炫目。

这个连续三年夺得石油部优质高效队称号的钻井队,参加过开发百口泉油田的会战,然后转战魔鬼城、夏子街探区,1987 年 2 月,又踏上了进军火烧山的征途。

所有上火烧山的井队,钻进中都躲不开井漏这个问题。漏,深深困扰着人的心。有时光见泥浆往井里注,却不见从井口返上来,不一会儿就漏得精光,叫你心忧如焚!叫你七窍生烟!井下易漏的症结在哪里?从地质上找原因,是地质压力系数低所致。32837 队在堵漏上有些招数,统统使了出来,采用低泵压第一口井 33 天完钻,创造了火烧山开发井的最快速度。在总结经验时,他们不满足,认为要突破井漏的难关,眼光只停在地质上找原因具有很大的局限性。思维方式的突破,使他们开始通过井漏这个客体联系主体找原因。这一下他们看得更明白了:泵压和井漏有着直接的因果关系。在易漏层位提高钻进速度成了关键问题。低泵压显然提不高钻进速度,速度慢,井下渗漏的时间就相对增多,大量的泥浆漏失也会加重对油层污染的程度。这一比较,他们就想到了高压喷射钻进。开发百口泉油田时,这项钻井新技术曾普遍推广,大幅度提高了钻井速度。

接着打火一井,他们第一个在火烧山开始了高压喷射钻井的大胆实践,终于取得了成功。第二口井用了 28 天,比第一口井缩短 5 天。再次总结经验,完井速度迈开了大步。第三口井至第六口井平均用 16 天就打完了。钻井机械钻速由第一口井的 8 米／小时提高到 13.68 米／小时。

我在火烧山油田采访的时候,这个队已突破了钻井进尺过万米的大关,创造了交井最多、进尺最多、速度最快等 13 项钻井最高指标。

9 月的火烧山,早晚穿上毛衣仍觉冷飕飕的,正午却是酷热难耐,最高温可达 50℃。苍蝇蚊子多得出奇,有人试过,黄昏在室外站一分钟,裸露的部位可以叮上成百个蚊子。而严冬最低气温可达 -50℃,钻工们又需要用多么大的勇气和毅力来克服这些困难啊。

　　表面看,他们一个个都是心挺硬的铁汉子,然而内心却蕴藏着深沉的柔情。

　　这个队的一班司钻尹显金,轮休时离开火烧山,匆匆赶回内地老家去宽慰妻子。长期两地分居,妻子牵挂他的心太切,竟患了神经分裂症。短暂的轮休,拂不开妻子精神上的伤痛。然而他必须赶回火烧山换另一班人下来轮休。他只有狠心登上西去的列车。车到天水,铁路因事故中断,等下去势必要耽误归期。他与结伴的同志绕道而行。家事的困扰和旅途的辛劳一起袭来,他病了,一连两天都发着高烧。但病痛的折磨没有阻挠他按期归队的决心。回到火烧山,他的体重下降了六公斤多。看到巍峨的钻塔,他的眼前又浮现出妻子那哀愁的面容。惶然间,他问自己是不是心太狠了。他觉得自己欠妻子的感情债太多了,也许这辈子根本没办法偿还。他想哭,但又强忍住了。队长陶继强、支部书记孙华成朝他走过去,紧紧握着他的手。两位领导的眼眶都湿润了。

　　我想起了那支传唱多年的《我为祖国献石油》的歌曲。这首歌刚插上翅膀在共和国的蓝天上飞翔的时候,火烧山的钻工们年龄最大的恐怕也只是中学生,而大多数人年龄则更小,他们之中谁能想到自己将来会面对戈壁大风沙? 而现在,他们真正是头戴铝盔走天涯,朝迎昆仑雪,暮对天山霜了。

　　他叫马士清,是钻井处四大队工程股技术员,1987 年 7 月上的火烧山。

　　火烧山地层压力低,各井队都没有装防喷器。马士清从不装防喷器联想到了不下表层套管,若能实现,不仅可以简化生产工序,减轻劳动强度,加快钻井速度,而且还能为国家节约一大笔资金。

　　火烧山地表层比较松软,它究竟有多厚? 硬层又在多深的位置? 带着这个问题,他先后观察了几口井的导管坑、泥浆池以及采油队挖的管沟,发现松软层比较浅,一般都在两米之内,下面则是较硬的土层。只要导管下到两米的深度,松软层即可封住,他担心的是下面的土层在钻进过程中会发生井漏和垮塌。但据大队所打的几口井来看,百米之内没有发生过井漏,只剩下井塌的问题。他从井上将这硬层土带回去一块,浸泡在罐头盒里做实验。如果硬土在浸泡过程中不发生分解,打钻时,这种地层就能承受住泥浆的浸泡冲洗而不至于垮塌。

　　经过 20 多个小时的浸泡观察,没有发现它有什么变化。他把自己的设想和掌握的情况向大队领导作了汇报。大队决定在火 202 井进行实验。

　　不下表层套管的实验自始至终得到了领导的重视和 32653 钻井队的大力支持。在关键时刻,大队领导也来到井场,和马士清一起组织指挥施工。实验终于获得了成功,并在火烧山油田迅速推广。

　　在 11 月底我获悉,火烧山不下表层套管的井已完成了 19 口, 节约资金 106.6

万元。

这是一条成功之路！它映现着严密的科学态度与拼搏精神相结合的开拓者的足迹。

冷继先来到了 32837 钻井队,他是跨出校门到新疆油田实现自己愿望的大学毕业生。一年的实习期满,他再也不愿离开这个钻井队,留下来当了技术员。

一次,钻工们给他送来了月饼和水果,开始他有点儿茫然,后来才知道这天是中秋节。这是他到队上第一次过中秋节,他竟然忘记了,什么也没准备。可是,他没有准备的,钻工们为他准备好了。面对一轮皓月,他想,家里的人或许正在挂念一人在外的他吧？他在心里说,我并不孤独,身边有很多的亲人。

他带的书比较多,钻工们有空就找他借书看,高兴了大家也在一起打打闹闹,偶尔还喝点酒,但酗酒打架的事却绝少。他觉得 20 世纪 80 年代的青年钻工有理想、有追求,都在渴求知识提高素养。他也不明白为什么社会上对钻工的看法带着那么多偏见。碰上有人诋毁钻工,不管在什么场合,他都要站出来辩论,有时甚至是脸红脖子粗。血气方刚的小伙子,为了钻工兄弟们的荣誉,也为了自己,他是敢于挺身而出的。他说他就是一名钻工。

我是在列车房里见到他的,他刚从井场上回来,橘红色的工作服上全是斑斑点点的泥浆和油渍,一脸的开朗和热情,没有丝毫奶油小生的味道。

许多天,我一直在心里勾勒着 20 世纪 80 年代知识型的钻工形象——他是！

我的目光从窗口透出。秋高气爽的 9 月,蓝天碧澄如洗,艳阳金色翎羽拂拭着大地,蒸腾的戈壁水汽轻烟般的缥缈,远处逶迤的克拉美丽山似乎也在颤动。这只是一方之天,然而,它却是博大精深的。数亿年沉淀的古奥秘,就凝聚在脚底千米深层之下。悠悠远古之谜,还要靠我们的钻工兄弟们来破译。早些年,钻塔搬上来,又沮丧地移去,于是萦绕在这里的又是远古一个混沌的蛮荒之梦。我似乎听到了历史沉重的呼吸。

终于站稳了脚跟！那巍峨钻塔雷举的力臂,似要把新疆石油工业灿烂的一页写上曜曜长空！

把目光移向准噶尔盆地东部整个探区,你就会看到一种气势恢宏的主体格局。事实使我信服,盆地东部已进入了一个开发、勘探良性循环的阶段。你看:火烧山油田投入开发的同时,北三台构造又进入了勘探的决战阶段,而在北面隆起构造以东还有钻机作"甩开侦察"。这是一个非常有后劲的梯度战场,在全国石油开发史上也是罕见的。

1987 年 7 月 2 日,全国政协副主席、自治区顾委主任王恩茂,自治区党委书记宋汉良等领导同志视察了东部探区,并参加了火烧山油田实验开发典礼大会。王恩茂和宋汉良分别作了讲话,赞扬东部石油探区取得重大突破,鼓励新疆各族石油职工再接再厉,为新疆石油工业的大发展作出更大的贡献。

最近两年,石油部领导的眼光一直盯着准噶尔东部探区。1986年5月,王涛部长视察了东部探区,强调了科学打井的重要性。1987年5月,周永康副部长亲临火烧山油田,详细了解了油田开发情况,十分赞赏钻井处井队科学打井的严细作风。8月,副部长、部总地质师阎敦实视察了东部探区,特别强调东部探区要依靠先进的科学技术,强化协作意识。探区的大好形势,使他满怀信心地说:准噶尔盆地东部,将成为中国石油工业喷薄而出的太阳。10月底,副部长周永康,李天相再次来到东部探区。部长们频繁地往一个地方跑,可见关注之重,寄望之厚。

我国原油年产量1.3亿吨,居世界第四位,算是个石油大国,可按10亿人口计算,人均占有量就少得可怜了。这不能不使人深深忧虑。康世恩国务委员提出,要加快全国石油工业的发展步伐,要把原油年产量提高到4亿吨,不然,扔进太平洋的贫油帽子还得捡回来,重新戴在头上。

曾被寄予中国石油工业未来之希望的沿海大陆架,现在看来勘探效果并不理想:一是储量并不很多;二是海上打井投资惊人,靠我们自己的财力实在担负不起。

从中国东部到沿海一带看来,除大庆油田保持稳产外,胜利油田产量递减多,递增少,辽河油田、中原油田、华北油田大幅度增产的希望也不是那么大。于是,中国石油工业发展的重心转移到了西部,主战场摆在了新疆。准噶尔和塔里木两大沉积盆地具有良好的生油条件,辽阔的地域使人们看到了中国石油工业发展的广阔前景。

在总体战略原则指导下,准噶尔盆地东部探区一仗打出了一个100万吨产能的火烧山油田。辉煌的战果使中央瞩目。1987年8月,李鹏同志在库尔勒视察南疆沙漠石油勘探公司时,专门听取了火烧山油田开发情况的汇报,离开这块热浪蒸腾的油田,我才有闲暇观赏一番火烧山。火烧山是去油田的必经之路,来时匆匆,心想采访之事,竟走马观花而过。此刻,我才蓦然发现它是那样壮观美丽。它深藏在准噶尔盆地深处,如果不是开发油田,不知它还要被埋没多少年。

火烧山属丘陵,南北长约8公里,东西宽约2公里,面积约15平方公里,高度一般在15米~50米之间。它与克拉美丽山遥遥相望,呈怀抱之势拱卫着41平方公里的油田。山体均为深红色的碎石块,植物极少,只有山洼里生长着少量低矮的戈壁沙漠植物,干瘦的样子使人觉出了它们生存的艰难。向山头攀登,脚下碎石块有挤压迸裂的声响,捏上一把竟扎手。此刻,我才明白山头寸草不生的原因是表层都是风化石,孔隙度太大,水分和养料都流失了,植物也失去了生存的环境。

站在山头,油田一览无余,数十座钻塔成间距地排开,银白色的列车房环绕其间,车辆穿梭般往来,拖着长长的尘烟。一条输油管道正在紧张地施工,钢铁长龙横穿火烧山消逝在戈壁深处。

西斜的太阳映照着火烧山,绵延的山头似火苗窜动,赤红一片。我实在惊叹大自然赋予准噶尔的这一奇特景观。

不知多少年以前,火烧山是青色的,它的下面是厚达三四百米的煤层,地壳的变迁,又使有的煤层裸露在地面。或许是太阳暴晒,或许是雷击所致,地面的煤层燃烧了。着火的煤层无法自动熄灭,只有燃烧殆尽。整个山体像一个巨大的熔炉,熊熊烈焰终于熔铸了火烧山神密庄严的红色。这是地质专家们的推论,今天仍可以找到证据。

位于火烧山东北方的奇台县有一个将军庙,附近有一个山沟的地下煤层至今仍在燃烧。晚上瞭望山沟,星火点点,烟雾迷蒙。白天近看,有的山头已成红色,显然是高温烧结所致。

我们驱车直插克拉玛依设在古城吉木萨尔近郊的探区前线指挥部。这是一条用沙石铺垫的便道,已被车辆压得坑坑洼洼,车身东摇西歪,实在难行。来时,车走的北三台直插火烧山的便道,也同样难行。好在局筑路大队已动工从北三台修一条直达火烧山的二级公路了,现正在铺设柏油,计划 1988 年 10 月通车。那时,再也不会有行车难之叹了,从北三台到火烧山 100 多公里,驱车飞驰,一个多小时即到。前几年,克拉玛依的钻井队进火烧山一带,要从奇台县的将军戈壁通过,绕了一个大弯,多走 300 多公里,实在艰难。然而,这只是准噶尔盆地东部探区的一角,可见整个东部探区的壮阔,准噶尔的博大。

没想从火烧山到吉木萨尔的便道竟从著名的古迹北庭都护府遗址旁边穿过,使我有机会凭吊这千古昭著的名胜。

全部是黄土夯筑的城郭,城址略呈长方形,分内城和外城。外城墙壁已经残破,高十余米。内外城均有护城河,城墙虽残破,但仍不失雄伟之势,依稀可见当年险要坚固的雄风。城内府衙、街市痕迹依稀可辨,残砖碎瓦俯首可见。这里,曾发掘出唐代铜质官印"蒲类州印"以及铜狮、陶兽、"开元通宝"等珍贵文物。城西一公里之处还有"应运大宁寺"遗址,系唐贞观十四年(公元 640 年)所建,听说也发现了许多珍贵文物。

这里是一片土地肥沃的绿洲,在古城吉木萨尔之北 10 公里,汉代称金满城,突厥时称"可汗浮屠城"。唐长安二年(公元 712 年)在此设北庭都护府,元代设别失八里元帅府,一直为天山北路政治、军事、交通和文化中心,明代中叶才开始衰落下去。

辞别故城遗址,不久便上了柏油路,汽车发动机的声音犹如远古的驼铃在我耳旁叩响。蓦然回首,历史的浩瀚烟云拂开了一条璀璨的丝绸古道。我想,眼前这条柏油路或许就是古丝绸之路的叠影。

如今,在这条古丝绸之路上,虽听不到悠远的驼铃声,却可以看到隆隆驶过的一支支石油劲旅。

1988年,准噶尔盆地东部探区将上到一万人。这支石油大军将为新疆的原油产量在1990年上到1000万吨而努力拼搏,辽阔的东部探区是他们大显身手的战场。准噶尔和塔里木两大沉积盆地有着91万平方公里的辽阔面积,具有良好的生油条件,它们是新疆的瑰宝,它们也是中国石油工业的希望。

夜幕渐渐降临,探区灿如一片灯海,光亮萦绕天际。我久久凝视那一抹撩拨人心的亮色,倏地觉得,那不就是中国西部石油之光么?新疆涌起像太平洋一般汹涌的石油浪潮的日子不会太远了!

1988年《中国西部文学》第12期

瀚 海 说 鱼

柏 琴 潘育英

汉民族的祖先把"鱼"和"羊"组合在一起,造出一个"鲜"字,可见鱼羊的美味自古以来就为人们所公认。新疆这片离海洋最远,沙漠戈壁占 43%,素有瀚海之称的土地上,人们乐道它丰美的草原养育了肥壮的牛羊——烤羊肉串香满神州大地,却很少有人道说"鲜"的另一半——鱼,在新疆也有其独具的色彩。

不是沙漠中鱼的枯骨,也不是瀚海里鱼的化石,更不是峭壁岩画上鱼的图画,而是嬉游于碧波之中,奉献到人们餐桌上的活鲜鲜的鱼虾。普通的、珍贵的,四海为家的、本地特产,古已有之的、刚刚引进的、冷水、温水养殖的……

瀚海说鱼,近于神奇而浪漫,但大自然的玄奥向你生动地显示,就在这亚洲腹地干旱的中心,散落过古丝道上驼队铃声的瀚海戈壁中,澄波闪亮处,不乏自由安恬的生灵,不论是蒸浪煎月的炎波中,还是白雪坚冰的覆盖下。

名水多名鱼

在天山南北浩瀚的大漠和潮头般的群山中,有无数为雪水雨水泉水所盈注的大大小小的河流和湖泊,其中大部分自古以来就生长繁衍着各具特色的鱼类。20 世纪60 年代以来加上人工的养殖,品类更加丰富。只是由于地域的辽阔,山川的阻隔,新疆的鱼还少为人知,尤其更少知西部边疆的名水产名鱼。

西伯利亚鲟、小体鲟、大白鱼、中白鱼、小白鱼、红眼、条尔泰、江鳕、银鳕、金鲫、东方真鳊、黑鱼、鲤鱼……你听说过这些鱼,吃过这些鱼吗? 这是生长在额尔齐斯河,一条流淌金沙的河,我国唯一由南向北流入北冰洋的河中的鱼类。阿尔泰山冰峰的雪水滋养了它们,未受污染的清洁水质、寒暖半年的低温,使这些鱼的肉味格外鲜美。其中的鲟鱼、大红鱼、小红鱼、东方真鳊鱼都是额河的名贵鱼,也是我国稀有鱼种。

鲟鱼,色青黄,形体奇特,无鳞,脊背与身体两侧有五道纵行硬骨板,以底栖动物为食,味极鲜美,被视为鱼中之皇,个体大的可达七八十公斤,为大型经济鱼类。

人们十分耳熟的大红鱼,学名哲罗鲑,个大体强,色彩鲜艳,是凶猛的肉食性鱼类。成鱼能吞食水鼠、鲂鱼、江鳕等,并能吞下浮游在水面的雁鸭等水禽。近年盛传阿勒泰喀纳斯湖有百龄以上巨型大红鱼,竟能吞食湖边的牛羊。这不无夸张意味的传说,使大红鱼和生长它的水域都增加了神秘色彩。

豪放而又不乏娴雅的额尔齐斯河又是冷水鱼类繁衍后代的摇篮。它们都爱在这里生儿育女。额河成为北疆重要的鱼苗鱼种基地,一网拉起,可获四五吨。如今,天山南北的水域中,几乎都闪耀着额河鱼类子孙的鳞波。

额尔齐斯河,人们从它河底淘滤黄金,也从它浪里索取白银——每年五六百吨的鲜鱼。

与额河相距咫尺,同在阿尔泰山雪峰下的乌伦古湖是准噶尔盆地的一面宝镜,人称"福海",是新疆特色鱼、独一无二的五道黑的故乡。这种鱼因鱼体两面有五道红黑色的横纹而得名,性凶猛,是肉食性优质鱼类,以水生昆虫和小鱼为食。肉细白、紧实,鲜美如鸡肉,五道黑学名"河鲈",又名"赤鲈",不禁使人想起千古名鱼的鲈鱼,是北疆冬季市场上深受人们喜爱的土著鱼。福海也因此享有盛名。

小白鱼(学名贝加尔雅罗),是福海另一种知名度很高的鱼。这种鱼过去多得像大地上的青草,繁殖期甚至多得拥塞河渠,人立水中,都撞上身来。20世纪五六十年代,捕捞不必撒网,有个简单的网具,捞就是了,车子开到湖边,像就着锅台捞饺子,一会儿就捞一卡车。困难时期,当地人曾以鱼代粮,充饥度荒。在平常年月,小白鱼以它的价廉物美,给普通人留下过难忘的记忆。现在湖边芦苇因水位下降而大片枯死,四周生态环境遭到破坏,小白鱼产卵的乌伦古河又两度断流,因而,产量大大减少了。

顺着"引额济海"大渠,额尔齐斯河的不少鱼类都到福海这个广阔天地来安家,优雅的金色鲤鱼、银鳞灿烂的东方真鳊、梭鲈鱼等,都是为这面宝镜添彩增辉的名品。

冬季,福海万顷碧水顿失烟波,一派冰清玉洁,鱼儿们在冰下做着晶莹的梦,凿冰捕捞,网网不虚。因此,四季鲜鱼不断。

这个面积827平方公里的雪水湖,当年几个老军垦白手起家建起了渔场,如今已有冷冻厂、罐头厂等比较完整的配套设施,福海成为北疆最重要的商品鱼基地。

在北疆,到过伊犁的人,谁又能忘得了伊犁河肥美的鲤鱼。

　　"厄鲁特鱼红有影,

俄罗斯马白无边。"

"昨宵一雨浑河涨,

十万鱼皆拥甲来。"

　　谪戍伊犁的清代诗人洪亮吉,把鱼和马同时作为令人瞩目的风光景物写入《伊犁纪事诗》中,足见当时伊犁河鱼的产量之丰和景观之美了。伊犁河鲤鱼个大体肥,一般的就有十几公斤重,背、鳍呈红色,雍容华贵,食用与观赏均为佳品,故诗有"红有影"的描写。"十万鱼皆拥甲来"多指无鳞鱼,皮极厚,状如拥甲。试想,雨后水涨,群鱼如潮,何等壮观!

　　今日伊犁河,鱼类品种比过去丰富多了,也增加了名品。现在主产东方真鳊、赤稍鱼、欧洲鲃鱼、鳞鲤、镜鲤、草鱼等。

　　大头鱼(学名赤鲑)是本地人熟悉和喜爱的南疆名鱼。我国最大的内陆河,横穿塔克拉玛干大沙漠的塔里木河,是新疆人唱得热泪盈眶的故乡河,过去就盛产大头鱼和尖嘴臀鳞鱼。《新疆图志》记载:"古时塔里木人,不食五谷,以鱼为粮。"足以想象当时渔产的丰富。而昔日塔里木河的归宿,今已干涸了的罗布泊,曾是富饶的渔乡。被称做今日罗布泊的大西海子水库,水暖草多,也是鱼儿们的乐园。20世纪60年代以来,塔里木河引进了长江的草、鲢、鳙、舫等鱼种,现在成为良好的天然鱼种场,堪称鱼儿们的母亲河。

　　大头鱼也是我国最大的内陆淡水湖——博斯腾湖的世居。博湖像一面两端飘着银带的宝镜,镶嵌在干旱的塔克拉玛干大沙漠的边缘。开都河涌一川雪水注入博湖的怀抱,孔雀河又以博湖为源头,携着莹莹绿波,从南端流出。温暖的气候,充足的日照,使这湖流动的活水,成为水族们得天独厚的乐园。

　　"郭麇之水多赤鲑","开都河鱼八尺长,分明风味似鲟鳇"。都是古代诗文中对大头鱼的记述。这种鱼体大肉多,头占了半个身子,大的可长到几十公斤,肉质细嫩如蒜瓣,味鲜美,可与名贵的鲟鳇鱼相媲美,为宴客佳品。大头鱼原为博湖主要自然鱼种。20世纪60年代以来,长江的四大家鱼和额河的五道黑、小白条、东方真鳊等陆续在博湖安家,博湖成为有20多个品种的鱼类大家庭了。

　　素有"西海"之称的博湖,与北疆的福海同为新疆举足轻重的渔业基地,两湖渔产量占自治区商品鱼的50%。

　　新疆有河流721条,湖泊100多个,多数有鱼。上面提到的只是最有名的几处。像乌伦古河、哈巴河、布尔津河、叶尔羌河等等,也都是出鱼的名河,此外像子母河,是神话小说《西游记》中的名河,沙漠通道和田河,是古丝道上出玉的名河,神奇的传闻,美玉温润光泽,与银彩焕灿的鳞片交相辉映。

碧波展新篇

"长铗归来乎,食无鱼!"2000年前,孟尝君门客冯谖的歌叹,表达了对食有鱼的向往。千百年来,食有鱼,成为人们对较好饮食欲求的代名词。

水产科技人员为使古人的向往成为今人的现实,要让所有水域都奉献鱼类,丰富人们的餐桌。他们不满足于对自然资源的索取,做了大量育种、移植、引进、开拓的工作。特别是20世纪80年代以来,天山南北兴起了群众性的养鱼热,戈壁瀚海从来不曾像今天这样布满了明镜般的渔塘,有国家的,也有集体的、家庭的;有汉族的,也有少数民族的……人欢鱼跃,热气腾腾。我们只能从开拓、发展的流程中,挂一漏万地拣几个在新疆渔业上令人瞩目的新篇,道说一二。

不负澄波千载情

蓝色的赛里木湖,诗人洪亮吉称它为"世外之灵壤"。千年万载,青山拥抱着它,牧民爱恋着它,旅人驻足不愿离开它。一种高洁的美,洗涤人们肺腑的美,让人想起音乐和诗,想起冰山雪莲。夏季,它的周围是芳草连天的高山牧场,白云般的羊群蠕动在绿毯般的草坡上,盛大的那达慕大会弦歌不绝,热闹非凡。

但千年万代,它总是推着层层绿波,唱着忧郁而寂寞的歌。你是在感叹盛会的聚散,草木的荣枯,牛羊的归去,旅人的远行吗?不,我深深懂得你的心事。你的上空缺少飞鸟,你的水中没有鱼虾;你渴望孕育生命,你广阔胸怀不能没有活跃跃的生灵。你等啊,盼啊,时代的春风终于把生命的种子撒进了你千秋期待的怀抱。

1980年,新疆水产科技人员又对你的水温水质生态进行了一系列综合考察研究,在20世纪60年代小规模试验的基础上,从额尔齐斯河引进了贝加尔雅罗、高体雅罗、东方真鳊等16种鱼类,并在你的湖畔建起了高山湖水产试验站,精心培育,摸索移植驯化的规律。现在,这些鱼类都已在你怀抱生儿育女,有了大群后代,其他鱼种也可望自繁自育。从此,欢乐的生命活跃在你2071米海拔高度的碧波中,结束了"澄波不解产鱼虾"(祁韵士:《赛里木海子》)的处女湖寂寞岁月。

如今,碧波万顷的赛里木湖,锦鳞沉浮,禽鸟飞鸣,渔网帆影,生机勃勃。古老的西方净海青春焕发,唱出了它生命充实美丽的歌。祁韵士再世,应把他描写赛里木海子的"西陲竹子词"改成"澄波喜见游鱼虾"了。

红雁水暖罗非肥

原产热带非洲的罗非鱼，如今以活蹦乱跳的姿态进入了乌鲁木齐、石河子、喀什、伊宁等城镇居民的家庭,人们在品尝了它的美味之后,给予了普遍的赞誉。从此,它貌不惊人的灰褐色的形体给人留下了难以忘怀的好感。1985年,随着第一批鲜活罗非鱼在乌鲁木齐街头的销售,这种带洋味的地产热带鱼连同养育它的红雁池一起声名雀起了。

是什么风浪把这种热水性鱼类刮到了高寒地区的新疆? 这"春风难扫千年雪"的世界,又是怎样接纳这把卵含在口中孵化,一年繁殖几代的热带生灵?

假如你有兴趣,不妨到乌鲁木齐近郊的红雁池水库去见识一下那个气势非凡的温暖的鱼国——高密度温流水养渔场。不论是炎夏蒸空的溽暑,还是冰天雪地的隆冬,踏进渔场,一派热气蒸腾、白雾缥缈的景象,立刻使你觉得如置身另一个世界。耳边响着哗哗的水声,这是鱼国美妙的音乐,一列列整齐漂亮的长方形池子中,流动着冷暖适度的温水,密密麻麻挤满了游动不息的鱼儿,有尼罗罗非,莫桑比克罗非,奥丽亚罗罗非,还有今年新引进的珍珠红罗罗非。穿行池间,鱼儿们潮涌而来,向你表示欢迎。这时你撒下一把饵料,就可看到鱼儿们争先恐后竞相争食的图景。有些身强力壮的鱼儿竟像训练有素的篮球运动员,跳出水面接食。在高密度高产试验的成鱼池中,更是密密匝匝挤挤挨挨,成团成簇,蔚为奇观,仿佛成吨的活鱼装箱待运。

这个高寒环境中温暖的水乡泽国,始建于1982年。它利用红雁池电厂每年两亿立方米的余热水,现已建成了40亩水面的鱼池,目前是国内最大的高密度温流水养殖场。现代化的管理使一切井然有序。养殖人员不多。但一天喂食八次,昼夜都有水温测试记录,使池水四季保持在18℃~30℃之间。饲料按科学配方制成,八大营养指标按罗非鱼生长期特点配伍。精心的饲养和管理,使这些异国热带鱼的后代,在新疆特建的温暖水乡中生活得惬意而自在。也许是"物离乡贵",比它们在非洲老家的自然水域中得到了更多的优待,早就不知故乡何处了。请看这惊人的数字:

1986年阶段验收实测:亩产成鱼平均49吨,1987年最高亩产61.5吨。1988年年产800吨,通过国家级验收。给乌鲁木齐提供的商品鱼占地产鱼的60%。

没有亲眼目睹的人,听着这惊人的数字,简直近于神话,但这已是进入市民家庭餐桌的事实。

罗非鱼鲜美的滋味,高蛋白的含量,生长快、繁殖力强等诸多优势,使它成为联合国粮农组织向各国推荐养殖的优质鱼类。20世纪80年代中国改革的大潮,又把它刮到亚洲腹地的新疆,从此,古丝道上的天山南北,有了自己生产的热水性鱼类。它不仅凝结着水产科技人员为民造福的深情,更传承了亚非文化交流的古老绵长的历史文明。

天山冷泉映虹鳟

"水至清则无鱼",来自异国外洋的虹鳟则大异其趣,非清水激流不居。与罗非鱼相反,虹鳟鱼生性喜冷,适温9℃~18℃,其肉质细嫩,蛋白质含量高,是养殖的名贵鱼种。与鲢、鲤、草、鲫等家鱼相比,在国际市场上身价百倍。

乌拉泊虹鳟鱼养殖场,坐落在水库坝下一个远离尘寰的清幽去处。一个个长方形池子蕴蓄了从水库大坝下渗过来的天山雪水,清泉从一端池面流入,从另一端池底排出,始终保持汩汩流动的鲜活和澄澈。天光云影中游动着虹鳟的幼鱼、种鱼和成鱼。我们俯身成鱼池旁抛撒饵料,鱼儿们一反悠游安恬之态,飞跃接食,泼辣有声,活跃异常,仔细观察,虹鳟体态匀称,色泽鲜艳,背鳍或暗绿、或褐色、或幽蓝,散着一些小黑斑,鱼身两侧中央横抹一痕红色,嬉游于冷泉碧波之中,鳞光闪烁,虹彩焕灿。

1987年乌拉泊虹鳟养殖试验通过自治区级鉴定,成为单产每平方米水面为16公斤,商品鱼规格每尾428克。这是令人欣喜的成果。

虹鳟原产美国加州。50年代金日成主席送给周总理,我国才开始养殖,到新疆落户则是80年代的事。现在天山南北均有小规模养殖试验,其中规模最大的是达坂城东沟冷水鱼养殖试验场。引进美国、日本鱼种,并修建了玻璃钢孵化室,去年为市场提供商品鱼20多吨。由于虹鳟目前还是人工孵化,产量较低,它的名贵在新疆还少为人知。但它从大洋彼岸的美洲来到古丝道上的天山脚下安家繁衍,这国际大串联显示的,又何止是虹鳟鱼本身的价值!

鱼稻良缘传佳音

"塞外江南鱼米乡",是人们把江南作为参照物,形容新疆某些地区自然条件的优越和富饶。今天,这"鱼米乡"有了更贴近的新含义:稻田养鱼,鱼肥稻壮,千斤稻谷百斤鱼,把鱼和稻这样美妙和谐地结合起来,是80年代的新事,新疆渔业史上的佳话。

四五月份,天山南北冰融雪消,米泉、安宁渠、库车、阿克苏、和田等稻乡开始放水插秧,开渠养鱼。当秧苗扎根,鱼苗即投放田中,秧苗和鱼儿像农人的一对孪生子,从此共同生活在稻田这个温馨的水域里。

虽然比不上江河湖海的宽阔,但稻田这个世界自有江海不备的风光。秧苗儿青青,鱼儿像活泼可爱的顽童,倏忽来去,在稻秧间嬉戏回游,搅动苗儿在水中的倩影。

鲤鱼攻泥,觅食底栖生物,草鱼吃草,除虫灭害。它们像稻田里的卫生员,使秧棵得到最舒适的耕耘和保健,这是任何细心的农夫无法替代的。肥水之中,秧苗和鱼儿各取所需,同步成长;鱼儿的排泄物又成了稻秧良好的天然肥料,如此配合默契,循环相养,仿佛天然妙成,谁少了谁似乎都不成世界。真该感谢第一个使鱼米结缘的聪明的农人。

稻花飘香,鱼儿盈拃,稻棵间的天地窄狭了,低矮了,缺少自由了,鱼儿都到田间宽阔的十字深渠去安身。稻谷黄熟,田间浮动着醉人的稻香,鱼儿也在温馨的氛围中得到滋养。稻田较高的温度和丰富的饲料,使它们得到富足的温饱,相对狭小的水域,减少了它们体力的消耗,鱼儿们一尾尾体态端庄,特性温顺,开始肥硕起来。

炎夏过去,金风送爽;稻翻黄金,鱼跃白银。农人们在九月的阳光下收获,一手抓金,一手抓银。金黄的稻谷一片片倒在镰下,银亮亮的鲜鱼一筐筐送进市场,或一网网转入渔塘。同样的稻田,半年汗水换来了加倍的报偿。

1986年,米泉稻田养鱼专业户80余家,水面503亩,取得亩产鱼38公斤、稻谷增产5%~10%的好收成。1987年阿克苏稻田养鱼面积470亩,水稻平均单产750公斤,比不养鱼稻田增产52公斤。

鱼,因为谐着"余"声,在中国农民几千年的贫穷生活中被视为吉祥之物,寄托了人们吃剩有余、年年有余、吉庆有余的向往。许多乡俗中除夕夜团圆席上的鱼看是只摆不吃的,农家粗瓷大碗上印着蓝花鲤鱼,祭祀的菜肴甚至供一条木刻的鲤鱼,都是寄托有余的愿望。今天,这中国农民祖祖辈辈地向往开始成为真真切切的现实,这吉祥之物落户在农家的稻田里,年年有鱼,年年有余。我们祝福这鱼稻良缘。

瀚海明镜有奇珍

在瀚海银带和戈壁明镜中,也闪动着甲鱼、黄鳝、白虾、螃蟹、珍珠蚌等特殊水族的身影,它们大多来自江南水乡,进疆历史不长,产量也还不多,但大大丰富了新疆水产的品种,增加了瀚海水域的色彩。

甲鱼一向被视为大补名品,并可药用,市场价格昂贵。60年代石河子大泉沟水库渔场养殖试验成功。生产建设兵团曾以地产甲鱼欢宴当年到石河子视察的贺龙元帅等中央领导同志。现在乌鲁木齐市水产养殖继续繁殖试验,但越冬、投产,在这个严峻的高寒地区,还有待于大量艰苦的探索。

素不闻鱼的哈密出产黄鳝,已有100多年历史。据记载为1876年左宗棠的湖湘子弟进疆时,"以木桶盛鲜数百担,荷出关,抵哈密,弃之淖尔,岁久益滋……"(《新疆志稿》)迢迢万里,桶载肩挑,播撒西泽,与"新栽杨柳三千里"一起,引渡春风过玉关。

经百年沧桑，昔日沼泽多为农田，但泉水地一带，至今仍为黄鳝，即是湘军当年荷担而来的鳝鱼们的后代。20世纪60年代以来，石河子、昌吉、乌市渔场都养过黄鳝。

水中鲜品的虾蟹，过去只有冬季才能见到从内地运来的冻物，如今也有了新疆自己养殖的鲜货了。虽然数量不多，目前还只是满足特殊需要的"贡品"，但毕竟已不是空白。博斯腾湖、柴窝堡水库都有虾蟹。"眼前道路无纵横"的无肠公子（螃蟹）能在瀚海湖库中经冬历夏，它的前途是无量的。

古丝道上的新疆是出宝石美玉的地方，如今水中又添珠光。新疆不少水域有蚌，有的是从引进的鱼苗中带来。乌伦古河、福海、米泉、猛进水库等处，河蚌大量繁殖，并已见于农贸市场。20世纪60年代以来又试验人工养殖珍珠蚌。瀚海水域不再是无甲无鳞的寂寞单调光景了。

特殊水族的养殖虽然还没有形成经济价值，但一个探索性的开始，总是让人充满了希望。

过去，只有生活在河湖边上的人们才有闻鱼腥味的福分，如今，荒水碱洼，苇湖港汊、水库塘坑、稻田渠沟，凡有水的地方都养鱼，连祖祖辈辈没有养鱼习惯的维吾尔族、哈萨克族农牧民也打破传统，在养鱼致富上大显才干。莎车县的买买提·乌斯曼承包400亩水面，1986年提供商品鱼2.2万公斤，被誉为养鱼大王。阿勒泰草原，火洲吐鲁番都有这样的乌斯曼们。他们既善放牧，又会养鱼，真正当了"鲜"字的家。人们以感激的心情赞扬他们为生活增添"鲜"味。

如今各族人民节日或宴客的餐桌上，鱼品已成为不可或缺的美味佳肴。食有鱼不再是少数人的享受，正在成为普通人的生活。

各具风味话鱼餐

新疆吃鱼虽不比沿海的洋洋大观，但也自有它地域和民族的风习，各方荟萃的特点。

"昌吉新鱼贯柳条，
苓箸入市乱相招。
芦芽细点银丝脍，
人到松陵十四桥。"

200年前，清代学者兼诗人纪昀为我们描绘了当年新鱼上市的盛景和烹鱼尝鲜的喜悦。昌吉盛产鲫鱼，芦笋亦为本地风光。银白色的鲜活鲫鱼，配以嫩绿的芦笋，色味佳美,令人想起松陵名贵的鲈鱼,诗人仿佛把我们也带入品尝千古名鱼的境界中去了。

今天,随着新疆水产类养殖事业的发展,不少城镇四季都能买到鲜鱼,吃鱼的文明也不断演进。随便走进哪家大一点的餐馆,不论民族的、汉族的,菜谱上鱼肴不下数十种。僻处大漠深处、山野幽谷的水库渔场,不少大师傅都能做出花色品种繁多的鱼宴。

五家渠猛进水库的陈师傅是山东人,曾学过八大名菜之首的鲁菜,也到上海"锦江"学过艺,现在水管处执行所执勺,为二级厨师。他能用鲤鱼、鲢鱼、草鱼等家鱼,烹制近30种色味各异的鱼馔。他的溜鱼片、清炖鱼、清汤鱼丸都备受赞赏,而其中葡萄鱼一款尤具特色。一个白瓷盘上托着一嘟噜颗粒饱满、晶莹黄亮的葡萄,这是一条整鱼经巧妙的刀功和精心的烹调制成的,旁边还衬着几片鲜润的绿叶,仿佛刚从葡萄架上摘下,又从清泉水中捧出,葡萄粒上还闪烁着盈盈的水珠儿,这分明是一件令人赏心悦目的工艺品。把瀚海鱼品和西域名产的葡萄结合起来,既有观赏价值,又鲜香酥嫩,酸甜适口。谁说这不是新疆风味的鱼肴呢? 谁又能说这不是东西文明的交融呢?

要说传统的食俗,酸辣鱼是新疆人喜爱的风味。雪山大漠、高寒严酷的自然环境,使人们在味觉上寻求一种强刺激,酸辣味正好符合这种要求,并有驱寒开胃的作用。而酸辣鱼头更是新疆的传统风味。本地盛产的花鲢和赤鲢可观的大鱼头,正是烹制酸辣鱼头的理想材料,其他鱼头新疆人简直是不吃的。配上鲜亮的红辣子,碧绿的大葱,浓重的酸辣味,使鱼头本色的多味更加香醇味酽,色香味都够刺激,耐品味。比起江南的清淡,不难理解新疆更爱浓酽。

东南食风随内地人带来到新疆,并与本地优势相结合。远处祖国最西北的阿勒泰,餐馆里除了有阿山大尾羊烹制的佳肴,更有丰富的鱼馔;过去以为只属于江南的鱼丸汤,在阿勒泰别具风采。洁白的鱼丸配以本地名产的阿魏菇,鲜香滑嫩,色味俱美,且售价低廉。一个南方人能在瀚海尽头的阿尔泰山下品味鲜美的鱼丸,大有东西南北均为家的飘飘然了。

古朴的民族风味野炊,是又一种别具魅力的鱼餐。

春暖花开季节,你若有机会到察布查尔的伊犁河边走走,有幸加入锡伯人猎鱼尝鲜的野餐,定会使你乐而忘返。有渔猎传统的锡伯族人,用各种网具从伊犁河和苇塘小河中逮起一尾尾肥美的金色鲤鱼,走运时还能逮到名贵的青黄鱼,用养育它们的清粼粼的伊犁河水,放上一把就地采摘的布尔哈雪克野菜去腥助味,点上干树枝,清炖,再佐以精盐、辣面等调料,最大限度地发挥了鱼儿鲜香肥嫩的本色本味。吃着这锡伯风味的清炖鲜鱼,你会觉得过去似乎从未尝过真正的鱼鲜。

也许你享用过很多佳肴美馔，但维吾尔族、哈萨克族富有大漠古风的烤鱼并不是随便哪个高级宾馆里能品尝到的。

莽莽漠野，天高地旷。在湖滨、河滩，点起一堆树枝或牛粪的篝火，把刚从水中捕上来的甩头摆尾的鲜鱼刮鳞去鳃，从头至尾剖开，弃去内脏，用几根树枝，最好是红柳条，把鱼横向撑开，使之成为两扇相连的一个平面，再用较粗的枝条从脊背竖插进去，制成一面可以竖立的鱼扇，然后围着红火插在地上，猛一看真像企鹅敞怀取暖。为使受热均匀，要不时翻动。也有性急耐不得整鱼烤熟的，一片片切了插在渔叉或树枝上，待半熟时，撒下事先准备好的盐末、花椒面、孜然（安息茴香）等调料，片刻，浓香四溢，肉色金黄。再能控制自己的人也禁不住这分诱惑，喉头蠕动，馋涎欲滴，跃跃欲一尝为快了。欢呼声中，一齐下手，撕嚼着香鲜满口的烤鱼，就上一口老白干，呼吸着高天阔地的鲜洁空气，一种不拘礼仪的自由洒脱，返璞归真的陶然野趣，使吃烤鱼成为一种妙不可言的享受，任再豪华的筵宴也难与之相比了。

听说巴楚、莎车、叶城等南疆名镇的巴扎上常有烤鱼出售，鲜香诱人，售价不高，很得人们欢迎。可以预见，它迟早也将同烤羊肉一样，走进高级宾馆，摆上豪华筵席，只是那分古朴野趣也将随之消失了。

食杂八方味，可说是多民族和五湖四海的新疆人饮食上的特点。随着渔业的发展，鱼品的丰富和各类鲜鱼餐厅的出现，新疆的鱼餐将更加多滋多味，各具风采。

1988 年 12 期《中国西部文学》

芳草湖精英

梁彤瑾　　李孝成

党书明，一个"不安分"的厂长

准噶尔盆地上有一片芳草湖绿洲，芳草湖绿洲上有一个芳草湖制药厂，芳草湖制药厂有个"不安分"的厂长党书明。

制药厂大门口挂着两块牌子："芳草湖制药厂"、"芳草湖味精厂。"制药厂除生产药品外，还生产食用味精。近几年，味精成了这个厂的拳头产品，利润主要来源于味精和味精半成品。

1986 年 7 月的一天。

大连市，热得像个大蒸笼。

党书明风尘仆仆地走出火车站，立即感到浑身黏不拉叽的。这个时候最需要的是什么？找个干干净净的旅馆，洗个痛痛快快的温水澡，舒舒服服睡上一个好觉。

可惜呀，他党书明没有这个福气。他向人问了路，便直奔大连冷冻机厂。

没想到门口卡住了，门卫说什么也不让进，这是为什么？党书明往自己身上看了看，不禁哑然失笑。一件灰衬衣像是从酱菜缸里捞出来的。裤子皱皱巴巴，汗迹斑斑，一条裤腿挽起来老高，活像一个叫花子嘛。好说歹说，他才进了接待室。自报家门，新疆芳草湖制药厂副厂长，专程来购冷冻机。党书明被请进销售科，一位年轻的业务员接待他："买冷冻机，不成问题，但要等一年之后才能供货。"

不善言辞的党书明急了。"同志，你看我大老远的从新疆来，就是想快点弄到冷冻机，我们急等着用，你们能不能想想办法，从别的订户那里支援我们一台。"

"各厂家都要得很急，改革的年代嘛，都是快节奏。"业务员很为难。

"那你们不能请工人加班加点多生产一台？加班费我们给。帮帮忙吧，我们新疆工业落后，请你们务必支持一下。"

业务员被说服了，请示了销售科领导，同意九个月后发货。九个月！还是太晚了。党书明还是磨，找科长磨，找厂长磨，供货时间又提前三个月，年底可使用上冷冻机，这是最优待的了。

到大连第三天，党书明乘火车到了北京。飞机票不好买，他踏上了西去的列车。来去十天，风风火火。别人问他大连有什么好玩的，他摇摇头："城市嘛，还不都是一样，人多车多楼房多。"

冷冻机是有了，钱呢？党书明四处磕头，到处碰壁。

"你们厂的生产已经不错了，还搞什么冷冻机，你太不安分了！"

"你可不能当败家子哟，不能给你乱花钱。"

"贷款完了。想贷款找领导批条子。"

党书明气不打一处来，跑到乌鲁木齐一家信托公司求援，回答是："钱有，要付高息。"

"高息也干！党书明想，你利息再高，比起我将来盈利的钱，还不是微乎其微。"

年底，冷冻机运来了。党书明立即组织安装，1987 年 5 月，正常运转生产。当年便显示出新设备的威力，麸酸提取率由原来的 62% 提高到 73%，平均每天增产麸酸 300 多公斤，价值 2700 多元。半年时间，还清了 20 多万元高息贷款。

1988 年春，上级任命党书明当厂长。实际上，以前他也在行使厂长的权力，因为从他当第一副厂长起，厂里就没有厂长。他对上级领导说："叫我干可以，要干就放手干。叫我守摊摊，我不干。"他决心在任期中把工厂变个样子。这年又投资 50 万元，盖了制药车间，结束了在土块房里制高级药品的状况。

投资 16 万元，进了四辆"东风"牌汽车。

投资 6 万多元，换置了新锅炉。

从 1986 年至今，党书明带领大家又开发了小儿糖浆、舒肺咳等四条生产线，引进了麸酸冷冻新工艺，攻克了螺旋板高效换热连消系统等六项技术难关，成功进行了 19 项生产设备更新改造。

他是一个"不安分"的厂长。

制药厂招待室夹在职工住房中间。一头是食堂，一头是客房。两间，一男一女。当我踏进客房时，无异于走进冰窖。房中间立着一个一米见方的铁皮火墙，铁炉子烧得红红的，可房子里还没有热气。后墙和山墙之间裂了十多厘米宽的缝隙。顶棚是旧报纸糊的，十几个大窟窿，大概是下雨漏湿的。窗户上钉着塑料布。靠墙三张木板床，中

541

间一张小圆桌。真够寒碜的!我皱了皱眉,一个年利润 120 万元的工厂难道建不起一个像样的招待所?上级领导来了就住这儿?外地客商来了就住这儿?

党书明一个劲不好意思:"我们厂条件太差,咱们去办公室谈吧,那里有暖气。"

党书明告诉我说,他们确实有能力盖个招待所,买高级小轿车,上级也原则同意过,可是中央三令五申基建要下马,要求停建楼堂馆所,他们不能不照办。

我能说什么呢?停建缓建,年年喊叫,可是大城市的豪华超豪华大宾馆、大商场以及高级住宅,何时曾停建缓建过呢?一个小工厂的厂长为盖一个小招待所,却还要瞻前顾后。位卑未敢忘忧国!

午饭四个菜,真正的四个菜:一盘干炸鱼块,一盘芹菜炒肥肉片,一盘橘子罐头,一盘油泼酸菜。我苦笑,这是我在采访中遇到的最抠门最小气的一个厂长了。我也坦然,本来就该这样。

党书明走过的路花团锦簇。

1976 年,高中毕业的党书明来到芳草湖总场副业队当兽医。1977 年 9 月,就被招进制药厂。1978 年 3 月,厂领导叫他带着 20 名青年工人去上海、无锡学习。学习回来,派他负责组建发酵车间。

1981 年,他担任发酵车间负责人。9 月又被送去新疆医学院学习一年。

1982 年 8 月,学习结业,调厂生产办公室当技术员。

1984 年,被提升为生产办公室主任。

1986 年,被任命为第一副厂长。

1988 年去掉了"第一副"三个字。

步步高升,顺利而平坦。当然这只是表面现象,其实每前进一步他都要付出心血和汗水。

今年春,新疆人民广播电台专题报道了党书明的事迹,讲了他治厂三部曲:抓技术培训和科学管理;不拘一格选拔人才;全心全意为群众谋福利。

说起党书明重用选拔人才,在制药厂有口皆碑。他排除干扰,面向全厂摆开擂台,选贤任能,量才使用,把有才干的年轻人放到关键性生产岗位发挥作用。

彭金生,青年技术员。担任发酵车间主任后,接连实施五项改革措施,使亏损的车间当年获利 51 万元。

彭紫森,青年工人。任厂计量办公室主任后,严把质量关,使全厂各项产品合格率由过去的 85% 提高到 95% 以上。

王月强,青年工人。当一车间主任时就能吃苦,肯钻研,有丰富的实践经验。为发挥他的专长,党书明任命他担任技术办公室主任,并晋升为助理工程师。

还有供销办公室主任陈岩松,机修车间党支部书记李选清,铸炉工人潘进亮,还有……

党书明的前任也非常重视工人文化素质和技术培养。1980 年以来,制药厂有 93 名工人在上海科技大学、天津工学院、大连轻工学院、无锡轻工学院、新疆医学院等院校学习过。

108 名干部工人参加各类函授、刊授、电大、职大学习。

169 人获得了各种结业证书。

39 人获得工程师、会计师、医师、药师等技术职称。

去年年初,大连工学院对口招生,制药厂抽出两个车间主任,一个生产办公室主任,一个工段长和一个技术员去学习。接着,又派厂质检办公室主任、制药车间主任和两名质检员去上海学习。同时,主管全厂动力设备的副厂长邢鹤鸣去广州工学院学习。一下子走这么多技术骨干,有人怕影响生产,连去学习的人也放心不下。党书明说:“为了制药厂的将来,你们放心去吧。你们的任务是把知识和技术学回来,别辜负大家的希望。厂里的事,有我们在家的人顶着。”

党书明面带笑容,不紧不慢地谈着他的过去和现在。腼腆,温和,悄声细语。我真难以相信,他这么个人竟会发脾气骂人,竟会雷霆震怒拍桌子。

那是他听到一些传言之后,暴跳如雷。

立即要召开全厂干部大会,当着领导的面咱把话说清楚。

谁劝他他朝谁发火,坐在一旁的副厂长邢鹤鸣一声不吭。待党书明发完火,办公室再没其他人了,邢鹤鸣不紧不慢地说:“这个会不能开!”

党书明猛地站起来,邢鹤鸣用手势制止住他,“你听我把话说完好不好,不是我说你,你冷静一下,你是厂长,不是工人。厂长就得大肚量,能跑马撑船。你是厂长,就要能听各方面的意见。也不调查一下,就大动肝火开什么会,把矛盾公开,有利于工作吗?你开吧,我第一个不参加!”

邢鹤鸣站起来走了。留下党书明发呆。

是啊,我怎么忘记自己的身份了。

会还是开了。但会议内容变成了工作会,党书明一句牢骚话也没说。听他发过火的人长长地出了一口气。

来到办公室,坐在沙发上。我说我很想听一听你党书明的苦衷。

他哑然失笑。端起保温杯呷一口茶。

“个人的苦恼算不了什么。”他平静地说,“倒是工厂的生存发展十分艰难。”

这我相信。这个制药厂挂牌是"新疆芳草湖制药厂",实际上并不是一个独立企业,它隶属于芳草湖总场,上边还有农六师,还有兵团。制药厂的发展总是受到不尽的外来干预。有困难,找谁谁摇头;有苦恼,反映不到主管部门领导耳朵里。资金,原料,技术,扩大再生产,都受到许多制约。

工厂要扩建,设备要更新,可工厂的上交利润年年加码,上边鞭打快牛,不顾工厂本身的建设。党书明想上新项目,报告层层打上去,谁也不说不行,谁也不说行。

有人说党书明是开拓型企业家,可他说自己是个懦夫,在许多事情上无能为力,只能听天由命。

"但不管怎么说,现在总归是改革,总归是打开一个缺口,给了我一个机会。像我这样的年轻人能挑一个厂的担子,为数不多。我有这样的机会就不会轻易放过。比起别人,我是幸运的,即使是做一个失败的改革者,我也要干下去。"

我理解他的困苦和艰辛,抱负和忧虑。

制药厂可以没我党书明,但不能没有邢鹤鸣

这是党书明的心里话。

工厂的潜力在哪? 在技术改造和设备更新。邢鹤鸣就是专搞这个的。这几年,他改造了多少旧设备,革新了多少技术,连他自己也记不清了。

邢鹤鸣的生活道路可没有党书明平坦。

1963 年,他从自治区工交建筑学校毕业,分配到芳草湖总场修造厂。他想有一番作为,但不久就来了"四清"运动,接着又是"文化大革命",他成了"臭老九"。直到党的十一届三中全会以后,邢鹤鸣才开始了真正的技术工作,焕发出无限热情。他自行设计制造了一台 G7620 多刀半自动液压车床,这种车床操作简单,省工省料,荣获昌吉回族自治州科技奖。

接着,他又完成了 S195 机油泵生产中的技术攻关,改造了机油泵的五大零件,重新编制了全套生产工艺,投入批量生产后,生产出的机油泵性能良好,质量稳定。

为减轻工人劳动强度,他设计制造了一台 30 吨电动桥式吊车,安装在金工车间,提高了劳动效率。

1980 年,为解决啤酒花烘干问题,邢鹤鸣凭着出国人员的简单介绍,设计装置了国内第一个啤酒花联动板式烘干房。1981 年 9 月 14 日,在芳草湖一分场开始使用,日处理啤酒花 30~50 吨,解决了农场大面积种啤酒花的一大难题。

1983 年,邢鹤鸣调入制造厂,英雄更有了用武之地。他全身心地投入到设备改造中去,为工厂的发展作出了突出贡献。

谷氨酸,是从制糖废料稀糖中提炼出来的味精原料。提取过程中的谷氨酸烘干工艺,过去一直沿用暖气片蒸汽加温,把谷氨酸装进许多小托盘上,放到烘干房暖气片上。出料时,工人要冒着摄氏40多度的高温,把烘干的谷氨酸端出来。往返循环,工人不知要流多少汗。而且谷氨酸杂质多,烘干耗用蒸汽量也大。1985年,邢鹤鸣为此动脑子,用了两个多月时间,设计出一套变径管气流烘干系统,投入使用后,产品杂质减少,节约了蒸汽,更重要的是工人被解脱出来,不用受高温之苦了。

谷氨酸进入发酵罐之前,有一道消毒工序。即把20℃的料液,在20~30秒内加热至110℃,维持高温6分钟后,再用每小时85立方米的凉水冷却到32℃,再投入大罐。每65立方米料液,需蒸汽量10.5吨、水400立方米,浪费太大。邢鹤鸣苦心钻研,设计一套螺旋板换热器连消系统。把冷却时释放的热量用于料液加热消毒。几年的实践证明,这套联消系统需要蒸汽量小,消毒时间短,连消温度稳定。每月可多发酵两罐,每年可多上近20罐。每罐按三万元产值算,每年增加产值60万元。

制药厂在改造设备的同时,还培养了一批技术人才。邢鹤鸣说:"现在制药厂的技术员随便可以拿出去十个八个,抽出的技术人员再办三个这样的制药厂不成问题。"

这话不假,这几年制药厂的小改造、小革新、小发明层出不穷。机修车间有个青年工人高铜锤,是空压机工段长。小高爱写个新闻稿,《新疆日报》《新疆军垦》都刊登过他写的消息。小高看书多,爱思索。他看守的空压机机油温度高,黏度低,压力低于额定值,经常出现拉瓦、黏结滑道现象,影响正常工作。他看到压缩机杂志1987年第3期上《介绍压缩机使用和部分元件问题的探讨》一文,参照大量资料,自己设计制造了空压机机油冷却装置。这套装置和空压机配套使用,每年可节约5200元的油料。接着,他又改造4L-40/4压缩机油冷却系统,挽回经济损失一万多元。

还有个改革迷叫李正权。几年来,他改造了药品罐工艺、药液检漏箱、辅酶A生产工艺和药品注水洗瓶系统,大大减轻了工人劳动强度,提高了工作效率。

邢鹤鸣和工人们所进行的设计更新和技术改造的作用有多大,要用数字准确概括的确困难。制药厂的职工只能这样算,如果不搞技术改造,生产还停留在过去的水平线上。八年前,制药厂的产值只有现在的三分之一;五年前,产值只有现在的三分之一。当然,工厂的发展有诸多因素,但科学技术的力量是起决定作用的。

万里讨债,债主骂他是黄世仁

虱多不痒,债多不愁。这几乎成为当今所有债主的心态。"要钱没有,要命有一条,你看着办吧!"欠债的人反而态度强硬神气十足,好像欠债有理,讨债有罪似的。

"债越来越难讨了"

芳草湖制药厂党总支书刘希江对我大发感慨,详细讲述了他多次外出讨债的艰辛和烦恼。他说,制药厂领导分工不分家,行政领导也抓思想政治工作,政工干部也抓经营管理。

他说,外出要债,一次比一次难。下面见他的要债经历:

去年8月,我带着一个采购员去江苏无锡阳山味精厂要债。这个厂真赖到家了,运走我们厂33万元麸氨酸,五年过去了还没付款,电报电话,专门去人催债硬是赖着不给。去年,党厂长请一个律师一个记者同去无锡要债,起诉到当地法院,经济审判庭调解结果是逐年归还,也可以货抵债,五天之内先还一部分。协议签字后,厂长先回来了。可对方又拖着不还,你说气人不气人。

我没有找他们厂长,直接到无锡市中级人民法院,找到执行庭长高庭长。高庭长很客气,解释说:

"你们就是不来人,我们也准备去阳山味精厂,他们也太不像话了,咱们一块去。"

到了阳山,我们先找阳山镇长,请他一起去味精厂解决问题。味精厂厂长见到我们脸就拉下来了,开始叫苦连天。说味精销路不好,原料涨价,资金周转不开,工人工资发不下,税务局来要税,工人骂娘,领导批评……

我打断了他的话:"你有困难,我同情。但我们也有困难,我们来不是听你诉苦的,是请执行庭长来执行合约的。"

镇长帮着打圆场,不痛不痒地批评厂长几句,也喊了一阵难处,最后又说不管怎样要把钱还给人家。说完借口有事想走。

我拦住镇长:"镇长,我们厂长来的时候,听说你是拍了胸脯的,你既然要担保,现在就请你担保到底。"

镇长一脸难为情:"这个厂的的确确有难处,钱的的确确要还,我也的的确确有事。这样吧,我给你把镇上的营业所所长叫来,查查他们有多少钱。"

镇长走了,所长来了。所长说阳山味精厂在银行没钱。这话谁信?没钱为什么我们党厂长来时答应给钱?

我不能客气了:"几年前,在你们味精厂最困难的时候,是我们扶持着你们,给你们低价供原料,你们才得以正常生产。你们厂发展起来,不但不感谢,反而欠债不还,害我们贷款生产,给银行付利息。你们过意得去吗?我们现在只有三句话:一、你们实在没钱就给产品也行。二、从欠款至今的利息要付。三、签合约不执行,应承担违约金。"

那位厂长两手一摊："说一千道一万，反正没钱，随你们便！"

高庭长也说情："刘书记，你看这怎么办？能不能……"

我很生气："高庭长，要我们说什么好呢。1987年我们来人，你们法院担保马上还；上次我们厂长来，你们也说要强迫执行，叫我们党厂长放心。可至今一分钱没还，叫我们怎么相信你们呢？"

高庭长给我们说好话，又去逼厂长拿钱。看他那样子，也够为难的。

这一天毫无结果，只好回无锡。

第二天，高庭长让我们在旅馆休息，由他去味精厂做工作。高庭长很负责任，接连去了四天，才说通味精厂厂长，答应一半给钱，一半给产品。

第五天，我们高高兴兴地看货取款，没想到厂长变卦了，态度倒是很可怜："现在是有那么几个钱，可是给你们我们就没法过日子，等我们缓过这口气，一定如数奉还还不行呀。哪有你这样讨债的，简直是逼债吗。我看你就是黄世仁、穆仁智，你总得让我活下去吧！"

你听听，他欠债不还反而有理，我要债反倒有罪了，成了黄世仁了。我说，我是共产党的总支书记，不是恶霸地主。要回债没一分装进我的腰包。这完全是公对公，有公德，有法律，有人格，说到天涯海角你欠债就得还钱，赖不掉也拖不掉。

厂长脖子一梗说："你看我能值几个钱，你找根绳子把我勒死算了。"

我说："你别吓唬人，你还没到抹脖子上吊的时候，你没破产，没倒闭，你有钱。"

"我有钱还给你当孙子呀？"

争来吵去，没个结果，只好回无锡找法院领导。法院领导说别谈了，直接去强制执行。高庭长又去跟厂家商量，厂长同意给味精。

可我们赶去，厂长又出尔反尔。这次没说什么，还有什么好说的。回无锡，找法院院长。法院签了字，"有钱给钱，没钱封库房。"

带着查封库房的手续，我们理直气壮赶到味精厂。厂长这下软了，答应给钱。你说怪不怪，明明他有钱，可你不逼到死胡同，他就是不给。

办了银行托收手续，我又追要违约金。

那位厂长听我说要违约金，一蹦老高，说还你钱就够不错的了，我违什么约了？

高庭长说话了，"白纸黑字，违约还不承认？"

厂长丧气地问："要多少？"

我说："按规定，2%，5000元。"

厂长哼了一声："一分也没有！"

高庭长不气不恼，给他讲了关于违约的罚款规定，不付违约金，对方可以告到法院，闹大了更不好说。厂长到底软下来了，给了2000元。我心想这就不错了。要回欠款是大事,违约金多少就不必计较了。

告别的时候,我主动去握厂长的手,"欠款是不愉快的,还了就没事了。今后重新开始,还可以打交道,做买卖。到新疆去我们欢迎,买原料保证优先,不要忘了带上钱就行了。"

刘书记讲这些的时候,像在讲一个惊险故事。他说芳草湖制药厂还有 60 万元的欠款没有追回,江苏的,甘肃的,福建的,河南的,几万元的,十几万元的都有。

刘书记还说,他们厂的欠款还不是最多的,有些厂数百万数千万的欠款要不回,每年派十几个或几十个人四处讨债,光要债的花费每年十几万。有的厂旧债没要回又添新债,搞企业,难呀!

守业难,创业就不难吗?

孙伯玉老人(其实他才 60 多岁,按现行的年龄划分还不能算老)对我的夜间造访并未感到惊奇,听说我是报社记者,立即就发起牢骚来,从物价上涨到官僚主义,从干部经商到偷盗成风,从干部作风到干警聚赌,牢骚发得尖刻而有水平,愤世嫉俗,忧国忧民。

我来是想请你谈谈制药厂。

孙伯玉,这位离休前的芳草湖制药厂党总支书记长长地叹了口气:"还提那些干什么,过去的事了。要是现在,我绝对不会那样干的。哎,再不会有那个精神和劲头了。傻! 太傻了! 也不知我过去怎么会那样,傻得不透气! "

就说说你的傻吧。

我是 1956 年来新疆的。过去我在广州公安厅工作,领导叫我把一批学生送到新疆来。我二话没说就来了,可来了就不叫走了,非留我在自治区农垦厅工作。干就干呗,咱是党员,听党的话留下来了。1961 年大批下放,我来到芳草湖总场供销科。干到 1977 年,领导非要我去药厂当书记。你当是什么美差,药厂走投无路了,叫我收拾残局。

那时候叫制药厂,实际上手工业作坊都不是。

1972 年,芳草湖总场分场几个人用梭梭柴烧大锅,熬肝浸膏。肝浸膏出口到越南,一检查不合格,退货。后来改做肝注射液、肝素钠、虫草参茸茶等。做了几年,国家淘汰了肝注射液,这个制药厂面临倒闭,我是这个时候走马上任的。

叫我干就得听我的,工厂搬迁。领导同意了,但一分钱不给。我们从 1978 年开始,在芳草湖总场场部建厂。为了今后大发展,我们派出 30 人去上海、无锡学习。党书明就是那次学习带队的。家里的人集中力量盖房子,十几个人包干一栋。我是工程师,也是施工员。打土块,拉料,垒墙,上房泥,天再热也不休息。从5月干到9月,23栋房子盖起来了,那速度相当快。这中间,总场的个别领导来制止,强令下马。我说先叫我下,然后工厂下,硬是不理那一套,他把我也没办法。

1980年我们开始生产生物药剂。生物制剂是比较难摆弄的,质量要求高。像细胞色素C,是一种急救用药,医生叫它为细胞呼吸激活剂,对脑血栓、脑硬化、脑出血、脑外伤等等都有较好疗效,我们硬是生产出来了。有的人看了我们的设备和厂房,不相信我们能生产这些高级药物,可我们偏生产出来了。

后来工厂扩大到二三百人,光搞制药不行了。因为制药任务小,吃不饱。工厂不转产就没有出路。这时候,我遇到了第一个大好人。要不说我有福气,别人没遇上,为啥偏叫我遇上了呢。他叫王境桓,是自治区外贸局的年轻干部。那次来我们厂,随便聊起工厂的生路,他说:"你们靠着大糖厂,糖厂的废糖蜜可以做麸酸,麸酸能做味精嘛。"我问他难不难,他说学一下就会,很简单。

"到哪学?"

"石河子味精厂,很近。"

行,说干就干。我领着几个人去石河子味精厂学习,碰了个软钉子,人家不欢迎。不欢迎没关系,只要让进厂看看就行,看了十多天,都看在眼里,回到厂里便动手干。先跟总场要了三万元做发酵罐,14吨的。总场一位副主任不相信鸡窝里能飞出金凤凰,说:"你们真能做味精?鬼才信。"

"能!"我拍了胸脯。

"能卖出去吗?"

"销路不成问题。"

"万一做不出来,卖不掉呢?"

我说共产党员讲究实事求是,讲奋斗牺牲,但不怕失败。我立下军令状。

做了。做成了。当年收益三万元。

可是罐太小了,要发展必须搞大罐,盖大厂房,大干。我们研究了工厂的发展规划,派吴厂长去上海学习,再买4个50吨的大发酵罐(后改为两个百吨大罐),给总场领导写报告要钱,吵得脸红脖子粗,最后还算同意了发展计划。总场把矛盾上交,报告上送师里和兵团,结果都不同意。没有什么原因,就是不叫干,不签字不盖章。我这个人脾气也坏,认准了的事非干不可。你不叫我明干,我就暗地干。你不批贷款我再找别人,谁没三两个熟人朋友啊。这时候我又碰上了第二个大好人李兴业,农垦厅的财务处长,曾担任银行农牧信贷处处长。没有这个好人,也不会有现在的制药厂。我找到他,说明了扩大制药厂的计划、前途和困难。他挺痛快,说可以支持。5月份亲自来一趟,找到昌吉银行和芳草湖银行的领导,叫他们批贷款。他们推三推四不想办,李处长说:"你们办也得办,不办也得办,出了问题我负责!"

总算拿到 260 万元,为了这点钱,我顶撞了上级领导,得罪了方方面面的人。百吨大罐运来,安装又遇到麻烦。安装需要水泥、钢材,兵团不给。我又去找自治区的朋友。纪委一个朋友帮助,通过化工局搞了些钢材和水泥。那年农业部来人视察,兵团一位部门领导陪同来的。因为我找他办过事,他不办,这次见面他就刺我,"你的本事真大啊!"

我也不客气,"我本事大没有你权大。"

他说:"你这话什么意思?"

我说你心中清楚,跟他吵起来。总场领导都在,怪我不分场合。我不怕,索性把闷在肚子里的话都说出来,我说别以为离了你们那个部门地球就不转了,建设就不搞了。东方不亮西方亮,黑了北方有南方。说完我就走了。

我才不管你领导不领导的,你敢拍桌子我就敢摔茶杯。这事还没完,不久农六师一个副政委专门跑到自治区银行告李兴业处长。银行领导问明情况,也觉得没有什么大不了的,贷款支持办工厂,又不是干什么坏事,没有理睬。

安装万吨大罐时,没图纸,没专门技术人员,没经验,怕安装不好造成损失,对不起工人,对不起支持我们办厂的李兴业、王境桓,因此思想压力很大。

当时厂长姓吴,他负责现场指挥,一个星期没离开工房,几天几夜没合眼,每个部位都要反复检查。试车前,不知为什么,吴厂长突然撂挑子不干了,谁说也不行。我去请来总场的领导做工作,才勉强同意先试车。试车很顺利,一次成功,发酵产酸率比较理想。

现在回过头来看,当时硬着头皮搞这个厂是绝对正确的,当时不搞,以后根本搞不起来。新疆气候干燥,适应菌种生长,搞发酵大有可为。我们厂靠近大糖厂,原料稀糖不发愁,场地也宽敞。

我总结这一辈子所走的路,感受颇多,制药厂的发展壮大,困难的不是技术,不是资金,不是人才,不是原料,困难的是扯皮的事太多。

那些给制药厂的发展制造过种种障碍的人,现在照样到制药厂要味精吃,而为制药厂创业作过决定性贡献的人,像李兴业,像王境桓,至今还没尝过制药厂生产的味精。

噬菌体,麸酸的大敌

生产味精的主要原料是麸酸,生产麸酸的一道关键工序是发酵,发酵中间要促使菌种生长,菌种的大敌是噬菌体,一种极小极小在高倍显微镜下才能看到的小生命。唯其小，所以它无所不在，凶猛地吞噬菌种，造成整罐整罐的料液报废。为防止它进入发酵罐，工人可是绞尽了脑汁。

李新是个精干的小伙，他说他32岁了，可看样子只有25岁左右。他在制药厂干了12年，多次外出学习，现在是麸酸车间的技术大拿了。为了跟可恶的噬菌体作战，他牺牲了除睡眠吃饭以外的所有时间，成天泡在车间里。有人统计过，一年中他有400多小时业余时间贡献给了麸酸车间。越是过年过节他越是忙。麸酸发酵是连续性的，只要一装进罐就不能停。节假日，他怕值班工人稍有疏忽造成染菌，格外小心。尤其是上罐、放罐时，每次他都守着。吃饭时也不放心，外出一会儿都怕出问题。这几年他就是这样熬出来的，除了工作，他没有别的嗜好。

"一旦染菌，除了倒掉再没有办法了吗？"

"也不是一点办法没有。"李新说："如果染菌不多，可立即再装一罐原料液，发酵18小时之后，两个罐掺合在一起继续发酵，使嗜菌体含量相对减少，不至于影响OD。"

"OD是什么？"我好奇地问。

"就是酵母菌繁殖生长速度。"

1987年4月的一天，发酵二车间工人清理灭菌维持罐时，发现内有整罐糖蜜，已焦化。

"怎么搞的？严查，查出来处分。"党书明发了脾气。

车间主任彭金生小会大会查来查去，也没查到谁的责任，因为规章制度本身有漏洞，每个人都能推脱责任。改！彭金生开始改进交接班制度，交什么接什么，内容详细，责任分明，然后坐下来请大家讨论，通过执行，责任制落实到每个人头上。接着是奖惩制度，接着是每月一评比制度。承包形式也变了几次，班组承包，发酵期承包。今年又搞了单罐承包，从装罐到出罐，由一组单独完成，成绩大小一目了然。今后还干什么，彭金生正在琢磨，责任制是手段，目的是调动工人的积极性和创造性。工人是主人，不是工具。

车间主任彭金生的改革，总是走在全厂的前面，他的每项改革都得到了厂领导的支持，在全厂推广。

干巴巴的数字后面

芳草湖制药厂总产值：

1972年，4万元；

1980 年,69.75 万元;

1982 年,163.2 万元;

1984 年,492.4 万元;

1987 年,685 万元;

1988 年,900 万元。

在读者眼里,这些阿拉伯数字是枯燥的,可在党书明眼里,这些数字无异于诗,无异于歌,无异于信天游,无异于奖状。看到这些数字,他感到欣慰,感到振奋,也感到了压力。压力下,他又鼓满心海里的风帆,他的事业在未来,不安分的未来。

工厂的汽笛唤醒了东方的太阳,丝丝凉风为上班的工人们消渴。在党书明的办公室里,我向这位踌躇满志的年轻厂长告别。

"我想你还是不要过多地写我,写写我的车间主任和技术员,写写我们的党员,写写我们的工人,写个群英谱吧。"

党书明如数家珍,给我开列了一长串名单:

青年工人赵文领,工作主动大胆爱钻研,提拔为助理员后,更是一心扑在车间里。后来代理车间主任,干得更红火。去年扭亏为盈,上交 8 万元税金,盈利 6 万元。

推销员孙启明脑子灵,点子多,为推销产品不畏千辛万苦,走遍祖国千山万水,使我们的味精畅销 26 个省、市、自治区。

王紫生,质量办公室主任,工作认真负责,从细微处抓质量管理,全厂 200 多个检测点上质检,每年都在 31000 次左右,全部合格,没发生过一起退货。

尹素莲,制药车间党支部书记、指导员。当过昌吉回族自治州人大代表,"巾帼杯"获得者,被称为工人的贴心人,党员的知心人。

还有很多都是为制药厂作出很大贡献的平凡的劳动者,希望你的笔多写写他们。

我由衷地高兴,也感到这支笔沉甸甸的。

1989 年第 8 期《西部文学》

含　笑
——园艺家吴明珠的人生之旅

张　列

一

1988 年 8 月,正是流火的季节。

素以火洲著称的吐鲁番鄯善盆地,宛若一口蒸锅,热气逼人。绵亘的火焰山,像一条浮躁不安的火龙,抖起遍体赤色的鳞甲,终日烟霭不绝。太阳把方圆百里的沙砾炙烤得毛驴儿不敢落蹄。人早已热得喘不过气来,额上渗出的汗珠子不待用手抹,就被热风吸干了。

然而,沿火焰山向东延伸的绿野平畴,珍珠似的葡萄串儿和硕圆的甜瓜却裸露出来,任凭火辣辣的太阳往熟里晒——葡萄突然去了酸涩,甜瓜突然红透了瓤儿,盆地里溢满了葡萄的芬芳和甜瓜的酒香味儿。

忽儿一日,炎热的瓜乡拥来了一批又一批的陌生人,他们全然不顾酷暑当头,争先恐后地往农户的瓜地里跑。在他们身后,尘土没过脚踝的村路上,好似博览会一样,停放着汽车、马车、毛驴车……他们是些瓜贩子,其中不乏做惯了大宗生意的“瓜倒”。只见这些人不论生熟,不论质地,不分成色,急呼呼将瓜装上车,便朝附近的火车站奔去……

是月,关于新疆甜瓜质量问题,内外瓜市都作出反应,一时间,舆论沸沸扬扬。

次月,《新疆日报》发布消息:自治区人民政府要求产瓜区严格把住内销外销甜瓜质量。

那时刻,新疆维吾尔自治区正在举行盛大的对外经济贸易洽谈会,鄯善甜瓜的声誉问题至关重要,甚至影响到整个新疆甜瓜的销售前景。

作为新疆甜瓜的生产基地和新疆瓜果良种繁育基地,自治区农业厅在鄯善建的一个葡萄瓜果开发研究中心,承担了甜瓜育种的一部分攻关课题,牵头的是高级园艺家吴明珠。她已经在鄯善工作30多年了,毕生致力于西瓜甜瓜新品种选育工作,并且取得了令人瞩目的成就。她和她的助手们先后培育出西瓜"伊选"、"火洲一号"新品种和甜瓜"含笑"、"皇后"、"郁金香"、"芙蓉"等新品种,以及正在参加区试的甜瓜新品系"黄醉仙"和"红芙蓉"。这些良种瓜在鄯善县的播种面积已占瓜田总面积的60%。1984年,吴明珠曾去香港考察甜瓜市场,适逢香港《大公报》载文说"台湾哈密瓜打倒了大陆货"(指鄯善优质甜瓜"红心脆")。她感到似乎受到了一种伤害。她回来决心培育出更好的甜瓜品种,让吐鲁番地区的甜瓜在国际市场独占鳌头,以长志气。如果说这是一个园艺家的宏愿,不啻说也是我国当代科学家的爱国情怀。

然而,现在?

现在——人们说,育种的不如制种的,制种的不如卖种的,卖种的不如倒种的。

现在——哄抢甜瓜事件的余波还未散尽,不纯不熟的鄯善瓜源源外运。

现在——鄯善甜瓜砸了牌子,败了名声。

于是,我们决定即刻去鄯善。

于是,我们决定采访吴明珠。

二

尽管有了种种印象和轮廓,但面对面和吴明珠站在一起的时候,我们仍不敢相信这个纤细瘦弱的女性,就是那个名字常常被人说起的,常让新闻记者吃闭门羹,从而被这些人戏谑为"乖僻瓜婆婆"的育种专家。她穿一件被太阳晒白了的浅蓝衬衫,一双注塑底劳动布面鞋,黝黑的脸颊,老派的发式,小号的身材,如若置身于人流,恐怕不会引起任何人的注目。

而我们,先前却猜想她戴白色太阳帽和遮阳镜,穿水洗布牛仔工作衣服,潇洒如《拖拉机站站长与农艺师》中的女农艺师。

她不喜欢记者。这看得出来,她也毫不掩饰,并且开宗明义说了她对记者的看法。她甚至当着我们的面言辞尖刻地说记者文风不好,笔下生花,水分太多,令被写的人尴尬难堪。

她的坦荡直率令我们肃然起敬。午后,我们坐在她的土屋里,坐在白木制作的条椅上,品尝她的瓜。门外,一架绿叶婆娑的葡萄遮了炎热,清水洒了地,屋里一片静谧。墙上一帧周恩来总理的炭笔素描像瞅着我们,使大家心里荡起一种相同的情绪,心的距离一下子缩短了。我们称她吴老师。

她实际上极富魅力,这不在初识的一刹那,而在相识之后,不由你不着迷。她的双眸透出知识女性的聪慧和睿智,谈吐急促而斯文。说话的时候,常用手势辅助表达的那种干练果断,笑的时候那种清朗明澈,无处不流露出她俯仰无愧的气质。

这让我们想起一件事。

一位同志对我们说起吴明珠的时候,说了一句"甜瓜是吴明珠的儿子",并且略举了一例。说是1984年,中央一位领导同志来鄯善视察,研究所请这位领导同志品尝甜瓜新品种时,吴明珠要求工作人员一定把瓜子留下。或许时间安排得太紧,或许这些漂亮的金色网纹的袖珍型甜瓜令人不忍割食,一个个都像工艺品摆放在那里。客人临走时,一位好客的同志即兴将一个瓜送了朋友。吴明珠是在客人走后才得知这件事的。她叫人派车去追,并对那个送瓜的同志面含愠色说:"你非给我找回来不可!"

瓜是追回来了,但有人说:"不就一个瓜嘛,小题大做,也只有她做得出来。"

这事儿据说在园艺所传了好久,未免添枝加叶。然而,事隔四年之久,面对我们的采访,吴明珠的助手小廖说:"种瓜得瓜,种豆得豆,你们了解了种瓜的人,就能体味到她的那片爱瓜之心。"

是的,相处了才几个钟头,我们已经忘了那个乏味的"甜瓜大战",因为吴明珠本身的经历比那有意思得多。

三

1957年初春,伴随着农村合作化高潮的兴起,阴霾的冬日被绵绵春风撕得像一张网,卷进冰凌崩裂的激流冲走了。太阳明媚地笑,春水温柔地流,鄯善县东湖那片苏醒的沼泽雾霭袅袅。远远的,赛旦树圆形的树冠仿佛是一团紫色的云,布勒布勒鸟就在那若浅若深的紫雾里鸣叫。温暖而湿润的土地,香甜而丰腴的原野,平展展地躺着等待扶犁点种的人。

东湖的小径上,黄灿灿的蒲公英铺陈了一溜儿。一个身着花格子衣服,摆动着一条粗黑长辫子的姑娘轻快地走着,白搪瓷茶缸拴在背包上叮叮当当地响,她却快乐地小声唱着俄罗斯民歌《云雀》。她是经过几番申请、软磨硬缠才从北京来到新疆的,又经过软磨硬缠,才从乌鲁木齐来到这个维吾尔村庄的。现在,她要去一位名叫木沙的维吾尔族农民家里落户。木沙在草湖搭了一间临时窝棚,为她开垦了三亩生荒地。她将实现自己的愿望,设计一个"品种园"——当时她的理想是当一名米丘林式的育种专家。

这个春天，在她一生的记忆里十分清晰，以致30多年后，谈起来还深深眷恋。那时她25岁，有一个男朋友留在北京。迢迢千里，青鸟殷勤，他们的爱情是和种子一起成长的。

　　她还想念东湖那杨树椽子搭起来的"家"。草湖地湿，不能久居，人们都是种瓜的时候才来，瓜收了就回村里去。木沙爹爹是个经验丰富的瓜农，待人宽厚诚恳。他们各自种了一块"对照田"。木沙爹爹用民间传统的方法栽培，她用书本上学的理论和方式管理，但他们并不单干，总是形影不离。

　　木沙爹爹的妻子比尼亚孜汗妈妈怕野地里的风吹乱她的长发，特按照维吾尔族的习俗用树胶涂抹她的发辫。老妈妈叫不来她的名字，就叫她阿依木汗，那是维吾尔语"月亮"的意思。有很长的时间，他们语言不通，彼此不能表达感情，但木沙爹爹用手势加比划，告诉她草湖里有狼，不要一个人往地里跑，每天早早回家。

　　傍晚，夕阳给远远的火焰山镶了金黄色的光环，炊烟缕缕向四下里飘散，这时，她准能听见木沙爹爹的呼唤。木沙爹爹就站在半截断墙上，向远处眺望，夕阳里落一个重重的剪影。待她跑回去就吃晚饭了，一块高粱馕，一壶茶，一点盐巴，好难咽下去，可是她体味到了农民清苦而辛劳的日月。从那时起，她种了30多年的瓜，吃了30多年的干馕，高粱的甜香似乎一直伴着她。

　　那年的秋天更好，她和木沙爹爹种的瓜都熟了。那神奇的种子，只有一粒米大小，却结出那么许多浑圆的，胖得撑裂了皮的大甜瓜。它们挨个儿挤着，睡在她的脚下，令她忘了斑斓的田野里瓜农收获的喧笑和热闹，只是沉迷在关于种子的遐想里。多么惹人爱怜的种子，它们孕育、萌发、生长、繁衍，是个多么有趣的历程！她不禁心里发笑，因自己对生命的感悟而快乐。

　　她的三亩瓜地间被人踩出了一条小径，都是木沙爹爹引来的人。木沙爹爹是个义务宣传员，向人们解说县里农机站派来的姑娘是照书本上写的方法种瓜的，而他自己的瓜是胡乱种的，的确没有她的瓜好。那些人安静地听木沙爹爹讲，用和善的目光瞅她，有些拘束地用粗糙的手抚摸那还未落地的晚瓜，开始信任她这个还是一身学生装束的女技术员了。

　　"成功了！我的对照田产生了影响！"吴明珠在吃晚饭的时候这样对比尼亚孜汗妈妈欢呼，以致比尼亚孜汗妈妈还以为是夸赞她煮的汤面条香，举着勺子就把她的阿依木汗揽在怀里。比尼亚孜汗妈妈心里早就不安，这姑娘不定有个多么疼爱她的父母，却在这儿跟着她吃了一年的高粱馕，连一点儿菜都没有，招人心疼。这么想着，泪珠儿就滴在吴明珠那抹了树胶的长发辫上了。比尼亚孜汗确实像妈妈般疼爱吴明珠，乃至20多年后，她作为老妇女主任到内地参观时，还一路打问她的阿依木汗。

　　而吴明珠，此刻充溢胸臆的是对这儿的维吾尔农家的感念。他们相信她，给了她

这样好的人生实践的机会,唯有将此生献给他们才能予以报偿。那天晚上,她又重温了写在日记本上的一段话:

"要使别人的生活由于你的生存而更美好。"

"人生最美好的是在他将停止生存的时候,他所创造出来的一切也能为人民服务。"

这是她 21 岁生日那天写的,是当时的真情实感。那时候的青年人都这样,对人生充满了激情,渴望为理想献身,崇拜奥斯特洛夫斯基。他们一旦来到边疆地区,自然会无条件为当地各族人民服务,也自然会跟少数民族群众友爱相处,情同手足。

1988 年 11 月 1 日,我们收到吴明珠从南京寄来的信,她正在江苏省农科院为准备出国考察进修英语,抽暇整理书籍时,又发现了这本日记。她在信中说:"这两段话也许是我抄的,也许是我的读书心得。不管怎样,我总是朝着这个方向努力的,虽然我还做得很不够。我经常想到在我闭眼的时候,如果我无愧于人民,我就会愉快地死去。这是我的主导思想。"

说真的,一个把一生置于追求之中的人,在 58 岁的时候,还反思自己 21 岁时写在日记本上的两句话,如此坦白而又认真,令我们不觉涌起一种敬慕之情。而我们考虑把这两段话写下来时,心里却有些踌躇,因为想到那些轻薄地调侃雷锋日记的言论和举动,生怕也有人如是亵渎我们女主人公纯净的情感。

四

从乌鲁木齐经吐鲁番到鄯善,现在有一条平坦的柏油路,黑油油的路面在那些灰暗色的石子戈壁中闪着亮光。坐在急驰的汽车里,你会觉得前方老飘逸着一条黑绸带。吴明珠在这条路上往返不下百回,打它还是一条搓板土路时,就印满了她的足迹。然而,她却没有料到,30 年后,在这条一级旅游公路上她横遭车祸。

她是要赶回乌鲁木齐商量审定课题的,鄯善葡萄瓜果开发研究所一时派不出车,她便搭了一辆拉瓜的大卡车。归心似箭的司机把车放得飞快,以致倾倒在公路上,使她受了重伤。

她躺在新疆军区总医院洁净的病房里,侥幸自己还活着:"活着,就有希望。"但同时,内心又生出缕缕不安,这事儿毕竟给农科院的领导和同志们添了麻烦。她这人,哪怕略略打搅了旁人,心里便充满内疚。病房里安静极了,秋天的阳光爽爽地透过玻璃窗,洒进屋里,柔软的白被单、轻薄的白窗帘,恰好造成一种氛围,令她突然想起了亲人。1986年，丈夫病危之际，他们执手泪眼相看。她说："真对不起，我没有照顾好你。"他说："两个人一起生活，谈不上谁照顾谁，照顾是相互的。"他们虽说没有如影随形，但唯他一生深刻理解自己。

蓦地，好似女儿说话的声音："爸爸对妈妈是没得说的，妈妈欠爸爸太多。"又好似儿子的声音："爸爸妈妈都自私，把感情都给了工作，不给我们。"

现在，丈夫离她去了。女儿呢？女儿生下来就由外婆抚养，现在已经读医科大学了，个性很强，对妈妈的价值观持不同"政见"。儿子呢？儿子从小由祖母带大，很小就有男子汉意识，从不气馁，考大学连考四年才考中，这一点非常像父亲。这会儿，吴明珠感觉到思念像一棵树，枝桠相叠，记忆也突然生出很长很长的丝，将往事穿成了一串……

一次是去吐峪沟的路上，那是个有月亮的夜晚，丈夫要回乌鲁木齐去，她也要去吐峪沟生产队。他们搭便车到岔路口，就此分手，然而，那才是他们新婚的第三天。月儿像灯似地挂在中天，把通往吐峪沟的土路照得又细又亮，有多少低语需要倾诉，那辆大卡车却即刻要发。丈夫只挥了挥手，深情尽在不言中。

她那会儿不知道，正是这个月夜，正是分手的那一刻，丈夫便抱定决心，要抛弃优越的工作环境，调到这个穷乡僻壤来，一生陪伴她，足履相合，心心相印。

果然，在以后的日子里，多才多艺，性格开朗的杨其佑，一直没有离开吴明珠。他使妻子的生活更充实，更丰富，更完整，虽说日子过得简单清苦，屋里除了书便是土，但精神很富有，有情有趣，有智慧，有幽默。当然，也有争执。春节大家会餐，妻子拿不出菜时，他像玩魔术似的，变出了正宗的四川汤圆。妻子洗衣服，他早早将肥皂削成细末用水泡好（那时还没有洗衣粉）……这位在北农大知名度很高的研究生，后来开过拖拉机，种过蘑菇，干过打井队的机修工，当过人民公社的科技副社长，能用流利的维吾尔语讲授遗传学，也能用地道的维吾尔语演唱吐鲁番情歌《阿拉木罕》，并不时奉献出各类小发明小创造，是盆地里有口皆碑的人物，家家户户的朋友。1988年秋，我们在盆地采访时，人人都能讲一段他的故事，称他为软专家，称吴明珠为硬专家，也有人称他们一博一专。还有些人似乎更偏爱聪明能干、博学多才的杨其佑。鄯善县委书记岳立人说："要论科研成果，杨其佑是比不上吴明珠的，但这盆地里的哪一回收获，哪一回丰产，都包含了杨其佑的科研实践。杨其佑是那种善于将理论应用于实际的人。"

许多人为杨其佑惋惜。在他去世之后，很多人都谈及他的才华，说他本来是颗璀璨的星，但失去了自己的星座，便少了一些光芒。甚至他的一双儿女也有这种认识。吴明珠没有和丈夫谈过这些，他们那一代人从未想过要实现什么自身的价值，他们彼此的理解远比这个问题深刻。有一回，他们谈什么事时也谈起过人生，谈的时候很轻松,没有像现在这样想着都很沉重。还有一次,夜归走在田野上,火焰山巨大的影子吞没了他们,老杨用手揽住她说:"我们多小啊!"其实,那回骑着毛驴过胜金口,两边对峙的山体衬得她像一只小蚂蚁,车辙像一根细线,她就感悟到人是多么渺小!但她没有说出来。他们停了脚步,瞧了好一会儿,浓浓的夜色里,气宇轩昂的火焰山沉静犹如智者,默不作语。

后来,吴明珠经常想起这个夜晚。高粱白了的时候,玉米飘缨的时候,棉花绽桃的时候,甜瓜溢香的时候,盆地呈现出一派成熟的美丽,她便想:"这一切都是火焰山孕育的吗?"

人都说,春蚕到死丝方尽,蜡炬成灰泪始干。点点春蚕,寸高蜡烛,跟耸天而立的火焰山,似乎不得相提并论,但其奉献的彻底性完全一致。明白这一点,或许就不难理解以吴明珠为代表的像杨其佑那样一批献身边疆建设的年轻人了。

五

吐鲁番地区栽培甜瓜的历史大约千余年了,或许还更长一些。历史上,这里是"丝绸之路"的繁华之地,每逢夏季,溪水环绕,瓜田铺金,麦浪翻滚,葡萄叠翠。处于火焰山南面的柳中城(现在的鲁克沁乡),既是无核白葡萄的故乡,又是鄯善甜瓜的重要产地。公元629年,唐高僧玄奘路经这里去取经,高昌国王盛宴款待,所献土产即有瓜、桃、石榴、葡萄等。《海河昆仑录》记载这里的甜瓜"长径尺,形如橄榄,两端锐,外皮色青翠,自蒂至脐,白筋密布如织,其脐四围大逾钱,无白筋,剖以利刃,乃入肉。色黄明如缎,味甘如蜜,爽脆如梨,无渣滓。瓜心略溏,与东南香瓜无异,子白亦如之。"

吐鲁番地区的考古发掘时有甜瓜子、甜瓜皮出土,足见其栽培历史之悠远。这些是书上写的或是专家考证的,而流传在瓜农中间的那些关于鄯善瓜的传说,更令人着迷。第一次见到"红心脆",吴明珠几乎惊叫起来,那青绿的外皮,粉红色的瓢肉,晶莹得如同丹玉,天造地设,瓜中竟有如此尤物!瓜农告诉她,这瓜可不一般,它的名字叫"艾依斯汗可口奇",相传是一位外地男子带来的。那男子不光带来了神奇的瓜种,还带来了一位美丽得如同新月般的妻子,他们恩爱得一刻也不能分离,常常守着瓜秧诉说情话。后来,当他们的爱情有了结晶时,他们种的瓜也成熟了。瓜形椭圆,布满美丽的青绿色网纹,瓢肉如同胭脂,甘甜犹如奶酪。于是,那男子就给瓜起了个名字叫"艾依斯汗可口奇",是他心爱的妻子的名字。

这故事瓜农只是说说而已,吴明珠却想到"红心脆"的提纯复壮和扩繁问题,并萌生了选育新品种的设想。如果说,她的初衷只是保持风格风味,那么,30年后,她的这一创造对于开发新疆甜瓜的前景,却有她始料不及的重要意义。

记不得是哪一位诗人气质的园艺家说过这样的话——品种的改良无不体现研究者个人的美学追求。生命的伟大在于一个生命结束时,同时诞生一个更加美丽的新生命。从本质上说,园艺工作者正是塑造这种新生命的艺术家。这话几乎是所有从事园艺事业的人的箴言。吴明珠在论述她的课题时,就这样说:"园艺的艺术在于把两个、三个、四个,甚至更多的生物组合成一个,使其更完美、更科学、更合理。它包含对生物的认识、理解、解剖,直至设计出新的生命。"

我们去鄯善采访时农事季节已过,没能见到吴明珠栽培新甜瓜品种的"示范园",但从《新疆西瓜甜瓜志》、《园艺通讯》、《瓜类科技通讯》及一些论文中,认识了她培育的系列品种"含笑"、"皇后"、"芙蓉"、"郁金香"、"红芙蓉"等。光凭这些名字,似乎就能领略吴明珠的甜瓜百味。"皇后"色泽金黄,形体玲珑,非常漂亮。"含笑"除了外观美丽,品质也最优。"芙蓉"、"郁金香"是以"含笑"和日本的"珍珠"作亲本选育出的;"红芙蓉"是"芙蓉"的杂交一代。当这些形似纺锤,外观秀美,香气袭人的新一代甜瓜被人们当作佳果珍馐时,吴明珠并没有丝毫满足感。她对这些并不满意,她的目标是品质优、外形美、抗疫强、耐贮运、风味佳,而眼下风味的问题正是她设计中的另一个课题。

自治区农业厅葡萄瓜果开发研究所所长袁素梅不这样看,她说,任何一个品种的育成,一般要经历 8~10 代,所以有的人一生只能搞出一个品种,而我们的吴明珠,利用鄯善和海南岛两个基地,大胆地进行北育南繁,实现三年五代,已经审定推广的就有两个西瓜品种,四个甜瓜品种,还成功地提纯了一些农家品种,后系列品种也即将问世。现在,西瓜"伊选"和"火洲一号"早熟丰产品种已大面积推广种植,获得了很高的经济效益。四个甜瓜品种已占吐鲁番、鄯善甜瓜播种面积的三分之二,取得了很好的出口创汇率。一个人能获得如此丰硕成果,在育种史上是不多见的。

最近报载:到本世纪末前后,国家重点要抓 11 个方面的科技攻关,排列第一的便是良种培育,包括育种研究、区域试验、繁育推广等种子科技体系和开发相应的栽培技术。自治区有关方面在研究"七五"期间的经济开发项目时,也设想在鄯善建立出口优质甜瓜基地,并配套建立优质瓜良种繁育基地。有关专家指出,新疆的园艺还是一片处女地,资源丰富,亟待开发。但设想成为现实,谈何容易!从资源优势转为商品优势,再转为经济优势,这是一个何等复杂的过程!

1988 年 10 月 22 日,我们访问了主管新疆农业的前自治区党委副书记、现自治区人大常委会副主任李嘉玉同志,他在许多不同的历史时期,都是吴明珠的上级,曾给予这位女育种专家许多关怀和支持。当然,李嘉玉同志作为一个方面的相当负责的领导人,他是从农业发展的前景,从宏观的角度,从示范的意义看待吴明珠的研究的。凡农业革命,总是从种子开始的,从这个意义讲,吴明珠的工作既具有奠基意义,又具有开拓意义。他提醒我们关注吴明珠课题研究的群众性和服务性。一般说来,新的科研成果都是集中民间栽培技术与现代科学方法实现的,因此具备了很好的群众基础。这位女专家正是实事求是,立足实际,以服务为目的,她的科研成果审定一个,推广一个,见效一个,才受到广大农民的欢迎。

而鄯善县委书记岳立人和吐鲁番地区科委主任张发的看法更坦率。他们说,应当给吴明珠记大功。虽不能说没有吴明珠就没有吐鲁番、鄯善的甜瓜,但至少可以说吴明珠的实践使吐鲁番、鄯善的甜瓜有了广阔的开发前景。

何以见得? 请看,《新疆西瓜甜瓜志》的前言:

新疆西瓜、甜瓜栽培面积约占全疆农作物播种面积的 1.2%,产值占农业总产值的 5%,西瓜、甜瓜经济价值较高,按 1980 年国家公布不变价格计算,亩产值高于小麦 296.2%,高于棉花 321.5%。新疆甜瓜出口换汇率高,对活跃农村经济,增加农民收入具有重要作用。

且据最新资料:目前,新疆西瓜、甜瓜年总产量 150 多万吨,人均占有 110 公斤,高于世界人均占有瓜果量 76 公斤的平均数(世界人均量含果)。

真乃泱泱瓜国!

然而,任何一个甜瓜品种都潜存着自然退化趋向,必须提纯、复壮、选优、育新,才有开发前景。作为新疆甜瓜科研攻关的主持人——吴明珠,您可瞧紧了激烈竞争的国际市场?

六

1984 年年初,《新疆日报》、《光明日报》、《人民日报》、《中国日报》等相继发布了一条引人注目的新闻:育种专家吴明珠辞去吐鲁番行署副专员职务。据说这消息在外面挺轰动,惹得新闻记者纷纷跟踪采访。但在吐鲁番地区却异常平静,谁也没有把它看得很重。1980 年,吴明珠担任这个职务时,就曾提出两个条件,一是保证她有六分之五的时间搞科研;二是保证她的实验基地不变。除了搞好分管的科技工作外,实际上,她也的确分不开身,大部分时间在瓜田里,选种、播种、打埂、铺地膜、授粉、考种、鉴定品样、测糖度,她都亲手操作,亲身实践。五年专员,一心管瓜,因而在吐鄯托盆地,她成了家喻户晓的“瓜专员”。谁也没有把她当成“官”看,谁也不觉得她辞官有什么值得大惊小怪的。

有人说，吴明珠很成熟。成熟不是一种美么？袁素梅所长这样说："成熟也是一种品德。"她说了三件事。一是"四人帮"搞批林批孔运动的时候，矛头实际上是指向周恩来同志的，许多人都感到不对头，唯有吴明珠敢公开软抗。二是天安门事件那会儿，她主管的单位里流传天安门诗抄，但上边追查时，吴明珠矢口否认此事。三是"文化大革命"后期，党组织开会讨论开除一位同志的党籍，只有吴明珠一人坚持反对意见。后来事实证明那是一起冤案。袁所长说："唯其正派，唯其坦诚，才有这种政治上思想上的成熟。"人们都看准了这一点，对她格外信赖，所以1987年自治区召开党的代表会议时，她被选为出席党的十三大的代表。

李嘉玉同志讲了这样一件事。他说，1983年评专业技术职称时，未见吴明珠报送申请材料。农委主管职称的同志只说她不愿来，后来问她本人，她说正赶上瓜的管理季节，不能为一个职称而误了农时。李嘉玉同志说，作为科学工作者，完全忘我，将全身心融于事业之中，才会有淡泊名利、超然物外的境界。

吴明珠的助手小冯和小廖说，我们研究所的风气是吴老师培养的。她人正，我们的所风也正。你们写别人，难免没有人品头论足，但写吴老师，她科德高尚，谁都服气。

吐鲁番地区科委的张江泓说，吴明珠就是一种典范，一种标准。她让我们思考的是，人的一生怎样自始至终做一个正正派派的人，做一个道德高尚的人。不仅在大事上，也在小事上，对自己对别人，透彻的全方位的正直。

那一天，在鄯善葡萄开发公司的宾馆里，突然有了一次机会，我们和吴明珠谈起了当今的社会，谈到人们呼唤理解，谈到某些流行的社会思潮，谈到每个人的机遇和有关自我价值的问题。对这些，她总是持主流的观念，集体的观念，颇有独到见解。她提醒我们不要光关注她一个人，而应当去写写和她一样从50年代走过来的人。"我们不是说50年代比80年代好，但那是个讲理想，讲奉献，讲艰苦奋斗，讲为人民服务的年代。那个年代，谁讲究吃穿？谁一门心思安排小家庭？那个年代培育了一代知识分子，培育了一代人。"吴明珠这样说。

在采访吴明珠的过程中，我们结识了好些扎根吐鄯托的农业科技工作者。他们走了一条和吴明珠非常相似的路，一生奉献，终不懊悔。谈起他们走向生活的那个年代，尽管他们自责："那时哪里懂得这样多"，但内心的自豪溢于言表。和他们在一起，会由衷地感受到他们对人生的那分真诚。

那一天，是我们和吴明珠相处的日子里谈得最多、最自由、最畅快的一天。她言简意赅，时有拔俗之见。后来话题又回到1984年她辞去副专员的事上，她很淡然地说，一个人只能做好一件事，对她来说，就是种好瓜。说这话的时候，她的脸上又掠过那浅浅的，宁静的，明朗而有魅力的一笑。这使我们想起她为自己培育的一种"礼品瓜"所取的名字——"含笑"。含笑本为南国著名香花,花儿额首恭垂,含而不露,丽而不娇,笑而不狂。故诗称"临风含笑品自高"。宋人李纲的《含笑花赋》说:"南方花木之美者,莫若含笑。绿叶素荣,其香郁然。破颜一笑,掩乎群芳。"园艺家将她的新品种取名"含笑",寄寓了她"花开不满,若含笑然"的美好情操。

离开鄯善县的时候是晚上,柠檬色的弯月又照亮了又细又长的公路。溶溶月色中与公路平行的青色的火焰山依然沉静。

坐在车里的吴明珠无语。

但是,临行之际,我们已得知她的两个最新甜瓜品种"黄醉仙"和"红芙蓉"即将进行审定,又一品种"92-33"已上产床待娩,美国考察之行即在足下……

匆忙的人生,我们的园艺家何时驻足?

1989 年 9 月 23 日《新疆日报》

大 漠 热 流

申尊敬

一

这里是我国最大的盆地塔里木，这里有可怕的世界第二大流动性沙漠塔克拉玛干。就在这被誉为"进去出不来"的地方，云集着我国石油地质界的各路精兵强将，总数达 1.8 万人之多，他们来自东部各大油田和首都北京，汇集在这里要打一场举世瞩目的石油勘探开发大会战。

现在，序幕已经拉开，浩瀚的大沙漠里，宽大的车辙几乎举目可见。直升机和装有自动导航仪的"双水獭"飞机，频频飞临勘探和钻探营地。茫茫瀚海上，滚滚沙丘间，勘探队的隆隆炮声此起彼伏，钻井队的轰轰机声昼夜长鸣。

这场艰苦卓绝的大会战，牵动着全国石油系统 120 多万名干部、工人和知识分子的心。这是一些以国家石油工业的忧乐为忧乐的人，谁不想亲手从塔里木牵出一条油龙来，为国家富强出一把力。

在华北，在中原，在四川，在大庆，在胜利，在新疆的各个油田，在分布于东北、西北、西南和华中的 9 所石油院校里，领导干部时常被请求赴塔里木参战的人所包围。

请战者中，有当年参加过大庆会战，今已年过半百的"老石油"，有才华横溢的大学生，有文弱纤细的女青年，还有代夫请战的主妇……他们都不肯放过这个难逢的好机会。塔里木石油勘探开发指挥部机关，有位上班后每分钟都在"高速运转"的老人，他叫王炳诚，今年 63 岁，是会战大军的统帅之一，曾任大庆会战副指挥。五年前，现任石油天然气总公司总经理的王涛要他在北京和塔里木任选其一时，他毅然选择了塔里木。从 1951 年北洋大学毕业到如今，他参加了从陆上到海上的七个油田的勘探开发组织指挥工作。他说:"塔里木是我的最后一站。"去年夏天,他把已经离休的老伴从北京接到了库尔勒,连正在上小学的外孙女也接来了,他在北京的家成了空壳子。

当年大庆会战时,有铁人王进喜等"五面红旗",段兴枝是其中之一。他把待业的小女儿撇给老伴,也怀着赶末班车似的急迫心情来到了塔里木。

老英雄60岁,已是厅局级干部。38个年头,他从东北到西北,从江南到江北,在数十次石油会战中立下赫赫功业。如今人到暮年,本可名正言顺地赋闲养老,但他不肯错过这最后一次参战的机会。他带着中原油田的4支钻井队来到了塔里木。在轮南和英买力探区的井场上,人们常常看到身穿橘红色工作服的段兴枝,他像勤杂工一样忙得团团转,两手沾满油泥。

望着英买力7井滚滚喷涌的原油,中原油田7014队平台经理胡炳生那张黑红的脸笑成了一朵花。而在八千里路外的河南濮阳市,他年轻的妻子正忍受着瘫痪病和高血压的残酷折磨。

1989年初春,胡炳生上塔里木的请求被批准了。然而,人未起程,妻子徐凤英突然中风栽倒在地上,嘴变形了,胳膊和腿都不能动了。小徐哭着喊:"我要瘫痪了!"胡炳生心如刀绞,急忙把妻子送到医院。小徐是他们兄妹6人中最小的一个,哥哥姐姐们闻讯急如星火从大东北赶了来。大姐一进门就黑风罩脸地把胡炳生骂得眼泪汪汪:"都是你要去新疆,急得小妹得了这病。"病在床上的小徐挡住了大姐的话,对胡炳生说:"我知道你的心,你一直要求上进,你去吧,我不拖你的后腿。我才34岁,你守在我身边,守到哪年是个头?去把侄女从老家接来,给我和孩子做个饭就行了。"胡炳生感激妻子的理解,安置了家务,在病床前告别了妻子和号啕大哭的小女儿,含泪登上西行列车,来到塔克拉玛干大沙漠边缘的英买力7号井。

去年6月的一天,胜利油田60160钻井队助理工程师向永杰吻别娇美的妻子和襁褓中的儿子,从黄河岸边昼夜兼程奔向塔里木。他虽然才满30岁,但患鼻咽癌已有三年了,出征塔里木的名单上,理所当然地没有他。他对苦苦劝阻的公司领导说:"让我去吧,我还很年轻,在家养着对我的病不利。"他又对泪如泉涌的妻子说:"让我去吧,我的精神好着呢。"

小向1981年从重庆石油学校毕业,分到胜利油田,几乎年年是先进生产者。他一直因没机会参加一次开发新油田的大会战而感到遗憾,因而,塔里木的会战让他心驰神往。

45岁的周宪银是个工程师,他的两个孩子正在家里待业,可他却要去塔里木。他所在的中原油田7012钻井队,是中国石油天然气总公司的"金牌队",他又是队里的固井工程师,支援塔里木怎能不去呢?不料爱人坚决反对:"你去我也去"。爱人成天盯梢般跟着他。井队出发前那天晚上,周宪银对妻子说:"好,我不去了。我去给公司领导请个假吧。"妻以为他心回意转,很高兴地放他走了。周宪银出家门后藏到朋友家,第二天悄悄随队出发了。

塔里木的石油会战大军,就是由这样一批平凡但不失伟大的人组成的。他们离家别亲,割舍私情,为的是给祖国开发建设一个比大庆还大的大油田。

塔里木有幸。祖国的石油工业有幸。

二

石油界的知识分子,对新的石油探区,有一种近乎痴迷发狂的感情。塔里木那令全世界石油地质专家至今无法破解的地质之谜,以及我国在塔里木石油勘探开发中首次全面采用的新技术新工艺,引来了石油界上千名学有所成的专家。他们把塔里木视为施展才华的舞台,他们为一座新型大油田从祖国西部的大盆地上崛起而殚精竭虑。

在库尔勒市郊的一座大院里,有一栋旧楼总是静悄悄的,这便是塔里木石油勘探开发指挥部的研究大队队部。上百名黑发和白发的知识分子,终日在这里潜心研究地质资料,经常向指挥部提供钻探井位,精心设计钻井工艺。这里的每一张图纸,都和塔里木的现在和未来息息相关。

浓重的夜色中,雪亮的灯光下,一位身材矮小的老太太坐在一堆沙样旁边,捏着一把 10 倍放大镜,透过近视眼镜片,聚精会神地研究沙样。

她叫何远芯,今年 52 岁,西南石油学院副教授,一位研究碳酸盐地层的女专家。她和爱人张宗命双双来到塔里木。张宗命是西南石油学院的系主任,在这里主攻塔中的地质构造,同时还带着几个研究生。他们为争取到参加塔里木会战的名额曾费了不少口舌。

何副教授在探寻塔里木北部的碳酸盐地层油气分布和运移规律,这是世界性难题。她为破解这道难题,经常起于东方初晓,熬至午夜之后。从四川到塔里木,空气的湿度是两个极端,何远芯全身皮肤过敏,但她默默忍受着,研究工作一日未曾间歇。

研究塔里木碳酸盐层的裂缝和溶洞,必备的工具是 4000 倍左右的显微镜,可是这里没有显微镜,于是她每天拿着 10 倍放大镜瞪着眼睛吃力地瞅。今年 8 月,她向上级写了一万多字的研究报告:《轮南地区缝洞发育规律及储备研究》,提出一些新颖而独到的见解。

贾承造是塔里木石油探区唯一有博士学位的知识分子,他在北京石油天然气总公司的勘探研究院有一份很舒适的工作,研究院为了照顾他,设法把他的爱人和孩子从新疆调进首都,但他为了参加会战,却应聘来到塔里木。

贾博士负责关于塔里木区域地质和构造的综合分析研究,同时承担一项关于塔里木石油地质和勘探的国家级科研课题。当年和他一起读研究生的有些同学相继出国了,纷纷来信叫他也去,但贾博士无动于衷,他说:"我有塔里木呢。"

　　去年8月,贾承造陪同一位瑞士华裔地质学家考察塔里木。这位地质学家是世界地质界泰斗,曾任国际沉积学会主席,十分欣赏贾承造的才华学识,邀请他到瑞士深造一年。石油天然气总公司一位副总经理已经同意了,但贾承造却无意出洋。在他看来,塔里木更重要。"当务之急是找到大油田。明后年正是塔里木勘探开发的高潮期,我怎么能走呢?"身材高大的贾博士动情地说。

　　看似柔弱的罗春熙被称为"死亡之海上的哥伦布"。沙海流火的时候,他曾徒步闯进塔克拉玛干沙漠,为两条简易公路踏勘线路,险些渴死在沙漠里。

　　1988年盛夏,52岁的罗春熙戴着一顶草帽,拿着一个罗盘和一张沙漠地形图,走进了大火盆似的塔克拉玛干。他的身后,是几辆大型推土机。南疆石油勘探公司为了及时将大批钻井物资运往沙漠中心,要修筑一条通往"塔中一井"的简易沙漠公路。身为总地质师的罗春熙要领着推土机,从原本无路的沙山沙丘间推出一条大路来。

　　沙漠里的气温高达42℃,地面温度也有70℃,沙子火一样烫。穿着薄底布鞋的罗春熙,不得不时常跳着往前走,一步几喘,汗如雨下。但罗春熙很兴奋。1962年他从北京地质学院毕业时,写了几次申请才被获准到新疆。1964年以来,罗春熙一直在塔里木为找大油田而奔忙,他做梦都希望能从塔克拉玛干沙漠打出油来。

　　午饭做好了,但罗春熙和他的几十名年轻伙伴却找不到个能吃饭的地方。铁皮房里中午的温度有60多度高,外面风沙又太大,只好用草帽遮住碗连饭带沙粒一起往肚里吞。临到"塔中一井"的那天夜晚,罗春熙和沙漠运输公司的王效山迷路了,出发时带的水早已喝完了,喉咙如同着了火,以至于听到寻找他们的工人的呼喊声时,张开大嘴却发不出一点声音。23天后,罗春熙完成任务归来时,满脸胡须如杂草,嘴唇上生满血泡,食堂服务员已认不出他是谁。

　　有人说,塔里木的石油开发是"一代人的理想,几代人的事业",这话一点不假。当代石油界的"中国牌"知识分子们,争先恐后来挑历史交给自己的重担,努力让自己在塔里木勘探开发这场"接力赛"中,跑得最快、最好。

　　入夜,塔里木会战工地灯火万点,钻塔流彩。已经苏醒的戈壁沙漠,正在石油工人的脚下微微颤抖。

　　人们期盼的"金骆驼",正从大漠中缓缓浮现。

1991年7月28日《新疆日报》

开创历史新纪元

祝 谦 春 华

一

1978年12月,一个滚烫的岁月。

党的十一届三中全会开过,华夏大地,沸沸扬扬。中国,这片古老的国土上,一个幽灵——联产承包责任制,生机勃发。它星星点点问世,它浩浩荡荡蔓延。在平原山坳,在水乡漠国,它的身影在闪现,在鼓胀,在扩散……

此时此刻,新疆生产建设兵团,处变不惊。它超然独处,超凡脱俗;它在"冷眼向洋看世界"。

新疆生产建设兵团,一个创造的成果。对于11亿中国人,它是一个生疏的名字,一个陌生的朋友,一个尚未被认识的巨人,一个没有为全社会所接受的编外计划单列"市"。它是政府? 它是企业? 它是军队? 它是社会团体? 抑或如外电所说,它是西部制造原子弹的特种部队? 它……它到底是什么?

你漠然处之也好,你热心猜度也好,你恶语相加也好,它,一直桀骜不驯地存在着:浑浑然、庞庞然、巍巍然。在大西北的疆界,宛如"横空出世";为了西大门的安全,几十年如一日,默默无闻,"赖以柱其间"。

它曾像普罗米修斯盗来的火种,燃起过"兵团"的燎原烈焰:黑龙江兵团、内蒙古兵团、甘肃兵团、云南兵团、海南岛兵团……曾几何时,它是那么兴盛,如今,又是孑然独身。

带着疑问,带着智慧,带着祝福,抑或带着好奇……凡有一腔热血的爱国赤子,应该来见识这个"犹抱琵琶半遮面"的兵团。

是军队，没军费。新疆有5400公里边防线，在宛转回环的2000公里边防，铺排着兵团58个边境团场。他们是有生命的"界碑"。他们是永不移动的"界碑"。他们的"屯垦"为"戍边"，为"戍边"而"屯垦"。他们有枪，有炮，有序列，有建制，有军徽，有领章，有拼杀冲锋，有摸爬滚打，有军队的血统，有军人的作风，就是没有一样：军费。

是企业，办社会。他的社会功能，与省地县几乎别无二致。从幼儿园到大学都办；从派出所到法院、检察院都有；从公安干警到武警部队俱全；从社政福利事业到街道城镇建设都管；从边防任务到口岸管理都有。如此之多的社政开支，作为企业，哪堪负担？

是政府，要纳税。行使着政府的众多职能，"瓢子"里却还得全力生产经营，所以又是一个纳税人。一个中国不多的纳税人。他竭尽纳税的义务，却又不能享受税收返还的"恩惠"。

这是今天生产建设兵团的大写意，他规范了兵团，也造就了兵团的"秉性"。

他一直高昂着"超越"的头颅，以全民所有制的优越，睨视集体所有制、个体所有制以及全民所有制的其他形式。

他一直以"一览众山小"的气概，以浟浟大兵团，鸟瞰芸芸小村落。

他一直以大梦谁先觉的豪迈，认为自己代表了社会运作方向——个体——集体——全民，兵团得风气之先，已独领风骚数十年。

如今，要搞联产承包？全民要屈就集体、个体？前进的道路上要换"路标"？这是鼓励先进还是保护落后？是前进还是倒退？

如今，要搞联产承包？我们在边境团场，与苏联的农庄额手相望，搞出纰漏来，人心浮动，造成不良国际影响，责任谁来承担？

如今，要搞联产承包，各管各，自顾自，屯垦为"自"垦，人心散，力量弱，"戍边"的重任谁来担？

农村的做法，兵团适用吗？对集体所有制单位的做法，对全民所有制单位适用吗？对农村与对兵团用"一把尺"来衡量合适吗？

理论在犯嘀咕。心愿在犯嘀咕。情感在犯嘀咕。

果真，"当今世界殊"？

观望，在观望中等待。

等待，在等待中观望。

"热风吹雨洒江天"。

这儿，"春风不度玉门关"，"雨"是断然"吹"不过来的。

大潮奔涌。

西域。兵团。

这儿是冷静的一隅,冷得有点儿冰凉。

二

"青山遮不住,毕竟东流去。"历史,遵循规律。

"无边落木萧萧下,不尽长江滚滚来。"时代,革故鼎新。

1983年,金秋时节。国务院领导视察兵团,一把扭住问题的症结:"国营农场最大的问题,一个是死,一个是穷。""要兴办职工家庭农场,实行大农场套小农场。""把家庭式的小农场同团场联系起来,组成兵团大农场的整个体系。"

兵团领导层震动了。

兵团职工层震动了。

整个兵团震动了!

震动抖落了有如"尘埃"般的旧观念,人们赖以"坚守"的那块"阵地",像一块巨大的浮冰,在春潮中,消融于澎湃的大海。

但是,事物的特殊性所带来的连锁反应,甚至是那些智者都始料不及的。兵团的农牧团场与农村,一个"农"字掰不开,因所有制形式之异,表现的内容却别于天壤。

联产承包,办家庭农场。顿时一些人懵了。一些人傻了。一些人乐了。一些人被激怒了。体制带给人们的命运是严酷的、现实的、无情的。它某一种形式的突然降临,犹如一石激起千层浪,平静,已被时代的潮头卷走。

有人肯定现状,有人否定现状。各自在相反的立场上夸大其词。当时的情形,很像狄更斯在《双城记》里所写:

这是最好的时候,这是最坏的时候;这是智慧的年代,这是愚蠢的年代;这是信仰的时期,这是怀疑的时期;这是光明的季节,这是黑暗的季节;这是希望之春,这是失望之冬;人们前面有着各样事物,人们前面一无所有;人们正在直登天堂,人们正在直下地狱——总之,那时和现在是这样相像。

我们必须面对现实。

过去,在军事序列下,岗位相对稳定,有人在积肥班,一积就是几十年;有人在大车班,是只会挥鞭的车把式;有人在浇水班,专司作物灌溉;有人在炊事班,终生火头军。如今,肥要自己积,车要自己吆,水要自己浇,饭要自己做。多少人为此手足无措?

过去,谁也不去想问题,有两个字足够:听喝。职工听班长的喝,班长听排长的喝。叫修渠修渠,让播种播种,说开镰就收割,要除草就扛锄。几乎是个"机器人",按别人设计的"程序"动作。如今,独立自主,没有人"喝"了,有多少人不适应?

过去,生产连队发配人的场所是大田。炊事班没干好,下放——下大田;幼儿园没干好,下放——下大田;积肥班没干好,下放——下大田……那些听话的、表现好的职工,在连队的"边边角角"干活,那些调皮捣蛋的,到广阔天地——田野上——炼红心。如今,被"下放"的,如鱼得水;被"垂青"的,面对承包,无限惆怅。

过去,干活有班长,吃饭有食堂,孩子都入托,居家有公房。职工只想两件事:今天班长安排我干什么?领了工资后怎么花?如今,种田要自己筹划,效益要自己核算,不少人一筹莫展。

过去,割资本主义尾巴的阵痛,狠斗私字一闪念的惊恐,"三自一包"的苦涩,也让人谈虎色变。

当然,还有一些人是留恋那香喷喷的"大锅饭":企业是一头大奶牛,只要"咬"住奶头,就不会饿肚子。那时干活多惬意:在大田里干活,一群一群的人拄着坎土曼在地里聊天,人们戏称"栽人桩"。经常性的开大会,各种"副业"一起上,读书、看报、翻杂志、剔牙、掏耳、剪指甲、拉呱、传小道、织毛衣……人称百"货"公司。上班听敲钟、吹号,大家伙儿在路口等,即便早下地的,也在地头等,人齐了才"干"——美其名曰:"步调一致"。农场条田几百、上千亩成片,地里没厕所,妇女要"方便",拉帮成串,叫作"集体行动"……

不需要列举烦琐的数据,这样发展经济会有高速度吗?

生产力哟,神圣的生产力,你在光天化日之下,你在大庭广众之中,你在严肃认真的会堂之上,竟这样地被亵渎着,被流失着,被廉价着,被阉割着……

不满归不满,但是,人们静下心,细细地朝深里想一想,那贫乏,那窘境,那八丈高的穷酸气,能让人真心满足吗?当时的现状,又有多少人能心安理得呢?尤其是国门打开之后。

请看:生存的现状是何等严酷。

农四师的所在地是伊犁,那儿风景如画,犹如人间仙境。全师21个团场,19个亏损。从1952年到1983年,32年,5年为盈,盈利964万元;27年为亏,亏了2.3个亿。这是历史对生产力的嘲弄。

安居乐业。中国人注重传统文化,对"居"是讲究的。那么团场连队的状况呢?"小土屋,一面坡,高矮和人差不多。"住半地窝子、住"干打垒"、住小土屋者在兵团不算少数。居住窘迫,人心能安吗?兵团有能力为200万人盖上新居吗?"居"之不安,"业"从何乐?

再看兵团人当时的"吃"。20世纪70年代末,石河子垦区的主要领导刘炳正到

571

一四三团检查工作。午饭时,他面前摆上四个小菜。吃饭一贯清淡的他怔住了,双眼禁不住有些湿润。这四个小菜全是用酱油炒出来的。"给我吃的饭都没油,职工怎么过?"问得团政委无地自容。这个曾被誉为"富八师"的石河子垦区和全兵团的团场一样,面临着严峻的挑战!

兵团团场经济是脆弱的,基层的生存环境和条件更是薄弱的。一次受灾之后,一位领导察看灾情,回来写了这样四句话:"看地里,稀稀拉拉;看连队,房倒屋塌;看群众,一盘散沙;看干部,牢骚怪话。"这事虽然发生在"文化大革命"中,但是,这个阴影,今天是否驱除干净了呢?

这样的历史,不应延续;这样的悲剧,不应存在;这样的环境,必须改变!改革,是国运昌盛的呼唤!是脱离困境的呼唤!当它振臂一呼,从者如云,这才是希望之所在。

三

卑贱者最聪明。这是一个哲学命题。而任何真正的哲学,都是自己时代精神的精华。那些聪明者,是如何敢为天下先的呢?

阿Q说过不少"疯话",他曾不屑一顾地说:"状元也不过第一。"殊不知,"第一",是一个震撼人心的数序;"第一",有的会写进历史的进程;"第一",有的会掀开时代的新篇。哥伦布第一次发现美洲大陆,爱因斯坦第一个创造了相对论,居里夫人第一个发现了铀,毕升第一个发明了活字印刷,瓦特第一个发明了蒸汽机……所有的"第一",莫不如此。

"第一",永远属于那些不甘寂寞、不安于现状的人。

人物之一 李国信正是这样的人。

事情还要追溯到1982年年初,李国信所在的农八师一四三团一营叫南五宫,因为它偏僻,延伸在天山的两支余脉夹角中,有人叫它"夹皮沟",也有人唤它"小西伯利亚"。一个春光明媚的日子,这位身躯并不高大,脸庞染满风霜的汉子,站在南五宫的原野上,盯着一蓬蓬黄灿灿的迎春花,不禁感慨万端:草生一春,还开个花结个籽,艳丽一回,丰实一回。人呢?嚷嚷着30而立,自己已满40了,还一事无成,能不痛心吗?

李国信发这样的感慨,是他昨天又读了五届人大四次会议政府工作报告上那句画了红道道的话:"努力改进和完善各种类型的农业生产责任制和农村各项经济政策。"李国信很注意上头的精神,他等了20多年,现在该大显身手了。今天,他是出门

"踏勘"的。

在"小西伯利亚"的最南端,有一个偏僻去处,矗着几幢房子,营里曾在这里办过养鸡场,因年年亏本,早已关门。现在是个剪毛站,一年 365 天,人喊羊叫只有 15 天,羊毛一剪完,剪毛站连同四周的荒漠陷入一片沉寂。营里派三个上了年纪的职工,在这里守 350 天,开工资 3000 元。眼下,这房屋风雨剥蚀,比山神庙还破败。李国信在这里转着、想着、筹划着,耗了近一天。

第二天一大早,李国信直奔营部,向领导请缨,办家庭农场:"剪毛站由我义务代管,不要一分钱报酬。请划给 160 亩弃耕地,自由种植三年,给连里交管理费、利润一万元。"李国信这番话,这个决心,这个抱负,在这个大一统的全民所有制的大兵团,石破天惊!

营教导员很高兴,也许他从政治上看到这是惊人的第一步,也许他只算了笔经济账:过去要派三个老职工看守,三年得支付一万元。如今,李国信倒要上交一万元,傻瓜也能权衡出这个得失。教导员有些担心,想给他压低一点指标,交个三五千元也蛮不错。没想到,营里其他领导不同意:团场是全民所有制,不允许单干。不能利润挂帅,不问政治! 没想到,姓资姓社,一夫当关,万夫难开。把教导员闹了个孤掌难鸣。

第一啊,惹人的第一,诱人的第一,恼人的第一,强者加韧者才能获得的第一! 李国信从春跑到夏,从夏跑到秋,从秋跑到冬,非但事情毫无进展,反倒跑出了个"歪果":"李国信想当地主了。"

"小西伯利亚"飘下了第一片雪花的时候,百般无奈而又痴心不改的李国信想到原团政委、现升任石河子农工商联合企业副总经理的任友志。

任友志同志听完李国信的述说,又抱怨又鼓励地说:"这样的好事,一开始为什么不找我? 你干我支持! 啥事都要有个领头的,你别怕,万一搞砸了我们一起背债还账! "

是夜,任友志致信一四三团党委:"……搞李国信这样的家庭经营,是有利于生产力发展的农垦经济体制改革的尝试。这种改革不会一帆风顺,支持李国信搞家庭经营,是贯彻实践是检验真理的唯一标准这个原则在农垦经济上的一个突破。群众已经走到我们前面了,支持李国信,抓住这个点,推动石河子的经济体制改革加快步伐。"

恰值此时,中共中央政治局通过的 1983 年 1 号文件下发了。"分户承包的家庭经营只不过是合作经济中的一个经营层次,是一种新型的家庭经济。"好风凭借力,直上最高峰。李国信家庭经营的承包合同上终于盖上了一枚鲜红的大印。

1983 年 2 月 1 日,一辆牛拉车在风雪中艰难地向"小西伯利亚"行进,在这个西部中国最冷的季节,李国信搬家了。这一夜,谁也没睡着,李国信一家五口人围着一堆火,新天地,新生活,新憧憬,把一家五口人的心火燎得比炭火还旺。

第二天一大早,全家人来到地里。那160亩石头梁子荒地,谁都会望而生畏。李国信一家,在那个"窝冬"季节,全员出动,一块块拣出了1000多立方米石头,又把被洪水拉开的沟沟豁豁填平,填进1000多立方米黄土。再撬开冻土层,开挖一条三公里长的引水渠。"小西伯利亚"的风刀霜剑,把李国信雕刻成粗糙皲裂的活动的"艺术精品"。

到"小西伯利亚"创业,谈何容易?个中的风风雨雨,坎坎坷坷,是是非非,弯弯绕绕,不可尽述。只要列出这个刻上历史年轮的数字,足以说服人。李国信一家,迈步第一年,农副业总收入1.96万元,除去各项开支,纯利7000元,还未算存栏的牛、羊、鸡。

当年开荒,当年丰收,生产力变成了幻化无穷的魔术师。于是,李国信,这个百万兵团职工中的普通一兵,走进了中央人民广播电台和《新疆日报》。

人物之二 如果说李国信是为了挣脱束缚,释放自身能量,走勤劳致富之路的话,那么,农三师的李聚齐致富的目的则带有"传奇"色彩。

地处巴楚的四十四团五连别出心裁,采用一种传统形式,贴大红榜搞承包。榜文是:连队25亩菜地改种棉花,每亩交利100元,愿者揭榜。愿者不愿者都拥来了,把连队办公室围了个水泄不通。人们在掂量着,认为当头的心太黑,一下就想抱个金娃娃,只怕没人揭这个榜,末了,把他们给"封"住了,成了"封神榜"。人们正在担心,人群中挤出了个李聚齐,揭下了那张糨糊未干的红榜。

"慢!"又一个夺榜人,拦住了李聚齐,他的指标是亩利105元。

"我交110元。"李聚齐又要挤出人群。

"我交115元。"

……层层加码,李聚齐增到130元,才把红榜揭到了手。谁知,红榜一揭下就烫手:低温、烂种、草害、虫灾,闹了个天翻地覆。李聚齐重新翻地、播种,没日没夜地拔草,争分夺秒地灭虫。总算皇天未负苦心人,秋后给了李聚齐一个亩产180斤的好收成。

当人们向李聚齐祝福时,他的回答比揭榜举动更惊人:"我提高利润指标是为了还债。是的,我银行有存款,不欠谁的债。可"文革"蹉跎十年,没干什么活,工资一分没少拿。我一家三个人拿国家工资,一月一百七八十元。10年白拿了多少?我今年42岁,下狠劲干到50岁,用一个抗日战争时间,把这笔债还清。"

在场的人无不感动。此后,李聚齐身体力行,承包了80亩地,第一年交4000元,五年间,年递增10.25%,上缴利润2.5万多元。用五年实干,抵消了"文化大革命"中的 10 年"白拿"。

一个不同凡俗的承包经营者!

人物之三 承包经营,哪怕是农业生产,种田作土,也并非男人的专利。1983年,在农五师八十三团,冒出了一个 33 岁的家庭农场主——李巧玲。她家庭农场第一年的产值达 3.4 万元,纯收入近万元。在农五师标了新,立了异,使联产承包像一股和煦的春风,吹遍了博乐垦区,吹出了勃勃生机。

一个成功女人付出的代价,往往是一个成功男人的数倍。李巧玲的命运,比一般成功女人的命运更多难。她的丈夫瘫痪在床,膝下有三个孩子,晚上,人们在荧光屏前欣赏电视节目,在庭院纳凉,在亲朋好友处高谈阔论时,李巧玲却带着一天田野的劳累,背上背着小儿子,指导一对孪生子做作业。操持第二天的早饭,切拌好第二天的猪食。把孩子安排上床后,用棉花蘸上热酒,为丈夫搓身,直到丈夫感到全身舒畅发热。

第二天一早,儿子上学去了,她把饭菜票拿出来,在墙上小黑板上写下留言,嘱咐儿子中午自己去食堂买饭,端猪食喂猪,然后,带上干粮,背着小儿子下地干活。从夏忙到秋,她都在地里吃午饭。

就在这一年,命运好像故意与李巧玲作对,丈夫因病重远送乌鲁木齐住院,两个上学的儿子又先后病倒了,高烧 40℃。倔犟的李巧玲,把小儿子送回娘家,病重的儿子送进医院,病轻一点的留在家里吃药打针,自己还得没白没黑地下地,庄稼耽误不得呀! 活从手中出,泪在心里流呀!

这是什么样的成功! 这个万元户,一分一厘,沾满了汗水、泪水、血水! 生产力一旦解放,释放的能量究竟有多大,统计学家能准确计算吗? 生产力的发展、解放,都是以沉重代价换得的!

这三个姓李的主儿,创造了主题一致,内涵各异的烽火春秋。

许许多多普普通通的兵团人,他们默默无闻。改革开放之后,个人的潜能无法估透,他们又一鸣惊人,干出了许许多多轰轰烈烈的业绩。

人物之四 芳草湖总场五队职工秦秀文,办开发性家庭农场,1984 年贷款 4.8万元,打机井一眼,开荒 400 亩,当年纯收入 3.5 万元。按合同,5 年后,土地归农场,本人可以继续承包。五年来,他还清贷款,完成上交,净收入十几万元。农场则不花一分钱投资,得到高产耕地 400 亩。

人物之五 农四师边境农场的陈仰光,承包 150 亩林带,他开垦了 60 亩空闲地,养了 240 只羊。他以短养长,以畜养树,每年收入超万元。承包 15 年到期,树木成材,团场和个人所得均可超过 40 万元。

人物之六 农五师八十四团三连职工卜宪运,1985 年承包 278 只母羊和 200 亩饲料地,办起了家庭畜牧场。五年创产值 65.8 万元,利润 27.25 万元。上缴团场利润指标后,个人所得十余万元。

人物之七 农四师七十六团上海支边青年裘祖定是一名拖拉机手。盛夏季节,他看到团场牛奶卖不掉,成桶喂猪或被倒掉,十分惋惜。1984 年,他投资一万元,购进三台高速乳品离心机,组织六名待业青年,收集零星鲜奶,生产出市场紧缺的甘酪素,年产八吨,黄油九吨,年纯收入超过两万元。

人物之八 她是四十五团一个普普通通的职工,叫张斗兰。她碰到了一个"难题":1990 年,她在 21.3 亩地上,创造皮棉单产 200.9 公斤的高产纪录,全国之最。记者采访时,问她是不是吉尼斯世界纪录,她作难了。她说,我只听一个来鉴定的专家说,吉尼斯世界纪录是 206 公斤,但面积只有三亩。我的面积是"吉尼斯"的七倍多,如果要是从中挑出三亩来呢,那我就说不准了。

这个张斗兰已提前退休,住在城里的女儿家。几年的联产承包经营,搞得她心热脑活,说什么也要重返团场,承包一块土地,了却一个农工竭尽全力在土地上究竟能达到什么境界的愿望。1990 年,她承包了这块盐碱地,创造了一个好成绩。她第一次认识了自己,认识了土地,认识了改革的威力。她觉得自己没有"白活"。

人物之九 1966 年,24 岁的刘焕奎从湖南湘潭来到新疆塔里木一团的时候,心里埋下了一个志愿:王进喜能为国家打出高产油井,我为什么不能为国家种出高产田?

这个愿望,直到 1979 年团场实行联产承包责任制时,才得以实现。这一年,她承包了 74 亩水稻,单产 460 公斤,比往年翻了一番多。1980 年,突破 500 公斤;1982 年,630 公斤;1984 年,700 公斤;1990 年,787.5 公斤。12 年,她生产水稻 63 万公斤,皮棉一万多公斤,上缴利润 11 万多元。修地球,抠泥巴,年创利近万元,在西部屯垦史上,树立了一块丰碑。她赢得了许多荣誉,她至为珍惜的,是同王进喜一样,曾登上天安门;同王进喜一样,以自己奉献的业绩,把一个共产党员的名字镌刻在共和国的光荣册上。

表现在个人身上的潜能变化,如脱胎换骨;表现在集体的变化上,则是天翻地覆。

农一师十二团,1958 年建团,到 1981 年共亏损 4200 万元,是全国农垦十大亏损户的亚军。1983 年实行家庭联产承包,到 1990 年工农业总产值由 724 万元增至 5100 万元,职工收入由 734 元增至 2800 元。"天翻地覆慨而慷!"

农十师一八一团畜牧营在国境线上,土地高寒贫瘠,生产水平低下。1983 年,全营 500 户,474 户亏损,职工收入仅有 427 元。1984 年实行家庭承包后,羊从 1.3 万只,三年猛增到 3.2 万只,户均 64 只。职工收入从 427 元猛增至 1800 元。边境上的兵团人,抚今思昔,感慨万端:"改革开放,换了人间。"

数字是枯燥的。数字也是权威的。这里摘引两组数字,一组是由国家统计局提供的 1989 年度各省市人均纯收入一览表;另一组是由兵团农五师统计处提供的 1989 年度农五师各团场人均纯收入一览表。

前表所排列的前四名是:

上海市:1379.87 元

北京市:1230.56 元

天津市:1020.25 元

浙江省:1010.72 元

后表所排列的前四名是:

八十一团:1343.00 元

八十五团:1211.00 元

八十九团:1129.00 元

九十团:1068.00 元

有了这组数字的对比,语言显得苍白无力,历史则添加了它的厚重和分量! 农五师,在兵团这盘棋上,还称不上车、马、炮,自然条件相对较差,它的四个团已敢与京、津、沪"叫力",何况那些条件较好的师团呢?

1990 年春,国务院对兵团实行计划单列,从此,兵团跻身 14 个单列市之列。这时的兵团,才开始把自己的经济状况与全国 30 个省市区作了一个横向比较,出现的是一组令人振奋的数字序列:

人均国民生产总值 2123 元,高出全国平均数 35 个百分点,居全国第六位。

人均工农业总产值 3865 元,高出全国平均数 37 个百分点,居全国第七位。

人均农业产值 1787 元,高出全国平均数 163 个百分点,居全国第一。

每万人拥有自然科学专业人员 249 人,高出全国平均数 1.4 倍。

……

呆板的数字,有时会生动无比;令人皱眉的数字,有时也令人心旷神怡。这是

1990 年计划单列之初。计划单列之后,兵团被注入更大的活力,这些数字,还将如何演变呢?

四

改革开放,联产承包,偌大一个兵团,东西贯通,南北呼应,173 个农牧团场,1000 多个工矿企业,典型该有多少?"天女散花",漫天飞红,不如目有专注,选其一朵。作者在这里,来解剖一个师——农八师,看看大梦谁先觉,看看改革给人的命运带来的变化,看看改革开放中的形形色色景观、形形色色气象。

人物之十 "破烂王"——丁世汉。这个叫丁世汉的汉子,是一四三团的职工。1984 年,刚过不惑之年。他那双不大的闪烁着明亮光辉的眼睛告诉你,这是一个诚实而精明的人。

与不少兵团人一样,他是为"活口"到新疆来的。三年自然灾害,父亲和大哥相继饿死,他自己也差点成为饿殍。来一四三团工作时,只有一张木板搭成的床,连一个凳子也没有。直到 1976 年,他的月工资仅仅 30.30 元,他戏谑地自称"3030 部队"。即便这样,他每月还要从中省下 12 元,寄给家乡更穷的母亲和寡嫂。他有一双勤劳的手,有旺盛的精力,有灵活的头脑,但是,什么都干不成,解不开受穷这个死结。

他的致富是从拾破烂起步的。一次,丁世汉到石河子办事,看到废品收购站的牌子,他的心为之一震:废品,到处都是,那里有一座金山啊!那时政策还未松动,但他认准一条:不违法。于是,他悄悄地向废品领域迈开了试探的第一步。他爱人白天去捡废品,他晚上驮回来,星期天两口子一齐出动。干了两年,收入达 9000 余元,一个天文数字!他的心在狂跳,手在颤抖。恰值此时,党的十一届三中全会,给了他如虎添翼的膂力。他看到繁荣起来的石河子市场,竟没有一个豆制品作坊,他用拾破烂换来的钱作为基金,办起了当时恐怕是新疆第一个豆制品作坊,加工豆腐皮和五香豆腐干。那销路、那效益自不待说,到 1982 年,他获得纯利四万元。

某一件事一看好,人们就趋之若鹜,于是便衰落。这是中国市场上的一个怪圈。丁世汉为了避免厄运,不断拓展新的领域。当人们关注破烂时,他搞豆制品;当人们关注豆制品时,他搞养鸡;当人们关注养鸡时,他制造雏鸡孵化器;当人们起而效仿搞孵化器时,他的目光又盯住兰新铁路北线要贯通,一四三团设有一个货站,于是,他又买了六辆车,跑运输。靠信息、靠经济头脑、靠智慧、靠勤劳,丁世汉真正的富了,他已拥有资产数十万元。

人物之十一 "植棉状元"——贾登华。他在 500 亩棉田里,创造了单产 126 公斤的纪录,1984 年,在玛纳斯河流域放了一颗卫星,让"历史"翻了几个筋斗。兵团司令员陈实称他是"植棉状元"。

这个状元郎,不是刨田弄土的主儿。他脸庞黝黑,线条分明,棱角突出。那双不大、常布有血丝的双眼,透出精明,甚而有些狡黠的神气。一看便知,他不是那种淳厚、老实的角色。他不甘平庸,锋芒毕露。点子多,魄力大,干劲足。还在 1979 年,他所在的一四八团十一队亏损 10.8 万元。团场把他从十队会计任上调来当队长。第二年,扭亏为盈,上缴利润 14 万元。他干了四年队长,上缴利润 90 万元,年均 22.5 万元。

1984 年春天,开始时兴办家庭农场。十一队 3 个职工牵头,也想迈出办家庭农场这一步。这是历史的一步,是惊人的一步,也是困难的一步。他们犹豫、彷徨集中在一点:产量指标订得过高,亩产皮棉 78 公斤;利润指标太重,上缴 5.85 万元。合同,迟迟无人签字。

拉弓没有回头箭,季节不等人。贾登华毅然辞官——不当队长,当了家庭农场主。

贾登华的作风喜欢与众不同,从出新中出效益。他的家庭农场,办成雇工性质。他雇了 24 名连队职工,签订了合同:职工以原工资级别,按月开薪。年终,若农场亏了,雇用工人不承担风险,工资照发;如果盈了,每人浮动一级工资;所雇职工享受国家正式职工的一切生活待遇。

这个指标瞠人,这个合同冒险,这副担子不轻! 贾登华显得胸有成竹。他以高出银行一倍的利息,借款 3.8 万元,保证给"雇工"发工资,然后,以自己长期积累的丰富生产经验为基础,以科学为先导,在铺地膜、施肥、中耕、浇水、植保等环节,寻找最佳点、最佳度。如给棉花打顶尖,贾登华没按往年的老套,而是以一份科技杂志上的新经验为依据,实行早打、轻打、多打,增产效果显著。9 月,是一个成熟的季节。团场要求从 9 月 20 日开始喷催熟剂。贾登华从广播电台获悉,9 月 20 日是阴雨天气,他决定 9 月 16 日喷洒催熟剂,以免阴雨影响药效发挥作用。因催熟在火候上,他棉田的霜前花达到 85% 以上。

一年下来,贾登华的 500 亩棉田获大丰收,总产量 6.3 万公斤,总产值 22 万多元,兑现了连队和雇用职工的合同后,贾登华收入五万多元。辞官种地,一年致富。

人物之十二 "小麦冠军"——许生浩。1984 年,他一家为国家提供商品粮 21.39 万公斤,也许在全国也不多见。个人所得 4.23 万元,是他一辈子工资收入的数倍。然而,他这个冠军却是"拣"来的。

那还是 1983 年 11 月,因牲畜都承包了,许生浩这个车把式得改弦更辙了。连队的土地,只剩下 8 号条田,625 亩的大条田,还地处用水下游。历史上最高单产纪录是 220 公斤,而承包指标是 230 公斤,没人敢签字,想拖些日子,把"2"后面的"尾巴"砍掉,砝码定在 200 公斤这个整数上。

这时,站出来个许生浩,多日来压在连长心头的这块石头总算落了地,但他的心情并不轻松:许生浩能完成指标吗?

经济指标还在其次,许生浩首先完成的是说服一家老少的"指标"。许生浩签下合同回到家里,一家都"炸"了:"爸,你就知道傻干,找亏吃!""叔,你上了大当,人家在把你当猴耍呢!""你逞能,看着火坑还要往里跳!"

孩子的埋怨,妻子的指责,他的心反倒踏实了。等一家人平静下来,他才瓮声瓮气地发了话:"党指出的只是富民路,能不能富,得咱自己干。前怕狼,后怕虎,那算个啥!困难再多,也挡不住人勤地不懒的道理。你不哄地地能哄你?我不信!"简单几句话,总算把一家人脸上的乌云给吹散了。

许生浩过去没种过地,可他一直在看着人家种地:种子往地里撒,等出苗;出了苗,撒化肥,浇上几次水;然后,大撒手,等收成。那能有好收成吗?许生浩出了个新点子,以喂牲口的经验来种小麦。喂牲口,添多了草料,牲口连吃带拱,太浪费;添少了吧,又吃不饱,不长膘。少给勤添,牲口才长得好。种小麦不也是一样吗?

用养牲口的办法管理小麦,果然管得苗齐苗壮。不过,也管出了怨言:"爸呀,人家下雨往家跑,你领咱专往雨里钻,少见!"许生浩看着泥猴一样的一家人,诙谐地说:"化肥化肥,一'化'就肥。不往雨里钻,不化咋肥?"一家人变怨为笑了。他们笑得最开心的时候,是看到了金黄的粮山和 5.57 万元的收入。

许生浩"拣"来一个冠军,带出了他侄女家一个万元户,当上了新疆生产建设兵团的劳动模范,成为 1984 年新疆的十大新闻人物之一。

人物之十三　姊妹花开——艳晓莺。 在石河子市,艳晓莺,颇有知名度,也颇有魅力。她不是一个人名,而是王艳、王晓、王莺三姊妹的合字名。故事是这么开头的……

1981 年,王艳高中毕业,没考上大学。平平常常的家庭平平常常的她也就平平常常地加入浩浩荡荡的待业大军。1981 年 5 月,王艳的父母费了好大的劲,她才进了本单位——织染厂知青商店。头几个月,日工资只有 5 角钱,只够买一盒最廉价的珍珠霜。半年下来,不满现状的她决定不干了。那时,找份工作多难!她整整等了半年,无法挑选地进了一个大集体性质的企业。企业萧条,奄奄一息,她干了几个月,又退了出来。这次,她不再寄希望于渺茫的等待。权衡之后,她集资 500 元,买了一架海鸥牌相机和一台放大机,租一间简陋的土房,办起了个体照相馆。第一步,尽管艰难,总算果敢地迈出了!

一脚迈出,开市大吉,第一天,盈利2元!两个月后,收回全部成本。一条新路,魅力无穷。此时,如春风化雨,组织上又选派王艳为石河子唯一的个体户代表,到乌鲁木齐参加自治区城镇青年先进集体、先进个人表彰大会,并捧回一张烫金的大奖状,宛如捧回一个前途,一个希望!

为姐姐新生的事业所吸引,也为帮助姐姐扩大经营范围,高中没毕业的王晓,到江苏无锡学回缝纫技术,老三王莺也毅然奔向个体之路。她们在石河子市西一路中段买下两间新房,添置一批新设备,亮出了招牌:艳晓莺时装、照相部。三个姐妹一台戏,红红火火地唱起来了。唱得欢快、唱得响亮、唱得字正腔圆,并从石河子唱到了广东的惠州。

1993年,艳晓莺照相部已在惠州开业。

人物之十四 "滚动"专家——克里木。他是石河子食品厂一位维吾尔族工人,1970年,他被"割"了资本主义的"尾巴",关进监狱四年多。1975年5月,一个朋友看他太穷,送来200只小鸡让他喂养。他战战兢兢,重操旧业。五个月后,他把鸡卖掉,收入783元。他壮了壮胆,用这笔钱买了15只瘦羊,喂肥后再卖掉,就这么小规模地滚动,安安稳稳地过日子。一想起坐牢的滋味,他就心有余悸。

党的十一届三中全会的热风,吹散了他心头的冷云。他驱使"滚动"术,大显身手:买进小的、瘦的牛羊,喂成大的、肥的,再卖出去。牛,三五个月循环一次,一头赚200多元;羊,一年循环两次,加上羊毛,一只赚五六十元。滚动到1983年,克里木盈利十几万元。如今,他已富甲石河子一方。

十万财富十万情:克里木守法经营,勤劳致富,以富济贫,扶危助困,一个个美丽的故事像阿肯的套曲,弹不尽,唱不完,尤为令人感叹的是他那个民族团结的家庭。

70年代中的一个夏天,他把一个流浪街头的汉族孤儿收养起来,照顾得比自己的亲生儿女还周到。孩子长到十四五岁了,克里木几次想让他说出原籍,出资送他回去,这孩子说啥也不愿意走。克里木见孩子铁了心,更加疼爱,精心抚养,还给他起了个维吾尔族名字:阿里木(维吾尔语:美好、有学问)。后来,克里木把全家钱财收入等大事,全交给阿里木掌管。而他,作为"滚动"专家,更加自如地"滚动"起来……

他们是那样的平凡,他们是那样的显赫;他们是那样的普普通通,他们是那样的不同凡响;他们是那样的默默无闻,他们是那样的轰轰烈烈;他们是那样的貌不出众,他们是那样的光彩照人;他们是那样的语不惊人,他们是那样的震撼人心!

他们,都是兵团的普通一"兵"。

五

在中国,最难干的,要数企业家。他们需要哲学家的思维,经济学家的头脑,政治家的气魄,外交家的纵横,军事家的果断,战略家的眼光。你说,少了哪一条能成?然而,干得最精彩、最有生气、最值得人生一搏的,又莫不是企业家。企业,是共和国大厦的经济柱梁。那些成功的企业家,是些历尽苦难的角色,增光添彩的角色,起死回生的角色,挽狂澜于即倒的角色,抟扶摇直上九天的角色。他们的身后,都有一串一串的故事。

人物之十五 1985年秋,周白石到兵团第一汽车运输公司任经理,可谓奉命于危难之际,受任在萧瑟之秋。他放了三把火烧"荒",挥了三板斧砍"桠",运输公司转眼"旧貌换新颜"。

周白石上任后,办公室里三个月不见人影。他一头扎进基层,调查研究,摸问题症结,抓一运司的"牛鼻子"。心底踏实了,第一把火烧晦气,第一板斧要劈了"庸交椅"。

1986年年初,周白石的第一个方案出台:改干部终身制为招聘制,免去12名科级干部的职务。机关立时开了锅,几个被免职的干部当场质问周白石:"我们犯了什么错误?凭什么免去我们的职务?"更多的人在看周白石如何下"台"。

周白石不动声色地回答:"免职不是撤职,并非因为犯错误。要说'凭什么',就因为你们长时间没有把工作搞上去,只好让别人来试试。你们还有机会,只要学到了本领,可以再来投标。"几句理正词圆的回答,不啻一阵狂风,吹去了头顶那片恼人的乌云,"庸交椅"就这样劈开了。

周白石力排众议,起用一个有争议的年轻人;又"七顾洋楼",请出一个"能人"。人才到位,企业起飞,一运司的面貌为之改观:亏损的企业一年扭亏为盈;盈利的企业利润翻番。周白石的体会是:宁肯用有缺点的能人,不用碌碌无为的"完人"。

周白石的第二把火是烧邪气,第二斧是劈"安乐窝"。

一运司工作上不去,是纪律松弛,正不压邪。老人干活,年轻人游荡;女人干活,男人浪荡;搞后勤的干活,在前线的逛荡。周白石抓了一个旷工20天的典型,开除了一个青年驾训队员的学籍,到修理间听候分配。

这青年平时是个"惹不起",哪容别人损他的面子。那天酒后,他凭着酒劲,一脚踢开经理办公室,从腰里拔出匕首,对周白石吼道:"姓周的,你给我收回成命,不然的话,我要让你躺着出门!"

周白石轻蔑地扫了他一眼,解开衬衣,戏谑地说:"一身好肉呢,你看朝哪个地方戳吧！"

这个以酒壮胆、借势唬人的青工，见周白石气势夺人，怵自软了，趁别人开门之机，悻悻然溜走了。周白石又组织了几次"突袭"式检查，把那枚松得快掉下的劳动纪律的螺丝终于拧紧了。

周白石的第三把火是烧懒气，第三板斧是劈"铁饭碗"。这次，许多人不以为然。前两板斧，砍的是少数，这次可是"众怒难犯"。

周白石深知，这是个"老虎屁股"，既然骑上虎背，不摸老虎屁股行吗？他进行了多次预测，实行工资改革后，职工的收入比：70%增收，20%持平，10%可能少收。这不还是"少数"吗？如果效益增长幅度大了呢，少收的也许就没有了呀！

周白石劈"铁饭碗"，率先"劈"自己，职工每月预扣10%的工资，他每月预扣40%。再"横"的人，你能说什么？周白石充满激情地给职工们鼓劲："今天，我打破你们的铁饭碗，并不是不要饭碗，而是为了明天给你换上一个'金'饭碗，哪个划算呀！"

制度顺了，干部顺了，人心顺了，企业顺了，那效益、那成果还用赘述吗？

人物之十六　1987年8月，赵洪洲签订承包合同时，新疆汽车改装厂经济拮据，产品积压，300多辆汽车蒙上一层厚厚的尘土，沉睡在库房里。给他的经济指标是：第一年上缴利润300万元，年递增速度为7%。不少人认为他是个疯子，疯得傻头傻脑。

赵洪洲做了过河卒子，一上任就拼命向前。企业的生命，要有拳头产品，他盯住的第一个目标，是开发客货两用的"草上飞"。

大年初三，飘在厂区上空烟花爆竹的硫黄烟味还没有散尽，赵洪洲组织的27人攻关班子已进入了阵地。九个月的"怀胎"，XJ-121白鹿牌卧式双排座（人称"草上飞"）汽车就"呱呱"坠地。这是厂史上的最新纪录，过去换一个车型，少说也得两三年。

"白鹿"一问世，就被推上了竞技场。全国20个厂家的31辆北京121轻型系列汽车，参加了"中国首届北汽杯汽车长征万里行"。这是不竞赛的竞赛，不竞争的竞争。

驾驶员张连生这样描述"白鹿"：8月1日从南昌出发，途经江西、湖南、贵州、四川、陕西、山西、河北到北京，行程1.6万公里，无"病"无"伤"，以耗油量少，适应性强，行驶平稳，舒适性好的显著特点，捧回了"北汽杯"，扛回朱学范副委员长题写的"振兴民族汽车工业"的锦旗，为新疆汽车工业赢得了荣誉。

不断求新、不断创新、不断出新，企业才能永远立于不败之地。承包四年，赵洪洲共创产值1.34亿元，利润1400万元，固定资产由1200万元增长到1900万元。如今,赵洪洲已投资750万元,建起了喷漆车间流水线,又投资1000万元和天津汽车厂合作开发日本"三峰"车,而且,"三峰"车又一炮打响,赢得了信誉,赢得了市场,赢得了经济效益。

人物之十七　农二师湖光糖厂,从1986年5月21日破土,到1987年7月20日下午工程总指挥、副师长赵鸣岫将第一把火种投进1号炉内止,共用了14个月时间,一座现代化的糖厂在开都河畔诞生了!过去,建这样一座日处理甜菜1000吨的糖厂,少说也得两年。以至于供销科的人去自治区糖酒公司联系交售砂糖时,公司业务人员横竖不相信。他们都是行家里手,这么短的时间怎么可能建起这么大一个企业?直到看到雪白晶莹的优级白糖,这个奇迹般的事实才为他们所接受。

湖光人心里深深地怀念一个人——湖光糖厂客座厂长、石河子八一糖厂的制糖专家任敏敏。这个从学徒干到厂长的甜蜜事业酿造者,既尽职尽责带徒弟,又从严入手培训学员,还敢冒风险作决策。

糖厂1986年5月开工后,直接牵系着1987年的种植计划。八万亩甜菜种不种?种吧,如果糖厂不能如期开工生产,那十几万吨甜菜便烂成一堆泥;不种吧,糖厂若接上开机茬口,没有原料,工厂就只剩观光价值。一正一反,损失巨大,前景可惧。在作出风险决策前,农二师领导征求任敏敏的意见,他干巴利落脆,蹦出一个字:"种!"弦外之音:制糖队伍听候召唤。

如今,任敏敏又以客座厂长的身份任职农四师霍尔果斯糖厂。兵团三个大型糖厂,都将留下任敏敏的身影和足迹,也留下了他人生的灿烂与辉煌。

人物之十八　一〇五团团长周旭初,他43岁的人生,铺满鲜花和彩带。读书时,年年是"三好"学生,从农校毕业后,在一〇六团二连当技术员,在那个"宁要社会主义的草,也不要资本主义的苗"的非常岁月,他放了一颗"唯生产力论"的卫星:500亩棉花,单产75公斤。当年,全师棉花单产仅30公斤。嗣后,他又在六连推出棉花单产112公斤的农六师的"吉尼斯"纪录。1984年,他调到一一一团任生产科长,精心推广科学种田技术,转变职工传统心理和生产习惯,使棉花单产从31公斤提高到75.5公斤,粮食单产从193公斤提高到569公斤,一举改变团场面貌,成为全师第一个亩产超千斤的团。团场经济从累计亏损1193万元的泥淖中拔腿而出,从全师排名倒数第一而跃居首富之尊。人们称周旭初为"活财神"、"棉花专家"、"送金钥匙的人"。当听说他要调离一一一团的消息,不少职工从远道赶来,含着热泪,送了一程又一程……

周旭初赴任的105团,被人称之为"火坑"。其时,"火"势正旺:累计亏损1600万元,每个职工摊亏 7000 多元;欠发职工工资 196 万元,外债 650 万元,银行贷款 400 万元,当年又亏 100 万元。仅仅是这些死数字,暂且也罢,往往还穿插些动态的插曲:"啪!"团长的办公桌不时被重重地擂上一掌。"你说,工资什么时间发?"随时会碰上这样的质问。团长的办公室,不时拥进几十个人,男的、女的、老的、少的,七嘴八舌,恶声恶气,骂骂咧咧。

周旭初除了赔着笑脸,反复解释,还能说什么呢?他说来说去,说得口干舌燥,其实也就是一句话:"大家相信我们新领导班子,给我们两年时间,同全团老少爷们一道,摘掉贫困的帽子。如果改变不了面貌,我自动辞职,同大家一道去种地。"

这个许诺实诚:"就地免职,同大家一道去种地。"职工们信这个。他们曾经被那些"花哨"的许诺骗怕了。

周旭初 1988 年 8 月赴任,利用冬闲,大刀阔斧地进行改革。整顿了团场计划、产品、分配、财务、基建、人事管理失控的现状,把竞争和激励机制引进各个领域。然后,改变传统的生产经营模式。一〇五团传统的经济作物布局是"三瓜一菜"(西瓜、甜瓜、打瓜、大白菜),由于市场不稳定和交通不畅,难以形成优势。周旭初针对团场现状和国内市场分析,提出"兴棉富场"的方针。

谁知,周旭初的方案一出,除政委乔世荣外,领导层一片反对声。人们对一〇五团植棉的历史记忆犹新:植棉 20 多年,平均单产 15 公斤,最高单产 30 公斤,最低单产 6 公斤。但是,他们不太了解外部世界的"精彩":新品种、新措施、新科技和棉花市场的广阔前景。

周旭初认准了的事情很难改变。但是,他从不鲁莽行事,硬性、强行地去干,而是软性地、以柔克刚地达到目的。他请来专家,论证一〇五团的自然条件,能否种好棉花;他请来植棉能手,现身说法,谈丰产经验……人们的心开始活了、动了,他的计划也就逐步落实了。

这里的弯弯绕绕,沟沟坎坎,崎崎岖岖的事不去赘述。一组数据,就宣布了一个结局:棉花单产由过去的 15 公斤达到 80 公斤;全团的工农业总产值由 1144 万元,增长到 2300 万元;还欠职工工资 220 万元,还外债 43 万元,还贷款 130 万元,还新增固定资产 92.4 万元。过去,农六师 19 个农牧团场排队,一〇五团是永不转业的"副班长"。如今,已跻身全师的前三名。

人物之十九 一个领导人只是知道应该做什么是不够的,他还必须能做应该做的事情。缺乏作出正确决定的判断力和眼光的人成不了领导人,因为他缺乏远见。知道应该做什么但又做不到的人成不了领导人,因为他缺乏能力。一个卓越的领导人,既要有远见,又要能做到应该做的事情。石河子宾馆总经理曹善明是属于这种领导人。

他所领导和管理的宾馆,被中国记协采访团誉为"走南闯北第一家";被学者、专家称为"戈壁明珠的眼睛";被政治家们赞誉为"农垦的骄傲和希望";被自治区"三优一学"评比团界定为"新疆东西1500公里,天山南北第一家";被广大旅客颂之为"春风扑面暖人心"。

这样的画面是永恒的:当你踏进宾馆门前的台阶,有人为你拉门,有人引你登楼,有人为你沏茶,有人为你端来热腾腾的毛巾。处处有轻声软语的问候:"您好!"天天有宛如银铃的祝福:"晚安!"日日有诚挚的祝愿:"早上好!"回回有浓情依依的送别:"欢迎再来!"更多的,则是那无时不有、无处不在的永不消逝的微笑。

许许多多的人都有这样一个感受:住进石河子宾馆,能给人一种环境的幽雅,物质的舒适,精神的快慰,心灵的净化。许多烦恼,会在这里消除;许多郁闷,会在这里化解;许多污浊,会在这里变得圣洁;许多泪眼,会在这里微笑;许多消沉,会在这里奋起……它不断地感动着外宾,也感动着国宾;感动着侨胞,也感动着台胞。海外多家报刊载文,称石河子宾馆的小姐们是"微笑的天使",称她们的真挚的微笑是"亚洲第一笑"。

这"亚洲第一笑",颇有意境,颇具魅力。它亲切而不疏离,自然而不生硬,热烈而不张狂,爽朗而不傲慢,友善而不谄媚,清纯而不做作,率真而不轻佻,庄重而不亵侮……她们笑得自然、会心、温柔、甜美,如一股清泉,从心底潺潺流出;似一缕春风,从脸庞徐徐溢散。旅客感到温暖、舒心、宜人。人们无以名状,才赞颂为"天使的微笑"。

作者虚张文笔,浮光掠影,只写旅客对宾馆的感受,而不据实写事,是想让读者去体味、去揣度、去憧憬:有这样的评语,这样的画面,这样的情感,这样的意境,那么,内里的一招一式,一人一事,一颦一笑,一咏一叹,不是都在不言之中了吗?曹善明的能力和形象不也就不着笔墨地凸现在读者面前了吗?

作者要赘述一笔的是作为卓越领导人的曹善明的远见。六年前,他与大连某单位联合,在石河子办了一个钢窗厂;稍后,又与大连郊区的农民企业家在大连市合办了一个"新疆餐馆";三年前,他又到哈萨克斯坦的阿拉木图市开办了一个"长城餐馆",不仅是新疆而且是全国在这里办得最早的一个中国餐馆。如今,这个餐馆已成为中国驻哈大使馆就餐和宴请的重要活动场所。如今,曹善明以宾馆和已建起的企业为依托,创办了"长城实业总公司",主动出击,迎接挑战,积极拓展边、地、内商贸市场,从经营宾馆起步,走向经营旅游服务、车辆出租、烟酒百货、针纺、化纤、建材、五金、糖油粮、机电、废物回收等,为宾馆开辟了广阔的市场和前景。曹善明执著的追求,超人的远见,卓越的能力,显赫的成就,使他被评为全国旅游服务业劳模。在旅游服务业的劳模大军中,宾馆经理获此殊荣的为数不多。

人物之二十　李由是一个不安于现状的人,尽管饱受磨难,但从未泯灭不安分的意向。他于 1959 年毕业于无锡轻工学校,为了免遭列入右倾的"另册",只身西逃,加入洪水般的"自流大军",在哈密,被兵团的一个汽车单位收录为工人。随着政治运动的变化,又被"下放",又是"支农",又是"内迁",几经辗转,最后,作为"内控对象",在哈密农场管理局红星二场落了户。

当改革浪潮在神州大地涌起之时,李由激动得寝食不安,"干!以前想干不能干,那是没办法;现在形势催我干,我要不干,说明我没志气;如果干不好,只能证明我是个幻想狂、窝囊废!"于是,在 1983 年,他带领 15 人,率先实行联产承包。到年终,每人超分 2730 元,比档案工资还高,成了农场爆炸性新闻。

这不过小试锋芒,李由的本意,只是想在实践中考验一下自己的能力。他的目的,是要干一番青史流芳的事业,人生应潇洒走一回,实现自身价值。

在李由上下求索之时,场财务科会计毛鸿文给他提供了一条信息:生产脱水洋葱。本地资源丰富,交通方便,市场广阔。李由就此作出详细的考察、论证,决定创办脱水菜厂。

好事多磨。这个"磨"字,不知"磨"去多少人的心血,多少人的青春,多少人的事业!李由也是被"磨"得焦头烂额。好在场里主要领导支持他,才没被"磨"得"粉身碎骨"。

红星二场对李由的最大支持就是放权。一朝权在手,便把令来行。李由以农场一座闲置的楼房为厂房,"招兵买马",购置设备,改造车间,制定严格的企业管理制度。西域大地上,第一家脱水菜厂诞生了。

1984 年 4 月考察、建厂,当年生产脱水菜 12 吨,获纯利 2.8 万元,到如今,年产各类脱水菜 1000 余吨,产值近千万元,税利几百万元,在西北边疆,建起了全国最大的脱水菜厂。

人物之二十一　郭庆人是一个妙手回春的人物,他的名字既有争议,又有魅力。

1981 年,石河子商业局为填补自治区工业空白,建起了一座玻璃厂。但事与愿违,玻璃厂投产之日,就是企业亏损之时。到 1987 年 4 月,债务高达 621.6 万元。

这时,郭庆人从一三四团塑料厂副厂长任上,打起行装,走马上任了。他所面对的形势,远比债务严峻:银行怀疑他的还债能力,不肯给他贷款;他要转产塑料制品,此时,新疆已有大大小小塑料制品厂二三十个,况且,这些厂家,或有灵蛇之珠,或抱荆山之玉,阵容整齐。他要负债经营,且没有熟练的技术工人。他唯一拥有、或唯一的优势,是大脑皮层下的智慧。

郭庆人是一个爱开顶风船的角色。他15岁从上海支边到兵团,大西北的风霜雨雪,练就了他刚毅的性格。他拿到了新疆工学院的文凭,他偷偷学来无锡和长沙的制塑技术,摸索着办起了一三四团塑料厂。如今,受命改造玻璃厂,千难万险,他只有一条路:上。

天无绝人之路,关键是人的毅力和智慧。郭庆人百折不回,求资社会,终于从自治区农业银行信托投资公司贷款65万元;一三三团出于对郭庆人的信赖借款30万元;农八师物资局担保,从银行贷出流动资金。钱,是企业的润滑剂,有了它,企业才能运作。郭庆人"运作"的结果是:三年时间,还清外债和贷款,新增流动资金180万元,固定资产300万元,盖了9栋职工宿舍。人均产值6万元,人均利税1.1万元。石河子塑料总厂的产品畅销不衰,质量超群。它生产的超薄膜,无与伦比。用其他厂薄膜,一亩地4公斤左右,用它的产品,仅2.8公斤,节约费用30%。以质量占领市场,就能长期占领;以质量取胜,才能稳操胜券。

今天,郭庆人在想什么呢?他想:"皇帝的女儿不愁嫁",是有时间的。别让"公主"变成了"老姑娘",那时,抬着轿子找驸马,就危险了。现在,郭庆人正在生产PVC食品包装膜,试制"光解膜"。他懂得企业竞争的奥秘:先行一步天地宽!

六

好人身后有好事;好事后面有好人。改革开放亦然。作者介绍了以上改革者,他们创造了时代的新生活。作者还要介绍一批改革中的新事,限于文章篇幅,隐去其人。

在全国享有盛誉的兵团军垦型美利奴细毛羊,登上了世界细毛羊的顶峰;薰衣草出口量占全国95%以上;马鹿养殖规模为全国第二;海岛棉基地是全国之最;牧歌牌毛华达呢历膺国家银牌;农建食品厂的龙须酥,梧桐化工厂的阿凡提系列洗涤剂,享誉长城内外的"王子瓜子"……难以历述其详。尤其值得一提的是兵团的酒。

著名作家周涛在《瓶中何物》一文中这样写酒:"青(艾青,作者注)诗曰:有水的形态,火的性格。水是怎样的一种阴柔优美、顺器随形,火又是何等的暴躁凶烈,因风就势,是谁使这对立的两种力量合而为一的呢?"

能使对立的两种力量合而为一,这个第三种力量,必定比前两种强,所以,才能够驱使它、驾驭它、驯服它。兵团人具备了这种力量,他们酿造了新疆的名酒。

伊力特曲,饮者赞为"新疆的茅台"。党政军各界,最高规格的饮宴,独享尊荣的是它。奎屯特曲、天池特曲、古菀特曲,急起直追,一个个相继登上了人类酒类的最高领奖台。兵团的四大名酒,从布鲁塞尔到泰国,踏遍世界的评酒山峰,领略了酒文化史上的无限风光,分别捧回评酒会上的最高荣誉——金牌。在国内各种评酒会上,更是星光灿烂,独领风骚。

酒啊酒,你为兵团争得的荣誉何其多!但是,这种荣誉也令人担忧:金牌,它是一个质量的符号,并非有益如"金"。饮之不当,有碍人体健康,酿造许多苦果,造成不少悲剧。它是造福呢,还是相反?

改革开放,不仅开放出名牌产品的灿烂之花,也结出了经济的丰硕之果。实行承包经营责任制后,兵团职工自购生产设备热情高涨。这里有一组数据:1983～1988年的5年,职工自购农机11848台,大中型拖拉机3424辆,占兵团拥有农机总量的57%;购买汽车2073辆,占兵团汽车总数的34%;购买联合收割机520台,占兵团总数的30%;购买动力船178只,占兵团总数的80%。集体、个体搞二三产业,舍得投资,短短数年,投资金额达8457万元。这个"无息"投入所产生的效益是不言自明的。

吸引外资,借鸡下蛋,这也是改革开放后的一个重大举措。兵团与内地协作,建立棉花生产基地17万亩,吸引资金4500万元。以世界银行为主,引进外资1.12亿美元,用于现代化大农业的开发,已建立三个农牧业开发区、六个畜产品加工厂、三个种子基地、几万亩葡萄园。仅此,兵团的农业规模将上一个层次,技术水准将上一个档次,科学种田将上一个高度。

利用外资,在工业领域,其效更显。石河子糖厂,一个榨期加工甜菜50万吨左右。榨糖后的废甜菜渣,堆积如山。每年处理这堆废渣,耗资数十万元。1981年,他们以补偿贸易的形式,从日本引进甜菜渣干粕生产线。废渣干粕以后,销往日本及西欧。一个榨期的干粕,"补偿"了设备款,赚了一个车间,消灭了一座垃圾山。人们眼界开始高了:科技的力量神奇无比!

农六师华新皮革厂从法国引进先进的制革生产线,农七师针织厂从日本引进针织设备,农八师毛纺厂从意大利引进精纺设备,乌鲁木齐农场管理局从国外引进鲜牛奶软包装生产线等等,给企业注入了活力,使其产品在市场疲软的时候坚挺,创汇创收,畅销不衰。

人们赞美改革,因为,改革是历史的动力,把中国推到一个新境界;人们赞美开放,因为,开放是时代的活力,把人们的聪明才智充分发挥出来了。

七

太阳,每天都是新的。

历史,每当翻开一页,一个新天地就扑面而来。

1990年3月,国务院下文将新疆生产建设兵团计划单列。这是兵团成立40年来发生的一件历史性变化和重大的转机。自此,兵团的政治、经济、文化,将面临一个新的格局。它预示着,兵团跨入了一个新的历史时期;兵团进入了一个起飞的振翅阶段。兵团人懂得,面临未来的挑战,必须"换脑筋"!只有排除了思想上的障碍,才能进而找到制约兵团发展的"瓶颈",找到开山之斧,发展兵团经济。

这个"换脑筋",兵团人先要干的事是"三级跳":

首先,要跳出公有制单一实现形式的圈子。过去的兵团,公有化程度高了又高,公有化成分纯了又纯,其他经济成分早已销声匿迹,成了一个别具一格的"大公国"。如今,换脑筋,应从唯公唯大转到以公有制为主体、多种经济成分并存上来。其次,要跳出传统经济运营方式的圈子。过去,兵团统得过死,管得太细,窒息了企业的活力。如今,换脑筋,应逐步由生产决定型转向营销拉动型,狠抓营销,拉动生产,依据市场变化,决定生产规模。

这个思路,正悄悄地溶解在农牧团场的经营活动中。

有这么一个团,在新疆的石油城——克拉玛依附近,序号一三六团。只因玛纳斯河在这个最下游处随地形拐了个弯,这里就有了"小拐"这个名称。

改革开放以前,人们木然地生活在"忆苦思甜"之中:"地窝子、破棉袄,现在总比当年好。"改革开放以来,尤其是邓小平南巡谈话之后,小拐人混沌大开。他们利用地缘优势:离克拉玛依近;利用血缘关系:曾经是克拉玛依的一个农场,盯住克拉玛依不放松,从这个基点起步,去描绘小拐改革开放的宏伟蓝图。

龙(农)头昂首:小拐人大刀阔斧地调整了农业经营结构,搞了个"三个一"工程:1000亩大棚蔬菜、1000亩果园、1000亩西甜瓜。此外,还建了三个千头猪场,一个鱼塘,一个肉鸽场。

龙身稳正:针对克拉玛依市场,开办团场乡镇企业。小拐先后创办起冷饮厂、水泥电杆厂、钢门窗厂、塑料包装厂……与克拉玛依市石油公司联营,在公路旁建了一个加油站;成立四个建筑队到克拉玛依施工,年产值近1000万元;在克拉玛依建起建材厂,年产红砖5200万块;与克拉玛依成立联营车队,在市区开展营运业务。

龙尾摆活:小拐人在克拉玛依开办了两家商场,年营业额达2000万元;去年8月,投资100万元,在广东大亚湾成立了新澳建材公司,五个月盈利36万元;在霍尔果斯成立了三联贸易公司;在海南建起了水产养殖场;在广州建立商品采购站。形成东进西出的格局。

龙劲鼓足:小拐人有自知之明,因地处偏僻,加之企业知名度不高,招凤引凰一时还难。他们痛下决心,搞全员培训,培养人才。他们与北京大学签订了人才培训合同,一方面接受一三六团选送的青年才俊到北大经济管理班学习,一方面请北大教授到团里上课。他们把普高班办到石河子市,本团集中力量办好职业高中。一三六团计划在 1995 年以前,使 40 岁以下的干部取得中专以上学历,青年达到高中程度才能上岗就业。

目前,一三六团经济已形成新的格局,设计为五个经济发展区域:小拐农业经济发展区;克拉玛依油田的石油城经济发展区;在呼图壁—克拉玛依公路旁以饮食、服务业为主的公路经济发展区;在广东大亚湾的商贸经济发展区;在霍尔果斯口岸的边贸经济发展区。一个全方位发展的新时期已经到来。

这是兵团一百七十三分之一,一个团场的脚步。这一步,难道不可视作兵团改革开放的缩影吗?

八

人间正道是沧桑。

新疆生产建设兵团的历史已经庄重地掀开了又一页——开创历史新纪元的光辉的一页!

1995 年 11 月新疆人民出版社《五行集》

大漠出清泉

——塔里木腹地找水备忘录

梁　越　刘照文

引　子

天山山脉与昆仑山脉，像两道铁箍，紧紧夹着面积 56 万平方公里的塔里木盆地。印度洋的热水气和北冰洋的冷气流都无法进入盆地的上空。盆地腹地形成了面积 33 万平方公里的塔克拉玛干沙漠，是仅次于非洲撒哈拉沙漠的世界第二大沙漠。如果没有以高山冰川为其源的塔里木河，盆地内将完全没有绿色，没有生命。

覆盖盆地三分之二面积的塔克拉玛干，被称之为"死亡之海"。极端干旱，植被绝少，空气中几乎不含水分，夏季地面温度可高达 70℃,7~12 级狂风长年肆虐,85% 的沙丘是流动的。

八亿年以前，塔里木曾是古亚洲大陆的一部分。经过地壳剧烈运动，塔里木经历多次海水进退，几度成为微生物繁衍的湖海，大量死亡微生物沉积，变成有机质极其丰富的生油层，沉积岩厚达 1~1.5 万米，沉积岩体积达 400 万立方公里，是一个油气资源丰富的处女地。

这是一片被当今世界目光注视的土地，有人甚至断言:这是第二个中东。这也是一块渗透着中国地质工作者血汗的热土。时光走到 20 世纪 90 年代，塔里木这个数亿年前因地球板块的运动而在漫长的地质年代中形成的大型含油气盆地，已成为中国油气勘探开发的热点，浩瀚的沙海钻塔林立，沉寂千年的丝绸古道重新变得热闹非凡;回荡过商旅驼队叮当铃声的戈壁荒原上，一列列运载原油的火车疾驰而过;以胡杨树枝煎熬岁月的人，开始用天然气烹饪香甜的生活;天山脚下的孔雀河畔兴起了石油城的高楼大厦；贯通塔里木盆地的南疆铁路延伸工程已经西进；成百上千的外国地质学家、石油企业家纷至沓来，一个个国际合作项目正在洽谈……然而，这里的风沙依旧肆虐，这里的干旱依然是生命的杀手。深入塔克拉玛干腹地的数万石油勘探开发大军在呼唤：水！水！据调查，石油大军生产生活使用的净化水，每立方米成本高达80元人民币。

岂止是塔里木盆地，如果我们放眼陕、甘、宁、青、新、内蒙，占整个国土面积42%的西北6省区，水资源问题已成为制约这些地区经济发展的最大因素。我们抓住了水，就抓住了西北地区经济发展的钥匙，抓住了解决问题的关键。从全国经济发展的大局着眼，从西北地区的实际出发，西北找水是具有重大战略意义的事，"圣人之治于世也，其枢在水。"实施党中央、国务院确定的开发大西北、建设大西北的伟大战略，其关键也在水。邹家华副总理指出："对西北地区来说，找水比找矿更有重要意义，这是一件对农业、林业及造福子孙后代都有好处的大事。""找水工作是西北地区经济发展、提高人民生活水平、解决贫困、加强民族团结、造福子孙后代的一项战略性任务。我们要怀着为人民服务的满腔热情，增强信心，采用科学技术，坚持不懈，为人民多找水源。"

1994年7月至1996年5月，在塔里木石油勘探开发指挥部和新疆维吾尔自治区水利厅的统一协调下，由新疆有色地质勘察局物探大队开展物探找水科研工作，新疆地矿局第一水文地质大队依据科研成果资料，在塔里木腹地塔中地区打出了第一口可直接饮用的淡水井，钻孔出水量达600立方米／日，"死亡之海"终于展现生命的曙光。

其后，在近一年的时间里，国内外各种新闻传媒纷纷对这一重大新闻予以报道。国务院总理李鹏、副总理朱镕基、邹家华等国家领导人和有关省区、中央部委领导接连到塔中地区视察，充分肯定了塔克拉玛干腹地打出淡水井的重要意义，在这一令人振奋的消息鼓舞下，地质科技工作者以更大的热情投入到西北找水的伟大战役中，在宁夏宁南缺水山区、陕北能源开发区、内蒙古额济纳平原相继取得了重大突破。于是，"死亡之海"找到生命之水，其意义非凡，令全国瞩目，世界瞩目，将载入大西北战略开发的光辉史册。

铩 羽 而 归

为满足塔中4号油田开发建设需要，塔里木石油勘探开发指挥部（以下简称塔指）于1993年9月委托新疆维吾尔自治区水利厅、工矿、石油供水管理总站组织实施塔中4号油田供水水文地质初步勘察工作。目的是查清区域水文地质条件，为塔中 4 号油田选择适宜的供水水源地。为此,确定本次供水水文地质勘探的任务为:以塔中 4 号油田为供水目的地,在油田及其南部约 24000 平方公里开展 1:50 万沙漠水文地质普查,计划在普查区布置四条剖面线计 480 公里,开展水文地质物探,以了解测区 1000 米以内地质——电性特征,划分地层结构,探测咸淡水界面和地下水富水地段。

1994 年农历正月初二,自治区水利厅地勘事务所田源工程师来到新疆有色金属物探大队找郑光华高级工程师,了解"可控源大地电磁测探"物探方法的原理和作用,并向郑光华透露了塔指委托水利厅开展水文地质勘察任务的内容。作为自治区知名物探专家郑光华预感到,在塔克拉玛干沙漠腹地开展大面积电磁测探物探工作的重任很可能要落到新疆有色物探健儿的身上。据他了解,在沙漠腹地原用常规电法勘探不适用,需电磁测深,后者效率高,劳动强度小,还可作多种电法勘察,而这种 V–4 综合电法勘探系统在新疆当时只有三套仪器,地矿、石油、有色三个一起功率是 30 千瓦,石油系统虽也有一台 30 千瓦的仪器,但其配套发电机有故障无法工作。郑光华立即向大队领导作了汇报,于大年初六与大队地质工程勘察所所长一道找到自治区水利厅商谈。水利厅的同志介绍说,已有石油局地调处、地矿局物探队和地矿局第一水文地质大队来练习过。加上有色地质勘察局物探大队,共有四支物探专业队伍主动请缨进军塔里木。几个月后,水利厅与地矿局第一水文地质大队达成了物探找水协议。在水利厅的协调下,决定以第一水文地质大队为主联合有色物探大队力量组成联合找水队伍。有色物探大队与第一水文地质大队达成协议,由有色物探大队提供四名科技人员和全套 V–4 综合电法勘探系统设备加盟第一水文地质大队,共同进军塔里木。郑光华高级工程师被"一水"聘为该找水科研项目的顾问,负责解释物探资料并提出结论,指导野外工作。其余三位有色物探大队的工程师为 29 岁的郭建华、30 岁的曾阳、25 岁的王建明。7 月 2 日,联合找水队伍正式出发,到达塔中 4号油田基地"中三点"。由水利厅租了油田沙漠运输公司的三台日本三菱沙漠运输车装运设备,物探科技人员在"中三点"以北 28 公里剖面上开始野外作业。在塔克拉玛干腹地进行大规模电法勘探在我国无先例可循。7 月的塔克拉玛干,白昼烈日暴晒,狂风时而铺天盖地,沙石狂舞使人根本睁不开眼睛。第一水文地质大队与有色物探大队的勇士们均为初次进入沙漠作业,毫无经验,工作开展异常艰难。尤其是气温太高,有时仪器受不了,电脑系统自动停机,仪器的接地电阻也无法改善。因指挥不当,两台发射电极距离过短,致使工作开展一个月,所收集的 28 公里物探数据全为废品。7 月 26 日至 8 月 15 日的 20 天,郑光华两度进入"中三点"检查野外作业所获数据,发现所有资料均不合格。联合找水队伍继续开展工作感到难度很大,加之气候异常,第一水文地质大队领导决定队伍撤离塔里木。8 月 18 日撤离那天,"中三点"地区又刮起大风,黄沙漫天飞舞,沙浪滚滚,似乎在嘲笑不自量力的人类。联合找水队的勇士们对着老天咒骂，发誓决不气馁，一定要卷土重来。

以第一水文地质大队为主的联合找水队伍初进塔里木铩羽而归，不能说完全没有意义，它毕竟做出了可贵的尝试，迈出了前人没有走过的路。而更重要的是，锻炼了以郑光华为首的四名有色物探大队的科技人员，为他们二度出征塔里木取得了十分宝贵的经验。

二 次 出 征

从塔里木撤离后，郑光华等四人认真总结了前期野外作业失败的经验教训，决心以有色物探大队自身力量为主重新组织沙漠电法勘探队。8月底，水利厅有关专家一行4人来到有色物探大队，商谈重组物探找水队伍事宜。9月7日水利厅与有色物探大队正式签订了找水合同。9月18日，由郑光华任项目负责，郭建华、曾阳、王建明等第一批进入塔里木的技术人员为骨干队员（其中郭建华任分队技术负责）的沙漠电法勘探队从乌鲁木齐出发，再次挺进塔里木。此时，距离上次进入塔里木的撤离时间正好一个月。组建的沙漠电法勘探队由54人组成，其中14人为有色物探大队的技术人员和管理人员，12人为西北石油地质局142队的司机同志，其余是外聘的民工。除了全套电法勘探设备，还租用了西北石油地质局142队的六台沙漠作业车，1台发电车，1台油车，1台空气钻机车(沙驼牌)，6台营房车。地矿局第一水文地质大队将从塔里木撤离所余后勤物资价值五万元无偿支援有色物探大队，体现了两支不同系统地质队伍的兄弟情谊。作为沙漠电法勘探队的技术和行政负责人，郑光华给每位队员专门办了人身保险。出发那天，在乌鲁木齐市有色物探大队的大院内专门搞了个出征仪式，大队长亲自讲话，出征队员列队肃立，大有"风萧萧兮易水寒，壮士一去兮不复还"的悲壮气氛。

9月20日，沙漠电法勘探队到达塔中"中三点"，立即开展工作。队员们身穿红色信号服，脚着毡袜，每天在连绵不断的沙丘上行走十几公里。在沙丘上行走，其滋味是不言而喻的，两腿用劲大了身子就往后滑，劲小了就无法前进。整整10天时间，54岁的郑光华与年轻人一道在沙丘洼地间跋涉，直到累得心脏病发作。勘探队在初选布置供电电极位置时遇到了难题，原因是塔克拉玛干到处是流动沙丘。郑光华等技术人员通过对沙漠地形地貌和地层特点的观察研究，发现流动沙丘是在某一个相对稳定的漠面上作流动迁移的，在这个相对稳定的漠面上，于数年前留下的车辙至今仍完好清晰地保留着，局部地段被流动的星月形沙丘所掩盖。稳定漠面具有沙粒粒径较大，压实程度高，植被分布较多等特点，且往往表现为负地形特征。据此提出了"稳定漠面"的概念。根据这一概念，进而提出了一项极为重要的工艺流程：在布置测量电极时，用"沙驼"空气钻机将不极化电极送置于稳定漠面以下4~5米的潮湿层,如此,勘察技术问题迎刃而解,资料数据质量优良。说也奇怪,大概是暴虐的塔克拉玛干也不得不钦佩有色物探健儿的意志,在整个野外作业期间,沙漠电法勘探队在工作区域竟没遇见一次大风。为节省来回时间,避免消耗体力,队员们采取小搬家的方式进行作业,带上食品、帐篷,一出去就是三四天,加上老天相助,大大提高了效率。至11月,勘探队根据勘察需要,又增加了两条剖面的勘探。11月4日,勘探A区300公里物探剖面工作全面完成。

11月5日,勘探队开始转入勘探B区进行作业。剖面线长达180公里,从沙漠中部一直到沙漠南缘的安迪尔牧场,纵穿半个塔克拉玛干,这可以说是一次严格意义上的探险了。沙漠电法勘探队的队员们整整跋涉了六天,不仅要像探险家那样步行,忍饥受渴,还要以严格的科学态度开展工作,收集数据,埋设仪器设备,这是人类科技史上的壮举,这一壮举不仅在全国科技界,在世界科技界也堪称"第一次"。12月16日,即B区作业的最后一天,塔克拉玛干气候异常阴冷,还剩20公里的剖面工作,但食物和水均已用尽,怎么办?分队长何新民,技术负责郭建华召集全体队员商量对策,决定24小时不休息,一边干活一边搬家,直趋安迪尔。那天晚上正好有月光,这给工作带来不少便利。当东方发白的时候,全体队员们终于饥寒交迫,疲倦不堪地走到安迪尔牧场,泪流满面地拥抱在一起。

12月18日,勘探队全体队员返回大本营"中三点",郑光华和有色物探大队虞景毓大队长从乌鲁木齐市赶往"中三点"检查野外作业情况并表示慰问。这时,历时92天的野外作业宣告结束,沙漠电法勘探队于12月21日返回乌鲁木齐市。据后来专家评审认为:此次电法勘探工作,完成剖面7条,计484公里。点距为500米,实测物理点971个,除一个点因接地电阻偏大质量不可靠作废外,其中65个点的观测数据被评为乙级数据,剩下的905个点的观测数据被评为甲级数据。沙漠电法勘探队的勇士们以自己严谨的科学态度和辛勤汗水,为塔里木腹地寻找淡水水源奠定了成功的基础。

成 果 评 审

由郑光华牵头,有色物探大队科技人员成立了项目攻关小组,于当年冬天进行资料的内业整理分析,采集标本、参数,建立模型,找出不同矿化度地下水的分布规律。郑光华集几十年物探科研经验,带领攻关小组攻克了一个又一个难题,于1995年2月正式提交《塔中4号油田供水水文地质物探初步勘察报告》。2月17日,该报告通过由中南工业大学地质地理系温佩琳教授、新疆地矿局王忻观高工,新疆石油管理局吴信全工程师组成的评审鉴定委员会的评审,获充分肯定。1995年11月该报告在乌鲁木齐再次通过由新疆水利厅、塔里木石油勘探开发指挥部、新疆地矿局、中国石油天然气总公司石油物探局、新疆石油管理局、新疆水利水电勘测设计院共计 17 名物探、水文、地质专家组成的专家评审组的评审。评审意见认为：此项成果，基本上阐明了区域水文地质条件，阐明了沙漠区地下水分布、水化学特征及其分布变化规律，给出了测区 1000 米以内地下储水构造、岩性分析、地下水分布情况，基本划分出了地下水的咸淡水界面。

该项科技成果，据专家们认定，具国内领先地位，而勘探技术，特别是在塔克拉玛干腹地开展小比例尺大面积可控源大地电磁测深在我国尚属首次，具有很强的探索性和开拓性。它对我国今后干旱地区找水和向塔克拉玛干沙漠提供更多淡水水源具有重要指导意义。

大漠出清泉

1996 年 3 月底，按照新疆有色物探大队的物探勘察报告提供的淡水靶区及第一个井位建议位置，新疆地矿局第一水文地质大队组织钻探队伍开进塔中油田"中三点"东 40 公里处，开始实施钻探，第一水文地质大队的勇士们念念不忘 1994 年 8 月从塔里木铩羽而归的情景，他们克服了风沙、生活异常艰苦等种种困难，仅用 40 多天时间，完成了施工任务。钻孔孔深 653.8 米，揭露两个较好的含水层（组），第一含水层（组）埋深为 423.8~527.01 米，第二含水层（组）埋深为 550.01~630.15 米。第一含水层（组）抽水试验结果表明，当水位埋深 5.8 米，抽水水位落程 14.37 米时，钻孔出水量达 600 立方米／日。经现场分析，地下水矿化度为 2.2034 克／升。第二含水层（组）孔口水温 31℃，矿化度 2.593 克／升，两个含水层的地下水完全符合干旱缺水地区的饮用标准。

电波从塔克拉玛干腹地传向祖国的四面八方，包括《人民日报》、中央电视台《新闻联播》、中央人民广播电台在内的全国各大新闻传媒纷纷报道了这一重大新闻，国际社会把关注的目光投向了中国贫困的西部地区。于是，塔里木沸腾了，全国沸腾了。

尾　声

1996 年 6 月，笔者随新疆有色物探大队虞景毓大队长、于群柱副书记（他曾是沙漠电法勘探队的队员）和郑光华高工到塔里木石油勘探指挥部进行成果回访。发现该井所揭示的水文地质情况与物探成果完全吻合。至此,该项物探成果得到了重要验证。

郑光华,1960年毕业于北京地质学院,现为新疆有色物探大队总工程师。他从事物探工作38年,所承担的科研项目多次获部区级科技成果、找矿成果奖。在快要结束采访任务时,笔者请郑总谈一谈他从事物探找矿、找水工作的心得体会,朴实的郑总轻轻一笑,满含深情地说了一番话:新疆有色物探大队是一支技术力量很强的队伍,年轻人能吃苦敢打硬仗,此次在"死亡之海"腹地找水是前无古人的事,但他们仍然拿下来了。找水工作开始时,我的心里感到有点没把握,但看到年轻人的求实认真态度,便心中释然了。我今年59岁了,坚信新疆还有许多大矿等待发现,目前虽感力不从心,但还想干点事。不仅仅是水资源,新疆还会有第二个阿舍勒铜矿、第二个喀拉通克铜镍矿出现的。新疆的"五角星"(有色金属工业惯用的矿山符号)太少了,应该有更多、更多的。当笔者问及他几十年如一日孜孜不倦地找矿、找水,是什么信念支持时,他回答说:一是兴趣。去年我58岁了还背仪器去野外,不觉得枯燥,一旦有所发现便兴奋异常。二是使命感。作为一个搞地质的,找不到矿心里不好受。有人问我,找到一个矿可分多少钱?我从未想过。我将来的精力主要放在找矿上,退休前争取完成《中亚地区1:150万航空磁力异常图》的编制计划。

当笔者找到当时沙漠电法勘探队几名队员何新民、曾阳、何长军等,让他们谈谈在沙漠中开展工作的感受时,小伙子们十分腼腆,好不容易记录了一段话,沙漠里热的时候很热。沙多,吃饭时饭碗里都是沙,饭后锅里碗里积了一厘米厚的沙。有时饭做好了,却落满了沙,吃不成。有一次车陷进沙坑,正逢风沙刮来,三米外看不清东西,怎么挖也挖不出车轮,大伙只好守在车旁,也没饭可吃,从下午6点钟陷车一直等到第二天中午才被营救回大本营。剖面作业每次一出去就是四五天,甚至七天,通信联络十分困难,也十分危险。12月16日,突击7号剖面24小时连轴干,当时天气太冷,为了不冻伤,夜里干脆利用月光干活,不休息。营房车无空调,夏天白天温度40℃多,一天汗不断。说到补助,每人每天只补贴五元,纯粹奉献。大伙儿原都不抽烟,野外作业一结束,就都染上了。因成天不见绿色,每个人都患了沙漠综合征,都烦躁不安。

在这次塔里木腹地寻找淡水水源的行动中,除了新疆有色地质勘察局物探大队的科技力量,尚有新疆地矿局第一水文地质大队的钻探力量和西北石油地质局142沙漠队的运输力量,三支不同系统的地质队伍都是塔里木腹地的找水功臣,让我们向他们表示崇高的敬意。巍巍天山作证!浩瀚的塔克拉玛干作证!

1997年6月12日《新疆日报》

水 的 故 事

——新疆农村改水工程纪实

肖　廉

故事从废墟说起

据考古学家估计,塔克拉玛干大沙漠周围大约有 300 座故城遗址。它们被废弃的原因大约有三:河流改道或退缩,战乱,瘟疫。笔者于 20 世纪 50 年代在若羌县采访时曾见到一本解放前修的极为简单的县志,上面记载着本世纪初生活在罗布泊和台特玛湖附近的人群中曾暴发过一场天花大流行,造成无数人丧命。侥幸活下来的长了"麻子"的人,县衙门就给他们每人发 1.66 米红布,表示祝贺,可惜这本县志丢了。

今天的若羌县是汉代的鄯善国和若羌国的总和。史书记载,两国人口加起来有 15850 人。时隔 2000 多年到我去的时候, 人口不但没有增加, 反而只剩下了 5000 人。而它的面积却是 20.23 万平方公里,相当于大半个日本国。

"那次天花大流行没死的人都到哪儿去了呢?"我问时任县长。

"为了躲避瘟疫,他们就一直向西走,在玉龙喀什河南岸安了家,那就是今天的洛浦县。你注意,洛浦——罗布谐音,洛浦人就是罗布人。"

县长的话是可信的,我也曾听别人说起过。关于洛浦人是否就是罗布人这并不重要,问题是玉龙喀什河与喀拉喀什河两岸这片较大的绿洲也并非是一片净土。据《和田风物》记载,1912 年,洛浦、和田还有于田一带曾暴发过一场持续时间长达五年的瘟疫,三县共死亡十余万人,以至"十室九空,土地荒废"。

新疆解放以后,党和政府陆续投入了大量资金和人力,建立健全了三级医疗预防保健网,无数内地汉族医务工作者来到和田,与新疆及内地省区陆续培养出来的维吾尔族医务工作者为消灭瘟疫顽强奋战。虽然和田目前已经有了各级医疗卫生机构 205 所,卫生技术人员 4000 人,但还是难以完全抵御在人间横行肆虐了千万年的瘟神。远的且不说,仅以 80 年代为例,据和田地区防疫站提供的资料:1988 年 4 月,和田地区发生世界罕见的戊型(当时称非甲非乙型)肝炎大流行,发病 79876 人,死亡 532 人。1979 年至 1981 年发生的志贺氏一型菌痢更加凶猛,发病人数高达148810 人,死亡 670 人。

瘟疫在人类社会造成的影响是深远的,在玉龙喀什镇库其村,我走进一座破败的农家小院,女主人库瓦汗正和 16 岁的女儿在打苞谷馕。她说,1981 年 9 月,丈夫阿不都拉到戈壁滩去打柴,喝了一些水坑里的脏水,很快就上吐下泻。第二天发现他死在戈壁滩上了。当时她这个女儿才出生 40 天。库瓦汗带着五个孩子艰难度日,能活下来就不错了,哪里谈得上脱穷呢?

采访过程中我发现,许多贫困户都与疫病有关,所有的疫病都与饮水有关。不改变饮水条件说什么都是白搭。

肉孜阿洪没想到

1994 年 8 月 26 日是个普通的日子,与往常一样,住在和田县布扎克乡库木村的肉孜阿洪还得为吃水的事情犯愁。村里的涝坝已经干了,要是套上毛驴车去河坝拉水就得大半天的工夫。算了,还是先到邻近的布扎克村去提桶水吧!

69 岁的肉孜阿洪蹒跚地在沙地上走着,心想,要是像城里一样院子里有个水龙头,用手一拧,清清的水流很快就溢满水桶,那就不用走这两公里路去提涝坝里的脏水了! 老人苦笑着摇了摇头自嘲说:真是痴心妄想。

走到涝坝附近他发现,这里站着一大群人,还停了好几辆汽车。一个看上去有五六十岁、穿着很普通、身材也不特别高大的汉族干部向他走来并且伸出了手。肉孜老人迟疑着也伸出了自己粗糙的手。那汉族干部握住他的手问了句什么,站在旁边的县长一边给他翻译,一边代他回答:是的,就喝这种水。

那位汉族干部脸上布满愁苦的表情,他不要人搀扶,自己从湿滑的斜坡走下涝坝,凝视着漂满枯枝败叶的暗绿色的水,泪水溢满眼眶。

"解放几十年了,怎么还能让老百姓喝这种水呢? "他像是在自言自语。

肉孜老人后来才知道那位汉族干部叫李瑞环,是全国政协主席。他没想到这次提水巧遇李瑞环,竟然引起了一场全疆范围内波澜壮阔的农牧区改水热潮,从而改变了新疆农牧民的生存条件,改变了他们任瘟疫摆布的命运。

众所周知,李瑞环同志回到北京以后立即向党中央、国务院作了汇报并动员全家捐款两万元。国务院立即作出决定,拨专款三亿元分三年用于新疆农牧区改水工程。自治区党委和自治区人民政府对此给予了高度重视,在财政十分困难的情况下,决定拨款 3 亿元投入改水工程,同时切实加强了对改水工作的领导,并在全疆范围内进行了广泛的发动。乌鲁木齐 169 个单位认捐了 2097 万元,其中个人捐款 619 万元。各地州的捐资总额也达到了 2000 万元。与此同时,全国各省区也纷纷向新疆农牧民伸出援助之手。

奇迹创造者

尽管时有瘟疫流行,和田绿洲仍然是丰饶而美丽的。自古以来,汉民族与维吾尔民族的祖先就一直共同经营着这片古代称为于阗国的热土,任西域都护长达 36 年之久的汉将班超在年老离任回中原时,于阗国人曾哭着抱住班超的马腿挽留。班超的儿子班勇的西域长史府就曾设在和田。到了唐代,于阗与中央王朝的关系更加密切,于阗王尉迟胜被授予右威卫大将军、毗沙都督府都督。中原的丝绸生产技术正是嫁到于阗国的大唐公主传授的,这种长达几千年的亲密合作、荣辱与共的民族亲情,是历史的烟尘掩盖不住的。

解放后,无数解放军转业官兵、大中专院校毕业生和支边青年怀着建设边疆的壮志豪情,汗洒和田大地,与维吾尔同胞共同开发创造,和田才有了条田林带和配套的永久性水利设施,才有了工厂、矿山,才有了与全国同步的现代文明生活。

担任第一任和田地委书记的黄诚同志在率领解放军进驻和田之前,专门从内地请来了 4 名水利专家,其中有毕生鞠躬尽瘁、现已埋骨喀拉喀什河畔的王蔚。几十年来,水利专家们致力于农田灌溉,从根本上解决了 100 多万和田人的吃饭问题。那么饮水问题呢,就历史地落到了下一代人的头上了。

但这新一代可是既没行过军,也没打过仗,没有吃过大苦也没耐过大劳。老一辈建设者艰苦奋斗、勇于献身、为民造福的精神在他们身上还存在吗?

还是让我们从和田县说起。

1994 年 8 月底,也就是在李瑞环离开和田后的第四天或第五天,出生于和田地区策勒县的、喝涝坝水长大的国家民委主任司马义·艾买提突然打来电话:告诉你们一个好消息:中央政治局专门召开了会议,决定拨专款解决新疆农牧区饮水问题;瑞环同志已经为你们筹集到了一笔资金,很快就派人送去。你们要抓紧时间,做好开工准备。

这个无形的电波震动着和田地县两级每位干部的心弦,无疑,这给他们施展才华、报效和田人民提供了一个很好的机遇,可以大干一场了!

组织机构很快建立起来了，担任和田县改水办公室主任的是县委副书记张亚南。这台好戏无疑是由他来唱主角。

如今已是和田县委书记的张亚南在今年6月第一次接受记者采访时仍然抑制不住兴奋与激动：

"我召集我们办公室22个人开了个会，"张亚南语调很舒缓以保持平静，"我们共同立下了军令状：一年内完不成任务全体自动辞去公职！"

人在下决心背水一战的时候往往可以爆发出比平常多几倍的精力与聪明才智，工作千头万绪，该从哪里抓起呢？

显然，最重要的是对工程实行招标承包。想想吧！17个打井队、14个水塔、厂房工程队，还有推销输水管道等产品的厂家商家，通通云集和田，向张亚南以及工程师张振奇等人实行重炮轮番轰炸。谁不想从这个资金绝对有保证的大工程中捞一把呢？那可是3000万元哪！

整天跟包工头们谈判，讨价还价，对他们的标书进行对比评估，签合同，发包；寻找并研究水文地质资料，确定井位；安排采购工程所需的各种物资……这岂是一个"忙"字了得！

张亚南虽然夜以继日，忙得团团转，但却没有忙得晕头转向，他头脑十分清楚：一定要把国家的宝贵资金和社会各界捐助的每一分钱都用到刀刃上。这些钱中有些是普通百姓从牙缝中省下来的，一分钱也不能浪费。这是一个极为特殊的机构：人是借来的，车是借来的，办公室、仓储设备等等全是借来的，他们甚至连一张办公纸都没有用改水资金买过。张亚南双肩上所承受的压力是可想而知的：一定得保质保量按时完成任务，否则，这顶乌纱帽，这个铁饭碗可就全没了！这还是小事，国家花了钱，老百姓还喝不上干净水可是大事啊！

不仅仅是张亚南，全办公室22个人都豁出命来了，有的人结婚典礼的当天也没耽误发材料；有的爱人死了草草地办理丧事后照常加班加点。司机苑华昭开一辆面包车，往工地送人送材料，联系各种事情全都离不了他。可偏偏这个时候他肚子上长了个疮，发炎化脓，疼得他一身一身地出汗。怎么办呢？抽空去拿些药，打打针，他居然没休一天病假，硬是挺过来了。在水电局后院里，笔者找见了苑华昭，他撩起衬衣让我看，虽然过去两年多了，他肚子上那块紫疤依然存在。

"我不能休息，我一休息就得有地方停工。再说，这算不了什么，领导他们比我辛苦多了！"

小苑的话很平凡，可是你仍然能感悟到平凡背后的伟大。一滴水能反射出太阳的光辉，我们可以从小苑身上领略到新一代建设者的精神风貌。

经过一个多月的紧张准备，继10月10日土沙拉乡卡其村第一口井开钻之后，

60多个单项工程全都陆续开工了。时间紧,任务重,你不能一项一项地来,必须全面开花。

张亚南不属于那种身高体阔的壮汉,有人说他像主演电视连续剧《英雄无悔》的濮存昕。就是这么一个文人气质的年轻干部领导了这项历史上没有先例的特殊工程。

其实不到一年,只有10个月的时间,35座水塔、5座高位水池、250眼深层手动泵井就奇迹般地分布在和田大地上了,光是输水管道就铺设了2000公里长!等于沿着老公路从和田铺到乌鲁木齐。

1995年9月,也就是李瑞环来和田一年之后,由国家爱卫会、项目办、自治区农牧区改水办以及卫生厅、防疫站、水利厅等单位联合组织的检查验收团对和田县改水工程的评语是:在全疆乃至全国创造了一个奇迹! 堪称世界一流!

和田县创造的奇迹像星星之火一样,很快在全疆形成了燎原之势。

笔者于今年6月初去墨玉县采访,走进设在县水电局的改水办公室,第一眼看到的是工程竣工倒计时牌——93天。办公室里空空荡荡,不见主人。电话加着锁,能进不能出。

这个县主持改水日常工作的是比张亚南大两三岁的张军林,县水电局副局长,改水办副主任。与张亚南一样,张军林也是干部子女,父亲原是生产建设兵团的一位连长、离休干部,已经去世。母亲叫陈淑君,原是个排长。1952年,刚满18岁的山东姑娘陈淑君从渤海之滨来到瀚海戈壁,用无限美好的青春和成吨的汗水浇开了南疆大地的片片新绿。这代人当时提出的口号是"献了青春献终身,献了终身献子孙"。这充满悲壮色彩的誓言是实实在在的。如今,陈淑君已是两鬓染霜,她的儿子张军林正以母亲年轻时的热情和干劲奋战在改水工程第一线。

第一次见张军林是6月6日在加孛巴格乡第二水厂的建筑工地上。张军林被打井队和建水塔的工程队以及正在负责铺设管道的乡干部包围着。我站在一边看着这个年轻人与他们周旋,感觉他就像一位统率千军万马的将军那样指挥若定。

8月13日下午,记者第二次来到陈淑君家的小院。老太太正和其他儿孙们一起包饺子,等待大儿子军林回来吃。回首往事,老太太语调充满自豪又有几分辛酸:

"我们来的时候那是一片干戈壁滩哪!两头不见日头地干哪……喝的水呢,上面漂着羊粪蛋儿、马粪蛋儿。怎么办呢?用手拨拉拨拉,赶紧舀上一桶……所以说,老头子叫大儿子学水利。我那大儿子喜欢画画儿,可他听话,就学了水利……"

黄昏降临了。老太太焦急地等待着她那本该是画家却成了水利专家的大儿子回来吃饺子。我也很着急,本想在他母亲小院的葡萄架下,避开办公室和工地的干扰和这位忙得很难找见人影的张军林好好谈谈,但就是不见人影儿。我只好起身告辞。

刚上了汽车,就见对面走来一个瘦长疲惫的身影,夹克衫搭在肩上。他回来了!可你怎么好意思再跟进去打扰他呢?让他吃顿饺子休息休息一下吧。工程正在紧要关头,让他集中精力好好干吧!我坚信,墨玉县的改水工程也一定会像和田一样保质保量按时完成。

奋战在改水工程第一线的也不完全是汉族干部。库车县改水办副主任马思俭就是回族。他是水电局的工程师,八一农学院专门学地下水专业的。对于改水工程的重要性,马思俭比谁体会得都深。高中毕业后马思俭在草湖地区接受再教育,喝的就是被人畜粪便严重污染的河沟水,冬天吃冰,冰吃完了,就在河床上挖个大坑,等待它慢慢渗出一些水来。所以马思俭要学水利而且专攻地下水开采,他可以说是自觉地、清醒地要在改水战线来体现人生价值的一个人。事实上马思俭改水是从 1989 年就开始了。那时候没有资金,他做的第一件事是把灌溉用井改造成饮用井:安上一个公用水栓,计量收费,以水养水。库车原是新疆第二人口大县(现在墨玉超过了它),有 36 万人,1994 年已经解决了 10 万人口的饮水问题。这次三年改水任务拨给库车县 1612 万元,要再解决 11 万人的饮水问题。这对把改水作为人生奋斗目标的马思俭来说真是如鱼得水。

在南疆四地区采访改水工程的最深切感受是:负责改水工程的干部最受欢迎最受敬重。马思俭是土生土长的库车人,讲一口流利的维吾尔语。8 月 1 日,我随他一起到其满乡去检查工作,农民正在挖入户管道。马思俭一下车就被围了个里三层外三层,农民们急切地希望清流早日进院的心情溢于言表。

与马思俭一样,英吉沙县政协副主席、县改水办公室主任依不拉音艾力也是从 1987 年就开始从事改水工作了。起因是 1986 年 9 月,老一辈无产阶级革命家李先念的夫人、中国儿童发展中心顾问林佳楣来英吉沙,了解到黑孜、苏盖提、托普洛三乡群众吃水特别困难,就专门筹集了 380 万元资金,自治区又拨专款 130 万元,实施三乡改水工程。毕业于西北民族学院的伊不拉音担任三乡改水工程常务副指挥。这次三年改水工程由他担任办公室主任可以说是顺理成章的事。

赘述伊不拉音在这 10 年改水工程吃了多少苦、跑了多少路、受了多少罪是没必要的。反正,光是翻车的事就让他遇上过三次,所幸的是他三次大难不死而且依旧很健康,很精神。当然,不是光能吃苦就能干好工作,那得有真本事,得有高尚的品德。伊不拉音不可能样样精通,但他懂得怎样才能防止工作中出现纰漏。比如,为了保证购进材料合格,他从喀什请来两位专家负责验收,当两位专家认定部分材料陈旧、不合格时,他也不是简单拒收,而是派人到上海、成都、西安等地调查取证。然后在付款时毫不含糊地扣除了这些不合格产品 4.4 万元并且罚款 3000 元。这么一来,谁还敢在伊不拉音主任面前要花招?

伊不拉音的职位在某些人眼中是个"肥差"，他手中掌握着上千万元的资金，有发包权，有质量验收认定权。想捞点儿油水简直是易如反掌，而且可以做得神不知鬼不觉。在苏盖提乡一村水塔工程验收时，因有些地方不合格，伊不拉音没点头。包工头马上带着金戒指等贵重礼物登门拜访，请他多关照。伊不拉音毫不客气地说："这水塔关系几千农民饮水的问题，我不能做对不起他们的事！你不按质量要求给我返工，咱们法院见。"

现金，彩电，大肥羊，送什么的都有。伊不拉音视这些如粪土。什么也买不到他的一颗共产党员金子般的心。

对于改水工程来说，资金无疑是重要的决定性条件，没钱什么也干不成。但是比钱更重要的是人，是干部。没有一批认真负责、能干肯干并且清正廉洁富于创业激情的干部，国家的宝贵资金、人民的血汗钱就可能打水漂儿。这次改水工程不仅仅是解决了几百万人的吃水问题，它的意义是深远而广泛的：锻炼并考验了干部，密切了党群关系，增加了民族团结。

丰　碑

1997 年 6 月 4 日，笔者第一次走进肉孜家小院。肉孜阿洪听说我是记者，就说："每次一打开水龙头我就想起了李瑞环。我一直想给他写封信说句感谢的话。可我不会写，你替我写吧！"

我对他说：

"我们把你的讲话用录像机拍摄下来，送给李瑞环看，这比写信好。想说什么你就说吧！"

于是，肉孜阿洪对着摄像机镜头，仿佛就面对着李瑞环讲了起来。先说以前吃水有多困难，又说因为水质不好他才长了大脖子。还说李瑞环来的那年上半年他得了一场大病，住了 31 天院才治好。最后说他家去年七口人收入 1.2 万元，生活没什么困难了，请李瑞环放心。

8 月份我又两次去肉孜家，看见他正在亲手拆老屋的红柳夹墙准备盖新砖房。看来老人对未来充满信心。

在洛浦县纳瓦乡第一水厂参观后，我信步走进一座农家小院。女主人巴米汗热情地让我坐在院中土炕的花毡上，并且给我拿来苞谷馕和酸奶。盛情难却，我就在酸奶中兑了一些自来水，一面吃喝一面听着巴米汗和她的邻居叙说：

"过去喝涝坝水时我得了一次肝炎，治了五个月才好。四年前又得了一次传染病，住了 25 天医院。"

"现在我们用自来水洗桑叶喂蚕,蚕不生病,比过去长得大。"

"小孩上学时让他们用瓶子装上自来水。"

"房前屋后的果园菜地,什么时候旱了什么时候浇,真是太方便了!"

和大多数农家不同,轮台县野云沟乡阿合它木村艾买提·阿木提家的自来水龙头安在厨房里,他自己又花250元打了一口手压井用于饮牲畜和浇果园。他家的20亩果园光小白杏就卖了9000元,梨卖了3000元。全家10口人去年收入4万元。

农村有了自来水和电这两样东西,和城里人生活距离逐渐缩小。他们照样可以使用彩电、冰箱和洗衣机。艾买提家就花2800元新买了冰箱。

新生活总不能尽如人意。艾买提感伤地说:

"现在政策好了,生活富裕了,可我们人也老了!"

是啊,人老了,那就好好享受生活,还有什么值得忧虑的呢?

"共产党给我们送来了自来水,送来了电,给我们办了那么多好事。民族分裂主义分子想挑拨我们反对共产党,不想让我们的下一代过好日子,我真想砸断他们的腿!"

汽车载我穿过和田县布扎克乡店铺林立,有直拨电话亭还有干洗店的巴扎,拐进一条被核桃树阴严密遮盖着的石子路,远远地就望见了高高的水塔。

"我们把这口井叫瑞环井,还想在水塔上写上这三个字,可是李瑞环同志不同意。"陪同的布扎克乡党委书记哈木拉提介绍说。

水塔附近有一个涝坝,幽暗的半池水中布满枯枝败叶,蟾蜍站在枝上瞪着大眼睛虎视眈眈地望着我。大脑袋的蝌蚪摆动着短尾巴在水中自由自在地游来游去,一如三年前李瑞环来时的情景。

"我们全县1000多个涝坝都填了,只留下这一个,我们永远不填它,让后人不忘过去。"买买提明喀地尔乡长语调深沉地说。

水厂钢管铁门左右有副对联:"管理争一流,服务创优质",门楣是"爱国主义教育基地"。教师带着孩子们来到这里,给他们讲改水的故事。

水厂右侧有一座高大的纪念碑,大理石碑体上记载着全国20个省市捐款单位及部分个人。

纪念碑四周靠围墙处种着短松、冬青和盛开的玫瑰,整个环境给人以庄重、温馨的感觉,令人深思,不忍离去。

这座纪念碑的造型,无论从哪个方向看都是个"水"字。水啊,水,你和人类命运竟是如此的紧密相关。古往今来,人与水曾编织出多少动人的故事啊!

1997 年 10 月 22 日《新疆日报》

撞开地宫之门

高天龙　朱　琼

1997 年 12 月 31 日晚 8 时许,当时针要掀开新的一页时,位于塔里木盆地轮南境内的轮古 1 井前人声鼎沸,打破了多日来的沉寂:来自古生界奥陶系碳酸盐岩地层的黑色油流,在强大的地压和急剧膨胀的天然气助推下,呼啸着喷射而出。瞬间,"轰"的一声,黄红色的火焰把井场照得如同白昼,驱散了萧萧的寒冬,映照着人们的脸庞。在场的人狂呼着、跳跃着,喊叫声和喷油声交织在一起,整个井场沸腾了。经 190 分钟采样折算,该井日产油 363.61 立方米,天然气 13.77 万立方米。

这是一口科学探索井。

这是一口塔里木少有的千吨井。

这是一个令人振奋的大喜讯。

人们望着火光,望着井架,望着沙丘,望着被火光烧红的天空,久久地、久久地不愿离去……

仅仅一个半月之后,近在咫尺的轮古 1 井孪生姊妹轮古 2 井再传佳音:该井日产油 493 立方米,天然气 5 万多立方米。

这两口井的出油,不仅震动了整个塔里木,而且震动了整个中国石油界。它的意义就在于运用与传统不同的理论和方法对塔里木深层碳酸盐岩地层勘探攻关获得重大突破。这一理论的重大突破,预示着塔里木神秘面纱将被彻底揭开的日子为期不远了。

九年了,塔里木历经风风雨雨。找油人经历了太多的大起大落,大喜大悲。几个亿不是找油人的目标,几十个亿、上百个亿才是塔里木的形象。也就是说,要抱一个"大金娃娃"才是找油人的最终目标。塔里木人有句话,宁可少活 20 年,也要找到大场面。

1988年年底,轮南2井测试相继在三叠系和侏罗系地层喷出了高产油气流,石油工人决战塔里木的热情像火一样被点燃。

1989年,塔北发现面积达2450平方公里的轮南潜山背斜构造轮廓在地震剖面上非常清晰,而斜坡低部位在轮南8井古生界奥陶系碳酸盐岩地层中获得了令人振奋的高产。一场整体解剖潜山背斜的轮南战役打响了,第一轮探井便达14口,有11口获高产。令人失望的是,储层孔隙不连通,油气不连片,碳酸盐岩地层非均质严重,缝洞分布规律难以摸清。

1990年,东河塘构造上发现120米厚的石炭系东河砂岩,东河1井的高产油气流一下子把人们的目光引入了石炭系时代,使人们盯住了储层好、渗透性好的砂岩地层。找油大军会战于东河塘地区,结果附近没有背斜构造。

1992年,塔中4井钻井取芯获得几十米厚的含油层,含油层系属石炭系东河砂岩层。无疑,这口井已经把人们推上了会战以来兴奋的顶点。这里既有大构造又有好储层,人们似乎已经看到几千米地下涌动的油浪。然而,测试良好油层显示段,喷出来的竟是白花花的水。塔里木又一次以冰冷的水浇灭了找油人的热情。找油人不得不另辟区域,甩开战场。于是,一场寻找东河砂岩的战役又一次打响。到年底,仍无收获,找油人再次步入困惑。

从巍峨天山到浩瀚荒原,从乱石戈壁到巨厚沙漠,找油人发现,碳酸盐岩储层,特别是奥陶系碳酸盐岩内幕和顶面的勘探,以及东河砂岩的勘探,是塔里木留给当代找油人的世界级难题。

于是,石油大军历经数载艰辛,却是雾里看花,扑朔迷离。

碳酸盐岩是重要的生油和储油层。据统计,世界上有近一半的石油、天然气存储于碳酸盐岩地层中。塔里木也不例外。古生界灰岩层占塔里木预测储量的60%,解决深层最难的技术问题便可为其余同类岩性储层油气勘探提供宝贵经验。从已勘探成就显示看,塔里木已打了109口碳酸盐岩井,有油气显示的就占60%~70%,仅轮南42口探井就有13口见了工业油气流。从地质情况看,虽然碳酸盐岩储层孔隙连通不好,非均质严重,缝洞规律难于摸清,很有可能造成高产井旁再打井就落空,形成较高的勘探风险,同时也使人们难于获准规模探明储量,但是碳酸盐岩只要到手就可能是高产井。一口高产井就是一个油矿,如果塔里木发现更多这样的富集区,那就是更大场面的显露。

这一地质理论上的飞跃认识者是全国劳动模范、著名石油地质家柴桂林。

他无论走到哪里,用他自己的话说就"鼓吹"塔里木有大油气田。1995年、1996年,找油人曾一度情绪低落到冰点,柴桂林依然认为塔里木不但有油气,而且是个大场面。大场面在哪里?要到碳酸盐岩里去找,他甚至大胆断言:"放弃古生界,就等于放弃塔里木。"

早在 1984 年 9 月 6 日,在第三次塔里木盆地油气资源座谈会上,他首次将塔里木盆地的地质格局明确划分为"三隆、四凹",指出,满加尔凹陷以北的塔北隆起和满加尔以南的塔中隆起,都是近期拿油的主战场和寻找大型、特大型油气田的重要目标;古生界海相碳酸盐岩沉积层,是最主要的地震勘探目的层。

当时,他的话语惊四座。

在后来给国务委员康世恩汇报工作时,康世恩对他说:"你呀,是个古潜山的热心鼓吹者,我也是。"

地质科学是思维科学,地质学家不是算命先生,柴桂林当然也不是。塔里木盆地 56 万平方公里,它的地下到底有没有石油?到底哪里有石油?井位往哪里定?这些,都需要在有限资料的基础上靠推理、类比作出判断。需要从理论到实践的反复论证。只要从这些切入地层几千米的剖面图上找到隆起、凹陷,找到储油构造,分析油气的运移规律,进而形成一种找油理论,才能变盲目找油为理论找油。因此,毫不夸张地说,正确的找油理论的问世,无异于找到了一把打开地下宝库的金钥匙。

柴桂林一直想找到这把金钥匙,开启塔里木的地宫之门。

1996 年,已经从副局长职位上卸任了一年的柴桂林,带着碳酸盐岩攻关项目组在世界级课题中开始了艰苦卓绝的艰难跋涉。

深层碳酸盐岩问题,关键是如何认识灰岩储层缝洞发育规律,选择缝洞最发育的地方打井,从而提高勘探成功率。

柴桂林由牛顿万有引力定律联想到碳酸盐岩。这实际上是"风马牛不相及"的事,但柴桂林的灵感被触发了,他的思路定向由逆向爆发出闪光点。碳酸盐岩的理论因此被突破,突破缘于思维方式的突破。在国外,有一套叫做相关数据体的处理技术理论,本来这套理论是用于断层识别的,然而,柴桂林和他的碳酸盐岩项目组技术人员大胆设想:这套理论完全适合深层碳酸盐岩的勘探。由于碳酸盐岩内部孔隙为极不规则的反射波,在剖面上越是紊乱就越表明缝洞发育程度不错,钻探碳酸盐岩打的就是缝洞构造,只要把这些缝洞处理成图就能定井位。就是如此简单的道理,作出了轮南地区《碳酸盐岩储层成果图》。这是中国第一张,也是全世界第一张《碳酸盐岩储层成果图》。柴桂林据此提出了 3 口井位被拿到会议讨论。"第一口井"塔指副指挥兼总地质师梁狄刚目光炯炯,"肯定高产,先不打,以后再说。""第二口肯定见油,也不打,以后再说。"他盯住柴桂林:"第三口风险最大,就打这口,只打这口!"

塔指指挥邱中建说:"这口井,就以柴桂林的名字命名!"这口井被定名为"轮柴 1 井",后改为轮古一井。1997 年 7 月,柴桂林又提交出轮古二井井位。后来的事实证明了这两口井在塔里木的作用和地位。因此,柴桂林实现了他人生路上又一次辉煌。用他自己的话说是实现了找油的最后归宿。

柴桂林这一生有过几次辉煌。

1975年7月,河北任丘任4井的地质钻探已经接近尾声,在井深3153米处遇到中上元古界白云岩。任4井原设计钻探目的层为第三系含油层,按常规这口井钻穿第三系后可以完钻试油,钻井队提出要求完钻。身任研究队地质工程师的柴桂林苦苦思忖:按照地震资料和邻近的冀门一井的启示,这口井古生界怎么样,应该打一打。完钻试油,给这口井画上句号,柴桂林不甘心。因此,他提出继续钻进,必须打到设计井深3200米。承担钻井工程的同志则认为,钻井工程已完成任务,继续钻进若遇到复杂情况,不仅井身难以保全,而且上部油层可能遭到破坏。一时间,两种意见相持不下。

替国家负责的精神使柴桂林心急火燎,有一天已近中午,他没顾上吃饭,乘车急返200公里以外位于沧州的钻井二部机关。他找到有关领导时,对方由会场上给他递条子说,仍按既定方案试油。

此时,在200公里以外的辛中驿,井队已准备下套管。柴桂林别无选择,立即通过副指挥叶秉三挂长途电话向正在大港开会的钻井二部其他领导提出"申诉"。钻井二部在那里开会的领导紧急磋商,同意了他的意见。他随即再挂长途电话通知井队继续向深层钻进。一天,地质采集工从震旦系的碳酸盐岩中意外地采集到八粒油沙。柴桂林如获珍宝,欣喜若狂。他认为,这八粒油沙很可能是地层深处传来的重大信息。柴桂林一方面要求钻井队继续钻进,另一方面加强对井下的地质监视。1975年7月4日,任4井一声震天动地的巨响,日产原油千吨,古潜山大门从此洞开,轰动当时中国的任丘油田及"任丘古潜山构造",以浓墨重彩写进了中国石油工业发展史。

踩着古潜山的台阶,柴桂林从一个地质工程师被推到了中国石油部地球物理勘探局副局长、总地质师的领导岗位,这是1977年,正是中国百废待兴的第一年。

对柴桂林来说,任丘油田的发现已成为翻过去的日历,而下一页又应该怎样去翻呢?

"准备派你上塔里木,你有什么想法?"局党委征询他的意见。

"你们敢派,我就敢去!"柴桂林回答。

塔里木盆地的古生代地层,是被各个地质年代的海相碳酸盐岩沉积大面积覆盖着的,这是较之冀中更具诱惑力的挑战。

1981年春末夏初的时候,叶尔羌河已是冰雪消融,河水低吟着潺潺流动的歌声,柳树已抽出新芽,白杨树的嫩叶在微风中舞蹈,柴桂林怀着在他人生历程中再次一展雄风的勃勃雄心披挂上阵了。

40出头的柴桂林,中等身材,面庞消瘦、微黑,稀疏的黑发里银丝隐现。这是长年过度操劳、跑野外的岁月给他留下的印迹,但那双闪着智慧的眼睛给人一种精明、干练的印象。凭着他多年勘探石油地质的经验,新疆的塔里木他抱有比一般人更大的希望。当然,对于塔里木,对于西南凹陷,柴桂林很了解。一年前,他来过这里,石油部要求部署 36 个地震队的方案就出自他的手下。那时,他怀里揣着大兵团找油作战的方案走进了"帐篷城",在那里向副部长李敬作过汇报。

燃烧着的太阳下,空旷的戈壁滩上扭动着热浪,远处的天地间,地平线画出了起伏的弧线,那沙丘、沙链、沙垄、沙山汇聚成了万顷波涛,好似翻着的一朵朵浪花,风起云涌,撞击出万千珠玑,流金灿灿、光彩熠熠,那滚动的流沙似千军万马在吼叫、嘶鸣,那一人多高彤红彤红的红柳在夕阳余晖的映照下,又显得那么耀眼、挺拔,这是一幅美丽粗犷、雄浑的西部边塞风景图,也是一片桀骜不羁的土地,一片燃烧着血与火的土地。柴桂林被彻底震撼了,塔里木是一条汉子,那真正的汉子就要来和塔里木这条汉子拼搏、厮打。他冥冥之中觉得他的命里注定要和这些包含着有生命的地方交手。果然如此,一年后的今天,他作为石油物探局副局长、第三地质调查处党委书记、处长又站在了这块几十年来找油人几经征战、流汗流血的土地上。

这时的柴桂林心里很清楚,他踏上的是一条充满荆棘、艰辛的路,一条危机四伏的路;一条搅拌着汗、搅拌着血、搅拌着欢笑和泪水的路。

一场轰轰烈烈的西南凹陷的石油会战正处于无望阶段。即使是柴桂林受命于石油部,尽管还带着 36 个作战方案,也显得那么苍白无力。

马蹄形会战,经过三年多的时间,一批钻井已完钻,结果换来的是 10 个干窟窿,一星油味也没闻到,而找油的希望,一再落空,人们焦躁不安。

石油物探工作尽管艰难,但资料成果已经显示出,西南凹陷的地面构造和地下构造根本不是一回事,一个个孤零零的鸡蛋似的就在地面上放着,有些从地面看似有构造,地下却没有构造。有些是地面构造很大,地下却平缓得像一马平川。地质家们寄希望于最大的英吉沙就存在地面构造大,地下几乎没有构造,库姆格列木和喀桑托开两个地面构造,经物探后发现二者之间存在一个地下隆起。更让找油人沮丧的是地震工作后发现西南凹陷新生界第三条地层的厚度竟达万米,像盖了一床厚厚的棉被,即使地下石油滚滚如海,靠着落后的装备和原始的工作方法,只能是"望油兴叹"!

自柯克亚的那口千吨井喷油狂欢之后,引来了地质部和石油部几乎同时从全国调集来的精锐力量,从空中、从地上,翻越昆仑山、阿尔金山、天山,滚滚西进,云集在西南凹陷,真诚而又狂热地期望能在这里找出两个大庆。然而,面对严酷的现实,竟然使几千个壮怀激烈慷慨悲歌的风流人物竟折腰了。寻找大场面的热烈气氛与西南凹陷的默默无语形成了巨大的反差。

一个朦胧的梦,一个黑色的梦,一个难解的梦,像凝固的铅灰色的云,笼罩在西南凹陷的上空。

数千名职工队伍被滞留在西南凹陷这个无望之地,进不得也退不得,作为接替这场战役的总指挥的柴桂林心急如焚,望着几年来职工们用鲜血和汗水换来的地质资料,他的心里犹如大海的狂涛翻卷着向礁石撞击,久久不能平静。

早在距今5亿多年前,地质学家称之为元古时期,辽阔的塔里木曾几度为海。其间,沉积发育了多套巨厚的古老的岩层,而地球上最原始的生命像生物菌类和低等蓝藻类死后被葬在其中,在那些构造运动而使之隆起的部位运移、富集成矿。

可以肯定地说,塔里木盆地有油,但油在哪里?哪里是最有利的找油地区?很显然,再围绕柯克亚来寻找塔里木的突破已经不现实。从某种意义上说,再让地震队在这里拼下去,已经是没有必要的了。

柴桂林在莎车指挥部的大院里踱来踱去。他觉得现在的关键问题是给队伍找出路。2000多人的队伍哪里是他们的战场?偌大的塔里木盆地,哪里是他们施展才华的地方?

从塔北送来的地震剖面让柴桂林心头一喜。他的手颤动起来,他似乎从这些剖面图上看到了一丝亮光。

1980年,物探局从华北拉来两支地震队,投入找油会战,它们是2222、2210地震队。指挥部没有把他们投入西南凹陷去啃骨头,而是部署在塔北地区的轮台县和库车县。两支地震队就像敌后游击队那样机动作战,开辟新区。这一步棋走得有远见。

从两个队的剖面图上看,柴桂林发现轮台南有一个隐隐约约的构造带(即后来的塔北隆起)。模拟剖面,虽然深层看不清楚,但它的确是一个大东西。从地面来分析,公路横贯整个工区,尽管地表条件有些小沙漠,但车辆通行方便。从地质上看,北面是库车凹陷,南面是满加尔凹陷,中间隆起,地质评价比较好,应属有希望地区。"沿着公路转,到处找鸡蛋(圈闭构造),找到鸡蛋就打钻"的地震勘探局面应当结束。

柴桂林的眼前忽然开阔起来。

"跳出西南凹陷,实行战略转移!"

他意识到塔北是个勘探重点,他要将走投无路的队伍拉到塔北来。这一想法一形成,柴桂林即向物探局、石油部汇报。他反复阐明:我们的着眼点应该是对塔里木盆地进行重新认识,整体解剖塔里木。

柴桂林的打算是:

在继续侦察柯克亚的同时,地震队伍的主战场立即由西南凹陷沿盆地四周撒开;

尽快搞清阿瓦提凹陷、塔北隆起和库车凹陷的性质；

查明特征和发育进程；

寻找和落实一批局部构造；

在南起塔里木河北至天山山前的大面积地区,展开区域地震概查和普查；

由民丰、且末公路起从塔里木盆地南线向东,形成对塔里木盆地的钳形包围。

这是一次具有历史意义的伟大壮举,是一次形成战略决策态势的大决战。这为后来形成的塔北油田的格局奠定了基础。

不能不说,柴桂林是一位十分出色的"统帅",他在部署塔北战役的时候,同时开始运筹另一部"作品"了,他想把一部分队伍拉进塔里木盆地里去,向"死亡之海"的塔克拉玛干挑战。这是一位有勇气、有胆识和有魄力的地质家的一次大手笔。

塔克拉玛干沙漠,位于塔里木盆地中心,东西长 1000 公里,南北宽 400 公里,面积约 33 万平方公里,在世界著名的流动沙漠中,它仅次于非洲大陆的撒哈拉沙漠,名列第二。

一片沙漠,一个迷人的传说。亿万年前,印度大陆板块与欧亚大陆板块的剧烈撞击,地壳裂变,青藏高原勃然隆起,一脉昆仑横亘苍穹之下,喜马拉雅山成为世界屋脊,塔里木盆地盛满无际黄沙。人类没有机会目睹造山运动那惊天动地的辉煌壮举,却接受了大自然留下的探索塔克拉玛干大沙漠的历史课题。

自 19 世纪 50 年代起,西方的探险家就接踵而来,对这块充满离奇神话的荒沙大漠,进行探险考察。

无论是瑞典人斯文·赫定,还是英国人斯坦因,中国人黄文弼,和敢闯沙漠的俄国人,尽管他们给"死亡之海"涂上了一层层恐怖色彩,但务实的找油人始终相信这样的事实:他们是活着进去,又活着出来的,难道我们就不能!

1956 年,地质部的一支地质小分队冒险进入叶尔羌河以东的玛扎塔格山,立足未稳,便被风沙卷出沙漠。

1957 年,新疆石油管理局又一次组织力量从麦盖提渡过叶尔羌河,前往玛扎塔格山,试图开辟一条沙漠供给线,又被拦截在和田河西岸。

1958 年 4 月, 新疆石油管理局 505 重磁队受命由和田河以东穿越塔克拉玛干大沙漠,进行地质普查。320 峰骆驼和 102 名地质队员从塔里木盆地南缘的于田县出发,向塔克拉玛干进发。队伍驼铃声声,浩浩荡荡,足足排出有两公里长。他们要踩出横穿大沙漠的第一行足迹——这是中国石油工业史上史无前例的壮举。于是,找油人历时 270 天,9 进 9 出大沙漠,用落后的测试工具,在大漠腹地完成七条地质剖面,发现了跃进 1 号、跃进 2 号等 13 个重力高,找到了新老第三纪露头,初步揭示了盆地巨大沉积岩厚度,预示了塔克拉玛干的光辉未来,也为后来的柴桂林们进入塔克拉玛干的石油勘探提供了必要的资料。

之后,塔克拉玛干整整沉寂了20多年,20多年后的今天,当柴桂林准备涉足塔克拉玛干的时候,他和许多找油人一样惊奇地发现,中国物探技术已落后于西方一大截。就在中国人"冷眼向洋看世界"的时候,全世界新技术革命的浪潮,推动着石油地球物理勘探技术跃上了一个新台阶:野外资料采集广泛使用了精密的多道地震仪;资料处理用上了第四代大型电子计算机;过去的炮井水钻,换成了气水两用空气钻机;勘探车辆功率大,越野性能强。用这些先进装备武装起来的地震队征服了撒哈拉大沙漠。

中国人需要快走几步,不然会落后得更远。于是,中外联合勘探中国西部油气资源提到决策者们的议事日程上,一个《关于申请批准雇用外国地震队在西北地区施工的请示》报告摆在了国务院领导的案头。

1982年1月23日,中美双方正式签订了《中国西部塔里木地震勘探服务合同》。届时,柴桂林任中美塔里木合作勘探管理处主任。

1983年5月23日,一个值得纪念的日子。

库尔勒市南部的戈壁滩上,由500多名身着红色信号服的中国人,携带着世界上最先进的石油勘探装备,整齐列队,宣誓向塔克拉玛干大沙漠挺进。这是人类向大自然的一次顽强搏击。

经过六年艰苦卓绝的石油勘探,1989年10月19日,塔中一井中途测试。这是一个重要的日子,重要的时刻。

大漠落日斜压在连绵起伏的沙丘上,塔中一井井架涂上了金色,在井上工作的十几个单位的近百人,都静候着历史的一刻。

时针指到20时30分。

突然,大漠一阵战栗,一股强大的油气流从3582米深处的海相碳酸岩中呼啸而出,仰天长啸。顷刻间,油气化作火龙,染红半个天际。

"出油了!"

"希望之火燃烧了!"

井场上,人们狂呼着,跳跃着,喊声和喷油声交织在一起,一片沸腾的景象。

此刻库尔勒,塔指的领导们正守在电话旁。他们中间,许多人年近花甲,鬓染秋霜,很多是当年参加过大庆会战的"老石油",听到塔中一井出油的消息,激动得声音都颤抖了。

同一时间,年轻的副指挥周原带着党群工作部的人写贺信、做锦旗,他兴奋地对刚调来的几个人说:"你们真幸运,一来就出油了。"有人提出来要庆祝一下,他拿出多年的陈酒,给每人斟了一杯。

同一时间,在库尔勒物探局地调三处大院里,塔中一井出油的消息,将找油人的情绪点燃了。他们撂下饭碗,跑出家门,朝办公大楼前拥来。人们在喊,眼泪在流。他们不知道该怎样庆祝,他们打起鼓、敲起锣,点起了篝火,燃放起不知谁准备的一挂鞭炮。他们挥戈进疆11年,这是前所未有的场面。

三处物探高级工程师、副处长林振刚首先想到的事是把这一喜讯告诉远在近万里之遥的柴桂林,他拨通了河北涿州物探局总机:

"请接柴桂林总地质师。"

电话接通了。林振刚的手在抖,他一时不知道该给柴桂林说什么。

"你……你听到了没有?"

"什么……"

"院子里的锣鼓声。"林振刚把话筒伸出窗外。

"听到了,听到了!"

"这是口千吨井啊!"

"没……白……干。"柴桂林的声音哽咽了,话再也说不下去了。

11月2日,中共中央十三届五中全会召开的前五天,中国石油天然气总公司在北京召开新闻发布会,向全世界宣布:

"中国西部塔里木盆地沙漠腹地的塔中构造上第一口探井——塔中一井,连续见到117米油层。中途测试,获得日产原油576立方米、天然气36万立方米。"

这消息,轰动了神州大地。

这消息,轰动了国际石油界。

有人说,这标志着中国石油工业的再次崛起。

还有人说,石油工业从此开创一个新纪元。

江泽民总书记提笔批示:

"真是雪中送炭,对整个国民经济无疑是一个极大的支持。"

在库尔勒物探三处的院子里,矗立着一座找油人征服塔克拉玛干纪念碑。这座白色的纪念碑,记载了一段风风雨雨、沟沟坎坎的历史;14级台阶记载了找油人自1978~1992年14年征服沙漠的历史;同时也记载了44位英魂倒在这片神奇而又迷人的土地上的悲壮故事。

每当柴桂林走进物探三处的院子,他都会在纪念碑前凭吊一会儿。他太熟悉他们了,这44位找油人几乎没有他不认识的,有的甚至并肩共过事。他们经历了那最辉煌灿烂的痛楚后,他们走了。他们走向燃烧的太阳,走向蓝天与沙漠的地平线……

1999 年 5 月 11 日《新疆日报》

黄金奏鸣曲

尚久骖　吴云龙

朋友劝我谱支迪斯科式的黄金舞曲。如今钱是个吸引人的字眼,黄金又是钱中之钱;迪斯科最最时髦不过,君不见,骨架子铆成了铁板板的老头老太婆都想扭两下子哩。

可,一阕雄浑的旋律始终激荡在我的琴键。

从前……呵! 这真是遥远的、遥远的从前。……陆地的互相挤压、断裂、扭曲,岩浆喷溢,海水沸腾,天空射电,骇浪凌空,这被后人称为华力西运动(古生代地壳运动)的大地活动曾持续了亿万年,一座座雄伟的山脉隆现在欧亚古陆,其中一条斜亘于亚洲西北部的山脉,发育了十数万条花岗岩伟晶岩脉,蕴蓄了数十种贵重金属和有色金属,其中,黄金是被人们最早认识和崇拜的。聪明勤劳的华夏古族便将这座山命名为金山——阿尔泰。

可惜的是阿尔泰的风姿千百年只在骚客文人的笔墨中隐约可见。它,寂寞地屹立在亚洲大陆的腹地,与辉煌的北极光、与绮丽的四个五个太阳为伍为伴。即使1949年以后,依然门庭冷落,花径不扫。

黄金,古往今来都是人类文化的一种特色。希腊神话中,宙斯为显示它的非凡精力曾化做一阵黄金雨;经典的欧洲史学家把人类永葆青春、河川里流淌乳汁的憧憬称作黄金时代;中国远古的一位贵胄郑公华铸钟祈福,铭文中"择厥吉金、立镠赤朕"的镠也是黄金之美者……黄金的确值得人们顶礼膜拜。它是价值尺度,是流通、贮藏、支付手段,是无国界的世界货币,又是社会财富的通常体现物,从一国向另一国转移。它作为良导体用于高技术领域如航天;作为镇静剂用于医疗卫生;作为艺术品的奇特材料美化人类生活。它确实是金属中之最贵重者。虽然按天然含量计算，Au、金这种元素在地球上数量并不少，几乎与铁相等。但是，由于地球旋转的重力作用，90%的金深藏在地核里，剩下的10%又只有一部分形成脉金矿和砂金矿，其余的则散布在偌大地球的各个地方，如地层、海洋……它几乎无处不在处处在，无处不有处处有。它可以被植物吸收，又进入动物体内，但数量极微，无法为人类利用。金的这种特征造成世界性的追求黄金然而又世界性的缺少黄金的局面。哪个国家、地区幸而有丰富金矿藏，它就决然是个大富翁。

广袤的中国有许多富金之地，金山阿尔泰则是其中佼佼者。在闭关锁国的年代，加之极左思想泛滥，黄金被视为罪恶的渊薮，堕落的代名词，破四旧的对象。黄金生产根本提不到日程上来。千古一人的周总理为此焦虑万分，临终前把它作为亟办的大事托付给专人……然而，在当时只是伟大的空愿。

1978年冬天，犹如亿万年前华力西运动作用地球，一股无比的力量，使华夏古陆战栗着，抖动着。中国，开始了一场真正的核裂变。几番风雨，几番血与泪的交战，清高、傲气的中国人大梦初醒。而在人与人的交往、交换与交流中，地球村村民们共同认可的通货黄金乃是多多益善。阿尔泰山石英脉里的黄金、河流沙滩里的黄金终于不再是空自嗟叹的幽古佳人，贫穷的、众多的、从土地上解放出来的劳动力匆匆地来了个向右看齐，顷刻之间，阿尔泰风靡了大半个中国。

"赶一群羊下山，敲敲羊蹄子便有几十克金子。""随便用铁锨挖一铲子土，放在水里颠簸，包管见一层沙金。"这些传说虽然有些玄乎，笃信者却与日俱增。加之1981年以来，国家采取了一系列政策，刺激群众采金的积极性：调拨大批农村紧缺物资，如化肥、粮、肉平价售出作为奖励；黄金收购价格从200多元一两调到500元、700元，再调到1000元。对于新疆维吾尔自治区更给予优惠，每上交银行一两，除正常收购价格外，再贴补200元。

群采的高潮以出乎意料的速度来到了。

十五个省、市、自治区成千上万的人朝阿尔泰拥来，乘车的，步行的，担着行李卷的，拖儿带女的……

阿尔泰山从东往西六大水系汇聚而成的额尔齐斯河，几乎每条河湾都有淘金人，但大多聚集到了喀喇额尔齐斯。

喀喇额尔齐斯河水量不大，河流却极有生气，仿佛有一个不安分的、充满了矛盾的灵魂在骚动。它从阿尔泰蔽日的原始森林中走出来，切割开巨大的玄武岩和伟晶岩，冲击着石英和砾石，在由深谷奔向草原戈壁之时形成了一个大转弯，被世代以畜牧为生的人们称之为骆驼脖子。都说这儿金沙厚且多层，金子颗粒大、成色高。一万三四千人聚集在这里，登高望去，河流两岸、山丘上、陡坡下密密麻麻全是人。

虽然世界上采金工艺各种各样，阿尔泰淘金的人却大多采用近乎原始的生产手段：住的是新石器时代的洞穴或半洞穴式的地窝子，握一柄四海可见的铁锹，钉块形如搓板的溜槽，一只尖底四方锥形木斗。这些如出洞之蚁的淘金汉就用这三件原始工具无数次地重复挖掘、冲洗这些单调而沉重的动作，把喀喇额尔齐斯碧清的河水搅得浑黄，把一座座山丘掏成了洼地。高纬度的长夏，仍然干得两头不见日头。何等的热忱，怎样的追求呵！

一位美国朋友来到阿尔泰喟然长叹：过去只在写加利福尼亚、写澳大利亚的书里见到淘金热，今天，我在阿尔泰开眼界了。

经典的奏鸣曲里从未出现过劳动号子，粗粝的、带着汗水的咸盐味，带着硬茧的血腥气，痛苦而又欢乐的节奏，在黑白分明的键盘上刮起了一阵狂飙。

呵！人之歌，奏鸣曲的主旋律应该就是它！

一组不和谐音，是从哪个角落偷偷溜出来的？

一组奇怪的数字：

1981 年采金人数不过 300，国家入库黄金 700 余两；

1982 年采金人数上升到 500，入库黄金 1300 余两；

1983 年采金人数再升到 700，入库黄金 2780 余两。

此后采金人数逐年猛增，黄金入库量却逐年猛降，1985 年是低谷的谷底，人均上交不到 0.3 两。

问及采金人，十个有九个答曰："没有挖着。"1987 年我跟一对在三间房河里淘金的湖南人拉了半天老乡情谊，后来他们相信我这个背相机的绝不是"黄金办"派来收金子的，这才讲了实话："金子当然有，没有金子谁来吃这分苦，卖给收金子的老板了，图个好价钱呀！"

翻阅阿尔泰断断续续的采金史，有文字记载的不多。最早始于乾隆四十九年，即公元 1784 年，到光绪皇帝、盛世才掌权，均有人走山采金。由于山高天寒，采金季节只有五个月，就这五个月里，每名金夫（对采金人的卑称）"至少亦可获三五两"，因为生活供应品昂贵，"若低于此数，采金就无利可言"。一个名叫塔穆贝尔的美国人调查的结果是，每个人可"得金十盎司"。我的一位老朋友，今年 80 多岁的王乃毕，16 岁从青海到这儿受雇给人淘金，直到 1958 年为止，是阿尔泰健在的最老资格的淘金汉了。他告诉我下述数字是可靠的，保守的估计：每名淘金人年均产三两半，近三年里，已有约十万两应由国库收入的黄金没有收入国库！一盎司略小于一两，近年每盎司黄金国际价格在 437 美元左右浮动，折算起来是价值 5000 万美元的硬通货（近月美元暴跌，金价上升，这个数字更惊人）。

金子到哪儿去了？财富到哪儿去了？滔滔巨河干涸成不及一掬的小溪。

呵，流通的渠道决了口，变贫困的中华为富强之国的血液——黄金，流失了！

黄金走私，这原已在中国绝迹的"行业"，是何时悄没声地在黑暗深处还魂啦！走私人组成团伙，用高价购得一些卑劣的魂灵充当二、三、四等爪牙，伸向今日的新疆，伸向阿尔泰淘金的窝棚，用高于国家收购的价格非法买金，带出国境，换回紧俏的家用电器、大小汽车等等，便可赚到高于他们购买黄金的资本数倍的钱！据悉一公斤、也就是32两黄金在香港可买到一辆豪华型欧产或日产名牌小轿车，倒回国内，价在18万元以上。他们有雄厚的资金（来源大有讲究）周转，十趟买卖里做成一趟便够本，做成四五趟便是两位数三位数的万元户。资本、路数和本事小的则加工低成色的首饰，以高成色的纯金首饰的价格卖到短缺金首饰的市场去，也同样是一本万利。再小的、没什么本钱却有点手艺的，就挑一副担子：木炭、坩埚、双氧水，走街穿巷，把老太太、小姑娘手中的成品金或矿金拿来加工，故意将液体金漏些在木炭缝缝里，东家一些些，西家一些些，收集起来也很可观。

大的集团、小的团伙，三四人一伍、一二人搭手的非法经营黄金者，蚂蟥一样跟着淘金汉们一起拥到了阿尔泰。在疯狂地吸吮着民族振兴的鲜血的同时还把一种毒素注射到他掠夺对象的身体里去。那是一种野兽的贪欲。可野兽并不捕杀它饥饿的肠胃容纳不下的食物。一位哲人总结得好，从兽类上升的人类，一旦再下降为兽，就比野兽更卑鄙。走私贩们散布于社会的是毒害人类精神的砒霜：不相信世界还能建设美好的事物，只追求眼前肉欲的耽乐。

有谁见过雪崩和泥石流？一团雪，一声石子的错位能引起无法遏制的灾难。走私贩们的活动，有类于斯。在黄金流失的同时。"人"的精神道德也在销蚀着。

人与山林大地同样淳朴、美好的阿尔泰应该为全民族辉煌目标作出贡献。1987年4月阿勒泰地区和下属四个群采重点县公安部门先后成立了人数很少、队伍精干的黄金缉私队。不到三个月，种种神奇的故事传播开来：什么"李向阳"单身跳入激流追金。"韩局长"主办400金客训练班，"大胡子"巧布天罗地网，什么九道湾上逮狐狸、火眼金睛看透汽车钢板……5月、6月、7月，不到100天的时间里，缉私队直接抓获的黄金已超过1985年全年入库黄金之总和。猖獗的公开收购黄金的气焰萎缩了，国家入库量逐渐回升。

我立即启程，急不可待地要去结交以往只在传奇影片里见到过的超乎常人的英雄。

竟然是那组迈着狐狸式步子溜出来的不和谐音为我引出奏鸣曲的主题。我的英雄的主题有着草原的深沉、河流的奔放、山岳的凝重、松涛的力量。

在北屯,进阿尔泰,这是大门。一个情形特别的环境里,我听到一则关于形似骆驼的原生金块的故事。

北屯,原本不能称作城市。一个农垦师师部所在地,被人们谑称为:"一盏路灯照亮一座城市,一个喇叭喊醒满城人。"1987年元旦以来,赴阿尔泰山区采金人剧增,使处于交通要道的它,有了蓬勃生机。尤其是城西南,傍着过境的乌鲁木齐—阿尔泰公路的两侧,许许多多三两间铺面的小旅店、小饭馆如雨后的蘑菇般冒了出来:北陵饭店、鸡香饭店、百灵饭店、鱼香饭店、马营清真饭店、马呈祥饭店……来往的旅客全都是与金子有着这样那样关系的,虽然服履粗糙,衣冠污浊,但却神情机警,行动诡秘,时而显露出自得的样子,与常人绝不相同。特别是那些三两一伍在街上逛着的头顶小白帽、身着黑衫裤的汉子,更给这塞外边镇增添了一种神秘的色调。

7月28日,一个门面很不起眼的小饭店里,寻金人围着油腻的饭桌,神色惶惑,窃窃私语,灼人的高温天气,使他们看来像穿在铁棍上被烤炙的羊肉串般滴淌着油和汗。

"咋会失手哩?"

"一块骆驼金!"

"阿尔泰山72条沟,沟沟出黄金,千金里选,万金里挑,金子里最宝贵的可是骆驼金呀!"

淘金汉子们谁都巴望着逮上一块骆驼金,小者两把,大的十数两重,前阵儿听说,光绪皇上当政的年月,有个福分大的人在北边山里遇到过一块50多两的骆驼金。50多两,咳!只消一次好运气,几辈子孙都有了事业根基!

一天前,地区缉私队在安集海逮住了个倒卖私贩黄金的,一公斤多重的金子里头便有一块骆驼金,可看戈壁草原千百里,消息传播之快可比电话都灵。所以,今日北屯,街头巷尾尽在谈论它。

"骆驼恋着阿尔泰,不撅去尾巴带不出来。""老辈子的话是有道理的,大凡金银财宝都有灵性,更何况那块生长成骆驼形状的金子哩!听说货主叫'马县长'。"

"不是个子承父业的老行家么!"

"难道……果真是人们传言的那样,公安缉私队里有个李向阳么!"

"不是姓李的,是兄弟两个。"

"不止是姓李的,还有姓王的姓张的……"

"咳!都姓李。"

20世纪50年代的老电影《平原游击队》里打鬼子救民族的英雄就这样被搬到了80年代的阿尔泰,被说成了未卜先知、能掐会算、长有千里眼顺风耳的传奇人物。倘若肚子里多一两滴墨水汁,或者电影队往他们那苦山沟沟里去过几次,他们说不定还会把福尔摩斯、波洛探长搬出来呢。

他们弄不明白,穿过安集海的那条柏油马路是伊犁、博乐、塔城、阿尔泰通往乌鲁木齐的要道,在这条公路上经过的车每天少说上千辆,怎么单单是831号这辆破旧、过时的老解放被截住了?车上几十号人,怎么单单盯上了"马县长"呢……

"马县长"这绰号可不是胡起的呀。凡见过这位"马县长"的,没有不打心尖尖上服他的。他虽也在深山沟里长大,可天知道从哪儿得来的行事、做人少见的威严气派。听人说,小时候,他跟好几个人正蹲在茅坑里拉屎,傍茅房的山坡突然活动起来,眼看土坯墙一寸一寸被溜过的山坡吃掉啦,吓得另外几个不顾羞不羞,不管臭不臭,提着裤子一个蹦子就窜到了外头。只有他照常拉完屎,拾个土坷垃擦完屁股,系好裤子,才慢悠悠侧过头去察看:"咋回事,这山坡会爬着走?"从那时起,乡亲们都讲,他长大成人后准能做大事。等到了新疆阿尔泰这地方,他出头露脸接洽好几件事,外地外省人也都真当他是个县太爷啦。

28日这天,"马县长"提着黑挎包坐在驾驶室里,跟司机谝着闲传,递着香烟。顺顺当当,831号车从乌尔禾、白碱滩、克拉玛依通过。他在四通八达、人烟密集的55公里集市上买了个六公斤的大西瓜,切开后说:"愿吃的全请。"同车人喜滋滋吃瓜时,他左看右看又一次弄清楚没人没车盯着自己。接下去,奎屯垦区的绿荫丢在了身后,广袤的戈壁滩没遮没拦一眼能望七八公里。越走路上的车越多,他们这辆旧解放车随在车流之中,更加不显山不露水,再花几个钟头,跑百八十公里,就完全……忽然他发现路边停着辆北京212,路中央有个打旗旗穿警服的人,挥旗让刹车。

车刚停,公安人员就近前来,将搜查证往鼻子眼前一亮,并伸手把他靠在后腰的黑挎包拎了起来。"马县长"脸色微微有点变,瘦驴拉硬屎地死撑着:"我不知道这是谁的。"公安人员鼻子哼了一声,从挎包里掏出800克金子。

"下来!"那剑一般的眼光不扫车上别的人,只盯住了瘦尕尕的花胡子,又叫紧挨着他的壮小伙儿:"还有你这个保镖!"并从他们屁股底下的一个包里又摸出800克一点钨砂不杂的黄澄澄金子。800克加800克,1.6公斤,价钱超出十万元,可不出十分钟就"烂"完了!骆驼金就在那兜里,用一块手绢包着。

黑眉黑眼的甘肃小伙子马义君早就听有福分的人说,那骆驼金半卧着,昂着头,细细看去,都能觉察到呼吸之间肋条悠悠的颤动;若用指尖摸摸,就跟绸子一样柔柔的、羊尾巴油一样润润的。这样一个稀罕宝物,本来按照汉族的规矩,是把拇指刺出血来,滴在它头上;回族的规矩是撅了尾巴去。肯定的,"马县长"为保险起见,两种规矩都会遵守。李向阳们那么神,我猜想准是能掐会算的诸葛亮转世啦。

我们最先见到A。灰不灰蓝不蓝的旧衣服绷在身上,显得壮实、魁伟。他手提着人造革包,还要出去执行任务:"这衣服有气味,是不是?金老板们能从衣服的气味嗅出是敌是友呢。"临行,他把手枪子弹顶上膛,抱歉地笑笑。似乎,他准备自卫,希望人们原谅。这些首创新疆公安史上黄金缉私事业的人,他们的真实姓名完全应该用金笔载入史册。但是,为缉私队员的业务开展和安全起见,也为了激发读者的想象,我索性称他们为李向阳 A、B、C……

我见缝插针地搜寻破案故事,可我的新朋友们怎么都不肯配合。

"讲讲骆驼金的案子?"不是都知道了么?

"那就请讲讲今天抓获的哈熊金,哈熊,不是阿尔泰山林中的兽王么?讲讲!"

是 A 首先进屋去的,买卖双方正趴在桌前称金子。紧跟着进去的 B 刚刚来得及提醒:注意刀子。买方,一个满脸凶气的汉子已经拔出长约 70 厘米的藏式匕首,A 抓住那汉子的手腕……"就这样?"就这样。"那么简单?"就这么简单。"那……"总共一分钟半分钟的事嘛。

缉私黄金从"游击战"转为"阵地战",缉私队员们付出了怎样的心血呵。缉私越深入,对手也越诡秘、凶狠。这是场智谋、勇气、力量和道德的较量,哪里像他们讲的,喝水一样清淡、平常!

"别写我们,实在的,我们也没有什么值得写的。缉私,是个完全崭新的领域,认识有待深化,战绩也有待扩大。"清瘦的李向阳 B 给人印象很矛盾,有时像个训练有素的军人,有时像个刚出校门的秀才:"需要写的是这样一种内容,能使下苦淘金的人理解,我们是保护劳动者利益的。"

"现在一两万淘金人都站在咱们对立面,心里真不是个滋味。"李向阳 A 和 C 同时沉重地叹息。

4 月,A 第一次去骆驼脖子。喀喇额尔齐斯两岸山坡草地还冻得铁板似的,急流正在满是冰凌的河床里咆哮,采金人已经在河岸扎寨安营,跳进河滩开工捞沙了。他无意中看到一双手,是位头顶小白帽,身穿黑布衫的小伙子的手。那不是手,不是人的手,更不是现代人的手。分不清手心或手背,皲裂的深沟和干硬的粗茧连在一起,成了僵死的硬壳。他的同伴们全是这样的手,他的左邻右舍也全是这样的手。

手是最真实的历史。它比任何文字、古物都更可释地记述了人类演化、发展的过程。而这样一双双手的主人们是处于人类史的哪一个阶段呢?

"不苦,不苦,他常唱花儿调哩,唱得才叫美哩!知道么?我们家乡把女子叫做花儿。"

"手足胼胝,面目黧黑"。这是什么书上对什么人物的描写呢?A,曾经历过多少次生与死的拼搏,仿佛已经铸成铁石的心怦怦然:是《史记》对疏九河、治百川的夏禹的描写!

"让他唱花儿!"小伙子们起哄,比他们的诉苦、眼泪,更使 A 心酸。他们决然不是禹。

他听到花儿调。夕阳下坠,河面粼粼,波光渐渐暗淡了,天空的颜色愈来愈重,一下子把高耸在河西铡刀砍斧凿般陡峭的山岸之上那一顶顶白色的小帽、黑色的人影都淹没在黑黢黢的帷幕里,只有变得硬狠的风还把一曲曲花儿送下山来:

> 白白羊群(者)花点点,
> 谁给我(者)当个(者)干姐姐。
> 白布衫子(者)我穿够了,
> 干哥哥(者)走了(者)我活够了。

不像在花儿调的故乡,少年与花儿你亲我爱、你思我恋地一唱一答,而是数目极大的一群人同时地吼了起来,浪浪漫漫的情歌竟变成了悲怆凄凉、甚至透着几分壮烈的合唱。

一具裹着白布的尸体露出了死者的脸。深陷的眼,长而高隆的鼻梁,下巴颏有道充满稚气的凹,使得这没了生命的面孔显得格外凄惨。是……那个新郎!

早春,依然是冰封雪冻的北屯挤满了要上山挖金子的人。白天,满街是买锅碗盆勺的;晚上,路边偎着一堆堆穿着单薄,行装破旧的。被派往匆忙成立的管理站的 A 已经忙得几天几夜没合眼,竟坐着睡着了。来办证的人推他:"局长!"一溜几个孩子,18 岁的,20 岁的,一共 15 人。浓浓的乡音,憨憨的笑。那 20 岁的,便是眼前这死者。

伙伴们曾笑话他,才结婚三个月,就舍得把新娘子撂在家了,他羞红了脸,有几分得意,几分骄傲。

和他一块还死了三个。半夜地窝子塌陷,地窝子顶上厚厚的土把他们捂得严严的。

> 白布衫子(者)我穿够了,
> 干哥哥(者)走了(者)我活够了。

兴许,黄河岸边,那小女子也在唱……

A 沉沉地叹息着:"中国的老百姓真是又伟大又卑微……"(C 插了一句:"可怜又可气。")A 点着头:"课堂里读到禹的故事,谁不敬服,那才是造福全民族的劳动。他们呢? 手也变了样,心也走了形。叫他们搅和得好政策都蒙上了土。局势真要变了回去,他哭,把肠子哭断也悔不及哩! 过去搞刑事侦察,老百姓知道咱是为他们办事,现在咱把热腾腾的心捧在手里,他们仍然是相信口蜜腹剑的金老板。"

在一个肮脏的地窝子前,他们见到个孩子,顺手从口袋里摸出一块糖。做母亲的急忙把孩子拽到身后,苍白的脸表情呆滞,满含怨恨。一次追捕金贩子,河岸峭壁上竟然一下出现上百个疯狂的采金汉,手执石块,随时准备甩下来砸死他们;波涛滚滚,他们用轮胎扎成小船颠簸着眼看要翻了,河两岸的人却打着哨子哄笑……

从骆驼脖子到大桥,38公里长的河岸,一万多淘金汉一齐向地球要金子,而尾随而来的上千名各业人员,又来赚他们的钱。大桥就这样变成了"小上海"、"小香港"。

窝棚、帐篷、地窝子、活动房屋,蜂窝格格一般。办饭馆的、杀羊的、钉鞋的、缝衣的、卖百货的、放录像的、开诊所的……一碗汤多面少的揪片子2元钱,连骨羊肉10元一公斤,代写一封书信也得掏个整数,号称救死扶伤的白衣天使12片装的牛黄解毒片卖到5元,5%的葡萄糖盐水每瓶25元……过期变质的水果罐头、有沉淀的香槟酒、假烟、假衣料……什么都没有真的,连普通的寒暄也没真话,谁也不为此而有半点羞惭。"骆驼脖子来,善心揣口袋,谁个不肯揣,定定叫人卖。"这顺口溜竟成了道德观的依据。扭曲的世界必将扭曲这世界的一切物种,而被扭曲的物种又必然使他所在的世界变形更甚,这是一个恶性循环。

"那个小新郎的尸体运回家乡时,走私了四公斤黄金,利用死人发财!"他们又激动起来。一场在改革中会出现什么问题,对出现的问题应该采取什么态度的热切讨论延续下去。

他们的叹息、他们的愤怒、他们的忧虑,为我们的乐章展开了第二主题:爱。对于劳苦大众命运的关切,对于改革开放的思索。

北屯街口一堵墙上出现用金粉写的、歪歪斜斜的字:"年内干掉李向阳!"

骆驼脖子传来情报:淘金汉里嚷嚷要捅掉两个人;

在一些采金汉的手背和手心写下了几位缉私队员的名字;

李向阳A有了条"尾巴",是个壮汉,胳膊粗同牛腿,手表上蒙着块红纱巾;

金老板们定下计谋要将A——缉私队的主要战将诱到据点里去。

果然,一个无星无月的夜,富蕴县武警战士和"黄金办"工作人员遭到袭击,凶犯是淘金的兄弟俩,用匕首将"黄金办"的小秦连捅数刀,从肋骨深入到肺部。

麦子山检查站发现四条偷偷摸摸接近的人影……

"噢,别去了。"妻子的脸倚在他的肩头,柔软的发丝在他腮上轻轻地拂过来,拂过去。

难得有这样宁静、温馨的夜晚。数年前A害过乙型肝炎,医生叮嘱,这是个慢性病,生活要有规律,休息好,营养好,心情还不能激动。真要按医嘱办,还能干刑事侦

624

察员么？能担当黄金缉私的任务么？年初，他轻易地说服了妻子。其实何用"说服"，她爱上他，不正因为这秉性么？没多久，与他同时住院的病友接连肝病复发，先后去世，妻子吓坏了。他又用公安人员的职责、党员的职责说服她，用他强壮的体魄让她安心。她无可奈何，只好为他找来保肝的药。

A曾被认为是孤胆英雄。在持枪的逃犯叫阵时，他毫不迟疑地从隐蔽处跳出来，以胸脯对着枪口，镇住了那嚣张的亡命徒。妻子却深知，他敏感又多情。没有勺子不碰锅沿的，婚后，夫妻磕磕碰碰，他因为工作上种种不如意，脾气更暴，两口子甚至闹到要离婚。女儿出世了，他变了性子，什么都依着她，顺着她，常常不言不语久久地凝视着她。她在屋子里来来去去地做家务，他就来来去去地相跟随。他还是不爱说话，尤其是不说那些电影小说里夫妻间讲的令人心醉的话，但他的拥抱、他的亲吻变得情意绵绵啦。

恐吓到家里来啦？A只觉得头皮抽搐。

早些天，一位老板请他喝茶，热腾腾的水一次又一次沏进碗里，飘出了桂圆的甜香和浓茶的清新，整块的冰糖也慢慢化了。喝这种冰糖桂圆盖碗茶乃是青海甘肃回民礼待上客的讲究。据说，最能滋阴润肺，补益人体。二巡热水冲过，老板，一位中年汉子站了起来，打着哈哈："呵！我见过你的夫人，她每天骑摩托上下班。你的女儿长得真漂亮。"话音稍一停顿，半真半假地说："你是个聪明人。"

明摆着是威胁、恫吓，缉私，真是白刃格斗哪！他们被反调查了。岂止他，岂止B和C，家在千里之外的内地，D的房屋朝向、家庭成员、职业，金老板们全都了如指掌。

只是口头上恫吓么？昨夜，大桥地区发生了乱刀捅伤"黄金办"工作人员秦怀发的恶性案件，秦怀发现在还在急救之中。

文盲＋法盲＋流氓，什么事做不出来！

A的穿着红色短裙的女儿，正抬头向父亲笑着，脸颊一个深深的酒窝。

"你们干这个，究竟为了什么？"提问的不止有他的妻子。一天，来了个记者，也这么问他。这个记者把阿尔泰地区各县的公安局都走遍了，得出个结论："公安局最好找，如今，到处搞建设，房子越盖越漂亮，可哪栋房子最老最旧最次，就朝那儿走，准没错。"家属宿舍更没法提，布尔津县公安民警把家安在已经废弃的看守所里。记者说，他亲眼看见两个结婚的，新房门上还留着原来的监望孔。他翻开小本有根有据地查出了姓名：杨山东、玛力拉。"缉到黄金，对公安部门、对你们个人有什么好处呢？"

去问问那些大大小小的金老板，问十个，十个叫唤："今年烂完了，没得一点好。"问百个，百个回答："亏老啦，全赔了进去。"谁也明白，假如没有赚头，没有大把的钞票、大量的黄金滚进他们的腰包,骆驼脖子、阿克沙拉、新老金沟早就没有一个采金的人啦。去问问大桥西北做买卖的人,问十个,十个回答:"没有赚的,这价目刚够给运费。"问百个,百个叫唤:"开销大,倒贴进去啦。"若问那漫天要价、汽车票赶上了飞机票价的车老板,他们也叫苦:"路不好费车,光修理零件,就得把这些钱全搭进去。"他们不是一个也没有从采金点撤下么,不是个个干得欢实红火么!缉私队员们当然也是追求好处的,这好处,他们之间商讨不止一次,不为好处,不为特大好处,谁把命豁出去……

"多大的好处,也不能干!"妻子告诉他,受到恫吓的不仅是她们母女,还有老父老母。夜晚,有人上了他们的房顶。他的呼吸紧迫、胸口沉闷,呵,他的负担多重哟!人都知道,给公安人员当妻子,苦多甜少。尤其做他的妻子,更不易。两家的老人,两家的弟妹侄儿侄女都要照料关心。他和她在各自的家里都排行在前,中国的孝道,从来就把重担压给长子。而他一颗心全部在缉私上了,所以她就得接过他的全部责任。近日来忙得连蓬松的头发都没时间梳理。

他拉开天花板的大灯,让她望望墙上那个相框,那是他们的结婚照。"五个年头过去了!"她不禁百感丛生。

"比相片还要漂亮一百倍的新娘子,你好好想想,算计咱们的子弹,你丈夫对付不了么? 你丈夫不只脸皮厚,周身的皮都厚,不信,你戳戳,就用这根毛衣针戳戳,嘻嘻! 戳呀! 别舍不得。"

话音未落,他已经提着早已收拾整齐的挎包跨出家门。走下楼梯,又转上来:"平时小心点,孩子更要……"

妻子撑着门框,想用笑容送他。没有等待、熬煎,没有成夜成夜的失眠,那算什么爱情呢?花前月下,耳鬓厮磨,只不过浅水一碟罢了。喀喇额尔齐斯她并没有见过,从他的感受里却已熟悉。女儿从屋里出来:"爸爸,回来!"

B的文静秀气的儿子,正用彩色铅笔作画:月亮是圆的,红颜色,月下飞的鸽子翅膀上挂着一朵白云。他画好了,想得到爸爸的评价,但爸爸已经提着包走出了门:"爸爸,回来!"

C的儿子端坐在北京吉普驾驶员的位置上,这个额头上缠着纱布的两岁小男子汉,最醉心汽车。他挣扎着,不愿被妈妈抱下去:"爸爸,回来!"

D、E、F……李向阳们相对苦笑,手一摆,车子急速开出了院子。

"爸爸,回来!"

"真怕作家们大笔一挥,把我们都写成破案机器,我们也是人哪。"B讲出心里话,喜怒哀乐、七情六欲,人皆有之。再说,家家都有本难念的经。阿勒泰市缉私队有位主力侦察员,他家的困难连外人听来都能愁死。说近点吧,A最盼的是送他上学深

626

造;C 的转干问题,干打雷不下雨好几年;D 夫妻分居,牛郎织女唱了 20 多年……谁不爱惜自己的生命? 谁也只有一条命呵!

夜风习习,街灯数点,北屯的夏夜天黑得晚,可一黑下来就显得那样深,仿佛一个劳累过度的壮汉的梦。在房舍的阴影里,在街巷的角落,在旷无人踪的边境公路,随时会有匕首、枪口朝向他们。谁不珍爱自己的生命,尤其是青春灿烂的生命,李向阳们怎会例外? 他们知道,每一次胜利都是加在对方仇恨天平上的砝码。打从干了公安,生死问题早已大彻大悟。但他们都不是单身汉了,妻子、儿女,使得原已不是问题的又一次成了问题。

李向阳们商量,得把那些疯狂叫阵的家伙镇住。

他们向西域东乡饭店走去。在那里和金老板们一块喝那风味独特的冰糖桂圆盖碗茶。

"你们这么干为了啥? "A 是会打哈哈的,他把金老板问过他的问题扔了回去。

金老板们愣怔了。

可能是从自然界学得了保护色的本领,更可能是一种文化基因在起作用,小小的北屯如今是富翁们云集之处。可他们几乎都是皱皱巴巴的衣料,灰不溜秋的色调,十足的窝囊相。下榻于苍蝇乱飞、尘土蒙窗的小客栈;从不挑剔油腻腻的碗盏是否带有乙肝病毒;吃一份羊肉炒面,喝一碗熬骨头汤,心满意足地摸着下巴,站在街口想心事、观热闹。

这样的富翁活动于人群里,谁会多看半眼?

当这样的富翁跟穷汉过的日子又有什么两样呢? 他们发动了自己所能发动的全部最最激烈、最最卑鄙的手段攫取财富,财富究竟给他们带来了什么呢?

中年汉子装聋作哑,揣度下文。其他的老板也无一说话。32 岁的罗老板,是最年轻、最"现代化"的,一反东乡族传统,穿着浅豆色隐纹的毛涤西服(可惜,衬衣领子和袖口有污黑的油渍),包下的房间,桌上摆着台进口音响设备。罗老板光光鲜鲜的脸上一对向上翘起的细长眼睛眯缝了好长一阵子,这位采金、收金、倒贩金的第一等好角色轻快地笑了:"挣钱呀! "

"挣钱又为什么? "

"维持一家子的生活呗! "这意味着盖新房,当然是一砖到顶;穿新衣,当然是黑纱盖头,黑衣黑袄,最上最佳是细条纹衣料;吃细粮,磨面时过七遍箩的越精越白越细的小麦面! 这一切能花多少钱呢? 院子盖大些,大院套小院;四季衣裳齐备,每日三餐加宵夜,全都吃精白粉,又能花去多少钱呢? 他跟所有的老板一样,见了李向阳们就叫穷叫苦叫赔账,真正捞了多少钱,哑巴吃饺子,心里从没糊涂过。

咋不想送娃娃去念书? 这三四十年里,他们庄里总共只出过一位小学生,传统是在经文学校念阿拉伯文的古兰经。他自己倒是明白了，如果有大学水平，他现在的资本就可以修电站、盖工厂……不，不行！七沟八梁。尕娃家怎么走去上学？自己庄里办学校？不行，民俗就那样，谁出钱办学校、修公路，谁就会惹祸！黄澄澄的金子，都说是天下最好的东西。他得了多少好处呢？穿上西装，玩了录音机，只要愿意他还可以买录像机、电影放映机。至今，他囫囵个儿的字不识一把。他的五个孩子，老大已经12岁，自己的名字还不会写。给他们买了电动汽车玩具，也只会尿尿和泥团成坷垃，装在电动汽车上。

A圆圆的眼睛车灯一样，黑咕隆咚以为是平平坦坦的道路，显出了搓板样的棱坎。罗老板的心隐隐作痛。

青海回族马呈祥在这里办了家饭店。他红白案上手艺好，妻子交际来往有本领，两年里还清借款两万元，还置下了房子、冰柜及20个铺位的全部旅馆设备。为饭店这第一职业每天忙乎十几个小时后，再为第二职业（跟金子勾挂上的职业）奔忙。这全是为了两个儿子，认定儿子们该从小学一直升到大学。"不管世道怎么变，有了学问都能应付。"天知道这结论怎么得来的。总之，他俩把自己这辈子没有得到的安全感得想法子为儿子挣到。可惜，大儿子刚上初一，就学会了逃学、撒谎、花钱。

罗老板看着马老板，想着马老板，灵感有啦。"Haij"他在经文学校学的，哈哈！他笑了，中气很足。他要去朝觐，到麦加，进驻阿尔法特山，绕行克而白的圣石，奔走拉萨法与麦尔卧两山，他的灵魂就会洁净如同初生的婴儿，全部尘世的罪恶洗涤得一干二净。他还想笑，忽然笑不出来了。即便他去了，他的儿子、儿子的儿子、儿子的儿子的儿子就能超出他本人的水平么？他的身子套上了西服，耳朵里灌进了迪斯科，人模人样，漂亮时髦，可连个最简单的问题——挣钱为什么——就被考住了，被个穷警察考住了。

"好我个同志（他不会跟那些不会拍马屁的人一样，见着穿警服的全称呼局长。他唤同志，又亲热，又透出自己的傲气），你谈谈，你们这么干又是为了什么？"

屋里空气活跃起来，老板们调换了姿势，腰也挺直啦。

"我们为了什么？不为了大好处能这么干么？"

黄金每公斤国家收购价三万多元，私人收购价在六万与八万之间浮动。虽然从来没有公布过地区各县参加缉私的人数，缉到的黄金总数，但罗老板们都知道，缉私队员只消把经过他们手的金子昧下十分之一，他们个个都是万元户了。可除了每天八块钱差旅补助（在山上只够喝四碗清汤牛肉面），他们并不能多得一分。与黄金有关的各机关工作人员虽从来没有公布过谁个贪赃枉法，谁个清，谁个浊，老板们心里却是明明白白的。李向阳们在金子的河里趟来趟去，竟然不湿鞋！

能有什么大好处呢？

"谁知道阿尔泰的金子从哪儿来的么?"李向阳们所答似非金老板们所问。"金子可不像山头的树,草原的羊,河渠的鱼。亿万年前,天崩地裂的运动造成的金矿,去掉一点便少一点,绝不会重新长出来。阿尔泰黄金确实多,再多也有一个尽头。它除了属于我们这一代人,还同时属于子孙,把应该为中华民族千秋万代造福的财富通过不法渠道流到外国去,个人得了暂时的利,有人会受了祸害的,包括那尿尿和泥巴玩的儿子、儿子将来要有的儿子……"

金老板们面面相觑:讲的是个啥?明明是中国话,却一点也不懂。他们才不管阿尔泰山的金子以后会不会再长出来哩。阿尔泰又不是他家的后院,他爱惜了白爱惜,能捞着时往足里捞吧,管什么儿子孙子……

"你们知道日本为什么在世界上牛气得很,把谁都不放在眼里?他经济实力雄厚。世界银团不认票子,不认人,只认金子! 黄金储量是国力标志之中最重要的。光去年日本就收购 500 吨黄金。我们中国现在一年才产 40 吨,12 年的生产还顶不了人家一年收购量! 你们这号人,一个个总觉自己没干多大的坏事,好好的水桶扎眼儿多了,不就成了筛子、竹篮子? 竹篮打水一场空,不知道么? 屎壳郎推粪球,都知道将卵子下在粪球中,让幼虫一出生,便有食物可吃。人还不得为自己的后代做些什么吗? "一个人影在窗外闪了闪,是那"尾巴",好题目送来的正是时候。

"我们几个都有孩子,情况不用介绍,有的人早已调查过,清楚之极。今天,他们送我们出来,喊着:爸爸,回来! 老实话,干我们这行的人,早把个人的脑袋提在手里了。有人盯我们梢,有人到家里恫吓……来吧! 谁愿意试一试,就来吧! 我们够狠的,狠得叫你们想象不出来。"

满屋鸦雀无声。

"老板,冲茶。冰糖桂圆盖碗茶喝到第三巡水,正是出味的时候。"

"别写我们,写群众采金吧,势头来得这样猛,又没有经验,暴露了多少问题呀! 资源的利用,生态环境的保护,生产的组织管理,唉! 还有人的教育,民族素质的提高……真是不易呀。这场改革,还有好多好多事要做……阿尔泰山的形成经历了千万年,改革,总得几代人吧,想想事业,我们所做的,算得什么! "

黄金奏鸣曲的确只是时代交响乐的一个章节,一段前奏。宏大辉煌的旋律向前发展。乐声中,深思的眼,刚毅的眉,高高上翘的警帽正中一颗纯净的星。这一切在奔放的、汹涌的巨潮中时隐时现。主题一再变奏,凝重、朴素、深沉,引起人们的倾慕和思考。

2001 年 6 月新大出版社选集《隆起的西部》

新疆四季

黄　毅

新疆大地从形体上呈现出男性的力量。昆仑是他骄傲的头颅,硕大、粗糙、纵横的褶皱,凹凸的节理,使他并不漂亮但望一眼就会让你震撼;那么天山肯定是他隆起的肩头,博格达峰、托木尔峰的二肱肌,让他筋腱毕现;塔里木河、额尔齐斯河是贲张的血脉;而块状起伏的塔克拉玛干大沙漠则是肌肉排列的胸腹;森林的络腮胡子,看上去是那样的茂密,草原的汗毛上滚动着牛羊的汗珠……

与这样的形体对应的新疆四季,则恰到好处地表现了他的脾性和气质。春天是隐忍的、内敛的、自语的;夏天是勇猛的、扩张的、大喊大叫的;秋天是浪漫的、含蓄的、抒情的;冬天是果敢的、豪爽的和叙事的。

春

在新疆,在春天,是难以轻易觅到春的踪迹。新疆的春天是冬天的延续。只不过在一些细微之处,你没有觉察的许多已悄然改变。那些说来就来的雪,说化就化了,新疆人说雪已经站不住了。这个"站"字用得多么传神,仿佛挺立了一冬的雪,这时因了某种原因而忽然骨酥筋麻,软软地就躺倒了。

往往这是在4月,当枝头渐渐丰盈的芽苞撑裂冰凌的包裹发出轻微的声响,这便是春的讯号。而新疆的春天隐藏得很深,就像羊皮袄深处的温暖,就像山岩下的煤,他的温热很难一下从表面发现。

这是一个隐忍的季节。躲过了严冬的畜群还必须面对料峭的春寒。接春羔的牧人会敞开皮大衣,用滚烫的胸膛让一只濒临衰亡的羔羊,从那里认识春天。

这绝对不是一个轻松的季节。远途跋涉的春风到了这里,只剩下一丝气力。与其说吹来了春风,还不如说吹来了寒冷,半坡的雪,半坡的枯黄,母狼干瘪的乳袋,让风掀动着,活过春天并不是一件容易的事。

这是一个肃穆的季节。在新疆春天不是烂漫的,花朵似乎不属于这个季节,但只有两种花朵常开不败。那就是雪花和盛开与雪塬上的野兔的爪印。如果说你在枝头看到了杏花或者桃花,她们才裂开嘴,其实就进入夏天了,花朵像一串省略号,把春天轻易就隐去了……

有经验的牧人,会从羊的咩叫声中,从牛啃断草根的势头中,判断春天的距离。而从一岁的儿马不断喷打的响鼻中和对牝马专注的眼神中,照样可以知道正在路途中的春天。

还有辛勤的农民,当一坎土曼刨下去,锋刃吃进土地的疏松时,他们就知道一个非同寻常的春天即将来临。那些就要被播进从冻土刚刚缓过劲来的土地的种子,饱满而金黄,散发着生命的气息,从掌心滑落时摩擦的快感,让他们确信春天并没有被谁删节。

这是个不易把握的季节。雪在减少,空气中有种叫春的气息似隐似现,牛犊的脊背已感到春阳的抚慰,它的粉红的舌头伸进冰冷的河水,有种糖块被融化的快意自舌尖弥漫全身;而沙暴也在这时突如其来,把不由分说的一种逻辑传谕每个角落,呼啦啦舞动着风沙的大旗,企图占领每一个绿洲,这是发生在春天的战争,一场最终没有结果的战争,退却的沙暴和绿洲的城防,各代表着一种规则。

春绿已被压抑很久,等待返青的草原永远不会忘记,入冬的第一场雪根本不和谁商量就用白色取代绿色。白色统治下,绿的愿望一如灰烬下的炭火,始终憋着股劲,只等添入新柴,撩拨开灰烬,绿的火焰便会蓬勃而起。而第一星绿色是从鹅黄开始的,在树的梢头,在田野的胸怀,在草原的深处,星星点点的鹅黄,仿佛是导火索奔突的燃烧,容不得半点延宕、只在一眨眼的工夫,便引爆了轰轰烈烈的绿,绿得干脆、绿得纯粹、绿得铺天盖地、绿得痛快淋漓、绿得没有章法、绿得不管不顾。这些绿,不管是在树梢、草尖,在百灵鸟的尾巴和羊的舌头上都能找到……

新疆的春天,是有所准备的春天,少了点浪漫,多了点肃穆;少了点温柔,多了点严厉。她也不是一个随随便便说来就来的春天,一个曲折而艰难的春天为开端,为余下的季节准备好伏笔,洋洋洒洒,大开大合的好文章,有了春的开篇,还会打煞得住吗?

但是,在新疆,春的标志是什么?在我看来不是雪站不住了,不是土地解冻了,不是沙暴四起,也不是树绿了、草青了。更不是天鹅和大雁的北归,而是牧人靴子的深处十趾的冻疮开始痒疼难耐,是挤奶姑娘累酸了双臂,是太阳的颜色变得愈来愈重,是麦西来甫的舞步愈来愈轻盈，是所有的歌声都与爱情有关，是所有的梦都有了色彩……

夏

上天留给新疆春天的时间总是很短，空下大段美好的时光给夏天，让其充分展示。猝不及防的春天是个不安分的家伙，屁股还没有坐热，又急急火火地要远去他乡。在春的追迫下，一路奔跑的夏天总是满脸通红，大汗淋淋。

新疆的花，是春与夏的临界点。那些花积攒了两个季节的能量，它们的开放就不简单是开放了，那一枚枚花蕾，铆足了劲、憋红了脸，喊一声开吧，就一齐亮开了嗓喉，震耳欲聋的花的叫喊经久回荡在四野、大山；或者把新疆花朵的绽放称之为爆炸亦不为过，那轰轰隆隆滚过田野的声响，是花蕾大片大片爆开带来的。杏花白色的巨响，桃花粉色的轰鸣，沙枣花金黄的澎湃，形成爆炸的交响，烽火弥漫处，杏花的苦味、桃花的甜味、沙枣花浓郁的香味混合成经久不散的硝烟。在花的前沿阵地，落英缤纷、弹片横飞，被炸得体无完肤的总是那些寻找春天而误入夏天的人。

当炽烈的阳光让冰川融化，第一滴下坠的水珠叩响冰壁，绿洲的夏天就聆讯到了久违的呼告。这是一个多么奇怪的季节，所有绿洲龟裂的田亩，并不盼望天降甘霖，却都在祈祷阳光更强烈、更持久些。因为只有阳光可以让季节激情横溢，只有阳光可以让吝啬的冰峰像抛撒金钱一样慷慨地抛洒冰川之水。因此，新疆夏日的阳光，就不仅仅是一般意义上的阳光了。它成了真正的生命之源，一切绿色的保证。当塔克拉玛干腹地的少女，从渠水里掬起一捧来自冰山的清波浇上灼烫的面庞，她分明嗅到了阳光的气息，她分明感受到了阳光的抚慰，还有什么护肤品比这融进了阳光魂魄的冰川水，更让人俏丽呢？

而当洪水突至，宽阔空置已久的河床，便挤满了攒动的头颅，那些激动不已的水浪，总想突破岸的约束，它们暴吼着、奔突着，我总相信那是太阳以另一种形式、一种液态的形式在大地上游走，洪水所到之处，总留下阳光的焚烧的痕迹，总留下阳光纵横捭阖的足印。

起伏的树冠，波光粼粼的草地。其实是这些水的变奏，是阳光的再度喧嚣。因此，新疆夏天的绿，是一种勇猛的绿，这些绿仿佛锋刃上的寒光，总能在巨大苍黄的沙漠戈壁留下刀痕，就像英吉沙匕首剖开金灿灿的瓜瓤，在其他任何地方的夏天，你都不会遭遇这样的绿。在天山夏牧场，草的深度恰好及马腹，那些漂浮在绿浪上的马匹，悠然而闲适，马的嘶鸣光芒四射，马的游动让草的颜色愈发生动，如果是匹红马，它会反衬出草的翠蓝，是火与水的效果；如果是匹白马，它会因为草色而更加飘逸，是冰与炭的矛盾统一。

打马走过夏天的骑手，始终摆脱不了夏天的尾随，无处不在的夏天让骑手精疲力竭。不要以为用奔跑就可以摆脱夏天，也不要以为翻飞的马蹄可以跑出夏天，新疆的夏天是漫长而无疆界的。大喘不止的骑手，在河边饮马时，他发现了顺着马腹流淌下来的热汗，有股浓郁的夏天的气味，有股阳光的热辣辣的气息，这说明他的马一直在驮着夏天。马打着长尾，驱赶着蝇虻，只有马儿心中清楚，只有这样的夏天才能称之为夏天。

一个人在夏天流一身汗并不是什么难事，而流一身汗并保持通体的干爽，却不是一件易事。只有新疆的夏天可以让你痛快地大汗淋漓，又让你适宜地永保干爽，绝不黏黏糊糊，绝不拖泥带水，就仿佛性情中的新疆人，该承诺的一定承诺，该回绝的必定回绝，不留一点遗憾。

但是夏天也是一个扩张的季节。浩荡的热风从一开始就在散布着美妙的谎言，它让人们都相信这是一个温柔的季节，而从边缘向夏的核心靠近，风起云涌的积雨云在不断聚集，仿佛历史上的农民起义，七十二路烟尘、三十六路反王，都揭竿而起，攻城夺寨并不在话下，对领土的要求就是对天空的侵占，云的军帐搭满了天空，还有闪电的铁丝网划定新的疆域，还有霹雷的鼓点愈敲愈紧，新的战争一触即发！没有谁能躲得过新疆夏日突如其来的豪雨。在你脸的右面，是灿烂的阳光制造的晴和，而在你脸的左面，云的快速反应部队在集结，你的内心一半晴和一半阴霾，但仅仅一眨眼的工夫，总攻便开始了。豪雨的投枪斜斜攒射而下，冰雹的榴弹劈头盖脸砸下。无处躲藏的羊们只有把头埋下，用肥厚的尾巴抵挡这致命的打击，那些憨头憨脑的牛们，这时却出奇的聪明，挤在枝叶繁茂的大松树下，以避灾祸，只有那些心性高傲，无比自尊的马们，在这毫无缘由的击打之下，发出一声声愤怒的嘶鸣，它们用狂奔躲避着羞辱，坚信一切伤害都可以在速度中消解，没有什么比奔跑更能体现奔跑者的命运。

在雨雹的持续进攻之下，马的蹄声已完全盖住了天空的雷声，仿佛大地在打雷；而那凌空抽下的闪电，只能使马坚定地朝着一个方向冲刺，执拗地绝不回头。如果这样的雨雹一直下去，最终只有两种可能：一种是体弱的老马最终倒毙，另一则是有血性的良驹在持续的狂奔中猝然而亡。

这时你才发现，这是一个多么激烈的夏天，充满了动荡和意外，难道新疆的夏天就没有一个安置你灵魂的宁静之处？你还发现，你的影子变得很短，午后的慵懒倦意像树阴一样笼罩着你，你怀念那此起彼伏的鼾声，能够一直以沉睡进入夏天，该是一件多么惬意的事，裸露着油光光的肚皮，嘴角还悠悠悬挂着晶亮的涎水，你知道这幅睡梦中的蠢相并不是所有季节都会有的，只有完全的松弛，进入了夏天的内部，参与了夏天的造梦，你才会露出新疆夏天莽汉般的本相。

也是在正午，你发现做晡礼的信徒们，不管是值钱还是不值钱的鞋子，都中规中矩地摆放在一旁，他们面朝西方跪下、起立、祈祷、默诵，他们的影子也很短。阳光的气味四处弥漫，但是你知道，他们的内心一定很阴凉，他们心中有关新疆的夏天一定与季候的冷暖没有太大的关系。

秋

谁都知道新疆土地的阔大，它留给人的印象太深刻了，从南疆到北疆，还有东疆，它已超出了面积这个词所能给人的想象。那些由戈壁、沙漠、良田、绿洲、大山、大湖拼接出的色彩斑斓的大地，让你的目光在无尽的奔驰中渐渐疲惫，"哪里是尽头"这样的疑问自然而然就会在心底涌起。我们对阔大的东西，总保持着某种崇敬和随之而来的自豪，更不要说一块奇大无比的疆土。弹丸之地的日本人和第一大国的美国人，那些因国家面积大小而带来的心理差异是显而易见的，你只听说过日本人说大日本，而你没听说过美国人说大美国，缺少什么才会强调什么，渴望什么才会假设自己是什么。

而新疆之大，是包含在复杂的因素里，它不仅是土地的辽阔，而是由无数堪称中国之最的元素组合而成的，诸如中国最大的沙漠、最大的淡水湖、最绵长的山脉……而我在这里需要强调的是，这块中国最大的土地也是最甜的一块土地。

当站在夏天的窗口，远远打量秋天的时候，空气中已隐约飘来了只有秋天才特有的甜味。那些在土地中郁结的块根，在藤蔓上渐渐膨胀圆润的瓜果，在枝头拥挤的秋实，哪一个不是经过了日晒雨淋、早霜晚露才出落得如此动人？它们把一个甜字深藏在内心，它们蓄积了一生的能量就是甜蜜，仿佛修炼了数年的武林高手，它一招制胜的绝活就是让你的口齿在一瞬间忘乎所以，让你的嗓喉被超乎寻常地刺激駟住。

这是怎样的甜蜜啊！是这个季节馈赠给人类的唯一不变。一颗颗果实，是秋天的味蕾，品尝和被品尝，咀嚼与被咀嚼，都证明了新疆的秋天，是个撩拨你欲望的季节，是个容易让你想入非非的时刻。

但是，这甜蜜的极致是什么？是哈密瓜灿如黄金的果肉？是葡萄碧如海水的蜜汁？还是石榴红如鲜血的籽粒？我想，都不是。你只要认真阅读一下新疆大地，就会发现，貌似贫瘠的地表下面，总是隐藏着丰富的内容，那些盐碱的土地上奉献出的优质瓜果，是因为这些瓜果拿走了所有的甜蜜，所以土地才严重盐碱化；这是块苦难深重的土地，从苦难中榨取甜蜜，从生涩中提取甘甜，需要一套特殊的本领，需要化腐朽为神奇的巨大力量，这是土地的哲理，也是生活的哲理。

你会吃惊，那些貌似平平的黄土地里，怎么隐藏、散布了那么多甜的元素，是谁用什么样的方法,让他们集合,从四面八方齐聚到一棵树下,缘着树干、攀上枝头,郁结成一颗颗沉甸甸果实?因此,这些瓜果要甜就甜出些名堂,甜得清清冽冽,甜得干干脆脆,甜得无法仿制。

但是,这块土地上甜的极致是什么?秋天给予了我们太多凝神的机会,尤其是新疆的秋天,不但适宜凝神更有利于远思。

在天山的深处,有种职业就是积攒甜蜜。他们是漂泊四方的养蜂人,搭一个低矮的窝棚,一口锅、一床被,外加一只凶悍的黑狗,便组成一个家。那一只只蜂箱,是神奇的工厂,穿着统一制服的蜂们,仿佛训练有素的技工,它们忙忙碌碌,进进出出,它们的产品是种叫花蜜的东西,呈琥珀色,嗅之奇香,品之奇甜。

从夏天到秋天,天山一茬一茬的野花,为养蜂人提供了大批量生产甜蜜的可能。那些花们,把根尽可能远得伸出去、伸出去,像水泵一样从油黑的山土中抽取糖分,让它们流淌进花蕊,而统一着装的小蜂技工,会熟练地一勺一勺舀取这些原材料,把它们集中到蜂房内,进行我们不知道的复杂加工、处理,最后的成品是澄明、馥郁,让味觉大甘的具体之物,就是被我们称之为蜜的东西。

回想起来,我们对飞禽走兽的驯化、驾驭已不知几千年矣,飞鹰为我们打猎,牛马替我们耕田,猪羊为我们奉献皮毛和肉,这些我们都已习以为常,不足为怪。可想一想,人竟然驯化了蜂这样的昆虫,而且不止一只,是数以千万计,让它们在秋天最性感的地带——花朵是为植物的性器,采撷回散发勃勃欲望的浆液,为我所用。但这仍不是甜的极致。

在我看来,这已超出了味觉的局限,上升到了精神的判断。那些熬过了酷夏,又在秋阳下劳作的瓜农,在他们肩头,后背霜白的汗盐之晶,才是甜的极致;那些守望着树木,守望着一树树酸涩的青果最终硕大、圆润、金红的果农,他们流下的汗水,才是甜的极致;那些在低矮的窝棚里生活的养蜂人,所有苦难换回的是点滴的蜜甜,蚊虫叮咬出的血,才是甜的极致。

因此,新疆的秋天绝对是忧郁的。在朗朗秋空下,那些堆至天际,如白云般无比蓬松的棉垛,却沉重着这个季节的心。我的不断捶打着腰骨的老妈妈,在冬天到来之前,为我采撷着温暖、采撷着火。只有她知道,火是一时的,棉是永久的,火随时都有可能熄灭,而棉却无时无刻不在燃烧。她用丝丝缕缕的牵挂,用至柔至绵的耐性,呵护着我的懦弱和急躁。整整一个秋天,整整一个棉花的采集季节,地里的白色愈来愈少,我的老妈妈却满头尽白;除去了棉铃的沉重,一棵棵棉株直起了腰,我的老妈妈的腰身却愈来愈伏向大地。

在朗朗秋空下,金雕用宽大的翅膀把秋天捎得很远、很远。我的老爸爸挥舞着钐镰,在草海上鹰一般回旋,那些在钐镰下偃伏的草,仿佛是被鹰翅拍折了腰的狐狸,软软地躺倒，一身美丽的皮毛，发散着惑人的光焰。于是金色的草垛，像这个季节的里程碑，在老爸爸的身后一座座耸起，缘于它，我不会迷失于季节的深处。

在朗朗秋空下，我的就要出嫁的妹子，在屋檐下挂起了一串串红辣椒，辫起了一辫辫的蒜，然后盘起自己的长发，不管是农作物还是自己，到了这个季节，都该有个交代，有个归宿。

当迎新娘的歌唱起的时候，也是这个季节至善至美的时刻。五谷归仓，牛羊膘肥，新酿的奶酒让金风的步履踉跄。我的就要成为新娘的妹子，你不要恋恋不舍，你不要流泪哭泣，劝嫁歌不是唱道：

莫哭泣／姑娘莫哭泣／今天是你的婚礼／你已安家在金花灿烂的新房里／莫哭泣／姑娘莫哭泣／这会儿你该是大喜／你和雄鹰般的小伙子结为伉俪……

举行在秋天的我的小妹的婚礼，也该是甜的极致。

至于新疆秋天的色彩，就难言其华美了。金牧场、金草地、金田野、金湖泊、金风、金雨、金阳光这些以重金属的基本色泽为底色，呈现出的是夺目的力量，从这些炫目的色泽中，每个人都感到了这个季节的分量。特别是白桦和胡杨。这两种分别代表着北疆和南疆的树种，在这个季节都不约而同地更换了装束，从草裙布覆的村妇成了豪光四射的贵妇人，你会隐约地担心，到哪里去寻找那么多与她们相匹配的伟丈夫；进而你还会怀疑，那么多的颜色中，为什么会偏偏选中金色，难道大自然对黄金也有种特殊的情感？

拥有这样的秋天，新疆的秋天，你会为生活在新疆感到庆幸。在四季的轮回中，只有这个季节让你的感官得到不同形式的满足；同时，在付出与收获这一古老的命题中，你会得出新的结论，那就是播种的跳蚤，收获的可能是龙种，播种的芝麻收获的可能是西瓜，只要你舍得投入，淌出大汗，拿出血本，必然到来的结果，往往大大超乎你所有的想象。这是一个多么富有启示的季节，随秋风而来的繁盛的田野，又随秋风变得干干净净，留下大片大片仿佛没有信仰的土地，等待冬天第一场雪像经卷的碎片纷纷扬扬。

冬

如果你没有在新疆经历过冬天，你肯定不明白新疆人性情中的那些最鲜明的东西，都与季候有着千丝万缕的联系。季候与人仿佛互为启发、互为参照、互为融合。新疆人的果敢、豪爽，正是新疆冬天的写照；而新疆冬天的极寒冷和极热烈，正如新疆人的敢大恨、敢大爱，它代表着那一特殊的地区特殊的标志，是对所有暧昧、含混的甄别。

当拾秋的老妇,在有枣没枣的枝头都打那么两竿三竿的时候,红熟的太阳是这个季节的硕果仅存。来自巴尔喀什湖和乌拉尔山的强烈冷气流,长途奔袭,一路啸鸣,翻越天山,在树木的肌肤感到它的触摸时,真正的冬天到来了。

新疆冬天几乎没有任何征兆,好像成吉思汗的马队,在它突然出现的时候,一切都已不可收拾。昨天的太阳还有些烫手的感觉,被马蹄踏伏的草又顽强地支起腰身,草的中心,那一丛最具生命力的嫩绿再一次往上蹿高了一截;而星星点点的野菊,是无数热望的眼睛,期待着再一个恋爱季节的到来……而今天,雪的突如其来,宣告着无条件的占领。陶瓷的天空被击碎,艺术的碎片有着历史和文化的忧伤。

其实也是在昨天,晒秋的老牧人,歪斜在扔在草地的鞍鞯上,他刚刚喝下一碗马奶酒,面色酡红,不全是马奶酒的原因,更有太阳的成分,他微微闭合了双眼,他的忠实的牧羊犬在他一侧轻轻打着鼾,一切都是那样平静,一切都是那么祥和。老牧人在领受着阳光的抚慰,从阳光温热的程度,从阳光稠密的状态,他已敏感地分辨出阳光中掺杂的一丝秋去冬来那个过程的气息,与其说他是在享受最后的阳光,倒不如说他在用几十年的经验,验证他对时序变化判断的准确性。这里的一切都将随之改变,毡房被拔起,愉快的夏牧场生活宣告结束,畜群将攀过险峻的达坂,带着整整一个夏秋积蓄的膘情,去温暖的冬窝子苦熬漫长的冬季。而老牧人也已将秋阳最后的温热揣进怀里,连同避邪的狼髀骨,以备不时之需。

路上的人们都被赶到了家里,留一条空空荡荡的马路,让冬天通过。银盔银甲的军阵,锐不可当的气势,所到之处,草木皆兵。这不是水银柱标志的温度,要冷就冷它个干脆,冷它个透彻。树干坼裂的声响,湖面冰层挤压的脆响,还有寒鸦的翅膀摩擦天空的嘎嘎之声,汇成这个季节最寒冷的语言。这个世界充斥的不啻是通红的鼻子和对峙的耳朵,还有结成冰珠的泪。

屋檐下的冰笋越来越长,炊烟却似红狐的尾巴肥胖而蓬松;瘦马的脊背毛色斑驳,被冻伤的地方,隐藏着这个季节永久的疼,在这个季节不易分手,分开了你会感到格外的冷;这个季节最容易接近,在彼此的怀抱里可以找到超乎季节的暖意。

雪天雪地的草原,只有一顶毡房的兀立,这是世界最远的地方,却不是世界最冷的地方。毡房很小,把每个人的心都圈得很近、很近;毡房很大,盛得下天南地北客。毡房里不熄的牛粪火,是这个季节灼烫的心,是毡房于风滔雪浪中永不沉没的旗语,是毡房小宇宙的大太阳。

猫冬的人们,想象着雪被下的麦苗是如何青青地挺立,守住那分安宁,而后迅速拔节,籽粒灌满浆液,尖锐的麦芒刺痛掌心,而此刻粗糙的手掌,感到闲得无所适从,硬硬的老茧,这会儿发潮、发软。只有这时他们才注意到乌鸦,这些只有在冬天才结伴而至的牧师们,身披黑色的大氅,大腹便便,踱着方步,红色的长喙不厌其烦地在布道,鸹噪之声经久不衰……久违的麻雀也来到窗前,整整一个秋天它们都不见踪影,现在它们像放大了一万倍的谷粒,撒了一地,从它们你可以知道今年秋天的收成。乌鸦和麻雀,在新疆的冬天忙做一团,看到它们的样子,冬闲得骨头都发酸的农人们,禁不住笑出声来。

最冷酷的冬天属于新疆,最热烈的冬天亦属于新疆。谁家的大炕不是火热的,谁家的炉火不是熊熊的?在新疆谁也没听说冻死过客居他乡的游子。随便一间土屋,随便一顶毡包,不管是否相识,不管是贫是富,你都是最尊贵的客人,你都会赢得一屋子的热烈。

还有酒,在大河封冻的时候,它才流淌得格外畅快。酒是为冬天专门准备的润滑剂,没有酒,冬天的骨节会锈死,有了酒,你才听不到冬天走动时骨头的咔咔声;大碗大碗的酒,从第一个人的手中盛开,依次绽放下去,在芳菲的深处,总有骑手的影子纷纷凋落,总有些故事有了开头,也总有些故事没有结尾……不要指望冬天的哪一场酒会轻易打住,以酒开始的循环肯定在酒中循环下去,只是醉倒的和醉倒了又爬起来的,成了永不言败的纪录。

新疆的女人,只有在冬天的时候才表现出柔美的一面。她们的面庞像窖藏的苹果,馥郁而酡红,她们的裙裾仿若风中的旗帜猎猎飞扬。她们会用一个冬天的时间为自己的男人煮一壶提神长劲的奶茶,会把冬天当做自己的责任,对冬天来说,她们是熊熊的火,对她们来说,冬天是一盘可以让男人舒筋展骨的大炕。

窗外。山岭上的积雪愈来愈厚,愈来愈白。那是一帧天山的冰雪图,未完成的部分,交给时光、雪、太阳和我的想象,共同完成。

2004 年 4 月 1 日《新疆日报》

天上草原

方如果

去那拉提

曾经和一个朋友说起山和草原,说起二者的不同,朋友说,看山是奢侈的,如看一位尊贵老者,须弓身细步而不敢造次,山越有名也就越显城府,多隐之以险、以林、以云雾,你不要想着去看清看尽它,你看到这一边时另一边就一定是遮住的,即便上得它的山顶,你也无法离它更近。山总似叠压着太多深重的典史书卷,咏之只能以诗、以叹,诗且只能吟,低吟,这又是人面对山岳的心态收缩。所以看山的人是被动的,不如说是敬服于山而来被山看的。而草原不同,草原就是一幅天空与大地合作的水彩画,清明透彻,一览无遮拦,因此看草原似看一位兄长,最适合挥斥意情,纵马放歌。站在草原上你可以是一株最高的植物,而那些酣畅淋漓的牧人,那蓝天白云下淳朴流传的古老风情,又会让任何一个游人错把他乡作故乡。

我在 9 月的一个上午到达那拉提草原。由库尔勒向西,国道 218 线一直沿着古通道在天山的一个个裂隙里盘行,穿过唐布拉草原到乔尔玛,与横断天山的独库公路交会,向南翻过海拔 3200 米的玉希莫勒盖达坂,视野渐次舒展开来,并存着的草原,山地,河谷,一派壮阔恢宏。传说成吉思汗西征时,一支蒙古军队由天山深处向伊犁进发,饥饿和寒冷已使人马困顿,军士们在以最后的勇气翻过一座山岭时,忽然云开日出,眼前出现一方辽阔草地,流水淙淙,花草明媚,不由得大声叫喊"那拉提",意思就是有太阳了,于是留下了这个地名。

天山山脉与布满了高低不平山峰的阿尔卑斯山脉不同,而与安第斯山脉倒极相似,在它们巨大的腹腔里,都坐落着一些广阔的草原,领受群峰拱卫。在天山山脉的西部,就广布着巩乃斯草原、那拉提草原、巴音布鲁克草原,其中那拉提草原被称作

"空中草原"，是世界四大高山草原之一，它们像驼峰间的脊梁，在世上的高度，又在自己的低处。也许这本来就是世界以外的一片天地，不曾到过不会知道它的不同。

在草坡睡了一觉

车子在一处度假村停下。我的神思一落入那拉提松软的草地，便起了一种冲动，接下来的事情只想很轻松很简单。于是我跳开炫耀般兀立的宾馆和游人商贩喧杂的景点，直接奔向了层层叠翠的山峦草场。

脚是最爱讨好心情的，得到回报的却总是眼睛。迫不及待上了第一道山梁，就见遍野参差摇曳的花姹紫嫣红，红的是娇弱欲滴的野罂粟，紫的是穿着香衣的薰衣草，还有说不清颜色的各样花，从四面一齐向我扑过来，片刻之间，又向更远的天涯欢呼而去。我的情绪一下子被振奋了，兴奋地追逐起来，一道山梁，又一道山梁，没有等我止住脚步，它们又已经从我的身后包抄而来，把我的追赶瞬间淹没了。我无力地盘腿坐在草地上，一种感觉不容置疑地占据了我的思想，在那拉提草甸松软阳光的照耀里，我就这样把我们这个地球当成一个小小的花园了，转念又把它当成一朵大大的花朵了。

我为这个印象长久感动着，这不仅让我要在那拉提多待几日的想法变得坚定了，重要的还是这几天来的风尘奔波，一下子都因这个到达而生动起来。

太阳晒热的花草气味告诉我，中午临近了。这是草原上一天里最清明静谧的时刻。牛羊在远远近近的坡地上，有卧着的，有站着的，东一群西几个地一边反刍食物一边打着盹儿。牧人回到毡房作短暂的休息，吃些简单的饭食，他们丰富的正餐是要等到晚上牲畜归圈以后。上午还满沟满坡地游荡的云雾，这时已攀上了雪光旖旎的远山峰巅，丝丝缕缕，提醒你看一看天有多么的蓝。阳光清丽炫目，但不炽人，只把你的衣服和脸庞烘暖。要在这里——开放的花儿也都开了，向太阳举着初生的笑脸。风儿在花草间偶尔嬉戏，招惹得一些蝴蝶和叫不上名字的飞虫忽隐忽现地，飘逸如同幻影。只有几只蜻蜓在高于草枝的空间里翻飞，翅膀闪动银色的光芒。这时有一些声音，悠悠扬扬地发出来，似发自草丛，又像来自天上。我闭目静听，又聆耳四顾，周围的每一样事物都心不在焉，不似这奇异音乐的鸣奏者，但它们的存在确是让一种祥和静穆充盈了这个正午的全部空间。

我选了一处密密细细的草坡，睡了一觉。我看见了家乡春天暖洋洋的墙根底下打盹的奶奶，也看见高垛的料草棚上素面朝天流着口水的我，望破30年的天光与我木然地对视着。我不认识这个蜷曲身子搂着一只奇怪背包睡觉的瘦男人。可我认得他。我在伸手想替他擦去唇边的口水时，发现自己的口水顺着一些枝叶流到草地上，有半个脸被泡绿了。

草原没有边际

也是在一个 9 月,我沿着独库公路穿越天山过境整个巴音布鲁克草原探访那拉提。于是历史中有了这样一个场景:我,乘坐一辆欢快的轿车,在草原的中央横驰而过,迅若飞矢,带起的尘烟一路淹没着身后的一切。那时的我,眼望窗外景象纷纷退逝,自我无限锋锐起来,便有天地已被一览无余的感觉。过后想来,那些草,羊群,风和时间,它们注意过我的到来吗? 答案是肯定的,没有。我只是在一条经过一个伟大草原的路上走过,只是有一些被我扬起的尘土落在了草原上,仅此而已。

我们对草原惯用的形容是说它广阔无边,一望无际。还有更加辽远的,天边外,山外山,但都没有脱离人的一眼之望,都是以人为中心框架了自然的万千山水。眼光再远的人,一望所及不过地平线,一望穷尽处就以为广阔无垠了,永恒博大了。然而草原它就在那里。草原没有边际,没有时间和空间的阻断。边际的概念是人的,草原没有。

我有时敬畏于一株草的弱小和草原的恢弘神圣,我无法把二者相提并论。但谁又能把它们分开来说呢?一株草和它的草原。你可以注目一棵草,但你无法注目它身后的生机。你人的眼光和思想只能停留在一枝一叶一虫鸣,你想到达草原的深度,你得走太长的路,而人生命的长度微不足及。就算你日复一日地穿越所有的草原,你也无法抵近它。草原没有中心和边缘。草原让每一株草成为中心也成为天涯。你只是个过客,草原不认识你。你陌生的气味被风拒绝,抛送到不毛之地,豺狼闻到了都避得远远的。

在树木花草来看,人是会移动的物种,在牛马猫狗来看,人是那种脑袋朝天站着走路的家伙;而在一只麻雀眼里,人是没有翅膀却无处不在,没有羽毛却一日三更衣的奇异种类,怪异得不可理喻。生命给了生存太多的欲望,人对欲望尊崇如神明,因而漠视了其他生命存在的权利。在人类还微不足道的时候,我们是自然的一个孩子,羸弱但被同样地疼爱。自然像是一棵冠盖天地的大树,我们和其他生命一起享用它取之不尽的果实。后来,有一个人开始察觉到自己长着一副羞体,就从树上摘下几片树叶来遮蔽。这是我们人类在与其他生物漫长的共处中第一份额外的攫取,潘多拉盒子由此打开:为享用熟食的甘美我们折枝为柴,为搭建巢穴我们斫杆为柱,再后来,为了锦衣玉食,香车宝马,深宫大殿,我们开始把斧锯伸向这棵大树的主干和根茎。一直以来,人用尽了驯养、效仿、恢复、隔绝甚至暴力的种种手段试图掌握住自然,唯独忘了自己充其量也是自然中的一物,忘记了我们原本只需要通过简单的理解就可以融入生活。

你不要想着去回归自然。

你一旦离开就不可能真正地回来。

自然是不可复制的。人类恢复的，那已经不能被叫做自然。自然只是平凡和平淡，而人类总想借自然的功名表现他们的力量，创造他们的神奇。

大自然制造大自然。大自然孕育了足以令它自豪的人类，然而自然永远不会出自人类之手。自然不是你看见的几片山林几摊草地。自然是一个浑然天成的生态环境，人往往在它最脆弱的环节上掐断它的血脉，但要恢复时却必须面对一个顽固不化的时空存在，那已是人力不可及了。当然杞人忧天是不必的，人类想要毁掉这个进化了几十亿年的自然界是不可能的。按这个世界上存在的各种生物的力与量，人类在达到可以动摇自然的根基以前自己已先行消亡。不必把这个称之为自然的报复，报复是人的见识。自然不愿意也不屑于报复人类。自然对人的溺爱是显而易见的，她几亿年里为她的骄子创造了这个美好家园，当这个孩子开始无知地毁弃，她只是轻轻地掀开了那个远在人类记忆之前暴戾年代的一丝缝隙，放进一些沙尘几缕洪水。这足够了。聪慧的人类在拥有与失去的经验间，会有他们的选择。

牧民家的晚饭

在清凉的溪水里洗罢手脸，按屋主人的吩咐到一户牧民家去吃晚饭。屋主说："你自己去吧，过了桥沿着路一直顶到头，我已经打过电话了。"屋主是一个哈萨克族汉子，头发短而卷曲，汉语讲得已经很好了，怕我不懂，一手摇着他的手机，一手又贴在耳侧做出那个标准的手势。

小径上有一层干薄松软的粪土，两边各一道辙印，很深，可以辨出是很窄的那种轮子留下的，这样就形成了一条三股槽印的便道，散布着牛迹人迹水迹和我幼年记忆的味道，让我恍然间真的相信已经远离了城郭街巷。城市对人最无情的漠视是你无论生活多少年，都不能留下你生存过的蛛丝马迹，你的气味被别人呼吸掉，你的脚印被日复一日地清扫，你的出走甚至不被邻人所察觉。而草原会记住和怀念一切的到来和离去。我踩在中间的小径上，慢腾腾地用脚板纪念着一些相似但远去的路，湍急的河水在不远处永不停息地流响。

总有一些东西会让路改变方向，这虽然些微改变了路的本意，可恰是这些曲折蜿转让人去流连向往。笔直本来就是机巧的东西，不是自然的常态。青石，浅草，时疏时密的乔木灌木，零乱而又各在自己存在的一处。小路走到荆棘多处或者树木茂密的地方就绕开了。路径每一次转向，都有一幕新的风景可以看，待转过去之后再回过头，见到的又是另外一番景致，怎么也不敢相信那是来路上看罢的景象了。这个时节的草地是最诱人的，色泽光润的枝干和叶片都透着成熟的弹性，让人不由得不赶紧躺下身体来个全接触。于是不敌盛情的我把身心肢体就交代了出去。

此间雪峰在最高的地方眺望霞光。这就是天山，一刻也不会忘记表白它名字的真实力量。下面一层是松林，青森厚重，有点像泼洒上去的丹青画。再下来就是层叠而下的草山高原，一直绵延直到我身边的阔叶林带、河滩，到河流处戛然而止。再北面又是青崖高冈，乱石嶙峋，已与草原无关。

牧人家的炕大而又硬，除了供一家人在上面睡觉休息，还是招待客人用餐的地方。主妇在炕的中央摆一张矮的木桌，铺上达尔达思汗（餐布），摊开时已经变魔术一般摆好了包尔沙克（羊油炸制的面点）、奶疙瘩、奶豆腐、酥油、饼干、蜂蜜等副食。待客人长幼有序地围着餐桌盘腿席炕坐就，主妇开始一碗一碗地给客人调上奶茶，会心地听着席间谈笑，不动声色地给一只只将要喝光的茶碗续上滚烫的奶茶，茶碗是从来不会倒满的，这是对客人的礼节。席间，主人一手提着水壶，一手端着铁盆走进来，请客人们一一洁手，这意味着屋外大锅烹煮的羊肉已熟，草原上上等肉质的手抓肉的香气，已经随着主人的脚步声一路飘荡进来，馋得人直吞口水。

哈萨克人吃羊肉是很讲究的，羊的12根骨头和其他部分的肉应该分配给什么样的客人都有一定的规矩。主人首先把盛有羊头、肩、肋条的大托盘放在首席客人面前，首席客人取刀先割一只羊耳朵递给主人的小孩或席间年幼者，意为教诲孩子听大人的话，然后把羊头递还给主人，开席礼就算完成了。接下来会有一位削肉能手操刀，把肉削成薄而肥瘦均匀的小块，撒上切碎的洋葱，由大家用手撮食。在主人拿肉时，一般年长而尊贵的客人会得到羊头和肩部的肉，女婿和媳妇会得到带髀石的腿骨肉或羊胸部的肉，小孩子则得到舌、耳、内脏。为感谢真主所赐予的美食，哈萨克人在宰杀羊只和饭后，都要行祈祷礼。

席间酒是常备的，那拉提草原所在的新源县是闻名遐迩的美酒伊力特的故乡。浓郁的酒文化在主人为客人对酒弹唱的气氛中表现得豪迈淋漓。

也许是女主人在忙别的什么了，后来进毡房来添奶加茶的是主人的女儿吧，秀发刚刚洗过，湿软地贴伏在丰润的背上，始终一言不发，只是从忽而松动一下的紧抿的表情，透着17岁恋爱的幸福神情。

草原草原，用简陋和从容搭起的美满和愉悦。这些年，我一直在不停地行走，像旷野上刮过的风，并不知道要落在何处。以前有一个朋友曾经告勉说，我这个在乡野成长得时间过长的人，只有再次回去才能安顿下那个丢掉的魂。如果真是命定的，我倒真的很愿意在这里圈住一块草地栖息下来。我用了记忆里所有的时间来到这里，此后，我的年华会老去，青丝换白发，但我会心如止水，这肥腴的土地，收集了阳光的山坡，就要收住我的心了。

歇 马 台

那拉提主宿地南去约四公里,走尽沙棘丛生松柏荫蔽的山谷,是一个开阔平整的台地,当地人称歇马台。这里风静天幽,花艳蝶轻,野草细密繁茂,仿佛草原已选定要在这里展现它的极致。骑马游览的来客,还是当地牧民,进入这里都翻身下马,放开缰绳,任由马儿在草丛间舔食休憩。人们也都神情放松,似已融入了这个自然之体,立为原上一株草,卧为林下一段根,仿佛又回到生命的最初。

关于歇马台,有一个美丽的故事源远流传。很久以前,山下的部落中有一个叫孟太的小伙子,自幼爱马成性,五岁那年,父亲送给他一匹枣红色的小马驹,欢快可爱,很是通人性。一年一年,孟太与小马驹相依相随,一起嬉戏长大,到孟太 24 岁那年,枣红马已经很老了。这一年,孟太的父亲突然患上了重病,家中已无财产可以换钱治疗,无奈之下,孟太只好将马卖给了山里的一户人家。买马人来领马的那天,那匹可怜的老马已有预感,长长地对天嘶鸣,不肯随买马人走半步,孟太只好牵着它送它上山。一路上,孟太和枣红马耳鬓厮磨一如童年。待走到了这块开阔地时,孟太恳求买马人停一停,让马歇一歇,吃几口草。

我被这个故事感动了很久。那拉提的许多景点都可以听到一些传说,我唯相信这个歇马台的传说是真实的,如同刚刚亲身目睹过的一幕。这样单纯细小的场景,没有人与马感情的亲历,是决然杜撰不出来的。

只有真正爱马的民族,才会记住并醉心于这样一个传说。马是哈萨克人的伙伴,同样是饲养的动物,哈萨克人视牛、羊为牲畜,而唯把马看成自己的一部分。马是哈萨克人穿越所有草原的通道。是他们的翅膀和随身家园。新源是我国哈萨克族聚集的一个县,也拥有最美丽的大草原,在这样一个极具代表概念的地方,有一个歇马台,是马的幸运,是草原的幸运,也是人性的幸运。历史上过门下马的典故听得很多了,但那都是为某个王公贵族封赐的殊荣,原本就与马无关。而在那拉提有个歇马台,马是台上真正的主角。

后人为了纪念孟太对马的深厚情感,也为了表达和传承一个马背民族对马的感激敬重,就把这里定名为歇马台。来到这里的任何骑马人都须从马上下来,卸下马身驮负的重物,让马好好地休息,为它们添加饲料,直到马儿精气充足了再上路。

我小的时候父亲是生产队里的马倌,我一有机会就代父亲去放马。那时马群很大,有上百匹,奔跑起来轰轰隆隆,扬起的尘土可以淹没整个村庄。我常常地把马群一路飞赶到戈壁的深处,那种在马背上颠簸马群中磕碰和为收住受惊的马群而飞身赴险带来的惊恐、兴奋、张扬,很久以后还让我在睡梦里颤抖。我认识一些马,那些二十几年前的铿锵骏马,我依然记得它们的长鬃阔背,记得它们飞驰中回头一瞬的健美形姿,正因为这些,我面对马往往无言。在新源我见到了这个歇马台,虽然那些与我曾朝夕相处的马儿已不可能来到这里让我为它们一歇,但我真心地替它们和它们的种群后代高兴着。

在哈萨克人眼里,大草原上能和马并论的是鹰。和许多野性十足的动物越来越多地被豢养或者围护。相反,这些年,驯鹰师和被驯养的猎鹰在草原上已鲜见稀有。我对鹰的了解是空白的。鹰离我们越来越遥远,给人太多的神思和惭愧。新疆一位作家说"鹰是从高处起飞的",我一直记着这句话,它让我每每仰望一只高飞的大鸟时,都有阵阵凉风从腋下刮起,然后我把头埋下去,埋下去,拒绝被它们俯瞰。

草原上的男人和女人

九月啊,九月,生命盛大的冲势不可阻挡。那花潮涌动的原野,威严屹立的森林,山鹰在危崖间丈量着自由的深度,牛羊的蹄距上沁着一百种花草的芬芳。夏天是没有终了的,那拉提刺破青天的唇颚也把坚硬如铁的秋天决开一个大口子,让我在这浩浩荡荡里一起进入10月的领地。

这只是午后斜阳下的一幅背景画,水白草深处才是上演生活剧的戏台。星星点点的毡房缭绕出缕缕白烟,木桩上拴着的马儿,欢快跑动的孩子们在帮着大人吆唤羊群进圈棚。沿着木桥和零星可见的卵石铺就的路径,有商店、民俗餐饮店和三五成排的木屋、毡房。这是外乡来的游人在欢聚嬉戏,逃避山下的秋老虎。度假村往东有一处天然的赛马场,是当地举办各种竞技赛事的主要场所。这些天没有什么赛事,仍然有一些哈萨克牧民聚集在一起纵马嬉戏。就在我看着他们的时候,他们一阵风一样卷过我的面前,没有等我看清他们的面孔,又一阵风一样刮向了对面的山坡,马蹄溅起的断草和水露随着马尾翻卷起落。这是草原上男人们的舞蹈,在马蹄腾空生成的劲风上尽情摇摆他们强壮的身体。

而草原的女人,沉静如夏日森林,悠然从容地在这幢毡房与那幢毡房之间做着她们的事情。几乎没有什么能让她们的步态匆忙慌乱起来,仿佛这大地上要发生的一切事情就是她们眼下在做的,没有谁会把长长的一天切去一截,让剩下的事情赶过来牵住人的手脚。

一年一年,那些翻山谷攀马背,一律地穿着鲜色衣裙分不出性别的牧童,在他们小小的悲伤欢喜中,风来雨去,肉食奶饮,和山崖上的塔松一样一层层地长大,坚强地长成男人,长成女人,把草原的欢舞孤寂炊烟木琴继续下去。

"鸟来鸟去山色里,人歌人哭水声中",雪峰拱卫中的草原,在山外人的世外,也在山里人的命里。祖祖辈辈的哈萨克人,在这片草原上,因他们心灵的朴素满足于生活的朴素,因他们人性的质纯待世人以真诚的慷慨。他们出作入息,纤缓地生活,出牧,收圈,访亲,待客,冬窝子进夏牧场出,款款地关注着草原的事物,也恪守着一切草原上适人生存的礼仪风俗。在追逐水草的鞍马呼哨间,让一种生活生生不息,代代相传。

无常的时序

也许没有人担心过春天会不会到来。然而那拉提春天的到来却不是在自然应该的时候。平常的年份,漫长冬天的雪会在6月上旬的前后几天里渐渐融化掉。5月一到,牧人就早早地从冬窝子转场过来,搭建毡棚,因为冻土下面青草萌芽的气味已经招引得牲畜不能安稳。只要几个夜晚过去,完全的绿衣就会替换了冬日的白袍,春天就这样来了,牧人和牛羊,似乎都没有察觉已迟过整整的两个季节。春天来了,一切都欣欣向荣,一切都得到补偿,谁还会想着没有意思的事情呢?没有谁去想,因为一年里这个季节太短了,如果你还顾得上抬起头来望一望,高天之上,渐紧的秋风正在天山之上跨越,催黄了南疆北疆的田原山野,只是在这里,在那拉提山峰的拱卫中,它们迟缓了步履,耐心地等待一个生命时机的依次完成。

每一朵花,每一片草场,每一种季节,每一个世界,都有它自己的灿烂和时光。任何一个季节都蕴含代表着其余的季节,而任何一个季节都不能被其余的季节代替。

总有一些美好的事物或者美好的时光,会在风吹雪打中滞缓了行程,然而它们却都是有着一个别有情致的到来,你可以称之为奇迹,但它们真的是沿着一段不舍不弃的信念的阶梯到来的,决绝而美丽。

就是这样的不容置疑,夏雪仍在,秋春却来,春天和冬天同是在一个秋季里到来。其他的时节,都要在深没膝背的雪下让马蹄去翻阅,矮小的生灵们,已无从见识。这是一场季节之间的战争。似乎没有一种强势能够持久。春去冬来,河山变色;冬去春到,大地更新。真理不在任何一个季节手上,只有时令的更迭是永恒的,只有死亡和生发永无止息地流淌。

有一年,5月里马儿就在草山上追风逐草了。有一年的6月,大雪还冷冷地封堵着圈门。一年一年里,自然恢宏神秘的钟摆在草原上往复一次,你只知道它一定会来,你又不知道它哪一天会来。日子被期待串联着,像勒住马肚子的鞍带,一扣扣地紧下去,又一扣扣地松过来。雪线上升,雪线又下降。逐水草而生栖的不光是牧人和羊群。就在9月明丽的阳光下望去,冬天也是清晰可见地盘扎在南北远山的腰肩之上,随时准备着以夹击之势猛扑下来,吞食这个百里流芳溢彩的花季。这就是时序天成中阴冷的一页,生命,或者它的冬天。自然的生命只有两面,竟是薄如蝉翼,一触即破,来去都是无可置辩。但无论生命或者严冬,都会在瞬息之间收尽它的苍凉和残败,唯留剩下干净的雪域或者勃盛的绿原,没有落花委泥的悲情,没有冤冤相报的宿命。这天堂里的草原,开放万紫千红给生,飞洒圣洁白雪给死,生和死,都因同样的美丽领受赞美,生和死,都因同样的美丽被眷念和期待。

"明年"就是"春天"

时令被错乱了就有一种偏离习惯走向后的不适从。我不知道该和这里的人一起过春天,还是按时序的演进过秋天。如果我在这一年里让心情装进去两个春天,该是幸运的,可是,我必将因此丢失掉另一个季节,这会不会就让我因此走上另一条路,会不会让我这一生再也衔接不上呢? 到你该有一个秋的心绪的时候,却恍然走进春光的烟柳喧哗,这是不是就是天上人间的不同。

山上的云说走就走,西南方向的山景转眼就乌黑一团,隆隆的雷声渐听渐近,空气里的水汽能打湿人的脸颊。

我问牧羊人,这是春雷呢还是秋雷。牧人愣了一下,觉着我问得怪怪的,草草指一下天上说:"这是雷,要下雨,要下雨懂吗? "

也许本来就不需要分什么春雷秋雨的,花开了,草绿了,就有了一年的希望,其余的季节,围着火炉,拥着皮袄,牧人、牲畜,和草原上的所有生灵们,感觉这个希望,享用这个希望带来的富足,一切足以预期,从不会落空,这就够了。

一年一年里,大自然把绽放与凋谢都锤炼为一个永恒。

绽放是喧闹的,欢愉的,相形而下,凋谢成了绽放的一个注脚,一个状态。死是生存的终结,却已然成为生命的细节。

对于一株草一粒虫,生命何其短暂,死亡在两个尽头逼仄着。对于草原,枯萎只是生命延续的一个不可缺少的章节,草原,它已经成长到足以抵御盘桓在它头顶之上的那些毁灭力量而拥有永恒的生命了。

草原是大地之衣。

草原是春之少女的妆匣。

草原是从春到秋的生命,是汤汤流年的年谱,是从古到今最深远壮丽的存活。

草原是草的故乡。

草原是所有食草动物的家园,是所有食肉者的餐桌。在那拉提我有这样一个幻视,每一枝草根都是一双掬捧着一颗土粒的天使的手,荒芜中,只要有草先行而至,一个生物的群落就可以整装启程了。

草原是一切生命之足。草原是生灵万物之根。

有一刻我在想,如果岁月只能给你一个季节,你选择什么呢?也许对于人,会选择秋,让满足的欲望填塞住悲哀的惊恐;也会选择夏,给生命一个成熟的感悟的经历;也还会选择冬,让生与死在凛冽中失去界限。然而草原,它选择了春,选择了美丽,爱情,纯粹与歌唱,唯怀一颗春天的心和愿。这是9月,在伸指可望的10月,它们会一夜之间孕育种子并且成熟并且凋萎。忽然的一夜,就没有了声息,没有了音容。春天像一条魔术师手中的彩巾,我绝对地相信着它们没有被毁灭,而只是消失了,只是无影无踪。而这一夜之外它们的全部生命,只有春天,只是春天。

它们去了哪里呢?我什么时间再可以见到这些美丽的精灵呢?

当我突然问起这个问题时,同行的游人说,你明年秋天来吧。牧人说,你明年早些来吧。而一位草原姑娘,仰着她的笑脸告诉我说:你明年来。

多好。明年就是春天。明年只是春天。

一草一菩提

这些羽衣草鸭茅草高山蓼草,它们没有因我的到来或离去触动丝毫,甚至岁月的过往也不能惊扰它们。春发秋伏是它们永恒的生命姿态,如同天上星河的昼隐夜现,在我看不到的世界里花团锦簇。

大哲人王阳明在深山僻谷看到了开放的一些野花,他说,"你未看此花时,此花与汝同归于寂;你来看此花时,则此花颜色一时明白起来……"这是大师精深的哲学领悟,我们尘俗的人是不能轻易得到其间愉悦的。我们只能为眼前的琐琐碎碎理论不休,千年前的古人是这样,千年后的今人是这样,想必后人也不会有什么改变。为周遭的纷扰所累并乐此不疲,也许正是人与草木的根本不同。人生百年,草木一秋,而人始终感觉着不如草木更长久。草木一生,承沐春晖晨露也经受风雨摧打,有花香艳,蝶虫舞,也有形销骨立的秋风紧迫。只是它们在一茬一茬的有生之日,呈放在世间的都是花的笑脸和挺直的精神。人说一花一世界,一草一菩提,我说这是很适当的描摹,而不是溢美。

我曾在家乡的田野注目一株草,剥下它细小而坚硬的种子,我在想,它到底是什么?来自哪里?去向何方?这样一年一年生生不息,是为了开出更艳的花吗?是为了结出更大的果吗?是为了更长久的生命吗?是为了一年一年跃向更远的天涯吗?

生命有它固守的神秘神圣,不是我的智力所能洞悉,我只是觉着,当我仰望星空,这世间的草木万类,也是一齐高举着它们的头颅,且是更加的平静和虔诚。

每当那些时刻我都惊诧不已。这些弱小怜惜的生命,它们有一个怎样庞大强势的未来,遥未可知,然而任何一个生于世间的物种,都是和我们一起走在到达前的路上,这是宇宙生命的辉煌之旅。在这条路上,谁将能生存?谁将会更长久?谁是最终到达者?那个乌龟胜出的寓言也许就是古人给出的一个谶语。这一次是兔子打了盹被乌龟拔得头筹,下次未必不会是乌龟驾着赛车风光地到达。

世间万类皆灵类,天地万物都有自己的思想,以至这辽远原野的一株小草。小草的思想是花朵。花朵的思想是种子。种子的思想是草丛、草滩、草原。大山的思想是森林。生灵万物是大地的思想。那么,我们人的思想是什么呢?是占有?是爱?是毁灭别的思想的思想吗?人的思想也许只有进入大地万物的思想才是有意义的,只是今天到来的我突发臆想,这对一株草、一个草原的存在毫无价值。

尼采说:"人的伟大在于他是一座桥梁——从禽兽进化到超人之间的一座桥。人的可爱在于他是一种变迁和一种毁灭。"我不知道哲人所说的超人是不是生物学上可以进化而成的物种,但我想他一定就是我们正在追寻的那个理想。这是辉煌宏大的生命之旅,也是悲欢离合的生命流程。在这个流程里,生命不管在什么时间开始和结束,都应是完整无缺的。你活了一天,看到了这一天的一切,这一天就等于所有的天。你曾经以为许多美好的事物在你无法到达的前方,可是这世间万物不是正和你同步吗?你出生之时,一轮新鲜的太阳也在诞出,你一天天衰老下去了,而许许多多的人,万物和万事,也在作别这个世界。既然你已经知道在这个世界上存活的时间早已被大致地确定了,思考这个问题就再没有意义。要如何生活,这才是你的意愿。古希腊第一个哲学家泰勒斯在穷其一生的思索后说:"生和死没有什么区别。"有人于是问他为什么不去死,他聪明地回答:因为都是一样的。这是朴拙如草木的无动于衷,但也许哲人想告诉你的正是,太多的事物的面对,需要的恰是无动于衷的智慧。

每一朵花,每一片草场,每一种季节,每一个世界,都有自己的灿烂和时光。高纬度和低纬度里生活的动物,沙漠里的蜘蛛和雨林里的大猩猩,它们的满足是相似的。自然的和谐和公平也许正是得益于不同生命对满足感的认同。一切生得其时,一切适得其所,一切乐在其中。

草,微小的生命,尚不能逾越严冬,跨越岁月。

草类的心是空的,唯一例外的是竹,竹非草非木,是木化了的草,所以和其他木类一样,已经达到了多年生的造化。

一个生命如果没有年龄,这是不是它在隐去真正的生存?

不能跨越岁月的还有众多的昆虫,草原的伴侣,一样卑微但快乐的生命。

2004 年 9 月 17 日《新疆日报》

痛苦的河

矫　健

一

在地图面前,我曾长久地注视过亚洲腹地被称为世界第二大流动沙漠的那片黄色,还有挤在夹缝里被称为中国第一大内陆河的那一缕行踪不定的蓝色……

那片巨黄酷似一头残忍的怪兽,贪婪地饕餮节节败退的那一缕蓝。从心灵深处,我常常听到发自蓝色的痛苦的呻吟……

正如世界上所有著名河流几乎都留下自己闻名于世的歌声一样,对中国这条最长的内陆河流——塔里木河,人们也同样有过由衷的赞颂——

塔里木河,故乡的河……
塔里木河,我心中的河……

在通往罗布洼地的那条曾喧嚣了千百年的艰难途中,我突然发现:要感受这种发自内心的讴歌,绝不是轻歌曼舞的舞台上面的事情。

塔克拉玛干——地图上那片巨黄,曾广为流传的一种解释是"进去出不来",可我确信不疑的是另一种解释,即"曾经居住过的村庄",抑或"过去的家园"。

据考古证实,塔里木盆地是新疆开发最早的地区。塔克拉玛干沙漠中曾经存在过许多繁荣的绿洲。

我在空旷无垠的荒野上踽踽而行。

身边荡漾着黄色的无边的沙海,这是被岁月拧尽水汁的雄性的海,没有丝毫温柔的女性色彩。

古生代晚期的地壳运动曾经给这儿留下过浩瀚的汪洋, 后来海水神秘地消失了,代之而来的是我们今天看到的雄浑的沙的世界。

沧海桑田,桑田沧海,其背后神秘的力量何在呢?

有人认定风化作用力、侵蚀作用力及板块构造的上举力是大地之上的魔术师,这自然是不容否认的。

地球永远不甘寂寞,永远不会停止它的变迁律动。它会在自己的胸膛上不断地隆起新的山脉和高原,山涧和气流又会不断地把它的"血肉"冲刷回莫测的海洋。在连续不断的水与气的剥扫过程中,常常会重新熔山铸水,不停地变幻出新的花样。

历尽数十亿年沧桑的地球呈现在人类面前的是一面不断变幻色彩的怪镜。也不能否认自然消磨地球地貌的巨大营力,我们难道能否认我们的同类对自己所托足的这颗行星的残忍糟践吗?

……欧洲中部的大森林,恺撒军团士兵在其中行走两个月还没走到尽头,到了19世纪几乎踪影全无。

我在空旷无垠的荒野上踽踽而行。

蛮荒恣意舒展着凶悍之相,裸露出黄色筋肉的弯曲伤口。

头顶上悬着喷火的恶魔似的太阳,塔克拉玛干的干风燥热,一阵风起,劈头浇脸干燥呛人的沙尘。沙尘飘落处,显露出罗布麻抖动着的干疲的枝叶和干瘪眼睛,似乎在追忆那流逝久远的黄金般的世界……

那时,它的老家罗布泊什么没有呢?

胡杨、红柳、芦苇、甘草……

黄羊、野马、野骆驼,还有赤膀鸭、红脚鹬,还有那数也数不清的小鸟……

80多年前,曾在这一带多次漫游的探险者斯文·赫定写下这样的景观:

"在深邃的林丛中,不时有马鹿、野猪、黄羊出没。在河岸湖旁生长的芦苇,密得像墙一样。春天,翱翔在湖上的鸟成天叫声不断,饮水处汇集着野骆驼和黄羊,这些胆怯的沙漠野兽的踪迹。在环湖地区那些注入罗布泊的河流三角洲的高大芦丛中,老虎捕捉野猪……"

55年前,考古学家黄文弼先生准备去楼兰考察,罗布泊地区红柳丛生,因水深而未能过河。同年地理学家陈宗器先生去罗布泊,罗布泊还是烟波浩渺。

30年前,一支考察队乘橡皮船进入湖区,仍有丰盛的水草和游动的鱼群……

而不久前,笔者所看到的美国卫星照片上,形状为一只大耳的罗布泊,干涸的湖底成为泥沙盐渍的世界。这只干涸的"耳朵"比浙江省的面积还大。

651

我开始想河,想塔里木河。她曾是罗布泊的亲密朋友,后来为何解除友谊,不辞而别?

我绞尽脑汁,竭力调度自己的想象,想着远在中亚史前的蒙昧时代,我们的前人在河边刀耕火种的情景。显然,如若没有那些从高山上奔腾而下涌进沙漠的河流,要在这贫瘠荒芜的不毛之地立足是不可能的。他们通过苦心经营的灌溉系统,随心所欲地使用河水,营造了一处处舒心生存的家园。

那一处处美好的家园今在何方?

二

塔里木河——我是从小学课本里听说你的名字的。人们从你身边走过,常常能听到你发自内心的欢畅的笑声。

可是如今我听到你痛苦的呻吟之声,或许并不确切,可能那仅仅是一种心理感应。但是你为什么沉默不语呢? 莫非最大的悲哀是沉默不语吗? 你经历的灾难太多了,一般的伤痛很难使你动容。

由于塔克拉玛干沙漠的不断挤兑,迫使你多次改道。你曾经同孔雀河一道汇入罗布泊,罗布泊因之受惠成为一片汪洋。还造就了一代名城楼兰。后来你掉头向南,罗布泊开始萎缩,楼兰也很快消失。

你走到哪里,绿色跟到哪里。从你跟孔雀河分手的地方开始,到罗布庄最长 473 公里,开头什么也没有。随着你的到来,却变了样。随着绿色的来临,各类动物也不期而至。你甚至感到吃惊:这么多生灵原先藏在哪儿? 怎么一下子都露面了?

不久,人也来到你的身边。他们当中的一些面孔在罗布泊你就见过,他们徒步从那儿来到台特玛,罗布庄很快就成为一座繁华小镇。附近还有一座叫米兰的闹市,那儿很发达,你常常可以听到庙宇里传出的钟声。

但你渐渐感到体力不支,你常常感到疼痛难忍。人们太贪婪,欲壑难填,还固执地逼你随他们的主意走。于是继楼兰消失之后,米兰城也废弃了。你再也听不到那美妙的古钟声了。

后来,台特玛湖也干了。湖边的罗布庄小镇,人走屋空,再无炊烟。你看看这份材料——

清朝中叶,塔河下游地区曾是清政府在新疆安置移民,发展屯垦的主要地区之一。

当时整个塔河下游，从罗布庄到尉犁，特别是英苏以北"一望草湖，村舍不断"，牛羊成群，一派兴旺景象。据清末民初相继出版的《辛卯侍行记》和《新疆游记》等著作记述，当时台特玛湖是一望无涯的大海子，"绕行湖畔，循堤跨桥，水鸟群飞"，在海子附近有三个较大的村庄，其中罗布庄有居民十余户60余人，以"捕鱼为食，编芦为屋"，并有耕牧者。自罗布庄至依干布及麻，除个别地段为盐碱滩外，海子基本上连绵不断，在破城子（即库尔干）附近塔河"水深而清"。在依干布及麻的塔河沿岸，"胡杨成林，广大数里"。自依干布及麻至阿拉干，多数地段"草湖弥望，胡杨、红柳丛生"，阿拉干的塔河渡口"宽近十丈，深两丈余"。自阿拉干至英苏，在麻扎、草湖一带，英苏居民常在此"泡冬水，种小麦、苞谷"。在托克买勒建有水磨，在阿不但库勒胡杨成林。自英苏至铁干里克，在村庄附近杨柳拂堤，其余地区草场广衍……铁干里克为当时塔河最大的村庄，有居民140余户，设有汉语学校。

令你心碎的是，你再也见不到台特玛了。

罗布泊那段灿烂辉煌的历史已深深地镌刻在你的记忆里。难道你能忘吗？号称两万平方公里的罗布泊为何会成为西域巨泽？你心里当然有一本账。你上千年的奉献占了头功。你的伙伴多呀，有从博斯腾湖汩汩而出的孔雀河，有从祁连山奔腾而来的疏勒河，还有铁板河、车尔臣河……你有60多位忠诚的伙伴，它们谁没为罗布泊那浩浩大湖尽过力呢？

可是，突然有一天你发现疏勒河不见了。后来你才听说酒泉和敦煌一带有人垦荒用水太多，疏勒河日见消瘦再也无力流到罗布泊了。它身边绿色消失，它的背后生出库姆塔格沙漠……之后铁板河不见了，车尔臣河也不见了。还好，你绕道向南在台特玛见到了车尔臣，可是眼下在台特玛见不到车尔臣了，终于你自己也到不了台特玛了……

见不到老朋友也许还不是你最伤心之处，要命的是你失去下半截身子。难道你失去的还不够吗？本来，你的上身有和田、叶尔羌、阿克苏三大支流作为你的源头，它们和你浑然一体，蔚为大观。如果从叶尔羌河源头算起，你总长近2400公里。叶尔羌河也见不上你了。17年以前它还常同你见面，现在你们很难见上一面。和田河也只是每年7月、8月、9月三个月洪水期同你见见面，现在也是"泥菩萨过河自身难保"了。常年同你保持联系的只剩下阿克苏河了……

目前你最终驻足的地方叫大西海子水库。

大西海子至罗布庄这一段正好是你费神几百年养育起来的胡杨林，浩荡几百公里，在世界上是赫赫有名的。借助这条天然的绿色走廊，人们走南闯北，得到一条不易多得的重要通道。这条世界罕见的绿色走廊连续十几年不见水了。年降水量不足十毫米,还没湿地皮就被干燥的空气吸走了。胡杨林、红柳丛成片死亡。你像母亲那样亲眼看着自己的孩子活活渴死,你的心在滴血却一筹莫展。

不必讳言,在你伤心回首往昔的同时,也陷入痛苦的思索。

难道能责怪骄傲而可怜的胡杨吗?

胡杨的一生够不易了。一粒粒比针尖还小的种子成熟后,遇到良机,只需五六个小时就可出芽。可是苛刻的大漠随时都可能把这幼小的生命扼杀在摇篮里。侥幸活下来的,由于风沙危害,一年也只能长出二十几厘米。让你吃惊的是,一旦能活下来,它的顽强就难以置信。终年不雨它可以忍受,泡在水里活得更是旺。盐不惧,碱不怕,再大的风也难以折断它。被砍了枝头还能再抽新枝,被锯了树干会再萌新芽。

能怪红柳吗?红柳更绝。它通常只需要胡杨十分之一的水分就可生存。在高达几十米的沙包上,它可以成簇连片,生机盎然。它一生中要经受多少回灭顶之灾哟。主干埋没了,就把老枝化为新根,重新冲出沙暴长出新枝,绽出新的花蕾。

思来想去,你总想寻求一种排解情结的方式,以求给下游的绿色生灵,给世界闻名的大片胡杨林一点儿慰藉,但事实证明这是徒劳的。有一年,从大西海子你只流出十几公里就断流了……

那回你好像发出一声沉重的叹息:如果再不设法,要毁灭的不仅是绿色走廊,还有大西海子,大西海子也逃脱不了干涸的命运!

很遗憾,你又一次受到冷落。没人理睬你的叹息,你的叹息默默消失在干燥的河道和沙漠里,无声无息。

三

水的幽灵给生活在这块土地上的人们投下的阴影,成为上下沉重的心理负担。

那天,我随农场负责人去场区附近随便走走。走出不远,便看到农田边缘的一排排沙丘。这些沙丘横亘绵延在绿洲跟前,有的高达几十米。它的背后,乃是无边无际的沙漠,就像一块巨大的"黄牌"。也许那儿曾有绿色逗留过,但现在已经成为另一个王国了。

我心头涌出深深的渴望,我感到渴。

我非常想去看看大西海子,来到距大西海子不算太远的铁干里克之后,这种冲动就变得迫不及待了。

那是个星期天,我蹬上一辆自行车去了。

在布满黄沙的搓板路上,我走走停停,奔波25公里,来到塔里木河的驻足地。

水管所袁所长表示出极大的惊异,他撂下菜园里的活计,用那有力的大手紧紧地攥住我:"想不到,想不到! 你是第一个骑自行车跑来采访的。"

他是河南偃师人,1955年进疆。他当过三十四团的生产科长,深知水的金贵,他给我说起水库的情况……

7年来,这座蓄水1.86亿立方米的大型水库,盛满难言的苦衷。说起来是大型水库,它的利用率却很低,它的水面约为15.6万亩,灌溉面积为11万亩,平均折算,大概是1.4亩水浇灌1亩地。这么低的利用率据说是世界之最,而水的挥发是惊人的。由于周围都是沙包,一场大风就有二三百万立方米水消失在沙包里,更要命的是水库的那座4米宽、7200米长的主坝,整个系沙质土堆成。在中国,类似这样的水库几乎没有,一般来说不是石头坝也是胶质土坝。

"就怕刮西风。"袁所长说。

他告诉我,今年4月19日七八级的大风连续刮了15个小时,不但他提心吊胆,连兵团和师里的领导也火烧火燎。兵团领导特发来传真电报,要求领导挂帅,不惜代价,保证水库安全。师领导专程赶来了,水库下游的各单位领导和职工们组成抢险大军。为了缓解水浪对大坝的冲击,除往坝脚甩下2万多麻袋沙土,并用25吨铁丝加固之外,还往水里投进不可计数的苇草、红柳和棉花秆……这场风投进去十几万元。就这大风还把所有的坝脚都刷掉了,有的地方刷进一米多。

我穿过茫茫荒野,来到水库大坝,登上大坝的节水闸,放眼望去,顿时眼前一片豁亮,一片蔚蓝,一望无际的水面使人顿生悠远的遐思。也许荡一叶小舟,还能感受到当年罗布泊的雄风,瞧,海子深处还有一艘机帆船在徐徐而行呢!

有人说她是一颗明珠,是一片明镜,这些赞誉是绝不过分的。

她确实很美。她的身边能看到如霞似火的红柳花和罗布麻花,能看到水底游翔的金鳞。有时,顺着清风或许还能听到悠悠的渔歌呢……是的,你置身此时此地,此情此景,仿佛就在江南水乡、就在珠江入海口那水秀花美的佳景里。

是啊,这儿似乎什么也不曾发生,好像从远古开始这片水面就摆在这儿。瞧,她的下游有新疆最大的养鹿场,鹿茸的产量和质量均为新疆之冠。还有远销海外的"库尔勒香梨"、雪白的棉花,以及甘草、罗布麻、肉苁蓉等贵重药材……塔里木河用残存的乳汁养育出这点美丽,至今仍然为人们所赞美,假若突然有一天这点儿残存的乳汁整个耗尽,人们再去赞美什么呢?

这绝不是危言耸听,危机的面纱往往是美丽动人的。

四

人是大自然的一部分,这是人类付出惨重代价之后换来的一点儿清醒。然而,人们至今仍在日复一日地重复着历史。

那么,我们该结识一下那条小河沟了,因为它直接关联着绿色走廊乃至塔里木河的命运。

说起来,那是一段令人啼笑皆非的往事。

40多年前,有位叫乌斯曼的牧民,为了养活他的100来头牛羊,在群克西南的塔里木河北岸挑开一个口子,引水漫灌草场。

悲剧就从这儿开始了。

开始,那真正是一条小河沟,无碍大局。这儿掘河引水司空见惯,人们也并不介意。然而后来这条贪婪的河沟不断刷深,胃口越来越大,以致流到此地的塔里木河90%的水全被它夺走了。除洪水期外,这一段的塔里木河古河道完全成为摆设。

于是,这条河沟有了自己的名字:乌斯曼河。

可是乌斯曼河究竟形成多少效益?它尾部的罗乎罗克湖和阿克苏甫沼泽哺育了多少绿洲?这就很难说了。那片每年侵吞了十几亿立方米水的茫茫洼地,人烟稀少,只零星地活动着少数牧民。而塔里木河下游五个农业团场的几十万亩地和几万口人,却靠孔雀河引水周济,这显然是没有保障的,于是窘迫中下游团场不得不上溯100多公里去乞求乌斯曼河了。

令人焦虑的是多年以来塔里木河一直没有统一的具有权威性的管理机构,基本上处于无人管理的混乱状态。不收费的水资源任意引用,无计划地乱开口子,沿河"土造"的水利工程蜂拥迭起,整个流域有水库200多座,除少量水库的引水渠拥有简易的控制手段外,绝大部分引水口没有任何控制设施。大量河水通过引水口散失于河间、洼地、沼泽,利用率极低。由于用水量的增加,各地纷争不断。最近几年各地纷纷在河上堵坝引水,每年耗资巨大。每堵一次,红柳、胡杨等大量自然植被也随之成为殉葬品。如此层层"围追堵截",河流疲惫不堪,即使在洪水期,也要经过20多天,才能从阿拉尔流到卡拉。

从卡拉到铁干里克,从铁干里克到阿拉干,每走一处,我都似乎听到发自干渴土地上的哀鸣。

由于水量减少,这个垦区弃耕面积五万多亩。三十四团1969年以来在克麻扎、威满一带弃耕两万多亩,过去亩产300多公斤粮食的良田,现已沙化。不仅条田林带全部死亡,灌排渠系也全被黄沙埋没。

我沿途看见,小块绿洲内的绿化营造普遍较好,但在绿洲与绿洲之间早已显出沙丘竞相围攻的态势。由于现在仍在继续地砍挖红柳行为,过去被固定、半固定的沙丘已经活动起来。卡拉至铁干里克一带,原有宽5~20公里的绿色带,因多年不断地樵采砍伐,使原有的胡杨、红柳受到严重破坏,据估算,这个垦区的五个团场每年约砍薪柴三万多吨。

三万多吨,这不是常人所能理解的普通数字。一棵对拃粗的红柳生长100年,砍下来不过是一两顿饭的烧柴。一车柴要毁掉两亩多地的植被。世界上谁能比塔里木人更懂得红柳的重要?又谁能比他们更懂得沙漠的可怕呢?但他们不能不吃不喝。他们每家都会算一笔账,从外地运进一吨煤需要一百八九十元,他们买不起,也舍不得,所以就砍呗。

砍伐大军绝不止一路,早在20世纪50年代库尔勒至若羌的公路修建时,为了在荒滩上创造奇迹,曾有过用砖铺设路面的神话。现在我们仍可看到那段砖路,路两旁是早年废弃的砖窑和数不尽的树桩。有人介绍说,那是个非常红火的场面。在100多公里长的公路沿线拉开采伐林木的战场,就地取材,一分钱不要,不停地烧啊,多少砖窑整天喷吐着浓火烈焰。试想铺100公里路的用砖(双层竖排),需要用多少薪柴烧制。至今,那根根树桩,仿佛还留有当年哭泣之后的斑斑泪痕。

如果到此为止也就罢了。

问题是尉犁和若羌两县在这一带的采伐一直没有停止过。仅若羌县1967～1976年间就采伐胡杨3.5万棵。据了解,30年前塔里木河下游有胡杨林56.4万亩,现剩24.6万亩,减少69.6%,木柴蓄积量由27万立方米下降到6.18万立方米,减少75%以上,砍伐仍在继续,沿河各地州给县里每年都下达具体指标,树不尽,砍不止。由于林相衰败,林间空心树比重大,每生产1000立方米木柴,要砍伐树木一万株以上。毫无疑问,如果此类行为不止,每年会有成千上万株胡杨成为刀下冤魂。

令人心悸的还远远不止这些。

大自然赐给人类的赏物是很多的。据悉,这一带每年挖掘甘草上万吨,在铁干里克、三十四团、三十五团和英苏周围,因挖甘草已毁坏草场40多万亩。

一边求生存,一边亲手毁掉可供子孙后代生存的环境,这就是事实。

在这片生态极其脆弱的地方,我们是否尤其需要学会成熟地把握自己呢?

这就应了一位埃及沙漠学者卡沙说过的一段耐人寻味的话:"现代的人不想住在沙漠,或将之改造成为适于居住的地方;相反的,他们要把可居住的地方变成沙漠。"

我们往往把沙漠对人类的危害称作"沙漠入侵",将责任一味归咎于不动声色的大自然,这是不甚公平的。人类自身是否也应作一番认真的扪心自问呢?

走出铁干里克向东,进入绿色走廊的中下段,越走越荒凉,越来越使人震惊,有的地方甚至令人恐怖。成片的胡杨林痛苦地扭曲着躯干,步行其间,仿佛置身于另一个星球,连空气也凝结了。

途中,我所乘坐的几种不同型号的大小汽车都有过被沙舌"舔"住的经历,连大轿车也未能幸免。司机和旅客不得不下车一块儿"垫杠子"，把车从沙堆里拖出后方能继续前进。类似这样的"沙舌"，在这条公路上有 100 多处。历史上沙漠曾迫使若羌至民丰的那条公路不断南迁，现在的公路已上了昆仑山脚，而我们眼前的这条穿行绿色走廊的生命之路，难道还有退路吗？

两大沙漠的合拢，意味着绿色走廊的毁灭。眼下，合拢正在成为现实。大自然仿佛在这里玩着一页反复无常的历史：忽而是一望草湖连村舍，忽而是明月如霜照白骨！一座座繁华村镇宛如一夜之间就变成残垣断壁。1921～1952 年塔里木河又一次改道，经尉犁汇入孔雀河，最后流归罗布泊，铁干里克西北东河滩地区的 800 多户居民，不得不怀着对富饶田园的回味弃家迁徙，果树全部枯死，几十万头牛羊也大都饥渴而死。

1985 年，当著名科学家彭加木的身影在沙漠中消失时，举国曾为之震惊，而三年后一位牧羊人发现了这位科学家的遗物与残片时，人们对此又显得过于冷寂了。但那位科学家的遗物和衣服残片，分明在敲着阵阵警钟：它的滞留处现在是沙漠，可十几年前还是小草连天的塔里木河归宿地台特玛湖呢！

人是大自然的一部分。这是人类付出惨重代价之后换来的一点儿清醒。然而，我们至今仍在不断地重复着历史。

五

我们需要一场灵魂的拷问。

终于走出令人窒息的绿色走廊了。我仿佛经受了一次残酷的洗礼，进了若羌县城一时精神竟很难缓过来。那天晚上，若羌县城的几位朋友特意为我而聚。几杯白酒落肚，大家的脸上绽开了红润，话也多了。大家开始天南地北地神聊，似乎世界最美好的地方就在我们脚下。但提到眼下的这片故土时，大家陷入良久的沉默，严峻的现实给每个人投下一抹不易驱除的阴影。

若羌县论面积，比内地一个省还大。幅员 20 多万平方公里，住着两万多人。年均降雨量为 17.4 毫米，年蒸发量却高达 3000 毫米。极度干旱使若羌长期吃救济，十年前每年靠国家救济 10 万公斤粮食。这几年开始粮食自给，这是了不起的成绩。可要再上一个台阶就太吃力了，他们遇到的最大困难就是缺水。

20 年前塔里木河自北而来，流入台特玛湖，离县城只有 50 多公里，车尔臣河自西沿塔克拉玛干沙漠流来，每年有 7 亿立方米水入台特玛湖。1967 年湖边还有人以捕鱼为生，可是现在两条河都不见了。听说车尔臣河上游又要建农场，如果真是那样，车尔臣河就指望不上了。若羌河水量寥寥无几，而一旦没水，塔克拉玛干势必南侵……

水！水！水的幽灵无处不在。

在若羌古国，听到水荒的叹息，你会想到什么呢？

它早年的许多"邻邦"，那些凝聚着昔日繁华、位于河畔湖旁的王国城堡，那些供东来西往的商贾使者食宿、叮当作响的驼铃声不绝于耳的旅店驿站，相继都沦入沙漠之中。若羌的结局是什么呢？它面对塔克拉玛干，背朝阿尔金山，要再寻一方生存之地，恐怕是难乎其难了。

沙暴在这儿已露出狰狞，此地很难见到晴天，沙雾是家常便饭。12年前刮了一场黑风，平均每平方公里降尘八万多吨。沙暴过后，连水渠也找不到了。

我们需要罪恶意识！

我们需要危机意识！

——当我站在米兰故城的突布提城堡上，心头突然飞出这样的呐喊。

这座耐人寻味的故城废墟距若羌县城仅70多公里。

这是一座高大的城堡。城外30多平方公里的城区散布着以佛塔为中心的寺院，有厚土块垒就的居民住舍、冶炼作坊和圆塔形墓穴。

寺院仿佛依然回响着虔诚的祈祷声，冶炼作坊犹有叮当不绝的敲打声……陪我来的朋友们三三两两正分头在废墟上寻觅纪念物。收获是轻而易举的，有的捡到一块陶片，有的捡到一枚古币，没有收获的，索性从残垣断壁的缝隙里拽出一缕毛毡，那上面似乎还散发着羊膻味和主人的汗湿味儿。

我在城堡上屏息静听，似乎有一个久远的声音在叙说着这座故城的不平凡的身世。

米兰，古称伊循。始于公元前1世纪汉昭帝屯田时，故有"屯城"之称。伊循在罗布泊南岸，和楼兰南北相拥，系汉唐时代鄯善国都。汉元凤四年，故城楼兰灭亡后，被迫迁都于此，当时有发达的水利体系。

据考查，米兰古灌区占地4.5万亩，耕地1.7万亩，人口约1.5万人。鄯善国除辖罗布泊地区外，北到吐鲁番，西达民丰，地处闻名于世的丝绸之路——国际罕见的陆路交通的要冲。晋代法显、唐代玄奘，以及意大利的马可·波罗均路过此地。可是，它不知怎么就消失了，就像对岸的楼兰王国那样，为后人留下难解之谜。

在米兰故城附近的三十六团场，我有幸寻访到祖辈生活在罗布泊周围的罗布人后裔库万和沙莱。他们说不清自己的确切年纪，反正至少有90岁了。那是两张饱经风霜的脸，布满了皱纹，里面好像装满了奇特的往事。

生活在罗布大淖边上……水真好……吃鱼，吃鸭子肉，还吃一种叫"赫鸠"的水草，用鱼油炒着吃，真好吃……穿罗布麻编织的衣服，铺羊毛织成的毯子，住芦苇和泥巴盖成的房子……人也多,劲儿也大。后来活不下去,开始流浪,有的跑到尉犁,有的跑到喀拉和顺……再后来喀拉和顺也干了……

这是爷爷留下的故事。

爷爷的爷爷一辈辈传下来,一辈辈反复叙叨,好像是一部永远看不烦的书。

库万和沙莱在童年赶上了最后一次迁徙和流浪,罗布生涯离他们太远,他们靠祖上留下的传说补充着自己干涸的记忆。

今天不过是昨天的延续,明天不过是今天的延续。先人在我们的前头挥舞过斧头,而我们正在后人的前头挥舞斧头,难道我们不需要一场灵魂的拷问吗?

长期以来,我们生活在有危机却不知危机为何物、有罪恶却不知罪恶为何物的时代。在这片乐感文化的土壤上,只见升平的歌舞,不见四伏的危机,只见控诉的野草,不见忏悔的花朵。我们的心理正面临一个急需自省的时刻了。

正如我们谁都离不开生存的课题一样,我们谁都离不开死亡的课题。遗憾的是面对这个重大课题我们是那样窘迫,那样无知。

我们不曾见过,也不曾听说有谁从死亡彼岸归来,向他的同类讲述亲身经历,并揭示死亡之谜。

我们的悲哀就在这儿。

人类的悲哀就在这儿。

那个诞生于两河流域的巴比伦王国,于公元前 2 世纪突然消失的一刹那,有谁听到过它的哀鸣吗?

那个具有两万平方公里水面、有 60 多条河流滋养的西域巨泽罗布淖尔,当最后一滴水消失时,又有谁听到过它的叹息呢?

塔里木河下游因无水造成林相衰败,中下游有水又怎么样呢?据统计,仅阿拉尔垦荒、修水库毁掉的胡杨林就达 88 万亩,而沙雅县开垦林地达 15 万亩以上。阿拉尔地区由于地处叶尔羌、和田、阿克苏三河汇合口,水分条件好,过去曾是胡杨、灰杨混交或胡杨纯林最茂密地区,林中有红柳和沙枣等灌木林层,草丛也很繁茂,是塔河上游最好的地段, 现已砍伐殆尽。就连当初在阿拉尔附近阶地上保存下来的树高在 14~16 米、面积达 1500 亩的"森林公园"也未能幸免,最后全被砍光。截至 1982 年,采伐的脚步已沿叶尔羌河、和田河上溯 70~100 公里,甚至连垦区附近的幼林也成为猎伐对象,一部分原始森林彻底毁灭。由于新采伐的林木都是成熟林和中龄母树林,减少了胡杨的天然下种量,削弱了天然更新能力,今天塔里木河上游很难看到富生的胡杨幼林,胡杨林后备资源趋于枯竭。

令人惊愕的是,新疆最大的林区——天山西部林区即将无木可采。专家预测,要重造这样一个林区,至少需要 150 年周期。伴随着林木锐减的脚步,新疆山区开始出现雪崩、滑坡和泥石流,林区桥梁被冲毁,牧场被淹没。

即使这样也挡不住采伐者的脚步,每年涌向阿尔泰山的数万名淘金者,正把推土机向成片树林进攻呢。可怕的是这种脚步几乎无处不在了。就在我脚下站着的米兰故城东面,在那片中国最大的阿尔金山自然保护区内,居然也响起淘金者的挖掘声……

也许,我们亟须要正视这样一个古老的命题:人是什么?

我们要说,认识自我,已经成为今天和谐人与自然相互关系的根本前提之一。地球上任何生命体都是地壳物质系统的组成部分,它们同属于一个"家族",与地壳物质系统保持着密切的血肉联系,而已经得到确凿的实验证明。

20年前,英国地球化学家埃里克·汉密尔顿先生组织医学和地学工作者,对人体各机能组织的血液作过一次别开生面的实验分析。他测定了地壳岩石与人体血液中的60多种化学元素含量,并将测定的两种样品数据绘制成两条元素丰度曲线,结果发现这两条丰度曲线惊人的相似。

事实是再清楚不过了。它向我们传导出这样一个真知:人是自然的一部分,他并不是超自然的特殊动物。人类通过不断地调整自己的适应性与不断变化的地壳物质保持平衡,同时也必须倾心倾力地爱护地球上与人类有同样生存资格的每一位家属成员。也许,这正是人生的堂奥所在。

还是说那条可怜的河流和正在衰败的绿色走廊吧——

从1981年起,关于塔里木河的调查报告和治理措施越来越多,而塔里木河下游的流水越来越少了。

毫无疑问,人们期待着更多的有关塔里木河的好消息。忍耐有限度的塔里木河是不会无限期等下去的。绿色走廊一旦完全毁灭,我们曾经生活在这块土地上的人们就是千古罪人!

塔里木河在呼救!

绿色走廊在呼救!

2005年9月新疆人民出版社选集《新疆走笔》

和田叙事

黄　毅

　　和田又一次成为我一段行程的终结地,是沙丘、胡杨、河流、棉田等等组成的杂乱而丰富的华彩乐章的一个短暂的休止符。

　　很长一段时间以来,我试图找寻到一种能让我平复下来的地方。城市流光溢彩的夜晚制造的犹豫,草原戈壁马蹄表现的果决,都不能唤起我的热爱。而在这两者之间起到过渡作用的村落和绿洲,倒让我觉着,那些鸡鸣犬吠、绿阴匝地、炊烟缭绕不散的地方,一定藏匿着使我精神为之一振的东西,但这东西又是那样不明确。我知道在我的内心缺少的东西,不是所有人都缺少的,但为了达到内心的平衡,所有的人都应该和我一样,不断地去填充自己的内心。

　　在一个熟悉过转而又陌生的地方,我一向不大愿意重温什么,更愿意去证明。可是证明什么呢? 因此我的和田之行便显得目的不甚明确。

　　此行主要的目的地是策勒县。记不清是早几年,读过一篇日本作家井上靖写和田之游的文章,称策勒是个素沙铺地、宁静而古远的地方,犬吠仿佛来自过去。

　　进入一个地方,有时不能不认真,也不能太轻率,否则会失去对它的正确判断。当然,更不能轻易地就去听信谁的。

沙　痕

　　玉龙喀什河的一川巨石,至今回想起来仍令我心惊。那些被洪水裹挟集中在河道里的累累顽石,像是战争炮火耕耘后留下的尸体,沉重而宁寂。这些来自昆仑山的子嗣,最优秀的部分便是玉石。

在那里我捡拾到一块手掌般大小、黄赭色耀目的石头,石头中间有一条柔韧的细线墨黑墨黑地横贯而过。电视台的小曾惊呼:哇!这整个就是沙漠公路。定睛一看,果然,石头黄灿如沙,隐隐还有沙丘的波澜,那条清晰的墨线虽几经蜿蜒,毕竟直直通达了彼方。这不是一条等级的沙漠公路又是什么呢?也许我们刚从沙漠公路穿过,更容易产生这样的联想。

早几年去和田,须沿着塔克拉玛干大沙漠绕行,从乌鲁木齐到和田直线距离不过 1000 多公里,可绕行就得 2000 多公里。开油罐车的司机从吐鲁番拉一车油回和田,到了家油也被用去半罐。

遥远是相对空间而言的,而它更适合于描述某种心理感受。比如对美国人来说,中国是遥远的;对北京人来说,出了北京的地盘都是遥远的;而对乌鲁木齐人来说,南北疆是遥远的。如此类推,遥远的地方总是那些各方面相对不如人意的区域,且一不小心便显出自己的卑微。而那些成为中心的地方,不言而喻是强盛的,它挥斥一切,排除一切,而又紧紧吸引着那些充满不平和怨怼的心,谁都想加入进去,成为别人不平和怨怼的新对象。

和田是遥远的,至少目前是如此。可是自公元前 138 年(汉建元三年)张骞出使西域后,横贯欧亚大陆的丝绸古道逐渐鼎沸起来,各种驼队的铃铎终日响彻于旷远的沙海,随着这些铃铎而来的商人、僧侣、官员成了这条古道上搬运物品的蚂蚁。光滑的丝绸、璀璨的珠宝、美女和茴香、猴子和乐舞都从这里进进出出。由于丝道和南北干线的兴盛,使塔里木盆地南缘的于阗诸绿洲区域,从分散封闭的穷乡僻壤,成为东西交通的要冲之地和国际历史舞台的中心。那时的和田是不遥远的。

但是无论如何不能忽略那块大沙漠的存在,塔克拉玛干大沙漠之于和田人来说,就如大海之于渔民。你每天出门的第一件事就是与之打交道,它成了你生命中的一部分,沙起尘落,潮涌潮偃,都关乎你的生存状态与现实心境。早几年看过一部获奖的电视纪录片《沙与海》,讲的是生活在甘肃民勤一带沙漠中刘姓一家与生活在山东威海海边的刘姓一家的故事。电视通过对比交替的手法,揭示了两种不同生存环境下人的命运和境遇,颇耐人寻味。

然而,塔克拉玛干沙漠的路难行,却是无法比拟的,它的险恶及交通的艰难为历史传扬。更由于张骞、班超、玄奘、马可·波罗及斯坦因、斯文·赫定的名字,而使之有了几分难以言状的况味。

几年前曾结识一位搞地质的工程师,50 年代他曾随石油勘探队,骑骆驼三进三出纵穿塔克拉玛干沙漠。穿越之艰险无需赘述,但三次穿越为他一生的命运奠定了基调,甚至成了对多种事物的参照,比如生活之坎坷、不如意,只要和那几次穿越比起来就算不得什么了。穿越是"曾经沧海",还有什么能值得挂记一生呢?

和我一起结伴同行的是新疆的著名诗人刘。刘诗人龟缩于美国切诺基越野汽车的一角,神色黯然,被车窗外鲜黄的沙梁映亮的眸子,表现出了顽强的抵抗。这个在沙湾土生土长的家伙,常常拿出来他的杀手锏——他一生中给他最多苦难和真实的灵地"黄沙梁"——来吓唬别人,因此在他的诗文中,多次提及黄沙梁。于他来说,这不仅是个地名,更是一种象征和隐喻了。但是,黄沙梁应该是天山以北古尔班通古特沙漠的某一部分,属于固定或半固定沙漠,也就是说它缺少那种神秘莫测的变化。今天是山峦明天被夷为平地;明天的一座沙山可能是今天一蓬盎然的枝柳;一个"流"字,道出了沙漠的实质,在"流"已经不能充分施展的沙漠,是否可以认为这个沙漠已衰败无力?

汽车在穿行,但是你只感到沙漠的连绵无际,并没有觉出沙山的高来。没有哪座沙山突兀而起,陡然挺立,让人须仰视才见。其实这才是沙漠对你眼睛的欺骗,比如你身在海拔几千米的高原,那些再高出一些的山峰并不让你感到它高到什么地方去,因为它的整体水平就已经很高。站在帕米尔高原的慕士塔格峰上也许感觉还没有平地拔起的四川青城山高险,这是参照的不同啊!

塔克拉玛干沙漠只有你进入其中,才能体味到事物的恢宏其实是一种包容。那些沙丘色泽相同,曲线圆润,沙漠的皮肤洁净而光滑。但她裸露着,毫不设防,无数的结实的丰乳,无数的丰腴的肥臀,在6月难得无风的天空下横陈,阳光滂沱,痛快地一浴。对于太大,大得超出我们视线的东西,所有人工的东西,都显得那么微不足道,似乎可以忽略不记,比如沙漠公路,再比如我们汽车的蠕动,大沙漠可以视为她的一部分或者视而不见。

可是谁又能否认沙滩公路不是人类的壮举呢?我的一位在塔指油田工作兼业余操文的朋友,前不久送我一本他才出版的专写修建沙漠公路的报告文学集《沙海壮举》。他在扉页上印有这样一句话:塔里木沙漠公路是震惊世界的壮举!的确,这真够得上世界级了。塔克拉玛干到处都是沙子,把基础建在沙子上岂不成了"沙上楼阁"?而现实告诉我们:这一切都实现了。尤其让人不可思议的是,为了防止流沙将柏油路掩盖去,缘着路两侧是用芦苇扎成的防沙墙——这难道不也是另一种意义上的长城?那些随时有可能起身坐到路中间的沙丘,被芦苇织成的密密匝匝的网格牢牢拴在了路旁,放眼望去,这些网格就像是沙漠的一袭百衲衣。而我却在想,谁是这无垠沙漠中隐而不露的真佛呢?

修建这样的公路,我想是需要诗人的想象力的,至少设计者是位诗人气质很浓的一位,否则那飘逸于沙丘之间、凌驾于黄沙之上的路,就不会显得那样声情并茂,那样能引发人的想象了。沙漠公路是什么？是塔里木向世界倾诉的一段衷肠，是切开塔克拉玛干巨大金色甜瓜瓤的利刃，是系在万顷飘飞金发间的黑丝带，是抽打在鬃鬣飞扬、性情暴怒的黄膘马臀部的马鞭子……当然，还可以是很多，或者什么都不是，它就是沙漠公路。

在塔里木河以南40.8公里处，曾竖起一块刻有"塔里木沙漠石油公路 OK"字样的石碑。"O"表示零，"K"是"kilometre"（公里）的第一个字母，"OK"既指"零公里"，又取"OK"好的意思，这很有点后现代主义的意味，但不知为何后来路碑重立，碑文却改成其他了。

据说沙漠公路已被旅游部门开辟成库尔勒—和田的黄金旅游线路，更多的人可以毫不费力地甚至是漠然地看到这一切。这使我心中非常失落，仿佛沙漠公路的妙处是我独自发现的，只有我才能理解她。而现在她属于所有人了，属于那些随便就能从她身上受益的各色人等。

在沙漠公路的这一头轮台，一些无意中造成的景观颇叫人思忖。在路的起头，靠近塔里木河的地方，是郁郁苍苍的胡杨林，他们高壮精神，粗枝大叶，挥斥方遒，缘着塔里木河这条苍青的脉管，排列着胡杨林森然的汗毛，一切显得那样有力，英姿勃发，充满性感。可是再往里走，离塔里木河愈远，便愈让人感到由吃惊而渐渐地震惊——那是些脱去了绿色的树——他们死了，但还以树的姿态直立着。这不是一株两棵，而是大片大片的，宛若突然被缴械、被剥去了军装的战俘，缺少秩序，给养不足，长途的跋涉和致命的征伐使他们衣衫褴褛。但是，他们似乎很有信念也很有骨气，尽管有的胳膊上缠着绷带，有的腋下挂着双拐，但没有一个瘫软在地，没有一个屈膝跪拜。铮铮铁骨，至死不降，他们仍然是一个集体。军魂未散，如果让他们再穿上军装、手握枪柄，肯定又是一支锐不可当的铁旅。

是塔里木河抛弃了他们，还是他们走得太远？就这样，他们成了荒原上没有归宿、没有目的、不知道要往哪里去的流徙者，他们永远挺起胸膛在走，而永远走不出这块沙质的土地。

如果是傍晚，在暮色中你看到这群相互搀扶、肃然无声的立者的剪影，你的心中会产生怎样的感受呢？你还能无动于衷吗？

他们夹峙在沙漠公路的两旁，看着沙漠公路义无反顾地穿过他们，轻盈地写进无际的沙海，写出一笔笔力十足的悬针，他们默然。

坐在切诺基越野汽车里的我们，往嘴里不停地送入刚刚上市的产于阳霞的著名小白杏，杏汁多、味甘，是沙漠旅行的佳品。望着车窗外无声呐喊的大片干枯的胡杨林，心中盈满酸楚，但，这显然不是阳霞小白杏带来的。

贾　旭

　　进入策勒县是在夜晚,没有星星但也不是十分黑的天空里显得像是没有上釉的维吾尔土陶。这是和田特有的夜晚,尘沙仍然无处不在,只不过在夜晚,尘沙的降落从蠓虫一样地嘤嘤飞舞变成了寂寥的声音。

　　这时候的汽车灯恍若玄黄的土墙上洞出的两穴,阳光自外部直直劈入,光柱里拥挤嘈杂的尘沙,就像纷繁人世。贾旭就是在这个时候出现的,汽车灯把他的影子摔倒在地上,很是高大。

　　他是来迎接我们的。他说他已经等了三个多小时。在和田这个地方,等人等几个小时最终能等上,就算是幸运的。因为在一个非常僻远的地方,到达那里的过程好像埋伏了许多很多年早该发生的事故,意想不到和预料之内都是不可避免的。从甲地到乙地,算好准确的时间里,应该预留下这等待多年的事故而造成的延误,比如汽车轮子烂了,谁腹泻了,或者公路被洪水吃掉了一截……它不早不晚,就在你从甲地到乙地的时候发生。这是偶然的吗?偶然实际上被命运早已排定,该出现的时候必定出现。

　　贾旭是县委办公室主任。大凡办公室主任这种角色,就是迎来送出,安排食宿行程,关键时候还能替领导圆场甚至代酒。

　　来策勒之前,我就知道有个贾旭。那是因为他写过十几首诗,托人带到乌鲁木齐,找个地方想发表,于是被托的人就找到了我。老实说,贾旭的那些诗,在任何意义上都不应该称为诗。但是,对于生活在遥远地方的人,有勇气敢把自己的一时所思、一时所感用文字的形式记录下来,并且可能把某些隐秘朦胧的情思不很策略地公布于众,也算是有点诗人的想入非非吧?从贾旭的“诗”中我推测他二十几岁,因为只有20来岁的人才有可能为月亮流泪,为小鸟歌唱,但贾旭看上去至少有40岁。

　　出于对一个诗人的礼貌,刘诗人自然要与贾旭谈谈诗——谈诗有时也是消除陌生、迅速亲密起来的一剂良药。贾旭不懂那么多诗的原理,似乎也没有流露出对刘诗人这样的大诗人的狂热崇拜,更多的是一种懵懂抑或淡然。刘诗人对所有人的作品一般都会很随和地说不错,这会儿他对贾旭仍然说“不错”。显然这并不是贾旭所期待的,对刘诗人的表扬,贾旭有些茫然。

　　但贾旭在策勒县是当之无愧的一支笔,小到县上的一个通知、一个文件,大到县长书记的报告,皆出自贾旭之手。

　　贾旭说他一年的文字量在40万字以上,我和刘诗人这两个操笔为稻粱谋的人着实愕然了。贾旭解释:不说别的,每年全县大小会上县长和书记的发言稿,你们都想不到我要写多少。县长拿过我熬了几个通宵的发言稿,连看也不看,先在手上掂掂分量,然后往面前一摔:"我一年就在上面讲一次话,我的屁股还没有坐热,你就让我下来? 不行,重写!"于是贾旭就得重写,就得往细致了整,要面面俱到,什么交通局、文教局、医院、农业、矿产等等都要提到,什么精神文明、物质文明、植树造林、拔河比赛、干部下乡、计划生育缺一不可。于是贾旭的笔也油起来,动辄千万言的讲话和总结手到擒来。而往往书记和县长又总是比着来的,县长的发言稿是 8 万字,书记的就不能少于 7.9 万。

有回从自治区首府来了个挂职的副县长,对贾旭说我的发言稿只要 3000 字,并且告之了要点一二三。贾旭反倒有些不知从何下手了! 费了很大劲,贾旭整出篇5000 多字的发言稿,副县长还算满意,在会上连念带补充,一会儿就结束战斗。可谁知有些头头不高兴了,叫过贾旭一顿臭训,说你怎么这么死心眼儿。贾旭原是塔城地区额敏县的一位教师,现在他的口音里除了有和田人特有的拖音还保留了额敏人的卷舌音。前年边远地区的和田在全疆招干,不想再干教师的贾旭就从一个边远地区到了另一个边远地区,把亲娘老子和兄弟姐妹统统留在了生他养他的额敏,带着老婆孩子落户到了天山以南这个美丽的绿洲。贾旭现在已颇感适应,大块的肥羊肉和大碗的酒都不在话下,关键的时候还能用维吾尔语来两句带荤味的笑话。

让我和刘诗人嗟叹不已的,是贾旭的每年数十万字写作量。如果推论他以这个进度搞文学,写小说,岂不是每年一两部小说吗? 而且是长篇的。那么用不多久,王朔、余华们就找不到了,何况我辈乎? 真可惜他的每年洋洋 40 余万字都通过县长书记长到庄稼里,长到牛呀羊呀的身上去了。

去策勒县前,贾旭带话给他捎一本周涛的散文集。但行前跑遍全城书店竟未果,无奈忍痛将郑兴富先生编纂的周涛、杨牧、章德益合著诗集《边塞三人集》送上。贾旭原来只要周涛一人,现在我主观地给他加了两位,不知他是否欣然。但我想,在写文件写报告的空暇,贾旭想写诗的时候,他们三个人会从书中走出来,听贾旭讲他年书40 万字的故事。

车 祸

开车的老郭其实是个经理。老郭爱穿运动衫,一高兴便像追星的少年郎把运动衫胡乱系在肩头,一头的亮发蓬乱,脖子上淋巴手术留下的刀口也紫紫地发亮。

我一向对开车充满了敬畏。想一想,这头钢铁的巨兽,几个人骑坐在它身上,谈笑风生,废话连篇,打嗝放屁,骂情打俏,全不把它当回事。幸亏汽车极有耐性,脾性也好,否则它不高兴发起威来,身上这几个鸟人岂能控制得了? 因此,我觉着车是有灵性的,只有善待它,它才能俯首帖耳,忠诚地听命于你。所以与汽车搞好关系,是和邻里搞好关系一样重要的事。

老郭就和他的爱车关系不错。河南人老郭会说一口基本标准的普通话,但他的汽车音响却始终唱着河南豫剧,他说他的汽车爱听河南戏。花木兰替父从军的一顿锣鼓,老郭的切诺基会一鼓作气冲上大坡;朝阳沟的银环一段浅唱,汽车便小心翼翼过沟迈坎。

老郭开车极豪爽,看了让人过瘾。一米八几的大个儿被压抑在矮小的车厢里总觉着施展不开,仿佛一使劲他就会从车顶破壁而出。车往右拐时他就会嘴里喊着"喔,喔喔!"如果让车慢慢停下来他就会冲着车喊"吁——吁——"而车也就渐渐收了步,好像他手里握的不是方向盘而是缰绳。

但老郭常常不让汽车加满油,这不知是什么原因,我猜想可能像人一样吃得太饱就没劲干活了。沙漠公路从轮台县至民丰县522公里,从库尔勒至轮台又近300公里,全程近800公里,汽车一口气跑过去,油显然不够,需要中途补充加油,但老郭说没问题就上路了。可是距民丰还有100多公里时,油箱的指示红灯就亮了,说明油箱存货已所剩无几。沙漠公路是顺着沙漠的起伏修建的,多有大坡,一上一下好几公里,每遇下坡老郭便挂空挡,一点儿也不烧油。如此行车,居然在油箱还有最后一滴油时赶到了民丰县加油站。

有了这次虚惊,大家便齐劝老郭下次可要加满油,否则被抛在塔克拉玛干大沙漠里,世界又要多出几具木乃伊来。但老郭依然故我,从和田到叶城,300多公里路,他又如此干了一回,仍然是在油箱彻底告罄之时抵达加油站,我和刘诗人大为惊异。开车的人和骑在马上的骑手,心态大概不会有太大差别,只要身下的坐骑跑动,耳边呼呼生风,就不希望有谁超过他,或者前面有个目标成为追逐的对象,那才叫刺激!去和田的路上,老郭所向披靡,嘴里不断吆喝着,把桑塔纳、奥迪以及丰田、三菱们通通抛在身后,这的确令人非常兴奋,但是在兴奋之中也让人产生了不断的恐惧。汽车这个靠四个轮子驱动的怪物远远没有四个蹄子的马那样可靠,圆本身就代表着变通和无始无终,把人安放在这样的东西上面四处奔跑,怎么能让人不心生恐惧呢?况且在四个轮子疯转的情况下,谁知道它会不会脱离一个轴心而飞向别处呢?老郭却说放心没事,以他20多年驾龄从未出过事作保证,大家尽可闭目安睡。

许多事在发生之前,都有着种种先兆,就如以后的车祸。去恰哈乡山里的水电站,山路多奇险,而老郭仍然不减速,高歌猛进,在一个大下坡的半中腰埋伏了一条不大不小的沟,直冲而过的切诺基一声闷吼,一下蹦出几丈远,哐啷一声响,齐齐地把汽车保险杠颠断掉到了地上。

刘诗人评断曰:有惊无险。

但是并非每次都这般幸运。从策勒县去和田市,兵分两路,我和刘诗人先去和田,登记宾馆等候,老郭、贾旭并矿产局罗局长绕道布雅煤矿再到和田。

约定下午 6 点钟在和田宾馆会合,可是过了 8 点仍没见老郭他们的踪影,心中颇为不安,都在犯嘀咕,而老郭平日里的驾车精彩表现又强迫我们不要往坏处想。大约 9 点钟忽然来了电话,告之老郭他们出了车祸,贾旭和罗局长已前往医院,老郭在出事现场,但情况不明。我赶紧部署:刘诗人和电视台小曾去医院,我去出事现场。

出事地点在距和田市区 30 余公里通往布雅煤矿的路上。此路一侧为不太高的山丘,另一侧是玉龙喀什河巨大的河谷。路上少有车辆,偶有轰隆隆作响的装满煤块的大卡车笨拙地驶过,几个当地的农民骑着红色的脏兮兮的摩托车呼啸而去,山路上下起伏很大,像一匹在风中晾晒的土布。

远远地就看见路旁的小山丘上圪蹴着一个人,在他小得还是一个黑点的时候,就让人觉着某种与我们相关的东西。及近,却不料圪蹴在小山丘上的正是老郭。老郭的脸上满是经历了某种大事之后的倦色,但少惊恐。老郭的右腿膝盖好像伤着了,他一拐一拐的,牛仔裤腿太窄,一时无法验伤,看见老郭无大碍,大家都松了一口气。

老郭说,刚才他一个人的时候,看着沟底横躺的汽车一直在笑,笑汽车的模样,笑汽车对他的背叛,笑刚才一刹那的惊恐和绝望,笑从车里拱爬出来的狼狈相,笑自己曾经夸下的海口,笑 20 多年驾龄从未出过事的骄人战绩从此被打破,笑不知道应该笑的什么……我相信老郭的确如他说的那样大笑过,而且一定是出自内心的。

但是在我看了车祸现场,却不敢相信老郭能笑得出来。老郭在这条地形不熟的山道上仍然以 100 迈以上的速度行进,在前面 100 多米开外有一个急拐弯,就是在那个拐弯处,老郭超过了一辆装满煤炭的大卡车,刚超过去就发现了前面 100 多米以外的道路被夏天的洪水淘去了半边,沟深有五六米,从刹车印可以看出。老郭的确反应机敏,离它几十米就开始阻止汽车前进,但是惯性的作用,又是大下坡,老郭没有像柯受良飞跃壶口瀑布那样一纵而过,而是重重地跌到了沟下,车后尾耽在水泥涵洞沿上又跳转了一个圈,汽车就四脚朝天痛苦地歪斜在一堆沙土里。

沟底满是碎玻璃,像一地鱼鳞。玻璃上已经发干的不知谁的血迹,丝毫没有惊心动魄的感觉。老郭又纵身跳下沟底,踹开变形的车门,在一切都颠倒混乱的世界里,翻找出他认为重要和必不可少的东西——驾驶执照、钱、身份证以及一叠违章罚款单。忽然,老郭的动作慢了,他的巨大的掌心里捧出一堆毛茸茸的东西,仔细一看,是一只昆仑山里叫不上名的小鸟。小鸟似乎还没有从刚才的事故中回过神来,亮晶晶的小黑眼睛闪烁着恐慌不定的光芒,漂亮的褐色小脑袋左右转动着。老郭捧出小鸟,看了看它,双手向上一送,小鸟扑腾了几下翅膀,落在汽车的另一端,好像不大明白是怎么回事。有顷,它才清醒过来,秀美的身躯用力一弹,扑啦啦在空中划一道弧线便融入暮色中。我发现老郭在那一刻双眸极迅速地闪动了一下。

669

刘诗人和小曾几乎跑遍了和田市所有的医院,均未找着贾旭和罗局长,在所有的急诊室得到的回答都是模棱两可的:可能见过这两个人,也可能没有。如此说明,他们没有什么大问题,但这一夜的确也够我们发挥想象去假设他们的种种境遇,毕竟是生死未明呵。第二天早晨,我们才见到贾旭和罗局长。昨晚,他们身无分文,甚至连电话都打不成,也找不到我们住的宾馆,幸好想起一个熟人,借了钱,吃了碗最便宜的面条,找了一家小店投宿。贾旭头上缠着绷带,绷带一直从下额勒上去,使他宽宽的脸看上去更加宽。他的头上有个大口子,缝了六七针;罗局长个矮,看起来比较灵活,他的脖子好像不大方便,冲你说话,整个身子都得跟着转过来,他说他的脖子扭了。

那辆四脚朝天的汽车是在中午被一辆10吨的大吊车从沟底吊上来的——车头朝下,钢丝挂在车后桥上——汽车像挂在草绳上的一只死王八。

我拍下了这辆汽车在种种情况下的许多"倩姿"。老郭说,一定要给他几张,贴在汽车里,甚至方向盘正中间,要时时记住这次大难不死的经历。

没想到汽车只要四个轮子一着地,马上就有了汽车的派头,用钢丝拽一拽凹瘪下去的车厢,再用锤头敲砸几下轮胎和保险杠,一发动,汽车就哼哼几声继而吼出一串压抑的闷响,就神气了,浑身哆嗦,快乐无比的样子。

老郭完全很自信地跨上车,招呼我们上车。汽车平稳地往回开,老郭全神贯注,把紧方向盘,车速在30~40迈,让我们有机会可以看清被我们超过的毛驴车上,维吾尔族老汉飘飘的银髯和紫红的葡萄。但是这仅仅持续了不到10分钟,老郭的车迅猛地又蹿到了100迈以上,看到我们满脸惊惧,老郭一拧脖子:这样开车还不把人急死? 干脆还不如不开! 开车就要有开车的胆量!

我知道,开车是需要一种心境的,尤其把车开得不紧不慢、不疾不徐是需要一种大境界的,能把车开慢、开稳、开出韵味,也是一种少有的本事。

好在和田市已经不远,有人烟的地方总有鸡鸣犬吠,老郭的汽车惹得一条野狗冲着他狂咬不止,老郭大喝:驾!

羊 脂 白 玉

没有哪个诗人能躲得过河流。

在人类的整个漫漫历程中,河流总是承载着比海洋更丰富的关于人的命运。

在河边长大,是最没有诗意的诗歌命题。

我曾做过无数次与河有关的诗歌训练,想象力是最能激动人的,而能够激发这些深匿于胸壑的缥缈无踪的灵感的,一定与我们熟视无睹而又切肤之痛的事物有关。

河流有意无意地走过，必然带来种种可能和不能。河流走过，带来了雨水、绿草、树木、庄稼、鸡鸣犬吠、炊烟飘动、生老病死、婚丧嫁娶。但河流走过，带不来白日梦。

尾随河流，成了最具象征意义的壮举。每一条著名的河流，都驻扎了人类引以为荣的城邦。密西西比河、恒河、多瑙河、黄河这些世界级的河流，哪一条不是一匹巨蟒？而沿河布满的大大小小的城邦，就算是拥有惠特曼或泰戈尔这样的伟大诗人，它仍然像巨蟒们排出的卵。

那么石头呢？河流带来的或者尾随河流而至的山石，被我们统统称之为鹅卵石。诗歌训练：鹅卵石是一川冥顽不化的头颅，是河流苍白的舌头上的颗颗味蕾，是追随河流永不磨灭的密集足印，是河流的枝条上随风摇曳的果实，是河流的骨头，柔软中的坚硬部分，是水与水的战场留下的尸首，是在浪与浪的搏击时暗中攥紧的拳头，是大地的银河系……

玉龙喀什河养育了一河累累巨石。那些从昆仑山中走出的石头，丰肥而温顺，最强烈的个性用最大的沉默表现。这不是普通的石头，这些貌似寻常的石头里，有石头中的隐者，有石头中最优秀的分子，有石头中的王。他们高贵沉稳，不事喧哗，以石头的面目，述说着最不可言传的堂奥。

五代时期的古籍《使于阗行程记》中曾有与玉有关的内容，其中言及了三条重要的河流——乌玉河、绿玉河、白玉河。一般认为，所谓"乌玉河"，实是墨玉河，也就是今喀拉喀什河；而所谓"白玉河"，即今玉龙喀什河。

昆仑产美玉，是自古便流传下来的颇具浪漫色彩的一种叙说。屈原在其伟大的《离骚》中就有"火炎昆冈、玉石俱焚"之句。那么我们眼前的这条著名的河流，在我们来之前，或在我们离开之后，她都将一如既往地奉献出被中国人视为珍宝的石头。

人类和石头有着不解之缘。人类的早期被我们用旧石器时代、新石器时代这些石头记录着；石头帮助人类摆脱了最初的蒙昧。石头成了人类劈荆斩棘、开垦蛮荒的工具；石头从手中飞出，那呼呼的声响，完全是对付野兽最有威慑力的武器……而什么时候开始，石头的实用功能在渐渐减弱甚至消失，它的审美功能却在不断发扬光大。在江苏吴县草鞋山和吴江梅堰古文化遗址中，发现了五六千年前的、经过琢磨的玉璜和玉璞。经考证，是原始人用来点缀在胸前或悬于身上的装饰品。

在对待石头的审美问题上，西方人和中国人似乎也有着较大的差异。西方人最钟爱的是钻石。钻石也应该是石中的王者，它晶莹夺目、豪光四射，代表着某一个特定阶层对美的认识，有极强的富豪倾向，是权力、财富、浪漫、典雅、华贵的象征；而玉石就大为不同了，它虽也被帝王们所宠幸崇拜，但更带有平民色彩，它可以高居于王冠之上，亦可佩于乡间小儿的项间用来避邪。

钻石是张扬，是呈现，是大声的朗笑和歌剧般的直抒胸臆；而玉石是隐忍，是潜藏，是喃喃细语和园林般的曲径通幽。钻石是健朗的大汉，热烈性感，是赛马，是 NBA 篮球，是世界杯足球；而玉石是含怨含羞的少女，沉静素雅，是宋词，是阿弥陀佛，是太极气功。钻石阳刚，玉石阴柔。

英国的李约瑟教授在《中圈科学技术史》一书中有过这样的评述：对玉的爱好，可以说是中国文化特色之一。5000 多年以来，它的质地、形状和颜色一直启发着雕刻家、画家和诗人们的灵感。

千百年来，和田当地人取玉，主观是靠从发源昆仑流向塔克拉玛干沙漠的玉龙喀什（白玉河）、喀拉喀什（墨玉河）及克里雅河上捡捞的。每年夏秋之间，天气炎热，昆仑山雪融便会暴发山洪，无羁的山洪左突右撞，从人迹罕至的大山中突围而出。也常常把位置莫测的玉石矿冲刷塌裂下来的大量形形色色的玉石裹挟着冲至下游，当然也会冲到城镇附近，供人捡捞。《宋史·于阗传》就有"每岁秋，国人取玉于河，谓之捞玉"的记载。

这多少有点理想主义色彩。上天安排了如此美事给这些沙漠中人，是否是对他们长期面对苍黄的一种补偿？用不着费什么劲，坐享其成，洪水来了就意味着美玉财富的到来，关键是看谁的运气更好，能捡拾到绝世之玉。真的这么简单，唾手可得吗？甚至相传"日光亮处"和"月光盛处"必有美玉，真的这么浪漫，充满诗意吗？

在去布雅煤矿的路一侧，也就是老郭出车祸的不远处，就是大名鼎鼎的玉龙喀什河。此时是 6 月，刚刚有一茬洪水袭过，河床上的大小石头还是湿的，像剃了光头的脑袋，隐隐发青的头皮。但没有人在捡玉，倒是在河床的另一侧更高一点的地方——显然是河流改道前的旧河床上，有人在挥锹挖掘着什么。

走近一看，是七八个当地的维吾尔族人在三四米深有一间房子那么大的坑里劳作着，一问才知道是掏玉。内中有一长髯老者摊开皮肉纵横的大手向我们展示：几块或者说几粒不黄不白、不青不黑的石头，暗淡而无神采，被汗水濡湿的地方，显现着老者模糊的指纹。这就是玉石？和我们想象中的相去甚远。

由于多年的开采和捡拾，和田的玉石已日渐稀少，早已没有可能像周穆王当年西巡到昆仑"取玉三乘"、"载玉万只"的盛况。像眼前这几位精壮的维吾尔族汉子，干几天才能在旧河床上挖出房间大的一个坑，而这个坑里有多少立方米的石头呢？每一块石头都要经过他们的手指梳理，而收获往往甚微！想一想看，几十立方米的石头，坚硬的石头与他们的十指斯磨，软硬兼施，这是最有耐心、需要韧性的工作。残破磨损流血的十指，抵抗着也企盼着石头，从石头中发现石头，从一般石头中发现特殊的石头，从芸芸众生中找出石的帝王。

他们饥餐风干的馕饼，渴饮浑浊的河水，栖身于高岸的洞穴，手指与石头发出经久不息的嘶哑声，你不能想象，在肉体与石头的持久战中，哪一个最先获胜，哪一个更坚硬。

和田玉中上品，乃是昆仑深山所出的白玉，质地光滑，洁净润泽，被称为羊脂玉——就如肥美透亮的羊尾巴油凝冻之后，所体现的不仅仅是白净，更重要的是它仿佛某种液体所郁结，随时可能融化，充满了灵动之感，一点儿也没有石头的呆板僵死之象。品玉之人最看重的不仅是它的洁白无瑕，还要读出它是否有灵性来。

在河中捡捞的玉石，经多年河水冲击洗刷，淘沐揉研，早已没有了山石的裂口，也磨去了棱角，被称为子玉。而在山上采的有棱有角的玉石则被称为碴子玉，可见子玉的身价。圆润而富含水色，是子玉有别于山料的根本。据传上世纪 70 年代，两个牧羊人在终年积雪的北西尔黑山下河口处，就曾捡捞到一块 185 公斤的羊脂玉，可谓羊脂玉之王。

但现在的情形早已不似当年。像这样几位维吾尔族壮汉，再挖掘出几间房子大小的坑，也未必能有多少收获。他们在这儿已经干了半个多月，大大小小的玉石已积攒了一小堆，但仔细看，大多是青玉、墨玉、青白玉之类，真正的羊脂玉实属凤毛麟角。一个月下来，甚至几个月下来，河床上布满了大坑，能觅到鸡卵大拳头大的一块羊脂玉，就算他们没有白辛苦！石何其多，石中之石何其少；玉何其繁盛，玉中之王何其稀少。

但他们不理会头顶的毒日头，亦不理会尘沙弥天，他们只是在不可穷尽的似曾相识中分辨寻找着陌生，在太普遍的堆积中，指认特别。每一锹下去，每一粒沙石，都包含着希望，一切奇迹都在未知中等待，这是一种具有深深宿命性的劳作。谁都可能一无所获，谁都可能在一瞬间得到回报，因此谁也不敢怠慢，谁也不能省略了下一锹，这成了一种惯性，功利的目的已经远去，它所呈现的意义，似乎就是农民对待他的土地，我们称为：和土地打交道。那么，他们仅仅是和石头打交道而已，还有什么呢？

这几年玉价的飞涨，从侧面也说明了真玉的稀少和难觅。风闻海外华人尤以东南亚及台湾人对玉崇拜之至，致使奇货可居；又闻几人同乘一车，忽然翻下深涧，几人连司机都命归黄泉，唯一人安然，皆称奇，却发现此人腰间所佩白玉鬼脸，恍悟鬼脸避邪，让他躲过一死。于是乎，市井中人腰间除 BP 机、大哥大外，又多出一块玉佩。

在现实生活中，玉扮演着不同的角色。历代皇帝和王侯的印章，不管是什么制的，统统称为玉玺，那是权力的象征；而在神话中，神仙们居住的殿堂，被描述为玉做的，叫玉宇、玉座、玉阙、玉楼。历代还将玉制成非常有象征意义的礼器、祭器、乐器和形形色色的装饰品，在庄重的场所和隆重的礼仪，诸如祭祀、朝聘和会盟时才动用它。玉作为佩饰，甚至成为君子的品格外现。

《天工开物》中有"凡玉……贵重者尽出于阗",此言不虚。河北满城地区出土的西汉中山靖王刘胜夫妇的金缕玉衣,被金丝穿缀在一起的上千块精细玉片,便来自昆仑山;北京故宫博物院珍宝馆内那尊大禹治水的精美玉雕,有5吨多重,同样出自昆仑山。在这里我并不是在列举和田玉的渊源与珍贵,其实,珍不珍贵也是因时因人而异的。

同行的刘诗人,从汽车上取出几双粗线手套,外加一架在城市地摊上花几块钱就能买到的墨镜,就从掏玉的维吾尔族人那里换来了一块足有半个脸盆大小的墨玉。他们需要的是对手和眼睛的保护,而刘诗人需要的是什么呢? 墨镜换墨玉,很对等,抱在怀中墨黑墨黑的一块,分明感到了一种沉重和不知所措。

昆仑山在成书于春秋战国之前的古代文献中被描述为"玉山"、"群玉之山",言和田玉之繁多,这是真实的,也是理想化的描述,而我的眼前总是挥之不去那几个维吾尔族掏玉人的面影。淘尽顽石始为玉,或许,淘尽顽石还是顽石也未可知。

一 顿 午 餐

大约100年前,斯坦因在塔里木盆地南缘进行了一系列探察活动。在和田他兴奋得有点失控,就是在这样一个让他足以扬名世界的地方,他发出了这样的感慨:"我觉得,冰和尘土就是和田地区这陌生、难行的山地的特征。"

现在是6月,没有冰,斯坦因曾呼吸过的尘土仍四处弥漫。这些尘土是空气的一部分,阳光通过它,更显出阳光的质感,而丝毫没有减弱。天空像是被谁胡乱擦过,但显然没有揩净,瓦蓝中尚留有几道尘迹,一切透射出的都是那么久远和破敝。

和田策勒县的恰哈乡,犹如昆仑山体巨大皱褶里被风吹落的树籽繁衍出的一小片绿洲。昆仑山冰川雪融,除了带来珍贵的美玉,还带来了能量资源,水电站就修在离乡政府还有几十公里的山垭口。

在昆仑山区,大部分是没有植被的,它的山体粗陋,灰黄色的节理显出很有气势的起落。这种苍黄,再加之蒙尘的天空,没有理由不让人产生一种天地初创时的洪荒感。这是一个大荒凉、大寂寞、看一眼就再也不会忘记的地方。

而很快你就又会惊奇的。等车开到了山谷边缘的时候,你的眼前猛地大亮,太出乎意料了,就算已经临近山谷,但没有完全站在它的边缘,你就不能领略那种突如其来的绿色。水在哗响,那些追逐的水宛若从冰川的教室逃学的孩子,一路大喊大叫,野性而难驯。就是这些水,经年的切削和冲刷,竟然使山谷深达几十米。几十米与昆仑山海拔的几千米实在不能比,但几十米的谷岸到谷底却完全是两个世界。

沿着谷底夺路而去的水路,两边绿草如茵,高树如盖——这其中亦不乏几人才能合抱的巨树,至少有几百年的树龄。昆仑山是含蓄不事张扬的,远远让你望见的面目是木然甚至狞厉的,而它却怀中藏秀,每一川、每一谷都铺垫着绝美的境界,让没有勇气进入它的人,永远不能领略苍黄与黛绿对立的美。

水电站名曰恩尼力克,大概取名于附近只有几十户人家的自然村。谷底之河是策勒河,年径流量在 1 亿立方米以上;河谷最宽阔处近 200 米,窄的地方仅 20 米上下,显得狭长而逼仄。电站就是在最窄的地方拦一条大坝,用一条引水渠将水逼至海拔较低的谷顶,让水再通过洞涵倾泻下来,形成能发电的落差。这个电站建成后,年发电量将达到 1000 千瓦。显然这十几户人家是无法消耗完这些电的,它要被输往更远处,甚至出山,由清澈冰寒的水变成一种温暖明亮的光,这叫电,还能被别人拿走,实在是山民们无法理解的。

而他们天性中的许多东西,不是因为有没有电,或者谁带来甚至拿走什么所能改变的。

午餐被安排在这个村的妇联主任家。由县委书记带队的浩浩荡荡的近 30 人的工作队,尘土飞扬地拥进贴近山根的这户典型维吾尔院落。绿树婆娑的树影几乎遮蔽了院落凹形的天空,焦躁饶舌的人们忽然安静了许多,都不禁抬眼环顾这被核桃树的大叶片和葡萄的枝蔓掩映的农居,尽管那些枝叶上蒙了一层白尘,而透过白尘的绿,却更显出具有强大底蕴的生命力。

我有一个担心:这几十户人家的小村,在谷底逼仄的空间里,人均占有耕地不会超过一亩,河边两处的草场也十分有限,不管从事农业还是畜牧业或者二者兼营,都不会多么富裕。几十号人去一家就餐,恐怕得吃去他们半年的口粮。

我们被请进妇联主任的家。哦! 我禁不住在心里惊叹,这里除去过厅,另有三间大房,虽外观是泥坯,但内里却十分了得。几间屋各有一盘大炕,炕上皆铺满名贵的和田地毯,不算旧的铺盖一类,成叠地被整齐摞在一起——如果当它被铺展开时,一定可供几十个人睡用;再看天顶,杨木的白色房檩,被排列出几何图形,而每道房檩,又被镂刻出精细的花纹,真正可称得上雕梁画栋。在维吾尔族人看来,没有图案的房屋仍是没有完成的住宅。

这对大部分城里人是不可思议的。当我们为拥有几十平方米仿若鸽笼的狭小空间而感到庆幸和满足时,他们却已经在冬暖夏凉、绿阴掩映的昆仑山谷,傍着一条活泼的河水建筑着他们别墅似的房厦,你能说你更幸福吗? 你的那点可怜的地缘优势带来的自豪,在这里是多么不堪一击!

吃食被前来帮忙的几个维吾尔族姑娘分端上来,是馕饼、奶酪、自酿的酸奶和大量干果及茶。这是维吾尔族人日常食用的东西,馕饼有小麦和玉米面两种,尤其苞谷馕,焦黄脆香,再佐以凉凉的酸奶,那才叫够味! 其时激越的咀嚼声已响彻一片。我们感到很惬意，同时心中也有几分隐隐不安，毕竟那么多人，在饕餮着一个昆仑山谷中的小村。

然而就在我们腹肚渐凸、大快朵颐之时，更让我们看来不可能的事出现了。冒着香气的大盘手抓羊肉被端上来了，这是整整一只羊被分装在五六只大托盘里，粉嫩的瘦肉和透亮的肥肉，堆成极富诱惑力的尖顶，我看到所有人在那一刻都停止了动作，都有些不知所措。县委书记首先打破了沉默，喑哑的嗓音只短促地说了声：大家吃吧。我相信县委书记在说这句话之前，肯定有一声发自肺腑的慨叹，只是谁也没有觉察而已。

吃饱了肚子，仍沉浸于不真实感觉中的刘诗人，向乡里的干部提出，想去看看比较穷、家境不够殷实的人家。他的目的不知是想找到一份真实的感受，还是想忆苦思甜，或者干脆就是为了验证他那混账的猜测。乡干部没有丝毫犹豫，就带他到距妇联主任家几十步之遥的另一家。仍然是绿树环绕，仍然是静谧和恬然，只是院落狭小，泥屋也不似妇联主任家那般高敞。但素沙铺地，刚刚又洒了清水，洁净而阴凉。女主人是个少妇，对有人来访不特别兴奋也不特别冷漠，一切显得平和而有分寸。她家的土炕没有和田地毯，铺的是一张自制的羊毛花毡，图案以大红大紫为主，跳亮而沉郁，有种说不出的感觉。维吾尔族人家境是否殷富，你只需看他们家中的地下炕上和墙壁有多少块地毯，便可揣其一二。像这家，明眼人一看就明白他们的家境如何了。

在刘诗人的询问下，果然，少妇的家境颇令人心酸。家中三个孩子，只有六只羊，四只还是今年的春羔，有薄田一亩多，可怕的是，最小的孩子患有脑瘫，那孩子长得很漂亮，长长的仿若人造的睫毛密密匝匝，躺在摇篮里，大大的眼睛旁若无人，只盯视着从天空斜斜劈下的光柱。那光柱里的沙尘拥挤躁动，好像还嗡嗡作响，这个患病的孩子，在他的凝睇中，究竟读懂了什么呢？刘诗人访贫问苦出来，再没有说一句话。少妇家的羔羊冲着他的背影叫了一声。

三块巧克力

去恩尼力克水电站，我们还有一个重要使命，那就是顺便探访同在一条河谷但距电站还有十数公里的故城遗址。

昆仑山俯视下的塔克拉玛干大沙漠，东西长 1000 公里，南北宽 400 多公里，在这个面积约 33 万平方公里的大舞台，曾上演过多少惊天地泣鬼神的大剧。千百年来，一座又一座繁华鼎盛一时的都城，相继湮灭于漫漫黄沙之下，成为当今世界最有考古价值的地区之一。那么，古籍中记载的西域 36 国，则成为现实对传奇揣测的一个个论据，而被陆续发现又被不断证明。

至唐代,"丝绸之路"出现了空前的盛况,唐王朝在西极的沙漠地带设立了都护府,还在于阗境内广筑城堡,驻兵屯田。于阗即和田,等到了清代才改变了称谓。

我们要探访的故城,全然没有一点城的具象,更缺少我们想象中的神秘悠远之感,那些时间和历史意义上的文化色彩无处可见。我们惯常在那些著名的遗迹后来又成为景观的地方,抒发我们的幽古之情,可这里,你无法启动你的想象,汉唐典籍中提到的著名和不著名的故城,与这里有什么必然的联系?

这里被策勒河左右环抱的一块高地,之所以称其为高地,是因为这个像岛一样的地方被河水切割成狭长孤立的台地,计有 200 余米高。攀上这个台地,才发现河流的力量,在不动声色中,在无数个平淡无奇的日日夜夜,居然就将土地与土地分割开,就像仇恨一样,赫然横陈在面前,而那时,谁也没有力量将其弥合了。

如果没有人指点,你不会发现这里有什么特殊的地方——在这个狭长的高地上,前后均有河流撕开的深涧,而左右又有两堵过去肯定十分伟岸,而现在仅仅只有一两米高的墙体。这里形成了一个相当封闭的世界,任何人凭借深涧和高墙,便可坚守,大有一夫当关的气势。

你不能不佩服选这样的地方作为据守的要地,是十分智慧的。

大凡这样的地方,都应该有传说和故事的。说的是河谷里的山民,抵抗外族侵略时,选这里作为最后的据守之地。敌人进攻了七七四十九次,均未能征服,后来山民里出了一个叛徒,告之只要断了他们用于生存的水源,此城便可不攻自破。果然,敌人切断了他们汲水的铜管,全族尽被屠戮。在这么一个关于变节者的故事里面,变节者是一个比选此险要之地据守的人更聪明的人,毕竟,据守者没有料到有人会用不让喝水这最简单的方法来逼人就范。

我对这个故事的真实性颇有异议。这个高地距洞底的河水至少有百十米,如何将水引至高地?水总不能往高处流。但是在这样的一个地方,在昆仑山中,信其有和信其无,都是没有什么意义的事,你只要沉浸于某种氛围中,根据你的猜测和想象,即便推论一种可能,都应该是合情合理的。

就像刘诗人那样,在高地隐约可见的房基凹陷处,翻翻找找,或许能意外地发现点能证明什么的东西。满地最多的是青灰色的石块,间或有些红陶的残片,说明这里的确有人生存过。可是到这么高的地方干什么呢?在不利于生存的地方生存,除了生命受到威胁,除了追求更好地生活,还有什么解释呢?刘诗人像一切业余爱好者那样,无意中充当了专业考古工作者的角色,他不放过一切可疑之处,让许多石块都翻了身。这可能是几千年来,石块唯一一次翻身的机会,以后又要以这种姿势再沉睡它几千年。

靠东的这堵墙体,有一处略显凹陷,下有一处残破的孔道,疑为车马进出的城门。其上突兀之处，斜斜插有一块木牌，上书维汉两种文字，大概是县文管部门竖起的关于此故城名称由来及属于何种等级文物保护的告示牌。许是有些时日，风吹雨淋日晒。墨迹已模糊，木牌也龟裂曲扭，看上去，更像一件古物。

刘诗人攀上那个插木牌的高埠之处，努力想辨认清楚到底写了些什么，而我觉得不要搞得那么真切，那会破坏了一种心境。

从高地上的故城下来，实际上是从满目的苍黄回到了青葱遍地。这是策勒河谷，夕阳中树和草都出落得柔和而清新。在林中小路，我们巧遇了几个刚刚放学的昆仑山的孩子，他们没有统一的校服，装束凌乱而满是尘土，但眼睛却是一模一样地晶亮有神。你无论如何不能把他们和身后的故城遗址联系到一块儿，他们是否为那些坚守者的后人？或者攻城者的后裔？

在我面前的小姑娘，肯定叫古丽，也就是花的意思——维吾尔族姑娘大多以此为名。古丽头上扎着一袭淡粉的纱巾，大约八九岁，鼻梁秀挺，深深的眼窝里满是一片光影，一看就知道是个美人坯子；而另一个特别的男孩，是因为他头戴了一顶蓝便帽，帽檐的内衬折断了几截，使帽檐像一只瞭望的手，永远搭在他的眼前。

我们看着这群昆仑山的孩子，他们更好奇地看着我们，对我的墨镜、矿泉水瓶、照相机表现出了极大的兴趣。以故城遗址为背景给他们拍照，他们没有丝毫的怯场。他们留在了我的镜头里，而我们可能有更多的东西留在了他们的心头。

数了一下这群孩子，一共七个，而我的衣袋里只有三块巧克力，这也是一个难以平衡的问题。唤过古丽，我把三块巧克力放在她柔软的手心，比画着告诉她要分给所有的孩子，她没有点头，但我从她的眼神里读出她完全懂得了我的意思。

走出很远，发现那群孩子还在围着古丽，看不清也听不见他们具体在干些什么，但肯定与三块巧克力有关，只是不要发生争执厮打就好。谁能肯定，一场战争不是因为一块面包、几块巧克力而发动起的呢？

最后的奎依巴格

我的这篇叙述和田的文字，应该随着空间的变更——离开和田的地界而结束，但既然行程上有所增加，顺延的文字也不应有狗尾续貂之嫌。

离开和田，首先遭遇的是叶城。叶城是个非常特别的地方，它紧傍着昆仑山，守着两条至关重要的通道：一条是直上昆仑通西藏阿里高原的路，另一条就是维系着和田绿洲和喀什绿洲的 312 国道。

20 年前，叶城地段上的新藏公路一侧，发现了令世人震惊的柯克牙油田。也就是这个油田的开发，使我的人生之旅镌刻上了一道深深的印迹。

现在这个油田不叫叶城油田，也不叫泽普油田，而称之为"塔西南油田"。因为油田生产区大部分在叶城地界，而生活基地则在泽普县地界，叫什么好呢？塔西南就是指塔里木西南缘，用这一更宽泛的地域名称来标识这个油田，可能更准确，也更含混。

石油基地现已成为一个行政区划意义上的"镇"。镇，这名称在中国很特别，它有点城市的味道，更兼具了农村的特点，总之它是荒僻之处的繁华之地，是都市之外的一个模糊投影。这个镇被称为奎依巴格，农村里有的它基本都有，城市里盛行的在这里也都有。早晨的鸡鸣犬吠与夜晚的疯狂迪斯科，构成了这里独有的景致。

奎依巴格距叶城 40 来公里，从高树夹峙的叶城出来向北行，须臾便可望见赫然立于路旁的巨大标示牌：塔西南石油勘探开发公司。从标示牌这个路口，沿一条气势无比的大梁西行 15 公里，便可达奎依巴格。

现在是 6 月，朗朗的阳光洒遍世界，满眼是绿，尘沙仿佛都留在了和田。同行的刘诗人凭车窗戏我曰：原来一直以为你在南疆受苦受难，暗无天日，想不到这里美如世外桃源……

经他一说，我似乎对眼前熟稔的一切有了从未有过的感觉，道路两旁用"绿草如茵"或"芳草鲜美"来概括毫不为过。还有那些抠破绿色的一方方鱼池，将天空的靛蓝倒置于大地。空气中隐约着氤氲的气息，这一切恍若所有文人笔下的江南水乡。

就是这个地方，在我还未满 20 岁的时候，便成了我闯荡世界第一个落脚打尖的驿站。这里不属于我，从一开始的满眼戈壁黄沙，到十几年后的楼房林立，芳草萋萋，我都没有把这里当成永久的居留地。我实际上就是这里的人，但我却无法全身心地融入其中。新疆人对家乡、故园、根的概念向来不甚明确，更多的人更愿意含混它，这个东西搞得太明确了，反而会在这个游子遍地的土地上，造成不必要的尴尬其至恐慌；其实新疆人引以为豪之一，便是公然敢称"我是新疆人"。新疆人的概念是丰富的，它具有勇敢、冒险、忍辱负重、自负、狂羁、仗义豪侠的气质，目空一切而目光短浅，重诺守信而常遭人暗算，心胸开阔而虚荣好面子，淳朴善良而内心虚弱。

我在奎依巴格生活了十几个年头，尽管我不愿承认它是我的故乡，但在心里不知不觉却有种归属于它的认同。曾经在多少场合，问及来自何方时，我会不假思索地报出奎依巴格，并向别人打探知道这个地方吗？我那时的心理很奇怪，既希望人们都知道它，同时又希望搞出点常人不知的神秘感、悠远感和使命感，它毕竟为我的人生背景、生存背景敷设了永远不可改变的基调。

在昆仑山脚下，丝毫没有那种依附某座著名山川获得的气势，更多的是比这座山更加沉重的宿命感。在这里，我第一次明白了，莫名其妙的等候和毫无根据的希望，一样可以使人隐忍地活下去。

"南疆的秋天通常来得较晚——但毕竟秋天还是要来。望着窗外的木然的白杨树，蒙尘的树叶在不觉中边缘开始泛黄，那些郁积了一个夏天的暗绿，虽然还信心百倍但不知道一如农村包围城市的枯黄，已步步逼近。我伫立窗前，骤然掠过的秋风，会令那些树叶们半青半黄地叮当落地，我的心在树叶的敲击下，阵阵地隐痛——我知道今年就这么着了，所有的希望都从树叶回到梢头——旧的希望已成无望，唯有新一轮的希望在寒风中的枝梢闪烁。等来年的春天，那些星星点点的绿色会让我误以为是个蛮有希望的开始，如此往复，而春夏秋冬。"

这是摘自我1982年写于奎依巴格日记中的段落，虽然多少有些少年郎强说愁的酸劲，但还是可以读出我那时的心境。

一个地方培养出人们对它的热爱、依恋是不难的，而你吃了它的、喝了它的，在它的屋檐下娶妻生子却产生了仇恨，是许多人难以想象的。我仇恨这个地方！在这里我所说的"仇恨"，不是单纯的汉语语境所指的意思，而是掺杂着诸多说不明道不白因素的一个复杂体，是综合了诸如希望、破灭、又希望、又破灭、欢笑、痛苦、压抑、放任、苦难、幸福、孤寂、满足、失落、委屈等等人生境遇而得出的结论，或者说，这期间痛苦、压抑、一切不如意的比例太高，以至于不得不选用这样激烈的言词。

一个人最痛苦的，莫过于你已经十分努力，已经出色于相伴的那群人，而社会而那群人却对你漠然置之，对你长时间的冷处理。当然，这也许有助于你的成熟，磨砺你的坚韧使你逐渐有城府。但是，人为什么非得成熟呢？拥有那么多城府是好事还是坏事呢？

如今我重返这个地方，山河依旧，一切恍若昨日。我给电视台小曾指认我的"故居"——那是一幢普通的楼房，多年尘沙的打磨，使白色的楼体呈现出病态的白黄来。我曾经在二楼住，现在已被他人占据，我熟悉那里的每一个角落，哪里摆着床，哪里藏着我的旧手稿，哪儿有几双裂口子的皮鞋；那个房子里四处弥漫着我的气息，我在墙上钉下的铁钉应该还在原来的地方，只不过悬挂了我不清楚的什么东西。但这里曾经是我的家，

我们只能站在楼下指点。忽然我发现，原先是我的现在是别人的靠近阳台的窗户，那上面的纱网，有一个突出的大洞——那是当年我的儿子因为我把他一个人扔在屋里，实在不能忍耐这样的禁闭用头和小手开创出的与外界对话的通道。那时他的大脑袋探出窗外，是否看到一只麻雀，是否有暖暖的阳光，是否有楼下自由玩耍的孩子们令儿子艳羡不已的大喊大叫？我忽然眼睛有些发潮，望着那敞着一个洞的纱窗。

2005年9月新疆人民出版社选集《隆起的西部》

追梦"白银王国"

丰 收

2006 年 8 月 20 日,郑州直达乌鲁木齐的专列一到站,杨玲就从行李架上取下一个不大的行李卷儿,跳下车,出了站,直奔一溜开往石河子农场的大客车。她身后跟着一溜儿大闺女小媳妇,叽叽喳喳满口河南腔。

这几年一进 8 月,乌铁局乌鲁木齐站就人潮滚滚。东来的列车趟趟满员——都是乘专列来新疆拾棉花的"淘金客"。

上一年,豫东平原商丘闫集乡刘庄村的小媳妇杨玲,坐了两天三夜火车,又坐了半天汽车来到天山北麓的下野地。面对着下野地的棉花地她惊呆了:"新疆的棉花地那个大呀,白花花望不见个边儿,海了!"

11 月头上,杨玲揣着 4000 多元人民币,腆着被西部的太阳涂红了的脸蛋回到了刘庄村。于是,刘庄村西行"淘金"的娘子军拉起了队伍。

杨玲们你推我挤拥进大客车时,列车上下来的人潮也七股八岔地往天山南北奔。乌铁局乌鲁木齐站这一幕,已是秋天里新疆独有的风景。新华社记者记录了这充满动感的一幕幕——

眼下距离新疆棉花采摘期还有半个月左右的时间,但内地各省市的采棉大军已开始乘专列涌入新疆,比往年提早掀起采棉"淘金"的浪潮。

今年首批 14 万来自甘肃、河南的拾花农民工已于 8 月 16 日开始陆续乘坐专列抵达新疆,从现在开始到 9 月 15 日,每天都将有 1~4 列专列到达新疆。四川、重庆、安徽、山东等省市的拾花农民工将在 9 月初乘专列陆续抵达。去年 100 万内地拾花工在短短两个月内就"拾"走至少 16 亿元。

——新华社乌鲁木齐 8 月 17 日电

8月17日至9月5日,重庆、四川两省市旱灾地区将有11万余名农民陆续乘坐"棉农专列"奔赴新疆,成都铁路局将陆续开行赴新疆"棉农专列"34趟,其中重庆17趟,万州9趟,成都8趟。

——新华社重庆8月18日电

篝火并不遥远

在天山南北辽阔的绿洲,有多少与棉花缠着团儿绕着疙瘩的话题和故事?

三四十年前的事儿了,谢高忠说起来就像是昨儿夜里才发生的。1955年春,兵团农二师副师长谢高忠率队踏勘塔里木,夜宿乌鲁克荒原。篝火冲散了南疆春夜的寒气,如水的月光下,谢高忠问战士们:"你们谁知道,苏联的乌孜别克又叫什么?"话音刚落,武功农学院参军入伍的邓彬就接上了:"白银王国。""对了!"谢高忠挥动手臂:

"这是老师长张仲瀚告诉我的,说乌孜别克是苏联的棉花种植基地,号称苏联的'白银王国',我们的塔里木盆地和乌孜别克在同一纬度上,无霜期长,太阳照的时间长,地大土肥,又有水,我们就要在塔里木建中国的'白银王国'!"当年南泥湾大生产的劳动模范豪气依旧。

就在天山南麓的塔里木憧憬"白银王国"的美景时,天山北坡已经在玛纳斯河流域两万亩新垦地上收获着平均亩产200公斤的籽棉,创造了当年棉花单产全国纪录。

世界植棉史,有"北纬44°以北不种棉"的定论。这是因为,棉花的生长期在156天以上,北纬44°以北地区的无霜期一般只有146天或156天。天山北坡玛纳斯河流域正处于这一纬度带。

跟随左宗棠西征"赶大营"到了天山北坡,落户玛纳斯的天津杨柳青商客的后裔,在玛纳斯河边住了几辈子了,没有成垄论亩地种过棉花。老乡们告诉军人,河南的棉花他们种过,山东的棉花也种过,棉花桃子还青着呢,霜就白了。后来,房前屋后点上几棵,剥点儿桃子花,捻个灯芯芯,絮个棉袄棉裤。

战士们不死心。将军们不死心。这么好的阳光,这么好的地,咋能不长棉花?于是,玛纳斯河拐出的一方冲积扇——小拐的"棉花开花了!"老司令员陶峙岳将军风尘仆仆赶到小拐,直奔棉田。他拨开棉叶,一株棉花竟结了12个棉桃。这一年,战士们在一亩地上收了215公斤籽棉。

石河子一块菜地也似乎让人受到鼓舞:两亩地的棉花齐刷刷一米多高,每一株都结几十个棉桃,最多的一株结了100多个桃子。但吐絮的却不多,秋收时一亩只收

20来斤皮棉。张仲瀚将军去地里看了后明白了:这块菜地原来是个老羊圈,土壤太肥,棉株疯长棉桃开不了花。

于是,王震将军请来了苏联植棉专家迪托夫。迪托夫实地调研后有了结论,玛纳斯河流域虽然地处北纬44°,但日照时间却高于同纬度地区。5月到9月,棉花生长发育期地温较高,加之毗邻古尔班通古特沙漠,昼夜温差大,有利于棉花积聚养分。如果选用早熟品种,技术措施到位,不仅可以成熟,还能高产。

于是,有了迪托夫保证技术措施,王震将军负责组织领导,陶峙岳、陶晋初将军保证物资供应,张仲瀚将军组织生产,三方各司其职的"植棉合同"。

于是,就有了玛纳斯河流域两万亩棉花亩产籽棉200公斤的纪录;有了划时代意义——脱下军装的军人要在天山北坡创建中国的"白银王国"。

一梦五十年啊!

当着农业部专家的面,看上去很不起眼的李森合泪流满面:经过专家们测定,她种的71亩棉花亩产籽棉660公斤!成为2006年度全国植棉状元。喜极而泣的泪水,有春种秋收的期盼和喜悦,有一年耕耘的辛劳,有说不尽道不完的感激。李森合感谢膜下滴灌,感谢精量播种,感谢测土配方施肥,这些富农新技术让她受益。李森合还感谢机械采收棉花:"呼啦啦走一圈,顶几百人忙一天呀!"

李森合所在的农八师一四九团19连的8700亩棉花,亩产籽棉400多公斤。

真是今非昔比啊!真是上苍的恩赐啊!

和人一样,棉花也在寻找适宜自己生长繁衍的家园。而疆域辽阔的新疆具备了成就中国"白银王国"的土地光热资本。

万小格灿烂的笑脸

从家里到棉花地,万小格喜欢走路。晨雾里,林带两边的棉花地静得只有鸟叫。听着鸟叫,呼吸着新鲜空气,盘算着收棉花,清地、秋灌……孩子开学交费,"小四轮"买还是不买,钱一点儿一点儿攒到她手里,又10元100元地花出去,一家人的日子就这么一天天地在她手心里打发着,她忙碌却快乐着。眼看着一仓斗一仓斗的棉花从采棉机上卸到拖拉机的车斗里她最快乐,棉花拉到加工厂就兑成了让人心里踏实让日子好过的人民币。

第一缕阳光越过地边高高的白杨树,很快就万箭齐发,射散了雾气。棉朵上的露水珠渐渐飞走了,万小格沉浸在早晨的清风里,一边听着风儿翻动树叶发出的叮当声,一边等着"金色小鹿"的到来。

往年,万小格可没这么轻松。每到收棉花的日子,她又喜又愁,喜是有了收成,有了收成就有了孩子的学费与一家人的生活;愁是一朵一朵的棉花咋样收回来。

农场女职工要比男职工辛苦,一年一季拾棉花,面朝黄土背朝天,一天十来个小时,一只手往嘴里送馒头,一只手还穿梭在棉棵子里。腰痛得直不起来也弯不下去,就蹲着拾,跪着拾,"三八红旗手"、"女劳模",十有八九是从棉花地里苦出来的。

兵团农场的第二代,是伴着一年一季的棉花长大的。秋季开学就是拾棉花,一直拾到大雪落地才回到教室开课,从小学一年级入校门,直到离开农场。童年记忆中那棉花地大啊,大得走不到头,望不见边。

上世纪 80 年代末 90 年代初,每当霜重秋浓时,成千上万河南、山东、甘肃等省区的"棉客",就像候鸟一样奔向天山南北。他们顶着满天星星弯下腰,又到星星满天才直起酸痛的腰。"那可真苦!"杨玲在下野地的棉花地里苦了三个月,揣着 4000 多元人民币也拖着一身疲惫回到商丘老家,给小姐妹们显摆时,也实话相告:"这钱挣得可苦!"

儿时伙伴李莉,从美国带给我一件漂亮的短袖体恤。"别是中国造的吧?""还真叫你说着了。"李莉眨动着漂亮的大眼睛,翻开商标:"Made in China"。

"说不定用的是咱莫索湾的棉花呢。"

不过 10 年,美国对中国出口美国的纺织品反倾销诉求,中美纺织品马拉松式的较量开始了。从夏到冬,七轮博弈,尘埃落定:从 2006 年 1 月到 2008 年,美国对从中国进口的棉制裤子等 21 种产品实施数量管理,2006 年的基数按 2005 年实际进口量确定,2007 年和 2008 年均以上一年度协议量为准。

现实是:人类消费观念回归自然,"天然纯棉"纺织品消费持续增长,中国的棉纺织品物美价廉,受到包括美国在内的国际市场欢迎。

历史上,美国南部棉花种植推动了铁路向南延伸,促进了美国西部开发,甚至促进了英国的迅速崛起,瓦特发明蒸汽机推动了英国工业革命,但是纺织业需求的棉花却产自美国南部的奴隶种植园。

咱中国也有了让你老美担心害怕的?以往,咱中国的工业产品,有哪个被别人围追堵截?虽说咱还是以量打拼的劳动密集型产业。

些许欣慰,更多的却是弱者图强的思考:

中国棉花产量占世界总产比重不低,又是纺织用棉大国,对国际棉市理应拥有一定的左右能力,价格涨跌多少也要看看中国的脸色。其实不然,中国无力平衡棉花价格的大起大落。2003 年国内市场棉花大战,皮棉收购价涨到一吨 17500~18000 元人民币,被业内惊呼"百年不遇的黄金年"。2004 年,价格暴跌,下半年比上半年每吨低了 5000 元! 2006 年国内棉花大丰收, 棉农却笑不起来, 收购价每吨只有 12000元。美国是中国纺织品出口的主要市场,也是棉花进口的主要市场,美国棉花占到中国进口棉的一半以上。美国的脸色,国际棉市不能不看。

加入 WTO,就意味着投身国际市场的大海,尽享鼓满风帆的快感时,也要承受大海瞬息万变的风险,水大鱼要大,风大船要大。加入世贸组织后,中国棉花遭受的冲击最大。究其原因,最根本的就是我国棉花生产规模小,生产力低下。中国数以亿计的棉农人均种植面积不足一亩,而美国家庭农场的生产规模平均 3000 亩,澳大利亚更是超过了 15000 亩。中国棉花生产的小农经济状态导致的直接后果就是生产成本居高难下,没有市场竞争力,棉农更没有经济实力吸纳新技术。而中国快速发展的纺织工业对棉花的需求却逐年增高。2003 年,中国进口棉花 87 万吨,占当年棉纺织品消费总量的 13.6%,到 2005 年,进口原棉已达 257 万吨。美国农业部(USDA)2006年 12 月预报,2006~2007 年度,中国棉花产需缺口 424.6 万吨。国家发改委副主任毕井泉预测:国内棉花市场将长期供不应求。

在这个背景下,新疆"十一五"优质棉基地建设项目全面启动,这是全国唯一一项作为单一农作物连续三个五年得到国家大规模投入资金支持的农业项目。这标志着新疆棉花生产在保证国家棉花安全的战略地位。在这个背景下,占有中国棉花总产 18%,中国出口棉 50%,单产连续十数年位居全国之首的新疆生产建设兵团,棉花生产的规模化、集约化水平,尤其是以机械采收为标志的机械化生产水平,已经成为中国棉花产业可持续发展的佐证和希望。

在这个背景下,实施机械采收已经两年的万小格,是中国现代农业生产的先行者。新建农业工程公司的"迪尔"采棉机按合同约定如期开到了她的棉田。一望见那可爱的"金色小鹿",万小格一脸的灿烂。

"金色小鹿"来到天山脚下

采棉机卸下最后一仓斗棉花,西坠的太阳已经落在地头的杨树后面了。万小格两只手举着两半刚剖开的西瓜,迎向从采棉机上跳下来的小伙子:"快解解渴。"

"今年 350 挡不住。"

"春上遭了冰雹,重播的,青桃子太多,"万小格摇着头说,"我看弄不到 350。去年花开得多好!机子走到条田中间就得卸花,那才 400 多点儿。今年走到头车斗还不冒尖呢!"万小格的 80 亩地,去年收了 33 吨棉花。

1997 年,万小格开始种这 80 亩地。那年她 20 岁出头,从豫东投奔大姐,成了家,落了户。地种得熟了,她也成了两个孩子的娘。在这一片儿,她是最早用机采棉的户。"80 亩地,人工拾,一人一天拾 100 公斤,40 个人也要拾八九天。现在一台采棉机,等露水散散,11 点下地,下午 5 点就收完了。"万小格说,今年开春冰雹打,入秋又遇上低温,花开得不好,一亩能收 300 公斤就谢天谢地了。

万小格满意采棉机组的工作:"今年比去年采得还要干净,采得净点儿,补了冰雹的祸害。"去年,她的棉花也是他们收的。有了来往,就有了照应,一天三顿饭费了心思,想做得好吃有味道。不只是求着人家了,也顾惜几个年轻人的身体。紧着做好饭,万小格就赶着往棉花地走,拾拾地头渠边的落地花,一春一夏,一株一枝都是她的汗水,她的辛苦,满地白花要一朵不落地收回家啊!

在新疆棉区,越来越多的种棉人像万小格一样,接受并喜欢上了机械采收。

"因为棉花实现了机械采收,我们团才起死回生。"兵团一三二团机务科长王玉林热衷机械采收。一三二团地处天山北坡冲积扇的下野地,东邻莫索湾,隔奎屯河西望车排子,与古尔班通古特沙漠南缘接壤。光热、水土资源得天独厚,土地面积大。但一三二团却连年亏损,亏在不种棉花。不是不想种,是不敢种。种,好种,有拖拉机。收呢? 没有人咋收回来? 原本就是地多人少,越亏职工流失得越多。"师领导下来调研后表态说,师里支持你们搞机采棉。"结果,银力集团以棉花补偿作为条件,投资3000 多万元,引进美国清花配套设备,2004 年播了 6 万亩棉花,当年扭亏为盈。

风轻云淡,长天如练。远望棉田边的白杨林就像白色海面上扯起的风帆,绿色的"迪尔"像一叶叶扁舟游弋棉海……

及近,红衣蓝裤陆战靴,红衣工装鹅黄线绣"新建农业工程"标志,别致又醒目,与驾驶的"迪尔金色小鹿"很般配。

在这一幅画面里,见到了新建农业工程公司总经理刘长江——气宇轩昂,挺拔俊朗,是那一瞬间留给我的印象。笔记本电脑工作着。GPS——全球卫星定位系统——千里眼,顺风耳,只要有中国移动信号,他的方阵一目了然:每一台机车的地理坐标,运行轨迹,作业面积,甚至是特定时段的工作状态……那神态,俨然是决胜千里的将军。

革命前辈在"自力更生,勤俭建国"的鼓舞下走出了四面围困的艰难岁月。但是,在一个不算短的历史时期,我们意识的"自力更生",却多少等同于闭关封门,更何况我们的小农经济意识本来就根深蒂固,结果,借鉴人类文明发展自己的路被阻塞了。

就说采棉机吧,早在 1952 年,王震将军就从苏联引进了 37 台单行采棉机。没想到引进的采棉机在兵团却推不开。王震指令刚从苏联留学归国的棉田机械工程师林起赴新疆实地调研,结果是机采棉在新疆,尤其是规模化生产的兵团比较有发展前途,关键是棉花栽培、后期清花设备和工艺要配套。王震听了汇报,明确指示:"既然有前途,就要一步步做起来。"当场拍板从苏联再引进 14 台双行采棉机。

50 年过去了,中国实施关系国家棉花安全的新疆棉花产业战略,采收成为制约棉花产业发展的瓶颈。

时代呼唤规范、科学、专业化、高水准的农业机械服务。

市场呼唤资源合理配置，资本多元组合，集约化规模化经营。

顺天时，得地利，有钱出钱，有力出力。植棉农场，棉花加工企业，农业机械服务公司，按公司法组建的股份制企业——"新建现代农业工程开发有限公司"应运而生。

新棉采收的这一天，澳大利亚范德菲尔德农业机械设备公司研究员 Sarah warby 女士和昆士兰大学的学生，不远万里来新疆调研机采棉市场：拾花工西拥新疆的信息给了人家市场预报，人家来摸中国机采棉市场底牌，意在推销他们的二手采棉机。

经澳大利亚驻华使馆商务处联系，客人坐在了中国最大的机采棉企业新建农业会客厅。客人打问新建农业经营规模，刘长江笑答：目前拥有 106 台采棉机，有 102 台是 5 行机，二期目标 300 台。接着，他笑问：贵国采棉机是 4 行机吧？

最终，客人没有亮底牌。

新建农业从大洋彼岸牵来了 100 头"金色小鹿"。

约翰·迪尔 1837 年创建了迪尔公司，经过 270 年经营，铁匠铺起家的迪尔公司已经是世界农业设备生产巨头。迪尔进驻中国已有 30 个春秋。英文"Deer"的意思是"鹿"。约翰·迪尔以自己的姓氏"Deer"——"鹿"命名公司，以飞奔的金色小鹿为企业徽标，表达祈望，寄寓志向。

2005 年，新建农业机采棉 28 万亩。一台采棉机一天采收 150 亩左右，是 500 名拾花妹的采收量，那还得是快手，一天三顿吃在地头。按采收棉区平均值计，一公斤采收费 0.33 元，同一棉区人工采收费一元。农户因机采增收 6000 多万元。

"能净落三万七八"。满满一仓斗棉花卸进运棉车中，棉田的主人才顾上和我搭话。2005 每百年不遇的好收成，牛明雷 75 亩棉花收了 27.5 吨籽棉。阳光里，肤色涂了一层油彩的小伙子说："机采棉，单产越高，成本越低，机采一亩 115 元，如果人工收，一公斤 0.96 元还接不上人，占棉花生产成本的三分之一了。今年要是人工拾，我落不下这么多。种棉花苦啊！拿不上钱谁还干？当然要机采，这账谁心里不明白啊！"

相比万小格、牛明雷，王军丽是老资格的军垦第二代。"三年自然灾害"，父亲自流新疆。说是"自流"，错了，能吃饱肚子谁还瞎跑？走新疆讨个活口。甘肃的父亲四川的母亲前后到了准噶尔盆地南缘这片地名莫索湾、番号兵团一四九团的地界，不走了。王军丽和她的弟弟妹妹像棉籽落地一样繁衍开来。

在这里长大，又在这里开始自己的生活。王军丽种了 61 亩棉花，这块地用水、用肥、用汗珠喂养了十多年，往地里瞅一眼，就知道该喂水还是喂肥，就知道是啥虫儿祸害了棉苗。与父母不同，王军丽更智慧地喂养赖以生存的土地。早已不是父亲"海军陆战队"那时，扛着大铁锹挖渠开口放水灌。王军丽最早用了膜下滴灌，出苗率高，苗出得齐整，不淹不旱。十多年啊！喂出了感情，喂得土地知冷知热。

王军丽种植机采棉也最早，"人工拾，要拾三遍，一人一秤地过，一角一分算钱，一天三顿送饭送水，自己还得拾花。啥最累？与人缠磨最累。累怕了，也烦怕了，再算算，2004年管吃管住一公斤九毛五还接不上拾花工，2005年就一块钱了！用机采，咬咬牙下了决心。"结果，2005年王军丽从61亩棉花地里拿到了2.1万块人民币。汗没自流，苦没白受呀！2006年一开春，早早签了机采合同。

当然，和万小格一个心思，机组小伙子们的一日三餐，王军丽是讲究的，天天顿顿变着样儿，也是想着小伙子们能上点儿心，收得干净点儿。她心里清楚，机器是人掌握的，想着干好，那就能干好。王军丽还清楚，采净率还与栽培模式、棉花品种有关。签订了机采合同，那就一定要按照机采棉的栽培模式管理棉花。收了棉，也闲不下。父母亲的年月，冬天拉沙改土，一爬犁一架子车把沙土拉到地里，黄澄澄的沙土掺到红黏土里，种麦子长棉花的土地就上下通气不板结，一年年变得柔顺了。现在不拉沙改土了，一座一座沙包早拉成庄稼地了。王军丽冬天学习，种机采棉逼着你学选种学怎样控制棉株生长高度，怎样控制花期……逼着你学呀学。几个一起玩大的姐妹结伴去海南岛游一圈的心思，她压了一年又一年，没时间让它冒头。

棉花地边，认识了王军丽和万小格说的"棉客"——潘从武、魏新善。他们的作业水平引起了我的注意，采棉机行走得牛鼻子样端端直，走过，铺连的白色不见了，土地露出了收获的敞亮。

机长潘从武从新建农业16号采棉机走下来后，绝对没有了他驾驭着"金鹿"游弋棉海的那种英武了。红衣蓝裤工装罩在他身上显得空空荡荡，只有脸上那双卧蚕眉和眼神让你联想他骑跨"金鹿"时的神气。

"她们把我们叫'棉客'。老家不是有麦客吗？提上一把镰刀，跟着麦子地走，熟一片割一片。我们就是个棉客嘛，棉花白了我们就来了，年年来。"喝玛纳斯河水长大的潘从武23岁那年从新湖农场投考新建农业，干了四年了。"我们也是个种田的出身，爹妈种了一辈子地，种田人顾惜种田人，你把棉花地看成自己的，啥都好办了。再先进的机械也是人操作，机采头勤清洗，看着棉花高矮疏密，及时调整机器，收得就干净些。地里不净，心里也不净。"

"车子一动，从武就让我问农户，采得行不行，不满意了我们再调整。"比潘从武大三岁的魏新善服气自己的机长。小魏也是农场第二代。

是啊，潘从武、魏新善的技术水平，他们与土地的感情，关系着采棉机的采净率。今年，潘从武时不时就处在矛盾的拉扯中：新建农业实施信息化管理，每一台采棉机都装了GPS，机采头一落下，分毫不差的采收计量程序就启动了，所有数据同步传输指挥中心。但是现实条件下，土地再规整，也不可能准确到1+1=2。棉农要求按土地承包证上的面积计费，潘从武效忠新建农业，也要诚信服务种棉花为生的父老乡亲，常常处于利益诉求的拉扯中,左右为难。他常和同伴们探讨:机器的准确和人的良心,能像采棉机的曲轴和连杆一样,有个注入润滑油的配合间隙,那就好了。只不过,人和人之间的"润滑油"是信任和感情。

2007年春节过后,潘从武去了新建农业位于乌鲁木齐的总部。静观静听,员工冬季培训正在进行,除了技术层面的内容,员工人手一册在读《你在为谁工作》。机械工业出版社2005年9月出版的这本书,总经理刘长江列为2007年员工必读书,上"必须读"的书目,大多属于文化层面。

一支时代气息扑面的队伍。

团长心里几本账

王军丽、牛明雷在的一四九团,一步为先钟情机采棉,与这个团的当家人学的专业有直接关联。

一四九团种了12万亩棉花,掌管这份家业的人叫张启全,农场味儿很浓的"第二代"。鼻梁上那副颇秀气的眼镜,告诉我他这个年龄的农场子弟大致的履历。果然,恢复高考的1977年考入石河子农业机械化学校,而后又完成了八一农学院农业机械专业四年制本科教育。

真是角色使然,没说上几句张启全就一笔笔算起了账:"也是逼出来的,上世纪90年代中后期开始接季节拾花工,每年都要接一万人到一万五千人。给季节工建房,每个连队都是上千平方米,全团五万多平方米,你算算这成本!水、电、医药费这些隐性支出年年都是200多万。近些年,劳务费用年年涨,去年一公斤一块钱,加上隐性支出成本最低也得一块一毛钱。支付拾花工4000多万呀!生产成本居高不下。机采棉就便宜多了,去年平均一公斤三毛三,加上隐性支出四毛钱打住了。"

"机采棉不只是解决了一个拾花劳力的问题,降低生产成本的问题,它解放了人,拾过棉花的都知道,那是软绵绵的强劳动,机采棉把人从繁重的劳动中解放出来了,这就是以人为本。"搞机采棉难,从技术层面说,不亚于一次农业革命。机械采收是从选育适采品种开始,规范栽培模式,后期加工配套成龙的系统工程。机采对棉花品种的衣分、纤维强度、抗病抗旱性能要求更高,甚至对株型也有要求:株高65~85厘米左右,第一果枝在15厘米以上。成熟期集中,一夜东风百花开。棉桃口紧适中,松了,一吐絮落花满地白,紧了,采棉机不好采。中国对机采棉品种的要求更苛刻,美国、埃及,世界产棉大国追求规模效益,我们追求单产。美国种植密度8000株/亩,单产200公斤左右。我们的种植密度15000~16000株/亩,一四九团亩产440公斤以上的有四万亩,亩产500公斤以上的有2000多亩。但是采棉机和人一样,有极限,也有最佳工作状态,就像高速路上汽车跑110码省油又安全。适栽品种选育难度大,最好的采棉机美国制造,人家不会为了我们的种植模式改变机械设计,只有我们的品种栽培模式适应成熟定型的采收机械。搞机采棉,推行了节水滴灌,只有滴灌能满足采棉机无埂无渠的工作要求。

我们团的机采同样经历了抵触,逐渐接受到离不开。这世上最牢固的是啥?搬不走的庄稼地。农业革命,哪怕是小小的一步,都有一个观念渐变的过程。这个过程的微妙、复杂,比新品种的培育,新技术的研发艰难得多,因为这涉足利益甚至情感领域。现在的农场职工是生产者,也是经营者,已经不是听连长吹哨出工的简单劳动力,他不听你说,只看你做,你要让职工流了汗有收获。"

张启全告诉我,万小格、王军丽一开始也是又嚷又叫,辛苦了一年呀,几辈子都是人一朵一朵往下摘,这么大个机器咋就能像人的手一样摘下棉花?糟践了你赔不赔?

"其实我心里有本账,她们赔不了。"张启全说。

2006年9月到11月,去莫索湾、下野地、车排子、夏孜盖垦区的"白银王国",一路走下去,有一些喜少忧多。对机采棉"两头热中间冷",利益驱动下的农场土政策制约着机采棉推广,兵团、师和植棉农户种植机采棉,要求机采的热情一年比一年高,而团场和相关部门对机采却有些实用主义:拾花劳力不足的时候,要求机采;拾花民工来得多了,就不顾合同约定,减少机采面积。小农经济意识认为机械采收带来的实惠基本上落在了种植户手里,团场并没有获得直接利益。还有些蝇头小利也得不到了:比如每年借到内地接拾花工之名,多少也方便了游山玩水。招收拾花工多,还可以提成奖励。机采,基本堵绝了这些孔道。

今年,大部分团场更以各种不同名目的理由对棉花种植户出台调高机采收费标准的"政策":一三三团机采收费标准提高到0.85元/公斤,另外还要扣除25%的水杂率——意味着棉花种植户每收4公斤籽棉,就要被剥夺一公斤。这不仅制约机采推广,更伤害棉花种植户的积极性。

就在各团场出台土政策时,兵团司令员华士飞在兵团党委减轻团场职工负担工作会议上强调"还田于民,还利于民"。他说:"我们必须在减负工作上提出新的思路,有新的突破。"

张启全干预不了兄弟团场,但是一四九团辖区的12万亩土地他有绝对的主导权:新建农机一亩125元的采收费直接对植棉户,16%的水杂率由团场承担,不能把新技术的推广费用转嫁农户。

现在清楚了,万小格、王军丽等植棉户为什么总是一脸灿烂。

WTO 的月亮照着你也照着我

2007 年 6 月 22 日,新华社一则标题《美国企业首次从我国召回"问题农机"》的通稿,各地媒体纷纷刊载。

通稿导语:迫于我方压力,自 6 月 10 日开始,美国约翰·迪尔公司开始从新疆陆续召回 67 台存有质量隐患大型采棉机。这是外国企业首次从中国召回"问题农机"。

新华社电讯稿:在目前我国还没有农业机械召回制度的背景下,这一进口农机召回第一案具有重大意义,国内企业可从中吸取经验教训。

详情要从 2006 年 5 月 22 日新建农业收到约翰·迪尔(中国)公司一份文件说起。这份"约翰·迪尔(Desmoines)工厂产品改造计划"称:新建农业购买的 100 台 9970 采棉机中,有 32 台存在"必须改进"的工艺和设计缺陷,有可能造成发动机曲轴断裂,扭剪失效,需要更换曲轴。

按照国际惯例,有三分之一的产品出现质量问题,迪尔公司必须召回全部采棉机。但是美国知名企业迪尔拒绝了中国新建农业的要求,承诺其余的 68 台 9970 采棉机不存在此类质量隐患。

仅仅在五个月后,疑虑和担忧不幸成为事实:2006 年 10 月 20 日,正在新湖农场作业的 81 号采棉机,突然发出一声不合拍的骤响,随即趴窝不动了:曲轴断裂,发动机扭剪失效。这台看上去那么美丽却先天有疾的"小鹿"是没有上黑名单的 68 台中的一台。

在事实面前,迪尔本应无条件履行由自己国家倡导的召回制度,遗憾的是,这家世界知名企业在中国的代理商竟然不理智到要求自己服务的上帝——中国新建农业工程公司服从他的解释。

新建农业经过持久不懈的交涉,2007 年 1 月 12 日终于收到迪尔(中国)公司"剩余 67 台采棉机保修期延长至 2007 年 11 月 30 日"的一纸敷衍。

与此同时,约翰·迪尔(中国)公司仍然在中国东北区、新疆区继续销售安装同型号、同批次曲轴的农业机械。

这件事已经不仅仅是一家中国企业的得失。我们不到一美元一件的圆领衫你反倾销,好莱坞电影投诉知识产权保护,你一辆二三十万美元的采棉机,质量问题明摆在那儿了,还背着牛头想赖账,这已经不是诚信服务的缺失,骨子里妄自尊大的强权意识已经伤害着我们的民族尊严。WTO 的月亮照着你,也照着我!

刘长江动真格的了。新建农业投诉至新疆出入境检验检疫局和中国消费者协会:"敦促约翰·迪尔(中国)公司拿出切实排除曲轴缺陷的措施,而不是迪尔提出的事故发生后的补救措施;向全国发出预警,在问题没有彻底解决之前,不要继续下订单。维护国家尊严,保护中国企业的合法权益。"并于2007年2月28日向迪尔(中国)公司发出最后通牒:"拟在'3·15'消费者权益日召开新闻发布会,借助媒体向社会和迪尔采棉机用户发出情况通报。"

2007年4月27日,约翰·迪尔(中国)公司致函新疆出入境检验检疫局:

经过我公司高层的慎重考虑,决定对剩余67台9970采棉机采取更换发动机曲轴总成的措施,预计完成更换时间为2007年8月31日。

WTO精神国际共有,大家共享。享用水平的高低取决于享用者的水平,如一台电脑或是一部手机,功能发掘因使用者的智慧、知识而高下难求。

新华网的消息最后报道:

美国企业召回产品的举动赢得中国消费者的认可。曾经引进这家企业多种产品的新建现代农业工程开发有限公司董事长刘长江表示,约翰·迪尔公司最终的合作显示了一个国际性大企业负责任的态度,如果有需要,还会继续购买其产品。

固守阵地商场战场,举重若轻进进退退,大家风范也。

亲兄弟明算账

"自家人打起来了!'新建'告农八师了!"兵团农七师中级人民法院2007年7月23日庭审开始,备受关注的新建农业诉农八师并农八师下辖九个农场违约的传言成为事实。

面对国家实施棉花产业安全战略,新疆已是中国最大的优质棉生产基地,采收成为制约棉花产业发展瓶颈的现状,但同时也是机采棉发展商机,2004年8月,新天国际经济技术合作(集团)有限公司控股、农八师下辖新疆西部银力棉业集团有限责任公司参股,组建新疆现代农业工程有限公司(简称新建农业公司),拥有迪尔大型采棉机106台,迪尔大马力拖拉机36台,是全国最大的以机械采棉服务和耕作服务为主营业务的农机服务龙头企业。

2006年一进入7月,下野地、莫索湾垦区的棉田已是一派丰收在望的景象。7月19日,农八师农业局函告新建农业:确保农八师35万亩棉花的采收。

8月11日,在农八师农业局主持下,新建农业公司与农八师所属农场签约36.15万亩采收合同。为确保履约,新建农业从农六师、农七师垦区协调了26台采棉机到农八师垦区。

但是,由于内地大旱受灾,拾花劳务工蜂拥进疆,农八师有九个农场先后违约,秋收结束,新建农业只完成采收面积 14.95 万亩,合同履行率仅有 41.36%,以规模化运营见长的新建农业亏损高达 2149 万元,新建农业不仅无法按期偿还银行贷款,还要背负沉重的信誉损失,2007 年度机采运行也受到影响。按新建农业与农八师各农场签订的《棉花机采作业服务合同》的规定,农八师要向新建农业赔偿机采费的 80%。

中国有句老话:亲兄弟明算账。可这说起来容易,做起来难啊!中国小农经济的土壤里长了几千年的文化"人情大过天",兄弟上法庭?法律是铁,人情如海。儿女情长,英雄气短。没办法,2005 年新建农业放弃了索赔。

2005 年,新建农业与农八师 12 个农场签订了总面积 50.8 万亩机采作业服务合同,按 50 万亩采收规模组织,投入了 118 台采棉机。结果是农八师没有按合同履约,实际执行仅有 26.4 万亩。

考虑到人情面子,新建农业有苦肚里咽,没有追究农八师的违约责任。

一年又一年,因违约造成的亏损,已关系新建农业的存亡。2007 年 1 月 29 日,新建农业上报兵团:"关于 2006 年农八师机采团场违约情况的报告"——到了这个时候,刘长江仍然寄希望在上级领导的干预下,兄弟握手言欢。

1 月 30 日,兵团领导在新建农业上报兵团的报告上批示:企业经营行为不干预。

不知道是不是因为这一批示,最终坚定了刘长江寻求法律"保驾护航"的信念。

我倒是从这一批示中看到了兵团最高决策层不再用行政命令干预市场,干预企业经营的决心。这一批示因此有了它的时代价值。

初看,这一批示有点不可思议。新建农业是兵团的龙头企业,农八师是兵团的半壁江山,这是"家事"啊!家丑不外扬,肉烂在锅里嘛!搞得不好,直接影响兵团的 GDP,事关各级官员的政绩,九九归一还不都是你兵团的事呀!细琢磨,行政干预少了,企业的自由度就大了,企业自由度大了,资本自由化程度就高了,企业获得长足发展的同时,有独立人格的企业家精神得以培养生成。放手让企业自己去解决问题吧,市场的事交给法律去办——这一批示昭示的理性,符合现代政府的执政理念。

2007 年 9 月 6 日《新疆日报》

心灵的震撼

穆铁礼甫·哈斯木（维吾尔族）

"为什么我的眼睛常含泪水，因为我对这土地爱得太深。"

——摘自著名诗人艾青《我爱这土地》

古人说："五十而知天命。"今年"天命之年"的我，虽然还是不知"天命"为何，却在更深的方位和层面，深深懂得并理解了一条"天路"。这就是举世闻名的新藏公路。

全长 1435 公里的新藏公路从新疆叶城县起，穿过巍巍昆仑十余座冰雪达坂，涉过孜那甫河、叶尔羌河、喀拉斯坦河、狮泉河等无数条冰河险滩，穿过雄伟的昆仑山、喀喇昆仑山、冈底斯山、喜马拉雅山，一直伸向世界屋脊西藏阿里普兰县境内。219 新藏线不仅是我区公路管理养护条件最艰苦的公路，也是世界上海拔最高、道路最险、环境最恶劣的高原公路，与另两条通往西藏的青藏、川藏线，被人称为"铺在天上的国道"。

2007 年 10 月 30 日，在叶城召开的纪念新藏公路通车 50 周年庆典上，出席庆典的领导在讲话中都提到了"新藏公路精神"。

50 年的精神，50 年的天路，无法不令我抚今追昔，不令我感慨万端。我想起了那些已经长眠于昆仑山脚下的烈士，想起了那些曾经付出青春甚至生命的英雄，想起了那些至今还在为新藏公路线上默默奉献的公路交通人。同时，我也想起了十多年来先后九次踏上新藏线时，我所看到的一幕幕，听到的一件件。交通人的思想与精神，一次次感动着我的心，震撼着我的灵魂。

氧气吃不饱

1992 年 7 月，35 岁的我第一次走进新藏公路。

时任叶城公路总段的总段长阿德勒接我时对我说:"上山所需的药品和专用氧气都准备好"。我问:"有那么严重吗?"阿德勒说:"第一次上山,你可要有充分的心理准备"。我问:"山上的职工都背着氧气吗?"他笑着说:"没有。"我说:"那就好,我也不会有问题的。"信心虽然很足,但上了山可就不是那么回事了。

"库地达坂险,犹似鬼门关;麻扎达坂尖,陡升五千三;黑卡达坂悬,九十九道湾;界山达坂弯,伸手可摸天。"这段顺口溜,是新藏线艰险的真实写照。离开叶城不到一个小时,我们的车就到达佰西提来克道班。

"佰西提来克",维吾尔语意思是"五棵杨树"。但到了这里,我看到的是茫茫戈壁滩和连绵起伏的大山,传说百年以前这里仅有五棵野生胡杨树,供往来过客驻足歇息。

千山万壑的昆仑山,以洪荒、雄浑、险峻、苍茫的形象扑入我的眼帘。在数百公里不见人烟的崇山峻岭之中,我们开始穿深谷、爬达坂。阿卡孜达坂海拔只有3150米,但却是新疆境内地势最险要的达坂,不到30公里的路程,就有33个弯道,99个翻转。随着汽车的前行,海拔高度不断上升,我们很快到达了库地达坂。这里因地势险要而得名,维吾尔语意为"连猴子都爬不上去的雪山"。我开始有了高山反应,感到头疼、心慌、气短、胸闷、气喘。

库地、麻扎、黑卡、康西瓦、奇台、界山……对于行走在新藏公路线的每一个人来说,是一个又一个让人生畏的"鬼门关"。翻越库地达坂后,就是麻扎公路段段部所在地,海拔4800米。所谓"麻扎",据说是因为一个朝觐的阿訇在回来的路上被泥石流吞没,人们为了纪念他将这里称为"麻扎"。

爬上海拔5000米的麻扎达坂时,我感到头疼欲裂,恶心呕吐。高山反应的痛苦更加明显和剧烈,并开始一点点折磨着我,考验着我的意志。我以为自小吃过许多苦,这点苦算不了什么。可没想到新藏线上的高原反应竟是这般滋味:头疼恶心、浑身无力、胸口简直像塞了棉絮,人仿佛到了生命尽头。尽管这样,我咬牙坚持,保持镇定,在脸上没有丝毫表露。

界山达坂是西藏和新疆的分水岭,也是大陆国道海拔最高的山口,这里的氧气量只有海平面的一半,缺氧的痛苦难以言说,到了这里我们都不想多说一句话了。在这条悬崖绝壁中凿出来的"天路"上,坐车如同乘坐着一架没有任何安全设施的飞行器,随时都可能飞落深涧,粉身碎骨。陪同上山的医生热木吐拉对我说,新藏公路上有五把"刀":车祸、洪水、雪崩、泥石流、高原猝死。这话听起来令人心悸,体验过了再去回味,更觉得让人不寒而栗。

"献了青春献终身,献了终身献子孙。"目前新藏线上的养路工大多数人都是子承父业,有的甚至传到了第三代。今年81岁的离休干部吾守尔·卡斯木,是新藏公路退休养路工人中年龄最长的老人了,他有四个孩子还奉献在新藏公路线上。因为高寒缺氧,新藏线上许多公路职工都不同程度的患有高原病。陪同我上山的阿德勒总段长后来调任喀什不多久,就突发心脏病,这也是长期在高原工作的结果。

看完由中央电视台影视频道和新疆公路管理局联合摄制的数字电影《雪歌》,翻开叶城公路总段新近编辑出版的《天路守护神》一书,我深深地感觉并意识到:一部新藏公路史,就是一部公路交通人的牺牲史和奉献史。在电影《雪歌》和《天路守护神》里,呈现的是一段段惊心动魄的往昔岁月,铭刻着一个个可歌可泣的英雄人物,记录着一场场生离死别的悲壮故事。舍己救人的养路工彭子云牺牲时只有 31 岁,因公殉职的吐尔逊、热合曼·吾守尔、孙玉锋等养路工年龄最大的 35 岁,年龄最小的只有 27 岁。有一首歌这样唱道:"一条路,落叶无迹,走过我,走过你。我想问你的足迹,山无言,水无语……"这些为路捐躯的公路交通人,就像一粒粒铺路石,无声无息,把生命铺进了大地,把丰碑留在了人间。

缺氧不缺精神

"氧气吃不饱,山上不长草,风吹石头跑"。新藏公路横贯世界屋脊,平均海拔 4500 米,空气中含氧量不足平原一半,气候恶劣,植被稀少,在这里生活工作 5 年以上的人大都患有多种高原疾病。50 年来,叶城公路总段一代代养路职工用青春和生命,精心养护着这条"天路",被当地人称为"天路守护神"。虽是天路之"神",却要长年忍受着常人无法理解的痛苦和煎熬,甚至付出生命的代价。新藏公路通车 50 年以来,叶城公路总段因高山反应去世的就有数十人。叶城总段的遗孀多,已经成为一种特有的现象。为了保障新藏公路的畅通,养路工人每年 3 月就上山,10 月才能下来,在山上一待就是八个月,有的人甚至一去竟是永诀。每次上山时,那母送子、妻送郎的场面催人泪下。

十多年来,每次上山时在路上遇到养路工人,我都会停下来,与他们一一握手。有一次,从 509 道班赶往甜水海道班的路途中,我遇到了红柳滩机械化养路段一个道班工人正在施工。当时下着小雨,他们都没有停下手里的活。我和他们寒暄起来,说着说着,我的眼睛就开始湿润了。那一天,我们到达红柳滩时,天已经很晚了。随我上山的一位公路专家曲占柱同志,在吃晚饭时对我说:"你今天握了 370 多人次的手啊。"谁曾想,后来这位专家竟然因积劳成疾永远倒在了我的怀里。如今,他的话音还在耳边,想起他我的眼泪再也控制不住了。

对于这些已经含笑九泉的英烈,对于那些还在生命禁区里奉献的养路工,我时常会感到有一种深深的自责和内疚。新藏线上的养路工人付出太多,而我为他们做得太少,做得还远远不够。每一次上山,都会让我感到巨大的心灵震撼。每一次驻足,都会让我感到一种揪心的疼痛。我发现,由于高原高强度的紫外线照射,养路工人的脸多呈黑紫色,手和脚的指甲、耳垂、嘴唇都呈现出奇怪的蓝紫色。十多年来,我九次上新藏线,先后在库地、麻扎、赛图拉、红柳滩、阿里等地住宿,各种高原反应都体验过,即便什么事都不做,静静地坐着,都十分难受。据说,在这里,不运动的人的心肺负荷量相当于在平原负重20公斤行走。山下的人都说,人能待在这里就是奉献了,更何况还要劳动啊。

有一次,我上山后发现司机侯玉江精神不大好。我问他:"怎么啦?"他小声说:"有点儿感冒。"谁都知道,在这个地方,感冒是绝不能上山的。于是我当即决定调换驾驶员,请来了在新藏公路开车20多年、有着丰富经验的依马木。驾驶技术出众且幽默诙谐的依马木,一路歌唱,一路说笑,在很大程度上减轻了我们的高原反应。但后来依马木却做了一件蠢事。我们到了186道班,他竟然把一盒抽完的空烟盒扔进了干干净净的道班。我发现后立即指责他:"高原道班的养路工多辛苦、多不容易啊,你应当送整烟给道班的人,怎么能把空烟盒扔在这里呢?"他听了十分内疚,立即把烟盒捡了起来。

在距叶城26公里的佰西提来克女子道班,我看到了后来成为全国"三八红旗手"、获了全国"五一劳动奖章"的热比古依明,她带领由40名女养路工组成的女子道班,在高原上创造了一个又一个奇迹。在热比古依明的带领下,养护站女职工不仅出色地履行了"养好公路、保障畅通"的神圣职责,还在戈壁荒滩垦荒植树建起了誉满全疆的"养路人之家"。每一次上山,我都会去看望这位女班长。

藏境流动养路队是"天路守护神"的前哨和主力,全队88人,下设三个流动养路道班,担负着新藏公路西藏境内776公里的公路养护任务,最高的苦陶恩达坂海拔6000多米,数百里无人烟,空气稀薄,自然环境十分恶劣。在艰苦的工作生活环境中,这个队的职工白天与恶劣气候斗,与公路病害斗,饿了啃干馕,渴了喝雪水;夜晚,路养到哪里就在哪里搭帐篷宿营;用艰苦的劳动与辛勤的汗水保障公路畅通。许多职工患有不同程度的高原肺水肿、心肺扩大等特发病。每一次来,我都要去看看他们,把他们当成朋友,跟他们坐一坐,聊一会儿。

红柳滩因有"甜水海"和"死人沟"而闻名。甜水海,名字多好听,但这里的水却苦得无法饮用。"死人沟"是一条长约200里的山沟,海拔5000多米,空气稀薄。据说,古时多有商旅之人被风雪围困或因高寒、饥饿倒毙于此,留下累累人畜遗骨,故得此名。前辈说,最早一支沿着这条路从新疆进藏的解放军先遣英雄连,包括连长李狄三在内的50多位官兵,在"死人沟"壮烈牺牲。

在海拔5000米以上的地方,只要能够待下去,就属不易。如果再做别的工作,那就要靠精神和意志了。面对困难,红柳滩机械化养护公路段没有退缩,提出了"缺氧不缺精神"的口号,还编创了新的顺口溜:"红军不怕远征难,我们不怕缺氧寒,昆仑高原年年上,公路畅通尽开颜。"通过多年的路况改造和精心养护,这些路况的通行能力有了大幅度的提高。

精神高度的见证

1999年7月，一场百年不遇的特大洪灾无情袭击了新藏公路。当时，我正在喀什五里桥、七里桥组织抗洪抢险。之后，因病住进了交通医院。因为公路冲断，从叶城向西藏阿里地区运送物资的部队车辆和地方车辆都被困在昆仑山下。西藏自治区人民政府给新疆发来紧急电报，请求支援。领导通知我在最短的时间立即赶赴现场解决问题。当天，我从医院出来，就上了新藏线。我与叶城公路总段、第一工程处的同志们一起干了近10天，才打通了新藏线。有一天半夜12时多了，我坐着艾尼瓦尔开的车去洪水一线，途经阿卡孜河（126KM）时，车进水熄了火，水漫上了车窗玻璃，情况十分危急。我没有多想，就让艾尼瓦尔下了车，我自己开车冲了过去，算是逃过一劫。

在公路管理局工作期间，我基本上每年都要上一次新藏公路。由于当时局领导没有专车，每次出差时，原车队长岳惠忠就很为难，因为局机关十几位驾驶员都很优秀，而且争着要拉我上山。多次陪我一起上山的有陈庭瑞、卡哈尔、米沙提、曲保安以及驾驶员库尔班、沙吾提等人。当时，公路局其他领导和有关部门人员也都经常上山。1994年，时任公路局党委书记的何一心曾带领养路科科长孙新军等人上山。在新藏公路线检查工作时，孙新军几乎把命都搭在了山上。一次，我带人上山，从叶城出发，当夜住在了三十里营房的赛图拉公路段。谁想，到了晚上却发生了一件意想不到的事。由于高山反应，我翻来覆去睡不着，迷迷糊糊到了半夜12时多，有一只很大的老鼠竟然钻进了我的被窝，这可把我吓坏了，一下子就跳了起来。当时与我同屋的卡哈尔也被闹醒了。我们俩就开始抓老鼠，折腾到凌晨4时多，一夜都没有睡。第二天又要继续赶路。因为没有休息好，第二天高原反应更加剧烈了。

曲占柱是一位老专家。有一次下了雪，他感觉车不太稳，就说大家注意啦，抓紧啊，车要翻了。话音才落，王忠的车就翻下了路基，好在车速不快，没有人受伤。这也许是修路人积德行善的缘故吧。

一次次与死神的擦肩而过，让我更加懂得并理解了奉献在"生命禁区"的养路工。有一次，我经过麻扎公路段时，麻扎道班的班长吐拉甫·阿西木对我说："我最想看到的就是树叶和花。"我知道，常年生活在高原的人，对绿色植物和蔬菜的渴望，是难以用语言形容的。我心里暗下决定，一定要解决好这个问题。

1995年7月，我和当时的朱明弟局长率队对全疆公路一线进行调研和现场办公。走上新藏线沿线时，我们对女子道班、普沙道班和阿卡孜公路段、库地道班的麻扎和三十里铺等六处，拨专款建起了蔬菜大棚。第二年，我再上新藏线时，我看到许多大棚已经开始使用，连狮泉河道班的温室也建了起来，蔬菜不但保证了自给，还经常送给藏族同胞。在此之后,我与当时局党委一班人,有计划地给新藏线道班配备交通工具,对新藏线乃至全系统道班进行了大规模建设,解决了叶城总段所有职工包括遗孀的住房问题。

在国家相关部委和交通部的大力支持下,通过大家共同努力,新藏公路线的好路率从1992年的20.7%上升到今年的76.5%。1995年以来,新藏公路基本建设投入累计3.9亿元,小修养护、设备投入1.8亿元,使全线的通车条件大大改善,整体服务水平大大提高。这些成绩的取得,离不开当地政府和群众的关心与支持,离不开一批优秀交通人的奉献,尤其离不开新藏线上各族公路交通职工的共同努力。是他们保障了这条生命线的畅通,他们体现并昭示了新藏公路的精神高度。

路是躺下的碑

记忆是很奇怪的,想忘记却偏难忘记。一些人,一些事,我无法忘却,也不能忘却。当我参加新藏公路通车50周年庆典活动,再一次面对巍峨蜿蜒的"昆仑天路",面对无数公路交通人用青春和生命在新藏线上筑起的丰碑,我想起了我的童年,想起了自己的母亲,也想起了母亲的教诲:"做事要有眼界,做人要有境界。同时,还要有理想信念。不然,你卖羊肉串或当乞丐,就够啦。"

听母亲说,今年也是我的老家且末至库尔勒通车50周年。一个人的50年,50年的两条路,太多的回忆,太多的人和事,在我的大脑中翻滚、对接、黏合,形成一些记忆的片断,让我刻骨铭心,让我泪流满面。在海拔4290米的康西瓦,有一处烈士陵园,那里不仅有为国捐躯的官兵,也有筑路护路的英烈先驱。九次上新藏线,我都去那里凭吊。我无法忘记以马义、徐茂祥、阿吉斯拉木、张万军为代表的几代公路交通人为新藏线作出的巨大牺牲和贡献,无法忘记他们创业的艰辛、苦难的岁月以及无怨无悔的奉献与付出。我还想起了奉献在红其拉甫的全国劳动模范多力贡·加尼,想起了为营救被困旅客献出年轻生命的养路工烈士周林、蒋笃远、马国珍,想起已经故去的老领导闫静遥……一部新藏线的历史,正是一部新疆公路交通史的缩影。50年的新藏公路精神正是几代新疆公路交通人团结拼搏、开拓奉献的精神折射。路是躺下的碑;碑是立起的路。面对一座座不朽的丰碑,我的心颤抖了,我的热血沸腾了,记忆的潮水和情感的泪水喷涌而出。

也许,所有的语言都显得苍白,所有的表达都显得肤浅。但是,我被感动了,那是来自生命最温暖的感动。我被震撼了,那是来自心灵最深处的震撼。

2007年12月14日《新疆日报》

西部生命的变奏

吴连增

生命,既有雄浑美妙的乐章,又有令人凄楚不安的咏叹。

引 子

中国西部的新疆一向被人们视为神奇的世界。

神乎奇乎,不仅因为那里三亿年前曾经出现过的"海西运动"和后来发生的"喜马拉雅造山运动",使曾是碧波无垠的大海的新疆演变成为具有独特自然景观的大陆,而且还因为这块大陆地处欧亚的腹地,古往今来的东西文化在这里交融、荟萃,由此造成了纷繁的历史现象以及多彩多姿的民俗风情。

当今,国内外游客不畏严寒酷暑,沿古丝道纷至沓来,睁大双眼,探奇寻古,追踪历史,如入宝库。这或许就是中国西部的魅力之所在了。

近日偶读《展望二十一世纪》这本书,有几句话颇感新奇。这是一本英国著名历史学家汤因比博士与日本文化界著名人士、社会活动家池田大作先生关于人类社会与当代世界问题的极有意思的对话录。而池田大作在他的"中文版序言"中却记述了这样一件事:

……我曾经问过博士本人:"您希望出生在哪个国家?"他面带笑容地回答说,他希望生在"公元一世纪佛教已传入时的中国新疆。"回忆那时博士的音容笑貌仍感亲切异常。

真是太奇妙了！两位哲人居然天真得像个孩童，如此突兀其来，又如此坦诚直率，实在大出意料之外。是随心所欲的调侃，还是故作惊人之语？作为历史博士的汤因比先生当时虽已年高八十有五，但头脑异常清晰，我相信他是真诚的。我反复咀嚼着他的那番话中的滋味。

众所周知，汉朝统一西域诸国之后，随着张骞和班超父子通使西域的成功，随着佛教的传入，丝绸之路出现了空前的繁华景象。

驿站上往来的使者，每时每刻不断；东来西往的商贩每天进出于边关。

尽管历史学家只是粗线条地勾勒出这壮美的图画，但人们似乎不难听到它的画外音，那便是各种文化的交汇，各色人种的混杂，使西域变成了世界文化、世界人种的博览会。这种为人们所始料不及的物种人种的交流，让世界变得斑斓多彩，成为世界历史上极其辉煌的一页。

生活在 20 世纪的汤因比先生对公元 1 世纪的新疆心向往之，也许不是没有道理的。

历史的轮子旋转了 2000 多年，古丝道的山山水水依然故我。那些为万年冰雪覆盖的峰峦，好像历史老人的头颅，固执地凝视着我们，逼迫着我们去思考世界，思考人类自己。如今，在中国西部这块古老而又新鲜、富饶而又贫穷、充满生命活力而又封闭得令人窒息的土地上，除了神奇之外，你还发现了什么呢？

第一章　杂交优势面面观
A 植物世界的启示

从 1865 年孟德尔在布隆修道院的小花园里成功地进行了豌豆杂交试验，揭示了生物遗传规律，"杂交"这个词儿便为愈来愈多的人所熟知了。动植物杂交，包括品种间杂交和远缘杂交，不知选育出多少抗病高产的优良品种，为人类创造了多少物质财富。人类从不拒绝能够造福于自己的一切科学手段，不管是人工诱变，还是辐射育种，不管是基因工程技术的应用，还是人体细胞遗传的发展，都是人类对生命世界的发现。

若是在一个美好的季节里，漫步于乌鲁木齐的街头，抑或是偏于一隅的边陲小镇，你都会陶醉于瓜山果海的盛景之中。新疆瓜果的种类之多，品质之佳，味道之美，恐为世界所罕见。精河、下野地、蔡家湖的西瓜甘甜爽口；鄯善、伽师的甜瓜细脆芳香，甜如蜜糖；吐鲁番的无核白、马奶子葡萄，库尔勒的香梨，阿图什的无花果，喀什的石榴，更是早已闻名遐迩的果之骄子。只要品尝一下这些瓜果，便觉得西部大地是何等可爱。

如果走进菜市场，你还会为新疆的菜蔬之丰之佳而惊叹不已。这里，南蔬北菜样样俱全，内地有的，这里都有；内地没有的，这里也有。尤其让域外人百思不得其解的是，干旱少雨的西部大地何以生产出优于内地的蔬菜？茄子状如葫芦，三四个辣椒就是一斤，黄瓜又长又嫩，豇豆肉厚子小，亩产三四吨。蕃茄更是出类拔萃，居世界之冠。日本、美国、东南亚和港澳地区的客商对新疆的蕃茄酱垂涎欲滴，争相购买。尤其是库尔勒的蕃茄酱，每年年初都被外商订购一空。据化验，这种蕃茄酱每百克中含有红色素45~55毫克；而一个成年人每天只要吃20克这种富含红色素的蕃茄酱，即使不再吃其他含维生素的食品也不会招致营养缺乏。据日本东食公司提供的消息说，把库尔勒蕃茄酱加以稀释做成的沙司，比其他地区未稀释的还要好。

新疆的瓜果蔬菜如此之佳，其奥秘何在？除了降雨量少而光照时间长、日夜温差大等得天独厚的自然条件外，还有没有别的因素呢？对此，笔者曾向一些专家、学者讨教。他们的回答颇有一点新鲜意味。

"丝绸之路的凿通，熙来攘往的人们不仅带来了各自的文化和科学技术，也带来了他们的种植业和作物良种。这种传递时断时续，一直延续至今。适者生存，优中选萃，西部大地便成了一个天然的良种试验场。"

其实，这种事就发生在我们身边。探亲的、出差的，他们从自己的故乡带来了各种各样的种子，一传十，十传百，或推而广之，或取其所长，渐渐成为西部良种。我的岳母，一个普普通通的农村妇女，她多次往返于燕山与天山之间，每次她把自己喜爱的甜菜、洋芋种子带回家乡，又从家乡带来辣椒、茄子、豆类的种子……

这种交流更早始于何年何代，已经无法说得准确，张骞、班超自不必说，历代的使者、商贾、移民们恐怕都是良种的传播者。

不过，再好的良种只要一成不变地延续下去，也会发生变异和退化，这种生命现象早已为遗传学家的试验所证明，只是它常常不被一般人所察觉，或察而觉之，却不知个中奥妙，只得听天由命。

曾经红火一时的西瓜新品种"红优二号"，为何在今天的市场上备受冷落？扬名四海的吐鲁番无核白葡萄为何在近年来的出口交易中每况愈下？原因是品种退化、品质下降。

难忘石河子农学院园林系的几位教授接受我的采访时显露出的那种不安，品种退化牵动着他们的神经，激发了他们的责任感。眼下，他们正在同有关单位协作，力图挽救优良品种，提纯复壮，更新换代。

走进小小的试验室，那琳琅满目的试管正在培育各种良种。生物细胞工程、基因工程在这里得到实际应用。为了克服无核白颗粒脱落的缺陷，他们准备以果刷长的葡萄作亲本进行杂交，培育出耐贮运的无核白。这个过程是漫长而复杂的，但新的一代杂交种必然优于它的双亲。

年过半百的女教授乐锦华对我说,生物界普遍存在着杂交优势。这种利用杂交优势培育新品种的方法,国外已普遍应用于生产实践,而菜和瓜类几乎全部实现了杂种化。但我们的一些科研单位往往只注重引种推广,而忽视杂交育种,这是一种急功近利的短期行为,迟早会受到惩罚的。

她的案头上摆着一份打瓜(子用西瓜)新品种的育种计划,那是她从美国进修归来之后同育种组共同商定的课题。新疆的打瓜生产潜力很大,年产打瓜子 10 万吨以上,产值近 4 亿多元,是新疆出口创汇的"王牌"产品。但因种子来源于外地、严重退化,直接影响了打瓜生产的持续发展。女教授深感焦虑,决心培育自己的打瓜品种,实现优质丰产,让打瓜子牢固地占领国内外市场。

在新疆农科院园艺所,科研人员与郊区农民共同选育的蕃茄一代杂种"园红 1、2 号"和"新蕃 1、2 号",引起我的极大兴趣。那圆形的、扁圆形的,红色的、粉红色的果实,个个剔透晶莹,闪着迷人的光泽。一张张彩色图片透着浓重的象征意味。那是他们心血的结晶。从 50 年代到 70 年代,新疆的蕃茄大都是引种而来的,从内地,从苏联、美国、日本……抗逆性差,坐果率低。到 70 年代中期,他们才开始培育自己的新品种,引进抗病基因,弘扬杂交优势。"园红 1 号"就是以日本的蕃茄作母本,以美国的作父本,取了各自的优点,杂交育成的新一代。它抗逆性强,耐贮运,稳产高产,亩产最高可达 1.2 万公斤。

我访问了这个科研项目的主持人,她叫田淑萍,副研究员,1985 年毕业生于河北农大。30 多年来一直从事育种研究,或埋头于实验室,或奔波于试验田。如今已经做了奶奶的老田,仍然壮心不已,不肯离开育种领域。她说杂交育种很有意思,她愿把自己的一生献给育种事业,让西部成为良种世界。

B 拓荒者的后代

生物遗传是一种极其复杂的生命现象,作为生物属性与社会属性并存的人类,在遗传中更呈现出扑朔迷离的景观。

30 多年前,当我和成千上万的年轻朋友踏上西行的列车,西出阳关,加入西部大开发的行列,直到在荒原上扎下营盘,我们还不曾意识到,我们已经成为真正的西部人了。而今,岁月无情地在我们的脸上犁出了道道沟壑,两鬓悄然地灰白起来。"爷爷"、"奶奶"的呼唤声终于使我们猛醒,第三代西部人已经爬上了我们的肩头。

那些先于我们而来的"老新疆",包括难以数计的流亡者、谋生者、服刑者,他们已无法说清在这儿繁衍了多少代。即使是 1949 年挺进新疆的解放军将士们，他们的孙辈也大都是堂堂中学生了。

十分有趣的是，我们从这些拓荒者后代的身上，看到了一种很奇妙的现象：他们不仅有着高于他们前辈的身材，就连健美的体魄、英俊的面孔，也远远优于他们的前辈。无论在乌鲁木齐，还是在沙漠边缘的农场，抑或是气候干燥的小镇，都会发现一种在其他省市难以看到的优势。挺拔帅气的男子汉，浑身透着阳刚之气，1.7 米以下的男子便自视"半残疾"，走路不愿抬头。而那些亭亭玉立、洋溢着现代气质的姑娘，更是随处可见。她们身高大都不下 1.65 米。白皙的脸蛋，标致的体型，典雅的仪态，常常令内地姑娘钦羡不已，自惭形秽。

一些到新疆采风的作家、艺术家谈及新疆的年青一代，无不感慨万端，好像连形容词都不够用似的。有一位足迹遍全国的作家朋友，刚进乌鲁木齐，就被新疆姑娘的魅力所征服。他漫步街头巷尾，流连忘返，最后的评价是："泰山归来不看山，黄山归来不看岳——盖啦！"

这或许是由于他过于偏爱，但新疆的年轻人的确蕴含着一种独特之美。每年不知有多少新疆姑娘踏入内地的艺术团体、高级宾馆和民航的大门，成为理想的模特、演员、高级服务员和空中小姐。仅从这几个窗口看一看，就可知新疆的年轻人具有何等的魅力。

然而，美自何来？灼人的热浪？逼人的风沙？还是袭人的风雪？世界上离海洋最遥远的西部，典型的大陆性气候，难道是育美之地吗？

这确乎是个不解之谜，又确乎是个值得探讨值得玩味的题目。

除了文化、经济环境诸多方面的原因之外，其中一个重要因素——西部人的血管里流淌着的血液是混合型的。历史上曾经显赫一时的匈奴、突厥、柔然、蒙古人不要说了，即使是汉民族血管里也不知凝集了多少种血液。历史从蒙昧走向文明的每一步都证明，人类正是在频繁的流动和交往中创造着生命的活水，显示着生命的顽强。西部人的后代也许就是由于他们前辈的渊源婚配而显示了一种令人喜悦的优势。

医学遗传学家提供的资料已经证明，同省与异省婚配所生子女，其形态发育有着明显的差别。据广东省湛江市对六所幼儿园的 565 名 5~6.5 岁的儿童形态发育（包括身高、体重、头、胸）的调查，在同样环境和营养条件下，异省婚配的子女普遍优于同省婚配的子女。

国外也有这方面的例证。1958 年对瑞士地区某村庄同村（系）和异村（系）婚配的子女的身体测量发现，异系婚配群成年子女的平均身高较同系婚配的高 1.81~2.3 厘米。

只可惜中国人的异省婚配率太低，像湛江市这样的沿海地区的开放城市，仅仅达到 10.9％。而日本的中等城市的异省婚配率平均达到 41.8％。这种悬殊是否也显示了某种不同的文明程度呢?

新疆自古以来就是人口频繁流动的移民区,具有异省婚配的优越条件,但所占比例有多大,却无人做过调查。假如把生产建设兵团的百万职工作为一个群体看待,其异省婚配率可能居全国之首。29 个省市自治区的人都可以在这个群体中触摸到他们祖先的血脉,但又很难找到纯而又纯的原籍人。相当多数的职工家庭都是一个习俗不同、语言各异的小群体。山东"大葱",湖南"辣子",山西"醋罐",甘肃"洋芋"……各种味道交织在一起,又滋生了新的嗜好。上海"鸭子",湖北"侉子",河北"老坦儿",新疆"白坎儿"(当地汉语)……南腔北调,各有韵味。但他们的后代大都操着标准的普通话。假如是两个不同民族组成的家庭,那更有意思了,各种语言交替使用,简直像唱歌一样优美动听。这种奇特的现象常使语言学家瞠目结舌。

在现代优生学看来,遗传上的相似个体的混杂,将给人类带来难以预料的好处。一个地区异省(包括异族)婚配的比率愈高,愈有利于人口素质的提高。这方面的例子俯拾即是。

且说石河子、奎屯、五家渠、阿拉尔……这些从戈壁荒原上拔地而起的绿洲新城,曾经震撼过多少人的心灵。人们讴歌它,赞美它,把它视为人类改造自然的举世无双的典范。殊不知,在这场惊天动地的事业中,人类对自身的改造比之对自然的改造其意义更加深远,其成就更加辉煌。

正是这场与自然界的搏斗,为来自东西南北的拓荒者提供了一个共同营造新巢、缔造新世界的机遇。

他和她,素昧平生,却走进了一间窝棚;她和他,在创业中结识,也走进了一间泥屋。不问籍贯,也不管习俗。于是,一个个新生命呱呱坠地了。连他们自己也不曾料到,两个小小的细胞凝成的竟是一个那么健壮那么聪明活泼的小天使。十年,20 年,30 年,随着白杨林带的形成,拓荒者的第二代,第三代,奇迹般地长成了参天大树,成为多血质的西部新生代。

只要看看这一茬人的形态发育和智商水平,便可知生产兵团的群体优势之所在了。

让我们先看看这个只有 1.6 万人的、地处梧桐林深处的农六师一〇三团吧。1984 年以来,这个团场平均每年考入大学的中学毕业生都在 75 人以上。这几乎相当于一个拥有十几万甚至几十万人口的大县录取的人数。而且年年都有几只金凤凰挟着西部风沙闯进北大、清华、复旦、南开、中山等令多少考生无比钦慕的高等学府。进校时,他们的考分常招来不屑一顾的目光,但两年之后,他们的成绩便让人刮目相看了。成为博士、研究生和取得硕士学位的学生也大有人在。

位于五家渠的农六师师部中学也是个藏龙卧虎之地。1977 年以来,全校平均升学率达 50% 以上,1984 年和 1988 年两年分别达到 66%。校领导还向我们介绍了几个不同凡响的人物:

方尹——他不仅合并了父母双方的姓氏,还集中了各自的遗传基因:福建人的聪明与四川人的坚韧在他身上融为一体。恢复高考的第一年,正在上高二的他,便以优异成绩考取了新疆大学化学系。录取通知单攥在手里,他却不动声色。他觉得自己身上的潜力还远远没有发挥出来。又苦读一年,终于被中国科技大学安徽分校录取。毕业后赴美留学,在加利福尼亚某大学攻读博士研究生。成绩斐然,颇受器重。学习之外还兼任代课老师。

石音、石琴——这对既有山东、江苏人的血统,又有俄罗斯族血统的兄妹,自幼跟随当音乐老师的父亲习练钢琴,分别于 11 岁、12 岁双双考入每年只招一两名考生的中央音乐学院,成为大西北传颂一时的佳话。兄妹聪敏好学,德智体全面发展。石音 6 岁时即登台演奏,8 岁应邀到新疆艺校表演,10 岁参加《青年之声》音乐会,荣获优秀演员奖。一首难度很大的贝多芬的《月光奏鸣曲》,他演奏得十分出色,使主考老师欣喜异常,如获至宝。不过,那时他年幼贪玩,蕴藏在他身上的智慧并未得到充分发掘。直到入学一年多之后,经过老师的热情帮助,他的学习才有了长足进步,开始在班上崭露头角。

1988 年年底,他代表中央音乐学院参加了在美国举行的国际钢琴选拔赛。他的主科老师和班主任对他寄予厚望,积极推荐他到国外深造。而温哥华音乐学院钢琴系主任李金星教授则亲口允诺收他做弟子。

他的妹妹石琴 10 岁时即参加全国少儿钢琴比赛,并荣获三等奖。她演奏的贝多芬《致爱丽丝》,既热情又细腻,成为比赛期间唯一引人注目的小新闻人物。入学后,她的主科老师说,石琴可能是他任教多年碰到的素质最好的一个学生。美国专家听了她的演奏也极为赞赏,诚恳地动员她以后一定赴美留学。

再以石河子为例。

天山脚下的这座小城,人口不过 20 万,连同周围的国有农场也不过四五十万人。但每年的八九月从这里跨入大学殿堂的人数也是十分可观的,从 1985 年到 1988 年,即有 4221 人,其中考入重点大学的达 1392 人。

笔者还从教育局看到石河子中学生在全国和自治区举办的各种科目的竞赛中取得的名次。摘录如下:

1987 年全国初中数学竞赛中,石河子市获团体总分第二名。

全国高中数学竞赛中,石河子有 25 名中学生获奖,而新疆赛区的三个一等奖,皆为石河子所得。在全国青少年无线电装机比赛中,石河子中学生分别获得一、二等奖。

自治区青少年计算机程序设计比赛,石河子中学生分获一、二、三等奖。

1988 年全国初中数学竞赛,石河子不仅摘取了第一、二名的桂冠,还有 26 人获个人奖,占新疆获奖总人数的 51%。

第五届全国中学生物理竞赛,石河子获总成绩第二、三名。其中一人还代表新疆参加 1990 年元月在广州举行的第三试。

在国际性的小学数学奥林匹克邀请赛中,石河子也有一人荣获三等奖,是西北地区唯一的获奖者。

在众多的体育、音乐、美术、书法比赛中,石河子的青少年也显示了他们的超群出众的才华。不再一一细述了。

招收空中小姐的民航部门来了。石河子姑娘的个头、身段、容貌均无可挑剔,而密度之大,似可列全国之首。当几百个应试者纷至沓来,常常令主考人目不暇接,不忍割爱。录取线以上的姑娘实在太多了。

摄影家、美术家徜徉于新城街头,目光所及,美不胜收,常常流连忘返。够标准的模特比比皆是。

全国艺术院校每年招生,石河子常常是十来个考点中的一个。有意思的是,一个只有十几万人口的小城,录取的人数往往相当于几百万人口的省府城市。与关牧村合演《海上生明月》的男主角王星军、在《最后的疯狂》中扮演男主角的刘小宁,都是从石河子踏入艺术殿堂的。

呵,骄傲的绿洲城,骄傲的拓荒者的子孙!

第二章　生命世界的另一面
A 野生动物的危机

塔里木河澎澎湃湃地流向罗布泊。高大而密集的芦苇丛中不时发出一两声惊天骇地的吼叫。接着是一阵暴风似的狂奔,一阵无可奈何的嘶鸣。

借着淡淡的月光,老猎人看清了:那落荒而逃的是一只黑色的野猪,而紧紧尾随在后的是一只稳操胜券的庞然大物,额头上刻着一个巨大的"王"字。

又一个猛扑,野猪被俘了。

好厉害的新疆虎!

这幅图画离我们并不遥远。80 年前,英国探险家斯文·赫定在那些注入罗布泊的河流三角洲地带多次见过老虎捕捉野猪的情景。据科学家考察,这之前新疆虎超过狼的数量。相传,居住在塔里木胡杨林深处的一位牧人,把捉来的老虎放在牛圈里饲养着,不幸被老虎咬伤身亡。可见新疆虎之多。到解放前夕,新疆虎还偶有发现。

但是,随着罗布泊最后一滴水的消失,随着人类对自然界的进军,新疆虎赖以生存的最后一块栖息地丢失了。从此,再也不见新疆虎的踪影。

近年来,动物学家都在为我国的野生华南虎的减少(目前只有几十只)而焦虑不安。说下一个虎年有可能再也见不到华南虎了。外国朋友也为此深感忧虑。彼德·杰克逊在一篇题为《正在消失的中国的虎》的文章中哀叹道:"到本世纪末,中国也许只有纸老虎了！"

抢救华南虎！全世界都在呼吁，都在寻求解救的途径。有人提出，通过与国外交换虎种，避免近亲繁殖，也许会使濒危的华南虎得以再生。

然而，我们的新疆虎呢？也许它已经绝种了。是什么原因使它的消亡如此之快？仅仅四五十年的时间呵！

在中国科学院新疆生土所，我访问了动物研究室主任谷景和教授。他说，物种既有很强的生命力，又有脆弱的一面。生存环境的破坏，逼迫它们四分五裂。因此，物种的数量和密度便失去平衡。到了繁殖期找不到配偶，只好近亲繁殖。而近亲繁殖的后果就是物种退化、个体变小，寿命缩短，发病率增高，直至灭亡。

他还告诉我，新疆野马群的消失也经历了这么一个过程。

中国在2000年前就有关于野马历史的记载。它们的足迹遍及长城以北的蒙古、甘肃和新疆的广大地区。远古时代，当新疆还为原始密林覆盖时，像狐狸般大小的始祖马（现代家马和蒙古野马的祖先）就成群结队地奔跑在密林之中。后来，森林的面积越来越小，它们不得不到草原上生活，体格变大，而蹄子却由五趾变为三趾，到第三纪后期，才出现单趾的野马。它们是达尔文"用进废退"学说的典型模特，因而被誉为动物界的"明星"。

如今，这明星却只存在于欧美各国的动物园和马戏团中了。全世界仅剩400多匹蒙古野马了。这是继上世纪末欧美野马相继灭绝，俄国探险家普热瓦尔斯基突然闯进新疆捕捉了一个野马的标本之后，欧美探险家闻讯纷纷赶来，于野马产驹季节在阿尔泰山以南的将军戈壁捕捉到的蒙古野马的八九代后裔了。

一百多年来，由于人工舍饲，近亲繁殖，野马个体变小，生殖能力减弱，寿命缩短。面对日渐退化的野马，人们不能不为它们的命运担忧。20世纪60年代以来的几次有关野马保护的国际性会议一再呼吁中国参加调查和保护野马的国际合作事业。直到1986年12月25日，首批由欧洲返回故乡的11匹野马才进入了靠近卡拉麦里山自然保护区的新疆野马繁殖中心。

动物学家们将让这大自然的骄子在故乡的土地上自由驰骋，吸引可能存在的野马与之进行交配，使野马群重获生机。他们还计划用引进的野公马作父本，与哈萨克母马进行级进杂交，获得高代杂种，横向固定，以此来保护野马群。

从野生动物界出现的危机中，我们应当反省的东西太多了。人类不仅要认识自然界的规律，更应清醒地看到自己的痼疾和弱点，以便疗救。

B　不幸的畸形儿

一个偶然的机会，在遥远的西部边陲的一个村子里，我看到这样一幅令人心酸、令人痛楚的画面：

一群七八岁或者更大些的孩子围着我们的汽车打转转,这里摸摸,那里敲敲,赶也赶不走。仿佛这种最普通的交通工具对他们来说还是一种稀奇物。挡风玻璃上映出他们痴呆的表情和一双双无神的眼睛。

"小朋友,几岁了？"我对着其中的一个男孩问。

他无动于衷,只是嘀嘀地笑。"他是哑巴。"

哑巴？又问另一个,还是哑巴。

走进一家院子,院内马厩旁坐着一个从面部看足有十五六岁而身高却不足一米二三的孩子。看到我们这些不速来客,只见那张满是污垢的脸抽搐着,挤出一种僵硬的笑。欲站立而不能,便在地上挪动了几下。仔细看时,他被一根铅丝牢牢地拴在马厩的木桩上了。

不到两个小时的行程中,这样的情景我们还碰到过几回,而他们的父辈中也不乏这种痴呆症者。

这些画面久久地在眼前跳动,使我陷入一种深深的惶惑之中。

一个小小的村庄竟有如此之多的畸形人和残疾儿,到底是怎么造成的呢？

事后才知,是近亲婚配带来的人种退化。这个村子的近亲婚配率竟高达25%以上。

读过马尔克斯《百年孤独》的人,大概不会忘记那个曾经繁盛一时的马孔多镇后来由于近亲繁殖而走向衰落的故事。

奥雷连诺·布恩蒂亚(第六代)急于想知道自己的出身。当他从好色的祖父身上发现了自己出身的初步迹象之后,便顺着本族血统的神秘小径寻去,突然碰上了小蝎子和黄蝴蝶在半明不暗的浴室里刹那间交配的情景。就在这浴室里,一个女人开头是一种抗拒心情,后来向一个工人屈服了,满足了他的情欲……此刻,奥雷连诺·布恩蒂亚发现阿兰塔·乌苏娜并不是他的姐姐,而是他的姑姑,而且发现弗兰西斯·德拉克爵士围攻列奥阿察,只是为了搅乱这里的家族血统关系,直到这里的家族生出神话中的怪物。这个怪物注定要使这个家族彻底毁灭。

这一切自然纯属马尔克斯虚构。但现实生活中这类事并非绝无仅有。

历史上的埃及王朝走向灭亡的原因是多方面的, 但近亲繁殖却是直接导因之一。那些王子王孙们为了保持世袭的统治地位,不准与普通臣民结亲,必须在朝内寻找配偶,结果他们的后代日趋衰败。

厄瓜多尔的阿吾卡族人由于长期近亲繁殖,最后导致整个民族灭亡。

达尔文是杰出的进化论者,他在研究进化论的同时,也广泛地注意了生物的遗传和变异现象。不料,他本人却是一个近亲结婚的受害者。他的夫人艾玛十分健康而聪慧,但艾玛却是他的表姐。婚后十胎,其中三个夭折,三个终身不育,而三个女儿当了一辈子处女。

北京有一位名教授,夫妇两人身体智力均在上等,但他们所生的三个孩子都是痴呆儿。原来,他们也是表兄妹关系。

此种不幸,不胜枚举。

中国俗有"姑表结亲,亲上加亲"的陋习。尽管婚姻法有禁止近亲结婚的条文规定,但视法律为儿戏的公民们依然我行我素。

安集海地区因近亲婚配而造成的遗传病达 30 多种,其中精神分裂症者占2.69%,先天愚笨者占 10.45%,低能儿占 2.24%。

沙湾地区有个不小的村庄,近亲结婚代代相传,患痴呆病的侏儒随处可见。全村几千人中竟找不出一个能胜任会计工作的角色,可见一斑。

据说,塔克拉玛干沙漠的深处有个与世隔绝的部落,至今过着近似原始般的生活。他们如何繁衍后代,不得而知。据见过他们的探险者说,那里孕育着为数可观的先天愚笨、表情呆滞的人口。近亲繁殖在那里是不可避免的。

我面前的这份有关达坂城地区智能缺陷及近亲婚配的调查,是乌鲁木齐市生育科研室和自治区人民医院计划生育遗传室提供的。

提起达坂城,那首曾经风靡全国的民歌,便倏地从记忆中跳了出来:

> 达坂城的姑娘辫子长哟,
>
> 两只眼睛真漂亮,
>
> 你要是嫁人不要嫁给别人,
>
> 一定要嫁给我。

30 多年前,我就学会了这首歌,且百唱不厌。唱着它,一个个楚楚动人的姑娘仿佛就站在面前了。

谁料,调查报告为我们描绘的却是另外一幅图画。

如今在达坂城地区,到处可见盲、聋、哑、傻、瘫、抽等智能缺陷的遗传病患者,每100 人中至少就有一个。而地处偏僻的东、西沟两乡则分别达到 1.20%和 1.71%。尤以聋哑人居多,东沟乡为 36.67%,西沟乡为 40%;痴呆患者次之,东沟乡为 19%,西沟乡为 44%。瘫痪残疾者主要分布于东沟乡,高达 70%。有的家庭中痴呆、聋哑皆备。已超过学龄的儿童却无法送进学校,有的甚至连日常生活也不能自理。

调查人在讲述当时的情景时,无不为人口素质的下降而痛心疾首。他们用大量化验结果证明,造成这种恶果的原因是多方面的,但近亲婚配却是它的主要温床。

东、西沟乡的近亲婚配率分别高达 11.63％和 13.4％。除姑表、姨兄妹之间的血缘结合外，尚有闻所未闻的叔侄女、姑侄儿、舅甥女与姨甥儿之间的奇异婚配。

于是又有一首新歌谣从达坂城流行开来：

> 山沟沟里来山沟沟里行
> 娘娘(姨)外甥结了婚
> 姐夫成了老公公
> 姐姐抱个傻孙孙

错综复杂的婚姻线常常把调查人带入哥德巴赫怪圈，连当事者本人也难以说清楚。在西沟乡，大约只有一位 70 多岁的老汉可以做他们绘制家系图的顾问。那老汉是 20 世纪 40 年代从甘肃流浪至此的。当时的西沟，荒无人烟，只有一股清泉吸引着他和另一户人家在这儿落了脚。50 多年来，他们一直过着日出而作、日落而息的日子。交通的闭塞，文化的落后，使东、西沟成了举世罕见的世外桃源，也使移民者在亲连亲中孕育了一个个怪胎。

西沟村马村长算是一个幸运儿，他很健康，也很清醒，可面对现实，却又陷入极度的不安："……难道我们愿意这样做吗？可我们山沟沟里的女孩子，城里人谁肯娶她们做老婆？外面的姑娘谁又肯嫁给我们山沟沟里的小伙子？我们不自力更生又怎么办？……"

这就是一个村长对近亲结婚最朴素最直观的剖析。他的话显然有点道理，但并不是唯一的理由。君不见那些较为发达的地区，近亲婚配的现象不是也屡见不鲜吗？

据有关部门 1980 年对自治区首府乌鲁木齐地区三个民族 2960 对夫妻的抽样调查，发现市内近亲婚配率也并不低。分别为 9.62％、9.52％和 1.69％。与国内外相比，均大大高于北京(0.4％)、上海(0.80％)、英国(0.7％)、巴西(0.8％)。而低于印度农村(42.5％)。

请原谅我不能在这里一一叙述那些因近亲结婚而造成的不幸的人们和不幸的家庭。"家丑不可外扬"，许是中华民族特有的心态，多数人不敢也不愿正视这种不幸。何况，有的人宁可听信命运的捉弄，也不肯相信遗传科学。听说计划生育部门举办一次近亲结婚危害展览，有时也要遭到某些人的斥责和非议，这就不能不让人望而却步了。何必展览那些令人目不忍睹的惨状呢？

人类呵，有时竟是如此的可悲，当他们吃到苦果的时候，还不曾意识到或不敢承认那苦果正是自己培植的。

一些遗传学家对此深为忧虑。他们说，人类的 21 世纪与其说是科学技术的竞争，还不如说是人口素质的竞争。中国要立于世界民族之林，不仅要控制人口数量，更要重视人口素质的提高。要宣传优生学,消除愚昧和落后。

乌鲁木齐市第一医院艾绍萱院长就是致力于研究优生优育的专家。1986年9月,他出席了在柏林召开的第七次人类遗传学国际会议。他在那里耳闻目睹了国外研究优生优育取得的丰硕成果。一些国家已经制定了优生法,规定择偶时不仅要查对方父母的健康状况,而且要查祖父母、曾祖父母有无遗传病史。这就促进了全民族素质的提高。感叹之余,他更为近亲婚配的陋俗而痛心疾首。他列举了大量事实,说明人类的进步离不开优生优育。他不仅利用各种机会大声疾呼,还通过遗传学的实际研究,为优生优育开辟广阔的道路。但愿他们的工作能够得到愈来愈多的人们的理解和支持。

第三章 燃烧的生命之火
A 荒漠中的精灵

那是一簇很不起眼的红柳林,叶细如柏,花似紫薇。它不像白杨那样挺拔、桑榆那样粗壮,却有松柏的坚韧。在那沙浪滚滚的大漠前沿,它是一名骁勇无畏的战士,任凭风狂沙涌,流沙盖顶,它也毫无惧色,不肯屈服。靠着特有的萌蘖性,它能从枝头再生出新的根须,继续保持着蓬勃的生机。

沙漠中的旅者见此奇观,无不为之振奋,惊叹红柳生命的顽强。

红柳,古籍中称柽柳,原籍非洲,1000多万年前经地中海、中亚细亚迁居新疆。为了家族的兴旺,它们在茫茫瀚海中落地生根,对环境几乎无所求,只是把自己的根须尽力伸展开来,向沙原深处索取微不足道的水分。而为了减少生命之水的损耗,它们不得不把自己的花叶卷缩起来,直至变成米粒大小的鳞状叶和球形花,真可谓惜水如金。

岂止是红柳,荒漠中所有的生命莫不如此。

被称为沙漠“苦行僧”的野生骆驼,指的是仍然活跃在中国西部最恶劣的环境中的双峰驼(单峰驼据说早已绝种)。在塔克拉玛干的腹地、在塔里木河干涸的古河道上,那几乎是生命的禁区,而野生驼就在那里不屈不挠地繁衍后代。它的血液具有抗脱水的特殊功能,20天不喝一口水,依然能迅跑如风驰电掣。只要吃一把盐土,一个月不吃草也饿不死。当风暴袭来时,它能凭着双重的眼睑和眉毛而自动关闭眼睛,凭着长有活动瓣膜的鼻孔,阻挡和过滤沙粒。最有意思的是,和狼搏斗的时候,它能把胃里的食物和胃液一起喷射而出,直喷得对手晕头转向,落荒而逃。有时它还能把水喷出很远,造成一片水雾,瞬间又能把水收拢回来。这种神功,实为生命世界所罕见。这或许就是野生驼能够生存下来的秘诀所在。

生物界的种种现象是如此的新奇而富有哲理意味。只要和专家们接触一下,便能获得许多有益的启示。

随着人类向大自然过分的索取而出现的生态失调,不少野生动物已经灭绝了,有的正濒临灭绝。但也有一些类似野生驼的动物仍然保持着旺盛的生命力。

比如黄羊,在广袤而荒凉的西部大地上,到处都有它们的身影,或三五成群,或浩浩荡荡,至今还是一个大家族,一个具有强大优势的群体。

专家们说,这要感谢它的天敌——狼。

嗜血成性的豺狼无时无刻不在窥视着黄羊的行踪,一旦瞅准机会,它们就会向黄羊发起突然袭击,穷追不舍。这种时候,成为狼的俘虏的,常常是那些老弱病残,是那些反应迟钝、奔跑速度较慢的弱者。月复月,年复年,经过循环往复的淘汰,黄羊群中便只剩下那些精英在繁殖了。他们的后代之强健有力,自然可想而知。据说,生下几小时的黄羊就能随妈妈迅跑,三五天之后已能奔驰如飞,同汽车赛跑。

没有狼的威胁,黄羊就有退化直到灭亡的危险。这绝不是危言耸听。不久前,有位来自乌鲁木齐南山牧场的老牧民讲了这样一件怪事:面对着优良的牧草,那里的羊开始厌食。原因是经过多年的打狼除害运动,羊的天敌已不复存在了。它们无忧无虑,饱食终日,变得慵懒而惰性十足,故食欲日益减退。老牧民为此感慨不已,他甚至对前些年那种打狼奖羊的做法也产生了怀疑。他渴望尽快找到一种办法,引几只狼到牧场来。

这似乎有点荒唐可笑。但它确已成为困扰牧民的一桩心事了。而人类从这荒唐之中又该引出何种启示呢?

植物无言,动物无语。但世界万物都逃脱不了"优胜劣败"的规律。

B 炫目的光彩与爱情的悲剧

天苍苍,野茫茫。一辆又一辆吱嘎作响的古老的木轮牛车,碾过千山万水之后,进入了杳无人迹的大戈壁。滚滚沙尘中,一支高擎旌旗,身穿铠甲的队伍,伴随载着妻儿家眷的牛车,缓缓向着乌孙山下的伊犁河畔艰难跋涉……

这幅名为《西迁图》的巨幅油画,悬挂在察布查尔自治县展览馆内。气势非凡,动人心魄。

锡伯族西征是200多年前的事了。18世纪中叶,受清政府的调遣,继满、汉、蒙古、达斡尔兵丁驻防新疆之后,锡伯族曾先后两次抽调能征善战的兵丁1000多人,从盛京和东北出发进驻伊犁地区戍边。经过整编的锡伯营,下设八个"牛录"(军政合一的八旗基层组织),亦称"八旗"。他们在伊犁河南岸的绰合尔河、禾吉格尔一带营建城堡,保卫边疆,浴血奋战。

那是一个气吞山河的史诗般的壮举,它饱含着锡伯人的血和泪,蕴聚着锡伯人的全部磨难和痛苦。然而,也许正是这部苦难史锻铸了锡伯人坚韧不拔、剽悍勇敢、豁达开朗的性格。只要看看今天的锡伯人,看看从乌孙山下的那片土地上成长起来的一代新人,你就会为这个民族的昌盛感到振奋。

在多民族聚居的新疆,锡伯族大约只有3万多人,算是人数较少的民族之一,除自治县内较为集中地定居着2万多人,其余则分散在北疆各地,淹没在茫茫人海之中。但令人吃惊的是,这样一个名不见经传的少数民族,各行各业中几乎都有他们智慧的闪光。

在全国体坛上,锡伯族名将连连创造奇迹。

郭梅珍,这个普通的农村姑娘,以超群的技艺在第四届全运会的射击比赛场上连奏大捷,破了一项全国纪录,平了三项全国纪录,一举囊括了女子五项比赛中的四枚金牌和一枚银牌。她和在男子比赛中夺得三枚金牌的另一名锡伯族选手汝光分获男女冠军。1980年在亚洲射箭比赛中,郭梅珍又打破了一项奥运会纪录,获得一枚金牌和三枚银牌。在爱尔兰举行的国际射箭比赛中,汝光和郭梅珍分别夺得男女全能冠军,为祖国争了光。

锡伯族中的摔跤名将也屡建奇功。1978年的全国摔跤比赛,锡伯族选手顾景林仅以一分之差败给青海名将陈长明。但他毫不气馁,继续勤学苦练,终于在次年的第四届全运会上轻取陈长明,夺得古典式68公斤级的冠军,被授予"运动健将"的称号。这之后,他曾创造了蝉联9次全国冠军的佳话。锡伯族选手郑林和马开也分别获得第四届全运会重、轻量级别的金牌,夺得两次以上的全国冠军。

如果到科技、教育、医疗卫生、文学艺术部门去访问,还会发现众多的颇有建树的专家、高级工程师、研究员、教授、名医、作家和艺术家。仅在乌鲁木齐地区,获得高级职称、担任重要职务的锡伯族干部和知识分子就有近百人。

中国科学院新疆分院物理研究所副所长郭忠儿是锡伯人。还有几位博士和硕士研究生也是锡伯人。他们有的出国留学,有的作为访问学者,与外国专家从事共同的课题研究,在各自的领域中都取得了丰硕的成果。

在石油管理局,锡伯族干部显示了不凡的智慧和组织才干。这里有担任南疆石油会战指挥部副总指挥、石油局副局长钟树成。油田开发研究院副院长齐春生,还有从事重油研究的高级工程师康德,他们被誉为新疆石油工业的闯将。

你若看过电影《西部舞狂》、《热娜的婚事》,总该记得导演广春兰吧?这位艺术型的锡伯族女性,称得上电影界的一颗新星。她以巨大的艺术魄力执导了一批具有独特艺术风格、深受观众好评的影片。其中《不当演员的姑娘》和《买买提外传》分别获得1983年电影荣誉奖和1988年优秀影片奖。

无须开列更长的名单了。值得深思的倒是,一个人口很少的少数民族竟然孕育着如此之多的精英,闪射出如此炫目的光彩,其奥秘又在哪里?

我沿着他们走过的历程寻根溯源,试图找到现成的答案。但事情并非如我想象的那样简单。

锡伯族有自己的语言文字,有深厚的文化积淀和文化传统。但长期颠沛流离的生活,也培养了他们的开放性格,少有保守意识。17世纪初,在与满族和汉族的相处中,他们吸收借用了很多满语和汉语词汇,丰富了自己的语词。后来,他们还曾使用过"呼啦木文"(蒙古文)。清代开始又使用满文,并在满文的基础上创造了新疆锡伯族通用的锡伯文。现在的锡伯族皆通用锡伯语,但为数众多的人还精通汉、维吾尔和哈萨克语。真是一个聪明好学、兼容并蓄的大群体。难怪有人说锡伯族不仅是翻译家的摇篮,还是民族团结的桥梁。他们之中的确涌现了众多的优秀翻译家,不仅仅是口头翻译,大量的中国古典文学作品、现代小说也是通过他们译成满文、锡伯文,在锡伯族中间广为流传的。如《封神演义》、《水浒》、《西游记》、《三国演义》、《东周列国志》等,几乎家喻户晓。《阿Q正传》、《红岩》等也早已为锡伯人所熟知。

"秧歌剧",又称小曲子,也融进了汉族文化的成分。东北的锡伯族唱小曲子,其曲调、服装、道具等都与当地的《小放牛》、《张良卖布》相似。迁徙到新疆后,又受到西北地区眉户戏的影响,而转化为新疆曲子戏,洋溢着独特的韵味。

锡伯族老作家哈拜、郭基南、忠录等都是具有特殊功能的多面手。他们既是作家,又是翻译家;既能用本民族的文字进行创作,又能用汉文创作。在各民族的文化交流中,他们不仅丰富了自己,也给本民族文化带进了新鲜的活力。

继承本民族的文化传统,又从不拒绝从其他民族的文化中汲取有益的营养,这或许是一个民族得以强盛的秘诀。而锡伯族正是在同其他民族频繁交往中变得异常聪敏、异常富有生命力的。

据历史学家说,锡伯族是鲜卑人的后裔。如今,锡伯人的血管里不仅流淌着鲜卑人的血液,也有其他民族的血液。锡伯人对此并不忌讳,尤其是锡伯族中的年轻知识分子,他们在择偶时,族别并不是唯一的标准。他们之中,同汉、蒙古、维吾尔、哈萨克、俄罗斯、塔塔尔族缔结良缘者,大有人在。就像国外对不同国籍、不同肤色的人互相通婚一点也不大惊小怪一样,锡伯族对此习以为常。

老作家、原新疆作家协会副主席郭基南如数家珍地向我叙述了许多事例,并为他们的后代中出现的一代骄子流露出无法掩饰的自豪。其实,他膝下的子女中就有两个儿子、一个女儿同汉族结了婚。他们的后代是那样活泼健壮,聪明伶俐,着实令人喜爱。

其实,一个多民族的杂居区,民族之间在文化、语言、生活习俗等方面的互相影响、互相渗透,每时每刻都在默默地进行着。包括族间婚配,即血液的交流也是不可避免的。

有一份调查资料说,乌鲁木齐地区由于多民族之间的交往,促使了不同民族之间的婚配增多,族间婚配率达3.22%。其中以维吾尔和乌孜别克族、塔塔尔族、哈萨克族之间的婚配为多见,占族间婚配的48.89%;汉族和满、回、俄罗斯族之间婚配占23.33%;塔塔尔族和哈萨克族、乌孜别克族之间婚配占13.33%(其他婚配占14.45%)。

遗传学家认为,这种族间婚配目前虽然还是微不足道的,但的确是一种可贵的进步。一个多民族的大家庭中,假如多一些这种交流,人口的先天素质就会有明显的改观。

然而,我也听说过这样的事。某地文工团在民族团结教育中根据生活中发生的故事,编排了这样一出小戏:一个汉族姑娘爱上了一个不同民族的小伙,执意结成终身伴侣。但双方家庭却拒开"绿灯",致使一对情侣万分痛苦。最后,迫于这对年轻人相亲相爱,视死如归,双方父母才被迫让步。于是,有情人终成眷属。

故事并不新鲜。耐人寻味的是在戏散场之后,有人凝视着导演,揶揄地说:"假如那个姑娘是你的女儿呢?!"导演闻之愕然,惶惑良久。

如此这般,也难怪实际生活中演出了那么多触目惊心的悲剧。仅举两例。

悲剧之一

地点:南疆某市

时间:1985年某月某日

幕启:天蒙蒙亮,雪山一片殷红。几声枪响,惊醒了沉睡的人们,纷纷向出事地点奔跑。

姑娘已倒在血泊中,青年也躺倒在地,危在旦夕。

警车嘶鸣,公安人员火速赶到现场,发现男青年的血尚是热的,立即送往医院抢救。

数日后,青年走进审讯室,真相终于大白。

原来,他和姑娘韦某真诚相爱多年,并已发生性关系。但当姑娘提出同他结婚时,他哭了。他的父母百般阻拦,并强行让他与一本族姑娘定亲。他慑于社会和家庭的压力,只好把爱深深地藏在心底。两人难得公开见面,但藕断丝连,有时漫步于小河边,有时幽会在密林中。紧紧地拥抱,热烈地亲吻,每一次都是以泪水洗面而依依惜别。

青年:我真的不该爱你。

姑娘:只因我们是两个不同的民族吗? 那好,结了婚,一切服从你们的生活习惯还不行?

青年(沉默):我们要受惩罚的。

姑娘:反正我要和你结婚,不然我们就……(她做了一个打枪的手势)。

青年:我们想到一块了,既然生不能在一起,那就让我们……

姑娘:明天你把枪带来好吗?

次日凌晨,他们来到小河边,久久地拥抱之后,枪响了。

不料,青年没有击中自己的要害。

一桩美满的婚姻就这样被断送了。谁是凶手? 难道是幸存的青年吗?

悲剧之二

地点:北疆某农村

时间:1987 年某年某月

幕启:一位老人手里举着锃亮的铁锹,正在追打着一个年轻姑娘,骂声不绝,嘴里喷射着唾沫星子:"我们本族的男人都死光了吗? 你为啥非嫁给异族人不可? 告诉你,你再敢跟他来往,看我不打断你的腿才怪! "

姑娘躲闪着,没有眼泪,没有言语,只是死死地盯着凶神恶煞的父亲,乞求地望着善良的母亲。不料,母亲并不理解自己的女儿:

"孩子,听你爸爸的话,你就死了那条心吧。"

"妈,你不要再说了。"姑娘没有像往常那样,扑到娘的怀里泣不成声,而是抱住了身边的一棵小树:"除了他,我谁也不嫁。"

"你疯了?"妈妈瞪起双眼。"要是嫁给他,你就从家里滚出去,只当我没有你这个女儿。"

姑娘真的疯了,她跟跟跄跄着跑出院子,朝村外的荒野直奔而去。

"春子! "随着喊声,一个骑马的小伙子飞奔而来。

姑娘飞身上马,紧紧抱住小伙子的腰。霎时,一对情侣便消失得无影无踪。

很久,这对青年一直杳无音信。

这一幕幕悲剧或许是不该发生的,但西部大地上还在不断演绎着这样的故事。

我不知道这类悲剧会不会给那些偏执而善良的人们带来一点震动。但我确信,总有一天,他们会醒来。生命之火总会熊熊燃烧起来。

题 外 闲 话

一曲变奏到这儿戛然而止的时候,我才仿佛意识到,面对苍茫的西部世界,我仅仅掀开了帷幕的一角。

我想赞美生命,而生命又向我们诉说了什么呢?

说不清是哪根神经驱动我漫步于西部这个多棱体的生命世界。踏过林木繁茂和荆棘丛生的土地之后，竟然妄发感慨。世界万物都依自己的轨迹在运动，在发展，生老病死，兴衰枯荣，古来如此，人类不是繁衍至今，生活得很好，各得其所吗？

杞人忧天，大可不必。

可是，我们的专家、学者们却时时处在忧虑之中，艰难跋涉于生命世界的深处，苦苦探寻着人类生存的奥秘，喋喋不休地向我们诉说着警世真言。

当他们得知我在撰写这篇类似生命考察式的报告时，便都放下案头的工作，慷慨地拿出他们用心血和智慧换来的成果，给我解开一个个不解之谜。有的甚至在我辞别之后，还把当时没有来得及面叙的所见所思，写信告诉了我。

感动之余，我不能不沉静下来，深而思之，把生命万花筒呈现给我们的那些令人感奋、令人反省的种种景象如实记录下来。即使是那些枯燥乏味的数字，我也不忍割舍。

珍重自己，珍重未来吧，聪明而又可悲的人们！

2008 年 7 月中国文联出版社出版的《岁月漫笔》

阿 里 境 界

李广智

在阿里，藏胞在感到有人怀疑他们所言的真实性时，总要语调特别地喊一声："毛主席！"是发誓保证的意思，报告文学写到今天，也到了喊"毛主席"的地步。

——题记

神 山 圣 湖

一辆浑身灰尘的越野车驶进阿里军分区留守处的院子，在一幢土头土脸的砖楼前迟迟疑疑而又磨磨蹭蹭地停下来。

这是因为不确定。这就是一个有职有权的正师职干部的家？这就是丁德福高原生涯25年之后建筑的属于自己的安乐窝？是的。而且是在一楼。推开那扇粗糙木料制作的门，又是一派寒碜简陋的景象：是团级干部居住的面积，看不到任何装饰，粉刷过的呈淡土色的墙壁上倒是可以看到一些图案，但那是漏水冲刷后留下的斑渍，毫无美感可言。乌黑发青的地面上，蹲着几只小黄狗一般的小木凳和几只早已过时的烤漆斑驳的铁圆凳，一张圆桌上放着一匣印度火柴和一盘苹果，除此几乎就空无一物。客厅通阳台，阳台没有封闭，从窗户望出去，可以看到阳台上那一层厚厚的细黄土，给人一种沦陷的感觉。也叫人马上联想到当地一种说法：在叶城工作，每年要吃一面袋"土"；在阿里工作，每年要吃进去一件"毛衣"。而对于丁德福而言，"毛衣"和"土"则要一块儿吃。

"请坐请坐。"主人很客气，这是约定的，显然是有准备的。这个时节，也只是到了这个时节，笔者才惊异地发现，这房子还有一件豪华家具：一张三人沙发，但比城里人常见的沙发小得多。"这是最近才添置的一件新家具。"主人颇为自豪地介绍说。"先前是有一张沙发的，是自打的，木质差了一些，年代久了，尽生虫子，把扎弹簧的绳子都给咬断了，坐上去咯咯巴巴地响。一咬牙，也就换了。""不是还有一台电视机吗？""有的有的。这是我们家现代化的象征，很珍贵的了，老伴儿怕损坏，就把它坚壁清野，锁进柜子里了。看看？我去拿钥匙。"到此，三间房子一览无余，除了"坚壁清野"的电视机，再没有一样能称得上家具的家具。"可是……"笔者发出了疑问："难道偌大的要保障整个阿里防区物资供应的师级单位，就没有一套师职房？""有的。但我喜欢住在留守处，上山下山都是阿里人，亲切。我的那套房子就做了留守处的招待所，还真解决了一点问题。"他老伴在一旁插话说："他就是这种脾气，该吃中灶时，他撤了中灶吃大灶。该吃小灶时，他撤了小灶吃中灶。谁料想还引起了别人的误会，说他是吃了中灶吃大灶，吃了小灶吃中灶，你说人委屈不委屈。"

终于在三人沙发上坐下来。

一抬头，立即就愣住了。对面墙上，悬挂着镶在有黄铜色雕刻的镜框里面的彩色照片，一条洁白的哈达围在上面。这就是著名的神山，海拔 6714 米的冈底斯山主峰冈仁布钦。它形如橄榄，直插云霄，峰顶如七彩圆冠，周围如同八瓣莲花环绕，山身如水晶砌成，绝品的玉镶冰雕。而在神山的脚下，就是被佛家称为"世界江河的母亲"的圣湖旁玛雍措。是一种蓝宝石一般的湖水，在太阳的照耀下时时变换着色彩，神秘而又美丽。

信徒们说，绕神山转一圈，可洗尽一生的罪孽；转十圈，可在五百轮回中免下地狱之苦；转百圈，可在今生成佛升天。

笔者就想，我笔下的主人公丁德福，在阿里高原上转战了 25 年，足迹遍及阿里的山山水水，他该成就为一个什么样的人物呢？

信徒们还说，在圣湖的四周，有四个浴门，分别为莲花浴门、香甜浴门、去污浴门、信仰浴门。用圣湖之水，可以洗掉人们心灵上的"五毒"，即贪、嗔、痴、怠、嫉，清除人肌肤上的污秽。

笔者还想，丁德福在阿里高原的雪水中浸泡了 25 年，圣水之浴，何止百遍千遍，如果佛法无边，他该是何等高洁之智者。

智者还在望着墙上的照片，眼神里闪烁着激动，表情上体现着虔诚，完全忘记了笔者的存在。凝视良久，才自言自语地说，每天回来，往沙发上这么一坐，一看到白花花的山，仿佛一下子又踏上了阿里雪原，脚下咯吱作响，头顶白雪飘飞，浑身那个舒服呀，没法儿说。他可能觉得这么讲没表达他的意思，想了想又说，这大概就是一种类似于宗教的信仰吧。如果说抽象的信仰应该有一片现实的土地作为其故乡的话，我认为阿里是最合适的了。这神山圣湖，就是阿里的象征。我一看到它，就有一种见到故乡的感觉。这神山可是有说头的，说它是穿白衣、戴白巾、骑白马的护法神，行走世界八方，而它的千名随从，也就是身旁的那千座雪山，个个都是身手不凡的将帅神仙呢。

"咱们应该说是无神论者吧。"笔者笑着插进了一句。他说是的。但无神论者不可以没有信仰。而阿里是信仰之乡。从大的方面，我们共产党人的信仰自有其含义和说法，但就我丁德福个人而言，说信仰，离不开阿里。25 年最美好的岁月撒在阿里高原上了，阿里成了我血管里流淌的血，断不了也不能断。你见过朝拜神山的信徒吗？只要远远一望见山顶上的积雪，就开始朝拜，是那种五体投地的匍身长拜，一直要拜到神山脚下，然后是转经，还是五体投地，还是匍身长拜，虽然手上套着木鞋，但还是磨破四肢，滴着一滴滴血，也要拜下去，完成自己的夙愿。初上高原，对这种宗教的虔诚和狂热，很不能理解，甚至视之为落后。但是，阿里最终是要叫你理解的。高原人生，没有信仰是活不下去的，阿里最终也是要将你培养出一种近乎宗教式的信仰的。我承认，对于阿里，我有一种宗教式的虔诚。叶城打出了新油田，我就想，这一口井要是在阿里多好。看到汽车装满了轮胎，我就想，这一车轮胎要是给阿里多好。叶城位于新疆，我也是新疆的干部，但我的心总是偏着阿里，有点吃里扒外的味道吧，但我改变不了了。在阿里待得太久了。

问：25 年的阿里高原生活是一个什么样的概念？

答：25 年，一个毛手毛脚的小丁，变成了坐在你身边的头发稀疏而胡子拉碴的老丁。25 年，小姑娘风摆杨柳般长起来，又鲜花怒放一般变成了少妇，怀里抱上了一个小宝宝。而在阿里高原上，不少的战友已经长眠在狮泉河畔、界山达坂、扎达土林、古格峡谷。18 岁，28 岁，35 岁，38 岁，各个年龄段上的都有，风雪怪异之夜，偶尔能在梦中见上一面，拥抱而醒，就只剩下了牛吼似的风雪声。而千古荒原似的阿里，25 年之后，也变得令人不敢相认了，与最初的阿里相比，你几乎可以断定是两个世界。

25 年前的阿里是个什么样子？那时节艰苦，我当排长的那个连队没有一架照相机，听说军分区宣传科有一台 120 海鸥，但要政治部首长批示才能使用，我们压根儿就不敢想，所以连一张照片也没有留下来。就说这几件事儿吧！当年，西藏政府想向阿里收税（当然是旧政府），畏于险途，就派了一名藏兵前往观察，藏兵走了一些日子，返回去说，再不能往前走啦，那里的天和地已经连在了一起，水用绳子捆在背上，火挂在腰带中间，叉子枪划着天空喊里咔嚓地响。官府一听，唔，不得了了，真到了天边边了，遂中止收税。藏兵所言不是夸张而是形象化的语言，风沙又大又猛，天地当然混沌一片。牛羊吃水靠啃冰块，人们将冰块捆在背上回家化水，挂在腰带上的是火镰，风沙敲打枪叉发出喊里咔嚓的响声。藏兵形容这种情景，我刚上山时依然随处可见。因为，阿里 70 年代才成立人民公社，有些乡如底雅，1984 年才实行了土改。狮泉河是阿里地委、行署所在地,但在 1980 年以前,除了政府工作人员和驻军部队,狮泉河的正式居民也就一户。就是这一户,也是游牧到这儿之后才定居下来的。还有一个,是真事又是笑话了,是说阿里的封闭,仿佛隐藏在千年冰雪和云封雾锁之中。书信中断半年是常事,小青年谈恋爱,性急难耐,就使用明码电报。一天,女报务员收发了这样一份电报:我昨晚做了一个美梦趁你妈出去买菜我啃了你一口。此事事后被领导得知,认定是"资产阶级思想泛滥",把发报的小伙和女报务员都狠训了一顿。但收不到信件的情况依然照旧。翌年冰消,车队上山,早几天就有电报告知,坐卧不宁,焦急等待,引颈遥望,一见西北方向烟尘卷起,倾营而出的人群便开始骚动,迎上前去,拥抱,呜咽,抽泣,啼哭声与欢呼声汇成一片。从报刊上看到,有人说狮泉河存在的没道理,像是从别处撕下来硬贴在这里,闹不明白该把狮泉河称为城还是镇。只能是镇。而且是一座游牧小镇。初上高原,那是 1970 年,狮泉河整儿是一片红柳,红柳很茂盛,连队出去放羊,得用棍子缠一块红布,高高地举起来,遥相呼应,首尾联系。整个狮泉河最高的建筑,就是连队的哨楼,两层。连队盖房子是土块垒起来的。房子盖起来了但抹不了墙,狮泉河遍地沙土但沙土不粘。把马粪装在麻袋里,在狮泉河上漂呀漂,漂走了粪便,留下了草渣,与白灰合在一起抹墙。这一下可不得了了,都来参观,啧啧赞叹,又羡慕又眼热,心想能住上这么漂亮的房子,那共产主义也就算实现啦!现在,即使是三星级四星级的大酒店建成,也造不成当时那阵轰动了。25 年过去,阿里可真是阔起来了呀,有了太阳能,有了电站,有了电视台,有了一片连一片的楼群,还有了一个 8.5 公斤重的水萝卜,靠在栽种者身旁,就像站了一个大胖儿子。

当今世界,遥远的岛屿和深山老林、荒野大漠都阻挡不住时代潮流的冲击。世界在变,阿里在变,我们活在这个世界上的每个人也都在变。但是,我觉得,不管世界怎么变,做人总还是有一些东西要守住,不能变。阿里在变,但阿里人特别是阿里藏民的宗教信仰没有变。我丁德福对阿里的感情也没有变。一看见白头雪山,我就觉得那一片白雪是属于我的,我就有了寄托。歌子里面唱,高远的奇寒的阿里高原呀,在你不熟悉它的时候,它是如此这般的荒凉,当人熟悉了它的时候,它就变成了可爱的家乡。作为 6 万阿里人的一分子的我,阿里是我的精神与情感的寄托之地,舍此我无处可去。——要是能离得开,我早就远走高飞了,但我是军人,得听军令,军令如山。这样,我的这一百多斤就算是交给阿里了。

他这么说着,脸上一副满足的表情,有点类似孩子的神态,一口白牙,笑得灿烂夺目。而笔者却有点为他抱屈了。我说,登山运动员也有称"登山家"的,可以说是武装到了牙齿,也就是往山顶上那么站上一阵子,就算是征服世界的英雄了,名字与高山共存。探险家,就说那个大名鼎鼎的斯文·赫定吧,他在阿里也就几个月的日子吧,身后还有那么多国家的强力资助。而他从阿里索走的东西,足以使他不朽上好几个世纪。更让人不好理解的是那些所谓搞艺术的文工团或文工团的队员们,在敲锣打鼓的欢迎声中上得山来,唱那么几支歌或跳上那么几个舞,那可就了不得了,吱吱哇哇,通过他们所占领的舞台把他们所谓的艰苦嚷嚷得满世界都知道了,这之后就是评功评奖呀,晋职晋级呀,占尽昆仑山的光辉。你听说过上一趟昆仑山连跳两级的事儿吗?这么比较一下,你能够心静如水吗?

丁德福显得有点不知所措。他说他从来没有这么想过。你说的这几种职业都是很伟大很受人尊敬的职业呢,我丁德福就是个土得掉渣,平得跟床板一样的阿里边防军人嘛,何曾想过跟人家并肩站了比高低。至于你说的那个时间,它能说明一些问题,但不能说明所有的问题。时间可以把鱼虫树木变成化石,可以让高原下陷,平川隆起,但它没法儿把一个平庸的人变成伟人呀。苦熬不等于苦干。你只是躺在阿里高原,躺上一百年,除了证明你的长寿,还能说明什么呢?孔繁森在阿里工作不过两年,可那是何等轰轰烈烈的两年!所以说,时间不能说明所有的问题,我在阿里25年也不可以作为资本来向世人炫耀。打个不太恰当的比喻,这就像避雷针,你这个避雷针竖在那儿,可就是年复一年的不见雷,他那个避雷针刚竖起来,"咔嚓"一声,雷来了,就在那一瞬间里,他那避雷针上就汇集了宇宙间的全部雷电,避雷针的意义就此也就显示出来了。要不现在怎么讲"抓住机遇"呢?我是个福分浅的人,既无过人的才能又无探险攀登的天性,我所能做的,跟阿里所有普普通通的军人一样,那就是守卡子,年复一年地过着寂寞、闭塞而又必不可缺的军营生活,你来找我,你是会失望的。

问:你熟悉孔繁森吗?

答:在阿里,我是军分区政委,他是第一政委,你说熟悉不熟悉。

问:我接受采写任务之时,有一位将军给我定了个题目,叫《军中孔繁森》。据我所知,在阿里,这么评价你的人也很多,你个人觉得怎么样?

答:"我实在是不敢当呀,孔繁森是领导干部的楷模,我丁德福算啥?通常人们说谁谁谁像谁,这都给人一种沾光的感觉。孔繁森就是孔繁森,孔繁森只有一个,他已经离开我们了,而我丁德福还活着,这就是最大的不一样。孔书记不幸遇难之后,从报刊杂志和广播电台的新闻,我看到了不少的孔书记,有的有点面熟,有的就相当陌生,比较起来我还是觉得生活在阿里的那个孔书记来得真切、真实而又可靠。那是一个爱开玩笑笑话很多的人,烧牛粪,点蜡烛,跟普通人没有多少区别。'五个人力量大,抓住两只灰兔子甩地下。'能猜出谜底来吗?还有'下面是海子,上面是雪峰,峰上飞来五只鹰。'告诉你,前者是擤鼻涕,后者是抓糌粑,你只要去一趟阿里,就会觉着形象极了。他喜欢叫我去跟他一块儿包饺子,包起饺子来,他又争着擀皮子,因为高原缺氧,擀比包要费力。头锅饺子下出来,他不让吃,让他收养的那两个藏族孤儿曲印和贡桑吃。吃就吃吧,他还要给两个孩子教礼仪,怎么问好,怎么让座让吃,直让得我肚子咕咕叫，我说你这不是叫我吃饺子，而是叫我参加义务劳动来了。听了这话，他就笑得开心，说咱们还可以再生产嘛！毫无疑问，他是大孝大善之人，看到战士的大衣短，他就成天给你叨叨，仿佛我丁德福就有权改变部队的服装式样似的。他还想扫我这个舞盲，一次又一次地请，三顾茅庐，硬把我拽下池子，说是'活跃生活，锻炼身体，保卫边疆'，可惜没有成功，一副耿耿于怀的样子。孔书记遇难前几天，还郑重地跟我约定，等他从新疆考察回来，有几件关于阿里的事要跟我商定，好好配合一下，就跟去年配合抗灾救灾一样，打它个漂亮仗。我说那没有问题，我等着你回来。可是，他竟没有回来。我左猜右猜猜不透，他究竟要跟我商定几件什么事儿呢？他要是能告诉我，哪怕是托我一梦，我也必定全力以赴把他想办而没有来得及办的事情办好。阿里人上高原，一般是要留条子的，一旦遇事，这条子就是遗嘱，可惜孔书记他是下高原，走坦途，便没有留条子。"

丁德福说到这里，眼睛湿润了，显得伤感而又孤独。笔者就想，高原之上，孔与丁大约就是一对精神境界上的挚友了吧。山起双峰，互为依存，失去任何一峰，精神的支柱就要倾斜了。真有点同情丁德福，孔繁森走了，把巨大的失落和痛苦留给了他，让他慢慢咀嚼，越嚼越苦。而同时，笔者的心中也涌起了要了解丁德福内心世界的强烈欲望。笔者说："还是想跟随你的足迹到阿里看看。"丁德福的眼睛一亮说："那咱们就上山吧，上山去看看孔书记。"

人往高处走

丁德福上阿里是 70 年代。

那是一个狂热的年代。又是一个忠诚的年代。学毛选，那是真学，一字一句，反反复复地学，对照思想，灵魂深处爆发革命；干革命，那是实打实地干，不要命地干。那当然也是一个曲折的年代，而人民群众所表现出来的对我们这个民族和国家的忠诚仍然是难能可贵的。

说起当年上阿里，丁德福至今还是心怀激动。那是何等壮烈的场面，又是何等悲壮而可敬的理想浪漫之举。那时节，丁德福已在新疆伊犁河畔那个清朝伊犁将军驻守的惠远城服役，而且已经当了干部。惠远是苹果之乡，伊犁河有最为肥美的青黄鱼，斯大林大街上飘着《莫斯科郊外的晚上》的歌声，丁德福在那儿大有前途。可是，是谁振臂一呼号召了一声呢，记不得了，反正是人往高处走，水往低处流，最高的地方是阿里。于是，丁德福连同他的战友就呼呼啦啦地咿咿呀呀地上来了，唱着"罐头盒里煮大米，青石板上烙大饼"这些歌词，没过多长时间便无一遗漏地体验了，这是后话。而当时，丁德福的感觉确实是来阅读风沙，阅读生生死死来了，他感到自己的

724

热情已层层叠叠地渗入了冰雪层和冻土层。多少年以后,丁德福才明白过来,人家的"人往高处走"是指高位,而他和他的战友们的"人往高处走"是指海拔。但他和他的战友们同时又有一个新发现,人的觉悟人的精神境界是随着海拔高度的升高而升高的。天空洁净的阿里高原似乎有一种净化作用,丁德福的阿里生涯过得无怨无悔。阿里高原给进入它腹地的人们第一个教诲是什么呢?是关于死亡的真义。脸上印满了车辙印子的藏族老人说,最甜美的歌是一个人已经达到了他自己的目的和希望唱给上帝的歌,"如今请你让你的仆人离去吧"。久居阿里的陕西籍军人说,我连活着都不怕,我还怕死吗?确实,生活在阿里高原,见惯了各种形式的死亡,死亡已不再严峻,它只是回归自然的一种形式。大自然随你来任你去,一切都天经地义。

丁德福眼见的死亡太多了。

河南兵小杜,晚上在窗前正给家里写信。那天晚上月亮很亮很大,就悬在窗前,仿佛伸出手去就可摸到似的。小杜特别想家,而家里的哥哥和父母闹矛盾。他给哥哥说,对父母要孝顺,不孝顺父母的人,还能孝顺咱们这个国家吗?正写到这里,集合号响了,他想拉开门看看情况,谁知这一拉门就顺着门板滑了下去,无伤无痛,无声无息,从此就再没有站起来。

又一年,丁德福当指导员,晚上做了一个梦,连队炸山修路,他被用绳子拴了悬在半崖上,脚下有白云,哈达一般的白云,很柔软,还有一只鹰,张开翅膀滑翔着,有点像上山解救伤病号的黑鹰直升机。与他一同悬在半空的,还有两名战士,腰间各插一根钢钎,不知怎么着在崖壁上挂了一下,钢钎掉了,咣当当一直往沟里滚去。丁德福一惊,就醒了。他就给同宿舍的连长讲这个梦,正讲着,有战士哭着进来了,说是出车祸了,正在达坂上行车,横拉杆突然失灵,汽车从悬崖上翻下去,两名战士当场死亡,真正的粉身碎骨,找不到扑克大的一块骨头,也认不出来谁是谁。死亡的战士正是他梦中梦到的战士,其中一个叫罗乃雨,陕西长安人,爱唱秦腔,但也就那么一句:"王朝马汉一声叫。"

有个新疆兵,叫什么建新吧,姓记不起来了。"建新"就是建设新疆,在新疆,叫这个名字的人最少可以编一个师,这至少可以证明新疆的汉族人志在边疆的一种决心。这千千万万个建新中的一个,就死在丁德福的怀里,患的是阿里高原上那种可怕的病——肺水肿。肺一水肿,便失去了呼吸的功能,人便被活活憋死。这个志比天高的建新,脸完全变成了一只皮球,紫色的皮球,鼻子嘴巴完全看不到了,只有眼睛有一道缝。丁德福的泪水像雨点一般落在那只"皮球"上,但却回天无力,眼睁睁地看着这只"皮球"走气瘪陷下去。

海拔6000米的浑圆坦阔像馒头一般的突兀于众峰的界山达坂上,停放着一台苏联嘎斯车,驾驶室躺着一个人,车下躺着两个人,车上装的是援藏物资。躺着的人都睡得很安详,但过去一摇,是硬的,早到另外一个世界上去了。这也是援藏的功臣了,于是,过往行人肃立致哀,愿他们灵魂有知,变成新藏公路上的"赞",护佑还在新藏线上行车的人。

所谓"赞",是一种很古老的土著神灵,类似于当今地方的保护神。

此神与佛教诸神和其他土著神灵素无瓜葛,由当地王侯、英雄或具大悲愤之人死后变化而来。由于夙愿未偿,他们的灵魂不能升天也不能入地,而是留在原处护佑过往生灵,故一般专设一处祭坛,藏族人称之为"玛尼堆",接受信徒们的转经朝拜。因此神只对人生前有意义,从"县官不如现管"的世俗观念出发,世人敬而畏之。

新藏线日土一段,就有一名汉族驾驶员做了藏族老百姓的"赞"。那地段紧挨一座怪石嶙峋的小山,就在汉族驾驶员遇难的地方垒起了一个"玛尼堆",干树杈上挂了洁白的哈达和五颜六色的经幡,过往车辆皆按顺时针方向转圈朝拜之后,方才继续赶路。在丁德福的连队当过卫生员的作家毕淑敏,就亲见一群藏族少男少女在那里转经朝拜。这个成了"赞"的驾驶员其实也是普通人,某一年在这儿翻车死了,后来就发现这座山上出现了一只黑狼(藏族习俗,狼也可以成神),人们纷纷传说是那位驾驶员的灵魂所变。于是过往这里的人总要停下来,念念有词地向路边投石头或献条哈达。日久天长,就垒起了一座玛尼堆,转经道的两行辙印又深又宽。

这就是死亡。

死亡有泰山鸿毛之说,阿里高原则有"赞"之祭祀。能够成为"赞",总是于人类有所贡献。丁德福说,能留在世上的,往往是你付出的那一部分而不是你索取的那一部分。所以,上了昆仑山的人不怕死,怕也顾不上。非但不怕,还常常跟死做游戏。且听丁德福笑谈死亡吧:

——在阿里高原行车,雪崩、塌方、冰陷、泥石流是司空见惯的事。跟许多事情一样,要么不发生,要发生就是一连串,比如雪崩、滑坡,就常常在数公里的路段上同时发生。车陷其中,可以说是前有虎狼,后有追兵,百鬼狰狞而上帝无言。但这并不是死路一条,而是有诸多的生存缝隙。关键是不能犯怯,既不能坐以待毙,也不能盲目冲锋,要学会抢道,该停则停,该奔则奔,忽停忽奔,奔如野马炸群,停如快刀斩麻,即使是雪崩气雾铺天而下,也不是就百分之百地葬身雪山之腹,落雪无力,你可以加大马力冲过去,狭路相逢勇者胜,这是战术。冲出雪崩区,回首身后,眼见天塌地陷般的雪崩纠缠不休,跌撞翻滚,你会忍不住笑出声来。

——有时节,正行路间,突然轰的一声巨响,一块卧牛般的石头滚下来,正掉在公路中间,挡住了去路。只有搬石,但是且慢!风是雨的头,屁是屎的头,这块落石不过是探路先锋。抬头上观,巨石悬顶,一侧凌空。怎么办?大部分人突击排石,只留一人望顶观察,这人须眼亮耳灵,反应灵敏,只要听到如松鼠窜动一般的响动,看到有脸盆大小的烟尘,便大吼一声:"快跑!驴蛋下来!"排石的人便立即向两头逃离。"驴蛋"是小石,并不可怕也不麻烦,有惊无险。麻烦的是"老虎",那是巨石,排除起来相当困难,高原缺氧,石头比山下要重出好几倍。"驴蛋"也罢,"老虎"也好,落石之后,复而再上,如此反复,直到通过。

——有时节,坦途也会出险情,说起来非常有意思。那一回,从库地达坂下山回叶城,一路飞快。快要到了,就剩下二三十公里时,我说是停下来"放放水"(小便),驾驶员一踩刹车顿时脸就变了,刹车失灵,而这般时节,下山的车子正犹如脱缰的野马,失去控制。我笑着说,稳住,创造奇迹的时候到了。驾驶员说只要一会车就麻烦,我说上帝保佑今天不会车。因为一路从库地达坂下来还没有碰上一台车。驾着失去控制的车一直开进叶城,果然没碰上一台车。车子驶进留守处的院子,老伴儿就坐在楼前的空场上纳鞋底,看到了,站起来打招呼,但车子没有停,驶过院子,上了一个台阶,又上了一个台阶,最后在一堵矮墙前受阻停车,下去一看,连块皮都没擦破,安全归队,一车人哈哈大笑。

这样谈论死亡,未免有点过于浪漫。笔者质问于丁德福:"从新疆的喀什到西藏的阿里,此去1300公里,最高处海拔达6000多米,千山万壑之中,风雪泥石,滑坡洪水,像一把把架在脖子上的钢刀,岂能以笑谈了之。难道昆仑山之路真像你说得那么轻松?"

丁德福陷入了沉思,很为难很痛苦的样子说,阿里的军人都是那么干的,我比谁都特殊不到哪儿去,除了笑谈,我还能说些什么呢。25年了,在死亡的门槛上迈出迈进趟数多了,谁还尽记那些事儿。

倒是有人给笔者叙述了丁德福"一趟三亡"的故事,这位叙述者也是亲历者,平静道来,却有历历在目之感。

阳春四月,当新疆叶城的大叶核桃刚刚露出嫩叶的时节,作为阿里军分区政委的丁德福,亲自护送200名新兵上山。护送新兵本不是政委的事,但他说昆仑山欺生,喜欢给初来乍到者发脾气,新兵娃们年轻,没经过那阵势,不要把娃们吓着了。新兵娃们确实没经过事,初上昆仑,还觉着好玩,一出叶城,就不住声地唱,伸长了脖子嗷嗷叫,依然是《毛主席的战士最听党的话》那首歌,当唱到"罐头盒里煮大米,青石板上烙大饼"的句子时,丁德福又一次被感动了。他摸了摸头顶稀疏的头发,感叹地对同车的干部说,当年我也是唱着这首歌上来的,20多年了,一拨接一拨的青年人,把他们的青春和热血往这昆仑山上泼,这才有了今天牢固的边防线,可惜我年纪大了,早早晚晚都得下山。可是,把阿里从我丁德福的心里抽掉,我丁德福就没有什么东西可以寄托了呀!这么说着,歌声却在不知不觉间消失了。朝窗外一望,昆仑山的第一道门槛,库地达坂到了。高山反应已经开始折磨刚刚踏进军队大门的新战士,几小时前还嗷嗷叫的战士这会儿却趴在后挡车板上嗷嗷吐。

稍事休息做了一番安慰工作,发放了一些抗高原反应药品之后,丁德福把车辆的编队进行了调整,把一辆载物资的卡车和他乘坐的车排在了前头。这样做当然以防万一,冬去春来,积雪消融之后渗入山体,山岩就犹如豆腐渣,稍有震动,整座山坡都可能土崩瓦解。丁德福给战士们说,上阿里的路,是英雄们走的路。当年,外国的探险家斯文·赫定是骑着骆驼上去的,进藏先遣连前辈们是徒步上去的,我们有四个轮子,难道还能让昆仑山吓退吗!新兵们一起高声地吼,说就是把苦胆吐出来也要上到阿里高原上去。

继续前进了,车队像喝醉了酒的汉子,摇摇晃晃上了凶险的库地达坂。突然,丁德福感觉到了一阵异样的声音,像天空中鸽哨的声音,又像冰河破裂前的喘息,他预感到大事不好,猛喊一声"停!"他和驾驶员的脑袋都撞在了玻璃上,也就在喊"停"的同时,上百立方米坚如岩石的积雪因车队行进的震动而塌裂,从山顶呼啸而下,倾泻在丁德福乘坐的车子和前行卡车之间,雪雾腾起来,雪块像打飞了的一车西瓜,溅起来,又落下去,瞬间就湮没了前行车辆的后箱和丁德福乘坐车辆的车头。车门被堵死,车窗就是生门,丁德福和司机还是自车窗生还了,他拍打着皮帽子上的雪说,这一次玄,都摸着阎王爷的鼻梁杆子了。一句话说得惊魂未定的新兵们笑出声来。接下来是疏通道路,折腾了好半天,积雪清除了,大家喘着气,想坐进车里歇一阵,但就在这时,20多年的高原生活使丁德福听到了一阵异样的声音,似松鼠窜动。"快开车!"司机一踩油门,车子弹跳着冲了起来——几乎是在同时,一块四棱见方的冰块贴着他的车屁股砸了下来,地面为之震动。翻过达坂,检查安全,200名新兵连块皮儿都没有伤。新兵们惊异于他们政委的"天眼神耳"。说是有政委护佑,万难不怕。丁德福拍拍他们的肩膀,说昆仑学校只收新生却没有合格毕业之说,我和大家一样,都是昆仑学校的学生,后面的考试多着哩,接下来马上就有一门。新兵们问是哪一门,丁德福却念了一句口头禅:"天不怕,地不怕,就怕红柳滩到多玛。"担心把新兵们吓怯了,又补充了一句口头禅:"东风吹,战鼓擂,阿里军人他怕谁。"算是给新兵们壮了壮胆。

从红柳滩到多玛,360公里,汽车行驶却要在12小时以上。这里海拔4500米以上,寸草不生,荒无人烟,道路艰险,一旦抛锚或受阻,绝无营救的可能。但这一回连丁德福本人都没有料到,昆仑山摆出的阵势比任何一次都吓人。正赶上冰河涨水的季节,冰封的河面犹如"百万雄师过大江"的场面,此起彼伏的爆裂声把冰块冲起来,发出金属破碎般的响声。河水漫过路面,到处洪水泛滥,桌面大的乌青冰块,乌龟一般在浑浊的洪水里沉沉浮浮,泥沙俱下,发出一阵紧似一阵的海啸般的响声,恐怖而又紧张。新兵们哪里敢想象这等场面,当下就吓白了脸。

河水还在上涨。漫过路面的洪水,蛇一般弯曲着,已经从后面包抄上来,进不能进,退不能退。等吗? 等下去就是等死。只有冲出洪水,才能脱离危险。虽然是洪水四溢,凭着对新藏公路手纹般的熟悉,丁德福还是能够辨认出道路的走向和大体位置,他心一横,牙一咬,脱去棉裤跳进齐腰深的冰水中,为汽车引路。这是车队所有人都无法替代的事,洪水之中行车,稍有偏差,哪怕是尺寸之误,都可能把车子带下路基,在冰河中颠覆,后果如何,不堪设想。12台车辆,丁德福导引了12趟,花费了8个多小时。车辆全部脱离险境之后,丁德福往驾驶室里一坐,立即就"死"过去了。但新兵们没看到,还在欢呼着征服洪水的胜利。丁德福又摸了一次阎王爷的鼻梁杆子。几个小时之后,丁德福开始给驾驶员张小康谈他的死亡体验。他说,还真是怪了,进入冰水之后,第一个感觉就是牙疼,特别的不能忍受的疼,别的啥感觉都没有,包括桌面大的冰块一次又一次地撞击在他的腰间腿上,他也看到了被冰块的棱角划破的血口子,看到了血,但就是没有感觉。再后面,连牙疼的感觉也没有了,身体仿佛已经离他而去,脚下很轻,头脑也很轻,好像成了神仙似的感觉……丁德福没说完,张小康就伏在方向盘上哭了。但丁德福的神仙感觉并没有维持多久,反应就来了,此后半年多的时间里,他的双腿痛得没有地方搁,而由此所造成的静脉曲张,则要伴随他整个生命的全过程了。

摆脱了冰河洪水的纠缠,并不算胜利凯旋。界山达坂,才是进入西藏阿里的最后一道门槛。门槛太高,上山100公里,下山100公里,历史上商队和牧人常常葬身于此,沿途白骨四散,成为这一带特殊的路标。关于它,诗人的体验是这样的:"四周的天空都似垂挂在它之下,唯有头顶一片天,被它撑起来几丈之遥;周围一派寂静,只有一座座的山峦积着雪,一语不发地望着你,望过来一阵阵的寒气。天风擦着灰玻璃一样的天空,从山脊的积雪间轻盈无声地掠过来,袭人魂魄……让人觉得自己太单薄,一吹就透。"就是在界山达坂的死人沟里,丁德福乘坐的那台先是开路后是收尾的车子,被奔腾的泥石流前后夹击,困陷在绝境之中。第一等大事就是把车子从泥石流中抢出来。但是在这么高的"门槛"上作业,手软得像面条一般,半锹泥土颤颤巍巍地端起来,双腿却像泡酥了的麻秆一般,"崩"地一弯,就跪在了地上,大口喘气,像发动之中的火车头。雪灌进鞋子化成水又结成冰,鞋与脚浑然一体就成了冰坨子,脱是脱不下来了,拿石头砸吧,又怕伤筋骨,只好由它去了。

夜幕降临,风如牛吼,四野漆黑,感觉像是到了南极北极或外星球,只有退守避风处,等待奇迹的出现。等待,等待,这一等就是整三天。车上的干粮吃光了,就剩下驾驶员带给别人的几斤干辣椒,只好拿出来分着吃。事后谈起空腹吃辣椒的感觉,驾驶员给他的老乡说,我如果是大特务头子,我就发明一种刑法,禁食三天,干吃辣椒,再坚强的人都得招供。辣椒很快吃光了,但援救的人还没有到,寒冷、饥饿、高原反应一起袭来,大家用背包手巾扎在头上止痛,坚持到第7天早晨,丁德福把大家叫醒了说,为防万一,每人都写一份遗书,把该交代的事情交代清楚,我出来的时候就已经写过了,谁需要我帮写我可以帮。但大家都只有微弱的喘息声。就在这个时节,营救的人员赶到了。

脱难之后,大家交口赞赏丁德福的先见之明——出发前就把遗书写好了。其实,他们哪里知道,类似这种遗书性质的条子,丁德福已经装了一抽屉。他知道他丁德福不是铁打的,只要是在阿里高原上干,说不定哪天就被阿里的土地吸收了。他没有想过一旦那样子会不会成为"赞"的问题,也没有想过泰山鸿毛的问题,他只是看到在他身边倒下去的战友,仓促之间没有留下一句话,给亲属和组织带来了难解的麻烦,因而每次上山下山或去边防哨卡,出发前都要用纸条交代一些必要的事情。20多年过去,这种纸条就积攒了不少,每一张都有一个生与死的传说。他没有烧毁,没事儿就拿出来一张张地翻,一件件的往事就又浮现在眼前。看完了,就把抽屉锁起来,家里人不知道里面装的是什么。他的这种举动,引起了他的小女儿梅梅的注意。梅梅估计,有两种可能:第一,抽屉里可能是存折。第二,可能是什么珍贵的纪念品。不管是前者还是后者,她都想知道。于是她从爸爸身上偷偷地摸去钥匙打开了抽屉,小小年纪的女儿一下子惊呆了,张张纸条,都像令人心悸的讣告:

高原丧生,本是常事,万一不测,不要悲伤。

不要给组织添麻烦,最低情况,国家发给家中抚恤费。

大儿子的病要继续治。

只给组织上提一件事,边城教学质量差,小女儿梅梅考大学肯定考不上,当地就业难度大,照顾梅梅上军校,了却我一桩心愿。

梅梅看着看着就"哇"地哭出声来。

超 越 苦 难

其实小梅梅不知道,对于阿里高原军人来说,死亡并不是最恐怖的。最难以战胜的苦难,是那种欲生不得,欲死不能,生不如死的种种高原恶魔的折磨。战胜苦难,非超人的意志不可。在海明威的小说里,写了一个坚强的汉子看到妻子难产,非常痛苦,不能忍受,就割断自己的血管自杀了。海明威所想说的是,生不如死。关于这篇小说,是阿里高原的一位汽车兵告诉笔者的。不难想象,高原军人所承受的苦难是如何的深沉,以至于对一篇外国人的小说引起如此这般的共鸣。

丁德福对于苦难却有另外一种看法。他说,美是艰难的,优秀需要苦难。他说这句话时,双手是揣起来的,像老农民,又像是哲人。我琢磨了好几天,总觉得意味无穷。我进而追问,难道说苦难也是值得幸运的吗? 他想了想,面部表情平静,虽然坐着,却似一座雪山的造型。他说,苦难产生坚韧,而坚韧产生奇迹。如果没有奇迹,我就不可能坐在你的对面跟你谈话了。

于是就谈到了剿匪。阿里高原实际上是一块不平静的土地,那里游荡着一个忤逆妄人的幽灵,这个人就是达赖。他的"和平挺进西藏"的黄粱美梦就伏在阿里这块土地上。这个靠讨得一点境外势力残渣剩菜的叛国集团,一直从事分裂中国的行动。每年到了高原秋草黄的季节,伴随着浸骨的寒气,达赖集团的所谓经过正规的山地战和偷袭训练的叛匪们就出动了,骚扰村镇,掠夺牛羊,残杀边民,袭击政府驻地。丁德福上山之后,阿里军分区在六年时间里组织了六次剿匪,丁德福参加了五次。每次剿匪,都是与叛匪在冰山峡谷之中周旋,旷日持久,最长的一次在冰山中坚持了49天。

有一年"八一"节,难得的平静——上级没有下达剿匪令。也是难得的好天气——万里无云,天高气爽。独立连的主官们很高兴,说连年剿匪,没过好一个"八一"节,今年办大宴,十个菜,让大家好好乐和乐和。战士们一听十个菜,那还了得,一蹦三尺高,猴急性子早早就把象棋扑克搬出来"战斗",象棋是用手榴弹盖儿做成的,拍之无声,只好辅之以喊叫。扑克是用罐头箱里的硬纸片自制的,绝对打不了"双扣",因为牌厚,一副比普通扑克的三副还要厚,洗不动也抓不住,就是揭牌,也得要有技巧,稍有不慎,底牌撞翻,就得拉倒另来。

伙房里的菜香味飘出来了……

俱乐部里的二胡响起来了……

突然,一阵急促的喇叭声,一辆浑身灰尘的北京吉普驶进了独立连的院子,风风火火粗声大气的谢司令员从车上跳下来,大声命令道:"立即准备,马上出发。狗日的叛匪,好大的胆子,8000只羊,800匹马,连个招呼都不打就要被赶跑了。给老子追,狗日的吃根羊骨头都要叫他吐出来。"谢司令指了一下丁德福:"就是你带队,前几回都是你去的嘛,地形熟悉。"丁德福已经扎好了武装带,但还是随口嘟囔了一句:"回回都是我,连个'八一'也过不上。"谢司令火了,跳起来指着他的鼻子骂了一通。

被骂的这个时节,丁德福已经翻身上马,马鞭一扬,一队铁骑嗒嗒有声,团团烟尘弥漫了天空。铁骑直插山口,堵截叛匪的后路。经过了数十个小时的奔袭之后,这一夜他们在扎达县境内的土林中露营。为防叛匪马队的袭击,他们扎营在开阔的地势上。是夜,狂风大作,飞沙走石,高原大风发出号角一般的吼声。所幸的是,有一个战士还是用塑料布包出来了几个菜,架在石板上,手抓着吃了,各吸一支莫合烟,"八一"节也就算过去了。

这一夜是丁德福站哨。后半夜,风停了,月亮不圆,朦朦胧胧,但四野的一切还是依稀可辨,那层层叠叠的土林,多像古代的城堡哇。只是城破了,一片残败景象。丁德福知道,这就是古战场。遥想当年,败了的王孙,所图的也就是这一片土地呢。从史书上看,也是个苍凉的秋日,也是个凄清的晚上,西行亡命的王孙要上路了,两位老臣双双送行。

一个说:"此行千里,其路迢迢,为臣仅有骠一匹奉上,可作乘骑,以备不时之需。"

一个说:"其路迢迢,千难万险,为臣仅献狼皮一张,日里可为坐垫,夜时御风寒。"

想到这里,丁德福心头涌过一排排热浪。他喃喃自语:咱要比落难的王孙强多了。这匹匹战马,是藏族老乡挑了又挑,选了又选,亲自送到连队来的。人民装备给了我们,我们身后有强大的祖国作后盾,王孙靠谁? 王孙后来还是建立了古格王朝,但不幸却被入侵的达拉克人所灭,空留下一座死城。就在此地的不远处,块状条田,石垒土灶,无首尸体,至今还保持着原样存在着,王朝却消失了。如今是人民政府,达赖集团企图颠覆人民政权,人民不答应,我丁德福也不答应。

天亮前,发现了情况,立即追击。这一追就是400里,直追到6542高地。6542指的是海拔高度,人还没叫苦,马已经支撑不住,鼻孔出血,毛孔渗汗,四肢打颤,死活不肯前进,只好徒步。难以想象的艰苦哟,水壶抱在怀里结成了冰,四周尽是一米多厚的坚冰,手伸到了水壶跟前,却抓不起来,也说不出话,只能从表情上判断。

就是这一回,丁德福跟数倍于他们的叛匪交上了火。枪一响,所有的痛苦立即消失了,猛烈的火力,压得叛匪抬不起头来。迂回包抄穿插,一个小战术就把叛匪击溃了,夺回了全部的牛马羊。

但剿匪还在继续,丁德福一队15人还在冰山雪岭之间转战,寻找打击叛匪的战机。

这一年中秋,他们是在冰山上度过的。

早几天就断粮了。

为了生存,为了剿匪,他们忍痛击毙了一匹野马,野马是不允许猎的,这他们知道,但不猎野马就只有坐以待毙。叛匪是什么人都打的,包括老人和妇女,他们贼吃贼喝,体壮如牛,疯狂得跟饿狼一般,不吃东西如何抗击这些叛匪。

点起牛粪火,割一块野马肉穿在通条上烤,牛粪腾起来,粘在肉上,黄黄的,很是诱人,但肉里还在淌血。于是再烤,焦了,糊了,刮去表层的牛粪烟灰,咬牙切齿,左拉右撕,还是咬不下,只好用小刀割下一片,在嘴里咬几下,猛一使劲咽下去。

多向往"青石板上烙大饼"的生活呀,剿匪最初的日子里,就是这样生活的,抹一点油,饼子在青石板上嗞嗞地响,那情景,一想就要流口水的呀。

多希望有"罐头盒里煮大米"的生活呀,白花花的大米,嚼一口,满心满肺的香味呢。

然而现在,烟是用兔子粪野马粪制作的,抽一口满嘴臭气。烧的是毛刺,毛刺似钢针,扎烂手脚,也扎烂棉衣,一个人就是一株晚秋里的棉花枝,到处开花。再后来就成了"网眼"棉衣,不敢脱,一脱就散了。高原奇寒,什么样的东西穿在身上都像穿了一张纸。

中秋节,月亮近得似乎跳起来就可以摸着了。黄灿灿的月亮,又圆又大,如果是个烧饼多好呀,切成15块,一人一块,多美妙的中秋。可惜不能,每逢佳节倍思亲,每个人的眼里都是泪花花。丁德福看清了战友们的心思,灿然一笑说,我打了埋伏,今儿中秋,咱们还有好东西。于是用战备锹撬下一块石板支起来,所有的人团团围了,把"好东西"摆上去——确实是好东西,两瓶水果罐头,14块水果糖——但丁德福对外宣布是16块。先是分糖,一人一块,分到他自己时,他做了一个吃糖的假动作,有滋有味地咂吧着说,我是领队,我吃两块。接下来是分罐头,一人一口轮着转。"举头望明月,低头思故乡",有人就唱起了家乡戏。丁德福说,咱们想家乡,守边防,还是得想点提劲儿的,于是就唱了这样的歌:

> 烧起牛粪火,
> 架起行军锅,
> 化一碗高原的雪水,
> 当作美酒喝!
> 边防战士不怕苦,
> 战斗的生活最快乐

中秋过后不久,丁德福病倒了,病倒在重机枪的哨位上。他先是拉肚子,他知道在高原上拉肚子意味着什么,但他觉得他能挺过去。况且,这是剿匪,是在冰山雪岭之间,随时都可能与叛匪遭遇,随时都要准备奔袭和追歼,他如果倒下去,就意味着最少两个以上的人非战斗减员。他们是小分队,自剿匪以来,哪一回接火,叛匪的人数都比他们多出一倍以上,减少一两个人,也就意味着战斗失利,伤亡将急剧增加。所以,他咬紧了牙关想挺过去。然而,一天一夜几十趟下来,丁德福就昏死过去了。醒过来之后,他给他的战友们说,我丁德福没有做一件对不起阿里高原的事,我绝不会死在阿里高原上。我如果昏过去了,你们不要慌,也不要哭,就把我抬到有太阳的地方晒,我相信阿里高原的太阳能治好我的病。

果然,没有过多久,丁德福又"死"过去了,这一"死"就是三天。他的战友听他的话,没有慌,用破大衣抬了他,放在太阳底下晒。因为是潜伏,怕暴露目标,也怕让叛匪知道我方人员患病,加之地形复杂的山地没有大片的太阳可供享受,只能不停地移动地方。四个战士各揪大衣一角抬起丁德福就走,居然连一点响声也没有。事后战友们回忆说,那个时节,排长那个轻呀,就像一片树叶。抬起来心就颤手就抖,生怕一阵风把他吹跑了。

最不听话的是通信员赵泽金,他三天三夜守在丁德福的身边,不吃不喝。在他看来,丁德福是不行了,再也活不过来了。他觉得离开丁德福是不可想象的,一伤心眼泪就一串串地掉下来,跌落在丁德福的脸上,没想到却把丁德福给唤回来了。他睁开了眼睛,张开了嘴巴。赵泽金"哇"地哭出声来,激动得不能言语。其他战士还以为他们的排长"光荣"了,一看丁德福醒过来,都激动得用拳头抹眼泪。丁德福说,我说过阿里高原的太阳能治我的病。

"丁德福在哪儿?"

还没等丁德福站起来,问话人已经刮风一般进了屋。军分区谢司令员扳住丁德福上上下下看了一遍,一把把他抱在怀里,就哭出了声。斥责丁德福的是他,抱住丁德福泪水横流的还是他,高原上的军人哇,真人真语真性情。

高 原 人 生

丁德福可以对他又敬又畏的谢司令员拍胸脯,但面对妻子和儿子,他却挺不起胸脯。直白地讲,他觉得他欠他们的太多,今生今世也难以偿还。去乌鲁木齐出差开会,像他这样一级的干部理所当然应该住宾馆,但他不肯,执意要住在大儿子丁全锐的单身宿舍里。儿子是残疾,进的是残疾人福利厂,条件可想而知。想到这件事,丁德福就像做错了事的孩子,一脸的愧疚。他说他就是想给儿子做几顿饭。欠得太多,补偿不上了,能补偿一点是一点。只有这样,心里才觉得稍稍得到了些许安慰。

"子女使父母的劳苦变甜,但也使不幸更苦。"这话是谁说的呢?记不得了。但这句话丁德福是记死了,深以为然。子女带给丁德福的欢乐他不会忘记,但子女的不幸带给丁德福的痛苦,却是刻骨铭心的。

丁德福的妻子,是甘肃陇西的农村妇女。陇西,中国西部有名的干旱地区,是个苦焦的穷地方。妻子嫁到丁家的数年里,上要赡养年迈多病的公公,下要哺育两个年幼淘气的儿子。丁德福远在阿里高原,关山重重,望都望不到,指望不上。大儿子全锐三岁那年,小儿麻痹寻到了儿子的身上。那是多么揪心的日子呀,丁德福的妻子抱着儿子,整夜整夜坐在昏黄的灯下,风一阵,雨一阵,焦急地等待天明,盼望着丁德福突然出现。电报一封连一封地发出去了,信也写了好几封,泥牛入海一般杳无音信。她除了流泪就是怨。怨谁呢? 公公多病,婆婆身体不好,够难了。只有怨丁德福,怨他的情硬,怨到最后就变成了恨。她甚至想,这时节,如果丁德福出现在眼前,她会毫不犹豫地冲上去,咬他几口。然而,一切都是枉然。

丁德福的妻子不会知道,她的丈夫这时节正在高原的冰山峡谷与叛匪周旋,枪子儿擦着帽檐飞,乱石滩当作床铺睡。一封接一封的电报急信丁德福根本看不到,甚至想也想不到。生死攸关,他敢分一点儿心吗? 可是,儿子的病情还在加重,儿子站不起来,急得哭哑了嗓子,睡梦里喊的都是他的腿。实在等不及了,妻子只好装了家中仅有的百十块钱,背了儿子,去天水寻医院。

到了天水火车站一打听,离市区还有20多公里,又没有车,急得她一身一身地冒虚汗。好心人指给她一条道,从一架山岭上翻小道过去,近好几里。她急孩子的病,没顾别的什么就上路了。天很快黑下来,一群接一群的黑乌鸦在她的头顶上盘旋鸣叫,声音特别难听。路边的树丛里,黑幽幽的山崖下,有荧荧的绿光闪动,不时还有受惊的小动物从田地里窜出来,从脚下奔过去。但她没有害怕,也不知道害怕。她只是想着儿子的腿。只要儿子能站起来,叫她受什么罪她都愿意。她当然不知道,她脚下所翻的这道山梁是卦台山,人祖伏羲画八卦的地方,求签问吉最灵验的地方。如果她知道,她一定会去算一卦,问一问人祖,她儿子的腿什么时间好。她当然也不知道,就在她陪儿子住院的对面山上,就是有名的南郭寺,南去10公里,就是有名的麦积山,如果她知道,她也一定会去求神拜佛,求佛祖保佑她的儿子逢凶化吉遇难呈祥。可惜她什么都不知道。她只知道寸步不离地守着儿子,焦急万分地盼着奇迹出现。

然而,奇迹没有出现。

手术治疗失败了,儿子没有站起来。丁德福的妻子抱着可怜的儿子哭成一团,哭得医生掉眼泪,说你往兰州大医院里去吧,大医院一定有办法。

是一位好心的人用马车把她们母子俩送到了火车站。回到家里,丁德福的妻子三天三夜水米未进。就在这个时节,阿里的汇款到了,但不是她的丈夫而是丈夫的战友,她这才知道丈夫剿匪去了,是往比她的处境更艰难更危险的地方去了。于是,怨转化成了忧。既忧虑怀里的儿子,又担心万里之外正处于战斗之中的丈夫。这种双重的忧患是对丁德福妻子的摧残和折磨,从后来的一件小事中我们便可以很明显地感觉到。丁德福40岁那年,跟妻子一块儿乘火车。刚上车,一位一把年纪的农民拍了一下他的肩膀问:"老哥,今年六十几了?"丁德福愣了一下,但立即就坦然了,他知道他是高原人,紫外线常年照射,身上青一块紫一块的,自然显得老相。他平静地说,平六十吧。农民听了直咂嘴,说这么看你就显得有点老面了。但丁德福没有想到,他们夫妻俩刚在座位上坐下来,对面座位上的一位扎羊角辫子的小姑娘问了他一声"伯伯好"之后,紧接着又问了一声妻子"奶奶好"。这一声"奶奶好",似电击一般震撼了丁德福的全身。他知道，妻子之所以变成"奶奶"，完全是家庭这副担子压的。这担子，原本应该是两个人分挑的，但是自己没有挑，全部压在妻子的肩膀上。正因为出于这种内疚的心理，后来妻子多次要求随他上阿里时，他都没有答应，他不忍心让妻子再上阿里去受另外一种罪。他说等他脱下军装他一定要多干家务活，把应该属于自己的那一份担子挑起来。但是，妻子等成了老伴，他也没能脱下军装。

丁德福不让妻子上阿里当然还有另外一层想法，但他不能说出来，他知道如果说出来只能是加快妻子"奶奶化"的步伐，他不忍心，所以没有说。这种想法就是，两个人最少得保一个。丁德福在谈起这种想法时是很动感情的。他说，在阿里高原当兵说不定哪一天就光荣了，他得留一手，万一他在阿里高原倒下了，有妻子在，就可以把几个孩子抚养成人，孩子是国家的财富，咱们有抚养的责任。再说具体一点，不管咱们从事的职业别人怎么看，可总得要有继承者才行。

丁德福的妻子是坚强的。她在稍稍稳定了一些情绪之后，又背起儿子上了兰州。在这段揪心的日子里，丁德福的妻子说她反反复复地就是做两种梦：一种是丈夫出事了，要么从崖上掉了下来，要么病得很重，呼吸困难；另一种是儿子站起来了，在家乡的绿油油的麦地里疯跑，快得跟要飞起来一样。这样，她不是从梦中哭醒来就是从梦中笑醒来。可是，梦起反意，丈夫安然无恙而儿子始终没能够站起来。

一年以后，丁德福下山了。他什么都没有带，就带了两提包药，急如星火地奔回家去。可是，当他推开家门，看到的却是瘫痪的儿子趴在炕上，艰难地扭动着，怎么也站不起来，他的心一下子碎了。他用拳头擂着自己的脑袋，掉下泪来。他不甘心，不忍心也不死心。他给妻子讲，治！砸锅卖铁也要治。就是从那一年开始，丁德福的大儿子开始了长达10年之久的住院生涯。对于一个儿童来讲，这种生活是难以磨灭的。10年住院，大的手术动了七次，最大的一次，是把骨头完全锯断，扭正之后再固定定型。从手术台上下来，麻醉药效过去后，儿子疼痛难忍，就在病床上撕心裂肺地喊，喊他的妈妈，喊他的爷爷，喊医生叔叔，喊护士阿姨，那情景，惹得同病房的人伤心落泪。

但是人们发现，无论病痛怎么折磨，小全锐就是不喊爸爸。嘴唇咬裂了，流着血，不喊爸爸。

他的爸爸到底把他怎么了？

丁德福说，我愧对儿子，我不是个好爸爸，儿子七次手术，我都不在他的身边。谁家的孩子在这么小的年纪里就要做七次手术？谁家的孩子在这么小的年纪就要面对永远站不起来的可怕现实？儿子在悲观绝望的时节，当爸爸的是应该挺身而出保护他的呀，而我没有。我算什么爸爸！

其中一次，也就是最后一次手术，丁德福下定决心要陪儿子上手术台。儿子对这一次手术也充满了希望，积极地配合医生做手术前的各种准备工作。

春天是充满希望的，两只小鸟在病房窗户外的树枝上叽叽喳喳叫个不停，树枝上盛开着红云般的桃花，在凉丝丝的春风里颤巍巍地抖。久经病痛折磨的儿子也迷信起来，他偷偷给护士阿姨讲，这是一个好兆头。小鸟，桃花，还有爸爸，我觉得我这一回可以站起来。我真要是站起来了，就请阿姨到我们家去，我爸爸是军官，给阿姨拿好吃的东西吃。

尽管这些话是背着丁德福说的，但也足以使丁德福欣慰了，总算是叫过爸爸了。这起码说明儿子的心里有爸爸。

可是，天有不测风云，就在手术前的一个星期天，部队急电催丁德福归队。丁德福想，儿子的情况，军分区上上下下的人都知道，都同情都支持他陪儿子做手术，没有非常非常的紧急情况，是绝不会催他上山的。怎么办？丁德福把电报捏在手里，在桃树林里转了一圈又一圈，一片片桃花打落在他的肩头，上山，对于丁德福来说，实在是太容易了，连五分钟准备的时间都用不了就可以出发。可是，该给儿子怎么讲呢？他把电报装进口袋，走进了病房，儿子正在抽血化验，红红的血液在透明针管里慢慢地流，儿子没有动，也没有痛苦的表情，忽闪忽闪的黑眼睛望着他，望得他脊背一阵阵发凉。他像受训的下级，呆呆地在儿子面前站了好一阵，一句话也没有说出口就出来了。

但是，他心神不宁的表情还是让敏感的儿子觉察到了，儿子失望极了，把床头柜上的水果食品一把打翻在地，流着泪，大声地哭诉道："知道你又要走了，你心里只有阿里，哪一次手术你也没有看过我。你走！你走！你不是我的爸爸！不是！永远不是！"

儿子的话，对于丁德福无异于万针扎心，不知不觉，他已经泪流满面了。他想把儿子揽在怀里，他想给儿子说，天底下没有不疼爱自己儿子的爸爸！他还想给儿子说，自古忠孝不能两全，无论爸爸还是儿子都应该把国家摆在前头。可是，儿子坚决地把他推开了，头扭向墙壁，无论他说什么，都不肯听。

丁德福站在那里，心里难受极了。病人护士都陪着丁德福流眼泪。

丁德福还是奔上了阿里高原。

丁德福的儿子还是被推上了手术台。

爸爸没有陪他，妈妈病了也没能陪他。儿子独身一人，又一次经历了难以言传的痛苦，但最最痛苦的，是到底没能独立地站起来。就是从那一次以后，儿子沉默了，像一块冰山的雕塑，一坐几个小时，连姿势都不变动一下子。丁德福每次只要一看到儿子那双忧郁而又无光的眼睛，就像一下子掉进了无底深渊。他知道儿子在怨恨他，他希望儿子发泄出来，吵一顿闹一通都行，吵了闹了他也许能好受一些。但是，儿子沉默了，不再说话，也不再亲近他。

人啊,还有什么比亲情的折磨更难受。

丁德福,一个有血有肉的父亲,一个经历艰难而又情感丰富的阿里军人,一腔苦水向谁倾诉!只有一个人悄悄流泪。

他决心补偿,用自己的行动抹去儿子内心的创伤。儿子上学以后,丁德福下山休假,天天放学到学校背儿子回家。留守处有班车接送学生,可丁德福执意要背。但背上的儿子是沉默的,不说不笑也不闹,像一块石头,越背心情越沉重。丁德福在心里给自己打气,亲生儿子哩,即使真是一块石头,也是可以暖热的。然而,遭遇了终身残疾厄运的儿子,就是不肯原谅他的父亲。

年复一年,丁德福背上的儿子越来越沉重,丁德福的心情比背的儿子更沉重。

"儿子,买一件玩具吗?"

"儿子,看一场电影吗?"

"儿子,喊一声爸爸吧?哪怕就一声?"

这都是背儿子回家路上的话。然而,儿子沉默,想背了你就背吧,买玩具你就买吧,儿子始终不说话,始终是一双忧郁而无光的眼睛回视他。开始,丁德福还一直心存期盼,儿子还小,长大了自然会理解一个阿里军人父亲的苦衷和艰难。这个期盼,一直盼到了1993年,儿子还是没有张口叫爸爸。春节时节,丁德福破例好好地准备了一下,两个儿子一个女儿,都准备了一份比往年的数额大得多的压岁钱。给钱之前,他还有意识地引导,说爸爸在阿里高原,最挂念的就是儿子和女儿,看着儿子女儿一个赛一个地长起来,当爸爸的比什么都高兴。压岁钱一人一份,请笑纳。小女儿接住了,谢过爸爸了。二儿子接住了,也谢过爸爸了。轮到残疾的大儿子了,却还是沉默,还是那一双忧郁而无光的眼睛。丁德福只觉得天旋地转,差一点跌倒在地。

返回阿里之后,这件事压得丁德福精神不振,彻夜失眠。多少往事,在脑海里交织翻滚。他决定给儿子写一封信,儿子大了,他有责任把许多的事儿给儿子说清楚。但这是倾注感情的一封信,一旦落笔必定泪溅稿纸。他选择了一个平静的休息日的晚上,面对高原明月,从他初上高原的时节开始写,儿子的年龄与他上高原的"山龄"正好相等。儿子的历史正是自己阿里守防的历史。他诉说了他的高原生活,也说明了他为什么要那么做,为什么当爸爸却没能尽一个爸爸的责任,同时倾诉了他心中的积虑和痛苦,他请求儿子原谅,也给儿子作出保证,一旦退休就天天守候在他的身边,哪儿也不去。这封长达十多页的长信,每一页都叫泪水打湿了,有的地方字迹模糊看不大清楚,但他也没有再抄一遍的心劲和力气了。他把要说的话都说了,他把能流的泪都流了,是对着阿里的明月流的。不对,还有阿里的太阳,他写完这封信的时候,阿里的太阳已经升起来了,是火红火红的一团,跳跃着,浮上了云海。

信发走了,丁德福的心也悬挂起来了,会产生什么样的结果呢?1月、2月、3月、

4月、5月,杳无音信,跟他的老伴当年盼他的回信一样,仿佛儿子从这个世界上消失了。

1993年9月18日,对于丁德福来说,是他一生中最重要的一个日子。这一天,他下山回家,风尘仆仆,刚踏进家门,20出头的终身残疾的儿子就一瘸一拐地迎了上来,一头扑进他的怀里,用沙哑的声音喊了一声"爸爸!"太遥远,遥远得像万里天空的鸽哨,像万仞高山上的鹿鸣,他担心自己的耳朵出了毛病,也不敢相信这一声"爸爸"是真的。可是,当他看到怀里泪流满面的儿子,看到儿子那双不再忧郁无光而是激情闪烁的眼睛时,他知道这是真的了。一股热流通过全身,他双手抱紧了儿子,忍不住泪如雨下。老伴、女儿、二儿子都拥上来,全家人抱在一起,失声痛哭。

多么漫长的20年,儿子终于在心中接纳了阿里的军人爸爸。

多么激动的时刻,一个阿里军人20年的奉献,终于得到了儿子的理解。

丁德福说,这一天是他一生中最幸福的时刻。这一天,他大碗筛酒,笑谈风生,眉飞色舞,无比年轻。

血浓于水

按照计划,这一章不应该是这么开头的,但就在写到这里时,笔者所住宿的招待所食堂得到了一条鱼。因为鱼太大,一连吃了三天才吃完。一打听,才知道这条鱼跟丁德福有关。这条鱼是分部农场的一位老职工捕到的。老职工跟丁德福的年纪相仿,可以称为老哥俩。老职工知道他的老哥长期在阿里高原工作,论身体,可以说是小青蛙被牛踩了一蹄子,周身的病,肺水肿呀,雪盲呀,心室肥厚呀,静脉曲张呀,直到现在还五指发紫发胀,好几家医院查来查去查不出病症来。就在去年,还发生了惊动阿里百里防区的事。丁德福在边防连队检查工作时,突然眼前一黑,要不是有人发现扶得快,恐怕也倒下去了。医生赶来一检查,好家伙,血压急剧下降,心脏顺时针转位190度。在海拔4000米以上的高原上,这种情况差不多就意味着死亡。于是,输液、吸氧、抢救、血压计捆在胳膊上就不敢取下来。这种情形,一发生就是半个月,连队急了,分区急了,南疆军区也急了,一个电话接一个电话追到了山上,命令他下山治疗。但丁德福没有下。他说自我感觉能抗过去,他自己的身体他能掌握。病痛是抗过去了,可丁德福的身体大不如前,这是人人皆知的。正因为如此,老职工才执意要把这条鱼送给他,让他拿回去熬汤补身子。丁德福收下了,但却把鱼送到了食堂。

在采访丁德福的日子里,发生在他身上的许多事,是笔者所不好理解的,以至于连笔者似乎也觉得丁德福对不起他的妻子儿女,而在许多公家的事情上太认真太死理。在人情练达世事洞明的问题上,似乎不应该对他打分过高。比如,他是有专车的,但他节假日从来不坐,上街跟老伴坐中巴,结果有一次中巴出了车祸,老伴身上被碰得青一块紫一块。再比如,大儿子残疾了,又去了福利厂,按规定二儿子可以留在身边吧。他不,却把二儿子送上了阿里高原,而且是一个叫且坎的很边远的边防连。老伴为拉扯孩子辛苦了半辈子,以后随了军总得安排个差不多的工作吧,可他给安排到了留守处打工,拖地、洗床单被褥,每月的"工资"不足 100 元。而在对待"两姓旁人"的问题上,他却是舍得把血都泼上去的。这是不是有点怪?有点太革命?革命得有点不真实了呢?而笔者的追求是写一个真实的人。在阿里,当藏胞感觉到你怀疑他说的话的真实性时,他会气愤地大叫一声:"毛主席!"意思是向毛主席保证,他说的是真的。报告文学写至今,也到了作者喊"毛主席"的地步。有感于此,笔者原本是想把丁德福太革命的一些事儿略去的,怕的是读者不相信。但是大鱼的事动摇了笔者的计划,最后决定还是写写这方面的事。

"现如今说一个人太革命,大约就是说一个人太保守。"丁德福笑了笑说:"难听一点的说法是说阿里氧气吃不饱,脑子不够用。说就让人家说吧,那些事做过了,我就不能否认。时代随着时尚转,脑子不够用的人,不会迎合。我总在想,我如果不上阿里,不在阿里呆那么长的时间,我人生的路就可能是另外一种走法。我如果进城市,我相信我也会学会城市的活法,会交际、会拉关系、跟各种各样的人兜圈子,我可能活得很滋润,但也可能活得很平庸。而事实是,我上了阿里,而且一呆就是 25 年,阿里有阿里的活法,阿里有阿里的境界。阿里需要的是掏心窝子,是以心换心,是要用生命去换取人的信任。阿里人说单一的人在高原上不是人,只有群体的人才是人,才能够生存。正因为这样,在阿里高原人与人之间的感情,人对关系到他们生存环境的问题上的狂热,往往超出了平常人的想象。从表象上看,也常常超过对亲生子女的感情,这不是阿里人不讲亲情,而完全是阿里的环境所致。我这么说,你能理解吗?"

"你是作家,是城里人,我说一点城里人的缺点你不要怪。一座城市,就是一片大荒野。因为城市计较和算计太多,难得有真正的朋友,没有朋友,城市就无异于荒野。你有权有势,你可服冰糖燕窝以养肝,服西洋人参以养脾,服中华鳖精以养气,服鹿茸药酒以壮阳,但你没有肝胆相照的朋友,你安妥不了自己一颗孤独的心。可以没有权,可以没有势,但不可以没有朋友。可是,生死朋友只有在生死环境中才能获得。阿里的朋友,我一辈子不会忘记。这可能就是我对待阿里和家人的态度上出现差异而叫常人难以理解的地方吧。"

有了丁德福上面的这一番话,丁德福下面的一些举动就显得好理解多了。

有一年冬天,参谋杨永致胃出血,生命垂危,急需输血,而阿里没有血库。

但阿里有民谣,"给金给银不给血,送羊送牛不送命"。血在高原是宝贵的,因损失了一二百毫升的血而把命丢在冰山雪岭之间的事在阿里高原并不少见。有一位熊一样壮的汉族司机给病人抽血,200毫升血还没拔出针管,司机就像冰山崩塌一般倒下去了,经过抢救后,是放在担架上运下去的。所以在高原上,即使是高喊"一不怕苦,二不怕死"的军营里,官兵们献血都有顾虑。因为大家都知道,人的生命只有一次,即便抽血不出事,失了血的身体也将不再能抵御高原上恶劣气候的侵袭,终归要垮下去,活罪比死罪更难受。但是,战友垂危岂能不顾?丁德福亲率33名战士前去化验,临行前营长交代得很清楚,谁献血都行,就是你丁德福不行,因为今年冬天有行动,你丁德福不能在行动之前就趴下去。可是,经过化验,只有丁德福和另外四名战士的血型与杨永致的血型相同,要命的是,四名战士都是初上高原的新兵,谈血色变,谁也不肯伸胳膊。丁德福把四名战士领到痛苦呻吟、呼吸困难的杨永致的病床前说,人命关天,杨参谋老家有妻儿老小,有卧炕不起的娘,有年迈多病的爹,你们说咱们该怎么办?至于抽血,少量的抽影响不大,咱们一人献几滴血,就可以救杨参谋一条命。杨参谋本人包括他们全家会感激我们一辈子。四名战士被感动了,愿意献血,但不肯第一个献血。丁德福挽起了袖子说,我先来,我比你们年纪都大,我没有事儿,你们大家肯定就没有事。但一般我献了血要闭上眼睛坐一阵,你们不要大惊小怪,也不要把我拉起来。200毫升血抽出去了,丁德福果然平静地闭上眼睛坐了一阵,尔后站起来退到一边。只有护士和丁德福知道,那不是"闭上眼睛坐一阵",而是针管一拔出来就瘫倒过去了。抽血前,他就跟护士咬好耳朵了。

由于抢救及时,杨参谋的命保住了。数天以后他可以下床活动了,丁德福来看他,送给他一包奶粉补身体。杨参谋看了看奶粉说,全脂奶粉,确实是好东西。可这是给小孩子吃的呀。杨参谋不知道,这一袋奶粉就是当时医疗单位给献血者唯一的补偿。丁德福拉着杨参谋的手说,你就当一回小孩吧,等你的身体恢复了,再当你的杨参谋。后来,杨参谋康复后,要回陕西长安老家了,才知道了这一切,感激涕零地给丁德福送了一条洁白的哈达,说是雪山高洁,常在我心。

但不久,丁德福又献了第二次血。

高原干部武树林的儿子小鹏鹏做手术时大出血,小鹏鹏抵抗能力差,当下就昏迷过去了。只有抽父亲的血,但连续抽了两次,依然救不了儿子的命。武树林把胳膊挽得老高,摇摇晃晃地跟医生"吵架",要求再抽。但那个医生也不敢再抽,再抽,武树林的性命也就搭上了。武树林像疯子一样吼,说是搭上就搭上,只要能救儿子的命。但医院坚决不干,告诉他,只有找血这一条路,否则,父子两个都危险。

武树林跌跌撞撞奔出了医院。

一个有了点年纪的地方同志进了医院。

这个地方同志在急救室的椅子上坐下来,说:"我的血型跟孩子血型相同,我愿意给孩子献血。"

医生喜出望外，但又看着对方的年纪有些大，感到担心，问："你的身体能挺得住？"

"没问题，三百四百你们根据需要抽。"

"你要什么样的报酬？"

"救孩子还能讲报酬！"

"您叫什么名字？还有工作单位？"

自愿献血者报了名字和单位，于是便开始化验抽血。献血者讲，抽完血后，他习惯就地坐一阵，要医生不要紧张。抽完血后，自愿献血者果然坐了一阵后，站起来走了，再没有说一句话。满头大汗的武树林在东跑西颠奔波了大半天之后，也找不到自愿献血者。但是当他一步踏进急救室时，小鹏鹏却已苏醒了，眨巴着又黑又亮的大眼睛叫"爸爸"。武树林喜疯了，浑身颤抖着奔进医生办公室，追问是谁献的血。医生告诉他是一个地方同志，身材高大，眉须浓重，操一口甘肃口音。医生没说完，武树林就叫了起来，说那不是地方同志，那是我们的领导丁德福，他上一次献血还没有缓过来，怎么能抽他的血！武树林疯了一般找到了丁德福，一见面就要跪下磕头，堂堂男儿，哭得满脸泪水。

一位将军在阿里防区做了细致的调查研究之后，提出了一个三句话的口号："苦干不苦熬，苦中见精神，苦得有作为。"为此，丁德福佩服得五体投地，说这个口号把我们高原军人的脉是给摸准了。常常听到有人说，阿里高原平均海拔4500米以上，氧气含量不足平原的一半，在那里躺着睡觉，相当于在平原负着20公斤的负荷。在那里躺着睡觉，也是奉献。这种说法我们实在无法接受。我们不是要去阿里高原躺着睡觉的，躺着睡觉，无论如何不能算是一种贡献，不管你躺在哪里。过去大庆石油工人就说过，人无压力一身轻，并无压力不喷油。正因为环境艰苦，才需要奋斗。挑战愈强，刺激越大，才越能显示人的价值和意义。好像是在一本什么书上看到的，是一个外国人说的，文明诞生的环境是一个非常艰难的环境，而不是一个非常安逸的环境。我的体会和我心里想的意思差不多。

丁德福是高原人，但就其见识和境界而言，并不比我们许多自命高洁的人低，而最重要的是丁德福不但有见识而且有行动，脚踏实地的行动增强了见识的可信性。由于历史原因和自然条件限制，直到80年代初，阿里官兵住的还是泥巴土块垒成的地窝子，睡的是下面垫了羊粪、上面抹一层泥巴的土炕，不通电话，不通公路，给养物资靠牦牛驮运，吃新鲜蔬菜比吃人参还难。丁德福有点惋惜地说，可惜你们吃不上用羊群驮到哨卡的食品了，无论是大米、面粉，还是白糖、酱油，无一例外地都带有一股呛鼻的羊膻味尿臊气。我相信，只要是吃上一顿这样的饭，你就会发誓为改善边防哨卡的生活条件而拼命地干。

1983 年,三年边防建设的序幕拉开了,有总部专项拨出的上亿元巨款,有整个新疆部队和地方的全力支持,丁德福连同他的战友们那个高兴劲儿,用他自己的话说,就是比娶媳妇还美气。当时,作为扎达县人武部政委的丁德福,施工大军没有上山,他就带领他的战友们筛沙子,捡石头。探家的放弃了探家,调离的把调令装进了口袋,已经探家的提前跑了回来。施工开始之后,丁德福昼夜泡在工地上,每天的工作时间不下 14 个小时。高原施工,要付出比山下多几倍甚至十几倍的体力和代价,丁德福常常干着干着就晕倒了。有一回晕倒,周围没有一个熟悉他的人,是上山运送物资的汽车司机把他救醒的,醒过来之后,就有了下面的一段对话:

"老伙伴,你是飞蛾型的性格吧,明知道火会烧你,你还是要往火上扑。"

"阿里高原盖楼房,开天辟地头一回,大家都这样,我能例外?"

"都成了志愿兵了,还不悠着一点?"

"就怕工期给耽误了。"

"你是不是想立功? 我可以给你们政委反映一下,你这样的老兵不立功,我们看着也不服气。"

"那倒用不着,比我辛苦的同志多的是。"

但这位汽车司机还是执意要找政委,因为还有个交接手续的问题。当这位汽车司机终于知道眼前一身脏泥的"志愿兵"就是政委时,恨不能找个地缝钻进去。施工是地方承包,晚上施工最容易出质量问题,为了能按时起来,睡觉前使劲喝两大罐头盒凉开水,这样,一小时之内就被尿憋醒了。他给承包工程的队长说,我们阿里人不懂质量检查的那一套洋办法,我们有我们的土办法,房顶漏水,天不下雨没法儿检验,我就用高压水泵往楼顶上泵水。球场合格不合格我也没法儿看,但我可以用卡车装五吨水泥,满场子跑,如果经受不住,你就得返工重新干。我知道你们有送礼物的那一套,但在我这儿没有用。我只认工程质量,别的一概不认。结果,三年边防施工下来,丁德福所承担的 1300 多平方米的营建任务,工程优良率百分之百,是整个边防施工中最好的。

房子盖起来了,丁德福"得寸进尺",还要让边防有菜吃,结束"吃鲜菜如同吃人参"的局面。可惜笔者在采写这篇稿子时,昆仑山已经普降大雪,不能上去了,有关高原种菜的事儿采访不到。但笔者得到了一个数字和一个萝卜的故事。去年,阿里军分区温室种植年产菜 217 吨。有一个温室长出了一个 8.5 公斤重的大萝卜,比炮弹还长一截子,而这个萝卜,是上了中央电视台新闻节目的。

圣 水 之 浴

1994 年 7 月,丁德福调到某分部任政委。这个分部担任的主要保障任务还是边防,作为政委丁德福还要经常上山,还算是阿里高原的一名守防人。但是毕竟是要离开阿里了,离开这个集合了一大批世界上最高的冰山的地方。告别昆仑山、喀喇昆仑山、冈底斯山、喜马拉雅山,告别这个梦魂萦绕的"万山之祖"、"百川之源",告别他守卫了 25 年的边防哨卡,告别情深义重的藏族同胞。

丁德福的心情难以平静。总是要走的,这一点他心里明白。自 50 年代以来,一批又一批的人来到这里,过着简陋的生活,为自然界的风雪所苦。这里显然不适宜于妇女和儿童成长,所以大多数汉族人与妻子儿女天各一方。同时,这里也不适宜于老年人安度晚年,绝大多数人在此度过了珍贵的青壮年生活之后,终于还是要告别。可是,毕竟是生活了 25 年的地方呀。生活的根虽然艰苦,但也还是扎进了干燥缺水的沙土之中,一下子要拔断,是非常痛苦的一件事。

总得带一点什么东西吧?

鹰骨做成的鹰笛?一瓶冻土?两把青稞?一袋糌粑?各有各的意思和甘苦。丁德福经历过,许多人在离开阿里时,有的站在狮泉河的流水前失声痛哭,有的面对神山圣湖跪地磕头,有的独行在皓月之下徘徊默思……

丁德福最想带走的是一尊蜡烛泪。

灯台上的状如假山的蜡烛是阿里的一个小景观。红白相间,参差嶙峋,并非刻意为之,实在是放任自流。在过去了的 25 年漫长岁月里,少电的阿里,油灯蜡烛是必备的照明用具,于是,那蜡的瀑流便成了阿里军人的盆景点缀。蜡烛泪默默无言,凝固了丁德福 25 年的高原岁月。烛照日复一日,年复一年,照亮了多少不眠的夜晚。

在那飞沙走石天昏地暗的风季里……

在漫长的看不见尽头的干冷的冬天里……

在雪粒敲打着泥巴房顶的深夜里……

在大雪忽然飘飞的 6 月的黄昏里……

丁德福就对着蜡烛泪,读书、写日记、想心思,与战士谈心,熬过了 25 年的日子。25 年的面壁,25 年的高原经历,丁德福只觉得他快成了一个"哲学家"。——远离喧嚣的城市,以自己的追求与严酷的大自然抗争,安贫乐道,知天达命,虔诚而又痴情地营造着自己的精神家园。

一个声音在问:高原 25 年,有什么价值?不来,又有什么价值?没有价值怎么样?即便怎么样了又怎么样?丁德福知道,现代人的价值观理解不了高原人对阿里的情感。是在劫难逃吗?是欲罢不能吗?丁德福没有想那么多。丁德福只是想,我丁德福只是一个普通人,普通的阿里军人。前有古人,后有来者,我丁德福不是第一个,也不是最后一个。阿里的风雪抚平了前人的脚印也抚平了我丁德福的脚印。我走了,还会有更年轻的人来,我丁德福只是阿里高原上的一个过客。天地悠悠,过客匆匆呀,阿里的生活却是那么的令人留恋。

可是,丁德福想要带走的蜡烛泪被勤快的战士化成蜡了。即便到了今天,阿里的军人也还时刻忘不了节俭。丁德福选择了神山圣湖的照片。是一位很有才气的藏族朋友拍摄后送给他的。他知道这是阿里的象征,是最好的纪念品。

还有些什么事没有办呢?

患病的朋友尼玛次仁已经看望过了。他就在狮泉河的医院住院,非常想见丁德福一面。丁德福去了,重病的尼玛次仁见了他只是哭,直哭得神志恍惚浑身抖动。丁德福也在哭。他想起了剿匪的日子,就是眼前病床上的尼玛次仁,一听说前面山头发现人影,便一把把丁德福拉在了他的身后,说他去看。他想起了打柴的日子,就是眼前的尼玛次仁被毛刺扎得浑身是伤。他还想起,尼玛次仁说过,没有共产党就没有我尼玛次仁。共产党是一座山,我愿做拜倒在山下的仆人。只是,重情重义的藏族兄弟尼玛次仁如今竟病成这样,双眼下陷,脸黑如焦炭。一想到他,丁德福就一阵心酸。

旺堆老人年纪大了,早些日子就去看望过了。旺堆老人是看守古格王国遗址的,前几年,还灵巧得像一只老山羊,在古格王国的残壁断垣间跳来跳去。几年工夫,旺堆老人就老得走不动了,时间多么无情!丁德福与旺堆老人的交情可以追溯到20年前,搞民兵训练,就住在老人的家里。40多天的日子里,守着煤油灯,一夜一夜讲述阿里的故事。老人的心里,装着阿里的全部历史。

最近一次看望,老人还讲了一个"一犬二马"的故事。说是在一处草滩上,有一匹白马倒毙,有一只黑色的大狗就一直守在它的身边,还有匹小灰马驹,并不明白它的妈妈的死亡,也守在白马的身边,拿脑袋,拿嘴巴急切地拱着马干瘦的乳头。一群一群的乌鸦扑过来,黑压压的遮住了太阳。黑色的大狗和灰色的马驹亢奋起来,腾跃扑咬,狂吠疾呼,直到乌鸦们仓皇逃离。这种情景,维持了三天,又维持了三天,之后,黑色的大狗和灰色的马驹就双双倒在白马的身边。旺堆老人讲完了,就闭上眼睛,不再说话。但这一犬二马的情景境界就留在了丁德福的心中,他知道,老人之所以讲这个故事,有老人的意思。

班角也好,次仁多吉也好,是不必去看望了,因为自从接到调令,这两家人就一直像影子一样随着他。班角的父亲给旧政府做饭也给新政府做饭,两相比较就让儿子参加了解放军,是丁德福带的战士,如今成了阿里军分区的副司令员。次仁多吉的家在扎达县的底雅乡,丁德福去过。有杏子、核桃、苹果、青稞,还有荞麦。就是在底雅乡,丁德福还听到了一首歌,很喜欢,也就记下了。歌词大意是:

天地来之不易,就在此来之;
寻找处处曲径,永远吉祥如意。

在丁德福所带的藏族战士中,成为团以上干部的不少于30人,多想去看看他们呀,可惜时间来不及了。

原定日期10日下山。

可是,有可靠消息传来,阿里地委已经在着手准备组织隆重的欢送仪式。丁德福不安了,随不了这么高的待遇,决定提前一天悄悄下山。但是,就在汽车即将启动时,消息不胫而走,部队官兵和地方群众一下挤满了军分区大院,挤满了狮泉河街道两旁。

藏族同胞,不分男女老少,端着青稞酒,捧着酥油茶和哈达,把丁德福围在了中间。藏胞们流着泪,你急我抢地诉说着各自的心思和祝福。

——丁政委,那一年狮泉河暴涨,冰层炸裂,涌上街,就是您带领着战士炸开的河道呀!加固河堤,您和您的战士就泡在齐腰深的寒水里,玻璃碴子一般的冰块,一下接一下撞你的腰,我们的巴加措专员都掉了泪。那时节,我在医院,给您大碗的青稞酒,要您无论如何喝一口,您说不喝心里都是热的,您难道忘了吗!我们知道,那一次抢险之后,您和您的战士百分之百的都是关节炎。

——丁政委,去年2月份特大暴风雪,就是您和孔繁森书记一道带领阿里军民抗击的呀。您说过,抗灾保畜,阿里军人责无旁贷,要人出人,要物出物,而且要迅速及时。丁政委,那是50年未遇的大雪灾哩,要是没有政府,没有亲人解放军,那道难关可怎么过。

——丁政委,我们舍不得您走,您说过要到我们的房子作客的,要跟我们一道过藏历新年,一道扩展狮泉河的街道的,您走了,我们想你怎么办。

送行的人越来越多,脖子上的哈达越来越多,挂满了,取下来,又挂满,丁德福完全淹没在哈达之中。好多的官兵和藏胞拦住车头,不肯放行。有的干脆就扑上来,紧紧地抱住他不松手,一边流泪,一边说着祝福的话。丁德福置身于泪水汇成的圣水之浴,他也泪水飞溅,喃喃自语:"我把我的魂遗在阿里了。"

2009年2月摄影艺术出版社《中国人民解放军进疆60周年丛书》

彩 票 旋 风

冯永芳

在人海里刮起的,有自然界的风,也有内心深处的风。无形的风,通过有形的席卷来显示它的强大力量和波及范围。自然界的狂风,吹起的是尘土和碎屑,它会把清洁和肮脏在一刻间混杂起来;而内心的强风,则会吹皱一群人的生活,吹歪一群人的轨迹。这股风呀,比自然界的风还无形,还狂暴。人和人内心的风,在彩票的世界里就这么相互较量着,当彩票的旋风吹过,谁被吹倒了,而又有谁,仍然从容地挺立在风中?

记 忆

对彩票最初的记忆,是十几年前,那时我上初中吧,请原谅我对时间的模糊概念,我总会陷在时间之中而无法自拔,除了现在,我无法准确地记忆任何一个时间段,无论是昨天还是十几年前。这也如同我会陷在空间中,常常迷失方向,除了现在的方位,我无法准确描绘出以此为原点的其他地点的大概坐标。我一直对自己的记忆心生怀疑,我甚至怀疑记忆本身。但我还是记住了一些东西。

记住了那些花花绿绿的纸片,在闹市、在拥挤人群中、在大喇叭的嘈杂中,这些有着无穷魔力的纸片,把人们一圈圈地吸引过来,以它为中心,男的女的、穿着肮脏工作服的和打扮得花枝招展的,紧紧地挤在一起。任何站在局外的人都会看到它的荒诞性,但当时,没有局外人。所有的人,都不由自主地被包裹在纸片的魔力中,被限定在当时的时间之内。

那些手里举着纸片盒的销售员,蹲在桌子上,招架着人群的疯狂和力量。一双双从人缝中挣扎着伸出来的粗糙的手、细腻的手、拿铁锹的手、抓钢笔的手、沾着油污的手，争先恐后地完成着钱和彩票的交换，把这些纸片牢牢抓住，再迫不及待地用指甲刮开表面的涂层，为一个个显露出来的图案狂喜或沮丧。

手是有语言的，如同面孔，站在时间之外，这些变了形的手和面孔同样怪异。但当时，在群体的变形中，没有人去深究自己和别人。

这是我记忆中可可托海小镇最疯狂的事了。而除此之外的时间里，小镇是极其安静的，安静得只剩下两个声音了，在早、中、晚，各有一个时段的广播，"新闻和报纸摘要"的声音即便头蒙在被子里也可以听到。而剩下的时间，就只有额尔齐斯河的流水声了。舒缓而忧伤，像我那时正在青春期的心情。

这么一个远离城市的小镇，颇有些世外桃源的味道了，尤其是在冬季，大雪封山后，这里就和外界断绝了来往，里面的人出不去，外面的人也进不来，完全是冰雪中的纯净世界。这里生活的人也和地域一样的安静，外面的纷扰和这里无关，所以，在彩票旋风刮来之前，我以为这里会永远波澜不惊。

彩票的到来，完全够得上我的成长事件。

销售时间结束，常常是日落时分，小镇俄罗斯建筑风格的俱乐部门前，躺满了彩票的残骸，那一层层的、纷乱的、残花败柳般的尸体呀，在夕阳的余晖中显得落寞而孤寂，让我如同站在真正的战场，这里交战的是人的欲望和彩票的中奖几率，有多少人，就有多少疯长的欲望，它和微乎其微的中奖率远远不能相提并论。当暗藏的、鼓胀的、一厢情愿的人的奢望借彩票爆发出来，就注定有一场较量，是有限和无限之间的较量，是注定和不定之间的较量。有限的、注定的，是中奖率，无限的、不定的是人的欲望。

这些暂时被抛弃了的欲望，躺在地上，密密麻麻。这些欲望这次落空了，但它们潜伏起来，等待下一次机会。

我看到，战场中，夜幕下，仍有不愿认输的人在暂时平息的彩票旋风刮过的地方细细翻找，急急辨认，他们在寻找那些可能被疏忽了的意外。

本来，平静生活中的人们还不知道自己的欲望有多强烈。那时，人和人在物质的世界没有太大的差别，温饱，是人们的生存底线。但彩票旋风刮过的地方，在平均之上，有了一种不均衡，而几乎人人都希望自己能成为财富的意外拥有者。

我隐约听到自己内心的某种声音，我发现自己和他们同样陌生。

彩票给平静的生活画上了句号。人们在欲望的牵引下急急行走。

虚　拟

彩票,该是最能暗合人类心事的发明了。因为,它的不确定性给了任何人改变现状的机会,它的强大诱惑性让人很难抗拒它诡异的引力。

现在,彩票网点成了世俗生活中司空见惯的陈设,每个路段都会有它的身影显现。

看不到人山人海的购彩场面了,但分散的人群、分散的时间,还是让我看到了如涓涓溪流般的彩民,他们从一个个网点汇聚起来,汇成了一个彩民的大海。这个远比多年前那个让我触目惊心的彩票战场还要浩大得多。

福利彩票、体育彩票,在相互的较量中,把人性的心理弱点层层揣摩。

我的购彩经历可能不超过三次。最好的纪录是十几年前收获的一条毛巾。看到别人中了奖,推着一辆崭新的自行车回家,我是羡慕的,但不认为自己也会有同样的运气。

彩票好像离我的生活又远了,当那个让人疯狂的即开型彩票的年代过去,我以为我都把它忘了。但没想到,几年前的一次机缘,让它成了和我天天相伴的伙伴。

由于工作的关系,我需要每天都上彩票网,我也被加到了好几个彩票 QQ 群中。当 QQ 头像闪呀闪,我也会顺便看看内行人的交流。起初,常有群内人相互切磋选号技巧,并有热心人士给别人推荐他认为中奖概率很大的号码。我留意了几次,发现结果是南辕北辙。后来,QQ 头像闪动的频率越来越低,这个群内的未曾谋面的人们渐渐没了交流选号技巧的热情,这里只成了工作信息传递的平台,间或有寻人信息和提醒勿上当和勿中毒的友情提示。

像所有的 QQ 群一样,经过了新鲜和热闹,回归到了寂静和实用。先进的技术手段,无法拉近人和人之间的心理距离,而只能让人通过最便捷的电子往来,减少实质性接触,而更加疏离。

我从彩票这个世间万花筒中看到了很多或绚烂或光怪陆离的东西。我既是参与者,又是旁观者。我第一时间看着中奖者的故事,想象中他们的面孔一个个走马灯似的在我面前一晃而过。我更看到无数彩民的希望一次次升腾起来,又一次次被熄灭,"要心态平和","贵在坚持",要把它看做一种"游戏和娱乐",这些都是聊以自慰的语言,要不,我们还能说什么?

我以为我了解彩民,但我了解的只是通过网络和文字过滤过的彩民。我冷静和客观,是因为我不是他们中的一员。我有关彩票的知识全部来自网络和文字。我和彩票如此的接近,但又如此的遥远。我可能是个不称职的职业者,天天和它打交道,但自己却没有买过一张彩票。我并不排斥买彩票,我也不会轻视任何买彩票的人和他们千奇百怪的想法,但确实是,我从未从网络和电脑中走下来,彩票只是我虚拟生活和现实工作中的一部分。

虚拟久了,就有些厌倦了,哪怕现实中有污点和不合,有争争吵吵,有卑微的想法和无意义的行动,但还是想去接触真实的彩民。毕竟,人不能靠意象生活,它会让人恍惚和支离破碎。

这个丰富而复杂的世界,有太多的关注点,但正因为关注点太多,反而消解了我们的注意力。我们在想占有最多信息的同时,反而被信息占有了。我找到了自己记忆力退化的原因,是想记住的太多了,反倒什么都是在浅记忆状态了。常常恍恍惚惚地,不知道很多事情是真的在自己这里发生过,还是只在网络上、在别人身上发生过,或许,只是在意念中存在过。

这个时代,虚拟和真实之间越来越模糊,我们常常把网上的某些事件和绯闻弄得一清二楚,而把自己的生活搞得了无痕迹,把网上别人的一点小事都看得明明白白了,但对自己转折关口的大事却茫然无知、稀里糊涂。

这是个最关注自我,也最遗失自我的时代。

寻　　找

所以,我更愿意在别人身上来寻找自己。比如中奖者。要想让人们对一件事情有普遍的兴趣还真不容易,要想让你和我一样去关注中奖者也可能有些一厢情愿。

我对他们是怎么获奖的不感兴趣,说白了,它只是一种幸运。在芸芸众生中,总会有人中奖的,没有经验可谈,也没有什么技巧,有的只是在概率中的运气而已。

奖金额度越来越到了让人心跳的程度,自行车、电视机这些通过实物刺激的时代早过去了,几十万元的现金大奖的诱惑力也有些调动不了人们的普遍热情了,于是,超大奖开始频频刺激人们的心理底线。体育彩票的七星彩有"500万生产线"之称,仅去年,新疆就有四人中得了这笔封顶大奖。而超级大乐透则打出了"超越800万"的口号。现在,全国突破了1000万元的中奖者也不少见了。在新疆,500万元以上的超级大乐透大奖得主产生了四位。

我想知道的是,他们在拿到巨奖之后会怎么样?

马克·吐温小说《百万英镑》中的小办事员,一贫如洗的穷人,在得到百万英镑后的奇特而扭曲的经历,会发生在他们身上吗?《范进中举》之后的心理癫狂和巨大落差,会给梦想成真者带来福还是灾?

现实生活的梦幻性在这里表现得最充分了。梦和非梦,还挺难断定的,不是睡梦中的一切都是假的,而现实世界中的一切都是真的。当意外,太大的意外来临,谁说得清,是梦还是非梦?

离我们最近的一个中巨奖者是在伊宁市打工的河南小伙。他被 628 万元击中了。那是今年 2 月中旬的事。80 后的他生下来就似乎有些背运,降生在一个贫寒的家庭,没有得到一个完整的学校教育,小学没毕业就辍学了,靠知识改变命运,在他这儿没法实现了。没有什么技能,有的只是年轻人的力气。他投奔新疆的叔叔,干起了最辛苦的力气活——搬运工。

如果没有彩票,他的人生基本上就可以确定了,以后的半个多世纪,只是时间的累积而已,不会有太大的变数了。

在领奖填表时,他又黑又粗且有些裂痕的手指给在场的人留下了深刻的印象。昨天还是最底层的劳力,今天就是百万富翁了,这个奇迹,不是小说里、电影里的虚构,这个人生真实剧的主角,不怎么说话,或者,是他还在梦里,没醒过来。

他有些像《百万英镑》中的主人公,只是,他的中奖是自己买来的,而不是什么富豪打赌的产物。和他同来的,有他的 4 个亲戚。都不富裕的他们,是包车来的,但一路上,他们好像商量好了一样,闭口不谈那个庞大的、让他们觉得那么不真实的数字。他们觉得有可能是哪里搞错了,或者,是有人和他们开了个天大的玩笑,除非让他们亲眼看到它,拿在手上,抱在怀里,他们才会相信确有这么回事。

在拿上支票的那刻,他们好像还没清醒过来,亲戚中的一位有些发愁:"这么多钱,我们怎么拿回去?"马上他又笑了:"多亏我们是包了车来的!"

时隔 20 多天,我打通了中奖小伙子领奖时留下的电话,接电话的是他的叔叔。他叔叔说,小伙坐飞机回老家了,在河南一个偏僻的农村,家里没有电话。这个叔叔说,他曾给周围老乡打电话询问,说小伙并没有回去,都和他失去联系了,我的心一惊。但体彩的工作人员轻描淡写地说,中奖者一般都会"失踪",这是正常情况。

我还是放心不下,这个 20 多岁的年轻人,他的心理肯定还没有准备好呢,太突然的大奖,会给他带去什么?几天后,我又给他叔叔打去电话,对方说,这孩子联系上了,在医院呢,他爸住院了,他这下可有钱给爸好好看病了。这孩子,会回新疆来的,我们的感情深着呢,是个好孩子。他叔叔还说,这孩子一切正常。

这个线索断了,我还要继续寻找。

去年 11 月初,住乌鲁木齐市八家户的一对中年夫妇赢得了体彩超级大乐透 615 万元大奖,领奖的同时,热心的工作人员帮他们订了机票,他们慷慨地留下了相机作为答谢,一家四口随后就离开了新疆,飞回了陕西老家。我百般波折要到了他们在陕西家里的电话,拨过去,电话铃声空洞洞地响着,像陷入了时间的黑洞中,分不清是铃声,还是铃声的回声,让人有些不知所措。

当时中奖网点的业主说,听说他们现在又离开陕西,到北京安家了。

这一对夫妇,在新疆已停留20年了,两个孩子也在乌鲁木齐市上学。可他们,还是决绝地离去了,衣锦还乡应该是他们多年的梦想吧,果真如此,他们为什么回到故乡,还要选择继续离开?

中奖,成了他们和熟悉的地方、熟悉的人群离别的理由。让自己从众人眼前突然消失,让自己从一种已习惯了的生活状态中抽身而出,到底是一种解脱还是一种失去?

在陌生的环境中,一切得重新再来,梦想在金钱面前不值一提,但有些东西,肯定是没有了,比如贫困时的真挚友谊和纯洁爱情,比如困境时朋友的一个温暖的眼神和话语,比如为了一个礼物而付出的曲折和努力……这些都是人的财富呀,它们无法用金钱来衡量,它们能让一颗心灵渐渐饱满,让人感到自己成长的力量和精神的富足。只是,它们太平常了,平常得让我们觉不出它的重要和分量。

最珍贵的东西往往和金钱无关,可我们熟视无睹。我们轻视人人都可以得到的东西,我们认为氧气和水、欢笑和温暖会是永远存在的,就在那里随时等着我们,伸手就来。我们也总以为,金钱能解除我们的所有困扰和烦恼。

但,金钱在给我们带来一些东西的同时,也把另一些东西拿走了,哪一个更珍贵?它给人们无限可能性的同时,也把他们的根基斩断了,让他们轻飘飘地浮在半空中,失去人最普通的乐趣。

那些消失了的中奖者,他们过得好吗?我多想听到他们的声音,而不必自己在这里无谓地推断。

又一条线索断了,断得那么干脆。

意　　外

我意外听说有一位533万元的体彩超级大乐透巨奖得主还生活在乌鲁木齐,而且生活得波澜不惊。除了购彩的那个网点的销售员老刘,没有人知道他的秘密。

老刘信守承诺,从不给外人透露他的姓名和电话,包括我。

我来到了老刘工作的位于阿勒泰路上的销售点。这是我第一次细细打量一个彩票网店。从门外来看,它只是众多小店中的一个,只是店面有着统一的体彩标识。店里的陈设很简单,几把彩色的塑料椅,一张小桌,还有就是这里的核心设备了——一台彩票销售终端机。

最醒目的倒是墙上的表格和表格中的数字、符号了。用术语叫号码走势图或分布图。店里有几个人闲坐着,没有买彩票,也不太说话,他们似乎把大把的时间放在这里了。

我认真看着墙上的数字和走势,但看不懂,就是这十个最简单的阿拉伯数字,竟能布下这世上最无法求解的迷局。每个数字都是一个巨大的金钱陷阱,彩民们陷在其中而欲拔不能。有内行人说,能通过这些走势和分布图来判断未来中奖号码的大致范围,但这个"大致"呀,只是对迷局的一个无谓的缩小。

老刘是资深彩民,购彩史有十几年了,而且是从不间断。老刘的一个彩友执迷于其中,由于总是赢不到像样的奖,可每天的付出如流水一般,在转让了自己的两家药店后,再无力购彩了,他从老刘的朋友群中消失了。

虽然说起这位彩友有些心酸,但老刘还是每天坚持买彩,他说,肯定是亏的人多呀,但谁都有中奖的可能呀,自己知道控制自己,现在每天只买 20 元,多了不买。他承认买彩会上瘾,但它也是种爱好,"我不抽烟不喝酒,也不去偷偷摸摸打麻将赌博,就正大光明地买彩票,也挺有乐趣。"

就因为天天来买彩,这个店的老板看他对彩票分析得头头是道,人也热心、实诚,就把他挖过来了,他把自己的爱好和工作合二为一了。他来之后,这里出了三个大奖,一个 20 万元,一个 55 万元,现在又出了个 533 万元。

我想把他的这个店称作"彩友之家"了,进进出出的人不少,来了,没有客套和招呼,彩民走到机子前,递过来一张作废的彩票,老刘看来者一眼,不说话,就在机子上啪啪地按号。有的彩民自己就动手操作了,彩票出来,拿上就走了,想说话就说,不想说就不说。隔壁饭店的维吾尔族大师傅把油手在围裙上擦擦,抽空也来买张彩票。在被数字和彩票包围的小店里,我听不到太多的交流,但看到了太多的默契。老刘说,他们都是这里的老彩民了,他知道他们的习惯,该守号的守号,该换号的换号。

无论老刘还是进进出出的彩民,都表情平静,似乎是在商店里买一件普通的商品,他们把心底的愿望隐藏起来,用惯性来消解太浓的渴望,渐渐地,似乎自己都忘了为什么要买彩票,在只是沉默中等待奇迹。

我和老刘还是谈起了那个中奖者。老刘说,从没有见过这么沉稳的年轻人,也就30 岁出头吧,在中奖之前就做着生意,有房有车,是这里的常客。但他们只聊彩票,不说其他,老刘是个很有分寸的人,不打听别人的隐私。

去年的最后一天,一个特别的日子,这个小伙只是按照他既定的规律,买了 126元的复式彩票。当晚中奖结果出来了,但元旦的假期也来临了,在不知情中,他俩都度过了一个平常而平静的新年。

今年 1 月 4 日,假期结束后上班第一天,老刘按习惯打开体彩终端机,心开始狂跳起来。电脑显示,他这个网点中出了巨奖。通过回忆和分析,他很快断定这个小伙就是中奖者,按照小伙的规律,今天他一定会来。

小伙来了,和平时一样,不多言语,他显然还一无所知,不知上苍会给自己这么一份新年大礼。也不知自己多年的守候,还真有开花结果的一天。老刘又给了他最后的几分钟平静时光,忙完手头的事,把他拉到一边,小声告诉他,你中奖了,多少? 533 万!

小伙走了几步,坐到了椅子上,有几分钟,一言不发,而店里,仍旧人来人往,没有人知道这个小伙子的心里藏着一个巨大的秘密。从小伙的面容上,老刘看不出他的真实心情,此时他的内心是不是在翻江倒海? 他在想什么? 没人知道。

小伙对老刘提出一个请求:你明天跟我去兑奖吧。这事我不想告诉别人。他口气坚决。老刘是唯一的知情人,答应了。

老刘第二天没有正常营业,小伙开车拉着他去了自治区体彩中心。小伙自己开车,有十几公里路吧,没有闯红灯,也没有压线,没有任何异常,两人在路上也没有过多的交谈,一切都平平常常。回来的路上也一样,小伙只是提醒老刘,不要告诉任何人。老刘点头答应。

后来,也有熟人猜测巨奖得主是这个小伙,并找老刘证实,老刘都坚决否认了。按照规律,这小伙也该消失了。

事后第三天,小伙又来了,衣服还是常穿的那套,车还是原来的那辆,表情还是那样不惊不喜、不温不火,小伙还是按他原来的规律买着复式彩票,好像没有什么事情发生过。这以后,一直到现在,他依然会在固定的时间来到这里,按照他固定的买法,投注他固定的玩法。

老刘看他进来,也没有感到有多意外。不动声色的两个人,心照不宣,竟然一起把时间复原到了中奖之前。

这是我听到的最平静的中奖故事了。本来意在寻找彩票旋风带来的生活变形和心理挤压,在强风的作用下,人在身不由己之中,急剧变化,这些也都是人之常情,是可以想象和理解的呀。

但在这里,旋风没有掀起波澜,没有让人在狂风中乱了方寸,没有改变人的生活轨迹,没有把人的生长方向吹歪,旋风到了这里,就停下来了,它被人的从容和宁静震慑住了,它一步步退却,退得无影无踪。

这位年轻人和老刘一起给我呈现出的是旋风下的宁静。据说,在时速很高的旋风中心,反而是极其平静的,类似真空。

在旋风中的静才是真正的静。我何其幸运,能领略到这种大静。

2009 年 3 月 20 日《新疆经济报》